毕淑敏 著

癌症

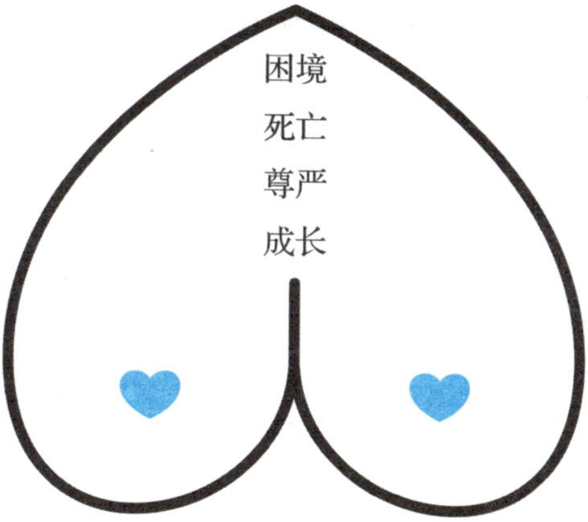

超越

拯救乳房

毕淑敏
自选集·心理卷

Saving Breasts

国际文化出版公司
·北京·

图书在版编目（CIP）数据

拯救乳房 / 毕淑敏著. —北京：国际文化出版公司，2016.7（2022.11 重印）
（毕淑敏自选集·心理卷）
ISBN 978-7-5125-0860-6

I. ①拯… II. ①毕… III. ①长篇小说—中国—当代 IV. ① I247.5

中国版本图书馆 CIP 数据核字（2016）第 160078 号

毕淑敏自选集·心理卷

作　　者	毕淑敏
责任编辑	宋亚晅　戴　婕　潘建农
出版发行	国际文化出版公司
经　　销	国文润华文化传媒（北京）有限责任公司
印　　刷	文畅阁印刷有限公司
开　　本	787 毫米 ×1092 毫米　16 开 84.25 印张　1139 千字
版　　次	2016 年 7 月第 1 版 2022 年 11 月第 2 次印刷
书　　号	ISBN 978-7-5125-0860-6
定　　价	238.00 元（全四册）

国际文化出版公司
北京朝阳区东土城路乙 9 号　　邮编：100013
总编室：（010）64270995　　传真：（010）64270995
销售热线：（010）64271187
传真：（010）64271187-800
E-mail：icpc@95777.sina.net

目　录

总序

写作多年，积攒下若干文字。20 世纪 90 年代，有出版社找到我，说是预备给我出套文集。我听后心情有些激动，先是高兴马上又觉得自己不配。

文集出了，销得还不错。劳动人民文化宫举办书市，我去签名售书。文集共 4 本，卖 80 多块钱。读者们排着长长的队伍，缓缓走向我。我埋头签书，心里充满了不忍。我想，80 多块钱，要是用来买成肉，快合半扇猪了！（那时物价便宜，一斤肉才几块钱。）人家把吃肉的钱省下来，买我的书，多大的信任啊！一斤肉吃到肚里，肯定会让人长力气壮身体（那时的人没有那么多“三高”超标，视吃肉为上等的好事情）。扪心自问，我的书带给人的帮助，能抵得过十几斤肉吗？

心中惶恐。从那一瞬，我暗下决心，这辈子，不写则已，如果写，就一定要说真话，要认真负责对待笔下的每一个字。力争做到对得起读者为了购买我的书，付出的买肉钱。

购书的代价是两方面的。首先要付出金钱，读者的钱是哪里来的呢？是他的劳动换来的。所以，买书这件事，说到底，是用作者的劳动换读者的劳动。市场上，如果人们买了变质的食品或是伪劣产品，可以要求退换货或是保修。但是，读者买了一本书，如果没有缺页错页，基本上不能把书退还书店或是作者。也就是说，写书卖书的人，只对书的装订质量负责，至于内容，你买了书，就自认是全盘接受，售出后概不负责。我觉得这近似霸王条款。或者往好里说，是人与人之间一种极大的信任。一个作者，万不可亵渎了这份信任，唯有竭尽全力诚惶诚恐地为自己的产品负责，才能对得起读者这一份近乎无条件的接纳。

读者付出的第二种代价，是他或她的时间。时间其实是无价的，是用来构成生命的金色颗粒。读者把如此宝贵的东西，消耗在阅读我所写的文字之中，我无以回报，只能将我的思考和表达，千锤百炼力求尽善尽美。我不敢保证它们完全正确，但我应该保证它们具备发自内心的诚挚。否则，就是暴殄了人与人之间的信赖，就是对他人的轻慢和敷衍。

从那时到现在，又过去了 20 多年。作品积攒得比过去多了，心态已悄然变得平和。感谢编辑们的热忱和信任，我能有机会出一套自选集，十分高兴。

它们大致分为三部分。一部分是和幸福有关，一部分是和心理有关，还有一部分和旅游与我在西藏的岁月有关。

这是我在不同时期写下的文字，打着我的年龄的烙印。年龄的增长从未让我气馁，只是帮助我理解了不同时期的美好。

如果把人生比作一株植物，把青年时期比作嫩绿，我 35 岁时才开始写作，实在要算在苍绿时段才进入别人的早春，接下来是无以抵挡的墨绿与苍黄……现在，干脆成了深秋时节银杏叶般的暗金。我已进入老年，步伐放缓，心头肃静。我知道生命还会继续变化，从草黄变成铅铁般的灰黑；再然后，哦，就该是土壤的褐赭色了；再再然后，大约就无色透明了。

祈愿我的文字带着我的暖意和祝福，飞抵你的掌心。

毕淑敏

2016 年 6 月 1 日

文学界的白衣天使

如果她的署名是阿咪、狂姐、原水爆或者荷兰豆，也许我早就读过她的作品了。

然而她的名字是毕淑敏，这名字普通得如——对不起——任何一个街道妇女。

而且她说她从小就是一个好学生，她的数学与语文是同样的好（总算找到了一个喜欢也学得好数学的同行了，王蒙大悦焉），她的开始写作源于她父亲的建议，而她的戒骄戒躁是由于儿时母亲的教导。为了写作，她在完成了医学学业以后，又去上广播电视大学的文学系并以“优”的成绩毕业，继而读研究生，获得了硕士学位（有几个作家老老实实地这样学过文学）。再说，她同时是或者更加是一个医术精良的内科医生，她对此充满自信与自豪……

我真的不知道世界上还有这样规规矩矩的作家与文学之路。我本来以为新涌现出来的作家都可能是怀才不遇、牢骚满腹、刺儿头反骨、不敬父母（而且还要审父）、不服师长、不屑学业、嘲笑文凭、突破颠覆、艰深费解、与世难谐、大话爆破、呻吟颤抖，充满了智慧的痛苦、

天才的孤独、哲人的憔悴、冲锋队员的血性暴烈或者安定医院住院病人的忧郁兼躁狂的伟人——怪物。

毕淑敏则不是这样。她太正常、太良善，甚至是太听话了。即使做了小说，似乎也没有忘记她的医生的治病救人的宗旨，普度众生的宏愿，苦口婆心的耐性，有条不紊的规章和清澈如水的医心。她有一种把对人的关怀、热情和悲悯化为冷静的处方，集道德、文学和科学于一体的思维方式、写作方式与行为方式……

所以就更显得毕淑敏的正常、善意、祥和、冷静乃至循规蹈矩的难能可贵。即使她写了像《昆仑殇》这样严峻的、撼人心魄的事件，她仍然保持着对于每一个当事人与责任者的善意与公平。善意与冷静，像孪生姐妹一样时刻跟随着毕淑敏的笔端。唯其冷静才能公正，唯其公正才能好心，唯其好心世界才有希望，自己才有希望，而不至于使自己使读者使国家使社会陷于万劫不复的恶性循环里。也许她缺少了应有的批评与憎恨，但至少无愧于心，其实是远远优于那些缺少应有的爱心与好意的志士。她正视死亡与血污，下笔常常令人战栗，如《紫色人形》《预约死亡》，但主旨仍然平实和悦，她是要她的读者更好地活下去、爱下去、工作下去。她宁愿忏悔“我”的多疑与戒备太过，歌颂普通人（《翻浆》），而与泛恶论的诅咒与煽动迥异其趣。至于她的散文就更加明澈见底了。

她确实是一个真正的医生，好医生，她会成为文学界的白衣天使。昆仑山上当兵的经历，医生的身份与心术，加上自幼大大的良民的自觉，使她成为文学圈内的一个新起的、别有特色的、新谐与健康的因子。

而另外的多得多的天才作家的另一面，实在是文学界的病友。我尊敬与同情我的病友，我知道世界上许多伟大的作家都有病，他们太痛苦了，他们因痛苦而愈发伟大了。但同时我也赞美与感谢大夫，

为了全国人民的身心健康，我祝愿在大夫与病友的比例上不至于出现太大的失调。有病人也有医生，这才是世界，这才有各种写不完的故事。

不知道这是我的幸还是不幸，不知道这是不是我的被误解与被攻击的原因之一。我既觉得病人之可哀可叹，又觉得医生之可亲可信，特别是当我给一个比我年轻的作家作序写评的时候，我承认每一片树叶的价值。当然，我宁愿多称赞一点祥和与理性，我也许又发放了太多的苦口的良药，真对不起。

王蒙

自序

这本关于女性的命运，关于癌症的抗击，关于心理健康的小说，萌生于21世纪初。

当时我在北师大心理学博士方向课程将要毕业，打算组织一个帮助癌症患者康复和直面死亡的心理学小组，当时选定的是乳腺癌患者，一是考虑到乳腺癌病人的生存期比较长，这个心理学小组可以较长期地坚持下去。再者是女性失去了乳房，即使生命得以延续，但心理上会面临着众多挑战，牵延终生。组织这样一个“同质”的小组，对大家的身心健康可能有所裨益。当我完成所有的准备工作，招募组员并即将开始小组的第一次活动之时，我的母亲突然被查出罹患癌症。

我心悲怆，陪同母亲奔波于京城各大医院，寝食无安、惊惧不宁。博士生导师林孟平教授指示我说，鉴于我当时的心理状况，我已不适合继续组织并领导这个小组，我不能再担当组长。她说，毕淑敏，这不单是为你负责，也是为了你的组员们负责。因为一个自己的亲人患有癌症的心理组长，很可能在复杂的刺激下引起情绪急剧动荡，这对小组的所有成员来说，是不利的。

我遵从了这个指示。

几年之后，我在开设心理诊所之余，在纸上虚构了一个乳腺癌康复小组，完成了一部长篇小说，书名叫作《癌症小组》。当时的出版社讨论之后和我商议，说中国的老百姓对死亡有一种禁忌，在一般人的印象中，患了癌症就等同于踩上了通往死亡的滚梯。如果在书籍的封面上出现了令人恐惧的“癌”字，对大多数人来说，很可能都是强烈的恶性刺激。人们或许因拒绝和畏惧，害怕读这本书。我说，那就改叫《心理小组》好了。那家出版社又觉得太学术化了，有点像心理学的专业读物。

他们经过研究，给出的书名叫——《拯救乳房》。

思忖再三，我接受了这个书名。我曾公开说过，这是一个妥协。

我不是妥协于金钱，不是妥协于权力。让我妥协的是人们的心理敏感。多年前，为了写一部名叫《预约死亡》的小说，我曾经躺在临终关怀医院的病床上，辗转反侧。我思索过民族心理对于死亡的观念，知道在老百姓的习惯思维中，对于死亡噤若寒蝉的回避和否认。

我做过 20 多年医生，我觉得乳房没有什么不可说，没有什么卑下和肮脏，就如同我们的眼睛和双腿。同理，乳房也没有什么特别的高贵和妩媚，不值得卖弄。它是一个器官，功能不可或缺。如果它有了恶疾，不单这个器官蒙受痛苦，而且会对整个生命产生威胁。从这个意义上讲，拯救一个器官，也就是拯救整个生命。

乳腺癌现在已经成了中国城市女性的头号高发癌症。每年有几十万妇女罹患此症，有大约一半的病患最终因此而丧失生命。我作为一名医生出身的女作家，从女性和心理学家的角度来描述这个群体的命运并引申探讨生命的价值，义不容辞且光明磊落。

毕淑敏

第1章

与狗有关的自杀

他越来越喜欢“自杀”这两个字了。

它们端庄宁静，充满魅力。无声旋转着的猩红引力，犹如巨大的橡皮，会把他所面临的匪夷所思的困境，涂抹干净。当他想到自己死后人们对死因的种种揣测时，冷峻的嘴角浮出了微笑。

没有人会猜出他的真实死因。他事业有成，历史清白，英俊有为，为人谦和，家有豪宅，出入汽车。也许唯一的缺憾是他还没有成家，壮年男子的这种状况，很容易让人和暧昧的习惯相连。但他在私生活方面无可挑剔，没有情人，也不是同性恋。他规规矩矩地谈过恋爱，因性格不合而分手，所以至今单身。

一如他严谨的工作作风，他对自杀也做了周密的研究。他在网上查了有关自杀的资料，据说女性多用服毒，男性多采自缢。这两种死法他都觉得有缺陷，关键是留下了全尸。

关于自杀的时间，香港一位硕士的论文以此为题，探讨在星期几自杀的人最多。他兴趣盎然地看下去，决定把终结自我的时刻，选在硕士认为最少发生自杀的日子。不料看完全文，才知道没法以自己的死和硕士开个小小玩笑了。资料表明，女性在周末自杀的人最多，但男性无此规律，分布平均。

他决定采取自爆的形式，地点选在一家狗肉馆。他喜欢狗，原本预计将来退休后，养一大群藏獒和一条京巴，不想来不及了。没有亲自养过狗，喜爱就更一往情深。他决定用自己的生命，为狗们做一件事情。让这家狗肉馆，因为有人曾在这里成功自杀，生意一蹶不振。

当他把一切计划安排妥帖以后，心情就稳定下来了。经过狗肉馆的时候，他不由自主地对悬挂着的狗肉说："别急，我就要来解放你们了。我的秘密也随之烟消云散。"

第2章

叫醒魔鬼

某日，京城某报在最不显眼的版面上登出广告：

> 我知道你得了乳腺癌，我知道你手术后很孤独。我想把得了这种病的人聚在一起，成立一个心理小组，结伴前行。如果你想参加，请拨打程远青博士电话：××××××××，询问详情。

程远青在自己家里，像在机场的候机楼里走来走去，路过穿衣镜的时候，对着里面那个面容清秀但不修边幅的形体，莞尔一笑。她本是穿着考究重视仪表的女人，知道提臀收腹，把一副略显衰败的中年妇女骨架，打造得挺拔紧凑。知道用极细颗粒的粉底，把面部填抹得依旧霜白。

为了和病入膏肓的组员们打成一片，她毁掉精致，趋向朴素简约。

隽永生物公司资助小组，把职员褚强配给程远青当助手，可惜没有办公室和专人值班。面向社会招募癌症组员，一应杂事必得程远青亲办，广告刊出的是程远青家中的电话号码。

程远青警觉如猎犬，睡觉的时候，仰面朝上，以利两只耳朵都能接收到声波。卫生间没有电话机，每次方便过后，她都先提着裤子跳出小门，仔细听听有无振铃，再按下水箱阀门，生怕冲水声淹没了一个报名者的希望。

电话响了。她急切地抓起话筒。

“我在报上看到你的帖子了，你究竟安的啥心啊？”

程远青察觉到对方的不解，很镇定地说：“好心。”

“你有这病吗？”对方问。

“没有。”程远青如实作答。

“没得过这病，瞎掺和啥？想闹个啥外国学位，要不就是想得奖。诺贝尔什么的？”对方还挺渊博。

“我已经有外国学位了。凭这个得不了奖。不管是诺贝尔还是其他尔，全不够格。”

对方又追问道：“卖票吗？”

程远青不明白：“什么票？”

对方说：“加入你那个组织，不要票啊？”

程远青答：“不要票。”

对方穷追不舍：“要不要钱呢？”

程远青说：“也不要钱。”

对方好奇，纳闷地问：“一不卖票，二不收钱，那你图的是什么？”

这下真把程远青难住了。说这是为了癌症病人的福祉，生命的终极关怀之类？想来她也不信。思忖一番，只得说：“我得到一笔慈善捐款，专门用于癌症病人的康复，为他们排忧解难。”

话说到这会儿，对方一个大喘气，总算明白了，埋怨道：“早说就跟庙里施粥似的，我就不和你啰唆了！”

程远青忍气吞声道：“您是要报名参加这个小组吗？”

对方嘿嘿一乐说：“阿弥陀佛，我可没得这种要命又说不出口的病。打个电话，凑个乐子。”说罢挂上电话。

程远青呆坐半天，缓不过气来。设想了一百种开张的方式，没想到竟是这样。

陪着先生到国外读书，程远青含辛茹苦，放弃学业，抚育幼女，打工助学。丈夫埋头读书之后，回家能吃到真正的手擀面和茴香馅的饺子。丈夫戴上博士帽的那天，正式宣布和她分居。程远青呆若木鸡，记得当时正在厨房里倒番茄酱，好像并没有听到玻璃瓶子落地的声响，遍地已是猩红泥泞。

“为什么？”她失声道。

“以前，电脑显像管是球面的，后来是柱面的，又发展到了平面……”丈夫回答。程远青茫然，想不出这两者的关联。“请你通俗点，别用专业术语。”程远青打断他的话，在失魂落魄中竭力保持着最后的尊严。

“我本不想说，但你一定要我说，就不要嫌我刻薄。你内存太小，硬件太差，CPU 太慢。简言之，是个过时的球面管，而新的液晶显示屏更大更清晰，也更赏心悦目。”丈夫说。

这一次，程远青还是不很明白，但她确知事情已无可挽回。

西谚有话——一个丈夫消失的缺口，十个朋友才能填起。程远青此时悲哀地发现，这些年来，自己不但荒疏了学业，而且冷落了朋友。那缺口就孤零零地龇牙咧嘴，日夜飕飕冒出冷光。

她平静地接受了这一切，不需要解释，也没有哀求。干脆一步到位，和丈夫平和地离婚了。旁人以为是沉着，其实不过是绝望。丈夫要到硅谷任职，说把女儿带上，以后让孩子有一个好前程。程远青淡然说，你把女儿留下，这样容易和新人相处。丈夫先前一直绷出的强硬突然柔和了，说，给我个补偿的机会。程远青说，那你掏一份读博士的学费吧。先生说，这你放心，为了女儿，我会这样做的。程远青说，不是女儿的学费，是我的学费。我年纪大了，一边打工一边读书，恐怕拿不下来。

丈夫有些意外，但还是很快回答，行。不过要分期付款。

程远青选择了心理学，这门年轻而深奥的学问如同碘酒，消毒了她的伤口，让她没有因此坏疽而崩溃。一个柔弱的东方女子，要在西方国度里钻研心理学，其中的艰辛，常人难以想象。程远青坚持下来，披荆斩棘，导师和同学们都称赞她有毅力，只有她自己知道，那是为了探究自己命运的悲剧和洞察他人思维的轨迹。

学问真是个好东西，心理学深入人心最柔软的地方，在那里摧枯拉朽点石成金。它使程远青在痛苦中脱胎换骨，锻造一新。羞辱被宽容平复，仇恨被岁月漂白。她学会了觉察自己内在的涟漪，以博爱和晴朗的心，观察世界，穿透风云。孩子上了大学，有了自己的志向和圈子，程远青决定回国。她虽然已成为独当一面的临床心理学家，但面对异国人催眠后的喃喃低语，总有隔着冰箱保鲜纸的疏离。你可以看清肌肉的纹理，甚至可以触摸到起伏的骨碴，但它们以一种冰冷的滑腻，拒绝和你的指纹丝丝入扣。那是另类文化浸泡出的橄榄，其中五味，无论她怎样体察，都略逊一筹。她决定回国，把自己辛辛苦苦学来的知识，报效生养她的地方。这不但是一种地域的忠诚，更是文化基因的指令。

回国后，程远青暂住在父母遗留下的一小套单元房里。何去何从，看看再说。研究所邀她任职，大学请她担任教授……她谢绝了那些声名显赫的单位，很想做一桩开创性的事情。

思忖之中，母校校庆。校园被怀旧的故人塞满每一个角落，连大操场边上旧厕所的一堆废砖，都不断有人凭吊。一般中学的校庆会像贫农，母校不然，是个富农，不单茶点丰富，中午还有一顿价格不菲的自助餐。从星级饭店请来的厨师把餐台布置在篮球场上，高高的白帽几乎触到篮板。冷拼热炒，袅袅香气把篮圈的破线头吹得像章鱼腕足，四下飘扬。

来者无论老少，都吃得双唇油亮，面红如蟹。

叙旧再久，必有一散。程远青因被几位老同学缠住，请她为各自的感情和子女问题支招，待走出校门，已是暮色四合。分手之后，程远青正待打车回家，一辆黑色奔驰无声地停在了她的身旁。电动玻璃窗摇下，一个很明亮的男声说："请问，是程远青博士吗？"

程远青下意识地回答："我是。"答完之后，又有些后悔。回国不久，几乎不认识什么人。眼下场面，有点像国外的惊险片，认定了是你，便有一番打斗。

那人把车子停稳，走出来，面带微笑。他身材高大，挺拔瘦削，西服笔挺，脸部轮廓像非洲人三斧劈出的木雕，不精致，但有一种独特的精气神。"程博士，别那么紧张。我叫吕克闸。算起来，不好意思，还是您的学长。"

程远青笑了。一些杰出校友的名字和头衔，今天在会场上被大喇叭屡屡提及，程远青也忝列其中。吕克闸这个名字，出现频率最高，据说校庆所有开销都由他支付。其实他当年转学过来，只读了一个学期，成绩还差。如今是隽永生物公司总裁，身价不菲。

程远青说："那要谢谢你。"

吕克闸说："谢什么？"

程远青说："谢你的饭哪。"

吕克闸露出烤过瓷的白牙说："要谢这个，应该是校长，不该是您。如果您要谢我，就要再给我一个机会。我能请您坐一坐吗？"

程远青去国时日已久，对国内人事心态，乐得能有第一手了解，就说："好哇。到哪里？"

吕克闸说："离这里不远，有一间酒吧。请上车吧。"

酒吧以航海为主题，假装无意地随处摆放着缆绳和舵盘一类的装饰品，连挂衣帽的钩子，都用抹了特质胶的水手结替代，空气中弥漫着海风的咸腥冷峻，想来也是特选了海洋气息的空气清新剂。吕克闸熟门熟路，落座于一架罗盘钟下的独木舟旁。舟长丈余，虽是现代能工巧匠的复制品，一眼看去还是古拙苍凉。舟板的木纹断裂处布满蛀孔，舟帮之上，略加打磨，铺着一块厚厚的玻璃砖，透过晶莹的玻璃，可以看到舟底森然的疙瘩纹如老迈之眼。

程远青为自己点了水，纯净冷冽的水。吕克闸点了烈酒。吕克闸说：“程博士，在酒吧里点水，是对这里的不敬了。”

程远青说：“所有的酒都是水变成的。”

吕克闸说：“就像我们不管现在是什么人，以前都是天真无邪的中学生。”

程远青转了话题：“吕总裁常来这里吗？”

烈酒入口，吕克闸说：“我喜欢酒吧。尤其喜欢一个人待在酒吧里。在这里没人认识我。没人不停地对我说酒是个坏东西。”

程远青打住：“看来经常有人对你说酒的坏话。”

吕克闸说：“是呀。我老婆。我父亲是得肝癌去世的，他是一个老酒鬼。烧他的时候，整个火葬场都闻到了酒味。程博士，罢罢，初次见面，不说这种伤感的话了。知道你在国外读了心理学，很想和你合作。”

程远青说：“你是个企业家，我们怎么能合作呢？心理学某些分支和企业管理有关，可惜我不曾专修这些科目。”

吕克闸说：“我是研究生物化学的，在我眼里，人既是细胞的堆积，支离破碎的，又是完整的大一统。程博士从国外回来，一定想干成一番事业。我愿意无偿资助你，事你挑，钱我出。只有一个条件，要和癌症有关。我母亲也是被癌症带走的。想孝敬他们的时候，我没有钱。有了钱的时候，他们已经不需要了。可天下还有无数的癌症患者，需人救治。”

程远青说：“所以你要报效社会，满足自己的心愿。”

吕克闸说：“拔那么高，我担待不起。我是商人，在商言商。比如操办今天的校庆，很多人以为是个义举，其实不过是为了多认识朋友。没有聚会，我就无缘和您再见面。当年，您比我低两级，成绩特优，全校瞩目，我哪能请您小坐。我很早就喜欢心理学。”

程远青说："国外很多企业家都有自己的心理医生。"此话一出，略觉不妥，好像在推销自己。

幸好吕克闸说："我可不敢请教心理医生。商人，连胃都填满了秘密，更不用说心。程博士，我倒要考考你，知道我为什么喜欢这个酒吧吗？"

程远青如实答道："不知道。心理学家没那么神。"

吕克闸是属于那种越喝脸色越惨白的人，伸出白蜡一般的手指说："我喜欢海。你看，那个调酒师在干什么？"

迷蒙的灯光下，调酒师站在船长操作室模样的吧台后面，双手将碧蓝的基酒和一些辅料倒进调酒壶，加进锐利的冰块……酒壶高扬翻飞摇晃，冰与冰的破碎之声在酒吧浮动。摇匀了的酒滤出，再用一片柠檬挂杯。那杯酒就像一尾活泼的金枪鱼，蹦到了程远青面前。

吕克闸说："这种酒的名字叫——风暴，我为您点的。杯中风暴，儿戏而已。癌症是真正的海，人类至今顶礼膜拜的海。"

程远青用"风暴"和吕克闸碰了杯，在这一瞬决定和吕克闸合作。

程远青决定成立乳腺癌康复期病人的心理小组。

乳腺癌是女性杀手，并对第二性征构成毁灭性的破坏。除死亡威胁以外，病人尚面临一系列复杂的心理困境，尤需救助。

"面向社会招募，是不是有风险？你知道会来什么样的人？"吕克闸得知程远青的计划后，不放心。

"不知道会来什么样的人，就更富有挑战性。"程远青答。

"造药是我的长项，组织小组你是内行。提个建议，登大广告，先声夺人。"吕克闸说。

"只需一个小小的广告。"程远青微笑着，用小指一划，如同在空中绘了一片透明柳叶。

"给我省钱，是不是？程博士，你也太瞧不起人了。我可以把整张版面买下来送给你。"吕克闸喜欢程远青划小指的这个动作，觉得属于知识化的风情万种。

“你以为癌症小组是什么？CDMA 手机？减肥药？我就是要在报纸最不起眼的地方登一条眉毛宽的消息，只有那些最孤独、最寂寞的人才能看到它。”程远青说。

“先要搞清这是什么人的眉毛？长寿眉还是蛾眉？宽度可有天壤之别啊！”吕克闸回应玩笑。

程远青浑然不觉道：“准确地说，就是一乘四厘米的面积……”

“有什么事需要帮助就找我，这个手机号码，日夜都开着。只有最亲近的人才知道。”

可惜马上要进行谈判，吕克闸只得结束对话。他喜欢和这位留过洋的女博士聊天，有类乎薄荷般提神醒脑的效能。

电话响了。程远青一把接起来，半天没有人声，只是窸窸窣窣揉纸的动静。

“你哭了？”程远青亲切地询问。

对方的哽咽得到了稍许控制，稀疏了一些，回答：“我想报名。”

“欢迎你。你叫什么名字？”程远青知道这是一位认真的报名者。

“我叫什么名字，这重要吗？一点都不重要。重要的是我得了乳腺癌，做了手术，在家养病。我害怕极了，孤独极了……这样没日没夜地熬下去，人会疯……”

程远青说：“感谢你信任我。但能否成为正式组员，要经过甄选。”

那一端惊讶迷惑地说：“甄……甄……什么选？”

程远青解释道：“甄别的甄，选择的选。不是所有报名的人，都能成为组员。在这之前，要面谈一次。”

“病得快死了，哪来这么多条条框框啊？”

程远青说：“这是对大家负责任。”

对方不相信地重复着：“谁对谁负责任啊？本来得病就够烦的了，这不是让人更挠心吗！求您了，干吗为难一个都摸着阎王爷凉鼻尖的人哪？”

程远青不为所动，说：“正因为这团体特殊，才格外慎重。”

那女人焦躁起来，说：“谁稀罕你的小组！你开不了张就得关门！”兀自把听筒砸下。此刻的暴怒和刚才的懦弱，恰成鲜明对照。

程远青看着电话机，缓缓放下。她不想把小组办成街头的秧歌队，原则一定要坚持。

深夜，电话痉挛似的响起，床头闪烁的电子钟，用毫不留情的血红色，向惊醒的程远青报告夜已多么深沉。

是一个男人，音色优雅沉稳，有一种青檀的味道。仿佛是从一架优良的仪器中发出来，清晰而宽厚，带有稍纵即逝的魔力。

“程博士您好，很抱歉半夜三更打扰。”那人彬彬有礼。

“没关系。”程远青拼命睁大眼睛，以便尽快进入工作状态，力求口齿清晰地回答。

“看到您登出的启事，现在还可以报名吗？”

“您是……”

“哦，我猜您一定很奇怪，一个男人怎么会关心女人们的小团体。我叫成慕海，我有一个孪生的妹妹，叫成慕梅。很不幸……”他沉吟了一下，好像在选择下面的话怎样说。

“您是说，您的妹妹她得了……”程远青被同胞间情谊所感动，轻微不快悄然散去。

“千万别说出那个病的名称！”成慕海忙不迭地打断了程远青的话。如果他在旁边，会像抓俘虏般捂死程远青的口鼻。

“好，我不说。”程远青妥协。

“那病是睡着的魔鬼，大声叫醒，它就暴跳如雷。我和妹妹都受过很好的教育，还这样想，很可笑，是吧？”

“大家都害怕，你们不是例外。”程远青宽慰他。

午夜的空气里，一个男人绵长的叹息，震动了程远青的耳膜。“听您这样说，我们安心多了。”

“为什么你妹妹不亲自打电话给我？”程远青反问，借机把歪斜的枕头调舒服，让自己赤裸的双肩有一个依靠。看这电话的阵势，一句半句结束不了。

成慕海说：“她还没看到这份报纸。我前几天在炒货摊上买了瓜子，今晚才吃完，扔包装的时候，发现了这则消息……”

“你妹妹会有兴趣参加我们这个小组吗？”她问。

“不知道。我是男人，对这个病的认识很肤浅，只能尽量说服。她有了伙伴，彼此交流，孤单的感觉就淡一些。同病相怜，治疗方法交流交流，也是大收获。”成慕海条理清晰。

程远青把话筒换了一只耳朵（原来的那只耳朵被压麻了），说：“欢迎她来。”接着告知具体事项。

成慕海说：“我替她先挂个号。”

程远青克服着疲倦说：“务请你妹妹亲自报名。”

成慕海说：“她身体不好。”

“如果身体特别孱弱，就不要参加。小组有时会很深地刺入一个人的内心，消耗很大。”程远青刚想放下电话，成慕海又说：“我猜您接到我的电话时，大吃一惊。”

程远青敷衍道：“对于一个心理学家来说，大吃一惊的时候不多。”

成慕海却不肯善罢甘休，说：“男性询问这种小组，不令人惊奇吗？”

程远青说：“这个病并非女性专利。”

成慕海声音嘶哑起来，说：“还有男组员吗？”

程远青揉着脖颈说：“您的电话之后，我不再接受新的报名者。在这之前，没有男性报名。”

成慕海低沉地说：“谢谢您。祝您晚安。”

程远青最后补了一句：“请转告你妹妹，副组长是男性。”便义无反顾地把话筒砸向机座，然后用被子包住头。虽然她从幼儿园时代起，就知道蒙头睡觉不卫生，但也顾不上那么多了，当务之急是迅速进入黑暗之中。脑海中最后一个想法是——成慕海先生，您现在应该说的是：早安。

第3章

永远过不去的事

退休校长岳评对丈夫满各苗说：“看了今儿的报纸吗？”

满各苗一边刷碗一边说：“还没呢。”

岳评说：“好好看看，有一条消息我特感兴趣。”

满各苗说：“是不是拉登男扮女装？我知道你最关心拉登。”

岳评说：“那是。拉登活着，就有好戏。要是他蔫了吧唧死了，这世界多没劲啊。不过，今天的事碍不着拉登。只和咱家有关系。”

满各苗在外是一家濒临倒闭的国营工厂的书记，大小也算个人物，但多年以来，家中诸事都是岳评拿主意，岳评把他当成六年级男生对待。今天郑重其事地征询他的意见，满各苗受宠若惊，飞快地把碗筷拾掇净，戴上老花镜细细地看报纸。

岳校长每隔五分钟就催促一句：“看完了吗？”

“没。”满各苗不慌不忙。

“怎么还没看完呀？你不是都自学了个大本吗？这么慢！一年级似的！”校长愤愤。

“嫌我慢，你告诉我不就得了！老花镜度数太浅了，我看字重影。”满各苗说。

过了大约一小时，岳评说：“看完了？”

满各苗说：“完了。”

岳评说：“我猜你看了也是白看。我知道你猜不着。”

满各苗说：“不一定。”

岳评说：“说说看。”

满各苗正色道：“你看到了犄角旮旯那条招人的广告。”

岳评的眼眶，一下被泪水浸满，说：“好老头，只有你知道我的心。我本想，你要是猜不出来，我就偷偷去。你猜出来了，我就光明正大地去，也省得跟你编谎。”

满各苗假装揉眼睛，其实是抹去稀薄的泪水，说：“老婆子，人家要得过癌的，可你没得过。”

岳评不服气地说：“没得过又怎么样？哪儿烂、哪儿疼我都门儿清，蒙得过去。”

满各苗很担心地说：“要是人家搜身呢？”

岳评说：“一帮乌合之众，还会当场验明正身，扒光了看我肚皮上到底有没有一尺长的口子？”

满各苗说：“老婆子，听我一句劝。别去。受罪啊。人家都是乳腺癌，就你不是……”

岳评的倔强劲儿被挑了起来，说：“我就是要会会这帮乳腺癌，看她们都是一群什么样的怪物！”

满各苗拿出在快倒闭的厂子做思想政治工作的耐心说：“老太婆，火葬场在八宝山，你我都到了玉泉路。凡事想开些。”

岳评说：“想不开。就是化成了灰，也想不开。这个程博士难道火眼金睛？就是穿了帮，大不了让我滚蛋，滚就滚。”

满各苗仰天长叹：“你是图什么呢？过去的事，就过去吧。”

岳评老泪纵横地说：“过不去。永远也过不去。我非得搞明白了这事不可！”

“嗨！几点了？还不来！限十分钟赶到！本小姐过时不候！”呼机响了，留下这样的通牒。

褚强佩服女朋友申凌，总能让呼台小姐言听计从，把她草拟的如同小作文一样繁复的信息录下来，连标点符号都传达得一清二楚。申凌在广告公司做文员，拿手好戏就是在文字上故弄玄虚。

下班后，褚强在办公室打开了尘封已久的心理学课本，复习小组的理论。临阵磨枪，临时抱佛脚，临上阵现扎耳朵眼……看来类似窘况大有人在，才创造出这类形容词。

看看表，咧个苦笑给自己。原定在公园门口会合，就是口角喷血，也赶不到了。他走出公司，找到一家星巴克咖啡厅坐下，点了一杯卡布奇诺，让淡棕色的泡沫浸泡着双唇，微微饮啜着。大约 40 分钟后，一个身材高挑穿乳白色连衣裙的女子，袅袅婷婷地走进清澈的玻璃门。

他注视着这个女子。女子目不斜视，把并不长的脖子挺出了天鹅的风采。这是所有不很美却自认为非凡的女孩子必须练就的功夫。只有你坚定不移地表演着，别人才可能注意到你。

女孩路过时，褚强轻轻拉了一下她的裙子。这个略显暧昧的动作，让那女子夹杂着恼怒和浅浅的受用。

“讨厌！告诉你，我男朋友马上就来了！”女子低声但是非常清晰地警告褚强。

“你男朋友来了我也不怕。你也不看看我是谁？”褚强气势汹汹地说。

女子听了褚强的回答，定睛一看，大叫起来：“褚强，你坏！让我在大太阳底下等你那么久，你居然在这里安安稳稳喝上卡布奇诺了！”

来人正是申凌。

“你怎么知道我要到这里来？”申凌细长的眼睛瞪成两尾挣扎的小鱼。

“嘘！我的姑奶奶！别那么大声好不好？闹得人家真以为我骚扰你呢！”褚强压低分贝。

“老等你不来，我预备到星巴克喝杯咖啡就回家去给你写绝交信，没想到你这么聪明，居然在这儿等着我呢！嗨！快说说，你是怎么找到这里来的？”申凌快人快语，惊奇把怨毒赶跑了。

褚强慢吞吞地说：“守株待兔。”

申凌说：“马路上那么多树，怎么单选了这一棵？”

褚强漫不经心地说：“有什么难的？你最近迷上了卡布奇诺，又特喜欢星巴克的小资味，一怒之下，肯定得找一间星巴克败败火。我一看时间来不及了，就打了一个114问，距公园最近的星巴克是哪一家……剩下的事，很简单了。”

申凌说：“我的天！把我的脾气摸得这么透了，真比我爹、我妈都了解我。”

褚强为申凌点了咖啡，说：“你这么说，真叫我受宠若惊。”

申凌说：“别这么肉麻！你得老实交代。你干什么呢？把我给忘了？”

褚强说：“不用逼供，我正打算一股脑儿和盘托出！公司决定让我参加一个小组，以后啊，更忙了。”

申凌说：“什么小组？抗洪啊还是救灾呢？不会是联合国武器核查小组把你挑了去吧？”

褚强说：“这小组有个特点，全是女的！”

申凌手一哆嗦，把咖啡沫子都溅了出来，说：“女排女足什么的让你去当教练？没听说你有这方面的才能啊！”

褚强说：“她们全是病人。乳腺癌病人。”

申凌大叫道：“有没有搞错？你也不是医科出身，跟女病人瞎掺和什么呀！”

“我也一百个想不通，可有什么办法？老板吩咐下来的，让我给女博士当助手。这个程老师，一看就是个工作狂。今后咱俩的约会，你就做好思想准备，迟到肯定是家常便饭。”褚强愁眉苦脸，表情夸张。

申凌说：“她长得怎么样？”

褚强说：“谁？”

申凌说：“程博士呀。”

褚强侧着脑袋想了想说：“年轻时还可以。”

申凌说：“谁问你她年轻时怎么样，我说的是现在。”

褚强说：“那么大岁数的女人，你很难用漂亮还是不漂亮形容她。有一种风度，既柔又狠。”

申凌撇着嘴，说：“这我就不懂了。柔和狠怎能掺在一起？”

褚强说：“反正你看到她就会有这感觉。外表柔柔的一个女人，骨子里很强硬。”

申凌勾画出一个色厉内荏的女强人，便把心放下了，再接再厉盘问：“长得怎么样？”

褚强摸不着头脑，说：“这回又是谁了？”

申凌说：“装什么傻呀？那些女病人。”

褚强说：“我还没见到人呢。申凌，你吃醋也要看场合，一群朝不保夕的病妇，黄皮寡瘦一步三晃的，谈什么魅力！”

申凌说：“哼，难免没一两个美人混迹其中。不是有病西施吗？”

褚强说：“咱们好不容易见着面，别说这些闲人好不好？”

申凌对褚强说：“不管怎么说，我不喜欢你扎在女人堆里工作。”

褚强说：“我也不喜欢，可有什么法子？”

申凌说：“去跟领导反映啊，叫他们另派高人。”

褚强说：“还用你教？你想到的，我早做了。我找到老板，说我年轻，小伙子，没经验……”

申凌说：“条条在理。老板说什么？”

褚强长叹一口气说："老板看着我，说，如果你不愿给程博士当助手，你就不用来了。"

申凌大惊，说："是什么意思？"

褚强苦笑道："你也是江湖中人，连这话都听不出来？"

申凌说："听出来了，只是不信。就为这事，炒你？"

褚强说："正是。老板最近很忙，抓新药鸢尾素的报批手续。如果坚辞不受，恐凶多吉少。"

申凌说："看来要保住饭碗，必得当这个倒霉助手？"

褚强说："咱的房子，咱的沙发，咱的冰箱音响……还有窗帘板凳，都得从我这份工钱里来。温饱没解决，肚子有一票否决权。"

"好，那我就批你这个组副走马上任，为了咱们的窗帘！"申凌用杯子碰了褚强的杯子。

第4章

一道老虎菜

什么时候引爆自杀装置，这是一个问题。每当路过那家狗肉店，看到被煺了毛的小狗悬挂在钩子上，像个撅着屁股的婴孩，他的心就一阵悸痛，催自己赶快下手了断。血色猩红如同旗幡，呼唤他践约。手边还有一些事情没有处理完，有一些事情才刚刚开始。他劝慰自己，死这个大前提既然确定了，早一天死和晚一天死，差别不是很大。人对于自己的死，还是多一点耐心。少安毋躁。

甄选地点，公司的意见是在水晶厅，程远青谢绝，担心会让报名者紧张，选了朋友闲置的住宅。

褚强穿一套薄花呢浅灰西装，四处打量。“您说过这人是搞艺术的，我以为会看见牦牛头。”他说。

“这墙上原来真有一个惨白的羚羊角，叫我收拾到壁柜里面去了。家是放松的地方，某种程度的乱七八糟显得亲切。”程远青边回答，边整理着沙发布垫。

客厅面积不小，地面铺着驼色的地毯，葡萄紫色的沙发摆成“厂”字形，阔大舒适。程远青带来若干个果绿色的布垫，杂乱地铺在上面，显出轻松、惬意。

“朋友一时半会儿不会回国，我在电话里请示过了，她愿意支持公益事业。”程远青说着，一抬头看到褚强直冒汗，皱眉道，“干吗像个航天飞机似的，全副武装？”

褚强从纸巾筒抽出纸巾擦着汗说：“第一次见面嘛，又有性别差异，我想正规些好。”

“换件衣服吧，看你热的。”程远青说。

“程老师，我不热。”褚强说。既来之，则安之，他现在端正思想，尽快以一个主人翁的态度投入工作。

程远青干脆挑明说：“除了关心你别捂出痱子，从工作出发，也得要求你换件衣服。太严肃了。”

褚强糊涂了，问：“严肃有什么不好吗？”

程远青说：“甄选，需要报名者显示出各自的真实状态，越随意越好。你穿得这么正儿八经，她们也会不由自主地紧张起来，对考察不利。”

褚强说：“您说的是。可是，我换成什么衣服呢？”

程远青说：“穿衬衣就行了。”

褚强把衣服脱去一只袖子，不想，又立刻穿上了，窘迫地说：“我衬衣背后有个小洞，聚会的时候，不小心被同学烟火烧的。领子袖口都挺好的，名牌，扔了怪可惜的。平时不敢单穿，只把它衬在西服里。谁想今天……”

程远青笑笑说：“日后哪个姑娘找了你，是福气。还有半小时，咱们想想法子。”说着，打开了衣橱。衣橱里并无男装。

“我刚才来的时候，看到门口不远处有一家小店，写着‘喋血跳楼昏迷价’，买件 T 恤装扮起来，您看如何？”褚强说。

程远青颔首。

小铺的杧果绿 T 恤，款式质地都不错，价钱只有立夏时的 1/3。褚强试穿上身，便舍不得脱下，胳膊上搭着西服和衬衣，一溜烟往回赶。

“跟您打听个路。东西南北也分不清了。”一位穿着豆沙色三件套装的年轻女子，拦住了褚强。

“我也是路过。”褚强歉然。

“现如今，不知道路的人比知道路的人多。”女子喃喃道。

杧果绿的 T 恤，将燥热降去很多，心也爽了。褚强觉得这女子的话，有淡淡禅意，就说：“具体地方我说不上，那边是东。”他指了指城市废气中昏昏欲睡的太阳。

女子嫣然一笑说：“我要朝南。”

褚强说：“走吧。大方向咱俩一致。”

女子银白的无跟凉鞋，在人行道朱红色的地砖上，踢踢踏踏敲着，细碎无力，搭讪说：“早上挺凉的，这会儿热了。”

褚强敷衍道：“嗯。”

女子说：“你早起穿西服，这会儿又穿这么单，别感冒了。”

褚强觉着再冷淡下去有些不近人情，说：“工作需要。”

白鞋女子道：“只听说有工作必须穿西服，却不知什么工作是必须穿 T 恤的。你是干什么的呀？”

褚强不想深聊下去，随口说：“我是推销员。”

推销员是属蝌蚪的，无孔不入。大马路上，穿着 T 恤浑浑噩噩，见了有门卫的写字楼，钻到公厕里把化纤西服套上就伺机潜入。

女子道：“你推销什么货呀？”

编谎费精神，万一说差了，刚才指路的那点好印象也吹了。褚强说：“保密。”

女子来了兴趣：“这年头，还有什么东西保密呀？原子弹都让人参观。”

“我推销的玩意儿可比原子弹厉害。”

“到底是什么呀？”女子挑起眉梢追问，眼形如燕尾般秀丽，可惜眼珠网满红丝。

“妇女不宜。”快到了，褚强一语封门。女子姣好的面容和身材，让他不忍太生硬，用一个不高明的趣话作结。

那女子突然神秘地嬉笑道：“大哥，我知道你是推销什么的了。”

褚强大惑，连他自己都不知的事，这女人凭什么就知道了？他反问：“那你说说，我是推销啥的？”

女子凑近说：“推销伟哥的。”

褚强引火烧身，脸腾地红了。

那女子靠得更近了，颤颤巍巍的右胸，有意无意撞着褚强的杧果绿T恤的左袖口，“大哥，你红什么脸呢！我知道有几个顾客，是常用这玩意儿的。我看你是个老实人，我给你个名片，想做买卖了，就给我打个电话。包你比在别人那里赚钱容易。”说着把一张水红色的名片递到褚强手里。

名片只印了一个名字：王惠明。没有任何头衔和说明，也没有地址。最下方，是电话号码。

“你是谁呀？”轮到褚强穷追不舍。

“你如果还想见我，就打这个电话，那时候，你就可以知道我是谁了。”白鞋女子突然果决起来，显出不想再谈的意思。身体移开，只把一股浓郁的香气，留在褚强左半边身体的空气里。

褚强愣愣地站在人行道上，左肩麻酥酥的，好像被人不由分说打了疫苗，红肿热痛一块袭来，左颊也烫得像一块烤白薯。这模样，似乎不宜立即回到甄选现场。褚强大口吞吐着并不新鲜的空气，欲把体内的燥热散发干净，半晌，才慢慢走回甄选地点。刚要开门，门打开了。程远青送人出来。那女子细高个儿，如凋谢的水仙花，黄白杂糅委顿不堪。

她双手握着程远青的手说："大姐，千万别忘了我！应该的应！"说着眼泪就要掉下来。

褚强未承想遇到这阵势，瞠目结舌，不知是劝还是保持镇静，侧身一旁，拘谨地笑笑。程远青说："她是应春草。"

褚强进门，见沙发上端坐着一个女人。褚强吃惊，把手中西服挂上衣架，搬一张椅子，坐在对面。

程远青对沙发上的女子说："不好意思。让你久等了。"

那女子说："我还以为自己是第一个呢。"

程远青说："好吧，咱们正式开始。我叫程远青，他是我的助手，褚强。"

"我叫鹿路。九色鹿的鹿，小路的路。"女子爽快地自我介绍。

褚强第一次参加甄选，又是面对这样一个女人，忍不住再三打量。鹿路忍受不了沉默，开口道："甄选从哪里开始？"

程远青有一点小小意外。通常都是组长提问，这女人反客为主。

没人能察觉到程远青的吃惊。她平和地说："鹿路，你介绍自己名字的说法挺有趣。"

鹿路说："我的名字很少见吗？"

程远青说："你解释自己名字的时候，用字与常人不同。"

褚强除了记住她叫"鹿路"外，干脆忘了她是怎么说的。鹿路苍白的脸庞布满迷惘："甄选难道从名字开始吗？"

程远青一笑，说："其实就是聊天，可以从任何话题开始。"

"我的名字怎么啦？"鹿路不解。

"你说九色鹿的鹿，一般人会说梅花鹿的鹿。"程远青说。

"有区别吗？"鹿路纳闷。

"有哇。"程远青声音柔和，语气肯定。

"能告诉我吗？"鹿路被震慑住了，神气渐渐收敛。

"九色鹿比梅花鹿神秘而稀少，它的命运有悲剧色彩。"程远青说。

褚强看到鹿路打了一个寒战，但脸上依然是不拘小节的笑容。"我从此以后再不说九色鹿了，改说马鹿驯鹿怎么样？”

程远青说：“根子不变，叶子很难变。你说名字的第二个字时，也与众不同。”

鹿路惶然道：“我刚才说什么来着？”

程远青说：“你说‘小路’，一般人说‘道路’。”

“这有什么不同吗？”鹿路有些恐慌。面前貌似温和的女人，有一股异常之力。她怕她，又被她吸引。博士对自己一无所知，却在极短时间内，嗖嗖射出几把飞刀，直插心闩。

“小路狭窄崎岖。‘道路’好听好记，你舍易求难了。”看到鹿路面容转阴，程远青就此打住，“小组完全自愿。不愿意说，没有任何人能强迫你。开关永远在你的手里。”

鹿路问：“来的都是乳腺癌患者吗？”

程远青答：“除了我和褚强，都是。”

鹿路说：“我整不明白，为什么要组织这样一个小组？”

程远青说：“回答你的问题之前，我想先问你一个问题。”

鹿路爽快地说：“随便问。”

程远青说：“你为什么要报名参加这个小组呢？”

鹿路仰脖笑着说：“我在报上看到了你的启事，居然有人对得了乳腺癌的女人感兴趣。程远青这个名字，听起来不男不女的……”鹿路走嘴，赶快停了下来。

程远青大度道：“你不是第一个说这话的人，肯定也不会是最后一个。”

鹿路继续说下去：“若是男人接电话，我就骂他一顿。敢情你一辈子也不会得这样的病了，所以你就想了解了解，多见识见识。呸，我才不上你的当呢！没想到是个女的接电话。程老师，不是我当面奉承您，您的声音可真好听，让人安神，我一下子就被打动了。我想来看看，到底有多少女人和我得了一样的病。”

褚强插问：“你平常是做什么工作的？”

鹿路不满意褚强的口气，拉下脸说：“还查户口啊？”

褚强说：“我很想知道你具体干哪一行。”

程远青打圆场道：“鹿路若是不愿意说，可以不说。”

鹿路愤愤地说：“也没什么不可说的。我在一家物业公司做管理工作。看副组长口气，倒好像以为我是干什么见不得人的事。”

褚强辩解道：“我没那个意思。不过问问而已。你这么一说，我就放心了。”

鹿路一听反倒火了，说：“你原来对我有什么不放心的？”

褚强张口结舌。

程远青说：“我却不明白，褚强说了你什么？我记得他只是追问了你的工作单位。”

鹿路说：“这还不够吗？”

程远青坚持道：“我没觉得他特别挑衅哪。尽管我说过，你可以不回答。”

鹿路愣了半天，突然笑起来说：“这倒真是我过敏了。不过，也怪不得我，像我们这些从外地到城里打工的女人，落魄又有点姿色的，总被人朝歪处想。我遇见过几回这事了，窝着火，免不了出口伤人，也请海量。”说着，鹿路把手伸给褚强，算是和解。

褚强握着鹿路的手。感觉到她的每一根手指，都在抖动。

程远青和褚强还没来得及交换意见，又有人敲门了。打开门，见一50多岁女干部模样的人站在门前。

“请问，程远青博士招募的乳腺癌小组甄选现场，是在这里吗？”她个头不高，身材敦实，用词准确。程远青和褚强除了连连点头，再没什么可说的。

她自我介绍：“我叫岳评，是一所中学校长。发现乳腺癌整四年了，手术后，接受化疗。现在一般情况尚好，能够坚持正常工作。就这些，你们还有什么问的吗？”

程远青、褚强面面相觑。中学校长的口吻，让人不由自主地缩小和幼稚了。

“我主持过很多面试，对你们如何进行甄选，很有兴趣。介绍一下吧。”

天！这哪儿是来参加小组的，简直是审查工作！程远青就算身经百战，这种开场白，也是头回见识。

她首先需从强加在身的中学生套子里挣脱出来，把套子还给面前这位可敬的校长。

程远青说：“岳评……”

话音还没落地，就被岳评打断了，“就叫我岳校长好了。”

程远青摇了摇头。她精确控制着头颅摇摆的幅度，如同一片树叶被微风掠过。但她相信面前的这位校长，已经很清楚地感受到了她坚定的拒绝。

“要是不习惯，叫我岳大姐好了。”岳校长适时做出了调整。

褚强张口刚想叫，程远青一摆手，制止了他。说：“岳评女士，您好像不喜欢人家称呼名字？”

“没有哇。”岳评一脸无辜。

程远青说：“那好，小组里，大家都直呼你的名字。”

“还是叫大姐顺口些。”岳评顽强坚持。

程远青不退让，说：“如果您非要当大姐，很遗憾，岳校长，您将不能参加这个小组。”

岳评一看名字被提到如此高度，吃了一惊，她不能因小失大。这种不同凡响的小题大做，让她萌生好奇，神色谦恭起来，不再把面前这两个比她年轻的人当成实习教师。她说：“当然可以叫我名字了。住院，叫你名字那是好的，经常只叫你床号。”

剩下的问题，一帆风顺。总体说来，岳校长是颇具领导风范的知识女性，给褚强留下了很好的印象。

一天选人若干。傍晚结束工作后，程远青对褚强说：“我请你吃饭。”

褚强说：“程老师，请您给我一点面子，把这个机会给我。”

程远青说：“小褚，别这么骑士了。咱们以后共进晚餐的机会，会多得让你厌烦。今天是正式开始合作的第一天，让我做东。”

走进路边的饭馆，程远青对服务员说：“要雅间。”

穿着中式裤褂的小姐说：“对不起，没有雅间了。我给你们找个安静的地方行吗？”

“不行。”程远青很干脆地拒绝了。

褚强从节约出发，说：“一顿便饭，外边也行。”

程远青说：“对不起褚强，我知道你肚子饿了，可还是要换个馆子。”

终于在一间小屋落座，点了几样普通的菜肴。程远青说：“就这些吧。快点上菜。对了，米饭也一起上。”

小姐出去了，短暂的寂静。

“这一天，有何感想？”程远青问。

“一言难尽，总是一惊一乍的。特别是那个鹿路……”正说到这里，送凉菜的来了，程远青轻敲桌面，止住了褚强的话茬。

程远青说：“今天例外。若是时间来得及，不宜在公共场合讨论小组的事。”

褚强说：“人海茫茫，谁认识谁啊？”

程远青说：“世界越来越小，为了组员的利益，还是谨慎为好。你很难说，刚才送菜的小姐和鹿路就没有千丝万缕的联系。”

褚强兴奋地说：“我有了地下党的感觉。上不告父母，下不告兄弟姐妹吗？”

程远青说：“虽不敢说那般严格，也要高度小心才是。”

褚强感到左肩头又泛起了如火如荼的热辣，手指下意识地摸摸口袋。纸片上的王惠明，像铁皮扎了他的指甲缝。也许，那只是萍水相逢的做戏？

“我觉得她很神秘。”褚强字斟句酌。他不想骗程远青，但也不打算把和鹿路并肩而行的事说出来。

“每一个到小组来的人，都背负着她的神秘。”程远青不明就里，泛泛地说。

“你会批鹿路加入吗？”褚强忍不住问。

“她各方面都符合要求，似乎没有什么理由不吸收她。你的意见呢？”程远青说。

“我……我说不上来。”褚强支吾着。也许，不收此女为上策。可是，他以什么理由呢？

程远青即便是出色的临床心理学家，也无法参透褚强的心事。

几样家常凉菜已布好，褚强连吃了几口辛辣的“老虎菜”，说：“我最大的感受是什么？说出来，程老师你不要笑我。”

程远青看褚强紧张，就把话岔开：“这道菜无非是红辣椒、洋葱、香菜什么的，和老虎有什么关系呢？”

褚强说：“我也不知道为什么这么起名。许是因为太辣了，连老虎也不敢吃。”

程远青说：“没准儿是因为辣到只有老虎才敢吃，才叫这个名字呢！”

两人没油没盐地瞎扯了一会儿，看褚强渐渐放松，程远青说：“褚强，如果我笑话了你，你以后就可以不再同我说真心话。拿不准该不该信一个人的时候，我的经验是信他一次。”

褚强深深喝了一口可乐，然后说：“程老师，每当一个报名者走进来的时候，我都在想，她真的是一个乳腺癌患者吗？好像不很像啊。我想象中的乳腺癌患者，血肉模糊腥臭无比，她们同正常人看起来的差别不很大。”

程远青笑起来说：“谢谢你如此坦率……”

褚强说：“程老师，先别夸我，等会儿您不骂我就是好的。每个报名者走进来，我都不由自主看她的胸部，很遗憾，我经验不足，判断不出她哪一只乳房被切除了。左面吧？不对不对，好像是右面？您说，我是不是很变态？很色情？”

褚强以为程远青会很吃惊，没想到程远青吃着香喷喷的酱猪手说：“这很正常。说明你激素分泌正常，正当青年，充满好奇心。我要是个男人，也会这么想。”

褚强如释重负，说：“要不然，我一天都觉得自己要上道德法庭。”

程远青说：“恭喜你察觉了这一关。你承认它是正常的，它就丧失了魔力，你假装道貌岸然，它就作祟。”

褚强笑道：“我可以练出坐怀不乱的本领了？”

程远青说：“考验实在不小，也许以后更麻烦。我想，你能找到进退自如的那个点。”

褚强说：“我把握不住分寸。不知道对她们是怜悯还是同情，还是少年老成？”

程远青笑道：“表演一下少年老成是什么样子？”

褚强正襟危坐眉头紧锁，眼角低垂嘴抿成“一”字，手放在裤线两边，握起空心拳。

程远青差点被油炸花生米卡着喉咙，说：“褚强，你如同围棋长考，谁还敢同你谈心里话？我宁愿你表现得性感一点，我估计，组里的成员，对你这个男士的态度会非常在意。不单看你是副组长，也看你是一个年轻男子。”

褚强哀叹道：“在一群半老徐娘面前表现性感，难死我了……”

程远青说：“性感是个好词。来，吃饭吧。”

第 5 章

绿色的羊羔皮纸

小组确定了八名组员，加上正副组长，共十人。第一次活动场所，还在甄选地点，约定叫它“别墅”。小组成员遍布全市，那里位置居中，交通方便。

程远青和褚强提前半小时到了别墅，没想到门口已站了一人。苍老如枯树，面部呈现出奇异的莹白色，仿佛一层葱衣。黑色手织围巾，好似荆棘包绕着柴棍般的脖颈。

“安疆，你好。来得真早！”程远青同她打招呼。

“安……疆……您好。”叫着自己姥姥辈人的名字，褚强实在不习惯。有什么办法呢？这是小组的规定。

安疆很恭顺地说：“我怕晚了。我总是这样，干什么都怕晚。”

花岚走在去往别墅的路上。鬼使神差，她第一眼就在报纸上看到程远青的招募广告，赶快回家打电话。花岚讨厌“甄选”这个词，结果不欢而散。“甄”字让她想起“文化大革命”，那时叫“甄别”。再往前数，花岚是从《红楼梦》认识“甄”字的，花岚喜欢贾宝玉，花岚不喜欢甄宝玉，株连此字。

拒绝了甄选，也就拒绝了癌症小组。花岚很快就后悔了，觉得为什么会在浩如烟海的信息里，找到了这样一条古怪启事，一定有某种不可知的力量引导自己。花岚信命。凡事一到想不通的时候，就把它归结到命。要不然，为什么别人都没得癌，而她就偏偏得了?

花岚沉不住气了，积聚了足够的力量之后，又给程远青博士打了第二次电话。花岚对自己的嗓音做了一番技术处理。“我要参加乳癌小组。”花岚说。

“你是谁？”程远青问。

“一个得乳腺癌的女人。”

“报名参加小组的人，都要参加甄选，才能确定你是否最终可以加入小组。”程远青说。

“我知道。我同意。”花岚说。

花岚以为天衣无缝，其实，一句“我知道”，就出卖了她。程远青耳音辨析力很好，凡听过一两次电话，就建立了声音档案。程远青想起了那个反复无常的女人，她的拒绝和她的参加一样坚决。甄选的时候，她表现正常，癌症小组就接受了她。

花岚是银行的职工，术后在家静养，成天考虑的就是预后的问题，不知道自己能不能闯过这一关。人都说癌症病人有几道坎，一年一坎，三年一坎，五年一坎。她家里，供有西天如来南海观音，也有张飞关羽和送子娘娘，当然还有基督和圣母。丈夫裴华山曾说过：“一个泛神论者。要不要我从网上扒一张麻原彰晃给你挂上？”

花岚歇斯底里地哭叫：“大难当头，我生死未卜，你还说这种风凉话！”

裴华山说："我看你太紧张，想给你开开心。你一心理佛，众佛保佑你，我也就不在家里老陪着你，哪句话说得不合适，反惹你生气。佛管你的精神，我管你的物质。"说完，穿上荔枝白的衬衣，打上葵花般明亮的黄领带，手上搭着"伦敦雾"的风衣，出门去也。

裴华山是花岚父亲花教授的学生。堂堂经济学教授姓花，容易让人对他的学问产生疑问。其实，花教授的学养和形象都堪称一流，口碑甚好。裴华山上学的时候，成绩并不突出，临近分配，他想留在北京的愿望，几乎成泡影。他开始追求花岚。也许花教授夫妇把基因优势占尽，留给花岚的是感情极易波动智商却持续中庸的大脑。她没有考上大学，上了一个财会类的大专，毕业后，凭着花教授的背景，供职于一家银行。

以花岚个人的姿色和条件，要找一个硕士把自己嫁出去，并不太容易。当细碎的皱纹在花岚嘴角勾出两道括弧似的浅纹路之时，花教授不得不出马了。女儿没能上大学，已是终身憾事，再找不到一个有相当前程的女婿，一脉书香，岂不在这一代断根！

花教授在学术上是不虚荣的，但在女儿身上，他无法承受周围人的指指点点。女儿没考上大学所受的重创，花教授一想起来跳楼的心都有。当裴华山出于留京的目的，开始追求花岚的时候，花教授夫妇尽管洞若观火，但都不把这层窗户纸挑破。他们相信一手调教出来的女儿，是配得上这个从小地方考来的学子的，相信在漫长岁月里，女儿会认识到这是一个明智的选择。既然找不到翡翠，可以先找一块璞来打磨。花教授自认是识璞的，一个有心计的小伙子将来有不可限量的前途。于是，花教授动用非凡的力量，先将学业平平的裴华山，打造成论文优等的青年学者，然后动用关系，让裴华山进入了一家炙手可热的投资公司。

一场利益的婚姻，彼此都心知肚明。当得失利害达成平衡的时候，婚姻的关系也是稳固的。花岚和裴华山过了几年平淡如水相安无事的日子。

花岚习惯了演戏，裴华山配合着她。在花教授面前，他们相敬如宾。花教授夫妇当然不是好哄骗的，他们看得出小两口并没有一天天地紧密起来，但也看不出明显的分裂迹象。他们就满意了，他们是老年人，老年人的特点之一就是耐性良好，他们相信时间可以改变一切东西。自己能为女儿做到的就是这些了，剩下的只有等待。

等待的重要内容之一，是希望他们有一个孩子。这个冥冥之中的孩子，可能是感到自己将要负载的使命太重大了，有点畏惧，怕不堪重任。先是一而再，再而三地流产，最后干脆拒绝来到这个潜伏地火的家庭。没有孩子应该是一件伤感的事情，令人焦急。但裴华山不伤感，这种不伤感，让花岚感到了真正的危机。

裴华山一步步羽翼丰满。他是一个讲义气的人，从来没有说过埋怨甚至离婚的话。越是这样，花岚越看不透自己的丈夫。她仿佛和一堵墙壁结了婚，除了看到自己的影子，感受到的只是无动于衷。

长期的压抑聚集成了乳房上的一个包块。手术后，当爸爸妈妈一起带着她小时候最爱吃的枇杷，到医院来看她，见了她，又什么都说不出来的时候，她就知道了那肿块的性质非同小可。他们说了些不咸不淡的家常话，嘱咐她好好养病，听医生的话，后来就走了。一步三回头地走了。花岚目送着他们的身影，确信他们不会因为落下了某种东西而返回之后，号啕痛哭。

那一天，裴华山不在，只有裴华山雇请的看护陪在一旁。医生和护士都说，从来没有看到一个病人在知道自己是癌症以后，哭得如此天昏地暗。无论人们怎样劝说，说她的肿瘤并非晚期，手术做得也很成功，要积聚正气，好好调养，花岚一概充耳不闻。她惊天地泣鬼神地哭，把输到体内的液体，包括化疗药物，都变成泪水倾泻出来。泪水先是打湿枕头，而后蔓延到床单，最后浸入了棉被……哄骗呵斥也罢，夸奖鼓励也罢，一概无效。护士没办法，只好把成人用的尿不湿像围巾一般捆住了她的脸。

由于病，裴华山对花岚的温度比以前要暖一些。花岚甚至希望他们的关系，因为灾祸有一个质的改变。祸福相倚，也许这塌天之难，使他们恩爱起来，也说不定啊。

花岚抱着这样的期望，开始了治疗。她的情绪像抽水马桶里的白色浮标，随着外界的旋钮而波峰浪底地起伏，裴华山的态度就是马桶里的水。花岚病重时，裴华山也还算尽心，后来，化疗进行了几巡，渐渐走入正轨，裴华山就疲沓下来。待到花岚主要是在家休养，裴华山的态度也就退行到和以前差不多了，重新不冷不热的。

保姆照顾一应杂事，花岚百无聊赖。一天，花岚在裴华山的西裤口袋里发现了一张字条。上书一串数字，共八位，一个本市的电话号码。花岚觉出那不是裴华山的笔迹，极有可能是一个女人写的。那种墨绿色的羊羔皮纸，非常别致华丽。

如果仅仅出现一次，花岚可以装傻。她会对自己说，这是裴华山的一个客户留下的，商场上，什么样的人没有呢？要命的是，字条每隔一段就神秘地出现一次，永远是在裴华山的右侧西裤兜里。

花岚可以肯定，字条不是裴华山装在裤兜里的。裴华山是从小地方来的，格外注意礼节礼仪的自我培训，久而久之，他比很多世家子弟更显得温文尔雅礼数周全。当他穿第一套西服的时候，就恪守绝不在西裤口袋放杂物的规则。在他嘲笑人的经典词汇里，就有：是不是绅士，看看他的裤兜就明白了。× × 裤兜鼓鼓囊囊，像塞了一窝癞蛤蟆，天生一个暴发户！

花岚到街上找寻这种纸，店里告诉她，这是特制的进口纸，一般商店根本不进货。高级礼品店里有这种纸。墨绿色的羊羔之皮，可怕而邪恶的号码。

花岚不是一个聪明的女人，但不聪明的女人直觉可能更加发达——有一个神秘的女人，潜伏在裴华山的身边。这个女人不但不想掩饰自己的存在，她还要让花岚知道这个存在。这是一个怎样的女人？她要达到怎样的目的？

花岚生活在惊恐之中，不知道该对什么人说这件事。爸爸妈妈吗？

他们把她成功地嫁给了一个她能嫁到的最好的男人，就像一只股票在价位最高的时候，卖了出去。他们什么时候想起来，都充满了预见的快乐和骄傲。花岚不忍打破他们的幸福。自己从未给他们带来过骄傲，那么自己还有什么权利把他们自己抚育的快乐，再毫不留情地毁掉呢？况且，毁掉之后，她就能有幸福吗？

积攒起来的墨绿色字条幻化成钩子，将她吊在半空，恍如冰冷的冻肉。是一个什么样的女人，在这些墨绿色的纸上一笔一画地写下这些号码，处心积虑地带在身上，在同裴华山亲密接触之后（花岚不愿想象他们之间究竟发生了怎样的事情，她只愿用亲密接触这个词。这是一个含义模糊以至暧昧的词。从冰清玉洁的信纸和信封的接触，到非常色情的想象都可容纳），伺机把字条塞到了裴华山的裤兜里？

也许，她应该给那个字条上的号码，打一个电话。那真是非常简单的事情，几个号码一拨，就会极大地向前推进事态的进展。甚至，她可以不说话，在凌晨或是半夜把电话打过去，然后在暗中捕捉那个女人的邪恶气息。

那一组数字，烙在她心尖最细嫩的地方，流血结痂。在一个个清晨或是黄昏，自己再把血痂刮开，品味血腥。她不敢在自己家中打这个电话，断定那个女人一定开通了来电显示的功能，只要她的电话一打过去，那个女人就会狞笑，知道自己得逞了。她设想如果从街头的公用电话亭打过去，那个女人就无法判断。

花岚为自己的这点小聪明而得意。但紧接着的问题就是，电话接通之后怎么办呢？在听完了“喂喂”之后，就一言不发地挂上电话吗？如果那样，那个女人一定还会想到这个莫名电话来自哪里。如果她误以为那是一个打错了的电话，之后又怎么办呢？花岚也曾特地到宾馆登记过房间，只为借用宾馆的电话。她躺在宾馆床上，一次又一次地把手伸向电话，然后又一寸寸地缩回来，好像电话是一条蜷曲的毒蛇。最后在付了房费之后悻悻而归。

花岚一筹莫展。何去何从煎熬着她，吃多少补药也无济于事。癌症和字条，两把交叉的骷髅刀，剔着她的神经。失去了乳房，作为一个女人已经不完整，勇气也随着被削去的乳房，被扔进了垃圾桶。后来，她连看那纸字条的气力都没有了，每当它出现，就用一次性的纸抹布像铲起死蟑螂那样把它卷了包，投入马桶。

以苦闷和疑惧做燃料，花岚决定走入乳癌小组。她一路斗争着，一路反悔着，一路向前走着，直到进入别墅。

第6章

这个小组姓癌

组员们围坐在沙发上，素不相识。早来的人坐得比较分散，尽量拉开距离。后来的人只有插坐其中，加上椅子，九人挤成一个长方形的圈子。

褚强看了一下表，还有最后五分钟，还差成慕梅未到。

第一次聚会就可能有人迟到，不是值得愉快的事。但是，已比程远青预计的要好。她们是一些什么人？沉疴在身！

“嗨！大家好。马上就要到预定的时间了，还有一个人没有来。大家说，咱们怎么办？”程远青说。

“不等她，时候一到，咱们就开会。”女校长岳评抢先说。

一时静了。大家有点不知所措。本来想组长该有一个挺响亮的开场白，没想到是从迟到开谈。有点滑稽，不伦不类的。

程远青看得分明，但她不理会，沉默。沉默内蕴压力，她既然提出了问题，岳评既然提出了一个解决的方案，大家就应该发表个人意见。

“等等吧。都不容易。”安疆老人说。本来以为她戎马一生，对准时准刻有非同小可的热爱。可是，不然。

“我无所谓。怎么都行。等也行，不等也行。随便。”花岚摆弄着自己的红指甲说。很长时间没抹新油，残存的红色剥脱着，露出垩白甲床，好像宫墙遗址。

“目前三种意见：一种是不等。这比较简单，到时间，我们就开始。一种是随大流。大流还没有形成，都持这种意见，等于什么也没说。我个人比较倾向第三种意见——等。这个‘等’，不是没完没了，有一个下限。等多久？三分钟，还是五分钟？”

说这话的是一个身穿西服套装的女士，短发齐耳扣住雪白脖颈，干练洒脱，绝无在座各位的佝偻之态。她叫卜珍琪，是某国家机关副司长。对身份，她声明保密。“没有任何人知道我得了这种病。”她说。

卜珍琪此言一出，鹤立鸡群。鹿路撇嘴道：“一个人迟到，至于说那么严重吗？也不是国务院开会。”

程远青迅速扫视全场，应春草低着头，任杀任剐不开口的模样。程远青只得放她继续安静。周云若嘴唇翕动，默背英语单词。程远青把目光投向褚强。副组长，你可要立功啊。

褚强拍马向前，清清嗓子说：“咱们对事不对人。我的意见是尽量早点出门，别迟到。非迟到不可，就先来个电话，道个歉……”

尽管所有参加小组的人，都明知会有一位男士在座，尽管褚强很明显的寸头（不是男歌手喜爱的马尾巴），性别色彩很鲜明的灰色细格子衬衣（不是红黄杂糅男女均可的中性服装），都使走进别墅的女人，在第一时间察觉到有一位男性在场。他一开口讲话，众组员还有受惊之感。

门开了，一个身材高挑胸部夸张的女子，走进门来。一袭湖蓝色的中式服装，细密的襻扣直到颀长颈部，长发飘飘，香气袭人。远看风姿绰约，近了打量，化疗荼毒的痕迹明显，皮肤粗糙无光，过度茂盛的头发是假的。

“大家好，我是成慕梅。堵车，第一次就迟到，不好意思。请多多原谅。”说着，鞠了一个长躬，袅袅婷婷坐下了。

成慕梅像长笛，嗓音有一种沙哑。褚强觉得成慕梅的胸部太张扬了一点（该死！他总是非常在意女人们的胸部），并很快找到了心理学的依据——因为切除引发丧失，所以补偿以至过度。

大家等待小组正式开场。程远青好像毫无察觉，说：“成慕梅，你猜，当你走进来的时候，我们在干什么？”

成慕梅面无表情地说：“猜不出来。”

程远青看着大家：“谁愿意告诉她？”

谁都不挑这个头，气氛微妙起来。也没有什么不可告人的话，但刚才众说纷纭，谁也不知道怎样总结才全面。

程远青说：“成慕梅，我看你现在的心情是有点着急，有点好奇，也有点委屈，觉得迟到也是有客观原因的，道了歉了，干吗揪住不放，不依不饶的……”

成慕梅说：“我还有一点恼。有秘密瞒着我，拿我当外人。”

大伙儿就叫冤枉，说：“我们也都互不认识，只比你早进来几分钟，凉锅冷灶，哪有什么秘密！”成慕梅安下心来，团体初步圆融。程远青却不甘休，说：“成慕梅，我们正在讨论处置你的迟到问题。”

空气凝滞，大家搞不懂组长为什么非要把好不容易建立的和谐氛围一炮轰掉。

程远青装傻：“咦，干吗这么瞪眼看我，好像我撒谎似的。难道我说的不是实话？”

安疆老太太第一个答话：“成慕梅同志，你也不用担心，觉着背后议论了你什么。不过就是说迟到了怎么办。”

成慕梅说：“一个迟到，有什么了不起！我不相信有谁一辈子不曾迟到过。小组算什么？连个民间团体都算不上，刀光剑影的，至于吗？

要是坚决不原谅我迟到，我退出！走！”说着，成慕梅站起身来，湖蓝色的裙裤腿，兜起了地毯上的碎毛屑。

沉默不语的应春草暴了起来，说：“迟到算什么？腐败啊，贪官污吏啊，卖假药的，拐卖小孩的，到处都是。咱们病人聚在一起，不就是为了找点乐子吗？这可倒好，成了找气了。我今儿个虽说没迟到，可我不敢保证。要是下次我迟到了，也来这么一通批，我可受不了。得了，若是这么较真，那我也走。”

形势急转直下，眼看小组还没开个囫囵会，就要树倒猢狲散。褚强急得抓耳挠腮，又不晓得如何帮组长的忙。程远青看着她的组员，她的组员也看着她。

癌症女人，无论老少，都曾在生死线上逛了一遭，内心多焦躁和疑虑。

程远青避开话锋说：“咱们这个小组，不是学习小组，它是心理学辅导小组。世界上第一个具有治疗作用的小组，就是为病人设立。1905 年，在美国麻省民众医院，由内科医生波瑞任组长，一群患有肺结核的门诊病人，组成了世界上第一个心理治疗小组。人是群居动物，小组就是一个微观社会，在开放温暖的环境中，大家共同成长。小组有它特定的纪律和制度，期待大家遵守。大家抱着各式各样的目的而来，但没人打算到这里骗人和被骗。”

大家脸色稍缓，花岚说：“那是。人之将死，其言也善。”

鹿路冷笑着说：“我不是病人。”

花岚道：“这个组姓癌，你不是，混进来干什么？”

鹿路说：“我来，是打算学着不当病人。每天对着镜子，一尺长的刀疤，早就让我知道命有多悬了！用不着提醒。”

岳评校长搓着手说：“身有病，心不能病。肉里的病，医院里医，到这来，医心里的病。”

程远青说：“我想知道，在小组里，愿意把自己当成正常人的有几个？把自己当成病人的有几个？”

周云若眼波空蒙，说：“我倒是想把自己当正常人，做不到。”

有几人附和这说法。程远青不与纠缠，说：“做得到做不到是一回事，想不想做是另一回事。起码，肉身继续病着，精神渐渐强健起来。咱们举个手，表个决，看你愿意当个什么人？”

统计的结果是只有花岚一个人愿意别人把自己当病人看，安疆弃权。

又回到迟到议题上。为了让成慕梅释疑，大家把刚才的讨论又表演了一遍，有了某种小品的意味。有谁哪儿忘了，大家就提醒她说：“你刚才是那样说的……”成慕梅看得津津有味，叫道：“也没什么好保密的嘛！”

程远青说：“很多时候，人们是把简单的事物复杂化了。”

经过这番演练，一是对迟到的强调，到了刻骨铭心的地步。二是彼此间的关系密切了很多，化干戈为玉帛。

大家催程远青：“组长，还不正式开始呀！您不发表个演说什么的？”

程远青说：“还不能正式开始。大家先来个自我介绍。之后，要签一张合同。”

应春草哆嗦着嘴唇说：“妈呀！这么复杂！我就怕签合同。原来那家工厂，就是让我们签了合同，每人发了几万块钱，说是——买断，就把我们打发了。现如今，我一听签合同，手就抖得像摸了电门。”她把自己骨瘦如柴的手举起来，大家不忍多看，把目光移往别处。

花岚说：“合同签了又能怎样？我要是硬不来，还能到家押我？”

有人问：“先签合同还是先自我介绍？”

程远青说：“我先来介绍自己。我今年45岁了……”

她刚说到这里，就被卜珍琪打断了，说：“每个人都得介绍自己的年纪吗？这可和国际惯例不符。”

鹿路说：“我和你做伴，我也不介绍。”

岳评不满了，说：“怎么也不按个次序？组长还没说完呢！”

程远青说：“组内人人平等，不分长幼尊卑。谁想讲就开口，不必请示。可以打断别人的话，当然也包括打断我的话。我从小长在中国城市，上大学，学的是医科。结婚生孩子，随先生到了美国。先是打工供他读书，挺苦的。后来，他爱上了别人，我们分了手。我开始自己读书，获得心理学博士学位。孩子在美国读书。有什么问题吗？”

花岚问：“男孩还是女孩？”

程远青道：“嗨，忘了交代。女孩。”

花岚又问：“你恨他吗？”

程远青说：“谁？”

花岚说：“你前夫。”

大家本以为程远青会宽宏大量或是高屋建瓴地说“不恨”，才与她的学者身份相符，不想，程远青很清晰地说：“恨。”

卜珍琪说：“组长，你的介绍让我挺感动的，我还想多知道一些你的事。”

大家响应：“是呀，是呀。”对于组长，大家不摸底。有一个她自投罗网的机会，干吗不充分利用？

程远青说：“你们还想知道些什么？”

“心情。你此时此刻的心情。”卜珍琪边说边向大家眨眼睛。

“对！”大家半是恶作剧地说。

褚强觉得不恭，刚想出援手，程远青早就掐算好了他的脉搏，一个眼神，封了褚强的上下唇。

“我现在挺自卑的。”程远青真诚地看着大家。

无异于在别墅内扔了一颗原子弹。自卑？谁？组长？她说谁呢？她在说她自己！有没有搞错？！

震惊。有头脑灵活思维敏捷的，马上判断程远青在玩花活，一个噱头，故意耸人听闻。

程远青说：“第一点自卑的是，我离婚了。婚姻是女人的第二张皮。在婚姻美满的女人面前，总生出哀伤和低人一头的感觉。第二点自卑的是我已经不年轻了，常常力不从心。除了这两处旧伤以外，今天，坐在你们之中，我又感到了第三点，让我胆怯不安。”程远青轻轻地叹了一口气，好像吐出一个松软但体积庞大的棉花球，不但堵住了程远青的胸口，把大家也壅塞得喘不过气来。

在场的人，若说对程远青的前两点还能体谅理解的话，这第三点，就有点丈二和尚摸不着头脑。大家说："我们哪点让你自卑了？"

程远青道："我没得过乳腺癌。"

此语一出，全室皆惊。大家都不知程远青葫芦里卖的什么药，连褚强也觉得程老师怎么啦？玩笑不是这个开法，调侃也不能往伤口上撒盐哪！

大家目光炯炯。某种意义上可说虎视眈眈。程远青走一着险棋，把自己摆在全组对立面。就算褚强保持脆弱的中立，她现在也是名副其实的孤家寡人了。她的话像一道界桩，把别墅划分成两大阵营——得乳腺癌的，没得乳腺癌的。

一边是所有组员，一边是组长程远青孤身一人。

程远青面色平静。程远青口吻诚恳，并不是她愿意挑起这种对立，而是这种对立一定会来。早来比晚来好。这是一个事实，铁的事实。由一个健康的人，来给一群罹患恶疾濒死之人做组长，这深不见底的鸿沟，你绝对躲不开。尊重和陌生，会使对立隐蔽而悄然，但雪埋死人，变化会让这个死人蠢蠢欲动，在一个意想不到的时刻，猛然坐起来，吐出红舌。程远青蓄意要把这个死人激活，现身光天化日之下，瘴气就提前散了。

卜珍琪说："组长，您说的是真话吗？"

程远青道："千真万确。我希望小组养成好习惯。你可以不说，但你说，就是真话。"

鹿路插言道："打岔吧？你是全乎人，我们呢？不男不女的怪物，残人。只有残人在好人面前自卑，哪有反过来的？！"

程远青瞥见成慕梅脸色非常难看。大家的面容也都是冷漠中透着愤懑。

程远青道："自卑并不是和条件成正比。这个小组里，我是少数，你们是多数，你们知道很多事情，我不知道。你们彼此容易沟通，我却是局外人。如果你们联合起来把我当异己，排斥我，我就融不到群体里。”

花岚说：“我愿要你的自卑，把病过给你。”

安疆宽厚地说：“组长，您别自卑。我们也不自卑。病，也不是罪。”

鹿路更有邪门的，说：“组长，您的自卑有治。”

程远青道：“怎么治法？”

鹿路说：“别着急。你就等着吧。得病这事，谁也说不准。也许哪天你就得了这病，不就不自卑了吗？”

大家就说：“乌鸦嘴！自己得了病，已是天大的苦事，哪能还巴望着别人也受这份折磨！”

鹿路不服气地说：“少来这一套假仁假义！我就不信，你在苦海中就没想过：为什么天下的人不都得上这种病！你就没咒过让你的仇家或是你的朋友都得一回这病！不是不盼别人好，起码这世上多几个同甘共苦的人！”

大家不说是，也不说不是。只有安疆喃喃地说：“我可从来没想过。”

这一程话里，可供讨论的题目太多了。程远青好像面对一个处处滚着岩浆的火山脚脖子，从哪里钻下去，都会诱发猛烈的爆发。

岳评指挥道：“组长说完了，该副组长了。然后按顺序，顺时针转。”她自觉坐上了老三的位置。

褚强刚要张口，程远青双手交叉着向下一按。这是一个有着强烈拒绝意味的手势，空气一下凝结了起来。程远青说：“咱们这个小组，不搞排排坐，分果果。谁想好了谁就说。没有什么顺时针逆时针的，顺序在大伙儿心里。”

程远青口气安然，但那个非同小可的动作，令人没齿不忘。岳评不服，心想不按我说的轮值，看谁愿发言？

她错了。组员在孤独苦闷中自愿而来，骨鲠在喉不得不吐。

“我叫鹿路。九色鹿的鹿，小路的路。我是东北人，到北京来打工。

现在在一家房地产物业工作。没办法，养活自己呗。完了。行不？”鹿路说完，看程远青。程远青掉转头，不看鹿路。鹿路的目光就掉在地上，摔碎了。

鹿路又去看褚强。褚强闭上了眼睛。褚强总觉得鹿路嘴后还有一张嘴。

鹿路自我解嘲道：“既然说多说少，全由自己，我就说这么多。”

安疆发言：“我叫安疆。平安的安，新疆的疆。我这个名字是后改的。是我老伴改的。我们是在新疆结的婚。我在干休所。一个人。”安疆声音很弱，但不含糊。

“那你以前的名字叫什么？”应春草问。她不喜欢自己的名字，觉得一听就像个下岗女工。因此对别人的名字，特别是后改的名字感兴趣。

“这个……不说吧。”安疆拒绝了。

“很小资味！”周云若说。

“小资是什么味？”老人家在干休所孤陋寡闻，对流行词汇一无所知。

“比如叫潇潇或是丽娜什么的。”周云若说。

“云若也算吧。”褚强插话。

周云若很快反击道：“不算。云若有武侠风。”

安疆老太太说：“不是。”

“那以前究竟叫什么呢？”周云若追问。

“这个……只有政委知道……”安疆为难了。那是她和政委的秘密。

程远青解围道：“名字只是一个符号，不必太在意。”

接下来是花岚自我介绍：“花岚。不是盛满鲜花的花篮，是山底下的风。我在银行工作，成天和钱打交道。过路财神。不过，单位有钱还是好，药费不成问题。”

大家就都投出羡慕的眼色。癌症是个无底洞，很多效益还算不错的单位，刚开始还说，安心养病，尽管治，药费的事不用挂在心上。面对着汹涌澎湃的药费单子，很快就变了脸，最后不是规定了最高限额，就是拖着不报，闹得大家心中惶惶。

“我这一辈子呀，除了住院交押金，没摸过超过一万块的钱。头一回摸那么多的钱，比摸不着的时候还惨，打小窗口喂进去，那个心疼啊。真想不出天上地下袖筒子鞋坷垃里都是钱，啥滋味？”应春草啧啧说。

花岚有机会谈谈自己的工作，也有成就感。她说：“钱味，难闻得很。一堆钱放在一起，就像破鞋臭袜子脱下又捂了三天。每天数钱，就像清洁工人扫树叶子。没感觉。硬说有什么感觉，那就是，这世上钱再多，不是自己的，干着急也没用。不如不看。”

应春草听得发呆，由衷地说：“过手成千上万钱的人，才说得出这话。”

岳评受了程远青的打击，积极性有所收敛。等到这会儿，说：“我在一所重点中学当校长。我们学校有六十七年的历史了，是一所有光荣传统的学校。现有教职员工 ××× 名，班级 ×××，在校学生 ××××……在历次的评比中，我校一共获得了……”

大家昏昏欲睡。鹿路捅捅岳评说：“校长，这儿不是教育局。”

岳评喜出望外地说：“你怎么知道我是校长？还没介绍到呢。”

鹿路故作诧异：“我好像听您已经说了好几遍了。”

岳评浑然不觉，说：“我这个人，最不愿意把职务挂在口头上了。”

鹿路说：“您这么谦虚，难得。我看您就再谦虚一下，给别人也留点空。”

可惜岳校长忍痛割让出的时间，大家不领情，固执地沉默着。褚强说：“我讲两句。”

鹿路就带头鼓掌。鼓掌这事，如果没有鼓，一直静着，也就不见怪。一旦有人带头拍出声来，别人不响应，好像不敬似的。散落在沙发上的组员们，稀稀拉拉地拍掌，闹得褚强一个大红脸。

周云若不鼓掌，抢白鹿路说：“别人发言你不鼓，为什么单是这人发言，你就鼓？”

鹿路说：“谁叫他是副组长来着？我拍他马屁！”

周云若说："不对吧？要说拍马屁，组长的官比副组长大吧？你没鼓掌啊！"

鹿路说："我没鼓掌，组长记恨我也就罢了，可关你什么事？我这人，想给谁鼓就给谁鼓，你管不着！"

气氛有些僵了。褚强一见大事不好，纠纷是因己而起，息事宁人的法子就是赶快介绍自己："我叫褚强。男性……"

大家就很夸张地笑起来，褚强得了一个碰头彩。

"好像谁不知道你是男的似的。照你这样介绍，我们每个人都得在自己的话里加上：性别——女。"花岚说。

褚强着急地说："我也自卑。"

花岚说："怪啦！都说女人比男人自卑，你大小伙子一个，自卑什么？"

褚强说："在社会上，女人比男人自卑。可咱这小组，就颠了个个儿。你们都是女性，我是少数派。刚才组长还说她因为不是病人自卑，那我既不是病人，又不是女人，就更自卑了。"

岳校长道："自卑也不是什么值得夸耀的事，甭争甭抢了。副组长，你接着说。"

褚强说："我插一句。叫我名字，叫小褚，怎么样？"

周云若立刻响应："小褚，你接着说。"

褚强说："别人都叫得，就你叫不得。"

周云若说："为什么？"

褚强说："你比我小。你得叫我老褚。"

大家说："管你叫老褚，我们怎么办呢？"

褚强只得说："小褚就小褚。我是心理学系毕业，在隽永生物公司综合部任职。程老师的助手。"末了又添了一句，"未婚。"

大家就笑："补充得好。"

周云若说："我的也简单。本科和研究生读的都是中文，由于生病，学业还没完。算留级生。"

现在，没有做自我介绍的只有卜珍琪和成慕梅两个人了。互相看了一眼，成慕梅说："你先。"

卜珍琪说："我叫卜珍琪。干部。寡居。"

简单，干脆，有一种拒人千里的决绝。成慕梅干咳了一声，好像对自我介绍很为难。已然是最后了，也无法推托，迟疑着说："成慕梅。在机关工作。未婚。"

程远青看看表，这个动作具有传染性，大家都不由自主地看了看表，第一次小组活动只剩不多的时间了。程远青说："中国有句古话，百年修得同船渡。小组就是一艘小小的船，驶向各自心灵的港湾。大家走到一起，是缘分更是福气。现在，大家签署一份契约。"说罢程远青拿出一沓纸，给了身边的成慕梅，示意传给大家。每人分得了一张，忙不迭地看起来。

小组契约

1. 我自愿加入小组，为了自己和同伴的成长。

2. 我力求坦率真诚，与他人分享自己生命的体验。

3. 我将保守小组的秘密。

4. 我遵守小组的纪律和制度。不迟到不早退。如遇疾病和其他特殊情况，事先向组长请假。如果两次无法参加小组的活动，视为退出小组。

5. 在小组的活动过程中，可能会扰动身心，我对此有必要的了解和准备。

签约人：×××

第7章

摁下你的指纹

“跟加入地下党似的。”鹿路把签约纸像小蒲扇一样扇着自己的脸庞。纸软，弓成拱桥样，噼噼啪啪地响，有些刺耳。

“你参加过地下党吗？”安疆老人平和却很有分量地问。

“没。我才多大呀，哪能跟您比！”鹿路带着伪装的恭敬和明显的优越感。

安疆说：“真正的地下党不留任何纸。”

周云若说：“我不明白。既然请了假，为什么如果两次不来，就不能再参加了呢？谁也不是故意的。”

大家就说：“别那么严格。三次吧？”

程远青说：“小组的活动有很大连续性。一次不来，就有很多信息不知道。两次不来，就会丧失更多的机会。组员看起来还是那些人，可心灵的步伐不一样，会出现隔膜，对小组和对自己，都不负责任。所以，以两次为限，不再宽延。”

说完，程远青拿出一个很陈旧的铁盒子，圆扁若一只小手鼓，表面印着粗糙的图案，花红柳绿的，已看不清是“百雀羚”还是“万紫千红”。

“这是什么？”周云若很惊奇。

“以前装搽脸油的。现在都用精华素面霜晚霜，只有农村人才用这玩意儿。”鹿路说。

程远青说：“出个谜大家猜。这里面装的是什么？”

褚强说：“我知道。”

程远青说：“你说吧。”

大家就说：“小褚你不要说。你是副组长，得避嫌。”

褚强说：“那我弃权。”

大家说：“弃权不行，你不能搞特殊化。”

程远青笑道：“其实小褚并不知道这里面是什么。你就最后说吧。好，谁先猜？”

鹿路说：“我猜里面就是普通的搽脸油。故弄玄虚而已。”

程远青说：“里面不是香脂。”

岳评第二个猜，这已是很大的忍耐。“糨糊。”她说，“我小时候，上手工课，用白面打出糊糊，装在这种小盒里，带到学校去。”

程远青说：“但遗憾地通知你，里面装的不是糨糊。”

应春草猜道：“这里头哇，可能是一只小昆虫、蚂蚁什么的。”

大家说：“怎么想到活物上去了？”

应春草说：“我有过这样的一只小盒子，陪伴了我好多年。我藏过蚂蚁、小蚂蚱什么的。”

程远青说：“这里头的东西没生命。”

应春草说：“我看到盒子盖得很紧，也想里面没法装活的动物，那就憋死了。”

安疆开口：“土。”

大家一时没听清楚，追问：“你说土，什么意思？盒子的式样土，还是另有含义？”

安疆说：“里面装的是土。我十几岁离开家的时候，表姐说你带上一点家乡的土。无论走多远，若是水土不服，捏一撮家乡土，沏水喝了，病就会好。当时，想找个铁盒子，没找到。后来用块家常布包上土。”

大家说：“盒子太小了，若是装土，沏一杯茶就得见底，两杯茶就喝干了。”

安疆说：“我想不出别的东西来。”

程远青说：“有诗意。可里面不是土。”

周云若说：“我能把这个盒子拿在手里吗？”

程远青说：“可以。”

发过言的说：“不公平。我们远远地看了一眼就猜，你却要拿在手里掂，占便宜了。”

周云若反驳道：“谁叫你们不问呢？程老师并没说不让拿在手里猜啊！”

程远青说：“这个漏洞找得准。”

周云若说：“那您就把这个小铁盒给我吧。”

程远青把铁盒抛起来，在空中划出了一道优美的弧线，周云若灵巧地接到手里。

“这么沉啊！”周云若失声叫道，“我猜是一种金属。哦，我知道了，是钱。”

原来那是一盒制钱！——不对吧？是纸币，不会有这重量。是硬币，盒子不该喑哑无声。周云若察觉自己的失误，反复察看盒子。有人不乐意了，说：“你看也看了，说也说了。不会干脆把盖子起了吧？”

周云若悻悻地把盒子交出，说：“不是硬币，就是欧元。要不然，就是金子。”

大家就说：“欧元啥分量，不知道。金子恐怕还要重些。”

程远青点点头，等于宣布了周云若的失算。

现在，只剩下卜珍琪和成慕梅。目光一交会，成慕梅说："你先。"

卜珍琪说："能闻闻吗？"

程远青说："行。"

卜珍琪把铁盒放在挺秀的鼻梁下方，用颀长的手指扇着气味，耸动精巧的鼻翼，轻轻嗅着。大家也都屏住气，等这位职场中精明的女性，发表高见。

"有一种极为独特的香气。和我们通常所闻到的任何一种化妆品都不相同。盒子外表朴素，很有些年头了。当盒子还很新的时候，东西就装到里头了。很可能是洋货，装在纯粹国货的旧铁盒里，一个伪装。"卜珍琪若有所思地向大家报告。

有人小声说："卜珍琪，你该到公安部门任职。"

程远青说："已经靠近了答案。不过，它是纯粹国货。"

又是成慕梅垫底了。她索然看看大家说："不猜。"

大家说："都猜了，你为什么不猜？不行，不行。"

成慕梅说："猜不出来。"

大家说："我们也都没说对啊。你最后一个猜，够占便宜的了。起码你已知道它不是化妆品，不是钱，不是土，不是活物，不是洋货，不是糨糊……"

成慕梅说："就算知道了不是这几样，也没用。万物海了去了，猜不出来。"

僵持。成慕梅坚持不猜，组里出了一个"特区"，程远青有点发愁。

褚强救场说："我猜，是药。"

一听是药，大家来了精神。齐问："什么药？"

褚强说："那还用说，特效药呗。香气，国货，说明这是一味祖传中药，很沉，说明装得瓷实，大家都可分到一点。"

别墅内气氛高涨，还有什么比奇异的药材更能让癌症病人兴趣盎然！程远青赶紧泼冷水："里面的东西和医学无关。"

成慕梅不想在第一天成为众矢之的，就说："我试试吧。也猜这里藏的是药。”

大家说：“程博士都说过了，不是药。”

成慕梅道：“我这个药，和刚才那个药有所不同。不是治病的药，是致死的药。盒子虽小，若装氰化钾，把咱一干人放倒在这里，绰绰有余。砒霜，效果差点，估计也够了。”

大家毛骨悚然，不由得端详起这位最晚抵达的组员。她浓妆艳抹的脸上阴冷淡然。

程远青必须出手，停止这种恐怖想象，很干脆地说：“你猜得不对。盒子里绝不是毒药，也不是炸药。你这样猜测，使我很难过，也让大家很不安。我想你是在开玩笑，是这样的吧？成慕梅。”眼光中有温和却不容抵挡的压力。

在大家目光的压榨下，成慕梅只好就坡下驴，说：“唔。我开玩笑。”

成慕梅收回了耸人听闻的揣测，大家重又关心盒子悬案。

程远青说：“我先给大家讲一个小故事。”

鹿路说：“我是个急脾气，先打开盒子，再讲故事，好不好？”

大家都说：“好！”

程远青说：“故事听完，就知道盒子里面是什么了。好多年前，当我还是个小姑娘的时候，经常到一个同学家给她补习功课。她脑子有点笨，但人很好，老实本分。她叫千叶……”

千叶的父母都去世了，千叶和奶奶一起过日子。千叶不喜欢读书，千叶说，她才不上大学呢，那得学多少年啊，得付多少学费啊，奶奶等不了那么多年了。千叶说，她要早早上个中专，挣钱养活奶奶。千叶的奶奶可不这么想，她一心要让千叶上大学，觉得这才对得起千叶的爸爸妈妈。

奶奶不知道千叶是怎么想的，或者说她就算知道了千叶是怎么想的，千叶也不理睬，依然坚持自己的想法。千叶的奶奶找到了学校，希望学校派一个学习好的孩子，和千叶一起做作业。

这个活就派到了程远青头上。程远青每天放学以后，到千叶家去，趴在千叶家古老的红木小饭桌上，做功课。每当这时候，千叶的奶奶就守在一旁，看着两个孩子一笔一画地写字，是莫大的享受。千叶不会做的功课，就请教程远青。程远青就一遍遍地告诉她。写完最后一个字，奶奶就像神仙似的，变出很多零食，爆米花啦，铁蚕豆啦，还有分成两堆的花生米。

“你们俩谁先挑？”奶奶对着花生米和垂涎欲滴的小姑娘说。

千叶每次都说：“远青你是客，你先挑。”

程远青说：“哪堆都行。我也看不出哪堆更大。”

奶奶就啧啧称赞道：“到底是好学生，就是不一样。一下子就看出来了。是，两堆一般多，都是 100 粒。我一个个地数过了。”

也许是一百粒的花生米是个吉祥物，总之千叶的成绩有了很大的进步，有一次，居然得了生平第一个 100 分。老奶奶把程远青叫到身边，说：“孩子，我谢你。”

少年程远青说：“老奶奶，这回全班有 30 多个 100 分呢，老师说题目出得太容易了。”

奶奶说：“奶奶不管这个。奶奶只知道这是千叶的第一个 100 分，为了这个，奶奶要赏你。”

少年程远青说：“奶奶是要给我两百粒花生米吗？”

奶奶说：“这回不给你花生米了。花生米吃了就没有了。奶奶这次要给你一个能留久远的物件。”

奶奶说：“千叶的爷爷早年间在宫里当差。宫里，你知道那是哪儿吗？”

少年程远青说：“我知道，是故宫。”

奶奶说，千叶的爷爷从前干过一个特别的差事。宫里头活儿分得很细，看着笔的是一拨人，看着墨的又是一拨人。千叶的爷爷是看印泥的。

“印泥还用看啊？印泥又不会跑。”少年程远青说。

奶奶说，宫里用的印泥是特制的，含有上等朱砂，并加进了玛瑙、珍珠等多种宝物，俗称“八宝印泥”。皇帝用玉玺盖印时，用的就是这种印泥，永不褪色。千叶的爷爷冒着杀头的风险，从宫中偷出了一小坨八宝印泥，藏在家中。

“喏，这就是八宝印泥。我给你装了一小盒。不值钱，可没地儿淘换去。留个念想吧。奶奶看你是个读书人的坯子，读书人喜欢这个。”奶奶说着，把一个装香脂的小盒子递给了少年程远青。

……说到这里，中年程远青把手掌摊开，让那个小盒子如同一只被捕捉的蟋蟀，静静地躺在手心。

“哦……原来这盒子里面藏的是八宝印泥！”众人恍然大悟。

程远青慢慢地把盒子打开，由于年代久远，盒盖压得很紧，开启的时候，颇费了一点气力。

盒盖终于打开了，一股凛冽的芳香之气奔涌出来。不是俗气的茉莉玫瑰之香，也不是甜腻讨好的香草水果之香，更不是类似狐臭和皮革的国际香型，甚至也不是大富大贵的红木檀香之气，而是让人有轻微迷茫的沁人心脾的幽远肃穆之香。

八宝红印泥隆重奢华，有着君临天下的非凡气魄，纯净温润，不掺丝毫杂质，宛如一颗巨大的红珠。

程远青用自己的右手食指，在八宝印泥的中央，先按了一下，然后端端正正地在自己的那一份契约的签名一栏，摁了下去。一个清晰宛若梅花花瓣的指纹出现了。

“哦……”大家恍然大悟。褚强最先响应程远青的号召，伸出自己汗毛浓重的手指，也在契约上摁了手印，并问：“一式两份吗？”

程远青道：“对。自己存一份，我这留一份。”

有人觉得新奇，有人觉得好玩，有人觉得小题大做，有人觉得故弄玄虚……但一看组长、副组长如此认真，加上契约对利益和责任都很公平，况且若真是自己一不留神谈出了隐私，契约也是极好的保护。众人纷纷伸出手指，在契约上留下了手印。

说来也怪，不管你是坚决还是迟疑地在契约上摁了手印，只要自己的食指被这古色古香的八宝印泥所染，就好像被打上了共同的印记，有了重重的承诺。大家看着自己的红手指，孩子似的笑起来。

程远青说："第一次小组活动就到这里。签署了共同的文件，我们成为一个特殊的集体。汽笛已经拉响。我们的小船能走多远，全靠各位水手的努力了。小组活动就要结束，希望大家用一句话，形容一下今天的感受。正的负的都可以。"

岳评抢先道："我先说。我的感受是：这是一个团结的小组，一个特殊的小组。我从来没有参加过这样的小组。我想谈以下四点看法……"

鹿路突然鼓起掌来，不怀好意的掌声，岳评只得草草收场。

花岚说："我本来想来看看风头。要是好，就留下；要是不好，下次不来了。"

大家说："这算什么感受啊？况且，你下次还来不来了啊？你没说。"

花岚说："这还听不出来啊？当然是来啊。要是不来，就什么都不说了。"

鹿路说："按说我走南闯北的，见过的世面也不算少了。这种小组，没见过。稀奇。"

大家就问组长："稀奇，算不算是心情？"

程远青说："你的稀奇是不是惊奇的意思？"

鹿路说："无奇不有的意思。"

程远青说："算。"

鹿路过关，出现了短暂的间歇。程远青说："我希望总乐意在后面发言的组员变变。"

卜珍琪警觉道："你是批评我吗？"

程远青说："建议。"

卜珍琪说："我感觉在这个小组里，今后会发生一些意料不到的事。拭目以待。"

这带有某种巫术预言的话，令人感到轻轻的不安。程远青觉得有责任匡正，就说：“你的意思是，将有很多事件可能发生，每一个人既是演员，又是观众。”

卜珍琪莞尔一笑道：“不完全是这样。您若觉得这样说比较好，我就承认我是这个意思。”

安疆说：“我说吧。我会把这些告诉政委。”

大家说：“政委是谁？”

安疆说：“政委就是政委。”

应春草说：“看到大家都有这病，也许是我自私，心情好一些了。”

周云若说：“挺累的，好像一天背了300个单词。不知为什么？”

程远青说：“用心了，就累。”

有好几个人出长气，看来周云若说出了她们的身体感觉。

成慕梅这回比较自觉，赶在倒数第二个说了话：“说不上好，也说不上不好。”

褚强说：“我本来以为会碰到一些怪人，现在觉得挺亲切的，不怪。”

大家都很高兴。一位年轻的男士，觉得患了乳腺癌的女人很亲切，这很好。

程远青看着她的组员们。青黄的面色，游弋的眼神，散乱的假发，枯萎的身体……比她领导过的任何小组都更抑郁和孱弱。她要帮助她们流出眼泪和走出眼泪之后的忧愁，要把她们拖回她们想要回避的那些惨痛记忆，那些记忆对于她们是一种罪恶的宝贝，它们是深夜出来作祟的魔鬼，痛苦就是它们潜藏的巢穴。当她们因为太痛苦企图逃走的时候，她要轻轻地但是毫不迟疑地把她们重新投入火焰，让过去化为灰烬，让火苗编织出新的羽毛，助她们飞翔。

任重而道远。

她说：“我的感受是——时间过得真快！乳癌小组的第一次活动到此结束。”

第8章

夜半铃声

他忍着呛人的狗肉气味（也许在爱好者鼻子里，正是诱人的香气），认真地察看了狗肉店的每一个犄角旮旯，以致让领位小姐怀疑他是微服私访的检疫人员。他挑了一个靠窗的座位，点了和狗肉无关的凉菜还有啤酒。他悠闲地喝着啤酒，认定这个地方非常适宜自戕。墙上没有多余的饰物，只要把桌椅搬开，爆炸之后就不会引发火灾。时间以晚上打烊前为宜，先让店员们退出，才不会伤及无辜。他这样想着，背靠着墙壁，把沉重的扎啤杯子紧靠在胸前，假设那是简装的爆炸装置，然后一饮而尽。

褚强回到家，后背像被人狂殴一般酸痛。他知道这是在小组活动中，精神高度紧张所致。很想痛痛快快大睡一场，申凌来了。工作和情感，在大脑中分属不同的区域，软塌塌的褚强，转眼又生龙活虎。

褚强说：“你怎么来了？”

申凌说：“瞧你这口气，好像不稀罕我来似的。那好，我这就走。”

褚强赶紧做了一个老鹰捉小鸡时鸡妈妈的动作，说：“我是喜出望外。要是早知道你来，我就把屋里收拾干净。”说着，把泡着袜子的塑料盆，不动声色地用脚踢到床下。

申凌说：“我也不是检查卫生的。你甭遮遮掩掩，反正我也不会给你洗。”

褚强嬉皮笑脸道：“哪儿敢有那非分之想呢。主要是怕熏了你。”

申凌说：“我不怕熏。就怕你变心。你如今是一枝独秀，扎在女人堆里。”

“那也叫女人？一堆枯枝败叶。”褚强故意贬斥癌症小组，虽于心不忍，但为了爱情，也就让她们牺牲一回。

申凌说：“把你们小组活动的事，讲给我听听。”

褚强为难了：“程博士不让讲。”

申凌变色说：“我重要还是程博士重要？”

褚强知道自己即将步入一个危险的连环陷阱，马上封门道：“当然是你重要。咱别说工作了，好不好？”

申凌锲而不舍：“把你小组的事抖搂点，也是个乐子。我保证不跟任何人说，咱们俩，谁和谁啊，不就是一个人吗？”

褚强爱听这话，心就软了。他把小组的事当成讨好申凌的机会，星星点点透露若干。不时想到程远青的叮嘱，舌头就抵住了牙床。申凌正听得有趣，哪里容他收兵。他坚持不说，申凌就把好看的小嘴噘成“O”形，说：“你爱不爱我？”

褚强赶紧表决心，说爱到地老天荒。申凌抢白他说：“你要是爱我，就说下去。”

褚强说：“爱你和小组有什么关系呀？”

申凌说：“关系大了。爱和所有的东西都有关系。”

恋爱中的女孩，愿意把一丁点儿的小事都和爱联系起来，褚强哭笑不得，禁不住申凌死缠烂打，就把小组的事像挤牙膏一般说着，真真假假，编故事哄申凌。申凌听得还挺上瘾，说："跟这拨人一比，咱实在是太幸福了。嗨！你说，这个小组活动中，会不会死人？"

褚强吓了一大跳，说："你想点好的成不成？我还真没想过谁会死在小组里。"

申凌撇着嘴说："别这么一惊一乍，留神吓着谁！都是癌症病人，死一个两个的，才合逻辑。估估看，你这个组里，谁第一个死？"

年轻的女孩，可能觉得死亡遥不可及，喜欢把它当成一个谜语。

褚强说："不知道。"

申凌说："我知道。"

褚强说："谁？"

申凌说："我看那个叫成慕梅的人先死。"

褚强说："有何根据啊？你也没见过她。她脸色虽说差点，大面上还行。"

申凌说："直觉。女人的直觉，你不服行吗？"

褚强举手投降说："我服我服。服到五体投地。"

褚强上班，看到自己办公桌上，放着一个白色信封。褚强任职隽永生物公司综合部，公务函件不少。但这封信有些古怪，单位地址和姓名一应俱全，寄信人一栏中，却只留下"内详"两字。

说实话，褚强还真没收到过如此神秘的信件。

他饶有兴趣地打开信封。一张雪白的 A4 纸，上面以黑体 3 号打印着一行字：

"请找到第一版第 12 次印刷的《现代汉语词典》，打开第 1253 页。看看第十一个字……"

褚强觉得很有趣。谁在和他开玩笑？看看邮戳，本市寄出的。他有十分把握是申凌干的。这个小文员，字典、A4 纸和打印机，正是她朝夕相伴的作案工具。故弄玄虚是该人的长项。

不管怎么说，褚强还是要抓紧时间找到那本“现汉”，查查是个什么字。不然，下次约会，小姑奶奶问起来，褚强答不出，就要看她的脸色了。

“现汉”本是最常见的工具书，但寻找起来却比想象的困难。褚强楼上楼下穿行，跑出一头汗。有“现汉”的人倒是不少，但这个指定的版本实在是太老。它是20世纪70年代末期的产物，在电子时代，简直相当于乾隆时期的花瓶。天可怜，褚强最后终于在广告部的一位老编辑那里，找到了这个宝贝。再三道谢之后，褚强夹着来之不易的“现汉”，回到自己蚁巢般的办公隔间。

倒要看看申凌搞的什么鬼。褚强翻到了第1253页，食指捋着向下数，找到了那个字，真是又好气又好笑。这是一个非常普通的字——“小”。“小”什么呢？小张、小李、小褚、小刀、小气鬼、小心翼翼、小不忍则乱大谋……不知道。褚强苦笑，交了这么一个鬼点子甚多的女朋友，你就得适应她的鬼把戏。目前只有按兵不动，看看后面还有什么花样，申凌是不会虎头蛇尾的。

吕总裁召见褚强。作为低级职员，走进总裁阔大的办公室，褚强既兴奋又紧张。办公室的氛围更加重了褚强的不安。一个成心不让人舒服的地方，光滑的深胡桃木把所有裸露在外的细节都包裹起来，好像一把整装待发的猎枪。

吕克闸在甲板一般辽阔的办公桌后面说：“把癌症小组的进展汇报一下。”

褚强说：“小组在程博士的领导下，已经正式启动。”

吕克闸问：“都是货真价实的癌症病人吗？”

褚强说：“是。”

吕克闸说：“详细讲讲。”

褚强沉吟，总裁不是申凌，不能乱编乱讲，只得说：“程博士不让讲。”

吕克闸说："好。忠于职守。只是，是程博士发你工资还是我发你工资？"

褚强低头道："您。"

吕克闸说："你知道吗，连程博士的工资也要我发。"

褚强见缝插针道："那您就让程博士给您汇报。"

吕克闸笑了，说："脑筋急转弯。好吧，关于小组的事，我直接问她。但关于程博士的事，我只有问你了。你是公司派出人员。"

褚强想，谈程博士，这倒不违背原则，便把有关信息一一报出。吕克闸不动声色地听完，示意褚强可以离开了。

吕克闸起身，站到弧形的外飘窗前，看着楼下熙熙攘攘的人流，想着那个在酒吧喝清水的女人。她为自己的婚姻和年纪自卑，原来她玉树临风的镇定之下，也有软肋。

谁没有软肋呢？吕克闸凭着自己艰苦卓绝的奋斗，有了隽永生物公司今天的局面，他没有一个知心朋友，睡梦中永远睁着一只眼睛，和老婆也是同床异梦。和这位心理博士在一起，有一种奇怪的感觉。吕克闸认识无数女人，从铁腕娘子到百媚千娇的小姐，如此特立独行的女人头一回见。她有一种单纯到透明的风度，甚至是傻，居然对着一群社会上的药渣滓，述说自己失败的婚姻。然而，她骨子里的强悍、敏锐和原则性，又如同檀香，不动声色地熏染着每一个靠近她的人。

吕克闸看了一下日程表，拨响了程远青的电话。

"程博士，您好。不知道您是否还记得我？我是吕克闸。"总裁彬彬有礼。

程远青有一点意外，很快回答："当然记得。有什么事吗？"

"我想创造一个让您再次感谢我的机会。"吕克闸说。

程远青不知总裁卖的什么关子，鉴于工作关系，斟酌着说："感谢您的邀请，只是没时间。小组刚开始活动，有很多准备工作要做。"

吕克闸怎能善罢甘休，说："你知道，由于历史原因，我对癌症小组很关心，想听你详细谈谈。"

程远青想到了吕克闸的双亲，动了恻隐之心。她筹划了一下自己的时间，说："我只有明天下午有点时间。但要一鱼两吃。"

吕克闸来了兴趣，说："什么叫一鱼两吃？你不是要请客吧？"

程远青说："时间是一条鱼。一吃就是同你谈天。还有一吃，是想找个地方讨论死亡。"

吕克闸倒抽凉气，一个文静女子，居然组织一帮癌症病人谈死亡，也太嚣张了。他说："死亡不需要讨论。那种感受，刻骨铭心。"

程远青说："如果说世上有什么人应该讨论死亡，我以为癌症病人和他们的家属，首当其冲。"

吕克闸说："听你这样一讲，我倒很想参加讨论。"

程远青断然拒绝："很抱歉，您不是小组成员，不能参加。明天下午2点公墓门口见。"

程远青换了家常的棉绒布衣裤，踩着软底的布拖鞋，浇了浇叶子有些打蔫的巴西铁，为自己做了简单的饭，又在沙发上躺了一阵，决定洗一个热水澡。

洗手间里装有按摩浴缸。朋友说，远青，在这一点上，你比较腐化。

程远青说："我孤身一人，也无人爱抚，装了按摩机关，代替耳鬓厮磨。"

朋友说："如此说来，有朝一日你结了婚，这个浴缸就可拆除了？"

程远青说："对。那就装一个双人浴缸啦！"

程远青放好水，卧进水中。她感到轻微的压迫感，那是温柔的水聚集在一起的力量。薄荷浴盐倒入水中，软滑的绿色颗粒像幽灵一般在她胸前的水中，划出飘逸降落的轨迹，沿着她还算光滑的皮肤，四处飞舞。随着时间的推移，水珠浸酥了浴盐，浴盐锋利的边缘变得模糊，浮起了绒毛样花纹。每一粒浴盐，都各自为战变成薄荷色的太阳，浅绿的光芒蜿蜒扩散，无数丝线般的羽翼朦胧地飞舞着，把一盆水，染作碧青琥珀，散发清凉气息。

程远青静默地注视着浴盐溶解的过程。也许按照正规的步骤，她该先把浴盐溶解在水中，然后再把身体沉浸。但是，在观察浴盐溶化的过程中，她总能感到一种轻盈的快乐，自己的疲倦，也随着浴盐的消解，渐轻渐淡。

程远青把按摩开关打开，水流汹涌地激荡起来。管道中储留的冷水，让她打了个寒战。芬芳的水，泛起无数珍珠样的气泡，把她包裹起来。程远青昏昏欲睡，随波逐流。

电话铃响了。她最近买了一部新电话。铃响同时，一个电子合成女声，刻板而忠诚地报出一连串阿拉伯数字。

程远青泡得正舒服，合上眼睛，不肯接电话。它不是褚强的，也不是任何一个程远青的朋友。来电终于哑了。程远青很高兴。可惜，没容她享受五分钟，铃声又顽强地响起来，余音袅袅，还是刚才那个号码。

什么人？什么事？不肯罢休？

程远青琢磨。思量的结果还是不理睬。也许只是一个拨错了的电话，别让它毁了自己的惬意。铃声无望地响了很久，沉寂下去。这一次，程远青有些不安。她把身体略微擦了一下，披着浴巾走到卧室，把电话机移到了浴缸旁边。话机像机警的癞蛤蟆，原先鼓噪一片，后来听到了捕捉的脚步声，就再也不响了。当洗发香波盖满程远青脑瓜顶的时候，那个奇怪的电话又响起来了。

真讨厌！程远青用毛巾把湿淋淋的头发包上，抓起电话。

“喂，你好。”程远青关了按摩机关，让水波静下来。

“程博士，你好。”青檀样的男声，空旷深远。

“请问，您是哪一位？”

“程博士，你听不出我的声音吗？”对方失望。

程远青最不喜欢这种欲盖弥彰的表达方式。她硬邦邦地说：“不好意思，听不出来。”

“我是成慕海。”对方不得不自报家门。

“噢。你找我，有什么事吗？”成慕梅出席小组的表现，让程远青有几分吃不准，对成慕海的来话不敢大意。

“程博士，我知道您现在一定是又累又乏，特别想好好休息一下。打扰您，很抱歉。”

也许是成慕海富有魅力的嗓音，也许是他温柔地提到了程远青的累和乏，或者是等了这么半天，若是三言两语地就放下了电话，程远青也觉得对不起自己里里外外这一番折腾，态度略显热情地说：“不客气。你说好了。”

成慕海说：“小组会开得怎样？”

程远青反问道：“你为什么对这件事如此感兴趣？”

成慕海说：“因为是我动员妹妹参加小组的，怕她受委屈。”

程远青说：“那你该去问你妹妹，而不是问我。”

成慕海说：“我问了她。正因为问了她，我有些不安，才来问您。”

程远青说：“成慕梅说了什么？”

成慕海说：“所有的。”

程远青一惊：“什么叫——所有的？”

成慕海说：“就是小组活动过程中发生的所有事情。包括，你指责她总是最后一个发言。”

程远青愣住了。她举着话筒，半天不知道说什么好。在她担当组长的所有小组当中，还没出现过内奸。惊讶使她忘记避开沿发丝淌下来的泡沫，眼珠淹得如同泡菜。程远青焦躁地说：“既然是所有的，那你妹妹一定同你说了纪律——小组是完全保密的。”

成慕海轻笑着说：“当然，说了。这么重要的话，她怎能不同我说呢？”

程远青愤怒道：“那她岂不是明知故犯？！”

成慕海说：“程博士，我听出你生慕梅的气了。她是一个循规蹈矩的人，因此她很孤独。我是她的孪生哥哥，我不知道你对孪生子有没有研究？”

程远青强忍住火气和眼珠的涩痛，说：“有一点。不多。”

成慕海说："孪生子之间有一种感应。即使成慕梅不说，我对她的精神和感觉，也都会有反应。这是天意，没有办法的事情。"

程远青说："你的意思是，你就这样成为我的小组的一个旁听生了吗？"

成慕海说："我以下所说，均是慕梅的意见，若有不恭之处，请你谅解。小组是从社会上招募的乌合之众，而乌合之众的特点，就是集体的智商低于个体的智商……"

程远青虽再三告诫自己要沉住气，还是忍不住打断道："请你不要出口伤人！"

成慕海说："程博士，你别动气。慕梅她就是这样说的。小组组员，文化、出身、身份、教养……一切方面，都鱼龙混杂泥沙俱下，不具备可比性。"

程远青恼火地说："这叫异质性小组，正是在这些不同层面人群的碰撞之中，成长的变化才奇妙地出现了。她懂不懂？！"

成慕海用很好听的男低音说："她不懂。一般人都不懂，博士。"

这话让程远青清醒了一点，说："成先生，下次聚会的时候，我可能会就此做些说明。"

成慕海说："我现在有一个顾虑。讲多了，你红颜一怒，把我妹妹开除了，我还是不讲的好。"

程远青冷笑道："你就是只字不讲，我已有足够理由开除成慕梅。"

成慕海说："程博士，我猜你不会。"

程远青杏眼圆睁，这样就使更多的洗发液顺着眼角细碎的皱纹，淹没了眼珠。她刚想说出几句掷地有声的话，没想到成慕海突然柔声道："程博士，我等一会儿再把电话打给你。"

程远青不知何意，想早早做结，便说："有什么你就说完吧。"

成慕海说："我猜你正在洗头。洗发水流到眼睛里的滋味很不好受，快把头发擦干吧。"

还没等程远青醒过味来，对方就把电话挂了。

程远青愣怔了片刻，心想简直遇到了魔鬼！他怎么知道的？程远青顾不上细想，先把自己的眼睛从水深火热中救出来。

成慕海的耐性足够好，当程远青自己里里外外收拾干爽之后，他的电话才来。

“程博士，刚才很对不起。”成慕海的声音带着关怀。

面对问候，程远青不好意思太冷淡，便说：“没关系。只是，你怎么知道我在洗头？”

成慕海说：“这要感谢您配备了质地优良的电话。听筒在你耳边摩擦，我听到细碎的泡沫破裂的声音。”

程远青失声道：“这么灵敏啊！”一边暗自嘀咕，也许成慕海还猜到了她在浴缸中，不过留了面子不曾说破。

成慕海误会了，说：“我的感官就是要比一般人灵敏。也许因为双胞胎的关系，总有双份的力量。慕梅告诉我小组的情况，是生理决定的，和道德纪律无关。和你的御用八宝印泥也无关。”

不提还好，一提小组活动的细节，程远青又震怒难耐。她说：“你凭什么说我不敢开除你妹妹？这是我的权力！泄密者被剔除，别说双胞胎，就是三胞胎四胞胎，也一样得打道回府。”

成慕海不急不躁，说：“正因为了解你，信任你，我才把真相告诉你。你崇尚真话，我追随你。对一个说了真话的人，以这种方式惩罚他的诚实，程博士，这不好吧？不合适吧？你要诚信，不能出尔反尔。”

程远青气得肝痛，但不得不承认这家伙攻伐有度，让人难以作答。成慕海继续说：“如果开除了慕梅，你如何回答小组成员的疑问？当然你可以嫁祸于人，说是成慕梅自动退出，但这就违背了你说真话的原则。你也不能选择沉默，因为组员需要你的解释。如果你以真情相告，小组内必生惶恐。内情已然泄露，人人都要揣测成慕梅的哥哥究竟是个怎样的人……所以，不能开除慕梅，这不是我恳求你，是为了小组的最高利益。你必得投鼠忌器。”

程远青气得肝颤，说：“成慕海，你想操纵我，对你妹妹的泄密无动于衷，容忍你的冷眼旁观。”

成慕海说：“程博士，你不要生那么大的气。我很尊敬你的，你这样说，让我心中很不安。我哪儿有能力操纵你，你高估我了。即使真出现了你说的这种情况，也绝非我本意。我只是想告诉你，因为我和妹妹血脉相连，我得知了小组的某些事情，这个事实，已不可更改。我只有发誓，永不泄密。”

程远青说：“你如此关注小组，到底想干什么？”

成慕海说：“为了妹妹的性命。我希望你兼听则明。你刚才说我是冷眼旁观，我觉得冤枉。给你改一个字，我不是冷眼，是热眼旁观。”

程远青大惑不解道：“成慕海先生，以我多年心理学家的经验，我想不通你对小组为什么这样感兴趣？”

成慕海说：“程博士，我猜你的头发湿漉漉地披在肩上，一定很不舒服，快去吹干吧。关于我的问题说来话长，以后再聊。祝你晚安。”说完，利利索索地收线了。

程远青怔怔地望着一池碧水，心想，本想除累解乏，求个好觉，现在恐一夜无眠了。

第9章

墓地游戏

公墓门口，一身雪白运动服的吕克闸和程远青打招呼：“你好哇！哪儿不成，为什么要到坟场呢？”微笑着迎上来。

“这儿清静。”程远青回报淡淡一笑。老板要应付，小组的活动场所也要落实，把这两者结合一处，有点滑稽。

城里人满为患，只有墓园保持着孤寂的凄冷。早就不让土葬了，墓穴最少也有半个世纪的历史，石刻斑驳。已是秋天，百花凋残，只有松柏和耐寒的树木，还点缀着苍绿或是枯黄的颜色，在蓝天的辉映之下，有一种剪纸样的脆弱感。从稀疏的林叶间透下的阳光，晒在身上，温暖得令人感动。略带青蒿气味的空气，充填进被都市汽油废气腌渍的肺脏，让人只想悠长呼吸，不想说任何话。

程远青看到吕克闸双手抱肩，说：“很抱歉和你在这里见面。”

吕克闸哑着嗓子说："没什么，我觉得很好。别开生面。"

程远青说："可是你的姿势出卖了你，在身体语言的字典里，它表示的是拒绝。"

"是吗？"吕克闸诧异，下意识地把双臂松开。但是，很快，好像被旋风包裹着，又把肩部抱起来。他是个聪明人，略一思忖，释然道："父母逝去后，我是第一次到墓园，不愿沉浸到往事中。"

程远青说："触动了你的隐痛，请原谅。"

吕克闸说："没什么。我总是要面对这个地方。这是人生的归宿。"

两人默默前行。从远处看，墓地草木聚集，很多地方似乎是不能进入的。当你真正靠过去，才看到树干和树叶渐渐分开，好像少女纷披长发之下掩盖的面庞。地面的汉白玉墓座已然残缺，刚栽下的时候，想必是洁白的新鲜的，一如那刚刚诞生的死亡。如今，死亡已苍老，汉白玉覆盖着暗绿的苔藓，孤寂而沉着。在这旧宫似的汉白玉之下，骨架飘散了热度，肌肤化成粉色尘埃，血液干涸为蚂蚁的触须，经脉酥碎得像粉丝。死亡就这样变得平凡了。

程远青抚摸着树叶，仿佛在和无数逝去的人握手。过往的生命，已进入了树林的年轮。树叶的纹路就是那些人的掌纹。走到一块略微空旷的地方，程远青四处打量，用脚尖踢踢碎石，看地面是否平坦。

吕克闸不解道："你要在这里安营扎寨？"

"做游戏。"程远青说。

吕克闸吓得一个踉跄。"在坟场做游戏？我的博士！你不是在林间中了蛊吧？那是一些什么人？癌症女人！您把小组活动选在这儿，人家来不来，我不敢说，也许你有魅力有魔法，能让她们来。你还要在墓穴旁边做游戏，博士，会把狐狸精招来的。"

程远青说："你说得很对，癌症病人必须面对死亡，不管他们是愿意还是不愿意。那是强行送达的请柬，晚宴就要开始。在墓地进行一次小组活动，是既定方针。具体步骤，我要万无一失。"

吕克闸说："我首先想到准备一辆救护车。谁要是现场休克，马上送急救中心。”

程远青说：“不用那么隆重，急救药品我会备一些。其实，最危险的地方，常常是最安全的。”

吕克闸不解道：“此话怎讲？”

程远青看着一丛萧索的野草说：“死亡通常可以分为两种：突然的死亡和缓慢的死亡。”

吕克闸一点就透，说：“癌症是一种缓慢的死亡。”

程远青说：“癌症比心梗脑出血要仁慈得多。癌症病人通常有足够的时间来思索死亡，他们对这件事的了解，比我们想象得要深广得多。”

吕克闸说：“不会痛哭流涕？不会捶胸顿足？不会怨气冲天？不会咬牙切齿？”

程远青从地上捡起一朵枯萎的小花，花瓣脆得像半只昆虫翅膀，说：“都会。吕总裁，你挺了解情况。”

吕克闸垂下头说：“这一切我都经历过。”

程远青说：“这是每个人的必修课。”

吕克闸说：“既然躲不过，就早点开始。套用一句高尔基的格言：让暴风雨来得更猛烈些吧！”

程远青嗔怪道：“太猛烈了不行。要和风细雨，润物无声。”

吕克闸叹口气说：“隔行如隔山。我第一次觉得自己这么无知。”

程远青说：“心理学是一门非常年轻的学问。说来伤感，人们对外太空的了解，比对自己内心的了解多得多。人一得了癌症，好像上了死亡传送带，被打入黑洞。癌症是荒火，掠过之处，幻想成灰，欢乐失色，礼物破碎，成绩无光，信心瓦解，残留下来的只是恐惧和绝望的黑石头。其实死亡是宁静和安详的，我们不过是地球上的暂住者，死亡是我们成长的最后阶段。”

吕克闸若有所思，看着这些话落在阳光照射的枯叶之中，被它们吸附得无影无踪。

两人漫步着，饶有兴趣地观察着一块块墓碑。吕克闸说：“起码在这里，你会感觉死亡是不可避免的。你看那个墓碑上记载的人身世显赫，这个人呢，一生平平。到头来，都是一抔黄土掩埋。”

程远青说：“人的生存就是一个向着死亡的存在。墓地是明证，比什么都有说服力。”

吕克闸若有所思地说：“哪次开公司中层会议，我把大家请到这里来。”

程远青笑道：“估计那是你发不出年终红包，又要大家同仇敌忾奋战的时候，就要到这里来了。”

吕克闸说：“你这样一讲，只怕我是没有机会到这里来开会了。言归正传，需要我帮什么忙？”

程远青看似闲溜达，其实已把小组活动的地点踩好。她说：“吕老板要帮我三个忙。”

吕克闸说：“只要用钱办得到，30个也不在话下。”

程远青说：“第一个，我需要在未来一月之内的天气预报，力求精确。”

吕克闸说：“稀奇。你是要出海捕鱼还是旅游探险？”

程远青说：“我要预定一个小组活动日期，天气晴好，无风无雨。因为是露天活动，组员们身体欠佳，所以温度要不冷不热。”

吕克闸说：“这个不难。说第二个吧。”

“需要十几把椅子摆在林间的空地上。”

吕克闸说：“质地尺寸？真皮的还是布艺的？”

程远青笑道：“最普通的木椅子就成。最好能有个布垫，别冷着组员。毕竟在户外。”

吕克闸说：“这太简单了。”

程远青说：“这第三个，有点难度。此区域百米之内，届时能保持安静，无人打扰。”

吕克闸说：“这最易办到。无非和管理者打个招呼，塞点小钱，让他们劝说偶尔来扫墓的人，绕道而行。”

程远青说："吕老板，我代表所有的组员谢谢你。"

吕克闸说："我接受你的谢意，只是这称呼要改改。"

程远青莫名其妙地说："改成什么？"

吕克闸说："改成吕秘书。"

程远青大笑道："你主动请缨，这会儿反倒闹情绪了。"

吕克闸说："不是闹情绪，是要报酬。"

程远青说："那你就自支自领吧。"

吕克闸说："我帮了你三个忙，你要帮一个忙作为报酬。"

程远青说："我不一定还报得起。可以试一试。"

吕克闸说："我的忙很简单，只是想知道你将在这里干什么。比如，你要玩什么游戏？"看到程远青张口结舌，吕克闸说："你别做出江姐的样子。我不参加你的小组，也不逼迫你说出活动详情，只是单纯的好奇。也不知你用了什么手腕，我的下属褚强居然宁死不说内幕，这倒让我更纳闷。"

程远青像个孩子似的得意起来，为着褚强的忠诚。她说："你是想让我把这次小组活动内容告诉你。因为小组尚未活动，所以也不算泄密。"

吕克闸说："做生意讲究礼尚往来。如果你这次回绝，以后吕秘书就怠工了。"

程远青知道这半是玩笑，但所有的玩笑都有真意编织其中。程远青说："好吧。那我就考考你。你及格了，我就把小组预案告诉你。如果冥顽木丌，恕我不谈。"

吕克闸觉得很好玩，说："我智商 140 呢。"于是，程远青在前面走，吕克闸在后面跟，步履匆匆，好像两个寻找先人遗骨的后人。

回到刚才那块空旷的场地，程远青说："十把椅子运到了，你怎么摆放？"

吕克闸环视四周，说："这难不住我。摆成一个椭圆形。"

程远青说："为什么是椭圆形？"

吕克闸说："我的会议室席位就是椭圆形的。"

程远青说："错了。总裁。我不管您的会议室如何摆放，小组的座位必须是一个尽可能周正的圆形。"

吕克闸说："我知道你说的那个游戏是什么了。丢手绢。所以要尽可能地圆。"

程远青说："圆是为了所有的人都看到别人的眼睛。每个人就像一枚银戒，连起来就是银链。如果不圆，风可以从那里吹进，内气可以从那里泄走，凝聚力就散了。"

吕克闸拍拍额头，说："程博士，你是一宗浪费罪的主谋。"

程远青讶然道："从何谈起？"

吕克闸说："我要把隽永生物公司的会议桌改成正圆形，你说这不是浪费吗？"

程远青说："那我就不说了。要不，岂不罪上加罪？"

吕克闸只好求道："我赦免你了。你说下去。"

程远青说："我会先让组员在墓地散步。"

吕克闸说："就像咱们这样？"

程远青说："不能两个人一起走，要独处。不得说笑。"

吕克闸说："孤苦伶仃地一个人在墓地走，那可够瘆人的。也许会碰见磷火。"

程远青正色道："现代人独处的时间太少了，无时无刻不是在人海包围之中，但死亡会单独会见你。对于癌症病人来说，必得练就从容面对死亡。"

吕克闸说："我明白了，这是预演人生的最后一幕。你就不怕震耳欲聋的哭声，袭扰这里安睡的灵魂？"

程远青说："我希望这里安睡的灵魂，把一种对于死亡的达观传达给我的组员。你不觉得连这里的空气，都对心神有一种安抚作用吗？"

吕克闸说："匪夷所思。接下来呢？"

程远青说："我会让大家畅谈体会。死亡虽是孤独的，但你确知有人和你一样恐惧和哀伤之时，力量也随之崛起。"

吕克闸半信半疑，说：“真是这样吗？”

程远青说：“这是有科学依据的。当一个人知道自己要死的时候，一般要经历惊愕、否认、愤怒到接纳这样几个阶段，有同伴和没有同伴大不一样。”

吕克闸说：“好吧，就算你的组员大彻大悟，然后干什么呢？”

程远青说：“我会让组员们一、二报数。”

吕克闸说：“怎么又改兵营了？”

程远青说：“组员结为对子，报一号的人，可以用任何动作，描绘心中的想法。类似现代舞，没有固定的脚本，全看你自己的临场发挥。报二号的人，当回影子，一号做什么，你就做什么。简言之，亦步亦趋。”

吕克闸说：“这倒有趣。你把小组变成了舞蹈训练班。可我要是不会跳舞呢？”

程远青说：“像你这样调皮捣蛋的组员少。”

吕克闸说：“如果我参加小组，我就会这样。实事求是嘛！”

程远青说：“你真不会跳舞吗？这样的老板不多。”

吕克闸说：“我会慢走。”

程远青说：“那你就慢走吧。你的二号追随您。”

两个人说着，渐渐从墓园的深处走出。

“在你的游戏里，可以打人吗？”吕克闸问。

“原则上是可以的。但你要注意呀，你的影子模仿你的一切行动和力度，如果你打了他，他会原样奉还。”

“可以一动不动像冻僵的毒蛇一样吗？”吕克闸沉浸在臆想中，感觉十分有趣。

“行啊。但是，在这一切背后都有原因，当游戏结束之后，你需体察自己内心的呼唤。”

程远青说：“你为什么要打人？为什么要做毒蛇？”

吕克闸一惊，这个女人已经在不知不觉当中，像剔骨刀一样，把刀尖揳进了自己的要害。刀锋太凌厉了，你甚至都还未觉到痛，就看到了血。

吕克闸赶快把自己包扎起来，说：“好了，程博士，不敢过多刺探小组的秘密，我猜你一定早烦了吧？”

程远青知道吕克闸已觉不安，就此打住。

两个人便专心看风景。午后的太阳光，给晦暗的墓园带来了生机。程远青俯下身，看着每一株青草每一朵小花，如同探望自己的亲人。在墓碑潮湿的阴影里，蜗牛铺出银色的带子，蝴蝶的翅膀像平衡木冠军的手臂一张一合，亮蓝色皮肤的金龟子愤怒地飞走了，只剩下它片刻前的恋人——

一颗饱满的紫红果实，气得“半只脸”白了起来。一朵有着锯齿样边缘的野菊花，无拘无束地微笑着，一如换牙的女孩。

程远青不由得说：“多美丽呀！”

吕克闸看看表，恋恋不舍地说：“真糟糕，我还有一个会。”

快走到墓园门口，吕克闸突然道：“程博士，要是我和你玩这个一号二号的游戏，你觉得怎么样？”

程远青一愣，说：“游戏不是人人都可以玩的。”

吕克闸锲而不舍：“可以假设嘛！从宏观意义上说，人生也是大游戏。”

程远青不得不表态道：“你想让我当您的影子？知道这个游戏的规则吗？继续玩下去，位置互换，一号将成为影子。”

语带双关。不管吕克闸从哪个层面理解，信息都很清晰。

吕克闸说：“开个玩笑，一号要是拥抱二号，作为规则，二号也要拥抱一号哇。”

程远青说：“谢谢你的提醒。我在这个游戏中，要加一个补充规定，双方可以厮打，但不能拥抱。”

吕克闸说：“一般的人和心理学家谈恋爱，是不是很难？”

程远青说：“基本是。”

第10章

天堂里的政委

安疆听到医生说，她乳房上的包块很可能是恶性时，由衷地微笑。医生使劲揉眼皮，掉了好几根睫毛。

欣喜从胸前升起，流向全身。感谢这个肿物，像一只可爱的手榴弹，可以粉碎她的生命。她不敢自杀，自杀是自绝于人民的说法，铭刻在心。对啦！这肯定是政委的安排。政委是很讲策略的人，办事周到，滴水不漏。

医生义正词严地说：“必须立即手术。”宣布这种决定的时候，口气总是充满自豪。安疆没有慌乱和哀求，平静地说：“我要和家里人商量一下。”

医生说：“要快。每一分钟，肿瘤细胞都在一个变俩、俩变四、四个变无数……”

安疆不为医生的算术所动，说：“一有了消息我就告诉你。你可千万别着急呀。”

老太太说完，扔下怅然若失的医生，款款离了医院。医生对护士说：“病人叫我不要着急，行医以来第一例。”

第二天，安疆没有来。第三天，也没有来。一个星期之后，安疆来了。医生说：“商量了？”

老太太说：“商量了。”

医生用笔尖戳着登记表：“马上动手术吧。”

老太太说：“不。他说让我吃半年的中药。”

医生火了，说：“他是谁？怎么这么糊涂！这是能等的事吗？”

老太太说：“你怎能说他糊涂？他是政委！”

医生说：“政委有什么了不起的？毛主席得了病，还得听医生的呢！他是哪儿的政委？”

老太太说：“我老伴。”

医生“扑哧”笑出来，虽说面对这样严重的病人是不合适笑的，但医生要是一辈子只在能笑的场合笑，他就要闷死了。医生说：“把你们家的政委叫来一趟，我同他谈。让他下午来。”

老太太说：“政委下午来不了。”

医生说：“那就明天上午吧。你叫政委早点来啊，晚了有会诊。”

老太太说：“明天政委也来不了。”

医生火了：“那你说什么时间能来？”

老太太说：“政委什么时候也没法来。”

医生冷笑着一字一顿地说：“为——什——么？”

老太太两字一顿地回答：“政委——已经——死了。”

医生脸上的冷笑蔓延成了后颈窝的冷汗。不是政委的死讯，医生不怕死人。医生怕活人——面前这个被癌症舔在舌尖的老太太，口唇微微上翘，仪态祥和从容。

要不是在系统检查里，确认老太太没有任何精神疾病，也没患著名的阿尔茨海默氏症，也就是老年性痴呆，医生真要立即送她到精神病院。

错愕之后，医生恢复了镇定，和蔼可亲地说：“老人家，你是说，你的丈夫已经去世了？”

“是。六年前。”老太太口齿清晰。

“那么，你说和家人商量手术，是和儿女商量吗？”医生问。

“我和政委结婚几十年，什么都好，就是没有儿女。”安疆表示遗憾。

“那和谁商量？”医生话语变得短促。

“就是和政委商量。你没听清楚啊？”安疆怪起医生。

医生的态度超凡脱俗地好起来：“政委已经去世六年，你如何与他商量？”

“这很容易。临睡前，要用热水泡脚。把要跟政委问的事，在嘴里多念叨几遍，接着就睡。半夜中，政委会来，一二三四条地把他的指示告诉我。政委忙。那边的交通可能比这边还不方便，就要等。所以上回我告诉你不要急。”安疆微笑着讲完这些话，眨着略微有些白内障的眼珠，天真地看着医生。

医生赶紧给自己找了一把椅子，怕摔上一跤。“怎么办呢？”医生喘着粗气说，好像刚从冰河中被人救出。

“什么怎么办？”老人吃惊地说，“政委都指示了，就那样办呗！”

医院按照安疆留下的地址，与组织联系。干休所一听到这等消息，那还了得，赶紧做工作，但安疆就是不答应手术。

“您不能讳疾忌医。”干休所的木所长说。他亲手操持了政委的后事，自认为对老太太有一定的影响力和感染力，讲起话来，底气较足。

“我没啊。查了，治着呢。中药，一大包。有蝎子和蜈蚣，都是毒虫。以毒攻毒，也许奏效。”老人家一边给所长沏茶，一边打开中药包。药包上印着“××药堂龙肝凤髓益寿延年”字样。看来治病一事并无敷衍。

木所长是一个坚定的国粹拥戴者，对寒光闪闪的外科，有着本能的恐惧。那不是把人当成人，而是把人当成柴火。既然老太太执意不肯，就尊重她的意愿吧。谁说中医不治病？偏方治大病呢！

病变发展。安疆不慌张，她明白了，政委想念她，先从半边身体开始，最后完整地将她带走。她等着政委来接她，但这并不妨碍她按时按顿地吃中药，这也是政委的明确指示。在以往的岁月里，政委有过很多指示。指示的时候，政委并不像小学的算术老师一样，给你掰开揉碎地讲清楚为什么。政委不习惯告诉你为什么，政委只需要你按着他的指示办。

木所长晚上对老婆说："你见过这样的女人吗？"

木老婆是个年轻美丽的女人，说："你得救她。"

木所长说："我怎么救她？威胁利诱软硬兼施，不管用。现在，吓唬她的那些话，都变成真的了。"

木老婆说："救一个女人比追一个女人还困难吗？"

木所长说："什么一个女人两个女人的？哪来的这么多女人！"

木老婆说："哼！当年为了把我追到手，你用了多少阴谋诡计！江郎才尽了。"

木所长说："嗨嗨，我还真没把安老太太当成女人。"

木老婆说："再老的女人也是女人。"

木所长说："我没有看错你。善良啊！"

木老婆说："别那么上纲上线。我是兔死狐悲。我太依赖你了。看到安老太太这样，不由得想到自己。女人比男人活得长，这不是好事。你跟安的老伴儿熟吗？"

木所长说："这问题暴露出你不了解我。我知道每一个离休老干部视力零点几，有没有痔疮……"

老中医李畏三坐堂的小小诊室如同一个真丝蚕茧，白布隔开了药堂的人群。便装的木所长说："给我挂一个李大夫的号。"

"十天以后再来吧。"小姐回答。

"十天？太长了吧。要是急症，还用上你们这儿吗？直接送火葬场了。"木所长没好气。木所长穿军装的时候，就不能用这种口吻讲话了。

老百姓的衣服，可以让木所长更放松，更淋漓尽致地展示他的才华。

小姐说：“李大夫一天只看五个病人，你知道不知道哇？”

“不知道。”木所长老老实实地回答。

“不知道就打听打听。十天后也只剩最后一个号了，要不要？”小姐不耐烦。

“要。我要。”木所长赶紧掏钱挂号。

挂完号之后，木所长就琢磨怎样趁着挂号小姐不注意，一头溜进李畏三的诊室。

“我说你别鬼鬼祟祟的。回家等着吧。”小姐说。

“小姐，你能不能美言几句，请他老人家辛苦一点，提前给我看看？”木所长拿出当年追老婆的小心劲，赔着笑脸说。

“你知道李大夫多大岁数了？晚清时代的人了，还坐堂看病，别不知足！”小姐头也不抬地说。

木所长只有丢掉幻想准备强攻，盯着白布门帘。许久，一个佝偻身子的老汉走出来，抱孩子的妇女走了进去。

“这是几号？”木所长问。

“走的是1号。进去的是2号，我是5号。你是几号？”旁边的老奶奶搭了腔。

“我是看热闹的。”木所长说。他闭上眼睛，不再看诊室门帘。坚信老奶奶进场的声响足以把所有人惊动。

老奶奶终于进去了，木所长也从假寐中清醒。

“你怎么还不走哇！”挂号小姐视他为肉中刺。

“小姐，我今天一定要看上病。你拦不住我。”木所长斩钉截铁地说。

挂号小姐向后退了退说：“我这就上厕所。”

临近中午时分，药堂显得有些空荡荡的。空气中弥漫着人造牛黄的气味，催人警醒。

老太太出来了，颤颤巍巍捧着药方。木所长一个箭步冲进了诊室。

李畏三疲倦了，微合双目正在养神。长长的胡须被木所长搅动的气流拂起，粘在墨笔上，银丝变成铅丝。

“你是何人？”李畏三缓缓睁开眼说。

“我是病人。”木所长说。

“我看你没有病。”李畏三说。

“我是替别人看病的。”木所长说。

“我看病必得病人亲诊。如果行动不便，以前，我可以到家中出诊。现在，我老了，走不动了，就不看了。除非瘟疫流行，我绝不多看一个。”李畏三说。

“我知道。”木所长说。

“知道了，还等在这里，闯进我的诊室，这不是自讨没趣吗？”李畏三淡然中有严厉。

木所长觉得李畏三如同敌军的老司令。“你此刻在害着一条命。”索性单刀直入。

“小伙子，你一介武夫，说话不可太放肆。我可曾害了谁的命？”李畏三优哉游哉地问。

“你怎么知道我是武夫？”木所长惊讶李畏三的神算。

“你身手利落，怀揣重要物件。小伙子，那不会是一把手枪吧？”老人用他的手指敲打着桌面，古老的雕花木桌和苍然的老骨头，碰撞出铿锵之声。

木所长想，这个老头是个老妖怪！他敬畏有加地把口袋中的东西双手呈了上去。

老人接过去，一张军队的介绍信。细细看了看，老人拱手抱拳道：“原来你还是所长。有失远迎。”

木所长说：“干休所的所长，如同敬老院院长。我有一个请求，要您全力帮忙。事情成败，就在您这一举。”

李畏三说：“言过了。我没有那么大的本事。生平只做一件事，号脉诊病，开方抓药。治好了病人无数，治死的病人也无数。”

木所长说：“我所有一离休老干部的遗孀，名叫安疆，可在您这里看过病？”

李畏三对整理方剂的助手说：“给这位所长查查看。”

助手翻看了记录说：“有。安疆是乳癌。左胸肿若鸽卵，紫色堆凸。此乃忧思内敛，淤血凝滞，毒邪客乳，气血两伤。您开的方剂是……”

“你需要这个方子的话，可以抄给你。”李畏三说。

“我不要这个方子。谢谢。”木所长把头转向助手，“您能暂时离开一会儿吗？我和李老有几句话要讲。”

助手看着李畏三。老大夫捋捋胡须说：“去吧。你也辛苦了一上午了，就让这位军官同我说说体己话。”

助手退出了。“病人是乳癌中晚期。医院想安排她尽快手术。”木所长单刀直入。

“安疆第一次就诊的时候，说不愿意手术。有的中医一听病人要手术，就火冒三丈。医者仁术，只要对病家有好处，都可以做。外科并不是西医专长，华佗刮骨疗毒，你说是中医还是西医？”

木所长频频点头，清清喉咙说：“您老说得对。如果这是安疆的想法，我们就尊重。可是，这不是。”

李大夫扬了扬他的长寿眉，说：“那女人低眉顺目，十分善良，所言句句不虚，依我经验，并不觉有诈。你这样说她，有何根据呢？”

木所长说：“她之所以来看您，因为她做了一个梦，是她逝去的丈夫要她来看您。来的动机，是她丈夫，而不是她自己。如果梦中她丈夫说不看中医了，那她马上就不吃药了。”

李畏三不为所动地说：“日有所思，夜有所梦。人之常情。”

木所长不退让：“人之常情可以理解。但一个大活人的一举一动，全由一个死去的人主宰着，这是否合乎情理？”

李畏三说：“军官，你的意思，要我转手西医？”

木所长掏出医院报告单说：“现在手术还不算晚。再等下去，就不敢说了。”

“你打算让我怎么办呢？”李畏三反问。

“您可否……”木所长把自己想法抖出来。

李畏三听完，说：“小伙子，我李畏三畏天地、畏鬼神、畏大人、畏祖宗，可是不畏权、不畏势且不会撒谎。”

木所长说：“这和权势无关，也不是撒谎，只和一个风烛残年的老人性命有关。您刚才说了，医者仁术，求您答应我。我不喜欢冷清，喜欢热闹。能让老人家多活一天是一天。人丁兴旺，我干得也起劲。”

李畏三站起来拱手道：“少壮军人，我明白了，尽力协佐就是。但此话两说，若是那老妇人固执己见，也只好顺其自然。”

木所长长出一口气，把手中的挂号条放在李畏三的桌上。李畏三见了，说：“拿去退了吧。”

木所长说：“费了您这么多精神，哪能不付诊费。”

李畏三说：“我这回，不是作医，而是作巫。不能收你诊费。”

安疆在一周后，找到了医院外科医生。“手术吧。”她说。依旧平平淡淡，好像在说：“我要脚气药膏。”

医生说：“想通了？”

老人说：“什么都没想。”

医生按着自己的思路说下去：“没想就通了，那好哇。我们动刀的人，怕就怕心里想了好多，压力特大的病人。”

安疆说：“我没压力。有政委呢！”

医生又沁出薄薄的冷汗，以为老太太洗心革面了，没想到转了一圈还在原地。罢罢，我是外科医生，又不是神经科医生，动完刀子，把烂菜花一样的坏乳房割下，这一站就完成了。至于那个沉睡在地下的政委，愿他平安吧！

木所长在安疆老人的手术单上签了字。病灶不算小，手术也不很顺利，淋巴也有转移。医生是尽力而为，已经有了死马当活马医的味道。按说像这样的病人，术后的情形不会很乐观，但安疆是一个例外。她神色安详，泰然处之，积极配合治疗。术后的化疗中，更是高风亮节，不哭不叫，照单全收，绝无一般人的焦躁抱怨。

术后出院，病人回到家。木所长为安疆安排了保姆。过了一段时间，老人的身体渐渐恢复，三年以后，居然不再需要人服侍，一切都自力更生。在旁人的眼里，这几乎是一个奇迹。

安疆的情绪一直非常稳定，既不乐观到瞒天过海的地步，也不危言耸听把复发的可能性渲染到草木皆兵。每一个接触到老人的人，都会被她的安详和冷静震撼。

安疆抚摸着自己的左胸，那里因为失去了乳房的保护和铺垫，皮肤紧紧地贴在骨头上，心脏下垂的尖端，好像一只衰老的欲见天日的田鼠，不停地从胸膛向外拱动着累累的疤痕。

“您最近感觉怎么样？”木所长在干休所的小花坛边上碰上安疆。

“还好。有政委和我在一起，什么都好。他让我先一个人过着，等时候到了，他就会来接我走。”安疆说。已经九年了，她不再随口提到政委，岁月让政委变得更加神圣。只有在最亲近和最可信任的人面前，她才会说起政委。

木所长点点头。他已经不再年轻了。虽然他工作很出色，但是军队是一个武装集团，像他这样的工作岗位，就是边缘部分了。他很想能驰骋疆场真刀真枪地演练带兵，可惜他在这里干得越出色，就越失去了离开这里的可能。不是每个人都能和老年人搞好关系，就像不是每个人都能当好幼儿园的保育员。有过一两次风传所长可能调动，虽然是平调，但到了更广阔的水域里，所长就有了飞跃的可能性。离休的老干部们有很多耳目，任何风吹草动，哪怕他们不想知道，也会源源不断传来。传闻所长要走，老干部们动用自己的影响力，扼杀了他仕途转折的萌芽。不是不喜欢所长，正相反，他们太喜欢所长了。他们知道要在军队里找到这样婆婆妈妈的干部太不容易，他们不愿失去他。如果换来一位新所长，需要多久的时间，他才能知晓这里每一位老人的沧桑？从哪一年入伍到有几个瘊子，这是一个宏大工程。木所长天造地设，不能放过他！

木所长开始挺伤感的，后来，算了一笔账。干休所里，有25位团职干部、40位师职干部、17位军职干部、3位兵团级别的干部……统辖着这样一批人马，仅次于军区的首长了。

对于安疆，他格外有一份关切。木老婆觉得自己是拯救安疆的幕后英雄，英雄的特点就是每做一件事都很负责任。

“老太太活得还不错。今天，我在小菜摊上看到她和小贩讨价还价。老人但凡有精力讨价还价，就说明她活得兴致勃勃。”木老婆说。

木所长说：“可是，她还是口不离政委，这事不寻常。”

“老太太把政委当成她的神了，当就当呗。人信点什么，总比什么都不信要好。”木老婆很哲学地说。

过了几天，老婆突然很神秘地把一张报纸放到了木所长面前。“看！”她说。

“看什么？”木所长胆战心惊。老婆经常把丝绸展销或是羊绒展销的广告拿给他看，他就呼吸急促胸口憋闷。

木所长说：“字可真小。我得拿老花镜去。”

老婆说：“至于吗？”

木所长说：“那你告诉我得了，省得我手忙脚乱。”

老婆说：“不成。你自力更生。我看你知不知道我想的是什么。”

木所长闷着头找了半天。

老婆说：“找不到吧？”

木所长说：“找到了。”

老婆说：“干吗不说话？想什么呢？”

木所长说：“前几年我在报纸上看到李畏三的讣告了。一个好老头儿，可惜了。”

老婆说：“本来我还想，你是真猜着了还是假装的？你这么一说，我知道你还行。”

木所长说：“不行了。用过的饵，不能用第二回。再说，李畏三不在了。”

老婆说："这和李畏三没多大的关系。李畏三就是活着，你也不能打他的主意了。"

木所长说："不用李畏三，用谁？用你？"

老婆惊喜地说："嗨！你真和我想到一块儿了！咱想法把她送去吧。"

木所长说："安老太太现在活得挺好的。"

老婆说："男人都死了九年了，那个女人还时时刻刻以为他活着，这是什么日子？我一想到这种煎熬，浑身的汗毛都立起来了。我看见她，觉得她像个孤魂野鬼。像现在这样活着，生不如死。你救过她一次，救人救到底。"

木所长说："老婆，这回我不能帮你了。"

老婆说："谁要你帮忙了？这件事，我一个人能行。"

第11章

苦涩的青苹果

王惠明回到度鸟别墅。度鸟别墅警卫森严，派发了专门的证件。在这份证件上，王惠明叫王惠明。王惠明还有很多证件，王惠明喜欢根据不同的情况，使用不同的名字，相应找到一份新感觉。鹿路虽是个新名字，复活的却是十年前一个快嘴的得理不饶人的中学生的感觉。当然，那时她不叫鹿路。但叫不叫鹿路，又有什么关系呢？

度鸟别墅是20世纪80年代兴起第一次别墅热的时候，在近郊盖起的花园洋房。当时，买者都是暴富起来的商人和海外华人。对土地的利用，也还没有吝啬到后来锱铢必较的地步。宽阔的林带如今已可将每座洋房的秘密，遮挡得风雨不漏。

王惠明走到一栋爬满了凌霄花的小楼前。秋天了，盛夏时骄傲的金花，干枯成脆弱的标本，被秋风揉成碎片，飘零一地。楼房的门窗都紧闭着，挂着墨绿色窗帘。如果不经意，会以为是主人远游的空房。

王惠明掏出钥匙，打开门。吴妈揉着眼圈迎过来说：“怎么才回来？姐妹们都在睡觉，你可好，大清早就跑得没影了。下午要是不把觉补回来，晚上哪儿来的精神？”

吴妈话说得热络，脂粉之下却是职业的笑容。王惠明不耐烦地说：“打你的盹儿去吧，老猫！管那么多干什么！我什么时候没精神过？”

吴妈不说什么了。吴妈是这里的下人，王惠明是这里的领导。王惠明之上还有更高的领导——如果在这个行业里，也可以用领导这个词的话。

王惠明是个孤儿。王惠明是被干妈抚养大的。王惠明非常佩服自己的干妈。王惠明佩服干妈最直接的原因，就是因为干妈和自己毫无关系。王惠明的父亲是一个修铁路的，长得矮小猥琐。王惠明不佩服自己的父亲，也不佩服自己的亲生母亲，甚至，她还恨他们。王惠明只爱戴干妈，干妈给了她一切。干妈完全有理由把她饿死、病死包括意外伤亡，总之用任何一种方法，让她非常自然地消失，而谁都不会发现异常。但是，干妈没有。

王惠明的父亲和干妈是结发夫妻。他们生了四个儿子，这四个儿子的生日都在某个月份，相差不过一两天，每个中间相隔了两年。那时候，父亲在外面修铁路，每两年回来一次。儿子们是在相同的季节出生，这说明干妈是一个很有生殖力的女人。父亲总是在某个日子回到乡下的家。那个日子就是春节。

父亲在外修铁路的时候，是个不安分的男人。他没有英俊的仪表，可他握有在那个时代很珍贵的粮票和油票。当然，他还有工资，虽然不多，但诱惑铁路沿线贫苦的女人已然足够。不过，父亲保持着基本的判断能力，他认为钱要留给自己结发的女人和孩子，但从牙缝里抠出的东西，就有理由自由支配。这个道理，是很能站住脚的。一个人节俭了自己的食欲，去资助自己的性欲，可以得到理解。王惠明的生母是一个寡妇，一个身体很不好的寡妇。父亲勾引了这个寡妇，代价是一块腊肉和一碗胡麻油。铁路向前延伸，父亲把寡妇忘了。欢庆铁路全线修通的庆功会开完后，寡妇找到了喝得醉醺醺的父亲。寡妇穿着宽大的棉袄，僻静处，寡妇从棉袄中，托出王惠明并把王惠明还给父亲的时候，父亲在一刹那发生了某种错觉，以为那块腊肉又回来了，差点想说这肉你为什么不吃了，补补身体。当他看到了腊肉上的眼睛和嘴巴的时候，他的酒醒了三分之二。他说，这是什么？

寡妇说，女儿，你的。

父亲说，我没有……女儿。我……有了四个儿子。

寡妇说，你以前是没有……女儿，现在……有了。

父亲连连后退，说，我不要女儿。你赶快走吧。春节就要到了，我要回家看我的老婆和我的儿子。

寡妇说，我马上就要走了。我不愿带着女儿走。她好看着呢！说到这里，就微笑了起来。她怀抱中的小婴儿，也笑了起来。

父亲被这两副笑容吓坏了。他说，你要我怎么样？

寡妇说，带她回你家。

父亲说，你叫我怎么说？

寡妇说，你怎么说都可以。最不济，她就是一死。都一样。

寡妇说完，就把“腊肉”放下了，掩好她的衣襟，头也不回地走了。后来，听人说，她痨病吐血，一吐一碗，很快就死了。

父亲抱起了王惠明。当然父亲不会知道她以后叫王惠明，父亲管她叫小五。从父亲管她叫小五起，父亲就把她认下了。父亲对别人说，小五是他在雪堆里捡到的。所有的人都相信了这个话，因为那时候沿着铁路，有很多私生子降生。

父亲是个懦弱老实的人。他很想扔掉小五，可是他不敢。他怕遭报应，因为小五身上有他的血脉，扔了小五，就等于把他自己的一个脚掌扔了（小五只有他脚掌长短）。小五要是被狼吃了（随着铁路开通，狼已经很少了，但谁也不敢说绝对没有），就等于自己的腿肚子（小五只有那么厚薄）进了狼的大肠。所以王惠明应该感谢迷信，要是父亲不迷信，王惠明就成了狼的一部分。

父亲把王惠明带回了工棚。工友们都说老王，你太傻。你就是想要个孩子，也该捡个小茶壶。

父亲说，我们家连我有五把茶壶了。我想要个茶碗。

工友们说，茶碗也挑大点的。路旁林子里净是茶碗，大姑娘生的，哭声赛过火车。

父亲说，我就愿要这个小不点的茶碗。

父亲用米汤和胡麻油喂养小五，当他把骨瘦如柴的小五交到干妈手里的时候，干妈正奶着小四。

干妈看了一眼小五，干妈就知道了一切。干妈说，你的。

干妈用的不是疑问，干妈很肯定。如果干妈用的疑问句，父亲就把他坐火车时想出的所有谎话，一股脑儿地端出来。可是，不是。干妈没有疑问。干妈所做的第一件事，就是把乳头从小四的嘴里拽出来，放进了小五的嘴里。

小五的第一个反应是把乳头吐出。小五根本就不知道乳汁的味道，小五的肠胃已经被胡麻油浸得透明。后来干妈以她非凡的智慧解决了这个难题，她把乳汁挤在兰花碗里，她在乳汁里掺上了胡麻油。小五对这种“混合饲料”依旧很不习惯，但生命的本能战胜了味觉，况且还有胡麻油熟悉的味道在诱惑着她。随着小五的吞咽开始，小四只好从此远离妈妈的怀抱。

这一个春节父亲没有播种。父亲的身体已经不行了，那个寡妇把结核传给了父亲。父亲返回工地之后，突发肺炎，死在了那里。于是在同一天，小五和她的四个哥哥成了没有父亲的孩子。

小五至今无法想象干妈是怎样把五个孩子抚养成人的，而且还让她读了高中。干妈从来没有让小五管她叫过妈妈，干妈一直坚持让小五管她叫干妈。小五说，我想和哥哥们一样。干妈说，那不能。你如果叫我妈，他们就和你争吃争穿，我也拦不住他们。你和他们叫得不一样，你就是我们家的客。

于是小五在家中吃白粥的时候，总能得到几根咸萝卜条。在缴学费的时候，总能得到钢镚。

干妈从来没有隐藏过小五的身世。干妈不是因为没有闺女才对小五好的，干妈说过，小五如果是小茶壶，干妈也一样。干妈甚至也不是因为父亲的原因才对小五好，干妈对父亲有很多犀利的批评，一针见血。

干妈只是觉得小五是个客，一个不请自来的客人。干妈是个好客的人，干妈铭记古训，哪怕自己家没吃的，也不能让客人饿着肚子。干妈不能让小五混淆了这个界限，如果混淆了，干妈就没有办法养活小五了。

对于小五的生母，干妈很少发表意见。干妈没有恨也没有爱，因为干妈不认识她。干妈对于自己没有亲身相处过的人和事，从来不发表言论。唯一的例外是干妈有时候看着小五，会说，她是个俊女人。

小五不希望自己俊，不希望自己像生母，而希望自己像干妈。干妈是个粗嘴大唇、五大三粗的女人，小五后来以宽嘴大唇、五大三粗为女子审美的最高境界。小五后来知道了自己的窈窕和清秀，是骄傲的资本。可小五心底里不以为然，觉得那是傻瓜男人的标准。真正的美人是干妈那样。

小五记住了干妈的乳房。那是她的干粮袋子，鼓胀坚挺，在她童年的记忆里，乳房是一个有着很多小格子的碗柜。吮吸母奶的时候，她会感到它的内部有很多间小房子。每间小房子里面都存着盛满乳汁的罐子。当一个罐子被吸干的时候，它就变成了空壳，无论你怎样用力，乳汁的溪流也不会增粗，只会无可救药地干枯下去，听到有节奏的砰砰声。小五开始一直不知道那是什么声音，后来当她成为王惠明之后，有一天突然明白，她早年间在干妈胸前吸不到乳汁时听到的那个声音，是干妈心脏的音响。本来每一个婴儿都懂得这个道理的，因为他们在母亲的腹中安住十月，听惯了这个免费的音响。但对于小五，它是陌生的，所以她不懂。没有乳汁的乳房，所有的血管都因为努力和羞愧而怒张，婴儿听到的就是母亲的心跳。王惠明通过自身的努力，知道当乳汁细弱下来的时候，只要用更大的力气，新一股强劲的乳汁就会喷涌而出，好像一个高压水管被拔去了龙头。

干妈对四个哥哥的要求是——只要不被送进监狱，就算对得起你们的爹了。从这个意义上讲，干妈是称职而且出色地完成了任务。四个哥哥都安分守己，虽然家境贫寒，让他们吃了不少的苦，没有读过多少书，但他们勤劳而本分，到了结婚的年纪，也都有人来提亲。干妈对这一点甚为自豪，这说明她和她的儿子在这一带是有口碑的。

对待小五，干妈就是另外的政策了。小五是干妈家的“特区”，小五很聪明，干妈说，一窝的孩子和另一窝就是不一样，不服不行。干妈说这话的时候，没有一点见外的意思，干妈是实事求是的。干妈说孩子也像木料，有的适宜做条凳，有的适宜做炕桌，有的就适宜做案板，千刀万斧剁不烂。

干妈，你说我能做啥？小五问。

你上学。你细皮嫩肉的，上了学，嫁个好人家。干妈深思熟虑地说。

小五说，我不愿上学。

干妈说，你不愿上学，你愿不愿吃饱饭？穿花衣服？那就得上学。

要说吃饱饭，当然愿意啦！但还不是最愿意的。最愿意的是穿花衣。上面四个哥哥，干妈就是再向着小五，也没有钱给她买花衣服，只有穿哥哥们的剩衣服。

小五穿得最多的是三哥的衣服。三哥是四个哥哥里长得最英俊的一个。按说小五该穿老四的衣服，但是穷人家的衣服质量不好，从老大穿起，到了老三的时候，已腐朽不堪。这样身为老三，就成了两个极端。一则是他穿得最烂，布料经过老大和老二两个男孩子的荼毒，补丁相摞看不出本色。一则是他偶尔会穿到崭新的衣服，因为把衣服添给他，下面还有两个小的等着，一箭三雕。这样的衣服，通常三哥会穿得格外仔细。下雨的时候，别人都是赶快把衣服顶在头顶避雨，唯有三哥是赶快把衣服脱下，夹在腋下，以保护衣服。有一次深秋，突然下起冰雹，三哥回到家里，头上鼓起几个红蓝筋包，连一向不娇惯儿子的干妈都失声叫起来，说：“我的小祖宗，你就不怕雹子从天灵盖落到你的屁股眼里！衣裳呢？咋不护着点头？！”

三哥笑嘻嘻地从裤裆里摸出自己的上衣，说：“我把它藏起来了。新布叫雹子一砸，布丝就断了。”

后来那件衣服从三哥的位置，直接传给了小五。原因是老四的身高突飞猛进，和老三丧失了梯度。小五穿着三哥的衣服，就有了奇妙的感觉。觉得那衣服有三哥的温度和味道。

小五直到上了初中，才穿上了真正属于自己的花衣。那不是因为干妈有了本事，是因为大哥、二哥都能挣钱养家了。但大家都不知道，小五因为从此不能穿三哥的衣服，而在被窝中痛哭。

小五依旧不愿上学。她是家中的宠儿，可她不是学校的宠儿。学校展示的那个天地，和她在家中的感受格格不入。所有的孩子都想上大学，小五不想上。小五只想有一天嫁给三哥。这个可怕的想法被干妈看穿，干妈说，小五，你不要一天腻着你三哥。他是你哥。

小五说，我知道我不是你生的。

干妈说，你还小，知道的不全。男的也管生孩子的事，你和他是一个爸。

小五说，谁能证明啊？我和他就不是一个爸！

干妈听了大惊失色。干妈从来没有想到这一点，干妈奇怪小五小小的年纪，怎么就这么眼毒！

干妈说，那可是你亲妈说的！

关于小五的身世，包括细节，干妈都对小五说过。这个家庭里的每一个人都知道这个秘密。小五反复思量过自己的由来，小五提出了疑点。这个疑点首先是建立在一个怀春的少女，想嫁给自己的哥哥的前提之下。充裕的想象力，使她大胆无羁。

干妈哑口无言。干妈从来没有想到这种可能。干妈于是检讨，当时的坚信不疑，其实没有多少依据。

干妈相信那个死鬼男人没说瞎话，他不是不打算说瞎话，而是在干妈的智慧和贤惠面前没有机会。就算男人一口咬定这是从苜蓿地里捡来的孩子，依了干妈的仁慈心性，也会叫她“小五”，也会把她抚养成人。小五说自己的亲妈，极有可能是个说瞎话的女人。她和小五的父亲有关系，她和别的男人也有这份关系。生下了孩子，她无法确认到底是谁的孩子，或者她虽能确定是谁的孩子，但她没办法将孩子托付给他。在所有与她有关系的男人当中，她一定将他们排了队，仔细地深入地比较过。一个得了致死疾病的女人，面对她嗷嗷待哺的孩子，她的脑子一定万分好使。最后她挑中了小五的父亲。小五的父亲是一个老实人，只有这样一个人，才有可能把她的女儿认下来养下去。于是，她就编造了一个谎言。实际上，小五和这个家庭一点关系也没有，她和三哥是完全可以结婚的。

干妈在小五的推理面前，大惊失色。干妈不是一个蠢女人，但干妈就是每天晚上不睡觉，想上一百年，也不会设计如此完整的阴谋。在这一瞬，干妈几乎相信了小五和自己家的血脉毫无关系。她悲观地想到了自己的孩子，没有一个有这份心计。她太了解那个死鬼丈夫了，以他的能耐，能有如此聪明的后人吗？不能！干妈此时突发奇想，断定小五的生父一定是个技术员（她认识的人里，这是最高级别的知识分子）。单凭那个农村寡妇，再有姿色，也不能达到这样的理论水平。干妈想到这里，就对自己家的小五肃然起敬了。

干妈对小五肃然起敬的后果是更加敦促小五上学。至于小五提出的嫁给三哥的提议，干妈来了一个釜底抽薪。干妈对三哥说，以后离小五远些。

三哥不懂，说，远些是咋回事？

干妈说，就是别单跟她在一块儿。

三哥说，为啥？她不是我妹？

干妈说，她是你妹。可她说她想成你媳妇。

三哥说，这能成？她糊涂了？

干妈说，她不糊涂，她比谁都精。无论从她从你，这门亲事都不能成。

乱了章法。末梢细节我也不跟你多说了，只问你一句话，你要不要这个媳妇？

三哥说，这是哪儿的事？我咋能娶了我妹子？我不要。

干妈满意地说，有你小子这句话就成了。无论她说什么，哪怕抹脖子、上吊、吞砒霜、吃耗子药，你咬住了不答应，就有救。

三哥说，救谁？

干妈说，救她。

三哥想了想说，也救我。

假如干妈不是这样一个手起刀落的利索女人，假如干妈拖泥带水给了小五一个缓冲的工夫，很难说小五不把三哥媚倒。但是，干妈以她大智若愚的手法，把三哥和小五的恋情扼杀在萌芽中。

从此以后，三哥和小五视同路人。三哥在一家屠宰场工作，三哥的每一根头发丝里都染有猪苦胆的味道。三哥对小五的温情脉脉一概视而不见，三哥甚至自轻自贱，把自己推向鲁莽和粗鄙。

那时候小五的乳房开始发育。它们像一对青杏镶嵌在小五瘦骨嶙峋的前胸。萌起的乳头每天都愤怒地呲着，弄得小五只有佝偻着背，让摩擦的痛感稍有舒缓。半夜里，小五抚摸着自己的乳核想，三哥你为什么不要我？你是不是觉得我还不是一个成熟女人？小五就忍着疼痛，拼命揪扯自己的胸部，想让它更快长高。

不知是这种自我按摩的效力还是不可阻挡的青春，小五的乳房飞快发育，很快就由青杏长成青槟子，然后是青苹果。小五成了这一带最美丽的女孩，尽管她的学习一塌糊涂。

小五在等着自己慢慢长大。小五知道她有办法捉到三哥的心，只是要给她足够的时间。小五不忙，小五知道三哥对她的冷淡，正说明了三哥放不下她。要不然，为什么其他的几个哥哥都很自然，唯独这个哥哥总是一脸冰霜。装出来的没事就是有事。小五每天晚上抚摸着自己的乳房入睡，把自己的手想象成三哥的手。小五在这样的想象中觉出快意，早上起来容光焕发。

小五读高中的时候，三哥病了。三哥在杀猪的时候，感染了一种罕见病症。先是红疹和抽搐，后是高烧。高烧之后突然就一滴尿都没有了，医生宣布肾功能衰竭。那些天，全家人像渴望甘霖一样地盼望三哥有尿，可三哥的肾赤地千里。

医生决定透析，这是很昂贵的治疗。在有限的次数之后，屠宰场不再支付透析费用。厂方说，杀两百头猪的手工，才能换他一泡尿。是他的腰子重要还是大伙儿的粥碗重要?

家里和厂方抗争，说这是工伤啊！厂方说，为什么别人都没事，他就有事？你家人的尿泡天生就弱。硬说是工伤，连以前出过的药费，都得让你家给吐出来。

家中所有的钱都用来给三哥买尿了。刚开始的时候，大家都满怀信心。透析的原理非常简单，没有任何医学基础的人一看也能明白。它是一张大滤纸，把充满了尿的血液从这边透到那边，尿渗出去，血就干净了。透析过后的第一天，特别是头几小时，人跟没病一样，你不能不对透析充满了感激之情，不能不惊叹透析具有起死回生的效力。但是，人体的废物很快积聚起来，人就开始萎靡，好像被火熏烤的葱管，疲软下去。这样形容也不准确，疲软的是精神，肉身硬肿，皮肤污浊透亮。这个时候，就要赶快开始下一次的透析了。透析就像一条追在身后的狼狗，你烦它，可你万万不能赶它走。它走了，你就没命了。狼狗疯狂地吞噬着干妈四处哀求凑出的钱，看守着三哥的小命。

透析的管子，该一次一换。没钱，改成了两次甚至三次四次一换。透析室医生一看推了三哥去，就不给好脸，说，感染了，死了人，算谁的呀?

即使是这样，家里再也拿不出钱来给三哥透析，三哥命若悬丝。

小五想不到还没等到她长大，三哥就老了。三哥不但老了，三哥还这么快就要死了。小五坐在三哥的床前，干妈已不再防着小五，别的哥哥也都退出去了。不是特意安排一个说话的机会，是再没有人能从容面对日益走向死亡的三哥。钱榨干了大家的耐心和勇气，面对只是徒增伤感。能溜的就全溜了。

小五捧着三哥的手。小五以为三哥的手是干枯和冰冷的，其实不然。三哥的手黏腻肿胀。小五说，三哥，我要救你。

三哥说，小五，心意我领了。

小五说，你不知道我的心。

三哥说，知道不知道现在都没有什么说头了。

小五逼视着三哥说，三哥，你爱不爱我？

三哥说，爱。我爱你……

一阵幸福的眩晕，以致小五没听清后面的话，三哥接着说……爱妈，爱哥弟……

有三哥这一句话就够了。小五说，三哥，你等着。

三哥不知道小五让他等什么，血液毒素积聚，三哥的思维已很迟钝。小五看出三哥不明白，小五想，三哥，你很快就会明白。

小五走出病房。小五不需要三哥再表其他的态了，一句话已胜过万语千言。小五很想把三哥的手在自己胸前放一放，就像梦中无数次出现的那样。但是，小五不敢。小五很害羞，梦中的勇气烟消云散。小五觉得现在求三哥做这件事，有点不人道。况且，病房内的人太多，有些男人不怀好意地看着她，使她不敢久留。

小五找到三哥的主治医生，说："我哥哥还能活多久？"新来的年轻医生花了好半天时间，才搞清面前如花似玉的少女，是那个濒死的肾功能衰竭病人的妹妹。美貌在很多地方都是有效的通行证，医生格外好脾气地回答："这个很难说。如果停止透析，也许一个月之后，也许一个星期之后。"

小五说，如果一直透析呢？

医生说，如果用最精确的透析液，器具全部一次性，避免感染，再加上周密的观察，那么，可能活很多年。发达国家，病人一边透析一边上班，有些干脆自己家里就有透析仪，周末晚上透一次，可保一个星期。只是……

小五打断了医生的话，说，只是需要很多钱，对吗？

医生说，对。

小五说，我会有很多钱的。

医生很吃惊，面前这个小姑娘说的是“我”，而不是我们。他见过除了这个小姑娘以外所有的“我们”，那些个“我们”是绝不会有很多钱的。

小五说，医生，我求你一件事。在我没拿到很多钱之前，让我哥哥活着。我很快就会有钱的。很快。

医生没有答应她，这是职业习惯。但医生记住了小五的话，也许小五一往无前的眼神，打动了他。

第二天早上，小五带着家中仅剩的几百块钱，失踪了。哥哥们说，这不是雪上加霜吗？老三彻底没救了。干妈不让大家说小五的坏话。干妈说，有这几百块也救不了老三的命。不如让小五寻一条活路去吧。她本来就不是咱家的人，干吗要拖住她？

小五走了。小五要挣出一大笔钱，给三哥治病。小五从一开始就下了卖身的决心。在所有的旧戏文里，穷家女子走投无路时只有卖身。小五并不觉得卖身是奇耻大辱，她觉得像杜十娘、李香君什么的，要是不卖身，肯定得不到传世的资格。

只是，如何卖身，并且能卖出一大笔钱？小五还是处女，小五本来想把自己的处女之身为三哥存着，但为了救三哥，只有先将这个身子卖了。小五不知到哪里去卖，想象中是大城市卖的价高些。

小五偷了家里的钱，她知道干妈不会说这是偷，但小五坚持认为这是偷。她需要盘缠，她不能扒车，她要用合法的手段，尽快地到达繁华都市，尽快把自己高价售出。这些都容不得耽搁。

小五还在票证贩子那里，买了若干张证件。本来她想只买一张的，票贩子说批发优惠。她把假证按顺序排好，如同一打饼干。她把自己认为最不好听的名字排在前面，记得是叫李桂花。

第12章

乳房哭泣

李桂花一路照章买票到了京城。李桂花让自己吃得饱饱的，买了地摊上的化妆品，她要打磨抛光。李桂花在住所上委屈自己，找了间地下室，和几个倒卖毛线的女人挤在一起。李桂花东游西逛，到处是朗朗乾坤正人君子，李桂花急得夜夜垂泪。她的钱不多了，再徒然耗下去，不要说给三哥治病了，连自己的饭食也没了着落。小五不怕挨饿，但小五怕把自己饿瘦了，影响了价钱。

卖自己是很难的。后来，李桂花终于找到了一个有希望的市场，那就是街头的舞池。在幽暗的立交桥洞下，有一些痴迷男女，搂抱着走着笨拙的舞步。李桂花是个聪明的女子，窈窕的身材和对音乐有着异乎寻常的感应，她学会了那些并不复杂的走动，尤其是被北京舞迷引为自豪的“平四”，很快弓马纯熟。她向每一个约她跳舞的男人发出笨拙的挑逗，吓得若干人落荒而走。要知道，在这种场所出没的男人，多是民工和下岗工人中的不安分者，和打工妹耳鬓厮磨可以，一到来真格的，想起瘪钱包，身体的某个部位也就瘪了下去。

李桂花急死了。好在功夫不负有心人，她未入流的挑逗，终于有了回报。一个穿件污黄的写着草书“舞”字背心的老男人，和她疯狂地跳了平四之后，汗流浃背地把她带回了自己的住所。

我老婆出差了。今晚你就放心睡在这里吧。那个男人说。在一间昏黄的平房里，他冲了一碗黑芝麻糊给李桂花。

李桂花喝着黑芝麻糊，紧张而失望地打量着这间平房。用了许久的电子管灯，两端发黑，如同一根霉坏的山药。她对即将到来的事件有些紧张，最主要的是这个房间的主人太穷困潦倒了。可是，她不能退却，她需要完成这事。她要把自己成功地卖出去，这是一个仪式。

当她还没有想好是先说价钱还是后说价钱之时，那个老男人已经扑上来。在整个过程中，李桂花一直坚忍地鼓励自己——坚持就是胜利。疼痛和羞辱都被买卖开张的喜悦冲淡，她甚至想到这个人在这间昏暗的房子的某一个角落，也许藏有金条。雨过天晴之后，那个人很不满意地说，想不到你还是个黄花闺女。

黄花有什么不好吗？黄花是多要钱的，李桂花说。身体的破损和彻骨的疼痛有一种奇怪的力量，让李桂花勇敢和放肆起来。刚才不知如何说出口的话，如今已变得这样容易。

你还要钱啊？那个男人大吃一惊。

白来啊？李桂花像母豹一样坐起来，看到乳房上有清楚的齿痕。

我最讨厌跟处女干这个事了。一点乐趣也没有，白当挖掘工。你还算不错，没哭，也没叫唤。要钱没有，想嫁给我，更没门！男人说着，把干瘦的屁股撅到一边，倒头就睡。

李桂花怒了，掐着他的大腿说，我告诉你老婆。

老男人说，告吧告吧，我老婆早就知道我是这么块料。只要不给钱，她不管。

李桂花走投无路说，那我就上公安局告你。

老男人说，告我什么？强奸啊？谁信呢！这两天舞场上，谁不知道有个乡下妞想男人想疯了，见人就往上贴。别人都不搭理你，还就我这个人，心软，帮你解解痒。我这是助人为乐！你怎能恩将仇报呢？

李桂花放声痛哭。

老男人被哭得睡不着觉，说我的小姑奶奶，刚才流那么多血你都没哭，这会儿你哭个什么劲！就为点钱，至于吗？你就是干这行的，今天遇上我，算你倒霉。卖冰棍还兴赶上停电，你说是不是？东西在你身上，我又没弄坏螺丝锁扣什么的，来日方长啊！说着，他用污浊的枕巾替李桂花擦了擦眼泪，还有嘴边的黑芝麻糊。

赤裸着身子的李桂花披散着头发哭喊着说，没有什么来日方长！我三哥他就要死了！

老男人一愣。说，闹半天，你是真有隐情啊！我这人就喜欢听故事，说来听听。

在李桂花断断续续的哭声中，背后写着“舞”字的老男人听懂了她的故事。当然，李桂花没说她和三哥的关系，她说三哥是自己的亲哥。

老男人说，看你哭得梨花带雨的，怪可怜人的。我就再干你一次。

李桂花大怒道，你白占了我一次便宜还不够，上一次算老娘瞎了眼，这一次，门儿也没有！

老男人说，上一次我占你的便宜不错，但这一次，我可是要诚心教你。我这么大岁数了，打连发也是辛苦的事。要是你不配合，累得我热气换冷气，我还不教你了！

李桂花愤愤，说，你教我什么？

老男人说，你要干的这一行，也跟跳舞似的，有诀窍。高手的价码和雏儿是不一样的。我这人没别的本事，就是好钻研这个。遇到我了，是你的福气。好了，我叫你怎样，你就怎样。不许拧着劲，这是个力气活儿！

老男人说完再次进入。这一次，李桂花感到了撕心裂肺的疼痛。在震惊中麻木的神经，恢复了灵敏的知觉，那裂隙好像不在方寸之间，而是刺穿了所有的脏器和整个灵魂。李桂花如行尸走肉，任凭老男人折磨。不，她比行尸走肉要凄惨得多，行尸走肉是没有感觉的，但老男人要求她的配合，不停辗转腾挪……

当李桂花重新站起来的时候，李桂花觉得自己已经一万岁了。小五死了，永远地死了。一个名叫李桂花的女人活着，穿着小五的身体，一个千疮百孔的身体。

老男人说，我真是赔了血本了。谁让我这个人心好呢！

李桂花缓缓地说，谢谢你。

老男人说，不用谢。以后若是遇到了我，要免费。

李桂花说，那是当然。

老男人说，我看你这样知书达理，就介绍你一单生意。我的这个朋友，有钱。如果你把他伺候好了，我估计你一次得的钱，够让你三哥尿十回尿。

李桂花拿着半袋黑芝麻糊走出了那间小平房。她的双腿之间好像夹着一把熊熊燃烧的松明，灼痛难熬。她蓬头散发，扶着墙壁慢慢行走。在一个公共厕所里，凑着冷水龙头，把黑芝麻糊的小包装袋打开，全都倒进自己的喉咙，然后才有力气进到半截木板隔断的蹲坑上。她用了吃奶的力气，才把小便解出来。滚烫的尿液如同盐酸淌过，疼得她龇牙咧嘴。她看到尿液中夹杂着鲜红的丝带般的血液，如同小蛇，从她的身体里爬出，坠进黑暗污臭的粪坑。她痛得几乎昏过去，可是她没有昏过去。一个如此年轻的生命，哪能那么容易就昏过去！她没那份幸运，公共厕所积重难返的氨气，振聋发聩，在短暂的眩晕之后，她异乎寻常地清醒了。解完手，李桂花又走到水龙头前，这一次，是洗脸洗头，收拾清爽。她把厕所当成美容院，把自己粉饰一新。当她从厕所走出来的时候，一个新人诞生了。

那个老男人的哥们儿很满意，他给的钱，真的救了三哥的命。从此，干妈家每隔两个月，就会准时收到小五寄来的钱。小五从不留地址，钱从不落空。

透析得以继续，三哥的生命就这样被保存下来，三哥每周都要接受透析，三哥逐渐适应了这种以医疗器械代替生理本能的生活，三哥过起了平静的生活。三哥再也不用去杀猪，三哥不再被风吹日晒，三哥不必再起五更睡半夜，三哥的头发里再没有了猪胆汁的苦气……

干妈不想要小五的钱。干妈凭一个女人的直觉，知道这钱不是好来的。但干妈不愿深想，深想下去，是对自己一手抚养大的孩子的不敬，干妈也承担不起这份沉重。干妈好多次想对老三说，咱不透析了，行不？但干妈一看到老三凝固的目光，干妈就什么都说不出来了。小五不说，干妈不说，三哥不说，所有的人都不说。三哥是个沉默寡言的人，以前就很难猜出三哥在想什么，大病之后，就更没人知道三哥想什么了。剩下的弟兄囊中羞涩，面对三哥的期待，心中有愧。小五的钱，解了大家的围，小五的仗义衬出了众人的无力，只有不说，谁都不说，才是报答。每隔一段时间飞来的钱，成了这个家庭的秘密。人们小心翼翼地保守着这个秘密，秘密维系着家族的运转，表面上却水波不兴。

小五的买卖一旦打开，业务量突飞猛进。小五从一开始就绝不打算做普通的“鸡”，立志做一个名妓。只有名妓才可能有百宝箱，才可以彻底拯救三哥，给三哥换肾。才可以“从良”——嫁给三哥。小五细细研究了古代那些著名的妓女，个个是色艺俱佳。小五开始研究做名妓的技术，以前，有青楼老鸨代代相传，现在需自学成才。老男人所教的简略几招，充其量只是“初段”选手。小五知道要拉住客人，让客人肯出大价钱，必要有绝活。客人是小五最好的老师，小五和他们细致地研究各种感受，并乐于试验。客人们有着千丝万缕的联系，小五名声传播，价码也水涨船高。小五并不滥接客，那对身体影响太大。小五很谨慎，小五要细水长流。小五聚敛财富的主要手段是以一当十，提高单位面积产量。小五很仔细地选择委身的对象，对每一个顾客都很投入。让客人觉得物有所值，才会源源不断有进账。小五的目标很明确，小五要挣钱，资本只有自己的身体，要爱护资源。

小五知道古代青楼女子，除了天生丽质以外，还要精通琴棋书画，会玩一手或笙、或箫、或阮、或筝，能作诗、会对对子，善解人意……小五来了个古为今用。当然了，她不会作诗、不会对对子，但现在的男人们也一同衰落，不会这些雅活了。她学会了一语双关的幽默和笑话，当然基本上都带“色”，但不那么低俗和明目张胆，透着一点点的聪明。她学会了按摩和用个保健的小锤子，胡乱在客人身上敲敲打打就说是通经活络。她有很多闺阁游戏，可令一些孤陋寡闻的家伙惊为天人。

随着阅历的进展，她能在一分钟内判断出对方有没有钱，肯付出多少钱。对于吝啬的男人，无论多么英俊潇洒，她从不动心。她也不会对任何人动真情。有若干个男人在一夜欢颜之后，萌生出要包她的意思，小五都拒绝了。属于一个男人，无论那个男人在短期内能给她多少钱，终有枯竭的一天。男人一旦把女人攥在手心里了，他会为她吃醋，但不会为了她无限投入。小五喜欢结识新的男人。有钱的男人，在她眼中，如同一枚枚刚采摘的橘子，可以榨出充沛的新鲜果汁。榨过了，就要扔掉，不能总当标本保存着。

刚开始由于经验不够丰富，小五得了几次性病。好在那个时候，中国的艾滋病还没有大规模蔓延，不过是淋病和尖疣一类普通病症。大众媒体上把这些病宣传得很可怕，其实人类早在半个世纪前就征服了它们。只要你具备基本知识，它们就温柔懦弱。街头的小广告，说什么“一针见效”，虽说滥夸海口，但只要诊断明确，一针大有好转是可能的。

小五知道那些最著名的药店里治疗性病的柜台在哪里。走进药店透明的像玻璃鱼缸一样的铺面，通常是在一楼非常便利的地方，摆放着全是进口说明的一排排药品。精致小巧的瓶子，让人一看就很疼爱。店员通常是一位面无表情的老者。他很平静，饱经沧桑的脸上看不出喜怒哀乐，但又绝不是冷若冰霜的，有一种平和的谦恭若隐若现。他微微前躬的身体表达着“我随时为您排忧解难”的信息，但他疏淡的表情说明他是矜持和缺少好奇心的。总之，这个店员的形象很重要，他要使前来购买此类药物的人有足够的信任感，才能在这里付出一大笔钱，把涉及隐私的药物买走。

小五买了很多医书，小五把性病研究得很透彻。小五会给自己诊断性病，并迅速开始治疗。她很小心地保护自己，但百密一疏的时候还是有，她会在第一时间感受到自己被病菌侵袭了。她会赶快用自备的一次性注射器把治疗性病的药品打进肌肉。小五很感谢科学，层出不穷的新药物真是具有改天换地的力量，让她们这一行受益良多。往往是半夜里还痒痛不堪，到了黎明已水波不兴。小五购买了最高级的安全套，当然这笔费用她要打入成本。一般来说，客人不愿使用安全套，但小五巧舌如簧。小五说这不是为了她自己的安全，她一个苦命女子，命是不值钱的，客人们的命才是值钱的，他们前程远大，日后享受的机会还多着呢，不要因小失大。况且这种进口的高级安全套，对人一点妨碍也没有，或许还有刺激作用。花言巧语之下，客人们通常都会接受。

通过实践，小五发现，由于若干年的封闭，其实中国的男人是很孤陋寡闻的。因此，要哄得他们高兴，并不是一件太难的事情。小五渐渐老练，成了一名技术高超的性产业工人。

只有一点令小五摸不着头脑。她的乳房再也不肯长大，总是保持着青苹果模样，坚硬如卵石。她的肌体各部分在频繁的性刺激之下，烂熟如桃，但乳房固执地坚守少女时代的状态。有的客人喜欢这种童真样式，但更多的客人不喜欢。他们想看到一个放浪形骸饱含水分的女人，但小五幼稚的前胸会突然启动他们沉沦的良知，让他们一下子想起自己的初恋甚至女儿。

小五意识到乳房成为自己发展的瓶颈，决定改造它们。小五去了正规的整形医院，要求做丰乳手术。医生详细地同小五探讨了她期望达到的尺寸，根据小五的体形计算出丰乳图形，并用计算机模拟出相应影像。小五只看了一眼就说，太小了。医生修改了尺径，小五说，还是小。医生严肃地说，这是能够完成的最大尺径，根据她的身体状况，最多只能注入这么多硅胶。

小五离开了那家医院。小五认为，人嘛，要么是原装的，天生什么样就是什么样。如果兴师动众全新打造，就一定要追求完美。既然花了钱，受了罪，就要可心。在她的心目中，最美的女人是干妈，干妈丰乳肥臀。

小五在街上漫无目的地走着，看到了一家美容院的招牌。小五走进去，说，你们最大能做出多大的乳房？

接待她的女士说，你想要多大的乳房，我们就给你做出多大的乳房。不够大，不要钱。

小五比画了一下，说，要这么大。

女士咬牙切齿地说，成！

小五留了个心眼，说这么大的乳房，要打进很多硅胶，是不是有危险？

女士说，是有危险。所以，我们不给你用硅胶，我们只给鼻子用硅胶。硅胶很贵，我们用盐水。

小五吓了一跳，说，盐水？那不成了腌咸菜？

女士说，这你就有所不知了。用盐水，是当今世界上的最新潮流。又安全、又简便、又没有副作用。我们并不是把盐水简单地注射进去，而是要有一些包裹的囊……美容师是有洋文凭的，手艺很好。找他做手术的人预约到了五个月以后，算你运气好，今天有一个约好的顾客临时不来了，空了一张台子。你要不要做？要做就赶快进去，要不然我就打电话叫别的病人来了。

这番话说得小五热血偾张。她在别的事上都很谨慎，唯独到了自己的乳房，就情迷意乱。一头进了美容室的里间，一间阴暗的北房。

据说有洋文凭的美容师切开了她的乳房，裹进一些盐水囊。

小五起身后第一个感觉是胸前沉重了许多。小五欣喜地看着自己在镜子里的新形象，知道为手术花费的钱是鲜酵母，很快会衔着更多的钱飞回来。

美中不足的是发酵得太夸张了，好像两只酸奶罐子。美容师解释，过一段盐水会有所吸收。新打造的乳房就像刚买的白棉布，下了水，尺寸会缩的。

小五也不好多说，确实是按她的意思度身而做，不能退货。小五人气攀升，前来的男人都有喜爱丰乳的癖好，骨子里是没长大的男婴。

小五的乳房渐渐地在圈子里有了小名声。那种充满了水泡的乳房，抚摸和蹂躏起来，感觉很是怪异，前来寻欢的男人们爱不释手。小五把所得的钱，一部分寄给干妈，一部分留了起来。她迅速地衰老，好像还不曾年轻就饱经沧桑。小五要为自己留个后手，她不可能总是如日中天，卖笑女子的职业生涯极其短暂。

小五从来没有回过干妈家。小五不给家中写信，寄钱的时候，总是用电汇。电汇单上，只要你不要求，邮局就不显示寄款人地址。每次打电话的时候，干妈都抽噎着问，我的小五子呀，你何时回来？小五都会在结束通话之前，假装随口问道，三哥怎么样了？干妈也好像才想起来似的说，你三哥呀，他挺好的。每星期两次按时透析，人也比以前有精神了些，脸色也不那么黑了。

肾功能衰竭的人，脸色会有一种奇怪的黧黑。小五是从有关的书上知道这回事的，却无法想象白皙的三哥怎能变黑。小五离家的时候，由于肾衰的时间还短，三哥肿，但是，不黑。小五一想到黑暗的三哥就心如刀绞，小五想只有一个办法，就是以后给三哥做肾移植，不单把三哥的病根拔掉，而且让三哥同以前一样英俊。

肾移植需要很多的钱。小五卖命地挣钱。所有的淫荡都因有了这样远大的目标，而变得辉煌。小五学会了卖笑，伪装处女和伪装高潮，小五能让客人们慕名而来，掏光了口袋里的钱，还恋恋不舍。小五为自己租了很体面的房子，过起了带点小资味的城市女人的生活。

虽然小五严格选择客人，有时因对方报出的价格太诱人，也接待粗鲁的客人。小五通常采用的手段是陪着他们先喝一通烈酒。再骁勇的男人也敌不过酒精的度数，当醉眼蒙眬之时，一触即发，卖笑女子就可偷工减料，以逸待劳。小五会装疯卖傻，小五会五花八门的酒令，小五会甜言蜜语，小五会卖弄风骚……总之，小五会用种种手段保护自己，绝不死扛着，让自己筋疲力尽。

那个客人好像刚从猿猴进化过来，浑身多毛充满山洞的气味。小五从一开始就打了冷战，觉得不祥。果然，小五劝酒，他说不喝。小五说这么棒的男人，怎么不喝酒？多毛的男人说，喝了酒，就饶过了你，我怎会那么傻？

于是，小五知道自己遇到行家里手了。小五的胸中就涌起了一股悲壮，小五不知道壮士慷慨赴死是怎样的英烈，但把它缩小万分之一，可能就是自己的心态了。小五咬紧牙关，忍受着无休止的折磨，那个男人的手，好似隆隆的坦克，从一双乳房上轧过来轧过去，想夷为平地。

小五感觉水囊好像老鼠，在她胸前滚动，大手继续施压，软肋挤住了心房，呼吸受到强烈压抑。

小五坚持忍着，不出一丝声音。如果想早些结束苦难，就要像烈火焚身的勇士一样，咬紧嘴唇。任何声音都会刺激这个魔鬼，让他感觉别致有趣，变本加厉。只有暗无天日的沉默，才能早点救赎。

莽汉的手在小五的乳房上横冲直撞。乳头由最初的兴奋坚挺变成疼痛的怒张，乳晕颗粒凸起犹如清晨的草莓，乳房增大仿佛随时要爆炸的圆形手雷。就在男人之手一个极其猛烈的揉搓之后，小五突然感到左胸坠落，随着锥心的刺痛，奇异的空虚感油然而生，左半个肢体痛楚麻木，左脚尖痉挛抽动。小五一下惊坐而起，惊惧席卷身心，一道宽约二寸的口子，从她的左肩直劈到了左胯。淋漓的冷汗使她完全忘记了身上还匍匐着一个贪婪的男人。

男人被掀翻在地，鼻青脸肿。他从情欲的高峰被打入谷底，恼羞成怒。多毛的手指疯狂揪住小五的头发，怒骂道，臭婊子，装什么金枝玉叶啊，居然不让碰……

小五的头发被高高揪起，赤裸的胸部格外高耸，男人穷凶极恶的表情僵在那里，变成惊骇莫名的恐怖。小五是从那个男人的眼神中，发现事态非同小可。小五低下头，于是看到从左胸下方，有一道深深的裂隙。

不是皮开肉绽的破损，如果是那样，还不至于让人胆战心惊。在表皮完整之下，错裂出一道峡谷。小五的左乳房到左大腿根，如同被南京大屠杀时日本军曹斜劈了一刀，裂成毫不相干的两瓣。

一堆膨起的圆包，约有数个乒乓球大小，堆在小五左腹之下。她战战兢兢用手捅了一下，包是软的，有波动，还有……跳动。小五悲惨地发现圆囊波动的频率和心跳一致。

“你把我的心给揪下来了！”小五歇斯底里迸叫，凌厉凄楚。

嫖客也大吃一惊。因为灯光的作用，他看到小五的身体一分为二，如同一根被剥开的白蜡木。他看过很多女人的身体，稚嫩的、苍老的，但没有看到过如此诡异的分裂。他听到了小五的号叫，正是这母狼似的叫声让他平静下来。这个女人还能有这么大力气叫唤，这就好，没什么大不了的事。

他说，叫什么叫！你的心真要掉下来了，你还有力气叫！

说着，他伸出手指，掐住小五大腿根处的鼓包。小五乖乖地让他掐，毕竟这个人告诉她，她的心还在。如果心不在了，她就不能活了，再也见不到三哥了。

男人狞笑着说，白玩你，免单！

小五说，你伤了我！你要赔我！

男人掐着水包说，这就是你的奶子！你用假奶子骗我，你还想要钱！

小五这才知道，原来是假乳中的水包，在剧烈的揉搓之下剥脱，从乳头处直线向下坠落，如同一把剔肉的重锤，撕开了皮肤和肌肉之间的筋膜，直捣腿根。

小五满眼泪水，忍受着那个男人残暴的折磨。眼睁睁地看着自己腹壁的鸿沟，渐渐地被皮下出血所填平，直到成为一道紫色的棱起。

清晨，那男人未给一分钱，扬长而去。小五弓身如同老媪，找到了美容院。美容院的小姐，一反当时邀她手术的热情，冷脸说，你赶快走，别堵在这儿，败坏我们名声。我们管不着！

小五很生气，说，手术是你们做的，怎么就不管了！你们草菅人命！

美容院说，是我们做的不假，可你过了保修期！知不知道？你使用过度！别人的水囊怎么都好好的，你的就掉到了裤裆里？你以为是篮球呢！

小五一下被噎住，知道在这里找不到理了。小五取出积蓄，进了正规的医院。医生为她止血消炎，住院之后，把乳房中充填的劣质异物取出。当需要家属进行手术签字的时候，小五说，我自己签。医生说，那不行。这是我们的制度。小五说，我是孤儿。医生说，那就让你单位的领导签。小五说，我没有单位。

医生就很特别地看看小五。小五迎着他的目光，对看着。过了一会儿，医生首先把目光收回了。总之，你找个人签吧。医生走了。

小五就把三哥的名字签上了。小五签这个名字的时候，眼泪止不住地往下掉。小五不是伤心，小五是感动。小五觉得三哥就在自己身边，是小五最亲最亲的亲人。

小五很快进行了手术。手术把乳房中乱七八糟的水囊取出，小五期望自己恢复原样。小五不敢回家的一个原因，就是她意识到自己的乳房太夸张了。这种不适当的丰满很容易让人联想，小五希望自己在三哥眼中冰清玉洁。现在，一切将重新开始。

小五从手术中醒来的时候，医生等候在她的身边。当你的情况好一些的时候，我有话要同你说，医生说。医生说完了这句话就走了。于是小五知道，医生等在这里，就是为了要同她说这句话。

这句话是为了要说另外的一句话。什么话如此重要？小五有些疑惧。但是，麻醉后的眩晕让她无法清醒地思维，只得昏昏睡去。

当她完全清醒以后，医生说，你在住院记录上，亲人联系一栏所填都是假的。

小五点点头。

医生说，有一些问题，我们必须同你的家人谈谈。

小五说，我就是我的家人。有什么问题，你尽管谈。

医生说，不行。

小五说，如果不行，你就不要谈了。

医生急了，说，我要谈的话，等不得。

小五说，那就说好了。

于是医生就站在那里，边想边很吃力地说，我们在为你做乳房手术的时候，发现了一个包块。

小五说，你的意思是说，手术不彻底？

医生说，手术很彻底，我们把那个包块切除了。

小五说，那就谢谢你们了。

医生说，不要谢，我的话还没有讲完。那个包块的病理检验结果出来了，性质不太好。

医生说到这里，很小心地看着小五。小五极端地冷静，仿佛在听别人的故事。小五说，性质不太好是什么意思？

医生说，你还要我说得更明白，是吗？

小五说，是。因为我根本就不明白。

医生说，好吧。那我就说了。它是恶性的。

医生本来以为小五会大惊失色，没想到小五说，这不是真的。

医生说，我没有必要骗你。这是非常严肃、非常严重的事情。如果你的亲人在场，也许我们当时就会决定为你做乳房切除手术。现在，我们已经损失了极其宝贵的时间。时间是输不起的。你知道吗？

小五说，你们一定是搞错了。我这么年轻。我怎么会有这种毛病。

医生说，年龄不是保护伞。我要说的就是这些了。你还有什么不明白的吗？如果你感到很痛苦，告诉护士，我为你开了镇静剂。

小五说，我都明白了。医生走了。小五按了床头的呼叫铃。小五服下了护士为她拿来的药物，然后美美地睡了一个好觉。小五从来没有睡过如此香甜的觉，简直是死了一个世纪。当她醒来以后，她对护士说，你把医生叫来吧。

医生来了。医生说，你有什么事？

小五说，我同意手术。

医生说，你的家人来了吗？

小五说，她明天会来。

医生就不再说什么。

小五找了个一块儿卖笑的女子，打电话说，明天你来看我。那个女子说，我有客人。小五说，你最贵的价码是多少？那个女子说，比你少，可是比别人要多。小五说，那你今后就是最多的了。我付你双倍的钱。你要来给我签字，你是我姐姐。

那天晚上，小五抚摸着自己的乳房。她的饱受苦难的乳房啊！它还没来得及让三哥亲手抚摸，它们除了被侮辱和被损害，从来没有得到呵护和温柔。还没有一个婴儿如花瓣般的小嘴亲吻过樱桃般的乳头，它还没有喷射过一滴洁白的乳浆。它只是被填进污浊的盐水，被兽性地蹂躏。它愤怒了，它要反抗。它反抗的方式是那样的奇特——它长出了一个瘤子，它要和这个瘤子玉石俱焚。现在，它要解脱了。它的苦难就要到头了。这一切就要消失了，它原先高耸的地方，将是一道可怖的疤痕。这还绝不是全部。如果命运的魔爪还不放过小五，那么被切除的就不单是乳房，还有她的生命。她很想给朋友写一个条：你到医院来，带上一把刀。如果你不愿带刀，你就带上一根绳子。如果你连绳子也不愿意带，你就带上一只优质的长筒丝袜。那个到处流浪的三毛，就是用丝袜把自己送到另一个世界的。可惜的是，她连一个可以这样托付的朋友都没有！

小五以为自己想到这些会哭，可是小五几次摸摸眼眶，干涸得如同撒哈拉大沙漠。小五在这凄惨的时刻，想到了三哥。小五想，当三哥肾功能衰竭的时候，三哥掉泪了吗？三哥没有，那么她也不掉泪。小五这样想了以后，很快就睡着了。

第13章

白云之舞

需要遗嘱。伪造一个死亡的原因。人们对于自杀者最大的好奇是“为什么”。既然你的死就是为了掩盖这个为什么，你就要成功地提供一个“为什么”，以回答那些关爱或是憎恶你的人，以便让你真正的目的逃之夭夭。他这样想着，在不知不觉中，就把对死亡方式的策动转变成了对死亡的伪装。

伪装死因是艰苦卓绝的工程。你必得策划得滴水不漏，你死后让千百双眼睛看不出破绽。如果你做不到位，叫人看穿了谜底，就前功尽弃，你算是白死了。在这种压力下，他设想了种种可能，每种都是系统工程。你要假装破产，要有一系列的财务报表支持。你假装受骗，就得有杰出的骗子出没左右。你假装失恋，就得有一个狠毒的女人陪伴身边。

这可不是顷刻间呼风唤雨能来的。

在极端的辛苦之后，他突然想到，如果不死，这一切就迎刃而解。这个念头第一次涌上的时候，他被自己的失信吓了一跳。说得好好的，为什么就不死了呢？这不是背信弃义出尔反尔吗？他听到狗肉店里的小狗大狗们狂吠起来。被剥了皮的狗还能叫吗？无边的猩红又包围过来。

枯燥的文员生涯，百无聊赖。申凌是最低的那级台阶，谁都有权指使她。她要恭顺地对每一个人微笑着说“是”，整日套装在身，无论脚多么痛，也要挺拔轻快地在办公室里一路小跑。书包里永备一双新丝袜，袜子出现小洞，第一时间跑进洗手间，金鸡独立着更换。唯一快乐的源泉，就是对照着别人的不幸，发掘自己的幸福。

“嗨！你的小组，又有什么新进展？”申凌撒娇。

褚强两难。刚开始是戏说小组，以博申凌一笑。古代有用烽火社稷博女子一笑的，褚强聊聊天让女朋友高兴，有什么不可？茫茫人海，谁能认出她们是谁？但随着小组的深入，褚强再不敢把组员们的情况和盘托出，便采用浪漫主义的手法，大胆地加以虚构。既然申凌第一次就断定成慕梅快死了，褚强顺藤摸瓜，为成慕梅编造出一系列悲欢离合、病入膏肓的故事，以满足申凌的窥探欲。

小组进行了若干回活动，虽时有突破，基本心态是“犹抱琵琶半遮面”，好像做小本买卖的，你看看我，我看看你。你说几分，我就说几分。你若是不说，我也不说。人们是靠自己的秘密活在世上的，要是都说了，人们还有什么？

褚强对程远青说：“程老师，您要是不怕受到重大打击，我就把迄今为止参加小组的真实感受告诉您。我觉得大家都在外围绕圈子，没有实质性的交锋。三锥子扎不出血来。”

程远青笑道：“都是癌症病人，要是扎锥子放血，就得报病危！”

程远青委婉地提醒褚强不要操之过急。毕竟，这不是普通的成长或是发展小组，而是一群濒临死亡的人的特殊团体。

最让褚强不安心的是鹿路这个人，苦于没有证据，褚强也无法多说。“就当是童言无忌。”

程远青说：“需要有一个活动，让大家同仇敌忾。”

褚强说：“您设计到墓园面对死亡的活动，是个好机会。”

程远青说：“时机早了点，酒还没有酿好。下次小组活动，你带一条花围巾来。鲜艳些，最好是真丝的。”

褚强觉得有趣，说：“干吗？”

程远青就把想法同褚强谈了。

褚强电话告知申凌，约会取消，主要是为了小组，要备课。还有一个说不出口的原因，一见了面，申凌就要听小组的故事，褚强深感创造力枯竭，难以为继。“求借一样东西。”临收线时，褚强说。

“什么东西？”见不了面，申凌满心不悦。

“一条花丝巾，要漂亮的。”

申凌大惊，说：“褚强，你好狠！居然还要拿我的东西去讨好新人！”

褚强说：“说到哪里去了！是小组活动的道具，你可千万别忘了，下次见面时一定带着！”

申凌啧啧道：“呀，真看不出，你对这帮老娘们儿的事还挺上心的。”

一向对女友言听计从的褚强，低声反驳道：“干吗这么说人？你也是女同志，有点同情心嘛！”

“我既然没同情心，你就别理我好了！我同情她们，谁同情我！”申凌说着把电话摔了。平常，褚强会赶紧把电话回过去，一个劲儿地赔不是，可今天没这心思。

这次小组活动地点，选在医院的诊室里。按说诊室不能当会场，程远青亲自出马和院方联系，希望得到支持，除了借用地方，绝不动设备。其实诊室除了桌子、板凳之外，就是诊床和看片灯，也没什么贵重东西。院方答应了。

诊室面积有限，座位不能围成优雅的圆形，因地制宜把凳子约略摆成多边形。程远青道：“走进医院来进行小组活动，感觉如何？”

一向很沉默的成慕梅第一个发了言，说：“我最讨厌医院了。这是一切灾难的策源地。”

虽然成慕梅不招人喜欢，但她低沉而愤怒的话，说出了大家的心声，众人不由自主地点头。

程远青说：“我也很不情愿到医院来。我选了这地点，有人骂我吧？”

有人说：“哪儿能呢！医院是什么地方？闲人免进的，您必有深意。”

岳评说：“咱们不是闲人啊。无事不登三宝殿。”

大家频频点头。是呀，医院如今成了她们生命中最重要的场所，灾难开始的地方，生命的终结也在这白色之地。为什么要到这里来呢？看着组长，她应该给大家一个解释。

程远青含笑道：“我们先来做一个游戏。”

大家就很夸张地响应。不仅是游戏有放松紧张的神经之效力，更重要的是，在医院这个不苟言笑充满权威的地方，能做游戏，让病人们有一种报复的快意和搞恶作剧的创造感。

程远青更正道：“说是做游戏，有点不大准确。更正一下，咱们是做角色扮演的小话剧。”

周云若以前在学校演过戏，急着问道：“脚本在哪里？谁是导演？谁是主角？”神情已暴露出想当主角的野心。

程远青微笑道：“别急！别急！人人有份。男主角已经有了，就是褚强。”

褚强很绅士地站起来，向几个方向弯腰，口中念念有词道：“承蒙信任。”让人忍俊不禁。大家说：“别这么假模假式的吧！只有你一个男人，当然男主角非你莫属了。”

成慕梅冷着脸说：“女的就不能演男的了吗？”

大家的好兴致没被打断，接着嚷嚷：“女主角呢？”

程远青说："人人都有机会。"

应春草小心翼翼地问："不管长相、身材什么的？"

程远青笑说："不管。内部游戏，谁先报名，女一号就是谁的。"

安疆问："岁数呢？"

程远青说："也不管。老少咸宜。"

大家都笑，成慕梅不笑，卜珍琪也不笑。成慕梅不笑，是因为总阴阳怪气不合群。卜珍琪不笑，是她吃不准要干什么。长期的机关工作，她养成了绝不轻易表态的习惯。

周云若抢先说："我第一个报名。"

大家见周云若自告奋勇，就鼓掌。看见周云若和褚强站在圈子中间，觉得俊男靓女的，挺般配。

程远青说："我是导演。就叫我程导好了。"

大家说："你要是姓周就有点意思了。"

别看程远青聪明，一时竟也没醒过神来，问："姓周又怎样？"

大家就拍着手笑，说："就是周导——洲际导弹哪！"

程远青敲敲脑瓜说："那就要武器核查了。"

一阵哄笑，把白色压抑冲淡了许多。褚强和周云若说："程导，您给说说戏。"

程远青像模像样地指手画脚地说："剧情很简单。褚强，你就假装是病人，女病人，刚患了乳腺癌。还不知道，只是怀疑。你来看病。接待你的医生，周云若扮演。至于剧情，你们向下发展吧。总之，褚强是一无所知的病人。周云若，你按照你所知道的医生来演。"

大家静下来，挤了许多人而显出拥挤的诊室鸦雀无声。

褚强忐忑不安地坐着，把特意买的真丝花围巾裹在头上（跟申凌关系尚未修复，无法借用，只好现买了一条），还真有那么点妩媚之态。褚强突然想起，问："程导，我多大岁数？"

程远青环顾大家，问褚强："为什么想起这问题？"

褚强说："这的确是个问题。岁数大和岁数小的女人，想的不一样。

岁数大，主要考虑的是生命安全。岁数小的女人，可能会更多地考虑性征的问题。”

褚强的话音还没落，岳评说：“呸呸！大男子主义！得了癌症，无论对年纪轻还是年纪大的女人来说，第一位，都是性命攸关。相当于一个人落在水里，你说他是先逃命呢，还是先顾衣裳？性征虽然非常重要，但和生命比起来，毕竟是第二位的。”

褚强不服气，说：“那我问问周云若，当你知道自己患了癌症之后，有没有为自己即将失去如此美好的性征而非常伤心？”

问题极具有杀伤力。大家都洗耳恭听美丽年轻的周云若如何作答。

周云若说：“说真话还是说假话？”

褚强说：“当然是听真话。”

大家说：“真话假话都想听听。”

周云若说：“那么，是先讲真话还是先讲假话？”

大家说：“先讲假话吧。要是把真话先说了，就没有兴趣听假话了。”

周云若说：“好。我就先讲假话。听好了，我开始说了。”

周云若坐在椅子上，侧面对着大家，她秀丽的长发如溪水般流畅而下，“第一个念头是我还这么年轻，我还有很多要做的事，死亡原来是遥遥无期的，没想到猛然拉近。我要赶走它。不惜一切代价赶走它！医生说，要切除我的乳房，还要进行大剂量的化疗，所有的头发都会脱光……我一点都没有迟疑，对于我来讲，乳房再重要、再美丽，它也只是一个局部。为了全体的利益，我要在所不惜。就这样，我义无反顾地上了手术台……”

这个过程，人人都已走过，不堪回首。现在，听那么年轻的一个姑娘，用平静的声音叙述出来，其中所蕴含的震慑，仍惊心动魄。最可怕的是她们在感动之余，记起了这番铿锵之言，居然是假话！

大家脸上的表情僵滞着，感动的泪花未及旋出，就被疑惑的焦灼烤干。

周云若不愧是个优秀的演员坯子，很快控制了情绪，对大家说：“下面，我将表演真话。听好啊。”

周云若说：“从我知道得了乳腺癌那一刻起，我就觉得自己不是个女孩了。我变成了不男不女的怪物。我身体的制高点，我的骄傲，我的爱情和没来得及享受的幸福，就将随着咔嚓一刀，变成可怕的深渊。我想，女人之所以被称为女人，是因为她无比美妙的曲线和这个曲线的功能，它不仅是外在的，更是内在的。当它被损毁之后，我的尊严和勇气，也一起被埋葬了。”

周云若说到这里，两条溪流沿着她清瘦的面颊滴下，鹅黄色高领衬衫的某些局部，变成深色的斑点。

程远青不得不惊叹小组的神秘和不可捉摸。计划再好，人是活的。组长只有随着情绪起伏快速调整。就像高超的冲浪选手，他没有也不可能有任何计划的。一切都在追逐浪花中完成和变得精彩。程远青给了褚强一个眼色，褚强就披着他的花头巾，无声无息地从圈子中央退出。只剩下周云若一个人坐在圈子中间，凄迷而惘然。

程远青说：“周云若，你看一看周围。”

周云若仿佛幼童，顺从地张望。她看到很多婆娑的泪眼，很是惊奇。真实往往是残酷而偏颇的，眼泪鼓舞了她，如同一枚花蕊，向花瓣敞开了心扉，花瓣回报它芬芳。这些话很懦弱，不符合癌症病人在公开场合的形象。她预备着受到批评甚至批判的。在所有鼓励癌症病人康复的书中，都把形体上的缺失，列在无足轻重的地位。

活检确诊之后，周云若的第一个难题是对不对父母说。远在寂寞小镇的父母，是她最亲近的人。思考的结果是不说。她要求医生保守秘密，除了校方领导之外，一概不传。消息封锁好之后，她要做的第二件事，就是找到了男友。

她对追求了自己很久的男友说，我要和你睡觉。男友吓了一大跳。他们相好了很长时间，在饭厅吃饭的时候，都是你喂我一口，我喂你一口，惹得很多人羡慕或悻然。周云若常和男友在公园里亲热，她不找僻静地方，专找公园要道拥吻。太清静的地方，她害怕，怕男友控制不住自己，越过雷池。她是一边深吻，一边四处张望。男友有些不解，说多幸福，为什么不好好享受？周云若说，我看有没有人在看我们。男友说，你管他们呢，现在是二人世界。如果你特怕人看，咱们到那边草丛。

周云若说，想得美！我才不跟你到草丛。

男友说，怕我使坏？不会的。你不愿时，我不会巧取豪夺。

周云若说，你不懂我。我是看人们看我们的表情。

男友说，真讨厌！好像没看过大片。

周云若说，我喜欢他们的眼神。看的人越多，我越来情绪。

男友说，你不因爱我才和我拥抱，是为了让别人看。

周云若不服气地反驳，这就是爱情的观赏性。

男友也不跟她废话了，观赏就观赏吧。众目睽睽之下的拥抱和接吻，的确更能让男友忘乎所以。

在等待手术的日子里，周云若对男友说，我要让你看看“白云”。

周云若一方面大胆无羁，经常和男友在光天化日之下吻抱；另一方面，她又是非常保守的女孩，不越雷池一步，至今还是货真价实的处女。激动时，周云若把男友的手的活动范围，明确地限制在腰部以上。此区域内，最美好的风景就是周云若高高耸起的乳房，像进口的葡萄柚。男友抚摸，感到它们并不像看上去那样瓷实，而是充满了云朵般的虚无和弹性。男友简直被“白云”迷住了，说，我身上任何一块肌肉和组织，都没有让我有如此奇怪和舒服的感觉。

无论男友怎样软硬兼施，周云若就是不让他再向下走一步。那个学历史的好男孩，很长时间内满足于望梅止渴。后来得寸进尺，强烈要求一窥“白云”。男友说，黑暗中已经多次接触，很希望能在阳光下一睹真颜。要不然，无论对我还是对它们，都是遗憾。

周云若说，等着吧。会有那一天。

男友眼巴巴地问，哪一天？

周云若说，洞房花烛夜。

男友就拼命揉搓自己的头发，让激情平息。

当周云若提出和男友上床睡觉的要求之后，男友吓了一跳说：云若，你是不是遭人强暴了？

周云若说，呸，不要脸！我做好人好事，你却说这种恐怖的话！

男友说，我猜，必有一个如同八国联军那样的入侵，才使你这个稳定的封建社会发生巨变。如果你惨遭不幸，我为你复仇！

周云若顾不上感动，她已被自己的厄运压得喘不过气来，可她不能吐露真情。

患病的乳房，外表依然可爱，不久却将从枝头坠落，万劫不复。它脱离了身体，从此不知漂流何方。也许蠕满蛆虫，也许干枯成朽叶。周云若最担忧的还不是自己的病况。她很年轻，还不知死亡为何物，她不相信年轻的胴体会腐烂成泥浆，死亡是不足惧的，它遥远而不真实。最可怖的是人们快意的笑脸，周云若残忍地嘲笑过别人，她惧怕报复。周云若是从小地方来的美女，这两个因素使她在长时间内喜爱嘲笑别人。一个女孩对自己容貌的基本评价，将强烈地影响她一生的走向。恐惧甚至压倒了她对疾病的忧虑。她以为最好的方法就是把真情掩盖，瞒天过海。

周云若要和这不公平的命运抗争，要给“白云”一个栖息的归宿！她爱惜自己，爱惜身体的每一个零件。为了这个美丽的局部，她不惜牺牲一次全体。况且这个男子，是她完整身体的见证，在她最妩媚、最晶莹的时候。过了这个时刻，她就是残缺和血污的，是破旧和凌乱的了！

要给男友一个合乎情理的解释。周云若说：“我要动一个小手术。虽说小，但它会破坏乳房的美丽。我希望能在这以前，把一个完整的我呈现给你。这就是实情。”

男友把周云若揽在怀里，泪水坠落下来。周云若的手被男友的泪水砸痛。

那一天，周云若穿着素白丝裙，没到脚踝，飘逸如仙。腰间扎的是天青色绸带编起的带子，那是她自己编的，用了整整七个晚自习。那一晚他们喝了很多酒。以周云若当时的身体状况，是不宜喝酒的，但她一醉方休。深红色的葡萄酒像陈旧的水晶，仿佛深闺里的倦猫，慵懒而温暖。他们的第一次进行得很神圣，有一种祭坛的味道。男友对周云若的乳房小心翼翼，一再地问哪一侧有病变。周云若闭目不语。冰炭相煎，心冷如雪。深醉之后，如火如荼，再后就是一床殷红。他突然很怕，有一种世界末日来临的崩溃感。周云若说，你要是不相信，就再仔细看看吧。你要是珍重，那就谢谢了，你是人证它是物证。你要是怕有什么责任，权当自己色盲好了。

周云若完成了作为一个完整女人的仪式，周云若恋恋不舍。她捧着男友的脸说，请记住我。记住我的一切。以后的我就不是现在的我了，你看到的是绝版……

男友还太年轻，剧烈的运动消耗了他的体力，没有为性爱后的爱抚和窃窃私语留出足够的精神，他有一声没一声应对着，很快就沉入深深的睡眠。

他们住的是男友一位亲戚的房子，那亲戚到西藏支边，要三年后才回来。周云若环顾四周，凄冷一笑。她要记住这个地方，包括窗台上的假花。这里见证了她的初夜，也见证了她的完整。如果她不死，如果她还有心情，她会来凭吊。她会站在远远的地方，向这间屋子的烟囱致意。

周云若悄悄地起身，已经是凌晨了。周云若约好了就要在今天住进医院，身边这个此刻和她有着最亲密关系的男子仍在熟睡。她要孤身一个人神不知鬼不觉地走向未知。

男友醒来之后，看到字条上写着：“如果你爱我，就千万别找我。如果你找到我，我不认识你。”

周云若现在常常使用“完整”这个字眼。对于一般人来说，完整是不成问题的。完整是一种多么可贵的和平状态。国家不完整了，那就叫殖民地。一个人不完整了，那就叫残疾。一个女人不完整了，那就是劣等品。

手术很成功，发现比较及时，周云若年轻，年轻的肌体抵抗力强，修复的力量很旺盛。手术之后很短的时间，周云若就可落地行走，肩部和手臂的水肿也都较轻。

化疗之后，周云若一头黑油油的长发在一周内脱掉，露出白生生的头皮，摸上去好像煮软了的乒乓球，富有一种可怕的弹性。同病室的病友都在为周云若惋惜，怕她禁不住这恐怖的一击。很多女人，在手术当时，尚属坚强。当秀发如腐草连根脱落，只剩下锃亮的秃顶的时候，最残忍的心理刑罚才刚刚开始。

很多病人寻死觅活，失去了一个乳房，已经不是女人，现在又失去了头发，连男人也不是了。丧失了头发保温功能的脑壳，清醒到痛楚。头发的重量，已被每个人纳入了大脑的重量，此刻一旦消失，脑子就被挖空了一部分，周云若简直觉得自己傻了一般。当人们静观秃头美女，预备着她号啕痛哭甚至奔向窗口企图一跃的时候，周云若挣扎着爬起来，打开了自己的小提包，从中拿出一顶假发。她像经营山西刀削面的老师傅，用一块毛巾抹净了青色的头皮，把假发戴到了自己的头上。

假发做得很精细，柔曼飘逸，最时髦的“碎披”发型，需要理发师一根一根地将头发从内向外切削而出。前额一缕黑发被挑染成琥珀红色，斜洒眉间，风流俏皮。周云若因折磨而骨感分明的脸庞，现出陡峭的病态之美。

这姑娘，看着不言不语的，可真有心眼。来前就把假发备好了。临床的一位得了肺癌的老奶奶不住地夸奖。

周云若淡淡一笑，不做解释。她历来精打细算，是个“还价大王”，但买这顶昂贵假发，一分钱也没有还。假发下的脑袋，值这个钱。讨了，就委屈了自己。身体稍有恢复，周云若就辞了学校找来的护工，四处活动。癌症是不能轻言治愈的，只有缓解。癌症统计五年生存率、十年生存率，但是不统计治愈率。癌症是慢性病，癌细胞并没有离开你，它和你难舍难分。它同你达成了暂时的平衡。它在暗中休养生息，以求反戈一击。

周云若一边牙齿打着战，一边嚼着干吃面，顽强地把所有能找到的有关乳腺癌的书都看过了。知道得愈多，她就越离群索居。

休学一年后，周云若恢复学业，成绩比以前还好了。知道底细的教授劝她不要如此搏命，周云若总是淡淡一笑，说我会保重自己，谢谢老师。如果有了病，又没有了钱，那才真是悲上加苦，只有拿下高学历，才能找到高收入的工作。

由于这种说不出口的残缺，周云若觉得自己低人一头。自卑的表现就是周云若高傲冷漠，斩山筑城，断谷起障，把自己全面封闭起来。男友在她住院后四处寻找，想不通一夜柔情蜜意之后，怎么就人间蒸发了。因为不在一所大学，他打探不到实质性的结果。周云若出院很久，男友有一次碰上了她，男友的指甲直抠进她的肉里，说，你到哪里去了？找得我上天入地！周云若说，我不认识你。男友说，你一走了之就能一笔勾销吗？你欠我一个理由！

周云若看到男友比以前瘦削了，心中发痛。她知道自己绝不能回头，那段生活已经死了，让一具死尸复活多么可怕！她绝不能让这个人看到她残缺的身体，不能！她决绝地说："我什么都不欠你，连理由也早就给你了。你放开我！如果你再纠缠，我就报警！"

男友被她吓呆，放开了她，不是怕她报警，是明白眼前的这个决绝的女生已不是他的恋人。

周云若回去之后痛哭不止，无论流多少眼泪，她都不用手去擦。这种哭泣的方法，是她摸索了很久之后才找出来的，宣泄郁闷，不伤眼睛。无论你夜里哭多久，早上用冷盐水敷敷眼皮，照样一个清晨美人。

周云若又是毫不讨价还价地购买了假乳，像将军跨上战马一样，把假乳佩好。从外表看，她婀娜多姿曲线优美。周云若终日埋头读书，心无旁骛。一天，她听到有人背后议论她是否性冷淡的时候，周云若恼了。她希望术业专攻，日后，倘病魔放她一马，假以时日，成为一名杰出学者。这条路太冷寂了，每当病情出现反复征兆，又要到医院化疗，周云若残存的自信就荡然无存，怀疑起自己全部生命的价值，包括这样的苦读苦修。她想到，自己很可能就这样不明不白地死掉了。所谓不明不白，是她至死都不能将真相示人。

周云若情绪极端低落，一个名叫蒲的男生开始追求她。周云若那种从骨子里向外渗透的冷漠吸引了他，人总是会为一些自己所不具备的特质所吸引，蒲就是这样一个阳光男孩。刚开始，周云若对蒲和对其他人一样，冷拒于千里之外。但这种冷拒，更激起了蒲的热情。蒲见过冷拒的女孩，但那多是一种姿态，如同扇子扑动火焰，是为了让火焰燃烧得更持久、更猛烈。蒲以为凭着自己不懈的努力，微风会转化成热风。没想到，周云若拒绝，是真正凛冽的寒风。但寒风可以扑灭炉子里的火，却不能扑灭旷野中的火，蒲就处于这种激动当中。为了矫正蒲的偏颇，让自己耳根清净，周云若除了自己的病，什么都说了。我出身贫寒，我失过身，我常常有一死百了的念头……说出这些话，如释重负，觉得自己很丑陋。但丑陋的周云若似乎更具魅力，蒲从一往无前干脆变成神魂颠倒。周云若很清醒，蒲可以接受一个贫寒的妻子，一个失过身的女孩，一个忧郁而凄楚的女生，但蒲不会接受一个罹患癌症的女子，一个丧失了乳房的女人。周云若发现自己玩着一个危险的游戏。和蒲的交往，使她有了自信——那就是，即使在这种极为可怕的病中，她依然充盈魅力。这种脆弱的自信，只有在同蒲的缠绵当中才会产生，一旦分离，那一切又成虚幻。奇特的爱恋，使周云若活力迸发并感到人生是有希望的，于是她热衷与蒲约会。但她绝不允许蒲碰撞自己的胸部，宛若中世纪的贞女，冰清玉洁。

在某种程度上，她在引诱蒲。她感觉到自己的卑鄙，她是把蒲当成一剂药——精神的激素。当她由蒲的热切和激动中，确认了自己的存在价值之后，她就断然冷淡蒲。她准确掌控着爱情游戏的节奏，把健康男子当成月亮，以映照自己的女性引力。然而，无论周云若怎样操纵，情感自有水滴石穿的韧性。终于，无论周云若怎样婉拒，蒲都寻求躯体进一步的接触。周云若明白是离开的时候了。关于分离，周云若已颇有经验，知道怎样才能行云流水般结束。一切都是和初恋男友的重演，只是蒲看不到周云若的乳房和身体。当失魂落魄的蒲找到周云若的时候，周云若云淡风轻地告诉他，一切都结束了。

周云若在歇息了一段时间之后，又开始寻找新的男友。然后再把他抛弃。俗话说事不过三，事情一旦超过三次，就变成了惯性。

切除了一侧乳房的周云若，已经变成了情感高手。她不是为了玩弄男性，只是要为自己的绝望寻求解脱。一旦这种确认完成，她就停止进一步的情感汇入。如果对方穷追不舍，周云若就快刀斩乱麻，扬长而去。没有人怀疑周云若的真情，她烈火般投入。周云若从未贪图过钱财，在所有的交往中，都是“AA”制的强烈倡导者。周云若不淫荡，简直是守身如玉。周云若不风骚，完全凭着自己不凡的谈吐和高雅的仪表，加之那种奇异的哀伤和洞察世事的清明，吸引了一位又一位男友。每每把对方拖到“性”的深潭边，便把他们残忍地留在那里，自己踩着青苔全身而退。周云若沉湎于其中，几近炉火纯青。有限青春无限经验，不为钱财，只为精神不寂寞。如果不是在报纸上看到了乳腺癌小组的招募启事，周云若就会一直游戏下去，直到病魔将她收了去或是某天倦了，金盆洗手放弃这种玩法。她很希望和同病相怜的人有一个交流，推荐自己的生活方式。那就是，精神的性欲有一种黑暗而神奇的力量，它可以帮助战胜癌症。

第14章

我得了乳腺癌

周云若讲完了。

大家不知说什么好，第一个反应还是感动。凡是真实的东西，都有一种令人咬牙切齿的感动在里面。

褚强吓得不轻。天哪，这个看起来清纯无邪矿泉水般透彻的姑娘，居然九曲回廊，好一个冷血杀手。她这是今天自己招了，要不然下一个殉难者还不定是谁呢。

一向断后的成慕梅抢先发了言。她说："周云若，我挺佩服你的勇气的，把自己的故事讲出来。这里面有很多肮脏的东西，请你原谅，没有批评的意思。真到了我们这一步，就无所谓肮脏还是干净了。我能理解你为什么要一吐真情，是因为你太孤独了。孤独可以让人变态。"

程远青很高兴成慕梅发言，小组里，一个人的沉默，会引发多种猜想。

当然了，若是那个人天生不爱说话，神情上表示和大家心心相印，倒也不必太在意。成慕梅显然不是这样的，貌似无动于衷，其实字字入耳。

卜珍琪紧接着说：“周云若，我能想象到你的痛苦和发泄的手段，但是，这是否太消极了？一个人的价值，并不是一个器官可以决定的，你失去了这个器官，可是你没有失去自己的人格。你在骄傲和自卑的两极滑来滑去，这就决定了你对男人的态度也是忽冷忽热的。不知你想过没有，那些被你抛弃了的男性，他们会怎样想？你耍弄了他们。从这个意义上讲，你把自己的生命变成了报复的一种手段。医生辛辛苦苦地把你的生命抢救过来，你却用它伤害了别人。”

这是一个质问。

程远青面临着一个难题。周云若说的是真心话，卜珍琪说的也是真心话。燧石对燧石，打出了火花。今天是一个很有意义的突破，沉闷空气被撕破了一个口子。在这一点上，程远青感谢周云若，她把自己鲜血淋漓地剖开了。在她自己那一方面，有她骨鲠在喉不得不吐的情势，但对整个小组，这也是一个极好的契机。

程远青轻声道：“我有点紧张。”

声音不高，大家的注意力却高度聚拢。印象中，博士组长无所不能，她居然不知所措？殊不知以退为进，是一个好办法。当领导者显示出真实的谦逊，部下就要赤膊上阵了。

鹿路出来救驾：“是不是怕吵起来？”

程远青老老实实作答：“是呀。你们不一般。”

没想到，这话把卜珍琪惹火了。她说：“癌症怎么啦？不就是一种慢性病吗？和胃溃疡、高血压一样，有什么了不起的？癌症死人，心脏病就不死人啦？嗓子里卡根鱼刺还死人呢！有什么不可以争论的？要是这么一点风雨都经受不了，那还真是和死了差不多。”一瞬间，卜珍琪卸下了佩戴着的领导面具，显出锋芒。

程远青暗笑，这正是她所需要的答案，说：“我想做个小小统计。在座各位，是愿意别人把你们当成病人，还是当成正常人？愿意属正常人的，请举手……”

程远青的话音未落，组员们的臂膀就举起来了。从骨瘦如柴的安疆，到冷漠淡然的成慕梅，从嘻嘻哈哈的鹿路，到胆小畏葸的应春草，所有的臂膀都举起来了。

在这个刹那，感动如钱塘江秋天满月时分的潮头，扑上了程远青的眼帘。真的，她们之中的每一个人的身体，都是不正常的。可她们渴望做一个正常人，这发自内心的渴望，让乌合之众的乳癌小组，趋向一统和刚强。

大家异口同声道：“不管我们身体上有什么样的病，是轻是重，我们要做精神上的正常人。”这些得过乳腺癌的女人面面相觑，有了一个约定。

她们的血液沸腾起来，即使她们的血要比健康人少，比健康人稀薄，依然缓缓地沸腾了。

周云若说：“今天真好。真话就像一块大石头，压得我喘不过气。现在，扔到大家的怀里，我可以轻松地走了。求你们了，也讲真话吧。”她诚恳坦率地看着大家。

她穿着一条今年最流行的低腰牛仔裤，上面是雪纺的藕荷色上衣，外罩宝石蓝短风衣。岳评本来是很看不惯低腰裤的，觉得成何体统。引诱人朝着肚脐的上方或是下方联想，都是罪过。但此时，这位古板的校长说：“我有个女儿和你一般大。她也得了重病，我一直很不理解她。今天，听你这样讲，我想到很多……”岳评突然就哭起来了。半老妇人的哭声是嘶哑和污浊的，非常悲哀。

大家一时慌乱，弄不清此刻该关注谁。那厢周云若焦急地等着大家的真话，这边坚强的岳校长水漫金山。程远青也一时无措，陷入困顿。表面上看，周云若还算平静，她内心袒露，正期待进一步开放。岳评可算方兴未艾，一把鼻涕一把泪，花容惨淡（如果这么大年纪的女人还可以用“花容”这个词的话），局面看起来更吃紧。

程远青一如瞬息万变的战场指挥员，判断着情况。周云若紧闭心扉漫长岁月之后，把门敞开了一条缝。表面上好像满不在乎，实际上，心细如发，极为在意众人的反应。卜珍琪发表尖锐意见，她内心如何应对，也是未知数。大家允诺的坦诚相见，还未付诸实施。此刻中断讨论，在周云若心中将留下怎样潜在的创伤？她当众揭开创口，如今，血泊尚未凝结，人们却蜂拥着围拢另外的人了，这被人遗忘和忽略的荒寒，可能覆盖她的整个人生。也许她从此就收起她的心，就像农妇收藏起她唯一的嫁衣。

岳评呢，大大咧咧的女人，却哭得这般伤感，完全出脱了她平日领导的角色，必有重大隐情。那是什么？大家饱含悲怀。

何去何从？小组之手，揭开内心魔瓶的封纸，往事的妖烟蒸腾而出。组长你何去何从？

这一回，程远青连征求大家的意见也不可能了。如起纷争，也不能搞少数服从多数。面对着活生生的人，不可有些微差池。此刻只能集中，不能民主。

她坐到岳评的身边，掏出纸巾说："岳校长，我知道你非常难过，大家都看着你呢。"

岳评接过纸巾，擦擦红肿的眼睛，朦朦胧胧地看了大家一眼，困难地点头。香水纸巾裹着涕泪，很快浸透了。很难说清点头的具体含义，是同意自己情绪非常难过，还是说看到了大家的眼神？不管是何含义，岳评的情绪和惨痛的内心，有了短短的间离。

程远青说："我猜一定是周云若的故事打动了你，你想起了一段伤感无比的往事……"

岳评听到这里，大嘴一咧，又要哭出声来。程远青赶紧闸住她说："这痛苦很深，很痛，不是一时半会儿说得清的。"

岳评把头点得如同鸡啄米，红着眼圈刚要说什么，程远青打断了她的呜咽，说："岳评，我想如果有一个专门的时间，大家一道听你的故事，好吗？"

程远青代大家签出了一张情感和时间的支票。岳评很希望淋漓尽致一路哭下去，但残存的理智提醒她，眼前的确不是一泻千里的好时机。她点了点头。

整个过程中，岳评几乎没有讲话，只有几次点头。程远青读懂点头，小组的两难境地得到缓解。

程远青赶紧又回到这厢，问：“周云若，你还愿意大家就你的问题展开讨论吗？”

周云若长久以来，被“爱”煎熬得头重脚轻，仿佛癌症转移到了大脑。她时刻需要证明自己是可爱的。情人节的时候，有人买300元一枝的“蓝色妖姬”玫瑰送她，这算不算就是爱了？不知道。接吻到喘不过气来，一方感冒，另一个第二天早上也狂打喷嚏的时候，这算不算是爱了？依然不知道。周云若甚至像007一样，关注测谎仪的国产化进程，虽然这对她的爱情测试绝无实质性的帮助。她抚摸着残缺的身体，知道他们爱的是一个影像，而不是真实的自己。那么，真实的自己是不是可爱呢？

她渴望答案。

安疆说：“孩子，你可爱。那些话吓着我了，你说出来，就证明你不愿意那样做，这就可爱。我这一辈子过得很平淡，但我有一个优点，就是不说假话。所以，孩子，信我的话。你是可爱的。”

安疆的身体在急剧恶化，走向垂危。垂危在某些人的想象里，好像是一眨眼的工夫，但在癌症病人那里，是缓慢而坚定的不可逆转的滑脱。她们都熟悉它，在无数病友的身上碰到过它，现在，它毫不客气地居住在安疆身上了。她们都认出了它。人之将死，其言也善。纵使是再多疑的人，也不能怀疑安疆的诚恳。

周云若看着安疆。她知道安疆说的是心里话，她相信安疆。但她固执地认为，一个快要死了的人，就像过了期的请柬，即使是真的，又有多少实用的价值！

周云若乖巧地说：“奶奶，您多保重自己的身体。我记住您的话了。”

安疆只是一只小小的萤火虫。无论从光芒还是从温度上，距离驱除周云若的心灵之冰，都太过微弱了。这是周云若的心灵蹦极，从高处坠下，无所依傍。

程远青说："周云若，我有一个小建议，不知你愿不愿意试试？"

周云若极快地回答："真的？程老师，我愿意一试。"

程远青说："周云若，你走到每一个组员面前，对她说，我得了乳腺癌。希望大家把自己听到后的真实感受告诉周云若，行吗？"

大家说："做得到。"

周云若忸怩地说："我的事，还有必要再说吗？"

程远青斩钉截铁地说："有。"

见周云若迟疑，大家说："人还是这些人，事还是这些事，再说一遍嘛！有什么难的！"

周云若迟疑着。大家不解。但程远青深知，这很难。抽象的肯定、具体的否定，是很多谬误的藏身之所。

无望的等待。很长很长。周云若迟迟没有任何动作，但内心翻江倒海。除了医生之外，她还没有亲口对一个人说过自己疾病的名字。即使是对着医生，她也总是说："我的那个病……"此刻张口，对她是莫大的挑战。

她张望四周，从哪个人开始呢？她磨磨蹭蹭走到安疆面前，看着老人历经沧桑如风干咸菜一般黑苍的脸庞，说："安奶奶，我告诉您一件事……我……得了一个病……"

安疆看着她，竭尽全力地点头，她要驰援这个年轻的女孩。

周云若卡在那里了。她说不出自己的病名。她不敢说出它。她对它是那样熟悉，她的生活因为它，发生了翻天覆地的变化。她从来没在人前称呼过它，陌生得如同非洲一个小村庄的名字。

程远青殷殷看着周云若，很想帮助她。此刻，最好的帮助就是一言不发地等待。如果不能在等待中重生，就只有在等待中沉没。

周云若紧紧地咬着嘴唇，她原本就贫血的嘴唇，由于牙齿切压，显出弥漫的苍白和局部的紫癜。她很想退缩，为什么要在众人面前呼唤那个魔鬼？她的身体向后倾倒，好像濒临深渊。近在咫尺的安疆比别人更早地发现了周云若的企图，她不顾一切地扑去，抱住了周云若。老人太瘦了，当她凸起的肋条敲在周云若时髦服装的扣子上，人们听到了金属的响声。“孩子，说吧。我在听。”她用手抚摸着周云若，她的皮肤因为这种抚摸竖起了一些褶皱，就像拉长的太妃奶糖，久久不肯平复。

周云若来不及思索，就在安疆的怀抱中开口：“有一个人得了乳腺癌……”

大家明显地松了一口气，周云若终于说了。一个进步。可是不彻底。程远青紧问：“这人是谁？”

周云若非常不情愿地说：“我。”

程远青说：“那就请你把刚才的话再重复一遍。不要说有一个人，用第一人称。”

周云若说：“我得了乳腺癌……”此语一出，她漆黑的眉眼流出了澄清的泪水。想象中，她以为该落下红宝石一样的血珠。

安疆紧紧地抱住她说：“孩子，你命好苦！”

大家的眼泪就一起流下来，想起了自己的病和孤单恐惧，连褚强的眼眶都潮得能养金鱼了。只有程远青不哭，不是她不哀伤，她有比哭泣更重要的使命。她走到安疆和周云若面前说：“周云若，请你把这句话再说一遍。”

周云若为难地说：“还要说哇？非要说哇，程老师？”

程远青不容置疑地说：“是。”

周云若就一字一顿地说：“我，周云若得了乳腺癌。”她的声音比刚才要稍微亮一些，这句话的完成并不像她想象的那样艰难。泪水涌流得更畅快了。

安疆说：“我也得了。孩子，咱们都是一样的。你别哭了，你一哭，我心里更难过了……要不，你还是哭吧，哭哭或许会好受……你得了病，这不是你的错，你挺勇敢的。是个好孩子。”

周云若栖息在安疆的怀抱里，泪水交流。母亲都不曾知道这个大秘密。周云若真想永远匍匐在这个细弱但温暖的怀抱中，程远青打断了她的享受：“接着干什么？”

周云若喃喃地重复着：“不知道。程老师，告诉我。”

程远青拍拍周云若说：“想想看。”

周云若冰雪聪明，稍加思索，说：“我要走过去和每一个人说一遍。”

周云若很舍不得地钻出了安疆的怀抱，走到应春草面前。“我得了乳腺癌……”周云若想起了什么，就又重复道，“周云若得了乳腺癌。”

应春草，这个一贯细声细气的女人，突然大声回复：“周云若，你得了病，这一点也不影响你的可爱。再说，不可爱又有什么？别人爱不爱的，管他呢。只要咱自己觉得可爱就够了。大妹子！”

周云若也同样抱住了应春草。很瘦的女人，抱在一起，好像两把折叠的纸扇。要是以前，周云若会看不起应春草的，但身体和身体的接触，使周云若感到了一种温热的关爱。她有点内疚，觉得以前太小看这个女人了。

周云若第三个走向卜珍琪。卜珍琪有一种拒人于千里之外的内在的傲气，依周云若长期小人物生涯锻炼出的敏感，她知道卜珍琪潜藏的淡漠。今天的周云若豁出去了，组长允诺她在反复陈述之后，情绪会有改变。周云若择人的顺序，除安疆之外，她是先难后易。如果应春草拒绝了她，如果卜珍琪拒绝了她，那么，纵使程远青说破大天，周云若也不玩下去了。

卜珍琪很专注地听完了周云若的癌症告白，把自己的脸颊贴到了周云若的脸上，两个人都有泪水，双方先感到冰凉，然后才是泪水之下的温热皮肤。卜珍琪凑在周云若的耳边说：“你很勇敢。你很可爱。我要向你学习。”

周云若现在很感奋，情绪起了根本性的变化。一个她敬而远之的女人，能够这样评价自己，周云若非常高兴。肌肤相亲，谎言没有滋生的空隙。重病之人，直觉发达，你不可能骗她。

周云若快步走到了鹿路面前，对鹿路说：“我，也就是周云若，得了乳腺癌。请问，你得知这个消息之后，怎样看我呢？”

鹿路说：“嗨！我以前怎么看你，我现在还怎么看你。提倡减肥，你歪打正着。”

花岚没见过这阵势，比周云若还紧张。见了周云若，抢先说道：“就别说那句话了。怪吓人的。你真的很可爱。我要是个男人，我会爱你的。就是知道你得了乳腺癌，我也会爱你。”

周云若回头看看程远青，程远青说：“还是要说。”

周云若就有些开玩笑地向花岚鞠了一躬，说：“兹有乳腺癌患者周云若小姐，向您报到。”花岚哭笑不得地说：“好了，好了。吓死人了。好像我是马克思似的。”

倒数第二家是成慕梅。按说成慕梅是很压抑的人，极少讲话，让人感到不好亲近，但周云若还是把她排在了褚强之前。不管怎么说，毕竟还是女性，周云若走近，成慕梅蓦地站起来，动作很大，掠起一阵风。周云若依样画葫芦，说：“周云若是个乳腺癌患者……”因为已经说了若干遍，悲凉也就化为惯性，甚至有了某种不以为然的调侃意味。周云若很喜欢这种新生的轻松心境，她说此话有点上瘾了，说完之后，就像鱼鹰叼鱼似的张开双臂，预备拥抱，并倾听成慕梅的回答。

成慕梅很诚恳地说：“你不但在女人的眼里是可爱的，在男人的眼里也是可爱的。你用不着悲观。女人不是因为乳房才可爱，是因为勇敢才可爱！”

讲得可真好！周云若的眼圈又湿了，今天反复流泪，这一次，如果把她的眼泪收集了去化验，成分和以前几次一定不同。这一次，是快乐的眼泪。

最后的宣言和拥抱，留给了褚强。褚强一直在等着这个时机，当这个时机真的到来的时候，褚强甚至比周云若还要激动。褚强这是第一次走进乳腺癌组员的内心，他惊恐悲哀，又充满了不可言说的好奇和敬重。周云若大大方方地说：“褚强，你是我们小组唯一的男性。我对男性一直抱有很高的警惕，今天让你把我的秘密都听了去。我很想听听你的真话。别担心我，如果说这种真话，我在一小时之前还听不得，我没有那个力量，但我想，我现在有了。我已能正视我的苦难。现在，我正式向你宣布——周云若，是一个乳腺癌患者。你对此有何感想？”

褚强说：“如果我说真话，请你不要生气。”

周云若说：“我不生气。”

褚强说：“我的真话就是，我以前就喜欢你，听了你的故事，看了你的勇敢，我就更喜欢你了。如果不是我有了女朋友，我会追求你。”

周云若调皮地说：“我知道你是在开玩笑，我喜欢这个玩笑。谢谢你了。毕竟，你是第一个知道了我的真相后还向我开玩笑的男孩。”

周云若最后走到程远青面前，说：“程老师，我还需要对您说吗？”

程远青说：“对不起，我要纠正一下你的说法。不是我需不需要你说，而是你自己需不需要对我说。”

周云若有些不解地问：“这有什么不同吗？”

程远青说：“你不觉得有所不同吗？一个是我要你说，一个是你自己要说。毕竟，这个世界上，没有人能要求你一定要把自己的病情公布于众。从你的感觉来说，究竟是哪一种情形较好，选择完全在你。”

周云若想了一下，走到程远青面前说：“我要告诉您，我，周云若，是一个乳腺癌患者。可这没有什么太大的改变，我还是我。我不会被一个小小的肿瘤战胜，虽然，它也许能要了我的命，但这依然不能改变我藐视它的态度。”说完之后，她和程远青久久地拥抱。大家也拥上来，抱在一起。

她们生命的一部分交融在一起，互相支援和补充。人们无法拒绝一个生命对另一个生命的浸润，当这种浸润柔细无声、长久浸淫的时候，奇迹就要渐渐出现。

要说周云若从程远青那里得到助力是比较容易理解的，但程远青要实实在在地承认，她也从周云若和整个小组那里得到了强有力的启示。柔弱而残缺的生命，当呈现出所有虫眼和芽苞的时候，她所具有的韧性，射出立体的复杂光芒。真正的悲悯是那样辽阔，仿佛垂颈冥思的天鹅。

第15章

心中蟒蛇

事情在不知不觉中变化。以往，他无论何时何地经过狗肉馆子，总会看到一片猩红。不知从哪一天开始，那猩红渐渐地淡了下去，犹如被太阳暴晒过的红领巾。

小组活动归来，岳评失魂落魄，忠厚的满各苗吓了一跳。自打老妻一意孤行深入乳癌小组腹地之后，满各苗一想起来，手心就湿。

他递过一杯茉莉香片，说："快喝了吧，上好的，今天我专门给你买的。润润喉咙。"

岳评连喝了几大口。满各苗说："叫人认出来了？以后咱不去了不就得了。"

岳评否认："没。"

“那这是咋啦？和谁怄气了？跟我说说，我给你开开心。”满各苗哄老妻。

“和你没关系。”岳评愣怔着说，神游另一世界。

满各苗不放心，说：“早上走时还好好的，现在就这样了，一定和那个古怪小组有瓜葛。”

岳评不耐烦道：“对啦，是有关。我乐意。”

满各苗说：“听我一句劝，老婆子，见好就收吧。行不行？”

“不行！”岳评不含糊，“我才弄出点头绪，哪儿能半途而废？”

满各苗不言声了。他哪儿能说过老婆？一辈子都是这样，翻不过身来了。认命吧。

褚强又在一堆往来公函中，发现了那个惨白的信封——上写“本市××路××号隽永生物公司综合部褚强先生收”。和上次一样，在信封的下端写着“内详”。褚强这才想起，已将申凌冷落了一段时日，未及联络，看来申凌熬不住了，又写信来提示。最近除了小组工作之外，主要是公司今年的生化拳头产品——鸢尾素，已到了临床应用的白热化阶段，褚强负责宣传和广告事务，杂事多多。褚强不敢怠慢，把白信封撕开，看看申凌的新动向。

偌大一张 A4 纸，还是只有一行乌黑的字。

“请找到第一版第 12 次印刷的《现代汉语词典》，打开第 1268 页。看看第三个字……”

褚强放下手边诸事，去找公司负责文案策划的一位退休老编辑，上次就是在他那里找到的那本“现汉”。不想老编辑出去了。褚强本想赶紧忙活别的事，又一想，还是早点结案好。要不然，一下忘了，下回见面，申凌又说对她不够重视。想到申凌，褚强有了主意，何必舍近求远呢。

拨电话。申凌娇滴滴的声音：“您好。这里是……”褚强赶紧打断道：“是我。别那么公事公办，你就用平常嗓音跟我说话吧。”

申凌小声说：“是你呀。主管刚好不在，有什么事，你快说。”

褚强说："查找怪费劲的，干脆问问你，这1268页第三个字究竟是什么，你告诉我得了，省得捉迷藏，大家都忙。"

申凌摸不着头脑，说："褚强，你说什么呢？"

褚强说："就别装糊涂啦，'现汉'啊。"

申凌"装"得还挺像，说："'现汉'是谁？我只知道秦汉。"

褚强说："还林青霞呢。"

申凌来了兴趣，说："他们死灰复燃了？小报上没见登啊，你从哪儿知道的？"

褚强心一沉，不敢掉以轻心，严肃道："你写的信，你还不知道？"

申凌说："谁写信了？褚强，你昏了头吧？我可没写信给你。"

褚强说："申凌，差不多就行了，见好就收。别和我逗了。忙着呢。"

申凌急了："听不懂你说什么！反正我没给你写信，不定是谁写的信呢！你可要给我说清楚。你……"可能是主管回来了，申凌话没说完，就把电话挂了。

褚强一时发傻。申凌这个女孩，爱吃醋，小心眼儿，鬼机灵，毛病不少，但不说瞎话，有什么都露在外头，让人一目了然。看来，这封奇怪的信真不是她的作品。褚强打了个激灵。

不管怎么说，先把第二封信的字查出来。

褚强马上再去找老编辑，那人还没回来。褚强着急，就给老编辑留了一个条子，上书："我有要事，急需'现汉'，同我联系，用完璧还。"用透明胶贴在老编辑的电脑上。回来工作，筹划应用鸢尾素的大型义诊预案，心不在焉。还好，老编辑很快回来，抱着那本"现汉"来找褚强。

褚强忙不迭地说："不好意思，劳您大驾，您还亲自给我送上来了……"

老编辑很和善地说："就先放你这里吧，也许你还有得用。"

褚强一边致谢，一边想：但愿水落石出。

"不用急的，慢慢看。我还有一本新'现汉'，这是老本子了，跟随我多年。你别丢了就成。"老编辑走了，褚强俯在桌上，急不可耐地翻到 1268 页，查到了第三个字，把它写在纸上。

“心”。

他把第一封信和第二封信摆在一起，两个大字赫然在目——“小心”。

褚强后背黏潮。“小心”什么？有人在向他发出警报，提醒他凶险逼近。谁如此密切注视着他？公司里的同事？以前的朋友？恶作剧的玩笑，还是真有危机？写信人是男是女？是老是少？他在何方？

褚强拿起信封细细察看。纯白的西式信封，极其简洁，任何一家超市都可买到。邮票也是最普通的民居那种，本市邮寄，没有留下任何蛛丝马迹。

A4 纸，看起来质量不错，是“金旗舰”牌的。字是黑体，三号。不是激光打印，是喷墨打印出来的。但这能说明什么呢？褚强敢说，在周围一平方公里的范畴内，起码有几千台喷墨打印机和几万箱金旗舰 A4 纸潜藏着。

褚强甚至拿起 A4 纸闻了闻，除了纯木浆的淡香和漂白剂若隐若现的味道外，没有额外的香气或是恶浊之气。

褚强找了个新公文袋，仔细地把这两封信放了进去。他判断寄信人不会善罢甘休，还会有新的信寄来，和“小心”组成一个句子。褚强想自己没得罪过黑道上的人哪，是个守法公民。申凌也不会结交某个情魔，要找他决斗。褚强决定暂时和谁都不说，这很可能是个低劣的玩笑，办公室是寂寞的沙漠。

想不出这玩笑的动机是什么。他有一个预感，那个打印信的人，已经不年轻了。年轻人，谁还用第一版“现汉”。一个中年人的玩笑。

第 16 章

种子蛰伏

通过几次活动，特别是墓园之行，对死亡的正视和探讨，彼此深入内心，水波不兴的卜珍琪感觉有什么危险在靠近。她有些生气，却说不清是生谁的气。是生自己的气吧？没有人逼她参加乳癌小组。

卜珍琪内心很孤独，和大多数人逃避孤独不同，她喜爱孤独，有意营造孤独。从幼儿园开始，卜珍琪就把自己和别的小朋友区分开来，最早做这种区分的不是她，是幼儿园的阿姨。

她生于江南小城。父亲是小城的主官之一。地方太小了，在有限的范围之内，父亲已是高官，卜珍琪也就有了“公主”的美称。有一种娃娃脸的女孩，幼时非常漂亮，长大了也就姿色平平。卜珍琪就属于这一类。

军长的孩子可以因为身在总参谋部，而觉得父亲的职务太低。科长的孩子可以因在边地而趾高气扬。卜珍琪小时候听过的童话中，国王是最大的官了，她觉得自己就是国王的女儿，被很多人夸赞。人们常常以为孩子在很长时间内，听不懂大人的话，其实，大谬不然。

卜珍琪母亲是市剧团团长。她以前是演员，爱演戏不爱当官。丈夫成了市长，她就不能演戏，只能当团长了。她不肯放弃对演戏的钟爱，时刻做好上台的准备。为了保持身材，不曾哺乳，卜珍琪是喝奶粉长大的，那时候，还不知道母乳比奶粉好，以为越是工业化的东西，越显出高贵。卜珍琪从小被送到幼儿园，全托的幼儿园是贵族的象征。幼儿园给孩子们规定了太多的睡觉时间，阿姨们嫌孩子们顽皮烦人，早早把他们赶到床上。

后来一定发生了某些事情，可卜珍琪不记得了。真的，不是忘了，是一段空白。每当试图回忆的时候，头脑中就有霹雳和辐射性的火光出现，双眼里爆发剧烈的疼痛，任何思绪都淹没在滔滔黑水之中。她当时只有五岁，孩童的记忆自有不可理喻的法则。前半部分每一个细节都那样清晰，后半部分却像曝光的胶卷一片灰翳。

妈妈自那个晚上再也没有回家，爸爸把卜珍琪送回幼儿园，也不再接她。紧接着爆发了“文化大革命”，爸爸的名字用浓墨写在马路上，任凭车轧马踏，还有无数的唾沫和鞋印。

妈妈在运动中自杀，爸爸经历了可怕的批斗，被两派造反派当成人质，你抢我夺，很长一段时间下落不明。卜珍琪从公主变成小妖。幼儿园也解散了。牛鬼蛇神的狗崽子还有什么资格养尊处优。园长——一个在延安保育院工作过的老阿姨，收留了卜珍琪。她认定孩子无罪。老园长谁都不怕，造反派逼急了，她就说，我当初在延安的时候，给现今 × × 领导的孩子擦过屁股！此话一出，具有莫大杀伤力，谁也不敢得罪有擦屁股功绩的老人。风向常变，前几天老人夸口的某位头面人物，下一次就沦为名字倒刷在墙上的小丑。造反派以为老园长风光不再，再兴师问罪，老园长又隆重推出新的风云人物——俺也曾为 × × 的孩子擦过屁股！谁也不知道老园长当年在延安，到底擦过多少尊贵的屁股，而这些屁股又牵连着怎样的椅子。无人敢查证，此类事情，只好信其有，不敢信其无。

在这柄保护伞下，卜珍琪得以度过相对平安的岁月。小姑娘什么都听老园长的，只是坚持自己擦屁股，哪怕得了红白痢疾，裤子都提不起来的时候，也不让老园长动手。小丫头在那个时候，就想到自己有一天出人头地，不能留下话把儿。

卜珍琪在苦难中学会了生存的伎俩，从公主到妖孽的坠落中，领略了世态炎凉。10 岁的时候，像 60 岁那样苍老。卜珍琪为自己立下志向，这一辈子要做个大官，让和她打过交道的人，许多年后还会以她为荣。

解放父亲的时候，卜珍琪到监狱接他。两个人都很吃惊，爸爸看到的是一个少年老成的矜持少女，女儿看到的是一位面无表情的老人，风流倜傥的爸爸已经“往生”。

父亲可以恢复原职，卜珍琪的精神却永不会回到从前。所受的顿挫化入年轮，凝结在那里，无论何时切开思维的年轮，都会看到那一圈逼仄的痕迹。

卜珍琪和父亲没有多少话说，虽然他是她唯一的亲人。他们从不谈论母亲，卜珍琪曾希望把缺失的记忆补上，但父亲避之唯恐不及。父亲不谈，必有不谈的苦衷，母亲已死，就不要让父亲再痛一次吧。于是，父女俩相对的时候，都做出快乐的样子。

“文化大革命”结束，大学重新招生。和那些“文化大革命”前的老高中生相比，今天学军明天学农没上过多少文化课的卜珍琪，虽然年纪轻轻，却并不占优势。竞争空前惨烈，榜发下来了，卜珍琪差两分落榜。晚年的父亲有一种宿命的悲观，卜珍琪倒比较平静，反正来日方长，年纪还小，经得起输。卜珍琪准备来年再战，一月后，来了一封补充招生的通知。国家急需人才，常规录取之后，号召各校深挖潜力，扩大招生。新生入学之后，一些大学又报上来扩招名额。京城名校的经济系大专部录取了卜珍琪。对于一心想读文史哲大本的卜珍琪来说，兴趣不大，决定放弃，明年再考。

父亲拿着通知书看了很久，好像那是一部世界名著。

“去。”父亲说。长期监禁的后遗症之一，就是让父亲吝啬言语。

“我不喜欢这个专业，也不喜欢大专。”卜珍琪回答。

“这所大学名声很好。”父亲声音不大，却很有分量。

“可是，不喜欢……”卜珍琪还想重复对专业和学历的不满。

“大学是标志。五年十年以后，人们不会记得你的专业，只会记住你的大学。”父亲说。

以卜珍琪的阅历，尚无法想象若干年后人们对某大学的评价，将如何影响她人生的走势。但卜珍琪敬畏父亲，对他的意见不能等闲视之。

“大专是台阶，还能读本科。如果明年再考，你不一定能考入这家学府。盯着一碗蜂蜜，不如赶快喝口糖水。政策这个东西，有变数。”父亲难得地讲了这么多话。

“对这专业实在不感冒。”卜珍琪最后抵抗。

“天生就知道适合什么专业的人，很少。你说的喜欢不喜欢，可能只是凭着对商场和会计的一知半解，算不得数。一个国家，政治安定之后，很快就会转入经济建设。先去学吧，之后再说喜欢不喜欢。改行，来得及。”父亲微微合上了眼睛。可以理解为他困倦了，也可以理解为所有的话都说完了。他不会改变意见，听不听在你了。

卜珍琪遵从了父亲的意见。对于专业，克服了最初的反感，也能慢慢深入下去。举凡真正的学问，定有它迷人的地方。卜珍琪一心想读本科，需要有出类拔萃的成绩作为自己的资本。后来的发展，证实了父亲的远见卓识，“变数”是一个多么伟大的东西。百废待兴的国度，几年时间沧海桑田。数理化不时兴了，文史哲不时兴了，经济炙手可热。卜珍琪大专毕业时，已无须挖空心思报本科，校方名额多多，保送成绩优秀者直升续读。卜珍琪不感谢命运，只感谢父亲。到本科毕业的时候，分配去向主要在国家机关，是镶了金边的不锈钢饭碗。

卜珍琪拿不定主意，是趁大好形势，分到有背景的机构，从此过丰衣足食安定团结的日子，还是继续苦读，甚至出外留学？卜珍琪只有请示父亲。

父亲在江南小城，又找了续弦夫人。卜珍琪对继母充满了感激，这样才使她远走高飞之时，少了愧疚。父亲沉吟，比那一回卜珍琪报考大学还要长久。父亲说：“要我帮你拿主意，就要对我说实话。”

卜珍琪说：“爸，我要是对您都不说实话了，我还能相信谁？”

父亲说：“我问你，这辈子想当什么样的人？”

卜珍琪说：“我还以为您要提什么呢，原来是老掉牙的问题。我提非常具体的问题，可您问我非常抽象的问题。”

父亲说：“所有具体问题，都由抽象问题管着呢。孩子，说吧，你想当什么样人？”

卜珍琪一下子恍惚起来，回到好多年前，那时她是一个需要别人帮着擦屁股的小姑娘。她为自己的一生定下了一个目标。她要成为一个名人，一个大大的名人，一个让喜欢她的人一提起她的名字就自豪、一个让仇恨她的人一提起她的名字就恐惧的人……种子蛰伏在那里，从没见过阳光，却不曾有丝毫倦意。

这能和父亲说吗？卜珍琪迟疑了。

父亲说：“珍琪，如果你实在不愿意说，不勉强。何去何从，不必征询。”

外松内紧的政策很具杀伤力。卜珍琪实话实说：“爸，我想当一个有名的人。”

父亲难得地笑起来说：“大名还是小名？”

卜珍琪说：“起码要有小名。最好是大名。”

父亲说：“小名有多大？”

卜珍琪说：“比如全校的人都知道我。”

父亲说：“那你现在就有小名了。”

卜珍琪说：“我不满足。”

父亲说：“大名有多大？”

卜珍琪不由自主地看了看继母在哪里，厨房传来筷子碰到碗沿清脆的击打声，卜珍琪说：“有几百万人知道我。”

卜珍琪是鼓足了勇气说这番话的，她相信走过患难的父亲不会笑话自己，没想到父亲还是轻声笑了起来。卜珍琪说：“您觉得想得太大了？”

父亲说：“你想得太小了。有几百万人知道你，很快就会有几千万人知道你。几百万不是一个数量级。一百是个数量级。一个老农民，充其量一生就在这个级别上。一百之上，就是一万。这也是个约数。爸爸就是属于这个级别的。”

卜珍琪说：“爸爸，起码有十万人知道你。”

父亲说：“珍琪，你不用鼓励我。爸爸不在乎这个了。你有让成千上万的人知道你的决心，这很好。只是，这要吃很多的苦。”

卜珍琪悄声说：“我知道。”

父亲说：“决心不会更改了？”

卜珍琪说：“爸爸，你这是什么意思？”

父亲说：“定了，就要把一生精神压上去。不能后退。后退了，所有的苦就白吃了。”

卜珍琪说：“决心在你住监牢的时候就定下来了。”

一提到那段时光，父亲有些恍惚。他不愿在这个问题上耽搁，说：“务虚就到这儿，开始务实。要出名，你就要读研究生。要在国内读，不到国外去。国外读书，回来后会在很长一段时间内不被重用。你再怎么赤胆忠心也不行，这就是国情。中国人，最讲究同窗之谊。这就是无形资源。”

卜珍琪恨继母，她恰在此时进屋，宣布饭好了，请大家入席。父亲站起身来，向卜珍琪眨眨眼睛，这个调皮的动作，在父亲的一生中从来没有做过。卜珍琪突然有了一种不祥的感觉。父亲这一天说的话比以往任何时候都多，卜珍琪感谢父亲，但卜珍琪不安。

趁着继母到厨房里端另外一盘菜，父亲小声对卜珍琪说：“闺女，以后找女婿，也要服从你的人生大目标。”

记忆中，这是父亲留给卜珍琪的最后一句话。父亲三个月后脑出血突发辞世，卜珍琪从学校赶回家，看到的只是父亲在水晶棺里化过妆的遗容。卜珍琪可以肯定，在“找女婿”这句话后，父亲还说过很多话，但卜珍琪不记得了。于是，这句话就成了父亲的临终遗言。

可惜了，父亲。在那样一个小小的城市，正值壮年，又遭遇“文化大革命”。牢狱之灾和妻子惨死，使父亲卓越的政治才能未及盛开就凋零了。父亲的远见卓识偶尔一露峥嵘，就在卜珍琪人生道路的设计上。随着时间的推移，卜珍琪越来越觉察出父亲的英明。卜珍琪读完硕士，国家核心机构向她招手，吸收她参与经济政策的调研和制定。

出国，读博士，还是从小职员开始工作？

“我想当一个有名的人。”卜珍琪听到自己的声音。

她的眼里蓄满了泪水。父亲在天国慈祥地看着自己。她多么巴望父亲再次举重若轻地为她指点迷津。但是，父亲无言。现在，卜珍琪要当自己的父亲了。

“我要走为官之路。我要升至高位。我要做一个有影响的政治家。”她听到自己坚定地对父亲说。

父亲眼睑垂下。父亲惊讶的时候，不愿让别人发现，就会垂下眼睑。父亲的眼睑就成了悬挂的包袱皮。你看不到惊讶，但惊讶已然存在。

父亲伸出一根手指，竖在自己的嘴唇处。父亲说：“孩子，记住，这是你一生中第一次说这个话，也是最后一次说这个话。你可以牢牢记着你的理想，但是你不可以说。永远不可以说。政治是不可以说的，说出来就不是政治了。”

卜珍琪对想象中的父亲说：“我记住了。我永不会说。”

父亲说：“你想过没有，你是一个女人。”

卜珍琪说：“我知道我是一个女人。”

父亲说：“知道和想是两回事。如果你没有想过，你还算什么政治家？”

卜珍琪说：“政治并不是拼刺刀，它和体力没有太多的关系，主要是智力。”

父亲说：“不错。政治是不分男女的，但是，政治家是分的。”

卜珍琪坚定地说：“我知道。可是，我还是要做一名政治家。”

讨论进行到这里，父亲的形象突然模糊。父亲到底是同意还是不同意她的选择呢？卜珍琪不知道。

卜珍琪习惯了同父亲对话，慢慢梳理出自己的头绪。那些念头，盘旋在她的内心，晃动着，难以固定。对话把飞翔的蝴蝶捕捉，针将蝴蝶留在纸板上，反复研究。

目标确立之后，卜珍琪精神抖擞。有方向和没方向是不一样的。同是到广州，有些人是边走边唱，也许先往山海关方向走一程，太冷了，然后才南下。到了郑州，又忽然拐向乌鲁木齐。卜珍琪不是这种类型，到了国家机关，从小职员做起。

部里的人自我感觉很好，执掌重要物资的生产大权，有着舍我其谁的骄傲。上班第一天，在先于知道食堂之前，卜珍琪被告知了开水房的位置。作为一个年轻的女硕士，卜珍琪对此没有丝毫的怨言和意外，她知道自己今后所打的每一壶水，都有价值。

卜珍琪杂务做得不错，但也仅仅是不错而已。她会把暖瓶灌满水，但她不会把暖瓶上天长日久积攒下的泥垢擦洗干净。虽然对于她勤劳的手指来说，这微不足道。她是有洁癖的人，要在视线所及的范畴内，保持几只水瓶的肮脏，她付出的忍耐力，绝对大于把暖瓶擦干净的劳动量。出于长远考虑，她不能让人们把自己定位于一个勤快的小姑娘。

司长是一位不苟言笑的长者。据说早年间留过苏，和上面有千丝万缕的关系。司长分配卜珍琪负责整理编发资料。这项工作，要说简单，可以不费任何脑子，把下面报上来的资料点出若干，集合成册，签发到打字室，就成了一期内部资料。部里文山会海，资料犹如雪崩，根本无人细读。卜珍琪决定咫尺兴波，把具有潜在动向的资料整理出来，画龙点睛。第一个步骤是埋头资料，古今中外统统阅看。

很短时间内，卜珍琪对部里的主要产品 Z 物资，从储量到矿山到工厂，从 Z 物资的历史沿革和当前国际市场的价格走势，都了然于胸。

“你把这些玩得这么透，干啥？想当部长秘书？”同她一起分来的女硕士小孔说。

“当部长的秘书，倒不必懂得这些。他只要知道谁懂就行了。”卜珍琪说。

小孔说：“既然知道得门儿清，还秉烛苦读干什么？”

卜珍琪一笑，不作声了。有些话，和最好的朋友也不能说。如果能说，答案是，做秘书当然用不着研究这些，但做部长，就需要了。

从小小文员，到部里的最高长官，这个目标，卜珍琪没有同任何人讲过。即使有一天，她真的当上了部长，也绝不会说。

卜珍琪跑步上班。目不斜视，弹性极好的腰肢在拥挤的马路上坚定向前，显出与众不同的气概。部里班车到达时，西装革履的人们款款而下，会看到一个鬓发粘在脸上的女子，意气风发地走进大楼。她的朝气令沉闷的机关耳目一新。

卜珍琪埋头做文案，外语精通，她所编撰的有关内部参考，渐渐成为在决策会议上被引用最多的文本。

司长有意锻炼她，说：“纸上得来终觉浅。你得到生产第一线去。”

卜珍琪说：“手头的工作呢？”

司长说：“交给小孔。”

卜珍琪说：“什么时候下去？”

司长说：“有两个时间表。我马上也要下去，大江南北转个遍，你可以跟我一起走，我在这个圈子里几十年了，老马了……”司长话说到这里，停顿下来。

卜珍琪知道自己应该适时接话，填补起这充满爱护的空白。可是，她顽强地沉默着，直到司长很自然地接着说：“第二个选择是你自己走。我下去，粮草未动，底下就有了防范。你目标小，轻车简从。但人生地不熟，又是女孩子，我有些不放心……”

卜珍琪心中一热，几乎想起了父亲。她说：“司长，我想锻炼一下自己。”

她没说自己的打算，但其意自明。

司长给了她一张纸，上书很多企业、一二把手的名单。司长说：“在下面遇到了困难，就找他们。当然，找我也行。”司长同时写下了他家的电话号码。

卜珍琪把蒸蒸日上的内部参考交给小孔，孤身上路。她级别低，不能坐飞机，到遥远的青海、新疆，也只有坐火车。她以单位名义拍发的请人接站的电报，被置之不理，电话里人家答应得信誓旦旦，实际上不了了之。下了火车，无人理睬，拎着行囊，和收购羊皮的商贩一起搭乘长途汽车，赶往大山深处的厂区。企业的人很会看人下菜碟，见她一个入行不久的小女子，断定和上层也搭不上话，很是怠慢。她想听的情况，无人汇报，她要见的人，常被推托。甚至连她居住的招待所，也是最差的房间。厕所漏水，阴暗潮湿，她只好天天把被子搭在室外铁丝上晾晒。一次下矿井忘了收回被子，赶上暴雨，待她赶回，被子已成水帘。

那一夜，卜珍琪找到招待所的服务员，要求换一床被子。服务员是个山里妹子，声小如蚊，说她没有被子。被子都归所长一个人管，所长把钥匙带回家了。

卜珍琪裹着大衣挨过一晚，早上，在街头小店吃碗米粉，就挤进班车到厂区考察。别看她在机关的时候不愿坐班车，出差在外，专爱在班车上听工人们聊天。

底下厂矿的领导，忽视了这个初出茅庐的小姑娘。他们以为她不过是个下来镀金的娇小姐，过不了几天苦日子，就乖乖地打道回府了。他们没把她放在眼里，这倒给了她极大的便利。她坐着罐笼上下矿井，在工人食堂吃饭。工人们口无遮拦，有什么尽管放炮。卜珍琪获得了极为宝贵的第一手材料。

卜珍琪离去时，既没有告别晚宴，也没有土特产馈赠，有一两次，连她走时的火车票都没有着落。虽然早就在接待部门预订了火车票，临到取票的时候，突然却被告知她订的卧铺票没了，要走，只有站票。

计划早安排好了，刻不容缓。卜珍琪站着乘车，南方的火车比北方的更脏，没脚面的甘蔗渣子，类似圈肥味道。脚面肿了，皮肤从鞋帮鼓出来，好像两只碗糕。卜珍琪看看四周昏睡的人，伤感起来——她这是为了什么?

只是一瞬间质疑，她就坚定下来。

第17章

台阶向上

卜珍琪凄风苦雨回到部里，黑了、瘦了、皮肤粗糙了……内心的嬗变更深广。

司长说："小卜，泥牛入海无消息啊。我估计你在大西南，给那里老总打电话，可人家说，根本就不知你到了那里。好像我是个官僚，连下属在什么地方都闹不清楚。"

卜珍琪在困窘之中，不止一次掏出司长给她的"红名单"，这是救生符。只要拨通一个电话，舒适的房间有了，周到的接待有了，稳妥的车票有了，不消说还有丰富的土特产和谦和的笑脸，当然了，还有精心策划的汇报和美化过的参观。卜珍琪咬着牙把关系网的字条放在衬衣最内层的口袋里。她本想把它撕了，以表自己破釜沉舟背水一战的决心，但她马上笑话自己的幼稚。出门在外，什么事都可能发生，她犯不上和自己较劲。字条保留在身，并不妨碍不用它。

卜珍琪单枪匹马完成了对企业的全面考察，她术业专攻，有很好的学术背景，又有全局鸟瞰的优势，加之对历史资料的占有和对国际走向的研究，交织在一起，道行已渐趋超拔。

面对司长的友好探询，她非常谦恭，说："怕给您添太多的麻烦。我一直以为最困难的还在后面，没想到跌跌撞撞就一路过来了。能有一些收获，最主要的是您的指导和关怀。"

年轻人知道自己有几斤几两，这就好。司长说："下去跑，最大收获是什么？"

卜珍琪看到了一个个真实企业，其中隐含着巨大的机遇和危机。但话不能这么说，只能说："最大的收获是觉出自己太幼稚了。走出去，才知国家之大，事业艰难。"

有人应对困难局面的法门是沉默，可惜机关里知晓这一诀窍的人太多，沉默不是金，变成了负数。卜珍琪的方法是答非所问。每个人都有答非所问的时候，人们常常忽略并原谅了这背后的谋略。

司长喜欢年轻人谦虚，说："跑一跑，受益无穷。"

卜珍琪很有分寸地点点头。在机关工作，要学会恰到好处地点头，既不是颔首含胸谄媚夸张，也不是浮光掠影点到为止。你要轻微地但是毫不含糊地让你的下巴颏笔直地向下敲击，如同一只无形的手击打键盘。

司长对卜珍琪的好感增加，说："小卜，你觉得我对你怎么样？"

这是个私人化的问题，卜珍琪略一思索，说："司长，我觉得您对我挺严格的。"

无懈可击的回答。

"是吗？我怎么没发现？"司长笑眯眯地说。司长一般是不笑的，司长笑起来的时候，卜珍琪感到陌生。

"那就是司长把严格当成常态了。"卜珍琪说。

司长意外。这个看起来温顺的女孩身上，像海星般射出橙色锋芒。机关工作，你可以什么都明白，但你不能说。

司长用右手的中指点了点桌子。它的幅度是如此之小，连一根针都不会拂动，但它还是如胶条一样让卜珍琪封了嘴。

“孩子。”司长说。

卜珍琪很吃惊。

“听到我叫你孩子，你吓了一跳。”司长难得地露出了笑容。

“是。”卜珍琪简短地回答。

“没什么奇怪的。我的儿子比你还大一岁。我记得你的出生年月。有件事，想同你商量。”

说完之后，他看着卜珍琪，半是威严半是慈爱。卜珍琪再察言观色，也不知司长下文指向，不由得纳闷。

司长好像下了很大的决心，说：“小卜，我想把你介绍给我的儿子。”

就算卜珍琪比一般女孩子要有心机，也想不到司长在正式工作谈话之中，掺进如此要命的问题。

卜珍琪不想探讨个人的婚姻问题，尤其是不想和上司的儿子联姻。

卜珍琪说：“司长，您不是开玩笑吧？”

司长说：“不开玩笑。”

卜珍琪说：“我不会做饭哪。”

司长笑了说：“我们家有人做饭。”

卜珍琪说：“司长，我得考虑一下。”说着，她就站起身，明确地表示出要走。司长也不拦她，说：“好吧。你什么时候考虑好了，就同我说一声。”

卜珍琪就走了。那一天，她把自己搞得非常忙碌。一方面她很长时间不在办公室，积下一些事务必得处理；另一方面是她需要一个安静的场合，用足够的时间思索。

晚上，回到蜗居的宿舍，卜珍琪又习惯性地扮演起双重角色。

父亲说：“上司看得起你，好事。”

卜珍琪说：“不好。”

父亲说："男大当婚女大当嫁。有人看上你，怎么不好？"

卜珍琪说："我还怕没人看上吗？等到我想出嫁，想找谁都可以。"

父亲说："这么自信？别成了老姑娘。"

卜珍琪说："爸，别担心了。"

父亲说："可这个小伙子的具体情况，咱还一点都不知道呢！"

卜珍琪说："我特意没问。"

父亲说："要是一个好小伙呢？"

卜珍琪说："那我也不考虑。"

父亲说："绝对了吧？"

卜珍琪说："我是故意不问具体情况的。什么都不知道，拒绝时伤害最小。"

父亲说："你已经决定了？"

卜珍琪说："是的。不管是潘安，还是阿斗，都不同意。"

父亲说："不留一点余地？"

卜珍琪说："我嫁了他的儿子，司长为了自己的名声，很可能将我调离。我前途受阻。"

父亲说："对于一个女孩子来说，找个好丈夫，也许比自己有个好发展更重要。要三思而后行。"

卜珍琪说："我是四思五思甚至更多思过了。什么样的丈夫，都不如自我发展更重要。"

谈话到此结束。

上班，司长刚刚沏好浓浓的乌龙茶，卜珍琪敲门求见。"小卜，重要吗？"虽然和蔼，但强调了"重要"二字。

"重要。"卜珍琪很坚定地回答。

"别超过十分钟。"司长网开一面，示意卜珍琪坐在沙发上。卜珍琪坚持不坐，说："我郑重考虑了。我配不上您的儿子。请原谅。"

司长说："配得上！我说配得上就配得上！具体情况是这样的……"

司长说到这里，停下了嘴唇的嚅动。他美丽的女下属，倒退着走出了他的办公室。姿势绝对恭敬，脚步非常坚定。

卜珍琪后来无意中见到了司长的儿子，一表人才，任一家证券公司的部门经理。卜珍琪不后悔。他家需要的肯定是一个有学历、相貌拿得出手的贤妻良母，卜珍琪做得到这一切，但她的目标不在于此。

不管卜珍琪心底如何风生水起，表面上宁静淡雅，颇符合女干部形象，但机关很少提拔青年女性。没结婚的女职员，是一只不稳定的股票，你不能投资。能力平平的小孔嫁了秘书，先被提拔了副处。

卜珍琪耐心地准备着。如跑龙套的演员，要苦苦用功，日复一日地把根本不属于你的那份台词，背得滚瓜烂熟，要等到主角生病的那一天。

部长召开“神仙会”，商定大计。这种会，说好了不打“棍子”，不戴“帽子”，集思广益。原定司长参加会议，没想到老母病逝，他赶回家乡奔丧。

神仙会上，部长发现司长的缺席，说，让副司长来。秘书找到司里，只有卜珍琪一个人在。秘书问：“副司长在哪里？”

正在伏案写材料的卜珍琪说：“在悉尼。”

秘书说：“哪位处长在家？”

卜珍琪说：“都不在家。”

秘书急了，说：“那你跟我走一趟吧。”

卜珍琪说：“到哪里去？”

秘书说：“神仙会。”

卜珍琪说：“我不够格。”

秘书说：“部长今天较真，你们司看来一定得有人参加会，我先吹个风，等我通知。”秘书说完，赶紧小跑回九楼。

部长问：“他们司的人呢？”

秘书小心地说：“司长老母去世，副司长在国外，几个处长分别参加各种会议去了……”

“他们司里还有什么人？”部长紧接着问。

“有一名普通干部……”秘书小心翼翼地说。

“叫他来。没有嘴巴还有耳朵，回去传达。”部长指示。

秘书退出，电话里只说了一句：“马上来。”卜珍琪深深吸了一口气。她已利用短暂间歇温习一遍。重要资料如同游牧的战马，听到号角，飞快集结。

卜珍琪不慌不忙地等着电梯。电梯繁忙，有时半天等不到，从四楼到九楼，通常部长召唤，哪怕是年近花甲的司长，也都爬楼而上。卜珍琪才不爬楼呢，气喘吁吁披头散发的，影响形象。

卜珍琪走进会议室，各路神仙正鏖战不已。部长面具一样的脸庞深不可测。卜珍琪一进入机关，就得到教诲：不要主动同部领导讲话，除非是领导问你。卜珍琪相信部长不认识自己，依秘书目光所示，落座后排沙发。

雄浑的灰色真皮沙发几乎把人淹没，卜珍琪挣扎坐正，直背挺胸。

神仙会的主题是制定行业明年的增长指标。卜珍琪把脑子洗得如同一匹白练，一字不落地记忆着。不明内情的人，以为那些增长数字非常庄严，窥到高层决策过程，卜珍琪才知道其中充满斤斤计较，计划就是妥协的产物。

先把大盘子定下来，再一一切割，分派到各个具体单位。连续若干年爬坡，企业疲惫不堪。没有大的投入和休养生息，再提高一个百分点，都很吃力。但是，部长骑虎难下，每年均以两位数的速率增长，口碑甚好。如果能继续保持高速率增长，就在全国人民面前立了一大功。如果不能增长，以前的努力就会在其他战线的捷报面前，被人遗忘。

整体上，都同意继续保持两位数增长，一落实，就互相推诿。这个英雄逞不得，只能以邻为壑。会议陷入僵局，爆发了争吵，神仙会成了妖魔鬼怪会。部长没有说话。或者说，他只在开头部分说了很少的话，就把发言权交给了众人。在整个会场上，比部长说话还少的是卜珍琪，至今为止，她一句话都没有说。

卜珍琪清晰地感到了部长在伤心，本能意识到了这是一个命运的路口。卜珍琪听到一个声音说：“我前些日子跑了很多厂矿，有一点不成熟的意见，不知能否讲？”

这是谁？这么大胆？竟然还是一个女人。卜珍琪在充满敬佩的同时，简直有些嫉妒了。她可真勇敢，要知道，在这个会场上，女性极少，基本都是搞技术工作的，只在必要的时刻提供有关数据，并不参与重要决策。

卜珍琪下意识地张望四周，想看到这位令人尊敬的女性。她无比惊奇地发现这个声音居然是自己发出的，不禁骇然。她这才晓得，人的本能所具有的能量，居然可以在理智严密设防的同时，来个腾挪大法，一意孤行。

大家不知斗胆发言的女职员为何方神仙，就看着部长。部长此时不开心，下属们虽然心知肚明，可拒不合作。官场进退有度，就是拍马屁，也要有分寸。当官是个职业，不是一天两天的勾当，不能一时心血来潮，压上长远利益。

部长希望打破僵局，哪怕离题万里也好，要让死水震荡。部长颔首道：“讲。”

卜珍琪说：“谢谢部长给我机会，我的主要意见是，明年的生产指标，不是增产两位数，是减产两位数。”

石破天惊。就是在部会议室扔一颗飞毛腿导弹，效应也不过如此了。神仙们的身体不由自主地绷紧，一时间，看起来好像长高了一寸。秘书干脆做好了把卜珍琪轰出去的准备。

部长很温和地说：“噢，发聋振聩啊。细谈，别怕他们。”部长说着，用一根手指圈了周围虎视眈眈的下属，其中也包括秘书。大家就都尴尬地笑了。部长接着说：“也别怕我。”

卜珍琪如今真是谁也不怕了。到了这个时候，唯有不怕才是生路。说：“我们部，是Z物资的权威生产机构。计划经济下，操控天下。矿产的特殊性，在于并不是生产出多少，就消耗掉多少，与棉花、绿豆不一样，它耐储存、体积小，类似黄金，成了某种财富的象征。国际上任何风吹草动，都会影响Z的价格。黄金买卖，很少自用，更多为了储备。考虑世界市场这个大盘子，最理想的状态是，我们的Z减产，但Z价格提高。从长远来看，Z埋在我国地底下，我们不挖，它也逃不了。我们少挖，就保护了我们的资源。如果我们一味提高Z产量，使国际市场造成过剩，自己和自己恶性竞争，消耗我国Z资源，两败俱伤。依我收集的资料，每当我们提高产量的时候，世界Z价就下滑；反之，价格就上升，具体的数字是……”卜珍琪红唇翻飞，数字叮当落地，令人应接不暇。

钢筋铁骨的数字，雄辩地支撑着论点的大厦。卜珍琪脑海如同镜子，想到哪里，记忆的反光就照到哪里，以为已经忘怀的数据，神奇地凸显。

部长听得很仔细。观点很朴素，朴素到即使不用那么多的数字装饰，它也具有非凡的生命力。自从部长走入这座大楼，他从来没听过这样的观点。这是禁区，如同皇帝的新衣。今天，禁区被一个年轻的女干部打开了，她说，我们不必增产，我们减产。但是只要计划得当，我们依然能挣到足够的利润。

卜珍琪说完了。用干燥的舌尖舔着发木的双唇，有点奇怪怎么这么快就把所有的话倾泻而出。她惊奇地发现自己喜欢这种类乎失控的紧张，仿佛高空跃下，最初一片空白，之后就是飞腾的失重，惊险而刺激。

部长沉吟着，大家连同卜珍琪在内，都以为他会有一个旗帜鲜明的表态，不料部长说：“刚才谈到哪里了？”

不得要领的题目。久经考验的下属们立刻明白了部长的意思。“刚才”——指的是卜珍琪发言以前的时间，也就是说，部长根本就不把卜珍琪的发言当作一个正式的东西，根本就不打算就她的意见展开任何讨论。她的发言犹如一只苍蝇飞过（当然了，在卫生状况非常良好的大厦中，根本没有苍蝇），不必把苍蝇打死，假装没看见就是了。

下属们继续分摊两位数的增长指标，由于那只苍蝇，下属们感觉到了部长的难处，争执气氛有所缓和，大家比卜珍琪发言之前融洽了不少。几轮艰难的讨价还价之后，两位数成功地得到了落实。

卜珍琪傻眼了，她怅然若失地走出部长会议室，觉得这简直是闹剧。她满腔热情的发言，如同一个连臭味都没有的蔫屁，除了制造者知道曾经有过怎样的蠕动和释放，其余的人似乎连味都没闻到。

事情就这样过去了。那天，司里本来就没有什么人，卜珍琪不说，谁都不知道。之后，也没有人提起。司长奔丧回来了，心情抑郁。某一天，司长召见卜珍琪。拒婚之后，除了必不可少的工作上的交代，司长单独和卜珍琪的对谈很有限。

司长说："小卜，你参加过一次神仙会？"

卜珍琪详尽作答。

司长说："你在会上放了一炮，后来几位领导见到我都说，你司里的小女子胆大包天哪，是不是你老兄暗中授意？借童言无忌，好达到你的目的？"

卜珍琪没想到那天看起来毫无反响的发言，会有这样的后作用，忙说："我是心血来潮，不知怎样才能挽回对您的影响，要不要我去解释一下？"

司长说："这种事，总是越描越黑的，由它去吧。我回来后，部长找我，也谈到了你那天的发言……"

卜珍琪说："司长，以后我会三思而行。"

司长说："小卜，不要忙着做检查。部长大大地表扬了你，还说这是我培养的结果。当然了，我不能贪天之功，据为己有。你是自发生长起来的。"

卜珍琪看看司长的脸色，不是开玩笑，字斟句酌地说："您这么说，让我又意外又高兴。"

司长说："你有了一个好序曲，现在，谈点具体的事务吧。部长要我好好用你，要提拔你。"

卜珍琪这一次知道自己应该显出惊奇。

司长接着说下去："消息不该事先透给你，有纪律管着。但我希望听听你的意见。你愿意留在我这个司，还是到其他部门？"

卜珍琪迅速判断。看来提拔一事板上钉钉，具体安排，还没有最后定下来。司长提前告知，除了上司对下属的关照之外，是否对提亲一事还不死心？继续留下，关系就会比较微妙。再有，在本司提拔，老同志是看你长大的，在他们眼里，“小卜”永远是“小卜”，假若到了另外空间，就是从处长起步了。这样一想，卜珍琪充满感情地说：“司长，自我来到司里以来，您对我无微不至的关怀，还有……爱护……我都心里有数，非常感谢。如果说我那天参加会议，能发表一点初生牛犊不怕虎的意见，和您的指导密不可分。我很想一直在您的身边工作，也想了解更多部门的工作情况，心里很矛盾……”

卜珍琪把决定权交给了司长，道高一尺魔高一丈，司长坚决要留她，她也没办法。退一万步讲，司长根本不征求她的意见，又能怎样？最重要的是升迁，至于在谁手下升迁，则是第二位。从一般职员升到处级，乃一大关卡，特别对于女干部来说，机不可失，时不再来。不能因小失大。

卜珍琪心思绵密，不愿从命。司长想，还是顺其自然吧，说：“我知道了你的志向，我会帮助你。但是，你知道，干部部门自有他们的考虑，旁人无法干预。我尽力而为。”

司长一席话，于情于理，无懈可击。卜珍琪钦佩感动之余甚至在想，老子英雄儿好汉，此人的儿子也许真是栋梁之材？马上又自我批判，一个女人，绝不能把命运寄托在别人身上。

和司长的谈话在和谐的气氛中结束，剩下的就是心无旁骛地等待。卜珍琪几成惊弓之鸟，晚上经常做噩梦，好像有很多小人在破坏捣乱。其实，白天她理智分析时，觉得提职一事基本应该是确凿的。不仅因为这是部长的钦点，而且自己学历、年龄、能力都在遴选范畴之内，她又并无仇家，现在只是时间的问题。

终于等到了。在一大张纸的任免通知里，卜珍琪看到了自己的名字，任生产计划司综合处副处长。这个结果因为期盼得太久，居然全无想象中的欢乐，只有任重道远的惆怅。

综合处处长简直就是个大管理员。发洗澡票，领圆珠笔芯，打印文件，安排休假，看望病号……杂事多得很，就是和业务不沾边。卜珍琪走马上任，开局要和全司的人搞好关系。她很快找到了一个与人为善的小窍门，这就是文具发放。别的综合处处长，都在节约办公用品上大做文章，勤俭持家守土有责。卜珍琪不。搞文字的人，都对文具有特殊喜好，再者，出差开会，文具的档次，在某种程度上提示着身份和背景。卜珍琪大手大脚，办公经费花得一干二净不说，连卖报纸的收入，也用来给大家买高档文具了。派克笔、真皮文件包，连橡皮都用法国原装的。这招虽小，颇得人心，卜珍琪很快和大家关系融洽起来。综合处长，不学无术也完全干得下来，属于管家婆那个档次。优势是和各个部门都熟。卜珍琪细细分析，决定要把优势使透，深入各项工作中，礼贤下士虚心讨教。她蓄势待发，预备向更高的台阶迈进。

两年后，卜珍琪调任另一个司的处长，熟悉了管理业务，在这座中央指挥机构的大楼里，卜珍琪已驾轻就熟。下一个目标是进入更高一级的领导班子，但是她遇到了阻碍。

卜珍琪为人方正，举止端庄。卜珍琪了解下情，专业精通，学识甚佳。卜珍琪对官场游戏规则谙熟于心，起承转合弓马娴熟。卜珍琪懂得必要的妥协和退让，也能随大流睁一只眼闭一只眼得过且过……卜珍琪觉得自己就是为官场天造地设的尤物，可她不知为什么就迟迟不能升任副司。在每一次民意测验中，她作为后备干部都名列前茅，可命运的绣球就是和她无缘。一肚子的雄才大略，却没有人识货。后来，在一次办公会议上，百无聊赖的她突然有了一个惊人的发现，那就是会场上的女性非常少，除了秘书和端茶倒水的服务员之外，清一色都是男人。她从心底升腾起恐慌，好像是置身于孤寂的野外，被野兽围困。她明白这和性别无关，也和恐惧无关。所有的男人都正襟危坐仪表堂堂，讨论的问题和性别没有一点关系，但卜珍琪驱逐不开自己顽固不化的惊惧。晚上，她在宿舍里看电视，突然骇然莫名。屏幕上，是无尽的会议和谈判场景，出现的人物中，都是男性占了绝大多数份额，全球皆然。

那一晚，卜珍琪用遥控器把所有频道点遍之后，关闭了电视。之后，她把电灯也关闭了，一个人躺在床上，习惯中的和父亲的对话又开始了。

她对父亲说："爸，我很沮丧。想不通他们为什么不提拔我，我觉得自己可以胜任更高一级的领导职务。"

父亲说："哦，孩子，你这是在要官哪。"

卜珍琪说："要官又怎么样？在国外，还争当总统呢。这岂不是要最大的官吗？"

父亲说："这里有原则的区别，你不要混淆。你要学会等待。"

卜珍琪说："我已经等待了很多年。我做了所有的准备。我不知还要等多久。我发现在优秀之外，另有一个砝码——我是女人。"

父亲说："珍琪，我不知道跟你说什么好。"

卜珍琪说："父亲，你什么都不用说了。我已经知道了我要干什么。我不会改变我的初衷，即使它比我想象的更漫长。"

卜珍琪如此这般说完之后，还没数到一百就睡着了。第二天早上，她轻轻松松跑步上班去。在忙完手边的工作之后，她推开机关人事处沉重的门，说："我要开封介绍信。"

"开什么信啊？"吕处长圆脸盘，面善且多管闲事。

"婚姻介绍信。"卜珍琪平和地说。

"恭喜啊。你要结婚了。"吕处长说。

"不是我要结婚，是我要征婚。"卜珍琪继续保持着柔和的语调。

"呦，咱们可应该是肥水不流外人田啊。别上什么介绍所了，我这里有一个现成的好小伙子……"

卜珍琪微笑不语。

卜珍琪找到一家正规的婚姻介绍所，呈上有关证件。接待她的是位老大爷，想象中似乎该是媒婆。老大爷说："有点奇怪是不是？想想看，月下老人是男的还是女的？是老的还是少的？"

卜珍琪虽说经了风雨见过世面，孤身闯进婚介所还是头一遭，不禁惴惴，说：“我没来过这种机构。”

“说机构不敢当，就是穿针引线。这个世上，有好多好小伙，也有好多好丫头。别在意呀，不是戏文里给小姐端茶倒水的那种丫头，我把姑娘都叫丫头。”

卜珍琪连连点头，表示同意自己加入丫头行列。

“丫头，我看你这条件挺不错的，在我们这儿，算是特等品了。你想找个什么样的，别害臊，尽管和大爷讲，实不相瞒，我这岁数估计和你家老人差不多，有什么，说。说得越详细越好。大爷给你留个心眼，有好小伙儿先尽着你挑。”

卜珍琪不由得笑起来说：“大爷，您这儿还兴走后门哪？”

大爷说：“我这不是走后门。条件相差太多的，见也是白见。把谁介绍给谁，先得我这里看得上眼。我这儿可不搞腐败。”

卜珍琪听了大乐，喜欢这里乱糟糟不伦不类的气氛。她说：“我想要找个军人。”

“大兵？”老人惊讶。

“是。”卜珍琪确认。

“军人也有不少，就是愿意跟他们的丫头不多。别看现在尉官校官威风凛凛的，到时候一转业，从哪儿来到哪儿去，就不是咱京都的人了，谁干呢！我给你找个既是咱京都的老家，又在咱京都当兵，来个双保险。这样的人，有是有，少。十天半月也碰不上一个，我给你惦记着这事……”

老大爷很快发现卜珍琪心不在焉：“怎么，不合你的意？”

卜珍琪说：“不合。”

“哪儿不合？”老人家问。

“第一，我不要京都有家的。除此之外，全中国哪个省市自治区都行。第二点，我不要在京都当兵的。除此之外，也是哪个省市自治区都可。这第三点，选择的兵种是海军第一、空军第二、陆军第三……”

“我们有横向的联合网，听明白您的意思了，外地老家外地工作，海空陆的顺序。好，这就抓紧和部队鹊桥联系。”老人向卜珍琪交代一应事项，不再呼她“丫头”，改称“您”。

卜珍琪回到单位，在电梯里碰到吕处长，面对着她喷薄欲出的问话，卜珍琪早早地眼看着脚下写着“星期 ×”的地毯，封了她的嘴。

大约一个月之后，婚姻介绍所来了电话，让她去看资料。卜珍琪在一本厚厚的资料册里，看到了一位威武的海军军官的照片。他叫文滔，是舰长，在北海舰队工作。有过婚史，妻子因车祸去世。有个八岁的女孩，随姥姥在南方生活。

看到卜珍琪半天不言语，老大爷说：“我看还般配。只是他二婚，您头婚。”

卜珍琪说：“这不要紧。”

老大爷说：“这就对了。依我在这里工作的经验，凡是不在乎这个的，成功率就高，后头的运气就好。太在乎的，当时说起来好听，往后好不好，还真说不准。”

卜珍琪说：“大爷，劳您费心了。如果文滔先生也同意我的话，我希望早些见个面，大家心里就都有数了。”

老大爷连连点头说：“是这么个理。好，我这就去张罗。因为按照咱这儿的规矩，是先问女方，等这头看好了，咱们就往下进行。”

到了正式会面的那一天，卜珍琪穿上平日的职业装出发了。

婚介所的老大爷听了卜珍琪所选的见面地点，假牙差点没掉下来：“选哪儿不行，偏选那儿！电影院、咖啡馆，实在不成百货公司门脸都行，怎么能上道观？”

卜珍琪说：“就这么定了吧。地点我选，时间他选。”

老大爷说：“那么复杂干啥？您还不一股脑儿都定了，我也好通知。”

卜珍琪说：“还是让文滔定吧。这样公平。”

文滔定下的时间很有特色——上午 10 点 10 分。

见面很顺利，大家都是一眼就把对方认出来了。这是一个好兆头。只是文滔的个子要比卜珍琪想象中的矮一些。卜珍琪很直率地把自己的观感告诉他。

文滔平静地接受了这个锋芒毕露的问题，说：“舰艇上的铺位长度有规定。一线官兵，个子都不太高，要不然，睡不下。”

卜珍琪笑了，说：“恕我孤陋寡闻。”

道观幽静，芭蕉和竹子，这类南方植物，居然在这里长得很茂盛。他们沿着芭蕉叶纷披的幽静石径漫步。文滔说：“我很想问你一个问题，你的条件挺好，为什么要找一个外地的军人，还要首选海军？”

卜珍琪说：“因为我爱吃鱼！”

文滔说：“这个理由不充分。你可以找个开海鲜店的老板。”

卜珍琪说：“我还喜欢勇敢。”

文滔说：“你有点说服我了。可还不彻底。你可以去找渔民。”

卜珍琪说：“渔民没有光荣和冒险。”

文滔说：“你这样说，我就放心了。咱们志同道合。”

卜珍琪说：“从此我叫你船长。”

船长和卜珍琪的谈话进行得风趣而富有成效。两人的年纪都不小了，又都是非常务实的人，没有花前月下，没有甜言蜜语，彼此都相信自己的直觉，满意对方的人品。那一天，谈得很投机。文滔是在京城的院校进修，几乎是出于开玩笑碰运气的动机，在一家婚介所登了记，没想到就遇到了卜珍琪，心里惊叹天下真有这样的奇女子，不但不怕两地分居，更是痴迷大海。因为他学习即将结束，很快就要返回舰艇，因此很希望约会频密。卜珍琪说：“两地恋不错。”

自然要谈到孩子，这是文滔的心病。他知道卜珍琪是第一次婚姻，一定想要自己的孩子。他说：“这是一个问题。”

卜珍琪说：“这不是问题。我不要孩子。”

文滔大惊，说：“我不希望你做出这么大的牺牲。”

卜珍琪说：“那你也做出相应的牺牲，咱们俩就扯平了。”

文滔说：“我不明白你的意思。”

卜珍琪说：“我不想做亲娘，也不想做后娘。”

文滔大惊说："我更不明白你的意思了。你知道，我是有一个女儿的。"

卜珍琪说："我知道你有一个女儿，但你想，我连自己的孩子都不愿要，我还能给别的孩子做一个好继母吗？我做不到。我的意思不是说不认你女儿，只是我不能亲自负起抚育她的责任。"

文滔沉默了许久。这是一个与众不同的女子，如同深海的红珊瑚，表面上静止不动，其实潜伏水中，已经生活了很多年。她非常聪慧，知识广博，有时很通达，有时又非常锐利。这和他的前妻非常不同，那是一个黏在他身上的女人。这种截然不同的风格，使舰长惊奇和着迷。如果女儿和卜珍琪同时站在身旁，也许他会选择女儿的。由于妻子的惨死，他觉得自己对女儿负有天大的责任。但是，此时女儿不在。正当壮年的舰长，面对一个有学识、有魅力的京都女子，无论从吸引力和自尊心的角度出发，都不会退让。再说，女儿在她外婆那儿，生活得也很好。除了将来上大学，估计不会到京都来。

文滔在回到舰艇的第二天早上，就写来了信。当印有部队番号的信件由收发室隆重送到卜珍琪手里时，立即引起了强烈的注意。机关里的注意是不动声色却影响深远的，很快，人们都知道待字闺中的卜珍琪处长，有了一位军旅恋人。一个有身份的未嫁女子，就像一块未开凿的璞玉，基本上无法准确估计她的价值，就连最有经验的行家里手也有看走眼的时候。卜珍琪找了一位死了老婆的舰长，算是等而下之的选择了。恨她的人有几分解气，喜欢她的人有几分遗憾。

卜珍琪我行我素。她准时给船长写信，既不缠绵也不冷淡，不温不火地推进着和船长的关系。一年以后，船长另一个假期来临的时候，卜珍琪去了军港，在那里举行了海上婚礼。结了婚的卜珍琪运气不错，正巧机关分房，她以已婚的处级干部的身份，分到一套三室一厅的房子。虽说朝向和楼层都不好，又是最小的一套，但卜珍琪知足。现在，她感到原先高度聚焦于她私生活的目光已经降温，由于她找了一个终年漂泊在海上的人，又是二婚，又有孩子，又在远方……这些显然负面的条件，让人们对她的敌意缓解了很多，甚至滋生起淡淡的同情。在下一轮的干部提拔中，卜珍琪如愿以偿，进入了副司的行列。

船长在得知妻子升迁的消息之后，有一点不安。卜珍琪对他说：“你是不是觉得我的职位比你高了？”

船长说：“我当上副师长，才能与你平起平坐。”

卜珍琪说：“到那个时候，也许我就当上部长了。”

船长说：“那我就要当个兵团级了，这如何赶得上你？”

卜珍琪说：“你是赶不上我的。不要赶了。”

船长说：“那你会不会看不上我了？”

卜珍琪说：“我看得上你。这就是我珍惜你的原因。”

船长说：“我不明白。”

卜珍琪说：“不明白就算了。夫妻间搞那么明白，累不累啊。我不能生孩子，就怕耽误了这一切。”

船长听明白了卜珍琪对他的承诺，也就不再深究。嫁做军人妇的卜珍琪，出落得越发精明强干。她工作泼辣风起云涌，少了顾虑之后，处事更加圆熟。一个大姑娘和一个小媳妇的区别，不但在偏僻的山村很明显，在国家机关这样庄严的场合，也依然非常分明。军人在女性择偶的排行榜上，早已由若干年前的首选，滑落到半山腰以下的位置了，但在正统的观念中，人们对敢于嫁给军人的女性，还要报以尊敬。卜珍琪私下被女人们怜悯，但是被男人们敬佩。卜珍琪的民意指数，因她的婚姻而直线上升。

卜珍琪同船长风平浪静地过了几年。他们始终没有孩子，这使人们好奇又不便打听。卜珍琪在适宜的时间很大方地告诉大家，说船长以前有孩子，这说明船长是正常的。我不正常吧？卜珍琪用的是疑问句，这说明她也不肯定，但是提出了这个假设。

女人们也不再反感卜珍琪了。她连女人最基本的功能都可能是欠缺的，这就使得任何一个平庸的女人都可以居高临下地悲悯卜珍琪了。于是，卜珍琪在机关里的人缘好，在跨世纪干部的测评中，得到了令人瞠目的高分。

卜珍琪的进一步提拔，遭遇到了众多阻挠，人们没法接受30多岁的女性跻身于正司级别。卜珍琪在升迁的道路上关山重重，且这一次，她无咒可念了。遇到的不是某个人，而是透明玻璃天花板。和父亲对话也不灵了，父亲沉默不语。父亲能说的唯一一句话是：“让你本身更强。”

卜珍琪开始攻读在职的博士，这在机关里又引起了小小的轰动。你要是不停地学习，在某种程度上就招供了你的野心。一个女人，读到大学毕业，应付日常工作和嫁人，已绰绰有余。如果你要读硕士，那么如果不是太丑，就是性冷淡。如果你还不悬崖勒马，居然要读什么博士，那么基本上就只有一个解释了，你不是心理残疾，就是一个野心家。卜珍琪为自己做了铺垫，人们对于丧失生育能力的女性，有足够的宽容和理解。于是，卜珍琪完成课程，突击英语，写出了精彩的论文，在耗时弥久之后，拿到了博士学位。

按说心里应该很高兴，可是，没有。卜珍琪生自己的气，为什么自己就不能高兴起来？连一小会儿无忧无虑的状态也不能达到？

卜珍琪不喜欢这样。她很想改变，她的目标太高远了，远到她自己无法企及的高度。她无奈，但她无以逃脱。

日子就这样缓缓地流逝着。她一直当着副职，副职和正职虽然只是一小步，但对于有些人来说，就是终生屏障。在卜珍琪几乎绝望的时候，发生了一件事——船长在一次执行任务的时候，潜艇出现技术故障，因公殉职。部队来人，很委婉地告知船长出了一点小意外，受伤住院了，希望卜珍琪到部队看望，卜珍琪清晰地意识到——船长出事了，这事不是小事，船长已经不在了……卜珍琪不原谅自己在得知船长遇难时的淡然。那时噩耗还未曾确认，人之常情是不愿往最坏的方面想。但她可以欺骗别人，不能欺骗自己。她知道在内心深处，她从来没有爱过船长。船长是一个好人，她对船长也尽到了为妻的职责，但是，她爱的男人始终只有父亲。

卜珍琪到了部队，连船长的遗体都没有看到。船长留在大海深处，被授予很高的荣誉。那些日子，卜珍琪像一具游走蜡人，听命于部队的安排，服从所有的程序。船长被追认为烈士，一个人一旦成了烈士，连他的遗属的表现，都不能随心所欲。卜珍琪懂得这些，卜珍琪以对船长最大的爱意，履行了她应尽的责任。卜珍琪把所有的抚恤金都留给了船长的女儿，那女孩从此和卜珍琪再无往来。卜珍琪孤身一人回到了京都，在机关大楼里，获得了从未有过的关爱和友情。卜珍琪知道这是她的不幸带来的副产品。失去了丈夫的卜珍琪重新潜回到自己宁静的生活，她的社会公众形象却在不断攀升，先是被评为全国三八红旗手，之后又成为五一劳动奖章获得者……由于她英雄的丈夫，这些荣誉一股脑儿地塞给了她。卜珍琪安静地等待着。终于，几乎在同时，她等到了两个消息。一是风传她将要提升正司职，一是在例行的体检中，查出乳房有不明肿物，要求复查。卜珍琪没有到合同医院，而是去了另外的医院。一系列的检查，最后做了局部切片。当卜珍琪看到检验报告的那一瞬，天旋地转……

她欲哭无泪，不知道能和谁说说心里话。她不愿让任何人知道她的困境，但悲哀又是如此深重而宽广。父亲缄默不语，船长安息在珊瑚礁。她何去何从？孑然一身，只知道不能独自吞下悲哀。悲哀入肠，化作剧毒，能把肝胆击穿，她一生的规划就都毁了。她要借助外力，粉碎悲哀和混乱，自己才有一线生机。她找到了小组，可是小组真的能帮助她吗？

第18章

熟悉的陌生人

隽永生物公司的老总吕克闸，最近颇烦。公司拳头产品鸢尾素的审批，遇到了障碍。原本是想取得卫生部颁发的“药准字”批号，这样就可以堂而皇之地进入全国所有的正规药店。没想到上面卡得很严，客也请了，红包也送了，还把有关领导的子女，神不知鬼不觉地送到澳大利亚读书了，一应开销均由隽永生物公司承担……总之，百般伎俩都使尽，批号就是下不来。那人还算有良心，对吕克闸说：“我受人之托，不能忠人其事，孩子的学费，我退给你。没有美元，给你人民币行不行？”

吕克闸非常恼火，就算他在金钱上不失，可他失去了时间。全国保健药品市场有几千种汤汤水水在拼杀，病家的脑袋和胃都容量有限，能记住的就那么几种品名。胜者通吃，谁早一步占领了市场先机，谁就能抱个大金娃娃。

生气的话不敢说，那钱也不要了，人在江湖，谁知以后还有什么交道要打，为别人留个面子，为自己留条后路。

吕克闸着手办“药健字”批号，不想由于政策变化，“药健字”停止审批，他想要让“鸢尾素”有一个名分，必得把它升级为 B 字头的“药准字”批号。得！转了一个凄惨的大圈子，依然回到了原来的出发点。

吕克闸百折不挠。东方不亮西方亮，黑了南方有北方。他毅然放弃了“药”字头的金字招牌，寻求省级“食健字”批号。

“鸢尾素”好比巨贾之子，藏在后院，除了父母，他的武艺胆识，别人都不知晓。父母先是想给他捐个从一品的顶戴花翎，以期有朝一日成了驸马也不一定。不想机关算尽，未果。只得降格以求，捐个三品吧，不料朝廷又改了章程，把三品这一档次取消了。巨贾火了，干脆一落千丈，给儿子买个七品芝麻官了事。

外省的“食健字”批号，操作起来很容易，“鸢尾素”拿到了批文，可以批量生产了。但这“食健字”，不但进不了医院，连药房也只敢羞羞答答地卖。从批号上说，它是食品而不是药品。

这就是要害所在。要把一种食品说得有治疗效果，就像要把窝头说成能治癌症的灵丹妙药，其中的机关要多深有多深，吕克闸殚精竭虑。

这一天，吕克闸回到自家别墅，老婆和两个孩子围上来。有钱的好处之一是能够多生孩子，吕克闸为老婆买了个外国国籍，就有了两个儿子。

老婆很贤惠，把吕克闸服侍躺下。吕克闸说：“老婆，和你商量个事。”

老婆说：“你不用和我商量。只要你想好了，告诉我就是了。”

吕克闸说：“过去多少年来，你都是这样说。可这一次，必得你同意了，我才敢做。我要大大地对不起你一次了。”

老婆把绫罗睡衣裹得如同闪亮的蟒皮，说：“你既然想到了这些，还要同我说，可见你的心有多铁了。下了这么大的决心，就更不用商量了。”

吕克闸说：“我要和你离婚。”

老婆说：“这又何苦！你可以在外面包二奶，你可以玩小姐，我都不会说一句二话。你什么都可以干，还有什么不满足？不是我在乎这个名分，只想为孩子保一个家。”

老婆说得入情入理，吕克闸更觉自己非得快刀斩乱麻，否则愧疚会坏了大事。吕克闸把世上的事，做了最简单的分类——大事或是小事。儿女情长是小事，要为建功立业的大事让路。

吕克闸说：“我没有包二奶，也没有玩小姐。你不需要名分，可我需要。把你不要的东西借我一用，就成全了我。至于孩子，当他们将来成了亿万富翁之子的时候，就能理解我了。具体手续，我会找律师和你办。钱，你将得到一大笔补偿。”吕克闸说完，就走出去，留下妻子垂泪到天明。

申凌约了褚强，在动物园会面。褚强在电话里说：“在哪里不行啊，偏在动物园？又不是小孩子！”

申凌说：“人家烦了吗，要看猴子嘛！”

褚强遵命，在猴山旁见了面。天气凉了，猴子都不爱活动，蔫了吧唧的，有的得了癣病，叫人看了自己身上也痒痒的。

“给你。”申凌说着，从小包里拽出一团五彩缤纷的物件，迎风一抖，把猴王都惊动了，咻咻吐着白气，朝这边龇牙咧嘴。

“什么秘密武器？”褚强细端详。

“你要的丝巾啊！忘了？我可记忆犹新。你说好不好看？”申凌把丝巾展开，绚烂的郁金香，灿灿生辉。

“真好看。我怎么从来没看你围过？”褚强说。

“女为悦己者容。”申凌绷起小脸。

“什么意思？我还不够悦你的吗？”褚强沮丧。

申凌达到了目的，很高兴地说：“革命尚未成功，同志仍需努力。”

褚强说：“我现在对女人的心理多了些了解。你这是欲擒故纵。”

申凌说：“我正要问你，小组的事怎么样了？”

褚强说：“挺好。”

申凌说：“具体点。”

褚强说：“没法更具体了。小组活动起来，你一句我一句的，好像没啥特别的，变化就在不知不觉中发生了。我还真没法跟你学说。”

申凌说：“那个叫成慕梅的，怎样了？”

褚强记起以前编的故事，支支吾吾地说：“她呀，阴阳怪气的，总是同大家隔着张皮。”

申凌说：“她快死了吗？”

褚强说：“别咒人家啊！你也太爱打听事了。这和你有什么关系呀！”

申凌说：“和你有关系的事，就和我有关系。要是没关系，你跟我要花头巾干什么？你怎么不管它要去！”说着，手一指。褚强顺着红红的指甲看过去，看到了猴王的红屁股。

“得了，我不要还不行！”褚强没经验，情急之中，以为这样说了会缓和矛盾，不想申凌恼了，说：“好你个褚强，说要的是你，说不要的也是你！算我瞎了眼，热脸贴个冷屁股！”说完，一溜烟跑下猴山，剩下褚强孤零零地看着老猴给小猴捉虱子。

吕克闸查到了确切的天气预报，找了一个极好的天气，安排了小组在墓地讨论死亡。下次活动又回到一家肿瘤医院。

癌是足部有着柔软肉垫的食人兽，凶狠残暴，走起路来却是无声无息的，它循序渐进，从容潜入，相当长时间内不动声色。晚期需天翻地覆抢救的属极个别，所以肿瘤医院的急诊室，是一个相对寂寞的地方。

在医生诊室坐下，程远青说：“今天咱们小组活动，有新组员参加，不知大家欢不欢迎？”

众人听了，就有些吃惊。小组活动了多次，从未有外人参加。出于对程远青的尊敬，大家口头上不好表示反对，便敷衍地说：“欢迎欢迎。”口气里没多少热情。

大家四处张望，并没有什么新人出现。又一想，组长做事周密，没征得大家应允，不会贸然把人领进来的。没想到，程远青走向里屋。

内侧有一扇小门，程远青拖出一张白木靠背的椅子，摆在屋当中，又从皮包里翻出一件白大衣，披在椅背上，细心扣好扣子，袖子在胸前对搭，恍然是个医生坐在那里，双手抱肘。

“好了，开始活动。过去一周，大家有什么特别事情要报告？”程远青说。

程远青的开场白后，通常要冷一会儿场。在城市，一周时间，足以把某人忘掉或是重新认识一百个人了。数月之前，彼此还是路人，现在，大家把小组当成家。有什么快乐事，拿出来分享，有哀伤的事，也念叨念叨。

今天，有点特别。椅子在中央，耀眼的白色，不怒而威，从每一条布丝溅射出威慑力，让人压抑。

程远青说：“连一件好说的事都没有吗？”

岳评开口道：“程老师，求您一事。好吗？”

程远青说：“不要用‘求’这个字。只要能办得到，当然可以。”

岳评说：“求您把椅子搬走，起码把衣服拿走。闹心。”

马上有人附和：“对对。怪吓人的。”

程远青好像恍然大悟，说：“原来大家叫这把椅子吓住了。谁还有这种想法？”

所有的人都举起了手，包括褚强。程远青说：“大家都是病人，医生是盟军，为什么不喜欢他们？”

白大衣上烦琐的肩带和腰线，显示出主人在医疗界级别之高。

寂静。癌症病人和医生的关系，是一个深不可测的黑洞，甚至比与死亡的黑洞还要神秘。

褚强年轻，这种充满了内在张力的沉默让他如坐针毡，实在忍不住了，冲将出来，打破沉默："在我的记忆中，白大衣是和屁股上的针眼连在一起的。我妈说，打针一点都不疼，我就信了她。人生第一次被人欺骗，我想就发生在医院，骗人的人是我亲爱的妈妈，帮凶就是医生。打针很疼，这疼不仅是在屁股上，而且是在心里。我妈妈和那个穿白大衣的人，合伙骗了我。我一看到这件白大衣，以前的记忆就像海带泡在水里，湿淋淋的。我不喜欢这把椅子。"

褚强锐利的喉结上下浮动。

程远青说："你很恨骗你的人。"

褚强迟疑了一下，回答："恨。"

程远青说："那么，褚强，请你告诉所有在场的人，你恨的是谁？"

褚强吭吭哧哧地说："我恨的是我M……"褚强本来想说，我恨的是我妈，但"妈"的第一个辅音"M"都发出来了，又被他活活地吞了下去。是的，他怎么能恨自己的妈妈呢？他不能！他不敢！于是褚强转而答道："我恨的是我……马医生。"

程远青说："椅子上就坐着你童年时的那位马医生，现在，你有什么话说？"

褚强就慢慢地走到地中央，对着披着白大衣的椅子说："医生，你不该骗一个孩子。也许你是好意，但肉长在我身上，针扎在我身上！我相信了你，可一分钟以后，谎言就被揭穿了。我感到了深深的疼痛。以为一点都不疼，疼痛就来得格外惨烈。我对人的信任被疼痛粉碎了。你是我精神疼痛的制造者！我恨你！"

褚强说到这里，揪住了椅子上的白衣的袖子，狠命地摇动着。组员们紧张地看着他，不知以后还会发生什么事情。有人想上前帮助褚强，被程远青用眼光制止住了。

褚强摇晃了一阵白大衣，情绪渐渐地平复下来。程远青说："褚强，你刚才回到了你的童年。那个时候你多大？"

褚强说："三岁。"

程远青说："你代替三岁的褚强把他压抑了20多年的话讲出来了。你现在感觉如何？"

褚强说："好像记忆洗了一个澡，灰尘抖落了，精神爽快了。真的，很舒服的。"

大家就半信半疑，不过褚强的面庞的确露出了轻松的笑容，不由得不信这一番宣泄确有功效。程远青说："褚强，你能告诉我们，你现在看到这件白大衣的感觉，和刚才有什么不同吗？"

褚强说："真奇怪。我刚才一点都不想看见它。你可以说是怕，也可以说是讨厌，或者说是腻烦。总之，全是坏印象。现在，它只是一件医生的工作服，如此而已。"

褚强开了一个很好的头，但接下来依旧冷场，沉默压着众人。

安疆颤颤巍巍地说："椅子比作医生，我想说，我不想见到你了。"

安疆回到自己的座位上，大家都向她点点头，千言万语尽在不言中。程远青说："为什么要把一个虚拟医生请进小组？治疗癌症的经历中，医生和我们的关系，甚至比亲人和我们的关系更密切。"

岳评走到"医生"跟前说："按说，我该感谢你，你给大家治病。可是，我想说，我恨你！"眼睛鼓起，仿佛发威的河马。

此语一出，满场皆惊。恨医生？你！竟敢……

岳评说："病人和医生，力量对比悬殊。得了癌症的病人，把医生看成再造父母！可医生对病人，喜欢的是病，不是人。我女儿住院的时候，刚开始，医生、护士天天围着她转，为什么呢？因为她得的是一种罕见的病，诊断不清楚，就像谁出了一个谜语。早上5点钟来抽血，满满五大管子！每一滴血，是她的，也是我的！有一天，我说，就不能省着点用吗？连地下水都要节约呢，这是什么？是血！医生说，不天天抽，我们哪能知道病的动态变化呢！我来了气，说你们病诊不出来，血快要抽光了。医生、护士有个本事，就是你说你的，他不理你，逼得你自己没羞没臊低下头来。检查花了十几万，我们病家出钱，让医生练手艺。后来，诊出来了，是癌症，消化道完全阻塞了，吃什么都吐。医生和我们商量，说是把肚子打开，要是有希望，就尽量做手术，要是没希望，就原样缝起来。手术那天，我和女婿站着等在手术室外头，大脑一片空白。只记得医生交代了一句话，要是一小时之内完成了手术，那就说明没治，怎么打开怎么合起来。要是手术时间长，就说明还有希望。我念念叨叨只一句话，老天哪，让我晚一点看到她从手术室里推出来。不知过了多长时间，手术室门开了，一辆车推了出来。同时做着几台手术，家属呼啦围了过去。我死死坐在长条凳子上没动，我知道这不是我女儿，时间太短了，女儿怎么能这么快就出来呢。没想到女婿围着手术车，眼泪滚滚而下。我眼前一黑，马上就要昏过去。要不是想到我晕倒了，女婿就得两头忙活，我就死过去了。昏过去是一种解脱呀。我曾把希望寄托在医生身上，那一刻，我知道完了，全完了！医生只是把我女儿像豆腐一样光洁的皮肤划开，像打开一个包袱皮，看了看里面的东西，就把包袱又照原样捆起来了。我走到手术车前，看到了女儿，她面色如土，游丝样的一口气，简直就是死人。我其实从那一刻，就知道自己永远地失去了女儿。那以后，医生对女儿的态度，就来了个一百八十度的大转弯。以前她是个灯谜，他们围着她，抢着破这个谜。用她的血写自己的论文。把她的肚子打开，谜底撂在那儿，一看，恍然大悟，女儿的价值也就丧失了。他们说，你女儿现在的治疗方针就是姑息对症。我是个当老师的，我知道姑息就是无原则的宽容。字典上是这样写的。宽容谁？宽容病魔。姑息养奸啊！在医生眼里，病无法治了，对这个人也就大撒把了。从那以后，凡是来查房的医生，总是匆匆而过，我女儿已经不值得看一眼了。她提前死在医生的眼眶里了。我追到医生办公室，对医生说，我女儿昨晚上没睡好觉，有什么办法吗？医生埋头写病例，头也不抬地说，这种病晚期，都这样。实在睡不着，找护士要点安眠药，安眠药对肝有破坏，自己看吧，该说的都跟你们说了，剩下的主意就得你们拿了。医生是干吗的？是治病的，更是陪着病人往前走的人。病不治了，关怀总要有吧？爱心总要有吧？人道主义总要有吧？让人觉得世界值得留恋的这分情意总要有吧？起码有相当一部分医生不把病人当人。我女儿，在医学上的价值没了，但她在人的价值上还有很多呀，也许她一辈子最大的价值就在这种时刻表现出来。她生命结束的最后那段日子，我哀痛无比……医生早就放弃了她……”

岳评一泻千里，这种经验对每一个癌症患者都不陌生，大家变得郁闷而愤怒。

应春草说：“做医生是慈悲的事业，是救人命的积德事。往不好里说，医生是个行当，靠这个养家糊口挣钱过日子，没有什么了不起的，和街头修鞋剃头的没大差别。要说一定找差别，那就是应该说话更和气，笑脸更多些，手艺更好些。谁叫你收人家那么多钱呢！医院也是开买卖的，你卖的是药和手术，卖给谁？不就是卖给每位得病的人吗？我得病也这么长时间了，把家里的钱都送到医院去了，医院就像个老虎嘴，把血汗钱都吞肚里了，连个饱嗝都不带打的。我不知道别人，反正谁家里要是摊上个癌症病人，那算是亲手挖了一个无底洞，金山银山，也架不住一日一日地漏。听说谁癌症活过了多少年，大家都忙着祝贺他，我就在心里想，他家可拖累垮了。不用上他家参观，我能猜出，癌症像江洋大盗，把他家里劫得一无所有……”

大家不停地点头。癌症是个富贵病，没有成千上万的钱顶着，治不起呀。

应春草接着说：“算这笔乱账，大家都是一肚子苦经，我也就不念了，咱还说这大夫。我气不过的就是医生和病人，到底是谁养活谁？”

大伙儿说：“还真没想过这事。”

应春草冷笑道：“我这人水平不高，可记得说起革命道理，马克思的一个大贡献就是搞清了谁养活谁的事。为什么这个大是大非的问题，在病人和医生当中就谁都不提了呢？”

大家回答：“明摆着的事。是病人养活了医生，养活了医院！”

应春草说：“这就是硬道理了。医生、护士是雇工，别看病得东倒西歪，可要还有一口气，病人就是主人家，就不能受人欺负。在医院里，到处是医生、护士欺负病人，他们用你的钱，从来不算计，大把大把地花，你还不能问个为什么！他们把病人当成试验品，你被人当成统计数字里的一个分母，你还以为是救你一命的活菩萨呢！给你一沓子化验单，全是外国字，那是用了你的血，用了你的钱，用了你的工夫查出的你的身体的秘密，可是没有人给你讲一讲。用钱买了一本天书。卫星能上天，就这几个洋码子翻译不成中文？成心啊！故意弄你个丈二和尚摸不着头脑，才显出他们高贵，有学问，能拿捏你，叫你好服他！多么歹毒！这还不算，你要是拿着化验单想找谁问问吧，那你就算是自取其辱吧。脖子仰得像个刚下过蛋的母鹅的大夫、护士，脸上白板一张，好像看病的人都曾挖过他家祖坟似的！我敢说，每个得病的人对大夫说话都得察言观色。给大夫送礼，你敢不送？小命在人家手心里捏着呢！有没有好大夫？有。我也遇到过。可是少哇，越来越少了，比清官还少。要说腐败，我看医院是第一个腐败的老窝。看病用得了那么多钱吗？那是乘人之危，喝人血、吃人肉的勾当。可是你心知肚明的，眼看着是火坑，你也得往里跳。要说不平等，这就是最大的不平等！要是出了医疗事故，你瞧他们官官相护的那个劲儿吧。我住院的时候，听他们互相说起坏话来，那叫一个狠，可真要出了事，那就团结一心枪口对外了。不是他们人品突然好了，是为自己留着后路。他们互相掐，掐出骨头汁来都行，要是说病人想讨个公道，那他们立刻结成死党，专门跟病人作对了。我要不是看在我孩子的份儿上，不想让她小小年纪就成了没娘的孤儿，我这病就不治了。别的不图，我就不让医生、护士再盘剥我，我就让他们挣不成这个钱。我真想大吼一声：病友们，豁出来，不治了！饿死这帮披着白皮的狼！治怎么样？不治又怎么样？还不就是一个等死吗？我不怕！”

应春草说得唾沫星子溅出了一米多远，面色潮红两眼放光，好似进入迷狂之态。大家听着解气，也有点不知所措。毕竟，广大的医生、护士还是好同志居多，这样一竹篙打翻一船人，太伤众了。

褚强小声对程远青说：“程老师，我看应春草有点过于激动了，我是不是扶她到别处歇息一下？”

程远青轻轻摆了摆手。她有点犹豫，应春草话语中的偏颇是显而易见的，但这毕竟是一种残酷的真实。无数怀着善良愿望和美好期待的病人，在受到了长久的冷漠和歧视之后，滋生出怨恨。应春草吐出苦水，这是大好事。纠正她的过分，还有时间。为什么医生可以任意地呵斥病人，但病人才说了这样一点实情，褚强——甚至包括她自己，就感到刺耳，坐不住了？这不正说明，病人，特别是癌症病人这一弱势群体，所遭遇的颓势是多么深重吗？

程远青看看大家说：“摆个医生模型在这里，希望大家把心里话对医生说。如果在共同战斗亲密无间的关系里，充满了谎言和怨恨，还有言不由衷的感谢，不仅是虚伪，更是非常悲惨。”

鹿路说：“要说感激医生，每个人都说过太多了。不用教，舌头一翻跟头就出来了。都是真心吗？起码有一半是吓出来的。世上有谁能逼着人说他的好话？只有医生！他能让你一肚子泪，脸上还挂着讨好的笑。咱们这种妇女病，男女有别。有些医生，好像你一得了这病，你就不是女人了，没了廉耻，对什么都不在乎了……”

大家都深有同感。乳房病了，你必得暴露自己。赤身裸体在素不相识的男人面前，尊严和羞涩被击得粉碎。

花岚说：“我碰上医学院学生实习。教授说，这是不典型的肿瘤，你们都过来摸摸，体会一下手感。不管技术怎么进步，有了红外线，有了钼靶，手感还是第一重要的。好医生一双手能赛过X光和CT。开始，我躺在诊床上，露着胸。那帮学生跟苍蝇似的过来，呼啦这么一围，我立马就看不到天花板了。老教授的手法不错，摸得挺准，那些学生就差得太远了，手劲又重又粗，指甲上还带着倒刺，摸得我先麻后痛。我知道医生不是流氓，摸的时间再长，也是医学需要，可我实在忍不住了，说，大夫，我要回家。教授说，你等着吧。自己的小命掐在人家手里，不得不低头哇。有个学生使蛮劲摸，简直要把那块癌瘤从肋骨上抠出来。我的眼泪滴下来，躺着，泪水一串串地流到耳朵眼里，耳朵眼灌满了，就流到脖子和后背的洼洼里。我快昏过去了，乳房不再是属于我的，是属于教授和他的教学。它已成了一个烂菠萝。我反倒死了心，它是块臭肉，该喂豺狗、该喂秃鹫、该喂毒蛇、该喂王八蛋……那天在诊床上受的折磨，让我一想起来，就觉得活着太没意思了。医生对病人缺少起码的尊重和感激，你听到过一个医生对病人说过感激的话吗？说我感谢你让我练了手，让我增长了知识。虽然你死了，可你把经验教训留给了我，让我发表了论文，提了职称，涨了工资，娶了老婆，出了国，得了奖金，住了好房子，开了好汽车……所以，你是我的衣食父母，我感激你，我一辈子记住你的大恩大德！我是没听见过。不是向医生算总账，是医生中有几个人明白这个事理？如果连这么简单这么显而易见的事情都不明白，那他就成不了一个好医生，病人也就永远没有出头之日！”

花岚一口气说下来，大家听得回肠荡气。

程远青说：“我很感动，不！光用感动这个词，还远远不够。我觉得这是病人对医疗界的一篇檄文。这是天理！是正义！谁还要说？”

也许世上从没有这样号召过病人们起来，控诉医疗的罪恶。大家争先恐后发言。

卜珍琪说：“大家讲了很多，我就不再重复。得了病，人就特别敏感。医生对我说，你怕什么？就说是癌症吧，也是癌症里面最轻的一种！我气得不行。这叫什么话？乳腺癌就不是癌症了吗？给我确诊的专家，手艺很好。我用手艺这个词，因为他每逢周六，就飞到天南地北，给疑难杂症做手术，当然主要是乳腺癌。由于他专攻此术，熟能生巧，简直就是乳房克星。他对别人讲过，单是他亲手割下的乳房，就能砌起一道墙。我不知道这是一堵什么样的墙，是一家农户院子的围墙，还是万里长城？总之，他口气大得很。我是朋友托朋友，给了很大的面子，才找到他看病。他真是惜字如金啊。看了我的 X 光片子，他又伸手到我的衬衣里，不由分说地就摸起来，根本不管旁边站着多少人，是男人还是女人。摸几把之后，他说，恶性的。我说，您这么肯定？他说，如果不相信，就不用找我。

“走出门，朋友说，你知不知道你得的是什么病啊？我说，我又不聋，他那么幸灾乐祸地大声宣布，我能听不见吗？朋友说，那你还敢得罪他？他是你的生命线，你懂不懂？我说，我信不过他！看不起他！我以为有了病不要紧，我们还有医生。可我看了这样的医生之后，我丧失了对医院的信任，我变成了讳疾忌医的鸵鸟。”

真过瘾哪！这些卑微残缺不全的躯体，在医生的圣殿里，肆意倾倒他们对医学权威的指责，在这种报复性的批判中，她们感到了病人的尊严与权利。

应春草喜欢大家重视她，说：“得病这么些年，我吃最普通的药。一来贵药我吃不起，省着钱好供闺女读大学。二来是我信不过那些好药。我家邻居有个孩子，医学院毕了业，当了几天大夫，就应聘成了医药代表，眼看着就发起来了。自己汽车洋房不说，连他姥姥手上都戴了四五个金镏子，个个像海螺那么大。这行当太养人了。人家说这孩子卖的是治癌药，你还不和他拉呱拉呱。我没那个经济实力，人家就是药价打到一折，也吃不起呀。没等我把求人的话说出口，他姥姥就得了癌症。那么胖的一个老太太，没几天就抽成牛皮纸了，天天吃外孙搞来的进口药，三个月都没熬到头，就听蛐蛐叫去了。小时候，老师常叫写理想，那时候的理想多美啊，什么科学家、女拖拉机手什么的，听着光荣，也得个好分数。我现在的理想特具体、特简单，就是活过一千天。为了这个目标，我参加一切省钱或是不花钱的疗法，比如小组……”

应春草讲完了。很真挚。真挚是有杀伤力的，也许不完美，也许不正确，却自有刺入人心的尖利。

成慕梅躲不过去了，清清嗓子说：“对着一件白衣服，说什么？作为病人，我们和医生有许许多多的故事，我不想说。我只想问大家几个小知识，可以吗？”

成慕梅留着披肩的长发，中式对襟花衣，琵琶扣小立领，脸上厚厚的粉底。螺丝转儿一样的鬈发，随着她说话左右摇荡。也许扣戴假发时过于匆忙，也许头套太松，总之她本身细脆而黄弱的发丝，从油黑的假发间隙支出来，有几分怪异。

大家表示愿意猜测和回答她的问题。

成慕梅说："知道比尔·克林顿的妈妈是怎么死的吗？"

大家互相看看，说："不知道。只知道莱温斯基。"

成慕梅狭长的面庞毫无笑容，冷峻地说："那好，既然不知道，我就告诉你们——比尔·克林顿他妈是得乳腺癌死的。"

诊室内的温度陡然下降了好几摄氏度。成慕梅不理睬大家的懊丧，说："我再问大家一个问题，知道比尔·盖茨的妈妈是怎么死的吗？"

有了上面那个不怀好意的问题，大家就谨慎多了，没有人再开玩笑，只是有人小声嘟囔着："比尔·盖茨他妈死了呀？他看起来蛮年轻的嘛！他妈的岁数也不太大吧？"

有人叹息："唉！黄泉路上无老少。要说她也死了，那真是够亏的了，儿子是世界首富，自己还没得济呢，就一命归西了，冤不冤哪！"

成慕梅不管大家议论纷纷，径直说下去："告诉你们吧，比尔·盖茨他妈，也是得乳腺癌死的。"

大家的脸就冷下来，对成慕梅下面的问题，兴味索然。成慕梅执意要说："你们知道李宗仁的夫人郭德洁女士是得什么病去世的吗？"

没人答话。这一次不是不知道答案，对于几十年前这位很有名望的女人逝去，年龄大些的人还是留有印象的，只是面对阴阳怪气的成慕梅，没人愿意回答这个问题。周云若年轻，只知李宗仁，而不知他夫人，就问："他夫人漂亮吗？得了什么病？"

成慕梅冷冰冰地说："漂亮不漂亮我不知道，得的病是乳腺癌。"

空气很压抑。当然了，这都是事实，但在这种时候，说这些事实，什么意思？大家搞不明白，程远青也不明白。且看成慕梅继续表演。她既然不厌其烦地从国内外的知名人士说起，终有图穷匕首见的时刻。

成慕梅又说："知道法拉齐是得什么病死的吗？"

有人问："法拉齐是谁？"

成慕梅说："是个有名的女记者，采访过世界上很多著名的国家首脑。"

大家说："我们不知道这个人，可我们知道她一定是得乳腺癌死的。"

成慕梅的脸上露出不怀好意的笑容说："真是有进步。你们说对了，法拉齐得的也是乳腺癌。"

岳评的情绪已稳定，愤愤道："成慕梅，你这算怎么回事？把古今中外的乳腺癌名人都拾掇出来，成心给大伙儿添堵啊？不用你提醒，人人都知道自己得的是什么病。"

成慕梅不理睬岳评，自顾自地说下去："有个女人，叫成姜氏，你们知道是谁吗？"

这一回，大家都不耐烦地说："我们不知道成姜氏是谁，也没有兴趣知道她是谁。"

成慕梅有一个特点，就是我行我素，她根本就不在乎别人的反感，还是按照自己的既定句式说下去。她说："成姜氏是我奶奶。"

大家反倒有些不好意思，安静下来，听成慕梅下面还要说些什么。成慕梅换上一脸忧戚说："我奶奶成姜氏，是一个非常善良的老人，从我记事起，她的乳房上就生了一个疮。我父亲说，妈，给您瞧瞧大夫吧！我奶奶说，不过是奶疮，有什么看的？破费不起！用花椒水洗洗就好了。奶奶用各种水冲洗她的疮口，那像鲤鱼嘴一样的大洞，能把一大碗花椒水吸干。那时小，奶奶也不避我，我能听到花椒水咕咚咕咚灌下去的声音。我问奶奶，疼吗？奶奶说，有我孙女儿的这句话，再大的疼也不是疼了。花椒水没管事，奶奶的乳房烂通了，水从这边倒进去，从后背流出来。奶奶就用布条探进洞里，从另一头把布条揪出来，然后像拉大锯一样拉扯布条，直到白色的布条变成紫褐色。不知道这种恶治的办法在医学上有什么根据，奶奶居然坚持了多年，比咱们现在用的各种疗法加起来的疗效，也差不到哪儿去。最后，奶奶终于坚持不住了。疮口里流不出血，掉出来的是黑脓和腐肉。奶奶不再让任何人看她换药，怕我们会吐，奶奶也不再用布条，改用竹签从疮口向外剔蛆虫。后来，奶奶死了，奶奶是被烂死的。奶奶最后只让我妈服侍她，连我爸也不让看。奶奶说我爸吃奶水长大，怕他看了恶心。奶奶错了。她哪儿能吓我呢？我一天也不能忘记她的样子。她那么慈爱，那么坚强。所以，当我患病以后，医生问我有没有家族史的时候，我马上说，有！我奶奶就有乳腺癌。在那一刻，我终于觉得和我亲爱的奶奶又在一起了……”

成慕梅这一番痛说家史，大家听得唏嘘不止。成慕梅说完了，脸上又露出习惯的淡漠神色，说：“我还想请大家告诉我，克林顿他妈、比尔·盖茨他妈、郭德洁女士还有法拉齐还有我奶奶成姜氏，她们都有什么共同点？”

这叫啥问题？她们之间的共同点真叫人费了斟酌。无论怎么拉扯，成姜氏也没法和美国总统、世界首富之类有瓜葛吧？成慕梅别是病火攻心，糊涂了吧？大家这样想着，一言不发。

成慕梅穷追不舍：“能找出来吗？”

大家敷衍她说：“找不出来。”

成慕梅说：“我找出来了。不保守地告知大家，这个共同点就是——她们都是女的。”

大伙儿想，这个成慕梅，精神上没有什么毛病吧？

程远青也在琢磨：这是什么意思呢？成慕梅看来很动感情，这些看似毫无联系的例子里面，又有什么内在的联系呢？她征询成慕梅的意见：“我看你谈到奶奶很激动。我能体会到你对奶奶的深厚感情，也谢谢你告知我们的资料。现在，你还有什么要说的？”

成慕梅有点失望，微言大义没有人能体会到。她懒散地说：“没什么了。别以为多此一举，乳腺癌不是专利。”

大家就很宽容地笑笑，心想真是个孝顺孩子，谈起奶奶使她情迷意乱。

看成慕梅情愿收兵，程远青就说：“咱们今天能够在医生的殿堂里，大讲他们的劣迹，很不容易。”

大家你看看我，我看看你，好像是打了胜仗的士兵在交换战利品。程远青说："刚才大家发言的时候，我想，要是录了音，拿给医生们听，他们一定会怒火冲天、委屈万分。听了你们的发言，我有很多感触。在医生和病人的关系中，病人是多么的无助哇。我觉得，你们能够勇敢地表达对控制着自己生命的医生的真实看法，你们说出了无数病人敢怒不敢言的心里话。医生的功劳人人看得到，可医生的怯懦和无能，医生的卑下和猥琐，医生的丑陋和狭隘，医生的冷漠和残酷，却是很多人，特别是他们自己所不知道的。你们代表无数的病人说出来的话，具有不可估量的意义。让医生们大吃一惊吧！被他们看成不堪一击可怜和可悲的癌症病人，其实有着毫不逊色的智慧。让我们为自己鼓鼓掌！"

掌声响起来。由于乳腺癌手术后淋巴循环恢复不良，由于肌力的减退，对于普通人轻松平常的鼓掌，对于她们来说，并不是一件轻快的事情。一般来说，乳腺癌病人是不鼓掌的，即使是在那些必不可少要鼓掌的场合，她们也只是点到为止，做出鼓掌的姿态，而实际上不拍出声音。在这间小小的医生的诊室里，响起了癌症病人对医生声讨的掌声。她们嘉许自己的勇气，欢畅地表达自己的好恶。

程远青说："在本次活动结束的时候，大家对椅子上的医生，还有什么话要说？"

应春草说："我想打它一拳。"

程远青说："行。"

懦弱的应春草走到椅子上的白大衣前，回头看了一眼程远青，好像孩子要吃一块糖，最后征得母亲的允许。程远青非常肯定地点了一下头。应春草粉拳紧握，"嘭"地打在椅子上白大衣的胸口。手指由于重力的撞击，颜色陡变。指甲依旧保持苍白，手指的关节处红肿起来，好像被滚油烫了。

椅子上的白大衣，由于左衣襟被戳得向椅背的缝隙处缩了进去，不可一世的傲慢姿态，变成了佝偻着身子不停咳嗽的老迈之相。

程远青抚摸着应春草的手指说："疼吗？"

应春草含着眼泪说："疼。可是心里的疼，比以前轻了。"

程远青说："你还想打它吗？"

应春草说："想。"

程远青说："那你就还可以打，直到你的心彻底不疼了为止。只是你不要伤了你的手。如果你顾不上你的手，你就裹上一条毛巾。"说着，程远青把自己的手绢拿出来，递给应春草。

应春草接过手绢，抚摸着，抚摸着，她不是用它包在手上，而是捂在了眼睛上。过了好一会儿，应春草才把手绢从眼皮上拿开，说："程老师，我不打了。我的气消了。我知道您的苦心了。"

程远青走过去，把扭歪了的医生制服重新摆好，恢复了白大衣的威严仪表。程远青说："大家对医生的怨恨，自有道理，但它只是问题的一个方面。在和疾病斗争中，医生始终是病人的盟友。我们是把自己最宝贵的生命，交到医生的手里了。所以，我们理所应当对医生有至高无上的要求。我提议，在活动结尾，让我们向医生鞠躬，表达我们的信任和期望，表达我们的批评和监督，也表达我们对生命的珍惜和渴望！"

程远青说完，率先走到医生的白大衣面前，深深地鞠了一躬。组员们一言不发地依次走到白大衣面前，鞠躬和凝视。成慕梅始终没有弯腰也没有鞠躬，固执地保持着昂首挺立的姿态。

第 19 章

向北再向西

活动地点是岳校长所在的学校安排的。靠近黑板的半截教室腾空了，摆了一圈椅子。

一向退居人后的安疆先开了口：“对不起大家，我心里实在憋得慌，就抢这个先了……”说到这里，老人不安地看着大家，好像在乞求原谅。

程远青说：“安疆，你不是抢先，是带了一个好头。你看，大家都特别注意地在听你讲呢！”

安疆充满感激地看着大家，说：“扫大家的兴了，上个星期，我觉着憋闷，就到医院里复查，结果有多处骨转移，还有胸水……已经到了晚期。医生让我住院，我没住，只把胸水抽了抽，喘气好点了。这些年，我一直在和癌症做着斗争，这不单是我自己的想法，更是政委的想法……”

会场冷寂。大家对安疆报以深深的同情，同时兔死狐悲。莫测的病魔，潜伏在幽暗的角落，不知在什么时候就会猛扑上来，咬得你鲜血淋漓。简单的问候和宽慰，都无济于事。重病人经过了那种潦草的关切之后，更觉得孤独。

安疆平素低调，但死亡的威胁可以大幅度地改变一个人。安疆说："我快死了，很想能在死之前，把心里话找个人说说。这些年，我最主要的事就是治病。这不是我要治病，是政委要让我治病。政委走了以后，我很想跟他一道走。后来，政委给大夫托梦，说他要我治病，我这才去做手术。我等着，结果等到了所长的老婆，说政委又给她托梦了，要我到这个小组来。这是政委的决定，政委的决定总是有理的……"

鹿路说："安疆，你张口闭口政委，政委到底是谁啊？"

老人说："政委就是政委啊！"

大家就面面相觑。程远青出马道："安疆，我知道你现在心里有好多话要说，你和政委的故事，能讲得详细些吗？"

程远青的话像一剂镇静剂，让安疆的情绪稳定下来，她又恢复了平时安静温顺的样子，说："讲讲我和政委吧。"

安疆原来不叫安疆，政委帮安疆改掉了以前的名字。安疆父亲做过旧时代的官吏，安疆出生之后，父亲再也不回家，在外娶了一个又一个小老婆，不给她和母亲一分钱。母亲为了安疆能有一个官宦人家小姐的名分，一直要装得好像父亲无处不在。抗战胜利之后，父亲是伪官吏在外地被镇压，姨太太作鸟兽散，母亲成了货真价实的反动遗属。奇怪的是，母亲对命运并无怨言，当她背上插着"××× 的妖婆"被游街示众的时候，甚至还有某种程度的宽慰。别人都不懂母亲的心，但小小的安疆懂。母亲终于名正言顺地和父亲的名字站在了一起，母亲感谢抗战胜利。即使她最后贫困交加而死，也不怨恨父亲。安疆流浪到省城，找到一位远房表姐。表姐把安疆当成使唤丫头，安疆也秉承了母亲的无怨无悔。表姐家有满满几大橱柜书籍，表姐让安疆干很多活，但表姐不干涉安疆晚上读书。安疆原本只读了小学，书充填了她的头脑。后来省城解放了，安疆在早市买菜的时候，听说边疆部队到江南招女兵，要求有初中文化的未婚女子，出身不限。安疆掐着一捆油菜对表姐说，我要当兵。表姐不希望免费保姆远走高飞，表姐说，以你这样的出身，还想当兵啊？安疆说，人家说了，出身不限。表姐说，还有这事？做梦吧。表姐嘴上这样说着，心里还是嘀咕，找到了招兵的单位，问了个清楚。表姐世故，听了官方的介绍之外，又到市井中做了调查，在此基础上，又充分地发挥了想象。这一切完成之后，表姐对刚刚解下围裙的安疆说，安疆（那个时候她还不叫安疆，但安疆不肯讲她当年的名字，只能这样称呼了），你知道那些人把女兵招去干什么？安疆说，我打听了，说是当文化教员或是接线员，如果看你有前途，也许就让你当医生。表姐说，想得美！我打探清楚了，招女学生去，是为了给红军当老婆！

那时候，共产党的军队已经不叫红军了，可是表姐坚持叫红军。安疆大惊，她不想给什么人当老婆。如果不当兵，情愿一辈子在表姐家当保姆，守着书橱过一生。为了避免母亲的命运，她决意不嫁人。安疆连连摇头说，不会的！

表姐冷笑道，这你就不懂了。红军骑马挎枪打天下，现在还打着光棍，得给红军找个家乡的小媳妇。你就谢谢表姐吧，要不是我，谁能把其中蹊跷闹明白！

表姐以为安疆的当兵热情灰飞烟灭，其实安疆是表面安静骨子里非常执着的人。安疆第二天找到了招兵小组，安疆问，我想当兵，你们要不要？招兵人说，我们不要。安疆说，为什么？我是女学生。我会写字，不信，我写给你们看。我还会加减乘除，不信，我算给你们看。招兵小组很和气地说，不是为了别的，只是你太小了。安疆一下子就想到了表姐的话，安疆脱口而出说，人家说，你们来招人是为了给红军当老婆。招兵的人紧张起来，说，这是谁说的？安疆说，满街筒子的人都在说。招兵人说，这是破坏革命的行为。

那时候，革命至高无上，破坏革命，这还了得！安疆吓得嘴巴如同抹了胶，再也不敢说什么，倒是征兵人看着于心不忍，说，小同志，你不要轻信谣言，我们是革命的部队，不是军阀的部队，怎么会有那样的做法？安疆说，我相信你们，我愿意跟你们走，我要当兵。招兵人和颜悦色地说，小妹妹，你的个子太矮了，年龄也太小了，等你长几年，再到革命部队锻炼吧，革命的大门永远是敞开的。说完，招兵人就转身同人高马大的妹子们谈招兵的事了。

安疆知道了革命部队不是来招老婆的，这很合她的心意。她太矮了，年纪太小了，想不出办法让自己在几天内长高、变大，安疆不知所措。表姐是一只蛰伏的蜘蛛，任何风吹草动都会牵引她爬出来查看猎物，她看出安疆神色有异，追问不止。安疆就把一切同表姐讲了。

表姐知道安疆去意已定。表姐原来想的是如何留住安疆，一旦发现留不住了，就想着如何让安疆走好。安疆走到哪里对自家更有好处呢？如果安疆真的成了革命军人，如果真的嫁了革命老干部，安疆就是一把红伞，能罩住自己全家。如果把安疆强留在自家，短时间内留得住，长了也留不住。一筐水果，当然要在价钱最高的时候抛出，过了时辰，就成了甩货。

表姐对安疆说，你愿意当兵吗？安疆说，我想当护士。安疆不好意思说自己的理想是当个大夫，怕表姐笑话。安疆以为护士是大夫的小苗。

表姐没工夫细细体察安疆的心事，表姐说，就是给人当老婆也乐意吗？表姐要砸牢靠，要是安疆不乐意，以后就是当了官太太，也不会照料自家。安疆反驳说，人家不是招老婆的，你这样说，就是破坏革命。

表姐吓了一跳，心想这还没当上官太太呢，怎么就这么护着军队呢？表姐说，好了，好了，表姐觉悟低，以后还要靠你多帮助。

安疆对表姐的态度变化有些吃惊。表姐对她一向颐指气使，今天怎么这样客气了？安疆立刻想到和招兵有关。原来当兵有这么大的魔力，安疆就更坚定了当兵的决心。

表姐叹了一口气说，安疆，我不拦你了。你在这世界上的亲人，表姐我要算唯一的。有几句话，不得不说。这第一件，你万不可说出真成分。

安疆不解道，招兵的说了，出身不限。

表姐说，是，他们说了出身不限。可这共产党是穷人的党，红军是穷人的军队，他们总会向着原来那一拨人。听我一句话，说你是我的亲妹妹，咱家是小职员。

安疆觉得多此一举，但她不愿忤逆了表姐。表姐看安疆点了头，接着说，出身改过来了，还有你的文化。人家点了名说要女学生，你行吗？安疆扭扭捏捏地说，表姐，我看了好多的书，我想语文是行的，算术不行。

表姐说，中学，算术就叫代数了。你不行，我也没办法，算术不是一天两天能补的，只有凭运气了。安疆说，我有什么运气呢？表姐说，你爹、你妈都撒手不管你的事了，你还有什么运气呢？碰到我，就是你的运气，你吃在我这儿，穿在我这儿，还在我这儿上了不花钱的学。有一天时来运转，可不要忘了表姐！

安疆虽说不喜欢表姐的为人，听她这样一说，想到身世飘零，世界之大，只有表姐家的房檐为自己遮风挡雨，说，表姐，一辈子我都忘不了你！

表姐得了明确的承诺，开始认真为安疆谋划。招兵期限是一个月，如今过了多半，依安疆心愿，恨不能马上到招兵处应募。表姐说，急什么？你在家老老实实地做饭洗衣，这件事有我呢。你万不可自己去。

安疆不得不承认，已经闯过招兵处了。表姐把两道蛾眉拧成了毛毛虫，说，你见的那个征兵人，什么模样？安疆说，头顶有点秃，胡子有点大。表姐说，好吧。这次，我让你去你才能去。

表姐麻将也不打了，早出晚归，谁也不知道她干什么。几天之后，她说，你把这些题背下来。安疆一看，都是些革命的术语。表姐说，这就是他们的考题。你要是答不出，别说当兵了，就是给革命扫地革命都不要你。

表姐又拿出数学题，说是会让你当场演算。

题目都是表姐尾随着那些考过打道回府的学生讨来的。

花了我不少钱呢！表姐说。表姐说的不是实话，她只花了很少的钱，大多数人都是无偿地告知表姐的。

安疆开始了疯狂的背诵。征兵只剩最后两天了。表姐对安疆说，下午送你去当红军。安疆惊讶了，为什么是下午？上午不更好？表姐说，下午好，下午头顶秃了一半的人不在。表姐说完，拿出一套姜黄色丝绸旗袍，对安疆说，穿上。旗袍抖擞着光芒，让安疆觉得是一条有鳞的金鱼。表姐拉过安疆的手说，你还愣着干什么？这是我从旧衣店特地为你买的！安疆穿上旗袍，被表姐拉到镜子前，年久的镜子脱了水银，安疆看到自己影影绰绰好像年画上的女人。表姐说，嗨！人要衣装马要鞍，现在谁还敢说你小呢！安疆从惊讶中醒过神来，这才发现旗袍的神奇之处——腰卡得极细，犹如一只螳螂，但是在旗袍的胸部装了特殊的衬垫，在安疆平坦的胸壁造出了两座山峰。安疆几乎不敢正视镜中的这个女人，那不是她，是一个妖精。怎么样怎么样……表姐不住地重复着这句话，欣赏山河再造的本领。安疆规规矩矩地站着，一动不动。如果她贸然行走，会摔一个大马趴，把旗袍从开衩撕到胳肢窝。

表姐一不做，二不休，拿出一双高底儿木屐。安疆颤巍巍踩上去后，如同站在两只小板凳上。一个钟头内，你想当红军，就穿着它们好好走。不想当红军了，就到厨房择菜去。表姐说完就去算她的麻将账。

安疆像踩高跷一样地走着。每当走到镜子旁边的时候，她就不由自主地侧过身去，看镜子里那个成熟的女人。她不认识她，可她热爱她，指望她。镜里女人长身玉立、胸脯高挺，弱不禁风又气焰嚣张。

一个钟头后，安疆走得很熟练了。表姐回来说，看不出，你还真是个小姐命。走吧，也许能当太太。

安疆不喜表姐的胡说八道，但又不敢得罪表姐。表姐拿出自己的脂粉，为安疆做了一番拾掇。当表姐牵着安疆走出巷子，幸好没有遇到人。要是有人看到了，会吓得不轻。

招兵的地方，是一所旧式庭院，安疆一扭一拐走到那里，脚脖子都拧酸了。半路上，表姐看她走得辛苦，想要一辆黄包车。表姐不想让她侍弄的庄稼还没挥镰，就被风雨毁得惨不忍睹。但一向温顺的安疆反驳道，要是红军看到我是坐黄包车来的，还会要我吗？表姐就和安疆一道走。安疆说，我一个人进去吗？表姐说，我又不当红军。安疆说，我有点怕。表姐说，你又不是没有进去过。上次不怕，这次熟门熟路的你反倒怕了？安疆说，上次随便来看看的。这次，打定了主意要当红军，怕他们不要。

西下的阳光如舞台上的追光，射到招兵人的房间里，地面像铺了金砖。身穿姜黄色旗袍的安疆袅袅婷婷地扭进来。单薄，但有一种野菊花般的灿烂。招兵人眼前一亮。来应征的姑娘，以为人民军队崇尚朴素，往素淡打扮，全不知表姐给安疆选定的这套行头，令安疆有个良好开局。

秃头不在，征兵人是一位西北大汉。问安疆，你的名字？安疆答了。又问你的出身？安疆把表姐为她搞到的政府证明递了过去（不知表姐用了什么手段，把安疆定成了贫民出身），大汉看了很中意。

军大汉问了一些有关革命的认识，安疆很快回答了。军大汉当然能听出是依样画葫芦背的，但刚刚解放不久，能背到这个程度，亦属对革命有认识。军大汉又让安疆在纸上写一些字，这难不住她。

本来大汉想出几道数学难题，看看面前的秀丽女子内蕴如何，见安疆字迹娴熟，打消了再试的念头。毕竟是让他来招妙龄未婚女子，不是来招会计的。

面试进行到这会儿，基本上算是结束了。军大汉仿佛无意中问道，你对革命老干部是怎么看的？安疆愣了一下，在表姐为她准备的题目中，没有这道考题，一时有些慌乱。不过，她很快答道，我向他们学习。

安疆这样回答，并不是安疆的狡猾。安疆单纯，不知说什么好，就把自己心里冒出的第一句话说出来，没想到这就是这道题的标准答案。大汉装作无意问出的这道题，如果你回答得不妥帖，比如有的女生问道，你说的这老干部有多老啊？完了，无论这女子如何咬牙跺脚要当兵，招兵人也会把她的表格放入另册。

你可以回去了。军大汉很和气地说。安疆不知道这和气后面的意思是什么。共产党对老百姓说话都是很和气的。安疆就问军大汉说，我能当兵吗？军大汉说，过几天来看榜。

安疆很伤心，以为这是一句敷衍的话。军大汉没有让她做数学题，一定是觉得她不堪造就，根本没心思再考她了。安疆很灰心地走出招兵处的屋子。屋子建在高台之上，有长而陡的台阶，安疆用脚心吸住木屐，走得很小心。

迎面碰上那个秃了半截头发的军人，三阶一步如同猎豹向上蹿来。他戴着军帽，安疆看不到他的头顶。相逢的时候，他很着意地看了她一眼，安疆有些害怕，他似乎认出了她。安疆转念一想，反正也当不上兵了，认不认得出也无所谓了。

表姐着急地问，怎么样？安疆说，不知道。表姐说，那就好。安疆垂头丧气地说，有什么好？表姐说，他也没说你不行，是吧？这么多天，你以为我在这里玩吗？我是上等的探子。如果你不成，红军会考到一半就格外好脾气地对你说，小妹妹，你回家继续学习吧，建设祖国需要很多有文化的人。他对你说这话了吗？安疆说，没。表姐说，那就有希望。以前有很多对不起你的地方，你忘了吧，表姐不是故意的。你一定要把表姐为你做的这些好事记得，表姐是用了心的……安疆听着，一言不发。她被面试耗竭了精气神，剩下的力气只够吸住厚厚的木屐回家。

发榜那天，安疆不敢去看。表姐看完榜，对安疆说，你以后成了革命太太，不要忘了这是你的家！安疆一时间没听清这是什么意思，愣在那里。表姐说，快收拾东西吧，军令如山。明天就发军衣，后天就走了。

安疆傻站着，手上沾满了油菜根的黄泥。第二天早上穿什么衣服到招兵处，安疆和表姐好一番争执。安疆再也不肯穿如同舞女的旗袍和高高的木屐，要穿自己的月白裤褂。表姐说，你以为板上钉钉了？你连他们的一根绿布丝还没穿上呢！为什么能收你当兵，这套衣服立了大功！你要是不穿，等着吧，怎么去的就怎么回来！

安疆不敢犟嘴，只好穿上旗袍。

招兵处热闹非凡，佳丽云集蔚为壮观。妙龄女子凑在一起的景象，令人感动。她们那么年轻，蒸发着如麝似兰的气息。表姐牵着安疆，走到报到的地方。我叫安疆。安疆怯生生地报出自己的名字，秃发军人比对花名册发放军装，他抬头仔细打量，安疆觉得他认出了自己。秃发军人深不见底的目光，好似一把尺子，横竖比量着安疆。

安疆困窘地站着，不知所措。秃发军人说，小妹妹，我看你穿 2 号的军装正好，声音很温和。表姐说，2 号是多少号啊？秃发军人说，2 号就是 2 号，是部队的服装编号。每人先发一套，以后还会发更多的衣服。表姐说，一共有几个号啊？秃发军人说，有 5 个号。表姐说，哪个大哪个小啊？安疆有点不好意思了，问这么细干什么？后面还有好多人等着领衣服呢！秃发军人和蔼地说，1 号最大，5 号最小。安疆以为表姐这次该满足了，没想到表姐又问，被子分号吗？如果分，我们不要 2 号，要 1 号的被子。安疆抻抻表姐的衣襟，表姐不管安疆的示意，瞪着眼，要求一个回答。秃发军人笑了，说，被子是不分号的，一样大。

安疆领了军装，对表姐说，回去吧。她有些伤感，表姐是她唯一的亲人。表姐说，忙了这么久，今天倒是最不忙的。我总要看看你穿上军装的样子。再说，你换下的这套衣服，我还要拿到旧货行，赔上几个钱，还能退回去呢！

更衣室里，到处都是女孩子，半遮半掩地换衣服，后来的只好站在地当央。光滑的脊背和臂腿抖动着，如同挖出一池塘七仰八叉的莲藕。大胆的女孩，穿一条花内裤，跑跑颠颠展示着自己。随着一件件自带衣物脱下，草绿军装包裹了女孩们年轻的身体。

军装是一种很抬举人的服饰，尽管它粗糙和千篇一律。妙龄女郎套上军装，就形成了巨大的反差。婀娜和威武融合在一起，让人遐想。只有安疆惨。脱掉姜黄色的旗袍和厚底的木屐，她原形毕露。2 号军装的下摆几乎到了膝盖，她细长的脖颈在环状的领子里孑然而立。裤腿拖地，罩在新发的胶鞋外面，鼓胀如象腿。安疆知道表姐还在外面焦急地等着，要把旗袍带走，可她无法出去。磨蹭到最后，蹲下来，把裤腿挽了一道又一道，踝上好像套着两个绿色的藤圈，这才勉强走出来。

安疆踮起脚看到表姐，把衣服团往表姐怀里一塞，说，我要站队去了。表姐在她身后不住地说，我是你的亲人……

安疆穿着邋邋遢遢的大裤子挤到队伍中时，被秃发军人一眼捕到。记忆中根本不曾收过这样的残次品。只是现在人太多了，围观者成分复杂，暂且按下。

女兵们挤得铁紧，好像稍有懈怠，就会被重新打回老百姓行列。晚到的安疆就成了局外人，无论她想从谁的身边插进队伍，相邻的两个人就把身体粘在一起，将她排斥在外。安疆就只有站在最后一排队伍的最侧面了。

秃发军人拢好队形，说，换了衣服，你们就成了半个兵了。为什么说你们是半个兵呢？老百姓见了你们，会说，这是个当兵的。可你们内里还不是兵，兵不是换一套衣服就能当上的。从现在开始，你们要慢慢地成长为真正的战士。同志们，有没有决心？

女兵们回答，有！声音尖细，但是不齐。围观的人就笑，通常听到军人的喊声都是气壮山河的。秃发军人转过身，笑眯眯地说，乡亲们，从现在开始，我们就进入正式的军事训练了。请大家回吧。今天，人民军队从你们手里接走这些女娃，将来再回来的时候，她们就是顶呱呱的钢铁战士了！说完，他很有力度地挥挥手，可以说是坚定的承诺，也可以说是不容置疑的驱赶……

安疆听得入神，觉得字字都是新大门的钥匙，单从门缝里透出的这点金光已让她眼花缭乱。解散后，秃发军人走过来说，叫什么名字？

安疆回答了自己的名字。秃发军人在花名册上见到过这个名字，可他不记得这个人。必是经他人之手选定的兵。秃发军人说，你跟我来一下。到了征兵的屋子，军大汉在那里。秃发军人说，队长，你把安疆的征兵表，拿出来我看一下。

军大汉把征兵表找出来，递给秃发军人。政委，给您。军大汉说。

安疆知道了秃发军人叫政委。

政委拿起安疆的表格，只看了一眼，就放下了。那时的表格十分简单，再说政委天天看表格，政委对表格如同对指纹一般熟悉。政委对军大汉说，是你征的兵。

我？正在一旁忙着的军大汉停了手，说，我没收她。他说这话的时候，甚至都没再用余光扫一眼。安疆几乎想说就是你，但安疆没说。安疆觉得不能恩将仇报。

政委笑着说，你的字。军大汉就拿过表，考古似的看，然后说，怪了，还真是我。他拼命回忆。好军人有优异记忆，他看看安疆说，你……你是不是穿了一身黄旗袍？安疆战战兢兢地回答，是……

军大汉的气就不打一处来，说，政委，这可怪不得我。那天她起码比今天高出两寸，身板也厚实得多。谁知她在里头都装了点啥？我早就说不合适干这活，非派我来。看看，出娄子了吧。以后，干脆派女的来，里里外外察看。咱隔山买牛，还能不走眼？！

军大汉说到这里，回头看看安疆，没好气地说，这妮子，别掺假啊，闹得我也受挂累。

安疆低着头，管你说什么，既然来了，就不走了。

政委说，小妹妹，不管是谁的过，你不符合当兵的条件。你太小了，吃不了那个苦。已经发你的军装，我们不要了，送你做个纪念。政委说到这里，就把桌上安疆的那张表格对折了起来，安疆很清楚，要不是看着她在场，政委会把那张表格撕碎。

安疆说，政委，赶我走？

政委说，不是赶你，是你不符合当兵的条件。

安疆说，那样，我就死在征兵的院子外面。

安疆说这话的时候，并不咬牙切齿，而是平平淡淡。正因为平平淡淡，政委不敢等闲。政委说，一个革命军人，除了上战场，不能随便说死。

安疆平日木讷，此刻话茬接得很快，说，我要是革命军人，我就不死。我要是老百姓，我就死。安疆用下巴颏点点窗外的女兵，说，她们做得到的，我都做得到。

政委若有所思道，她们做得到的，你都做得到？怕未必呀。

安疆不服气地说，革命部队是要搬山还是要填河？是要上天屠龙还是下海捉鳖？只要别人做得到，我也一定做得到。

在一旁久未搭茬儿的军大汉不耐烦地说，搬山填河哪用得着女人？老爷们干什么？叫你走你就快走，你要再赖下去，我就叫地方政府来领你。

安疆破釜沉舟地说，你们走到哪儿，我就跟到哪儿，我本来就是你们征来的兵，你们撵不走我。

政委对军大汉说，请神容易送神难。想她一个小姑娘家，街坊四邻都知道她来当兵了，现在又灰溜溜地回去了，叫她如何做人？部队第一次在这里征兵，要注意影响。一个人事小，破坏了部队声誉你我担当不起。她刚才以死示威，我们不可全信也不可不信。若是你我大队人马前脚走了，后脚就出了命案，你觉得利弊如何？

政委说这些话的时候，安疆就在一旁。安疆纵是不想听，也声声句句落在耳朵眼里。安疆觉得自己如同没有性命的死物，被人议论。

军大汉听了政委的话，实不甘心。可是政委的军阶高，讲得入情入理。军大汉恨恨地说，按您说的办吧。我现在只想早早回到部队，骑上菊花青在草原上撒欢！

安疆留在了军队。第二天，女兵们离开城市，开到附近乡村。她们将进行短暂集训，然后远行。安疆恢复了安静的天性，所有的公差勤务她都抢先。内心里，她知道自己这个兵当得实在不易，以死要挟才留了下来。若有任何一点落在人后，就随时有向后转的可能。她抽空把军裤窝了边，看起来已不像最初那样邋遢。她把军装胸前的口袋塞满东西，甚至填过树叶，给单薄的身板增加厚度。

女兵们情绪并不太好。抱怨被子太薄，水土不服拉稀跑肚，驻地的女厕所太少解手要排队，营地里没有绳子，内衣裤无处晾晒，经常吃面食腰杆子泛酸……要是依队长的脾气，半夜拉出去急行军，多搞几次紧急集合什么毛病都没有了。政委连连说，你以为她们是谁？是骑兵团还是炮兵旅？同志，要不要我提醒你，她们是革命的宝贝！

队长只好忍气吞声地为宝贝们服务，当然，只要一有机会，比如进行新兵训练，队长就要不失时机地把宝贝们纳入真正的革命军人序列。让她们跨正步，让她们匍匐前进，把她们仅有的一套军装搞得奇脏无比。大家要求赶快再发一套军装，这次，安疆要了一套最小号的，才比较合身。

短训以后，女兵们乘坐军列，奔赴大西北。安疆头一次听说军列的时候，很兴奋。想象中，那是如同鲲鹏一般风驰电掣的怪兽。到了军列上一看，闷罐子车皮里潮湿阴暗，充满了尿臊气，好像养过一群发情的毛驴。地上有暗褐色的稻草，本意也许为防寒，其实反成了寒冷的象征。

我们就一直坐着这车到部队吗？女兵们很有些惊恐地问。

想得美！能一直坐着这样的车，就离共产主义不远了。不要问那么多，打听得太详细，就是刺探军事情报。队长说。

安疆把被子在稻草上铺开，冷和脏，都安然接受。训练步入正轨，她吃苦耐劳、乐于助人，在容貌和身材上的缺憾，渐渐被忽略。她要证明给队长和政委看，自己是个好兵。

军列很沉得住气，一动不动在一个小站上待了整整一天。女兵们很快就闻不到车内的臊气了。天昏地暗之时，军列突然开动，猛烈的惯性让女孩子们东倒西歪，之后一片欢叫。

列车先是向北，然后向西。军列的速度很不稳定，有时快得不可思议，有时一停就是半天。吃饭也很没规律，到了兵站，从狭小的车门送上几筐馒头，大家狼吞虎咽，再没了往日的淑女风度。菜是大青萝卜，咸得人恨不得呕血。白天还比较容易度过，在某个小站上停留的时候，可以下车洗洗脸，走动一下，土地已由略带红色的南方土壤变成苍黄一片。晚上是漫长和枯寂的，女兵们躺在地上，小声谈论童年的往事。挨着安疆旁边的是个名叫应眉的女孩，长得非常漂亮。即使在黑暗中，安疆也能看到她长长的睫毛和漆黑的眸子。

应眉读过真正的高中，是女兵中的高级知识分子。应眉很喜欢这个手脚勤快的小妹妹，每逢到了小站抢刷牙水的时候，温良的应眉总是无可奈何地站在蜂拥的人群外面，一脸苦笑。安疆一人拿着两个茶缸，如同抡着两板斧，冲着进去，挤着出来，从此应眉不但能刷上牙，而且还能用安疆节约下的半杯水，在如花的容颜上洒几点露珠。每天除了政治学习和集体活动以外，应眉常和安疆坐在铺位上聊天。

夜深了。应眉附在安疆的耳边说，你知道目的地是哪里吗？

安疆也用极小的声音说，不知道。火车停了就知道了。

应眉说，火车停了，还要坐汽车。

安疆吃了一惊，说你怎么知道的？

应眉说，我是偶尔听队长和班长聊天的时候说的。

安疆说，真希望到了地方之后，咱俩能分到一起。比如我当话务员，你也当。我当护士，你也当。对了，你的学问比我大，你应该当医生的……

正说到这里，班长大声斥责道，谁个不睡说个没完？闭嘴！

安疆和应眉就把头埋进被子里，假装睡得很熟，但马上又把头钻了出来。褥草的味道实在难闻。

终于，到了。当女孩子们的双脚重新站在土地上，确知自己从闷罐子里彻底解放的时候，禁不住热泪盈眶。那种有节奏的摇晃感在三天后还死死地攫住她们。

安疆听不懂周围人的语言，这里是铁路的尽头，距家乡已有几千里。稍事休整之后，女兵们又继续向西。这次，改乘大卡车。在战争中缴获的美制卡车，性能还不错。安疆和应眉幸运地分在一辆车上，并排坐在自己的背包上，那是她们温柔的座椅。几乎没有路，或者说地上原来是有路的，被连年的战火和无数兵马碾过，也就没有了路。每天早上在兵站吃一顿饱饭之后，就上路了。女兵们紧紧挤在一起，如果从天上俯瞰这支队伍，完全分辨不出这些军人的性别。她们戴着严严实实的军帽，头发塞进帽子，脸上敷着厚厚的黄土，牙缝里都填满沙子。

有人在半夜哭泣，安疆一声不吭。艰苦已经大大超出了她的想象，自由和平等的快乐充满胸膛。在路上颠簸了一个月，到了最终目的地。大漠蓝天，雪峰壁立，军人在这里平息叛乱，屯垦戍边。安疆惊奇地发现，这里的杨树要比内地高大，这里的柳叶要比家乡肥厚。连空气都陌生了。家乡空气糯软，是向下滑溜和圆润的，这里的空气粗糙，是向上飞扬和带有毛刺的，经过喉咙时会刮破嗓子。

原以为到达目的地，会有强训练，没想到先改善生活，后理论学习。经过旅途劳顿萎靡多时的女兵，如同蔫菜泡在清泉中。特别是应眉，蒙尘的细瓶器洗去烟尘，焕然一新美艳照人。

把女兵们成功从家乡带到部队，干部们以为自己可以打道回府了。上级领导说，你还要在这个岗位上继续工作，只有你们最熟悉这些女兵。政委知道接下来的任务十分艰巨，还是服从了。队长梗着脖子说，给我个处分吧！我背着处分走。上级考虑了队长的以往战绩，破天荒同意了他抗旨不遵，让他回战斗部队了。

临走的时候，队长说，老伙计，我跳出苦海了。听我一句话，拼着直落三级，也要离开这是非之地。

政委安静地回答，你喝多了，回去休息吧。

政委担起双重担子，第一件事是给上级领导打报告，要求特批一批大米。吃米饭的日子，柔弱的女兵好似女匪。吃饱之后，下田种菜。

在劳动和学习革命知识之外，是唱歌跳舞。大家手拉手围成内外两个圈，随着乐曲反向跑动，圈子旋转不停……乐曲突然停止，大家原地停住，两圈人结成一对对舞伴，翩翩起舞。

乐曲激烈火爆，节奏快如旋风，再温良的人，也只好随着队伍狂奔。高速运动，对青春勃发的女子有明显的煽动作用。只要跑上这么一阵，什么羞涩啊，拘谨啊，都烟消云散，嘻嘻哈哈你拥我抱，彼此在身体的撞击中感受蓬勃的生命力。

安疆腿脚灵活，舞却跳得不好，乐感不灵，跑起来跌跌撞撞。安疆用功，没事就练。

队里要和友邻部队组织舞会，大家喜气洋洋，提前把军装洗了，在枕头下压出两道裤缝。讲究的还用军用水壶灌上热水，把衣领烫得熨帖些。联欢的日子到了，女兵们早早吃了晚饭，把操场泼上薄薄一层水，待水汽浸入地下，平整洁净如金黄的地板。

女兵们双手扶膝，端坐在小板凳上，等着天色渐黑。

友邻部队来了。一队人马，岁数都不小了，脸上神气惊人相似，不怒自威。左右都是矫健的小伙子，那是警卫员。

面容沧桑的首长在里面围个小圈子，兴致挺高。政委组织相应数目的女兵，围成外围。乐曲响起，两个圈子奔跑起来，像正在磨合的齿轮。乐曲停下之后，里圈的首长和外圈的女兵正好结成一个个对子，跳起舞来。首长们的舞姿悬殊，有的真像那么一回事，有的简直是齐步加正步。好在女兵们经过学习，知道首长们出生入死，舞跳得不好，也是最可爱的人。玲珑小脚被踩得肿了起来，脸上依旧微笑盈盈。

剩下的女兵唱歌鼓掌，安疆就属这一拨。看到应眉被一个高大的军人揽住走动，像押一个俘虏。

音乐终了，政委宣布队伍解散，稍事休息。首长们被各自的警卫员包绕着，喝水或是抽烟。跳了一曲的女兵们，脸色红红，兴奋中夹杂娇羞。应眉大口喘气，好像刚刚在深水扎了猛子。安疆说，你被一个大高个儿搂得太紧……应眉说，那是副军长。安疆说，真的吗？应眉说，他亲口说的。安疆说，我没看到他和你说话啊？应眉说，死丫头，你盯着我们？安疆委屈地说，怎么是“我们”？我没盯他，我盯着你呀。

话还没说完，政委集结新的队伍。这一次，凡是上次跳过舞的女兵不再入选，换上一批新人。安疆再一次坐冷板凳，呆呆看别人起舞。好在这一次有应眉陪伴，可以把悄悄话说下去。

没有电，只有几盏大瓦斯灯照明，但每个年轻姑娘的脸，都是极好的反光镜。灯光打到她们脸上，她们就用十倍的亮泽把灯光反射回去，边疆漆黑的夜空中，有了来自大地的点点光斑，如同无数星辰坠落旷野。

安疆问应眉，今儿晚上这是怎么回事啊？那些人来干什么？

应眉说，你不知道我也不知道。

安疆说，我以为你会知道的。

应眉说，凭什么呀，你这么想？

安疆说，就凭你比我们读的书都多呀。

应眉沉吟着说，书上没讲过这个。

舞场经踩踏踢搓，地面水分已蒸发殆尽，每一步跑动，都搅起沙烟。

副军长下场，找到政委说，这拨不是刚才那拨女娃了。

政委说，换了一部分人。

副军长说，换回来。

政委一下子没听明白，反问道，把什么换回来？

副军长很简短地说，女娃。

政委在舞曲半截叫停，让第一次组队的女兵们再次上场。应眉走了，安疆第三次留在场外。

到了互相找舞伴的时刻，安疆看到副军长推开了正好跑到他跟前的女兵，四处张望。安疆再愚钝，此刻也猜到了副军长在寻找什么。安疆简化了对他的称呼，下意识地想到以后可能会常常提起他。副军长用侦察过无数敌情的目光飞快扫描，走到正和另一位首长跳舞的应眉面前。那位首长看到副军长之后，就把扶着应眉腰肢的手松开，举到右眉梢，行了一个军礼。他可能是师长吧？安疆想。师长离开了，寂寞地走到一旁，点燃了烟。副军长和应眉跳起舞来，旋转着，从舞场中心向边缘漂移，很快安疆就看不到他们了。

安疆终于意识到了自己永远的劣势。她不漂亮，没有高挑的身材，平凡甚至是丑陋的。

舞会后，应眉总是很忙，或者说，应眉不忙，可总是处在待命状态。副军长有空，会派警卫员和雪白的战马，来接应眉。应眉不能和大家一道去菜地劳动，她不能满面尘土一身粪肥气味去见副军长。应眉也不能和大家一道吃饭，副军长只有在吃饭的时间才有闲暇，他很愿意请应眉吃饭，让炊事员炒应眉最爱吃的豆豉腊肉。副军长一定要应眉吃很多，如果应眉吃得不够多，副军长就不高兴。应眉饭量小，如果在女兵训练队吃饱了，到了副军长那里，就吃不下多少饭了。

没有人来接安疆谈心。安疆很自卑，觉得那些被请去谈心的人，比自己要革命得多。后来，舞会也很少开了，大多数女兵都被人接去谈心了。

安疆和应眉的谈话，也越来越隔膜了。应眉和副军长谈话的时间，要比和安疆谈话的时间多多了。应眉说，安疆，我把你的事跟他讲了。

安疆装作不懂，说，他是谁？

应眉说，你知道你还问。咱们俩好不容易才找到一个说话的机会，你要是这样，我就不和你说了。

安疆慌了，说，我有什么事？我怎么自己都不知道？

应眉说，我知道你的心。咱们坐过一个闷罐火车，又坐过一个汽车大厢顶。我不愿自己走了，留你在这里……

安疆抓住应眉的手心说，你要到哪里去？我不让你去！

应眉说，我就要到副军长那里去了。我走这条路，你也要走这条路。我已和副军长说了，叫他找一个好军人，职务高一些……

安疆到了这时，才明白了谈心的核心内容。她原本抓着应眉的手指，这会儿握住了应眉的手腕，说，应眉，你不是还要做医生吗？你怎么还没看过一个病人，就先成了人家的老婆！应眉，你别骑他的白马，你别吃他的豆豉腊肉……

应眉说，安疆，我一直把你当成小妹妹，现在才知道你该是我的姐姐。

应眉是队里第一个出嫁的女兵，副军长派人把应眉和她简单的行李一起拉走。应眉泪水涟涟，说训练队就是她的娘家。班长提出是不是给应眉开个欢送会，政委说不必。班长说，大家在一起这么长时间，还是很有感情的。再说，应眉嫁给了副军长，这是队里的光荣，又不是嫁给了国民党。队里不开，班里也要开。

政委严肃地说，队里坚决不开，班里也不能开。这是纪律。

班长不服地说，关心爱护革命同志，还有错吗？我不懂。

政委并不说明理由，神情坚定。他半秃的头顶几乎全秃了，面色晦暗、胡子茂盛，好像打更的老人。

安疆没有送应眉任何结婚的礼物，一是女兵几乎没有属于自己的私产，物品全是发的，凡是安疆有的，应眉都有。二是安疆可惜应眉，还什么都没有学，什么都没有干呢！安疆故意躲着应眉，让应眉找不到和她告别的机会。等到应眉惆怅地走了，夜里安疆大哭一场。安疆在被子里面哭，眼泪把被头浸湿透了，她感觉很渴，从通铺上悄悄坐起，走出宿舍门，想到炊事班找点水喝，走到空旷的院子里，也许夜色清凉，安疆突然不那么急切地想喝水了，在院子里一个人走来走去。

午夜的戈壁风，以它不变的刚硬，戳着安疆的皮肤，刺入她的骨骼。安疆感到从未有过的孤独。她听到了很轻很轻的脚步声，走到她身边，吹气如兰。她想这是应眉，应眉从副军长身边跑回来了，看望自己的老朋友，找回自己的医生梦。

她猛回头，看到了政委。

政委说，安疆，你为什么不睡？

安疆很失望。她不想碰到任何人，但她碰到了她最不希望碰到的人。尤其令安疆奇怪的是，政委为什么会吹气如兰？后来她知道了，政委正用一种名叫“留兰香”的牙膏刷着牙，看到一个身影在院中彷徨，顾不得吐出牙膏沫，白着嘴唇过来了。

安疆说，我要喝水。

政委说，你在这里站半天了，并没有喝水。

安疆说，又不渴了。

政委说，回去睡吧。

安疆说，我睡不着。

政委说，和应眉有关吧？

安疆不搭话，几乎要哭出来。

政委说，这才刚刚开始。

安疆听不懂，说，什么刚刚开始？

政委说，分别。

安疆说，谁和谁分？

政委叹了一口气说，所有的人。

安疆说，我要当护士，当得上吗？

政委说，那是以后的事。现在去喝水，然后睡觉。

政委保留着各种各样的纸笺，那是首长们要在何时何地见到某女兵的便条。有些写在正规信笺上，更多的是写在日历甚至香烟纸反面，政委一律妥为保存。

劳动的担子越来越重。庄稼、菜苗一起种下，你不能让田地荒芜。留下来的女兵本来就不漂亮，繁重的劳动更让她们黧黑而瘦削。

有一些女兵坚决不从，通常是她们遭遇的首长太年迈，或是丑陋粗鲁。女兵们会哭哭啼啼，严重的甚至寻死觅活。政委出面，首先和首长沟通，政委会说，首长，还有很多很好的女孩子，您要不要再参加一次舞会？……通常被拒绝的首长条件不是很好，女兵伤了他的自尊心，不接受换人的建议。组织要求政委这边做工作。政委说，他可以服从，但不能催。附带条件是在他的工作没有做通之前，请首长不要再来训练队。如果不能依他，就请组织另派高人。组织当然知道，在军区所属范畴之内，再找这样一个政策水平高，谙熟女兵心思的干部，难于上青天。

政委受命回到训练队，基本上不理睬那个拒绝首长的女兵。政委会指派那个女兵的所在班，承受非常艰苦的体力劳动。连续半月之后，那女兵面容粗糙、体力衰减。政委按兵不动，让该班放假。女兵们洗洗涮涮，在安睡和洁净之后，顾影自怜，感到年轻生命的躁动。休息之后，政委会安排该班重新开始劳动，但让那个拒绝了首长的女兵继续休息。那个寂寞的女孩子，只有成天躺着睡觉，或是无聊地在院子里游荡。别的女兵都因繁重的劳动累得意兴阑珊，无人陪她聊天。只有这时，政委才会把那女兵找到自己的办公室，隔着简陋的桌子和她谈话。

政委说，最近过得怎么样？

女兵说，还好吧。

政委会很直接地问道，累得够呛，想家，对吧？

女兵低头不语，那神情分明在说——对。

政委接着说，你知道我找你来是干什么吗？

女兵说，不知道。

政委说，你拒绝了首长，首长找到了组织，组织找到了我。就是这么回事。

女兵小声说，我是来革命的，不是来嫁人的。

政委说，是呀。你是我接的兵，我知道你革命意志坚决。可是，革命是什么，革命就是由一个一个人组成的。首长就是非常具体的革命的一部分。你不能口头上说热爱革命，可却不能报以实际行动。你就是一个口头革命派，一个假革命派。

女兵很害怕，不知道不想嫁一个老头，怎么就成了革命的敌人。她急急分辩道，我不是不爱革命，我只是不喜欢他。

政委和颜悦色地说，不喜欢他哪一条？

女兵沉吟一下，说，不喜欢他抽旱烟。

政委说，等革命大功告成之后，他就会抽纸烟。谁不知道纸烟比旱烟好哇。

女兵说，我想找个不抽烟的男人。

政委说，不抽烟的男人世上有没有呢？有。可有出息的男人差不多都是抽烟的。

女兵又说，他还不爱洗衣服。

政委说，有了老婆之后，他就爱洗衣服了。

女兵又说，他没文化。

政委严肃起来，说，他没文化，这不假。可这不是他的错。最早的没文化，是地主资本家害的，他没钱学文化。后来的没文化，是为革命忙的，这是他的光荣。你有文化，可你不能因此看不起没文化的人。你刚刚参加革命，就看不起为了革命流过汗洒过血的人，对头吗？

女兵就低下了头。关于革命的道理，她说不过政委。女兵并不轻易改变自己的主张，她说，不是主张婚姻自由吗？不喜欢他，为什么一定要我嫁？

政委不急也不恼说，对啊，对啊，婚姻自由，没有人逼你。你不干，这些天，首长并没有来找你。这就是尊重了你的意见。我和你谈，并不是要强迫你，你是我接来的兵，我见过你的家人，受过他们的嘱托。说句不好听的话，在某种程度上，我就是你的娘家人。男大当婚女大当嫁，你总不能一辈子不嫁人吧？

女兵说，我想再等几年。

政委说，你可以等，就在这戈壁滩上种菜种粮，几年后，革命的粮仓里有你打下的粮食，圈里有你养的肥猪，你就是革命的功臣了。

政委说得很平和，没有一点威胁的意思，可女兵想起了这些日子的辛劳，她下意识地抚摸着自己的手指肚，那里结满了茧子。政委说，几年以后，你还得嫁人。那时候，首长们都成了家，当然，你可以找不是首长的人，比如班长……

女兵抱住了自己的头。她知道政委说的句句都是实话。政委安静地等着，政委一点都不着急，政委知道若是在这样的谈话之后，女兵依旧不肯，那他只有收兵。女兵抬起头，政委看到了一张满是泪水的年轻的脸。那个女兵一字一顿地说，我要是就不嫁，我要是跑，我要是不当女兵了呢？

政委和颜悦色地说，你干吗咬牙切齿？一件好事，不要想歪了。

女兵说，我要是至死不嫁，你有什么办法呢？

政委说，我一点办法也没有。我只是想在你死之前，对你说，这不值得。你我所处的戈壁滩，根本就跑不出去。退一万步讲，你就是从戈壁滩跑出去了，你坐得上汽车吗？你坐得上火车吗？一个逃兵，什么证件也没有。就算你有天大的本事，两条腿走回了家乡，父老乡亲问你在部队混出了什么名堂，你怎么回答呢？你可以说，你不回家。可你不回家，你又到哪里去呢？共产党的天下，一个从革命队伍跑出去的人，有什么前景呢？

女兵被政委的苦口婆心感动，迟疑了半天，终于把秘密说出，我在家有一个恋人，他说好了要等我回去。

政委点点头，表示对此深深地理解。但政委毫不留情地说，我没有恋人，没有经验。我说的可能是外行话，供你参考。恋爱是两个人的事，不是一个人的事。你们虽然讲好了他等你，你到了这里，可曾收到过他的信？

女兵茫然摇头。

她不知道，她永远不会知道。女兵们收到的所有家信，都被政委检查过。如果他认为有女兵不宜接收的内容，他会存档。

政委说，好了，你可以回去了。跟你们班长说，明天你休息。

政委还对班长说，你要不停地注意她的情绪。她睡觉，你不能睡觉；她上厕所，你也要上厕所。不能出任何问题。

班长连连点头，知道其中的分量。女兵一夜酣睡之后，找到政委说，你跟首长讲吧，我愿意嫁他。日子由他定，越快越好。

政委点点头。政委的脸上既看不出欣喜，也看不出轻松。政委又在思谋新的工作了。

由于政委杰出的工作，训练队兵员迅速减少，再也没有举办舞会的任务了。队里好像被采摘过后的果园，树影稀疏。政委一如既往地照看女兵，无论出操的人如何零落，口令总是坚定嘹亮。训导总是切中要害，一丝不苟。

组织上征询政委的意见，剩余女兵如何安排。政委说，不妨挑选一些功勋卓著的战斗英雄来和女兵们联欢。

和战斗英雄的联欢，是女兵训练队最后的盛典。战斗英雄们对这次会面极为重视，穿着崭新的军装，胸前悬挂着熠熠生辉的奖章。联欢会基本程式同前，只是气氛更加亲切。女兵们满面红光，觉得和英雄在一起比和首长相处，更富传奇。联欢会结束之后，政委进入了繁忙工作。英雄比首长更直截了当，首长还会挑拣身材、长相、文化、脾性等，英雄们欣喜而务实。在首长那里受冷落的因素，在英雄这里反倒成了强项。

首长喜欢文化高的女兵，英雄们不在乎文化的高低，在某种程度上，更喜欢文化不高的女兵，自己文化欠缺的自卑心理得到了安慰。首长们喜欢身材苗条、面容白皙的女兵，英雄们更看重膀大腰圆、肤色黧黑，认为更能吃苦过日子。总之，标准的穿插，使政委的设想收到空前完满的效果。

英雄中有几位略有残疾，怕心高气傲的女兵们觉得把瘸子、拐子都找来了，是个冒犯。没想到，女兵们对有残疾的英雄们没有一丝嫌弃，婚姻很快就敲定了，女兵们勇往直前，为自己的献身而感动。

女兵训练队好似一个新娘训练队，政委对英雄们也很负责，热情绝不比为首长们服务时稍有减弱。由于他对英雄们的敬意，把工作做得更扎实细致。

政委把女兵们送上奔往远方的马车。天昏地暗的忙碌过后，政委打量着女兵训练队的营地。这里，房屋依旧，菜地依旧，操场依旧，甚至女兵们用来晾晒衣物的细绳也依旧，只是女兵们消失了。当政委想起她们的时候，浮动在脑海里的是“消失”这个词。没有一个女兵自杀或逃亡，具体数目上，所有的女兵都在。但是，政委清清楚楚地知道，那些满怀革命热情、单纯活泼的女兵永远地不存在了。有的成为首长的夫人，以后有不同凡响的命运。有的嫁给了战斗英雄，岁月将洗净光环，等待她们的是琐碎的劳作和奉献。政委浮想联翩，想象中，政委拍拍自己的肩膀，给了自己一个评价——你干得不错。

第20章

婚礼，还是军礼

政委在空荡荡的营区中惬意地走，菜畦角落里，看到一个小小身躯。

这是安疆。眼看着一个又一个女伴走了，安疆如化石般遗留在冷寂的营房。部队派来的班长们返回各单位了。连炊事班也已解散，只留下几名炊事员为留守人员开伙。

政委站在原地没有动，他把安疆忘了。政委很少忘记什么事，这一阵实在是太忙了。铁打的营盘流水的兵，该结束的都结束了，但还有一个人没结束。这就是安疆。

安疆是这批兵里条件最差的女孩子，她何去何从？

政委可以向上级打报告，要求能接纳女兵的单位，给一个名额，让安疆去报到。但一个女兵的去向，不是军机大事，没有人急如星火地办，谁知何日能批？训练队就要撤销，在编人员都将回原单位，安疆到哪里去呢？

政委对安疆说，大家都走了，你在想什么？

安疆像游魂似的重复了政委的话，大家都走了，你在想什么？

虽然是简单的重复，但在政委耳朵里听来，是嘲讽和诘问。政委说，我正在考虑你的去向。你不能怨别人。革命部队自由恋爱，我不能指挥首长，也不能指挥英雄。

安疆说，你能指挥我。

政委说，我马上连你也不能指挥了，建制即将撤销。我不再是你的政委，你也不再是我的士兵。

安疆说，是你把我从老家接出来的，你不能不管我了。

政委纠正她说，不是我把你接出来的。要是依我的意思，你就应该待在老家。随便找个什么事做做，找个什么人嫁了，平平安安过一辈子。

安疆眼泪流下来，说，政委，我要跟你走。

政委说，我要回战斗部队。

安疆说，那么多女兵也都去了战斗部队。

政委说，她们不是去杀敌，是做了首长夫人！

安疆小声嘟囔着，我也能做夫人哪。

政委思忖了片刻。他从未考虑过自己的终身大事，革命尚未成功，同志仍须努力。从女兵入伍的甄选，到耳鬓厮磨的集训，到为他人作嫁衣裳的操劳，政委两袖清风、纤尘不染。

政委不相信爱情，政委只相信革命。不过，政委很快地调整了自己的思维，形势走到了这一步，为了革命的利益，他需要做个决断。安疆没有安置好，他作为女兵训练队的队长兼政委，具有不可推卸的责任。他要给安疆一个去处。当然了，最主要的出发点是他不愿上级为一个孤独女兵花费脑筋，给组织添乱。政委通盘考虑之后，对安疆说，我对你有一个想法。

安疆泪眼婆娑，用力点头。

政委语调平淡地说，不知你想过没有，我也是首长，级别允许娶你的。

我要向上级打一个报告，批准了，我们就结婚。不是我近水楼台先得月，是你实在没有人要了。剩你一个人，别给组织上添乱。

政委本不想伤了安疆的心，可政委没办法。政委觉得实事求是，是对安疆的最好交代。

安疆默默地听着，蕴含已久的泪水一线落下。政委抹去她的泪水，说，你哭什么？你要是不愿意，我就不打这个报告了。

安疆就给政委敬了一个军礼。安疆的军礼极其标准，政委下意识地还了一个军礼。他们的恋爱就在这两个军礼的致敬过程中，从开端迅速深入。报告递上去了。在等待批复的日子里，政委恪守军纪，与安疆没有任何形式的亲昵。政委在没有得到组织认可之前，不会越雷池一步。安疆在那些日子里焦灼不安，她既怕组织上不批政委的报告，自己将流离失所（其实不至于），又怕一旦组织上批准了政委的报告，自己将如何面对政委。

日子缓缓过去，谁都看不出来政委与安疆之间有何异常。其实安疆躲着政委。装作什么事也不曾发生？安疆做不到。对政委格外亲近？安疆也做不到。双方都在想，此时走得太近乎了，一旦组织上不批准报告，可怎么办呢？政委远远走来，安疆就有意拐弯或者干脆蹲下系鞋带。这当然很拙劣，幸好谁也不注意这个沉默寡言的女兵。

那一天，政委到处找安疆。政委向每一个碰到的人问安疆在哪里。政委终于在羊圈找到了安疆，安疆正在把几只小羊赶进栅栏。宰羊都拣膘肥体壮的下手，体弱的反倒活到最后。

政委对安疆说，今天就把这几只羊杀了。

安疆惊恐地护住小羊说，它们还没长大。

政委说，等不及它们长大了，训练队就要解散，会餐。

安疆不甘心地说，我要是跟大家说，不会这个餐了，这几只小羊是不是就能保住性命？

政委说，就算大家都同意你的意见，还是要杀羊。今晚是我们的婚礼。

政委说着，拿出了上级组织的批复件。安疆愣在那里，木鸡一般。政委走过来，拉住了安疆的手。在这之前，政委也和安疆握过手，那时安疆感到政委的手像冰冷的石板。这一次，是和一只烙铁接触，安疆被烫伤了。

见安疆非常紧张，政委就抽出了自己的手，说，安疆，你准备一下。

安疆惘然地说，我准备什么？

政委笑了，说，其实你什么都不用准备，杂事他们去办。训练队明天正式解散。

政委走了。安疆抱住咩咩叫的小羊，泪水涌流。小羊舔着安疆的眼泪，那些眼泪很咸很咸，小羊缺盐。

留守人员都知道了婚礼和解散的事情，大家忙着，没有人和安疆说话。也许，他们不知同这个即将成为政委夫人的女人说什么好。安疆就很闲散，烧了一锅水，把自己浑身上下洗了一遍。在戈壁滩上，烧水洗澡是很奢侈的事情。安疆不知别的新娘在出嫁前要做些什么，她抚摸着自己的身体，有一种告别的惋惜。她想到了表姐的话，第一次对表姐有了深深的想念。表姐是个聪明女人，她料到了这一切。可是，即使表姐在身边，她又有什么法子呢？安疆是自愿的，安疆没有受到任何强迫。她如愿以偿，又怅然若失。

安疆细细擦拭着自己每一寸肌肤，好像那是一棵从泥土中剜起的白菜。安疆把自己打扫干净，连耳朵眼都掏了掏。在军队里是没有挖耳勺的，安疆就用一根小小的红柳棍代替。

晚上到了。戈壁滩上的夜空有一种宝蓝色的神秘。星星好像奶牛凸起的乳头，把灿烂的星光注入大地。留守人员在大块羊肉的激发下，说了很多祝福的话。安疆知道，无论政委和谁结婚，他们都会这样说。

人们散去之后，政委在前面齐步走，安疆在后面跟。她跟得并不紧，但步伐不由得和政委一致。政委个儿高，步幅也宽，安疆跟得很吃力，可是安疆不敢和政委步伐不一致。地上有很多坑洼，政委巧妙地避开了这些障碍，走得很平稳。若安疆另辟一径，走不了多远，就会绊倒在地。

进了洞房。洞房就是政委的宿舍，在政委原本的木床边，支起了两个木凳，木凳上搭了一块木板，新床就大功告成。这张床，比普通的单人床宽，比双人床要窄很多。政委说，委屈你了。明天就要走了，将就一下吧。等到了新的单位，我向组织上要求一张大床。

安疆小声说，组织上也不开木器店，什么都管哪？

政委说，咱们是组织的人，当然组织要管的。睡觉吧。

政委说着，就把油灯吹熄。屋子变得像野外一样漆黑。安疆局促地站在地中央，不知下一步该干什么，等待政委指示。

政委温和地说，上床吧。

政委说完这句话，自己却并不上床，只是站在地上，等着安疆先上床。安疆说，政委，还是你先上床吧。

政委说，今天，你不许叫我政委。

安疆大惊，说，我不叫你政委，我叫你什么？

政委说，你叫我的名字好了。我叫吕之材。

安疆小声嘟囔了一声政委的名字，说，我叫不出你的名字。

政委说，一回生二回熟，多叫几次你就习惯了。

安疆听话，就试了试。不行。她无法把眼前熟悉的政委和一个平凡的名字联系起来。安疆不愿让政委不高兴，一遍遍地练习着，刚刚有了点眉目，政委却等不及了。政委说，安疆，你上床。

这一次，政委用的不再是商量的口气，用了命令的口气。安疆不习惯商量，安疆习惯命令。安疆就迅速上了床。

安疆虽然上了床，但全副戎装，一副枕戈待命的模样。政委知道商量下去是没有前途的，就继续命令道，你把衣服脱了。

安疆依旧乖乖地服从了命令。在这一瞬，她并没有意识到她是政委的法定妻子，只承认自己是一个优秀的士兵。当她发觉衣不蔽体，躺在一张吱吱作响的木板上的时候，她看到政委也把自己剥得像个婴儿。

安疆很惊异。虽然土屋里极黑，但她依然看得到政委变成了她完全不认识的模样，她无法掩饰自己的惊讶，失声叫道，政委你要干什么？

政委不搭话，政委按照自己的既定方针办理。床铺很窄，安疆被逼得直往墙角躲去。政委说，你我是夫妻了，你躲得了今天，躲得了明天，躲得了一辈子吗？

安疆听了，就不再躲藏，战战兢兢地在床上放平了身子。她的右半边身子靠着墙，左半边身子靠着政委。政委的身体火炭样发烫，把安疆的半边身体也烤得炙热起来。但墙壁很凉，到了夜深人静的时候，更凉得刺骨。安疆就这样半边凉半边热着，完成了一个转折。

政委说，你干吗这么看着我，你不痛快吗？

安疆说，我是来革命的，我不是来干这事的。

政委说，革命和这事并不冲突啊。革命者也是人。你不和我干这事，你就得和别人干这事。

安疆说，我和别人也不干这事。

政委断然说，那不可能，不符合辩证法。

安疆忍不住连声叫，政委你轻一点，政委！

安疆就在对政委一声声的呼唤中，和政委成就了夫妻。劳累过后的政委很快就睡着了。安疆在黑暗中支起胳膊抬着头，看着政委。政委睡得很熟。安疆明白，自己的命运和政委紧紧地联系在一起了，于是她的右半个身子也渐渐地暖和起来。

安疆婚后和政委一起到了后勤部。政委还是干他的老本行，训练部队。部队总是有很多人需要轮训，政委是个好角色。安疆对政委说，我要到卫生队当个护士。政委说，不是谁想当护士就能当护士的，要护士学校毕业才行。安疆不服气地说，不就是把针管往病人屁股上戳吗？我下得了手。政委说，你下得了手，我还拉不下脸。现在，你不是单独的身份了，你是我的家属。

安疆说，家属又怎么样？政委说，家属就是你的一举一动，人家必定和我联系起来。卫生队是个敏感地方，好多首长家属都没去成。你去了，对我是什么影响？

安疆说，政委，那你说我到哪里去呢？

政委和安疆还没走近，就闻到刺鼻的味道。干燥的气候通常把一切气味都晒得寡淡了，可见这地方非同小可。

安疆看到了猪，很多头猪。这是部队的猪场。当地民众不养猪，部队要自力更生解决吃肉问题。猪场颇具规模，饲养员却成问题。一心想打仗的小伙子，没耐心照顾猪群，不时地让一些猪死掉，然后打牙祭。政委主动向领导请求，派安疆到猪场。安疆在身体上和政委结为一体之后，尽量在思想上也和政委融合。对于一些女人来说，身体的界限一旦被打破，她们同时也放弃了思想的完整。安疆接受了政委的安排。

安疆把每一只猪都当成了自己的孩子。知道养猪不单是为自己，也是为戍边的将士，更重要的是为了政委。她现在是政委的一部分了。她要给政委的脸上争光。安疆爱清洁，把每一头猪都冲洗得猪毛蓬松、猪眼明亮。人们对于猪的第一要求是猪要足够肥，至于猪干净还是不干净，那是非常次要的问题。被安疆冲刷一新的猪，更显出了瘦弱。粮食很紧张，猪只能吃野菜。至于吃哪一种野菜，才能更上膘，没人知道。安疆成了野菜迷，灰灰菜把安疆的嘴唇染成绿色，苦麻的根须把安疆的牙齿镀上蓝光。有几次安疆剧烈呕吐，政委以为安疆怀孕了，十分欣喜，其实不过是野菜中毒。

猪吃了安疆采摘的野菜，如同被仙气吹拂，健康而且聪明。安疆吃惊地发现，营养丰富、干爽清洁的猪，智慧而善解人意。安疆和猪有了深厚感情，每当一只猪迎来它们宿命的结局，安疆都非常难过。安疆因此仇恨节日，每一个节日，都会让一批最优秀的猪走完历程。当那些安疆最喜爱的猪离开之后，安疆总是非常痛苦。

那些猪其实没有死。它们还活着。政委劝她。

安疆不习惯顶撞政委，但心里不服。

政委说，你在想那些猪都变成熘肉片或是红烧肉了，再不就是汆了丸子，怎么还能说猪还活着？

安疆不好意思地笑了。政委就是有水平。

政委说，辩证唯物主义是讲究物质不灭的。猪是什么变的？

安疆说，老猪下的。

政委像给大家上文化课一样说，也对也不对。老猪下小猪，这不错。可那小猪像个小老鼠。小猪长成大猪，是吃了你挖的野菜。从这个意义上讲，猪就是野菜变的。你把猪肉吃下去，猪就成了你的一部分。所以，我说，你的猪没有死，它就活在你我的身上，活在战士们的身上。

安疆嘴上说，我从不吃我养的猪。心里却越发钦佩政委，谁能既解除了她的哀伤，又把科学讲得深入浅出？只有她的政委啊！

安疆的工作为政委锦上添花，政委当了更高一级的政委。政委说，到了新的工作单位，你连猪也不能养了。只有什么也不做，才是对我工作最大的支持。

安疆不懂这是为什么，但安疆相信政委，成了一名家属。那是一个独立机构，如果安疆也在其中任职，哪怕是在猪场，也会对政委的工作造成影响。

那些年，安疆很寂寞。因为她是主官的妻子，人们会从她的一言一行中窥探出政委的动向。所以，政委什么都不告诉安疆。可惜，当年神农尝百草式的工作热情，养肥了猪，却伤害了她的身体。安疆寻医问药，喝的中药汤大约能浇几亩地，却始终没有孩子。政委对这件事有着深深的惋惜，但政委从来没有埋怨过，还开导安疆说，生个孩子，就是有了革命的接班人。不生孩子，革命也一样会发展。革命不缺接班人。

后来随着政委的进一步升迁，安疆也随之到了较大城市。对于她重新工作一事，政委是这样指示的：你一定要有一个工作，但是，你一定不要担任重要的工作。也许你有这个能力，我从你当年养猪的干劲看出来了，但为了我，你不能去做。单位要相对封闭，人员不可太多……

政委的话还没有说完，安疆就说，政委，你看着办吧，我听你的。她的确是真心实意地讲这个话，在这个世界上，她的一切都是政委规划的。离开了政委，她真不知自己还有什么主意。

政委让安疆到城里的图书馆上班。破败的院落，几棵古槐，几万本书，就是全部家当了。安疆每天为很少的几位读者填写借书卡，把尘封多年的旧书用剪刀、糨糊加牛皮纸修补一番。剩余的时间，安疆就用来看书。看的书越多，安疆就越佩服政委。她不是把政委当作丈夫来看待的，而是把他作为神。政委永远滴水不漏，政委永远见首不见尾。后来，“文化大革命”来了。即使在翻天覆地的变革中，政委依然是安全的。政委从不过激，无论多么瞬息万变，政委都淡定自若。政委不曾受到冲击，也没有被揪到任何把柄。政委没有戴过高帽子，没有被批斗。没有人贴过政委的大字报，也没有人找出政委生活细节上的任何纰漏。政委是无懈可击的。

风平浪静地度过了“文化大革命”，表姐已经过世。这些年，她一直给表姐寄钱，但从未看望过表姐。政委说，不要和表姐来往，那是一个太有心机的女人。安疆暗自垂泪，觉得自己有负表姐，但她已没有自己决断的余地，生命的间隙被政委充满。

政委光荣地走完了军旅之途，到了干休所。政委到了干休所依然被称为政委，这称呼已成了他的皮肤。政委在干休所很低调，养花散步，政委知道不在其位、不谋其政的道理。政委只在安疆的心目中，保留着永远的权威。但是，也只有安疆知道，离休给政委带来了多么惨痛的打击。政委不会在任何人面前流露他的哀伤，但安疆的眼睛是雪亮的。安疆不知道如何驱逐政委的忧郁，只有忠心耿耿地服从政委的指挥。小到一顿饭是吃米还是吃面，大到关于某个国际形势的走向，安疆都听政委的。后来，查出来政委有严重的心脏病。政委并不害怕，详细地向医务人员问清了心脏病患者死亡的各种可能性，是呼吸先停止还是心跳先停止？会大小便失禁吗？口鼻是否有鲜血涌出……政委请卫生所所长到家里来向他介绍情况，并要求安疆在一旁陪听。这对安疆是恐怖的折磨，但政委执意要此，政委需要她知晓这一切细节，好让她有所准备。

你会在洗澡、看电视或是上厕所的时候，突然晕倒。然后抽搐、挣扎，如果得不到及时的抢救，就会……或是虽然抢救了，但是病情太严重，你也会……

在政委的一再鼓励下，卫生所所长战战兢兢地说完了以上的话。政委说，你不要不好意思，我把你没说完的话补充完，就是我会死去。好了，安疆，你都听明白了，当这一切出现的时候，你不要慌张。关于我的后事，组织上都会操办，你放心好了。

安疆不想听，可她必须听。因为这是政委的安排。

后来，一切都如政委所预知的那样，他在看电影的时候，心脏病突发，猝然离世。安疆那天有些不舒服，没到礼堂去，不想就此和政委永诀。安疆得知消息，痛哭失声。木所长说，政委事先早有交代，如果他死在外面，请阿姨不要懊悔没有陪在他身边。安疆木然点头，政委知道她会哀痛，预先布置了一道篱笆，把她的哀伤阻挡在外。安疆提出要待在政委遗体旁边，木所长说，政委也早有安排，不要阿姨为他守灵。

安疆无法，跌跌撞撞地要回家里痛哭一场，木所长又说，政委生前嘱咐了，在他去世的当天，不能让阿姨一个人在家里待着，睹物思情，心中煎熬。政委要所里安排一个女医生，和阿姨在招待所里住三天。

安疆像一个木偶，听从政委生前的安排。三天之后，安疆回到了自己的家。政委好像并没有离去，到处都是他的痕迹。干休所对于处理老干部的后事很有经验，所有的细节都考虑周到。选取了政委最英俊的一张照片，修好了底版，只等需要的时候，到照相馆里放出应有的尺寸。

政委逝世后，安疆的大脑几乎停顿。她不会思索，也不会哀伤。她不曾改变家中的任何设施，甚至连扫地笤帚安放的地点都和政委在时一模一样，更不消说政委的卧具和书籍。政委的老花镜就放在他读书的躺椅边，一伸手就可以拿到。每一顿饭政委的碗筷都会摆在他平常的座位旁，安疆到街上买菜的时候，依然会以政委的口味作为唯一的取舍标准。

当时间的抹布把政委生活的细节擦得模糊之后，政委不是离安疆远了，而在更坚固地驻扎在了安疆的心里。安疆相信日有所思，夜有所梦。安疆养成了在梦中继续听取政委指示的习惯。政委没有让安疆失望，政委就生活在安疆的身边。从她拒绝手术，到她接受手术，直到参加小组，都在冥冥之中接受政委的安排。

人家都说我有精神病，我知道我没有。

安疆讲完了，长出了一口气。她是一个内向的人，这是她一生中第一次向人如此详尽地描绘她的一生。组内最少静默了三分钟，向一个逝去的时代致敬。

程远青说："安疆，谢谢你把你如此丰富的一生来和我们分享。"

安疆说："我也不知道为什么。也许，我这一辈子，除了政委，再没有其他的朋友。像应眉，那个嫁了副军长的女兵，政委也不让我和她来往，以后就断了音信。在小组里，我感受到了温暖。我想跟大家说说我的事，哦，我明白了，最主要的原因，是我快死了。"

大家说："你老人家的身体看着还不错。别说这话。"

安疆说："是我自己不想再坚持下去了。"

花岚说："我真感动你和政委的爱情。虽说生死有别，可你每一天都和他生活在一起。不像有些夫妻似的，看着是在一个屋檐下，梦可做不到一块儿。"花岚说这话的时候，想到了自己，就格外感伤。

没想到卜珍琪冷冷插言道："我却不佩服这种爱情。为什么在这时提出了回忆？很简单，不甘心！窝窝囊囊地过了一辈子，现在，就要离开这个世界了，你的心不能安宁。所以，你讲了自己的一生。你想重新看看这一生！"

安疆风烛残年、病入膏肓，可经得了这猛烈一击？

岳评赶紧当和事佬说："爱情这事，没人能说得清到底是什么。像我们这个年代的人，革命就是爱情。我能理解安疆，那时就是跟现在不一样。求同存异，求同存异！"她用手像和面似的紧着搅和。

大家就赶快附和，说，只要自个儿觉着好，别人也就别说什么。

周云若却不肯善罢甘休，说："安疆老奶奶，您别生我的气，我想跟您说几句心里话。"她美丽的眼睛无邪地看着安疆，安疆到底也是多年修养了，说：“我把心里话说出来，就是为了换回大家的心里话。有什么你尽管说，我不介意。”

周云若说：“政委和你，总是政委一个人说了算。你到哪儿去了？”

有人赞同周云若的话，说：“我们也有同感。安疆，你怎么一步步变成了附庸？”

“附庸？”安疆轻声地重复着。她说：“也许，我是甘当附庸的。”

应春草说：“老奶奶，我觉得您挺惨的。我是惨在了明面上，谁都一眼看得出。一个下岗女工，要钱没钱，要地位没地位。您的惨，是惨在了心里。您可为自己活过吗？远的那些咱就不说了，就说您这治病吧，不听医生的，偏要信梦。您这一辈子，为自己拿过一个主意吗？”

应春草说得很动感情。安疆喃喃地说：“我这一辈子，是为自己拿过主意的。那就是我要当兵！”

应春草说：“老奶奶，那会儿的您多么叫人敬佩！我听着都热血沸腾的。可您自从成了政委的老婆之后，是不是就变了一个人？政委是个好人，但您到哪儿去了？政委过了他的一辈子，你的一辈子在哪儿？”

应春草的口气热辣辣的。

人们以为安疆会勃然大怒，会痛哭流涕，会怒目相视，要不就是用沉默表示敌意。但是，都不是。安疆静静地倾听着，虽然不无震惊。岳评说：“老姐姐，你过得不舒心啊。人家都说，得癌症和性格有关，我觉得你这些年来太压抑自己了。什么都是为了老头子的威信、地位什么的，他可曾考虑过你的发展？当然了，我可不是想挑唆你们俩的关系。我知道你们是恩爱夫妻，人都不在了，咱还是多说好话多烧香吧。可正是因为人都不在了，不能把自己永远都拴在哪个人的裤腰带上。老姐姐，做一回自己的主张吧！要不然，枉为一世！”

周云若又说：“安奶奶，这故事像一篇小说，凄美无奈。要是听小说，听到这里，也就算完了，很惆怅的一个结尾。可是，咱们不是小说，是真人。我最奇怪的是，您为什么不敢叫您丈夫的名字呢？您叫他政委。政委是什么呢？是个官衔。当然了，政委是那个时代非常优秀的代表。

但我想说的是，他老人家毕竟去世了，就是给您留下了再多的锦囊妙计，也终有用完的那一天。您是打算一生在政委的影子下生活，还是挺起胸来，做一回堂堂正正的有主见的人？！”

安疆的面容此刻如大理石般苍白。那些浓密的皱纹，由于悲哀和震惊，显得格外深刻。程远青说：“安疆，你听了大家这么多话，你有什么想说的？”

安疆迟疑了半天，最后说了一句：“我好像回到了当年。”

第21章

谁设下的陷阱

政委——那个无时不在包绕着她的伟大的男人，突然渐淡渐远。这种距离感让安疆极不习惯，有一种羊被剥了皮的恐惧。外界的任何风吹草动，都强烈地刺激着安疆的神经末梢，叹气样的清风也像暴风雨一样凶猛。

从小组回到家里，安疆整整睡了一天。这一天时间凝滞，万物消失。她如同婴儿般无知无觉，干休所的老姐妹们来看她，门铃按得天响，也听不到。门窗紧闭，又悬挂着厚厚的绒布窗帘，敲门也毫无反响，老姐妹们找到了木所长，说，快去看看吧，老安怕是出了什么事！

木所长处变不惊。在这种岗位上，如果一惊一乍的话，木所长早被吓死了。木所长就叫上公务班一个身手最灵活的战士，来到安疆的家。木所长按门铃，毫无反应。木所长对战士说，扒门！战士一个鱼跃，攀上了安家门框，从上面的小窗户朝里张望，偏转头说，所长，没啥异常。木所长对邻居说，你再往安家打个电话。电话铃清脆地响起来了，木所长对战士说，有反应吗？战士回答，没有。

安疆睡得很熟，电话铃在梦境中化为上课铃。她一生都向往读书，在真正的学校里做一回真正的学生。这一次，她如愿以偿了。她沉浸在课堂中，幸福无比。

木所长思索了片刻，下达命令：“跳！”战士熟门熟路地把窗户上的玻璃卸下来，一个狸猫打滚，钻了过去。轻捷得如同一朵蒲公英，飘在了门的另一侧。

战士把门打开，木所长一行进来，蹑手蹑脚走进了安疆的卧室。老人满面笑容地躺在床上，那种安详与无声无息，让木所长在短暂的时间内，以为老人家已经安然仙逝。但他马上发现自己错了，他看到了安疆老人脸上的笑容在波动。

木所长轻轻地呼唤着老人。这很奇怪，一个老年人，睡到这般痴迷状态，真是罕见。木所长对安疆房间的陈设很熟悉，这并不表示他经常到这家来，只是表明安疆的家在过去的漫长时间内，陈设和布置没有丝毫改变。

木所长推醒老人说：“您怎么样？”

安疆睁开眼，很吃惊地说：“什么怎么样？”

木所长说：“我们敲您的门，还打电话，一点动静也没有，我们就从窗户爬进来了。您不在意吧？”

安疆说：“不在意。”

木所长说：“我看您睡得很安逸，是不是梦到了政委？”

安疆很沉稳地回答道：“睡得真好，好像几十年都不曾睡过这样的好觉。政委？我没有梦到政委。”

所长告辞了。安疆一动不动地坐在躺椅上，自己也感到奇怪——她没有梦到政委。放在以前，这会让她不安。发生了很重要的事件，政委却缺席了。安疆自由自在地做了一个专属于自己的梦，安疆回忆这梦中的每一个细节，充满了少女般的憧憬和期望。

从这以后，安疆的病程不可遏止地走下坡路，精神却从未有过地安定起来。她对医生说：“你们是好心，可我够了。我参加了一个小组，小组，你们懂吗？”

医生说：“不懂。”

安疆也不解释，自顾自说下去：“小组像篝火，先是暖和了我的手，接着是脚，然后是心。我在小组长大了。医生，你听一个70多岁的老太婆说自己长大了，一定特别好笑。可这是真的。我有很多年没给自己拿过主意了，现在，我自己给自己做一回主，医生，不要继续治啦，让我顺其自然……”

这番话，对安疆犹如“二战”时斯大林格勒战役那样是个伟大的转折。她不再是虚幻梦境的回声壁，而是有了独立的意志。尽管这选择带着凄婉和无奈，但谁又能说，凄婉和无奈就一定没有积极的含义呢？

医生大惑不解地看着他非常熟悉的病人面目全非，心想：小组？是一种什么东西？

程远青回到家里，稍事洗刷，扑到床上，沉入暗无天日的睡眠。醒来，一时都搞不清是白天还是晚上，看了看墙上的静音强夜光表，6点。想来不会是下午6点。肚子很饿，要是下午6点，胃不至于生出痛苦的抽搐感。程远青起身，确认已是早上，又是洗刷一番。一边洗脸一边想：我从昨天回家到现在，做了什么呢？又要洗脸刷牙？这是仪式还是真的需要？

她满嘴都是牙膏沫子，像只新鲜大闸蟹。电话响了。程远青吃惊，大清早，都还没上班，谁会把电话打到家里来？最大可能是褚强，对昨天的活动，他想说的话肯定很多。“喂，你好。我是程远青。”程远青匆匆吐掉沫子，满嘴冰凉的薄荷味。

“程博士，您好。我是成慕海。”那个沁人心脾的男声，把一缕阳光般的明亮注过来。实事求是地说，程远青喜欢这个声音。在被迫接受了成慕海为组外一员的城下之盟以后，程远青和这个男子形成了奇怪关系。她从来没有见过他，却成了经常聊天的朋友。每当小组活动之后，成慕海就会打来电话，当然，最主要是关心他妹妹，也对小组的其他人员臧否有加。成慕海是很好的谈话伴侣，谈论的又是小组——程远青魂牵梦萦的话题，交流就这样延续下来。

“奇怪我为什么大清早就打来电话吧？”成慕海说。

“不奇怪。”程远青说。

“博士，我有要事相告。”成慕海一本正经。

“什么事？”程远青拿起纸巾，擦掉嘴边的沫子，看来这谈话非同小可。

“我觉得‘小组’这个词的翻译不够精确，容易引起歧义。”

“哦。”凡和小组有关，程远青就来了兴趣。

“首先我求教一下，小组的英文词是‘Encounter Group’还是‘Theme-Centered’？”

在这之前，程远青只知道成慕海中文发音好听，现在才知道他的英文也十分地道。她说：“是 Encounter Group。”

成慕海说：“‘小组’这个词‘Group’，我越看越觉有趣。”

程远青说：“它有多种含义。”

成慕海说：“是呀。在数学里，它表示‘群’；在法学里，它表示‘团体’；在生物学里，它表示‘族’；在地质学里，它表示‘界’；在商界，它表示‘集体’……”

程远青说：“成先生，你是一部效能强大的词典。”

成慕海接着说：“在心理学里，简单地把它翻译成‘小组’，是不是太朴素了？无法涵盖它丰富的内容！”

程远青说：“越是朴素的东西，越有生命力。朴素而富含真理的东西往往长久。”

成慕海说：“这个词在哲学里，当动词用，就有了碰撞对抗之意。”

程远青说：“你觉得咱们小组的对抗还少吗？”

话出口之后，她觉得自己犯了一个错误。成慕海什么时候成了“咱们小组”？弥补也来不及了，只好绝口不提，期望成慕海淡忘。成慕海是何等人，哪儿能忽略了这一改变？

成慕海说：“你说咱们小组是‘Encounter Group’，准确的翻译应该是‘交朋友小组’了？”

程远青说：“成慕海，你是翻译协会的会员吗？”

成慕海一时没反应过来，老老实实回答：“不是。”话出了口，才察觉程远青的揶揄之意，说：“我是因为热爱小组，才下功夫研究它。你再抬出真理朴素说，我也难心服口服。老百姓没法把它和普通的居民小组分开。”

程远青喜欢成慕海说“热爱小组”，便认真起来，说：“那么，翻译成‘会心’，你觉得怎么样？港台就是这样翻译的。”

“癌症会心小组……”成慕海悄声重复着，好像面对一个襁褓中的婴儿。“对，就叫癌症会心，心与心的相会。我们得了癌症，可我们的心依然可以快乐相会。会心一笑。”成慕海高兴地说。

“你说你得了癌症？”程远青一惊。

“抱歉，说走嘴了。我没有癌症，是慕梅有癌症。我总是不由自主地和她连在一起，请您原谅。既然说到了慕梅，程老师，您是否觉得慕梅有重大的心理问题？总是阴阳怪气的？”

程远青察觉到一大早绕了不少圈子，其实这才是成慕海最感兴趣的问题。她说：“你很爱你的妹妹，她是我的组员，我也很关爱她。为了她的利益，原谅我不能告诉你我的看法。”

成慕海说：“你的原则是不在背后议论组员。我同慕梅情深似海，为了慕梅，我愿呕心沥血。我知道她是小组内进步最慢的一个人，她乖僻冷漠，不合群，我为她心急火燎的。您是她的组长，我是她哥哥，俗话说，长兄如父，父母都去世了，我虽然只比慕梅大27分钟，也相当于她的家长。咱们现在的谈话，就像家长会后的个别谈心，全是为了慕梅好。您千万不要有什么顾虑，如果觉得她属于精神不正常，只管对我说，我会陪她到精神病院。退一万步讲，就是慕梅知道了咱们的谈话，要怪也只怪我，对您只有感谢。”成慕海非常恳切。

程远青坚守阵地，不管她从心底多么不喜欢成慕梅，成慕海兄妹多么骨肉难分，她不能同第三者非议组员。她说：“你妹妹自有她的逻辑，每人都是一个内在的宇宙，有太多的奥秘和神奇。作为多年的临床心理学家，我对人充满了敬畏之心。你妹妹至今不肯袒露内心，必有她的大理由，有她的大为难。小组就像一间温暖的房子，你从寒冷的夜晚走进来，在炉火边，渐渐烤暖，你就会脱去大衣，摘掉头巾。如果一个人很久还把自己裹得紧紧的，只能说是壁炉烧得还不热。我要多加木柴。众人拾柴火焰高。”

成慕海一直沉默着。许久，他说：“我喜欢在温暖房子里，脱掉大衣。”

程远青道：“这是一个比喻。”

成慕海说：“为了您温暖的房子，有一件事，我必须报告给您。”他语调森严，程远青凛然一震。“小组里，有一个精心策划的骗局。”

程远青大惊，追问：“你说什么？骗局？小组里？”

成慕海说：“为了小组的健康发展，您必须揭开这个秘密！这是我对您的忠告！”电话里响起了忙音。

第22章

爱也需要证明

程远青今天的安排原本是读书。经典的心理学著作有永恒的魅力。大师们的某些话，以前看到时，如青青的果子，挂在树梢只是一个美丽的存在，却不可亲近。一个人有了相应的经历，再次和果园重逢，果子就熟了，有了发酵的醇香，隔着很远就能闻到。摘下来，读着读着，醉倒在字里行间。

这种享受，今天无缘了。

程远青到了隽永，井然有序的大厦，今天有些忙碌，很多人熙熙攘攘，仿佛兵蚁出行。褚强也马上要出发，程远青简短地把成慕海打电话一事告知了他。面对成慕海提示组内骗局一事，两人百思不得其解，想不出到底谁是嫌疑人。褚强说："成慕海真是挺怪的。他妹妹就怪，这个家族爱出怪人。程老师，您别着急，让我想想办法。"

程远青说："我不是急，只是摸不着头脑。这话不可不信，也不可全信。小组现在发展得不错，咱们以后更要小心。中国的古话说治大国如烹小鲜。把国家都比作小鱼虾，怕一不留神烤焦了。这个小组，简直就是虾米皮。"

褚强看程远青焦虑，说："程老师，谁要是欺骗小组，就是对大家的集体谋杀。"正说着，有人催促褚强出发，只好分手。

隽永开展大规模的义诊活动，隆重推出新产品鸢尾素。广场上一溜排开若干蒙着红色丝绒的桌子，摆着制作考究的标牌，上面写着 ×× 专家、×× 教授、×× 主任、××× 委员的头衔。一箱箱鸢尾素堆在销售处，码放整齐如同弹药库。

鼓乐队不辞劳苦地击打着，将群众吸引过来。提前若干天，报纸就打了广告，说有百名专家将在此面诊，内儿外妇全面覆盖，不管你是高血压、糖尿病还是跌打损伤、脑萎缩，都能应对。

将近 10 点钟，人群麇集。专家下车，道骨仙风一一落座。人们如见血之蝇，猛扑过去，将专家团团围住。一时间，这边人声鼎沸，那边眼见得一箱箱药品流水般销出。

一个瘦削的男子，穿流行中式团花夹袄，在各位专家面前走过，插空挤进人群，问几句病情，得了专家的意见，若有所思地退出来，却总不见他买任何一种产品。

他走到满头大汗的销售经理面前问："说是有一百位专家，可我数了数，不到这个数。"

销售经理正埋头取药，吵得两耳嗡嗡作响，没好气地说："专家也不是小伙子，就不兴有个头疼脑热的？你真不嫌麻烦，还一个一个地数。"

那人不恼，说："我看那边有块牌子上写着王老的名字，他是院士，大名鼎鼎的专家，怎么没来啊？你们是不是卖假药的，老先生一生气，就不来给你们捧场啊？"

销售经理这个气啊，革命形势一片大好，哪来这么个阴阳怪气的家伙！气急败坏地抬起头来，不由得结巴起来："吕……总……"

吕克闸把销售经理拉到一边，问："情况怎样？"

销售经理说："您都看到了，前期准备充分，鸢尾素都卖疯了。连我都上了火线。"

吕克闸说："专家的数目有缺口。"

销售经理说："老先生们年事已高，有的从外地来，身体不适，在宾馆休息。"

吕克闸说："王老呢？那边有几个病人就是冲他的名气来的。让顾客失望不好。"

销售经理说："王老留了活话，说是身体好就来。昨晚秘书来了电话，说感冒了。"

吕克闸皱眉道："是不是打点不够，因小失大？"

销售经理说："老人家高风亮节，和有些专家不一样。照您的指示，钱不是万能的，哀兵动人，大道理先行，根本就没提钱的事。他真是年老体弱，平日深居简出的。"

吕克闸说："没有把握的，就不要在广告上出现名字。出现了，就要兑现。"

销售经理慌了，说："吕总，您怎么批评我都成，可我变不出一个王老来。"

吕克闸说："是吗？我看老爷子来了。"

销售经理大喜过望，说："老板，您在哪里看到的？"

吕克闸说："在隽永三楼最东面的房间里。"

销售经理说："怎么没人报给我？老爷子悄没声地来了，微服私访啊？老板，我这就去请。"销售经理连电梯也不等，一溜小跑登上三楼。由于不在一个楼层，他还真不记得三楼最东侧的房间是哪个部门办公室。气喘吁吁地到了目的地，只见门上写着"杂物间"。销售经理推开门，见一睡眼惺忪的老者正蹲在地上修理笤帚。

"你是谁？"销售经理不认识他。

“我老王啊。”老头整理笤帚毛说。

“你是哪儿的老王啊？”销售经理不敢大意。

“我就是拾掇厕所的老王啊。”老王不含糊，觉得谁都该认识他。

“你来这儿多长时间了？”销售经理还是不敢怠慢。

老王说：“有两年了。”反问道：“你来这儿多长时间了？”

销售经理哭笑不得道：“我是销售经理，可能我老在外面跑业务，不认得你。”说着，关上了杂物间的门，心中百思不得其解。这吕老板，糊涂了？不能啊。要不就是叫大好形势冲昏了头脑？也不像啊。再不就是对未来的忧虑急火攻心？不至于吧？

走到一楼，销售经理突然一拍脑门，明白了。他噔噔噔重又爬上三楼，冲进杂物间，一把将老王薅起来，说：“你有西服吗？”

老王摸不着头脑说：“有。”

销售经理说：“在哪儿？”

老王说：“在老婆子的细软柜里。”

销售经理说：“来不及了。这样吧，咱俩的个头差不多。你跟我来。”说着，扯着老王进了自己办公室。

当老王重新走出，除了销售经理认识他，他自己都不认识自己了。西服笔挺，衬衣雪白，藏蓝底色白斜纹领带，每一根头发都若钢丝般固定。

“经理，这是干啥？”老王像个大头娃娃，连脖子都不知如何晃动了。

“从现在开始，人家叫你老王，你千万别搭腔。人家叫你王老，你就微微点点头。”销售经理手把手地教。

“老王！”销售经理出其不意地叫了一声。老王一动不动。

“好。就这个样子。”销售经理又叫了一声“王老”，老王还是一动不动。销售经理严厉起来，说：“这不成。”

老王期期艾艾地说：“不敢。”

销售经理说：“没几个人真见过王老。见过的人说你像，你就是像。”

这招果然见效，再叫“王老”的时候，老王已能把脖子哆嗦一下。

“你一天打扫厕所，真是大材小用了。等咱这儿忙活完了，我有个朋友在电影厂当导演，我给你拉个线。”销售经理喋喋不休，“王老您跟我到外头去，有专门的席位，您就安然就座。病人自会扑上来说他们的病情，您就不吭声地听。他们会说，王老，您看我这病吃啥药好呢？您就说，吃鸢尾素吧……就这么简单。记住了吗？”

老王点点头，说：“除了啥素记不住，别的差不离。”

销售经理说：“就这个素最重要，您忘了啥都不能忘了它。”

老王慌了：“保不齐。不敢瞎应承。”说着就要扒领带。

销售经理拿出鸢尾素资料说：“这样吧，谁问，就把这传单塞他一张，然后说，唵，依我的经验，您的病……唵，用这个药……会好……唵。记得住吗？”

老王说：“这回差不多。一定得……唵唵……吗？”

“一定得唵唵。说明你在思考。”销售经理强调。

“得了您哪，放心吧……唵……记住啦！”老王嘟嘟囔囔，两人脚前脚后走到会场，人群一阵骚动。德高望重的泰斗驾到，气氛冲向高潮。立即有人说：“看人家这老爷子，鹤发童颜。怎么保养的？听说还是院士，听他的，准没错！”

褚强告诉申凌，自己要到广西出差，最近不在北京。申凌说：“为公司的事？”

褚强含糊应道：“哦。”

申凌说：“你到广西，给我带一件小礼物。”

褚强露出不屑的样子，说：“广西那地方，穷乡僻壤的。什么好东西，北京没有哇。”

申凌说：“我要你带一件广西特产。”

褚强想，女孩子喜欢的无非是蜡染一类玩意儿，就说：“好吧。一定给你带回来。什么东西？”

申凌说：“可不要吓着你啊。知道柳州吧？”

褚强说：“不就是出刘三姐的地方吗？你是不是要歌带？我给你带回来。”

申凌说：“傻了吧你，如今都波波族了，谁还听刘三姐的情歌啊。柳州还有一宗特产，你给我买两个回来。要有龙凤的那种。记住哇。”

褚强说：“记倒是记住了，俩龙凤。可我还不知道到底是什么东西呀！”

申凌说：“孤陋寡闻。你到了柳州自然就知道了。每一个到了柳州的人都知道。”

褚强知道申凌的脾气，你要是追着问她，她就得意非凡，更不告诉你了，索性照单收下，容日后再想法子，就说：“你就等着收货吧。”

申凌说：“别忘了给我打电话。”

褚强为难地说：“那里十万大山，电话不好打，提前向你请假嘛！”申凌不信，说：“中国现在还有不通电话的地方？别欺负我地理学得不好，没门！”

褚强求饶说：“我这回钻到当年红军走过的地方，你知道吧？电话信号很难有保障。如果联系不上，那就是天灾人祸，和我对你的忠心无干。”

申凌说：“好吧，好吧，回来的时候，再带点荔枝。妃子笑最好，实在不行，糯米糍也凑合了。”

褚强说：“你也不看看现在什么节气？大雪纷飞的，哪有妃子笑，只有野狼嚎。”

申凌说：“你不是去南方吗，南方有大雪？”

褚强说：“好好，无论如何给你带荔枝回来，你就安静地等着剥妃子笑的皮吧。”

申凌突然想起什么来，说：“咦，你那天问我信和字什么的，到底是怎么一回事呀？”

褚强看着申凌像婴儿一样无邪的眼睛，确信诡异来信和申凌无干。他说："有一个同事乱开玩笑，我以为是你呢！"

申凌大为不满地说："好事你不想着我，屎盆子净往我头上扣。"

褚强赔着笑脸，心却忽悠一下坠下去。那莫名其妙的来信昨天第三次出现了。很奇怪，所有的话都和第一封信相同，包括《现代汉语词典》的页数和字的序数，还有纸张的质量和打印的字体字号，也都完全相同。也就是说，这第三封信是第一封信的完整拷贝。三封信指示的字排列在一起是——"小心小"。

什么意思？或许只是那个玩笑的制造者疏忽了，把第一封信又寄了一遍？不知道。褚强只有顺其自然，再看有什么新动向。

褚强把申凌安置好了，心里的包袱就放下了一半。申凌爱耍小脾气，制造小情趣，闹个小误会，总之，跟着她，需要小小心心才是。刚开始谈朋友的时候，褚强对申凌的这种细腻和挑剔很是惊奇，由惊奇就生出了怜爱。他不忍伤害她，他知道她难过伤心痛楚的时候，是多么悲戚，他觉得那都是他的责任。当他把一份责任背负在自己肩上的时刻，爱情就像系上了保险带，可以被碰得七荤八素、筋骨错位，却会含辛茹苦地纠缠着向前。

褚强给鹿路打了一个传呼，说有事同她商量。

褚强有王惠明的电话号码。鹿路在以后的日子里，从来也没有提起过王惠明，也不曾给褚强做过任何解释。

怀疑始终存在。看到程老师因为成慕海的电话不安，褚强安顿了申凌，专心清理小组中的危险因素。

"你好，请问是您呼我吗？"鹿路答话了，背景嘈杂。

褚强告诫自己一定要从容，才不会引起怀疑。

"喂，我是褚强。"嗯，还不错，挺稳重的。

"副组长，有什么事吗？"声音里没有热情，只有慵懒的淡漠。

"我们公司生产了一种药，叫鸢尾素，对提高人体免疫力很有效，提供给大家试用。我发给大家。你看，咱们在哪里见个面？"

公司确有此意，为了调查鹿路，褚强提前抛出诱饵。

“这药，灵吗？”鹿路避开见面的事。

褚强说：“试试就知道了……”

鹿路说：“我可不愿成什么新药的试验品……”

褚强急了，说：“这也是程博士的意见，反正也不花钱，彼此还可交流用药的体会。”褚强把程远青抬出来，假传圣旨。

听到程远青的名字，鹿路说：“好吧，我去拿药。哪儿？”

褚强说：“就在我们公司。”

鹿路来了，穿着鸭蛋白的长羽绒服，内里是棕色漆光蟒皮纹上衣，说青不青说蓝不蓝的裤子上缀着暗灰色的金属亮片，好像是一条蛇从半夜直接钻到太阳底下，在冬天萧瑟的寒风中，显出不合时宜的玲珑曲线。褚强这一阵子扎在患有乳腺癌的女人堆里，对女人外表的敏感大为降低，对女人内心的了解却呈几何级数增长。外人眼里，鹿路是很妖娆的，但褚强根本不把鹿路看成是一个女人，只看成是一个问号。

褚强把药品盒递给鹿路说：“你试试吧。”

鹿路小声念着盒子上面的金字：“鸢尾素……这是什么东西？我只知道鸢尾花。是从鸢尾花里提炼出来的吗？”

鹿路不打磕巴地念出了“鸢尾素”，褚强对她多了点好感。记得当时为产品定名的时候，有人提出这个“鸢”字比较生僻，怕在民众中流行起来有难度。吕克闸一锤定音：“就用这个难字。我们不靠朗朗上口，靠的是实力，是宣传，是疗效。要逼着全中国人民学会认这个字，扫盲。武则天还自造字呢。我们不是武则天，要超过武则天，成就伟业。”

“具体成分，我不清楚，你知道，这是商业秘密。不过可以保证，它是全天然的，不是人工合成的。”

“全天然就一定好哇？眼镜蛇还全天然，毒蘑菇还全天然呢，你敢吃？”鹿路撇撇嘴。她是一只警觉的豹子，有残疾的母豹。自从那次不知深浅地挑逗了褚强，就一直等着褚强要她澄清。

褚强卖劲地宣传鸢尾素，鹿路说："我回去看说明书。谢谢了。"

"好好！不送你了。"褚强说。

"你留步。再见。"鹿路说。

褚强把鹿路送到了电梯口，殷勤地按了电钮。一侧的电梯先来了，褚强扶着电梯的门，把鹿路送上电梯，并让笑意在脸上又停留了若干秒钟，确信电梯门关上了。褚强立刻跑到另一侧电梯，褚强飞快地进去。

下到楼底，褚强一看鹿路乘坐的那部电梯，居然比自己的这部慢，这在高层建筑里是常有的事。褚强不能走在鹿路前面，敞亮的厅堂里也无处可藏，只好一缩脖子，又退回了电梯轿厢，可他又不能把电梯放走。气得一位来买鸢尾素的老头一个劲地说："小伙子，倒是上不上啊？"

褚强只好龇出虎牙笑，待到用余光瞟到鹿路出来了，他才闪身而出。鹿路款步走到公司大楼门前的马路上，看样子是想拦的士。褚强不敢怠慢，赶快走向停车场。上大学的时候，校方办过驾校暑期班，学费减半。褚强就拿了驾驶本子，昨天找人借了辆白色捷达王。

鹿路先到了邮局。褚强不动声色地等待着，鹿路走出来后往这边扫了一眼，褚强吓得够呛。其实褚强戴着遮天蔽日的墨镜蜷在车厢里，一般认不出来。

鹿路坐上了公共汽车。褚强原本以为公共汽车开得慢，跟踪起来比较容易，其实不然。大公共气宇轩昂地在专用线内跑得像西班牙奔牛，褚强不敢违规，只有在旁边的车道亦步亦趋。幸好每站上下很多乘客，褚强才能跟上。鹿路几站后下了公共汽车，很悠闲地背着小巧的坤包，东张西望。

鹿路进了一家药店。门前有空位，褚强赶紧把车靠了进去，麻烦又来了。他是坐在车里等呢，还是也跟进去看个热闹？车里妥帖，但鹿路到药店干什么，也许是很重要的情报。褚强下了车，把本来就很高的皮衣领子干脆竖起来，仿佛戴了一个脖套，偏着脸走进了药店。药店里很静，有点水至清则无鱼的意思。鹿路熟门熟路，只看了一眼药物的标签，就示意售货员开票，然后拿着票去交钱，在交款台前，抽出了厚厚一沓钞票。褚强不禁心生疑惑：什么药，这么贵？

鹿路拿了药，往外走去。褚强赶紧赶到柜台，对售货员说：“刚才那位小姐买的是什么药？”

售货员说：“她买她的，你买你的。”

褚强一想，也是，人家凭什么把刚才那位买的药名告诉你？他赶快换了一个说法：“我以前用过一种药，忘了名字了，看那位小姐买的药，模样有点像。您能把这药再给我拿一瓶吗？”

售货员不苟言笑拿出药瓶，褚强一看英文说明，骇出冷汗。这是最新出品的治疗性病的药。

褚强把药瓶一推，快步走出药房。鹿路打车直回度鸟别墅，很顺利地进了戒备森严的大门，但捷达王就没有那么好的运气了。身穿黑色制服的保安拦住了褚强，问道：“您找谁？”

褚强张口结舌，不敢说我就找刚才进去的那位小姐，反问道：“这还这么严啊？”

门卫说道：“我们要为业主负责。您要找哪一位，请在传达室和他通话。如果他在家并同意，您就请进。如果他不在家，您进去也没用。”

褚强把车停在度鸟别墅百米开外。唯一的收获是锁定鹿路住在这里。旁边有一家小小的冷热饮店，褚强下车进去，老板娘是个胖胖的半老妇人，肤色白得像雪花膏，肯定是把卖不完的牛奶都抹在自己身上了。透明冰柜里摆着各式冰冻饮品。

“要热的还是要冷的？”“雪花膏”搭讪。

“这么凉的天，还敢要冷的？”褚强说。

“穷吃热，富吃冰。这边的人爱吃冰。”“雪花膏”说。

“我是穷人。”要了一杯热奶，慢慢啜着，想着对策。

“您这牛奶够贵的。”褚强说。

“贵吗？是贵了一点。可你也不看看这里是什么地方。”“雪花膏”笑眯眯地说。

“什么地方？东京？”褚强嬉皮笑脸。

已近黄昏，屋外寒风一阵紧似一阵，小店寂寞无客，“雪花膏”说：“度鸟别墅和东京差不多。看房子的外表不怎么豪华，里面，吓死你！”

褚强装出快死的模样说：“都是些什么人住在这里？”

“雪花膏”戒备地说：“没钱你甭想住进来。你是路过这里还是找人？”

褚强百无聊赖地说：“是路过也是找人。我有一个朋友，出国了。他交过的一个女朋友，住在这里，叫王惠明。前几天，那朋友在网上对我说，他想起了王惠明，不知她近况。今天没事正好路过，想来看看，给朋友一个惊喜。可我除了名字，一概不知。”

褚强说到这里，无论怎样俭省，热奶还是喝完了，赶紧又要了一杯酸奶，好和“雪花膏”继续对谈。

“王惠明？没听说过有这么个人。多大岁数？什么长相？你说说模样，没准儿我还能给你提供个线索呢。”“雪花膏”见褚强吃相贪婪，来了热情。

“个儿挺高的，身条赛模特儿……”褚强把鹿路描述一番。

“这个女人，住在度鸟别墅。她不是业主，是个神秘人物。”“雪花膏”的声音不由得放低了。

“啊？不是黑道上的吧？”褚强大惊小怪。

褚强不够老练，进展快了，“雪花膏”收起热心肠道：“你还喝不喝酸奶？问这么多干什么？”

褚强赶快稀里哗啦地喝酸奶，说：“喝喝……你这儿的酸奶特新鲜……没别的意思，我这人就是特讲江湖义气。”

褚强在小店里，喝得像个婴儿似的从嘴角漾出奶沫，“雪花膏”却没再说出多少实质性的情报。不过，一句“神秘人物”就不枉此行了。

褚强觉出疲乏。看来私家侦探这种活儿，收取高额佣金，实在有道理。他想不出下一步的行动该怎么办。继续跟踪鹿路？到度鸟别墅门前盯守？要不先向程远青报告？

还没等褚强想出一个万全之策，第二天一上班就接到鹿路的电话。

“褚强吗？”鹿路说，“今天下班后，我在你的办公楼前等着你，请你吃饭。”

“请我吃饭？由头呢？”褚强问。

“到时候，你就知道了。肯赏光吗？”鹿路不正面回答。

下班后，鹿路果然等在公司门前，两人握手寒暄，像一对长时间未见面的老友。

“我做东，有个小馆，菜烧得不错，路却不近。”鹿路穿着一件毛色暗红的皮草，表层的皮毛有着流水一般的光泽，随着气息流转和她身体的轻微动荡，涌着涟漪似的波纹。

“咱打车吧。”褚强说。

“原来你没车呀。”鹿路淡淡地说了一句。褚强一惊，心想，她是不是发现了什么？想到药店那幕，褚强不敢和鹿路同坐在后排，便很绅士地打开前车门，对鹿路说：“你坐在前面吧。好引路。”

的士七扭八拐的，到了一条小巷。褚强判断距度鸟别墅还有相当路程。小餐馆门脸是原木树皮子贴的，门楣上挂着红灯笼，在越来越暗的暮色中，显出一种让人打喷嚏的暖意。

鹿路付费，褚强要抢。鹿路说：“说好了我请你。”褚强拒不用鹿路来历不明的钱，坚持付款。

进了饭店的门，一个喜眉喜眼的小伙子迎上来招呼：“大姐，你来啦！还要单间不？”

鹿路说：“好眼力！记得我。要。”

小伙子说：“大姐出手大方，哪能不记得。还要上回那个单间吗？”

鹿路说：“那儿有点吵，还有静点的地方吗？”

小伙子说：“有。跟我来。”

一个僻静的单间。屋子不大，收拾得挺干净，墙上都是原木的树皮，插着野雉毛什么的，恍然在大兴安岭密林中。

褚强说：“你常来？”

鹿路说：“这儿的东北菜地道。想家了，就来这儿吃点顺口的饭，心里好受点。”她把菜单递给褚强说：“挑你爱吃的。”

褚强说：“你是熟客，点他们的拿手菜，让我也吃回地道的东北菜。”

鹿路说：“东北菜是什么，我也不知道。谁知你吃着合不合口味？我就点了。”

鹿路点了东北拉皮、小鸡炖蘑菇、酸菜饺子、熊掌豆腐几样，还有素淡的小菜。

屋子虽不大，只坐两个人，显出空荡。褚强没话找话道：“这屋子坐四个人正好。”

鹿路说：“是呀，平常，只坐我一个人。”

褚强惊讶道：“一个人吃饭，闷不闷哪？”

鹿路说：“一个人吃饭的时候，才能想起很多往事，灯光中有松明子的味道了。”

菜上来了，鹿路说：“先吃。吃饱了咱们再说话。”

褚强说：“一边吃一边说吧。”

鹿路说：“还是先吃饱。要不，话不投机，连肚子也跟着受屈。”

褚强闷头吃饭，一边考虑：鹿路若问到关于跟踪的事，承认还是不承认？

“你喝酒吗？”鹿路问。

“不喝。”褚强低着头回答。

“给我来一扎啤酒。”鹿路说。

“你的身体，喝酒，行吗？”褚强关切。

“如果要死，喝也是死，不喝也是死。不死，喝也死不了。命，要是连一扎啤酒都抵不过，不要也罢。”鹿路很低落地说。

闷酒也喝了，饭菜也吃得差不多了，鹿路说：“副组长，你能猜出我今天请你是为了什么吗？”

褚强老老实实地回答：“猜不出。”

鹿路抽出一支烟，点燃，狠狠地抽了一口，烟火无声燃烧，蔓延到了香烟的一半处才停歇下来。

褚强本想劝她，不宜吸烟，想来话一出口，必被驳回，也就不说。

鹿路很悠闲地把烟圈吐出，她吐得一点也不圆，只是把烟雾吹得很远。她说："你猜不出我为啥今天请你，我就更猜不出你昨天跟踪我的缘故了。说吧。"

好在褚强已有对策："好奇。"

鹿路乜斜着眼："好什么奇，尽可问我。犯不上玩这种小孩子的把戏。"

褚强一看越解释越乱，索性拉下脸说："那好。既然你说了，我就问问你。你到底是干什么的？"

鹿路已把一扎啤酒喝得见了底儿，脸上却无一丝血色，惨白着嘴唇说："卖肉。"口气温柔淡定。

"卖什么肉？"他下意识地反问。

"人肉。"鹿路安然回答。

"太难听了。"褚强说。

"这没有什么难听的。把一个卖花露水的说成是卖肉的，这是难听。可把一个卖肉的说成是卖肉的，就是正合适。"鹿路一支烟吸完了，又点上一支。

"卖肉是个行当，老祖宗传下来的。猪肉能卖，羊肉能卖，人肉当然也能卖。没人强迫，我自愿。我需要钱，很多很多钱，你说我有什么法子挣钱？从自己身上挖，总比从别人身上下刀子省事点吧？一拍两响的事，愿打愿挨。副组长，你得到了答案，满意了吧？我不愿意你费事，乐意成全你。大冷的天，你也不容易。你是个好人，太嫩了点，是个嫩好人。还有什么要问的？底儿都端给你了，有不清楚的，尽管问。百问不烦。"鹿路说到这里，双眼圆睁，眼神飘逸，如同两盏鬼火。

小组中豪爽的鹿路不见了，代之风月场中的沧桑老妓。

"鹿路，我……真不知说什么好……挺意外的……不过，你能不能金盆洗手？别……卖了！"褚强反倒乱了阵脚。

鹿路高声笑起来，绝望中掺杂着狎昵的浪笑，音调粗粝，内有尖细的喉音抽搐着：“褚强，你想挽救我是吗？好心的副组长！洗了手，我上哪儿混饭吃？我一个人吃一口冷饭还不难，可我上有老母，还有一个日日夜夜等着透析的三哥……”

鹿路把自己的身世告诉褚强，接着说：“我的钱寄不回去，三哥就肿，就会被毒憋得头往石墙上撞，就会被尿憋死在自家破床上！一想这些，别说是卖肉，就是卖肝、卖肾、卖眼珠，我也干得出来！猪肉多少钱一斤？羊肉多少钱一斤？人肉贵多了，还可再生，头天卖了二天洗洗，还能再卖！我容易吗？我比别人少一坨肉，这可是关键的一坨肉，通常就废了。在市场上，我还能把自己卖出去，这是本事！你昨天不是到度鸟别墅打听我吗？你不是跟卖酸奶的问起王惠明吗？不是大姐说你，你可够傻呀，干我们这行的，哪有真名实姓？我有多少名字，连我自己都不记得了。可你要是跟老板娘打听‘一只奶’，那就没有人不知道的！嫖客爱嫖‘处’，这不假，可‘处’嫖够了，就要换口味了。再说了，谁知那些‘处’是真处假处？猫腻多了去了，我也懒得说。女人有两只奶不稀罕，有一只奶就稀罕了。有一只奶的女人还干这一行的，我不知是不是第一个。上回有个嫖客，还撺掇我申请个吉尼斯世界纪录呢！我功夫了得，也是钻研出来的。我这人虚心好学，硬件上不行了，就得在软件上下功夫。我这里来的都是回头客，第一回尝到甜头了，下次来我还有优惠！我是个病女人，是个残女人，天下的事就邪门了，偏偏有些男人，就喜欢病态残缺，就愿意和我这样的人鬼混，把这当成一绝。我挑人，我预约，我现在的身价，比病以前还高，我想这是老天可怜我，给我一条生路！给我那苦命哥一条生路！所以，我的副组长，你别劝我。往好里说，是劝赌不劝嫖；往坏里说，你不该断了我哥的活路！怎么样，副组长，你想知道的都知道了吧？你还想知道什么？我统统告诉你。我凭自己的身子挣钱，明码标价，不坑蒙拐骗，信誉好。我也不破坏别人家庭，从来不让嫖客离婚，也不打听他家的私事。我从来没对嫖客付出过真心，这是职业道德。再说啦，我还想嫁给我三哥呢！副组长，你别把眼睛瞪得那么大，我三哥和我既不同父也不同母，我是抱养的。我要还这个恩情，我这一辈子也还不完！我苦命的三哥啊……”不知是酒力，还是真到悲恸欲绝之处，鹿路伏在桌上痛哭起来。

褚强听得五内俱焚。要知道会跟踪出这一番悲情陈词，他就是再有事业心和责任感，也会逃之夭夭。这席话，实在已超出一个阳光青年所能承受的最大极限。褚强只觉得从内到外，分离成了好几层。心里周天寒彻，一块见棱见角的寒冰，锋利地刺向每一道骨缝。寒冰之外是一团愤怒火光，也不知要燃向何方，在心头像日冕一样膨胀着，烈焰熊熊。最外层，又是一层冰封的外壳，没有任何裂隙。他的脸铁板一块，不是因为无以作答，是因为他要用脸上肌肉的全部力量控制住牙关，免得它们不争气地嗒嗒作响。

鹿路擦擦眼泪，轻轻按了一下藏在桌子下面的小铃。那个喜眉喜眼的小伙子走进来，说：“大姐，有啥吩咐？”

鹿路说：“拿二锅头。”

小伙子鳝鱼一般无声走出，很快回来，手里捏着酒瓶。“给他满上。”鹿路示意。

褚强本来想说不要，但他开不了口。一张口，牙就会击出声响。“大姐要吗？”小伙子问鹿路。

“满上。舍命陪君子。”鹿路说。

小伙子无声地贴着墙边出去了。鹿路向褚强示意，让他把酒喝下去。褚强毫无酒量，平日滴酒不沾，却一仰脖，把二锅头送下喉。酒真好，把无穷的热量和激动，送进了褚强的内脏。他感觉到那些寒冰在融化，变成了淙淙的小溪，冲刷四肢百骸。

鹿路喝了二锅头，颊上泛起轻微浮红。“你这样的年轻人，是不该知道世上还有这样的丑人脏事。可你跟着我，只好让你知底。”鹿路说。

有了酒精助力，褚强开始讲话：“该请求原谅的是我。我不知道这么惨。”大悲大痛弥漫肺腑。

“是我自找的。”鹿路淡然说。

褚强斗胆道："可是，我还是觉得这样下去不行。"

鹿路冷笑道："我也知道不行，可怎样才能行？不操这一行，今天晚上我就可能饿肚子，明天就没地儿住，后天就被扫地出门。你如果是我，你怎么办？"

褚强张口结舌。

鹿路说："小兄弟，我知道你是好人，程博士也是好人。在我乱七八糟的生活中，能有你们这样的人关心我、爱护我，对我产生好奇，我就非常知足了。在小组的这段时间，是我一辈子最有意思的时光。在小组，我是良家妇女，被当成一个正常女人对待，我太快活了。我这辈子，还从没有被这样尊重过、呵护过，有那么多人认真地听我讲话，为我的事着急操心。我是个不要脸的女人，在小组里，我找到了自己丢了好久的脸。"

鹿路说到这里，手臂无力地垂了下去。她本来不能喝酒，今天实在喝得太多了。她把心里的东西掏空之后，虚脱袭上全身。

"我送你回家。"褚强说。

"不。我自己……走……你不要到度鸟……只有一个请求，答应我……"鹿路的眼珠凝固不动，一颗大大的椭圆形泪珠挂在睫毛上，久久不肯坠落。

"你说，我一定办到。"褚强咬牙跺脚保证。

"今天的话……不要告诉……人。"鹿路的泪水终于坠落下来，一发不可收拾。

"可以不告诉别人，可是我得告诉程博士。"褚强不敢贪污这样重要的信息。

"好。你……看着办……"鹿路支撑着站起来，抹去泪痕，精神好像恢复了一些，呼唤服务员埋单。

褚强扶着鹿路，在路边等了很久，才打到一辆车，安顿鹿路坐在前排，自己刚要上车，鹿路说："你别去。"

褚强说："我……不放心。"

鹿路挣扎着说："放心好了。今天……我比哪一天都自在。"

鹿路绝尘而去。留下褚强在寒风中伫立，冰冷的夜风从头顶灌下，让他渐渐地清醒起来。其实，在这之前，他也不是糊涂，只是丧失了反应能力。他恨不能今晚就给程远青打电话，禀告此事，又一想，还是让组长睡个安稳觉。

第二天早上，褚强打电话告知程远青，说有重要的事情通报。程远青说，全天都有安排，只有傍晚前后了。褚强忙说，那也行。褚强在焦灼中煎熬，干什么都心不在焉，浑身荆棘。褚强忍不住拨了鹿路特别留给他的手机号，想确定她是否平安。鹿路接电话的声音很不耐烦，嘶哑着喉咙说："啥事？"

"只想问问你……"褚强也没想好到底说什么。

"没事我挂了。"鹿路没说自己好，也没说自己不好，甚至不待褚强反应，就将电话挂断，留下无尽的忙音敲打褚强疼痛的耳鼓。

褚强揣测，她肯定不是单独一个人，所以这样不耐烦。她干什么呢？是不是在"卖肉"？

一想到鹿路对自己工作性质的描述，褚强对她的悲悯就化作了厌恶。感谢这份厌恶，才让褚强心绪稍微安宁。

下午，一家小小的茶座，两杯绿茶。采摘的时间久了，绿叶已被北方干燥的空气攫走了色彩，泛着疲倦的淡黄色，昏头昏脑地在玻璃杯中浮动着。褚强说："程老师，我已经查到了谁在小组内不说实话。"

"谁？"程远青道。

"鹿路。"褚强把跟踪和对话的全过程，一一报来。

"没想到她真是妓女。一个悲惨的理直气壮的妓女。"褚强扶着头。

程远青半天作不得声，嗓子发咸，胸口堵得直想吐血。眼皮底下的弥天大谎，居然毫无察觉。她暗叫着自己的名字说，程远青啊，你还博士呢，连一年级都没有学好！妓女和良家妇女都分不出，真是枉读了那么多书！屏息半天，做了若干次深呼吸，一寸寸地将手指握紧又松开，调整了半天，才渐渐平静。明白其实这不是失败，而是心灵的深入，无论真实怎样残酷，也比粉饰的虚假好。心理学家也不是神仙，不可能洞察所有的秘密，对自己不要太苛求。

“怎么办呢？”褚强看到程老师也和自己一样惊骇，赶紧问。

“什么怎么办？”程远青有些虚弱地说。

“妓女。”

程远青沉思，她已将心态复原。“对于一个面向社会所有公众招募的小组来说，这种情况不稀奇。褚强，你不要沮丧。这正说明了小组的生命力。”

褚强说：“以前的事就算了，今后怎么办？”

程远青说：“首先要解决你我怎样看待鹿路。”

褚强说：“点我死穴了。说真的，下次活动，我都不知如何见她。”

程远青小口喝茶，说：“你觉得向你亮出了真实身份的鹿路，和以前的那个鹿路，哪个更能让你接纳？”

褚强说：“还是后面的鹿路。虽然我一想起她有性病，就打心底腻歪。”

程远青紧追不放，说：“挺复杂的？”

“是，”褚强老实承认，“我就没她这份勇气。要是我，我就不说，打死我也不说。”

程远青叹息道：“这就是人的多样性啊。你把这话告诉她了没有？”

褚强一时摸不着头脑，说：“哪句话？”

“就是佩服她勇气的话。”程远青说。

褚强说：“这话也就是我和您私底下说，哪能真告诉她？我一堂堂正正的男子汉，佩服一妓女？这能说出口吗？”

程远青说：“妓女怎么啦？杜十娘、李香君不都是妓女？要挽救一个人，只有让她重新燃起尊严。”

褚强想想道：“如果需要，我可以在小组内，说钦佩她的勇气。”

程远青沉吟道：“鹿路的身世，你看在小组能否公开？”

褚强说：“别公开。大家的反应会多种多样，对鹿路对大家，都是大挑战。再说，她本人再三再四要求保密。”

程远青说：“我也为难。不解决吧，题目已然出了。用什么方式，就要斟酌……”程远青一边沉思，一边不停地喝茶，直到把杯中的茶喝得精光。茶小姐走过来续水，轻声道：“茶要留一点，才有味道。喝苦了，就是续进新水，也泡不出来了。”

程远青若有所思道：“通常在小组以外，组长和组员没有个人交往，但鹿路情况特殊，约她出来坐坐，个别谈谈。”

褚强说：“我可以作陪吗？”

程远青说：“事是从你那里引起的，你要在。茶室的单间不错，隔音，陈设雅致，气氛很温暖。就定在这里吧。你约鹿路，看她愿不愿意来。”

褚强紧张地问：“要是她不愿呢？”

程远青说：“只能尊重她的意见。”

褚强领了指示，到屋外去给鹿路打电话。鹿路半天才接电话，劈头就说：“嗨！烦不烦啊你！别误了我干活。快说！”

褚强很坚决地说：“我有重要的话要同你谈。”

鹿路为难，但还是说：“我再打给你。”

褚强拿着手机，在茶室外的绿地畔，焦急等待。几乎绝望时，鹿路回话：“什么事？”口气简短冰冷。

“程老师想和你谈。”褚强也简短。

“告诉她了？”鹿路的声音里听不出嗔怪，也没有激动。

“是。你不生气吧？”

“知道你会。”鹿路说，还是平淡如水的语调。

“咱们一起谈谈。你赶快来吧，我们在……”褚强报出地点。

“你忘了问我有没有时间，我的代价……”鹿路幽幽地说。

褚强飞快地想到了鹿路的代价是什么，一些画面电光石火地从脑海中闪过，都是影碟中的色情镜头，所有的女主角都变成了鹿路。

褚强对着话机吼道：“我不知道你在干什么，但我知道你来了以后我们会干什么！鹿路，这是你的机会，赶快来吧，无论你付出多大的代价，你都要来！”

鹿路冷冷地说：“别跟我说什么应该！对我来讲，没有什么是应该的。也许，我最应该的是死！”

“别……”褚强紧抓住电话，好像那是鹿路冰冷的手指。

鹿路丝毫不为所动，说：“收起你的话。我会让你们所有的期望化成灰……”

褚强疯了似的对着电话喊道：“鹿路，你不知道我要说什么！我想说的是——我佩服你的勇敢！”

这一句话后，“嘭”的一声巨响，然后长久静寂。不，不是完全的静寂，可以听到呼啸的风声……褚强知道那是手机掉在地上了，质量极好的机子，毫发无损，收拢着周围的风声……久默之后，传来鹿路非常微弱的声音：“等着我……”

褚强回到茶室，程远青问：“她来吗？”

褚强揉着被冻僵的耳朵说：“来。”

两个人无声地喝茶，好像再做任何交谈，鹿路都会听到似的。闲着无聊，褚强又要了一些香蕉干、兰花豆、点心之类的小食品，不停地吃着。程远青说：“等一会儿鹿路来了，就不能吃了呀。”

褚强苦笑道：“也不是肚子饿，是心里发虚，总想用什么东西垫补垫补。”

第 23 章

从黑夜到黎明

茶室的单间，一个清雅幽静的所在。一张小桌，古朴的檀香色，厚重而沉稳。几把椅子，散在小桌四周。程远青说：“褚强，我考考你。一会儿鹿路来了，三人如何落座？”

褚强看桌子是方形的，招呼来小姐说：“能换张圆桌吗？”

茶道小姐说：“几个人呢？”

褚强说：“三个。”

茶小姐说：“圆桌有，只是和这屋里的颜色不很配。”

褚强说：“麻烦你把圆桌拿来。”

小姐换上圆桌，果然颜色污浊，好在茶室内的灯光也很柔和，看着还算相宜。

褚强让小姐把多余的椅子搬走，只留下三把，围住圆桌。问程远青：

“可行？”

程远青点头：“很好。我还要考考你，这三把椅子，怎么坐？”

褚强说：“看鹿路了。她愿坐哪儿就坐在哪儿，她会舒服些。”

程远青说：“考虑得不错。不知你想过没有，鹿路来这儿，我们将和她谈什么，心里没底儿。加上对你我的尊重，她不会直接选座位的。我们就把一个最符合她心意的位置留给她。”

褚强说：“难了。我也不是她肚里的蛔虫，谁知哪个座位最合她的心思？”

程远青说：“这个距离门口近的位置，可能她中意。谈话对她压力很大，潜意识会想着如果实在受不了了，就能逃出去。这个位置又能看到窗户，给人一个视野豁亮的感觉。你看那个位置，缩在犄角旮旯里，很憋屈……”

褚强说：“我坐那儿。一会儿全看您的了。”

程远青说：“甭紧张。有话就说，没话就不说。”

正说着，茶小姐进来续水，程远青对小姐笑笑说：“还要来位朋友，就不麻烦你了，我们自己操持。”又对褚强说：“把茶碗茶壶都收拾到一旁去。待会儿，没有我示意，咱们都不喝水。记住啊，尤其是不给鹿路喝水。”

程远青很安详地坐着，好像在打坐。门开了，一个裹着巨幅黑色披肩的女人走了进来。披肩遮住了她面颊的 2/3，只留出两只眼睛，好像阿拉伯妇人。她看到程远青和褚强，身体一歪，倒在那把预留的椅子上。待把黑色的披肩揭开，程远青和褚强都不禁“哎呀”一声惊叫。

来人是鹿路。但不是他们熟悉的鹿路：脸颊肿得老高，眉头偏左一道粗重的血痕，脖子一团团淤血的青紫……

“鹿路……怎么了？出车祸了？”褚强说。

鹿路说：“工伤。我平常挺敬业，干活时连手机都关上，以防客人不满意。今天，我总觉着会有事，就没关手机。两次接了你的电话，把客人从身上甩下去，后来，干脆把钱扔了回去，自己走了。客人给我身上留点红，也是应该的。”

褚强毛骨悚然，不单为鹿路遭受的蹂躏，更为她的平静和漠然。程远青一言不发地看着鹿路，说道：“鹿路，看你受伤，心里真难过。与其受这么大的折磨，不如你干完了活再来。我们会一直等着你。”

鹿路双手支着头，说：“生怕晚了，你们就再也不理我了。”

褚强说：“怎么会！”

程远青说：“褚强把你的事都告诉我了。你怪他吗？”

鹿路说：“我谢谢他。一直想跟您说，可我不敢。我是个下贱女人，我怕说了会失去你们。”

程远青抚摸着鹿路的头发说：“你为了给哥哥治病，把自己的一切都押出去了，这是你的美德呀！”

鹿路惊得差点从椅子上跳起来，说：“程老师，我没听错吧，你说我有美德？我——这个被千人骑万人跨的女人，还有美德吗？”

程远青很郑重地说：“我个人坚定地认为这就是美德，这就是舍己救人。我猜想你在干活的时候，原谅我用这个词……”

鹿路说：“程老师，你就说干活吧，我就是干这个的。我知道羞耻。”

程远青说：“好，鹿路。我猜你在那种时候，会想到你哥哥。会觉得你所有的付出，都是为了一个好的目标，虽然你干的是最卑贱、最肮脏的行当。”

鹿路泪流满面，那些红肿和紫色的伤痕，由于眼泪的滋润，变得更加触目惊心，她说：“你怎么什么都知道啊？我心里想的是什么，你都听到了啊？我是不是在梦中告诉过你？”

程远青抚摸着鹿路的手说：“鹿路，我知道你想着有一天，当自己攒够了钱，帮助哥哥换了肾，让他像正常人一样生活，你就再也不干这活了，你会和哥哥走得远远的，走到一个没有任何人知道你过去的地方。你嫁给哥哥，永生永世地服侍他……”

程远青说到这里，鹿路突然站了起来，惊恐地睁大了眼睛说：“程老师，你是神还是鬼？我没有告诉过任何人，你怎么什么都知道？

你是天兵天将来救我的吗？”她战战兢兢地退后一步，自问自答道：“你……你是不是我的亲生娘？不能啊，我亲娘是个穷苦女人，她哪儿能有您这份学问？再说，岁数也不对啊。可是，你是怎么知道的？你是不是在外国得了什么能刺探人内心秘密的仪器，要不然，你就是神灵附体？”

程远青把鹿路重新按在椅子上坐好，说：“鹿路，我还知道你得了病以后，知道自己的时间不多了，你跟死神赛跑，你希望在自己临死之前，能尽可能多地为哥哥挣下一点钱。那样，就是有一天，你死了，臭了，烂了，全世界的人都骂你，你也觉得自己活得值。你自己为自己流泪。你觉得你虽然干的是最下贱的事，可心里有一眼干干净净的泉……”

椅子上的鹿路，刚开始还像倾听神谕一样，听程远青说话，后来，身子就软软地顺着椅背流淌下来。褚强在一旁看着，赶快去搀扶，鹿路已经昏厥了过去。

“这可咋办？！”褚强手足无措。他惊讶于程远青怎么能说得那么肯定，那么决绝。鹿路的反应，更让他始料不及。不会有生命危险吧？

“给她喝一点热水。”程远青很镇定，一边用指甲掐着鹿路的人中，一边吩咐褚强。褚强赶紧兑出不凉不热的清茶，凑到鹿路唇边，喂她咽下。过了一会儿，鹿路渐渐清醒过来。

“我这是在哪儿？”鹿路的眼光像婴儿一样无辜而好奇。程远青心里一动，若干年前，当鹿路的父亲第一眼看到鹿路的时候，她一定也是这副模样吧？

“你在家里。我和褚强在陪着你。”程远青说。

“我没有家。”鹿路绝望地说。

“你以前没有家。以后会有一个家。”程远青非常肯定。

“我以后的家在哪里？”鹿路困难地思索着，眼神空洞。

“我们的家，就在我们的心里啊。”程远青柔声道。

“你是说，我的心一直没有找到自己的家？”鹿路渐渐地恢复了思维。

“是。”程远青很肯定地说。

“我没有心。我没有家。”鹿路面如死灰。

程远青抱着鹿路，如同她是一个小女孩。程远青说：“鹿路，你的心到哪里去了？”

“我生下来就没有心。”鹿路迷茫但是很清晰地说。褚强在一旁看得发傻，觉得好似谶语。见两人的态度都极认真，只有满怀疑虑地观望下去。

程远青说：“鹿路，你的意思是，你一生下来，就和别的孩子不一样？”

鹿路说：“是。我不知谁是父亲，谁是母亲。我是多余的人。没人爱我，我又何必爱惜自己！”

程远青庄重地说：“身世不幸，这不是你的罪过。你一定无数次叩问苍天，为什么自己的命运这样悲苦？你觉得这一定是你天生有罪。所以，当你知道是养母含辛茹苦把你养大，你就不遗余力地用自己的一生报答她，报答她的孩子……”

鹿路忧郁的眼睛睁得很大，注满了惊愕和狐疑，但这些光芒如同电光石火一般闪动和变幻，很快成为一片灰烬。

鹿路反驳说：“程老师，我承认你说的某些地方对，我是私生子，一个野种，我没有父母，没有家。抚育了我的养母，对我有一生一世都报答不完的恩情。养母不在了，我就尽力报答她的儿女。程老师，在这之前，您说得都对。可是，我对三哥，不是简单的报恩，我爱他。他不幸，我更爱他。为了这份爱，我会献出一切。您不是说要给自己的生活找一个意义吗，我找到了。不论我和多少个男人上过床，可我的心从来没有放在那张床上。它干干净净地放在家乡的草地上，我只爱三哥。”

褚强听得非常感动。说实话，他对妓女深恶痛绝，都是些人渣，为了一点钱，居然把身体零敲碎打地卖了。他一直想不通，那些世界级的大文豪，怎么描写了那么多优秀的妓女。比如羊脂球，比如玛斯洛娃，比如茶花女……现在听到一个活生生的妓女描述自己卖身的理由和对爱情的向往，他为之动容。

程远青知道更严峻的挑战在即。刚才的谈话，虽说犀利，但还在鹿路能够承受的范围之内，那么，她下面要触及的话题，就更直接、更残酷了。也许，她应该就此打住？深入地揭开一个人内心的疮疤，脓血四溅、白骨嶙嶙的场面，所有的善良人都难以忍受。可是，如果浅尝辄止，鹿路的内心就无法得到真正的解脱，那纠缠了她一生的梦魇，也会永远作祟。如果鹿路翻脸不认人，拒不承认，或在惨痛的打击之下，精神趋于混乱呢？不得不防。斟酌再三，程远青决定谨慎挺进。

程远青说："鹿路，你很爱你三哥，是吗？"

鹿路毫不迟疑地说："是。非常。"

程远青说："如果你三哥的病能好，你会和他结婚？"

鹿路说："那当然。"紧接着又补充道："即使三哥病不好，只要我能挣到足够的钱，我也要和三哥结婚。结婚之后，我再也不会干这活了。结婚前，我要先挣足。"

程远青缓缓地说："鹿路，咱们先不谈钱。假设你已经有了足够的钱……你知道，结婚是两个人的事情，爱是两个人的事情。"

鹿路很快地答道："这我知道。"

程远青说："鹿路，我知道你很爱你三哥。可你知道，你三哥爱你吗？"

"这……"鹿路张口结舌，她好像从未想过这个问题。

程远青单刀深入，说："两个相爱的人当中，爱还是不爱，是很明确的，你怎么好像很意外？"

鹿路舔舔口唇说："我想，他是爱我的。"

程远青说："听你口气，好像没多少把握？"

鹿路不悦道："我有把握。"

程远青知道触到了鹿路的痛处，遭到责难。这不是鹿路对程远青的不敬，而是她必须得躲开。程远青怎能让她躲开？现在接近问题苦涩的内核了，切不可手软。程远青说："对不起，鹿路。可能我不够了解情况，如果有冒犯，请你原谅我。你能告诉我，你怎么知道你三哥是爱你的？"

鹿路心里焦躁，很不耐烦地说："我敢说他是爱我的。否则，我寄回去的钱，他怎么都收下了？他还老说谢谢我……"

"就这些？"程远青穷追不舍。

"就这些，还不够吗？你还想要什么？你有完没完了？你？！"鹿路突然变得穷凶极恶、龇牙咧嘴，面部和脖子上红红紫紫的伤痕一起沁血，简直如夜叉出更。

褚强吓了一跳。鹿路不是非常尊重程老师吗，怎么一下变得青面獠牙了？看看程老师，还是人淡如菊。

程远青情知已和鹿路一齐走到悬崖边缘。要么人仰马翻，要么柳暗花明。不能退，必须得挺进。程远青说："鹿路，爱不是一厢情愿。就你刚才所说的那些爱情的证据，恕我直言，实在是太苍白了。对于一个病入膏肓的人来说，如果妹妹在外打工，号称有一份很体面、很高收入的工作，给自己寄些钱来治病，我以为他接受下来表示感谢是很正常的事情。我估计，他从来没有用任何一种方式表示过他是爱你的，不管是文字还是口头。所以，你所说的爱，是没有证据的！不但犯罪需要证据，爱也是需要证据的。没有证据的爱，只能是镜花水月！"

鹿路脸色铁灰，褚强真怕她又一次昏倒。

褚强真想堵住程远青的嘴，替鹿路哀求程老师：别说啦！求您别说下去！就算事情真这样，也不要说破！

褚强没敢动。程老师不时给他明确的眼色，示意他毋躁。

鹿路被逼到了穷途末路，负隅顽抗。她说："就算我以前没跟三哥挑明我是爱他的，但我要是现在说了，他也会说爱我的。"

程远青说："好哇。为什么不说？"

"不……敢说。"鹿路的气焰被削弱了。

“你对你三哥是不是真爱你，没把握？”程远青步步为营。

鹿路用极低的声音说：“也许吧。”

程远青说：“要是我，我就要问清楚。爱与不爱，关系一生。不能是一笔糊涂账。”

鹿路说：“我为什么要搞清楚？不要！我很好！”

程远青说：“你很好吗？骗谁啊？我看你不是不清楚，而是很清楚。只不过，你不敢面对这个清楚。”

鹿路困惑地看着程远青，无助地说：“程老师，我不骗你。我真的不知道。”

程远青逼她道：“你知道。”

鹿路胆战心惊地说：“你是说——其实，我三哥从来没有爱过我？”

程远青残忍地说：“鹿路，我不能回答你。你只有自己回答。”

鹿路歇斯底里地叫起来：“这不可能！我三哥是爱我的！他只是因为自己有病，才不敢对我说爱。如果他的病好了，他能确知我们没有血缘关系，他一定会说的！”

程远青说：“鹿路，未知数太多了。”

鹿路说：“我三哥爱我不爱我，我还不比你知道！”语气之中，已有恼怒。

程远青内心长叹一口气，看到过太多自欺欺人的爱情，越是到了接近核心的时候，那揭穿真相的痛楚就越来越锥心刺骨。她换个角度说：“鹿路，你说得很对，你比我更知道你三哥爱不爱你。但是，我要说，这世上，还有一个人，比你更知道你三哥爱不爱你！”

鹿路的眉毛耸得飞入鬓角，说：“谁？”

“你三哥！”程远青说。

“我可以问问我三哥？”鹿路一点就透。

程远青说：“对啊。两人相爱，当然可以问。”

鹿路说：“我今天晚上会把这个问题搞清楚。可是，我怕……”

程远青说：“怕什么？”

鹿路说："我不知道。"

程远青说："最可怕的是假象。"

鹿路平静下来，她对褚强说："我想喝水。喝很多很多水。"

褚强看看程远青，程远青点点头，褚强就把早就凉好的茶水递给鹿路。他心里惊呼，我的天，一个女士，居然牛饮一般，水顺着鹿路的嘴角滚到脖子上，血红的伤痕镀了釉似的放光。鹿路的精神好了许多，对程远青说："那我就走了。谢谢你。"她又把面孔转向褚强，说："谢谢你的追踪和告密。"

鹿路走了，如同她来时一般匆忙。

褚强说："程老师，吓死我了。我看您倒是胸有成竹。"

程远青喝着茶说："哪有成竹？连根笋丝都没有。我也很紧张。每一个人都那么不同。人们的经历就是人们的宝藏，也许正是这些宝藏制造了他们的苦难，除了他们自己想挖掘出来，谁也没有办法。"

褚强说："您估计鹿路下一步会怎样？"

程远青说："如果一切顺利的话，估计她晚上会给我打电话。"

程远青的估计有一个小小的误差，鹿路的电话不是晚上打来的，而是半夜。

"程老师，这么晚了，会打扰您吗？"鹿路有点迫不及待。

"不打扰。我正在等你的电话。"程远青如实说。

鹿路接着说："程老师，我给我三哥打了电话。其实打电话是很容易的，可这么多年，我不敢。今晚，我要彻底整明白三哥究竟爱不爱我。我跟三哥说了很多，我不是他的亲妹妹，他也不是我的亲哥哥。我爱他，我要救他。我想和他结婚……"鹿路的口气渐渐急促起来，程远青也跟着紧张。虽说久经历练，且那答案也在预料之中，但面临一个活生生的回答，还是充满悬疑。

"你三哥怎样回答？"程远青说。

"我三哥说，你就是我的亲妹妹，我就是你的亲哥哥。他一连说了好多遍，无论我怎样解释他都不听。他说，要不是亲的，你还会这样搭救我吗？只有血才是最浓的。我说，三哥，就算你不是我的亲哥哥，我也一样救你。他说，他不信。他说自己是风烛残年的人了，对什么爱不爱的一点兴趣也没有。他还说，他的医药费快用完了，问我何时再寄钱回来。他还说，让我找对象的时候，一定要找个怕老婆的，自己才能当家做主说了算。不然结了婚以后，再往老家寄钱就不顺当，三哥的命就难保了……我木木地听着，心一截一截地变成石头。我知道，三哥爱的是那个能寄钱给他治病的小妹，三哥从来没把我当成一个独立的女人。三哥自始至终，从来没问一句我的身体，三哥以为我是铁打的……”

鹿路说到这里，话筒里出现了长久的缄默。程远青一言不发地等待着，知道鹿路此刻只需要陪伴，不需要安慰。最悲恸的时刻是要一个人孤独地享用，任何分餐都会让痛苦卷土重来。

时间过去了很久。鹿路说：“谢谢你，程老师。谢谢你一直在听我说。夜已经很深了，我的心比这夜晚更黑。”

程远青说：“黑夜过去就是黎明。”

鹿路说：“像我这样的人，还有黎明吗？程老师，我恨你。你把我心中最后的美好幻象打破了。”

程远青说：“凡是能打破的，就不是美好的。真正美好的，是打不破的。”

鹿路说：“我最美好的东西是什么呢？四周一片黑暗，我什么都看不到。”

程远青说：“你最美好的东西就在你身边。”

“我身边？”鹿路失声叫道，“不！我身边全是虚空，什么也没有。”

程远青说：“你身边有一样东西，那就是你自己。”

“我自己？千疮百孔、肮脏不堪、残缺不全……这个身子有什么好？”鹿路说。

程远青说：“你帮助养母一家，你自己身患重病还顾念他人，你对爱情的向往和付出，你的直率和坦诚，你的挣扎和渴望，这些，不都是最最宝贵的东西吗？鹿路，我想对你说，你要学会爱自己，爱惜自己的身体，爱惜自己的灵魂。这才是世界上最宝贵的东西！”

鹿路在电话线的那一侧听着，听着，突然爆发出了凄厉的哭声，吓得程远青全身的皮肤立时增厚，原来是起了一身厚厚的鸡皮疙瘩。鹿路的哭声一会儿大一会儿小，断断续续迁延许久，程远青一直在耐心地听着，胳膊拿得酸痛了，就把听筒放在桌上，然后把自己的腮帮子也贴在桌上，听着那哭声。她也尝试着把电话的免提功能打开，这样虽说是听起来不用费劲了，但震耳欲聋的哭声响彻屋宇，让人毛骨悚然。程远青只得赶紧把免提关了，还是用传统的耳机听哭声。虽然鹿路一次也没有和程老师有交流，但程远青坚信鹿路知道自己是不是在听。程远青无论多么劳累，倾听鹿路的哭声没有丝毫倦怠。

终于，暴风雨过去了。鹿路的哭泣淅沥起来。“程……老……师……”她抽噎着说。

“鹿路，我在。”程远青说。

“谢谢您，我好多了。我知道我要为自己活着了。我不知道自己还能活多久，可是我从来没有这样清楚地知道，我要爱我自己。程老师，我永远会记得今天。”鹿路大哭之后，声音喑哑，但有一种神圣的坚定。

“鹿路，如果我在你的身边，会紧紧抱住你！”程远青一直等到鹿路挂了电话，才把听筒放下。

第24章

想象死亡

褚强收到了第四封信，指示他去查《现代汉语词典》第 1531 页第三个字。这第三个字一查出来，褚强脸色大变。

这是一个“组”字。和前三封信连在一起，组成一个短句——“小心小组”。

是谁发出的警告？如果说以前褚强还可自我调侃，以为是公司里什么人的恶作剧，那么此刻，怪信锋芒指向小组，褚强心中惶惑。公司同伴对小组并不知情，基本可排除嫌疑。神秘的写信者，为什么反复用这种烦琐的方式警示他？是到此为止，还是另有下文？

他带着所有信件去找程远青。程远青翻来倒去看了信，沉吟半晌，说：“不去管它。”

褚强不解地问：“为什么不管？”

程远青说:“很简单,不是不想管,是没法管,束手无策。也不能报案,没夹子弹,也没有炭疽菌。”

褚强说:“那就听之任之?”

程远青说:“褚强,只要我们按兵不动,我想,那个写信的人就会有下一步的举措。唯有以静制动,别无他法。”

褚强心稍安,拭目以待。

小组活动,定在安疆居住的干休所内。一是老人希望大家到她家做客,二来停止所有治疗之后,安疆身体虚弱,天寒地冻,她出门不便,只有把小组活动地点向她靠拢。木所长大力支持,找的房间宽敞肃静。一地金色阳光,烘得大家脸庞也有暗红浮动。

小组团团围好,进行了日常报告之后,岳评说:“我憋得够呛了。求求大伙,一定给我个时间,让我把心里话说说。”

大家就笑,说:“岳校长,您怎么跟急着上厕所似的,好像谁不让您说了。您尽管说。”

岳评说:“谢谢大家给我这份信任,我是对不起大家的。我要先在这里向大家道歉,请大家原谅我,我才能把以下的话说出来。”

程远青说:“你心事重重。”

岳评一拍大腿说:“我骗了大家。”

众人愕然,独有褚强出了口气。原来小组在鹿路之外,还另有骗子,自己跳出来了。

岳校长说:“告示上说,参加人员是乳腺癌手术后的恢复期病人。我报名的时候,在电话里问过,要检查身体吗?程组长说,不是医院,不用检查身体。我为什么要问这样的话呢?我不是一个乳腺癌病人,我也没有做过手术,我是混进来的……”

大家的目光冷厉起来。

岳评赶紧说:“我不是混进来做什么不法勾当,我有我的苦衷。我是没有得过乳腺癌,可是我女儿得了乳腺癌,去年已经过世了,才

28岁……”

大家“啊”了一声，不满烟消云散了。岳评说：“女儿生前，我从来没和谁说过癌的事。从得病到她走，我们就没有一个字说过这病。我和女儿原来可好了，是无话不谈的朋友，人家说多年父子成兄弟，我们是多年母女成姐妹。她什么都爱和我说，别家孩子的成长期、反抗期什么的，在我女儿身上，一点都没有。她后来成了一家公司的白领，男朋友是个医生，很帅，文文静静的，对我女儿好得不得了。我不是那种怕女儿长大的妈，不是那种一看女婿要把女儿领走，就百般挑剔的丈母娘。女儿把约会和接吻的事都告诉我，我还和她研究约会的地点，劝她不要到太僻静的小树林子和荒郊野外游玩，以防小伙子把持不住太热烈了。我和女儿聊得热火朝天，连她爸爸都嫉妒。女儿结婚了。我这边房子宽敞，婆婆那边只能给他们腾一间小房。女儿问我，妈，我们是住在那边还是这边？我说，我站在是你妈这个角度说话，就希望你住我这儿，早早晚晚我都能见着你，就跟你没出嫁似的。可我要是站在你的角度，你就住在那边，到底是人家的人。女儿抱着我的脖子说，妈，你真说到我的心里去了。女儿和女婿住到他们的小屋里去，每个星期回来一次。对了，说了这么半天，还没讲我女儿的名字，她有大名，我就不说大名了。说小名，叫小澈，清澈的澈。结婚一年之后，小澈当了妈妈，她生的也是女儿，名字叫蕊蕊。蕊蕊一岁的时候，女儿得了乳腺癌。她的癌怪，乳腺上的肿物一点也不显著，一开始就是肝脏转移，把胆给堵了，人就黄了。他们带着孩子正在泰国旅游，我本来还直反对，说这么小的孩子能记住什么呀？女儿非说，小时候的经历一辈子都有影响。带就带吧，没想到病发了。蕊蕊看见她一下变得像金子做的，都不认她这个妈了，吓得直哭。香港也不游了，直接回家，从机场就去了医院，医院马上就留下了。当时以为是丙肝戊肝什么的，怕肝衰竭……”

岳评一口气说到这里，没有丝毫喘息的机会，她终于注意到大家的神色，不好意思地说：“我这么讲，是不是太啰唆了？”

大家一时不知说什么好，还不知道岳评要讲的主题是什么。

岳评跳出来，这是一个意外。成慕海所说的有人作假，指的就是这件事吧！程远青看了看成慕梅，心想，她的同胞哥哥从哪里知道了岳评的故事？

成慕梅托着腮帮子，很注意地看着岳评，表情仍是一贯的漠然。程远青对岳评说："最悲痛的事是什么？"强调了"最"字。人需要学会简洁，即使在悲怆中。

岳评说："医生把她肚子打开之后，什么也没有做，就关上了。上次说了，别家都盼手术短，只有我家盼手术长。女儿出了手术台，没想到我和她的反目就此开始。从那一刻到她死，女儿没和我说过一次有关病情的话。癌横在我们之间，如同铜墙铁壁。她对我说得最多的一句话就是，妈，我觉得好多了。我对她说得最多的一句话也是，孩子，我看你也比以前好多了。谎话啊！弥天大谎啊！无论是说的人还是听的人，都不曾相信过哪怕一秒钟，可我们天天重复，像念经一样无数遍地唠叨着，装出喜形于色的样子。就在这句话的重复中，我的小澈，从体重110斤身高1.70米的优雅女性，瘦成了一根灯草，缩成一团，身上千疮百孔，比个木乃伊还可怕。木乃伊到底还是个全尸，我女儿剖腹探查的伤口一直到死都没有愈合，张着嘴流着脓液。从住院到她死，没有吃过一顿饭，瘤子广泛转移，肚子里粘成了大疙瘩，肠子完全不通，吐了胃液吐胆汁，最后就是吐血。太馋了，会吃下一个小饺子。她会把那个饺子在嘴里嚼呀嚼呀，一直嚼上十分钟，那个饺子才消失了。不是她咽下去了，是在嚼的过程中，饺子一点一点化成了渣，顺下去了。饺子下肚不足五分钟，她就会大吐特吐，我真不知道，一个饺子可以让人吐出这么多东西……女儿死后，我最最不明白的就是，一个癌症病人，在最后的时刻，和自己的亲人为什么不说实话？每当我关心她的病，她就会非常不耐烦地说，妈，你累不累啊？你烦不烦啊？你有完没完啊？你还让不让我安静一会儿啊？

"我每天胆战心惊地观察着她，你想啊，她身上的每一寸肌肤、每一个零件，都是我给予她的，对于她的身体，我像对我自己的身体一样熟悉。现在，这个如花似玉的身体，每刻都在发生可怕的变化，黄疸深似橘皮，脚面肿了，头发掉了，鼻子出血，尿却越来越少了……我不敢相信自己的眼睛。我去向医生报告，他们总是胸有成竹地告诉我，晚期就是这样的，还会出现很多……那些吓人的恶兆，医生嘴巴吐出来，就像天气预报，平淡，但是准确。我想和女儿说说这些事儿，她能给我一个解释，说这只是某种药物的副作用或是一个暂时的情况。小澈每次都粗暴地打断我的话，顶我呛我，我的眼泪哗哗地流，她才不作声。等女婿来了，她就跟女婿告状，说我一天老怄她。她把对病魔的怒火都发泄到我身上，我想和她开诚布公地谈谈，不要再说'好多了'的假话，把最后的时间，用来说点温暖的话，彼此也留点念想。可是，我找不到机会。互相折磨中，病越来越重，隔膜也越来越深。我甚至觉得女儿仇视我，因为我比她年长，她要死了，可我还活着。她只对蕊蕊和颜悦色，拼尽自己最后的力量，和蕊蕊玩。哪怕刚刚吐完血，用纸巾把嘴角的血丝一抹，就满面笑容和蕊蕊说笑。有一次，血沫子没擦干净，蕊蕊说，妈妈，你嘴巴怎么红红的？我女儿用手指按按嘴唇说，这是妈妈新擦的口红。我在一旁看着，就想，女儿啊，你也是当妈的人了，为什么你对你的女儿就那么好，却不让我对你好？直到女儿死，我和女儿的关系也没有恢复。我不知道这是为什么，为什么两个本该是最亲的人，却如同路人？我一直想不通，这比女儿的死还让我难受。死没法逃避，可我和女儿的关系为什么变成这样？我错在哪里？女儿去了，疑团留给我，好像火球，藏在我肚子里，烧得我日夜不得安宁。我装病，实在不是想骗大家，或是猎个奇什么的，我要把女儿的心事搞明白，她不在了，我想问问你们。求你们给我一个答案。我想在我活着的时候，搞明白这事。要不然就只有等到我也死了，见了我女儿，才能明白。再一次为我欺骗了大家而道歉，请大家帮我。"

回肠荡气，一气呵成。真不愧是当校长的，把小组也当成了大礼堂，做报告一般讲完了她的心事。大伙儿听得心一阵阵紧缩，以为岳校长说着说着会哭起来，但岳校长自始至终，一滴眼泪都不掉，音色也保持着洪亮。

程远青说："岳校长，谢谢你带出了一个非常重要的问题。我们病了，亲人在怎样一种煎熬当中，也许我们不明白。这种改变，深刻地影响着我们和亲人。甚至，在癌症病人故去之后，他的亲人依旧被无尽的折磨包绕。岳校长刚才谈得比较多，我大致总结了三个问题。岳校长，你听听是不是全面？

"第一个问题是：如果你得了癌症，你愿意知道真相吗？

"第二个问题是：你希望怎样度过最后的时光？其实，这个问题，谁都会遇到。即使不得癌症，人生也有大限。

"最后一个问题是：当我们远去之后，你希望亲人怎样生活？"

程远青说完，岳校长和组员都频频点头。程远青说："咱们请岳校长做主角，做一个游戏。"

这么惨痛严峻的题目，如何同游戏联系起来？

程远青说："游戏很简单，每人就第一个问题，想好自己的答案。岳校长走到你身边，你偷偷地把自己的答案告诉她。"

大家说："好啊。"

岳校长有点忐忑，尴尬地低着头，希望大家原谅她的打扰。"从谁开始呢？"她自言自语。

"从我开始吧。"周云若说。又问："我不想小声说，我想大声说。可以吗？"

程远青说："可以。"

岳校长就走到周云若面前。周云若一把抱住了岳校长说："我不喜欢糊里糊涂地死，我要知道真相。您今天的话，对我太重要了。我现在已经能对陌生人讲我是一个乳腺癌患者，可是我还对父母保密。我马上回家，告诉他们。不然，有一天我离开了这个世界，母亲会洒下像您一样多的泪水。岳校长，谢谢您！"她拥抱着岳校长，岳校长也紧紧地拥抱着她。

应春草是第二个。她附在岳校长耳边轻轻地说：“我不想知道。可我还是要知道。”她轻轻用手指尖触触岳校长，好像岳校长是个稻草人。

第三个是褚强。褚强说：“我没得过癌症，希望以后也千万别得。如果万一得了，请在第一时间告诉我。如果谁知道了还不告诉我，我跟他没完。”

大家就笑了，说：“你到了那会儿，就是想跟人家没完，只怕也是心有余而力不足了。”

第四个是安疆。老人坐在椅子上，站不起身来，岳评俯下身，听到老人微弱但清晰的声音：“瞒一个人容易吗？不容易。快死的人聪明，骗不了，趁早说了好。”

轮到鹿路了。今天的鹿路化着浓妆，不知道的人以为那是浮华，其实是为了遮挡满面伤痕，遮掩青紫的瘀斑。浓妆之下神情肃穆，有一种祭祀般的宁静。她没有拥抱岳评，用沙哑的声音说：“告诉我真相。”

卜珍琪站起来，她身材高挑，和胖胖的岳评正好形成反差。卜珍琪在岳校长耳边悄声说了一句，谁也没有听清。但岳校长很重地点头。

到了花岚身边。花岚长叹了一口气说：“还是别告诉我了。太可怕了。”岳评表示明白了，刚要离开，花岚又扯住她说：“我又改变主意了。还是说吧。说了，大哭一通，总能过去。”

岳评最后走向成慕梅。成慕梅坐着，露出不打算站起来的意思，斩钉截铁地说：“务必把真相告诉我。”

岳评一圈走下来，才要落座，程远青说：“你还没问我呢。”岳评说：“您我就不用问了。”程远青笑道：“这么有把握啊？你倒说说看，我会怎样回答？”

岳评说：“您学问大，也许会说得非常幽默。您的看法一定是——把最坏的情况和最好的希望都告诉我。当然，还有时间。”

程远青惊讶无比，说：“岳校长，你吓着我了。我真会这样说。”

程远青环顾四周，所有人的意见都征询完了，程远青说：“岳校长，把大家的意见报告一下。”

岳校长说："没想到，都是得知真相。我谢谢你们，我知道我错了。我那苦命的女儿，在孤独中挣扎的时候，多么需要得知真相。为什么怨恨我，这也许是非常重要的原因。以为爱，实际是害。无法沟通的痛苦，离间了我和女儿的情感，这比身体上的癌更可怕。"

程远青说："这第二个问题，我想用……"

大家接下茬儿说："一个游戏！"

程远青笑着说："这么想玩游戏呀？"

大家说："题重，方法轻松好。"

程远青很高兴，回想当初，小组刚成立时，情绪压抑紧张，对死亡讳莫如深，如今，已能谈笑风生。

程远青说："第二个问题是如何度过你最后的时光。不要受经济、地域、条件这类环境因素的限制，天马行空，撒开了欢儿想象。每人一张纸，把愿望写下来。时间五分钟，写好后直接交我。"

卜珍琪问："多少字？"

程远青说："一二十字就行。不要写名字。"

褚强发纸。某些人考虑过千百遍了，唰唰动笔；有的人就很困难，抓耳挠腮。五分钟过后，程远青示意褚强收卷。有几个人还没写完呢，程远青也不宽容，说："停笔。"

程远青把卷子拢在一起，对褚强说："还要劳驾你，把卷子打乱了再发下去。"

卷子发下，全场无声，大家都忙着参观他人的临终愿望。程远青道："把你手上的卷子念出来，与大家分享。"

褚强念道："到一个遥远的地方，安静地躺在白云下，死亡之后被秃鹫啄食，不让任何人看到我的身体。"

场内的气氛陡然间阴冷。略带浪漫的死法，不可言传的孤寂。

程远青琢磨——这是谁？吃不准。她不动声色地说："继续。"

应春草念道："我要死在家里。别给我吃。让我安静。"

岳评念道："把窗帘拉上，放一首江南的丝竹音乐。点上香，要那种檀香味道的。在我死后一小时之内，不要离开我。我还需要陪伴。”

这话叫人听起来，有几分苦意，又有几分禅意。

成慕梅念道：“请给我足量的镇痛药物。如果有可能，让我的孩子围绕在我的身边，当然，孙子辈的就算了。他们太小，别吓着他们。我会在还能动笔的时候，留下一封信。永别了，人们！”

一篇很有特色的条子，虽被成慕梅念得毫无水分，感动依然蔓延。

轮到安疆了。她衰弱得几乎透明，但精神尚好，一阵撕扯般的咳嗽由于她准备念字条而爆发，让大家很难过。“安奶奶，我替您念吧。”周云若说。

“我行。我高兴。”安疆困难地说完，又休息了一段不短的时间，才缓缓地念道：“妈妈，我就要到你那里去了，我很高兴。爸爸，一想到马上就要见到你，我就情不自禁地期待着那一刻快些到来。”

安疆由于底气不足，断断续续，更加重了一种乞求死亡的气息。连程远青都莫名其妙。谁写的呢？

大家的情绪也随之低落，这简直就是对死亡的邀请书。

程远青不得不插话说：“大家会听到各式各样的说法，也许并不美妙，却是心灵的自然流露。在这个意义上，我尊重所有的字条和它们饱含的感情。我们依然可以用明亮来对待它们。毕竟，生命此刻在我们手中。”

有一张条子让大家忍俊不禁。

字条上写着：“我要吃一大碗红烧肉，要把空调开得暖暖的，临死前嘴里要含一块糖。”

大家就把目光投向褚强，说：“也不怕蛀牙！实在是太年轻，离死太远。”

褚强说：“我这已经是挖空心思在想了。程博士说了，贵在真心。”

后面几张条子大同小异，只有一张条子独到：“把我身上所有的管子都拔下来。不要抢救，怎样来就怎样去。”

大家对别的条子都不表态，对这个条子鼓起掌，说：“对！这太重要了。”

最后轮到花岚念道：“死不足惜。就是化成厉鬼，也要报仇。我会拨打那个电话，日夜不宁。死在哪里都可以，就是不要死在家里。”

气氛为之一变，疑窦丛生：谁？咬牙切齿？有深仇大恨不得昭雪？

程远青算是把魔鬼放出来了。生死一线之时，矛盾激化。如果你安然，那时就更加安然；如果你混乱，那一刻就翻江倒海。所谓“死不瞑目”，就是这个意思吧。

这份冤仇凝结的檄文，不能拖延。程远青微笑着说：“这条子，吓了我一跳。不知大家感受如何？”

大家说：“汗毛乍起。”

程远青说：“条子的主人就在我们之间。我想，你之所以写了这个条子，是心里的苦痛和愤怒实在压抑不住了。既然你已经等了很长时间，能否再耐心地等待一会儿，让我们把大家刚才的条子做一个总结？好了，你不必说同意，只要你不反对，我们就往下进行。然后，我们再回到你的字条上来。”

人们面面相觑，没人反对。

程远青说：“我听了大家条子上的内容，第一个感觉是，想死在家里的人比较多。”

大家说：“正是。”有人小声补充说，我条子上没写，但心里也是这么想的。只是家里地方小，怕不吉利，添麻烦。

程远青说：“这就是你的不是了。我刚才不是说了吗，你怎么想的就怎么写，别顾忌太多。”

大家说，嗨！要是条件允许，谁不愿死在家里呀！

程远青说：“第二个感觉是特别在意有亲人陪伴，死在熟悉的环境和亲人身边，福气呀。”

大家就说，岂止是福，是奢侈！

程远青说：“第三个感觉是，大家对于现代医学对于死亡的大幅度干涉，抱消极态度。当生命不能挽回，就顺其自然了。”

大家说，太对了。真该请医院的大夫和卫生部的头头听听我们的话，一省钱，二顺民心。以为人临终总是千方百计求活，大谬不然。死亡不可避免之时，过程搞得人道一些，就是医学的大成就。

程远青说：“这第四个感觉是，大家还有一些未完成的事。思念呀，复仇啊，如果假以时日，愿意把它完成。”

有人频频点头。

程远青说：“如何死的事，要有提前量。干得动的时候赶紧准备，要不然，真到了那会儿，没人能知道我们真正的心愿。”

大家说，对啊，要让全社会的人都多知道一些癌症病人的真实想法，是功德无量的事。就算我们自个儿不一定能享受成果，为以后的癌症病人造点福，也是好的。

程远青说：“不知大家注意到了一点没有？无论写得伤感也好，凄凉也好，没有一个人写到钱。”

大家就笑了，说，钱在生死面前算什么呢？有钱的，在这之前，早立下了遗嘱，该分就分了。没钱的，想挣也来不及了，也没脸谈钱了。那么小的一张纸，谁能想到钱？您要是发一张大字报那样大的纸，或许在犄角旮旯里，能写到钱。

程远青说：“第三道题。那就是我们死后，你希望家人，你所爱的人，如何生活？”

周云若抢先说：“我在手心里写下意见，在小组内走上一遭。你要是同意，就举手；要是不同意，再提出自己的看法。好不好？”

大家都说好。褚强就从文具盒中拿出一支笔递给周云若，说：“这能在玻璃和金属上写下字迹。你手心得洗干净，有油腻可不行。”

周云若接过笔说：“我的手心也不是红烧肘子，哪有那么多的油水！”说归说，周云若还是到洗手间，把手洗净，用笔描画了一番，握着空心小拳头，绕场一周。

成慕梅细细看了周云若的手心，迟疑着，好像不是很赞同。但她思忖了片刻，还是把右手举了起来。

每当一个人看过之后，周云若就把手心重新攥起，又怕字迹模糊掉，就松松地蜷着手指，好像手心握着一只蚂蚱。这个手势引得大家充满了好奇，不知在五根美丽手指的护卫下，是怎样精彩的答案。每个人看过之后，就会把自己的手臂抬起。这个动作，对于一般人来说，是很普通的，但对于乳腺癌病人来说，却要付出艰辛。根治术切除了肌肉和皮肤，臂膀像是被无数绳索捆绑，要高举过头，是很吃力的。

周云若最后走到程远青面前。周云若的手心写着两个大大的字，由于保护得很好，一点也没有洇散，新鲜得如同两尾活蹦乱跳的小鱼。

那两个字是——“快乐”。

岳评此时泪如雨下。她觉得这是远在天上的女儿在说话。在这一瞬，她终于明白了女儿。因为太痛，她无力和最亲爱的妈妈诀别。每一句话，都会回忆起无忧无虑的日子。面对最沉痛的爱，只有选择欺瞒。女儿走了，今天在这里，在这些和女儿患了同样疾病的人身上，岳评明白了女儿的良苦用心，得知了女儿在天上对亲人的祝福。

快乐就是解脱和救赎，是冰释和消融。

程远青走过去，轻轻地抱住了岳评。

多么好的气氛啊！程远青真想在此刻的氛围中结束今天的小组，但是，不行啊！关于秃鹫和化成厉鬼的字条，都是已经开始行走的定时炸弹。

要拆除它们的引信，仗得一个个打。

程远青说：“那个厉鬼字条是谁写的？要是经过了这样一段时间，你不愿谈了，也完全可以。有话要说，请抓紧时间。好，我开始问了。这张字条是谁写的？”

静谧。没有人回答。

程远青倒很平静。在她心理医生的生涯中，最大的收获就是知道人是那么精密复杂，所有不可思议的事件都能发生。你可以惊异逻辑的怪异，却不能否认它所呈现的事实。

没有人答话。为了气氛的松动，程远青说：“我像是拍卖会的拍卖师，可惜手里没有锤子。现在，我问最后一遍——谁写的那张条子？”

在人们几乎绝望的时候，花岚说：“我。”

大家着实吃了一惊。那张字条是花岚念的，她念得很平静。混合之后，她写的条子又分到了她手上。刚才都在猜测，没有人猜到花岚头上。这种咬牙切齿的狠话，难以想象出自她之口。

程远青说：“有大冤苦、大仇恨的人，才能在最后的时光，还这样耿耿于怀。原谅我用了‘耿耿于怀’这个词。我们愿意分担你的悲愤。”

花岚抬起头，大家一看她的脸，几乎认不出她来。文静的面孔被怨恨扭得狰狞，眼光聚成一串火星，如果那个令她愤怒的人在面前，会被她撕碎。

花岚讲她的经历，反复提到绿色的香纸。花岚把对她丈夫的怀疑和推论，演绎得活灵活现，如同一个充满悬念的故事。花岚闭上了嘴，大家不知所终。

程远青说：“你最需要大家帮你的是什么？”

花岚很茫然，说：“我不知道。您刚才说让我们想象临终遗言，我一怒之下写下了那些话。我不想临到死都是一个糊涂虫。许久以来，就像有一只脏手，掐住了我的喉咙，现在，它让出一条缝，我喘气通畅多了……”说到这里，花岚绷紧的小脸，有了一些似笑非笑的纹路，荡漾着，比刚才中看多了。

程远青绝不被表面的松弛所疑惑。她说：“花岚，你觉得好些了，我很高兴。可是，你下一步的行动呢？”

“行动？我没有什么行动。下一步，我会回家，到超市买点果味酸奶什么的。”花岚说。

程远青说：“如果那张绿字条又出现的话，你怎样办？”

花岚一听到绿字条，怒火就腾地蹿起来，她咬着牙说：“我会撕了。”

程远青说：“如果字条不断出现呢？”

花岚冷不防哭起来，说：“我现在特别怕小组结束。小组散了，我再到哪里找这么多知心朋友！”

大家看到花岚对小组这么痴情，纷纷说，花岚，别害怕，即使有一天小组结束了，我们仍旧是你的好朋友！花岚破涕为笑。

程远青说：“花岚，你真的舍不得大家吗？”

花岚不悦答道：“程老师，我说的是真话。”

程远青说：“想念大家什么呢？请说具体些。”

花岚困惑地说：“见到大家就高兴。”

程远青说：“没那么简单吧。你会和大家再谈起你的磨难。对吗？”

花岚理直气壮地说：“当然会。我把大家当成我的篱笆和桩。花岚不是好汉，当然更需要人帮了。”

大家听得感动，说，花岚，你放心好了。我们不是一般的桩，是水泥墩。

程远青朝大家摆摆手，组员们噤了声。程远青说：“谈完了你的苦难，你再做些什么？”

花岚说：“回家。酸奶……”

大家听着，仿佛明白了一些，也仿佛什么都没明白。

程远青和颜悦色道：“恐怕还得加上翻看你丈夫的衣兜……”

花岚不情愿，还是承认了，说：“是。翻兜。”

程远青正色道：“花岚，我不知你发现了没有，你进入了一个怪圈。当你忍受不了的时候，你就宣泄。但你宣泄完了以后，你就忍耐。这是一个黑暗的循环。你不能把我们大家的倾听当成一个高压锅的减压阀，你呼呼吐出怨气，然后，压力舒缓了，你又有空间接收新的怨气。直到下一次忍无可忍时，再来一次减压。花岚，那不但是对大家的利用，更主要的是你的苦难的延误，是对恶势力的妥协。仇恨不会终结，只会越压越深，直至引发全面的崩塌。”

大家听得冷汗涔涔。

花岚双手抱住头，大叫道：“是的，我就是要崩溃了！我的心一会儿松一会儿紧，好像弹性绷带。好的时候，我以为那不过是心魔。坏的时候，我会有一阵阵的冲动，去跳楼卧轨、割腕、摸电门……绿字条像蟒蛇，越缠越紧……”花岚说到恐怖处，双臂环头，如同受刑。

程远青不去安抚花岚，说：“我知道你所遭受的痛楚，用语言来形容是非常无力的。我想知道，你为解脱自己的苦境，采取过什么步骤？”

花岚无力地说：“诉苦……”

程远青说：“然后呢？”

花岚抹干眼泪，肿着眼睛说：“我要找一家私人侦探所，我已经把有关的程序都搞清楚了。包括费用，一大笔钱，我准备出。我要他们派出最干练的私家侦探，追踪我的丈夫，然后，找到留下绿色字条的女人，最好能抓拍到他们苟合的镜头，起码也要录下音，这样我就人赃俱获……”花岚说着说着，悲戚一扫而空，换上眉飞色舞的表情。看来这个周密的计划，在她脑海中的构思，孵化很久了。

大家呆了，觉得像肥皂剧。

程远青很认真地倾听并思索着，说：“然后呢？”

花岚目光空空道：“到这儿就差不多了。”

程远青说：“什么叫差不多了？你不会是把录音带留着自个儿欣赏，把相片插到影集里留个纪念吧？”

花岚揪着自己的衣角说：“我真的不知道以后该怎么办了。也许，我会大吵一架，把录音带和相片甩到裴华山面前……”她困难地想象着，如同一条受伤的蠕虫在泥泞中爬行。

程远青毫无体恤，说：“然后呢？这可不能算完，好戏才刚刚开始呀。”

花岚双手抱头说：“我不知道！你为什么要这样逼我！”

程远青说：“没有人逼你，这就是现实！你不是小孩子，你可以想象一下，裴华山看到了你搜集来的证据，会有什么想法和举动？和你的期望吻合吗？还有很多具体的问题，你都要思考。”

花岚说：“程老师，我不是不想回答你的问题，是我真的不知道真相。”

程远青说：“花岚，你有能力知道真相。”

花岚说：“你的意思是，要我打那个绿色字条上的电话？”

程远青说：“这不是我的意思，这是你自己的意思。从你临终时想完成的事里，不正表明了这一点吗？”

花岚吓得直往后藏，好像程远青会扑过来逼着她打电话。“不！我不敢！”

程远青说：“你怕的是什么？”

花岚想了想，说：“我怕知道真相。”

程远青说：“我看你是个分裂主义者。一方面，鸵鸟埋头；另一方面，又充满想象，编织悲剧。在分裂状态里，必会崩溃。你选吧。要么知道真相，要么想入非非，包括崩溃，都是你的选择。”

花岚低着头，坐着。花岚甚至伸出手指头，一个一个地扳动指节，好像小孩子算算术一样，数着她的选择。大伙儿这个急呀，恨不能拉着她的手说，这还有什么可迟疑的！

程远青不急。有些非常复杂的问题，只围绕着一个极简单的内核旋转。有些非常简单的问题，背后却是整整一生的浓缩。急什么？人的一生都在寻找，寻找那个真正的与众不同的自我，寻找属于自己的快乐和自由。

花岚想了半天，这半天简直比百年还长。她终于开了口说：“我不知道。”大家就火了，说花岚你真是榆木疙瘩，这事简直太明白了，你只要……

程远青适时地打断大家的指责和教诲，说：“花岚，我想你心里很乱。”

花岚说：“是，乱极了。比我第一次看到那绿字条时还乱。”

这一次，程远青用严厉的眼神制止大家插话。程远青说：“我明白。那时候，你还能用种种的假设搪塞自己。可现在你面临着选择。”

花岚说："我没有选择。选择不在我手里，在裴华山手里。"

程远青说："咦？原来你是裴华山的附属。"

花岚不愿意听了，说："我不是任何人的附属。我是我自己。"

程远青紧抓不放地说："花岚，你刚才说什么来着？请你再说一遍。也请大家注意听，这是一句非常重要的话。"

花岚有些尴尬，也有些莫名其妙，说："这句话真那么重要吗？我刚才说的是——我不是任何人的附属。"

程远青说："祝贺你，花岚，你说出了一个最基本的事实。既然不是附属，就能自己做主。现在的问题是，你有选择知道事实真相的自由。当然，你可以放弃这个自由，如同你以往做过的那样。但是，你会死不瞑目。"

花岚若有所思地说："我知道了真相又能怎样？"

程远青说："你依旧可以再次选择。"

花岚说："就是说，我可以佯作不知？我也可以找裴华山摊牌。我可以警告他，也可以原谅他？我还可以离婚，也可以忍辱偷生地过？"

程远青说："基本上是这样的。纠正你一个说法，你知道了真相，如果选择继续保持婚姻，也并非忍辱偷生。你为了一个目的，比如你的父母，比如你的未来，而有意付出的代价。你不是被迫，而是主动。这就是两者的区别。"

花岚慢慢地说："我明白了。"

程远青觉得气氛过于严肃，微笑着说："我也明白了。"

这下轮到花岚不解，说："程老师，你明白了什么？"

程远青说："我明白了，你不想家庭解体。采取的方法就是蒙蔽事实，糊里糊涂、苟延残喘。"

花岚说："程老师，真相只是更有利于选择。"

在人们几乎以为无望的时刻，花岚拿出了精巧的手机，对大家说："对不起，我要在这里打一个电话。"她想也没想，就拨出了一个个数字。

那些数字在她的脑海中已生根发芽。

电话通了，有人答话。由于屋子里极静，花岚的电话质量过硬，大家居然都听到了一个机械的女声应答。那女声说的话是——对不起，您拨的号码是空号……

第25章

子非鱼

程远青回到家里。每逢小组活动的那一天，程远青早上从家走的时候，就像核潜艇驶向深海，不知道将遭遇怎样的波涛。回来的时候，也像返回港湾，夹杂着疲倦和喜悦。

小组像花苞慢慢长大。从社会各个角落汇集而来的病渣，在小组的这个锅里，搅拌煮沸蒸腾，今日的小组和刚刚成立时的小组，已不可同日而语。人还是那些人，但她们脸上的笑容显著地增多了，她们打开了封闭的心扉，把纷杂的往事一一梳理。大多数成员，心境已趋清爽。

当然，不是全部。程远青知道，即使到小组结束的那一天，也不能保证所有的组员都会有长足的进步。这和自己的指导水平有关，更与每个组员的开放和灵性密不可分。

“死亡之后被秃鹫啄食，不让任何人看到我的身体”的字条，让程远青不安。谁写的？字条在褚强手里，一时也无法判断笔迹。

程远青把自己像块线毯似的铺在床上，背后倚个软绵绵的靠枕，随意翻着一本休闲杂志。

她有点心不在焉，说得严重点，甚至是魂不守舍。她是在连连换了几本刊物，都不能成功地读上五页的时候，发现了自己的烦躁。

昨天才和国外通了电话，女儿在写硕士论文了，她很欣慰。女儿显然不是她不安的原因。那么，招致她不安的原因究竟是什么呢？

程远青细细搜索，很快就明白了。一旦她明白了，就有些生自己的气。原来，她有意无意地在等成慕海的电话。如今的成慕海，成了一个奇怪角色。经常会在小组活动的当日晚上，或是第二日早上，打来电话，述说他对小组的评价。成慕梅事无巨细都报告给哥哥，以致程远青曾愤愤质问："你妹妹是不是携带了针孔录像机？"

成慕海充满磁性的声音说："外人很难理解双胞胎之间的那种感应。小时候，我们兄妹一个得病了，父母会给两个孩子一起喂药。刚开始我以为是预防，怕另一个也得病，后来我妈说，两人都吃，药一块儿使劲，两份药治一份病，好得快。所以，妹妹不是故意的，我也不是故意的。如果您特别在意，我就不说得这么详细了。"

成慕海说得恳切，程远青只得作罢。当然了，程远青操有主动权，可立停交谈，但她始终不能断然叫停，奇怪的谈话就延续下来。程远青需要一个交流者，一个置身事外却又明察秋毫的观察员。在这种交谈中，她快乐轻松。成慕海是宁静的，有着淡淡的书卷气和忧愁，健谈，但有分寸，行于当行，止于当止。时有发人深省的疑问，有时会带一点巫气。比如，他说组里有人不以真实身份示人，程远青几乎要一笑了之。没想到褚强深入下去，才挖掘出了鹿路的一段隐情。鹿路的改变是显而易见的，她将重新规划自己的人生道路，从这个变化来讲，成慕海功不可没。只是，他是从哪里知道的？

也许，鹿路风尘生涯，过人无数，使成慕海从某个途径得知了她的真实身份？程远青这样推理。他不会亲自晤过鹿路吧？想到这里，程远青有些惆怅。

电话铃响起来了。程远青立刻抓起了话筒。

“你好，程博士。在等我的电话吗？”那个充满磁性的声音，有些喜出望外。

程远青暗骂自己接听得太快了，故意说：“您是哪一位？”

成慕海说：“程博士，您真的听不出我的声音来了？心理医生都有很好的听力，您是佼佼者，这点修行还是有的吧？如果我说得不错的话，其实您听出了我的声音，故意装作听不出，以防让我得意。是这样的吗？博士？”

魔鬼！程远青暗暗地骂了一句。但正因为这种魔鬼般的聪明和判断，使得程远青把和成慕海的谈话，当成一种精神的博弈和休憩。程远青说：“凭此出言不逊，可以判断出是成慕海先生了。铃声只响一声就被我接听的理由，没有你想得那么复杂，只是我凑巧走过电话机旁。成先生，您有什么事吗？”

程远青有意拉开和成慕海的距离。

成慕海感到了这中间的淡然，马上恢复了恭敬的口吻：“程博士，请别介意我的随便。主要是刚和妹妹聊完天，听她绘声绘色地讲您的小组，感同身受，余兴甚高，好像和您也很熟稔了。其实是陌生人。”

这席话倒是还算让程远青入耳。有关小组的情况，程远青当然愿意听到反馈。程远青在音调里加入少许温和，说：“你对小组有什么新印象？”

成慕海等的就是这句话，马上说：“如果您时间充裕，我就多聊点。反之，就简练点。”

程远青希望多聊点，说出来的却是：“请简练。”

成慕海说：“哦，好。最简练的发言还是我以前说过的一句话，您应该记得的。”

程远青说：“对不起，您说过很多话，不知您说的是哪一句？”

成慕海说：“小组有骗局。也就是说，有人的脸背后还有一张脸！”

程远青愕然。澄清鹿路身份之后，以为问题已然消解，不想仍在原地踏步。程远青道："你还坚持这个说法？"

程远青记起同鹿路的谈话，并没有在小组公开，便笑自己大惊小怪，又不能把来龙去脉告知成慕海，就说："不知你妹妹在向你描述的小组，有什么变化吗？"

成慕海说："成慕梅发现鹿路不同以往。她讲话很少，几乎没有任何突出表现，但很显然，一个深刻的变化已经发生。她身上的流浪漂泊之感消退了，好像有了家。至于岳评校长，我不知您是否把她的表白当成了谜底？她就算是欺骗，也是一个小小的善意刺探。这算不了什么，还有更深刻、更令人震惊的假象，存在于小组。"成慕海最后的话，简直充满预言的味道。

程远青沉吟了片刻。不知这份敏感，是属于成慕海还是成慕梅？想想看，一份病两份药治，这样的共同体真是不可思议。

程远青说："你说得这样肯定，是否可以告诉我，你从哪里得知？"

成慕海笑了，说："博士，你不该这样问。我只是一个局外人。我告诉你的是真的，这就足够了。"

回家路上，花岚又用手机拨打那个号码。她很紧张，等来的还是"没有这个号码"的女声。花岚先是松了一口气，马上又怀疑是不是记错了？打错了？

记错是不可能的。号码已烫在脑屏，就是死了，火化之后，在碎骨的白色垩面上，也一定会留下这组数字。花岚再次查看了自己的打出记录，没错。地铁信号不是很好，花岚索性提前下了车，爬出地面再次拨打那组数字。屏声静气地听，还是那个标准的录音在回答花岚的等待。花岚现在几乎可以确认那是空号了。于是，花岚上了瘾似的一次次按下电话的重拨键，享受地听着那个不带任何感情色彩的声音。

她给裴华山打了电话，要求他回家来吃晚饭。裴华山自由惯了，什么时候回来什么时候走，花岚都表示出一种冷漠的淡然，好像根本不在意。今天不是邀请，是“要求”，这让他思量。

裴华山说：“有什么要紧事吗？”裴华山在脑子里迅速搜寻，谁的生日？世界抗癌日？好像都不是。再说，他家从没纪念这些日子的习惯。

花岚说：“我很想和你谈谈。”

花岚从未用这种口气和裴华山说过话。裴华山推掉了重要应酬，早早到了家。花岚整出一桌菜等他。花岚体弱，不胜油烟，自己也没胃口，全靠西洋参、乌鸡精什么的支撑身体。其实，她小时候，家中雇过一位杭州保姆，会烹制很精致的小菜。花岚跟着学过几手。今天特意表现，就有几分江南小馆的风味了。

胃的力量强大，裴华山津津有味埋头便吃，至于种种疑问，饭后再说吧。

花岚说：“有一件事，我一直想问你，可我一直没有问你。”

裴华山剔着牙缝说：“干吗这么兵临城下？有什么事，你说吧。”

花岚觉得自己的牙床骨直打架。不是因为冷，也不是因为害怕。谜就要揭破，她有一种战栗的期待。花岚说：“你的衣服一直都是我洗的。”

裴华山说：“是呀。你是不是对此有意见？如果你觉得太操劳的话，我可以自己洗，也可以送到洗衣房。”

花岚说：“我在你的衣服上经常闻到脂粉的气味……”她不得不停下来，因为她的声音抖得不成样子。她觉得这有损自己的威严。

裴华山一点都不意外地说：“是吗？这有可能。你知道我们经常要和一些客户打交道，甚至要到一些很暧昧的场所。我不能放弃这些业务，你病了，需要钱，我不能不去。但我洁身自好，倒不是品质多么清高，甚至也不敢说是对你的忠诚，实在是出于清洁和健康的考虑。我可以向你发誓，我从来没有做过背叛你和这个家庭的事情。”

裴华山讲得很坚定，眼睛也毫不躲闪地望着花岚。花岚经过小组的锻炼，知道这样讲话的人，通常是真实的。但她能相信裴华山吗？焉知裴华山不是一个老到的情场高手练就了风雨不透的功夫？花岚自觉不是裴华山的对手，她从来就说不过他，也从来算计不过他。但此刻的花岚不自卑。她已经反复琢磨过自己的处境，与其在痛苦的猜测中焦灼而死，不如问个明白。在今天小组活动之后，花岚决定不再用一生来做赌注，而是顷刻就要面对真相。

花岚说："我给你看一样东西，希望你保存它的完整。这是一个仿制品，你就是把它撕毁了，我还有不止一个真品。"

裴华山来了精神，说："花岚，我佩服你。一天待在家里，想出了神话。它是什么东西？你说到撕毁，可能那玩意儿质量不好，是纸或塑料或丝绸？你放心，我不会撕毁。"

花岚就拿出了绿字条，丢到裴华山面前，说："你看吧。很熟悉，是不是？"

裴华山很仔细地看看，又把那串数字念了出来。花岚冷静地说："一组密码？很亲切，是不是？"

裴华山抚着字条说："这对我真是一组非常重要的数字，有关一个重大的投资客户。它恰巧是八位数，和电话号码的位数相同。不知为什么，我总是记不住这组不规则的数字。但是，和客户谈话的时候，又要不停地重复这组数字。没办法，每当我和这个客户见面之前，助手都会把这组数字抄下来给我，以防我忘记。我这个人有时考试会突然晕场，不信去问你爸爸。"

花岚半信半疑。那个袭扰了自己无数夜晚和白天的数字，竟是如此简单！她甚至怅然若失，为自己所有的眼泪和惆怅，为自己无数脑细胞的夭折和毁灭……

"这是真的吗？"花岚哽咽着说。它太简单了，简单到让人心碎。

裴华山说："你可以拨打这个号码呀！我不知它能不能打通，即使通了，也是完全的巧合！"

花岚说："我打了。几十遍，都说不存在这个号码。"

裴华山轻松地耸耸肩膀说："那不就得了。我总算洗净了。"

花岚还有最后一个疑问："那张字条，为什么那么香？"

"香吗？"裴华山有些吃惊，想了想说，"那是业务助理为大家买来的便笺纸，进口的，都说好，我还从来没闻过它的气味。我是老鼻炎了，你也不是不知道。”

花岚转过身，号啕痛哭。这是她自得知自己得了乳腺癌之后，最气壮山河的一次痛哭。她恨那些牵肠挂肚的日日夜夜，恨所有的胡思乱想，恨出卖绿色羊皮纸的商店，甚至恨那个机械的女声，让自己所有的忧虑变成毫无疑义的虚幻。好像一个标有骷髅头的集装箱，浸泡在海水里，长久不敢打开。今天打开了，大箱子里面套着小箱子，小箱子里面套着木匣子，木匣子里面是布袋子……当所有包装打开之后，她看到了一点灰尘。

也许这就是人类常常面临的困境。当你以为是海洋的地方，是一滴水。当你以为妖孽出没的时候，是一根鸡毛飞舞……

半夜里，在久违的鱼水之欢之后，裴华山说：“想不到，你活力迸射。以前，我几乎不敢碰你。”

花岚说：“如果你不碰我，我就真没活力啦。”

裴华山说：“你病了，我觉得是我的责任。我要好好地保护你。我要压制自己对你的欲望，我觉得那是不道德的。所以，我拼命地在外面工作。”

花岚说：“你每天看也不看我，我以为我做女人的魅力一点都没有了。你总在外面不回家，我以为你另有他欢。”

裴华山紧紧地搂住花岚说：“你变了。”

花岚说：“以后还会变。”

裴华山说：“见好就收吧。变化太大了，我可害怕。”

花岚说：“不会的，我只会越变越好。即使我的病治不好，我也依然可以幸福。”

这次小组活动地点，是花岚选的。精神面貌一变，脸上的神气就不一样。本来嘛，哭笑全是脸上的肌肉组合而成。肌肉如同扑克牌，组合不同，成就了千姿百态的表情。花岚的衣服也换成了跳跃的粉蓝色，透着轻快。银行有处“阳光屋”，面积虽不大，但十分敞亮，还栽了若干在北方很罕见的热带植物，不是形单影只的巴西木苏铁，而是高大的椰树和芭蕉。通常不外借他人，只是单位员工可来此休息吃茶。花岚来借，知她有病，就破例批准了。花岚做了准备，常绿椰树下，椅子摆成圆圈。为了活动方便，把四周帘子挂上。冬阳从玻璃屋顶垂直倾斜下来，好像一匹金色瀑布。

新地方，很多人怕来晚了，提早出发，车顺了，到得格外早。暖融融的光线像一根根金黄的麦秆，挠着人们的鼻子和眉毛。大家闲来聊天，反正褚强这个唯一的男性还没到，肆无忌惮，开始讨论胸罩问题。对于切除了乳房的女人们，胸罩就不仅是美观，简直就是保持体面和尊严的同盟军。

花岚说：“我用的是一种内囊充满了水珠的假乳。关键不在好看，主要是有波动感，我觉得这太重要了。硬邦邦的乳房，无论形状多么逼真，只要一走动，就露馅了。”

应春草说：“你说的这个东西好是好，可是，得多少钱呢？”

一个否定句。可惜沉浸于快乐之中的花岚，把它当成了疑问句，轻描淡写说出一个吓人的数字。

“我的是自己缝的。”应春草说。

“我的天！胸罩不比裤子，要很多奇形怪状的布才能拼起来，手够巧的。”花岚顺嘴说。

应春草说：“自己的身子，哪凸哪凹都有数。第一次不合身，第二次就有了。要不，一辈子的事，老买现成的，太破费。”

大家连连称是，这确需长治久安。

“你在里面填什么呢？”安疆又出现了。她的身体极为虚弱，被周云若搀扶着来了，谁也劝不住。

“这个……”应春草有点迟疑，好像寻思要不要把独门功夫传授他人。她反问道：“安奶奶，您的胸罩哪来呢？”

老人家瘦得如同棺材板，腰佝偻如虾米，对这样的提问很满足，说："我是自己做的和街上买的相结合。"

大家说："您说详细些。"

安疆老人说："我只能在街上买少女型的胸罩……老了老了，还用上少女型了……"老人咧开干燥的嘴唇，开心地笑了起来。从暗色的唇中，你感到生命正在出逃。但是，谁又能阻止一个老人在阳光下开心地微笑，并遥想自己的少女时代呢！

"少女型还是肥，乱晃荡，没办法，动手把它改得更瘦。这样，有东西的那一边算是凑合了，可没东西这一边，就得絮棉花进去，要不然，跟个空老鼠洞似的，多不好看。后来，我技术革新，找到一个好物件往里填，你们猜是什么？"老人眯缝着眼睛，只有在饱经沧桑而又充满天真的人身上，你才能看到这种得意的笑容。

不知真的无人猜中，还是大家要讨老人家的欢心，纷纷说，猜不出，您就自揭谜底吧。

安疆得意地说："我在空罩里填的是旧丝袜！怎么样？又软和又透气还好洗！"

大家就夸张地表示自己的钦佩，乐得老人简直觉得这个创意，可以申请个专利。

应春草小声对身边的鹿路说："填袜子，对老年人，特别是麻秆形的老太太还行，但对中青年不行。我另有一诀窍。"

鹿路微笑着听大家讨论胸罩。她当然曾有过最性感、最奢华的胸罩，胸罩是她的旗帜。这些经历，对于如今的她来说，已远隔天涯，她搬出了度鸟别墅，租了一间小小公寓，正在读书，准备开始新的生活。

"你有什么好法子呢？"鹿路问应春草。

"绿豆。我在假乳房的袋子里放绿豆。我放过米，江米、小米都放过。我也放过各种豆子，黄豆、红小豆……最后发现只有绿豆最好。你知道为什么吗？"

鹿路说："不知道。"

应春草说："重量。乳房的重量是最重要的。小米太轻了，不成。黄豆太重了，一边像挂了颗手雷，另一边却什么也没有，悬空。悬空的滋味不好受，不平衡，人会歪歪斜斜。绿豆和乳房的比重是一样的。这是我的一大发现哪。只是有一条，夏天的时候，要勤换。你要有两口袋绿豆替换着用。这份汗透了，赶快倒换下来晾晒。刚开始用绿豆，我没经验。一次出外，两天没来得及换，到家一看，绿豆露出芽啦！以后我琢磨着把绿豆炒熟，也不能太熟，七八分就成了。太熟了，人一靠近你，会闻到豆香气。心想，咦，这女人刚在家吃完铁蚕豆吧……"

应春草喋喋不休地讲着，鹿路耐心地听着。她知道，这就是一个普通的平民妇女的生活。也许，这就是她的未来。

大家说笑一番，目标集中到沉默的成慕梅身上，问："你用的是啥胸罩呢？有没有什么经验，也给大伙儿交流交流。"

成慕梅闷声闷气地说："我在里面填的是石头。"

大家哄堂大笑，觉得成慕梅够幽默的了。只有周云若没笑。她想起来了，上次和成慕梅拥抱的时候，发觉她的胸部非常硬，好像鹅卵石。

大家又问一直没说话的卜珍琪。卜珍琪说："一会儿，我会在小组活动中讲这个事。"大家就有些奇怪，戴什么样的胸罩这类事，还要一本正经地说吗？

程远青和褚强到了，小组正式开始活动。程远青说："我想告诉大家，小组会在最近结束。"

大家听得一颤，空气也跟着起伏，附近那棵国王椰子的枝叶，明显地哆嗦了一下，惆怅涌上心头。

程远青说："刚成立小组的时候，我听到外面有人说——给一群患了癌症的人做小组，还叫什么'成长会心'？癌症病人还能往哪里成长？再成长，成长到坟墓里去了。心会到一处都是苦的。很多次活动了，你成长了没有，自己心中有数。如果你觉得自己成长得不够，那么，这个责任也在自己了。"

程远青说到这里，稍事停顿。提到时间，不但是一种督促，更是预防针。一个小组，也同一颗麦子一样，有沉闷的种子时期，当土壤湿润，当肥料撒下，当温暖的阳光照射之后，那颗麦子就艰难地拱破了土壤，露出稚嫩的幼芽。风来吹，雨来打，麦苗细弱左右倒伏，但生命的本能逼迫它向着太阳生长。它拔节抽穗，它灌浆成熟，变成金子一样地放射着灼目的光芒。然后，它沉甸甸地垂下了自己的果实。再等一段时间，它会把饱满的麦粒送给肥沃的土壤，把新的希望交给下一轮的生命。然后，麦秆萎黄了，它干成充满香气的粉末，随着风抛向远方。

程远青是老农，知道麦子的起承转合，知道一株麦子无法对抗生生不息的宇宙。程远青预告了小组的终结，人们很安静，斟酌宝贵的时间如何走过。卜珍琪说："刚才听组长说时间有限，心中紧迫。说实话，我对小组，刚开始没抱太多希望，心想一群哭哭啼啼的女人，能说出什么来呢？但我还是来了，因为孤独。我以前在办公室里养过一缸金鱼，人家都说金鱼好养活，随便喂点鱼食就能活。我是我那个部门的领导，人家都说我好像缺少女人味，我不服气，就从花鸟虫鱼市场买来了这缸鱼。那时正是夏天，鱼买回来活蹦乱跳的，尾巴就像红纱巾，在水草中摆动。我非常喜欢它们，给那条最大的鱼起了个名叫红袖。来我办公室的人看到了，都说，司长，工作累了看看鱼，心情也荡漾起来。鱼食都是现成的，只要每天别忘了往缸里投食就成。就是一天半天忘了，也没有关系，金鱼很皮实。如果我出差了，就告知司里的同志，代我喂喂，大家都很帮忙。鱼活得很好，个头也见长。后来，很奇怪，有一天早上我上班，习惯地走到鱼缸那儿，除了红袖，别的鱼都死了，像乒乓球一样翻着橘黄色的肚子。我傻了，是谁谋害了我的鱼？死了的先不管，抢救活的。我赶紧把红袖从鱼尸中打捞出来，暂时养在我的脸盆里，把那些死鱼倒了，把缸刷干净，再把红袖移到干净的水里。我给红袖喂食，它吃得很欢，完全忘记了同伴们的悲惨遭遇。鱼的死因，我一直搞不明白，很久之后，才听人说，金鱼喜冷不耐热，在炎热的夏天，它们之所以还活得优哉游哉，是因为办公大楼里空调强劲。那一晚，正是三伏天最热的时候，办公室停电了。气压又低，鱼儿经受不了忽冷忽热的折磨，就一一谢世。对于剩下的红袖，我格外当心。我亲自喂，怕它不知饥饱，吃个没完，容易撑死。没用多长时间，红袖居然有了一条大鱼的模样。有一个懂行的朋友来我办公室看到这条鱼，他说，你被人蒙了，这不是金鱼，是金鱼的爷爷。我说，那不是赚了吗？朋友说，这叫红毛鲤鱼，养大了，可以烧成一盘。我说想得美，我会给它养老送终。红袖每天在一只硕大的鱼缸里游来游去。凡来我办公室的人，都会看看红袖。有的人，本来是不来我办公室的，为了看红袖，也来了。不知从哪一天开始，我突然注意到，所有看到红袖的人，不论是老的、小的、男的、女的，只要他们独自观赏一会儿红袖，都会说同一句话。好了，同志们，我就请大家猜一猜，这是一句什么话？”

卜珍琪今天是要拉开架势和大家好好谈谈了。平常，她惜字如金，隐带领导者的霸气，言简意赅，语句干净得让人有一种被冷风呛着了的感觉。今天的卜珍琪婆婆妈妈、絮絮叨叨，甚至离题万里不着边际。好在经过小组的训练，大家的耐心都得到了很大的提高，诚恳听下去，就会知道那背后潜藏的秘密。

大家微笑着齐说：“猜不着。”

卜珍琪也没准备大家能猜出来，说：“只要身临其境想想，那句话就脱口而出了。每个人看到红袖都说，它多孤独啊！一个伴儿也没有。所有人说的都是这句话。刚开始，我还觉得很好笑，秉承那个古老的理论，你也不是鱼，你怎么就知道它孤独？当然了，这话也可以反过来说，你也不是鱼，你怎么就知道它不孤独！但是，当我一个人看着红袖的时候，我就知道了，人们为什么会这么说。看到红袖，我们就看到了自己。当我知道自己患了乳腺癌，我就成了红袖。为了这无法排解的孤独，我来到了小组。我知道‘物以类聚，人以群分’这句话，可我没想在小组中能找到知音。刚到小组，除了组长以外，我谁都看不起。当然了，我会把它包装得很严密，一般人能感到，但抓不到。即使抓到了，我也不在意。因为，我从小就觉得自己是与众不同的。

“刚才组长讲到小组即将结束，我要把自己的心里话和大家讲一讲。我知道自己在这个小组里，学历算高的，职务也算高的。我把这些看得很重，但从这个小组里，我知道了一个人的价值不单在标签上，更在他的内心。看到了那么多真实的生活状态，我也要真实地活一次。所以，我要告诉大家，我欺骗了你们！”

大家呼出了一口长气，阳光屋内的绿色植物，枝叶抖动。

小组里为什么这么多秘密？小组内为什么这么多“骗子”？小组有什么魔力，让一个个秘密大白于天下？

卜珍琪说：“我复查出乳腺癌之后，没有告诉任何人。就是我最好的同事，我也没说。我至今没做手术。所以，我违背了小组发起要求中必须是乳腺癌术后这样一个先决条件。癌肿还在我身上。”

卜珍琪深深地喘了一口气，看来这样的长篇大论对她也很不习惯。“我不想手术。罹患癌症，是冥冥之中的报应。部里马上要提拔一批正局级干部，我是人选之一，呼声很高。我对自己说，如果我动了手术就让那些反对派有了口实，说这个女人得了癌症，那还提拔什么呀？马克思比我们更喜欢她。我不能功亏一篑，所以，我要坚持，坚持到提拔我的命令下来的那一天。命令只要一下来，我就住院手术。在这之前，如同战士不能离开阵地，我不能离开我的岗位。说实话，如果我这时遇到什么意外，比如车祸或是在下面检查工作的时候以身殉职，从我的身上搜出了疾病诊断书，也许真的会以为我是一心扑在工作上的好干部。我和那些为革命鞠躬尽瘁的好干部不一样，他们是真的，但我不是。我究竟是什么，我也不知道。我的疾病在进展之中，虽然很慢，但我知道它分分秒秒侵蚀着我的肌体。父亲很在意仕途，他炉火纯青的时候，遇到了‘文化大革命’。‘文化大革命’最可怖的是‘耽误’。‘耽误’把一切可能性都扼杀了。父亲被耽误了，但父亲没有怨天尤人，真正的政治家是不怨天尤人的，只是把更多的期望放在今后。由于父亲的内向和寡言，父亲不曾说过期望。没有说出来的期望就是更大的期望。父亲期望我在仕途上有所进步。父命不可违。

之所以不做手术，是因为手术会毁了我的仕途……”

程远青洗耳恭听，知道人要胜过自己的父亲，是一件深具标志性的事情。有多少人在这样的空想之下，耗竭一生。

其实，夜深人静之时，卜珍琪知道事情不是那么简单。她可以被人骂成“官迷”，但她知道自己心底迷的不是官，是父亲的遗愿。

也许这就是问题的终极答案，但卜珍琪总还觉得有什么地方不对头。她不知是哪里搞错了。如果当事人都不知道是哪里错了，别人又怎么能知道。所以，卜珍琪不相信小组，但亲眼看到了很多人的变化和成长，卜珍琪有点慌了。她知道有一天小组会解散，散了之后，她那无时无刻不在的疑问就成了千古之谜了。

卜珍琪谈起自己幼年时的经历。她说：“当时发生了什么事情，我忘了。等我醒来之后，就‘文化大革命’了。在我的脸上，有妈妈的泪水。妈妈的眼泪如同强酸，腐蚀了我以为她是金属的感觉。妈妈后来再也没有回来过，然后就死了。”

卜珍琪说得很平淡，程远青却敏锐地感到事情完全没有那么简单。因为卜珍琪的一生都在实践父亲的愿望，为什么和父亲同等重要甚至更为重要的母亲，在卜珍琪的记忆中居然是一张白纸?

程远青说：“卜珍琪，你能用一句话告诉我们，你想要解决的主要问题是什么？”

卜珍琪想了一会儿说：“我想知道，我为什么不愿做手术。”

鹿路说：“卜珍琪，你是真不知道还是假不知道？”

卜珍琪一脸清白地说：“真不明白。”

程远青说：“你想知道吗？”

卜珍琪很惊讶地说：“这和我想不想有关系吗？”

程远青说：“当然有关系了。你为什么会忘记，就是因为你不想记住它。它已经沉默在记忆的海底了，就像泰坦尼克号的残骸。那年，有人要打捞泰坦尼克号，死难者遗属都反对。他们说，就让死者长眠在冰冷的海底吧，不要在这么多年之后再去打扰他们的安宁。人的大脑，是有保护机制的。记忆太痛苦了，才要忘记。把遗忘的记忆从深海中打捞出来，你也许会痛不欲生。你可有这个勇气？”

卜珍琪说：“程老师，我明白你的意思。我不知道我忘掉的是什么，可我相信你说的，它一定非常痛苦。生命有限，我要知道在我的生命里到底发生过一些什么事情。它曾丢失了一个晚上。不，正确地说，是几十分钟，我觉得它不是空白，是一个黑洞。至今还在飕飕地冲出冷风，吹遍我身体的每一个角落……”

卜珍琪嘴角抽搐着，双手交叉着抱住肩部，在人们看不见的华丽衣着下面，一定是密布的鸡皮疙瘩。

程远青看看大家，说：“大家愿意用今天的时间来帮助卜珍琪找回她失去的记忆吗？”

大家异口同声说：“愿意。”声音之齐整，犹如幼儿园的小朋友。

程远青说：“卜珍琪，你准备好了吗？”

卜珍琪惊讶：“我还需要什么准备吗？”

程远青说：“你可以选择在小组内讲，或是在下面个别谈。”

心如火燎的卜珍琪卡了壳，嗫嚅着说：“我还可以反悔吗？”

程远青说：“当然可以了。只要你还没准备好，我们会等你。”

卜珍琪半仰着脸，好像等待分发苹果的小朋友，问：“等多久啊？”大家奇怪地发现，极具杀伐决断的副司长，突然变得如此幼稚。

程远青说：“咱们两个底下谈，好吗？”

卜珍琪嘟着嘴说：“好——吧。”

大家算是彻底糊涂了，卜珍琪变成了受气包儿似的小姑娘。

程远青决定马上终结和卜珍琪的对话，帮她逃出这个境地。程远青说：“卜司长，这个事就这样决定了，你还有什么意见？”程远青的口吻极像写字楼中的味道。

卜珍琪清醒过来，挺挺腰板，在短暂的迷惘之后，很快恢复了正常的神态，她好像并不记得自己刚才的表现，很自然地说："我没有意见了，就按您的指示办。"

大家就把目光收了回来，虽然摸不着头脑，但知道程博士这样处理，一定有深意，遵从为上策。

第 26 章

泪洒春草

有人哭泣。程远青不用扭头，就知道是应春草。这算是程远青一绝，视野余光格外宽，好似一个质地特别优良的广角镜头，可把周围人和事尽收眼底。

应春草哭得很痛心，一把鼻涕一把泪，全然不顾把自己的脸面和衣服搞脏。衣服是很破旧的羊毛衫，早年间的四平针织法，袖子下面都磨出了洞，用肉色的丝袜补在里面，依然可见断裂的线头子。脸上细小的皱纹，被泪水一洗，肿得亮起来了。

大家不知所措。有人轻轻地抽出手帕纸，塞进应春草手中。应春草感激地点头，然后起劲地用纸头猛擦脸颊和眼袋。纸巾质量不好，加之过于用力，纸末被泪水黏结，很是狼狈。

程远青走过去，示意坐在应春草身旁的周云若暂时和自己换个位置。

周云若乖巧地让开身，程远青坐下，轻轻地拍拍应春草的肩膀，说："春草，你哭得这样伤心，想到了什么？"

应春草不说话，把自己的破毛衣袖子往上撸了撸。大家就看到应春草的胳膊上青一块紫一块的，有一道道像刮痧留下的血痕。应春草又把自己的毛衣下摆往上拉，于是大家又看到她的肚子上有一块块螺旋状的伤痕，好像红豆沙撒在肚子上。

"这是什么？"其实都想到了那个答案，但大家不敢说，不忍说，于是问。

"是那个人打的，拧的……"应春草哽咽着说。

人们气愤了，说："谁？！"

"那个人。"应春草说，还下意识地看了看屋外。

于是，大家猜到了那个人是她的丈夫。

"他这么打你，多长时间了？"安疆虚弱但是很生气地问。她一生被政委呵护，不能想象一个女人被自己的丈夫殴打成这个样子。

"还有见不得人的伤呢……"

女人们极端地愤怒了。男人——在场的褚强也震惊和愤怒了。这样惨无人道的伤害，居然就在我们身边发生着，而且这个女人隐忍多年！

"告他！把他送到警察局！打110报警！"岳评怒火万丈。

"这也太无法无天了。退回去60年，若是在穷乡僻壤，这事就蒙混过去了。可现在是什么时候，21世纪了，做女人的，哪儿能就这样任人蹂躏！奋起反抗！"花岚说。

周云若说："哎，应春草，你男人是干什么的，怎么这么残暴？你当初怎么找上他的？这不整个一个上当受骗吗？"

应春草小声嘟囔着："那会儿他不是这样的，好着呢。每天我下夜班，他都到厂门口来接我，骑一辆大28的破车，让我坐在后头，他带着我，送我回家。路不好，坐后头颠得我屁股都快两瓣了。后来，关系密切了，他就说，要不，你坐大梁上，那样舒服些。我说，只有小孩才坐大梁上呢，我一个大人，哪儿坐得下。他说，坐得下。说着，就把我抱到自行车大梁上了。那是冬天，可冷了。我坐在大梁上，其实就是裹在他怀里，他的胳膊从我背后伸到车把上，紧紧地搂着我。按说他要是把手放在车把边上，也还算宽敞，可是他不。把手往里搁，都攥在车铃铛内里了。我缩在他怀里，那个暖和啊，我第一次听到一个男人的心跳，那么大一块地方都在跳，不像女人的心跳，只有小小的一个地方。男人的心跳像一块忽闪的门板……”应春草说到这里，脸上荡漾出满足和幸福的光芒，大家看得目瞪口呆。

程远青适时地打断了应春草的美好回忆。程远青说：“应春草，你说的那个他，是谁呀？”

应春草一下从梦幻中醒来，她不是一个太聪明的女人，但她从程远青的话里听到了疑问。她支吾着说：“嗨，还能是谁？就是那个冤家呀。”

程远青说：“哪个冤家？我看你刚才好像很享受的样子。”

应春草不服气地说：“那个时候的他，特可爱。淳朴青年。”

程远青说：“可你今天哭了。你的泪流了那么多，我想，你今天要和我们讨论的是这个淳朴青年的事吗？”

应春草嗫嚅着说：“那是过去的老皇历了。”

程远青说：“也不能说是都过去了。我看你刚才回忆起的时候，满脸笑容。”

应春草吃惊地说：“是吗？连孩子都说我不会笑了。我刚才真的笑了吗？”

程远青说：“你们看，应春草不相信我呢。大家说说，也好替我做个证。”

大家就说：“应春草，你真的笑了，挺享受的。不骗你。”

大家以为应春草听了这话该高兴，没想到应春草抹抹未干的眼泪说：“想那会儿有什么用呢？人怎么一结了婚，就变得不是人了。起码不是原来那个人了。”

程远青说：“应春草，你说的这个人是谁啊？”

应春草说：“就是那个人。您不是知道了吗？”

程远青很严肃地说：“应春草，你为什么不说出他的名字？”

应春草抗拒说：“你知道，我知道，为什么一定要说出他的名字？我讨厌他！我不说，就不说！”

大家看到应春草对着程远青发脾气，就有些打抱不平。岳评说：“应春草，你怎么就不识好人心？程老师问你，就必有她问的意思，你就说呗！你男人的名号，又不是皇帝老子，说了就说了，怎么就不能说！”

鹿路倒是多少能理解应春草的心情，说：“你是不是不敢说？说了，怕他知道了再揍你？”

应春草忽就变了脸，说：“我不怕他揍我，我就怕他不揍我！”

天哪，这是什么逻辑？安疆老人伸出骨瘦如柴的手，哆哆嗦嗦地摸了摸应春草的额头，说：“孩子，发烧了？”

应春草简直变得不可理喻，她推开了安疆的手说：“我好着呢，你们干吗盯着我不放啊？”

要是平时，卜珍琪遇到这种事，就会用领导的口吻说：“应春草，是你要大家帮助你搞清问题，你要反思。”可惜今天的卜珍琪沉浸在自己的混乱中，无暇他顾。

半天没说话的褚强挺身而出，说：“应春草，我看你被人打成这样，心里特难过。可你到底是怎么回事，怎么一转眼反倒和自己人干起来了？你这不是混淆了敌我吗？”

应春草翻翻白眼说：“谁是敌？谁是友？我不跟我男人是友，反倒跟外人是友？休想吧你！”

一席话，把褚强噎了个大窝脖。

大家此刻已顾不得恨应春草了，无边的疑惑袭上心头，这个下岗女工着了什么魔？翻手为云覆手为雨，毫无立场。人们发出厌烦的嘘声。有人说，组长，时间这么宝贵，别瞎耽误工夫了。

程远青眼看应春草像变色龙一样改换腔调，唯一不变的是她臂上的血痕。不管大家情绪多么纷乱，程远青对自己说，别慌。回到刚才应春草逃开的地方，那就是要害。

程远青说："应春草，我还要拉你回到你不愿意回答的那个问题。"

应春草忘得一干二净，她说："哪个问题啊？我回答。没什么保密的，没不乐意回答的。"

程远青笑笑，面向大家说："我邀请大家给我做个证明，我问的题目应春草是一定知道的。如果她不愿意回答，就说话不算数，待会散了，要请大家吃饭。"

大家说："好哇！"

这本是开玩笑，家境贫寒的应春草还真费琢磨。她叮嘱自己一定要回答出程远青的问题，要不然，这么一大拨人，人吃马喂的，那得多少钱啊！应春草不单是心疼钱，按说大家小组一场，请组员们吃个便饭，也不为过，但应春草今天身上只带了几块钱，预备着给家里买点菜，要是请客，连买水喝都不够解渴的。

想到这里，应春草说："行，只要知道，我一准答出来。"

程远青说："好，那你听好了，应春草，你身上的伤，是谁打的？"

"是……他……"应春草下意识地抚摸着自己的胳膊，可能是伤口被触痛了，她原本就皱缩的小脸，更显枯萎。

程远青说："他是谁？"

"我男人。"应春草吃力地回答。

程远青说："他叫什么名字？"

应春草看看程远青，看看大家。程远青坚定地看着她，大家期望地看着她。应春草好像下了极大的决心，说："他叫苏——秉——瑞。"

程远青说："苏秉瑞打了你，你怎么想？"

应春草木呆呆地说："以前恨，后来就不恨了。"

大家百思不解，说："打你还不恨他，你太懦弱了。"

应春草说："你恨，他就更打你。你不恨，他过了那个劲，就来哄你，对你可好了。你要是好长时间不挨打，你就皮肉痒痒。他打了你，他才会后悔，他才能想起疼你，给你买好吃的，送个礼物什么的。所以，他说，你就是找打。你一想，还真是这么回事。男人不是无缘无故地打你，必是你有了该打的事，不打你，你就不知道害怕男人，你就自个能上天了。男人打你，是爱你。男人不打你，就是没把你放在心上。你要是恨了自己的男人，你就是个大笨蛋！你就是大傻瓜！”

在座的好几位，都用手掐了掐自己的大腿。大家愣着，不知道说什么好，或是说什么都不好。

程远青想起一道兵法，叫作“引蛇出洞”。蛇不是应春草，是她心中的死结。

程远青说：“我猜这番话，你常常对自己这样讲。”

应春草说：“那是。”

程远青说：“你得感谢这些话。”

应春草说：“程老师，不是笑话我吧？”

程远青说：“你挨了苏秉瑞那么多打，你要是不对自己有一个说法，你就活不下去了。”

应春草说：“程老师，我从心里不恨苏秉瑞，我这个人就是欠收拾，要是没有苏秉瑞打我，我没准变坏呢。”

程远青说：“应春草，那你刚才为什么哭呢？我看你是怕小组就要结束了，你的心事再也没机会讲了，你才哭的。你靠哭引起大家的注意，大家真的注意到了你，你就后悔了。你觉得家丑不可外扬，就说起了苏秉瑞的好话。你被苏秉瑞吓怕了，你连他的名字都不敢说。应春草，你自己选吧。你可以逆来顺受，也可以挨了打还说那个凶手的好话。你要是活得连这点尊严都没有了，谁还能救你呢？你可以忍，也可以选择改变。”

应春草呆若木鸡，撇了两下嘴巴，她想说“我可以忍”，但说出来的却是：“我要变。”

那个说出要改变的话的人，是埋在躯壳里的另一个应春草。

“如果你要改变，请你把刚才说过的那些话，再说一遍。”程远青乘胜追击。

“哪句话？”大家和应春草一起问。应春草记不得了，大伙儿也都不知所以。

程远青说："就是应春草你刚才长篇大论的那套打人有理，你不恨苏秉瑞的话。只是，这一次，你要把话中所有的'你'都改成'我'。也就是说，你原来说的是——'你恨，他就更打你'，改成'我恨，他就更打我'。就这样，明白了吗？"

应春草迷迷糊糊地说："明白是明白了，可这有什么不同吗？"

程远青和颜悦色道："你试试吧，应春草。"

应春草就慢慢地说起来，刚开始因为不熟练，常常打磕巴，后面就流畅些了："我恨，他就更打我。我不恨，他过了那个劲，就来哄我，对我可好了。"

不知为什么，同样的话，把"你"变成了"我"，意思就大不一样了。应春草说道："我要是好长时间不挨打，我就皮肉痒痒。"

大家就笑起来，看到应春草的眼泪掉下来，才感到不合时宜。

应春草说不下去，可怜巴巴地看着程远青，程远青可不为之所动，表示非说下去。

应春草只好咬着嘴唇说："他打了我，他才会后悔，他才能想起疼我，给我买好吃的，送个礼物什么的。所以，他说，我就是找打。我一想，还真是这么回事。男人不是无缘无故地打我，必是我有了该打的事，不打我，我就不知道害怕男人，我就自个能上天了。男人打我，是爱我。男人不打我，就是没把我放在心上。我要是恨了自己的男人，我就是个大笨蛋！我就是个大傻瓜！"

刚开始应春草边想边说，留声机一样地复述着，后来就渐渐激愤起来。大家先是听着好笑，听着听着就再也笑不出来了。一个受尽屈辱的灵魂在呻吟中挣扎。

说完之后，久久沉默。把"你"变成了"我"，就具有了神奇的力量。当一个人频繁地使用"你"这个代词的时候，就在下意识中把自己的真实感受掩藏起来。那无法隐忍的真实，太残酷和冰冷，乔装打扮的"你"就出现了，一个替身，一个稻草人，代你受辱、受屈、受害、受压迫。

你以为那个“你”，和你无关，殊不知，真实的“我”正躲在“你”的背后哭泣。

就像一个医生用了一剂猛药之后，不知道会有怎样的疗效。程远青等待着，时间是如此的长久。

应春草突然抬起头，说：“程老师，我知道您的意思了。我要是这样了，我还不恨那个男人，我才是个大笨蛋！我才是个大傻瓜！”

大家鼓起掌来。在小组内，是很少鼓掌的。因为变化的萌动总是悄然发生，你想要鼓掌也找不到契机。但这一次，组员们都看到了应春草是如何在艰难中蜕变的。

程远青说：“你恨他了？”

应春草说：“恨。他也是人，我也是人，他为什么打我？”

程远青说：“他打你，是为了让你屈服。”

应春草说：“是。我明白了，可是我今天回家之后，他还要打我，我可怎么办呢？我本来就又瘦又小的，加上还做了大手术，我哪儿是他的对手呢？”

鹿路说：“这我可以教你一招美女防身术，专门朝他的下三路下手，不需要多大的气力，乘他不备，四两拨千斤，保你教训得他嗷嗷叫。”鹿路一边说，一边站起身来一通比画，出手快捷，站在她身边的成慕梅看得胆战心惊。

应春草说：“这功夫不是一时半会儿练得出来的，真的伤了他那儿，我还要负责任。”

程远青说：“应春草，你想达到的理想状态是什么呢？”

应春草说：“我也不打算跟他离婚，苏秉瑞对我好一点就成了。这是起码的。”

程远青说：“你跟他说过吗？”

应春草说：“以前说过，可他不听。后来我就不说了，逆来顺受。我想，我是个残废了，做个女人都不完整了，老爷们儿要打，也没法。”

程远青说：“大家有什么法子，教教应春草。”

安疆说："家庭暴力，现在是犯法的。你跟他说，这可不是过去打老婆，打就打，你要是告了他，他就要坐牢。到底是共产党的天下，看他还能横到哪儿去！"安疆是典型的生命不息，学习不止，只要有一口气，报纸文件就记在心里。虽然说话都上气不接下气了，威严可不减。

应春草说："对，别看他跟我凶，其实胆小着呢。他不敢跟法律对着干。"

花岚说："我问你，苏秉瑞打你的时候，你怎么着了？"

应春草说："我还能怎么着啊？忍着呗！门牙打落了和着血咽下肚。"

花岚说："傻了吧？如果他打你，你可千万别忍着，要往外跑，大声呼救，嚷嚷得街坊邻居都听得到，给他来个曝光。就算他不一定能改，起码自己少挨打，也比较安全一些。"

应春草一拍大腿说："我是傻。我还替他护着脸，其实护着自己的命，才是最要紧的呀！"

周云若说："我也教你一窍门，顶不顶用就不知道了，你可以试试。准备一个白胡椒粉瓶子，一看大事不好，就把胡椒瓶子打开，朝他一扬。嗨！那叫一个百发百中。"

应春草说："我家没白胡椒粉，听人说贵着呢。"

周云若说："那你就把花椒磨细点，估计也能管事。"

卜珍琪已从自己的情绪中走出来，很有总结性地说："这个事情，关键是你自己的态度。只要你挺起腰杆，事情就会起变化。"

程远青不作声地听着。事情当然不是这样简单。从应春草的描述中可以看出，她的丈夫苏秉瑞虽然在事业上未必有什么能力，但在操纵控制他人方面是个暴君。小组能解决多少实际的问题呢？程远青没有把握。今天来不及了。夕阳西下，浮云遮住了阳光，光线明显暗淡下来，温暖的屋内也有了丝丝凉意。卜珍琪的发言，也是一个很好的收尾。

大家散去。卜珍琪走到程远青身边，还没开口，程远青就微笑着说："我知道你要问什么。等我找到了合适的谈话地点，我再同你联系。"

卜珍琪说：“我家很安静，也好找。如果您方便的话，到您家里也行。”

程远青说：“不能在你家，也不能在我家。我们要找一个第三地。”

卜珍琪说：“好像一场意识形态不同的谈判吗？”

程远青说：“和意识形态无关。只和时间有关。”

晚上，一切收拾停当，程远青又舒舒服服地把自己摆在一个听电话的位置。也许是因为压力太大，也许是因为严格的行业约束，使她无法同他人交换对小组内诸多情况的思考。她需要督导，但是条件不具备。中国的心理医生，就是在这样一种艰苦的情况下开始工作，只有因陋就简了。程远青一面提醒自己这是明知故犯，一面为自己开脱。记得《爱德华大夫》吧，那是一个多么经典的心理片子。可是就在那部片子里，爱德华大夫就公然违纪了。他同前来就诊的病人一同滑雪，才造成了曲折的故事。好了好了，不要为自己辩护了。程远青敲敲自己的头，好像啄木鸟要叼出树干里面的虫子。我并没有和成慕海谈更多的事情，最主要的是听他说。听别人说话，并不是错误啊！

程远青这样想着，电话响了。

“程博士吗？本不该这样不停地骚扰您。但是，一来因为慕梅，二来同您聊天是件很愉快的事情。如果您不想听下去了，就可以马上放下电话。”又是那个充满磁性的声音，又是那种先入为主的霸道。而且，他有一种让人乐意接受的狡猾，把你的种种猜测都先说到头里，就使你明晰的预见变得像个玩笑。使你的所有防范，都显露出不必要的滑稽。

是个聪明人，极端孤独。打着他妹妹的幌子，实际在探索我这个心理医生的内心，窥测他人的秘密。

程远青迅速做出了判断，但遗憾的是判断归判断，那是理智的事，情感上，这个深夜的男子的声音，依旧给了她很大的欢愉。她知道此刻的主动权在自己手里，成慕海就是有再高的道行，也不能强迫心理学博士跟他聊天。

多了解了解这种类型的人，也是心理学家的工作。我不怕！程远青找到了不挂掉电话的理由。

“我只有一点时间。工作很多。”程远青说。

这是一个中性的回答。你可以理解为：我很忙，所以你不要打扰我。我不欢迎你这个不速之客。也可以理解为：我很忙，但是我接听了你的电话，这说明我还是欢迎你这个不速之客的。

成慕海按照第二种逻辑推断。他说：“工作永远是多的。博士，这么晚了，该休息时就休息。况且，你的小组今天有了很大的进展，你该给自己放点假。”

成慕海知道，只要一谈起程远青的小组，她就像斗牛看到了红布，激动起来。程远青也知道这是一个诱饵，但是没办法，她一定会上钩。

“你每天还关心别的事吗？”程远青反问。

成慕海说：“我忙得很。但慕梅非要跟我说，我只有听。慕梅在病中，我要多倾听她。”

程远青喜欢这种充满了浓浓亲情的相知。对于一个身患癌症的女性来说，有这样一个坚强的哥哥，是她的福气呀。

程远青口气就和缓了，说：“哎，我问你，成慕梅和你在一起的时候，健谈吗？”

成慕海说：“还可以啊。您想啊，她要是不健谈，我怎么能跟顺风耳似的，知道小组里的那么多事？毕竟我们是两个人哪。”

成慕梅为什么在小组内总是沉默寡言？整个小组都活动起来了，好像一棵灵敏的跳舞草，只有成慕梅这片叶子，瘫痪着。幸好有她哥哥这条线索，能让程远青得知别看她人不言不语的，心倒是一直和着小组的脉搏跳动。在导师们的著作里，也谈到了这种现象，说是有一些性格内向的人，语言表达很少，脚步始终追随小组。对此组长要有耐心，不必强求形式上人人发言花团锦簇。

成慕梅真是这样的人吗？她的哥哥倒是很健谈，并且富有生趣。

成慕海很敏感，他说：“是不是慕梅在小组内的话太少？”

程远青说："不是太少，是几乎没有。前几次还好一些，今天，简直一言不发。"

成慕海说："那您就点她的名。小组就要结束了，我觉得她的进步不够大，起码和她嘴里的别人的变化比起来，她要算第三世界了。我挺着急的。"

程远青说："你促促她。"

成慕海苦笑道："她能把小组内的活动一五一十告诉我，我就很阿弥陀佛了。要促，还是您吧。"

成慕海说得很恳切，简直就是哀告了。程远青说："我促？你出个主意。"

话一出口，她就觉得自己很好笑，乾坤颠倒了。哪有医生向病家讨方子的？成慕海出主意说："下次活动，您要逼着慕梅开口。不然，她岂不是小组内的死角吗？"

程远青说："我怎能逼组员开口？也不是旧时的衙门搞刑讯。我倒真想从你那里多知道一些你们的家庭背景、生活习惯什么的。"

这本是非常正常的一个要求，起码在程远青看来是这样的。没想到，成慕海突然火了，说："慕梅的事，和家庭背景、生活习惯什么的，都没有一点关系，只和她个人有关系。下次小组活动的时候，你就让她把衣服脱掉，看看她的伤口就行了。这就是治疗！"

程远青吓得差点把电话筒扔到地上。那个温文尔雅的哥哥消失了，代替他的是一个暴躁的凶神，说出的话如此不可理喻。这个哥哥，居然让组长逼迫妹妹脱下衣服，展示她的伤口，还说这就是治疗？！程远青确信，在电话线两端，有一个人是脑筋错乱了。

程远青想，也许成慕梅寡言和闭塞的背后最主要的原因，就是这个哥哥。哥哥对她的无比关爱，是一种暴虐的控制和指挥。如果真是这样，成慕梅最终走向心理康健，必须和哥哥彻底分离。

想到这里，程远青对成慕海滋生出了强烈的兴趣。她把语气调得很柔和，说："成慕海先生，你的建议让我很感兴趣。但我不知道这样是否会冒犯了你妹妹。毕竟每个人对自己的身体都很敏感。”

成慕海没能识出程远青诱敌深入的战术，说：“我不是心理学家，但我知道，它对慕梅一定有效。程博士，求你了，请一定要在小组中，让慕梅露出她的伤口。她本人没有这个勇气。你要帮她。如果她失去了这个机会，就没有人能帮得了她了。”话语中的迫切令人动容。

程远青是何许人也，才不会被这些花言巧语蛊惑呢。她决定要把成慕海搞清楚，说：“你和妹妹的情谊，我很感动。我想，约个时间见个面，咱们当面谈谈。”

一个多么通情达理的建议，程远青语调温和，不具任何威胁性。没想到，那边的成慕海好像被毒蜂蜇了，叫嚣起来：“不行，不行！我没空见你。就这样吧！”随即迫不及待地收线了。

程远青如堕五里雾中，自己对成慕海的了解，除了一个电话号码，再无任何线索。

程远青直觉陷入一个诡异的预谋当中了。

第27章

记忆之门

卜珍琪遗忘的东西究竟是什么呢？那段遗忘了的往事，对今天的卜珍琪还有多大的影响呢？程远青不知道，但程远青相信，如果某人反复提及某事件，那么在她的心中一定有魔法一般的力量。

程远青要为卜珍琪做一次个别辅导。

当千辛万苦地把地点商定之后，她打电话给卜珍琪。接电话的卜珍琪明快利落，声音嘎嘣脆，真听不出是个癌症病人。程远青心里反倒更不踏实。卜珍琪拖延手术，只靠虫草雪莲在勉力坚持。越是让人看不出她拖着病体，越说明她内心冲突激烈。一种可怕的分裂状态。

下午。没有风，天空瓦蓝。卜珍琪到达了程远青指定的地点——一家街道办的幼儿园。由于事先打了招呼，胖胖的园长很是热情，把程远青和卜珍琪当成准备把孩子送托的家长，喋喋不休地介绍着。程远青说：

“您忙吧。我们自己看看。”

园长完全听不出婉拒之意，说：“我不忙，你们忙。我领着你们，能节省点时间！”卜珍琪只好单刀直入：“我们自己看看。”园长这才作罢。

卜珍琪说到往事，反复提起幼儿园，程远青推断，一定在幼儿园发生过极其重要的事情。她找到了这样一所老旧的幼儿园，企图在相似的环境里，唤起卜珍琪遗落的记忆。

但是，她想岔了。童年的记忆是那样顽固，这个幼儿园怎能替代孩子心中的那个幼儿园！卜珍琪顽强地抵挡着这个幼儿园，根本就不开启记忆的罐头。无论程远青怎样希望她沉思默想进入情境，卜珍琪还是顽固地清醒而矜持。程远青不气馁，领着卜珍琪从小班转到大班，从盥洗间到秋千架、大象滑梯，从小饭桌到游戏室，简直就像检查卫生的，搜索了个遍。程远青在前面走，卜珍琪就在后面跟，很乖，但是绝对封闭。从理论上说，幼儿园的结构大同小异，但细节可完全不同！程远青几乎绝望了，但她还在坚持。

到了厕所，靠墙摆着一长溜圆形便盆，有的盖子紧紧扣着，想必是刷洗干净的。有的斜盖着盖子，露出孩子们解出的秽物，看来值班保洁员手脚不够快，还没来得及倒掉。卜珍琪一看，几乎呕吐，一溜小跑闪了过去。

程远青觉得卜珍琪的表现有点过激。虽然她没孩子，也不至于敏感到这种地步啊。凡是反应过头，可能就是症结所在。程远青叫住了卜珍琪，说：“咱们到卫生间看一看。”

卜珍琪一百个不乐意，说：“臭烘烘的，有什么好看的？”

程远青说：“你不是想把问题搞明白吗？”

卜珍琪无法反悔，只得跟随程远青钻进了幼儿园的卫生间。无论是贵族幼儿园还是乞丐幼儿园，童子尿所富含的生长激素味道，夹杂着刷洗不净的尿碱味，还有幼儿园最愿意泼洒的来苏水味，像无法仿造的气味鸡尾酒，熏得人踉跄。

味道是无法抗拒的，它储存在大脑中非常古老的地方，一旦被唤醒，就把意识席卷一空。卜珍琪的一切防卫机制，都被童年那不可磨灭的味道击穿，成了味道的俘虏，变成一个饶舌的小姑娘，乖乖地对程远青谈起了往事。

童年的卜珍琪很早就发现，阿姨们在孩子们睡着之前和睡着之后，所讲的话是不一样的。当她没睡着之前，阿姨会说，美丽的小公主，你是咱们全市最可爱的小姑娘。快睡觉吧，睡了就会长个儿，长大了你就是全市的大美人。

卜珍琪就甜蜜地睡去。一觉醒来，上厕所的时候，她在走廊里听到两个阿姨悄声聊天。

“你说，卜家那个丫头长得好看吗？”一个阿姨问。

“好看什么！卷子脸，大颧骨。就是眼睛大点，可叫脸上的疙瘩肉一挤，也看不出啥了。等着吧，长大了，看嫁不出去吧！”夸过她的那个阿姨说。她的脸很瘦。

另一个阿姨说：“都是人，咱家的孩子就不能比了。我看我的闺女，一个美人坯子，可整天黄龙过江，两筒子绿鼻涕，臭得不行。看大夫，说是鼻子里有个洞化脓了。要是不赶紧治，鼻子里的小骨头都得烂穿。你说怎么这么不公平？”

瘦脸阿姨说：“怎么不公平？公平！你知道市长的老婆为什么到了星期天也不接孩子？那是她和人私通！嫌孩子碍事！”

“真的？你怎么知道？”家有流脓鼻涕孩子的阿姨说。

“谁不知道？只有市长不知道！他到上头去开会，老婆就在家里偷人。那个男的是小白脸，演许仙和张生。因为大家在传这件事，剧团的生意格外好，许仙成了大明星。”瘦脸阿姨说。

“嘻嘻，许仙把自己的绿帽子给市长戴上了。”

两个阿姨笑得不可开交。

这段话，卜珍琪记得非常清楚，包括当时她完全不能理解的一些名词。孩子的记忆很奇怪，他们不懂，可是他们能记住。这种记住，比明白了的记住要强烈百倍。卜珍琪从蔑视的语气中，知道了母亲在做一件非常丢人的事情。它的程度足以让家有流脓鼻涕孩子的阿姨快活起来，可见那是比脓鼻涕还要恶心的东西。

之后，小小的卜珍琪每晚克制着困倦，在躺下之后，强制自己不睡觉。这对于一个孩子来说，需要极强的忍耐力。卜珍琪在被窝中目光炯炯，等所有的小朋友熟睡之后，蹑手蹑脚地走近阿姨值班室。

可惜，她再也没有听到有关她父母的直接议论。越是听不到，卜珍琪越滋生出偷听的愿望。因为有了这个秘密，她在小朋友中鹤立鸡群。如今，她藐视别人，不再是因为她可疑的美丽，也不再因为她有一个“国王”父亲，而是她独一无二的秘密。她每逢见到瘦脸和家有脓鼻涕的孩子的那两个阿姨，都会特别乖巧，希望她们能在背后多讲有关她父母的坏话，使她了解更多的内幕。她在讨好她们的同时，看不起她们。她觉得她们是一种植物，就像窗台上养的绣球花。那些花开得很娇艳，同时散发出浓烈的臭气。卜珍琪不爱喝牛奶。卜珍琪想不通，自己不是小牛，为什么要不停地喝牛奶？即使是小牛，四五岁时也不再喝奶，为什么人还要喝？如此深刻的疑问，让卜珍琪把牛奶倒到臭绣球花里了。臭绣球花刚开始得了牛奶的滋养，长得很茂盛。但是，经不住长期的高营养，臭绣球终于不臭了，也不再开花。

卜珍琪像养臭绣球花一样，养着瘦脸和家有脓鼻涕孩子的阿姨，她们也像臭绣球花一样，让卜珍琪失望。不过，卜珍琪在偷听的过程中，极大地锻炼了自己的意志和勇敢，并且学会了忍耐，包括穿着衬衣衬裤忍受寒冷和长久的一无所得。阿姨们总要聊天，否则她们无法打发漫无边际的夜晚。阿姨们的聊天涉及除了国家大事以外的所有领域，卜珍琪在这种偷听中知晓了很多在她那个年龄不能理解的事情。卜珍琪也被阿姨发现过，好在阿姨们绝想不到这个孩子日复一日地在偷听，只是大惊小怪地把卜珍琪抱起来，摸摸她是否发烧，以为她是因为身体不适来寻求帮助。卜珍琪从偷听中得到了成长。

星期六晚上，她被接回家。爸爸妈妈都在的时候，她搂着妈妈的脖子，问了一句：“许仙是谁？”

这是一个世界上最可怕的问题。妈妈的脸色缓缓地变了，好像一朵红绣球花被扔进了沸腾的牛奶锅，从血红变成惨白。爸爸在灯光的另一侧，没有看到这一幕。爸爸抢先回答了女儿的问题，说：“许仙是戏里的人物。”

卜珍琪说：“我要看戏。”

妈妈已经缓过神来，说：“这个戏不是木偶戏，小孩子不喜欢看的。”

卜珍琪说：“我就要看这个戏。我要看许仙。”

妈妈抱着卜珍琪，卜珍琪感到了妈妈的手臂在发抖。妈妈一下子把卜珍琪放到地上，说：“你快到外面玩去吧。”要把她推走。

卜珍琪那一天非常执拗，她一个劲儿地吵着要看许仙，以至于爸爸破天荒地问道：“你们剧团在演什么戏？”

妈妈说了一个戏名，卜珍琪没记住。那里面没有许仙。爸爸接着说：“那你们就演一场《白蛇传》吧，我带珍琪去看。”

妈妈进行了殊死的反抗，说：“你怎么能为了一个小孩子的话，就打乱整个剧团的安排？你这让我如何做人？”

也许正是妈妈的反抗，激起了爸爸的好奇。他说：“你老说我不关心你的事业，这一次，我和珍琪愿意去看你的剧团演戏，你为什么反倒不高兴？现在，不是一个小孩子要去看你们的戏，而是一个市长要去看你们的戏。团长同志，就开始排练吧。”

卜珍琪知道自己惹了祸。她不知这祸是如何来的，她没有办法阻止灾祸向前发展，只有紧张地等待。当她等得几乎忘掉这件事的时候，“文化大革命”逼近了。

在市长“亲自督促”下，剧团日夜抓紧时间彩排《白蛇传》的消息，激动了全市的人民。公演的那一天，成了一大盛事。爸爸从来不曾这样兴师动众，因为是初次陪着女儿观看妻子领导下的剧团演出，爸爸很早就到了剧场。卜珍琪喜欢第一排正中的位置，她个子矮小，觉得在那里才能一睹许仙真颜。尽管警卫再三说明，在首长前面的座位可以完全空出来，也就是说，给他们预留的第三排位置，实际上就是第一排。小女孩心里，第一排就是第一排，不是用第三排假装的第一排。

那一天在爸爸的身边，留了妈妈的座位。妈妈刚开始没有到这个位子来坐，妈妈对爸爸说，她要亲自在后台关照。后来爸爸再三要求，妈妈才来了。一边坐着爸爸，一边坐着妈妈，卜珍琪夹在中间，好像多嘴的小鸭子。那一天晚上很隆重，卜珍琪受到了空前的关注。小姑娘以为那是因为自己的出现，忘了身旁的爸爸才是这一切的主角。

回忆到此为止。

卜珍琪站在幼儿园的卫生间里讲了这一番故事，完全忘记了时间。程远青就站在卫生间里听完了卜珍琪的童年往事，一次也不曾打断她。卫生间里的空气很不好，但幸亏远祖给了大家很好的能力——久入鲍鱼之肆不闻其臭，程远青刚开始直想作呕，她一个劲儿暗示自己——你不能吐，一吐，就帮不成卜珍琪了。还好，最初的恶心过去之后，便安之若素。

卜珍琪讲完了，卜珍琪得到了释放，可是事情的关键还埋藏着，卜珍琪自己不知道，程远青也不知道。程远青说："你现在感觉如何？"

卜珍琪说："好像有什么东西松动了。好像有一束光，照到了一个晦暗的洞穴。"

程远青说："回家好好休息。改日我再找你。"

五天后，程远青领着卜珍琪来到一所大院的墙外。那种新中国成立初期的大院，自成一体，围墙高耸，当时只有军政要地才有这样的气派。透过围墙，可以看到疏朗枝条后的灰色三层小楼房，虽然破旧，却有一种过时的威严。程远青通过吕克闸的帮助，说服了有关人士，得到准入。在警卫处登了记，程远青和卜珍琪进了大院。

建造于20世纪60年代的礼堂，方方正正，残破，昔日的辉煌依稀还在。恐怕不久就要推倒了，连看管的人也久寻不到。一个面无表情的中年男子，开了大门上一把巨大的铁锁，说："走时，锁上就成了。"

程远青忙着道谢，那个中年男子好像连承受别人谢意的耐心也没有，不等程远青说完，自顾自走了。

走入尘封的礼堂，让人想起《夜半歌声》之类的恐怖片。大门口的光亮很快就被礼堂幽深的大厅吸附一空，变成午夜的黑瞳。程远青摸索着找到开关，开了一个，是一侧甬道的天花板灯。毕竟明亮些了，人的心情也好了起来。程远青不灰心，一盏盏开关摸下去，终于，关键的开关打开了，整个礼堂被昏黄的光线塞满。

"这个礼堂，像你当年看戏时的礼堂吗？"程远青小声问。她看出，卜珍琪的神色有些迷惘。

"有一点像。那时候的礼堂都是很像的，也许全国都用一张图纸。"卜珍琪说。

"你们——就是你和你父亲母亲坐在哪一排座位上？"程远青牵引着卜珍琪往前走。她倒不是有意充当阿姨的角色，是卜珍琪把手伸给了她。

"喏，就在那一排。"

卜珍琪指了指中间靠前的那排椅子。程远青感到卜珍琪的手心又湿又冷，像一摊化了的雪糕。卜珍琪本能地抗拒着，不肯向前，程远青拖着她，走到那排座位。

真要感谢当年设计师乏味的千篇一律的造型，礼堂的椅子，薄而脆的三合板，简陋的纹路，还有排与排之间的距离，都非常近似。找到幼时看戏的位置时，程远青示意卜珍琪坐下，自己退到暗处。

现在，偌大的礼堂里，看起来只有卜珍琪一个人。她看着舞台，开始哆嗦。距离是一种要命的东西，从这个位置看舞台，角度和远近都和她幼年时一模一样，如果说这个礼堂在结构和细节上，和卜珍琪家乡的礼堂还有若干差别的话，那么当卜珍琪坐在这把硬而凉的椅子上，当她的视线穿越飘满灰尘的空气，落到空无一人的舞台上的时候，冬眠的记忆就像蛇一样复活了。是的，当时就是这样的，父亲坐在左边，母亲坐在右边，她坐在中间……

有霹雳火光闪出，伴着隆隆的雷声，卜珍琪恐怖地捂着自己的太阳穴，失声叫道：“程博士，你在哪里？我头痛。吓死人了，我要走。”说着，她就要从第三排跑掉。

程远青站起来，抱住卜珍琪说：“我知道你一定想起了什么，你非常害怕。我在你身边，我会一直在你的身边。卜珍琪，我问你，你现在多大了？”

卜珍琪沉浸在自己的想象中，对程远青的问题置之不理，只是一个劲儿地叫道：“我不要在这儿了，我要走……我要回家……”

程远青的个头没有卜珍琪高大，这样搂抱在一起，对于程远青是很吃力的。程远青觉得卜珍琪如同雪人，疯狂地把她身上的寒意传达给任何靠近她的物体。包括她的冷战，都像电波一样辐射着，连程远青也不由得乱晃起来。程远青嘱咐自己要挺住，这是关键，她要和卜珍琪一道，把那悲惨的尘封往事，挖掘出来晾晒。

程远青扶正卜珍琪的脸，让她的眸子正对着自己的目光，在如此近的距离内四目相对，灵魂如同钢板，激烈地碰撞着。程远青说：“卜珍琪，你一定要告知我，你现在几岁了？”

也许是“几岁”这个词，对成年的卜珍琪太奇怪了，她一下停止了抖动，恢复到惯常的表情，说：“我几岁了？对我这样的年纪，还能用‘几岁’这个词吗？我已经几十岁了。问女士的岁数是不礼貌的。这您知道。”

程远青说：“对。你不是几岁，你是几十岁了。你明白这一点，很好。请你再看看台上。”

卜珍琪的目光一转向舞台，筛糠似的抖动又出现了，只是这次的频率降低了一点，幅度稍微减缓。

程远青给自己打气：一定要坚持下去。她接着对卜珍琪说：“几岁的你害怕舞台，几十岁的你，还害怕舞台吗？”

卜珍琪说：“我……不……怕……”那“不怕”二字吐出来得煞是吃力，但终究是说出来了。

程远青说：“那就盯着舞台看。你看到了什么？”

空空的舞台上什么也没有，但卜珍琪惊恐地后退着，她的腰背痛苦地弯向后方，双眼惊恐地看着天花板，好像前面有一个圆形的庞然大物压迫着她，上面又有一道铁钩悬起了她的脖颈……

“我看到了……”透过时空，卜珍琪看到了一幕至死不忘的场景。她的抖动变得越发剧烈起来，好像钟摆，牵扯着程远青也摇来晃去。

“你看到了什么？说出来。”程远青指示。

“我不敢……”卜珍琪尖声嘶叫，近乎歇斯底里。

“你已经是成人了，你看看你的身体，看看你的衣服，看看你的手和脚……”程远青轻轻地抚摸着卜珍琪，柔声说道。卜珍琪顺从地依着程远青的指令，看着自己穿着墨绿色西装的身体，看着自己的身高和胸膛，看着自己的长长手指和穿着高筒皮靴的39码的脚。她很疑惑地说：“我这么大了……”

程远青说：“对，你完全是个成年人。无论你看到了什么、想到了什么，无论它原来对你是多么可怕，今天都变得毫无危险性了。有漫长的时空阻隔，你是安全的。”程远青说得非常肯定，掷地有声。

卜珍琪很信任程远青，说：“好。我不怕。我……”她把目光重新投向舞台，说，“我看到了戴着绿帽子的许仙……后来，我就大叫起来，我说，爸爸，你看许仙的绿帽子多好看哪，人家说他把绿帽子送给你了，把你的绿帽子拿给我看看……后来……”卜珍琪惊恐地四望，程远青紧紧地抱住她，然后又松开。是的，对于一个成年人，拥抱只传达力量和关切，传达到了，就及时松开。只有对一个恐慌无比的孩子，才要一直抱紧她。

卜珍琪明白了程远青的用意。她又一次自发地看看自己的手和脚，从这些实物里验证自己确已长大。

“后来发生了什么事？”程远青追问。

“后来，我妈妈就伸出手来堵我的嘴。我说，人家说许仙的绿帽子是你给的，妈妈，你还会缝帽子呀……后来，我就感到妈妈捂住我的嘴的手慢慢地松了，滑了下去，滑到她的身体两边，她的身体也滑了下去，倒在了椅子上……我大叫起来，妈妈，妈妈，你怎么啦？我的声音很大，几乎全场的人都听见了。我说，妈妈，我不要你给许仙的绿帽子了，你醒来……我的话没有说完，就再也说不下去了。这一次，不是妈妈捂住了我的嘴，是爸爸强有力的手掌捂住了我的嘴，他的手太有力量了，我也像妈妈一样昏了过去……再后来，我醒了之后，就再也没有看见妈妈……听说妈妈是和许仙一起死的，喝了苦杏仁里提出的一种毒粉……‘文化大革命’开始了，我听到有人说，就是这个小丫头把她妈妈羞死了……”

说到这里，卜珍琪颓然跪倒在身边的椅子旁，那里，就是她母亲的座位。想象中，母亲依然在那里微笑着看戏。

不知过了多长时间。程远青一言不发。在一个人最紊乱、最艰难的时刻，有的时候，只需要一个一言不发的陪伴者。任何语言都是蛇足。卜珍琪再次抬起头来，程远青看到泪眼迷蒙的惨白的脸，但脸上的神气已是成熟女人。

“我妈妈是我害死的。我当众羞辱了她。我就是杀害我妈妈的凶手。我父亲在的时候，我用对父亲的报答，掩盖了自己对母亲的愧疚。这么多年以来，我拼命地进步，在学业和仕途上的奋进，我以为是为了我的父亲，其实，骨子里是要掩盖对杀害母亲的自我罪责。后来，父亲去世了，我一下子失去了继续奋斗和生存的目标。我只好在心中把他幻化成神，以为他在冥冥之中和母亲在一起，我做的所有为了让他高兴的事情，母亲也会有知，也会快慰。后来，我知道自己得了癌症，我觉得这是对我不孝的报应。我其实一直在等它，我等它这么多年，终于等到了。我不做手术，我觉得我应该死了，我要去见我的妈妈，我要用我的生命来赎我的罪。当然，这一切我说不出来。我对自己讲的是，我要提升，我要进步。我讳疾忌医，在这一切的背后，是我要用我的生命，来赔偿我屈死的母亲……”

多么灵慧的女人啊。这样的女人是不应该死的，这样的女人还会有很长很长的岁月要慢慢地走过啊。程远青一边听着卜珍琪说，一边想。

第28章

爱情如雪花

吕克闸打电话给程远青，约她吃饭。“时间你定，地点我定。”他说。

程远青说：“我最近很忙。”

吕克闸说：“我也很忙。”

程远青笑起来说：“那咱们不吃这个饭，岂不正好？”

吕克闸说：“我这么忙，还邀请你吃饭，可见这个饭是非吃不可了。”

程远青说：“那就是早吃比迟吃好。明天晚上吧。”

吕克闸说：“地点在电视塔的旋转餐厅。”

第二天，大雾弥漫，十步之外，人影绰绰。程远青到了电视塔下，见吕克闸已等候在那里。问候之后，大家一齐说“好大的雾”。

两人走到检票口，小姐说：“二位还是另挑一天再上塔吧。”

程远青诧异，说：“为什么？”

小姐说："今天这么大的雾，你们到了上头，什么也看不见，跟泡在牛奶里似的，白花冤枉钱。票是全年通用的，等下回天气晴好，你们再来吧。"

程远青看看吕克闸，吕克闸毫无表情。程远青说："小妹妹，谢谢你的好意。"

两人随着电梯急遽上升，到了顶层的旋转厅，空荡荡的，居然没有一个游人。俯身下望，广袤城市湮没在浓雾之中，恍若消失。程远青扶着栏杆向外眺望说："这种感觉很怪异，你确知偌大的城市和无数人群就在你脚下，可你看不到一丝踪迹。"

吕克闸说："他们和我们没关系。今天只谈咱们两个人的事。"

程远青一直感觉这个冷峻男子也许会和自己发生某种更深的关系，没想到这么快就在浓雾中铺开。

吕克闸说完，不待程远青反应，就拉她走向茶座，要了两杯茶，选了一张距服务台最远的桌子，坐下了。

程远青同人谈话，喜欢和人坐成"丁"字位，比较放松。这一次，程远青特地面对面坐下了。

吕克闸说："你先看一下有关的文件。"说着，从厚厚的公文包里，取出文件夹。

程远青不解道："和文件有什么关系？"

吕克闸不回答。程远青打开卷宗，看到了离婚证书。

"你离婚了？"程远青说。

"这是谈论我们之间关系的基础。"吕克闸说。

程远青有些愕然。她知道很有一些人是容易爱上心理学家的，那是移情，而不是真正的爱情。看来，她要把老总从感情旋涡中打捞出来。不过，有人爱你，是令人振奋的事情，久经考验的心理学家，也会得意。

程远青说："离婚是你个人的事情，我不能发表意见。但你我之间，除了工作关系，我不知道还有什么关系。"

吕克闸说："是的。我们现在是没有其他关系，但是，可以建立。"

程远青说："你并没有征询我的意见。"

吕克闸说："我不必征询你的意见。"

程远青轻笑道："吕老板，你太一厢情愿了。"

吕克闸说："我不征询你的意见，是因为你肯定不会同意。觉得我这个人是个商人，没有你学识高，唯利是图，追求你不过是为了满足自己的虚荣，也许还有更大的野心……或者干脆就是骗色骗财……"

程远青忍不住大笑起来，说："你不能强加于人。我没有想这么多。"

吕克闸偏着头说："笑了就好。这才像个谈情说爱的样子。"

程远青说："谁跟你谈情说爱了？"

吕克闸说："我朝这个方向努力。做事要遵循游戏规则，我独身一人，在法律上无懈可击。记得你说过追求一个心理学家很难，我这个人，就愿意挑战难的事。"

程远青说："我不年轻了。"

吕克闸说："我不用你提醒这个事实。我可以找非常年轻的女孩，可我对年轻已心生厌倦。那是一种多么幼稚无知的状态。我不断渴望自己快老，历尽沧桑，饱含经验，现在，我总算熬到有点模样了。我希望，我的女人和我一样苍老，一样富有经验，历久弥坚。这就有双份的智慧和能量。"

程远青说："这样的爱情宣言，我第一次听说。"

吕克闸说："我知道世俗的爱情是什么样。我可以循序渐进，从玫瑰花和情话绵绵开始，渐行渐远。可惜我没有时间，没法慢慢来。另外，你洞若观火，那些幼稚的把戏，我猜你一眼看穿，暗自好笑。我决定直截了当。这不是鲁莽，是对我自己和对你的充分信任。当然了，我不会强迫你。你可以思前想后慎重考虑。也可以拒绝，但不是现在，给我一段时间。"吕克闸撒豆成兵，一番话面面俱到。

程远青阅历再丰富，这立等可取的场面，也是头次遇到。她注视着吕克闸，吕克闸也勇敢地迎着她的目光。程远青想：看来他是认真的，这有离婚文件为证。也不是简单的移情，而是深谋远虑。

程远青干涸的内心渐渐酥软，惊奇缓缓滋生。虽然寡居多年，程远青对于情爱并不悲观，她相信在世界的某些僻静角落，一定还生长着纯真的性与爱，暗自芬芳和永久。那是珍稀植物，需要很多特殊条件的养护。程远青对于爱情降临到自己身上的概率，几乎不抱期望。

难道它真的来了吗？

程远青看着吕克闸，心生惶惑。她在旁人的问题上，有着女巫一样的直觉，可她看不透面前的这个男人。他高大干练，几乎可以说是英俊的。他有灵敏的头脑和机智的谈吐，他喜爱心理学，有一颗热衷公益的心……

此刻的程远青，几乎单纯透明，疑惑和思考都写在脸上，被吕克闸破译。

吕克闸决定把火烧得更旺一些，说：“我知道心理学在中国方兴未艾，我愿意援助这个事业。如果你不是我的妻子，这种帮助就会大打折扣。不是我小气，是师出无名，我要避嫌。我看过心理学大师马斯洛的传记，他晚年能在学术上有那么大的成就，和一个经济财团支援他的研究很有关系。我希望，我能名正言顺地做这件事。对你是个帮助，对你的事业小有裨益。”

这席话攻心为上，效果显著。程远青几乎要缴械投降了，她曾立下毒誓，再找爱人，一定要热爱自己为之献身的事业，看来吕克闸是能够做到的。

吕克闸捕捉到进展，趁热打铁地说：“程博士，原谅我还这样郑重其事地称呼你。关键不在称呼，而在心的距离。我猜，你一定还有疑问，我为什么要追求你？以上所说，都是真的，但还不是最重要的。最重要的是……”

程远青有点揶揄地说：“你不会想说是一见钟情吧？”

吕克闸说：“程博士，你也太高看我了。我哪有一见钟情的能力？那是年轻人的专利，廉颇老矣。我是为自己后半生做一个设计。我要站在中国生物制药的前列，我需要健全的人格，我需要卓越的胆识，我需要有人能和我旗鼓相当。我觉得你能帮助我，成全我。所以，我要穷追不舍。这是我的全部底牌。”

程远青在一个极短暂的时间内，仿佛遭受了核打击，丧失了反应能力。

“你一定要帮我，远青。”吕克闸柔情地说，在桌子上握住了程远青的手。

程远青心中一热，已经很久很久，没人叫她“远青”了。单这一个称呼，就让她百感交集。她克制着自己的情绪，说：“给我时间，让我好好想一想。”她抽出了自己的手。窗外，浓雾渐渐消散，阳光羞羞答答地从云缝中泄漏出来。

下雪了。小组活动第一次遇雪。程远青有些担心，组员都是病人，风雪交加的日子，挤公共汽车或是打车，都不容易。有心要改变时日，一是小组的纪律不许，二是今天的活动场所定在别墅，她就睡了个懒觉。一觉醒来，漫天洁白，看看时间，路远的组员已上路，通知也来不及了。

程远青披挂好了头巾、靴子，正要出门，电话铃响了。程远青有心想不接，可丁可卯的时间，十分紧张。又怕有急事，就穿着靴子，回卧室听电话。

“我是安疆啊……程组长……”一阵猛烈的呛咳，安疆的话淹没在霹雳样的杂音中。

“老安，不急，有什么事慢慢说。”程远青不敢露出一点焦急的语气，这位坚强的老人，不是万不得已，不会打电话找她。

“也没什么特别的事。我就是打电话告诉你，我请假，今天不能……参加小组了。昨天我大口咯血，广泛肺转移，侵犯气管了。医生说也没有什么好法子，要不就把肋骨切几根，看能不能再做放疗。我说，不了。给军队节省点钱。我太想参加小组，一口接一口咯血，怕给大家添乱。都是这个病，可别吓着大家。我就不去了，代我向大家……问个好吧。”说到这里，又是一阵猛烈的呛咳，震得程远青耳边嗡嗡作响，只好把听筒挪远些，立马觉得是对老人的不敬，又把听筒移近，倾听剧咳……远远近近了一番，那边安疆的咳嗽才告一段落。

“老安，你安心休养吧。有什么需要我们帮助吗？”程远青说。

"不……没……生活上的事，干休所找了个护士老吴，照顾得很好，放心吧。能认识小组，真好。我安疆一生，只有这最后的时光，才过得这么明白。如果说人生有什么遗憾的事，对于我来说，就是在小组的时间短了点啊……"老人很感慨。

时间不允许程远青过多表达，她说："老安，小组的伙伴们，会去看你的。"

安疆说："我有一个要求，最后得要……"老人迟疑着。

程远青说："您有什么要求，尽管说，只要我们能做到……"

电话那一端的安疆突然忸怩起来，说："这是个难题……我希望大伙儿……最后……和我在一起……"

程远青一时没明白安疆的意思，或者说，她明白了，却被惊愕袭击，不知说什么好。她说："我找一个充裕的时间，细细听你讲。"

安疆轻轻地舒了一口气，知道组长明白了她的意思。这是她为自己一生设计的结尾。她一辈子不愿麻烦他人，这下子，却要大大地麻烦大家一下了。安疆为自己创造一个死亡盛典。想到这里，安疆在电话里，轻轻地笑了起来。

程远青听到了安疆的笑声，在癌症剧咳的间歇中，这些笑声显得那么晴朗而干净，甚至还有一点点的顽皮。安疆最后说："下雪了，多好啊，多美啊！你们快到雪地里玩吧！"

安疆垂危，但此时她的声音充满了平静与欢愉。在程远青眼里，安疆是从未有过地康复了。她的心康复了，她为自己制订了一个伟大战役的计划。她希望组长协助她实行，让这些和她一道哭过和笑过的人，陪同她走向死亡。

和安疆道了别，程远青一看手表，肯定要迟到了。她安然地走在路上，看纷纷扬扬的雪花把城市装饰得陌生。按照她以前的脾气，身为组长迟到，心里会焦虑万分，不能原谅自己。明知要迟到了，也要一跌一撞地死赶活赶，希图把迟到的时间能缩减那么一分半分的。程远青从慢慢的脚步中，感到了自己在小组中的成长。是的，生命是多么宝贵啊，人们急匆匆地向前赶去，在生命的终点，矗立着一个死亡。为什么不欣赏一下瑰丽的风景呢？被诗人咏为“燕山雪花大如席”的雪花，不是那么容易撞上的，撞上了，就要珍惜它掠过鼻尖的凉意。

雪花把城市变得像旷野，大厦像山峦，马路像河流，匆匆的路人像雪人。程远青从地上捧起一把雪，手心微薄的热气融化了雪花，还有几朵坚强的雪花，顽固地保持着六角形状，像钻石一样盈盈闪光。程远青看着雪花在掌心化水，从指缝漏地，滴出一个个黑点，消失得无影无踪。瑞雪兆丰年。也许，这预兆着她的爱情？自电视塔会面之后，吕克闸恪守着“不打扰”政策，留程远青思前想后。程远青心绪很乱，最后制定的策略是，在小组活动期间，不能分心。一切少安毋躁，慢慢斟酌。

临近小组活动时间，程远青给褚强打了一个电话，说自己和安疆的谈话耽误了时间，请大家别急，建议大家到楼下去看雪。

褚强宣布分散活动，题目是“看雪”。人们面对纷飞的雪花，感慨万千。

褚强一脸茫然。早上，他有个奇怪的预感，就在来小组的途中，到单位转了转。在他的办公桌上，堆着厚厚的信件。他飞快地扒拉着信件，好像饥饿的大公鸡。在最底下，又看到了神秘的来信。

褚强撕开信封，这次，A4 纸上打着两行字：

1387 页第六字。

1435 页第一字。

好嘛，看来这个发信人也沉不住气了，居然一下就指示了两个字。那就看看这是两个什么字吧。褚强打开了手边的《现代汉语词典》。如今，《现代汉语词典》天天都放在最顺手的地方，闭着眼睛都能找到。

1387页的第六字是“有”。

现在，有五个字了。拼在一起是：“小心小组有……”

有什么？

总不会是有钱吧？褚强苦笑了一下，打开了第1435页。谜底就要揭开。

那个字是“诈”。“小心小组有诈。”

这就是全文吗？还会不会有下文？褚强不知道。他很想马上把消息通报程远青，看看表，来不及了，只有立刻出发，待今天小组结束之后，再和程博士商讨这诡异的信件。

如果说莫名其妙的来信让褚强心猿意马，并不全面。纷扰他心境的，还有和申凌的关系。自从上次他为了跟踪鹿路，对申凌撒了个小谎，说是自己到广西出差，裂隙就日益加深。

褚强把鹿路调查明白了，重新出现在申凌面前时，拎了一篮子包装精美的荔枝，说：“快吃吧，我从南宁机场买的。”

申凌用兰花指掐着荔枝说：“那边要便宜些吧？”

褚强说：“差不多。你喜欢就好。”

申凌吃着荔枝，问：“你到柳州了吗？”

“到了。”褚强这才记起当初是这样对申凌说的。

“柳州特产给我带回来了吗？”申凌口气娇嗔。

褚强一惊，他忘了当时的承诺，这可怎么办呢？难不住褚强。他说：“柳州特产是带不回来的。”

申凌说：“你说的是什么特产？”

褚强说：“刘三姐的山歌啊。你如果特喜欢，我这就到街上音像店买也来得及。”

申凌说：“我说的特产不是这个。凡去柳州的人，都会带回棺材。”

褚强吓得一激灵，说：“申凌，开什么玩笑？带棺材？这不是恶作剧吗？”

申凌突然说："生在杭州……"然后目光炯炯地看着褚强，等待下文。

褚强说："你跟个土匪似的看着我，干吗？"

申凌说："说对了，我就是要跟你对个黑话。你说吧，这下一句是什么？"

褚强猜出这是一句类似切口的话，但他不知道正确答案，胡乱说："生在杭州，吃在广州。"

"错！那会儿还排不上广州呢。告诉你吧，是死在柳州！"申凌冷笑。

啊？眼看要露馅儿，褚强负隅顽抗，说："我只知道死在邙山。那里的黄土最厚。"

申凌反击道："那不是死在邙山，是埋在邙山。怎么埋，总不能裹在布里放在坛子里吧？要有棺材！柳州的棺材天下闻名，带个小棺材回来，寓意升官发财。这阵子我们公司正酝酿换中层，我心里许了愿，你哪怕带个最小号棺材回来，我也能升主管。你倒好，我千叮咛万嘱咐的，你没带回来不说，还不停装傻。毁了我的前程，你心里到底有我没有啊？"

褚强这才知道棺材具有如此深远的象征意义，双重罪过，连连赔不是。申凌说："你到底去了柳州没有？"

"去了。"褚强死不改口。

申凌冷笑道："你这荔枝篮子里，有附近超市的标签。骗谁啊？坦白从宽，抗拒从严。"

褚强到底没经验，经不住诈，就招了，说自己因为癌症小组的工作，临时放弃了出差。

"那你为什么不告诉我？烦我了是不是？哼，我就知道你一天扎在女人堆里，学不了什么好！告诉你吧，小棺材没带回来，升官发财的希望就毁你手里了。还瞒着我，说谎……"申凌哽咽起来。

褚强忙着掏出不怎么干净的手绢说："我觉得咱俩喘气都越来越快。好不好来个暂停，长出一口气，也许好些？"

申凌不接受这个合理化建议，说："我看你参加了那个老娘们儿小组，毛病是越来越多，再也不把我放在心上了。甭废话，要这样，趁早散伙……"申凌说着说着，眼泪就下来了，扭着身子跑了。

褚强也懒得追。

一系列的事，让他太累了。冷处理，大家都静一静，各自后撤20公里，停火一段再说吧。

第29章

裸体秀

程远青慢悠悠走到别墅，大家正在楼下打雪仗，当然了，她们捏的雪团很小，扔得也很近，简直像樟脑丸，但这已经是久违了的快乐。

程远青感谢安疆。老人给了大家一个多么好的机会啊。如果没有她的提议，我们会辜负了这场好雪！

人们累了，程远青宣布告一段落，回到室内，开始小组活动。她特别注意了一下成慕梅。身材高挑，穿着羽绒大衣的成慕梅没做雪球，孤零零看着变臃肿了的小柏树。她和组内的任何人都没私交，雪球贸然打过去，别人不喜欢，自己会难堪。用指尖轻触着侧柏羽毛状的叶子。侧柏修剪得很齐整，积雪堆积其上，成慕梅手指掠过，雪花扑簌簌落下，仿佛鸽子惊飞。

程远青走过去，对成慕梅说：“一人玩哪？”

成慕梅面无表情地说：“一个人有一个人的好处。”

程远青说：“你和哥哥无话不谈？”程远青早就想和成慕梅谈谈她的哥哥，但成慕梅总是拒人于千里之外。小组快结束了，有些事一定要说明白。

成慕梅轻声重复着：“哥哥？是呀，无话不谈。”

程远青说：“你哥哥对你很关心。”

成慕梅说：“我和哥哥好得如同一人。”

程远青又说：“你哥哥每次和我谈了什么，他会告诉你吗？”

成慕梅迟疑了一下，好像在考虑如何回答。最后她说：“我知道。”

程远青心想，这话有点毛病，答非所问，不会是成慕海每次和程远青通话都录下音？程远青还想深谈，但组员们已经上楼，不能再耽误。

进到别墅，暖气格外热，用温暖如春形容都不贴切，简直是如夏了。大家纷纷脱了外衣，环顾四周，物是人非。那时是夏末，大家都穿着单衣，此刻已是冬末，大家都穿着羊毛衫。你看看我，我看看你，彼此都说：“啊呀呀，你好像比刚来时漂亮了！”

大家夸赞说：“咱们这不成了相互吹捧吗？”

程远青一本正经道：“还真有学者研究，说成功的小组活动，有美容效果！”

周云若大感兴趣地说：“正规的美容院做一个脸贵着呢！小组怎有如此魔力？”

程远青说：“我觉得这原理，可能不是让皱纹减少，皮肤变嫩，而是让人的表情有了变化。要总是愁眉苦脸的，在人背后绞尽脑汁地策划阴谋诡计，久而久之，一定会像面具塑形，把脸改成丑陋的样子。如果你由衷地微笑，别人就觉得你美丽了。”

大家说：“这倒是！最近认识我们的人，都说看起来你气色不错啊！”

程远青说：“你们怎么回答？”

花岚说：“我就谦虚呗！说，得了这种病，还能说什么好气色呀。”

程远青说："这事可别谦虚。身体每时每刻都在监听我们的对话呢。要是你谦虚，它努力的劲头就大受影响了。"

大家就笑了，说："身体还挺狡猾的，内有窃听机构。"

程远青正色道："时时给自己一个积极的暗示，潜能发挥起来，向着光明目标挺进。"

小组就在其乐融融的气氛中开始了。先是应春草报告她回家这一段时间的遭遇。屋内安静下来，可以听到暖气中水流的声音。大家都不动声色地打量着应春草的手和脸，还好，没有可见的伤痕。但是，谁知道人们看不见的地方，是否潜藏着血迹和瘀斑？

应春草说："上回小组活动以后，我想了好多。我怕他在外面找女人，就故意气他，让他打我，他打了我之后，就会对我好。每过一段时间，我就得这样试验他一回。要是我气了他，他不肯打我了，我就会疑神疑鬼，反倒特伤心。我就变本加厉地气他直到他动手打我，我才安了心……我得了癌症之后，有一段时间他不打我了，我特不摸底，我想，他不在乎我了，我气他也不生气，连打我的兴趣也没有了，我就狠狠气他，直到他暴打了我一顿，我这才放下心来……"

大家骇然。应春草不管大家反应，自顾自地说下去："一天早上，苏秉瑞上班以后，我搂着枕头大哭一通。我觉得我太惨了，我还是个人吗？我靠着皮肉受委屈，来让自己得到一点爱。这是爱吗？这是施舍！是一点可怜的补偿！我病了，身体本来就差，还要这样折磨自己，我真不是人！我对不起我自己！我为什么这样窝窝囊囊地过一辈子？我不知道自己还能活多长时间，可我要挺直了腰板活一次。我一边哭一边想，连中午饭也没吃。我把一辈子的委屈都哭出来了。等把这些里里外外的事想通，苏秉瑞也下班回来了。平常日子，我都是拖着病恹恹的身子，给他把爱吃的东西做出来。他是个粗人，最爱吃的是红烧肉，现在的人都不爱吃这个了，说胆固醇高什么的，他不，老说自己像毛主席。毛主席就爱吃红烧肉。我做化疗，吃不了油腻的，为了凑合他，强忍着恶心吃，还不能让他看出来。这回，我第一次不管他，按照自己的口味做了一碗肉末鸡蛋羹。他进屋来，往常都是我蹲在地上，给他换上拖鞋，这一天，也改换章程了。我躺在床上，一动也不动。苏秉瑞进了屋，看到我无动于衷，说了句，你装什么死狗啊，我肚子饿了，有什么吃的？我说，你才是死狗呢，我还想好好地活着。他说，哎，老婆，你吃了炸药了？怎么变了？我说，看出来变了就好，再不能像以前那样了。苏秉瑞说，以前怎么了？我说，你以前打我，这是犯法的。苏秉瑞说，我以前打你，是你自找的。隔一段时间，你就要我给你松松骨。我说，你胡说，天下没有愿意挨打的人。苏秉瑞嬉皮笑脸地说，我就是愿意挨打的人。我说，那我就打你！他横眉立目说，你敢？我说，打人犯法，我不打你。你以后也不许打我！你要打我，我就告你去！……”

大家说：“你首战告捷了。”

应春草反倒不好意思，说：“也不知他今后能改多少，但我不能像以前那样任人宰割了。”

程远青说：“应春草，你说得好，你改变了，就让事情有可能向好的方面转化。”

程远青看看组员们，屋里温度高，除了严重贫血的成慕梅和鹿路，大多数人的脸色都红扑扑的，容光焕发。在这个组里，大家一块儿哭过，一块儿笑过，结下了生死的情谊。世上的事就这么怪，你会忘记和你一道笑过的朋友，但你不会忘掉和你一起哭过的朋友。

“大家还有什么要说的？毕竟，我们在一起的时间已经很有限了。”程远青说。对于今天的活动，她没有更多的安排，要看组员们情绪的起承转合来运行。

大家纷纷说起参加小组的变化，心胸开朗了，不像以前那样怕死了。情绪比较稳定，不那么怨天尤人，比较能接受现实，更能够体会到人世间的美好和亲情宝贵。卜珍琪说，自己的字比以前写得好看了。程远青笑道：“这可真是个新发现。”

卜珍琪很认真地说：“我以前找过一位笔迹专家，他的工作是研究比对案犯的笔迹，笔迹能反映心理。他说，我没法给你更多的意见，你的字已经写得很好了。如果你想要更好，只需把写字的速度放慢，会有奇效。我说，写快不容易，写慢应该不难。笔迹专家说，不一定。一试，才发现像骑自行车，快起来好办，慢起来就难了。没想到心境一平和，手就自然慢了，字也眼见着好起来，最近不止一个人夸我呢。”卜珍琪说得很得意，眼睛闪闪发光。程远青不由得想起一句西谚：你夸将军会打仗，这不是夸奖。你夸将军会跳舞，这才是夸奖。卜珍琪有多少杰出能力，她都淡然，却为自己的字迹由衷地高兴。

这是历次小组活动中最欢声笑语的一次，好像辛劳的渔民开始收网，看到鱼虾乱蹦乱跳。

“可是，我呢？我的收获比大家都小。”成慕梅说。

程远青说：“收获大小，这和一个人的投入是紧紧相关的。你觉得自己的收获不够大，检查一下原因。一次小组也不可能解决所有的问题，小组不是万能的。”这些话固然不错，对于心急如焚的成慕梅来说，远远不解渴。

“我有一个秘密，可是我不敢说。我之所以来参加这个小组，就是想说出这个秘密，可是我张不开口……”成慕梅真是急了，哀告大家。

这番话若在几个月前说，还真不知会得到怎样的回应。那时的小组，自顾不暇，人人都有一本难念的经。如今不同了，炉火正红，炙烤着每个组员的心。你加入薪柴，你获得温暖。即使你袖手旁观，一旦表示出对燃烧的向往，火苗也跳跃着欢迎你的到来。

大家不计较成慕梅平日的淡漠，很关切地对她说：“说吧，说吧。有什么困难，我们和你一道走。”

成慕梅喃喃自语：“不是困难。比困难要命多了……”她一边说着，一边开始脱衣服。成慕梅穿着一件米白色的羊绒衫，保暖性能很不错，她的额头沁出细密的汗珠，但是，这个脱衣的动作，还是让人有些不得要领。没热到这个程度吧？

程远青凛然一惊，她想到了成慕海那个可怕的建议——你可以让她脱掉衣服！成慕梅要在大庭广众之下，展示自己骇人的伤痕或是躯体的残缺？

小组就是如此具有挑战性，每个人都在和别的人互动，携带着她们家族和本人的历史，其中还潜伏着无数的密码。方寸之地，会聚着人间悲欢离合。这边程远青飞速地考虑着，那边成慕梅不停地脱着衣服。羊绒衫脱下，露出了莱卡的白色内衣和挺拔的胸部，现在，成慕梅开始把内衣的下摆往头上兜去。此刻，就是再愚钝的人，也明白成慕梅打算演一出裸体秀了。

程远青迅速判断形势。成家兄妹对脱衣这事，决心已定。这不是一时的心血来潮，而是一个精心的策划。既是有备而来，单纯阻止恐难奏效。身为女性，在小组内如此大胆暴露，不管她此时如何迫不及待，也许事后会悔不该当初。身为组长，她有提示之责。

程远青道："成慕梅，你是要把衣服脱掉吗？"

成慕梅的头颅已包绕在白色内衣里，发出的声音瓮声瓮气："我不在乎。"

可以看出她决心已定，破釜沉舟也不在乎，但组内还有男士。对于年轻的褚强来说，是否相宜？程远青看褚强一眼，褚强悄声说："我回避。"

成慕梅听到褚强的声音，忙不迭地说："褚强，你留下。你在，我还踏实一些。你千万不能走！"

一个离奇的要求。褚强不知所措，大家也一脸茫然。程远青小声问褚强："你愿意留下吗？"

说实话，褚强才不想留下来。半老徐娘裸露残缺身体，虽然他可出于革命人道主义表示关切，感官上肯定不愉悦。成慕梅殷殷恳求，脸露不出来，两手直作揖，褚强只好说："好吧，我留下。"

这当儿，成慕梅已把自己上身，像个削了皮的萝卜似的扒光了，只留下了粉红色的文胸。大家都不知一向拘谨内向的成慕梅，今天怎么如此放荡不羁。看她的神色，一副沉冤似海的模样，不像是开玩笑，屋内死一般寂静，且看她如何动作。

程远青也不知所措，好在心理学家的素养，让她保持基本的从容。成慕梅目光专注，动作有条不紊，不像是精神错乱的恶症。但一个中年女子，就算是和大家再熟稔，在这北风呼啸大雪纷飞的日子里，当众裸露上体，终是不可思议之事。

相处半年，从素不相识到深入彼此生命的底色，组员已结下难舍难分的情谊。如果在背人处，看看刀口瘢痕，也可理解。不料，最封闭的成慕梅跳将出来，当众裸体，令人惊悚不已。

成慕梅脱下文胸，把它甩到一边。

粉红色文胸滚落在地，转着圆圈。一个会舞蹈的文胸。两个罩杯中，各有半个花皮球。那种早已过时的现在很少有人玩的花皮球。红、黄、绿三种颜色好像被太阳晒化了的油漆，混合在一处，随意流淌着，形成了不规则的图案。每瓣皮球里塞着一团圆形棉纱，恰到好处地填充起了花皮球。于是，花皮球就成了半个惟妙惟肖的乳房。

大家看得发呆。如果说这个人造乳房样子古怪，倒还没什么了不起的。造物主把女人的性征拿走了，那么，这个哀伤的女人用什么法子来弥补自己的缺陷，谁也不能多说什么。关键是，文胸两侧都镶有花皮球。也就是说，成慕梅双侧乳房都是假的。

大家第一个想到是：会有极少数病人罹患双侧恶性肿瘤，只好将双乳一并摘除。这是极大的不幸。

目光从粉红色的文胸移到了成慕梅身上。之所以没有在第一时间关注成慕梅，是地上滚动着的粉红物件太引人注目。当它安静下来，人们才发现更大的惊骇还在后面。

成慕梅的胸膛上的疤痕，远没有人们想象中的那么长，甚至可以说，比在场任何一位动过手术的女性的疤痕都要小。最最恐怖的是——她胸部只有一侧有手术的痕迹，在另一侧，平坦胸壁上，是男性的乳头！

成慕梅就那样赤裸着胸膛，低垂着头，接受着大家惊骇莫名的目光鞭笞。他知道必须承受这一切。

他不是一个女人，他是一个男人。从夏秋到冬春，每当小组活动的时候，就装扮成一个女人。他以女性的身份参加这个小组，直到今天，他决心恢复自己的真实性别。

程远青呆若木鸡。这种过分的真实，已经超出了常人所能够容忍的极限，大家闭上了眼睛。

成慕梅是一个男人！一个货真价实的堂堂男子！胸肌发达，胸毛茂盛。他一直混迹于一帮女性癌症患者之中，居心何在？！

程远青感到自己受了莫大的愚弄。一个并不高明的弥天大谎，居然把一个资深的心理学家蒙得晕头转向。面对这种大虚伪、大欺骗，程远青恼羞成怒，想把裸露上身的成慕梅一脚踹出，方解心头之恨。

全组盯着自己，程远青的第一个反应是——你务必冷静！

程远青自知有一致命弱点，就是难以忍受被人欺骗。以牙还牙，以眼还眼！程远青相信，凭借她在组员中的威望，只要一号召，谴责将如冰雹砸下。成慕梅必成丧家之犬，灰溜溜滚出小组……一百种报复的计划在程远青的脑海中闪过，反击的话语已堵满双唇，只要嘴一张开，叱骂就会冲口而出。

程远青，你何去何从？

一位优秀的心理学家，有清晰的自我洞察能力。程远青深吸一口气，徐徐吐出，问自己：你为何如此愤怒？

成慕梅乔装打扮来参加小组，必有他椎心泣血的理由。招致程远青怒火中烧的答案只有一个：程远青觉得成慕梅此举成功，是对她这个经验丰富的心理学家的嘲弄和蔑视。

记住，在小组中，你要永远把注意力集中在组员身上，而不是在自己身上。你要把组员的利益看得重于一切，而不是把自己当作中心。程远青的耳边响起导师的指教，那个有着一双湛蓝眼睛的老人，说出这些话的时候，音调轻轻，此刻在耳边响起来，却有万钧之力。

程远青，放下你自己的得失！你在小组中，组员在看你！你能否接纳成慕梅，也是大家的一面镜子。不管开头怎样，成慕梅已经走向了更真实的存在。他在众人面前卸下了伪装，把一个赤裸的自我展示给大家，这就是进步，这就是成长！你要用宽广的胸怀，来包容这个令人震惊的变故。

程远青吐纳胸中空气，那是碰到火柴就会像甲烷一样燃烧的气体。她把新鲜的空气吸进肺里，将一种稳定感从丹田传到胸部、颈部、头部，然后又下行到手臂、手指、大腿、小腿、脚踝和足尖……呼吸渐渐平稳，肌肉放松下来，这才轻舒了一口气，缓缓地说："成慕梅，你穿上衣服吧。别着凉了！"

组员们也同时呼出了一口气。她们被成慕梅的当堂变性惊住，丧失了应对能力。愤怒吗？被人骗了半年。沮丧吗？居然没有一个人看出有诈。好奇吗？且看他说出怎样的理由。一时转不过弯来，天下竟有这样稀奇古怪的事。好像电视连续剧，不知后面将上演怎样的节目……程远青的态度就是小组的态度。如果组长说把成慕梅赶出去，大家一定群起而攻之。褚强是男性，但人家磊落光明，是大家的小弟弟。现在倒好，一个大老爷们混迹女流之中，简直有被他偷窥春光的感觉。虽然女人们基本都不年轻，就是被窥，也只能算是秋光了。

成慕梅感觉冷，顺从地穿上内衣，用另一种青檀样的嗓音说："对不起，请大家忘记成慕梅这个名字吧。这个世界上，没有成慕梅，我的真名叫成慕海。"

幸亏椅背很高、很结实，承受程远青身体猛地后倾之时，没有发出劈裂之声。成慕梅是虚拟的，是水中月、是镜中花，是无中生有的幻象。原来在漫长的冬夜，和程远青窃窃私语的成慕海，就是面前这个"变性人"。原来资深的心理学家被人耍弄而不自知，原来整个组都在混沌之中，只有面前这个男扮女装的家伙才是唯一的明眼人！

程远青的理智已像千疮百孔的小船，刚从漩涡闪过，复又遭遇暗礁。程远青只想朝着成慕梅——对了，没有成慕梅了，目前只有成慕海了，大吼一声：你这个骗子加混蛋！你给我滚出去！

程远青咬着嘴唇，在心里反复默念这几句话。她不能出声咒骂，这是她的教养和身份所不能允许的。她只能无声咒骂，一遍又一遍。

时间凝固。大家虽说搞不清这个成慕海是何来历，总之明白了是同一个人用两套名字的把戏，非常诧异。她们看着组长，等着组长。眼光交织成致密的轨迹，如弹道射向程远青。

程远青紧急清理着自己的思绪，在连续骂了成慕海若干遍之后，情绪稍稳。理智如雷暴之后的天光，缓缓澄明。如果说违背天条，程远青负有不可逃避的责任。不要和小组以外的人交谈小组！程远青明知故犯，她遭到了报应。

程远青，你快从一己恩怨中走出！

以小组为重！

以组员为重！

以成慕海为重！

程远青连连呼叫自己的名字，好像面对昏厥之人。一系列警示，风驰电掣从脑海中闪过，如同冰冷急速的潮汐。她渐渐冷却，平稳下来，从心境扩展到语调。她强制自己抽动了一下嘴角，一个痛楚的笑容，但毕竟是笑了。她轻声说："我们以后就称呼你成慕海了。"

这表明，组长代表全组，接受了一个名叫成慕海的新组员。成慕海不知所措地频频点头。他做好了被宣布为"不受欢迎的人"驱逐出组的准备。现在，他归队了，悲喜交集。

程远青说："成慕海，你让我们非常惊奇，觉得自己很弱智。这可不是一种舒服的感受。"

成慕海穿好衣服，舔舔嘴唇说："能给我一点水吗？"

成慕梅即使改叫了成慕海，他也是很清楚小组活动中不喝水的规矩。的确是太焦渴了，程远青破例同意了他的要求。

喝了水，成慕海表情稍安，说："我不是诚心想骗大家，虽然看起来就是这么回事。在小组里，我无时无刻不想说出真相，可是我不敢。"他改作男声，大家听着很陌生。

花岚说："啧啧，你真是一个男人？"

成慕海说："真是。货真价实的。"

岳评说："你一下子变成了成慕海，还真不习惯。我要是说走了嘴，叫错了，你不会介意吧？"

成慕海苦笑道："我哪儿还会介意？大家不介意我就好了。"

岳评说："那我就说了。你不是个二尾子吧？就是半男不女的那种人？真是，也没什么。大家能接纳你。只是这回你可要说真话，不能再玩花活了。"

成慕海说："我是个男人。生理上没问题。"

鹿路说："虽说咱们这个小组也没说只许女人参加，活动中也没有什么不能让男人看的节目，可你这个事，我还是别扭。你是不是把我们骗了这么长的时间，自己挺得意的？"

成慕海诚惶诚恐地说："我哪儿还敢得意！每次来活动之前，我都对自己说，大家都那么交心交肺的，我瞒着天大的一件事，对不起大家呀！可我一到了小组活动，就没有勇气了。我怕大家一生气，就把我赶走，那我就再也不能参加小组了。我喜欢这个小组，在这个小组里，我体验到了真情。我很少说话，心还是和大家在一起。由于我自己这事，把我压得不敢和大家痛痛快快地交流。小组也要结束了，就是把我赶走，小组的绝大部分活动我也参加了，我也不亏了。其实我还有一个选择，就是一直不说，可这样，一是我心里的疙瘩就再也解不开了。过了这个村，就没有这个店了。就算癌症还能饶我一点时间，可我未必还能找到像你们这样的姐姐妹妹，还能找得到程老师这样的组长……二是我就太对不起大家了。所以，今天来的路上，我下定了决心，不管大家怎么骂我，我要把自己的真面目露出来，对自己也有一个交代。真实做一回人。"

听了成慕海这一番掏心窝子的话，原本恼怒的人也就原谅了他。

好像为了弥补以前活动中说话太少的毛病，成慕海滔滔不绝。

我非常孤独，从小内向。身体不好，不爱活动，体育不行。对于男孩子来说，学习再好，跑不快跳不高，就没有自尊。我爱和女生一起玩，她们细心温柔，不欺负人。中学我在戏剧社演过女角，是《雷雨》中的四凤。

大学毕业后，在机关工作了两年，后来下海做了生意。人们看我可信任，很快业务就做得很大。我也交过几个女朋友，相处一段之后，都离开了。临走的时候，都说我是好人，但没有激情。我也不知道她们说的激情是什么东西，我对她们很好，这还不足够吗？后来，我索性也不想去闹明白了。日子慢慢过着，突然我发现胸壁上有个硬块。以为是疖子，就没理它。但这疖子很奇怪，一点也不疼，却无声无息地长大。有一天我路过医院，想看看医生。司机帮我挂号，他说，老总，你挂哪个科？我随口说乳房上长了个疖子，你问问我挂哪个科？司机捂着嘴乐个没完，说老总你哪儿不好病，怎么病在了一个女人的地方？我这才发现病在那儿，这是个很严重的问题。我对司机说，你到车上休息，我自己去看病。在挂号处问了护士，她让我挂乳腺科。我以前不知道医院里还有这样一个科。想想也挺正常，既然耳朵、鼻子都有专门的科，乳腺为什么就不能单有一科？到了乳腺科，管分诊的护士把我的挂号条看了好几遍，好像我偷了别人的单子。到处都是女人，闹得我有了一种进了女澡堂的感觉。轮到我检查了，医生触摸之后，脸色很严峻。我说，有问题吗？那个老太太，只说你再做个红外线检查吧。我好不容易找到了红外线室，在医院的角落里。老楼，走廊挺宽大的，光线不好。每过一会儿，检查室的门就打开，放出四五个完成了检查的人，再把单子拿进去，可能是做登记或是筛选之类的工作，再叫一些人进去。在我这个搞电脑的人看来，工作程序太原始了，手工化，少慢差费……我把单子排好队，就坐到角落等候。叫到名字了，我起身进了检查室。没想到我一进去，就听到妇女嗷嗷的尖叫声，说，一个男人！赶出去！一位女医生严厉无比地说，谁让你进来的？我说，就是你让我进来的啊。你念了我的名字。女医生说，你怎么是个男的？我说，我一直是个男的啊，我的登记表上也写的是男的啊。女医生还真把我的表又拿过来看了看。可能是为了让医生更好地在仪器下工作，屋内只有一盏微弱的红灯，如同血泊。这时，我的眼睛已经适应了暗红色，注意到黑暗中浮动着白色团块，那是众多女人裸露的胸部，耳朵充满纷杂的摩擦声。原来女人们为了等候检查，都提前把衣服脱掉了，现在看到一个大男人闯进，魂不附体，窸窸窣窣抢穿衣服。轮到我了……

头发花白的女医生反复比对之后，告诉我说，几乎不用再做检查，依她的经验，就可以断定我患了乳腺癌。她随手开了住院通知单，要我尽快预约手术。

在猩红色的黑暗中，我声嘶力竭地说，我是一个男的。

女医生说，我知道你是一个男的。

我说，为什么会得这种病？

女医生说，你知道，几乎所有的癌症都病因不明。

我问，怎么办呢？

女医生说，不是给你开了住院单吗？赶快手术。

我说，可我怎么说呢？

女医生纳闷，跟谁说？

我说，所有的人。

女医生忙着把我的资料敲进电脑，头也不抬地回答，你不必跟所有的人说。

我揪着医生的白袖子说，大夫，告诉我，这病的概率是多少？

女医生抽回胳膊告诉我，在发达国家，已占女性癌症的首位。

我歇斯底里地吼起来，我不是女性！我要知道像我这样的男人，在这个病中占多少？

女医生定定地看了我一眼，在红色的背景中，她的眼神像被枪击中的鸽子。她说：1/100。

我跌跌撞撞地从检查室出来，看到太阳像一颗粗糙的绿色苍耳，嵌在猩红色的天空。从此，猩红色挥之不去，总在缠绕着我。我用最后的气力坚持走到停车场，司机说，老总，你面色不好看。

我说，到了医院，还能有好脸色吗？他很关切地问，怎么样？我只有装作不明白，说什么怎么样？他笑笑说，就是那个女人地方的病？我看着他充满了玩笑意味的嘴角，在这一瞬决定了，我要保守这个秘密。我说，没事。是我大惊小怪。司机的脸色一下子明亮了，说，一个男人，哪能得奶子上的病呢？那还算是个男人吗？

我从小就最怕人家说我不像个男人。现在，我得了这种病。疾病是有性别的，疾病也是有品位的。你是老板，你可以得高血压、心脏病、糖尿病，那是富贵病，是豪华享受的同义词，你不丢人。但是你不能得肝炎。得了肝炎，人们立刻会想到你身份不高，经常在路边大排档吃饭，你才得了传染病。如果你得了性病，那倒没什么，只要不是艾滋病，男人们都可一笑了之。可是，我得了女人的病。如果告诉别人，在应该收获同情和关切的时候，我将成为人们茶余饭后解闷儿的奇闻。

记得哪位哲人说过，如果他受了伤，会独自一人躲进密林，用舌头舔干血迹，等待伤口慢慢结痂。不会有人看到他断裂的白骨，伤口长好，他才会走出密林。我欣赏这话。以前就喜欢，所以记住了。当我做出向所有人隐瞒病症的决定的时候，这句话成为我的指南针。

我把生意交给助手，住到了另外一家医院。不是因为这家医院的名气更大，是为了在原来的医院彻底蒸发。这个病不是疑难杂症，我已不是早期，第二家医院的诊断更为快捷。我住进了医院，用了一个假名字——成慕梅。这不是我的发明，是我死去的妹妹的名字。身份证是很容易作假的，你只要给街头的小贩一张照片和写着你设计的住址等资料，三天就可以取货。住院的登记很简单，我就以这个名字做了手术。我对所有认识的人，都说我到欧洲旅游去了。大家都说，放松一下是对的，你的脸色最近不太好，一定是太疲劳了。警惕过劳死，日本人最爱得这种病了。我住进了医院的单间病房，不愿被人撞见。没有告诉任何人，也就没人来看我。我也不和病友交谈，除了和医生、护士说几句话，我都面壁而卧。面壁这件事，能让人思索很多东西，所以古代的高僧都面壁。一定要是白色的墙壁。你不可能对着一面五颜六色的墙壁思索很多深刻的问题。手术的前一天，麻醉师来看我，我给了他一个红包。我不是想贿赂他，只是想多咨询有关的问题。我不怕手术，我怕在手术中糊里糊涂地死去。这个环节最易在麻醉的时候发生，那么，这个穿着蓝色工作服、戴着蓝色工作帽的小伙子，就是我的活阎王了。红包是我付给阎王的咨询费。

我说，在手术之前，你们都会来看病人吗？

他说，是的。特别是全麻。

我说，全麻，就是我什么都不知道吗？

他说，你的手术范围很大，时间也很长。但究竟有多大，究竟有多长，只有到了台上才知道。

我说，麻醉如果出了意外，我就会死。是这样吗？

麻醉师说，手术台上的任何意外都有可能招致严重后果。我们会尽力。

我知道再问也问不出什么了。麻醉师走后，我抚摸着自己的胸壁，它目前虽然有病变，但还是完整的。明天以后，它就不完整了，但也没有病了。这样想了之后，我就嘲笑自己，也有一个极大的可能是：胸壁不完整了，病变依然存在。

男子乳腺癌的发病率虽然极低，一旦发病，常常很凶险。我已有多个淋巴结转移。除了助手之外，我没有将病情告知任何人。除了那些最必要的手续，让助手在百忙之中到医院填写，其他有关病情的进展和预后，都是我和主治医生直接谈。

我不知这是好还是不好，没有温情脉脉的面纱，全是最严酷、最精粹的真实。我可以在医生面前表现得很沉着冷静，他们都夸我是他们见过的最稳定的病人，殊不知，在医生走后，我会用一条干毛巾敷在额头上，盖住眼帘。我并不觉得自己流泪，但那条毛巾会慢慢变湿。我也不动，让风和自己呼出的气，再把毛巾晾干……

在生命的搏杀中，全军覆没的感受是如此强烈，以至于每晚的梦境都被黑色压扁。精神被分馏了，在精神的最表层，是淡黄色的稀薄的期望。其下是猩红的黏稠的绝望。

手术之后是化疗。这都是老生常谈，我不多说了。出院以后，头发都掉光了，朋友们问这是怎么了？我说在欧洲洗了一种温泉，里面含有矿物质，过敏了。大家就笑我说，看你这样子，不像是从欧洲回来的，像是从非洲回来的。我说，不管是从哪儿回来的吧，我现在要好好工作了。

话是这么说，但气力大不如从前了，你看过饭馆里客人点吃的那种活鲤鱼吗？用抄子捞起来，让客人过目，验明正身，活蹦乱跳的。过秤，然后当着客人的面，把那条鱼拎起来，“啪”地往地上一摔，那条鱼就一动也不动了。表面看起来，那条鱼和以前没有什么不同，头还是头，鳃还是鳃。那条鱼受了致命的伤，已是肝肠寸断，所有的骨头都脱臼了。我就是那样一条鱼。

我的病无法对别人说。医院斗室，虽日夜一人，起码医生、护士还会走进来，问你几句话。出了院，才陷入真正的孤独。偌大世界，我不知道还有哪个人和我患了一样的病。从理论上讲，一定是有的，可他们藏在哪里？也会在暗夜中哭泣，在太阳下装出硬汉的模样吗？我不知道。本来得了癌症的病人就是孤独的，他不是一个健康人，他也不是一个死人。他游走在这之间的真空地带。后来，我找到了一个做伴的人，那就是成慕梅，我创造出来的承担我疾病的那个倒霉蛋。我把自己分裂成了两个人。当我是成慕梅的时候，我阴郁孤僻、落落寡合。当我是成慕海的时候，我开朗健谈、风趣、善解人意。没有成慕梅，我无法安置自己惨淡的人生。没有成慕海，人生对我了无意义。我穿插在成慕海和成慕梅之间，凭着这个古怪的分裂的创造，我才得以在那些极端孤独的日子里，自己和自己对话，自己给自己排解，才有了活下来的勇气。我喜欢成慕梅，在某种情况下，我要感谢她。她负载着我全部沉重灰暗的东西，是一个真实的人物。另一方面，我不喜欢成慕梅，如果一直像她那样活着，我还不如死了。我愿意永远当一个成慕海，可是我做不到。过去的成慕海已经消失了，在手术台上被割走了，扔到粪车里了。新的成慕海是我创造出来的，他是我的偶像。我知道我做不到他那样优秀，当我扮演成慕海的时候，我要耗尽心血，我坚持不了多长时间，我就要逃走，因为这个充满阳光的男人，是暂时居住在我的这个残缺的躯壳里的。病把我切成了两个人。刚开始，我还能胜任他们之间的转换，好像点歌台切转曲目。后来越来越困难了，冷热水龙头失灵。要拧热水的时候，浇你一个透心凉。想要冷水的时候，把你烫出燎泡……

每半年一次的化疗，切割着我的生活。我预感到自己要崩溃了。神经无法胜任这种转化，咝咝地冒烟。我想到了死。这个念头一出，无论是成慕梅还是成慕海，都击节叫好，他们罕见地统一起来。我知道，这就是我最终的选择了。我收集了有关的资料，成了一个自杀问题专家。我决定自我爆炸，把炸药绑在胸前，如五马分尸一样支离破碎，没有人会知道我曾得过这样的病。我选择了一家狗肉馆作为最后的葬身之地。

正在这时，我看到了报纸上的癌症小组招收组员。这一次，成慕梅和成慕海又罕见地达成了一致，表示要参加小组。我想，也许这就是生命的本能吧。成慕海就先打了电话，表达了愿望。具体出席的是成慕梅，因为在想象中，病是在成慕梅身上，成慕海是她的哥哥……

在死亡的阴影中，我参加了小组。

小组有一种奇怪的引力，对抗着自杀对我的引力。我要为我的自杀找一个理由，可这个理由越来越不容易找到。我在迷茫和怀疑中，给褚强写信，起初是恶作剧，以排解自己的苦闷，后来就变成了一种变相的呼救。现实中，成慕梅每次参加小组活动前一天，都要去做润肤美容，特别是用紧肤水收缩粗大的毛孔，让颜面比较细腻。临出门前，都要用数小时乔装打扮，浓妆艳抹以免被识破。置备各色高领服装，以遮盖喉结。她练习用女声说话，冷漠孤僻，寡言少语……大家讲的每一句话，都进入了我的脑海，它们撕扯打架昼夜不息……慢慢地，我发现自己起了变化。我再也不喜欢两个人共同生活在一个躯壳里这种局面了。我要把这两个人整合在一起。我不知道症结在哪里，我无能为力。我要感谢你们的真诚。我发现，自己最大的误区是在企图掩盖一个发生了的存在。为了让这个真实的存在变得虚无，我把自己一分为二。只有在这种分裂中，我才能为自己的懦弱找到栖息之地。今天，我一定要把成慕梅和成慕海合在一处，我没有其他方法，我只有用我的身体来说话，证明我本来就是一个人，而不是我臆造出来的两个人。我早就想把真相告诉大家，可是我没有勇气。我希望程博士能够揭穿我，所以，我在电话里通知程博士组里有人隐藏秘密，以假象示人。程博士大智若愚，没有动静。我不停地给副组长写信，提醒他小组有诈，希望能引起他的高度关注，把我揭露出来……

成慕海说到这里，充满歉意地看看组长、副组长。程远青面上还算安然，褚强可是恨得牙根直痒痒。好你个成慕海！简直是间谍，直至今天早上，还把人吓得手脚冰凉。原来这一切的背后，竟是一个分裂人格在反复表演。

成慕海接着说：“谢谢大家。今天，你们的惊讶，你们的愤怒，你们的宽容，都让我知道了一个最基本的事实，我是一个人，而不是两个人！现在，我已经能够感到成慕梅和成慕海渐渐地靠近，重叠在一起，他们的边缘互相模糊，变成了一个人……天边的猩红渐渐远去，代以清新的草绿……”成慕海这样说着，目光凄迷。他的真实声音仿佛不是从一个男人的身体内发出，而是从一架优良的仪器发出来，游离着，悠然回荡，带有稍纵即逝的魔力。

成慕海说到这里，头重重地垂了下来。人们以为他是昏过去了，急忙围拢。程远青摆摆手，示意散开。他是睡着了。这一席话，耗竭了他所有的精力，魂灵出窍。

大家不敢触动他。

程远青心里百感交集。这一番剖白，她始料不及。人哪，多么复杂！类似这样由疾病引发的人格分裂，极为罕见。作为组长的她，没能在早期识别出这种复杂的多重人格表现，但小组强大的功能，拯救了成慕梅和成慕海复合体，一个新人在此重生。

第30章

水晶厅的表决

程远青若干天内萎靡不振。成慕海的自白，让她身心俱损。

心理学家并非神，只是对自己有更多的觉察和重构。

“觉察”这个词，在佛教中有“顿悟”之意。程远青觉察到了自己的盲点。她的情感生活被压抑得太久了，遇到一个虚幻的异性形象——幽默、风趣、智慧的成慕海的声音，就被吸引，破坏了小组活动的天条，使双重人格扑朔迷离，难以捉摸。如果自己无懈可击，整个事态就要简单得多。幸好没有造成更严重的后果，但这个教训她要终生吸取。

吕克闸常有电话来，程远青正在反思之中，口气淡淡。

吕克闸说：“博士，你好像不开心？”

程远青说：“我在总结小组的经验，不尽如人意之处甚多。”

吕克闸说：“博士是否太谦虚了？我听褚强说，小组卓有成效。组员的心理状况都有了很大的改变，也许因为我是造药的，不知她们病理上有无改变？”

程远青问：“癌症是一种非常顽固的恶性疾病，根据国外的研究，辅以适当的心理治疗，可以调动病人的免疫系统，增强和疾病抗争的能力，延长生存时间，提高生命质量。让病人对即将到来的死亡有比较达观的态度……但针对东方人的具体资料，我不曾查到。”

吕克闸说：“博士，你可以来做这个研究，成立一个癌症心理研究所。这是功德无量的事情。”

程远青说：“谈何容易。”

吕克闸说：“只要动手去做，就不一定很难。噢，我给你打电话，是打算放松一下，没想到一张嘴就又是工作。”

程远青说：“你是一个工作狂。”

吕克闸说：“你也是。物以类聚。”

这样的对话，你不能说不和谐，但程远青总在疑惑之中。她不知道自己还有没有能量再次进入深深情感。吕克闸是一个合适的人选吗？也许是以往失败的哀伤还在腐蚀着她？愤怒是可以变化的。有一些事情，在它新鲜的时候，你是愤怒的。当它陈旧了，你就不愤怒了。可是，哀伤是不会变的，它只是更深沉和更细致了。

鸢尾素市场出击遭到阻遏，因为它是“食”品而不是药品。公司高层发生争论，焦点是再次动用种种合法以至不甚合法的手段，让鸢尾素升级为“药”准字，还是依旧以食品面目出现，辅以更强大的宣传攻势？好比是重新为这个小伙子捐个红顶戴，还是凭现有的资历，横刀跃马独闯天下。

“老总，您大手笔，何必在乎这打点的小钱呢？”副总说。

吕克闸说：“这不是钱的问题，是时间。中国保健品市场鱼龙混杂，大洗牌在即。报批药品，且不说它能不能算药品咱们心里有数，就是用钱把它堆出来，那些作为药品必须经过的临床试验，耗费多少时间？退一万步讲，就算都拿下来了，时不我待，市场早已饱和，功亏一篑！”

大家面面相觑，危机如狼，噬咬脚后跟了。

“那咱们怎么把食品说成药品的疗效，让人们一窝蜂地吃？”高层意见统一起来，下一步就是具体的市场运作了。

“我有这样一个设想……”吕克闸说。

褚强给程远青打电话，说要提前进行小组活动，地点就在公司的水晶厅。

“理由？”程远青不解。心理小组也不是救火车。

褚强说：“公司办公室要我把最新包装的鸢尾素发给大家服用。这是好事。”

程远青说：“好事也不能办得像抗洪抢险。有这么十万火急吗？”

褚强说：“公司目前把鸢尾素当成市场主打品牌，准备在全国地毯式推开。标语刷向大街小巷，就像当年红军打土豪分田地一样，大造声势。”

程远青说：“如此大动干戈？鸢尾素究竟有何奇效？”

褚强说：“具体的谁也说不清楚，商业秘密。从老总到普通职员，用了都说好。强身健体，益寿延年。”

程远青扑哧笑了说：“褚强，你怎么像旧时天桥卖大力丸的？单说这益寿延年，鸢尾素问世才多长时间？没有经过时间的考验，没有对照组，怎么就能说神效呢？”

褚强说：“现代的人，都喜欢夸张。反正这鸢尾素还是挺不错的，吕总批了免费给咱们小组服用，是大家的福气呀。”

程远青说：“鸢尾素到底是植物还是动物药材？”

褚强说：“顾名思义吧，鸢尾就是鸢的尾巴。”

程远青说：“瞎猜。世上有多少只鸢把尾巴拿来制药？绿色组织还不得和你拼了？”

褚强说：“那就是植物吧？凡·高还画过鸢尾花。”

程远青说：“凡·高和咱们没关系，只是这提前召开小组会一事，在我看来，没有必要。”

褚强说：“那下次活动，一定要把鸢尾素发下去，这是公司交给我的任务，地点在公司水晶厅。”褚强刚要走，程远青叫住他说：“我还有一件私事要你帮忙。”

褚强说：“我愿为您赴汤蹈火。”

程远青说：“我需要吕克闸和公司的有关情况，越详尽越好。”

褚强说：“我一定尽力而为。程老师，您不是工业间谍吧？”

程远青说：“你高估我了。只是为了研究。”

组员们没到过如此排场的公司，特别是进了水晶厅，眼睛不够使的，四下散开参观。程远青走南闯北，也叹为观止。

墙壁全为透明玻璃砖建造，室内除了米白色沙发为皮质，余皆为玻璃或水晶制品。玻璃茶几、水晶灯、玻璃烟缸、玻璃柜，银光迸溅，锋利冰冷。悬挂的艺术品，也都像是从冰雕现场切割来的，晶莹剔透，寒光四射。

大家环顾四周，觉得自己像被观赏的热带鱼。

程远青说：“这么奇怪的会议室，利用率高吗？”

褚强说：“总裁最喜欢这间会议室了。”

程远青说：“如此纤毫毕现的环境，无论是会客还是会议，就不怕受干扰吗？”

褚强说：“这您就有所不知了。这墙壁是等离子可控的。能让外头的人看不见里头，也能让里头的人看不见外头。”说着，动了一个开关，果然，墙壁很快变成了墨绿色。褚强说：“内外隔绝，谁也看不到谁。”

程远青好奇地说：“这么奇怪的墙壁，有什么实用价值？”

褚强说：“公司业务不景气的时候，老板会在这里办公，内外清澈如水。每一个人上下班的时候，都会看到他来得最早，走得最晚。”

程远青心里打了一个结。

程远青对大家说：“这地方看起来古怪，现在其实和普通墙壁差不多。咱们该干什么就干什么。”

大家稍安。褚强拿出了鸢尾素，大伙儿说，鸟枪换炮，新包装像喜糖。褚强也喜滋滋地说：“改进了配方，这是最新款。免费让大家长疗程试用，怎么不是喜事？街上一盒要卖上百块钱呢！”

大家读着上面的说明。有人问褚强：“公司真大方，白给我们吃？”

“那还有假？”褚强一拍胸脯，好像鸢尾素是从他身上提炼而出的。

“太甜。”鹿路撕开螺旋形的包装盖，一低头，把一管吸了进去，咂咂嘴巴。

“是吗？甜了好！都说良药苦口利于病，我吃了苦药，病也没见好，从此信甜药。”花岚说。

岳评因为自己不是货真价实的癌症，想要又不好意思，低着头，对褚强小声说：“有多的吗？要是有，就给我点。要是不多，我就不要了。尽着要紧的人吃。”

褚强大声说：“有！人人有份！”

大家拿了药，欢欣鼓舞，刚要收拾起鸢尾素，进入正常活动，呼啦啦大门开了，进来一伙儿拿着“长枪短炮”的年轻人，对着大家拉开阵势。一个扎着马尾的女生，像是头领，连连喊着：“灯光，灯光，别看这屋子光线不错，还要打强些，镜头才好看。”

大家愕然。程远青恍然明白，这一干人马是来摄像的。她一直潜藏着的不安，如同一只夜惊的水鸟，终于飞起，变成了现实。隐患暴露，她反倒安下心来。同指挥女生说：“对不起，我们正在进行小组活动。”程远青语调温婉，拒绝之意却很清楚。

小指挥不知道是没听出来，还是由于这类不受欢迎的话听得多了，并不在意，笑嘻嘻地说：“您就是程博士吧？一眼就能看出来，气度不凡。我们是电视台的，来录你们活动的场面。”

程远青说：“你们并没有征得我们的同意呀！”

小组成员原本以为程远青知道此事，现在方明白均被蒙在鼓里。

小指挥也很奇怪，说：“公司事先同我们联系好的，没跟你们打招呼哇？这就是他们的疏忽了。”

程远青问褚强：“你知道此事吗？”

褚强红了脸说：“知道。”

程远青愠怒，说：“你怎能背着大家答应这事？”

褚强委屈地说：“我没答应。早上来了才知道。我只是个小卒。”

程远青直觉一个计谋在渐渐合拢。她对小指挥说：“很抱歉，我们不同意这个安排。”

小指挥发觉出了岔子，就说：“博士，虽然责任不在我方，但我还是为打扰你们而先说一声对不起。”说完竟滑稽地敬了一个不伦不类的礼，场上气氛因此缓和很多。

程远青明白公司要利用乳癌小组做一篇文章，也许还是大文章。她想还是先把情况搞清楚，依旧微笑着说：“小姐，我不知道你想拍什么？”

小指挥说：“癌症小组这一创举，对病人康复大有好处，听隽永老总说，在国内填补了空白！他们资助这项慈善事业，也是为了癌症病人的利益。”

程远青点点头，说：“还有呢？”

“没有了。”小指挥说。

“小组活动的时候，不能有外人参加，更不能录音录像。这是小组的规定。”程远青解释。

“您就通融一下，况且，主要部分并不是拍小组的内部秘密，只是配个场面。”

程远青平和地说：“你要我配合，总要把主要部分是干什么的告诉我。”

这话看似平常，却很有杀伤力。小指挥摄像，领衔受命而来，剑拔弩张也办不成事，不如坦诚相告：“隽永生物公司要为鸢尾素的效果做一系列软广告，癌症小组长期服用鸢尾素，精神面貌和身体状况都不错，就是最好的活例证。我们用事实说话，榜样的力量是无穷的。”

程远青摸到了底牌，心中动怒。说：“隽永生物公司有隽永生物公司的构想，我们有我们的原则。不能拍。”语调虽柔和，话锋却毫无商榷余地。

小指挥锲而不舍地说：“如果您一定不让拍小组，那能不能拍个人呢？她们虽是您的组员，但也都是独立的个人，总有自己决定的权利吧？”

小指挥闯荡江湖多年，来了个迂回战术，把橡皮子弹射向程远青。

程远青明白小指挥说的也在点儿上。即使程远青阻止了此处的拍摄，记者私下约见组员，大家做何反应，也是自由。

程远青和颜悦色道：“你是为工作而来，这么重的机器，这么多人马，不容易呀。”

程远青说的是真心话，身高不过一米六的小姑娘，操持这一队兵马，不简单。

小指挥点头，并不为这番将心比心的话所动，逼道：“程老师若是体谅我们的不易，就请配合一下。只耽误您一点时间就够了。”

程远青说：“让我们单独讨论一下好吗？”

小指挥一看，乱糟糟地僵持下去，像也摄不成，音也录不下，便说：“您看需要多长时间？”

程远青说：“十分钟之后，给你们一个答复。”

小指挥示意把黑黝黝的设备留下，一干人马撤出。

屋内安静下来。由于刚才的嘈杂，此刻的安宁更显异常宝贵。程远青说：“大家都听到我和导演的对话了，小组最初在公司的资助下成立，我以为出自慈善动机，是无偿的。关于鸢尾素，也不知道它的成分是什么，疗效究竟怎样。公司和电视台电台等媒体，策划的一系列活动，我不知晓。如今，大兵压境，留给我们讨论的时间只有十分钟。不对了，现在已经没有十分钟，只有九分钟了。我想听听大家的意见，小组是一个整体。”

水晶厅内鸦雀无声，冷光晶莹。

卜珍琪最先发言：“在组长和组员不知情的情况下，隽永生物公司把媒体约到现场。这不是偶然的疏忽，是一次预谋。这类似国际上的单边主义，一方说了算，另一方只有服从。这是不平等的。”

大家纷纷点头。岳评说：“我也不知道鸢尾素是个什么效果，要说不要钱让白吃，我愿意一试。还没吃出个名堂，就要说好，不是编瞎话吗？我不能说。”

花岚说：“我很想得到鸢尾素。可要是付出这样的代价，还是自己花钱买比较踏实。”

应春草说：“这不是变相广告吗？就凭这么几盒子药，就把咱们打发了？这也太小瞧人了。”

有一位最后收拾设备的公司人员，正要退出，好像看到了曙光，插言道：“这位大姐，您要是嫌少，那您觉得给多少药，才肯做这个节目呢？”

应春草说：“那你起码发我够吃三年的药。”

褚强说：“您可够贪心的了，三年以后，不知公司还在不在呢！”虽说是笑话，但褚强毕竟是公司的职员，一听应春草要白吃三年，屁股就坐到公司的椅子上了。

应春草说：“一个抗癌药，没有三年，你能看出效果啊？三年还少说了呢，按说该有五年八年的。要是三年以后，我还活蹦乱跳，别说你请我，就是你不请我，我也要逢人便说呢。”

成慕海今日着男士服装，西装革履，大家不习惯，格外认真地听他讲话。他说：“我可以吃鸢尾素，也愿意配合公司做一些工作。但不能这样急，强人所难。”

周云若说：“我先表个态啊，我不参加这个鸢尾素的治疗方案。我现在挺好的，不愿乱吃药了。要是大家都参加，只有请你们原谅了。”

除了安疆病重不能出席，在场的人基本上都发了言，程远青刚要说话，销售经理进屋，快步走到程远青面前，说：“程博士，吕总想马上和您谈谈。”

程远青到了吕克闸的办公室，沉暗的黑胡桃色让人压抑。

“没想到这种情况下，咱们见面了。”隔着阔大的老板台，吕克闸有些伤感。

程远青一笑说：“我倒觉得这很好。真实坦率。”

吕克闸说：“工作太忙，有些事沟通不够。我以为咱们有默契。”

程远青单刀直入，说：“你是指小组的事吗？”

吕克闸说：“正是。媒体我都打了招呼，马上就全面开动起来。公司已经通过了以鸢尾素为拳头产品的计划，你在这个时候，来了个釜底抽薪，我想不通这是为什么？”

程远青说：“我要为组员负责。”

吕克闸说：“你只为你的组员和教条负责，我这是为了向全中国的癌症病人负责。一个能拯救他们于水火之中，延长他们宝贵生命的方剂，可能就由于您的不配合，和无数人失之交臂，耽搁的是时间，丧失的是人命……”吕克闸说得很动感情，目光炯炯逼视着程远青，好像她是千古罪人。

程远青莞尔一笑。她要感谢褚强的资料，让自己有了更清醒的把握。她要感谢心理学的训练，使她在这样义正词严的指责面前，举重若轻。心中叹道：吕老板，你可能用这一手，成功地操纵过很多人，完美地达到了自己的目的，并把一个无懈可击的背影留给世人。你想和一个心理学博士联姻，以提高自己的身价，把癌症小组作为商业筹码，获取滚滚利润。以为出其不意就可让小组就范。可惜，这一次，你碰到了一个懂行的人。

程远青说：“吕老板，帽子太大了，我和组员们担当不起。鸢尾素和癌症小组没有关系。”

吕克闸说：“既然担不起，就应承下来，于国于民于己都有利。你说没有关系，这不是事实。癌症小组是隽永生物公司资助的，包括你的工资。”

程远青说：“如果我记得不错的话，虽然我们口头上约定了，但您还不曾履约。”

吕克闸说：“对。如果癌症小组不配合隽永生物公司的宣传，那这个约定就无法履行。”

程远青说：“好。谢谢你告诉我。我完全可以做义工。”

吕克闸继续紧逼道：“还有，如果你一意孤行，褚强将无法继续在隽永生物公司工作。”

这一招令程远青意外，她说：“责任我一个人来负，你怎能株连褚强？”

吕克闸说：“请你站在我的角度想一想，公司的职员，不能为公司的发展尽力，我岂能用他！”

程远青愤慨道：“吕老板，你太冷血了！”

吕克闸挥挥手说：“不一定吧，程博士！”说着，他拿出一个信封，稀里哗啦作响，说：“这是我打算送给您的礼物，原本想在下次见面的时候，给你一个惊喜。不想，咱们提前见面了。你是心理学家，能猜猜这是什么东西吗？”

程远青说：“你不要对我说，这是一栋别墅的钥匙。”

吕克闸露出伤怀之色说：“程博士，你把我想得太低俗了。我不会送别墅给你，那就小瞧了你的人格。我尊敬你和你的学问。你有一部分说对了，这是一把钥匙，是你未来的癌症研究所的钥匙。”

程远青坚定地微笑着说：“吕总裁，一硬一软两手，我看你都使完了，就此打住吧。无论你说什么，我都不会让我和我的小组受制于任何人。”

销售经理正在走廊里和褚强谈话，见程远青归来，很恭敬地说：“我就等你们的最后决定了。”说罢闪到一边。

褚强神色不安而凝重。程远青低声问：“他威胁利诱你了？”

褚强说：“您怎么知道？”

程远青说：“同病相怜。”说完和褚强一道进了水晶厅，组员们等得不耐烦，见他们进来，迫不及待地说：“电视台来催过好几回了。”

褚强说：“我现在的身份很复杂。大家看到我们公司的排场了，在这里有一份不错的工作，我很珍惜。我是公司的职员，我又是小组的副组长。小组对于我来说情同手足。在小组里，我和大家结下了深厚的友谊，我也得到了很多成长。现在，我特别为难，不知是站在公司的角度还是站在小组的角度说话……”

程远青说：“这样吧，你就做个角色扮演，先以副组长的身份说话。然后再以公司职员的身份说话，怎么样？”

褚强缓和下来，说：“我以公司职员身份说话的时候，大家不要打我呀！”

几个年轻的组员——鹿路和周云若，粉拳紧握，说：“那可不一定。你要说得太离谱，小心美人拳！”

褚强清清嗓子说：“我是副组长。我完全拥护大家的意见。鸢尾素是一个还没有经过临床验证的滋补食品，具体有没有疗效，有多少疗效，都有待时间考验。我们很希望这一天早点到来，给无数癌症患者一个福音。鉴于我们并没有长期服用鸢尾素的经验，小组无法为鸢尾素做广告。这是对广大患者负责，也是对小组的声誉负责，更是对每个人的良心负责！”

大家说：“有理有据有节。”

褚强把椅子挪到对面，以示楚河汉界，又用手掌从额头往下平推，表示另一副面孔呈现。果然，抚过的面庞，没有一丝笑容。

“你们这个小组，是我们公司出资兴办的。在商言商，掏了钱，理所应当要求回报。回报很简单，就是请大家谈谈服用了鸢尾素之后的体验。你可以说好，也可以说不好。当然了，说不好的，我们就不给你播出去。期待着合作成功。”

大家说：“如果合作不成功呢？”

“拒绝广告，公司原来对小组承诺的一切资助将予以撤销。我将失去在公司的岗位，程博士将完全是义工。”讲完之后，褚强赶快离开对面的位置，和大家挤作一团。

屋内一下子炸了。这些话犹如一针从毒蛇红芯中提炼出来的侮辱剂，注入了大家的心。

敬爱的程老师这么长时间辛苦操劳，没有一分钱的回报。小弟弟褚强，将为此失去工作。怎么办？投鼠忌器呀。

一向懦弱的应春草发了话：“将心比心，我觉得程老师和褚强付出的代价太大了，要不然，咱们就做了这个广告吧。留有余地，别把话说死，行不行？”

她的声音很小，但如同一粒滚珠在地面上滚过，余声不断。

卜珍琪斟酌着说：“恕我直言，我以为，问题的关键就在程博士和褚强身上。对于大家，无非是一个‘得’；对于程博士和褚强，就是一个‘失’，而且不是小‘失’。我们不能替你们做决定。”

周云若说：“我看，征求程老师和褚强自己的意见，再来讨论。”

鹿路说：“我们给程博士捐一点钱吧。肯定不够，只是心意。”

程远青不禁眼帘微湿。这些癌症病人，自己挣扎在极端困境之中，还敢于坚持原则，不再认为自己是弱者，要援助她这个健康人了。

程远青看着褚强说：“咱俩成了问题人物了。我提议，咱们用游戏来决定这个问题。”

“游戏？！”兵临城下，气氛压抑，哪儿还能做游戏！

“如何做？”褚强狐疑地说。

“你我都闭上眼睛，你不看我，我也不看你，我们伸出右手。如果你答应做广告，就出手心。如果你拒绝，就握拳。”

褚强说：“听明白了。”

程远青眨眨眼睛，说：“OK！那咱们这就开始。”

大家饶有兴趣地等着看组长和副组长出手。突然，卜珍琪说：“我有一个疑问，不知当说不当说？”

程远青说："当说。咱们是一个完整的小组嘛！"

卜珍琪说："既然是一个完整的小组，我觉得这个问题就要在小组内解决，不仅仅是你和副组长的事情。"

程远青说："意见好极了！改正的方式就是——咱们整个小组，来玩游戏。规则同前。"

鹿路问："有的手心向天，有的握拳，怎么统一？"

程远青说："少数服从多数。"

应春草说："投弃权票，怎么表示啊？"

褚强脑子来得快，说："手背向天，如何？"

大家说："同意。"

周云若说："我还有一个小小的补充。"

褚强发言："快说。电视台的人都急了。"

周云若一本正经说："我需要两票。左右开弓。"

大家说："哎呀，我的小姑娘，都火上房了，你就别添乱了！"

周云若说："刚才商讨时，我已给安疆老奶奶去了电话。她病得厉害，神志却非常清楚，我向她做了一个现场转播。她说，如果要表态，你替我传个话。所以，我被委托投票。"

熙攘之后，屋内安静了。程远青看看墨绿色的水晶厅，对褚强说："这神秘的墙壁，目前什么状态？"

褚强说："和普通墙壁是一样的。外面看不见咱们，咱们也看不见外面。"

程远青说："请你把它调成全透明的。我们能看到外面，外面也能看到我们。"

褚强一番操作，水晶厅就变成一览无余的鱼缸了。大家看到公司和电视台的人目不转睛地看着屋里，嘴唇翕动，只是听不见他们说什么。

程远青说："这是我们小组的一次表决。我把它公开了。"

大家说："好。我们同意。让他们看看癌症病人的心愿。"

程远青说："现在听我指挥，请大家闭上眼睛。把你的右手伸出来，代表你自己。如需代表别人，就把左手也伸出来。如果你同意癌症小组为隽永生物公司做广告，就把手心向上。如果你选择了拒绝，就把手攥成一个拳头。如果你弃权，就把手背朝上……"

小指挥很窝火，有偿新闻，时间就是金钱，原本可丁可卯的安排，不想却在第一站搁浅。隽永生物公司打了埋伏，原说和癌症小组打好招呼了，谁知人家根本不知情。不知情也不要紧，事情不复杂，三言两语就能说清。谁知这帮得了癌症的人，不单是乳房出了毛病，脑子也都不灵光了。如今的广告，有多少是真的呀？你看那些明星，今天说自己得了这个毛病，明天说自己得了那个毛病，挣起钱来生龙活虎的，你就知道他们是真病还是假病了。倒是这帮真正得了不治之症的人，反倒如此较真。这种人，岂止是应该得癌症，干脆死了算了，要不，世界还怎么向前发展啊？再说那国外学成的博士，怎么连这点国情都不懂啊？鸢尾素有没有疗效，几年以后的远期效果如何，你管得着吗？操那么多心干吗？你没看那些个外国手机都说自己的辐射对人体没害处，其实手机问世才多长时间？他们凭什么打这个包票？人家就敢红口白牙地拍胸脯。咱中国的广告业够老实的了，让咱等咱就等。其实，我就胡乱找些群众演员，让他们说自己是癌症小组的，吃了鸢尾素如何好，让他们咋说就咋说，哪儿用费这个事呀？真是的，怎么早没想到这个好主意呀？对，就用癌症小组这个创意，至于那些人是不是癌症，死无对证！

小指挥这样想着，快乐飞上了她那青春的脸庞。正在这时，面前的玻璃幕突然透明起来，好像卖火柴的小女孩临死前看到的那堵墙壁，室内情形呼之欲出。

癌症小组的男男女女们都肃穆地站立着，受场地的限制，围成了一个不算很圆的圈。每个人都闭着眼睛，向前平伸着自己的手臂，粗的细的胳膊微微有些颤抖。咦，怎么还有一个人伸出了两只胳膊……小指挥看得一头雾水，心想，这不是在练一门邪门武功吧？得了癌症的人，生存无望，是很容易走火入魔的。她正胡思乱想着，隐约听到心理学博士说：“好，我喊一、二、三，大家就可以睁开眼睛了。”

臂膀细弱而抖动，伸出的每一只手，都紧紧攥着拳头。

第31章

花纹下面是金属

吕克闸双手抱肘，站在水晶厅旁，看到了众人攥拳的这一幕。除了鼻翼偾张，他基本上可算不动声色。他明白自己在这场较量中，面临关键的一局。手下人没有能力驯化这批癌症病人，看来他要亲自出马了。以前，他低估了女博士的能量，以为她像水晶厅里的外国花瓶，名贵高雅，但是脆弱。现在他知道了，如果一定要把程远青比作花瓶，那也是青铜制造，在精美的花纹下面，是坚硬的金属。必要的时候，抡起来简直可化为凶器。

吕克闸示意无干人退下，只身大踏步走进了水晶厅。

“我是这里的老总。欢迎大家。”吕克闸嘴角抽动了一下，算是给了个简陋的笑容。他自诩深谙癌症病人的心理，认定给予他们的关爱已太多，不妨反其道而行之。

程远青摸不清吕克闸的来意，说：“吕总，我们刚刚表决完，很遗憾，不能为鸾尾素做广告。”

吕克闸淡然地挥挥手，说：“不遗憾。天下三条腿的癞蛤蟆难找，两条腿的癌症病人好找。当然了，骨癌截了肢的不算。总而言之，让你们上广告，是给你们这些一只脚迈进骨灰盒的人一个露脸的机会，也是死到临头的福气。大家都是凡夫俗子，能在告别人世前上上镜，给家里人留个念想，不然，你们无声无息地死了，多冤啊。我是为大伙儿着想，可不要给脸不要脸哪。”

全组愕然，没想到隽永的老总居然这样出言不逊，恶语伤人。程远青用目光一一巡视大家，她看到这些对一般癌症病人不啻致命毒涎的话，如水珠从她的组员身上光滑滑过，又旋即蒸发，不留一丝伤害的痕迹。当大家在这间银光四溅的水晶厅里伸出握紧的拳头时，就准备好了承受这一切。躯体是病弱而残缺的，但他们的精神在这一瞬，完整而坚定。

程远青优雅地笑笑，在这种时候还能保持优雅，不仅源自她的教养，更是力量的体现。程远青说：“吕总，我记得你的父母都是得癌症去世的。”

吕克闸不知何意，梗着脖子说：“那又怎么样？”

程远青叹息：“你在患有同样重病的人面前这样讲话，我深深地为你父母难过。”

吕克闸说：“博士，你错了。我造药，正是为了祭奠父母。没想到你的这些癌症病人，竟是如此冷血，不肯助我一臂之力。”

程远青说：“吕总，恕我直言，你的祭奠是以攫取无数金钱为目的。你认为再吝啬的人，在癌症面前也得卑躬屈膝，这个钱便成了天下第一好赚之物。你把你的悲伤换成了金钱和计谋。”

大家频频点头，声援组长。

吕克闸恼羞成怒地说：“不要把自己说得那么高尚。我再也没兴趣陪着你们玩了。我宣布，从今天开始，癌症小组解散！”

程远青站起身说：“吕克闸，你没有权利这样说！”

吕克闸冷笑道："怪了！请你们睁开眼四处瞅瞅，这是什么地方？你们在我的地盘上，我是这个小组的发起人，我当然有资格这样说！"

组员们不待程远青发话，都站起身来。程远青说："吕克闸先生，你可以看到，癌症小组将继续活动。今后还会有更多的小组成立。"说完，她和组员们手拉手离开了隽永。

吕克闸看着他们的背影，心绪难平。在女博士和一帮苟延残喘的癌症病人面前，他败了，败得毫无周旋之力。他愤然想，博士，我知道你不会改弦易辙，可我也很坚定。癌症是个圈子，说大不大，说小不小，咱们后会有期，来日方长。伙伴是一种亲密关系，既然做不成，那就成为另一种亲密关系吧——仇人。在吕克闸内心，从爱人到仇人的鸿沟，有索道相连。他一旦认为伤及自尊，瞬间就完成了跨越。

小组如同有生命的小船。每一场风暴都化作养料，木板炼成了钢板，风帆变为发动机组，羸弱的乘客成了骁勇的水手……小船被浪涛捶打成为巨轮。

褚强离开公司之后，很快找到了另外一份工作。他年轻的面庞因为经历浓缩的沧桑，而显出不相称的成熟。和女友的关系，也在积极地修复当中。申凌惊讶地发现，她离开的这段时间里，褚强不知被何人点化，不刮目相看绝不可能。她撒娇，褚强不急不恼。她发火，褚强淡然处之。她装疯卖傻，褚强以柔克刚……申凌把戏用尽没咒念了，只得和褚强认认真真地谈恋爱。

岳评校长发觉自己能安静地听别人讲话了。从前，每当开完校务会，嘴角都凝着两碴坚硬的白沫子，用指甲抠一阵才能剥下来。现在她屏息静听，口中津液充沛得能养一条金鱼。老师们有了说话的机会，干劲倍增。岳校长获益匪浅，却还是想不通，为什么自己说得少了，大家反倒听话了？

卜珍琪不再讳疾忌医，用了一种新疗法，正在按部就班的治疗中。

鹿路开始了一种全新的生活，她现在又有了新的名字。就像古老的传说——一个人在病入膏肓的时候，应该改名，让按图索骥的魔鬼找不到你。只是她在小组内，还沿用着以前的名字。这里是她的再生之地，保留着这个名字，就保留了刻骨铭心的记忆。人有时候很奇怪，引起快乐的东西常常被遗落，但必然引起痛楚的东西却会长留身边，并在特定的时刻拿出来让自己滴泪。

周云若开始写她的硕士论文，题目是“中国古典诗词中对死亡意象的超越”，同时开始了热火朝天的恋爱。这一次，她一洗情爱铅华，认真得如同情窦初开的高中生。同室的女友大惊失色，说周云若你怎么在爱情上返老还童了？再说这两件事，如何能同时并进？周云若笑着说，死亡和爱，本来就是永恒的主题嘛！

应春草报名参加了一家女子防身术训练班。教练第一眼看到她，差点没背过气去。应春草在花团锦簇的年轻学员当中，很沉着地说，您是看我太瘦像只螳螂吧？我能吃苦，一定是个好学生。其实教练不是怀疑她的好学精神，而是琢磨：像这样的女人还有性骚扰的危险吗？

花岚坚持整日上班了。最初的几天，她不胜烦苦，刀口处也炮烙般疼痛，咬紧牙关，渐渐就适应了。她把家中的各路“神仙”请进小屋，让它们专心致志“修身养性”，腾出的时间，和裴华山聊天。裴华山说，你参加的这个小组还真有几分奇。不知道以后有没有专为商界开发的项目？比如“老板小组”或是“CEO 小组”？

成慕海已经把那个精密的爆炸装置销毁了。破坏它的时候，很有几分奇怪，想不通自己在那些日子里，为何对这个置人于死地的玩意儿如此痴迷。分裂是天下最可怕的状态。国家分裂了，就是内战。家庭分裂了，就是离婚。山河分裂了，就是地震。天空分裂了，就是黑洞。目光分裂了，就是斜眼。人格分裂了，就是疯子和死亡。统一的感觉可真好。唯一遗憾的是他经过狗肉馆的时候，要把头偏过去，不忍卒读那悬挂着的血腥菜名。无法以自己的生命换回狗的安宁，是为惭愧。补偿的机会要等到很多年后，一群藏獒和一只京巴……

没有了成慕海的电话，没有了吕克闸的电话，程远青耳根一下子清净到枯寂。她在沉痛反思。自己情感上的空白，是造成这一系列波动不可推卸的原因。那是一个百转千回的死结。她不知道在自己的有生之年，是否可以解开它。心理学家不是神仙，也不是完人。程远青探到了自己的死穴所在，今后的日子里，她会格外当心。也许最终她也没有能力解开这个结儿，只能在漫长的岁月里，绕道而行。承认这个限制吧。

安疆许久没有消息了。

第32章

死亡盛典

安疆要走。这一走，就是永远。

木所长把这一消息告知程远青的时候，语气很平和。木所长保持语气平和的原因，除了经验以外，主要来自安疆本人的态度很平和。

癌症的死亡通常是相当缓慢的，在给予痛苦的同时，也给予罹患者足够的时间，用于告别和安顿后事。安疆坚持不再治疗，她要死在家里。安疆在尚有余力安顿事务的时候，委托木所长帮她找有经验的女护士轮流值班，费用由她个人支付。她有一事相求——最后时光到来之时，请木所长给程组长打一个电话。

“干什么呢？”木所长刨根问底。木所长是一个爱管闲事也爱思考的人。经他料理的数目庞大的老人后事，上自将军下至炊事员，没人提过这种要求。

“你就告诉她，我快死了，别的就什么都不用说了。”安疆安静地说。

木所长知道安疆不忌讳谈死，就放松和随意了一些。老人分成能谈论死亡和不能谈论死亡两种。和这两种人谈话，分寸有很大差异，木所长要区分清楚。

木所长说：“您放心，电话我一定打。只是，他们会来吗？”到时候老人很可能昏迷不醒，他需要落实此事。

安疆说：“我和程博士说过了。她说，她会来看我。”安疆甚至有点兴高采烈，好像不是在议论自己的归期，而是一次朋友聚会。

木所长笑了，木所长觉得这很有趣。别开生面的死法——让萍水相逢的人陪伴自己死亡。原谅木所长对小组不是很了解，所以把组员们的关系框入“萍水相逢”。安疆从木所长的笑声里，猜出了他的疑虑，但是安疆不想解释。到时候，他会看到的。

“只要打了电话，别的事情就不要你管了。”安疆说。

木所长还有一点拿不准的地方，虽说他对弥留之人何时仙逝，有一些经验，但这不是机械性的操作，很可能有失误的地方。你以为人马上不行了，结果他又呼哧带喘地活上几十小时；你以为他还能带病延年，没想到转眼人就没了。

木所长就把自己的顾虑和安疆说了，比如小组的人都来了，老人家若是一直很能坚持，让大家久久候着，怎么办？安疆说：“咱俩一块儿掌握着。”

木所长说：“什么叫一块儿掌握着，您还得明示于我。”

安疆说：“估计着我要不行了的前几小时，我给你打个招呼。”

木所长不以为然。他说：“您就这么有把握？您也没经历过这事，怕不内行吧。”

安疆说：“到时候，如果我说不出话来了，就向你眨三下眼睛。你可记住了啊，别以为我是因为眼睛不舒服才眨眼，我是在向你通报信息——你该去打电话啦！”

木所长说：“好嘞！我记下啦！您也得记好了，可不能乱眨眼，到时候我老木打电话不要紧，把那些组员都惊动了，担当不起。如果人来了，您老好长时间不走，那我是代您招待他们歇息，还是一直围在床边守着您？您别烦我啰唆，问清楚了才不会忤了您的意。”

安疆说：“木所长，我得用最后的气力向军区给你请个功。这才是个真正为老干部琢磨事的好所长。你放心，我不会太早惊动大家的，我有数。如果真到了人们来了好几个钟头，我还走不了，我就不再说话，让大家以为我走了。到时候，你别揭穿我就是了。咱们约好！”

木所长这才真正相信，老婆推荐安老太参加的这个癌症小组，自有神奇所在。安老太脱胎换骨，不但有了主意，居然风趣和幽默了。后政委时期的安老太，变得极富创意，浮想联翩了。生命的过程很奇妙，年轻力壮的时候，你的精神很可能并不强健，甚至可能是不堪一击的。当你垂垂老矣病魔缠身，你的精神也有可能并不颓废，甚至历久弥坚、斑斓多姿。

木所长答应了安疆的请求。临走的时候，安疆又叮咛了一句：“我要是表示感谢，表示我很幸福，我也眨三下眼睛啊！”

木所长说：“老人家，您刚才说叫人就是眨眼睛，这下表示幸福又是眨眼，到底让我如何翻译？”

安疆说：“让你叫人，我就眨左眼，表示我幸福，就眨右眼。记下了吗？”

受人之托，木所长不敢怠慢，特地和程远青事先沟通一番，连细节都讨论周全。

接到电话通知，所有组员立即以最快的速度赶到干休所。小组的最后一次活动，是陪伴安疆走过生命最后一程。一次充满了严峻与温柔的活动，不但对于所有的组员是个大挑战，就是对于程远青本人来说，也是绝无仅有的经历。能够被允许观看一个人的死亡，这是非常亲密的行为。一个人从容地计划自己的死亡，这不单是勇敢，更是优雅。当这个平凡的老女人追随她的意志而去的时候，死亡就变得从容和富有情趣。

安疆发出了死亡请柬。她的一生就像一棵树，普通到毫无味道的一棵树。现在，树老成精，枯索萧瑟，树根被砍出了深深的斧痕，大树将倒。它日渐枯萎的枝叶，散发出了让人震惊的芬芳。

大家到达安疆的卧室，大约是中午。冬末春初，头天下了大雪，雪后又起了风，寒意肆虐。走进安疆的卧室，却是非常温暖。50 多岁的退休护士老吴守在安疆身旁，屋子收拾得非常洁净，有淡淡的茉莉花香，没有一点不洁的气味。安疆睡在她和政委的大床上，靠着边，只占了一个极小的角落。她瘦得如同一张未及染上颜色的皮影，苍白得透明的脸上，只有眼光依然是清澈和温煦的。

“你们来了……你们……好……”安疆吃力地说出这些话，干枯的眼眶因此变得湿润。

每个人都默默地走过来，用口中的热气把手心哈热，搓了又搓，直到手心滚烫才轻轻握握老人的手。安疆的手如同一把枯枝，把干燥的乏力传达给每一个人。

成慕海走过来，有点不好意思。如今他是男人装扮，组里的其他人都熟悉了他的新身份，但自从他恢复原形后，安疆还没见过他呢。

安疆非常宽容地微笑着接纳了他，虽然那微笑只是嘴角的一个微弱的牵动。周云若每次活动之后，都把要点向老人家汇报。“这样……好。”安疆吃力地说。

随着阳光西斜，屋内光线像铅一样沉重起来。大家你看看我，我看看你，彼此用目光打着招呼。传统中，死者为大。在这间屋子里，有一位即将远行的长者，大家都不由自主地压低了声音，怕惊扰了她的安宁。

安疆仿佛睡着了，紧闭着双眼。程远青和组员们走到另一间房屋。老吴把灯打开，明亮的日光灯把整个房间照得如同正午。大家问老吴说：“她现在痛苦吗？”

老吴说：“基本上没有痛苦，她只是极为衰弱。所有的系统都衰竭了。就像俗话说的，油干灯灭。”

卜珍琪说：“她的神志怎样？我看刚才我们进来的时候，她非常清楚。”

老吴说："神志目前没问题。我也不知道这是好运气还是坏运气，癌症病人弥留的时候，基本上会清醒到最后一分钟……"老吴不知道这周围聚拢的人当中，大部分是癌症病人，自顾自地讲着。

"是福气。能够掌握自己到最后一分钟，怎么不是好运气呢。"卜珍琪说。她刚做完一种新治疗，身体很虚弱，还是来了。

老吴叹了一口气说："你们能来，对老安像灵芝一样有奇效呢。我护理过的临终病人多了，咽气的时候，就是高干，也没有这么多人围在身旁。老太太有福气，走了不孤独。"

程远青说："我们还有哪些要注意的事？"

老吴说："别在她面前说和她无关的话。我相信每个临走的人，都一直能听到别人在说什么，他们脸上一点表示也没有，那是他们没这份力气了。要一直把她当成一个正常人。"

说得多好！要把一个临死的人当成正常人。是的，死是正常的。

周云若说："我过去看看吧。别把她一个人扔在那儿，奶奶会伤心的。"

过去一看，安疆睡着了。周云若轻声说："要不要我剥一个橘子瓣，一会儿她醒了，给她润润喉咙？"

花岚跟着说："我还带来了纯正的西洋参片，含上一片，回阳救逆很灵的。"说着就开始翻动提包。

卜珍琪说："我有人参。中国人，也许还是吃本国特产的更好。"

大家纷纷找自己带来的补剂和急救药，安疆病重众所周知，都有准备。

这一回，不等老吴表态，程远青就抢先说："安疆已经选择了安然离去，就不必再强行给她喂药和进食。我代安疆谢谢大家了。"

岳评说："程老师，您别生气呀，我有个问题……"

程远青说："有什么尽管说。我不会生气的。"

岳评说："程老师，您也没死过一回，您怎么就知道她不爱吃了呢？您看，《大宅门》那个电视剧里，老太太的大儿子隐姓埋名多少年，好不容易回来看老太太一眼，老太太奄奄一息了。大儿子就愣把一块点心塞在老太太嘴里，说儿子孝敬您老……照您说，这就不大对了……”

程远青说：“那儿子的心意我能理解，要从老人那方面讲，多此一举。儿子不是为老人着想，是求自己一个心理平衡。觉得我妈临死也吃上了我给的一块点心，心里就稍安一点……”

岳评说：“那咱们怎么就知道老太太不会拼着自己难受，也乐意让自己的儿子日后想起来好受点呢？”

程远青说：“你这么想也对。只是，我们的组员安疆老人不是电视剧里的老太太，我们也不是她的儿女，不必心存不安。我虽然并没死过一回，但有很确切的研究证明，人在临终状态，生命之火渐渐熄灭，除了极少量的饮水，其他都不需要了。给人一个尊严体面的死法，就是咱们古话里所说的‘善终’，尊重她的想法是最好的。咱们和安疆在一个小组，她觉得咱们了解她……”

程远青说到这儿，老吴打断了她的话说：“老安和你们这个小组，感情可深了。谁给她来个电话，说说小组的事，那一天她就过节了。以我的经验，垂死的人，并不像咱们正常人那样知道饥渴，他们已经没有这些感受了。别打扰他们，让他们逐渐进入一种安静的弥留状态，就是仁慈和人道。人和病是有一道坎儿。在坎儿这边，人可以受苦，可以希望，受罪值得。过了一段最困难的时光，病魔就败了，人就会慢慢好起来。如果你在坎儿那边，你无论吃多少药，受多少苦，受多少罪，都没了意义。病魔不会退，摇身一变，就成了死神。你所受那些磨难，除了让你觉得生不如死以外，没有别的意思了。这道坎儿，在哪儿竖着，医生不知道，只有病人知道。身体会给你一个信号，你要尊重这个信号。别太相信医生，我一个当护士的说医生的坏话，是不地道的事。但正因为我是护士，我才有资格说这个话。什么人才能当医生呢？都是学习最好的孩子。他们从小就喜欢成功，不愿接受失败。当了医生，他们也把死亡当成失败，觉得高科技怎么能不灵呢？他们不甘心。他们要搏。在我说的那道坎儿之前，是没错的。但过了这道坎儿，就甭这么折腾了。所有的折腾都是泡沫，除了让死亡变得更长和更难以忍受之外，没有效力。不是所有的人都明白这个理，就是当了多少年医生、护士的人，也拿不准这一条。我佩服这个老太太，她不是搞医的，也不是干过多少大事的人。可她明白极了，她用这种明白，让自己有了一个尊严的死法。她没有一个亲人，可她能有你们这么一大帮子组员陪着，难得呀！前几天，她体格比现在好些，有时能说一会儿话，我还问她，一不沾亲，二不带故的，你说的这些个组员到了时候，会来陪你吗？她想了一下，说，能来。我说，你认识他们多久了？她说，半年。我说半年的交情够吗？安疆老太太很肯定地说，够。这半年，抵得过我以前几十年！我也不知道小组是干吗的，也不知道你们小组里发生了什么事，反正我没见过这么有主意的老太太，不悲观，不害怕，不怨天尤人，那么从容，那么优雅……真不知她是如何修炼成的。我早想问问她，是炼成了这份胸怀，还是天生就是一个把生死看成寻常事的人？我还没来得及问，现在，没机会了……”老吴很遗憾地摇摇头。

程远青和组员们知道答案，他们不说。

程远青说：“老吴，谢谢你这样无微不至地照顾安疆，你也是她的亲人。”

老吴有些不好意思地说：“老安还真这样说了。所以，我见了你们，也有很亲近的感觉。咱们过去吧，我估计老安可能会清醒一段。回光返照，差不多都有这时光。”

安疆平平地躺在床上，微合着眼睛。眼皮有点肿，使她的脸看起来有些变形，但依然是平和的。她的嘴唇很干燥，老吴用一根棉签蘸了温水，轻轻地为她擦拭。死亡就这样慢慢降临。它冷而强壮，不可一世，用陡峭强直的线条，涂改着人间的温情。

安疆并没有醒来。回光返照的光芒还不知在哪里摇曳着，不肯光临。组员们默默地坐在安疆的周围，好像睡莲的花瓣守候着花心。花心蜷缩着，一刻比一刻缩小。组员们默不作声，空气中有一种奇怪的味道，似麝似檀。在人们以为这是灵魂的香气的时候，才发现是老吴在墙角点燃了一盘名贵的香料。

“这是我的一位朋友从西藏带回的香，是用很多名贵草药和香料熬制的。我守候在垂危的病人身边，会点燃这香。对人有一种安抚作用。”老吴低声说。

人们注视着安疆，等待着，等待着那一刻的到来，好似虔诚的观众。这是一场生命结束的演出，安疆是主角。组员们是看客，但每一个人都深知自己有一天一定会成为主角。有幸观摩这样的演出，是机遇和福气，也是残忍和震撼。程远青曾经再三考虑过是否请所有的组员参加安疆的临终告别，对于这些罹患绝症的人来说，这考验非比寻常。死亡距离比一般人要近很多。思忖的结果是：邀请全组参加。谁认为难以承受，可以不出席。

这是盛典！如今，你难道可以随随便便看到死亡的全过程吗？在以前，比如一百年前，比如五十年前，比如现在某些闭塞的村庄，你可以看到。但是在近几十年的城市，特别是大城市，你看不到死亡。这不是因为死亡减少了，是因为死亡被包装起来了。人们害怕死亡，人们对死亡束手无策，人们把死亡看成可以隐蔽起来的东西。于是人们把死亡转移到了医院，人们用冰冷的白布和铿锵作响的医疗器械，把死亡割裂和包裹，然后直接焚化。人们以为这是科技带给我们的优越和好处，殊不知这违背了人类的天性。人类是害怕孤独的，在生命的最后时刻，没有人愿意被陌生人和金属的亮光包围着，但他们到那时已无法反抗。安疆用自己的思索，为自己创立了一种体面而温暖的死法，这个瘦弱如剪纸一般的老女人，成功地为自己也为他人创建了一个模式。也许，这死亡本身所具有的意义，已超过了她活着的岁月的总和。

人们默默地思索着，思索着自己的生和死。和以往的小组活动不同，这一次的活动静寂无声。思索和顿悟都是在沉默中孕育，当你以为什么都没有发生的时候，一个思想的婴儿已然在血泊中啼哭。

静默，在场的连带老吴，共十一个人。木所长有一个重要会议，暂时还来不了。一个人躺着，十个人坐着。躺着的那个人，目前还能被称为是一个人，再过一会儿，就要以另外的名字称呼她了。十个人坐着，分明感到一位没有受到邀请的客人已经走进了房间。他无声无息，但你感觉到他在房间的每一个角落抚摸。他是安静的，不慌不忙的。他只取走他想要的东西，对于他目前还不想染指的东西，淡然处之。他就坐在人们之间，打量着大家，也许在暗自掐算着下一个目的地是哪里。

人们和这不请自来的客人共居一室。他冰冷而颀长的手指，从人们的头顶温柔地掠过，弄乱了大家的头发，抹湿了大家的鬓角，捏了捏大家的心脏，让它们扑腾扑腾乱跳了几下，牛刀小试之后就轻轻地放开了，径直走到床边，看着那垂死的老女人。

人们看到安疆的身体猛然悸动了一下，大家都相信安疆感知到了自己最后时刻的到来。死神如同一支抽吸酸奶的透明吸管，插入了安疆的身体，把她的精神带走了，剩下了她的躯壳。周云若俯下身来，凑在安疆的脸上。少女的杏色身体，犹如精致的小提琴。老女人的皮肤如同风干的肥皂，沟纹皴皱，几乎裂开。这强烈的对比，让人难以承受。

安疆的呼吸越来越缓慢，如同叹息。安疆的心跳微弱到好似一只甲虫的蠕动，即使经验丰富的老吴，也已探索不到了。安疆的皮肤迅速地褪掉所有的颜色，仿佛切下的蜡片。安疆的眼帘再也没有打开，一扇苍老的百叶窗永远地关闭了。

没有回光返照。安疆就这样安静得仿佛空气一般平静地走了。死亡被她演绎成了一泓秋水，在这冬末春初的夜里。

人们走过去，一一握住安疆渐渐冷下去的手。她的手可真小哇，如同一只空的儿童手套。人们轻轻地附在安疆的耳边，说出心中的祝福。

周云若轻轻地说：“安奶奶，我知道你走了，到一个遥远的地方。我以后也会到那里去，我会去找你玩。在我还没去的日子里，你要多多保重你自己。如果你听到了我的话，你让灯光暗一下，好吗？”

周云若的声音很轻很轻，但所有的人都听到了。于是人们清楚地看到屋内的灯光猛地暗了下去，好像有一台大功率的电子设备启动了。还没等人们的惊呼出口，灯光就恢复了原样，怯怯地，像极了安疆生前时的谦和，好像是为刚才的举动道歉。

门“嘭”的一声开了，把大家吓得不轻。一身寒气的木所长闯了进来，一看老人的气色，就知道已然晚了。

“哎呀，你为什么就不等等我？生我的气了？您听我解释，这个会不能不开，我是个好军人，你不是不知道。这关系到干休所上百老干部的福利事，您原谅我吧！再说啦，咱们还有一个约定呢，您让我给您做翻译，我紧赶慢赶的，就是要完成您的这个心愿。您让我白跑一趟，是不是？您看，您的小组的同志们还等在这里呢，您就没有个临终遗言什么的？你不说出来，将来找不到我这样的翻译了呢！”木所长自说自话，捶胸顿足。

然而，其后发生的事，大家可都真真切切地看到了。安疆老人的右眼，轻轻地眨了三下。幅度之轻微，简直不能说是通常意义上的眨眼，只是右眼皮的轻轻抖动。

扑在安疆床边的木所长抬起身子，五大三粗的汉子泪眼婆娑。他说：“看到了吗？眨右眼！”

大家说：“看到了。三下。”是的，所有的人都看到了，不知是什么意思。

木所长说：“安疆告诉过我，她的意思是——她很幸福……”

安疆的身体如同燃烬了却不肯倒下的香灰，不堪一击而又神圣庄严。她的精神在空中俯瞰着人们，充满了平静与欢愉。现在，一切都过去了。她已经彻底地从人生的苦难和病痛的折磨中走了出来，带着她最后完成的自尊，无憾地走向宇宙的另一端，去领受她应得的那一份幸福和快乐。

无声的眼泪在众人的脸上流淌。什么是幸福呢？在珍爱你、懂得你的亲人中间远行，这就是所有幸福中最永恒的一种。

安疆的后事由木所长和老吴操办，程远青带领大家走出了安疆的家。

冬末春初，白天刮风，到了晚上，风停了。

天空湛蓝，无数闪亮的星星，从高渺的空间俯视着人寰。干休所有个小小的花园，一些石头凳围成一个不很规则的圆形。旁边竖着黄黄的路灯。程远青几天前来看望安疆的时候，就选下了这个地方。大地回暖，有汹涌的热气从地心向上涌动，春天毕竟挡不住地来了。

大家的心情很复杂，谁都不说话。目睹一位亲密组员的死亡，涟漪久久不能平静。

程远青说："这是我们最后的一次小组活动。我很高兴，安疆参加了这次活动，并给了我们无比宝贵的启示。我现在请大家抬起头来……"

在宝蓝色的天空中，有无数星斗。程远青说："看到了什么？"

花岚紧紧自己的风衣说："您是想让我们看到一颗流星，请我们记住这就是安疆给我们留下的财富？"

程远青说："哦，我没有看到流星。我也不相信地上消失一个人，天上就消失一颗星星的说法。我只是想让大家看一眼单纯的星空。看到银河了吗？"

大家说："看到了。"

程远青说："我可要考考你们了。谁知道太阳系是由多少颗星星组成的？"

应春草说："这我知道。九大行星①，加上太阳。太阳算不算星星呢？"

大家说："当然算啦！咱们看太阳很大，其实如果在别的星球上看太阳，也不过是一颗普通的星。"

程远青说："我喜欢'普通'这个词。太阳系是属于哪里的？"

大家说："程老师，你不教心理学，改教天体物理了，是吗？"

程远青说："别打岔呀。知道吗？"

鹿路说："这谁不知道啊。属于银河系呀。"

程远青说："大家抬起头来，再看看银河系吧。"

浩瀚的银河系波光粼粼，在春天上升的蜃气中影影绰绰地浮动着，无数星光汇合成无声的波涛，横过九天。璀璨的星光有一种摄人魂魄的

---

① 2006年8月24日，在第26届国际天文联会通过的第5号决议中，冥王星被划为矮行星，从此太阳系只有八大行星。——编者注

魅力。这是一种更浩瀚的生命对另一种短暂生命的浸润，当这种浸润阔大无边的时候，奇迹就要出现了。

大家一时屏气息声，为之怆然。程远青说：“谁知道银河系是由多少颗星星组成的？”

大家你看看我，我看看你。向来程博士在这一连串的问题之后，必有一个令人动容的结论。于是没有太大把握的人，就不敢贸然回答。卜珍琪说：“我记得是两千多亿颗恒星，像地球这样的行星，就不知有多少亿颗了。”

程远青嘉许地说：“对。很对。那我现在再问最后一个问题，在无限膨胀的宇宙中，人类已经发现了多少个规模如同银河系这样的星系？”

这就更难回答了。静默片刻之后，成慕海说：“我看到过一组数据，记得不太清晰了，好像是说，据人类已经观测到的数据，在宇宙中，像银河系这样的星系，简称为河外星系，已经发现了一百亿以上。”

程远青说：“成慕海，你不必谦虚，完全正确。是的，一百亿以上的河外星系。这样，大家就可以算一笔账了，我们每个人的生命是如何渺小和短暂哪。面对浩瀚无穷的宇宙，我们可以做些什么？”

大家抬起头来，久久地凝望着星空。

程远青发给大家每人一张白纸，说：“现在，我们来做最后一次答题，它的名字叫‘生命线’。在纸的左面写上你出生的年月，然后你向右延伸，把你一生的大事记标在这根线上，把你一生想干而还没来得及做的事，也写在这条线上。好吧，开始画吧。”

程远青看着她的组员们俯下身子，以膝代案，忙碌地画起来。她看到组员们的大脑一一活动起来，犹如停电过后恢复照明的城市，一盏一盏地亮起了璀璨的街灯。

每个组员都很认真。在这条曲折的线上，人们都画出了一个显著的顿挫，标明乳腺癌，一如标明自己的上学、获奖、恋爱、婚姻、生育的年份，然后，他们沉思着，写下对自己未来岁月的设计。

这是一些独特的人。这是一些千疮百孔而又无比复杂的身体，它们比世界上的其他很多身体都要饱经磨难。有很多奇怪的科学产品注入其中，被打过若干的孔，剔开了若干的缝隙，割裂了若干的口子，缝进了若干的线头。大脑思索的轨迹里程，比起一般人也要漫长很多。从这个意义上讲，这些大脑和这些身体，都是无与伦比的宝贵。

程远青轻轻走动着，一一看过去。在生命线的右侧延长线上，大家标出自己的理想。有人要读博士，有人要当部长，有人要生养孩子，有人要写一部小说……那些线延伸着，没有尽头……

按照小组的规则，组长是不参加这类具体测试的。但这一次，程远青给了自己一个例外。她在想象中画了一条笔直的生命线。那上面，浓缩了自己的前半生——失败的婚姻和艰苦卓绝的学习……在线的前方，并不很远的地方，她标出了自己的理想——开办中国的癌症心理研究所。

天蓝似海，树直参天。路灯暖得孤独凄凉，雪地也被渲染成棕色。水凝成雪，走过多么遥远崎岖的路。在酷暑中蒸发，在严寒中链接。被无数乌云折磨和裹胁，被风暴鞭笞和戏耍。雪花会心一笑，自九天降下，把如玉的花瓣在枯枝上粉碎了，粉末溅落在人们的发丝上。死亡欢欣地协助了生命的诞生。这个过程是如此壮丽，如此波澜壮阔，它漫无边际地涌动过来，淹没了落叶飘浮的残息。

雪化了，变成了泪。泪被温暖的风吹干了，雪就变成了春天。

毕淑敏 著

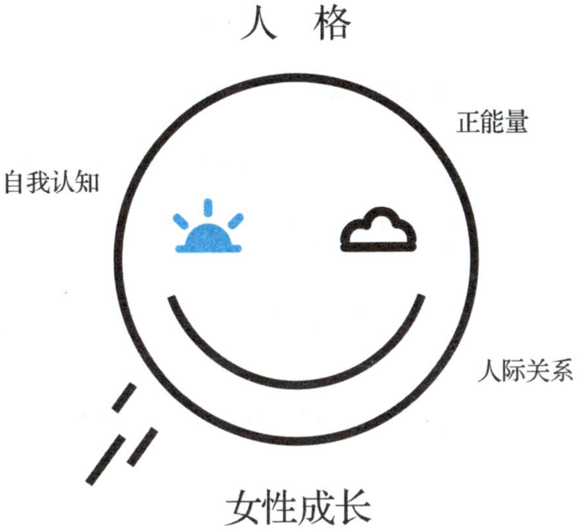

面对炎凉微笑

毕淑敏自选集·心理卷

Laughing — At Life

二

国际文化出版公司
·北京·

图书在版编目（CIP）数据

面对炎凉微笑 / 毕淑敏著. —北京：国际文化出版公司，2016.7（2022.11 重印）
（毕淑敏自选集 · 心理卷）
ISBN 978-7-5125-0860-6

I. ①面… II. ①毕… III. ①散文集—中国—当代 IV. ① I267

中国版本图书馆 CIP 数据核字（2016）第 160139 号

毕淑敏自选集 · 心理卷

作　　者	毕淑敏	
责任编辑	宋亚晅　戴　婕　潘建农	
出版发行	国际文化出版公司	
经　　销	国文润华文化传媒（北京）有限责任公司	
印　　刷	文畅阁印刷有限公司	
开　　本	787 毫米 ×1092 毫米	16 开
	84.25 印张	1139 千字
版　　次	2016 年 7 月第 1 版	
	2022 年 11 月第 2 次印刷	
书　　号	ISBN 978-7-5125-0860-6	
定　　价	238.00 元（全四册）	

国际文化出版公司
北京朝阳区东土城路乙 9 号　　邮编：100013
总编室：（010）64270995　　传真：（010）64270995
销售热线：（010）64271187
传真：（010）64271187-800
E-mail：icpc@95777.sina.net

目 录

第二章 用全部的能量，抵达阳光能到的任何地方

第三章 世界太复杂，能把握的只有自己

第五章 活着，痛着，成长着，才是人生

第六章 优等的心，不必华丽，但必须纯净

总序

写作多年，积攒下若干文字。20 世纪 90 年代，有出版社找到我，说是预备给我出套文集。我听后心情有些激动，先是高兴马上又觉得自己不配。

文集出了，销得还不错。劳动人民文化宫举办书市，我去签名售书。文集共 4 本，卖 80 多块钱。读者们排着长长的队伍，缓缓走向我。我埋头签书，心里充满了不忍。我想，80 多块钱，要是用来买成肉，快合半扇猪了！（那时物价便宜，一斤肉才几块钱。）人家把吃肉的钱省下来，买我的书，多大的信任啊！一斤肉吃到肚里，肯定会让人长力气壮身休（那时的人没有那么多“三高”超标，视吃肉为上等的好事情）。扪心自问，我的书带给人的帮助，能抵得过十几斤肉吗?

心中惶恐。从那一瞬，我暗下决心，这辈子，不写则已，如果写，就一定要说真话，要认真负责对待笔下的每一个字。力争做到对得起读者为了购买我的书，付出的买肉钱。

购书的代价是两方面的。首先要付出金钱，读者的钱是哪里来的呢?是他的劳动换来的。所以，买书这件事，说到底，是用作者的劳动换读者的劳动。市场上，如果人们买了变质的食品或是伪劣产品，可以要求退换货或是保修。但是，读者买了一本书，如果没有缺页错页，基本上不能把书退还书店或是作者。也就是说，写书卖书的人，只对书的装订质量负责，至于内容，你买了书，就自认是全盘接受，售出后概不负责。我觉得这近似霸王条款。或者往好里说，是人与人之间一种极大的信任。一个作者，万不可亵渎了这份信任，唯有竭尽全力诚惶诚恐地为自己的产品负责，才能对得起读者这一份近乎无条件的接纳。

读者付出的第二种代价，是他或她的时间。时间其实是无价的，是用来构成生命的金色颗粒。读者把如此宝贵的东西，消耗在阅读我所写的文字之中，我无以回报，只能将我的思考和表达，千锤百炼力求尽善尽美。我不敢保证它们完全正确，但我应该保证它们具备发自内心的诚挚。否则，就是暴殄了人与人之间的信赖，就是对他人的轻慢和敷衍。

从那时到现在，又过去了20多年。作品积攒得比过去多了，心态已悄然变得平和。感谢编辑们的热忱和信任，我能有机会出一套自选集，十分高兴。

它们大致分为三部分。一部分是和幸福有关，一部分是和心理有关，还有一部分和旅游与我在西藏的岁月有关。

这是我在不同时期写下的文字，打着我的年龄的烙印。年龄的增长从未让我气馁，只是帮助我理解了不同时期的美好。

如果把人生比作一株植物，把青年时期比作嫩绿，我35岁时才开始写作，实在要算在苍绿时段才进入别人的早春，接下来是无以抵挡的墨绿与苍黄……现在，干脆成了深秋时节银杏叶般的暗金。我已进入老年，步伐放缓，心头肃静。我知道生命还会继续变化，从草黄变成铅铁般的灰黑；再然后，哦，就该是土壤的褐赭色了；再再然后，大约就无色透明了。

祈愿我的文字带着我的暖意和祝福，飞抵你的掌心。

毕淑敏

2016年6月1日

文学界的白衣天使

如果她的署名是阿咪、狂姐、原水爆或者荷兰豆，也许我早就读过她的作品了。

然而她的名字是毕淑敏，这名字普通得如——对不起——任何一个街道妇女。

而且她说她从小就是一个好学生，她的数学与语文是同样的好（总算找到了一个喜欢也学得好数学的同行了，王蒙大悦焉），她的开始写作源于她父亲的建议，而她的戒骄戒躁是由于儿时母亲的教导。为了写作，她在完成了医学学业以后，又去上广播电视大学的文学系并以“优”的成绩毕业，继而读研究生，获得了硕士学位（有几个作家老老实实地这样学过文学）。再说，她同时是或者更加是一个医术精良的内科医生，她对此充满自信与自豪……

我真的不知道世界上还有这样规规矩矩的作家与文学之路。我本来以为新涌现出来的作家都可能是怀才不遇、牢骚满腹、刺儿头反骨、不敬父母（而且还要审父）、不服师长、不屑学业、嘲笑文凭、突破颠覆、艰深费解、与世难谐、大话爆破、呻吟颤抖，充满了智慧的痛苦、

天才的孤独、哲人的憔悴、冲锋队员的血性暴烈或者安定医院住院病人的忧郁兼躁狂的伟人——怪物。

毕淑敏则不是这样。她太正常、太良善，甚至是太听话了。即使做了小说，似乎也没有忘记她的医生的治病救人的宗旨，普度众生的宏愿，苦口婆心的耐性，有条不紊的规章和清澈如水的医心。她有一种把对人的关怀、热情和悲悯化为冷静的处方，集道德、文学和科学于一体的思维方式、写作方式与行为方式……

所以就更显得毕淑敏的正常、善意、祥和、冷静乃至循规蹈矩的难能可贵。即使她写了像《昆仑殇》这样严峻的、撼人心魄的事件，她仍然保持着对于每一个当事人与责任者的善意与公平。善意与冷静，像孪生姐妹一样时刻跟随着毕淑敏的笔端。唯其冷静才能公正，唯其公正才能好心，唯其好心世界才有希望，自己才有希望，而不至于使自己使读者使国家使社会陷于万劫不复的恶性循环里。也许她缺少了应有的批评与憎恨，但至少无愧于心，其实是远远优于那些缺少应有的爱心与好意的志士。她正视死亡与血污，下笔常常令人战栗，如《紫色人形》《预约死亡》，但主旨仍然平实和悦，她是要她的读者更好地活下去、爱下去、工作下去。她宁愿忏悔“我”的多疑与戒备太过，歌颂普通人（《翻浆》），而与泛恶论的诅咒与煽动迥异其趣。至于她的散文就更加明澈见底了。

她确实是一个真正的医生，好医生，她会成为文学界的白衣天使。昆仑山上当兵的经历，医生的身份与心术，加上自幼大大的良民的自觉，使她成为文学圈内的一个新起的、别有特色的、新谐与健康的因子。

而另外的多得多的天才作家的另一面，实在是文学界的病友。我尊敬与同情我的病友，我知道世界上许多伟大的作家都有病，他们太痛苦了，他们因痛苦而愈发伟大了。但同时我也赞美与感谢大夫，

为了全国人民的身心健康，我祝愿在大夫与病友的比例上不至于出现太大的失调。有病人也有医生，这才是世界，这才有各种写不完的故事。

不知道这是我的幸还是不幸，不知道这是不是我的被误解与被攻击的原因之一。我既觉得病人之可哀可叹，又觉得医生之可亲可信，特别是当我给一个比我年轻的作家作序写评的时候，我承认每一片树叶的价值。当然，我宁愿多称赞一点祥和与理性，我也许又发放了太多的苦口的良药，真对不起。

王蒙

面对炎凉微笑

“炎凉”这个词，本意并不复杂。炎就是热，凉就是冷。搭伙在一起，所指也很简单——单纯的热和冷。不过炎凉二字，除了指气温以外，它现身时，常常头上插着一对犄角，抢先抵入人们视野，那就是“世态”二字。这个“世态炎凉”组合，让原本普通的表示温度的词儿，陡地锋利起来，生出疏离凄凉之感。地位的落差与人性的幽深，从这词的缝隙处，“嗖嗖”洞穿而出。

除了这种逼仄含义，炎凉有时还特指寒暑往来，借喻岁月的一去不返。用在经济学上，便是壁垒之意，形容富贵与贫寒的壕沟。

深究炎凉之意，多半囊括了人间种种尴尬际遇，从经济学到社会学，从亲友间的俯仰到时光的更迭，传递着难以言说的窘困与无奈。

再来说说微笑吧。微笑是人特有的表情。某些动物可能会做出仿佛笑一般的表情，但它们无法有意识地控制笑的幅度。大多是类似打哈欠的狂笑之貌，轻微瘆人。很有分寸地掌控笑的幅度和分寸，应是人的专利。

微笑是人与人之间的一种友善行为，表达愉悦、欢乐、幸福、乐趣，等等。它不分文化、种族或宗教，是美意的通行证。

记得我学医时，逢到解剖课讲人体林林总总的肌肉群，就很烦闷。

血淋淋不美观且难以记忆，枯燥无聊。老师卖力地讲四肢肌肉，估计主要立足于野战外科，战场上士兵们胳膊腿儿受伤的概率最高。胸腹部一带而过。我私下猜测，若是该处受伤，立马危及生命，留给医生救治的机会并不多。至于头面部的肌肉，讲得也很简略。估计同理，颅脑重创，救也来不及。

记得教员（那时不叫老师称教员，显出部队的特殊性）讲到面部时，说，这里的肌肉群，总分两大类——咀嚼肌和表情肌。说着他展开面肌图谱。

我不喜欢看解剖图谱，觉得人被肢解后很丑。此刻不看也得看：围着眼睛和嘴巴，是一团团同心圆般的环形肌。成扇形状分布的片肌，连接着颧骨和腮帮子。

教员三言两语说完咀嚼肌后，接着讲：额肌、枕肌、眼轮匝肌、口轮匝肌、提上唇肌、提口角肌、颧肌、降口角肌、降下唇肌、颊肌……大家说说这些肌肉协同起来干什么用?

大家七嘴八舌答，睁眼、闭眼、提眉、皱眉、龇牙、咧嘴……

教员嫌大家啰唆，提纲挈领总结道，这些肌肉最重要的作用，是协调起来做出表情。

我等未来的军医们，对这个说法并不很在意。战场上只有一个表情，同仇敌忾、睚眦迸裂。

不过在和平时期，微笑是人与人之间的见面礼。

微信聊天中排在第一位的表情就是“微笑”。它用处广泛，打个招呼啊；说完了话做个结尾啊；实在忙，来不及细说，且下回分解啊……都会把此尊请出，千言万语尽在不言之中，统交由它去打点。

我总疑心设计这符号的人，虽不坏，但未曾真正乐享过幸福。他有点忧郁，理论上知道笑容的美好，但无法由衷地微笑。不信，你对着镜子，照着那个圆脸小黄人，模拟它的笑容试一试，难度甚高。须瞪着眼睛，眼珠朝下瞄，嘴角往上挑……一个正常人，实难用这种略显奇异的组合，传达佳美心情。

当然，不能苛求一个简单符号，但我想无所不能的电脑，已能杀败世界围棋顶尖高手，亿万人都日日应用的小图形，就不能解决吗？估计不是不能，是不屑。如果觉得改革图形伤筋动骨，为图省事，可把小黄人的眼珠省略，只剩弯弯两道眉即可，定比现有图形显着喜庆。

所有的成功学都在不遗余力地鼓吹微笑。甚至有人举出例子，说追踪了若干女大学生的命运，凡当年毕业照中笑得欢畅，比较富有积极情感的，往后多少年里，大多婚姻成功、生活优渥。

多么令人期许的愿景。它居然和家世无干，和努力无干，和智力情商等一系列劳什子也无大关系，只和笑容有关。这有什么难的，笑起来就是了。就算这调查结论存疑，但“笑一笑十年少”，老祖宗的教诲，可靠并且健身。就算洋人和祖辈说的都不一定确切，但莞尔一笑，也不费什么体力脑力，运动一下表情肌，有什么难的！操练起来就是。

然而，发自内心的明媚笑容，并不容易。它并不仅仅是表情肌的运动，而是和你对这个世界的基本看法紧密相关。

你如果相信人之初性本善，你如果相信人生是有意义的，你如果相信人性中信任占主导，你如果相信做人是一件有意义的好事情……那么就算你从前不知道微笑为何物，经过适当的训练，你也会笑出来，从此享有动人的笑容。一个对世界抱有悲观态度的人，是笑不出来的。

很多人以为表情肌像腹肌一样，可以借助器械和时间，让它逐渐强壮。我估计不成。腹肌只是单纯的肌块，你可以强制训练它，不管它乐意不乐意，它都会逐渐膨胀变得强健起来，它本身是没有思想的。表情肌不一样，它是一大组复杂肌肉，再加上根本不是肌肉的“苹果肌”（它位于下眼眶下大约两厘米处，圆润饱满，是微笑时最活泼生动的一团脂肪组织），都是有情绪的活物。若没有真性情这个统帅，没有主人发自内心的欢欣，这支杂牌军，才不会乖乖就范。如果你强行指挥它们，那么，它们会众叛亲离地组合成一个貌似笑容的表情。在人类词典中，这种表情有一个特定的名称——皮笑肉不笑。更甚者，还可以叫“笑面虎”“笑里藏刀”，等等。人们对此早有高度警觉，你适得其反，不但达不到传递美意的初衷，还会被打入“虚伪”的另册。

人们常以为只有面对顺境、喜悦、财富、好运等时刻，才会绽放笑容，这实在是对笑容的误解。笑容不是来自外在的恩赐，而是发自内心的振作。

相信太阳温暖，人心美好；相信生命是有方向的，未来是可以掌握的，所以我们微笑。不但在顺境中微笑，即使是面对炎凉，我们也能微笑。炎凉是正常生活的一个组成部分，炎凉并不可怕，可怕的是我们忘记了微笑。

毕淑敏

2016 年 6 月 1 日

第一章

人的一生，有多少心魔在纠缠我们

情绪有情，情绪却无序。做自己情绪的主人，你才能和情绪和平共处，共生共荣。

情绪不是用来闹的

不要成为情绪的奴隶。

不要成为情绪的人质。

不要成为情绪的炮筒子。

不要成为情绪的垃圾站。

情绪有情，情绪却无序。做自己情绪的主人，你才能和情绪和平共处，共生共荣。

不喜欢一句话，把人的某种倦怠和忧郁，说成是闹情绪。好像情绪是一群叽叽喳喳的鸟，到了清晨，就会不安分地喧闹起来。

情绪是无所谓对错的，既然生成了，就要面对。你不能说喜悦就一定是好的情绪，中医里面就有“大喜伤心”的说法，证明喜悦也有杀伤力。君不见“喜极而泣”？常常听到某人在中了高额彩票之后，一命呜呼，说的就是这个意思。所以，唯有情绪是需要因势利导的，成为情绪的主人，才是正途。

期待有作为的人更要学会讲究人生的素质，要有管理自己和他人情绪的能力。情绪这个东西，一点没有肯定是不行的，那就成了机器人。太多了，似乎也成问题，因为任何东西太多了，都是麻烦。学会了调试情绪，就让自己有了指南针。

要有自我察觉的能力。当觉察到自己情绪不佳的时候，要问自己以下的问题：

这种情绪从何而来？

这是怎样的一种情绪？

我希望这种情绪持续多久？

我将怎样改变它？

要知道，我们越是能包容自己的情绪，它就越不会干扰我们的生活。

要是能制造出一种情绪的温度计就好了。恰如其分的情绪，显示的温度是暖黄色；恶劣的情绪是子夜时分的黑；欢乐的情绪是蓓蕾初放时的粉红；怒火冲天的时候，是刀刃一般的铁蓝或是烈焰一般的钢红……

那样，我们就会对自己的状态有更清醒的把握，就可以提前给自己打预防针，规避很多的口角和龃龉，节省时间，提高效率。

看到情绪恶劣之人，如果有可能，赶紧躲了，走为上策。

自卑情结是幸福的最大敌人

有一种天然的感觉，伴随我们一生。有人说，那是爱，其实不是。爱不是天生就具备的品德，是需要学习的。一个刚刚出生的婴儿，并不懂得爱，但他感到了自卑。哭声就是自卑的旗帜，那是对寒冷（相比于母体内的恒温）、对孤独（相比于母体内的依傍）的第一声惊恐的告白，也是被迫独立生活的宣言。这个景象很有象征意义。人在强大的自然规律面前，没有法子不自卑。但是，人又不能被自卑打倒，人就是在同自卑的抗争中成长壮大起来的。

可以说，自卑是幸福的最大敌人。道理很简单，一个人若是时时事事都沉浸在自卑中，那他如何还能享受幸福！

所以，人不要被自卑打垮，而是要超越自卑。咱们先来找找自卑的反义词是什么。我小时候，很喜欢“找反义词”这类题目，在寻找中，你对原本的那个词有了更深入的了解，就像黑和白站在一起，一定显出黑的更黑，白的更白。只有在黑暗中，你才可能看到所有的光。如果黑和灰站在一起，就容易混淆。

自卑的反义词是自信。自卑和自信，都有一个“自”，就是“自己”的意思。那么，自己对待自己，有什么不同呢？自卑的人，自己看不起自己；自信的人，自己相信自己。从这里入手，我们就找到了自卑和自信最显著的分水岭，那就是：一事当前，自信的人说，我能做这件事；自卑的人会说，我办不成这件事。

面对一生，自信的人说：我能成为理想中那样的人，我要掌握自己的命运。

自卑的人会说：我不能成为自己想成为的那样的人，我只能随波逐流，被外力摆布。

“自卑”这个词，平日里大家说得很多，但究竟什么是自卑呢？自卑有哪些表现呢？自卑为什么会成为幸福的大敌呢？

简言之，自卑就是有关自我的消极信念，影响了成长。

记得儿时读过《好兵帅克》这部小说，里面有个人物，特别喜欢求本溯源。比如他说到窗户，就要说窗户是木头做的，接下来马上就会解释木头是树木，那树木又是从哪里来的呢？它们来自森林……现在我们谈到“自卑”，多少也陷入到了这种论证的漫长小径。有点啰唆，请原谅。

自卑的人，充满了对自己的不良观念和不适宜的评价。自卑的要害是——自我否定。

看看“否”这个字，“口”上面是个“不”字，一个人一张口就吐出“不”来。人是需要说“不”的，不知道说“不”的人，一生太辛劳，完全丧失了自我。但是，如果一个人一辈子说“不”太多，尤其是对自己总是说“不”，那就成了大问题。

最详细地论证了自卑这种情绪的是个体心理学的创始人阿德勒，他发现了自卑情结。

阿德勒是一位奥地利精神病学家，被称为“现代自我心理学之父”。他于1870年出生在维也纳的一个商人家庭，排行老三。家境富裕，家人都很喜欢音乐，按说这是一个丰衣足食的幸福环境，可是，童年的阿德勒却一点也不快乐。为什么呢？原因来自他的亲哥哥。两人虽是一母所生，但哥哥高大健壮、活蹦乱跳，人见人爱，阿德勒却自小体弱多病，还是个驼背。他五岁那年，又生了一场大病，更让他身材矮小，面容丑陋。好在阿德勒很聪明。后来他考入大学，毕业后当了医生。由于自身的残疾，1907年，他发表了有关由身体缺陷引发自卑的论文，从此声名大噪。他不赞成弗洛伊德的性决定论，强调社会文化因素在人格形成和发展中的决定性作用。他的主要观点是：追求卓越是人类动机的核心，而如何追求卓越，则取决于每个人独特的生活风格。追求卓越是一种天生的内驱力，使人力图成为一个没有缺陷的人，一个完善的人。人总是有缺陷的，由于身体或其他原因引发的自卑，一方面能摧毁一个人，使人自甘堕落或发生精神病，另一方面，它还能使人发愤图强，力求振作，以弥补自己的缺点。

比如说，古代希腊的代蒙斯赛因斯（Demosthenes，又译作德摩斯梯尼），小时候患有口吃，可他迎难而上，刻苦锻炼，最后成了著名的演说家。美国的富兰克林·罗斯福，患有脊髓灰质炎，但他最终成为美国总统。尼采身体羸弱，他就研究权力哲学，成了一代大哲学家。

压抑也许成癌

感觉是一切虚幻事件的核心。它从未确立过任何事情，但又和任何事情息息相关。情绪是埋在所有真实上面的浮土，不把它们清理干净，真相就无从裸露。

传统的教育，教导我们要忍让，要宽容，要忘却。然而长久的压抑会带来更大的反弹，积攒的痛苦如暴风骤雨袭来，霹雳能将我们击为灰烬。

没有哪一样事物可以通过压抑自然而然地消失。地球内部的压力，会通过火山爆发来释放；水库的压力，会通过堤岸崩塌、洪水溃泻而释放；身体的不适，会演变成疾病，让你不得不全神贯注地解决；金钱的压力，会恶化成破产；感情的压力，会走向分道扬镳。所以，要学会循序渐进地释放压力。千万不要忽略小的不安。它们累积起来，也会把精神压垮。

人们常常以为抑郁的人是没有能量的。我们看到他们的时候，萎靡不振好似一团沾满灰尘的瘫软抹布。但其实，压抑是一种极大的能量，不信你看抑郁的人，可以决绝地自杀，从高处一跃而下，这需要何等的胆量和执着。千万不要轻视抑郁的人，以为他们没有能力改变。其实，能量执拗地存在着，只是失去了方向，不是向外攻击就是向内攻击。

尊重你的情感，并不是要情感直接做出决定，而是尊重情感的波涛起伏；尊重你的情感不是压抑情感，而是疏通情感。中医说，不通则痛，通则不痛。先要将痛苦纾解开来。拧成一团乱麻般的情绪症结，简直就是毒药。用不着外界的纷扰，单是内心的混乱，就完全能导致崩溃了。该恨谁，就在心中将他诅咒千遍。可以用最恶毒的字眼，只是不要让别人听到。你救赎的是自己的灵魂，和他人无关。如果还不解气，就把一个抱枕靠垫或荞麦皮枕头当作替罪羔羊，扔到地上拳打脚踢，直到羽绒飞扬、遍地鹅毛也在所不惜，荞麦皮漏撒一地，就慢慢扫起。假如怒火还未消，就在纸上写上仇者的姓名，然后明明白白地写出：我恨你！恨你……

教过一个朋友这招，他咂咂嘴说，做不来。

我说，为什么呀？这并不是很难的动作啊！如果你找不到安静的地方，我可以把自己的家借给你。哪怕你声震九霄，也没有人会听到。

他说，那不是像个神经病吗？！

我说，怎么会！你压抑得太久，已经忘了如何表达愤怒。整天装在西服革履的套子里，已经没有真的血肉。接触自己最内在的情感，它既然存在着，就必有其合理的走向。就像当年大禹治水，不是围追堵截，而是疏导引流。现在，你的情绪像堵车一样塞在一起，神经通路已完全不畅通，哪能做出英明决定？听我的，开始吧。

他犹疑着说，这很不习惯。

我说，是啊，你已经习惯了掩藏和压抑。其实，凡是在我们心灵中存在的能量，无论是正面的还是负面的，压抑都是有害的。你压抑了正面的能量，本该你承担的义务，你偏偏躲闪；本该你做出的决定，你犹豫不决；本该你担当的职务，你假装谦虚拱手相让……你以为你这是大度，是高风亮节，是安全敦厚，其实不过是懦夫。而且那些被压抑的能量，迅速地凝变成牢骚、怀才不遇、指手画脚、不在其位而谋其政，让人厌烦……这还算是好的，因为你把能量的矛头对准了外界。

更糟糕的选择，是缄口不语，把一切真知灼见藏在肚皮里，愣愣地旁观着这个世界，在无人的风口抚胸长叹。向内攻击的结果也是以自身为假想敌，罹患种种疾病……被压抑的能量化作钢刀，在胸廓之内到处乱戳。也可能跑到哪里聚成块垒，就成了凶险的癌瘤。至于那些原本就是负面的能量，得不到宣泄，会更为虎作伥，肆无忌惮地向外攻击，最极端的，变成杀人的冲动也说不定。所以，情绪是万万压抑不得的，就像高压蒸汽，一定要给它找一个出口。不然，等着吧，爆炸是免不了的。

我所推荐的抱枕法，是一个简便易行、安全可靠的方法。只要你养成了习惯，对于让你万分不舒服的事，直接面对，找到问题的症结，把脾气宣泄出去，你会觉得云开雾散、月朗风清，精神就轻松多了。

你可能会半信半疑地说，好吧，我相信你一回。这样猛烈地发泄一通，情绪或许能平稳一些；但是，发泄完了，情况还是那个情况，现状还是那个现状，于事无补啊！

不！不是这样的！当情绪遮挡视线之时，我们能看到的出路是很少的，有时简直就是大雾弥天、日月无光。当我们安静下来，心灵的能量就会渐渐显现出来，我们就能发现很多被震怒的荒草遮掩的曲折小径。

你可能还是不信，但希望你什么时候能试一试。这法子成本不高，至多就是把抱枕摔散，芦花四扬，没什么大不了的。我就曾经把抱枕摔断了线，之后心平气和地把断裂之处缝起，虽略损美观，但并无大碍。

有人能摸索出其他合适自己的方法排解忧愤，这也很好。比如阿甘，他的法子就是跑步。无休止地跑，在步履交替的过程中，他慢慢疗治了自己的创伤。

怎么样，朋友，你找到发泄情绪的好法子了吗？如果你已经找到了，恭喜你！这样你就能面对真实的自我，不会把自己压抑出癌症来。

苍蝇向何处而飞

从小，我就知道自己是个笨手笨脚的女孩。最显著的证据就是——我打不到苍蝇。看那家伙蹲在墙上，傲慢地搓着手掌，翅膀悠闲地打着拍子，我咬牙切齿地举起苍蝇拍，屏气，心跳欲裂。长时间瞄准后猛然扑下，苍蝇却轻盈地飞走了。留下惆怅的我，欲哭无泪，悔恨自己竟被一只苍蝇打败。

甚至我第一次有意识地说谎，也同苍蝇有关。每年夏天，少先队都要开展打苍蝇比赛，自报数字。面对同学们几十上百的战果，我却只能报出寥寥几个，惭愧无比。想打杀更多苍蝇的心火烧火燎，但我遇到的苍蝇都狡猾无比，无论我瞄准多长时间，它必能抢在拍落之前起飞逃窜，且定可逃脱。绝望之中，我确信自己先天性手脚搭配失灵，不然为什么人人都能轻易做到之事，在我如此艰难？为了面子好看，我开始虚构消灭苍蝇的数字。幸亏我学习不错，又是大队长，信誉还凑合，以致没人怀疑。可说了假话，终是恐惧，为了心理安稳些，下次看到苍蝇，我就闭着眼睛把蝇拍砸下，然后并不看打到没有，扬长而去。这样报数时，压力轻些。

后来当兵，射击训练时，手抖得像得了老年震颤症，三点无论如何瞄也不成一线。老兵宽慰地说这对新兵很正常，练练就好，没什么稀奇。但我羞惭不已，四处检讨自己笨。内心想的是提前制造舆论，为实弹射击吃鸭蛋埋下伏笔，让大伙先有个思想准备，觉得本人打不中靶子理所当然。虽然后来我的射击成绩是“优”，但开展“争特等神枪手”运动时，我还是知趣地逃之夭夭。我固执地认为，那次好成绩纯属偶然，先天缺陷无药可治。

做实习军医时，外科主任说，我看你反应快，素质好，培养你成为外科一把刀如何？那时学员之间流传着：金外科，银内科，破铜烂铁妇儿科……女生能被外科权威挑中，是天大的福气。但我毫不迟疑地拒绝了，胡乱找了一个理由，说我晕血，不喜欢外科。其实内心真正的恐惧是——外科讲究心灵手巧，我是一个连苍蝇都打不死的人，怎么能成为出色的女外科医生呢？

多少年来，凡是需要手眼配合的关头，我都自觉地退避三舍。哪怕是学气功和防身武术，心中热望，迫切报名，最后关头均以退出告吹。解嘲道，我很笨，肯定学不好，甭浪费老师的时间吧。我尽量躲开需要身体运动的技术，怕自己像打不到苍蝇一般，在众人面前丢丑。因为这种遮掩退避，在漫长的岁月里，我的手脚果真变得越来越笨。

人到中年，突然在一篇科普文章中读到，通过超高速摄影，然后慢速回放，可以观察到苍蝇起飞的那一瞬，是猛然间向后飞翔。如果你想准确地命中苍蝇，就要瞄准它的后方……

没人知道，这行简单的字迹，给我带来了多么大的震撼和心灵救赎。那一刻，我几乎热泪盈眶。

我明白了，打飞苍蝇，不在动作笨拙，而是大脑无知。因为求胜心切，所以长时间地瞄准，惊动了苍蝇，失去了就地歼敌的良机。紧接着，在运动战中杀灭对方的意图，又因错误判断苍蝇是向前飞行，导致屡战屡败。

一个简明的道理，搞懂它，用去数十年。那只想象中的巨蝇，横亘在我的人生旅途上，不止一次地强烈干扰了我的重大决策。我从未对人谈起过这只苍蝇，但我知道，它阴险地活跃在我的自我判断中，让我自卑，催我退缩。它使我自动放弃了许多学习各种事物的成长机会，又成了我姑息自己、推诿责任、倚靠他人、不肯努力的挡箭牌和遮羞布。

我剖析自己，思考良久，人们容易夸大自己的成绩和优点，沾沾自喜，这虽然不明智，起码尚好理解。但我们有时夸大自己的失误和缺陷，甚至以此为矛，振振有词，究竟是为什么？

我们习惯一事当前，先为自己布下巧妙逃遁的理由。我们善于发挥悲哀的想象力，制造可资逃避的借口。我们不断把一些后天的弱点，归结为遗传的天性，以洗脱自身应负的责任。我们没有勇气针对瑕疵自我解剖，便推诿于种种客观和大自然的不可抗拒之力。

这一切的核心是怯懦。自身的敌人，也须有正视和砍刈的英雄气概。

从那以后，我击打苍蝇几乎是百发百中。但由于多年退避的惯性，我于需要用手操作的场合，还是十分笨拙。我知道，那只嗡嗡作响的“巨蝇”，并不甘心退出它寄居了数十年的巢穴。由于我以往的姑息养奸，它已尾大不掉。举起思想中的蝇拍，瞄准它，扣紧它的后方。无论它起飞还是降落，都力争消灭它，是我毕生的一件活儿了。

切开忧郁的洋葱

忧郁是一只近在咫尺的洋葱，散发着独特而辛辣的味道，剥开它紧密黏黏的鳞茎时，我们会泪流满面。

一位为联合国工作的朋友告诉我，她到过战火中的难民营，抱起一个小小的孩子。她紧紧地搂着这幼小的身躯，亲吻她枯燥的脸颊。朋友是一位博爱的母亲，很喜爱儿童，温暖的怀抱曾揽过无数孩子，但这一次，她大大地惊骇了。那个婴孩软得像被火烤过的葱管，萎弱而空虚，完全不知道贴近抚育她的人，没有任何欢喜的回应，只是被动地僵直地向后反张着肢体，好似一块就要从墙上脱落的白瓷砖。

朋友很着急，找来难民营的负责人，询问这孩子是不是有病或是饥寒交迫，为什么表现得如此冷漠？那负责人回答说，因为有联合国的经费救助，孩子的吃和穿都没有问题，也没有病。她是一个孤儿，父母双亡。孩子缺少的是爱，从小到大，从没有人抱过她。因她不知“抱”为何物，所以不会反应。

朋友谈起这段往事，感慨地说，不知这孩子长大之后，将如何走过人生。

不知道。没有人回答。寂静。但有一点可以预见，她的性格中必定藏有深深的忧郁。

我们都认识忧郁，每一个人，在一生的某个时刻，都曾和忧郁狭路相逢。

自然界的风花雪月，人生的悲欢离合，从宋玉的悲秋之赋到李清照的“绿肥红瘦”的喟叹，从游子的枯藤老树昏鸦到弱女的耿耿秋灯凄凉，忧郁如同一只老狗，忠实而疲倦地追着人们的脚后跟，挥之不去。随着现代社会的发达，忧郁更成了传染的通病。“忧郁症”已经如同感冒病毒一般，在都市悄悄蔓延流行。

忧郁像雾，难以形容。它是一种情感的陷落，是一种低潮的感觉状态。它的症状虽多，灰色是统一的韵调。冷漠，丧失兴趣，缺乏胃口，退缩，嗜睡，无法集中注意力，对自己不满，缺乏自信……不敢爱，不敢说，不敢愤怒，不敢决策……每一片落叶都敲碎心房，每一声鸟鸣都溅起泪滴，每一束眼光都蕴满孤独，每一个脚步都狐疑不定……

一个女大学生给我写信，说她就要被无尽的忧郁淹没了。因为自己是杀人凶手，那个被杀的人就是她的妈妈。她说自己从三岁起双手就沾满了母亲的鲜血，因为在那一天，妈妈为了给她买一串过生日的糖葫芦，横穿马路，倒在车轮下……

“为此，我怎能不忧郁？忧郁必将伴我一生！”信的结尾处如此写着，每一个字，都被泪水洇得像风中摇曳的蓝菊。

说来这女孩子的忧郁，还属于忧郁中比较谈得清的那种，因为缘于客观的、重要人物的失落而引起，在某种程度上，是我们不得不面对的痛苦反应。更有那说不清道不明的忧郁，树蚕一样噬咬着我们的心，并用重重叠叠的愁丝，将我们裹得筋骨蜷缩。

忧郁这种负面情感的源头，是个体对于失落的反应。由于丧失，所以我们忧郁。由于无法失而复得，所以我们忧郁。由于从此成为永诀，所以我们忧郁。由于生命的一去不返，所以我们忧郁。

从这种意义上讲，忧郁几乎是人类这种渺小的动物，面对宇宙苍穹时，与生俱来的恐惧，所以我们无法从根本上消除忧郁。我相信凡有人类生存的日子，我们就要和忧郁为朋，虽然我们不喜欢，但我们必须学会与忧郁共舞。

正因为这种本质上的忧郁，所以我们才要在有限的生存岁月中，挑战忧郁，让我们自己生活得更自由，更欢愉，更生气勃勃。

失落引发忧郁。当我们分析忧郁的时候，首先面对的是失落。细细想来，失落似可分为不同性质的两大类。一是目前发生的真实与外在的失落，可以被我们确认并加以处理的。比如失去父母，失去朋友，失去恋人，失去工作，失去金钱，失去股票，失去名声，失去房产，失去自信，等等，惨虽惨矣，好歹失在明处，有目共睹。

二是源自自我发展的早期便被剥夺，或严重的失望经验，导致内在的深刻失落感觉。这话说起来很拗口，其实就是失在暗地，失得糊涂，失得迷惘，失在生命入口端的混沌处。你确切无疑地丢失了，却不知遗落在哪一地驿站。

这可怕的第二种失落，常常是潜意识的，表明在我们的儿童期，有着不同程度的缺憾和损失。因为我们未曾得到醇厚的爱，或因这爱的偏颇，使我们的内心发展受阻。因为幼小，我们无法辨析周围复杂的社会，导致丧失了对他人的信任，并在这失望中开始攻击自己。如同联合国那位朋友所抱起的女婴，她已不知人间有爱，她已不会回报爱与关切。在这种凄楚中长大的孩子，常常自我谴责与轻贱，认为自己不可爱，无价值，难以形成完整高尚的尊严感。

过度地被保护和溺爱，也是一种失落。这种孩子失落的是独立与思考，他们只有满足的经验，却丧失了被要求负责的勇气，丧失了学会接受考验和失败的能力，丧失了容纳失望的胸怀。一句话，他们在百般呵护下，残障了自我的成长性和控制力的发展。他们的脑海深处永远藏着一个软弱的啼哭的婴孩，因为愤怒自己的无力，并把这种无能感储入内心，所以导致无以名状的忧郁。

人的一生，必须忍受种种失落。就算你早年未曾失父失母失学失恋，就算你一帆风顺平步青云，你也必得遭遇青春逝去韶华不再的岁月流淌，你也必得纳入体力下降记忆衰退的健康轨道，你也必有红颜易老退休离职的那一天，你也必得遵循生老病死新陈代谢的铁律，到了那一刻，你是否有足够的弹性抵御忧郁?

还有一种更潜在的忧郁，是因为我们为自己立下了不可达到的高标准，产生了难以满足的沮丧感。这种源自认定自我罪恶的忧郁症状，是与外界无关的，全需我们自我省察，挣脱束缚。

忧郁的人往往是孤独的，因为他们的自卑与自怜。忧郁的人往往互相吸引，因为他们的气味相投。忧郁的人结为夫妻，多半不得善终，因为无法自救亦无力救人。忧郁的人往往易于崩溃，因为他们哀伤，更因为他们羸弱绝望。

难民营的婴儿，不知你长大后，能否正视自己的童年。失去的不可复来，接受历史就是智慧。记忆中双手沾着血迹的女大学生，你把那串猩红的糖葫芦永远抛掉吧，你的每一道指纹都是洁白的，你无罪。母亲在天国向你微笑。

不要嘲笑忧郁，忧郁是一种面对失落的正常。不要否认我们的忧郁，忧郁会使我们成长。不要长久地被忧郁围困，忧郁会使我们萎缩。不要被忧郁吓倒，摆脱了忧郁的我们，会更加柔韧刚强。

孤独是一种兽性

“孤独”这两个字，从它的偏旁与字形，一眼望去，就让人想起动物世界。看来我们聪明的祖先造字的时候，就已洞察它的真髓。

很低等的动物，多半是合群的。比如海洋里庞大的虾群，丛林中的白蚁，都是数目庞大的聚合体。随着物种渐渐进化，孤独才悄然而至。清高的老虎，高傲的鹰隼，狡猾的狐狸，威猛的狮子，你见过它们成群结伙、浩浩荡荡组织起来的吗？

等进化到了人，事情才又复杂地回归了。人类为了各种利益，重新集结在一起。比如一千万人的城市，至今还在膨胀之中，从事某一行业的人，摩肩接踵地挤在一起。房屋盖得像毒蘑菇一般紧密，公共汽车拥挤成血肉长城……

在这种情况下，人回忆孤独，渴望孤独而不得，便沉浸于寻找与回味的痛苦中。

孤独是一种源于兽的洁癖和勇敢。高雅的人在说到孤独时，以为那是人类的特殊情感，其实不过是返祖之一斑。

孤独是某个生命个体，独立地面对大自然的交流。自然是永恒而沉默的，只有深入它的怀抱中，在万籁寂静之时，你才能感觉它轻如发丝的震颤。

寻共鸣易，寻孤独难。因为共同的利害，将无数人紧紧拴在一起，利至则同喜，利失则同悲。比如股票市场，哪里有孤独插翅的缝隙?

高官厚禄，纸醉金迷，霓裳羽衣，巧笑倩兮……都需要有人崇拜，有人瞻仰，有人喝彩，有人钟情……假若孤独着，一切岂不是沙上建塔?

追求这些的人也经常谈论孤独，但他们说出“孤独”这个字眼的时候，表达的不过是一种利益不够辉煌的愤懑感，和洁净凉爽、无欲无求的孤独感大不相干。

人是软弱的动物。因为恐惧，才拥挤一处，以为借此可以抵挡自天而降的风雷。即使无法抵御，因为共睹同类也遭此厄运，私心里也可生出最后的快慰。

孤独是属于兽的一种珍贵属性，表达一种独往独来的自信与勇猛。在人满为患的地球上，它已经越来越稀少了。

也许有一天，人性终于消灭了兽性，孤独就像最后一只恐龙，销声匿迹。

仇人的显微镜

人的一生，会听到很多评价和意见，你不想听也不行。意见的来源，是个有趣的问题。

说到意见的来源，最简单的可以分成两大类。一方面来自爱你的人，因为希望你进步，希望你好，希望你幸福，所以他们会指出你的不足。通常我们对这类意见，要么是重视过度，要么是过度地不重视。前者是因为亲人在我们眼中就是人间的上帝，句句是真理。后者也因为和凡间的上帝相处得太久了，反倒觉得老生常谈，把它当成耳旁风。还有一大类意见，来自恨你的人。我说的这个“恨”，不是血海深仇，不是国恨家仇。在此文中，它统指对你印象不好的人，和你不对付的人，和你有过节的人，巴望着你倒霉的人。按时下年轻人的话讲，就是和你相克，也许是血型不符，也许是星座不合。那些和你暗中戗着茬的龌龊人，恕我简称为你的“仇人”。

对待仇人的意见，有一句很经典的话，叫作“走自己的路，让别人说去吧”。这虽是一剂良药，缺点是起效较慢。很多人试验过此法，有时好几个月甚至好几年之后，才能渐渐在想起仇人们的冷语时，心境淡然。还有一个前提——你必须已经找到了一条路，正在走着，方向感明确，有主心骨，步履轻快，说这话的时候底气才较充足。倘若正在彷徨和苦闷中，雨雾迷蒙，路还不知在何方，或者干脆在路边崴了脚或被野兽啃伤了，创口流着血，那这句经典就稍嫌隔靴搔痒，有点近似精神胜利法了。

面对仇人的攻伐，如何是好？

仇人的话，杀伤力之所以大，是因为那其中常常是有几分真实的。完全的谎话，其实倒并不可怕，因为除了极为弱智的人，一般都可识破。古语说“谣言止于智者”，现在资讯发达，人也吃了很多深海鱼油，智者可能比古时还要多些，所以对完全胡说八道的东西倒不必太过担心。如果仇人的话是完全的真实，我看是应该感激的，请你低下自己的头。这不是认输或是认领了侮辱，而是真心实意地表达对真实的敬畏。只要他说得对，不必介意他的人品，只需看重他的意见。仇人的真知灼见，也许会让你因此得到终身受用的教诲，他在无意中就送了一个大礼给你，他就成了你的恩人。这就是很多人常常说，我最感激的是那些侮辱、攻击、放弃我的人，他们让我懂得了如何做人，才有了今天的成就……每逢我看到这种话，总觉得略微矫情了些。我不会感谢那些本来想侮辱我的人，他们不应该因为仇恨和狭隘受到感激。仇恨和狭隘，常常是可以置人于死地的，你没有死，是因为你救了自己。你应该感谢的只有一个人，那就是你自己。

即使你从仇人喷涌而来的污泥浊水中荡涤出了金沙，你也可以依然保持你的仇恨，如同保持你脊骨的硬度，但这并不妨碍你思忖他们的意见。因为只有仇人，才会深深研究你的要害。因为他恨你，所以他就时刻盯着你，对你观察得格外细致，思索得格外刻毒。试想一下，如果我们用显微镜看事物，那普天之下，就没有一处洁净的地方了，到处都是繁殖的细菌，蠕动的螨虫……然而，依然有阳光。

你的仇人，就是瞄准你的显微镜。

紧张

有一个有趣的游戏。两人一组，其中一人会拿到一些字条，上面写着字——都是人们常有的一些情绪，比如高兴、漠不关心、嫉妒、疲倦已极……

拿到字条的人，要按照字条上的指示，做出相应的表情和行动，让另外的那个人猜。

例如，甲人看了看手中字条上的字迹，沉思片刻后开始表演。先是豹眼圆睁，辅以一个箭步上前，右手揪住假想中的某人脖领，同时挥出弧度漂亮的左勾拳，击中那人的腮帮……

乙人在目睹了甲人的表情和行动以后，也沉思片刻，然后大声说出他解读出的对方情绪——愤怒。

甲人颔首道，基本正确。不过，我手中的字条上写的是——狂怒。

乙人说，咳！如果是“狂”，你的这个表达等级，味道尚欠浓烈。倘若换我，一般的愤怒，就已达到这个档次。真到了狂怒阶段，还要加上怒发冲冠拳打脚踢暴跳如雷虎啸龙吟……

这个小游戏，说明人和人之间，并不是很容易沟通的。人们通常按照自己表达情绪的方式来理解他人。但人和人之间，仍是可以沟通的。需要语言的帮助和长久的磨合，程度差异很大。可以一叶知秋，也可落英缤纷。

我很喜欢玩这个游戏，可以更深刻地感知他人的内心，察觉人群的异同。正是这种无休无止的差异，造成人的丰富多彩和无数悲欢离合。

某次，我遇到一位有趣的合作者。他是一位老板。

拿了字条开始表演。目光炯炯，眉头紧皱，身板僵直，双手攥拳……

我绕着他走了三圈，思索不出他这番表演的内涵，求助道：你能不能示意得再明确些？

他是个好商量的人。思忖片刻后，加上了一个表情——嘴角紧抿……

我还是百思不得其解，只得求饶道：猜不出猜不出。我投降，快告诉我底牌吧。

他把字条伸给我，上面写着——焦虑。

想想，也有道理。某些人焦虑的时候，就是这副沉闷苦恼的模样。

第二轮测验开始。他看了一眼手中新的字条，开始表演：目光炯炯，眉头紧皱，身板僵直，双手攥拳……

我丧气地说，不行。再具体些。

他就又加了一个表情——嘴角紧抿……

天啊，我一筹莫展。甚至想，这一堆测验的字条里，不会有两张“焦虑”吧？

我说，完了，我弱智了。请你告诉我吧。

他把手心摊开，我看到了谜底——沮丧。

沮丧是这个样子的吗？我不服气地说，你的表演有问题，沮丧的时候，目光通常是低垂的。

但是，我沮丧的时候，就是如此，聚精会神的。他很诚恳地说。

我只得服输。是啊，你不能否认有些人虽败犹荣，屡败屡战，永远目光如炬。

再一次轮到他表演的时候，我格外当心。看到他拿了字条，踌躇了一下，然后胸有成竹地开始演示。

目光炯炯，眉头紧皱，身板僵直，双手攥拳……

看到我茫然愁苦的模样，他善解人意地加上了一个补充动作——紧抿嘴角……

我极快地调侃道，干脆杀了我。我无法破译你的密码。

轮到他吃惊，说，我有那么神秘吗？其实，这一次，我表达的是一种很平和的情绪——安静！

我几乎昏了过去，说，您的大驾尊容，居然能称得是安静？我想，当你自以为安静的时候，周边的人，绝不敢打扰你。

说者无心，听者有意。他静默了片刻，一拍大腿说，哦，你这样一讲，我就明白了，为什么我以为自己很慈祥的时候，大家依然说我严厉……

那一次令人难忘的游戏，它的结尾有些苦涩的味道。因为我的这位朋友，无论他拿到写着怎样字迹的字条，他的表情都像一个模子里抠出来的。目光炯炯……嘴角紧抿……甚至当“爱情”出现的时候，他也如此刻板和冷峻。

我问他，你成家了吗？

他说，成了。但是，又散了。

我说，还打算成吗？

他说，暂时没有打算。

我说，没有了好。

他说，您为什么这样说？

我说，我的意思是，你若不把表情修改一下，即使有了女朋友，她也会莫名其妙地走开。

他说，我一个当老板的，哪能事事都流露在面上，让人看个透明？我这是深沉。

我说，表情的僵化和不动声色，并不能画等号。对家人和对谈判对手，哪能一样？周恩来可算是大家，他的表情就丰富得很，并非整天板着阶级斗争脸。咱们常常羡慕外国的老板当得潇洒，其中重要的——就是他们真实。当怒则怒，当喜则喜。况且，老板也是人，也有七情六欲。事业做得好，人也要活得自然、自在。

后来，我和这位老板进行了比较深入的谈话，才明白在他那千篇一律的面具之后，准确地说，既不是焦虑，也不是沮丧，当然更不是安静，而是——紧张。

紧张，是现代人逃脱不掉的伴侣。

紧张的时候，我们的心跳加快，瞳孔散大，呼吸急促，血流湍急……我们的思索急迫而深刻，我们的行动敏捷而有力。

紧张这个词，很多年以前，被写进一所著名大学的校训。我想，那时它一定是有的放矢，有着历史的必然和辉煌的功绩。

时代在发展，如今，当我们不再从战火和铁血的角度看待紧张的时候，紧张就有了更多探讨的意义。

短时间的紧张，很好，会使我们焕发出非凡的爆发力。不过，世界上的事情，一蹴而就的，肯定有，但终是有限。大量的成功，孕育在日积月累的跋涉中。紧张是一百米短跑，成长则是马拉松比赛。长久的紧张，如同长久的鞭策一样，是不能维持的。它会导致反应的迟钝。紧张可以应对一时，却无法达致永恒。

紧张是一种无休止的激动，是一种没有间歇的高亢，是一种针插不进水泼不进的致密，是一种应急和应激的全力以赴。

你见过没有起落的江河吗？你听过没有顿挫的乐曲吗？你爬过没有沟崖的山峦吗？你走过没有悲喜的人生吗？

紧张是面具。紧张的下面，潜伏着怎样的暗流？换句话说，什么导致我们长久僵硬地紧张？

紧张的人，思维是直线而不是发散的，因为他的注意力太集中了，心就无旁骛。当我们的视野中只有一个目标的时候，它是收束和狭窄的（不是指远大的唯一的目标，是指运筹帷幄的策略）。我们的显意识之下，是辽阔的潜意识。当紧张的时候，理智和经验就占据了上风，而人类在长久的进化中所积累的本体感觉，被抑制和忽略了。所以，紧张的人，很容易累。因为他是在用 5% 的能力，负载着 100% 甚至更高的压力，怎么能集思广益、化险为夷呢?

紧张的人，其实是不安全的。他处于风声鹤唳之中，对自己的位置和处境，有深深的忧虑。他大张着自己所有的感官——眼睛瞪着，耳朵开放，手脚绷紧，呼吸也是浅而快的……他的全身就像一架打开的雷达，侦察着周围的一草一木。

他因袭着以往的重担，关注着周围的一举一动，无法平和地看待他人和看待自己。紧张的人，睡眠通常不良。因为在睡梦中，他也不由自主地睁着半只眼睛。

打个比喻。什么动物最易紧张呢? 通常一下子就想起老鼠兔子麻雀之类的，大都是弱小的谨慎的没有强大的防御能力的生灵。如果是老虎狮子大象甚至蟒蛇，我们想起它们的时候，可以觉得它们或懒洋洋或佯装安宁，但我们不会浮现出它们是紧张的这样一个印象。在突袭猎物的时候，它们快则快矣，狠则狠矣，你可以痛恨它，但它依然是从容和大智若愚的。它们不紧张。

再举南极洲的企鹅为例。这些穿西服的鸟们，似乎没有伶牙俐齿可供攻伐猎物与保障自身，胖墩墩的，战斗力也不强，但是，它们毫无疑义地不紧张。这次，不是来自它们自身的强大，而是没有人类的伤害和袭扰，它们尚不知紧张为何物。

所以，紧张不是强大，而是懦弱的一件涂着迷彩的旧风衣。

紧张往往使我们看问题的角度趋向负面。因为不安全，所以防御感强，假如在判断不清的时候，首先断定对方是有敌意和杀伤力的，考虑自己怎样防卫怎样规避怎样逃脱……紧张会使我们误会了朋友的友谊，曲解了爱情的试探，加深了创伤的痛楚，减缓了复原的时机。在紧张的时刻，决定往往是短期和激烈的。

紧张的时候，我们无法清晰地聆听到他人真实的声音。我们自身澎湃的血流，主导了我们的听觉。我们看到的可能并非真实的世界，因为自身的目光已经有了某种先入的景象。我们无法虚怀若谷地接纳他人的意见，因为自己的念头依然盘踞在心。我们难以深刻地反省局限，因为注意力全然集中对外，内心演出了一场空城计……紧张就是如同凹凸镜一般，变形了真实的世界，让我们进入高度的备战状态。

紧张的人，是很难和别人和睦相处的。紧张的人，通常郁郁寡欢、慎言忧郁。紧张的人，孤独寂寞。他们可以置身于灯红酒绿、车水马龙当中，好似应者云集，但他们的心，多疑多虑，挛缩成一块石头。

人们很推崇的一个词——大将风度，我以为其中极重要的组成部分，就是不紧张。每一行真正的高手，几乎都是举重若轻、温柔淡定的。草船借箭、诸葛空城，功夫在诗外。无论形势多么危急，他们成竹在胸。无论己方多么孤立，他们胜券在握。哪怕局面间不容发，他们依然眼观六路，耳听八方。

大将不紧张。

珍惜愤怒

小时候看电影，虎门销烟的英雄林则徐在官邸里贴一条幅“制怒”。由此知道怒是一种凶恶而丑陋的东西，需要时时去制服它。

长大后当了医生，更视怒为健康的大敌。师传我，我授人：怒而伤肝，怒较之烟酒对人危害更烈。人怒时，可使心跳加快，血压升高，瞳孔散大，寒毛竖紧……一如人们猝然间遇到老虎时的反应。

怒与长寿，好像是一架跷跷板的两端，非此即彼。

人们渴望健康，人们于是憎恶愤怒。

我愿以我生命的一部分为代价换取永远珍惜愤怒的权利。

愤怒是人的正常情感之一，没有愤怒的人生，是一种残缺。当你的尊严被践踏，当你的信仰被玷污，当你的家园被侵占，当你的亲人被残害，你难道不滋生出火焰一样的愤怒吗？当你面对丑恶面对污秽，面对人类品质中最阴暗的角落，面对黑夜里横行的鬼魅，你难道能压抑住喷薄而出的愤怒吗？！

愤怒是我们生活中的盐。当高度的物质文明像软绵绵的糖一样簇拥着我们的时候，现代人的意志像被泡酸了的牙一般软弱。小悲小喜缠绕着我们，我们便有了太多的忧郁。城市人的意志脱了钙，越来越少倒拔垂杨柳强硬似铁怒目金刚式的愤怒，越来越少见幽深似海水波不兴却积郁极大张力的愤怒。

没有愤怒的生活是一种悲哀。犹如跳跃的麋鹿丧失了迅速奔跑的能力，犹如敏捷的灵猫被剪掉胡须。当人对一切都无动于衷，当人首先戒掉了愤怒，随后再戒掉属于正常人的所有情感之后，人就在活着的时候走向了永恒——那就是死亡。

我常常冷静地观察他人的愤怒，我常常无情地剖析自己的愤怒，愤怒给我最深切的感受是真实，它赤裸而新鲜，仿佛那颗勃然跳动的心脏。

喜可以伪装，愁可以伪装，快乐可以加以粉饰，孤独忧郁能够掺进水分，唯有愤怒是十足成色的赤金。它是石与铁撞击一瞬痛苦的火花，是以人的生命力为代价锻造出的双刃利剑。

喜更像是一种获得，一种他人的馈赠。愁则是一枚独自咀嚼的青橄榄，苦涩之外别有滋味。唯有愤怒，那是不计后果不顾代价无所顾忌的坦荡的付出。在你极度愤怒的刹那，犹如裂空而出横无际涯的闪电，赤裸裸地裸露了你最隐秘的内心。于是，你想认识一个人，你就去看他的愤怒吧！

愤怒出诗人，愤怒也出统帅，出伟人，出大师，愤怒驱动我们平平常常的人做出辉煌的业绩。只要不丧失理智，愤怒便充满活力。

怒是制不服的，犹如那些最优秀的野马，迄今没有任何骑手可以驾驭它们。愤怒是人生情感之河奔泻而下的壮丽瀑布，愤怒是人生命运之曲抑扬起伏的高亢音符。

珍惜愤怒，保持愤怒吧！愤怒可以使我们年轻。纵使在愤怒中猝然倒下，也是一种生命的壮美。

上瘾成灾

有个年轻人，名叫安澜，他说自己干什么都会成瘾。我要详细了解情况，就说，请打个比方。

他说，我上学的时候就对网络成瘾。那时候，我每天起码有 5 个小时要趴在网上，网友遍布全世界。

我插嘴道，全世界？真够广泛的。

安澜说，是啊。人们都说上网对学习有影响，可那时我的英文水平突飞猛进，因为要和国外的网友聊天，你要是英文不利索，人家就不理你了。

我说，一天 5 个小时，你还是学生，要保证正常的上课，哪里来的这么多时间啊？

安澜说，很简单，压缩睡眠，我每天只睡 5 个小时。我有单独的房间，电脑就在床边。我每天做完作业后先睡下，4 个小时之后，准时就醒了，一骨碌爬起来就上网，神不知鬼不觉的。到了天快亮的时候，再睡 1 个小时回笼觉。爸爸妈妈叫我起床的时候，我正睡得香甜。很长时间，家里人看我白天萎靡不振，都以为是上学累的，殊不知我的睡眠是个包子，外面包的皮是睡觉，里面裹的馅就是上网。

我说，青少年正是长身体的时候，你这样睡眠不足，是要出大问题的。

安澜说，还真让您说对了。后来，我就得了肾炎。因为不能久坐，我只好缩减上网的时间。我休了学，急性期过了以后，医生建议我开始和缓的室外活动，慢慢地增强体力，我就到郊外或是公园散步。

一个人在外面闲逛，就是风景再美丽，空气再新鲜，也有腻的时候。我爸说，要不给你买个照相机吧，一边走一边拍照，就不觉得烦了。家里先是给我买了个傻瓜相机。果然，照相让人觉得时间过得很快。一只狗正在撒尿，一只猫正在龇牙咧嘴地向另外一只猫挑衅，都成了我的摄影素材。白天照了相，晚上就在电脑上回放，自己又开心一回。很快，这种简陋的卡片机就不能满足我的欲望了。我开始让家里人给我买好的机子，买各式各样的镜头……把自己认为好的照片放大。城周围的景物照烦了，就到更远的地方去。于是我又迷上了旅游。

后来我爸说，我这是豪华型患病，花在照相和旅游上的钱，比吃药贵多了。但不管怎么样，我的病渐渐地好了……

我爸和我妈提议让我来看心理医生，说我这个人爱上什么都没节制，很可怕。将来要是谈上女朋友也这样上瘾，今天一个明天一个，就变成流氓了。我自己也挺苦恼的。因为上瘾，我错过了高考。后来上了一所职业学校，现在在一家玩具公司上班。一个人，要是总这样管不住自己，也干不成大事啊。您能告诉我一个好方法吗？

我说，安澜，你能告诉我，像上网啊，摄影啊，旅游啊这些活动，带给你的最初的感觉是什么？

安澜说，当然是快乐啦！

我说，让咱们假设一下，如果在那个时候，来了位医生抽一点你的血，化验一下你的血液成分，你觉得结果会怎么样？

安澜困惑地吐了一下舌头，说，估计很疼吧？结果是怎样的，就不知道了。

我说，抽血有一点疼，不过很快就会过去。我以前当过很久的医生，对化验这方面有一点心得。当人们在快乐的时候，内分泌系统会有一种物质产生，叫作内啡肽。

安澜很感兴趣，说，您告诉我是哪几个字？

我在一张纸上写下了“内啡肽”几个字。

安澜说，您的意思是说，每当我开始那些让我上瘾的活动时，我身体里都会分泌内啡肽吗？

我说，安澜，你很聪明，的确是这样的。内啡肽让我们有一种不知疲劳、忘却忧愁、精神焕发的感觉。这在短期内当然是很令人振奋的，但长久下去，身体就会吃不消。这就是很多染上网瘾的人，最后变得茶饭不思、精神萎靡不振、体重大减、面黄肌瘦的原因啊。而且，因为人上瘾时，对其他事情不管不顾，考虑问题很不理性，就会出现严重的后果。有的人工作成瘾，就成了工作狂；有的人盗窃成瘾，就成了罪犯；有的人飞车成瘾，就成了飙车族；有的人权力成瘾，就成了独裁者……

安澜说，这样看来，内啡肽是个很坏的东西了。

我说，也不能这样一概而论。人体分泌出来的东西，都是有用的。比如当你跑马拉松的时候，只要冲过了身体的那个拐点，体内开始有内啡肽的分泌，你就不觉得辛苦，反倒会有一种越跑越有劲的感觉。比如有的科学家埋头科学实验，为了整个人类的发展做出了卓越贡献，在那种非常艰难困苦的条件下能够坚持下来，他的内啡肽也功不可没啊！

安澜说，听您这样一讲，我反倒有点糊涂了。

我说，任何事情都要有节制。比如，温暖的火苗在严冬是个好东西，可要是把你放到火上烤，结果就很不妙。如果你不想变成烤羊肉串，就得赶快躲开。再有，在干燥的沙漠里，泉水是个好东西，但要是发了洪水，让人面临灭顶之灾，那就成了祸害。对于身体的内分泌激素，我们也要学会驾驭。这说起来很难，其实，我们一直在经受这种训练。比如你肚子饿了，经过一个烧饼摊，虽然烤得焦黄的烧饼让你垂涎欲滴，但是如果你没买下烧饼，你就不能抢上一个烧饼下肚。如果你看到一个美丽的姑娘，虽然你的性激素开始分泌，你也不能上去就拥抱人家。所以，学会控制自己的内啡肽，也是成长的必修课之一啊。

听到这里，安澜若有所思地拿起那张纸，看了又看，说，这个内啡肽的“啡”字和吗啡的“啡”字，是同一个字。

我说，安澜，你看得很细，说得也很正确。成瘾这件事，最可怕的是毒品成瘾。吗啡和内啡肽有着某种相似的结构，当有些人靠着毒品达到快乐巅峰，他们就步入了深渊，这就更要提高警惕了。当然了，网瘾和毒品成瘾还是有一定的区别的。不过，一个人要身体健康和心理健康，对所有那些令我们成瘾的事物都要提高控制力，要有节制。

那天告辞的时候，安澜说，我记住了，任何成瘾都是灾难。

在纸上写下你的忧伤

把你不快乐的理由写在一张纸上，你会惊奇地发现，它们完全没有你想象的那样多，一般来说，它们是不会超过十条的。在这中间，把那些你不可能改变的理由划掉，比如你不是双眼皮或者你不是出身望族。然后认真地对付剩下的若干条，看看有哪些切实可行的方法可以将它们改变。

我常常用这个法子帮助自己，写在这里，供朋友们参考。

先准备一张纸，在纸上写下纷乱的思绪。最好是分成一条条的，这样比较清晰和简明扼要。要知道，人在愁肠百结、眼花缭乱的时候，分辨力会下降，容易出错。所以把复杂的问题简单化、条理化，用通俗点的说法，就是给问题梳个小辫子。实践证明，这是个好方法。

具体的操作步骤是这样的：假如你感到沮丧，就请你分门别类地把沮丧的理由写下来。假如你哀伤，就尝试着把哀伤的理由也提纲挈领地写下来。如果你也不知道因为什么，就是心烦意乱、百爪挠心、不知所措、诸事不顺的时候，也请你把所有可能导致如此糟糕心情的理由写下来。不要嫌麻烦，依此类推——当你愤怒的时候，当你寂寞的时候，当你无所适从的时候，当你自卑和百无聊赖的时候……都可以用这个法子试一试。

给你一个建议——找一张大一些的纸，起码要有 A4 纸那样大。如果你愿意用一张报纸一般大的纸，也未尝不可。反正我常常是这样开始的，引发我不适的感觉是如此强烈，深感没有一张大纸根本就写不下。数不清的理由像野兔般埋伏在烦恼的草丛里，等待着我去一一将它们抓出来。如果纸太小了，哪里写得下？如果写到半路发觉空白地方不够了，再去找纸，多么晦气！

当然，你要找一个安静的地方。你要独自一人。不要把这当成一个玩笑，精神的忧伤是值得认真对待的，我们要凝聚心力，有条不紊地打开创口。

我当过外科医生，每逢打开创口的时候，我都要揪着一颗心，因为会看到脓血和腐肉，有的时候，还有森森白骨。但是，任何一个负责任的医生，都不会因为这种创面的血腥狼藉而用一层层的纱布掩盖，那样只会养虎为患，使局面越来越糟。

打开精神的伤口也是需要勇气的。当你写下第一条的时候，你很可能会战战兢兢地下不了笔，这时候，你一定要鼓起勇气，不要退缩。就像锋利的柳叶刀把脓肿刺开，那一瞬，会有疼痛，但和让脓肿隐藏在肌肉深处兴风作浪相比，这种短痛并非不能忍受。

第一刀捅下去之后，你在迸出眼泪的同时，也会感到一点点轻松。因为，你把一个引而不发的暗疾揪到了光天化日之下。

乘胜追击，不要手软。请你用最快的速度，再写下让你严重不安的第二条理由。这一次，稍稍容易了一些。不是吗？因为万事开头难啊！你已经开了一个好头，你已经把让你最难忍受的苦痛，凝固在了这张洁白的纸上。这张纸，因了你的勇敢和苦痛，有了温度和分量。

第二条写完之后，请千万不要停歇下来，一定要再接再厉啊！这应该不是什么太难之事，因为让你寝食不安的事，不会只是这样简单的一两件，你的“悲怆之库”应该还有众多的储备呢！也不要回头看，估摸自己已经写的那些东西，是不是排名前后有调整的必要，只需埋头向前，一味写下。

写！继续！用不着掂量和思前想后，就这样写下去。等到你再也写不出来的时候，咱们的“白纸疗法”第一阶段就先告一段落。

摆正那张纸，回头看一看。

我猜你一定有一个大惊奇。那些条款绝没有你想象的多！在一瞬间，你甚至有些不服气，心想造成我这样苦海无边纷乱不止的原因，难道只有这些吗？不对，一定是什么地方出了差池，我想得还不够深不够细，概括得还不够周到，整理得还不够全面……

不要紧，不要急。你尽可以慢慢地想，不断地补充。你一定要穷尽让自己不开心的理由，不要遗漏一星半点。

好了，现在，你到了绞尽脑汁再也想不出新的愁苦之处的阶段了。那么，我们的“白纸疗法”第一阶段正式完成。

你可以细细端详这些让你苦恼的罪魁祸首。我猜你还是有些吃惊，它们比你预想的还是要少得多。你以为你已万劫不复，其实，它们最多不会超过十条。

不信，我可以试着罗列一下。

1. 亲人逝去；

2. 工作变故；

3. 婚姻解体；

4. 人际关系恶劣；

5. 缺乏金钱；

6. 居无定所；

7. 疾病缠身；

8. 牢狱之灾；

9. 失学失恋；

……

看到这里，你也许会说，这也太极端了吧？这些倒霉的事怎么能都集中到一个人身上呢？这种人在现实中的比例太低了！万分之一有没有啊？是的，我完全能理解你的讶然，但是，正如我们前面所说的，即使是这样的“头上长疮脚下流脓”的超级倒霉蛋，他的困境也并没有超过十条。

现在，白纸疗法进入第二个阶段。

把你的这些困境分分类，看看哪些是能够改变的，哪些是无能为力的。对于能够改变的，你要尽自己的努力来争取摆脱困境。对于那些不能改变的，就只能接受和顺应。

咱们还是拿那个天下第一倒霉蛋的清单来做个具体分析。

1. 亲人逝去；

2. 工作变故；

3. 婚姻解体；

4. 人际关系恶劣；

5. 缺乏金钱；

6. 居无定所；

7. 疾病缠身；

8. 牢狱之灾；

9. 失学失恋。

不能改变的：亲人逝去，婚姻解体，疾病缠身。

已经得到改变的：因为牢狱之灾，解决了居无定所。因为牢狱之灾，也就没有继续工作的可能性了，所以，第二条困境就不存在了。失学这件事，也只有等待出狱之后再考虑。失恋这件事，虽说并不是完全没有希望挽回，但因为恋爱毕竟是两个人的事情，假如在没有牢狱之灾的情况下，对方都已经和你分手，那么现在的局面更加复杂，和好的可能性也十分微弱，基本上可以把它放入你无能为力的筐子里面了。

可以做出的改变：

1. 在牢狱里，服从管理，争取减刑。

2. 积极治病，强身健体。

3. 学习知识和技能，争取出狱后能继续学业或是找到工作，积攒金钱，建立新的恋爱关系，找到房子，成立美满家庭。

通过剖析这张超级倒霉蛋的单子，我想你已经知道了该怎么做，我这里也就不啰嗦了。毕竟每一片叶子都是不同的，每一个人遇到的具体困境和难处也都是不同的。我也就不打听你的隐私了。现在，让我们进入“白纸疗法”的第三个阶段。

第三个阶段非常简单，就是你给自己写一句话。可以是鼓励，也可以是描述自己的心境，也可以是把自己骂上一句。当然，这可不是咬牙切齿的咒骂，而是激励之骂。

有的朋友可能还是不知道如何下笔，让我举几个例子。

有人写的是：那个悲伤的人已经走远，我从这一刻再生。

有人写的是：振作起来。不然，我都不认识你了！

还有人写的是：一切反动派都是纸老虎。

最有趣的是我曾看到一个年轻人写道：啊！我呸！

我问他，这个“我呸”，是什么意思？

他翻翻白眼说，你连这个都不懂？就是吐唾沫、吐痰的意思，这下你总明白了吧？

我笑笑说，还是不大明白。

他说，你怎么这么笨呢！像吐口水一样，把过去的霉气都吐出去，新的生活就开始了。我小的时候，每逢遇到公共厕所，氨水样的味道直熏眼睛，我妈就告诉我，快吐口水，就把吸进肚子里的臭气都散出去了……现在，我也要“呸”一下。

我明白了，这是一个仪式，和过去的沮丧告别，开始新的一天。其实也很有道理。在咱们的文化中，有一个词，叫作“唾弃”，说的就是完全放弃。还有一个词叫作“拾人余唾”，就是把别人放弃的东西再捡回来，充满了贬义。因此，这个小伙子在一句“我呸”当中，蕴含了弃旧图新的决定。

大部分人都想过自杀

我相信，大部分人都想过自杀，比如我自己。我并不觉得这很奇怪，人人生命中都可能有这一刻，我们在考虑现在的生活还值不值得过下去。它出现的频率比设想的要多得多。很多人经常在考虑，第二天早上我还要不要起床？要不要面对如此繁杂的世界，延续如此恶劣的情绪？

有一阵子，电视台、广播电视台采访我的时候，总是问我：听说您年轻的时候在西藏，曾经想到过自杀？

我说，是啊，非常认真地想过。

主持人说，可以详细地讲讲吗？

我说，这次就不说了吧？我已经在别的节目里说过了。

主持人坚持说，这一段非常重要。连您这样的人都想过自杀，可见这样想的人太多了，可是大家一般都不愿意说。

我只好又说一遍：人人都说西藏与灵魂有关，我觉得西藏与自杀有关。

台底下，主持人私下对我说，自己也曾想过自杀，只是没有勇气告诉别人。

我觉得连一次自杀都没想过的人，肯定凤毛麟角。自杀其实就是一种极度的退避和逃跑。因为无处可逃了，最后干脆把生命也彻底抛离。

当我年轻的时候，很多次想过自杀，甚至觉得这是一个最后的法宝。因为有了这样一个万无一失的法宝，反倒不再害怕生活的残酷。我现在很少想到自杀了，因为我越来越感到生命是如此宝贵，我要好好地度过。即使是悲惨和疼痛，也证明生命依然灵敏地感知着、活跃着。

我接触过很多想要自杀的人，其中有的人以一种“救世”的期待来毁灭自己的生命。怀抱着荒诞的希望，以为通过放弃自己的生命和幸福，就可以保障和挽救其他人，尝试以自己的灾难和毁灭给别人带来平安。这无疑是非常不现实的。

自杀的人，诚然是可怜的。但究其目的，除了戕害自己以外，还有很多人，是希望以自己的死来惩戒他人，来挽救某种事态的颓势。我们自然不能对死者苛求更多，但这种死亡达不到目的是显而易见的。如果你确实无法忍受生的艰难，你要选择死亡，这是你的自由。但你企图以你自己的死来达到某种目的，就是临死还生活在迷幻之中。

你要想达到某种目的，只有靠自己的奋斗。想用自己的死，启发别人来为你的理想而努力，是偷懒和愚蠢的一厢情愿。不要把自己都无力面对的现实黏附在他人身上，那是彻头彻尾的执迷不悟。

第二章

用全部的能量，抵达阳光能到的任何地方

无论过去发生过什么，都已逝去；无论你对将来有多少设想，都还没有发生。我们活在当下。

锻造心情

心情好像一种很柔软的东西，经常因为自然界的风花雪月或是人世间的阴晴冷暖，剧烈波动着，蛛丝般震颤飘荡，无所依傍，哪里用得上“锻造”这样充满金属音响的词呢?

心情于我们是那样重要。健康与美丽，如若没有一份好心情，犹如沙上建塔，水中捞月，一切都无从谈起。心情与我们形影不离，不，它甚至比影子的追随还要固守得多。光不存在的时候，影子就藏在深深的黑暗中了。只有心情牢牢黏附在胸膛最隐秘的地方，坚定不移地陪伴着我们。快乐的人，在暗夜中也会绽出笑容；凄苦的人，即使睡着了，梦中也滴泪。

心情是心田的庄稼。只要心脏在跳动，心情就播种着，活跃着，生长着，更迭着，强有力地制约着我们的生存状态。可以没有爱情，没有自由，没有健康，没有金钱，但我们必须有心情。

心情是我们的收割机。如果你懊丧，收获的就是退缩畏葸和一事无成；如果你落落寡合，只一味地倾诉苦难，朋友最终会离去，留你孑然面对孤灯；如果你昂扬，希望就永远微茫地闪动，激你前行；如果你百折不挠，生活每一次把你压扁，你都会充满了韧性和幽默地弹跳而起，螺旋向上；如果你向每一丛绿树和鲜花打招呼，它们必会回报你欢笑与芬芳。

如果你渴望健康和美丽，如果你珍惜生命的每一寸光阴，如果你愿为这世界增添晴朗和欢乐，如果你即使倒下也面向太阳，那么，请锻造心情。

它宁静而坚定，像火山爆发后凝固的岩浆，充满海绵状的孔隙却坚硬无比。它可以蕴藏人生的苦难，但绝不会被苦难所击碎。它感应快乐的时候如丝如弦，体贴人间的每一份感动；它凝重时如锚如链，风暴中使巨轮安稳如磐。它在一次次精彩的淬火中，失去的是杂质，获得的是强韧。它延展着，包容着，被覆着我们裸露的神经，保卫着我们精神的海洋和天空。它是蓝色澄清的内心疆域，在那里栖息着我们永不疲倦的灵魂。

让我们的成品——沉稳、宁静、广博、透明的心，覆盖生命的每一个清晨和夜晚。从此不再因外界的风声鹤唳而瑟瑟发抖，不再因世间的荣辱得失而锱铢必较，不再因身体的顿挫不适而万念俱灰，不再因生命的瞬忽飘逝而惆怅莫名……

人生因此健康，因此美丽。

愿你永远有个好心情！

人生的第二志愿

人们常常把所有的注意力都集中在第一志愿。这些年，随着考试严酷性的不断升级，关于填报志愿的说法也越来越霸道了——那就是，全力以赴关注你的第一志愿。某些大学的录取人员公开宣布，我们是不会录取第二志愿的学生的。因为你的热爱不够专一，来了也学不好。

高考形势特殊，僧多粥少，对于学校的取舍，旁人不好议论是非。但我以为，如果把高考报志愿的经验推而广之，把第一志愿至上，扩散成人生选择的一大信条，就有商榷的必要了。

人生的选择绝少是唯一的。

听一位美国心理学家讲座，谈到男女青年挑选恋爱对象时，他说，如果你在读大学的时候，一眼扫去，本班级的异姓，有 1/3 以上可以成为你的配偶候选人，那么……

讲到这里，台下发出汹涌的低语声，均说：“那他就是一个神经病！”

美国的心理学家耸耸肩膀说：“喏！那他或她，就是一个心理健康的人。”

这观点有点好玩，也有点耸人听闻，是不是？当然，他指的寻找伴侣，是在大学校园内，智商和背景有大的相仿，并不能波及整个社会，说某个男人觉得与世上1/3的女人都可成为眷属，才属正常。

但这一论点也可以说明，既然结为夫妻这样严肃的问题，都不妨有一手或是几手打算，那么，在其他场合的选择，当有更大的弹性。

当孤注一掷地把自己的命运押在某个“唯一”头上的时候，我们实际上处于自我封闭和焦灼无序的状态。内心流淌的是自卑和虚弱，以为只有这狭窄的途径，才是抵达目的地的独木桥，无法设想在另外的情形下，还有道路尚可通行。

于是每当选择的关头，我们可以看到那么多人鸵鸟似的奋不顾身，色厉内荏地跑跳着。到了没有退路的时候，就把小小的脑袋埋入“沙丘”。他们并不仅仅骗别人，首先的和更重要的，是用这种虚张的气势，为自己打气加力。

可惜世上的事情，不如意者十有八九。当冰冷的结局出现时，很多人就像遇到雪崩的攀缘者，一堕千丈。

此刻，你以前不经意间随手填写的第二志愿，就像保险绳一样，在你下坠的过程中，有力地拽住了你，还你一方风景。

第二志愿如同灰姑娘，龟缩在角落里，打扫尘埃，收拾残局，等待那不知何日才能莅临的金马车。

其实人的才能是多方面的，守节般地效忠第一志愿，愚蠢不说，更是浪费。

寻找第二志愿的过程，实质上是对自己的一次再发现。除了那最突出、最显著的特点之外，我还有什么优长之处？第一志愿和第二志愿之间，可否像两位相得益彰的前锋，交互支援？我还有哪些潜藏着的特质，有待发掘和培养？平日疏忽的爱好，也许可在失落中渐渐显影。

第二志愿的考虑和填写，也许比第一志愿更取舍艰难。

不可搪塞第二志愿。它依旧是人生重要的选择，是你面对逆境的备份文件。它是进可以攻退可以守的支撑点，它是无惧无悔的屏障，它是一个终结和起跑的双重底线。

或许有人以为，有了第二志愿、第三志愿……人就易颓败。这是一个谬论。亡命之举不可取，它使人铤而走险，一旦失利，便是绝望与死寂。不妨想想杂技演员。有了保险绳的时候，他们的表演会无后顾之忧，更精妙绝伦。

在填写第一志愿的时候，把其后的每一份志愿也都认真地考虑，这是人生不屈不挠的法门之一。

学会维持快乐

维持喜悦，是一件需要努力的事情，并不是天性使然。

喜悦与悲哀，都是人之情感的一部分。沉浸在悲哀中是很正常自然的事，如果不是有意识地走出来，人们会深陷悲哀的沼泽中，很久无法自拔。

通常，除了时间以外，我们还需要一个猛醒，一声恫吓，才能从悲伤中振作起来。

喜悦则不是这样，它会像沙漏一样，在不知不觉中渗走，只留下一个回忆的空壳，令人惆怅。

要学会维持你的快乐，就要不断地感恩，不断地将脸朝向有光的地方。

时间长了，你自然就学会了和喜悦相处的诀窍。

希望你一站出来，就让人能从你身上看到生命的光彩。

生命是有光彩的，如果说一朵山野中的小花都有盈手的清香，一段腐木都会污浊不散，那么，我们的生活，也可以弥散出味道。

期望着你能让你的生命像黑暗中的米兰和雪中的梅，人们还没有走近，就会被熏染，就会深深地吸一口气，不由自主感叹这飞来的一段美妙。

卢梭说：人是生而自由的，但无往不在枷锁之中。

我们平日感觉自由的时候甚少，感觉枷锁的时间甚多。不过，仔细想想，你还是自由的。所有的枷锁都是你自己套上的。

打开枷锁享受自由的滋味，有些人从来也没有享受过。

他们无所不在地夸大了枷锁的力量，忽略了自己的主动。

只有自己才能化解生命故事中那么多的伤痛和矛盾，让自己日趋圆满。

记住，你永远是你的主人。

宇宙不公平吗？不啊。宇宙只是漠不关心。

自己的事儿，要自己做。这是我们在幼儿园就学过的道理。

人们之所以看到很多人在讴歌艰难，是因为那多是成功了的人在自言自语。

不要喜欢艰难，不要人为地制造艰难。

其实，艰难是把大部分人的才华都磨损了，把大部分人的意志都侵蚀了，把大部分人的幸福都耽搁了。我相信，在肥沃的土地上，充满阳光的空气中，才能生长出更多垂着穗子却丰硕饱满的庄稼。

那么，快乐是什么？

快乐的用处就是——它能使你认识到自己的价值，感受到他人认可了你的成就，你对这个世界是有用的。还有一个附带的可贵用处，就是能让你健康。

自拔

自己把自己拔出来——我喜欢“自拔”这个词。不是跳出来或是爬出来，而是“拔”出来。小时候玩过拔萝卜的游戏，那是要一群小朋友化装成动物，齐心合力才能完成的“事业”。现代人常常陷在压力的泥沼中，难以享受生活的美好。把自己从压力中拔出来，也是一个系统工程。

压力本是一个物理词汇，比如气压、水压、风压……推广开来，医学上有血压、脑压、颅内压，等等，多属于专业领域。不料如今风云突变，压力成了高频词。生活有压力，经济有压力，学业有压力，晋升有压力，人际关系有压力，情感世界有压力，婚姻也有压力……人们在交谈中，无不涉及林林总总的压力。压力像打翻了的汽油桶，弥散到现代人生活的各个领域，散发着浓烈的气味。我们躲不胜躲，防不胜防，不定在哪个瞬间，就燃起火焰。

其实适当的压力，是保持活性的重要条件。如果空气没有了压力，我们的呼吸就会衰竭；如果血液没有了压力，我们的四肢就会瘫痪；如果水管没有了压力，那结果之伤感是任何一个住在高层楼房的人都苦不堪言的——你将失去可饮可用的清洁之水。在电影《创业》中，石油英雄铁人王进喜也说过“井没压力不出油，人无压力轻飘飘”。

只是这压力须适度。比如冬日里柔柔的阳光照在身上，这是一种轻松的压力，让我们温暖和振奋。设想这压力增加十倍，那基本上就成了吐鲁番酷热的夏季，大伙只有躲到地窖里才能过活。假如这压力继续增加，到了一百倍一千倍的强度，结果就是焦炭一堆了。

现代人常常陷于压力构建的如焚困境之中。也许是某一方面的压力过强，也许是许多方面的压力综合在一起。如是后者，单独某一方面的压力尚可容忍，但积少成多、日积月累，细微的压力堆积起来，就成了如山的重负。金属都有疲劳的时候，遑论血肉之躯？如不减压，真怕有一天成了齑粉。

如果你因压力忙到无力自拔，忙到昏天黑地，忘记了自己的生日和家人的聚会，忘掉了自己如此辛辛苦苦究竟是为了什么，如果你想改变，就试着了解压力吧！寻找压力的种种成因，为扑朔迷离、捉摸不定的压力画像，澄清了我们对压力的模糊和迷惘之处，让折磨我们的压力毒蛇从林莽之中现形，让我们对压力的全貌和运转的轨迹，有较为详尽的了解。中国的兵法上有句古话，叫作“知己知彼，百战不殆”。当你认识到了你所承受的压力的强度和种类，在某种程度上就已经钉住了压力的七寸。

明白了压力的起承转合，找到了适合自己的减压方式之后，你的呼吸就会轻松一点，胸中的块垒也会松动出些微的空隙。坚持下去，持之以恒，你就会一寸寸地脱离沉重压力的吸附，把自己成功地拔出来。也许在某一个清晨醒来的时候，你能突围而出，像蝴蝶一样飞舞。

拒绝分裂

分裂是个可怕的词。一个国家分裂了，那就是战争；一个家庭分裂了，那就是离异；一个民族分裂了，那就是苦难；整体和局部分裂了，那就是残缺；原野分裂了，那就是地震；天空分裂了，那就是黑洞；目光分裂了，那是斜视；思想和嘴巴分裂了，那是心口不一；人的性格分裂了，那就是精神病，俗称“疯子”。

早年我读医科的时候，见过某些精神病人发作时的惨烈景象，觉得“精神分裂症”这个词欠缺味道，还不够淋漓尽致、入木三分。随着年龄的增长和阅历的丰富，这才知道“分裂”的厉害。

分裂在医学上有它特殊的定义，这里姑且不论。用通俗点的话说，就是在我们的心灵和身体里，存在着两个司令部。一个命令往东，另一个指示往西或是往南，也可能往北。如同十字路口有多组红绿灯在发号施令，诸车横冲直撞，大危机就随之出现了。

分裂耗竭我们的心理能量，使我们衰弱和混乱。有个小伙子，人很聪明敏感，表面上也很随和，从来不同别人发火。他个矮人黑，大家就给他起外号，雅的叫“白矮星”，简称“小白”。俗的叫“碌碡”，简称“老六”。由于他矮，很多同学见到他，都会不由自主地胡噜一下他的头发，叫一声“六儿”或是“小白”。他不恼，一概应承着，附送谦和的微笑，因而人缘很好。终于，有个外校的美丽女生，在一次校际联欢时，问过他的名字后，好奇地说，你并不姓白，大家为什么称你“小白”？这一次，他面部抽搐，再也无法微笑了。女生又问他是不是在家排行第六？他什么也没说，猛地转身，离开了人声鼎沸的会场。第二天早上，在校园的一角发现了他的尸体。人们非常震惊，百思不得其解，有人以为是谋杀。在他留下的日记里，述说着被人嘲弄的苦闷。他写道：为什么别人的快乐要建立在我的痛苦之上？每当别人胡噜我头顶的时候，我都恨不得把他的爪子剁下来。可是，我不能，那是犯罪。要逃脱这耻辱的一幕，我只有到另一个世界去了……

大家后悔啊！曾经摸过他头顶的同学，把手指攥得出血——当初以为是亲昵的小动作，不想却在同学的心里刻下如此深重的创伤，直到绞杀了他的生命。悔恨之余，大家也非常诧异他从来没有公开表示过自己的愤怒。哪怕只有一次，很多人也会尊重他的感受，收回自己的轻率和随意。

这个同学表面上的豁达，内心的悲苦，就是一个典型的分裂状态。如果你不喜欢这类玩笑和戏耍，完全可以正面表达你的感受。我相信，绝大多数的人会郑重对待，改变做法。当然，可能部分人会恶作剧地坚持，但你如果强烈反抗，相信他们也会有所收敛。那些忍辱负重的微笑，如同错误的路标，让同学百无禁忌，终致酿成惨剧。

如果你愤怒，你就呐喊；如果你哀伤，你就哭泣；如果你热爱，你就表达；如果你喜欢，你就追求。

如果你愤怒，却佯作宽容，那不但是分裂，而且是混淆原则；如果你哀伤，却佯作欢颜，那不但是分裂，而且是对自己的污损；如果你热爱，却反倒逃避，那不但是分裂，而且是丧失勇气；如果你喜欢，却装出厌烦，那不但是分裂，而且是懦弱和愚蠢……

所有的分裂都是要付出代价的。轻的是那稍纵即逝的机遇，一去不复返；重的就像上文说到的那位朋友，押上了宝贵的生命。最漫长而隐蔽的损害，也许是你一生郁郁寡欢、沉闷萧索，每一天都在迷惘中度过，却始终不知道这是为什么。

一位女生，与我谈起她的初恋。其实恋爱是一个古老的话题，地球上曾经生活过的几百亿人都曾遭逢。但每一个年轻人，都以为自己的挫败独一无二。女生说她来自一个小地方，为了表示自己的先锋和前卫，在男友的一再强求下，和他同居了。后来，男友有了新欢抛弃了她。在极端的忧虑和愤恨之下，女生预备从化工商店买一瓶硫酸。

你要干什么？我说。

他取走了我最珍贵的东西，我要把他的脸变成蜂窝。该女生布满红丝的眼光，有一种母豹的绝望。

我说，最珍贵的东西，怎么就弄丢了？

女生语塞了，说，我本不愿给的，怕他说我古板、不开放，就……

我说，既然你要做一个先锋女性，据我所知，这样的女性对无爱的男友，通常并不选择毁容。

女生说，可我忍不了。

我说，这就是你矛盾的地方了。你既然无比珍爱某样东西，就要千万守好，深挖洞，广积粮，藏之深山。不要被花言巧语迷惑，假手他人保管。你骨子里是个传统的女孩，你须尊重自己的选择。如果真要找悲剧的源头，我觉得你和男友在价值观上有所不同。你在同居的时候崇尚“解放”，蔑视传统的规则。你在被遗弃的时候，又祭起了古老的道德。我在这里不做价值评判，只想指出你的分裂状态。你要毁他容颜，为一个不爱你的人，去违犯法律伤及生命，这又进入一个可怕的分裂状态了。人们认为恋爱只和激情有关，其实它和我们每个人的历史相连。爱情并不神秘，每个人背负着自己的世界观走向另一个人。

世上也许没有绝对的对和错，但有协调和混乱之分，有统一和分裂的区别。放眼看去，在我们周围，有多少不和谐不统一的情形，在蚕食着我们的环境和心灵。

我们的身体，埋藏着无数灵敏的窃听器，在日夜倾听着心灵的对话。如果你生性真诚，却要言不由衷地说假话，天长日久，情绪就会蒙上铁锈般的灰尘；如果你不喜欢一项工作，却为了金钱和物质埋首其中，你的腰会酸，你的胃会痛，你会了无生活的乐趣，变成一架长着眼睛的机器；如果你热爱大自然，却被幽闭在汽油和水泥构筑的城堡中，你会渐渐惆怅枯萎，被榨干了活泼的汁液，压缩成个标本；如果你没有相濡以沫的情感，与伴侣漠然相对，还要在人前做举案齐眉的恩爱夫妻状，那你会失眠，会神经衰弱，会得癌症……

这就是分裂的罪行。当你用分裂掩盖了真相，呈现出泡沫的虚假繁荣之时，你的心在暗中哭泣。被挤压的愁绪像燃烧的灰烬，无声蔓延的火蛇。将来的某一个瞬间，“砰”地燃放烈焰，野火四处舔食，烧穿千疮百孔的内心。

分裂是一种双重标准。有人以为我们的心很大，可以容得下千山万水。不错，当我们目标坚定、人格统一的时候，的确是这样。但当我们为自己设下了相左的方向，那相互抵消的劲道就会撕扯我们的心，让它皱缩成团，局促逼仄，窒息难耐。

人是很奇怪动物。如果你处在分裂的状态，你又要掩饰它，你就会不由自主地虚伪。我听一位年轻的白领小姐说，她的主管无论在学识和人品上，都无法让她敬佩，可人在矮檐下，不得不低头。她怕主管发现自己的腹诽，就格外地巴结讨好甚至谄媚，结果虽然如愿以偿加了薪，可她不快乐，不开心。

我说，你可以只对她表示职务上、工作上的服从和尊重，而不臧否她的人品。

白领小姐说，我怕她不喜欢我。

我说，那你喜欢她吗？

白领小姐很快回答，我永远不会喜欢她。

我说，其实，我们由于种种的原因，不喜欢某些人，是完全正常的。但不喜欢并不等于不能合作。如果你和你所不喜欢的上司，只保持单纯而正常的工作关系，这就是统一。但要强求如沐春风、亲密无间，这就是分裂，它必然带来情绪的困扰和行动的无所适从。其结果，估计你的主管也不是个愚蠢女人，她会察觉出你的口是心非。

白领小姐苦笑说，她已经这样背后评价我了。

分裂的实质常常是不能自我接纳。我们压抑自己的真实感受，以为它是不正当不光彩的，我们用一种外在的标准修正自己的心境和行为。这其实是一种自我欺骗，委屈了自己，也不能坦然对人。

有人说，找工作时，我想到这个单位，又想去那个机构，拿不定主意。要是能把两个单位的优点都集中到一起，就比较容易选择了。

有人说，找对象时，我想选定这个人，又想到那个人也不错，要是能把两个人的长处都放在一个人身上，那就很容易下定决心了。

当我们举棋不定的时候，通常就是一种分裂状态。你想把现实的一部分像积木一样拆下来，和另一部分现实组装起来，成为一个虚拟的世界。这是对真实一厢情愿的阉割。生活就是泥沙俱下，就是鲜花和荆棘并存。尊重生活的本来面目，接受一个完整统一的真实世界，由此决定自己矢志不渝的目标，也许是应对分裂的法宝之一。

用宽容治愈焦虑

宽容就是允许别人有判断和行动的自由。对不同于自己的观点和行为，哪怕已经预见到了一切危险的结局，也依然耐心、公正地等待。

这一点，好难啊。可能是当过临床心理学家的缘故，听过很多人的故事，知道很多人的结局，这也就让我的人生，在某种程度上记住了很多人的经验。我没有更精湛的远见卓识，只是像一只老啄木鸟，敲击的树干比较多了，对于哪里有虫子，判断力稍好。

最常有的悲哀，是看到危险渊薮，而当事人还以为是一马平川，逍遥向前。我大声疾呼，警示危险，但人们闭目塞听，优哉走去，令我惆怅叹息。时间久了，我也咽喉嘶哑，明知不可为而为之的耐心，渐渐消减。

更多的时候，因为当事人并没有征询我的意见，我也不能挺身而出，干涉他人的生活，眼睁睁地看着列车出轨，人仰马翻。

人要想慈悲地输出智慧，不自作多情，也不是容易事。这种时刻，让我焦灼。

时间久了，也想明白了。不能以为焦虑不安就是贡献力量的一种方式，这是弄巧成拙，既帮不了别人，也毁灭了自己的欢愉。

焦虑本身并不是竭尽全力的表达，只是不良心理状态的折磨。其实，人生并没有一定的对错之分。生命是一个过程，万丈红尘、万千气象都是常态。宽容就是接受和自己不同的人生状态，并不歇斯底里。

轻裘缓带

有一阵，我对各式各样能让自己放松的法子颇感兴趣。看了不少的书，听了若干的讲座，甚至还向别人传授过放松的技巧，以应对诸如考试时的大脑蓦然空白、马上就要上场讲演却遗忘了最重要的名称等等窘迫的危机。应用的结果是有微效，但无显效。

有一种治标的法子，即利用身体和心理相辅相成的原理，以规定性的动作让肌肉松弛，期待着达到心境松弛的目的。想法是不错，只是难以百发百中。心理这个东西并不傻，它完全明了你的意图，是一个火眼金睛的上级指挥官。当你还没有开始行动的时候，它就前瞻到了。为什么你的心理会紧张到失措？必有迫它进入这种状态的强大潜在驱力。不针对这个驱力做釜底抽薪的功夫，只是一呼一吸地忙碌着你的肚皮，结果是扬汤止沸，可收一时之功效，却无根除之法力。

要把内心的紧张源探查清楚，那是一个大工程，也许需要专业人士的帮助。有一个针对身心紧张的小法子，就是着装上的轻裘缓带。服装是最贴近我们身体的小环境，如果它宽松舒缓、轻柔随意，就有助于安抚神经，酿造安然淡定的状态。轻裘缓带——你试着看看这几个字，是不是盯着盯着就有一种略带飘然的松弛感?

现代的服装太让人感觉紧张了。西服简直就是“笔挺”的同义词。如果你穿西服而又不够笔挺的话，意味着不是老土就是落魄。套装也是如此，最适宜的角度是穿着高跟鞋，略向前倾地谦恭地站着，面露职业的微笑。如果是匆匆上路或是伏案苦作，这衣服一定会让你落下膝颈酸痛的暗疾。至于各式各样的行业制服，按照标准一丝不苟地穿戴起来，更是如盔甲一般郑重了。

看看自然界的生物多么优哉：懒散的熊猫和逍遥的金丝猴，滑翔的鹰和遨游的虾，它们都是恬然而自在的。唯有松弛才可达久远，唯有松弛才能更深入地开发潜能。即使是凶猛的虎和狮，当它们不捕食的时候，也是安详和优雅的。

弱小的动物通常是忙碌的，比如蚂蚁，比如蜜蜂，比如老鼠和兔子……但它们绝不会钻进有形有款的外套，捆住自己的手脚，那样它们干起活来一定多了汗水，逃跑起来一定少了胜算。越是辛劳，肢体越要随心所欲地动作，才会有更大的把握和更快的节奏。

如今，袒胸露臂的衣服多了，单从妨碍动作的角度，它对机体是一种解放。但它和轻裘缓带还是有所差异，被暴露的肌肤有可能在他人的注目下紧张，因为暴露的目的常常就是为了得到瞩目和好评。所以，遮盖得很少并不一定就是轻松，也许潜藏的期许更让人不安。所有对外在评价的留意，都是紧张轴心的发源地。

轻裘缓带的衣服是越来越少了。纵使有，也被纳入了“休闲”和“家居”的范畴，似乎是不登大雅之堂的。其实，工作中为何不能轻裘缓带？要知道，轻裘缓带这个词最早出现在《晋书·羊祜列传》中，描绘的是将士在军营中的衣着。“祜在军，常轻裘缓带，身不被甲。”

既然在森严的兵营中都可轻裘缓带，被紧张折磨的现代人，为什么不可徐缓一把呢？

如果你已经修炼到宠辱不惊，那么，穿什么都不重要，它都不会让你紧张。只是对于我这等道行不够之人，穿得宽松些，本身就是对紧张的挑战了。

像烟灰一样松散

常常觉得射击这个运动挺有意思。在现实生活中极具杀伤力的举动，在运动场上却是很平和的。你可以根本不知道你的对手是谁，不知道他打了多少环。你只是和你自己做斗争，你要最大范畴地调动你自己的能力，打出你的好成绩。当然，最终的比分要在对比中产生，但你最主要的对手始终是你自己。

有时候想，如果 60 发子弹，打出了 600 环的世界纪录，那么，这项赛事还要不要继续下去？答案可能是——还要。因为除了准确的比试以外，还有快速。

记得我当新兵时实弹射击，9 发子弹打了 81 环，勉勉强强算个优秀。我第一发子弹就打偏了，是个 7 环。打完后看到靶纸，那个 7 环的位置，正好是在人像头部太阳穴附近，我说，哎呀，我这枪法尚可嘛，这一枪打过去，便可以致敌死命，为什么只给 7 环？连长说，你瞄的是哪里？我说，是胸膛。连长说，你瞄的是胸，却打到了脑门上，给你个 7 环就不错了。

曾结识了一位警察朋友，好枪法。不单单在射击场上百发百中，更在解救人质的现场，次次百步穿杨。当然，这个“杨”不是杨树的杨，而是匪徒的代称。我问他从哪里练就的这份神功，他所答非所问地说，我从来不参加我学生的葬礼。我以为他是怕伤感。由于枪法出众，很多人向他学习，在射击这一行上，他也是桃李满天下了。我自以为是地说，参加自己学生的葬礼，就有了白发人送黑发人的凄楚吧？他听了我的猜测，很不屑地说，不是那个意思。你既然当了我的学生，就不应当死在歹徒的枪下，所以，我不参加学生的葬礼，原因有二：一是他们之中至今还一个都不曾死；二是如果他们死了，就不是一个好射手，我不认他做学生。

我笑说，以我的枪法，肯定在第一枪的时候就被“杨树”打死了，于是我向他请教射击的要领。他说，很简单，就是极端的平静。我说，这个要领所有打枪的人都知道，可是很难做到。他说，记住，你要像烟灰一样松散。只有放松，全部潜在的能量才会释放出来，协同你达到完美。

他的话我似懂非懂，但从此我开始注意以前忽略了的烟灰。烟灰，尤其是那些优质香烟燃烧后产生的烟灰，非常松散，几乎没有重量和姿态，真一个大象无形。它们懒洋洋地趴在那里，好像在冬眠。其实，在烟灰的内部，栖息着高度警觉和机敏的“鸟群”，任何一阵微风掠过，哪怕只是极轻的叹息，它们都会不失时机地腾空而起，驭风而行。它们的力量来自放松，来自一种飘扬的本能。这些本身没有结构、没有动力，可以说是微不足道的粉末，在某一个瞬间却能驾驭能量，飞向远方。

松散的反面是紧张。几乎每个人都有过由于紧张而惨败的经历。比如，考试的时候，全身肌肉僵直，心跳得好像无数个小炸弹在身体的深浅部位依次爆破，手指发抖，头冒虚汗，原本记得滚瓜烂熟的知识，改头换面潜藏起来；原本泾渭分明的答案变得似是而非，泥鳅一样滑走……比如，考工面试的时候，要么扭扭捏捏不够大方，无法表现自己的真实实力，要么口若悬河躁动不安，拿捏不准问题的实质，只得用不停地述说掩饰自己的紧张，适得其反……比如，约会朋友，本想讲出自己情感的关键词汇，不料面红耳赤嘴笨得像棉裤腰，闹出误会贻误了终身的幸福……悲惨的例子就不一一列举了，相信每个人都储存了一大堆这类不堪回首的往事。

谁都知道放松，可又有几个人能够收放自如？于是种种研究放松的方法层出不穷，但越来越多的人依然生活在紧张之中。社会是紧张的，节奏是紧张的，生活是紧张的，对话是紧张的，步伐是紧张的……现代的人们在紧张中已然迷失了太久，忘记了放松是一份怎样的惬意。

放松其实不仅仅是惬意，更是一种智慧高度发达的表现。伟大的弗洛伊德最重要的发现是找到了我们灵魂的地下室，那就是强大的潜意识。你不仅是在清醒的理智的状态下意识到那个“你”，你更是祖先无数经验的整合，你的肌肉你的神经，你的牙齿你的骨骼，你的感官你的血脉，都有源远流长的记忆和潜能。它们是谦逊和寂寞的，如果你强大的理性君临一切，它们就卑微地匍匐着，喑哑了自己的声音。只有在高度放松的时刻，注意啊，这种放松可不是放任不管，而是一种运筹帷幄的淡定，是一种对自我高度信任的沉静。大智若愚无为而治，你的潜能就秣马厉兵地活跃起来。它们默契地配合着，如同最精准的仪器，迅速地整合着模糊混乱的信息，去粗取精去伪存真，风驰电掣地得出一个最佳的组合，然后不由分说地付诸实施。

于是我明白了，我的警察朋友在瞄准杨树的时候，就是处在这样的幽远而辽阔的松弛之中——烟灰一样松散。后来，我给他找了个有异曲同工之妙的伙伴。

德国曾发生过一桩血案。一个 19 岁的小伙子，因没能通过毕业考试而留级一年，次年 2 月，因为伪造医生的假条以逃避期末考试，被校方发现，他被开除了。他满腔怒火，一心要报复学校。4 月的一天上午，他戴着恐怖的面具，一手握一支手枪，一手拎着连发猎枪，闯进学校，见人就打，主要是瞄准老师，他觉得是他们让他蒙受了羞辱。在 20 分钟的疯狂射击中，他的手枪共打出了 40 发子弹，将 17 人打死，其中有 13 名老师。他还有大量的子弹，足够把数百人送进坟墓。这时候，他的历史老师海泽先生走过来，抓住他的衬衣，试图同他说话。这个血洗了母校的学生认出了他的老师，他摘掉了自己的面具。海泽先生叫着他的名字说，罗伯特，扣动你的扳机吧。如果你现在向我射击，那就看着我的眼睛！那个杀人杀红了眼的学生，盯着海泽先生看了一会儿，缓缓地放下了手枪，说，先生，我今天已经足够了。

后来海泽先生把凶手推进了一间教室，猛地关上了门，上了锁。此后不久，凶手在教室里饮弹自杀。

这是另一个有关射击的故事，凶险而血腥。我惊讶那位海泽先生的勇敢，更惊讶他在这种千钧一发之时所说的话。

请看着我的眼睛扣动扳机。海泽先生对自己的目光，一定有着充分的自信。在手无寸铁的情况下，他使用了自己的目光。如果是我，可能会躲起来，即便是站出来阻止，也会挥舞着门板或是桌椅之类的掩体……总之，我可能会有一千种方式，但我想不到会说——请你看着我的眼睛。

我猜这是海泽先生常说的一句话。在课堂上，在校园里。在万分危急的时刻，海泽先生不是说教也不声色俱厉，只是轻轻地说了一句在课堂上常说的话。正是这句话，唤起了凶手残存的最后一丝良知，停止了暴行。海泽先生像烟灰一样松散的话语，让整整一校的无辜师生免于肝脑涂地。

在最危急的时刻，能保持极端的放松，不是一种技术，而是一种修养，是一种长期潜移默化修炼提升的结果。我们常常说，某人胜就胜在心理上，或是说某人败就败在心理上。这中间的差池不在理性上，而在这种心灵张弛的韧性上。

没事的时候，看看烟灰吧。它们曾经是火焰，燃烧过沸腾过，但它们此刻很安静了。它们毫不张扬，聚精会神地等待着下一次的乘风而起，携带着全部的能量，抵达阳光能到达的任何地方。

放松不仅仅是生活的常态，更是物种进化的链条。人们啊，需要常常提醒自己，像烟灰一样放松。放松不是无所事事，不是听天由命，不是随波逐流。放松是一种高度的自信，放松是一种磨炼之后的整合，放松是举重若轻玉树临风。当你放松的时候，你所有的岁月和经验，你的勇气和智慧，便都集合在你内心，情绪就会安然从容，勇气就会源源不断。你不一定能胜利，但你能竭尽全力去参与过程。

阖闭星云之眼

青年时代，我曾经有一段时间是一个悲观主义者，这也许和我在西藏高原的经历有关：高原太辽阔了，人太渺小了；雪峰太久远了，人生太短暂了。有时真是生出无上的悲哀，觉得奋斗有什么用呢？百年之后，还不是一抔黄土？一个人的力量太微薄了，太平洋不会因为一杯沸水的倾倒而升高温度，而这杯水却永远消失了。

后来，我知道这种看世界的角度，被哲学家称为“银河”或“星云之眼”。从这个位置来看，我们和目所能及的所有生物都是微不足道的，一切奋斗都显得荒唐和愚蠢，结局和发展都充满了不可言说的荒谬。一个人，和一只蚂蚁、一条蛆虫没有任何分别。从星云和银河的角度来看，人类轻渺如烟、不足挂齿。

这只眼振振有词，在逻辑上几乎是无懈可击的。你若真遵循了这只眼的视角，就会从根本上使生命枯萎凋落。

好高骛远的人，在遭受失败的时候，会拾起这只眼为自己开脱。因为所有的努力和不努力都混为一谈，他的失败也就顺理成章。胸无大志的人，在沉沦和荒靡的时候，会躲在这只眼后面为自己找借口。因为一切都在虚无中，他的荒废光阴也就有了理论支点。游戏人生放弃光明的人，在黑暗中也眨巴着这只眼，似乎一切都是梦，清醒和昏迷并无分别……

你不要小看这看似遥远而又神秘的星云之眼，如果你长期用这只眼注视世界，就会不由自主地灰心丧志。持久地沉浸其中，还有可能放弃生命。当我们从生活中抽离，成为袖手旁观者时，所有世俗的欢快和目标，就变得轻如鸿毛。

闭阖星云之眼吧，因为那不是你的位置，那是神的位置。摒弃那高处不胜寒的孤寂，回到充满生机又复杂多变的人间吧。僭越是危险的，我们今生为人，是一种福气。珍惜我们明察秋毫的双眼，可以仰视星空，却不要让自己轻飘飘地飞起来，到达星云的高度。那里，据说很冷，很黑，很荒凉。

那些让我们感到有内涵、有勇气、有坚持力的人，我坚信他们是有理想的。人很怪，只有理想这种东西，才能够提供源源不断的动力。

轰毁你心中的魔床

魔鬼有张床。它守候在路边，把每一个过路的人，揪到它的魔床上。魔床的尺寸是现成的，路人的身体比魔床长，它就把那人的头或是脚锯下来。路人的个子矮小，魔鬼就把路人的脖子和肚子像拉面一样抻长……只有极少的人天生符合魔床的尺寸，不长不短地躺在魔床上，其余的人总要被魔鬼折磨，身心俱残。

一个女生向我诉说：我被甩了，心中苦痛万分。他是我的学长，曾每天都捧着我的脸说，你是天下最可爱的女孩。可说不爱就不爱了，做得那么绝，一去不回头。我是很理性的女孩。当他说我是天下最可爱的女孩的时候，我知道我姿色平平，担不起这份美誉，但我知道那是出自他的真心。那些话像火，我的耳朵还在风中发烫，他却大变了。我久久追在他后面，不是要赖着他，只是希望他拿出响当当、硬邦邦的说法，给我一个交代，也给他自己一个交代。

由于这个变故，我不再相信自己，也不相信他人。我怀疑我的智商，一定是自己的判断力出了问题。如此至亲至密，说翻脸就翻脸，让我还能信谁？

女生叫箫凉。箫凉说到这里，眼泪把围巾的颜色一片片变深。失恋的故事，我已听过成百上千，每一次，不敢丝毫等闲视之。我知道有殷红的血从她心中坠落。

我对箫凉说，这问题对于你，已不单单是失恋，而是最基本的信念被动摇了，所以你沮丧、孤独、自卑，还有莫名其妙的愤怒……

箫凉说，对啊，他欠我太多的理由。

我说，人是追求理由的动物。其实，所有的理由都来自我们心底的魔床——那就是我们对一些问题的看法和观念。它潜移默化地时刻评价着我们的言行和世界万物。相符了，就皆大欢喜，以为正确合理；不相符，就郁郁寡欢、怨天尤人。

这种魔床，有一个最通俗最简单的名字，就叫作“应该”。有的人心里摆得少些，有三个五个“应该”。有的人心里摆得多些，几十个上百个也说不准，如果能透视到他的内心，也许拥挤得像个卖床垫的家具城。

魔床上都刻着怎样的字呢？

箫凉的魔床上就写着“人应该是可爱的”。我知道很多女生特别喜欢这个“应该”，热恋中的情人更是三句话不离“可爱”。这张魔床导致的直接后果，就是我们以为自己的存在价值，决定于他人的评价。如果别人觉得我们是可爱的，我们就欢欣鼓舞；如果什么人不爱我们了，就天地变色、日月无光。很多失恋的青年，在这个问题上百思不得其解，苦苦搜索“先给个理由”。如果没有理由，你不能不爱我。如果你说的理由不能说服我，那么就只是一个理由，就是我已不再可爱，一定是我有了什么过错……很多失恋的男女青年，不是被失恋本身，而是被他们自己心底的魔床，锯得七零八落。残缺的自尊心在魔床上火烧火燎，好像街头的羊肉串。

要说这张魔床的生产日期，实在是年代久远，也许生命有多少年，它就存在了多少年。最初着手制造这张魔床的人，也许正是我们的父母。当我们还是婴儿的时候，那样弱小，只能全然依赖亲人的抚育。如果父母不喜欢我们，不照料我们，在我们小小的心里，无法思索这复杂的变化，最简单的方式，我们就以为是自己的过错——必是我们不够可爱，才惹来了嫌弃和疏远。特别是大人们的口头禅："你怎么这么不乖？如果你再这样，我就不喜欢你了……"凡此种种，都会在我们幼小的心底，留下深深的印记。那张可怕的魔床蓝图，就这样一笔笔地勾画出来了。

有人会说，啊，原来这"应该如何如何"的责任不在我，而在我的父母。其实，床是谁造的，这问题固然重要，但还不是最重要的。心理学家弗洛伊德说过，一个孩子，就是在最慈爱的父母那里长大，他的内心也会留有很多创伤（大意。原谅我一时没有找到原文，但意思绝对不错）。我们长大之后，要搜索自己的内心，看看它藏有多少张这样的魔床，然后亲手将它轰毁。

一位男青年说，我很用功，我的成绩很好，可是我不善辞令，人多的场合，一说话就脸红。我用了很大的力量克服，努力竞选学生会的部长，结果惨遭败北。前景黑暗，这可不是个好兆头，看来我一生都会是失败者。于是，他变得落落寡合、自贬自怜，头发很长了也不梳理，邋遢着独来独往，好似一个旧时的落魄文人。大家觉得他很怪，更少有人搭理他了。

他内心的魔床就是：我应该是全能的。我不单要学习好，而且样样都要好。我每次都应该成功，否则就一蹶不振。挫折被放在这张魔床上反复比量，自己把自己裁剪得七零八落。一次的失败就成了永远的颓势，局部的不完美就泛滥成了整体的否定。

一个不美丽的大学生每天顾影自怜，上课不敢坐在阶梯教室的前排，心想老师一定只愿看到“养眼”的女孩。有个男生向她表示好感，她想，我不美丽，他一定不是真心的。如果我投入感情，肯定会被他欺骗，当作话柄流传。于是，她斩钉截铁地拒绝了他，以为这是决断和明智。找工作的时候，她的简历写得很好，每每被约见面试，但每一次都铩羽而归。她以为是自己的服饰不够新潮，化妆不够到位，省吃俭用买了高级白领套装，外带昂贵的化妆品，可惜还是屡遭淘汰……她耷拉着脸，嘴边已经出现了在饱经沧桑的失意女子脸上才能看到的像小括弧般的竖形皱纹。

如果允许我们走进她枯燥的内心，我想那里一定摆着一张逼仄的小床，床上写着：女孩应该倾国倾城，应该有白皙的皮肤，应该有挺秀的身躯，应该有玲珑的曲线，应该有精妙绝伦的五官……如果没有，她就注定得不到幸福，所有的努力都会白搭，就算碰巧有一个好的开头，也不会有好的结尾。如果有男生追求长相不漂亮的女孩，一定是个陷阱，背后有狼子野心，切切不可上当……

很容易推算，当一个人内心有了这样的暗示，她的面容是愁苦和畏惧的，她的举止是局促和紧张的，她的声音是怯懦和微弱的，她的眼神是低垂和飘忽的……她在情感和事业上成功的概率极低，到手的幸福不敢接纳，尚未到手的机遇不敢追求，她的整个形象都散射着这样的信息——我不美丽，所以，我不配有好运气。

讲完了黯淡的故事，擦拭了委屈的泪水，我希望她能找到那张魔床，用通红的火把将它焚毁。

谁说不美丽的女子就没有幸福？谁说不美丽的女子就没有事业？谁说命运是个好色的登徒子？谁说天下的男子都是以貌取人的低能儿？

心中的魔床有大有小，有的甚至金光闪闪，颇有迷惑人的能量。我见过一家证券公司的老总，真是事业有成、高大英俊，名牌大学洋文凭，还有志同道合的妻子，活泼聪颖的孩子……一句话，简直人所有的他都有，可他仍然寝食难安，内心的忧郁焦虑非凡人所能想象，不知是什么灼烤着他的内心。

我总觉得这一切不会长久。人无远虑，必有近忧。水至清则无鱼，谦受益满招损。我今天赚钱，日后可能赔钱，妻子可能背叛，孩子可能出车祸。我也许会突患暴病，世界可能会发生地震、火灾、飓风，即使风调雨顺，也必会有人祸，比如“9·11”……我无法安心，恐惧追赶着我的脚后跟，惶恐将我包围。他眉头紧皱着说。

我说，你极度不安全，你总在未雨绸缪，你总在防微杜渐。你觉得周围潜伏着很多危险，它们如同空气看不着摸不到，却无所不在无所不能。

他说，是啊。你说得不错。

我说，在你的内心，可有一张魔床？

他说，什么魔床？我内心只有深不可测的恐惧。

我说，那张魔床上写着：人不应该有幸福，只应该有灾难。幸福是不真实的，只有灾难才是永恒的。人不应该只生活在今天，明天和将来才是最重要的。

他连连说，正是这样。今天的一切都不足信，唯有对将来的忧患才是真实的。

我说，每个人都有过去，现在和将来。对我们来讲，无论过去发生过什么，都已逝去；无论你对将来有多少设想，都还没有发生。我们活在当下。

由于幼年的遭遇，他是个缺乏安全感的人，惊惧射杀了他对于幸福的感知和欣赏。只有销毁了那魔床，他才能晒到金色的夕阳，听到妻儿的欢歌笑语，才能从容镇定地面对风云，即使风雨真的袭来，也依然轻裘缓带、玉树临风。

说穿了，魔床并不可怕。当它不由分说就宰割着你的意志和行为之时，面对残缺，我们只有悲楚绝望。但当我们撕去了魔床上的铭文，打碎了那些陈腐的“应该”，魔力就在一瞬间倒塌。随着魔床的轰塌，代之以我们清新明朗的心态。

魔由心生。时时检点自己的心灵宝库，可以储藏勇气，可以储藏智慧，可以储藏经验和教训，可以储藏期望和安慰，只是不要储藏“应该”。

坦言：心灵的力量

在报上看到两个年轻人的故事。他们非常聪明，是很好的朋友，都有硕士学位，并且在证券业有骄人的成就。其中一位还获得过全国证券交易排行榜第五名。

他们可谓少年得志，面前也有辉煌的前景。受一位朋友的引荐，他们双双接受一家公司的委托，成为国债交易的操盘手。应该说，他们工作很努力，三个月后，他们已经为公司净赚了 200 万元。但是，公司一直未与他们签订聘用合同，也没有在提成方面有一个明确的分配。他们内心不平衡。甲就对乙说，咱们给公司赚了那么多钱，他们对我们也没有个交代，找个时间把国债做一下，给公司施加一点压力。

两个人策划之后，一个自以为得计的阴谋形成了。他们又找到在武汉做操盘手的丙，让他准备一笔 2000 万的款子，伺机而动。

约定的日子到了。他们的手法说复杂很复杂，不在其中的人，是绝不能操纵成功的。说简单也简单，就是甲和乙不按常理，在开盘集体竞价的时候，把一只头一天还报 113 元卖出的国债，共计 4 万手，按 80 元钱卖出，企图让武汉的丙把它们买下来。最后给公司造成了 400 万元的损失。

现在，这两位曾经才华横溢、前程远大的青年，在铁窗内度日。他们的一生将因此笼罩在巨大的阴影中。在牢狱中，他们叹息自己不懂法律，付出了惨痛的代价。也许法学家或是金融学家能从这一案例当中分析出各种经验教训，但在我看来，还有一个极为重要的方面不应被忽视。

这一起重大案件，是甲和乙的心理不平衡造成的。他们还不够有经验，在和公司合作伊始没有把劳务合同和奖惩条例签好，这是他们的一个失误。有了失误，可以挽回，他们本可以向公司方面坦陈自己的意见，来个亡羊补牢。可是，他们似乎根本就没有朝这个正确的方向努力，而是一步就迈向了法律所禁止的边缘，开始了犯罪的谋划。

我们常常听到这样的故事。一对年轻人，彼此都很有好感，可是谁都没有勇气表白自己的内心。于是无数的旁敲侧击、无数的委屈和误会、无数的试探和揣摩，窗户纸始终不能捅破。结果呢，清高占了上风，谁都等着对方说第一句话，最后不了了之。漫长岁月后，都已人到暮年，再次重逢袒露心迹，才知彼此的家庭都不幸福，后悔当年的迟疑。但现实是残酷的，逝去的青春不可能改写，只能存留永远的遗憾。

回想我们的经历，真是有太多时候我们没有勇气将自己的真实想法和盘托出，我们一厢情愿期待着事件按照我们的想象向前发展。可惜这样的机遇总是十分稀少，不如意事十之八九。一旦失望，要么退避躲让，要么走向极端，却忘了一条最直接最简单的捷径，那就是——坦言。

其实，如果那两个年轻的操盘手在走马上任三个月后，认为没有得到相应的待遇，心中愤愤，就可以直截了当地提出意见，争取自己的利益。如果对公司方面的答复不如意，他们也可以用更坚决更理智的方法争取合法权益。可惜啊，他们舍近求远，他们弃易取难，甚至不惜用犯罪这样极端的手段，来达到一个原本正当的目的。

世上有多少痛苦和支离破碎，是因为双方的故弄玄虚而致？世上有多少悲剧，是因为误解和朦胧而发生？世间有多少罪恶，是因为隔膜和延宕而萌生？世上有多少流血和战争，是因为彼此的关闭和封锁而爆发？

坦言的“坦”字，在字典里的含义是“平”。把自己想要表达的意见一马平川地说出来，不遮掩，不隐藏，不埋设地雷，不挖掘壕沟，不云山雾罩，也不神龙见首不见尾……清晰明白，心平气和，这是做人的基本功之一。

坦言常常被误认为是缺少城府、涉世不深，其实这是一个天大的误会。在素以严谨著称的外交谈判中，坦率也是一个使用频率极高的词语。越是面对分歧和隔阂，越需要开诚布公地坦言。

有人以为坦言是一个技术性的问题，以为掌握了若干讲话的小诀窍就可游刃有余，其实坦言的基础是一个心理素养的问题。

首先，你要是一个襟怀坦荡、敢于负责的人。它不是阿谀奉承的话，也不是人云亦云的话。它是你自我思考的结晶，它将透露你的真实想法，所包含的信息和观点，是你人格的体现。如果你畏葸不前，唯马首是瞻，那么，你无法坦言。

坦言，说起来容易，真正做起来，那过程往往令人不安和焦灼。可能是一个集会或课堂的公开发言，也可能是和你的上司或师长的对谈，可能是面对心仪的异性的首次表白，也可能是因为我们的过失而道歉和忏悔……总之，坦言是一次精神和语言的冒险，其中蕴含着情感的未知和不可预测的反应。

然而，尽管困难重重，我们还是需要坦言。坦言是一种勇敢，因为你面对世界发出了独属于你的声音。坦言是一种敢作敢当的尝试，因为你们既不是权势的传声筒，也不是旁人的回音壁。即使你的声音是多么微弱和幼稚，那也是出于你的喉咙，它昭示了你的独立和思索。

有人以为坦言是不安全的，藏藏掖掖才是老练。我要说，往往你以为最不保险的地方才是最安全的。社会节奏如此之快，你吞吞吐吐，别人怎能知晓你繁复的内心活动？如果说在缓慢的农耕社会，人们还可以容忍剥茧抽丝的离题万里，那么在现代，坦言简直就是人生的必修课。

有人以为坦言仅仅是嘴皮子上的功夫，其实不然。有人无法坦言，是因为他不知道自己究竟需要坚守怎样的观点。坦言建筑在对自己和对社会的深切了解之上。如果你反对，你就旗帜鲜明；如果你热爱，你就如火如荼；如果你坚持，你就矢志不渝；如果你选择，你就当机立断。

年轻人有一个容易犯的毛病，就是假装深沉。这个责任不在青年，而是我们民族的约定俗成中，不恰当地推崇少年老成。年轻人的特点就是反应机敏、头脑灵活、快人快语。如果强作拖沓徐缓之状，那是对青春活力的不敬。说话不在缓急，而在其中是否蕴含真情、富有真知灼见。如果一位老年人言之无物，看在他体弱健忘的份儿上，人们还能有几分谅解的话，那么年轻人的故作深沉，只能让人生出悲哀。老年人对于新生事物难免倦怠，但一个年轻人，违背天性，欲盖弥彰，那简直就是逃避和无能的同义词了。

坦言的核心是自信，是尊重自己，也尊重他人。你值得我信任，所以我对你说真话。你可以拒绝我的意见，但不要轻视我的热情。我相信我自己是有价值的，所以我能够直率地面向这个世界。

学会坦言，会对人的一生产生重大的影响。我看过很多应聘成功的例子，那骨子里很多是面对权威的坦言。坦言常常更快地显露你的人品和才华，显露你应变的能力潜藏着能量。坦言是现代社会人际互动中极富建设性的策略，是一种建立良好情感环境的强大助力。

很多人在开始尝试坦言的时候常易紧张和失态，如同一只刚刚出壳的小鸡，感到湿漉漉的寒冷。但是，你一定要坚持下去，你一定会渐渐地熟练。坦言之后，即使被心爱的异性拒绝，也比潜藏着愿望追悔一生要好。即使得罪了昏庸的上级，也比唯唯诺诺丧失了人格要好。因为坦言，我们把自己的弱点暴露在光天化日之下，就更有了改正和提升的动力。因为坦言，我们会结识更多肝胆相照的朋友，会获得更多打磨历练的机遇。

珍惜坦言。那是一种心灵力量的体现，我们的意志在坦言中锤打，变得坚强；我们的勇气在坦言中增强，变得坚定；我们的爱在坦言中经受风雨，变成养料；我们的友谊在坦言中纯粹，变得醇厚。

坦言会让我们失去面纱，得到赤裸裸的真实。世上有很多人是经受不起坦言的，一如雪人不能和春风会面。但是，这正说明了坦言的宝贵。从年轻就学会坦言，那就等于你获得了一棵延年益寿的心理灵芝。你可以在有限的时间内得到更多行动和交流的自由。

心轻者上天堂

埃及国家博物馆有一件奇怪的展品。一只用精美白玉雕刻的匣子，大小约和常用的抽屉差不多，匣内被十字形玉栅栏隔成四个小格子，洁净通透。玉匣是在法老的木乃伊旁发现的，当时匣内空无一物。从所放位置看，匣子必是十分重要，可它是盛放什么东西用的？为什么要放在那里？寓意何在？谁都猜不出。这个谜在很长一段时间内，让考古学家们百思不得其解。后来，在埃及中部卢克索的帝王谷，在卡尔维斯女王的墓室中，发现了一幅壁画，才破解了玉匣的秘密。

壁画上有一位威严的男子，正在操纵一架巨大的天平。天平的一端是砝码，另一端是一颗完整的心。这颗心是从一旁的玉匣子中取出的。埃及古老的文化传说中，有一位至高无上的美丽女性，名叫“快乐女神”。快乐女神的丈夫，是明察秋毫的法官。每个人死后，心脏都要被快乐女神的丈夫拿去称量。如果一个人是欢快的，心的分量就很轻。女神的丈夫就引导那羽毛般轻盈的心所在的灵魂飞往天堂。如果那颗心很重，被诸多罪恶和烦恼填满皱褶，快乐女神的丈夫就判他下地狱，永远不得见天日。

原来，白玉匣子是用来盛放人的心灵的。原来，心轻者可以上天堂。

自从知道了这个传说，我常常想，自己的心是轻还是重，恐怕等不及快乐女神的丈夫用一架天平来称量，那实在太晚了。我喜欢未雨绸缪，在我还能微笑和努力的时候，就把心上的累赘一一摘掉。我不希图来世的天堂，只期待今生今世此时此刻，朝着愉悦和幸福的方向前进。

心灵如果披挂着旧日尘埃，好像浸满了深秋夜雨的蓑衣，湿冷沉暗。如何把水珠抖落，在朗空清风中晾干哀伤的往事？如何修复心理的划痕，让它重新熠熠闪亮，一如海豚的皮肤在前进中使阻力减到最小？如何在阳光下让心灵变得剔透晶莹、忠诚正直、诚恳聪慧，却不会招致悲剧的命运？

我们不是从一张白纸开始自己的心灵健康之旅，而是背负着个人的历史和集体的无意识，在文化的熏染中长大。它们对我们的影响复杂而深远，微妙而神秘。

如果你到医院检查身体，医生先要开出一系列的化验单，查验你的血，透视你的肺，必要的时候，还要把你送进冰冷幽暗的仪器中，用电脑拍摄你全身的照片……面对自己的心灵，也须先摸清情况，再对症下药。如何探知自己的心灵究竟是不是健康？

中国有句老话，叫作“知己知彼，百战不殆”。你对自己多一分了解，你对未来就多一分把握。有个广泛流传的说法，说是大脑皮质只被开发了不到 5% 的空间，还有庞大的“哑区”没有被挖掘利用。让咱们一起来做游戏吧。游戏曾经帮助过我，沉浸其中落下的泪水，已化作我的钻石；游戏完成时欢畅的笑声，已成为我生活中最新的习惯；游戏之后绵长的思索，更是多次帮助我在纷杂的世事中廓清方向，轻装向前。

朋友，让我们一起来玩游戏吧。我和你分享其中的甘苦，一如在沙漠的烈日中我们同饮一捧清凉的泉水，漫漫征途中我们合乘一车奔向远方。

第三章

世界太复杂，能把握的只有自己

自我意识是人一辈子的功课，在这个过程中，充满了挑战、选择、挣扎和改变。在这个时间段中，我们将尝试我们可能达到的高度和广度，铺排我们的生命状态可以怎样绚烂多姿。

画一朵自我曼陀罗

格陵兰岛的“冰山理论”

某天，我穿着一件绿色的丝绵棉衣，倚靠在栏杆上，正在数着周围有多少座冰山。船上专职的摄影师走过来，说要为我照张相片。

我说：“我是一位老人家了，照出相片来不好看，还是去找年轻人吧。”

他笑笑说：“您的衣服很好看。”

我穿着一件旧棉袄，有个扣子都掉了，实在说不上美观。临上船之前，旅行社提醒我们，因为要进入北冰洋水域，所以纵然是夏季，也要准备冬衣。

带什么衣服出这趟远门，还真让我费了斟酌。因为只能带 20 公斤行李，我还要带书籍，只能压缩衣物。想到回国的时候，总会有一些在世界各国买的小特产会压分量，就打算带些旧衣服，这样回家的时候，可以把它们丢弃。这个打算不能说不对，但当我在国外把患难与共的衣物扔在异国的垃圾桶里时，觉得自己简直是过河拆桥、薄情寡义的小人。这些衣物陪着我走过五洲四洋，为我遮风挡雨，当我不需要它们的时候，为了把箱子腾出来装入在各国买下的新奇玩意，断然抛弃它们，这岂不是始乱终弃吗？

因为棉衣体积大，分量重，回程时被扔掉的命运，早已注定。在此谋划之下，我在家中所有棉衣里挑了最残破的一件——早年间的蝈蝈绿丝绵外套。不想它在这蓝色的海水和雪白的冰川背景上，竟是格外鲜艳。

摄影师坚持。我不好拂他意，只好穿着这件掉了扣子的旧棉衣，迎着冰冷的海风，站在船舷。

摄影师说：“好，就以这座冰山为背景吧。你就做出眺望的样子就行了。不必特意摆姿势。”

和平号在全速航行着，冰山很快地在不远处移动着。摄影师拍完照片，告诉我说他已经绕着地球转过十几圈了。在和平号，有一些绕地球转圈成瘾的人，我刚开始见到时很吃惊，现在已是见怪不怪了。

我说：“你绕地球转了这么多圈，最喜欢哪里的风光呢？”

他说：“最喜欢眼前的风景。”

我以为是一句玩笑话，就说：“明天船行到了不同国度，你又该说那里是你最喜欢的地方了。”

他却急了，说：“并不是这样的。我最喜欢的只有一种景色，就是冰川林立。明天我们渐渐向南，就看不到这么多的冰山了。”

我大略数了数，周围有 20 多座冰山。

我问：“你为什么这么喜欢冰山呢？”

摄影师把目光移向那座充当背景，正在渐渐远去的冰山，充满温情。

摄影师说：“我喜欢它们的纯洁。在世界上别的地方，你看不到这么纯洁的冰雪了。我还喜欢它们的古老，每一块冰，都有上万年的历史。我还喜欢它们的美丽，你看，在日光下，它们发出碧绿或是湛蓝的光芒……太神奇了。试想一下，在这个世界上，能够把美丽、古老、纯洁集合在一起的东西，能有多少呢？你可能会说，那还有钻石嘛！我承认，钻石的确是把美丽、古老和纯洁都集于一身了，可是，钻石是多么小啊！小得以克为单位都还不行，要以克拉为单位，5 克拉才等于 1 克。克拉下面还有‘分’，1 克拉等于 100 分……这是多么微小的分量啊。你看这冰山，你觉得它有多高呢？”摄影师指着渐渐变得像一小块玻璃一样，漂浮在北冰洋上的冰山说。

我回忆了一下刚才距离冰山最近时的感觉，说：“大概有三四层楼高吧？”

摄影师在说这些话的时候，一直斜挎着他的照相机。镜头很大很重，他调整了一下身姿，说：“在苍茫大海上，因为没有相应的参照系，人们通常都会对海面上的物体体积估计不足。刚才那座冰山，如果我们走到近前，就会看到，它足有十层楼那么高。”

我说：“真的吗？大得骇人听闻啊。”

摄影师说：“这不算什么。你要知道，浮在海面上的冰山，只是整个冰山的 1/9。也就是说，在海面之下，还有八倍的体积藏在那里。”

我从理论上知道冰山潜伏在水底的部分十分庞大，但那毕竟是理性的印象，现在经摄影师现身说法，着实吓了一跳。

曼陀罗的心理疗效

我们潜意识的体积，正是“冰山理论”的绝妙写照。你要了解你的潜意识，和你的潜意识对话，有一个方法。这就是拿起笔来，绘制你独特的心灵曼陀罗。

为什么要画曼陀罗？原来，通过这种随心所欲的涂鸦，让你的无意识如同岩浆一样，从地缝（也就是我们意识把守着的土地裂隙之处）喷涌而出，来一个自发自在的“表达”。荣格从自己的亲身体验中得出了这样的结论——我们每一个人的内心都是分裂的，以至于我们需要用“曼陀罗”把它整合起来。而这一神圣的“魔圈”——透过精密的图腾、坛场能量、几何中的结构奥秘，以及色彩的力量，可以联结我们内在的心智，创造出强有力的平衡。

通过曼陀罗绘画，我们可以静心，可以释放不良情绪。在你聚精会神和自己的内心交流的时候，你就踏踏实实地活在了当下。你会感到内在能量的整合和激发，你可以学会运用这些早就埋藏在你内心的宝藏。让你的生命焕发出光彩。

“我所画的曼陀罗，是关于自体状况的一些密码，这种密码每天呈现在我的脑海中时都是崭新的，在这些密码里，我看到自体，也就是我的整个存在。”荣格这样说过。

荣格证实在绘画“曼陀罗”的过程中，会同步地造成内心的转化。这是一个奇妙的过程，其中的道理，也许我们现在还未能完全知晓。心理学是一门非常年轻的学问，但却无比重要。要给心理学更从容的发展时间，其中也包括这些我们已确知有效，但却不能完全解释清楚原理的方法。

绘制自我的曼陀罗，也有治疗作用。荣格说：“保护性的圆圈——曼陀罗，是对头脑混乱状态的一剂传统的解药。”“曼陀罗……往往在迷惑和失调情形下出现。原型因而成星座状，以一种秩序的模式呈现出来（该模式像一种刻成四份的十字架或圆圈心理学，称为“反光镜”），和混乱的精神状态重叠，使每种东西各自归位，精神的混沌便被有保护作用的圆圈钳制住了……”

在这个层面上说，“曼陀罗”不仅仅是一种表达方式，它也像澳大利亚原住民的武器“飞去来”一样，会反转回来给绘画者以强大的影响，产生某种反作用力。不过，荣格也清醒地认识到，并没有彻底消灭痛苦的可能性。他说：“人们必须面对痛苦的问题，东方人试图通过摒弃痛苦来摆脱痛苦，西方人则试图以药物来抑制痛苦。是的，痛苦必须被克服，而克服它的唯一方法就是忍受它。”这就是说，当一个人能够理解他的痛苦，是因为什么而引起的，当他理解这些苦难的意义以后，他能够忍受苦难的幅度之大令人瞠目结舌……

当看到这种表述的时候，我想起了无数的革命先烈。当他们身陷囹圄，遭受严刑拷打，坚决不吐露机密，不做叛徒的时候，他们有着怎样的心理历程？当江姐的指甲都被揳入竹签子时，是什么激励她忍受这种非人的折磨？只有一个解释，就是勇士们充分明了这种苦难的意义：就是以一己的痛苦，换来普天下的幸福。荣格接着说：“心理治疗的主要目的，并不是使病人进入一种不可能的幸福状态，而是帮助他树立一种面对苦难的、哲学式的耐心和坚定。”

荣格从生理学上的进化出发，认为正如人类的身体有其历史一样，人类的心灵也有其历史。他说：“我们的心理有一条拖在后面的长长的蜥蜴尾巴，这条尾巴就是家庭、民族、欧洲以及整个世界的全部历史。”自远古以来无数次重复的祖先经验，积淀在人类心理的深层，这就是不依赖于个人经验的“集体潜意识”。

荣格曾经学习汉字，把汉字当作一种可以触摸的可读的原型。他喜欢在石头上雕刻，甚至在纪念妻子爱玛的石头上也用汉字刻着：她是我房屋的基石。而他所刻的最后一块石头上面有一个中国老人的头像，两边是银杏树的叶子，还有汉字刻成的“天人合一”。据说荣格去世前所读的最后一本书，也是关于中国禅宗的书。

绘制内心的曼陀罗

现在，绘制自己内心的曼陀罗，已经成为人们探讨自己内心世界的一个好方法。既然荣格就是在这个过程中，大悟大彻，那么，咱们也不妨尝试一下这个过程。

这个过程通常可分为两个部分。咱们先从第一部分说起。

既然是绘制曼陀罗，第一步，当然是要选定好绘画的材料。大家千万不要以为这要像正式拜师学画一样，十分的隆重。完全不是这样的，你尽可以随自己内心的想法，任意在纸张、泥土、石头、木材、布等东西上，使用任何一种你喜欢并顺手的材料，来绘制属于自己的曼陀罗。地方和材料的大小也完全不拘一格。我听到过一位朋友的做法，她用一把米，在地板上撒制了自己的曼陀罗。

第二步，当然是要选一个理想的环境。

不需要多么豪华，也不需要多么一尘不染，甚至也不必考虑光线，不必顾虑是白天还是晚上抑或深夜。只有一个要求，就是要保持安静，选择一个使你至少有一个小时不会被打扰的地方。这个地方，要能让你平静、专注且舒适地完成自己的作品。

第三步，我们就进入到关键的步骤了。你静下心来，聆听内心的声音，一挥而就地开始作画。唯一的要求是不要停下来，不停地画下去，直到你觉得心中的所思所想都倾倒在你的“画布”上，你觉得“完成了”，这才停下笔来。

注意啊，在这个过程中，不要去花心思考虑该选什么颜色、画什么图案等技术性的细节。这些是完全不重要的，请你凭着内心顽强的直觉开始画圆，并在圆内开始着色及画图。

当这些都完成以后，你将进入第四步——定出你的曼陀罗的适当位置。

认真端详你画好的曼陀罗，从各个角度全神贯注地注视这幅图，重新定位出你心中觉得最恰当的方向，并标示出上面的位置。

第五步比较简单了，就是注明你创作这幅曼陀罗的日期。

第六步，比较弹性，可以有，也可以没有，悉听尊便。就是如果你在画完第一幅曼陀罗之后还意犹未尽的话，你可以不停地画第二个、第三个……直到你的内心得到完全的满足。

解读你的曼陀罗

好了，现在第一部分的任务就完成了，我们进入到第二部分。这第二部分的主要任务是——解读你的曼陀罗。

另外找一个本子。注意啊，不要随随便便用几张纸来充当记录的载体，要选一个可以长期保存的本子。在这个记事本中，第一步骤，是先为你的曼陀罗命名。你可以起个简明扼要的名字，例如“混乱”，也可以起个更富于诗意的名字，例如“百花盛开”。总之，这是你自我展现的机会，不要考虑你起的名字美不美或者是否贴切。总之把你的第一直觉的命名写上就是了。

第二步，请逐一列出你的曼陀罗中使用的颜色，然后写下对各色彩的联想。这些联想包括：由主色开始到最细致的颜色，须特别注明你所画的圆的颜色。

展开你的想象，从你所使用的色彩中，自由地联想有关的词汇、感觉、影像、记忆……比如你用了红色，你联想到血液、火焰、切开的西瓜、疼痛的感觉，还有小的时候，看到一地被风雨摧残打下来的花瓣……

第三步，是列出你的曼陀罗内的数字和图形。你一共画了几层？都是些什么图形？

第四步，就是按照你这幅曼陀罗的名字和所衍生出的联想，用几句话表达这幅曼陀罗的主题，并尽可能详尽地记录在记事本中。

现在，你的曼陀罗基本就完成了。

你可能要说，它能起到什么作用呢？一般来讲，经过上述种种步骤，通过自我情感和想象力交织作用而泼墨画出的曼陀罗图案，再经过大脑有意识地整理和思考，像进行的那些命名、联想和表述及记录，你就对自己的潜意识进行了一番探索和解读。持之以恒地坚持，你就可以比较明白潜意识中所隐含的复杂记忆和信息，对自己有了比较清楚的了解和把握。

历史上，只有极少数的灵魂拥有宁静的心灵，并能洞悉自己的黑暗。我们尊称这些人为先知和圣者。其实，通过一定的探索和修炼，这种境地也不是我们普通人完全不可能抵达的彼岸，起码是可以部分地抵达吧。绘画自己的曼陀罗，是一个很好的方法，不妨一试。

你站在金字塔的第几层

美国心理学家马斯洛有一段名言："如果你有意地避重就轻，去做比你尽力所能做到的更小的事情，那么我警告你，在你今后的日子里，你将是很不幸的。因为你总是要逃避那些和你的能力相联系的各种机会和可能性。"每逢读到这段话，我总是心怀战栗地感动。

一个人就像是一粒种子，天生就有发芽的欲望。只要是一粒健康的种子，哪怕在地下埋藏千年，哪怕到太空遨游过一圈，哪怕被冰雪封盖，哪怕经过了鸟禽消化液的浸泡，哪怕被风刀霜剑连续斩杀……只要那宝贵的胚芽还在，一到时机成熟，它就会在阳光下探出头来，绽开勃勃的生机。

现代心理学有很多精彩的论证，这些论证不能像实证的物理、化学，拿出若干铁一般的证据。心理学的很多假说，建立在对人的行为的推断和研究之上，被千千万万的人所证实。

马斯洛先生所创建的人的基本需要的“金字塔”理论，就是这样一个伟大的学说。他研究了很多人的行为和动机，特别是那些自我实现程度很高的人，之后得出了一个结论。简言之，就是在我们人类的精神内核中，存在一个内在需要的金字塔，分成五个台阶。

在第一个台阶上，是我们的温饱需要——最基本的生存之道。饥肠辘辘，你今晚吃什么饭，是人的第一考虑。寒冬腊月，你今夜睡在哪里，是火车站的长凳还是马路上的水泥管？这都是头等大事。

当这个需要被满足之后，紧接着就是安全的需要了。你有了吃、有了住，你今天的生命有保障了，可是如果你被其他人或动物或自然界的恶劣条件所侵犯，你远期的生命就陷入水深火热之中了。因此，一旦温饱不成问题，人马上就会考虑安全系数。这一点，如果你不相信，尽可以放眼看去，马上就能看到富人区森严的安保设施和世上风行的形形色色的自卫器械。当你从一个熟识的环境换到一个新环境，不安和紧张，与陌生人交谈时的畏葸和不自在，如此等等，都从另一个方面证实安全对人的重要性。

现在我们已经到了金字塔的第三台阶。在这个台阶上，大大地写着“爱”。这不仅是男女之爱、亲子之爱、手足之爱……这些是源于血缘和繁衍的爱意，还有同伴之爱、集体之爱、祖国之爱、民族之爱、文化之爱……总之，这里所提到的“爱”，有着宽泛的含义，但它是那样不可或缺，是人类精神活动的高级需要。我们常常说，一个不懂得爱的人，是灰暗和孤独的。也就是说，人的精神需要如果不能完成这种超越和提升，就是饱含瑕疵的半成品。

爱之高处，就是尊严感了。人是一种特殊的动物，人是有尊严感的。一只虫子可以没有尊严，一棵树木可以没有尊严，但是一个人，不是这样。如果丧失了尊严感，那就不是一个完整的人了。中国的古话里有“不吃嗟来之食”，有“士可杀不可辱”，有“君子一言，驷马难追”，等等，讲的都是尊严的问题。

在金字塔的最高点，屹立着自我价值的体现和追求。什么是自我价值的最高体现？那就是充满了创造性的劳动。我以为劳动是有高下之分的，不是指在价值层面上，而是指在带给人的由衷喜悦程度上。你可以想象并同意，一个科学家在得不到任何报酬的情形下，不倦地研究某一个与现实相隔十万八千里的学术问题，比如“哥德巴赫猜想”，为自己换不到一块窝头，但毫无疑问，陈景润乐在其中；你基本上不能同意，一位老农在得知三年没有人收购麦子的情况下，除了自己够吃之外，还会不辞劳苦地广撒麦种。在前者，创造性的劳动里面蕴含着极大的挑战和快乐；在后者，则充斥着重复性劳动的艰辛和疲惫。

人类精神需要的金字塔，在某种意义上讲，是一种铁律，几乎是不可逃避的。

当然，我们不能想象一个人在自己的温饱都得不到保障的时候，能够像斯蒂芬·霍金那样去研究宇宙大爆炸这样的问题。这也就是鲁迅先生所说的：年轻人，一是要生存，二是要发展。有一个顺序，有孰先孰后的问题。在解决了温饱和安全这些最基本的生存需要之后，你必定要不满足，你必定要有新的追求。人类精神发育的法则，你是绕不过去的。你吃得饱了，你睡得暖了，你有大房子了，你安居乐业了，你很有安全的保障了……可是，我敢说，在心底最深邃的地方，你有火焰一样的躁动，你如果无法满足它，你就没有恒久的快乐。

让我们回到本文开端所引用的马斯洛的那段话。你以为你逃避了风险，你以为你躲避了责任，你以为你成功地掩饰了自己的才华，你以为你心甘情愿地收敛包裹自己，你就可以在人们的艳羡之中安安稳稳地过一生了吗？我相信，你可以用奢华的装备和风流倜傥的举止成功地欺骗几乎所有的人，包括和你至亲至爱之人，但是，每每月朗星稀之时，你永远欺骗不了的一个人，就会在你独处的时候顽强地站在你的面前，拷问你、鞭挞你、谴责你、纠正你……这个人不是别人，正是你自己！由于每个人都是那样与众不同，由于你所具有的内在生命力一直在熊熊燃烧，所以，当你完成了自己人生的台阶之后，你就要向上攀登。你只有在这种不倦的探索中，才能丰富自己的人生，才能得到生命的欢愉，才能感觉到自己内在的充实和价值。

人是追求创造性快乐的动物，如同飞越大洋的候鸟脑内的罗盘，掌控着我们的一系列选择和决定。你一生将成为怎样的人？在你的价值体系里是怎样的顺序？这些看起来很浩大很空茫的标准，实际上很细致地决定着我们工作、学习、生活的各个层面。

记得我在北大讲演的时候，有同学递上来一张字条，上面写着：“我智商很高，从小到大一直是班干部，考上北大更证明了我的实力。只要我愿意，继续读硕士和博士都不成问题。你说，我选择金钱作为我一生奋斗的目标，你看怎样？”

我把这张字条念了。我说，我很感谢这位同学对我的信任，人生的价值是多元的，以金钱为自己终生的奋斗目标，也大有人在。但我以为，金钱只是手段，在它之后，还有更为深远的目标在导引着你。如果你唯钱是图，那么，你的周围将没有真正的朋友。因为古往今来，已经无数次地证明了，在金钱的旗帜下会聚拢来很多无耻小人。同时，你很可能得不到真正的爱情。因为爱情可以被金钱出卖，却不可被金钱购买。那个爱上你的人，有可能不是爱你本人，而是爱上了你的信用卡。如果你把金钱当成证明你的自我价值的工具，我要说，除了单一和狭隘，还有一种盲从——你用世俗的标准代替了内在的准星。

我翻阅了几期《华融之声》，看到华融人的志气和理想。谈到从工商银行调到华融来的理由，最主要的是期望自己的能力得到更好的发展。我觉得这是很好的理由，是内心和外在的统一，是朝着自我实现路上的迈进。当然，自我实现的路，绝不会是一帆风顺的。我们常常遭遇挫折和失败，但人生的价值并不在于永远获得胜利和成功，而在于在这个过程当中，我们得到了独一无二的属于自己的体验。

在生存之道解决之后，在工作中得到乐趣，就是一个极好的选择。要知道，我们每个人，一生用于工作的时间大约七万小时。可不要小瞧了这七万小时。如果你是在快乐和创造中，你是在寻找自我价值的挑战中，你的人生就会过得很充实。如果你只是为了更多的钱、更宽敞的房子、更多的应酬和名声上的虚荣，你将在七万小时甚至更多的时间里委屈着自己，扼杀着自己，毁灭着自己的自由。

我在美国印第安人的保留地遇到一位印第安族的心理学家。她说："在我们古老的印第安人那里，有一个风俗，即使自己的温饱没有解决，我们也会用自己的食物拯救他人。因为，对我们来说，帮助别人是精神的传统。我并不是要挑战马斯洛，我只是说，精神有时比肉体更重要。"

这是那位印第安族心理学家最后留给我的话。

是劳累而非舒适，让我们充分满足

脑研究专家认为，是劳累而非舒适，让人们有充分的满足感。

我是当医生出身，相信所有的感觉都不是空穴来风，一定都有生物学的表达形式。如果我们目前还不能确认此事，那是我们还没有找到，并不等于它不存在。比如满足感和幸福感，一定是有一个物质基础的。就是精神，在我们的头脑中，也一定有一个复杂的形态呈现着。科学家已经初步分析出来，幸福感的内分泌物质就是内啡肽。

也许很多人对这个东西感到陌生。这种事情讲起来有一点怪异，某个东西一直存在于我们的肉身之内，强大地主宰着我们的幸福感和满足感，我们却对此几乎一无所知。这不是比在小学寝室中住着一位哲学大师还让人不可思议吗？！

然而真实就是这样令人惊诧的可怕。

我 1995 年开始写小说《红处方》，算是国内比较早地关注戒毒题材的小说。其实，在这之前很久，我就很好奇：人为什么要吸毒？

纳闷啊！这有百害而无一利的行为，却是如此蛊惑人心、泛滥成灾！要知道在中华民族的历史上，有过“第一次鸦片战争”，还有“第二次鸦片战争”。这充满屈辱的经历，让中华民族的子孙至今心存创痛。为什么我们会一而再，再而三地重蹈覆辙，自投罗网到鸦片这个魔王的手心里呢？

这中间一定有强大的悖论，困扰着我们的祖先，也困扰着今天误入歧途的人们。

我开始搜集各方面的资料。那时候，戒毒还是一个神秘而敏感的话题，资料也很有限，有些只能阅览，并不外借。我同图书馆的有关人员商量，能不能在阅览室中午闭馆休息的时间，将我锁在阅览室内，这样，我就能够充分利用时间，多看一些资料。

图书馆的同志有些犹豫，吞吞吐吐地说，这样做，有一个问题……

我生怕人家不允许，就赶快说，我知道那时阅览室里空无一人，你怕图书丢失。这样吧，我临出馆的时候，你可以搜身，我绝不会认为这是对我的不信任或侮辱什么的，我愿意接受这种条件。

图书馆的同志说，不是这个问题。我们相信您。问题是，您中午不出馆，到哪里吃饭呢？

我说，谢谢你想得这样周到，我可以带一点饼干什么的，嚼嚼方便面也可以。请你放心我的民生问题，我自会解决。

那位同志和蔼地微笑了，说，我考虑的还不是您的民生问题，是阅览室里不可以吃东西。因为那样会污染图书。

我连忙说，对不起，我忘了这个非常重要的方面。谢谢你提醒我。我向你保证，我在阅览期间，绝不吃任何东西。

这回轮到她担心了，说，您要是从早饭后到晚上回家，一点东西都不吃，会不会低血糖啊？

我说，不要紧。我以前在西藏当过兵，吃过很多苦，拉练时一天吃不上东西是常有的事。你尽可以放心。

我们就这样说定了，在此后的阅读中，我真的做到了滴水不进、粒米不沾牙，似乎也并不觉得饥渴。

在大量的阅读中，我明白了毒品对人类的致命诱惑，来自它的结构和内啡肽的高度相似。

当我们快乐的时候，身体里会产生内啡肽。这是一种奇妙的物质，让我们可以抵抗哀伤，掀起兴奋的波涛，让我们创造力勃发，充满爱心和光明感……内啡肽的好处还有很多，比如可以对抗疼痛、振奋精神、缓解抑郁，等等。我相信每个人都有内啡肽高度分泌的时刻，那会让我们感到无以名状的喜悦和欢欣。

看到这里，大家要说，既然内啡肽这么好，要是能经常保持在这种状态就好了。

这是一个美好的愿望，但也潜藏着深刻的危险。这就是内分泌的规律——它电光石火般闪现，到了该撤退的时刻，就义无反顾地消退，并不让我们持续处于激昂状态。它有张有弛劳逸结合，分泌的规律十分巧妙。

我听一个长跑运动员说过，在马拉松中有一个奇妙的点。在那个点之前，你感到非常疲惫；一旦越过了那个点，身体就又会充满活力，你又会感到振奋。当然了，可能没有人在长跑运动员的行进途中分阶段地抽取他们的血液，查看他们体内内啡肽的浓度。不过可以推断出的是，内啡肽的分泌大致经历了这样几个阶段。激烈运动开始，肌肉群做出本能的反应——它们感到持久运动和强力收缩带来的不适和生化反应，迅即报告给体内的中枢机制。身体先是用疲惫感通知你，它不喜欢这种活动，因为身体付出得太多了。你的意志表示要坚持，坚定不移地告诉身体，这样做是有意义的，你将矢志不移地进行下去。我们以前说过，身体是很善解人意的，它们看到提醒没有效力，转而揭竿而起，掉转船头，开始全力以赴支持你的决定。这时候，内啡肽就会应运而生，开始活跃地分泌出来，它要帮助你渡过难关。此刻，拐点出现了，你不再感到奔跑的痛苦，反倒前所未有地轻快起来。(运动员还会反复经历痛苦和坚持的过程。请原谅，所有例子都会有局限性。)

当你终于赢得了胜利，站在高高的领奖台上，听到国歌奏起，无数闪光灯凝聚在你的身上，这个时候，内啡肽一定是汹涌澎湃、倾巢而出，你会感到前所未有的骄傲和狂喜在激荡。

这就是内啡肽的分泌规则，凡人概莫能免。也许在经过训练的运动员那里，身体感到痛苦的节点会比较轻松地越过，想来他们对这个过程已经了如指掌。

也许有人会说，我也不是运动员，如何知道自己的内啡肽什么时候高度分泌呢?

这很好掌握。当你由衷地感到发自内心的快乐的时候，内啡肽就是活跃而充盈的。

有人说，我快乐的时光很少啊，是不是内啡肽就很微薄呢?

不乐观地说，真有可能就是这种情况。当我们抑郁的时候，内啡肽就变得十分稀薄。抑郁症的发病原因，虽然至今还没有完全揭示出来，但其中很有力量的一派学说，就是认为人体内的内啡肽和其他激素比例失调。

人生有高潮也有低谷。当我们享受到了内啡肽给予的快感之后，那种留恋和期待是可以理解的。正确的方式是，不断地形成正面的机制，让内啡肽的分泌进入一个良性循环。

打个比方，如果科学活动能够让你的内啡肽高度分泌，当你再度进入这样的工作状态的时候，就会感到非常愉悦，沉浸在自我欢乐的海洋中。当然了，这种愉悦，并不是时时刻刻都出现在你探索成功的时刻，而是这个充满了未知的过程让你着迷，在前无古人的领域中摸索前行，你被好奇和惊喜感激励着。固然也有失败和沮丧，但你有一个坚定的目标，就会无所畏惧地一直向前。我们常常听到术业有专攻的人士说，他在从事这项工作的时候，并不感觉到辛苦，而是感觉到了巨大的幸福。

我深深地相信他们所说的是肺腑之言。一个工作，如果带给人的只是苦难，人们很难自发地恒久地坚持下去。我相信大自然会给我们一个回报，就是身体的配合，神奇的内啡肽正是自我奖励的勋章。

上面说的是正面例子，有没有反面方式刺激着我们的内啡肽高度分泌呢?

有啊。比如，有的人一到哀伤的时候，就会饕餮一顿，然后就不那么伤感了。我相信饮食刺激了他的内分泌系统，内啡肽也起了作用。究其原因，这样的人，往往在孩童的时候，就从父母那里接受了一个规律。孩子一哭起来，也许是病了，也许是感到害怕，也许是冷了，孤独了，忙碌的家长第一个反应是——这孩子是不是饿了？马上给他吃奶喂食。或是孩子哭了，闹了，惹人烦了，为了图清净，赶紧拿出一些好吃的，说，乖乖，你去自己吃东西吧，爸爸妈妈还有事呢！一来二去，几乎所有的矛盾都可以用“吃东西”来化解，久而久之，幼小的孩子就形成一个习惯——遇到问题，先吃一顿。尤其不开心的时候，大吃一顿引起内啡肽的分泌，让人比较怡然。进食就成了很多人简便易行的救急救命法宝。

有一个妈妈曾经同我说过，孩子病了，人打蔫了，她不是拿体温表测体温，也不是检查孩子身上有没有伤痕或其他异常的征象，而是蹿到厨房，端来孩子最爱吃的红烧肉。要是孩子一见了肉，就停止呻吟大口吞吃，她就松了一口气——这孩子没什么问题，就算是生了病，也是小病，没什么了不起的；要是孩子不肯吃肉了，她才会重视起来。吃饭是试金石，比什么医生诊断都管用。这位妈妈很权威地做了结论。

可以想见这位妈妈的孩子长大之后，很可能会把吃东西放在压倒一切的地位上。因为在吃的时候，他会强力分泌内啡肽。

同样的例子还可以举出一些。比如有的女子一遇到不开心的事，就会去逛街，狂买一堆乱七八糟的东西。过后，大部分衣物都用不着，压了箱底，成了“购物狂”的证据。我认识一个这样的女生，每逢失恋，就去购物。后来，她会指着衣橱里色彩斑斓的衣服说，这件茄子紫的是跟第一个男友分手后买的，这件骆驼黄的是跟第二个男友分手后买的，这件蛤蟆绿的是第N次失恋后买的……我听得目瞪口呆，指着崭新的衣物问她，这些衣服你穿过吗？她拨浪鼓一样摇着头说，没穿过，一次也没有穿过。我问，那这些衣服得花多少钱啊？她说，没算过，大约上万了吧。我说，那以后你还会穿这些衣服吗？她说，我才不会穿呢！一穿就会想起伤心的往事，不是自找没趣嘛！我心疼地说，这多浪费啊，多不值啊。该女孩子凤眼一瞪，说，毕阿姨，这您就有所不知了。这些衣服虽然我不曾穿过，但这个钱花得值。因为我当时非常痛苦，几乎难以自制。到街上花出一大笔钱，抱着满怀的衣服回家，我就有了一种满足感，我的不快乐渐渐地消散了。从这个角度讲，我这一万块钱花得值。要不然，把我给憋出病了，一万块钱都用来买药，没准还医不好我的病呢！

我不再出声，明白自己又碰上了一个内啡肽在特殊情况下分泌的例子。

其实，我们只要下点功夫，就会找到自己的这种快乐物质分泌的小秘密。

我曾经看到过一个杀人犯，他说当他在杀死别人的时候，感到了一种非凡的快感。如果几个月不杀人，就会手指头发痒，浑身很不舒服。于是他会毫无理由地向无辜者动手，只为了获取畸形的快感。这太可怕了，他的内分泌系统已经跟杀戮相连。

有的人用高速飙车获得幸福感，这也是比较可怕的方式。长久下去，出意外的概率极高。

有的人用旅游和运动来分泌内啡肽，这还是个不错的方法，不过，要量力而行。

如果说用吃饭和花钱来织成自己的内啡肽分泌网，虽有欠缺之处，毕竟结局还不是太悲惨。了不起是自己的减肥计划一次又一次地泡汤，是自己存不住钱没法理财，后果基本上还在可控范畴之内。如果异想天开地人为追求大量摄入使人快乐的物质，就会卷入药品依赖的黑旋涡。

自然界有一种妖娆的花，叫作罂粟。从罂粟浆汁中，可以提炼出一种物质，这种物质进一步提纯，就成了吗啡。你可能会发现，吗啡和内啡肽都有一个“啡”字。是的，它们的分子结构很近似，是近邻。

吗啡进入人体，就起到了内啡肽的作用。只是这种啡肽，不是身体内部精细地产生出来的自给自足的分泌物，而是外界进入的超大剂量的作用强烈的刺激物。

你可能要说，那不是让人感觉非常快乐吗？

我要非常诚实地说，在开始阶段，的确是这样的。在很多戒毒的书籍里，对这一阶段的危害性警示不够，它没有告诉大家，在吸毒的第一阶段，吸毒者的确会感到非常快乐。这种快乐，比你已经经历过的所有快乐的总和还要更强烈持久。因为这种外源性的药品，来势凶猛，功效强大，比机体辛辛苦苦分泌出的那点内啡肽要凶悍多了。打个比方，如果说内啡肽是涓涓溪流，那么吗啡就是滔滔洪水。

这一个阶段最具欺骗性。因为吸食毒品的人，有种种心理上的不健康，他们或是自视甚高感到孤独；或是家庭事业种种不如意，正处在命运的凹陷处；或是结交了一批损友，气氛诡谲，虚无颓废；或是……

总之，这些人对人生多持怀疑、消极或是狂妄态度，对种种有关毒品的宣传教育，充满了嘲讽的逆反心理。当刚刚吸食毒品的时候，并没有即刻感到毒品的害处，反倒欣喜异常，于是沉浸其中，以为自己不会中毒，是一个幸运的例外。

世上没有不劳而获的事情，对幸福愉悦的感受也是如此。你不付出艰苦的努力和辛勤的探索，就想坐享其成，并且贪得无厌，索要更大的感官享受，必将受到惩罚。这种假冒伪劣的幸福感是不能持久的。外源性的吗啡很快就让机体产生了适应性，相同的剂量不能达到那种飘飘欲仙的感觉，贪婪的人为了攫取更多的愉悦之感，只有加大毒品的吸食量，这就很快沉入了无底深渊。这个时候，吗啡就不再提供虚伪的快乐，而是源源不断地供给惨烈的痛苦了。

我看过一幅宣传戒毒的宣传画，把罂粟花画成了妖精。我觉得说到底，不能把责任推诿到一朵无知无觉的花上。在没有人类存在的时候，这种植物就已经生存了，它也并没有给人以外的任何生物造成过如此荒诞的威胁。所以，有罪的并不是一种能提炼出生物碱的植株，重要的是你对幸福的理解和获取幸福的途径要正当。

适宜强度的劳动会产生内啡肽，这是一条定律。如果总是闲适，机体分泌不出足量的内啡肽，就会影响健康。从这个意义上讲，劳动不单是光荣的，而且是必需的。

为自己培养出健康的内分泌习惯，是现代人的精神课题。

我眉飞扬

眉毛对人并不是非常重要的。我之所以这么说，是因为人如果没有了眉毛，最大的变化只是可笑。脸上的其他器官，倘若没有了，后果都比这个损失严重得多。比如没有了眼睛，我说的不是瞎了，是干脆被取消掉了，人脸的上半部变得没有缝隙，那就不是可笑能形容的，而是很可怕的灾难了。要是一个人没有鼻子，几乎近于不可思议，脸上没有了制高点，变得像面饼一样平整，多无聊呆板啊。要是没了嘴，脸的下半部就没有运动和开合，死板僵硬，人的众多表情也就没有了实施的场地，对于人类的损失，肯定是灾难性的。流传的相声里，有理发师捉弄顾客，问："你要不要眉毛啊？"顾客如果说要，他就把眉毛剃下来，交到顾客手里。如果顾客说不要呢，他也把顾客的眉毛剃下来，交到顾客手里。反正这双可怜的眉毛，在存心不良的理发师傅手下，是难逃被剃光的下场了。但是，理发师傅再捣蛋，也只敢在眉毛上做文章，他就不能问顾客："你要不要鼻子啊？"按照他的句式，再机灵的顾客，也是难逃鼻子被割下的厄运。但是，他不问。不是因为这个圈套不完美，而是因为即使顾客被套住了，他也无法操作。同理，脸上的眼睛和嘴巴，都不能这样处置。可见，只有眉毛，是面子上无足轻重的设备了。

但是，也不。比如我们形容一个人快乐，总要说他眉飞色舞，说一个男子英武，总要说他剑眉高耸，说一个女子俊俏，总要说她蛾眉入鬓，说到待遇的不平等，总也忘不了眉高眼低这个词，还有柳眉倒竖、眉开眼笑、眉目传情、眉头一皱计上心来……哈，你看，几乎在人的喜怒哀乐里，都少不了眉毛的份儿。可见，这个平日只是替眼睛抵挡汗水和风沙的眉毛，在人的情感词典里，真是占有不可忽视的位置呢。

我认识一位女子，相貌、身材、肤色，连牙齿，哪里长得都美丽。但她对我说，对自己的长相很自卑。我不由得又上上下下左左右右地将她打量了个遍，就差没变成一架B超仪器，将她的内脏也扫描一番。然后很失望地对她说，对不起啦，我实在找不到你有哪处不够标准，还请明示于我。她一脸沮丧地对我说，这么明显的毛病你都看不出，你在说假话。你一定是怕我难受，故意装傻，不肯点破。好吧，我就告诉你，你看我的眉毛！

我这才凝神注意她的眉毛。很粗很黑很长，好似两把炭箭，从鼻根耸向发际……

我说，我知道那是你画了眉，所以也没放在心里。

女子说，你知道，我从小眉毛很淡，而且是半截的。民间有说法，说是半截眉毛的女孩会嫁得很远，而且一生不幸。我很为眉毛自卑。我用了很多方法，比如人说天山上有一种药草，用它的汁液来画眉毛，眉毛就会长得像鸽子的羽毛一样光彩颀长。我试了又试，多年用下来，结果是眉毛没见得黑长，手指倒被那种药草染得变了颜色……因为我的眉毛，我变得自卑而胆怯，所有需要面试的工作，我都过不了关，我觉得所有考官都在直眉瞪眼地盯着我的眉毛……你看你看，直眉瞪眼这个词，本身就在强调眉毛啊……心里一慌，给人的印象就手足无措，回答问题也是语无伦次的，哪怕我的笔试成绩再好，也惨遭淘汰。失败的次数多了，我更没信心了。以后，我索性专找那些不必见人的工作，猫在家里，一个人做，这样，就再也不会有人见到我的短短的暗淡的眉毛了，我觉得安全了一些。虽然工作的薪水少，但眉毛让我低人一等，也就顾不了那么多了。

我吃惊道，两根短眉毛，就这样影响你一生吗？

她很决绝地说，是的，我只有拼力弥补。好在商家不断制造出优等的眉笔，我画眉的技术天下一流。每天，我都把自己真实的眉毛隐藏起来，人们看到的都是我精心画出的眉毛。不会有人看到我眉毛的本相。只有睡觉的时候，它才会暂时恢复原形。对于这个空当，我也做了准备，我设想好了，如果有一天我睡到半夜，突然被火警惊起，我一不会抢救我的财产，二不会慌不择路地跳楼，我要做的最重要的一件事，就是掏出眉笔，把我的眉毛妥妥帖帖画好，再披上一条湿毛毯匆匆逃命……

我惊讶得说不出话来，然后是深切的痛。我再一次深深体会到，一个人如果不能心悦诚服地接受自己的外形，包括身体的所有细节，那会在心灵上造成多么锋利持久的伤害。如霜的凄凉，甚至覆盖一生。

至于这位着火也画眉的女子，由于她内心的倾斜，在平常的日子里，她的眉笔选择得过于黑了，她用的指力也过重了，眉毛画得太粗太浓，显出强调的夸张和滑稽的戏剧化了……她本想弥补天然的缺陷，但在过分补偿的心理作用下，即使用了最好的眉笔，用了漫长的时间精心布置，也未能达到她所预期的魅力，更不要谈她所渴望的信心了。

眉毛很重要。眉毛是我们脸上位置最高的饰物（假如不算沧桑之刃在我们的额头上镌刻的皱纹）。一双好的眉毛，也许在医学美容专家的研究中，会有着怎样的弧度，怎样的密度，怎样的长度，怎样的色泽……但我想，眉毛最重要的功能，除了遮汗挡沙之外，是表达我们真实的心境。当我们自豪的时候，它如鹰隼般飞扬；当我们思索的时候，它有力地凝聚；当我们哀伤的时候，它如半旗低垂；当我们愤怒的时候，它扬眉剑出鞘……

假如有火警响起，我希望那个女子能够在生死关头，记住生命大于器官，携带自己天然的眉毛，从容求生。

我眉飞扬。不论在风中还是雨中，水中还是火中。

挖掘心灵第一图

一位睿智老人说，在每个人心灵深处，都珍藏着一幅对这个世界最初的印象。它储存在脑海的褶皱中，平时被繁杂的信息遮挡着，好像昏睡的幽灵，不理晨昏。但它是无处不在的，笼罩着我们，统领着每个人对世界的基本视点。好像一纸符咒，规定了我们探询世界的角度。

这话挺玄奥的，有点巫术的味道。我不服，挑战地问，可以当场试试吗？

老人很谦和地一笑，说，一家之言。你可以信，也可以不信。

我说，我恰好知道一个人的心底图像。您若说中了，我就信。

老人淡然回答，行啊。

我说，这个人啊，脑海里留下的最朦胧也就是最原始的印象是——

一片无边的荒漠，尘沙漫天，苍黄渺茫。但他周围的小环境不错，好像是一个温暖的怀抱，有袅袅的香气环绕……

说完，我定定地看着老人，且听他如何分解。

老人缓缓地说，他的精神世界对立而单纯，沉重而简明。对世界本质的认识充满疑惧，觉得人力无法胜天。宇宙不可知。人是孤独渺小的生物，基调混沌而迷茫。但他还是会快乐而努力地活着，时时感受到温情和带着暖意的希望，寻找一个光亮安静芬芳的所在……

说完后，老人问我，他是这样一个人吗？

我抑制住自己的大惊异，说，对与不对，以后我再告您。现在，我最想知道的，就是您这种分析的基本方法。能教我一些吗？

老人说，少许心得，不值多说。有点占卜的意味，但并不是街头的摆摊算卦。首先，你让被试者静静地躺下，拼命想早先的事。意识好比柳絮，能飞多远飞多远。回忆的触角竭力向脑仁深处钻，最后变得似睡非睡似醒非醒，一片混沌最好。让人由眼前的明明白白，泡入米汤样的童年。到了再也沉不下去的时候，他的心里就会猛地浮出一幅画。让他把这幅画讲给你听，然后……

老人一一道来，我全身心紧急动员，照单接收。老人说，喏，基本思路就这些。剩下的事，看你的悟性了。

我说，您可要传帮带啊。

其后的一段时间，我像个居心叵测的探子，不断启发诱导各色人等，把他们脑海中留下的生命原初印象挖掘出来，一一告诉我，由我再转达给老人。老人娓娓道出其中蕴含的深意，好似隔山买老牛。至于那人真实生活中的脾气品性，老人完全不感兴趣，也绝不想知道。在他的眼里，每个人的图谱，就是性格之书打开的目录，他不过是读出来而已。

开头不顺利。第一位男人所谈，简陋得像撕下的小人书碎片。

那幅图像吗？好像是一个黑夜，不知是灯灭了，还是眼睛得了病，总之黑暗包绕……完了，就这些。他干巴巴地舔舔嘴唇说。

他那时黑暗，我此时也黑暗。到处像泼了墨汁，如何分析？只好拼命启发他再想深入些。搜肠刮肚半晌，他补充如下：我摸着黑，仿佛找到一碗粥，就把它喝下去了。我妈妈走过来，眼泪洒在我脸上，很凉……哦，就这些，再也没有了。他坚决地结束了回忆。

真是老虎吃天啊。我沮丧地请教老人。老人说，唔，足够了。他是个悲观主义者，一生都在寻找。他对自己终极寻找的东西，究竟是什么，本人也闹不清楚。在这寻找的途中，他会得到温暖和利益的回报，他会很珍视亲情。但这些并不能缓解他寻找的焦虑，冲淡他与生俱来的悲哀，稀释充满他周围的茫茫黑色。

我频频点头，最终也没有告诉老人，那是一位苦苦求索的哲学家的心底图像。反正老人并不需要他人的验证。

一个矮小的年轻人不好意思地说，我的第一图像，似乎没什么好说的，支离破碎。那是我和我弟弟在抢被窝。你知道，我小的时候，家里很穷，打通铺，就是两人合盖一个被子。谁都想把自己盖得暖和些，就拼命把被子朝自己身上裹……就这些，整夜抢啊抢的。穷人家的被子，小，遮了这头捂不了那头。我比弟弟个大，总是占上风的时候多些。这就是全部了。

老人分析：这个年轻人竞争性很强，在他的眼里，弱肉强食是生存的基本状态。他信奉实力决定一切。因此他会不遗余力地为自己争夺尽可能多的物质利益和生存空间。但他一般不会害人，不会使用特别凶残的手段。在他的内心里，还残存着普天之下皆兄弟的道义。

实际情况：那年轻人个子不高，说苛刻点几乎要算其貌不扬了，加上家境贫寒，按照常理，该是比较自卑的。但他不，一点都不。整天意气风发精神抖擞的，上大学，考研究生，什么都不落空。每当竞争的时候，他总是毫不退却，奋勇向前。计谋算不上很光明正大，但手段也并不卑劣，懂得趋利避害，适可而止。也许是天助加上人和，他的运气一直不错。

一位依旧美丽的中年女企业家告诉我，世界在她眼里，是盘根错节的森林，热带雨林，遮天蔽日的。她在摸索着走，有时是爬，到处都有陷阱和叫不出名字的昆虫，很华丽，也很狰狞……下着雨，很冷，有大毛虫发育成的极冷艳的蝴蝶在脖子后面盘旋……

我对这幅图像的真实性，抱有深刻的怀疑。她祖籍北方，从未踏到北回归线以南。再说一个幼小婴孩，想象得出热带雨林的具体模样吗？还有，毛虫和蝴蝶，这样复杂重叠的象征物，也是孩童鞭长莫及的。她的叙述，更像一场成人梦境，一个幻觉。但女企业家谈话时的郑重神态，使我无法贸然认定她在说谎。

老人听完我的转述与疑问，首先说，这是真实的。心灵的真实，不仅仅是亲眼所见，更多的时候，是一种浓缩升华后的感受。哪怕你说图像尽头，是一幅外星球人联欢的图画，我也确信无疑。人的感受有一种特质——无比忠诚。出于种种的利害关系，它可以欺骗别人，但它为自己保留下的图谱，却不会是赝品。这位女性对世界的看法，是荒诞奇诡而又不乏夺人心魄的诱惑与美丽，她应该擅长打拼，奋斗出了很好的成就。她好强，勇于挑战。但在不断的挣扎寻觅中，又感到巨大的孤独与人世的险恶。她臆造了一片热带雨林……

我无话可说。老人就像与那女人相识了一百年，用电脑扫描了她的整个人生，留下一纸谶语。

随着积累的人们心底第一幅图像数量的增多，我渐渐发觉探索源头的奥秘，对每个人是一次心灵的剖析和飞跃。知道了自己眺望世界的基本视角，便有了揭示自身很多特点的钥匙。我们也许不能改变它，却可以因此变得更加理智和从容。

老人有一天对我说，你第一次对我描述的那个人，就是在沙漠中睁开眼睛看世界的人，是谁啊？你还没有告诉我。

我说，那个人就是我。我母亲抱着我，行进在从新疆到北京天地一色的途中。

优点零

一位专门从事儿童心理研究的朋友告诉我，他发给孩子们一张表，让每人填写自己的优缺点和美好的愿望。孩子们很认真地填写好了，把表交了上来。他一看，顿时傻了眼。

很多孩子填的是——优点零，愿望零。

我对世上是否存在没有优点的成人，不敢妄说。但我确知世上绝无没有优点的孩子。我或许相信世上有丧失愿望的老人，但我无法想象没有愿望的孩子将有怎样枯萎的眼神。

不知道愿望和优点，这两样对人起激励作用的要素，假若排出丧失的顺序，该孰先孰后？是因为丧失了愿望，百无聊赖，才随之沉没，成为没有优点的少年，还是一个孩子首先被剥夺了所有的优点，心如死灰，之后再也不敢奢谈一丝愿望？也许它们如同绞缠在一起的铅丝，分不出谁更冰冷僵硬？

没有愿望，必是一个死寂的世界。孩子不再期望黎明，因为每一天都被功课塞满，晴天看不到太阳，雪天看不到雪花，日出日落又有何不同？不再留意鲜花，因为世界一片苍白，眼中暗淡了温暖的色彩。不再珍视夜晚，因为厚重的眼镜遮挡了星光，即使抬头也是泪眼蒙眬。不再盼望得到师长的嘉奖，因为那不过是成人层层加码的裹了蜜糖的手段……

没有优点的孩子，内心该怎样痛楚地喘息？见过一个胖胖的男孩，当幼儿园老师第一次问：谁觉得自己是个美男子？他忙不迭地从最后一排挤到前面，表示自己属于其中一员。有好几个男孩立马站了起来，抢在前面，在老师面前自豪地排成一排。没想到老师伶牙俐齿地向他们说，还真有你们这么不知天高地厚的，竟觉得自己是美男子，臊不臊啊？后来，那几个男孩子开始为自己的容貌羞涩，无法像以前那样快活。

这是一个简单的例子，但也可以说明一个问题。每一个渐渐长大的孩子，如果成人爱他，他也会认为自己是可爱的。他会感觉到自己是天地间的一个宝贝，他的生命的存在就是一个大优点。假若成人粗暴地打击他，奚落他，嘲讽他，鞭挞他，那脆弱的小生灵，就会被利剪截断双翅，从此萎靡下来，或许跌落尘埃，一蹶不振。

看不到自身优点的人，必也看不到他人的优点。他们的谦恭，可能是高度自卑下的懦弱；他们的服从，可能掩饰着深刻的嫉妒和反叛；他们的忍让，可能埋藏着刻骨的怨恨；他们的赞美，可能表里不一，信口雌黄……

我以为愿望是人生强大的动力之一，假若人类丧失愿望，世界就在那一瞬停止了前进的引擎。因为有跑的愿望，人们有了汽车；因为有说话的愿望，人们有了电话；因为有飞的愿望，人们有了飞机；因为有传递和交换的愿望，人们有了互联网……

优点和愿望，是孩子们的双腿。希望有一天看到他们填写的表格上这样写着——优点多多，愿望无限。

请你从老板椅上站起来

我是一名注册心理咨询师。

某次会议期间，聚餐时，一位老板得知我的职业之后，沉默地看了我一眼。依着职业敏感，我感觉到这一眼后面颇有些深意。饭后，大家沿着曲径散步。在一处可以避开他人视线的拐弯处，他走近我，字斟句酌地说：不知您……是否可以……为我做心理咨询？……我最近压力很大，内心充满了焦灼，有好几次，我想从我工作的写字楼的办公室跳下去……我甚至察看了楼下的地面设施，不是怕地面不够坚硬，我死不了……22 层啊，我是物理系毕业的，我知道地心引力的不可抗拒……我怕的是地面上行人过往太多，我坠落的时候，砸伤他人。也许，深夜时分比较合适，那时行人较少……

他的语速由慢到快，好像一列就要脱轨的火车。脸上布满浓重的迷茫和忧郁。他甚至没有注意到我的神色，包括是否准备答应他的请求。毕竟，这里不是我的诊所。他也不曾预约。

虽是萍水相逢，从这个短暂的开场白里，我也可深刻地感知他正被一场巨大的心理风暴所袭击。

我迟疑了片刻。此处没有合适的工作环境，且我也不是在生活的每时每刻，都以职业角色出现。但他的话，让我深深忧虑和不安——我可以从中确切地嗅到独属于死亡的黑色气息。

是的。我们常常听到人们说到“死”这个词——“累死了”“热死了”“烦死了”，甚至——“高兴死了”“快活死了”“美死了”……死是一个日常生活中的高频词，它通常扮演一个夸张的补语角色，以致很多人在玩笑中轻淡了它本质的冷峻含义。

所以，作为一名心理咨询师，当人们在提到死亡这一字眼的时候，精确地判明其心理相应的震动幅度，是一种基本能力。

如果他是一个年轻人，少年不识愁滋味，整天把死挂在嘴边，我会淡然处之。如果她是一名情场失意的女性，伴着号啕痛哭随口而出，我也可以在深表理解的同时，镇定自若。但他是一名中年男性，有着优雅的仪表和整洁的服饰，从他的谈吐中，可以看出他是一个自我指向强烈的人。他不会轻易地暴露自己的内心，一旦他开口了，向一个陌生人呼救，就从一个侧面明确地表明他正濒临危机的边缘。

特别是他在谈话中，提到了他的办公室高度的具体数字——22层，提到了他的物理学背景，说明他是详尽地考虑了实施死亡的地点和成功的可能性。还有预定的时间——深夜行人稀少……可以说，他的死亡计划已经基本成形，所缺的只是最后的决断和那致命的凌空一跃。

我知道，很有几位叱咤风云、外表踌躇满志的企业家，在人们毫无思想准备的情形下，断然结束了自己的生命。关于他们的死因，众说纷纭。有些也许成了永远的秘密。但我可以肯定，他们死前一定遭遇到了巨大深刻的心理矛盾，无以化解，这才陷入全面溃乱之中，了断事业，抛弃家人，结束了无比珍爱的生命。

心理咨询师通常是举重若轻的，但也有看急诊的时候。我以为面前就是这样的关头。当事件危及一个人最宝贵的生命之时，我们没有权利见死不救。

我对他说，好。我特别为你进行一次心理咨询。

他的眼里闪出稀薄的亮光，但是瞬忽之间就熄灭了。

我知道他不一定相信我。心理咨询在中国是新兴的学科，许多人不知道心理咨询师是如何工作的。他们或是觉得神秘，或是本能地排斥。在我们的文化里，如果一个人承认他的心理需要帮助，就是混乱和精神分裂的代名词，是要招人耻笑和非议的。长久以来，人们淡漠自己的精神，不呵护它，不关爱它。假如一个人伤风感冒，发烧拉肚子，他本人和他的家人朋友，或许会很敏感地察觉，有人关切地劝他早些到医院看医生。会督促他按时吃药，会安排他休息和静养。但是，人们在精心保养自己的外部设施的同时，却往往忽略了心灵——这个我们所有高级活动的首脑机构。从这个意义上说，这位老总是勇敢和明智的。

他说，什么时间开始呢？

我说，待我找到一个合适的地点。

他说，心理咨询对谈话地点有什么特殊的要求吗？

我说，有，但我们可以因陋就简。最基本的条件是，有一间隔音的不要很大的房间，温暖而洁净，再有两把椅子，即可。

他说，我和这家饭店的老板有交往，房间的事，我来准备吧。等我安排好了，和您联系。

我答应了。后来我发现这是一个小小的疏漏。以后，凡有此类安排，我都不再假手他人，而是事必躬亲。

看来他很着急，不长时间之后，就找到我，说已然做好准备。我随同他走进一栋办公楼，在某间房门口停下脚步。他掏出钥匙，打开房间，走了进去。我跟在他身后进屋。

房子不大，静谧雅致，有一张如航空母舰般巨大的写字台，一把黑色的真皮老板椅，给人威风凛凛的感觉。幸而靠墙处，有一对矮矮的皮沙发，宽大蓬松，柔化了屋内的严谨气氛。

怎么样？还好吧？老总的语句虽说是问话，但结尾上扬的语调，说明他已认定自己的准备工作应属优良等级。不待我回答，他就走到老板椅跟前，一屁股坐了下去。在落座的同时，用手点了一下沙发，说，您也请坐，沙发舒服些，我坐这种椅子惯了。

我站在地中央，未按他的指示行动。

我重新环视了一下四周，对他说，房间的隔音效果看来还不错，可惜稍微大了一些。

他有些失望地说，这已是宾馆最小的房间了。再小就是清洁工放杂物的地方了。

我点点头说，看来只有在这里了，希望你不要在意。

他吃惊地说，我为什么会在意？只要您不在意就成了。

我说，关键是你啊。小的隔音的房间，给人的安全感要胜过大的房间。对于一个准备倾诉自己最痛苦最焦虑的思绪的人来说，环境的安全和对咨询师的信任，是重要的前提啊。

他若有所思地沉默着。半晌，猛然悟到我还站着，连连说：我信任您，我不信任您就不会主动找您了，是不是？您为什么还不坐下？

我笑笑说，不但我不能坐下，而且，先生，请你也从老板椅上站起来。

为什么？他在莫名其妙当中，几乎有些恼怒了。我相信，在他成功的老板生涯中，恐怕还没有人这样要求过他。

他稍微愣怔了片刻。看得出，他是一个智商很高反应机敏的人，似乎意识到了什么，说道，您的意思，是不是我坐在这把椅子上，您坐在沙发上，咱们之间的距离太远，不利于您的工作？若是这个原因，我可以坐到沙发上去。

我依旧笑着说，这是其中的一个原因，但不是最主要的原因。我要说的是——沙发也不可以坐。不但你不能坐，我也不能坐。

这一回，他陷入真正的困惑之中，喃喃地说，这也不让坐，那也不让坐，咱们坐在哪里呢？

是啊。这间房屋里，除了老板椅和沙发，再没有可坐的地方了。除非把窗台上的花盆倒扣过来。

我说，很抱歉。这不是你的过错。我作为治疗师，应该早到这间房子来，做点准备。现在，由我来操办吧。

我把老总留在房间，找到楼下的服务人员，对他们说，我需要两把普通的木椅子。

他们很愿意配合我，但是为难地说，我们这里给客人预备的都是沙发软椅，只有工作人员自己用的才是旧木椅。

我看看他们身后油漆剥落的椅子说，是这种吗？

他们说，是。

我说，这就很适用。先帮我找两把这种椅子，搬到那间房子。然后，还要麻烦你们，把那间房子里的老板台和老板椅搬出去。

工作人员很快按照我的要求行动起来。在大家出出进进忙碌的过程中，老总一直双手交叉抱在胸前。我明白这一体态语言的含义是——我弄不懂你的意思。我不喜欢这样折腾。有这个必要吗？

我暂不理他。待一切收拾妥当，我伸手邀请他说，你请坐吧。

现在，屋内只有两张木椅，呈四十五度角摆放着，简洁而单纯。

我坐在哪里？他挑战似的询问。

哪张椅子都可以。因为，这两张椅子是一模一样的。我回答。

他坐下，我也坐下。

……

当心理咨询结束的时候，他脸上浮现出了微笑。他说，谢谢您。我感觉比以前多了一点力量。

我说，好啊。祝贺你。力量也似泉水，会慢慢积聚起来，直至成为永不干涸的深潭。

分手的时候，他说，如果不是你们的职业秘密的话，我想知道您为什么让我从老板椅上站起来？难道那两张普通的木椅子，有什么特殊的魔力吗？

我说，这不是职业秘密，当然可以奉告。如果我估计得不错的话，在你的办公室里，一定有类似的老板椅。一坐在上面，你就进入了习惯的角色之中。我坐在沙发上，在视线上比你矮。我想，通常到你的办公室请示的下级或是商议事务的其他人员，也是坐在这个位置的。这种习惯性的坐姿，是一个模式，也透露着你是主人的强烈信息。心理咨询师和来访者的关系，不同于你以前所享有的任何关系。我们不是上下级，也不是买卖和利害的伙伴，甚至不是朋友，朋友是一个鱼龙混杂的体系。我们之间所建立的相互平等的关系，是崭新而真诚的。它本身就具有强大的疗效。我会为你所有的谈话严守秘密，上不告父母，下不告妻儿。当然，对于一位女咨询师来说，就是不告夫儿了。这是一个专业咨询师最基本的职业道德，其中的每一个细节都要服从这一大局。

他点点头，表示相信我的承诺。若有所思片刻后他又说，沙发也是很平等的啊！一般高，不偏不向嘛！我曾提议咱们都坐沙发，可您拒绝了。沙发要比椅子舒服得多。说实话，我很多年没有坐过这般粗糙的木椅了。说完，他捶了捶腰背。

我说，您说得很对。沙发的确太舒服了，而我们不能在太舒服的环境下谈话，那样无法维持我们神经系统的警醒和思维的深度。沙发更适宜养神，从思考的角度说，木椅比沙发更有力度。

他再次点点头，说，这的确是一个新的领域，连规矩也很特别。当我下次再进入心理咨询室的时候，就会比较有经验了。

我说，下星期，我们再见。

不要总想表现得比实际情况要好

当你企图在两个不同的自我之间游走时，你在生活中的形象就变得复杂混乱，你面临的形势也更加琢磨不透，甚至你的身体也无所适从了。

我们总是希图表现得比我们实际的情况要好一些。好比我们小的时候，如果有客人要来，我们会被父母要求："你要乖一些啊！"等到客人走了，父母会说，"好了，现在你可以放松一下了"。这些都是很平常的话，却在不知不觉中留存了一个印象——你要在某些特殊的场合和人物面前，努力表现得比你实际拥有的状况更好。

什么是更好呢？

就是按照世俗的标准，我们要更聪明、更好学、更勤劳、更大度、更幽默、更有责任感、更勇敢、更……还可以举出更多的"更"，总之，是比你本人更完美。

这个主观动机可能并不是太坏。爱美之心，人皆有之嘛！

不过，这就形成了一个习惯：我们把一个不真实的自我呈现在别人面前，并以为这才是可爱的，才是有价值的。而那个真实的自我，则是上不得台面的残次品，是应该被掩藏和遮盖的。

这就是自我形象的分裂。我们不喜欢真实的自我，我们把一个乔装打扮的"假我"拿给大家看。当这个"假我"被人欢迎和夸赞的时候，我们一方面沾沾自喜，觉得自己成功地扮演了一个角色，而这个角色就是别人眼中的"我"。另外一方面，我们的自卑加重了，我们知道外界的评价都是给予那个不存在的"我"，真实的我反倒像灰姑娘一样，躲在角落里拣煤渣。

长久下去，我们就变成了一个分裂的人。

这种现象，比比皆是。比如我们常常听到女性朋友说，结婚以后，他的真面目暴露出来了，我几乎不敢相信他和结婚前是同一个人。

也有的领导会说，这个人是我招聘的，当时看他十分勤快，想不到真的走上岗位以后，却非常懒惰，毫无工作的主动性。

以上这两个例子，最后是以离婚和炒鱿鱼作结。可见，伪装的自我，可以骗人一时，却不能矫饰久远，最后吃亏的还是你。

如果你觉得真实的自我还不够完善，那么最好的方法，是让自己渐渐变得完善起来，而不是敷衍、遮盖或欺骗。那样的话，自己很辛苦不说，离完美是越来越远。再有，天下的人都不是傻子，你装得了一时三刻，却没有法子永远生活在一个不属于你的光环之中。一旦被人家识破，你会被减分更多。

我年轻的时候，心其实很累。因为总想表现得比自己真实的状态更好一些，便不由自主地要作假。明明不快乐，怕被人看出，以为是思想问题，就表现出欢天喜地的兴奋。对领导有意见，怕领导对自己看法不良，影响进步，就故意在领导面前格外卖力地工作。其实，那彼此的不融洽，心知肚明。在会议上有不同意见，因为判断出自己是少数，就放弃主见随大溜，默不作声……凡此种种以为是老练的举措，都让我做人辛苦，不胜其烦。

后来，终于明白了，要以自己的真实面目示人。没有必要取悦他人，没有必要委屈自己。这样做了以后，我本以为机会一定要少很多，因为抱定了破釜沉舟的决心，只求这一生做一个真实的自我，付出代价也认了。不想，却多了朋友，多了机缘。

思来想去，原来大家都更喜欢真实的东西。你真实了，自己安全了，也让他人觉得安全，机遇反倒萌生。从此，竭力真实。不但自己省力、省心，节省出的能量可以做更多的事情，而且成功的概率也高了起来。

把很深的想法，用很浅的话语说出来

有一个秘密：当你开始接受一个新的观点的时候，你以为自己已经忘记了你以前习得的其他不同的说法，但那是不现实的。

不经过艰苦的放弃，以前的观念不会轻易退出，因为它们已经深入到你的脑子里了。

把很深的想法，用很浅的语言说出来，这是有能耐的表现。

让人轻松的东西，比较容易进入他人的思维系统。如果太复杂、太一本正经了，很可能从一开始就发生抗拒和逃避。再好的理念，也会被隔绝。一个好的框架，只有进入了对方的大脑沟回，驻扎在那里，潜移默化地变成行动，才算真正有效。

自我意识是人一辈子的功课，在这个过程中，充满了挑战、选择、挣扎和改变。在这个时间段中，我们将尝试我们可能达到的高度和广度，铺排我们的生命状态可以怎样绚烂多姿。

当然，你也可以选择退缩和一事无成，那样的话，你就和一个丰富的生命无缘。当你离开这个世界的时候，你会遗憾自己有那么多的想法未曾实施，大幕就已悄然闭合。

第四章

有界限，才有秘密和自由

为你的心理定一个安全的界限吧。在这个界限里，睡着你的秘密，醒着你的自由。它的篱笆结实而疏朗，有清风徐徐穿过。

看着别人的眼睛

很小的时候，如果我有了过失，说了谎话，又不愿承认的时候，妈妈就会说：看着我的眼睛。如果我襟怀坦荡，我就敢看着她的眼睛，否则就只有羞愧地低头。

从此，我面对别人的时候，一定会看着他的眼睛。

当我失败的时候，看着亲人的眼睛，我无地自容。但悲伤会使我的眼睛蒙满泪水，却不会使我闭上眼睛。看着批评我的目光，我会激起正视缺点的勇气与信念。我会仔细回顾我走过的路，看看自己是怎样跌倒的，今后要避开同样的危险。

当我受到表扬的时候，我会快乐地注视着别人的眼睛。我不喜欢假装谦虚把睫毛深深地垂下，一个人回到僻静处悄悄地乐。我愿意把心中的喜悦像满桶的水一样溢出来，让我的朋友们分享。在我的亲人、我的朋友的眼睛里，我读出他们的快活和对我更高的希冀。表扬不但没有使我忘乎所以，反倒更使我感到肩上的担子沉重。成功好比是一座小山，一个准备走很远的路的旅人，站得高了，才会看到目的地的篝火，他会加快自己的脚步。

当我面对陌生人的时候，我会格外注视他的眼睛。“眼睛是心灵的窗户”已经是被说腻了的话，可我要说眼睛不仅仅是窗户，它还是心灵的家。假如陌生人的目光坦诚而友好，我会向他伸出我的手；假如陌生人的目光犹疑而彷徨，我断定他是一个没有主见的人，不能成为朋友；假如陌生人的目光躲闪而阴暗，我会退避三舍，在心里敲起警钟；假如陌生人的目光孤苦无告，我愿意提供力所能及的帮助。

当我面对熟识的人的时候，我会观察他的眼睛有没有变化。岁月会改变一个人的眼光，就像油漆的家具会变色一样。但是有些老朋友的眼光是不会变的，像最清澈的水晶，晶莹一生。但他们的眼睛会随着思绪的喜怒哀乐变换颜色，作为朋友，我愿与他们分担。假如他们悲哀，我愿为他们宽心；假如他们喜悦，我愿与他们分享；假如他们焦虑，我愿出谋划策；假如他们忧郁，我愿陪着他们沿着静静的小河走很远很远……

当我独自一人面对镜子的时候，我严格地审视自己的眼睛。它是否还保持着童年人的纯真与善良？它是否还凝聚着少年人的敏锐与蓬勃？它在历尽沧桑以后，是否还向往人世间的真善美？面对今后岁月的风霜雨雪，它是否依旧满怀勇气与希望？

当我面对森林的时候，我注视着森林的眼睛。它就是树干上斑驳的伤疤和随风摇曳的无数嫩叶。它们既苍老又年轻，流露出大自然无限的生机。

当我在月夜里面对星空的时候，我注视着宇宙的眼睛。那是苍穹无数的星辰。天是那样幽蓝而辽阔，周围是那样静寂而悠远。作为一个单独的人，我们是多么渺小啊！但正是看似微不足道的人类，开始了征服宇宙的长征。在这个意义上，人类有时那样伟大而悲壮。每一个孤立的人，都像小星星发出的光一样微弱，但集结起来，就可以给迷途的人指引方向，就可以在黑暗中放出光明。

我注视着滔滔的流水，浪花就是它的眼睛。生命在于运动，假如大海没有了波涛，就结束了它浩瀚博大的使命，大海就瞎了，成为死水一潭，再也不能负载舟楫远航，再也不能任海鸥翱翔，再也不能繁养无数的水族，再也不能驮着我们在海滩上嬉戏……

世界上所有的生灵都有它们的眼睛，就看你用不用心寻找，就看你有没有勇气和它对视。

当我刚刚开始学习注视别人的眼睛的时候，心中很有些不安。我觉得自己是个小小的孩童，我怎么敢看着别人的眼睛，那不是太不尊敬人了吗？我对妈妈讲了我的顾虑，她笑了，说，那你明天试着看看老师的眼睛。

第二天，在课堂上，我开始注视老师的眼睛。好怪啊，老师好像专门给我一个人讲课似的。我的思考紧紧地跟随着老师的讲解，在知识的密林里寻觅。当讲到重要的地方，我看到老师的眼睛里冒出精彩的火花，我知道自己一定要记住它；当老师的眼光像湖水一样平静的时候，我知道这只需要一般掌握。当我读老师眼睛的时候，老师也在读我的眼睛。假如我显现出迷惘与困惑，老师就会停下他讲解的步伐，在原地连兜几个圈子，直到我的目光重又明亮如洗。假如我调皮地向他眨眨眼睛，他会突然把讲了一半的话咽进肚里。他知道我已心领神会，可以继续向下讲了。

我这才知道，眼睛对眼睛，是可以说话的。它们进行无声的交流，在这种通行的世界语里，容不得谎言，用不着翻译。它们比嘴巴更真实地反映着一个人隐秘的内心世界。

随着年龄的增长，我明白了注视着别人的眼睛，是一种郑重，是一种尊敬，是一种信任，是一种坦诚。

当然，这种注视不是死死地盯着人家看，那样可真有点傻乎乎并且不文雅了。注视的目光应该是宁静而安然的，好像我们在晴朗的天气，眺望远处的青山。

如果我听懂了他的话，我会轻轻地点头。如果我需要他详细解说，我会用目光传达出这种请求。

注视着别人的眼睛，也给自己提出了更高的要求。

当我注视着别人的眼睛说谢谢的时候，我必须有发自内心的真诚。

当我注视着别人的眼睛说对不起的时候，我必须传递由衷的歉意。

当我注视着别人的眼睛说我能把这件事做好，我一定要有必胜的信心。

当我注视着别人的眼睛说请相信我，我觉得自己陡然间增长了才干和胆魄。

医学家证明，人在说谎的时候，无论他多么历练老辣，他的眼睛都会泄露他的秘密。他的瞳孔会散大，他的视线会游移，眼睑也会不由自主地下垂。

为了我们能够勇敢地注视别人的眼睛且不怕被别人注视，让我们做襟怀坦荡、心灵像水晶般透明的人。

抑郁的源头

每个人都是这样密切地与他人相关，所以当彼此的关系断裂时，才显出空旷无助的凄楚。断裂的原因，可能是误解、背叛、欺瞒、争吵、鄙视……死亡当然是最彻底的断裂了。生命是一根链条，其中一环断了怎么办？唯一的方法是把链条再接起来。这是需要花功夫、动脑子的事情。

看过一个熟练的布厂女工表演棉条的连接。棉条断了，每一根棉丝都断了，如同一根雪白的冰棒被截断。女工把需要吻合的两根棉条对接，展开，让每一根棉丝都找到连接的位置，然后轻轻地捻动，让它们在旋转中融为一体。接好了，抻拽一番，融合得天衣无缝。

这个过程形象地说明了建立新关系的步骤。找到新的位置，然后从容不迫地连接，新的关系就慢慢建立起来了。

世界上的事，简言之，都是关系使然。人的全部活动，就是三重无法逃避的关系。

第一重，是人和自然的关系。人类是自然之子。没有自然，就没有了人所依附的一切。大自然的伟力，在城市里的人，不大容易体会得到。你到空旷的山野和广袤的沙漠中，你置身于晴朗的夜空之下，你在雪山顶端和海洋中央之时，比较容易找到人类应该待着的位置。

第二重关系，是人和自我的关系。你离不开你自己。只要你活一天，你就和自己密不可分。就算你的肉身寂灭了，你依然和自己的精神痕迹紧紧地贴附在一起，无法分离。

第三重关系，就是人和他人的关系。纵观世界上无数的悲欢离合、潮起潮落，无非就是在这重关系上的跌宕起伏。人是被称为“人群”的，人不是单独的个体，而是人以群分。

这三重关系，无论哪一重发生断裂，都是噩耗。我们是互相联结的，没有哪一部分的震荡，其他部分可以幸免。所以，海明威说，不要问丧钟为谁而鸣，它就为你而鸣。

人永远不要割断自己同他人的联系，不要割断同祖国的联系，不要割断同祖先的联系，不要割断同亲人的联系，不要割断同历史的联系，不要割断同文化的联系……正是这重重联系，像斜拉桥的绳索一样，托举着你成为你。

如果桥梁的绳索断了，谁都知道要在第一时间将它修复。但是，人的关联的绳索断了，一时半会儿好像看不出非常严重的后果。你还是你，可以按时上班，可以听音乐和下饭馆，可以聊天和静思。但是，且慢，时间长了，是一定会出岔子的。很多的抑郁症就是这样悄无声息地发生了。我曾经听过一位美国心理学家讲述治疗抑郁症的新疗法，他很决绝地说，世界上所有的抑郁症，都是在关系上出了问题。

真是这样的吗？

你可以不信，但可以好好想一想。

被老师读作文的时候

我小的时候，作文很好，主要是我爱写得与众不同。比如说老师出了个作文题，叫《一次谈话》。一般的同学写的都是自己做了一件错事，被爸爸妈妈或是其他长辈批评了一顿，于是铭记在心，等等。也有写同学之间闹了点小误会，一谈心就和解了的。这两种写法我都想到了，可我想写一次更奇妙的谈话。想啊想啊，我就设想通过电话同一位非洲的黑人小朋友谈话，谈他们的苦日子和我们的幸福生活。其实这个想法有很不合理的成分在内——一个当奴隶的黑孩子怎么会有电话呢？但当时是小学生的我，可想不到这么多，只顾按照自己的想象写下去。

我们的语文老师是山东大学中文系毕业的，对我这些有漏洞也有一点新意的小作文，给了很好的评语。王老师不止一次给我的作文批过"5^+"的分数，还经常在课堂上读我的作文。

被老师读作文的时候，心里像一颗怪味豆。最初当然是甜的了，哪个学生不愿意受到老师的夸奖？可慢慢地，咸味和涩味就涌上心头。

首先是我觉得自己写得很不好，应该写得更好一些。特别是老师那些表扬的话，仿佛椅子上堆满了图钉，叫人不敢坐踏实。

最主要的是，下课以后，同学们的神情怪怪的。"哦——哦——老师又用传祥淘粪的勺子刳毕淑敏啦！"那时候我们刚学过一篇关于淘粪工人的课文，在北方话里，"刳"与"夸"同音。全班同学好像结成了孤立我的统一战线，跳皮筋，两边都不要我。要知道平日里，因为我个子高，跳得又好，大伙都抢着跟我一拨儿呢！我和谁说话，她会装作没听见扭身走开，然后故意跟别人大声说笑，一块儿边说边看着我。

在我幼小的心里，第一次懂得了什么叫孤独，什么叫被嫉妒。

这样的日子一般持续两三天，就会过去。一来是孩子们毕竟小，容易健忘；二来我那时是大队长，人缘挺好，大伙有事都爱找我。

作文每两周讲评一次，我便要经受一次精神的炼狱。怎么办呢？

我想到的第一个办法是：从此不要把作文写得那样好。我开始挺随意地写作文，随大溜，平平淡淡。果然，王老师不再念我的范文，同学们也和我相亲相爱。正在我很得意的时候，王老师找我了。

"你的作文退步了，是不是骄傲了？"我执拗地保持沉默。不是不愿意告诉老师原因，而是不知道怎么说。假如说了，老师会在班上把同学们数落一顿（她会的，她的脾气很急躁），那我的处境就更糟了。

我讨厌打小报告、告密的人。

王老师苦口婆心地开导我半天，虽说不是对症下药，我还是受到了教育。我想不能这样下去，我不应该用学习赌气。于是我又开始认认真真地写作文，王老师是满意了，可同学们敌视的恶性循环又开始了。

就没有一个万全之策吗？

我小小的脑筋动了又动，我发现同学们并不是讨厌我的作文。老师念它们的时候，大伙听得津津有味，不时还发出会意的笑声。同学们只是不喜欢老师反反复复只提一个名字：毕淑敏。

在我年长以后，我知道在心理学上，这种情况叫作“压抑”。同学们为了宣泄自身的情绪，把不满的火焰转移到了我的身上。

我当时自然是不懂这些的。我只觉得自己按老师的要求好好学习，并没有得罪谁，为什么大家伙儿要和我过不去？

又要写好作文，又要和大家处好关系，小小的我好累！不行了。

我小心翼翼地说：“王老师，我最近的作文有进步了吗？”

“噢，你近来写得不错。今天下午我还要读你的作文。”王老师说。

“我有一个小小的请求——”我战战兢兢地说。

“什么事？你说好了。”王老师的眼睛明亮地注视着我。

“我想……您念我的作文的时候……是不是可以……不念我的名字……”我鼓足勇气说完藏在心中许久的话。

退回30年，老师的威严比现在要强大得多。我的这个办法非得老师答应才成，因此心里发虚。

“为什么？我当了这么多年的老师，还是第一次听到这种要求。你总不能让同学们觉得那是一篇无名氏写的东西吧？”王老师有些不耐烦了。

我知道王老师会这么说的，要说服她可不是一件容易的事，索性一不做二不休。我镇静下来，一板一眼地说：“我觉得您读谁的作文，主要是看文章写得好不好。至于是谁写的，并不重要。不说名字，您让大伙儿讨论的时候，没人拘着面子，反倒更好说意见了。我也好给我自己的作文提不足之处……”

我说的都是实话，只是最重要的理由我没有说：我想为自己求一份心灵的安宁。

“你说得有一些道理。好吧，让我们下午试一试。”王老师沉吟着答应了。

那天下午的情形，一如我小小的心所预料的。同学们充满了好奇，发言比平日热烈得多。下课以后，我和大伙快活地跳皮筋。

“嘿！毕淑敏，今天念的范文是你写的吧？”有人问我。

“还能老是她写得好哇？我看今天一准是旁人写的。”有人这样说。

我一概只笑不回答。问得急了，我就说：“我猜是你写的。”

从此以后，我的作文越写越好，和同学们也能友好睦邻。

我至今不知道这算是少年人的机智还是一种早熟的狡猾，它养成了我勤奋不已而又淡泊名利的性格。

但长大以后，看到一则名人名言：“走自己的路，让别人说去吧！”我想那是一种更积极更勇敢的生活态度。

只是我小时候，就是听到了这句教导，也未必敢照着去做。因为我是太珍视同小朋友们无忧无虑跳皮筋的机会了。

界限的定律

记得当年学医时，一天，药理教授讲起某种新抗菌药的机理，说它的作用是使细菌壁的代谢发生障碍，细菌因此凋亡。细菌壁消失了，想想，多吓人的事情。好似兽皮没了，骨和肉融成一锅粥，破破烂烂、黏黏糊糊，自身已不保，当然谈不到再妨害他人。可见，外壳，也就是界限，是非常重要的。如果丧失了界限，那么，这种生物的生存和发展也就处于极大的危机中了。

教授讲的是低等生物，高等生物又何尝不是如此？界限这种东西，是古老和神奇的。动物会用气味笼罩自己的势力范围，没有现成的界桩，就会用自己的尿标出领地。界限也是富有权威和统治力的。国与国之间如果界限不清，就孕育着战争。人与人之间如果界限不清，就潜藏着冲突。账目不清，是会计的犯罪；扯皮推诿，是官员的渎职。清晰的界限，象征着健康和尊严。什么叫一个新生命的诞生？就是从融合中分离，在混沌中撕裂出了一个完全独立的个体，建起崭新的界限体系。人与人的界限如果消失了，那么人的特立独行和思索也同时丧失，随之而来的是精神的麻木和思维的蒙昧。

外壳之外，是彼此间的距离。在欧美的礼仪书里，特别注明人与人之间的最低社交安全距离是 17 英寸。这个标准，也要入境随俗。比如咱的公交汽车，正值上下班高峰，小伙的前心贴着姑娘的后背，别说 17 英寸，就连 1.7 英寸也保证不了。只有见怪不惊，理解万岁。可见界限这个东西，是有弹性的。

身体需要界限，心理何尝不是如此，特别是夫妻。无论何时，都不可消融了自我的界限。无论怎样情投意合，终是不同的个体，不可能完全一致。如果真是完全一致了，天天和一个镜子里的自我如影随形，岂不烦死！

界限有一个奇怪的定律——拉近的时候很容易，分开的时候很艰难。倘若你能灵活地把握一个度，在这个区域里，旗帜飞扬、如鱼得水，那么，你和对方都是惬意和自由的。假如你轻率地采取不断缩小距离的做法，那么用不了多久，双方就会不可扼制地融为一体。之后，在短暂的极度的快意之后，无所不在的矛盾一定披着黑袍子，敲响门窗紧闭的爱情小屋。界限复活了，如同蔓草在各个角落疯长，分裂的纹路穿插迂回，顽强地伸直自己的触角。球队结束了休息，下半场比赛的口哨重新吹响。物极必反说的就是这个道理，不管你记不记得它，它可忘不了你。界限一旦残破了，恰似古代的丝裙，修补起来格外困难，需极细的丝线，极好的耐心，极长的时间。

人是感伤和怀旧的动物。人们较能接受迅速拉近的距离，却无法忍耐在一度天衣无缝的密结之后，渐行渐远。通常会痛楚狭隘地把这种分离，理解为爱恋的稀薄和情感的危机。所以，当你忘情地飞速消弭彼此界限的时候，已把易燃易爆的危险品，裹挟进了情感列车。

为你的心理定一个安全的界限吧，也许是 1.7 寸，也许是 2.7 尺，人和人不一样，不必攀比。在这个界限里，睡着你的秘密，醒着你的自由。它的篱笆结实而疏朗，有清风徐徐穿过。在修筑你的界限的同时，也深刻地尊重你的伴侣的界限。两座花坛在太阳下开放着不同的花朵，花香在空气中汇为宽带。不要把土壤连在一起，不要一时兴起拔出你的界桩。甚至不要尝试，每一次尝试都会付出代价。不要以为零距离才是极致，它更像一个开放罂粟的井口。如果你一时把持不住自己，想想药理教授的话吧。我猜你一定不愿你的婚姻成为一摊溶化的细菌。

谁是你的支持系统

那天我回到家中，面对着先生拿出一张白纸。然后我对他说，在纸的上面，请写下“我的支持系统”这几个字。在纸的左面，请写下“人物的称谓或姓名”，在纸的右面，请写下“与我的关系”。好了，开始吧，尽快，不假思索。你要知道，所有的心理测验都烦再三斟酌。

他笑眯眯地看着我说，你今天又学习到了什么新知识，想在我这里做个试验？

我说，你猜得很准嘛。好吧，听我慢慢说个分明。

我们每个人都有一个支持系统，就像一个好汉三个帮，一个篱笆三个桩。比如，柱子是宫殿的支持系统，双脚是身体的支持系统，绿叶是花朵的支持系统，桥墩是高架桥的支持系统……一个人，在世界上行走，没有好的支持系统是不能持久的。它是我们闯荡江湖的根据地，它是我们长途跋涉的兵站。当我们疲倦的时候，可以在那里的草丛栖息；当我们忧郁的时候，可以在那里的小屋倾诉；当我们受到委屈的时候，可以在那里的谅解中洒下一串泪珠；当我们快乐的时候，可以在那里的相知中聊发少年之狂……

这种精神的疗养生息之地，你有多少储备？

先生是个缜密的人，他说，既然你已做完了这道测验，不妨把你的讲来听听。

我说，好啊。我告诉你。

我最先写下了我的母亲……

于是忆起那天的课堂。

静寂。这是心理测验常常出现的情形——人们在想。片刻之后，有人就"唰唰"地动起笔来。这种事情，一旦有人开了头，谁都顾不了谁了。同学们埋头写完，然后分成小组，描述自己的支持系统。基本上包括这样几类——家人、亲属、同学、师长……

有同学说：我飞快地检视了自己业已走过的人生。我为自己多年来储备下的丰厚资源感到欣慰；我对自己的今后更有把握和信心了。我的支持系统，从我幼年的朋友到最新的职场同事，他们涵盖了我的历程。好似风暴过后海滩上遗下的贝壳，那是给经历了考验的生命的礼品。

有一位同学的支持系统是一片空白。他坦诚地说，我的支持系统就是没有一个人。我是自己支持自己，是思想支持着我。也许，这是因为"文革"中有人告过密，使我不需要知心的人。

不管怎么说，我钦佩这位同学的坦率。还有的人在这种时候，不敢暴露自己，明明没有，但他随便填上几个名字，把自己凄凉的真实隐藏起来。但是，你要想一想，为什么自己的支持系统是空白呢？再有，如果有的同学全部填写的是家庭成员，那也是不够完备的。如果一个中学生，他的支持系统也都是同龄人，那么，很容易出现瞎子领瞎子的情况。要引起辅导员的高度注意。支持系统的性别单一化，也是不理想的。理想的支持系统应该是两性都有。

抵制“但是”

但是——是我们常常用到的一个词。我们原来有一个领导，就因为太爱使唤这个词了，外号就叫“老但”。

“但是”的意思，主要是作连词，好像那把皮坎肩的碎皮子缀在一处的彩色丝线。多用在一句话的后半截，表示转折语气。

比方说：你这次的考试成绩不错，但是——不能骄傲自满。

比方说：这地方的风景挺优美的，但是——离城里太远了。

比方说：这女孩身材相当好，但是——皮肤太黑了些。

……

我不知道“但是”这个词刚发明的时候，是不是对于它的前半部和后半部的分量一视同仁？也就是说，它只是一个公平的纽带，并不偏着谁，向着谁。可惜在长期的运用过程中，“但是”这个词，成了类似音乐简谱中“符点”的标记，把后面半拍的节奏，挪到前面去了。当人们看到这个词的时候，无论在“但是”的前面，堆积了多少美好的说明，都像碰上盐酸的污垢，冒了些泡沫，就没了踪影。人们记住的总是“但是”后面的转折，如同好不容易爬上高坡，还没来得及喘口匀气，“但是”这个陡峭的下坡，不由分说把你掳住，让你一下就滑到了谷底。

于是，“但是”就几乎成了贬义的先兆。只要一出现，气氛就大变。它成了把人心捆成炸药包的细麻绳，成了马上有冷水泼面的前奏曲。“但是”让你打了个激灵，立马把“但是”前面的温暖忘了，只有抖擞起精神，准备迎击扑面而来的顿挫。

“但是”便在这种频频警戒的气氛中，削减了平凡的联结之意，增添了沮丧的灰色意味。

其实，所有的光明都有暗影，“但是”的本义不过是强调事情还有另一方面。可惜日积月累的负面暗示，使得“但是”这个预报一出现，就抹去了喜色，忽略了成绩，轻慢了进步，贬斥了攀升。

一位心理学专家讲学时说，她主张大家从此不用“但是”，而改用“同时”。

比如我们形容天气的时候，早先是这样说：今天的太阳很好，但是风很大。

今后可以改成：今天的太阳很好，同时风很大。

当你最初看这两句话的时候，好像没有多大的分别。你不要急，轻声地多念几遍，那分量和语气的差异，就体味出来了。

但是风很大——会把人的情绪向糟糕那一面倾斜，注意力凝固在不利的因素上。觉着太阳好是件不值得太高兴的事情，风大才是关键。借助了“但是”的威力，风就把阳光打败了。

同时风很大——它更中性和客观，好似一个导游小姐，在指点我们注意了某一种情形之后，又把她手中的金属棒指向另一个方向。前言余音袅袅，后语也言之凿凿。不偏不倚，公允而平整。它使我们心神安定，目光精准，两侧都观察得到，头脑中自有定夺。

一词之差，它的背后，是怎样看待世界和自身。

我们绝不文过饰非，也不夸大其词。好比是花和虫子，一并存在。我们的眼光降落在哪里？降落在花丛中？降落在虫背上？

“但是”，是一副偏光镜，把我们的目光聚焦于虫子。花园里花朵很美丽，“但是”把虫子的影子放大了。

“同时”，是一个透明的水晶球，把我们均衡地分散在两方面。花园里花朵很美丽，“同时”，它也提示尚有虫子。

“但是”和“同时”，谁更持重和完整，更有利于我们对客观事物的评价和对主观判断的把持，想必会有公论。

如此讨论，仿佛和一个简单的连词过不去，有悖恕道。不过，这不单是如何连接上下两句话的问题，词的背后隐伏着思维方式。

当我用尝试着“同时”代替“但是”以后，一天两天，似也看不出多大的变化。可时间长了，我发现自己多了勇气，因为我的精神得到了补给和呵护。我发现自己对人更友善了，因为我更明确地发现了他人的长处和优异。我发现自己较为敏捷地从跌倒的地上爬起，因为我看到了沟坎，也看到了辙印。我发现自己多了宽容和慈悲，因为每当我意识到不足的时刻，都同时给自己鼓励。

附耳细说

韩国的古书，说过一个小故事。

一位名叫黄喜的相国，微服出访，路过一片农田，坐下来休息。他瞧见农夫驾着两头牛正在耕地，便问农夫："你这两头牛，哪一头更棒呢？"农夫看了看他，一言不发。等耕到了地头，牛到一旁吃草，农夫附在黄喜的耳朵边，低声细气地说："告诉你吧，边上那头牛更好一些。"黄喜很奇怪，问："干吗用这么小的声音说话？"农夫答道："牛虽是畜类，心和人是一样的。我要是大声地说这头牛好那头牛不好，它们能从我的眼神、手势、声音里分辨出我的评论。那头虽然尽了力，但仍不够优秀的牛，心里会很难过……"

由此想到人。想到孩子，想到青年。

无论多么聪明的牛，都不会比一个发育健全的人，哪怕是稍明事理的儿童，更敏感和智慧。对照那个对牛的心理体贴入微的农夫，世上做成人，做领导，做有权评判他人的人，是不是经常在表扬或批评的瞬间，忽略了一份对心灵的抚慰?

父母常常以为小孩子是没有或是缺乏自尊心的，随意地大声呵斥他们，为了一点小小的过错，唠叨不止。不管是什么场合，有什么人在场，只顾自己说得痛快，全然不理会小小的孩子是否承受得了。以为只要是良药，再苦涩，孩子也应该脸不变色心不跳地吞下去。孩子越痛苦，越说明对这次教育的印象深刻，越能够起到举一反三的效果。

这样的父母，实在是想错了。

能够约束人们不再重蹈覆辙的唯一缰绳，是内省的自尊和自制。它的本质是一种对自己的珍惜和对他人的敬重，是对社会公有法则的遵守与服从。如果一个孩子从小就在无穷的心理折磨中丧失了尊严，无论他今后所受的教育如何专业，心里的阴暗和残缺很难弥补，人格潜伏着巨大危机。

人们常常以为只有批评才须注重场合，若是表扬，在任何时候任何情形下都是适宜的，这也是一个误区。

批评就像冰水，表扬好比热敷，彼此的温度虽不相同，但都是疗伤治痛的手段。批评往往能使我们清醒，凛然一振，深刻地反省自己的过失，迸发挺进的激奋。表扬则像温暖宜人的淋浴，使人血脉偾张、意气风发，产生勃兴向上的豪情。

但如果是在公共场合的批评和表扬，除了对直接对象的鞭挞和鼓励，还会涉及同时聆听的他人的反应。更不消说领导者常用的策略往往是这样：对个别人的批评一般也是对大家的批评，对某个人的表扬更是对大多数人的无言鞭策。至于做父母的，当着自家的孩子，频频提到别人孩子的品行作为，无论表扬还是批评，再幼稚的孩子也晓得，这是醉翁之意不在酒的含沙射影。

批评和表扬永远是双刃剑。使用得好，犀利无比，斩出一条通达的道路，使我们快速向前；使用不当，就可能伤了自己，也伤了他人，滴下一串串淋漓的鲜血。

我想，对于孩子来说，凡是隶属天分的那一部分，无论是表扬还是批评，都不必过多地拘泥于此。就像玫瑰花的艳丽和小草的柔弱，都有浓重的不可抵挡的天意蕴藏其中，无论其个体如何努力，可改变的幅度不会很大，甚至丝毫无补。玫瑰花绝不会变成绿色，小草也永无芬芳。

人也一样。我们有许多与生俱来的特质，每个人都是不同的。比如相貌、身高，比如气力的大小、智商的高低……在这一范畴，都大可不必过多地表扬或者批评。夸奖这个小孩子是如何美丽，那个又是如何聪明，不但无助于让他人有的放矢地学习，把别人的优点转化为自己的长处，反倒会使没有受到表扬的孩子滋生出满腔的怨怼，使那受表扬者繁殖出莫名的优越。批评也是一样。奚落这个孩子笨，嘲笑那个孩子傻，他们自己无法选择换一副大脑或是神经，只会悲观丧气，也许从此自暴自弃。别的孩子在这种批评中无端地得到了傲视他人的资本，便可能沾沾自喜起来，松懈了努力。

批评和表扬的主要驰骋疆域，应该是人的力量可以抵达的范围和深度。它们是评价态度的标尺，而不是鉴定天资的分光镜。

我们可以批评孩子的懒散，而不应指责儿童的智力。

我们可以表扬女孩把手帕洗得很洁净，而不宜夸赏她的衣服高贵。

我们可以批评临阵脱逃的无能，却不要影射先天的多病与体弱。

我们可以表扬经过锻炼的强壮机敏，却不必太在意来自遗传的高大与威猛。

……

不宜的批评和表扬，如同太冷的冰水和太热的蒸汽，都会对我们的精神造成破坏。孩子和年轻人的皮肤与心灵，更为精巧细腻。

他们自我修复的能力还不够顽强，如果伤害太深，会留下终身难以修复的印迹，每到淫雨天便会阵阵作痛。遗下的疤痕，侵犯人生的光彩与美丽。

山野中的一个农夫，对他的牛，都倾注了那样淳厚的爱心。人比牛更加敏感。因此，无论表扬还是批评，让我们学会附在耳边，轻轻地说……

让我们倾听

我读心理学博士课程的时候，写作业时，有一篇是研究“倾听”的。刚开始我想，这还不容易啊？人有两耳，只要不是先天失聪，就能听见动静。夜半时分，人睡着了，眼睛闭着，耳朵没有开关，一有月落乌啼，人就猛然惊醒，想不倾听都做不到。再者，我做内科医生多年，每天都要无数次地听病人倾倒满腔苦水，鼓膜都起茧子了。所以，倾听对我应该不是问题。

查了资料，认真思考，才知差距多多。在“倾听”这门功课上，许多人不及格：如果谈话的人没有我们的学识高，我们就会虚与委蛇地听；如果谈话的人冗长烦琐，我们就会不客气地打断叙述；如果谈话的人言不及义，我们会明显地露出厌倦的神色；如果谈话的人缺少真知灼见，我们会讽刺挖苦，令他难堪……凡此种种，我都无数次地表演过，至今一想起来，就无地自容。

世上的人，天然就掌握了倾听艺术的，可说凤毛麟角。

不信，咱们来做一个试验。

你找一个好朋友，对他或她说，我现在同你讲我的心里话，你却不要认真听。你可以东张西望，你可以搔首弄姿，你也可以听音乐、梳头发，干一切你忽然想到的小事，你也可以顾左右而言他……总之，你什么都可以做，就是不必听我说。

当你的朋友决定配合你以后，这个游戏就可以开始了。你必须拣一件撕肝裂胆的痛事来说，越动感情越好，切不可潦草敷衍。

好了，你说吧……

我猜你说不了多长时间，最多三分钟，就会鸣金收兵，无论如何你也说不下去了。面对着一个对你的疾苦你的忧愁无动于衷的家伙，你再无兴趣敞开襟怀。你不但缄口了，而且会感到沮丧和愤怒。你觉得这个朋友愧对你的信任，太不够朋友。你决定以后和他渐疏渐远，你甚至怀疑认识这个人是不是一个错误……

你会说，不认真听别人讲话，会有这样严重的后果吗？我可以很负责地告诉你，正是如此。有很多丧失的机遇，有若干阴差阳错的讯息，有不少失之交臂的朋友，甚至各奔东西的恋人，那绝缘的起因，都系我们不曾学会倾听。

好了，这个令人不愉快的游戏我们就做到这里。下面，我们来做一个令人愉快的活动。

还是你和你的朋友。这一次，是你的朋友向你诉说刻骨铭心的往事。请你身体前倾，请你目光和煦。你屏息关注着他的眼神，你随着他的情感冲浪而起伏。如果他高兴，你也报以会心的微笑；如果他悲哀，你便陪伴着垂下眼帘；如果他落泪了，你温柔地递上纸巾；如果他久久地沉默，你也和他缄口走过……

非常简单。当他说完，游戏就结束了。你可以问问他，在你这样倾听他的过程中，他感到了什么？

我猜，你的朋友会告诉你，你给了他尊重，给了他关爱。给他的孤独以抚慰，给他的无望以曙光，给他的快乐加倍，给他的哀伤减半。你是他最好的朋友之一，他会记得和你一道度过的难忘时光。

这就是倾听的魔力。

倾听的“倾”字，我原以为就是表示身体向前斜着，用肢体语言表示关爱与注重。翻查字典，其实不然。或者说仅仅做这样的理解是不够全面的。倾听，就是“用尽力量去听”。这里的“倾”字，类乎倾巢出动，类乎倾箱倒箧，类乎倾国倾城，类乎倾盆大雨……总之殚精竭虑，毫无保留。

可能有点夸张和矫枉过正，但倾听的重要性我以为必须提到相当的高度来认识，这是一个人心理是否健康的重要标识之一。人活在世上，说和听是两件要务。说，主要是表达自己的思想情感和意识，每一个说话的人都希望别人能够听到自己的声音。听，就是接收他人描述内心想法，以达到沟通和交流的目的。听和说像是鲲鹏的两只翅膀，必须协调展开，才能直上九万里。

现代生活飞速地发展，人的一辈子，再不是蜷缩在一个小村或小镇，而是纵横驰骋漂洋过海。所接触的人，不再是几十一百，很可能成千上万。要在相对短暂的时间内，让别人听懂你的话，让你听懂别人的话，并且在两颗头脑之间产生碰撞，这就变成了心灵的艺术。

现今鼓励青年展示才智的书很多，教你怎样展现自我优点，怎样在第一时间给人一个好印象，怎样通过匪夷所思的面试，怎样追逐一见钟情的异性……都有不少绝招。有人就觉得人际交往是一个充满了技术的领域，是可以靠掌握若干独门功夫就能翻云覆雨的领域。其实，享有好的人际关系，学会交流，听比说更重要。

从认知的发展顺序来看，我们是先学着听。我之所以用了“学着”这个词，是指如果没有系统地学习，有的人可能终其一生，都没能学会如何“听”。他可以听到雪落的声音，可他感觉不到肃穆；他可以听到儿童的笑声，可他感受不到纯真；他可以听到旁人的哭泣，却体察不到他人的悲苦；他可以听到内心的呼唤，却不知怎样关爱灵魂。

从婴儿开始，我们就无意识地在听。听亲人的呼唤，听自然界的风雨，听远方的信息，听社会的约定俗成。这是一种模糊的天赋，是可以发扬光大也可以湮灭无闻的本能。有人练出了发达的听力，有人干脆闭目塞听。有很多描绘这种状态的词语，比如“充耳不闻”“置若罔闻”……对“闻”还有歧视性的偏见，比如“百闻不如一见”。

听是需要学习的，它比“说”更重要。如果我们没有听到有关的信息，我们的“说”就是无的放矢。轻率的人，容易下车伊始就哇里哇啦地说，其实沉着安静地听，是人生的大境界。只有认真地听，你才能对周围有更确切的感知，才能对历史有更深刻的把握，才能把他人的智慧集于己身，才能拓展自己的眼界和胸怀。

读书是一种更广义的倾听。你借助文字，倾听已逝哲人的教诲；你借助翻译，得知远方异族的灵慧。

倾听使人生丰富多彩，你将不再囿于一己的狭隘贝壳，潜入浩瀚的深海；倾听使人谦虚，知道山外有山天外有天；倾听使人安宁，你知道了孤独和苦难并非只莅临你的屋檐；倾听使人警醒，你知道此时此刻有多少大脑飞速运转，有多少巧手翻飞不息。

倾听是美丽的。你因此发现世界是如此五彩缤纷。倾听是幸福的一种表达，因为你从此不再孤单。

倾听是分层次的。某人在特定的时刻，讲了特定的话。只有当我们心静如水，才能听到他的话外之话。年轻人最易犯的毛病是，他明白所有倾听的要素，也懂得做出倾听的姿态，其实呢，他在想着自己待会儿要说的话。他关注的不是述说者，而是他自己。“佯听”是很容易露馅的，只要他一开口讲话，神游天外的破绽就败露了。两个面对面述说的人，其实是最危险的敌人。一切都被心灵记录在案。

倾听是老老实实的活儿，来不得半点虚假和做作。倾听是对真诚直截了当的考验。所以，如果你不想倾听，那不是罪过。如果你伪装倾听，就不单是虚伪，而且是愚蠢了。

当我深刻地明白了倾听的本质不是仅仅把它当成讨好的策略后，倾听就向我展示了它更加美丽的内涵，它无处不在，息息相关。如果你谦虚，以万物为师长，你会听到松涛海啸雪落冰融，你会听到蚂蚁的微笑和枫叶的叹息。如果你平等待人，你的耐心就有了坚实的基础，你可以从述说者那里获得宝贵的馈赠。这就是温暖的信任和支撑。

年轻的朋友们，让我们学会倾听吧！当你能够沉静地坐下来，目光清澄地注视着对方，抛弃自己的傲慢和虚荣，微微前倾你的身子，那么你就能听到心与心碰撞的清脆音响，宛若风铃。

诺言不是锁链

你可以改变以前的承诺，不必永远被它束缚。

这一条太重要了。咱们中国人，重视一诺千金。结果呢，世上的人就分成了两大阵营，一种是“一诺千金”的，一种是“一诺鸡毛”的。

这一诺千金固然是好品质，但世事多变，如果你的思维有所前进和变化，其实也不必拘泥于很久之前的“诺”，那样就太刻板了。有些人，因为太重视“一诺”这根金锁链，畏惧改变，叫它压弯了脖子，其实得不偿失。

你有权利尽情地表达你的感受。感受改变了，经过理智的甄选斟酌，你可以据此改变决定，包括诺言。

很多人不敢说出自己的感受，问其原因，大多会腼腆地说，因为怕别人不喜欢自己。有人若是因为你的真实感受不喜欢你，那你也只有退避三舍敬而远之了。

不过很多时候，人们搞不清发表评论和表达自身感受之间的区别。其实，直截了当地说出自己的感受，通常是无害的。你不是在评论他人，只是客观地描述自己内心的活动，应该无罪。如果你连这一点主权都捍卫不了，那处境就有点可悲了。

不想见某些人，不想参加某些会议，不想陪某些人吃饭，可以不去。

不接受采访，不为某些人庆祝生日，不为某些人的去世发表感言，并不因此而内疚。

不对别人的情绪负责任，只对自己的情绪负责任。别人要怎么想，那是他们的自由和选择，和你无干。即使是由你引起的，他们也可以选择不同的情绪，你绝不是矛盾的主要方面。

不必每件事都寻找答案。世界上好多事情是没有答案的。或者说，今天答案是这样的，明天又可能变成那样，都算正常范围内可能出现的局面。

不必每件事都判断对错。对错这东西是有的，只是不一定每一桩你都来出面判断啊。

不上网、不会用银行卡、打不开保险箱、不开博客、不会发手机短信、不明白金融危机、不晓得今年的流行色和某个台风的名字……这都不丢脸。要知道李白杜甫那会儿，这些东西都是没有的，他们依然伟大。

可以没有充分理由就做出一个决定，只听凭直觉。但你要对这些决定负责。

一旦能更好地认识自己，我们就能停止那种扮演不必要的角色的行为。

第五章

活着，痛着，成长着，才是人生

突破是一个过程，首先经历心智的拘禁，继之是行动的惶惑，最后是成功的喜悦。

怨恨还是快乐，这是一个问题

那天，一位姑娘走进我的心理诊室，文文静静地坐下了。她的登记表上咨询缘由一栏，空无一字。也就是说，她不想留下任何信息表明自己的困境。

我打量着她。衣着黯淡却不失时髦，看得出价格不菲。脸色不好，但在精心粉饰之下，有一种凄清的美丽。眉头紧蹙，言语虽是缓缓的，却如同细碎的弹片四下迸射。

“我得了乳腺癌，你想不到吧？不但你想不到，我也想不到。直到我躺在手术台上，刀子滑进我胸前皮肤的时候，我还是根本不相信这个诊断。我想，做完了手术，医生们就会宣布这是一个天大的误会。病理检验确认了癌症，我彻底垮了。化疗，头发被连根拔起。刀疤横劈，我知道我的生活发生了毁灭性的改变。我原是辆红色的小火车，有名利有地位有钱有高学历，拉着汽笛风驰电掣隆隆向前，人们都羡慕地看着我。现在，火车脱轨了，颠覆了，零件散落一地……

“我辞了外企的高薪工作，目前在家休养。我想，我的生命很有限了，我要用这有限的生命来做三件事情。第一件，以我余生的所有时间来恨我的母亲……”

无论我怎样克制着自己的情绪，还是不由自主地把震惊之色写满一脸。重病之时，正是期待家人支持的关键时刻，怎能如此决绝地痛恨母亲呢？

她看出了我的大惑，说：“我的母亲是一个医生，在得知我得了病以后，她没有给过我任何关于保乳治疗的建议，总是督促我赶快接受手术。我一个外行人，不知道还有保存乳房治疗乳腺癌的方法，可她是一个医生啊，为什么不替她唯一的女儿多多考虑一番，就让那残忍的一刀切下来了呢？所以我咬牙切齿地恨她。

“我要做的第二件事是死死绑住一个男人。这个男人有家室，以前我们是情人关系，常在一起度周末，彼此愉悦。我知道这不符合毕老师您这一代人的道德标准，但对我来说是无所谓的事情。我从来没有要求他承诺什么，也不想拆散他的家庭，因为那时我还有对人生和幸福的通盘设计，和他交往不过是权宜之计。可是，如今情况大不同了，我已经失去了一只乳房，不再完整。我无法把残缺的身体展现在另外的男人面前，这个情人是见证过完整的我的最后一个男人了。我要他离婚娶我。如果他不同意，我就把他和我的关系公之于众。他是有身份好脸面的人，不敢惹翻我，我会继续逼他……

“我要做的第三件事是拼命买昂贵的首饰。只有这些金光闪闪晶莹剔透的小物件，才能挽留住我的脚步。我常常沉浸在死亡的想象之中，找不到生存的意义。我平均每两周就有一次自杀的冲动，唯有想到这些精美的首饰，在我死后，不知要流落到什么样的人手里，才会生出一缕对生的眷恋。项圈套住了我的性命，耳环锁起我对人间最后的温情……”

她不停地说着，漠然而坦率。我的心随之颤抖，看出了这镇定之下的苦苦挣扎。后来她又向我摊开了所有的医疗文件，她的乳腺癌并非晚期，目前所有的检查结果也都很正常。我确信她的生命受到了严重的威胁，但这不是来自那个被病理切片证实了的生理的癌症，而是她在癌症击打之下被粉碎了的自信和尊严。癌症本身并非不治之症，癌症之后的忧郁和愤怒，无奈和恐惧，孤独和放弃，锁闭和沉沦……才是最危险的杀手。

后来她接受了多次的心理咨询，并且口服了抗抑郁的药物。在双重治疗之下，她一天天坚强起来。她不再怨怼母亲，因为不是母亲让她得了癌症。尽管也许母亲没有尽到最好的参谋作用，但身患病痛是自己的事情，不必怨天尤人。她已长大，只能独立面对命运的残酷挑战并负起英勇还击的责任，而不是像个小妞妞赖妈妈没有把自己照顾好。她意识到虽然切除了一侧乳房，但她依然是完整的女人，依然有权利昂然追求自己的幸福。哪个男人能坦然地接受她，珍惜她，这才是爱情的坚实基础。建立在要挟和控制之上的情人关系，只能是一出浩大悲剧的幕布。至于美丽的首饰嘛，她说，我想自己留下一部分，然后把一些送给朋友们，我还是很喜爱金光闪闪和玲珑剔透的小物件，但我不必把它们像铁锚一样紧紧地抓在手里，生怕一松手遗失了它们就等于丢掉了自己的性命……

疗程结束走出诊室的时候，她说，毕老师，我就不和您说再见了，因为我不想再见到您。这不等于说我不感谢您，今后的某一天，也许您的耳朵根子会突然发热，那就是我在远方深情地呼唤着您。我不见您，是相信我自己有能力对付癌症，不论是身体的癌症还是心理上的癌症，只要精神不屈，它们就会败退。

我微笑着和她道别，但愿自己永远不再见到她。但有时，会冷不丁想起这位美丽的姑娘，最近还好吗？

击碎无所不在的尺

以最平凡的态度，做最不平凡的事情，这就是“平常心”的真谛了。

“平常心”这几个字，说的人多，真正明白的人没有那么多。因为“平常”，并不是听之任之、随波逐流，它是一种务实而踏实的人生态度，并不像我们想象的那样容易，是高度智慧的不经意表现，是坚强意志的莞尔一笑。

如果别人对你没有要求，其实是很惨的事情。你被放逐了，你会觉得无价值感，会丧失了归属感。所以，当别人对你有很高要求的时候，你不必沮丧。那正是他高看你的能力，以为你能够胜任。当然，如果确实超出了你的范畴，你可以提出看法，但不必垂头丧气。

到处是尺。尺度要人命。身高是尺，因为它赫然列在征婚条件的前几行；体重是尺，因为它和很多人的自我形象密切相关；职务是尺，简直就是衡量你是否进步的唯一阶梯；排名是尺，无论在国际上还是在国内省内校内班内，都是你的资格和位置的标杆。然而，设立尺的那个人是谁？人们已经忘记。

把自己从尺度中救出来，是当务之急。

永远不要把别人的进步，当成衡量你自己有无能力的尺度。那是不自信的人惯用的方式。无论是对自己还是对别人，万勿期望太高。所以，同学聚会的时候，你尽管放松，我们因为过去的友谊而重逢，这并不是今日近况的比武场。

好心态

一个健全的心态，比一百种智慧都更有力量。

现在把智商炒得火热，可是我总觉得很多事情没办好，不是我们的智商不够，而是心态不稳。心理现在也成了一个几乎被说滥了的词。棋下输了，会说，其实是在心理上输了；跳水砸了，会说不是技不如人，而是心理上的问题；考试慌张，没能考出应有的成绩，自然也是心理上的毛病了……凡此种种，还可以举出很多。有时心想，心理问题变成了一个大箩筐，什么东西都可以丢进去。

不过，心理还真是一个大箩筐，也许它的容积，比我们想象的更大。我们的大脑，虽说是整个机体的总司令，但其实只占了整个身体能量的一小部分。还有一大部分，是习惯成自然，类乎山高皇帝远的封建诸侯国，自成体系。也就是说，机体几乎是在独立自主的情形下，下意识地完成着很多重要工作。比如，正常时分，你能知道自己的胃肠道是如何消化食物的吗？你能知道自己的血压是如何调整的吗？想必大多数人一脸茫然。

如果人们紧张慌乱手足无措，诸侯小国也会顿时进入非常状态，放弃平日的稳定和协调，乱成一锅粥，其后果不堪设想。这就是为何在比赛中，有的选手会因为过度紧张，犯一些不可思议的低级错误。

说到底，也没什么不可思议的。紧张几乎是万恶之源，一旦机体进入了不协调状态，我们会词不达意、手足无措、丢三落四、张口结舌、漏洞百出、匪夷所思……总之，各种谬误风起云涌，让人防不胜防。

有人看到这里，就会很悲观，说照你这样一讲，岂不就没救了？无论我们事先准备得如何好，到时候，神通广大的潜意识一作乱，我们就前功尽弃、毁于一旦了啊！的确是这样。平日锻炼自己养成健全的心态，遇事冷静不慌，全部身心高度协调，这比智慧更重要。

烦恼世界的好礼物

如果你病了，请在第一时间到医院去。不要坚持，以为这是对身体的锻炼。但是你可以想一想，自己为什么会生病？所有的疾病都是有原因的，答案只有你自己晓得。知道了答案，你不要告诉别人，因为这是你的秘密。如果你需要不断地把自己的病痛公布于众，那不是显要人物，就是以病为美。

我很喜欢的一本书，叫作《生命的重建》。这是美国一位名叫露易丝·海的女心理学家所写，据说全球销量达到了 2000 万册。这还是 2002 年的数据，到现在很可能更高了。我喜欢这本书到什么程度呢？给你说个真实的笑话。

有张报纸，上面有个不定期的栏目，叫作《名家荐书》，就是请一些人说说自己最近都读了哪些好书，和读者分享。其实呢，就是写一篇读后感，你要说出这本书好在哪里，为什么要推荐给大家。有点像你在哪个小饭馆或是大饭店吃了一道好菜，告知亲朋们：大家都来尝尝啊。我对报纸上这一类的小专栏都挺注意的，因为现在贿买的书评太多，凡是长篇大论说某书如何如何好的，反倒让我疑心这作者是收了出版社的钱财，替人抬轿子吹喇叭，不足为信。倒是这类比豆腐干大不了多少的文章，出版社看不上眼，有可能是肺腑之言。因为常常看这种文章，轮到编辑邀我荐书，自己也很荣幸，赶紧为自己觉得好的书写上三言两语，以报还编辑的信任和同我一样喜欢这栏目的读者。编辑还说，如果您特别忙，抽不出时间来写这篇文章，就把您的想法告诉我，我来写好了。那一段，我真是特别忙，就在电话里，把自己对这本书的好感说了一番，后来由编辑整理后发在报纸上。因为我没有该报纸，编辑可能给我寄了，我又没收到，总之印象淡漠。过了一年多，该编辑又向我约这个栏目的稿，我觉得总是劳驾人家代笔恐不相宜，就自己动手写了一篇书评，以电子邮件的形式发给她。过了几天，该编辑回复我说，看来毕老师真的是很忙，您去年就已经向我推荐过这本书了。

我是老大不好意思，觉得对编辑不够尊重，但心底实在是喜爱这本书，我就把这篇从未发表过的书评附在下面。

露易丝·海是美国最负盛名的心理治疗专家，她揭示了疾病背后隐藏的心理模式，认为每个人都有能力采取积极的思维方式，实现身体、心理的整体健康。

也许有人会以为露易丝·海一定是个得天独厚、超级健康的人，要不然她何德何能有资格来写这样一本教诲众生、引渡痛苦的书呢？要知道，这本书自1984年出版以后，截至2002年，英文版已经印刷了71次，销量达到了2000万册。

其实，她是一个不幸的女人，红颜薄命、饱经沧桑。她的童年风雨飘摇、穷困潦倒，自幼父母离异，5岁的时候就遭受了强暴，少年时代一直受着凌辱与虐待。后来她逃到纽约，历经坎坷成为一位服装模特，嫁了人。14年后，她被丈夫抛弃，后来又被确诊患了癌症……

但是露易丝·海没有被命运之蹄踏成齑粉，而是用残破的碎片重构起了自己的思维大厦，提出了“整体健康”的观念。在她的这本书里，流淌着温暖的智慧，传授着行之有效的方略。

特别值得一提的是，在书中有一个问题列表，列出了你现在有的疾病和以后可能有的疾病的名称，并且探讨了这些疾病的内在成因。

心理不适可以导致生理上的疾病，比如你工作压力太大感觉疲惫不堪，老板让你加班你不得不加，这时候你就很可能患上感冒。你名正言顺地赖在床上得以休养，感冒就成了你的朋友，荣登了心身疾病的谱系。露易丝把各类疾病排起队来，明晰地列成表格让人按图索骥，实在是聪明而且大胆。我不敢说这些起承转合的规律一定千真万确，但起码很大部分是非常实用的。

比如“疼痛”，可能是因为渴望得到爱，渴望被拥有而不能被满足。比如导致“贫血”的心理原因可能是态度消极，缺少快乐，并且害怕生活。再比如“脓肿”，是由于对你不愿意丢弃的信念，感到了愤怒。还有“背部不适”，是因为感到生活难以支持……

这个表一共占了44页，每一次我读到它们的时候，都充满好奇并心怀敬畏。我们的身体里面居住着我们的心理，它们水乳交融、互通有无，在暗地里主宰着我们的生涯，而我们却常常一无所知。露易丝的书不一定放之四海而皆准，起码提供了一份详尽的情报，让我们从此在心身疾病面前不再盲目和茫然，继而重整河山，再造健康。

心境防割

旅游的时候认识了一对夫妻，职业是制作防割手套。我问，这手套坚硬到何种程度呢？他们笑而不答，说回到北京后你到我们那里参观一下就知道了。

第一眼看见防割手套，平凡到令人垂头丧气。和普通车工钳工戴的白线手套没有任何区别，如果一定要找到不同，就是价钱要贵出很多。也许看出了我的不屑，男主人抽出一把寒光四射的匕首握在手中说，你戴上手套，然后，来夺我的刀。认真端详，那刀尺把长，尖端像西班牙人的鞋子弯弯翘起，开了刃，血槽深深。我胆战心惊道，这刀可以杀死一头恐龙了，不敢。他又说，要么我戴上手套，请你来割我吧。我说，那干脆就滑到了犯罪边缘，本人奉公守法，恕我也不能从命。他无奈，只有亲戴手套，自己来割自己了。

戴上防割手套的左手有些臃肿，右手执刀杀气腾腾。晶光闪烁长刃劈下的那一瞬，我骇得紧闭了眼睛。等到哆哆嗦嗦打开眼帘，以为看到的是皮开肉绽、血花翻飞，不想雪白的左手套上，只有一道淡淡的痕。主人优雅地舒了几下掌，如同少妇的额头被抹上了速效去皱霜，痕迹很快就平复了。

大觉神奇，不由得一试。戴上手套，用刀锋在指掌上反复切割，先轻后狠。那真是一种奇妙的感受，你能感觉到薄刃的锋芒和杀伐的重量，然而它却如溪水掠过，毫发无伤。主人告诉我，看似普通的棉纱里，捻进了五百根高弹钢丝。临走的时候，主人送我一副防割手套，笑道，从此你可空手夺刃了。

感叹防割手套的神奇，不由得想到：倘加上十倍百倍之量，用千万根钢丝织就一件背心，披挂在身，便心硬如铁了。再没有什么情感的剑戟能刺穿出血洞，再没有什么理智的矛斧能劈裂成沟壑。享有一颗风雨无摧、刀枪不入的心，岂不万般惬意！

有一段时间，我出门书包里常带着防割手套，期望着碰上一个行凶的歹徒，冲出去见义勇为又保全须全尾。然世事虽纷杂，运气却极佳，梦想竟无法成真。坚固的防割手套渐渐蒙尘，如同骁勇的大将空白了少年头。终有一天，我在乡下干活的时候，想到委它以新任。花圃中月季正香艳，这是最渴望修剪的花卉。此花盛开之后，如不从瓣下第三分岔处刈除，就会花渐小、香渐远，魅力大失。只是那些月季的锐刺尽忠职守，如同美女的贴身保镖虎视眈眈。我手笨，每一回都被扎得十指痛痒。

连刀剑都能阻挡，还怕小小的荆棘吗？我戴上防割手套，所向披靡地抓起了月季花茎。顿时，双手像被蜂群包围，数不清的小刺同时扎入肌肤。慌乱摘下手套查看，七八处鲜血淋漓，实为我充任业余园丁以来损失最惨痛的一次。

原来，这特制手套能够防止长刀短剑的切割，却并不能阻止细小毛刺的揳入。钢丝铰结的缝隙是小针出入自由的高速路。

那天，我贴着大约十张创可贴完成了剪枝工作，一边挥舞园艺剪一边想，悲哀啊，看来十万根钢丝也无法保证我们的心境不受损毁，更不消说，人是不能无时无刻不裹在钢丝里面的。那样我们将丧失对人间百态的灵敏触碰和对风花雪月赏心悦目的叹息。

你想保有你对世界的好奇和快乐吗？你必须除去心的伪装，敞开你的心扉。心必将一生裸露着，狂风为她梳洗，暴雨为她沐浴。心没有蓑衣，也没有斗笠。心会受伤，心也会流血，这就是心的功能啊。

把心藏在钢铁中，且不说钢铁也是有缝隙的，就算心境防割，心也不能再活泼地游弋，那才是心最大的哀伤呢！关于这种悲惨的境况，古语中有一个恰如其分的词，叫作“心死”。

一个心理健康的人，心可以流血，自己就能撕下衣襟止血。心可以撕裂，自己能够飞针走线地缝合。他可以有累累的创伤，更会有创伤愈合之后如功勋章般的痕迹。

寻觅危险

在心理学家马斯洛先生的“人的需要层次金字塔”模式里，安全感是人类的基本需求之一。

记得在日本访问时，很惊讶普通民居的构造单薄。尤其是海边的房子，好像纸扎的灯笼，轻而蓬松，叫人怀疑，稍大些的海风就会把墙壁吹个透明窟窿。

我问日本人，你们这里多地震多火山多海啸什么的，如此稀松的房子，怎么抵御灾难，岂不是太不安全了吗？

日本人回答，正是因为多灾，我们的房子才造得很轻，即使倒塌，也不会把人压死砸死，比钢筋铁骨的建筑，反倒多一分安全。就像薄薄的鸡蛋壳，小鸡很容易钻出来。它看起来不安全，其实倒是很安全的。

真叫人无话可说。

那年到处风传地震，我为自己和家人的安全焦虑，特向一位专事地震研究的朋友请教。她告诉我，地震发生的时候，你赶快跳到家中房屋的承重墙交叉的部位，那里通常比较坚固，即使倒塌也会有小的支撑空间可供躲避，以利等待救援。此秘诀闹得我和先生像两个蹩脚的工程师，在自己家中四处逡巡，彼此还意见分歧。他说这堵墙承重，我说可能是那一堵，吵得谁也不服谁，只好又向朋友讨教。她说，你们可以找到当年施工部门的图纸，对照辨认，岂不最有权威性了？这法子好是好，但实在太麻烦，我们只好不了了之。朋友是个尽责的人，后来又过问此事，我如实相告，朋友说，告诉你一个简单的法子，一旦地动山摇，你就躲到房屋内的卫生间，那个角落比较安全……从此我牢牢记住这一救命宝典，很长时间内，一进入卫生间，就敬畏有加，觉得在未来的某一天，全靠它的庇护啦！

后来我到了唐山，有一位大地震中的幸存者，谆谆告诫我，大震时，要飞快地蹿到凉台上，这样可以在随后的余震中被甩到室外，安全系数较大。他当年就是如此才保住性命，而他躲在房中的家人，全部遇难。

我于是想象自己倘若遇到震灾，可能会在卫生间和凉台上蹿下跳，坐失宝贵时间。

坐汽车，我因为晕车，总好坐在前面。但屡屡被人指教，只有司机后面的座位，才是全车中最保险的地方。因为据车祸中大难不死者的统计数据，证明在危急的时刻，司机会下意识地保全自己，所采取的紧急措施对自己的位置最为有利。我觉得这一提议后面，有一层相当微妙甚至龌龊的前提，那就是——司机以人的本能保护自己，你坐在司机后面，以他的身躯为你的血肉长城……

灾难时，到底哪里最安全？我只做过如此不完善的小小调查，已是众说纷纭，看来，安全是个永恒的题目，在我们的生命里面，寻找安全，是集体无意识的顽强表现。

我便敬佩那些在危急的时刻，抛却自身的安全，奋勇地冲向危难的勇士。这不仅是道德和情操的高尚，更是人战胜自己天性的壮举。

比如消防人员的扑向火海，比如救护人员的攀登危楼，比如易燃易爆物品燃烧时的临危不惧，比如潜入冰水拯救遇溺者……无论对职业人员还是对见义勇为的普通公民，我相信，在那一瞬，都有生命本能的召唤和人生价值的实现碰撞的火焰。

如果为了一己的安全，自然是远离危险。我们的每一根头发、每一滴血液，都会提醒命令安排指挥我们这样做。人类的进化，使得躲避危险寻觅安全成了几乎与生俱来的能力。但是，为了他人的安全，为了崇高的职责，为了追求和理念，为了一种凌越本能的超拔，他们躲避安全寻觅危险……

这样的人，就达到了人的自我实现的顶峰，他们找到了本能之上的高贵的尊严。

等待你的第二颗糖

时间：很多年前的一个稍稍有点闷热的午后。

地点：得克萨斯州一个小镇小学的校园里。

氛围：空气中弥漫着苹果花的气味。

人物：这所小学中某个班的 8 名学生，他们是被随意挑出来的，并不是成绩特别好或是特别坏。总之，他们是普通的孩子，活泼好动，充满好奇。

故事就在漫不经心中开始了。老师领着他们，走进了校长室旁边一间很大的房子，房子有明晃晃的落地窗，看得见长尾巴的喜鹊和跳跃的小松鼠。孩子们都很高兴，与众不同总是令人兴奋的，为什么没有挑中别的孩子呢？为什么仅仅是我们 8 个人呢？一定要发生点什么的，在这春天的午后。

但是，在相当长的时间内，什么事也没有发生。正当孩子们开始不安的时候，老师来了。老师不是单独的一个人，跟在她后面的是一个 30 多岁的男子，孩子们谁也不认识他。不过，这男人看起来很和气，他笑眯眯地走到 8 个孩子中间，给每个人发了一颗穿着美丽外衣的糖果。这男子说："这颗糖果是我送给你的，从现在开始，它就属于你啦！"

一个孩子欢呼跳跃起来说："那我就可以把它吃掉了？"

男人说："当然啦！它是你的，你可以随时吃掉它，一点问题也没有。不过啊，一会儿我会出去一趟。如果谁能坚持着不吃掉这颗糖，而是等我回来以后再吃这糖，你就会得到两粒同样的糖果作为奖励。"说完他和老师一起转身离开了。

漫长的等待开始了，尤其对小孩子来说，面对一颗诱人糖果的等待，简直可算是残酷折磨。那个谁也不认识的男人走出去好像很久了，谁知道他说的话算不算数呢？他到底还会不会回来呢？他回来以后，真的还会带回来同样好吃的糖果分给大家吗？

没有人回答孩子们的问题。许诺像一滴洇开的墨水，随着时间、水域的扩大，越来越模糊。只有那颗美丽的糖果，真真切切地横在每个孩子的面前，证明刚才那个男人确实出现过。时间一分一秒地过去，男人石沉大海，糖果在孩子们的眼里，变得越来越大了。

终于，有一个孩子忍不住了，他伸手剥掉了精美的糖纸，把糖一口放进自己的嘴里，并且不由自主地"叭嗒"出声来。就算他不出声，空气中立刻飘荡起来的美妙气味，也让别的孩子垂涎欲滴。既然每个人都有一颗糖，既然这颗糖本来就是自己的，既然已经有人开始吃了，并且如此好吃，我为什么不吃呢？

榜样的力量是无穷的。又有几个孩子忍不住了，他们抓起自己眼前的精美糖果，三下五除二地剥开了糖果外衣，空中充溢着甜香，糖纸如彩蝶飘落在地。不过，并不是所有的孩子都吃了糖，仍有一半以上的孩子，拼命咽着口水，忍受着诱惑，控制着自己。等得地老天荒啊，那个陌生而和蔼的男人，终于回来了。而且他真的抱着一个糖罐，那些坚守着没有吃糖的孩子，每人又得到了两颗糖。

现在，局面发生了逆转。那些抵御住了诱惑并坚持等待的孩子，一共得到了3颗糖。那些早早地就把自己的那颗糖咽到肚子里去的孩子，只剩下了一张皱缩的糖纸。

这个等待的时间，有多久呢？40分钟。40分钟对于一个成人来说，算不了太久，但对于一个对世事懵懂的孩子来说，几乎相当于数年。

这是心理学上一个经典的实验，名字叫作“延迟满足”。上面所说的过程，并不是实验的全部，而只是一个捎带悬念的开始。那个陌生的男人，是一位心理学家。他像影子一样，开始跟踪这8个孩子，时间长达整整20年。最后的研究成果证明，凡是能够抵御短暂的诱惑，达到“延迟满足”的学生，数学、语文的成绩，要比那些熬不住、早早就吃了糖的学生，平均要高出20分。这还不算完，等到参加工作后，能够做到“延迟满足”的人，基本上不会在困难面前低头，他们比较坚韧，多能走出困境获得成功。

这个实验证明，能够抵御唾手可得的利益，是一种优良的心理素质。通过努力得到许诺，并不是一件容易的事情。很多人等不住，被眼前的蝇头小利所诱惑，一叶障目，不见泰山，最后反倒是因小失大两手空空。

也许有人说，如果有人告知我，一定会有好的前程在远方等待，那么，我也是能等的。最怕的是你等了很久很久，却没有等到你的第二颗糖。

是的，当我第一次得知这个实验的时候，也心存疑惑。人生并没有一个和蔼的老者或是中年人，发给我们第一颗糖。也不曾许诺在遥远或是并不遥远的将来，一定会有第二颗糖披着彩衣款款而来。生活充满了未知数，却并不都是甜蜜。

那么，这个实验的真髓是什么呢？

是忍耐和等待。在未知结果的情形下，安之若素地坚守。如果你早早知道了结果，那坚守的过程，更像是投资或是投机。因为你知道你的每一分钟都会有回报，骨子里是一种交换。对于这样成色不纯的忍耐，我的敬意就会打折扣。

真正的坚守，是没有人给予你任何承诺的，流逝的只是岁月，孑存的只是信念。一种苍凉中的无望守候，维系意志的只有心的一往无前。人总是要信点什么的，这不是因为别人的要求，纯粹是自发的本能。如果你什么都不信，那你靠什么来规定自己本能之上的追索呢？你必得信点什么，最主要是坚信我们的生命是有意义的。这个意义不在于有没有外在的奖励，有没有别人的评价，只存乎我们一心，对生命的敬畏，对岁月的仰视。

今日正好是端午节。带着青苇的香和裹得绷胀的粽子，如同刚进城的乡下娃娃，壮硕而见棱见角地被端了上来。那五色的丝线，因淋了水，姹紫嫣红如蚂蚱的腿和公鸡的冠。遥想生命，虽然没有彩线的捆扎，没有丰润的糯软，没有绿的叶和红枣豆沙的甜馅，却依然是上天普赐的礼物，是值得珍惜着好好过下去的。也许我们始终等不到那第二颗糖，但等待依然是有意义的，因为无限的可能性存在于等待的分分秒秒中。

示弱的力量

如果你从不出错，这是一个悲剧。一是自己太累，二是你周围的人会视你为怪物。让自己在无伤大雅的时候出一点小差错，不会暴露出你的无能，只会彰显你的可爱。

太多的女人是完美主义者，比如她们不能忍受自己做的饭菜咸了或是淡了，因此会耿耿于怀。比如她们不能接受自己好不容易挑选的百货，在另外一家卖场，居然挂上了更便宜的价签。她们力求把最小的事情也完成得完美无瑕。如果有了瑕疵，就会耿耿于怀、闷闷不乐，长久地沉浸在遗憾中，小事都如此，大事可想见她们是如何锱铢必较、精益求精，结局是百密一疏，总有纰漏。这世上本没有十全十美之事，就算有，也未必次次都宠幸于你。于是，此类女子，就无法享有片刻的彻底放松。

如果你意识到自己是一个完美主义者，如果你想改正，我教你一个小办法，那就是——卖个破绽与你。早年间，看中国的旧式小说，两军交战，常常是武艺高强的那一方，却抵挡不过武艺稍差的那一方。文中会写道：“卖个破绽与他，拍马便走……”那之后，往往有一番密谋的周旋。卖个破绽，就是明显地示弱了。

有完美主义倾向的女子，刚开始改正这个毛病的时候，其实挺痛苦的。这就好比原本可以吃三碗饭，却吃了一碗就放下筷子，心里发虚。改正缺点，不但需要意志顽强，也需要循序渐进。在一些不甚重要的事上，先放手，容忍缺陷和不足，这也是让自己从完美主义泥潭中拔出脚来的奠基石。

记住啊，示弱就是你破除自己完美魔咒的一个小裂口。示弱之后，你会发现，做一个不完美的人是需要勇气的，也是有乐趣的。因为，世界本来就是不完美的，我们不过是顺势而为。

面具后面的脸

参观新墨西哥州乔治·奥卡夫博物馆附设的女子艺术辅导学校。乔治·奥卡夫是美国最杰出的女画家之一，她的那幅《头骨和白玫瑰》，表达着经典的凄美和让人战栗的死亡体验。在她去世后，遵照她的遗嘱，开办了女子艺术辅导学校。

指导教师杰茜娅白发黑衣，举止卓尔不群，目光熠熠生辉。一说话，开门见山。她说，我们开设的艺术指导课程，不仅仅是指导艺术，更是指导人的全面发展。比如，根据哈佛大学的研究，经过艺术训练的女生，她们的领导才能就有所加强。

我很感兴趣，问，这是为什么？艺术和领导，通常好像是不搭界的。

杰茜娅说，艺术让人的大脑全面发展，增强人的自信心。特别是女孩子，她们的艺术才能往往是比较突出的。如果受到重视，得到相应的训练，她们就会发现自己是有价值的。如果她的艺术作品出色，就会不断地获奖。这样，她们就有了成功的经验。对一个孩子来说，什么最重要呢？就是有成功的经验，感觉到自己的价值。

在正常的学校里，让孩子能有成功经验的机会并不是很多的。学习文法和数理化，是很枯燥的过程，很多孩子不适应。只有少数的孩子能在常规的学习中感受到乐趣和成就感，大多数的孩子会觉得自己不够聪明。可以这样说，常规的学习，给予孩子们失败的经验比较多。但是，学习艺术就不是这样了。

首先我们相信一个大前提，那就是——每一个孩子，都必定有所长。它们冬眠着潜伏着，等待人们的挖掘。不存在“有没有”的问题，是“一定有”，只是需要发现。再者，艺术是没有统一的标准的，允许广阔的想象，关于成功的概念，也是更为开放和宽松的。而且，孩子和成人，谁离艺术的真谛更近一些呢？是孩子。他们对世界，有直觉的把握，在创作的同时，也更清晰地感觉到了真实的世界。他们在艺术中学习，这种成功的经验，会蔓延开来，延展到他们生活的各个领域。

这一番话，颇有醍醐灌顶之感。当我们的某些父母只是把艺术作为一种训练一种特长，甚至当成一块高考就业的敲门砖的时候，杰茜娅她们，已经巧妙地把它变成了赋予孩子最初成功体验的阶梯。

是啊，有什么比一个人，特别是一个孩子的体验和记忆更重要更珍贵的东西呢？回想我们的一生，所以会有种种的命运，虽不敢说全部，但其中偌大的一部分，是源自我们童年经验的烙印。精神分析派的师长甚至不无悲观地说，每个人一生将要上演的脚本，都已在我们六岁前的经历中秘密写定。如此说来，谁能改变一个孩子的童年体验，谁就能改变他眼中的世界和他人生的蓝图。

人的记忆是非常奇怪的东西。我们希望它记住的东西，它虚与委蛇，给你一个过眼烟云。我们希望它遗忘的东西，它执拗着，死心塌地地铭记。记忆的钢钉，就这样不由分说地揳入到灵魂最软弱偏僻的地方，却从那里发布一道道指令，陪伴你到永远，背负无法选择的记忆，挺进在人生的曲径上。记忆是有魔法的，它轻而易举地决定着我们的好恶，指导着我们的行动，规定着我们的决策，甚至操纵着我们的生涯……

中国有句俗话，叫作“三岁看老”，看来和弗洛伊德老先生的学说，有异曲同工之妙。这话有前瞻之明，但也有掩饰不住的悲观和宿命。三岁之前，孩子在无知无识中酿出了怎样咸苦的卤水，凝固了他的一生？或者反过来说，面对着一个孩子，成人世界有什么力量，可以润物细无声地沁入思维的草地，从此染绿他一生的春秋？

杰茜娅女士的话，正是在这个微妙的层面，给我启迪和震撼。如果说教育是一种外在的渗透，那么，让孩子们深入到艺术的创造之中去，就生出了发自内在的事半功倍的奇效。让蛰伏内心的翅膀舒展开来，让成功的霞光照亮漆黑的眸子，让最初的成功烙在心扉的玄关……童年的珍藏，就会在漫长的岁月发酵，香飘一路。

面对着这样的理论和尝试，我肃然起敬。

我说，你这里走出多少艺术家？

杰茜娅说，我从来没有统计过。

我说，哦，他们还小。艺术的成功要很多年后才见分晓。我知道现在谈这些，一切都为时过早。

杰茜娅说，不仅因为统计操作上的困难。开办这个学校，并不是为了从小培养出几个艺术的天才，是为了更多的孩子在生活中多一些阳光和快乐，发展健全的人格。我把孩子们的艺术品都保存了起来。其实，对于他们来说，这些并不是艺术，是另外一种心灵的表达。他们并不是为了成为艺术家才进行创造的，他们把艺术当成了心灵的一部分。但是，这不正是艺术最原始最根本的标志吗？！

我说，能否让我看看孩子们的艺术创造？

杰茜娅说，好吧。请跟我来。在仓库里。

那一天，是休息日。宽敞的校舍里没有一个人。我走在寂静的走廊，忽然生出心灵探险的感觉。想象不出我将看到的是怎样的作品，但我确知那是一扇扇年轻的珠贝分泌出的珍珠，不论它们圆还是不圆。

杰茜娅捧出一摞石膏面具。我说，这是什么？

杰茜娅说，这是我们做过的一次练习。题目是“面具后面的脸”。

我说，这个题目很有意思啊。

杰茜娅说，是这样的。孩子们渐渐长大的过程，也就是他们对成人世界渐渐认识的过程。他们脱去了最初的纯真，学会戴上了面具。没有面具是不可能和不现实的。但是，人不能总在面具后面生活，特别是人对自己的面具要有清醒的认识，要知道哪些是面具，哪些是真实的自我。明白自己的面具是怎么来的，如果有可能，要将面具减少到最少。要使真我和面具尽可能地统一起来。总之，就是对面具有一个明白的认识和把握，不能让面具主宰一切。

很深刻，也很玄妙。我说，能让我看一个具体的孩子的创作吗？

杰茜娅说，好啊。说完，她就从一摞面具中挑选出了一个，递给我。

这是一个美丽的面具。石膏模型的正面，是如花的笑脸。挑起的眉梢，长而上翘的睫毛，桃色的腮和银粉的唇。各种色彩涂得很到位很和谐，甚至可以说是性感的。

我说，很美。

杰茜娅说，是啊。这个女生的名字我不告知你，就叫她安娜吧。安娜在人前就是这个样子。可是，你看看面具的后面。

我把面具翻了过来。在面具的凹陷中，填满了石子和羽毛。石子是尖锐和粗糙的，棱角分明。羽毛肮脏残破，绝非常见的蓬松温暖，支支像劣质的鹅毛笔，横七竖八地乱戳着。特别是在面具背后的眼眶下面，画着一串串黑色的水滴，每一滴都拖着细长的尾巴，仿佛蝌蚪正从一个黑色的湖泊源源不断地游出来……

这个没有一个字一句话的面具，如同医院做冷冻治疗的雾气，把一种彻骨的寒冷传递到我的指掌。

是的。这就是安娜内心，她的另一张面孔，更真实的面孔。她的母亲患癌症去世了。安娜目睹了她从患病到死亡的极端痛苦的过程，这使她深受刺激。她的父亲酗酒，夜夜醉得不省人事。她只有寄居在亲戚那里。她每天都在微笑，是一个人见人爱的孩子，她生怕别人不喜欢她。如果没有这种艺术的创造和表达，没有人知道她的痛苦。她被压抑的内心在这种创造中得到了舒缓，也使她认识到自己的分裂和冲突。她开始调整自己，认识到母亲的去世并不是自己的过错，她并不负有让别人都喜欢她的使命。她可以在人前流泪，也可以直率地表达自己，她有这个权利。

听到杰茜娅女士说到这里，我才深深地吁出了一口气。是的，你能说这是简单的艺术吗？不能。你能说这不是艺术吗？不能。孩子和艺术就这样天衣无缝地黏合在一起，艺术成了生活的一部分。这样的艺术直击心扉。

我说，还有吗？我非常喜欢你和孩子们的创意。

杰茜娅说，这里还有女孩子们画的画。是命题的画，题目就叫《八十岁的奶奶》。乔治·奥卡夫说过：颜色和语言的意义是不一样的。颜色和形状比文字更能下定义。

我说，是请一位老奶奶做模特，让孩子们画她吗？

杰茜娅说，没有老奶奶做模特。或者说，模特就是她们自己。

我说，此话怎讲？

杰茜娅说，我要求每个孩子对着镜子，想象自己80岁时候的模样。要画得像，让别人一看就知道那是你。要画出沧桑和年纪的痕迹，还要画出你的职业和家庭对你的影响。因为这些随着年龄的增长，都会在人的相貌上体现出来。当然了，在画画之前，你要为自己写出一个小传。80岁的人，不是凭空变成的，是经历了很多过程的人。你要心中有数，她到底走过了怎样的人生，你才能画好她。

我说，真是有趣得很。你要达到的目的是什么呢？

杰茜娅说，除了画画的基本技巧以外，我想让女孩子们知道年纪和衰老，是正常的，不是可怕的。只要他们活着，就一定会变老。他们将在自己光滑的额头上，画出密密的皱纹，那是岁月赠送的不可拒绝的礼物。特别是他们将要思考自己的一生将怎样度过。做什么职业，成为什么样的人。包括，希望成立怎样的家庭。

我说，我明白了。孩子们是在这幅画里，画出自己的理想和人生。我可以看看他们的画吗？杰茜娅拿出了厚厚的画稿。

飞快地翻动。于是，我看到一位位老媪，额头和嘴角，都有明确到显出夸张的皱纹。头发稀疏，皮肤松弛，白发苍苍，面带微笑……在这群苍老的女人画像下面，是她们各自的小传。有女滑冰运动员、女服装设计师、女汽车制造商、女医生、女律师……有一幅最有趣，一位老奶奶的膝下，绕着无数的孩子，我说，这位老奶奶是开幼儿园的吗？

杰茜娅说，不是。这位女生的理想就是要生这么多的孩子。

那一瞬，我好感动。试着想想这些画的创作过程吧。一些嫩绿的叶子，对着镜子，观察着自己的脸庞。然后迅速地画下脸部的轮廓，然后就是长久的沉默。他们一笔笔地在这张青春勃发的面庞上，刀刻般地画出嶙峋的皱纹，每一笔，都是挑战和承诺。在生命的这一头，眺望生命的那一头，万千感受，聚集一心。从郁郁葱葱到黄叶遍地。

“我看见被乌云藏起的月亮，我听见在水下游泳的风，我哭泣，因为我是古堡里的蚯蚓……”杰茜娅朗诵了一首女孩子创作的诗。

艺术不仅是技术，更是灵魂的栖息之地。配以一个有力优雅的手势，杰茜娅结束了她的谈话。

蚕是被自己的丝裹住的

蚕是被自己的丝裹住的，这是一个真理。每一个养过蚕的人和没有养过蚕的人，都知道这件事。蚕丝是一寸一寸吐出来的，在吐的时候，蚕昂着头，很快乐很专注的样子。蚕并没有意识到，正是自己的努力劳动，才将自己的身体束缚得紧紧的。直到被人一股脑儿地丢进开水锅里，煮死，然后那些美丽的丝，成了没有生命的嫁衣。

这是蚕的悲剧。当我们说到悲剧的时候，不由自主地持了一种观望的态度。也许，“剧”这个字，将我们引入歧途。以为他人是演员，而我们只是包厢里遥远的安全的看客。其实，作茧自缚的情况，绝不如想象的那样罕见，它们广泛地存在于我们周围，空气中到处都飘荡着纷飞的乱丝。

钱的丝飞舞着。很多人在选择以钱为生命指标的时候，看到的是钱所带来的便利和荣耀的光环。钱是单纯的，但攫取钱的手段却不是那样单纯。把一种物品作为自己奋斗的目标，它的危险，不在于这种物品本身，而在于你是怎样获取它并消费它。

钱是温柔绚丽的，钱也是漂浮迷茫的，钱的乱丝令没有能力驾驭它的人窒息，直至被它绞杀。爱的丝也如4月的柳絮一般飞舞着，迷乱着我们的眼，雪一般覆盖着视线。

记得我学习医科的时候，教授讲过这样一个故事。一名新护士值班，看到衰竭的病人呼吸十分困难，用目光无声地哀求她——请把氧气瓶的流量开得大些。

出于对人的悲悯，加上新护士特有的胆大，当然，还有时值夜半，医生已然休息。几种情形叠加在一起，于是她想，对病人有好处的事，想来医生也该同意的，就在不曾请示医生的情况下，私自把氧气流量表拧大。气体通过湿化瓶，汩汩地流出，病人顿感舒服，眼中满是感激的神色，护士就放心地离开了。那夜，不巧来了其他的重病人。

当护士忙完之后，捋着一头的汗水再一次巡视病房的时候，发现那位衰竭的病人，已然死亡。究其原因，关键的杀手竟是——氧气中毒。高浓度的氧气抑制了病人的呼吸中枢，让他在安然的享受中丧失了自主呼吸的能力，悄无声息地逝去了……很可怕，是不是？丧失节制，就是如此恐怖的魔杖。它令优美变成狰狞，使怜爱演为杀机。

这当中的奥秘，需每一个人细细揣摩练习。还有工作的丝，友情的丝，陋习的丝，嗜好的丝……或松或紧地包绕着我们，令我们在习惯的窠臼当中难以自拔。逢到这种时候，我们常常表现得很无奈很无助，甚至还有一点点敝帚自珍的狡辩。常常可以听到有人说，我也知道自己的毛病，也不是不想改，可就是改不掉。我就是这样一个人了……

你明知你的茧，是你自己吐出的丝凝成的，你挣扎在茧丝中，你想突围而出。你遇到了困难，这是一种必然。但你却为自己找了种种的借口，你向你的丝退却了。

茧破裂的时候，是痛苦的。茧是我们亲手营造的小世界。茧的空间虽是狭窄的，也是相对安全的。甚至一些不良的嗜好，当我们沉浸其中的时候，感受到的也是习惯成自然的熟络。打破了茧的蚕，被鲜冷的空气、闪亮的阳光、新锐的声音、陌生的场景等刺激着，扰动着，紧张的挑战接踵而来。

这种时刻的不安，极易诱发退缩。但它是正常和难以避免的，是有益和富于建设性的。你会在这种变化当中，感受到生命充满爆发的张力，你知道你活着痛着并且成长着。有很多人终身困顿在他们自己的茧里。这是他们自己的选择，当生命结束的时候，他们也许会恍然发觉，世界只是一个茧，而自己未曾真正地生活过。

第六章

优等的心，不必华丽，但必须纯净

我们必须珍视凌越一己生命之上的某些东西，因为正是它们，将我们和动物区分开来。

请听凭内心

根据心理学的原则，人的行为动机无限多样，具有不可猜测性。所以，不必时时刻刻知道别人怎么想，你只要清楚地知道自己是怎样想的，就相当不错了。

也许你要说，知己知彼百战百胜嘛！这句古话固然不错，但那充其量只是一个充满了浪漫主义的想象，有谁能在一生中百战百胜？既然不可能，那么也只有听凭内心，况且人生也不是战场，有什么必要在和别人交往中百战百胜呢？那是战争哲学，不是快乐的处世之道。

我们不能随随便便改变生命中最基本的事物，这就是我们的集体无意识。我们不能改变友爱，这是我们从远古到今天不至于灭亡的法宝之一。我们不能不歌颂勇敢，因为那是祖先的光荣，我们不是懦弱者的后代。不是，永远不是。我们必须珍视凌越一己生命之上的某些东西，因为正是它们，将我们和动物区分开来。我们只有爱好光明，不然我们会成为黑暗中的蛆虫……就这么简单，如果你想撼动某些精神的法则，只有你自己的消失作为结局，而人类依然向前。

请消除对于生存之艰苦的怯懦。

我们有理由怕苦，怕太热，怕太冷，怕风沙，怕熊罴……总而言之，怕那些令我们不舒适的东西。

不过，所有的新发现中，都会有一些不熟悉的因子存在着，都会有风险和失败等着我们。消除这些恐惧的最简单的方式，就是不畏惧生存之艰苦。当我们的身体能够适应苦难的时候，我们的意志也往往会跟随。

你我的记忆

在我们的身体里面，居住着某些连我们自己都莫名其妙的客人——记忆。没有人能说清楚记忆是何时驻扎进来的，它们比江河的源头还要难以寻找。长江源是一些翻滚的水泡，好似透明的蝼蛄钻出地表。记忆的源头是什么呢？是一些鲜艳同时支离破碎的毛线团，五彩杂糅，有一种喜洋洋的生命力。顽强的记忆耐酸碱和腐蚀，岁月无法将它们漂洗。

我们为什么会对某人一见钟情？我们为什么热爱一份他人无法接受的工作？我们为什么对某些事物滋生厌倦？我们为什么会在某种场合不可理喻？我们爱恨的理由是什么？……

凡此种种心灵的奥秘，都和记忆有着千丝万缕的关联。

记忆是人体中最不服从命令的一位世袭的将军，相信很多人在求学考试之时，都有惨痛印象。记忆顽皮，不知暗中遵循的是何种规律。有些事件，一点也不重要，可它偏偏就记得镂骨蚀魂，连当时的一声蝉鸣、一朵浮云，都毫发不爽。不良的情绪好像一袋携带终生的垃圾，即使你把它埋葬在潜意识里，但它如古尸的指甲，依然锋利。有些极为重要的瞬间，你不停地对自己说，记住它，记住它，万万不能忘啊！可惜，记忆常常充满阴谋地背叛你。

重复多少次，人就可以记住某些事物了呢？这可能是人类永远的秘密了。但在实际生活中，好像很有一些人是掌握了这个谜底的。比如，老师罚小学生把某个字词书写多少遍……他的理论基础就是以为重复会有奇效。又比如，那些撒谎的人，可能也相信口吐白沫就能潜入他人的记忆。还有热恋当中的爱人，一遍又一遍地重复“我爱你”……想来也是不太明了记忆神鬼莫测的品格。

比起记忆的存在，记忆的消蚀更是不可捉摸。我在雪山服兵役时，认识一位搞保密工作的参谋。他一贯很忙，不苟言笑、步履匆匆。后来突然就散淡起来，四处逛着，抱着手，没事就找别人侃聊。聊到山穷水尽时，众人都无反应了，他还挑起新的话题，后来人们见了他就要躲着走。我问他，嘿，你还有没有什么正经事要做啊？他说，我做的事是再正经没有的了。我说，你一天究竟干什么呢？他说，我干的事就是不干什么。我说，天下还有这样舒服的工作吗？他说，这是工作，可是并不舒服，因为我要干的事，就是忘记。我说，忘记，也配叫一种工作吗？他说，忘记这件工作比什么事都难办呢。我以前知道很多秘密，我现在要转业了，我就要把以前的都忘记。我拼命地找别人谈话，是想加速这个过程。这就好比要在一张写满了铅笔字的纸上，再写满钢笔字，这样以前的字迹就看不清了。完全遗忘后，我就可以到新的岗位去了。

我说，你什么时候才能知道自己已经忘记了呢？

他苦笑了一下说，当我专注于忘记的时候，我就比什么时候都记得更清楚。

是的，我们都有这样痛不欲生的经验。当我们越想忘记一件事情的时候，其实反倒是把它放到记忆的密码箱里面了。这种时刻非常常见，同时也非常倒霉。事情一旦进入了这样的恶性循环，几乎就是记忆的癌症了。那些我们期待忘却的记忆，甚至在幽暗的骨灰匣子里，依旧像一块冥顽的弹片熠熠闪光。

记忆不属于生理，记忆是心理的。我们的历史，就是我们的记忆。丧失记忆，将不知道自己是谁。经验就是一种心理记忆。当遭遇陌生的境遇和挑战，我们飞快地检索，以期从记忆中找到可资借鉴的经验。感情，更是心理记忆的无价之宝，童年是记忆的滥觞之地。无论走到哪里，哪怕一无所有，因为有记忆，我们就不孤单。我们的知识更是我们的记忆了，我们的友谊，也是记忆。没有记忆的友谊，是现代社会人际交往中的速食面，蜷曲着，散发着防腐剂的可疑味道。情感的温暖和光芒，都浓缩在记忆里面，在寒凉中弹射出金色。

记忆又是独立的。它刚直不阿，不卑躬屈膝。它兀自地游走着，不看任何人的脸色，不顾忌世态炎凉。有些人企图修改自己的记忆，但你骗得了别人，你骗不了自己。记忆在重重的谎言覆盖之下，依然保持着耿直生命的姿态，等待着复苏的时候。甚至由于这种压迫，它更清醒和更明晰了。在人所具有的所有功能之中，记忆有一种我们尚不能完全明了的强硬品格。即使是一个懦弱而充满欺诈的人，我依然相信，在他大脑的极地下，活着晴朗的记忆苔藓。它们无法长成大树，但它们有着灰绿色的生命。

记忆是诚实的。如果没有一个快乐的童年，你不可能回到从前，涂抹粉红的颜色。你需要接纳你的记忆，如同接纳你与生俱来的一切。

由于记忆的这种非凡的品格，所以，世界上很多罪恶，都是为了和记忆作对才产生的。为了对抗痛苦和迷惘，人们酗酒、吸毒，沉迷于种种感官的刺激。记忆丧失是很可怕的事情，我们爱什么恨什么，喜欢什么厌恶什么，都是由我们的记忆组成的，甚至可以说是由我们的记忆控制的。记忆是我们的无冕之王，记忆是我们体内的暴君。记忆主宰着我们，却又不动声色。当我们以为自己是在书写新的篇章的时候，记忆在一边暗笑。所有草稿早已打好，你不过是在一字一词地誊清。

我们活在自己的记忆里，这是一个事实。这个事实，让我们对自己的记忆肃然起敬，又心生畏惧。我们的记忆是隐形的，又是无所不在的。我们的记忆是柔软的，又是钢铁般坚硬的。记忆这个东西，大象无形地左右着我们，又销声匿迹、满脸无辜。

心理的记忆是无法修改的，只有重组。重组不是覆盖记忆，只是对某一特定的记忆有了新的解释。记忆是需要解释的，记忆只是一个事实。对一个司空见惯的事实，有着怎样的解释，是沉迷往事还是奋起向前的分野。

我们的记忆，不仅仅是属于我们自己的。也就是说，它不但是我这个生命存在期间的产物，而且在我出生以前很久的势态，也深刻地影响着我的记忆。这种集体无意识弥散在周围的空气里，分散在文化的颗粒中，被我融入自己的血液，流过生命的过程。

有一部分记忆改头换面，潜藏在心灵的地下室。它们可以沉睡多年，却不会永远甘于寂寞。当它们一旦释放出来，那可怕的能量滚滚而下，摧枯拉朽，淹没一切。那时候，我们是记忆的主人，又是记忆的奴隶。在饱受记忆惠泽的同时，也会领教它出其不意的危害。记忆伴随着情感。没有情感的记忆是不牢靠和不持久的。情感是记忆的盐。机械的记忆是枯燥和干瘪的，它们轻飘飘的，极易随风而逝。伴随情感的记忆是饱满和长着触角的，它们灵动地滑翔着，无数的联想就如同萤火虫似的聚拢过来。当我们以为自己是在创新的时候，只不过是记忆发生了新的组合，一些原本酣睡的记忆跳起了华尔兹，它们如同万花筒内的玻璃晶，勾搭粘连，幻化出了莫测的图案。

如此说来，记忆既是古老的妖婆，也是婴儿的产床。记忆是兼容并蓄，又是一意孤行的。人类至今无法操纵自己的记忆，这是遗憾，也是福气。人类在遗忘中筛选自己最宝贵的一切。记忆特立独行的品格，是人类良知最后栖居的湿地。这里飞翔着黑白天鹅，也潜伏着毒虫。

我们了解自己的记忆吗？唔，不了解。我们看不到它，只能看到它飞过天空的影子。我们由它组成，受它役使。它是国王，又是仆人。它时而懒惰异常，时而又伶俐无比。试问还有什么比优异的记忆力更令人羡慕的？那不仅仅是一种天赋，更是学历和坦途的保修证。还有什么比丧失记忆力更令人恐惧的？那不仅仅意味着人将混同于一株植物，更是怜悯和被抛弃的代名词。记忆就这样君临人类的天下，让我们在它的石榴裙下臣服。

你为什么热泪盈眶，为什么沉默不语，为什么拔刀相助，为什么长夜无眠……凡此种种，都是你的心理记忆浮出海面的时候。搜索海下那庞大的坚冰，是你永远的工作之一。

所有的动力都来自心中的沸腾

一个人躺在地上，如果他不想起来，那么十个人也拉不起来，即使起来了也马上会趴下。所有的动力都来自内心的沸腾。如果你做不到一件事，无论是搞好关系，还是寻找爱人，还是减肥，都是因为你还没有真正想做。

这是一个很有意思的心理小游戏。来，纠集起十来个人，然后找一个人来扮演那个躺在地上的人，不用找体重特别沉的，那样容易影响咱们这个游戏的真实感。请这位朋友赖在地上，大家用尽全力把他拽起来……

我见过30来个人都拉不起一个人的。我本来在上文中想写这个数字，但又怕大家觉得太夸张了，就写了十来个人，这是千真万确的。只要你不想起来，没有人能把你拉起来。心理上的问题也是一样，只要你没有想通，只要你不是真的心服口服，那么所有外界的努力都是劳而无功的。

女子当了妈妈，对待自己的孩子时，要记得这个游戏。他虽然小，也有自己的独立意志，你要把道理给他讲清楚，而且要让他明白这样做的目的是什么，有人会觉得孩子还小，没必要讲那么多。可是，成长是一个逐渐发生的过程，你不能在一颗幼小的心里，种下强权的种子，以理服人而不是以力服人，这是要从小就养成的习惯。

你举目四望，很容易就能发现：很多人的生理和生物上的需求得到了满足，但他们仍然不满意，奔突不止，躁动不宁，缺少一种能使他变得生机勃勃的动力，缺乏稳定祥和。像这样缺乏主动性的生活，无论表面上多么风光，都是不值得羡慕的。

那种使自己变得生机勃勃的动力是什么呢？谁来回答你呢？谁来帮你寻找呢？谁为你一锤定音？没有别人，只有你自己。只有当理想的光芒照耀着我们，而且它和广大人群的福祉相连，我们才会有大的安宁和勇气。

你可曾体会种子的疼痛？那种挣开包裹自己的硬壳，顶出板结的土壤的苦难，对一粒柔弱的芽来说，可说是顶天立地的壮举。一个人觉醒时的力量，应该大于一颗种子啊！

有些人把梦想变成现实，有些人把现实变成了梦想。关键是，你的梦想是什么？你为你的梦想做了什么？有梦想就不会寂寞，当你寂寞的时候，只要招招手，你的梦想就飞到了身边。剩下的事，就是琢磨怎样把梦想变成行动了。

划分你的人格

我很喜欢一位美国女心理学家对人格的分类。

说起人格这个东西，看不见摸不着，但又和每个人都息息相关。女孩子要是喜欢某个人，通常会说这个人有人格魅力；要是鄙夷以致唾弃某个人，就会说，这个人简直丧失了人格！指控谁没有人格，那就几乎是说他是不齿于人类的狗屎堆……可见，“人格”是非常重要的东西。

关于人格的分类，从古希腊时代就开始了。大家一定学过黏液质、多血质、胆汁质、抑郁质的分法，也一定在自己和朋友的身上套用过。我当初也兴致勃勃地尝试过这一分类，虽然有趣，但似乎不大准，就不再把它太当回事了。

心理学家对人格的分类从来没死过心，一招不成，再来一招，前赴后继地分下去。林林总总的人格分类法让人眼花缭乱，到现在，据说已经有近百种体系。其实人格是指每个人具备的心理类型，它控制着一个人的情绪、行为和决定，有一定的规律可循，具备一个完整的系统。因此，它是可控的，可重复的，也是可以预测的。对于一个正常人来说，人格这东西，只有一个，就像我们的血型，每个人必须有，一人一个。如果人格多了，可不是什么好事情，那就成了病态。你有两个人格，就叫作“双重人格”。如果有更多种人格并存，就叫作“多重人格”。医学上管后一种状态叫作“获得性身份识别障碍”，属于精神科的棘手病症。

好了，咱们不说病人，还是说说咱们正常人。关于人格的分法有很多种，各有各的道理。人格这个东西，比血型还复杂的地方，就是没法用医学的方法测定。比如你要是想知道自己是什么血型，到医院里刺出一滴血，几分钟时间就可以得到准确的结果。即使你出了这个医院，到世界上任何一家别的医院查一查，还是这个结果，不会变化。但是人格就不同了，至今人们还没有找到一种方法，可以如查血型一般，简便快捷地查出人的人格类型。

我说的这种人格分类法非常简单，好学好记。我试着用它给周围的人分类，还挺好用。在这里呈现给大家，以供参考。

人格共分为四大类：

第一类：道德卓越型。

这一类人，以追求道德操守的高尚为自己的终生目标。他们可以为了一个理想和众人的福祉，甘冒流血牺牲的危险。在任何艰难困苦的情况下，都有坚持的毅力和勇气。

记得早年读过高尔基写的《丹柯的故事》。年轻的丹柯引领饥寒交迫的人们穿过密林，当人们疲惫不堪、怨声载道的时候，丹柯怕人们走不出密林，英勇地撕开自己的胸膛，把燃烧的心变成火炬，打开了求生的通道。当人们终于走出森林，看到霞光的时候，丹柯死了。被他拯救的人们反而用脚把他破碎的心踩灭，迸溅出蓝色的火星……

这故事中的丹柯，就是这种人格的人。

第二类：领导控制型。

这种人是很容易识别的。你抬头看看，周围的领导大部分都是这种人。而且我觉得如果你骨子里是这样一个人，想不让你当领导都不容易。如果这样的人当不上领导，他们就会牢骚满腹、指东道西，满身都是怀才不遇的怨气。

这种人如果道德操守冰清玉洁，勇于承担并意志顽强，我非常愿意他们披荆斩棘地站在领导岗位上，不推诿、敢担当，能够忍受常人不能忍受的精神磨难，不避艰险地为大家负起繁重的责任。

第三类：表演型。

这个类型比较好解释，也比较好找例子，比如演艺界的人基本都是这个类型。如果他不是这个类型的人，当了演员，就是阴差阳错，自己痛苦不说，也成不了好演员。我以前不知道天下有这样一类人的时候，对周围那些特别爱“人来疯”的人颇为不解，觉得他们爱出风头，爱引人注意，爱惹是生非，爱表现自己……等知道这些是一类人的特点，也就宽容了许多。这就像有的树高大笔直，有的树婀娜多姿；有的是乔木，有的是灌木。人类是从远古走来的，那时就有领唱号子、表演舞蹈的人，他们的后代沿袭至今，以娱乐大众、夺人眼球为追求，也算得上是源远流长的接力赛了。

由于现代通信手段的快捷，我几乎觉得，一个好运动员也要具备表演型的基因。也许以前这一点还不突出，因为只要你埋头苦练、体能出众、心理素质好，胜算就会比较大。现在不成了，无数人盯着你看，导致运动员在某种程度上成了演员。奥运男子百米冠军博尔特，就把赛场当成了舞台。今后的竞技体育选手，要是没有一点表演型的基因，要成为超一流的选手，可能比较吃力。

第四类：舒适型。

这一类人把个人的感受看得比什么都重要。他们期望安稳惬意，常常放弃人们认为的高官厚禄，只图清静安适。当然了，在必要的时刻，他们也会冒风险和舍得付出，但这通常需要强大的理由。他们很清楚自己做出了牺牲，违背了天性。一旦条件有所变化，当他们有机会摆脱这种艰苦状态的时候，就会扬长而去。

我不知道这四种分类是否可以囊括所有的人。要知道，任何一种分类法都不可能包治百病，都是不完全的，都能找出特例。尤其是人性的复杂和丰富，更使人格的划分变成一件费力不讨好且危险的事情。不过，我们依然需要这样的划分，它会使世界变得比较简单明了，有规律可循。也许那种把人划分出几十种类型的分类法更让人觉得玄妙和尊崇，但我还是觉得真理往往是简单的。

当然了，人不是河流，不会泾渭分明。具体到每个人，很可能是兼具两种类型甚至更多类型的“杂交”。可我还是相信，总有一种类型是其性格的主要方面，其他则是次要方面。

扯这么远，回到咱们的话题。如果你找的配偶是道德卓越型的，你要评估一下自己是否也是这种人。道德卓越的人，远观是很容易让人敬佩和仰视的，但真正作为一家人，你就要接受他们把众人的利益看得比你更加重要这样一条铁律。你不能做出一个判断——他对外人都那样好，对我一定会更好。不，不是这样的。当你和他结为一体的时候，他的确是不把你当外人了。他把你当作自己人的方式，就是让你同他一样付出，一样奉献。他把自己置之度外，当然也会把你置之度外。对于这一点，你可要有足够的思想准备。如果你不能接受，双方就会爆发很多矛盾。你会委屈，会觉得自己在他眼中为什么还不如一个外人？那是由他的世界观和方法论决定的，与你的重要性无干。

对于总是牺牲自己亲人利益的人，你要三思而后行。这种人道德高尚、品质卓越，除非你也是这样的人，否则，不要嫁。因为这种品质就像稀有的艳钻，如果你没有绝世美貌可以匹配，就要量力而行，甚至退避三舍。

心理库容

勇气的精髓就是稳定地活着，没有丝毫的自欺，执掌着非常强大的安全感。对宇宙有一种敬畏和信赖。如果心中没有希望，那么哪里都不是理想的抛锚地。

有时候，真的会遇上一些非常倒霉的人，叫你简直都不知道跟他说什么好。所有的语言好像都是多余的，真不知道命运为什么如此苛待于他。然而仍然不能放弃希望。放弃了，就真的一无所有了。只要生命还在，希望就能萌生。

许多人为自己没能得到最后的成功而痛楚，其实，不妨先分析一下失败的缘故。唯有当你没有全力以赴，你的失败才令人寝食不安。如若你已经全力以赴，你的失败即使不是成功的前奏，你纵然永远也得不到成功，你仍然不必痛苦。就算死后万事皆空，我们活过一生的这个事实，已构成了宇宙的一部分。

人的心理就像水库。库容太小了，就应对不了强大的情感水流。也许会冲毁堤坝，暴发山洪。之后的重建，要花费很多心理能量。如果你有一个庞大的内心储备，就可以在突发事件面前从容淡定，吞下千沟万壑的泥沙，依然水平如镜。

生活中最绵弱难解的部分就是情感，生命中最华彩的篇章也是情感。我听过无数愁男怨女谈情感故事，真是峰回路转、万千气象。当事人没有不迷惑的，没有不肝肠寸断的，没有不涕泪滂沱的，没有不咬牙切齿的……闹得我这个听故事的人，若不是有把子年纪，且已生儿育女，简直就要生出遁入空门的佛心了。

然而，这就是生命中最华彩的篇章，祸福相倚。

心理测验的批发商

常常听到朋友们说，嘿！我刚做过一个心理小测验，分析结果说我是怎样的人，实际上我并不是那样的人。从此，我就不相信心理学了。觉得尽骗人，和江湖上算命的差不多。

也有朋友说，我做过一个小测验，那真是太准了。以后，我只要看到报刊上有这类文章，都会兴致勃勃地拿来一做，还迫不及待地推荐给别人。好玩不说，真是灵验啊。

这类大致以“看穿你的心”为名的小测验，如烂漫山花，弥漫四周。类似巫师发出的咒语，具有蛊惑人心的魔性。

我从来不做，不是因为斟酌它灵或是不灵，只是觉得一门严肃的科学，被随意拿来消遣，如同殷墟的甲骨，砸碎了煎汤，太轻慢。

有的测验，说你想象自己正在画画。画的是什么？国画？油画？

山水风景？美人？佳肴？萝卜白菜？信笔涂鸦？抽象挥洒？你可知它们说明了什么？

有的测验，假设大家正在等电梯。你是一直仰头看着表示电梯层数的数字，还是不耐烦地频频揿着按钮，要不干脆利用这个时间，欣赏一下同样苦等电梯的美眉的超短裙？

人们充满了好奇。就算有人对外部世界不好奇，对自己也难逃好奇之箭。谁不想知道在三千烦恼丝包裹之中的颅骨下，栖息着怎样的奥秘？它在暗中支配着你的一颦一笑，操控着你的命运舵轮，你不能对它一无所知。假若年老，生命之纸已然破旧，涂了很多若明若暗的图谱，余下的天头地脚也不宽裕了，不找也罢。年轻人则更希望多了解自己。未来对于他们，具有更柔软的可塑性。

某天，碰到一位美丽女子，长发飘飘。她妩媚一笑说，我和您是同行。

我这半辈子从事过好几种职业，一时不知道她指的是哪一行。问，你是军人吗？是内科医生吗？或是写作？要不你开了心理诊所？

她笑笑说，都不是。

我纳闷道，那咱们同的是哪一行呢？

她说，我编心理小测验。

我说，原来报刊上登的那种心理小测验，都是你编出来的。

她很谦虚地说，不敢当。哪能都是我编出来的呢？我一个人没有那么大的能量。

我说，你在哪里读的心理学课程呢？

她第三次笑了，说，我没有读过心理学课程。如果我真读了相关的课程，很可能就不敢接这活儿了。

我纳闷，你的这种测验，是怎么编出来的呢？

她看了看四周，很神秘地说，如果是别人问我，我就不告诉他。因为尊敬您，所以，全盘告知。

我一下子有点紧张。凡是听到人谈到秘密的时候，第一个反应就是想上厕所并且有点害怕。要是将来一旦秘密泄露了，岂不要担干系？

美丽的女子坦言道，您不用怕，其实这也是半公开的诀窍。一般的人，以为是先编好了测验的故事，再来确定答案，其实，不然。是先设计好了不同的人会有怎样不同的反应，然后再来设计前缘。

我说，能举个例子吗？我还是不大明白。

美丽女子说，比如，人们面对突然的巨响，会有不同的判断和应对模式。谨慎而且惜命的人，首先想到的是安全问题和自保；勇敢和喜爱助人的人，首先想到的是一探究竟和挺身而出；教条和僵化的人，很可能麻木和迟钝，不能审时度势；胆小如鼠的人，当然是惊慌失措和打哆嗦了。你先把各种人不同的反应方式找到，然后再反推回来，设计出相应的情境，不是就水到渠成了吗？你顺势即可编一个心理小测验：春天，你和朋友们正在郊外空旷的草地上用餐，突然电闪雷鸣并且听到野兽的吼叫，你会采用哪种方式：

A. 堵起耳朵，哭泣，瘫倒在地。

B. 用身体掩护朋友，说，不要慌，有我呢！说着拿起一根粗壮木棒，警惕地四处巡查。

C. 一句话也不说，撒腿就跑，看到不远处有一个土坑可以藏身。

D. 抬头看看天，佯作镇定地说，临来之前我查了资料，天气晴朗，这一带没有大型野兽。不必害怕。

按照刚才咱们前面说到的逆推理法，相应的分析很容易完成，不过举手之劳。

我目瞪口呆，说，就这么容易？

美丽女子说，这还算比较复杂的呢。有时候，简单的心理小测验，我一天能编出十多条呢！一条能赚几百块钱，你可以算算收入。我真要感谢喜欢心理学的人，他们爱看，报刊才会登，我拿了稿费，才有余力买漂亮的裙子。

我试探地问，如果我把你的创作过程告诉更多的人，你会不会断了生意?

她爽快地说，不会。总有人喜欢神秘又无法验证的东西，我就是一个心理测验的批发商。

失去四肢的泳者

一位外国女孩，给我讲了一个故事——

举行残疾人运动会，报名的时候，来了一个失去双腿的人，说他要参加游泳比赛。登记小姐很小心地问他在水里将怎样游，失去双腿的人说他会用双手游泳。

又来了一个失去双臂的人，也要报名参加游泳比赛。登记小姐问他将如何游，失去双臂的人说他会用双腿游泳。

登记小姐给他们登记完，来了一个既没有双腿也没有双臂，也就是说，整个失去了四肢的人，也要报名参加游泳比赛。登记小姐竭力镇静自己，小声地问他将怎样游泳。那人笑嘻嘻地答道："我将用耳朵游泳。"

他失去四肢的躯体好似圆滚滚的梭。由于长久的努力，他的耳朵大而强健，能十分灵活地扑动向前。下水试游，他如同一枚鱼雷出膛，速度比常人还快。于是，知道底细的人暗暗传说，一个伟大的世界纪录即将诞生。

正式比赛的那天，人山人海。当失去四肢的人出现在跳台的时候，简直是山呼海啸。发令枪响了，运动员“嘭嘭”入水。一道道白箭推进，浪花迸溅，竟令人一时看不清英雄的所在。比赛的结果出来了，冠军是失去双腿的人，亚军是……

英雄呢？没有人看到英雄在哪里，起码在终点线的附近，找不到英雄独特的身姿。真是奇怪，大家分明看到失去四肢的游泳者，跳进了水里了啊！

于是更多的人开始寻找，终于在起点附近摸到了英雄。他沉入水底，已经淹死了。在他的头上，戴着一顶鲜艳的游泳帽，遮住了耳朵。那是根据泳场的规则，在比赛前由一位美丽的姑娘给他戴上的。

我曾把这个故事讲给旁人听。大家听完之后的反应，形形色色。

有人说，那是一个阴谋。可能是哪个想夺冠军的人出的损招——扼杀了别人才能保住自己。

有人说，送泳帽的人，如果不是一个漂亮的女孩子就好了，泳者就不会神魂颠倒。就算全世界的人都忘记他耳朵的功能，他也会保持清醒，拒绝那顶美丽的杀人的帽子。

有人说，既然没了手和脚，就该安守本分，游什么泳呢？要知道水火无情，孤注一掷的时候，风险随时会将你吞没。

有人说，为什么要有这么混账的规则，游泳帽有什么用？各行各业都有这种教条的规矩，不知害了多少人才，重重陋习何时才会终结？

我把这些议论告诉女孩。她说，干吗都是负面？这是一个笑话啊，虽然有一点深沉。当我们没有手的时候，我们可以用脚奋斗。当我们没有脚的时候，我们可以用手奋斗。当我们手和脚都没有的时候，我们可以用耳朵奋斗。

但是，即使在这时，我们依然有失败甚至完全毁灭的可能。很多英雄，在战胜了常人难以想象的艰难困苦之后，并没有得到最后的成功。

凶手正是自己的耳朵——你的最值得骄傲的本领！

心理医生附耳细说

我做过心理医生，最主要的工作是倾听。倾听这世界的烦恼，倾听这人间的悲怆。听一些不着边际的牢骚，听一些怨恨与复仇的计划，听天马行空的幻觉，听……

这时，我很少说话。如果说，基本上都是轻声慢语，只有来访者一个人听得到。

我在适当的时机，会说一些理解安慰的话，一些帮扶鼓励的话，一些挑战质询的话，一些期待向往的话……所有这些话，就算是强烈对质的话，都不曾大声说，因为它们不是指示，甚至也不是定论。它们只是一个灵魂陪着另一个灵魂，在泥泞中跋涉时的窃窃私语。

我们靠得如此之近，有时甚至比情侣还近。在这种近距离的接触中，我看到他或她的胸膛中尚未熄灭的理想火苗在灰烬中跳跃，我听到他或她心灵中掩埋的美善种子在旱涝中蓄势待发地挣扎……这些神圣时刻，如果不是静静倾听，如果不是附耳细说，就会如丝帛般在耀眼而喧嚣的世界缝隙中飘过，无从追索。

人类的韧性和无限的潜能，通常都是在冷静的状态下持久迸发的。

在这寂静的夜晚，我独自向虚空中轻言。

人们在清冷中相识。人生苦短，人世苦寒。没有人承诺一定会给你温煦，就算有人真的曾经这样说过，无论是父母还是伴侣，你可以微笑着听，但不必真的信。就算他们有这个心，也没有这个力。因为世界不在他们的掌控中。唯有自己周而复始、澎湃不息的血液，才能携带不竭的热量，在烘热了自身之后，向这个世界散发出微薄的暖意。

第七章

爱是一时一事，还是一生一世

爱就是付出时间。拿出时间陪你的父母，拿出时间帮助你的爱人，拿出时间和你的孩子一同玩耍，拿出时间和你的恋人在一起……

天真的邪恶

成长期的“爱情病人”

如今的年轻人，他们的爱情观同以往相比有了很大的变化。“不敢去爱”“不会去爱”成了一种普遍的心态。有人问：“爱情还值得相信吗？”也有人很现实地说：“爱情，就是嫁个殷实人家，吃穿不愁。”更有人说：“我年轻貌美，就是稀缺资源，我当然要在物价最高的时候把自己卖个好价钱。古诗也有写‘花开堪折直须折，莫待无花空折枝’。老一辈人那种所谓的‘纯洁爱情’，不过是傻。”

有人把这种人，称为“爱情病人”。

我对这个称呼来一点小小的修正。现在社会上有很多对爱情退缩逃避的例子，但我不想把他们称呼为“病人”。的确，有人说过，在恋爱中的人智商会倒退一万年。这虽是一句玩笑话，也说明恋爱是一个激情泛滥、理智相对匮乏的特殊阶段，有着非同寻常的心理过程。说上面那种话的年轻人不是病人，而是遭遇了一次严重的心理困惑。“病人”这顶帽子，会给人以压力。给谁贴上一个“病人”的标签，谁都不愿意，没有人以病为美。一个好端端的人，觉得自己不正常，成了异类，无形中就有了压力。如果一定要这样说，那允许我用上引号，以表示这不是真正的疾患，只是一种成长的困境。

爱情，说到底是一种人与人之间的亲密关系。一个人有没有发动爱情和分享爱情的能力，能不能对爱情负责到底，这是一个人的人格和整体心理健康水平的体现。“爱情病人”，在对待爱情上面，先是无能，继而是归类失误，最后是全盘否定。总体上来说，他们的人际关系也处在一种亚健康的状态，甚至是病态的。无论是对他人的理解，还是正常的人际沟通，他们都存在一些问题。

真爱其实很古典

爱情中很古典的一些品质，比如“刻骨相思”“忠贞”“信赖”“白首偕老”等，现在已经被稀释甚至摒弃。这真是一个极大的悲哀。经爱情而缔结婚约，是人类的一大发明。自然界没有任何一种动物，有这样的明文规定。不要以为人类的科研成果只有万有引力定律和相对论等，还有这种为了保持和谐安定和幸福最大化的文明创造。

要知道，信赖是安全感的最主要来源之一，也是安全感的延伸。在一个丧失了信赖的家庭中生活，人是不会感受到幸福的。而由爱情组成的家庭，无疑是获取和维持幸福感最宝贵的发源地。忠贞这个观点，可能要随着时代的进步做一点点修正，因为贞洁有点从一而终的味道，特别是那个“洁”字，好像感情和婚姻有洁癖。比较而言，我更喜欢“忠诚”这个词。爱情和婚姻是心对心的相互承诺和对接。它需要相互之间严肃的尊重，贯穿其中的则是强烈的责任感与牵手一生的坚定。说到刻骨相思，我觉得可能随着时代的发展，现代的人比古代的人要幸运很多了。古代靠的是鸿雁传书，常常生离死别、音讯皆无，让恋人们望断天涯、肝肠寸断。而现在有了无数的新技术，火车、飞机、电话、视频、手机短信、无线上网等，都让相爱的人们有了更多相见交流的机会，可以一解相思之苦。从这个角度上说，时代改变了恋爱的硬件环境，只是爱情的软件恐怕很难改变，那就是彼此的尊重与相守。如果说“爱情被普遍质疑”了，这就是时代的悲剧。我不喜欢把所有的事情，都归结为外因。不管别人怎样质疑这个领域，我一如既往地相信——人间真情依然稳健地埋藏着，一如亿万年前的钻石，一旦形成，自然界就没有力量将它毁灭。

爱就接纳他的全部

有些人悲惨地丧失了谈恋爱的能力，这的确是要认真改进的部分。与人相处的本领，特别是与陌生人相处的本领，不是天生就会的，需要学习。男女相恋，这不是一个简单的人际沟通或交流问题，而是真情倾注，需要付出艰苦的努力。首先，你要学会尊重别人。既不仰视，也不俯视。不要自卑，也不要自傲。把对方看作和自己一样有血有肉的人。恋爱中的人，会觉那女子是女神，而男子是英雄。其实，对方还是普通人的概率为大，有优点也有缺点。只有在平等的框架中，了解包容，才可能建立起真实而富于建设性的关系。市面上有很多教授技巧的书籍，坊间也流传着很多秘籍。那些都可以作为参考，千万不要依葫芦画瓢地照搬。爱情是人间最真实最长远的关系之一，任何伪饰和装扮，都会在时间的冲刷下形销骨立，原形毕露。很多婚姻的破裂，最常见的理由就是：对方婚后仿佛变了一个人。

婚前一个样，婚后一个样。这就是虚伪。过去离婚难，这种骗术还有一点用。生米煮成熟饭，对方想反悔也不容易，就将就着过下去了。现在社会进步了，宽容度也更高了。离婚变得更简单更容易了，留给婚前伪饰者的空间就被高度压缩了。你骗得了一时，骗不了一世。为自己，也为别人，还是实事求是的好。你是什么人，就真实地表达自我，真找到了喜欢你这一款的，就两情相悦、天长地久。如果不合适，就不要强求。更不要化装成另外的模样，以达到一时之目的。

在农耕社会时代，一个普通人一辈子大约只接触几百个人，行走的区域不过方圆几十公里。人与人之间的关系，讲究的是“路遥知马力，日久见人心”，遵循的是循序渐进，按部就班的缓慢逻辑。而一个现代青年，从结识人数来看，已经是几十倍几百倍地扩大了。他活动的范围也大大地超越了我们的祖先。没有了父母之命、媒妁之言，自由也成了一把双刃剑。很多人平时高呼着要自由，但在这门严峻的功课面前，反倒一筹莫展，只得用逃避来掩饰自己的怯懦。爱情是美好的，但不是从天上掉下来的，要善于发现并坚持不懈地争取和建造。

从前认为女子要找的伴侣，一定要年纪比自己长、收入比自己多、学历比自己硬，个子也要比自己高……现在这样的条条框框已经被很多人放弃了。

至于爱情观，有兴趣的人可以梳理一下——自己的爱情观究竟是什么样子的呢？我觉得它从属于一个人的世界观，是一个人整体素质和志向的一部分，不能脱离开全局来谈局部。有人以为爱情是个独立王国，是可以和一个人的出身背景、学术环境、人身素养、道德修炼、艺术禀赋、天性习惯等割裂开来。爱情作为一种激情运作，是可以骤然产生的。有生理学家研究，所谓的一见钟情，其实就是基因的高度契合。但是对于人这种高级生物来说，单单是遗传基因的契合，并不能造就完美的爱情和婚姻。人不能被纯粹的生理结构牵着鼻子走，爱上一个人，同时也就意味着要接纳他的全部。很多人会有一叶障目，不见泰山的感觉。只看到自己愿意看的一面，放弃考察对方整体的心理状况，就事论事，就爱论爱。爱情是人生列车上的轮子，但并不是火车头。一个人不可能只是为了爱情而活着，那样就迷失了人生的深邃意义。到头来，爱情也变成虚空。

爱情不是命运的马仔

有人说，越来越多的女孩将爱情作为改变自己命运的工具。我要稍稍修正一下。越来越多的女孩把婚姻当作改变自己的工具。爱情和婚姻并不完全画等号。要想凭借着另外一个人一种力量来改变自己的处境，就必须把自己和那个人紧紧地绑在一起，就只有求助于有法律保护的婚姻。也许最后她们正是为了要改变命运，反倒要背弃纯真的爱情，走向无爱的婚姻。

如果爱情和命运两者的走向是一致的，那真是可喜可贺的事情。对于这种选择，估计所有的人都会赞成。我们质疑的是另外一种情况：为了命运的改观，把爱情变成了筹码，让命运凌驾于爱情之上，爱情不过是命运的马仔。的确，女子借婚姻来改变自己的命运，古而有之，并不罕见。比如远嫁的王嫱，又比如女皇武则天。古代有，现在有，我相信以后也还会有。对此，人各有志，不得勉强。爱情和婚姻是充满了独立色彩的单选题，每个人的卷子都不一样，也没有标准答案。我只是想提醒企图借婚姻改变命运的女子一句话——把自己的命运维系在另外一个人身上，无论有多少海誓山盟，无论你今天如何运筹帷幄，都是有极高风险的。记住啊，对别人抱有不切实际的期望和幻想，是一种天真的邪恶。一个人的命运应该始终掌握在自己手中。无论旷野地远，无论电闪雷鸣。

一个人可以和自己的血液分离

其实，天堂和地狱的距离，并不像人们想象的那样大，它一点也不遥远，都在女人的心中。一个人可以让你上天堂，一个人也可以让你下地狱。

看了这句话，很多人就会想到是别人让自己上了天堂或是下了地狱，其实，我指的这个人就是你自己。

很多女人常常觉得是某一个男人让自己幸福或是不幸。表面上看起来，有的时候的确是这样的。同学聚会，你能看到某个女子简直是泡在蜜罐里的杏干，浑身都散发着蜂蜜的香气。可下一次，斗转星移，该女子就成了猪苦胆腌出来的黄连，凄苦得如同败絮。究其原因，都是因为一个男人的爱与不爱。当你依靠别人的力量登上天堂的时候，就要想到会有风驰电掣跌下的一天。所以，我看到依偎着的伴侣，就会生出担心。

你要上天堂，请自己登攀。

常常想，一个人的生存状态，就这样岌岌可危地取决于另外一个人吗？那个人是天堂和地狱间的吸管，能让你像液体一样在这狭小的管腔中来回流动吗？是谁给了这根吸管如此大的法力？是谁把你变成哭哭啼啼的液体……

感情纠葛中，痴情男女所问的“为什么”特别多，多到让人厌烦。“发问者必将寻求答案。”这是一句古老的喀麦隆谚语。类似的话，在民间智慧中，屡屡出现。

有一个姑娘面对恋人的分手，痛苦万分。在QQ上，恋人对她说，你是我血管中的血液，可我还是要和你分手。

女孩子对我说，他都说我是他的血液了，可见我是多么重要！我就想不通，一个人怎么能和自己的血液分离呢？那他不就立刻死了吗！这说明他还是爱我的呀！

我说，不要相信那些理由。不要追问太多的为什么。有的时候，所有的理由都是借口。你需要接受的只是答案。

他说得很对，你是他的血液。可你知道，人流出几百毫升血液是不会死的。就是流出了更多的血液，只要能很快地输血，人也是不会死的。真正死亡的是那些流出身体内部的鲜血，它们会干涸，会丧失鲜红的颜色和蓬勃的生命力，成为紫褐色的血痂。

那个女孩子愣了半天，最后说，哦哦，我不再问为什么了。我从现在开始储备勇气，去迎接那个结果。

一见钟情还是按图索骥

我收到出版社寄来的一封厚厚的特快专递，签了名，撕开信封，才发现淡蓝色的特快专递信封里面，还藏着另外一封特快专递。

我先看的是出版社的信函。他们说：毕老师，这是一位读者的来信，写明了是转给您的，我们就没有打开，不知是何内容。我们虽然用的是最快的速度，辗转中恐怕也耽误了时间，请您原谅……

我常常收到读者来信，但用双重特快专递发来的信，实不多见。不知这封信里写的是什么，我很好奇。

以下是这封信的内容。

尊敬的毕老师：

我不知道这封信能不能到达您的手中。我在街上买过您的书，看了以后，觉得自己的故事比您书中所写到的所有的故事都要更精彩。我很想给您写一封信，可是我不知道您的地址，就算是知道了，我想，您可能常常收到很多读者来信，也许看也不看就送到纸篓儿里了（但愿我这是以小人之心，度君子之腹）。即便您有时会看看信，但我的信混迹其中，您很可能就忽略掉了。我决心采取一个其他的方式让您读到我的信，这样我就写了一封信给您的那本书的责任编辑，很恳切地求她把我的信转给您。我相信当您看到这些文字的时候，我的信已经成功地转送到您手中了。

其实，我想问您的问题很简单，这就是——世界上到底有没有一见钟情这种东西呢？如果有，它是不是最美好的爱情？如果一个人得不到一见钟情，是不是人生就不够完满呢？比如灰姑娘和王子的爱情，肯定是一见钟情的，还有《西厢记》《牡丹亭》什么的，都是这种类型的，才成了千古绝唱。

好了，不说别人的事和古人外国人的事了，说我自己的事。

我是一个很美丽的女孩，可惜我不愿让您在大马路上把我认出来，否则的话，我应该把自己的照片寄一张给您，这样您就不会暗自笑话我是自恋或是吹牛了。我的外形真的很不错，几乎称得上是“国色天香”了。其实，我也不懂这个词到底是什么意思，总之男人们常常这样形容我，在这里借用一下就是了。

我的自夸到此为止，言归正传。在18岁之前，我基本上是一个单纯的女孩。上了大学之后，才渐渐地变得复杂起来。我知道了我的美丽是我的骄傲，上课的时候，连七八十岁的老教授也会多看我几眼，就更不消说那些年轻的讲师和男同学了。

能上大学的女孩很多，美丽的女孩也很多，但能上大学又美丽的女孩就不是太多了。现在不是到处都在讨论资源开发吗？坦率地说，我觉得自己就是一个很好的资源，要善待自己，把自己的资源充分利用起来，我要把自己好好地嫁出去。好比一个抓到了一手好牌的人，我为什么不能大赢特赢呢？

我本来准备大学毕业以后，再慎重处理自己嫁人的问题，没想到猝不及防地就被丘比特的毒箭射中了。您一定要说，爱神之箭怎么能叫毒箭呢？因为它毒汁四溢，让我遍体鳞伤。

那天我到食堂打饭，很长的队，好不容易排到跟前了，不想我的饭卡突然找不到了。大师傅很不耐烦地催我，后面的同学熙熙攘攘一个劲儿地往前挤。正在尴尬万分的时候，一个很有磁性的声音，在我后脑的上方响起：你先拿我的饭卡买饭吧。我回头一看，一个高大英俊的男生正微笑地看着我，他的牙齿像米饭一样雪白。特别是他的整个身体，散发出一种独特的香气，真的，在饭厅数十种菜肴和煎炸烧烤之中，他的气味是那样芬芳清新。我一下子就被击中了，简直就像是被施了魔法，乖乖地拿了他的饭卡。

那天的中午饭，顺理成章是我们在一起吃的。因为我要还他的饭钱，所以我留下了他的住址。他是新来的研究生。我还记得那顿饭我们要的都是鱼香肉丝，那种甜兮兮的青椒气味，我一辈子都不会忘记。

我们飞快地坠入了爱河。他对我说，很想租一间房子，和我住在一起。不然如果一天8个小时以上没有看到我抚摸到我，他什么课都听不进去。

我的计划被他的计划打破，我对自己说，为了他的早日成才，也为了我的将来，就答应他吧。就这样，我们共筑了一间精致的爱巢，住了进去。

您一定不相信，我看起来是那种很时尚很前卫的女孩，其实骨子里是很保守的。我把自己的贞节一直保持到了我们住进小屋的那一刻。我以为他看到鲜红的血迹会很高兴，不料他皱了一下眉说，真没想到。我很奇怪，说你不高兴吗？他说，不是不高兴，是觉得自己的责任太大了。那一刻，我突然萌生了不好的预感，觉得他是一个害怕负责的男人。

不过这种不祥的念头很快就消失了。我天天沉浸在芬芳的气味当中，非常幸福。我对他说，你知道自己有一种特别的气味吗？他很诚实地说，不知道。你可能是太喜欢我了，才生出幻觉。我当然不能承认幻觉这个说法，好像我的神经不正常了，我就请最好的朋友到我家来闻一闻。好友像猎狗一样地在我们的小巢里走来走去，最后她万分认真地对我说，除了男人的汗臭，并无其他味道。你以为你找到的是一头香獐或是麝香牛吗？你是情人眼里出西施，其实他和其他男人别无二致。

朋友走了，我也一笑了之。别人闻不到他的奇特，这最好了，要是人人都像我似的一见钟情，我的未来还不保险了呢！我们就这样幸福地过了109天，比水浒的108将还多一天，没想到那天晚上他吃完了我为他包的鸡肉馄饨之后，对我说，对不起，我不爱你了。我明天就会搬出这间房子。不过，请你放心，房租我已经交到月底了，你还可以安心住着，不必慌张。

我大吃一惊，说你怎么可以这样？他很震惊地说，我怎么就不可以这样？既然我们可以一见钟情，我也能和别人一见钟情。我爱上了另外的一个女孩。我说你不要脸。他说，你不要出口伤人。我们本来就是同居，合则聚不合则散，你我都是自由人。我说，那你以前的山盟海誓呢？他说，你怎么可以相信那些！什么冬雷阵阵夏雨雪，现在全球大一统，咱们这里是夏天，南半球就是冬天，当然可以夏雨雪了。所以，没有不变的东西，要与时俱进嘛！

我真的很想像电影里那样，狠狠地抽他一个大嘴巴，但是极度的衰弱辖制了我，完全呆若木鸡，根本就抬不起臂膀，眼睁睁地看着他收拾完了自己的东西，扬长而去。

我想问问您的就是：世界上有一见钟情这种东西吗？它是甘霖还是毒药？我相信一见钟情，可一见钟情的结果居然这样残酷。我以后还有能力爱一个人吗？它将是怎样的方式呢？

萧箐

×月×月×日

很多人以为自己的故事很独特，其实很多常常是每天都在全世界各地重复上演的MTV。这样说的意思一点儿都不是小瞧了萧箐的痛苦。我们的痛苦并不是因为独特才引人注目，而是因为它来自我们最深在的情感。无论起因多么平凡，都有可能引爆精神地层的断裂。

关于一见钟情，实在是一个古老的话题。如果把恋爱做一个最简单的分类——那就是一见钟情或是日久生情。

少女少男们期望一见钟情，那样更烂漫更突如其来更匪夷所思。文学艺术家们也比较喜欢一见钟情，那样人物集中故事紧凑，冲突剧烈矛盾尖锐。比如一对男女谈了几年的恋爱才定下终身，这几年当中，男人没有出过一次差，女人没有生过一次病，双方的父母也都认为是天造地设，一齐投赞成票。你说这个爱情美满不美满呢？大家一定觉得很美满，可这个故事就没法写了，写了也没人看了。因为艺术的规律是“文似看山不喜平”，你得一波三折而不能一马平川。

青年人获取婚恋经验，一部分来自父母和周围的长辈，这本是一条很好的途径，可惜我们的传统中，要么是正襟危坐，把这些知识列为不登大雅之堂的隐秘，要么把民间地下的情色渲染成了代用品，缺少中肯的情爱指导。于是青少年们关于爱情的学习，特别是女孩子，很多来自神话传说和言情故事。文学并不是生活的百科全书，很多时候它是写作者的一厢情愿。所以，关于一见钟情的描写充斥在爱情小说中，常常会使人误以为那是爱情的常态，甚至是唯一的状态。而实际上，一见钟情不过是爱情千姿百态中的一种。

爱情开始的时候，我们的体内发生了怎样的化学变化，这是科学家们至今尚未得出答案的悬疑。爱情可以从任何时间的任何地方开始，也可以在任何地方的任何时间结束。你很难说哪一种方式最好，就像我们至今无法认定哪一种花草是地球上最美的生物。放眼人海，你更是可以看到不同开端的爱情和婚姻，都有成功的金婚银婚和失败的"塑料婚""一次性筷子婚"（这两个词是我发明的，表示短暂和垃圾之意。乱造词汇，请原谅）。比如父母之命媒妁之言的包办婚姻，那结局有跳井上吊的，也有白头偕老的。比如花前月下青梅竹马的情投意合，结局有红杏出墙也有风雨与共。

现在我们回到困扰主人公的关键问题上来。你相信世界上有一见钟情这种爱情方式吗？

我是又相信又不相信。为什么这样说呢？你要说没有吧，我曾亲耳听到若干青年男女描述他或她一见钟情时的感受。在某一特定的时刻，看到某一特定的异性怦然心动，异样感受像飓风一样袭来。心跳加速，口舌发紧，周围的空气不再被吸入肺里，而是变成了一种滚烫的喷香米酒，流溢在唇齿之间，让人心旌摇动，进入微醺的状态，眼睛好像吃多了深海鱼油一样闪闪发亮，嘴唇变得鲜红欲滴……

这种状态是确实存在的，有些人就此沉入爱的海洋无法自拔。其中有些人一生美满，有些人在结婚后再也找不到神奇的触电的感觉了，绚烂归于平淡之后，开始了冷战，甚至导致了家庭暴力，最后不得不黯然分手。

对于这个复杂的转折，心理学家给出了自己的解释。其实，世界上完全丧失前兆的一见钟情是没有的。人们对于自己伴侣的设计，有着奥妙的先入为主的轨迹。它不但存在于我们的理智当中，也潜伏在不曾察觉的潜意识当中。也许你从来没有在纸上列出过你对这个问题的标准答案，但这并不证明你是彻头彻尾的一张白纸，并不等于你对与什么样的人共度一生，完全没有过自己独特的思考和认真的设计。也许从父母的言传身教中，也许从邻里的街谈巷议中，也许从社会的规范评说中，也许从文学作品的潜移默化中……总之，纯粹的爱情白纸是没有的，在看似空无一物的卷宗中，有铅笔用虚线打下的草稿。在某个特定的时辰，某一个特定的形象恰好嵌入了这个无形的标准之中，一见钟情就以迅雷不及掩耳之势把它变成了工笔重彩描绘的现实。所谓的一见钟情，不过是按图索骥。因为不知道萧箐的家庭背景，这里就无法做更深的探索了。

还想谈谈嗅觉的意义。我是医生出身，对人的生理如何微妙地影响了人的心理很有感触。萧箐的故事里，嗅觉起了非常重要的作用，她是被气味所吸引，然后坠入了爱河。据科学家研究，主管嗅觉的脑细胞是十分古老的，动物们就是凭着独特的气味来分辨对方是同类还是敌人，当然，也包括择偶。在我们每个人的双眼之间、头骨内部与脑底结构中，生长着500万个以上的嗅觉细胞。这些细胞和脑部正中央的下丘脑紧密相联。而下丘脑控制着人的恐惧和悲欢等种种情感，当然了，它也支配着情欲。因此，味道有时在不知不觉中会强烈地扰动着我们关于爱情的判断。

爱情当然不仅仅是生理层面的变化，但当一见钟情这种非常类似化学反应的情况发生的时候，我们对此要有着更理智一些的了解和把握，这样对我们的幸福会更有帮助。

我有一个大胆的猜测，其实女人们涂抹香水，是为了减少一见钟情的机会，让自己和对方都有更多的平稳心态来用于选择。因为浓郁的香水遮盖了原本属于个人的气味，机器化大生产的千篇一律的香水让骚动沉静下来，就不会被某种特殊的体味撩动得忘情。

萧箐还提到了负责任和爱的能力方面，这些都是更重要的核心问题了。我们将在以后的篇幅里再做讨论。

虾红色情书

朋友说她的女儿要找我聊聊。我说，我——很忙很忙。朋友说她女儿的事——很重要很重要很重要。结果，两个“忙”字，在三个“重要”面前败下阵来。于是，我约她的女儿若樨，某天下午在茶馆见面。

我见过若樨，那时她刚上高中，清瘦的一个女孩。现在，她大学毕业了，在一家电脑公司工作。虽说女大十八变，但我想，认出她该不成问题。我对她的外形做了提前估量，无非是高了，丰满了，大模样总是不改的。

当我见到若樨之后，几分钟之内，用了大气力保持自己面部肌肉的稳定，令它们不要因为惊奇而显出受了惊吓的样子。其实，若樨的五官并没有大的变化，身高也不见拔起，或许因为减肥，比以前还要单薄。惊倒我的是她的头发，浮层是樱粉色的，其下是姜黄色的，被剪子残酷地切削得短而碎，从天灵盖中央纷披下来，像一种奇怪的植物，遮住眼帘和耳朵。以致我在很长一段时间内，觉得自己是在与一个鸡毛掸子对话。

落座。点了茶，谢绝了茶小姐对茶具和茶道的殷勤演示。正值午后，茶馆里人影稀疏，暗香浮动。我说，这里环境挺好的，适宜说悄悄话。

她笑了，是骨子里很单纯，但表面却要显得很沧桑的那种。她说，到酒吧去更合适。茶馆，只适合遗老遗少们灌肠子。

我说，酒吧，可惜吵了点。下次吧。

若樨说，毕阿姨，您见了我这副样子，咱们还有下次吗？您为什么不对我的头发发表意见？您明明很在意，却要装出毫不在意的样子。我最讨厌大人们的虚伪了。

我看着若樨，知道了朋友为何急如星火。像若樨这般青年，正是充满愤怒的年纪。野草似的怨恨，壅塞着他们的肺腑，反叛的锋芒从喉管探出，句句口吐荆棘。

我笑笑说，若樨，你太着急了，我马上就要说到你的头发，可惜你还没给我时间。这里的环境明明很雅致，人之常情夸一句，你就偏要逆着说它不好。我回应，说那么下次我们到酒吧去，你又一口咬定没有下次了。你尚不曾给我机会发表意见，却指责我虚伪，你不觉得这顶帽子重了些吗？若樨，有一点我不明白，恳请你告知。我不晓得是你想和我谈话，还是你妈妈要你和我谈话？

若樨的锐气收敛了少许，说，这有什么不同吗？反正您得拿出时间，反正我得见您，反正我们已经坐进了这间茶馆。

我说，有关系。关系大了。你很忙，我没有你忙，可也不是个闲人。如果你不愿谈话，那我们马上就离开这里。

若樨挥手说，别别！毕阿姨，是我想和您谈，央告了妈妈请您。可我怕您指责我，所以，我就先下手为强了。

我说，我不怪你。人有的时候，会这样的。我猜，你的父母在家里同你谈话的时候，经常是以指责来当开场白。所以，当你不知如何开始谈话的时候，你父母和你的谈话模式就跳出来，强烈地影响着你的决定，你不由自主地模仿他们。在你，甚至以为这是一种最好的开头办法，是特别的亲热和信任呢！

若樨一下子活跃起来，说，毕阿姨，您真说到我心里去了。其实，您这么快地和我约了时间聊天，我可高兴了。可我不知和您说什么好，我怕您看不起我。我想您要是不喜欢我，我干吗自取其辱呢？索性，拉倒！我想尽量装得老练一些，这样，咱们才能比较平等了。

我说，若樨，你真有趣。你想要平等，却从指责别人入手，这就不仅事倍功半，简直是南辕北辙了。

若樨说，我知道了，下回，我想要什么，就直截了当地去争取。毕阿姨，我现在想要异性的爱情。您说怎么办呢？

我说，若樨啊，说你聪明，你是真聪明，一下子就悟到了点上。不过，你想要爱情，找毕阿姨谈可没用，得和一个你爱他，他也爱你的男子谈才是正途。

若樨脸上的笑容风卷残云般地逝去了，一派茫然，说，这就是我找您的本意。我不知道他爱不爱我，我更不知道自己爱不爱他。

若樨说着，从皮夹子里拿出了一张折叠得整整齐齐的纸，递给我。

我原以为是一个男子的照片，不想打开一看，是淡蓝色的笺纸，少男少女常用的那种，有奇怪的气息散出。字是虾红色的，好像是用毛笔写的，笔锋很涩。

这是一封给你的情书。我看了，合适吗？

读了开头火辣辣的称呼之后，我用手拂着纸笺说。

我要同您商量的就是这封情书。它是用血写成的。

我悚然惊了一下，手下的那些字，变得灼热而凸起，仿佛烧红的铁丝弯成。我屏气仔细看下去……

情书文采斐然，述说自己不幸的童年。从文中可以看出，他是若樨同校不同系的学友，在某个时辰遇到了若樨，感到这是天大的缘分。但他长久地不敢表露，怕自己配不上若樨，惨遭拒绝。毕业后他有一份尊贵的工作，想来可以给若樨以安宁和体面，他们就熟识了。在若即若离的一段交往之后，他发现若樨在迟疑。他很不安，直接向若樨求婚，他特以血为墨，发誓一生珍爱这份姻缘。

“人的地位是可以变的，所以，我不以地位向你求婚。人的财富是可以变的，所以我也不以财富向你求婚。人的容貌也是可以变的，所以我也不以外表向你求婚。唯有人的血液是不变的，不变的红，不变的烫，从我出生，它就灌溉着我，这血里有我的尊严和勇气。所以，我以我血写下我的婚约。

“如果你不答应，你会看到更多的血涌出……如果你拒绝，我的血就在那一瞬永远凝结……”

我恍然刚才那股奇特的味道，原来是笺上的香混合了血的铁腥。

你现在感觉如何？我问若樨，并将虾红色的情书依旧叠好，将那一颗骚动的男人之心，暂时地囚禁在薄薄的纸中。

我很害怕……我对这个人摸不着头脑，忽冷忽热的……可心里又很有几分感动。血写的情书，不是每个女孩子都有这份幸运的。看到一个很英俊的男孩，肯为你流出鲜血，心里还是蛮受用的。我把这份血书给好几个女朋友看了，她们都很羡慕我的。毕竟，这个年头，愿意以血求婚的男人，是太少了。

若樨说着，腮上出现了轻浅的红润。看来，她很有些动心了。

我沉吟了半晌，然后字斟句酌地说，若樨，感谢你信任我，把这么私密的事告诉我。我想知道你看到血书后的第一感觉。

若樨说，……是……恐惧……

我问，你怕的是什么？

若樨说，我怕的是一个男人，动不动就把自己的血溅出来，将来过日子，谁知会发生什么事？

我问，若樨，你想得长远，这很好。婚姻不是一朝一夕的事情。

每个女孩子披上嫁衣的时候，一定期冀和新郎白头偕老。为了离婚而结婚的女人，不是没有，但那是阴谋，另当别论。若樨，除了害怕，当你面对另一个人的鲜血的时候，还有什么情绪？

我感到一种逼迫，一种不安全。我无法平静，觉得他以自己的血要挟我……我想逃走……若樨喃喃地说。

我看着若樨，知道她在痛苦的思索和抉择当中。毕竟，那个男孩迫切地需要得到若樨的爱，我一点儿都不怀疑他的渴望。但是，爱情绝不是单一的狙击，爱是一种温润恒远。他用伤害自己的身体，来企图达到自己的目的，如果一朝得逞，我想他绝不会就此罢手。人，或者说高级的动物，是会形成条件反射的。当一个人知道用自残的方式，可以胁迫他人按照自己的意志行事的时候，他会受到鼓励。

很多人以为，一个人的缺点，会在他或她结婚之后，自动消失。我觉得如果不说这是自欺欺人，也是一厢情愿。依我的经验，所有的缺点，都会在婚姻之后变本加厉地发作。婚姻是一面放大镜，既会放大我们的优点，也会毫不留情地放大我们的缺点。因为婚姻是那样赤裸和无所顾忌，所有的遮挡和礼貌，都会在长久的厮磨中褪色，露出天性粗糙的本色。

也许，我可以帮助他……若樨悄声说，声音很不确定，如同冷秋的蝉鸣。

我说，当然可以。不过，你可有这份力量？他在操纵你，你可有反操纵的信心？我们不妨设想得极端一些，假如你们终成眷属，有一天，你受不了，想结束这段婚姻。他不再以血相逼，升级了，干脆说，如果你要离开我，我就把一只胳膊卸下来，或者自戕……到那时，你又该如何应对呢？如果你说，你有足够的准备承接危局，我以为你可以前行。如若不是……

若樨打断了我的话，说，毕阿姨，您不要再说下去了。我外表虽然反叛，但内心却很柔弱。我没有办法改变他，和他在一起的时候，我感到很不安全。我不知道在下一分钟他会怎样，我是他手中的玩偶。

那天我们又谈了很久，直到沏出的茶如同白水。分手的时候，若樨说，您还没有评说我的头发。

我抚摸着她的头，在樱粉和姜黄色的底部，发根已长出漆黑的新发。我说，你的发质很好，我喜欢所有本色的东西。如果你觉得这种五花八门的颜色好，自然也无妨。这是你的自由。

若樨说，这种头发，可以显示我的个性和自由。

我说，头发就是头发，它们不负责承担思想。真正的个性和自由，是头发里面的大脑的事。你能够把神经染上颜色吗？

婚姻在差异中成长

在我的咨询室里，来过很多因为婚姻触礁的男人和女人。他们的皱纹连接起来，可能和本初子午线一样长了吧？他们的眼泪汇在一起，会漫浸整个城市的街道，湿了人们的裤脚吧？他们寻求改善，希望给濒死的婚姻注入强心针，以求爱的重生。那么绝境中的挣扎，让双方的心灵，都溅满了泥污甚至血泊。

我相信，他们曾经相爱过。不少人爱得摧枯拉朽、山崩地裂。然而，激情可以让人走到一起，却不能保证持久的黏合。随着现代社会的不断发展，婚姻双方越来越强调自己在家庭中的独立地位。独生子女的一代，因为缺少兄弟姐妹，他们在如何与人沟通上先天处于不利地位，婚姻生活面临更大挑战。

恋爱中的男女把对方加以神秘的美化，包涵较多；结婚后，双方都松了一口气，个性伸张，差异充分地暴露出来，争吵就在所难免。

原因来自以下几个方面：

第一，个性与成长经历不同。夫妻关系里的个体，首先是“你”和“我”，然后才是“夫”和“妻”。这就决定了人们在考虑问题时，会先从自身思维惯性出发。世界上从来不存在两个完全相同的个体。假设这世界上真有两个思维方式和个性完全相同的男女结成了夫妻，你起床他也起床，然后两个人讲述一模一样的梦境，穿同样颜色的衣服……倒是不会吵架，但这不仅无趣，简直就是恐怖！心理学家研究证明，人们在寻觅伴侣时，会搜寻那些与自己有很多基本相似点的对象，但随着了解逐步增多，也会剔除那些与自己相似程度过高的个体。

第二，对婚姻的期许与理解不同。有人期待情感交流多一些，更多花前月下、琴棋书画；有人则觉得结婚就是过日子，浪漫应该向柴米油盐举手投降。由于对婚姻的期望值不同，在同一个屋檐下开始耳鬓厮磨后，夫妻双方会因诸多杂事和细节产生摩擦。更不消说那些可能触及个体较深层次的差异，更是成了敏感的“雷区”，一经碰撞，就会引发剧烈的争执。很多争执并不会因为时间的流逝而渐渐褪色，如果没有经过良好的沟通，很可能会酿成经久不息的纷争。

第三，沟通方式和讲话艺术的欠缺。有人以为这是一个小问题，觉得在自己家里，不用讲方式方法，不必掂量轻重缓急，有什么就说什么，想到哪里就说到哪里。明明说过了，还一再重复。陈芝麻烂谷子的事儿，随心所欲地唠唠叨叨……要知道，这些都是如同盐酸一样的强腐蚀剂，长久下去，很可能会让婚姻演化到崩溃和破裂的边缘。反观那些关系良好的夫妻，不是不存在争吵，而是在争吵中学会了如何面对差异。

首先，从了解自己的原生家庭入手，明了自己是个怎样的人。每个人受父母和原生家庭潜移默化的影响，远比我们想象的更多，更深远。每个人对婚姻的认识，都是从父母处学来，都打着深深的“原生家庭”烙印。可惜没有课堂专门传授这方面的知识，也没有老师会为你梳理这些日积月累固定在你头脑中的看法。整理这些继承来的经验教训，找到其中的精华，剔除其中的糟粕，建立自己的婚姻观和家庭规则，是消弭争吵的一块必要基石。

其次，双方开诚布公地讨论彼此对人生的目标和对婚姻的期待。很多时候，人们的压力都来自目标不明确。人们对婚姻可能有种种想法。人们常常以为对方理所当然地会体察自己，大家能够和谐相处。真实的情况却往往事与愿违。其实，每个人都是一个独立的世界，发生争吵并不可怕。在良性发展的家庭中，争吵甚至是一种特殊的沟通方式。当然，我们要学会比争吵更好的交流手段。促膝谈心后，夫妻往往会发现差异其实并没有想象的那么大。大家都会同意：婚姻绝不是简单的“一起过日子”，还包含着许多更深层次的心理契合，比如支持、信任、爱与包容。这些高层次的情感源自夫妻双方对彼此共同点的赞成和欣赏，在共同的合作与行动下加深默契。面对差异时，不耐烦、惶恐或是退缩都是正常现象。但要想良好地解决差异，合作必不可少。

最后，解决差异的核心法则是“求大同，存中异”。世界上总有些矛盾不可调和，那些来自最根本价值观和世界观的差异，是单纯的沟通和交流所不能解决的。面对“大异”，夫妻多半只有离婚一条路可走，平和分手就是，不必旷日持久地争吵。遇到鸡毛蒜皮的“小异”，虽然可能一时间火光四溅，但不必紧张，随着彼此交流技巧的娴熟，也会因为爱与包容而自行解决。至于那些引发争吵的“中异”，夫妻需要更多的智慧和手法来化解——这是人们毕生的功课之一。

我很欣赏美国心理学家萨提亚的一句话：我们因相似而在一起，却因为差异而成长。家庭关系不仅需要共同欣赏彩虹般的温馨，也要有在暴风雨中化解差异的勇气。完美和谐的家庭，会因为差异的存在而变得更加美丽。

冰雪篱笆

一位男医生对我说，我有一个男病人，说他的妻子是世界上最冰冷的女人，我想请你同她谈谈，不知你能否答应？我一时没反应过来，开玩笑道，世上最冰冷的女人，大概要数《泰坦尼克号》中的罗斯小姐，那种冰海中的长时间浸泡，冻彻肺腑，真乃人间酷刑。

男医生说，哦，不是那种体温上的冰冷，而是性的冷淡。经过多方面的探讨，我是束手无策了，转介给你。女性之间的对话，可能较为方便。

我严肃起来，道，你先说说她丈夫是怎样求诊的。

医生道，那丈夫说，他和妻子是大学的同学，真是男才女才，男貌女貌啊……

我忙说，停停。请解释。什么意思？绕口令似的。

医生道，是啊，当时我也听得一头雾水，要他说得清楚一点。那丈夫道，这是同学们的评价，意思是说我们两个，就是我和我妻子，都很有才华，相貌也同属上乘。古戏中说的是男才女貌，对我们来说，每个人都有才，每个人也都有貌。若我们两个结合起来，双才双貌，色艺俱佳，那就好事占绝，无往不胜。

我忍不住问道，哦，天下有这样的佳偶，真是难得。依你的眼光看，这做丈夫的说得可确实？

医生笑笑道，我知你开始介入情况了，想了解一下这对夫妇对现实状态的感觉，是否在常规之内。是的，常常有这种人，自我感觉太好，对自己的评价和对他人的评价，走进了误区，把自己神化，把他人妖魔化。如果来人是这种情况，倒比较简单。我仔细观察了这个男子，天庭饱满，地阁方圆，谈吐有方，很有学养，合乎法度，只是神色忧郁。看来他对现实的把握是正常的。

我说，那么，他的妻子，你见了吗？

男医生说，见了。正因为见了，才更觉糊涂。他的妻子仪容俏丽，是一个优雅智慧的知识女性，能很开放地同我谈论他们夫妻间的性生活不和谐问题，并说双方到医院做了各项检查，所有的指标都显示正常。

所以，我是没办法了，看你可有什么妙计一安天下。因为我不但从医生的角度，更从一个男人的角度出发，同情理解那个丈夫的苦恼，希望你能和他的妻子开诚布公地谈谈，看是什么症结在阻挠着这位生理上完全正常的女性，无法全身心地爱她的丈夫。

我说，试试吧，我也没有很大的把握。

和那位妻子见面的第一瞬间，我就承认男医生的判断完全正确。这是一位外表看起来无懈可击的正常女性，白领装束，风度翩然。

我说，从哪里开始谈呢？

她说，就从基因开始吧（为了称呼的方便，我就叫她茵）。

我说，为什么从这里开始呢？好像一个生物实验室似的。

茵笑了，说，基因几乎就是我和丈夫结合的红娘啊。

我讶然，问道，这是怎么回事？

她说，您知道，大学是个谈恋爱的好地方。几乎所有杰出的或是不怎么杰出的男生女生，都希望在大学的校园里，找到自己的另一半。人们不但自己辛辛苦苦地找着，还用自己的眼光，为别人操劳着。在这方面，人可以说是充满了搭配组合的欲望，甚至有一种游戏和测验的味道。男宿舍和女宿舍经常议论班上谁和谁合适，是半夜三更时分永久的话题。

我和我的丈夫，就是在这种氛围里走到一起的。所有的人，都说——你们是多么般配的一对啊。

是的，不是我自夸，我的容貌和智商，都在女人当中属于上乘。我说这一点，没有炫耀的意思，只是实事求是。

茵说到这里，看着我。我知道需要给她一个回馈，我用力地点点头。不但是出于礼貌，更是出于赞同。

茵接着说下去。

我的先生，也很棒。有句俗话，众口铄金，意思是群众舆论的力量非常大。我相信这句话，人们都说你们合适，熟悉你的人这样说，刚刚认识不久的人也这样说。你的家人这样说，你的仇人也这样说，你就觉得这件事有点神秘，有点宿命，甚至有点在劫难逃。说的人多了，你就有一种顺从感，并在其中感觉安全，以为这是一桩保险的婚姻。

后来，我们果真结婚了。刚开始的时候，我们夫妻生活很幸福，那种滋润有流光溢彩的美容效果，是能够反映到皮肤上的。认识我的人都说，你越来越俏皮了，什么时候添宝宝啊？你们的孩子，一定结合了双方的优点，又聪明又漂亮……

说到这里，茵的目光突然暗淡了。她停顿了片刻，懒懒地说下去。

生了宝宝之后，有一段我忙着照料孩子，丈夫也很体谅我，夫妻生活那方面很少要求。后来，请了保姆，孩子有人照料，另居一室。当我们有机会开心地鸳梦重温时，我才突然发现，我所有的兴趣都丧失殆尽，整个人如同枯木死灰。这不是心理上的原因，我爱我的丈夫，我希望他快乐幸福，但是，我身体不听我的指挥，它抗拒厌恶这种活动，像石块一样毫无反应。当时我想，可能是生育的变化，强烈地改变了我的机能，随着时间的推移，就会慢慢恢复。我把这个感受同我丈夫讲了，他通情达理，很理解我，愿意等待我复原。我们就这样等着，试着……但是，至今已经整整七年了，女儿已经从襁褓走进了小学，但我和丈夫的夫妻生活没有丝毫好转。我已尽了所有的力量，可是身体不是电脑，它不听你的命令，顽强地抵抗着。我身不由己，非常痛苦……

茵讲到这里，停下来，眼巴巴地看着我，希望我能找出一条秘诀。

我看着她，心想：看来，他们夫妻感情上很恩爱，生理上也经过反复测查，排除了器质性疾患，症结究竟在哪里呢？

突然，一个有关时间的概念强烈地提示了我——生了宝宝之后。

我说，生了宝宝之后，发生了什么事情呢？

我在心中飞快地假设了多种可能性，没想到茵回答我说，没发生任何事情。当然，有了宝宝，时间比以前紧张，身体操劳了，但是，这都不是决定性因素。你可以看出来，我的身体很好。

是的。我看得出来，她营养状态不错，既不臃肿也不细弱，正是少妇生机勃勃的年华。

我的直觉让我坚持“时间”这个变量。总觉得在这个时段，发生了什么。她的否认，让我感到按照通常的逻辑，似乎不能解释。我细细地回忆着她说过的每一个字，猛然，我想到了对话时，她那个少见的开头——基因。

我说，你相信基因吗？

她苦笑了一下说，又信又不信。

我追问，此话怎讲？

她说，信，是因为那是科学，中国外国的报纸都在讲。龙生龙凤生凤，你不信行吗？要说不信，咳……我和丈夫的基因都不错……算了算了，不谈了。她万分沮丧地低下了头。

我感到自己正在接近那个谜团的核心。虽然追问下去看起来是一种残忍，但也许正是要害所在。我说，我看你一下子变得垂头丧气的，能否告诉我，这和基因有什么关联吗？

她痛苦地低下了头。由于她的头低得很深，我无法知道她的面部表情。当她再次抬起头，我才看到满脸的滂沱泪水。

我说，看到你非常难过，我也很不好受。能告诉我，你想到了什么？

她吃力地说，不是想到，是看到……第一次看到的时候，我几乎昏了过去。

说着，她从自己精巧的手提包夹层里，掏出一张照片，递给我。

我看到了一个女孩。扁扁头，肿眼泡儿，塌鼻子，瘪嘴巴，稀疏的头发……天啊，几乎所有女孩子长相上的忌讳，这小姑娘都犯全了。

这是……我迟疑着没敢把话说完整。

是的，这是我的女儿。这就是基因的故事。我和我丈夫的基因都那么卓越，可是组合在一起，怎么就成了这个样子？我恨这种男女结合，它是一种魔鬼的戏法。它能把优秀化成腐朽，它要弄人，它把一种灾难，一种命运的不可知性强加给我，它让我一看到这个孩子，就对性的活动产生了强烈的憎恶感。它是蛇蝎出没的烂泥潭，给你片刻的欢愉，然后是无尽的恐怖和烦恼。直到你沉没了，它却若无其事地站在一旁冷笑。它把瞬间的事情，化成严酷的绵延的后果。把无尽的灾难留给那对无辜的男女，留给那对男女的天真孩子……所以，我要反抗它。我要禁绝它对我的再一次伤害。我用冰雪修建篱笆，严丝合缝，它再也休想钻入。我以所有的力量抵御它的诱惑，我不能承受当我第一次看到这个孩子的丑陋容貌时，所遭受的惨痛的挫败，那一刻，我是世上最绝望的母亲……

我忙插入说，不好意思，打断一下，你对女儿怎样？

在这一刻，我真的非常关切那位让母亲大失所望的女儿。

还好。因为我知道这不是她的过错。我不该恨她。要说恨，该恨的是我，是她的父亲，是我和丈夫的这种结合，是制造生命的过程。茵说完紧紧咬着嘴唇。

谈到这里，真相大白了。这位母亲，因为无法接受女儿的容貌，追本溯源，她认为是性的活动导致了男女双方基因的重组，她就在潜意识里抵制夫妻间的性生活。用自己的推理，堆积成一座冰山，把自己冷冻成了“罗斯”。

我说，生命的诞生的确是一个非常复杂的过程。显性遗传隐性遗传，还有许许多多人类无法破解的题目。基因是无罪的，夫妻间的性生活是无罪的，你的女儿也是无罪的。况且，一个人的先天相貌和他后天的发展，也没有完全必然的关系。你的冷漠，归根结底，来自一种不合理的期望的破灭。你希望有一个完美的孩子，这可以理解，却不能把它当成百分百的真实。一旦达不到理想，你就把愤怒透射到了夫妻生活。

茵看着我，若有所思的样子。久久，喃喃地说，哦哦，原来，是这样啊。其实，有了现代的避孕工具，悲剧就不会重演。再说，基因的组合，也是人类无法控制的概率……

我欣喜地看着她，知道冰雪已渐渐消融。

伤亡于家庭

大千世界，伤亡多矣。有死在权力场上的，比如宫廷政变；有死在金钱堆里的，比如波光诡谲的商战阴谋；有死在脂粉欢场中的，比如艾滋病……不知你是否注意到，使我们遍体鳞伤的场所，更多的是发生于家庭。

在那种战云密布的家庭里，没有箭戟硝烟，但绝不乏刀光剑影。看不见的伤口在流血，看不见的内伤在悸痛。日复一日的擦痕渐渐累积为镂骨的深壑，终有一瞬，胸膛断成尖锐的两截。彼此以伤及对方为快意，看他人伤痛会带来狭邪的喜悦。也许正因为当初相知甚深，了如指掌，所以一旦反目为仇，那讥讽就格外尖刻，那嘲弄就格外有力，那刺杀的穴位就格外精准，那致命的一击就格外凶猛……

受伤于家庭的人，我估计一定多过死于原子弹爆炸的人，只是人们通常缄默。那原因或是不愿意说，或是不敢说，或是不知道怎样说。伤于战场是勇敢，死于情场是痴迷，而家庭的伤亡，难以察觉，无法启齿。那痛楚而怪异的感觉，好似被一条柔软的丝锁紧扼喉头，虽然越来越感到窒息，但哽噎吐出，只怕他人不懂，得到的便是羞辱。于是无数的人，默默咀嚼着，要么选择继续持久地被伤害，要么名存实亡地敷衍着家庭，甚至犯下罪行。

当我们从法制刊物对形形色色案件的披露中，得知发生在家庭的种种血案，才蓦然发觉，家庭致伤如此惨重。

于是我们震惊。震惊之余我们宽慰着自己，以为那只是万一和偶然。但随着越来越多的不幸进入我们的视野，我们不得不痛心地承认，家庭中的伤亡俯拾即是。

人们因为爱，走进家庭。当我们四目相对、结为一体的时候，在洁白的婚纱下，新人并不完美，彼此带着旧时的痼疾。那些由于历史的原因，久已附着在我们血液中的病毒，并不因婚姻的缔结而有所收敛。在新的环境下，它们伺机复发，阴谋一逞。家庭并不是具有奇特功能的天然矿泉，不管什么病，只要一跳进这盆滚烫的水里，便霍然痊愈。更别说倘若那婚姻的结合，原本就有同病相怜的前提，由于病症相似，病毒更有了协同发作的机遇。

家是两双手共同续进柴薪的一盘暖炕，只有不间断地投入，才会有恒久的温馨。

可惜很多人不懂。他们对家庭寄予了太多不切实际的幻想，以为家有魔法，可以自生自长，点石成金。他们打算不必进行艰苦的自我改善，只靠从对方身上源源不断地索取能量，就会达至幸福。

当家庭中生长出获取大于奉献的稗草时，家庭的伤害就已经萌生。

被汲取的一方，感到失望和削弱。他们由不自觉到自觉地开始拒绝和反抗，选择躲避或者反击。

汲取的一方，由于感到被抛弃和冷漠，开始更大力度地依附和摄取。他们或是撒娇或是要挟，或是疏离或是紧紧粘连。

在家庭的战争中，绝没有永远的胜者。家庭原本就是共同的疆土，你刺伤对手的同时，弹片也溅满自身，伤口也汩汩流血。在家庭的战争中，也绝不存在根本的弱者。当你得知一个孱弱的家庭妇女，由于发觉大权在握的丈夫有了第三者，愤而挥斧斩夫，自己也被处以极刑的时候，你能说在这场家庭的生死搏杀中，谁胜谁负？谁弱谁强？有的只是两败俱伤，家庭化为齑粉。

更为令人焦灼万分的是，在家庭之战中，注定有一个永远的伤者，那就是孩子。

有多少不和睦的家庭，当无望处置种种纠纷和矛盾的时候，不负责任的男女主角，会生出一个愚蠢的念头——生个孩子出来试试吧。也许靠这个啼哭的小婴儿，可以平衡分裂的气氛，弥补破裂的情感，让家庭发生一个意想不到的转折。

可惜，几乎百分之百的结局是，奇迹没有出现，发生的只是悲剧。

一个婴儿的诞生，会带来更多繁杂的事务，家庭经济会更趋紧张，夫妇相聚的时间会更为削减，精神上的压力更显沉重，各方面的负担更呈增加。于是无数企图靠孩子来增进婚姻的家庭，堕入了更不良的循环。这一次，卷进泥潭的将不仅是两个不成熟的成人，更有了一个嗷嗷待哺的婴儿。

在家庭战火中生长的孩子，普遍缺乏安全感，日夜像受了惊吓的小兔。他们高敏感、低自尊，一颗幼小稚嫩的心，感受到的不是家庭的温暖，而是无尽的惊恐和动荡。在父母的争执和威吓中长大，愁苦和忧伤写满幼小的额头。他们冷漠孤独，桀骜不驯。既然亲生的父母都不珍惜他们的来临，他们找不到生存的价值和意义。从小在夹缝和脸色中讨生活的经验，使他们尴尬和怨愤。长大之后，他们缺乏爱的能力，眼光多阴郁游移，心胸多狭窄悲怆。因家庭受伤的孩子，也许不乏高超的智商，但注定缺少由衷的微笑和与人为善的襟怀。

于是家庭的伤害就成了一种带有遗传性质的恶疾，不但害了一代，更害了后代。

纵观人类的发展，建造和平的家庭，必是持久的工程。我猜想那些没有墓碑的家庭伤亡者，一定在冰冷的地下，用喑哑的声音告诫世人：请包扎我们的伤口，它们依旧折磨着我们痛不欲生。请收起家中的武器，它绝不会带给你幸福。家庭可以是阳光下的果园，每一个果子都充满香甜。

再选你的父母

我猜很多人一看到这个题目的名称，就大不以为然，甚至愤愤然了，觉得毕淑敏是不是昏了头，父母是可以再选的吗？中国是孝之邦，身体发肤，受之父母，戴德还表达不尽，岂容再选？我的父母是天下最好的父母，让我重选父母，这不是逼人不孝吗？若是父母已驾鹤西行，这题目简直就是违背天伦。

请您相信我，我没有一丁点想冒犯您的意思。也不是为了震撼视听哗众取宠，实在是为了您的心理健康。

父母可不可以批评？我想大家理论上一定承认父母是可以批评的。即使是伟人，也有这样那样的错误和缺点，我们的父母肯定不是完人，当然也可以讨论。可实际上，有多少人心平气和地批评过我们的父母，并收到了良好的回馈，最终取得了让人满意的效果呢？我能客观地审视父母的优劣长短、得失沉浮吗？我相信愤怒的青年可以大吵一架离家出走，但这并不代表着他能公允地建设性地评价父母。也许有人会说，那是历史了，我们有什么理由在很多年后，甚至在父母都离世之后，还议论他们的功过是非呢？

我想郑重地说，有。因为那些历史并没有消失，它们就存在我们心灵最隐秘的地方，时时在引导着我们的行为准则，操纵着我们的喜怒哀乐。

父母是会伤人的，家庭是会伤人的。当我们还是孩子的时候，我们无力分辨哪些是真正的教导、哪些只是父母自身情绪的宣泄。我们如同酒店里恭顺的小伙计，把父母的话和表情，还有习惯和嗜好，如同流水账一般记录在年幼的脑海中。他们是我们的长辈，他们供给我们吃穿住行，在某种程度上说，我们是凭借他们的喜爱和给予，才得以延续自己幼小的生命。那时候，他们就是我们的天和地，我们根本就没有力量抗辩他们、忤逆他们。

你的父母塑造了你，你在不知不觉中重复着他们展示给你的模板，你是他们某种程度的复制品。分析他们的过程其实是在分析你自己。

请你准备一张白纸，让思绪和想象自由驰骋。在白纸上方写下你的名字，左边写上“再选”二字。现在，纸上的这行字变成了“再选×”，你在这行字的右面写上“的父母”三个字。

“再选×的父母”。我敢说，也许在此刻之前，你从来没有想过可以把自己的父母炒了鱿鱼，让他们下岗，自行再来招聘一对父母。请你郑重地写下你为自己再选父母的名字。

父：

母：

我猜你一定狠狠地愣一下。虽然我们对自己的父母有过种种的不满，但真的把他们淘汰了，你一定目瞪口呆。你要挺住啊，记住这不过是一个游戏。

谁是我们再选父母的最佳人选呢？你不必煞费苦心，心灵游戏的奥妙之处就在于它的一闪念之中。你的潜意识如同潜藏深海的美人鱼，一个鱼跃，跳出海面，露出了它流线型的身躯和嘴边的胡须。原来，它并非美女，也不是猛兽。关于你的再选父母的人选，你把头脑中涌起的第一个人名写下就是了。

他们可以是英雄豪杰，也可以是邻居家的老媪；可以是已经逝去的英豪，也可以是依然健在的大款；可以是绝色佳人，也可以是末路英雄；可以是动物植物，也可以是山岳湖泊；可以是日月星辰，也可以是布帛菽粟；可以是一代枭雄，也可以是飞禽走兽；可以是自己仰慕的长辈，也可以是弟妹同学……总之，你就尽量展开想象的翅膀，天上地下地也为自己选择一对心仪的父母。

你再选的父母是什么类型的东西（原谅我用了“东西”这个词，没有不敬的意思，只是一言以蔽之），这不重要。重要的是你在这个游戏中重新认识了你的父母，你在弥补你童年的缺憾，你在重新构筑你心灵的世界。你会发现自己缺少的东西、追求的东西到底是什么。

有个农村来的孩子，父母都是贫苦的乡民。在重选父母的游戏中，他令自己的母亲变成了玛丽莲·梦露，让自己的父亲变成了乾隆。我想这是一个非常典型的例子，我首先要感谢这位朋友的坦率和信任。因为这样的答案太容易引起歧义和嘲笑了，虽然它可能是很多人的向往。

我问他，玛丽莲·梦露这个女性，在你的字典中代表了什么？他回答说，她是我见过的最美丽和最现代的女人。我说，那么，你是不是觉得自己亲生母亲丑陋和不够现代？他沉默了很久说，正是这样。中国有句俗话叫作“儿不嫌母丑，狗不嫌家贫”，我嫌弃我的母亲丑，这真是大不敬的恶行。平常我从来不敢跟人表露，但她实在是太丑的女人，让我从小到大蒙受了很多耻辱。我在心里是讨厌她的。从我开始知道美丑的概念，我就不容她和我一道上街，就是距离很远，一前一后的也不行，因为我会感到人们的目光像线一样把我和她联系起来。后来我到城里读高中，她到学校看我，被我呵斥走了。同学问起来，我就说，她是一个丐婆，我曾经给过她钱，她看我好心，以为我好欺负，居然跟到这里来了……我说这些话的时候，觉得自己也很有道理，因为母亲丑，并把她的丑遗传给了我，让我承受世人的白眼，我想她是对不住我的。至于我的父亲，他是乡间的小人物，会一点小手艺，能得到人们的一点小尊敬。我原来是以他为豪的，后来到了城里，上了大学，才知道山外有山、天外有天，才知道父亲是多么草芥。同学们的父亲，不是经常在本地电视要闻中露面的政要，就是腰缠万贯、挥金如土的巨富，最次的也是个国企的老总，就算厂子穷得叮当响，照样有公车来接子女上下学。我的位于社会底层的位置是我的父母强加给我的，这太不公平。深层的怒火潜伏在我心底，使我在自卑的同时非常敏感，性格懦弱，但在某些时候又像地雷似的一碰就炸……算了，不说我了，我本来认命了，因为父母是不能选择的，所以也从来没有动过这方面的脑筋。既然你今天让做换父母的游戏，让我可以大胆设想、别具一格，我一下子就想到了梦露和乾隆。

我说，先问你一个问题，如果父亲不是乾隆，换成布什或布莱尔，要不就是拉登，你以为如何？

他笑起来说，拉登就免了吧，虽然名气大，但是个恐怖分子，再说翻山越岭胡子老长的也太辛苦。布什或布莱尔？当然可以。

我说，你希望有一个总统或是皇上当父亲，这背后反映出来的复杂思绪，我想你能察觉。

他静了许久，说，我明白那永远伴随着我的怒气从何而来了。我仰慕地位和权势，我希图在众人视线的聚焦点上。我看重身份，热爱钱财，我希望背靠大树好乘凉……当这些无法满足的时候，我就怨天尤人，心态偏激，觉得从自己一落地就被打入了另册。因此我埋怨父母，可是中国“孝”字当先，我又无法直抒胸臆，情绪翻搅，就让我永远不得轻松。工作中、生活中遇到的任何挫折，都会在第一时间让我想起先天的差异，觉得自己无论怎样奋斗也无济于事……

我说，谢谢你的这番真诚告白。只是事情还有另一面的解释，我不知你想过没有？

他说，我很想一听。

我说，这就是，你那样平凡贫困的父母在艰难中养育了你，你长得并不好看，可他们没有像你嫌弃他们那样嫌弃你，而是给了你力所能及的爱和帮助。他们自己处于社会的底层，却竭尽全力供养你读书，让你进了城，有了更开阔的眼界和更丰富的知识。他们明知你不以他们为荣，可他们从不计较你的冷淡，一如既往地以你为荣，他们以自己孱弱的肩膀托起了你的前程，我相信这不是希求你的回报，只是一种无私无悔的爱。

你把梦露和乾隆的组合当成你的父母的最佳结合，恕我直言，这种跨越国籍和历史的组合，攫取了威权和美貌的叠加，在这后面你是否舍弃了自己努力的空间？

梦露是出自上帝之手的珍稀品种，乾隆也是天分和无数拼杀才造就的英才。在你的这种搭配中，我看到是一厢情愿的无望，还有不切实际的奢求。

那位年轻人若有所思地走了。我注视着他的背影，期待他今后可能会有改变。

请你静静地和你的心在一起，面对着你写下的期望中的父母的名字，去感受这种差异后面麇集的情愫。发现是改变的尖兵。

第八章

幸福不是天生的，你要自己去争取

相信自己，不要把命运寄托在别人身上。这样，即便出了差错，也不会乱了分寸，病急乱投医，不会一错再错。

让女人丑陋的最根本原因

对一个女性最有害的东西，就是怨恨和内疚。前者让我们把恶毒的能量对准他人；后者则是掉转枪口，把这种负面的情绪对准了自身。

你可以愤怒，然后采取行动；你也可以懊悔，然后改善自我。但是请你放弃怨恨和内疚，它们除了让女性丑陋以外，就是带来疾病。

我有一个面目清秀的女友，多年没见，再相见时，吓了我一跳。一时间张口结舌，不知说什么好。她倒很平静，说，我变老了，是吧？我嗫嚅着说，我也老了，咱们都老了，岁月不饶人嘛！她苦笑了一下说，我不仅是变老了，更重要的是变丑了。对吧？

在这样犀利洞见的女子面前，你无法掩饰。我说，好像也不是丑，只是你和原来不一样了，好像换了一个人似的，整个面目都不同了。

她说，你不知道我的婚姻很不幸吗？

我说，知道一点。

她说，我告诉你一件事，一个不幸福的女人是挂相的。我们常常说，某女人一脸苦相。其实，你到小姑娘那里看看，并没有多少女孩子是这种相貌的。女子年轻的时候，基本上都是天真烂漫的。但是你去看中年妇女，就能分出幸福和不幸福两大阵营。

我说，生活是可以雕塑一个人的相貌的，这我知道。但是，好像也没有你说的这样绝对吧？

她坚持道，是这样的，不信你以后多留意。到了老年妇女那里，差异就更大了。基本上就分为两类：一种是慈祥的，一种是狞恶的。我就是属于狞恶的那一种。

我不知如何接下茬，避重就轻地说，不过，我们在照片上看到的老年人，都是慈祥的。

她说，对啊。那些不慈祥的，根本活不了太久。比如我，很可能早早就告别人世。

话说到这份儿上，我只好不再躲避。我说，那么你怎样看待自己的相貌变化？

她说，我之所以同你讲得这样肯定，就是从我自己身上得出的结论。因为我的婚姻不幸福，我又没有法子离婚，所以一直在怨恨和后悔中生活、煎熬着。对着镜子，我一天天地发现自己变得尖刻和狞厉起来。当然，这不是一天发生的，别人看不出来，但我自己能够看出来。我用从自己身上得到的经验去看别人，竟是百分之百的准确……

我看着她，说不出话来。在这样透彻冷静的智慧面前，你只能沉默。

每当我想起她来，心中都漾过竹签扎进甲床般的痛。她所具有的智慧，是一种波光诡谲、入木三分的聪明，犹如冰河中的一缕红绳，鲜艳地冻结在那里，却无法捆绑住任何东西。

我愿意把她的心得转述在这里。女人会不会因为心理不健康而变丑，我不敢打包票。因为心理不健康而导致身体上的病患，却是千真万确的。

为了不得病，为了不变丑，人们只有更多地让爱意充满心扉。

为什么很多优秀女子都抱怨找不到合适伴侣

不要忽视你身边太熟悉的人，宝藏往往就埋藏在你周围。这种忽略眼前、好高骛远的人，基本上也是忽略自我的人。当你看不起自己的时候，你也看不起周围的人。

很多女子抱怨自己找不到合适的伴侣。她们期望着优秀，不断地磨砺着自己的优秀。优秀的女子都希望找到的男子比自己更优秀，殊不知在这场觅宝的过程中，等待并不是最好的策略。你在寻寻觅觅，很多手疾眼快的女子，已经把青青的果子摘下来，放在自己的篮子里，等待成熟。

一个女子要找到一个男子，如同一个螺栓要找到一个螺母。这个比喻虽然没有“肋骨”那样血肉相连，倒是更符合工业社会的氛围。

我觉得大龄女子们常常忽略了一个基本事实。我这样说，并不是嘲笑她们的智商，而是有好几次我把这个道理讲给她们听的时候，她们脸上的惊奇之色，让我很是心疼。所以，我就不厌其烦地在这里再讲一遍，你如早已知晓，就跳过去好了。

齐眉30岁了，真是一个好姑娘。那张脸精致得无可挑剔，只是眼角已经有了极细小的皱纹。她是社会学的硕士，在一家很好的单位任职。她说，我就想不通，那些条件好的男士，怎么就匆匆忙忙地把自己处理掉了，而不等等我们呢？

我说，齐眉，你是哪一年生人？

她说，毕老师，现在是2008年，我30岁了。您可以算出我是哪一年出生的。（注：本文写作于2008年。）

我说，还是你自己告诉我吧。

齐眉小声说，1978年。

我说，你要找的男子大约是多大年纪呢？

她说，年龄不能太大吧？最多比我大五岁。

我说，能不能选择年龄比你小一点的男生呢？

她思忖了一下说，最多只能小两岁。

我说，好了，我们对男子年龄的要求已经算出来了。他们大概是1973年到1980年出生的男子。

我又说，你对他们的身高有没有要求？

齐眉说，当然有要求了。我身高一米七，他总不能比我矮吧？还要算上高跟鞋的高度，我就算不穿那种鞋跟特别高的，三厘米的高度总是要有的。夏天，我还喜欢戴美丽的帽子，这样，他起码一米八。

我说，好的，我都记录在案了。学历呢？

齐眉笑起来说，这还用问吗？我都硕士了，他最低要和我一样，最好是博士、博士后什么的。

我说，还有吗？

齐眉说，当然有了。他得是城里人，不得有一大帮子乡下的穷亲戚，那样我们家不得开旅馆啊？父母得是知识分子，最好是教授。

不要官员，官员一退下来就什么都不是了。他得有房子，起码要三室一厅，不然将来有了孩子，还要雇保姆，都在哪里住呢？这要先考虑周全。要有车，虽然不需要是宝马奔驰什么的，但夏利和捷达肯定不成，本田和凯美瑞差不多。爱好体育，不能有啤酒肚、罗圈腿什么的，平足最好也没有……五官要端正，人品要好，不吸烟、不喝酒、不打麻将……收入嘛，年薪在十万元以上……

齐眉意犹未尽，还想补充点什么。我赶紧说，咱们暂且打住，你看我现在把对方描画一番，你听听看是否全面。

该男子年龄在28到35岁，身高一米八，书香门第，硕士以上的学历，家是城市的，有房有车。品行好，相貌好，收入好工作好，没有不良习气，忠于老婆……

齐眉笑起来说，我可没说要忠于老婆。

我说，那么你愿意找一个不忠诚的男子啦？

齐眉说，我没说，不等于我没有要求。我觉得忠诚是不言而喻的。

我说，这样的男子好不好？

齐眉说，当然好了。这是我多年以来制定下的标准，无懈可击。

我说，你按照这个标准寻寻觅觅，直到现在还是单身，看来是没有找到。

齐眉说，找到了一个。

我说，那为什么不赶紧抓住他，把自己嫁出去？

齐眉深叹了一口气说，我找到他的时候，他已经是别人的老公了。我不能做那种没有道德的事情。况且，我真的向他示爱，他也许不会接受我。因为这样的人，对自己的家庭是很有责任感的。

我说，齐眉，咱们现在已经逼近了结论。你觉得这样的男子好，我也觉得这样的男子好，但这样的男子在人群中的比例，是十分稀少的。也就是说，你要求的是一个小概率的事件。中国男子的平均身高是1.697米。中国这些年来培养出的硕士、博士以上人才，总共100万人，占全部人口的1%以下。其中还包括女性。你所要求的身高学历两项，就把很多人删去了资格。然后还有城市户口、有房有车、年薪、家庭背景等等条件，说句悲观的话，我觉得1000个未婚男子当中都难得挑出一个。这个概率太低了。

而且，你要注意，这是不能增产的。因为那些螺母不是现在制造出来的，是早在35至28年以前就出厂了，没有办法增加配给。你只有在这个框架中挑选。你刚才说的那个例子就很典型，好不容易碰上了一个，结果早就成家立业成了人夫，你没法插足了。

说句实在话，在恋爱心理方面，男子和女子是不相同的。男子其实并不一定要找个有地位、有学历、收入高的女子为妻，他们可能更看重的是女子的温柔体贴、贤惠和顺。对于自恃条件优越、颐指气使的女生，未必就趋之若鹜、曲意逢迎、百折不挠、再接再厉、生命不息、追求不止。

说句不客气的话，你知道这样的男生条件好，别人也知道。这不是一个秘密，不可能藏着掖着，而是公开摆在那里，路人皆知。那些想借着婚姻这“第二次出生”来改变自己命运的女子，在这个世上大有人在。她们更具有敏锐的嗅觉和求生的本能，能更全面地具备生存的智慧，她们往往谋略更早，出手更快，更会审时度势，发现那些潜在的绩优股。更不消说齐眉你所要求的这种显而易见的卓越分子了。

试想一下，如果早市上有一把更青翠更水灵更茁壮的芥菜，是不是那些早起的主妇会抢先把它拣到篮子里呢？这就是婚姻的法则，你已经失去了先机，现在，要在新的形势下制订新的策略。

齐眉有点慌了，说，我不愿委屈自己。

我说，这不是委屈自己，只是适当地调整而已。

齐眉说，我想不到自己的标准中哪一点可以调整。

我说，我看最可以调整的就是男子的身高。

齐眉说，我觉得这一点最不可商量。

我说，为什么呢？

齐眉摇头叹气道，身高这个东西，没有一时一刻能逃得掉，只要你一睁眼，就看得到。一个矮个子的人，总在你面前晃啊晃的，叫人多闹心啊！拿不出手啊！

我说，这就是你的心理感受了。世界上有很多身量矮小的男人，都做出了很大的成就，比如邓小平，这些我就不多说了。我想问你的是，你知道女子选择配偶，为什么首选高大的男子吗？

齐眉说，赏心悦目啊！

我说，这肯定是原因之一，但不是最重要的原因。况且，就连这一条，也是长久以来的文化所形成的。世界上并没有什么规定，说人是越高大越好。

齐眉说，这我可就有点不明白了。您告诉我，也许有助于我早早嫁出去。

我说，人们为什么喜爱高大的男子，这要从人类的进化谈起。在远古的时候，条件非常艰苦，几乎没有工具。人们在狩猎和保卫营地的时候，当然是高大的男子比较占优势，他们有更多存活下来的机会。就是受到野兽的攻击，倚仗着身高腿长，奔跑起来速度更快，这样就能有更多的机会逃脱。作为繁衍后代的女子，为了自身的安全和后代的保障，当然是找这样的伴侣比较保险了。人们就把这样的观念一代代地传了下来，现在的女孩子就被动地接受了这个潜规则，并不去想想它有多少合理性。

齐眉若有所思，说，古代人的智慧到今天难道过时了吗？

我说，时过境迁。即使是在古代，要想得到最大的安全，也不是光凭着体力的优越就可以存活下来的，还要靠脑子灵活身手矫健，这是毫无疑问的。证据之一就是那些矮小的男子，并没有被这种残酷的生存法则淘汰光，他们依然生机勃勃地存在着，而且这种动脑的优势越来越明显。到了现代，摆脱科学技术的帮忙，纯粹运用体力就可以得到最大收益的行当，是越来越少了。反之，需要动脑筋拼智商的事业是越来越多了。比如使用计算机，你很难说一个一米八的大汉，就一定会比一个一米六的小个子，操纵得更熟练。比如拿出一个最好的创意和设计方案，基本上也和该男子的身高没有关系……也就是说，现代社会让身高这个因素逐渐淡化了……

您说得有道理，可是不全面。要知道，身高不是淡化了，是更强化了。如果我告诉别人，我找的男朋友身高还没有我高，那我还不得被人笑话死了！齐眉反驳我。

我从这反驳中听出了曙光——齐眉已经在认真地考虑这个建议了。

我说，你估计得不错。现代传媒的力量很大，他们总是把一些身材高大的男子汉，展现在银幕中，逼人仰视。这是影视附和人们潜意识的结果，反过来它又把这种潜意识变成触手可及、活灵活现的屏幕真实。作为一个现代人，要有火眼金睛，识别这种种光怪陆离底下的真相，然后从容地按照自己的心愿行事。

齐眉半晌不语。然后说，我明白了，试试看吧。

我说，好啊，你的名字很好，祝贺你找到另一半，让那个成语找到另一半——举案齐眉。

致被强暴的女人

在我的书案上，摆着一封女人的来信。当我撕开它的时候，心境像往日一般平和。在阅读的过程中，那些纸片像火焰一样抖动起来，炙痛了我的双眼。

这是一个52岁的女人，10年前她被一个男人强暴未遂，但心理留下了重创。这些年间，以泪洗面，两次自杀，以致精神分裂。她的家庭也受到种种伤害，悲惨已极……

倾听这样一位凄苦姐妹的呼救，我仰天长叹沉思良久。

对于那个肇事者，法律和纪律已经做出了应有的裁决，阅读了有关的文件，我以为它们是公正的。

我知道这一位女人，还远远不是遭受此种凌辱的最甚者，更有许多悲愤的灵魂，在暗中哭泣。她们流出的不是眼泪，而是心头的鲜血。

作为女人，我们从小就有一个深深的恐惧，那就是被人强暴。这恐惧像空气一样追随着我们，直到女人们垂下苍白头颅的那一天。

假如被人强暴，女人啊，我们该如何面对厄运？

在中国古老的烈女集锦里，所有的女人在被人强暴后，都以自身死亡告终。被强暴就是失去了贞节，这奇耻大辱唯有女人以生命相抵，才可在人间留下一份清白。

斗转星移，今天的时代不同了。没有人要求被强暴的女人以一死而谢天下，但女人们在这自天而降的灾变之后，依然辗转于无尽的苦难之中。

对于腐败一定要严加鞭挞，对于罪犯一定要施以峻法。我对这种丑恶的性侵犯的男人，报以刻骨铭心的仇恨。

即使将其中的罪大恶极者凌迟，被强暴的女人依然是被强暴过，这是一个无法改写的事实。

女人们，我们该怎么办？

死的已经死往，但我们还要活下去。

不要怨天尤人，不要自暴自弃。

不要在流言面前退缩，不要在众人面前低下高昂的头颅。

我们无罪，我们无辜。

不要像一盘旧磁带，总去回首那屈辱惨淡的一瞬。不要像痛失孩子的祥林嫂，逢人便悲切地复诵苦难。

不要靠旁人的叹息以安慰自己受伤的心灵，不要以暴烈的自戕来证实性格的刚正。

不要为这一朵阴云，从此暗淡了原属于我们的明媚的天空。不要为这一束荆棘，从此不再求索开满鲜花的草原。

强暴可以玷污我们的身体，强暴不可折服我们的意志。

强暴可以使我们一时万念俱灰，强暴却不能使一个坚强的女性自此一蹶不振。强暴是一场悲哀的天灾人祸，有经验的老农蹲在田埂上，哭泣一阵，歇息一阵，拍拍身上的泥土，擦擦手中的农具，向远处望上一眼，他们又继续耕耘了。

假如我们被强暴，在做完了惩治凶犯的一切工作之后，拭干泪水，让我们重新开始吧。

丢掉有关那一刻所有的记忆，让我们像新生的婴儿一般坦荡。烧毁目睹我们灾难的旧衣服，让痛苦的往事一同化为飞烟。取清凉的山泉自头顶浇下，洗涤我们每一根如丝的长发。挑选一件更美丽的裙衫，穿上它快步行走在如织的人流中。

对生活中美好的事物，被强暴过的女人依旧可以发出真诚的微笑。

对生活中黑暗的角落，被强暴过的女人依旧可以发出强烈的谴责。

女人被强暴，是生命的记录上一处被他人涂抹的墨迹。轻轻擦去就是了，我们的生命依然晶莹如玉，洁白无瑕。强暴是发生于刹那的地震，我们需要久久地修复。但女性生命的绿色，必将覆盖惨淡的废墟。

让我们振作起来，面对强暴以及所有人为的灾难。这世上没有任何一种力量，可以强暴女性不屈的精神。

校门口的红跑车

女人们对自己的感情经历，大体上可分为三种。一种是讲，逢人就讲，对熟悉她和不很熟悉她的人，甚至车船旅途中的萍客，都可倾诉。一种是不讲，埋得深深，不少人把它像一种致命的病菌一样，带进坟墓。第三种是通常不讲，但在某一特别的场合和时间下，会对人讲。那种时刻，如果我恰巧成为听众的话，常常生出感动。因为我知道，此时一定有什么特别的情形，痛切地触动了她的内心。我也要感激她对我的信任和这一份特别的缘分。

那一夜，月亮非常亮。据说是63年以来，月亮最亮的一个晚上。女孩对我说。

我是师范院校的学生。读师范的女生，基本上都是家境贫寒的，长相通常也不很好。这样说，我的女同学们可能会不服气，但我说的是实话，包括我自己，相貌平平。大约读大二的时候，我们就可以做家教了。其实那时，我们和普通大学生所上的课，并没有大的区别，还没学到教学教法什么的，也不一定就能当好如今独生子女的小先生。师范院校的牌子挺能唬人的，再说我们也特需要钱来补贴。所以，同学们就自己组织起家教“一条龙”服务，每天派出代表，在大街上支个桌子，上书“家教”二字，等着上门求助的家长，接了活后再分给大家。谁领到了活儿，会从自己的收入当中，抽一部分给守株待兔的同学——我们称他们为“教提”。

有一天，教提对我说，给你分一个大款的女儿，你教不教？我说，钱多不多？他说，官价。我说，你还不跟大款讲讲价？他苦笑着说，讲了，不成。人家门儿清。我说，好吧，官价就官价。他说，那明天下午4点，范先生驾车到大门接你。

第二天，我提前五分钟到了学院门口。没人。我正好把自己的服装最后检视一遍。牛仔裤，白T恤——挺得体的，既朴素又充满了活力，而且这是我最好的衣服了。

4点整，一辆我叫不出来名字的红跑车飞驰而来，停在我面前，一位潇洒的中年男人含笑问道：“你是黎小姐吗？”

我姓李，他讲话有口音，我也就不计较了，点点头。我说，您就是范先生吗？他说，正是。咱们接上头了，快请上车吧，我女儿正在等你呢。

我上了车，坐在他身边，车风驰电掣地跑起来。我从来没有坐过如此豪华的车，那感觉真是好极了。他的技术非常娴熟，身上散发着清爽的烟草和皮革混合的气味，好像是猎人加渔夫。总之，很男人。

他一边开车一边说，女儿的英语基础不是很好，尤其是胆小，不敢会话，口语的声音弱极了，希望我不要在意。我的目光注视着窗外飞速闪动的街景，不停地点头……心想，同样的建筑，你挤在公共汽车上看，和坐在这样高贵的车里看，感受竟是那么大的差别啊。

很快到了一片“高尚”（我对这个词挺不以为然的，住宅也不是品质，凭什么分高尚和卑下呢）住宅区，在一栋欧式小楼前面停下，他为我打开车门时说，我的女儿英语考试成绩每提高1分，我就奖给你100块钱。

我充满迷惘地问他，你女儿的英语成绩，和我有何相干呢？我是来教历史的。

那一瞬，我们大眼瞪小眼，然后异口同声地说：对不起，错了。他赶紧带上我，驱车重回校门口，接上那位教英语的黎同学回家，而我找到已经等得很不耐烦的范先生。

说实话，那天我对范先生的女儿很是心不在焉。这位范先生虽说也是殷实人家，但哪能和那一位范先生相比呢？我心里称那位先入为主的为——范一先生。

晚上，我失眠了。范一先生的味道，总在我的鼻孔里萦绕。我想，住在那栋小楼里的女人，该是怎样的福气呢？不过，想来素质也不是怎样好吧？不然，她的女儿为什么那么胆小？要是我有这样的先生和家业，会多么幸福啊……

想归想。这年纪的女生，谁没有一肚子的幻想呢？天一亮，我就恢复正常了，谁叫咱是灰姑娘呢！下午4点之前，我又到了校门口，范二先生说好了再来接我。可能是因为头天迟到的缘故，我到得格外早。

走近校门，我的心咚咚跳起来——又看到了那辆非凡的红色跑车。我悄悄站在一旁，因为和我没关系。他是来接英语系的黎同学的，这很好理解。

没想到，那辆红跑车，如水鸟一样无声地滑到了我面前，范一先生温柔地笑着说，李小姐，你好。

我说，您到得很早啊。

范一说，昨天我正点到时，你已经到了。所以我想你今天还会到得早，果然不错。我喜欢守时的人，咱们走吧。

他说着，打开了车门。

我说，范先生，昨天错了。

他笑笑说，昨天错了，今天就不能再错。我已将黎同学炒了，重新雇用你。

我很吃惊，说，你怎么会知道今天我们能见面？

他说，不要这么惊奇。你惊奇的样子，可爱极了。对于一个商人来说，这点信息有什么难呢？历史系，一个姓氏和“黎”近似的有着魔鬼身材的女生，现正做着家教……就这样啊。

我扶着车门说，我不是英语系的。

他说，你的大学只要是考上的，就可以教我女儿的英语……上车吧，我女儿已经在等了。

在车上，所有昨天的感觉都复活了。正当我沉浸在速度的快感之中时，范一先生打断了我的美好感受。他说，看来你对自己太不在意了。

我说，此话怎讲？

他说，你穿着和昨天一模一样的衣服。有你这样魔鬼身材的女孩，应该善待自己才是。

我说，一个穷学生，是无法善待自己的。

他说，我也当过穷学生，你的处境我能体会。但是，别忘了，你有资源啊。

我说，我有什么资源啊？芸芸众生而已。

他说，你的身材非常好，我昨天一眼就被吸引了。一个人，长相好，其实相对来讲比较容易。一张脸，才有多大的面积？对比匀称不算难。就是有些小的瑕疵，比如眼睛不够大，鼻梁不够挺直，做做整容也不难，巴掌大的地方，就那么几组零件，好安排。可一个人的身材，涉及全身所有的结构，头颅过大过小都不成，脖子不长不行，脊柱要挺拔，胸腰的比例要适宜，腿更是重中之重，要是短了，纵使闭月羞花也白搭……你呢，刚刚好，所有的搭配都天造地设，你要懂得珍惜啊。而且我提醒你，女性的身材，是很脆弱的结构。上了年纪，就不一样了。锻炼出来的，节食出来的，和天然的，是不一样的……好了，我们到了。

又是那座小洋楼，但我无心观赏它的精致了。我的心被范一先生的逻辑催动，变得不安分了。这就像一个穷人，守着自己的几亩薄田苦熬。有一天，突然有人对你说，你田里长的那些草，都是人参啊！你还能心平气和吗？

不过，那天我还是抖擞起精神，辅导范一先生的女儿。我对女主人的羡慕和嫉妒，都不存在了。这是一个没有女主人的家庭，因此那女孩十分孤独内向。她的英语其实不是很差，只是因为不敢说，成绩才糟。

范一对我很满意，约定以后天天接我来做家教。我说，都是这辆车吗？

他说，你很在意这辆车吗？

我说，不是在意，是它美丽。

他说，我能理解。美丽的东西，人们都想和它在一起。好吧，即使我不能来，我也会派我的司机，开着这辆车来。

我和范一先生的女儿交了朋友，她的胆子渐渐大起来。嘴一敢张开，成绩就突飞猛进。

校门口每天准时出现的红色跑车，让我大出风头。有时候下午有课，我就编谎话请假，总之从未误了范一那边。期末，那女孩的英语成绩提高了25分，范一递给了我2500块钱。

我就接过来了。心安理得。

后来，他开始给我买衣服。我不要。他说，我是不忍暴殄天物啊。我就收了……直到有一天，他很神秘地拿出一个纸袋，说是托人特地从国外带回来的时装，送给我。那套衣服漂亮得让人心酸，让人觉得自己以前穿过的都是垃圾。

你能今天在我家就把这套衣服穿起来，让我看看吗？你知道，我也很爱美丽的东西啊。范一说。

我本不想答应，但我怕范一不高兴。工钱和奖金，都是我必需的，还有这套华贵的衣服。

我把卫生间里面门上的小疙瘩按死，开始换衣服。正当我把旧衣服脱下，新衣服还没上身的时候，门无声无息地开了。

我想看看自己的眼光，对你的三围估计得准不准。范一说。

我呼救反抗……偌大的房间里，只有我们两人，女孩到同学家去了。暴行之后，范一扔下一笔钱，说，我是很公平的。你们做家教，是按小时收钱，明码标价。我也是，你的每一厘米胸围，我付一笔钱。你的腰围比臀围每少一厘米，我付一笔钱。我可以告诉你，我从来没有给过任何一个小姐这么多的钱。你真是魔鬼身材啊。

我很想到公安局告他，可我怕舆论。每天招摇的红跑车，让我气馁。我也很想把钱扔到他脸上，然后扬长而去。那是电影里常常出现的镜头，但是，我做不到。我缺钱。我已经付出了高昂的代价，我要为自己保存一点物质补偿。

我想，一个人是不是记得住那些惨痛的教训，不在于片刻的决绝，更在于深刻的反省吧。

我再也没有见过范一。有时候，在镜子面前欣赏自己优美的身材的时候，我会想起范一的话。我承认这是一种资源，但是，所有的资源都需要保护。越是美好的资源，越要珍惜。女人，最该捍卫的，不就是我们的尊严吗？！

在明月的照耀下，我看到她脸上的清泪。

致不美丽的女孩子

有一天，我收到了一封读者来信，撕开之后，落下来一张照片。先看了照片，没什么特别的感觉，待看了信件之后，心脏的部位就有些酸胀的感觉。我赶快伏案，写了一封回信（是手写的，不是用电脑打出来的。我在回信这件事上，总是固执地坚持手工操作）。现在征得那位女孩子的同意，把她的信和我的回复一并登出来，但愿她的父母会看到。

毕阿姨：

您好！

我有一个痛彻心扉的问题。我的爸爸妈妈都长得很好看，简直就是美女和帅哥的超级组合（他们那个年代还没有这样时髦的词，好像用的是“秀丽”和“精干”这两个形容词）。人们都以为他们会生出一个金童玉女来，可惜我就恰恰取了他们的缺点组合在一起了，长得一点也不漂亮。我从小就习惯了人们见到我时的惊讶——呦，这个小姑娘长得怎么一点也不像她的爸爸妈妈啊！最令人伤感的是，我爸爸妈妈也经常会这么说，同时面露极度的失望之色。为此，我非常难过，也不愿和他们在一起走。现在唯一的希望就是他们快快老起来，那时候，他们就不会太好看了，而我还年轻，是不是可以弥补一下先天的不足啊？您说呢？寄上一张我的照片，但愿不会吓着您。

肖晓

肖晓：

你好！

我看到了你寄来的照片，情况不像你说的那样悲惨啊！相片上，你是一个很可爱很阳光的少女哟！也许你的父母真是美男子和美女的超级组合（遗憾你没有寄来一张合影，那样的话，我也可以养养盯着电脑太久而昏花的双眼了），在这样的父母笼罩之下，真是很容易生出自卑的感觉，此乃人之常情，你不必觉得是自己的错。不过，如果你的父母也这样埋怨你，你尽可以据理力争。找一个至爱亲朋大聚会的场合，隆重地走到众人面前，一本正经地说，嘿，大家请注意，我是一件产品，内在的质量还是很好的，至于外表，那是把我制造出来的设计师的事，你们如果有意见，就找他们去提吧，或者把产品退回去要求返修，把外观再打磨一下。但愿当你说完这番话之后，大家就会面面相觑，微笑着不再说什么了。

人们总是非常愿意评价他人的长相，有时单凭长相就在第一时间做出若干判断。这也许是从远古时代就流传下来的一种近乎本能的习惯，那时候的人会凭借着长相，判断对方和自己是不是同属于一个部落和宗族，是不是有良好的营养和体力，甚至性情和脾气也能从面部皱纹的走向看出端倪来。现代人有了很多进步，但在以貌取人这方面，基本上还在沿用旧例，改变不大。有一句流传很广的话是这样说的——人的长相这件事，在35岁之前是要父母负责的，但在35岁之后，就要自己负责了。我有时在公园看到面目慈祥很有定力的老女人，心中就会充满了感动。要怎样的风霜才能勾勒出这样的线条和风采，我们看到的不再是先天的美貌桑叶，它们已经被岁月之蚕噬咬得只剩下筋络。华贵属于天地的精华和不断蜕皮的修炼。

从相片上看你还很年轻，长相的公案，目前就推给你的父母吧。我希望你健康地长大，但中年以后的事，恐怕就要你自己负责了。如果你实在不想再听这些议论了，唯一的办法是找到一卷无边无际的胶带，牢牢地糊住他们的嘴巴。看到这里，我猜你会说，你开的这个方子好是好，可我现在到哪里去找那卷无边无际的胶带呢？就是找到了，我能不能买得起？

这卷胶带在哪里，我也不知道。它是怎样的价钱，我也不知道。找找看吧，到网上搜索一番，请大家一起帮忙找。如果实在是上穷碧落下黄泉也找不到，就只有最后一个法子，那就是让人们说去吧，你可以我行我素，依然快乐和努力地干自己想干的事。

祝你鸡年好！

毕淑敏

×年×月×日

发出声音永远是有用的

有一年，我应邀到一所中学演讲。中国北方的农村，露天操场，围坐着几千名学生。他们穿着翠蓝色校服，脸蛋呈现出一种深紫的玫瑰红色——冬天，很冷。

我从不曾在这样冷的地方讲过这么多的话。虽然我以前在西藏待过，经历过零下40℃的严寒，但那时军人们急匆匆像木偶一般赶路，缄口不语，说话会让周身的热量非常快地流失。这一次，吸进冷风，呼出热气，在腊月的严寒中面对着一群眼巴巴的农村少年谈人生和理想，我口中吐出一团团的白气，像老式的蒸汽火车头。

演讲完了，我说，谁有什么问题，可以写个字条。这是演讲的惯例，我有什么地方说得不妥当，请大家指正。孩子们掏出纸笔，往手心哈一口热气，纷纷写起来。老师们很负责地在操场上穿行，收集字条。

我打开一张字条。上面写着：我很生气，这个世界是不平等的。比如，我为什么是一个女孩呢？我的爸爸为什么是一个农民，而我同桌的爸爸却是县长？为什么我上学要走那么远的路，我的同桌却坐着小汽车？为什么我只有一支笔，他却有那么大的一个铅笔盒？

我看着那一排钩子一样的问号，心想这是一个充满了愤怒的女孩，如果她张嘴说话，一定像冲出了一股乙炔，空气都会燃起蓝白的火苗。

我大声地把她写的条子念了出来。那一瞬，操场上很静很静，听得见遥远的天边，有一只小鸟在嘹亮地歌唱。我从台子上望下去，一双双乌溜溜的眼珠，在玫瑰红色的脸蛋上瞪得溜圆，还有人东张西望，估计他们在猜测字条的主人。

据说孩子们在妈妈的肚子里，就能体会到母亲的感情。很多女孩子从那个时候，就感受到了这个世界的不平等。因为你不是一个男孩，你不符合大家的期望。

这有什么办法吗？没有。起码在现阶段，没有办法改变你的性别。你只有认命。我在这里说的“命”，不是虚无缥缈的命运，而是指你与生俱来的一些不能改变的东西。比如你的性别，比如你的相貌，比如你的父母，比如你降生的时间、地点……总之，在你出生以前就已经具备的这些东西，都不是你所能左右的。你只能安然接受。

不要相信对你说“这个世界是平等的”那些话，在现阶段，这只是一厢情愿。不过，你不必悲观丧气。其实，世界已经渐渐在向平等的灯塔航行。比如一百年前，你能到学堂里来读书吗？你很可能裹着小脚，在屋里低眉顺眼地学做女红。县长的儿子，在那个时候，要叫作县太爷的公子了，你怎么可能和他成为同桌？在争取平等的路上，我们已经出发了。记住，没有什么人承诺和担保你一生下来就享有阳光灿烂的平等。你去看看动物界，就知道平等是多么罕见了。平等是人们智慧的产物，是维持大多数人安宁的策略。你明白了这件事情，就会少很多愤怒，多很多感恩。你已经享受了很多人奋斗的成果，你的回报，就是继续努力，而不是抱怨。

身为女子，你不要对这样的不平等安之若素。你可以发出声音。说了和没有说，在暂时的结果上可能是一样的，但长远的感受和影响是不一样的，对你性格的发展是不一样的。而且，只要你不断地说下去，事情也许就会有变化。记住，发出声音永远是有用的，因为它们可能会被听到并引发改变。

说实话，让一个受到忽视的女孩子，很小就发出对于自己不公平待遇的呐喊，几乎是不可能的。但我思索再三，还是决定保留这个期望。因为今天的女孩，也可能变成明天的母亲。如若她们因循守旧，照样端起不平等的衣钵，如若她们的女儿发出呼声，也许能触动她们内在的记忆，事情就有可能发生变化。当然，如果女孩子长大了，到了公共场合，这一条就更要记住并择机实施。

记住，呐喊是必须的，就算这一辈子无人听见，回声也将激荡久远。

蔚蓝的乐园

在一堂心理学课程上，老师对女同学说，我们来做一个试验，请大家选择一个你认为最舒适的位置坐好，然后闭上眼睛，听我说……

在老师特殊的语言诱导和自我的呼吸放松过程中，女人们渐渐进入一种极度松弛和冥想的状态。按照老师的每一道指示，沉浸在半是遐想半是幻觉的境况。那是一种奇异的体验，在思维飘逸中又保持了羽毛般细腻的注意力，身体的每一部分既仿佛被意志高度把持，又如边界模糊云空朦胧的雾海。

老师说，观察你自己的身体，感觉她每一部分的美好……然后深呼吸，体验血液在全身流通的温暖和欢畅，你的手指尖，你的脚心，你的每一寸肌肤，你的每一根发梢……感觉到热了吗？好……你渐渐地蜕去你女性的特征，变成一个男人……你的上肢，你的下肢，你的腹部……哦，如果你不愿意变，就不变吧……好，你已经变成一个男人了……打量你新的身体，从上到下，慢慢地抚摸他……你欣赏他吗？你喜爱他吗？……你是一个男人了，现在你要怎样呢？你走出家门……你行进在大街上，你同人家讲话，你的嗓音如何呢？……你看自己身边的女人，你的目光是怎样呢？……你以父亲的身份亲吻自己的孩子……

四周初起渐强渐弱的呼吸，然后趋于宁静，最后是死一样的沉寂。

待试验整体结束，大家遵照老师的指示，缓缓回到现实的真实环境中后，老师问，你们刚才在遐想中改变了一回自己的性别，有些什么特别的感触呢？

有大约1/3的女性说，她们原来就不喜欢变成男人，这样在变的过程中，变着变着就变不下去了，怎么也蜕不掉自己的女儿身，于是她们就决定不变了，安安稳稳做女人。应了广告上的一句话——做女人挺好。

还有大约1/3的女人说，她们在思想和情绪上，还是觉得做男人好，但在具体想象的过程中，不知如何处置自己的身体。比如说变成男人后的身材，是像施瓦辛格那样肌肉累累，还是如同冷峻的男模特瘦骨嶙峋？尤其是将要抚平自己身体的曲线，脱去茂密的长发，生出毛茸茸的胡须那一步时，进展艰涩。到达消失掉女性的第一性征，萌动男性的第一性征关头，更是遭遇到了毁灭般的困难。直弄得变也不是，不变也不是，停在蜕变的中途，好似一只从壳中钻出一半身体的知了猴，既没有长出纱羽般的翅膀，也无法重新钻回泥里蛰伏，僵持在那里，痛苦不堪。可见做男人不是一个抽象的问题，倘若无法在生理上接受一个男性的结构，其他一切，岂不罔谈？

还有1/3变性意志坚定的女性，虽然甚为艰巨，还是比较顽强地驱动自己的身体变成男性（据统计资料，有34%的女人，不喜欢自己的性别，假如有来生，可以自由选择性别的话，她们表示，坚决变成一个男人）。她们在想象中的明亮的大镜子前，匆忙端详了一下自己的身体，就急急忙忙地穿上衣服。她们并不是为了欣赏男性的身体而变成男性，她们有更重要的事情要做。要出门，当然要有相应的行头。女人们为变成男性的自己挑选什么样的衣服，是一个很有趣的问题。在日常生活中，这些女性为自己的男友或是丈夫择衣时，除了式样质地色泽以外，会注意顾及衣服的价位，也就是说，她们考虑问题是很实际的。但在想象中为男性的自己挑选衣物的时候，她们（现在要称他们了）都出手阔绰，毫不犹豫地买了名牌西装，为自己配了车，然后意气风发地走向商场、政界，成为焦点人物……当回复现实的女儿身时，她们一下子萎靡了。

真是一堂有意思有意义的课。从以上变与不变的讨论中，是否可以得出这样一个结论，女性希冀改变自己性别的愿望，并不纯是生理上对男性形体的渴慕，而更多更重要的——是想得到男性的社会地位、成功形象、财富和权柄，变性只是一个理想价值实现的变形的象征。

把复杂的愿望伪装成一个天然的性别问题，且无法由个人努力而企及，只有寄予虚无缥缈的来世，我们从中读出女性沉重的悲哀和无奈，也与社会的偏见和文化的挤压密不可分。

男性和女性在生理构造上是有不同的，主要集中在生殖系统上，这是不争的事实。生理构造的不同，可以带来行为方式上的不同，比如鸭子和鸡，前者因为掌上有蹼，羽毛的根部有奇特的皮脂腺分泌，能在水中遨游。后者就不成，落入水中，就变了落汤鸡，有生命危险。但男性和女性，即使在生理构造上，也是相同大于不同——比如我们有同样的手指同样的眼，同样的关节同样的脚，同样的肠胃同样的牙，同样的大脑同样的心。

男女之间的差别，说到底，力量不同是个极重要的原因。在人类文明的曙光时期，天地苍莽，万物奔驰，体力是一个大筹码。在极端恶劣的生存与环境的抗争中，追逐野兽，猎杀飞禽，攀缘与奔跑……男性们占了肌肉和骨骼所给予的先天之利，根据义务与权利相统一的公平原则，他们因此得到了更多的权力和利益。跟随文明进程的语言和文化，将这些远古时流传下来的习气，凝固下来，弥漫开去，渗透到各个领域，成了铁的戒律。久而久之，不但男人相信它，女人也相信它。男人认为自己是天造地设的“强者”，女人认为自己是永远的“弱者”。

随着现代文明的进步，男女在体力上的差异，越来越不分明了。操纵机器用按钮，甚至在一场核武器的大战中，导弹和原子弹的发射，也只是弹指之间的事情，男人做得，女人也做得。因特网上，如果不真实地自报家门，谁也猜不出谈话的那一端是男是女。

最初奠定男女差异的物质基础已经动摇，渐趋消亡，但是建筑在它之上的陈旧的性别符号，却霸道地顽固地统治着我们的各个领域。

男女两性的真正平等，不是单纯地向男人世界挑战，也不是一味地向女人世界靠拢，而是在男女两性平等协商，相互沟通，既重视区别又强调统一的大前提下，建立一种新的体系，一个“中性”的价值框架。

它以人性中那些最光明仁慈的特质，来统率我们的思维和道德标准，博大宽容，善良温厚，新颖智慧，坚定勇敢。它以我们共同具有的勤劳的双手和睿智的大脑，把这颗蔚蓝色的星球，建设得更适宜人类的居住和思索，造就一方男女两性共享的宇宙乐园。

未雨绸缪的女人

有一个游戏，我做过多次。规则很简单，几十个人，先报数，让参加者对总人数有个概念（这点很重要）。找一片平坦的地面，请大家便步走，呈一盘散沙。在毫无戒备的情形下，我说，请立即每三人一组牵起手来！场上顷刻混乱起来，人们蜂拥成团，结成若干小圈子。人数正好的，紧紧地拉着手，生怕自己被甩出去。不够人数的，到处争抢。最倒霉的是那些匆忙中人数超标的小组，你看着我，我看着你，不知谁应该引咎退出……

因为总人数不是三的整倍数，最后总有一两个人被排斥在外，落落寡合、手足无措地站着，如同孤雁。我宣布解散，大家重新无目的地走动。这一次，场上的气氛微妙紧张，我耐心等待大家放松警惕之后，宣布每四人结成一组。混乱更甚了，一切重演，最后又有几个人被抛在大队人马之外，孤寂地站着，心神不宁。我让大家散开，但人们聚拢成堆，固执地不肯分离，甚至需要驱赶一番……然后我宣布每六个人结成一组……

这个游戏的关键，是在最后时分逐一地访问每次分组中落单的人，在被集体排斥的那一刻是何感受。你并无过错，但你是否体验到了深深的失望和沮丧？引申开来，在你一生当中的某些时刻，你可有勇气坚信自己真理在手，能够忍受暂时的孤独？

我喜欢这个游戏，在普通的面团里面埋伏着一些有味道的果馅。表面是玩耍，让人思维松弛，如同浸泡在冒着气泡的矿泉中，奇妙的领会或许在某个瞬间发生。

我和很多人玩过这个游戏，年轻的，年老的……记忆最深刻的是同一些事业有成的杰出女性在一起。也是从三个人一组开始的，然后是四个人一组。当我正要发布第三次指令的时候，突然场上的女人们涌动起来，围起了五个人一组的圈子……我惊奇地注视着她们，喃喃自语道：我说了让大家五人一组吗？她们面面相觑，许久的沉默之后回答——没有。我说，那为什么你们就行动起来了？听到了什么？想到了什么？

那一天，就这个问题，展开了激烈的讨论。大家说，我们是东方女人，极端害怕被集体拒绝的滋味。看到了别人的孤独，将心比心，因此成了惊弓之鸟。既然前面的指令是三人、四人一组，推理下来就该是五人一组了。错把想象当成既定的真实。现实的焦虑和预期的焦虑交织在一起，让我们风声鹤唳。我们是女人，更需要安全，于是就竭尽全力避让风险。至于风险的具体内容，有些是真切确实的，有些只是端倪和夸张。甚至很多人的爱情和婚姻，那出发点也是逃避孤独。

后来，我问过一位西方的妇女研究者，她可曾遇到过这种情形？她说——没有，在我们那里，没有出现过这种情景。也许，东方的女性特别爱未雨绸缪。我不知道这是表扬还是批评。大概，所有的优点发展到极致，都有了沉思和反省的必要。

何时才能外柔内刚

在咨询室米黄色的沙发上，安坐着一位美丽的女性。她上身穿着宝蓝色的真丝绣花V领上衣，衣襟上一枚鹅黄水晶的水仙花状胸针熠熠发亮。下着一条乳白色的宽松长裤，有一种古典的恬静似花香一般弥散出来。服饰反射着心灵的波光，我常常从来访者的衣着就能窥到他内心的律动。但对这位女性，我着实有些摸不着头脑。她似乎是很能控制自己的情绪，安宁而胸有成竹，但眼神中有些很激烈的精神碎屑在闪烁。她为何而来？您一定想不出我有什么问题。她轻轻地开了口。

我点点头。是的，我猜不出。心理医生是人不是神。我耐心地等待着她。我相信她来到我这儿，不是为了给我出个谜语玩。

她看我不搭话，就接着说下去。我心理挺正常的，说真的，我周围的人有了思想问题都找我呢！大伙儿都说我是半个心理医生。我看过很多心理学的书，对自己也有了解。

她说到这儿，很注意地看着我。我点点头，表示相信她所说的一切。是的，我知道有很多这样的年轻人，他们渴望了解自己也愿意帮助别人。但心理医生要经过严格的系统的训练，并非只是看书就可以达到水准的。

我知道我基本上算是一个正常人，在某些人的眼中，我简直就是成功者。有一份薪水很高的工作，有一个爱我、我也爱他的老公，还有房子和车。基本上也算是快活，可是，我不满足。我有一个问题——就是怎样才能做到外柔内刚？

我说，我看出你很苦恼，期望着改变。能把你的情况说得更详尽一些吗？有时，具体就是深入，细节就是症结。

宝蓝绸衣女子说，我读过很多时尚杂志，知道怎样颔首微笑，怎样举手投足。你看我这举止打扮，是不是很淑女？我说，是啊。

宝蓝绸衣女子说，可是这只是我的假象。在我的内心，涌动着激烈的怒火。我看到办公室内的尔虞我诈，先是极力地隐忍。我想，我要用自己的善良和大度感染大家，用自己的微笑消弭裂痕。刚开始收到了一定的成效，大家都说我是办公室的一缕春风。可惜时间长了，春风先是变成了秋风，后来干脆成了西北风。我再也保持不了淑女的风范。

开业务会，我会因为不同意见而勃然大怒，对我看不惯的人和事猛烈攻击，有的时候还会把矛头直接指向我的顶头上司，甚至直接顶撞老板。出外办事也是一样，人家都以为我是一个弱女子，但没想到我一出口，就像上了膛的机关枪，横扫一气。如果我始终是这样也就罢了，干脆永远怒目金刚也不失为一种风格。但是，每次发过脾气之后，我都会飞快地进入后悔的阶段。我仿佛被鬼魂附体，在那个特定的时辰就不是我了，而是另一个披着我的淑女之皮的人。我不喜欢她，可她又确确实实是我一部分。

看得出这番叙述让她堕入了苦恼的渊薮——她眼圈都红了。我递给她一张面巾纸。她把柔柔的纸平铺在脸上，并不像常人那般上下一通揩擦，而是很细致地在眼圈和面颊上按了按，怕毁了自己精致的妆容。待她恢复平静后，我说，那么你理想中的外柔内刚是怎样的呢？

宝蓝绸衣女子一下子活泼起来，说我给你讲个故事吧。那时我在国外，看到一家饭店冤枉了一位印度女子，明明道理在她这边，可饭店就是诬赖她偷拿了某个贵重的台灯，要罚她的款。大庭广众之下，众目睽睽的，非常尴尬。要是我，哼，必得据理力争，大吵大闹，逼他们拿出证据，否则绝不甘休。那位女子身着艳丽的纱丽，长发披肩，不温不火，在整整两个小时的征伐中，脸上始终挂着温婉的笑容，但是在原则问题上却是丝毫不让。面对咄咄逼人的饭店侍卫的围攻，她不急不恼，连语音的分贝都没有丝毫的提高，她不曾从自己的立场上退让一分，也没有一个小动作丧失了风范，头发丝的每一次拂动都合乎礼仪。那种表面上水波不兴骨子里铮铮作响的风度，真是太有魅力啦！宝蓝绸衣女子的眼神充满了神往。

我说，我明白你的意思了，你很想具备这种收放自如的本领。该硬的时候坚如磐石。该软的时候绵若无骨。

她说，正是。我想了很多办法，真可谓机关算尽，可我还是做不到。最多只能做到外表看起来好像很镇静，其实内心躁动不安。

我说，当你有了什么不满意的时候，是不是很爱压抑自己？

宝蓝绸衣女子说，那当然了。什么叫老练，什么叫城府，指的就是这些啊。人小的时候天天盼着长大，长大的标准是什么？这不就是长大吗！人小的时候，高兴啊，懊恼啊，都写在脸上，这就是幼稚，是缺乏社会经验。当我们一天天成长起来，就学会了察言观色，学会了人前只说三分话，未可全抛一片心。风行社会的礼仪礼貌，更是把人包裹起来。我就是按着这个框子修炼的，可到了后来，我天天压抑自己的真实情感，变成了一个面具。

我说，你说的这种苦恼我也深深地体验过。在阐述自己观点的时候，在和别人争辩的时候，当被领导误解的时候，当自己一番好意却被当成驴肝肺的时候，往往就火冒三丈，也顾不得平日克制而出的彬彬有礼了，也记不得保持风范了，一下子义愤填膺，嗓门也大了，脸也红了。

听我这么一说，宝蓝绸衣女子笑起来说，原来世上也有同病相怜的人，我一下子心里好过了许多。只是后来您改变了吗？

我说，我尝试着改变。情绪是一点一滴积累起来的，我不再认为隐藏自己真实的感受，是一项值得夸赞的本领。当然，成人不能像小孩子那样，把所有的喜怒哀乐都写在脸上，但我们的真实感受是我们到底是一个怎样的人的组成部分。如果我们爱自己，承认自己是有价值的，我们就有勇气接纳自己的真实情感，而不是笼统地把它们隐藏起来。一个小孩子是不懂得掩饰自己的内心的，所以有个褒义词叫作“赤子之心”。当人渐渐长大，在社会化的过程中，学会了把一部分情感埋在心中。在成长的同时，也不幸失去了和内心的接触。时间长了，有的人以为凡是表达情感就是软弱，要把情感隐蔽起来，这实在是人的一个悲剧。

我们的情感，很多时候是由我们的价值观和本能综合形成的。压抑情感就是压抑我们心底的呼声。中国古代人就知道，治水不能“堵”，只能疏导。对情绪也是一样，单纯的遮蔽只能让情绪在暗处像野火的灰烬一样，无声地蔓延，在一个意想不到的地方猛地蹿出凶猛的火苗。这个道理想通之后，我开始尊重自己的情绪，如果我发觉自己生气了，我不再单纯地否认自己的怒气，不再认为发怒是一件不体面的事情，也不再竭力用其他的事件分散自己的注意力。因为发自内心的愤怒在未被释放的情况下，是不会像露水一样无声无息地渗透到地下销声匿迹的，它们会潜伏在我们心灵的一角，悄悄地发酵，膨胀着自己的体积，积攒着自己的能量，在某一个瞬间，就毫不留情地爆发出来。

如果我发觉自己生气了，就会很重视内心感受，我会问自己，我为什么而生气？找到原因之后，我会认真地对待自己的情绪，找到疏导和释放的最好方法，再不让它们有长大的机会。举个小例子，有一段时间我一听到东北人说话的声音心中就烦，经常和东北人发生摩擦，不单在单位里，就是在公共汽车上或是商场里，也会和东北籍的乘客或是售货员争吵。终于有一天，我决定清扫自己这种恶劣的情绪。我挖开自己记忆的坟墓，抖出往事的尸骸。那还是我在西藏当兵的时候，一个东北人莫名其妙地把我骂了一顿，反驳的话就堵在我的喉咙口，但一想到自己是个小女兵，他是老兵，我该尊重和服从，吵架是很幼稚而不体面的表现，就硬憋着一言不发。那愤怒累积着，在几十年中变成不可理喻的仇恨，后来竟到了只要听到东北口音就过敏反感，非要吵闹才可平息心中的阻塞，造成很多误会。

我把我的故事对宝蓝绸衣女子讲完，她说，哦，我有了一些启发。外柔内刚的柔只是表象，只是技术，单纯地学习淑女风范，可以解决一时，却不能保证永远。这种皮毛的技巧，弄巧成拙也许会使积聚的情绪无法宣泄，引起某种场合的失控。外柔需要内刚做基础，而内刚不是从天上掉下来的，是靠自我的不断探索。

我说你讲得真好，咱们都要继续修炼，当我们内心平和而坚定的时候，再有了一定表达的技巧，就可以外柔内刚了。

红与黑的少女

来访者进门的时候，带来了一股寒气，虽然正是夏末秋初的日子，气候还很炎热。

女孩，十七八岁的样子，浑身上下只有两种颜色——红与黑。这两种美丽的颜色，在她身上搭配起来，却成了恐怖。黑色的上衣黑色的裙，黑色的鞋子、黑色的袜，仿佛一滴细长的墨汁洇开，连空气也被染黑。苍黄的脸上有两团夸张的胭脂，嘴唇红得仿佛渗出血珠，该黑的地方却不黑，头发干涩枯黄，全无这个年纪女孩的青丝应有的乌泽。眼珠也是昏黄的，裹着血丝。

“我等了您很久……很久……”她低声说自己的名字叫飞茹。

我歉意地点点头，因为预约的人多，很多人从春排到了秋。

我说：“对不起。”

飞茹说："没有什么对不起的，这个世界上对不起我的人太多了，你这算什么呢！"

飞茹是一个敏感而倔强的女生，我们开始了谈话。她说："你看到过我这样的女孩吗？"

我一时不知如何回答好，就说："没有。每一个人都是特殊的，所以，我从来没有看到过两个思想上完全相同的人，就算是双胞胎，也不一样。"

这话基本上是无懈可击的，但飞茹不满意，说："我指的不是思想上，我知道这个世界上绝没有和我一样遭遇的女孩——打扮上，纯黑的。"

我老老实实地回答："我见过浑身上下都穿黑衣服的女孩。通常她们都是很酷的。"

飞茹说："我跟她们不一样。她们多是在装酷，我是真的……残酷。"说到这里，她深深地低下了头。

我陷入了困惑。谈话进行了半天，我还不知道她是为什么而来。主动权似乎一直掌握在飞茹手里，让人跟着她的情绪打转。我赶快调整心态，回到自己内心的澄静中去。这女孩子似乎有种魔力，让人不由自主地关切她，好像她的全身都散发着一个信息——救救我！可她又被一种顽强的自尊包裹着，如玻璃般脆弱。

我问她："你等了我这么久，为了什么？"

飞茹说："为了找一个人看我跳舞。我不知道找谁，我在这个大千世界上找了很久，最后我选中了你。"

我几乎怀疑这个女生的精神是否正常，要知道，付了咨询费，只是为了找一个人看跳舞，匪夷所思。再加上心理咨询室实在也不是一个表演舞蹈的好地方——窄小，到处都是沙发腿，真要旋转起来，会碰得鼻青脸肿。我当过多年的临床医生，判断她并非精神病患者，而是内心淤积着巨大的苦闷。

我说："你是个专业的舞蹈演员吗？"

飞茹说："不是。"

我又说："但这个表演对你来说，非常重要。为了这个表演，你等了很久很久。"

飞茹频频点头："我和很多人说过我要找到看我表演的人，他们都以为我是在说胡话，甚至怀疑我不正常。我没有病，甚至可以说是很坚强。要是一般人遇到我那样的遭遇，不疯了才怪呢！"

我迅速地搜索记忆，当一个临床心理医生，记性要好。刚才在谈到自己的时候，她用了一个词，叫作"残酷"，很少有正当花季的女生这样形容自己，在她一身黑色的包装之下，隐藏着怎样的深渊和惨烈？现在又说到"疯了"，到底发生了什么？

贸然追问，肯定是不明智的，不能跨越到来访者前面去，需要耐心地追随。照目前这种情况，我觉得最好的方法是尊重飞茹的选择：看她跳舞。

我说："谢谢你让我看舞蹈。需要很大的地方吗？我们可以把沙发搬开。"

飞茹打量着四周，说："把沙发靠边，茶几推到窗子下面，地方就差不多够用了。"

于是我们两个"嗨哟嗨哟"地干起活来，木质沙发腿在地板上摩擦出粗糙的声音，我猜外面的工作人员一定从门扇上的"猫眼"镜向里面窥视着。诊所有规定，如果心理咨询室内有异常响动，他人要随时注意观察，以免发生意外。趁着飞茹埋头搬茶几的空子，我扭头对门扇做了一个微笑的表情，表示一切尚好，不必紧张。虽然看不到门扇后面的人影，但我知道他们一定不放心地研究着，不知道我到底要干什么。其实，我也不知道下面会发生什么事情，只是相信飞茹会带领着我，一步步潜入她封闭已久的内心。

场地收拾出来了，诸物靠边，地中央腾出一块不小的地方，飞茹只要不跳出芭蕾舞中"倒踢紫金冠"那样的高难动作，应该不会磕着碰着了。我说："飞茹，可以开始了吗？"

飞茹说："行了。地方够用了。"她突然变得羞涩起来，好像一个非常幼小的孩子，难为情地说，"你真的愿意看我跳舞吗？"

我非常认真地向她保证："真的，非常愿意。"

她用裹满红丝的眼珠盯着我说："你说的是真话吗？"

我也毫不退缩地直视着她说："是真话。"

飞茹说："好吧。那我就开始跳了。"

一团乌云开始旋转，所到之处，如同乌黑的柏油倾泻在地，沉重、黏腻。说实话，她跳得并不好，一点也不轻盈，也不优美，甚至是笨拙和僵硬的，但我一直目不转睛地看着，我知道这不是纯粹的艺术欣赏，而是一个痛苦的灵魂在用特殊的方式倾诉。

飞茹疲倦了，动作变得踉跄和挣扎，我想要搀扶她，被她拒绝。不知过了多久，她虚弱地跌倒在沙发上，满头大汗。我从窗台下的茶几上找到纸巾盒，抽出一大把纸巾让她擦汗。

待飞茹满头的汗水渐渐消散，这一次的治疗到了结束的时候。飞茹说："谢谢你看我跳舞。我好像松快一些了。"

飞茹离开之后，工作人员对我说："听到心理室里乱七八糟地响，我们都闹不清发生了什么事，以为打起来了。"

我说："治疗在进展中，放心好了。"

到了第二周规定的时间，飞茹又来了。这一次，工作人员提前就把沙发腾开了，飞茹有点意外，但看得出她有点高兴。很快她就开始新的舞蹈，跳得非常投入，整个身体好像就在这舞蹈中渐渐苏醒，手脚的配合慢慢协调起来，脸上的肌肉也不再那样僵直，有了一丝丝微笑的模样。也许，那还不能算作是微笑，只能说是有了一丁点的亮色，让人心里稍安。

每次飞茹都会准时来，在地中央跳舞。我要做的就是在一旁看她旋转，不敢有片刻的松懈。虽然我还猜不透她为什么要像穿上了魔鞋一样跳个不停，但是，我不能性急。现在，看飞茹跳舞，就是一切。

若干次之后，飞茹的舞姿有了进步，她却不再专心一意地跳舞了，说："你能抱抱我吗？"

我说："这对你非常重要吗？"

她紧张地说："您不愿意吗？"

我说："没有。我只是好奇。"

飞茹说："因为从来没有人抱过我。"

我半信半疑，心想就算飞茹如此阴郁，年岁还小，没有男朋友拥抱过她，但父母总是抱过吧？亲戚总是抱过吧？女友总是抱过吧？当我和她拥抱的时候，才相信她说的是真话。飞茹完全不会拥抱，她的重心向后仰着，好像时刻在逃避什么。身体仿佛一副棺材板，没有任何热度。我从心里涌出痛惜之情，不知道在这具小小的单薄身体中，隐藏着怎样的冰冷。我轻轻地拍打着她，如同拍打一个婴儿。她的身体一点点地暖和起来，柔软起来，变得像树叶一样可以随风飘曳了。

下一次飞茹到来的时候，看到挤在墙角处的沙发，平静地说："您和我一道把它们复位吧。我不再跳舞了，也不再拥抱了。这一次，我要把我的故事告诉你。"

那真是一个极其可怕的故事。飞茹的爸爸妈妈一直不和，妈妈和别的男人好，被爸爸发现了。飞茹的爸爸是一个很内向的男子，他报复的手段就是隐忍。飞茹从小就感觉到家里的气氛不正常，可她不知道这是为了什么，总以为是自己不乖，就拼命讨爸爸妈妈欢喜。学校组织舞蹈表演，选上了飞茹，她高兴地告诉爸爸妈妈，"六一"到学校看她跳舞，爸爸妈妈都答应了。过节那天，老师用胭脂给她涂了两个红脸蛋，在她的嘴上抹了口红。当她兴高采烈地回家，打算一手一个地拉着爸爸妈妈看她演出的时候，见到的是两具穿着黑衣的尸体。爸爸在水里下了毒，骗妈妈喝下，看到妈妈死了后，再把剩下的毒水都喝了。

飞茹当场就昏过去了，被人救起后，变得很少说话。从那以后，她只穿黑色的衣服，在脸上涂红，还有鲜艳欲滴的口红。飞茹靠着一袭黑衣保持着和父母的精神联系和认同，她以这样的方式，既思念着父母，又抗议着被遗弃的命运。她未完成的愿望就是那一场精心准备的舞蹈，谁来欣赏？她无法挣扎而出，找不到自己存在的价值和重新生活的方向。

对飞茹的治疗，是一个极为漫长的过程，我们共同走了很远的路。终于，飞茹换下了黑色的衣服，褪去了夸张的化妆，慢慢回归到正常的状态。

最后分别的时候到了，穿着清爽的牛仔裤和洁白衬衣的飞茹对我说："那时候，每一次舞蹈和拥抱之后，我的身心都会有一点放松。我很佩服'体会'这个词，身体里储藏着很多记忆，身体释放了，心灵也就慢慢松弛了。这一次，我和您就握手告别。"

毕淑敏 著

心灵疗愈

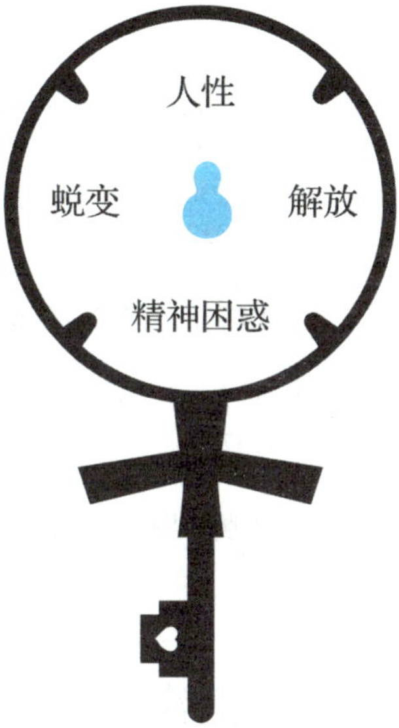

女心理师 ㊤

A Female — Psychologist

毕淑敏自选集·心理卷

国际文化出版公司
·北京·

图书在版编目（CIP）数据

女心理师：全 2 册 / 毕淑敏著. —北京：国际文化出版公司，2016.7（2022.11 重印）
（毕淑敏自选集·心理卷）
ISBN 978-7-5125-0860-6

I. ①女… II. ①毕… III. ①长篇小说—中国—当代 IV. ① I247.5

中国版本图书馆 CIP 数据核字（2016）第 159982 号

毕淑敏自选集·心理卷

作　者	毕淑敏
责任编辑	宋亚晅　戴　婕　潘建农
出版发行	国际文化出版公司
经　销	国文润华文化传媒（北京）有限责任公司
印　刷	文畅阁印刷有限公司
开　本	787 毫米 ×1092 毫米　16 开 84.25 印张　1139 千字
版　次	2016 年 7 月第 1 版 2022 年 11 月第 2 次印刷
书　号	ISBN 978-7-5125-0860-6
定　价	238.00 元（全四册）

国际文化出版公司
北京朝阳区东土城路乙 9 号　邮编：100013
总编室：（010）64270995　传真：（010）64270995
销售热线：（010）64271187
传真：（010）64271187-800
E-mail：icpc@95777.sina.net

目 录

总序

写作多年，积攒下若干文字。20 世纪 90 年代，有出版社找到我，说是预备给我出套文集。我听后心情有些激动，先是高兴马上又觉得自己不配。

文集出了，销得还不错。劳动人民文化宫举办书市，我去签名售书。文集共 4 本，卖 80 多块钱。读者们排着长长的队伍，缓缓走向我。我埋头签书，心里充满了不忍。我想，80 多块钱，要是用来买成肉，快合半扇猪了！（那时物价便宜，一斤肉才几块钱。）人家把吃肉的钱省下来，买我的书，多大的信任啊！一斤肉吃到肚里，肯定会让人长力气壮身体（那时的人没有那么多“三高”超标，视吃肉为上等的好事情）。扪心自问，我的书带给人的帮助，能抵得过十几斤肉吗？

心中惶恐。从那一瞬，我暗下决心，这辈子，不写则已，如果写，就一定要说真话，要认真负责对待笔下的每一个字。力争做到对得起读者为了购买我的书，付出的买肉钱。

购书的代价是两方面的。首先要付出金钱，读者的钱是哪里来的呢？是他的劳动换来的。所以，买书这件事，说到底，是用作者的劳动换读者的劳动。市场上，如果人们买了变质的食品或是伪劣产品，可以要求退换货或是保修。但是，读者买了一本书，如果没有缺页错页，基本上不能把书退还书店或是作者。也就是说，写书卖书的人，只对书的装订质量负责，至于内容，你买了书，就自认是全盘接受，售出后概不负责。我觉得这近似霸王条款。或者往好里说，是人与人之间一种极大的信任。一个作者，万不可亵渎了这份信任，唯有竭尽全力诚惶诚恐地为自己的产品负责，才能对得起读者这一份近乎无条件的接纳。

读者付出的第二种代价，是他或她的时间。时间其实是无价的，是用来构成生命的金色颗粒。读者把如此宝贵的东西，消耗在阅读我所写的文字之中，我无以回报，只能将我的思考和表达，千锤百炼力求尽善尽美。我不敢保证它们完全正确，但我应该保证它们具备发自内心的诚挚。否则，就是暴殄了人与人之间的信赖，就是对他人的轻慢和敷衍。

从那时到现在，又过去了 20 多年。作品积攒得比过去多了，心态已悄然变得平和。感谢编辑们的热忱和信任，我能有机会出一套自选集，十分高兴。

它们大致分为三部分。一部分是和幸福有关，一部分是和心理有关，还有一部分和旅游与我在西藏的岁月有关。

这是我在不同时期写下的文字，打着我的年龄的烙印。年龄的增长从未让我气馁，只是帮助我理解了不同时期的美好。

如果把人生比作一株植物，把青年时期比作嫩绿，我 35 岁时才开始写作，实在要算在苍绿时段才进入别人的早春，接下来是无以抵挡的墨绿与苍黄……现在，干脆成了深秋时节银杏叶般的暗金。我已进入老年，步伐放缓，心头肃静。我知道生命还会继续变化，从草黄变成铅铁般的灰黑；再然后，哦，就该是土壤的褐赭色了；再再然后，大约就无色透明了。

祈愿我的文字带着我的暖意和祝福，飞抵你的掌心。

毕淑敏

2016 年 6 月 1 日

文学界的白衣天使

如果她的署名是阿咪、狂姐、原水爆或者荷兰豆，也许我早就读过她的作品了。

然而她的名字是毕淑敏，这名字普通得如——对不起——任何一个街道妇女。

而且她说她从小就是一个好学生，她的数学与语文是同样的好（总算找到了一个喜欢也学得好数学的同行了，王蒙大悦焉），她的开始写作源于她父亲的建议，而她的戒骄戒躁是由于儿时母亲的教导。为了写作，她在完成了医学学业以后，又去上广播电视大学的文学系并以“优”的成绩毕业，继而读研究生，获得了硕士学位（有几个作家老老实实地这样学过文学）。再说，她同时是或者更加是一个医术精良的内科医生，她对此充满自信与自豪……

我真的不知道世界上还有这样规规矩矩的作家与文学之路。我本来以为新涌现出来的作家都可能是怀才不遇、牢骚满腹、刺儿头反骨、不敬父母（而且还要审父）、不服师长、不屑学业、嘲笑文凭、突破颠覆、艰深费解、与世难谐、大话爆破、呻吟颤抖，充满了智慧的痛苦、

天才的孤独、哲人的憔悴、冲锋队员的血性暴烈或者安定医院住院病人的忧郁兼躁狂的伟人——怪物。

毕淑敏则不是这样。她太正常、太良善，甚至是太听话了。即使做了小说，似乎也没有忘记她的医生的治病救人的宗旨，普度众生的宏愿，苦口婆心的耐性，有条不紊的规章和清澈如水的医心。她有一种把对人的关怀、热情和悲悯化为冷静的处方，集道德、文学和科学于一体的思维方式、写作方式与行为方式……

所以就更显得毕淑敏的正常、善意、祥和、冷静乃至循规蹈矩的难能可贵。即使她写了像《昆仑殇》这样严峻的、撼人心魄的事件，她仍然保持着对于每一个当事人与责任者的善意与公平。善意与冷静，像孪生姐妹一样时刻跟随着毕淑敏的笔端。唯其冷静才能公正，唯其公正才能好心，唯其好心世界才有希望，自己才有希望，而不至于使自己使读者使国家使社会陷于万劫不复的恶性循环里。也许她缺少了应有的批评与憎恨，但至少无愧于心，其实是远远优于那些缺少应有的爱心与好意的志士。她正视死亡与血污，下笔常常令人战栗，如《紫色人形》《预约死亡》，但主旨仍然平实和悦，她是要她的读者更好地活下去、爱下去、工作下去。她宁愿忏悔“我”的多疑与戒备太过，歌颂普通人（《翻浆》），而与泛恶论的诅咒与煽动迥异其趣。至于她的散文就更加明澈见底了。

她确实是一个真正的医生，好医生，她会成为文学界的白衣天使。昆仑山上当兵的经历，医生的身份与心术，加上自幼大大的良民的自觉，使她成为文学圈内的一个新起的、别有特色的、新谐与健康的因子。

而另外的多得多的天才作家的另一面，实在是文学界的病友。我尊敬与同情我的病友，我知道世界上许多伟大的作家都有病，他们太痛苦了，他们因痛苦而愈发伟大了。但同时我也赞美与感谢大夫，

为了全国人民的身心健康，我祝愿在大夫与病友的比例上不至于出现太大的失调。有病人也有医生，这才是世界，这才有各种写不完的故事。

不知道这是我的幸还是不幸，不知道这是不是我的被误解与被攻击的原因之一。我既觉得病人之可哀可叹，又觉得医生之可亲可信，特别是当我给一个比我年轻的作家作序写评的时候，我承认每一片树叶的价值。当然，我宁愿多称赞一点祥和与理性，我也许又发放了太多的苦口的良药，真对不起。

王蒙

自序

这是一本有趣的好玩的有一定意义的小说。写的是一个青年女子学习担当心理师的故事。你会在其中看到很多人和事，第一印象是悬念和奇特，深入其内，才会发现所有奇异的事情，都有内在的逻辑和意料之外的解释，人性就是如此的丰富斑斓。也许你会哭，我不敢保证。但你一定会笑上几次。微笑，哪怕在地狱里，也是盛开的莲花。

作家在生活之水中游走。我当过20年的内科医生，这就是我的生活和命运。我不是为了写小说而特地去体验这个角色，而是实实在在地救死扶伤。当我写作的时候，我也无法完全摆脱当医生的感觉。我会关注人的生命，艰难民生感同身受。我不可能把注意力都集中在一己的微细觉察中，永远觉得自己和众人紧紧相连。

《女心理师》中没有任何一个故事来自现实中的真实病例，所有经我诊疗的心理咨客都尽可放心，我绝没有把你们之中任何一个人的述说，原原本本地搬进小说。严格地遵循心理医生的准则，不仅来自我庄严的责任感，也来自我的基本才华。小说是虚构的艺术，我已明了人性的复杂，不必照抄现实生活，就可以完成故事的构建和开掘。

小说毕竟是小说，不是教材。我以前听说自己的小说被大学心理系教授当作必读书，推荐给学生，沾沾自喜过。我后来醒悟到这是贪图虚荣。小说自有文学的规律，不必拘泥真实科学的窠臼。否则就成了四不像，对不起学生，也对不起读者。

有朋友看了流传的内容提要，说小说的主人公看起来像一个现代女巫师，我把这话看作一种期许。我们这个国度曾有信巫的爱好，可惜的是，女主人公不像巫师，她平凡普通，但是爱学习，愿意探索，对人有兴趣，愿意追索自己和他人的秘密，期待这个世界更美好。我喜欢这个人物，尽管她有很多弱点。

也许和我写过太多的病历有关，文字总是冷静。你见过一个医生在病历里热情奔放、抒情咏叹吗？我并不是说冷静就好，但在我，恐怕难以改变了。毕竟几十年的光阴，对一个人的影响太大了。结构上有些变化，多了一点趣味。至于风格，还是残酷和温暖交织。当然，还有悲悯。

我学习心理学课程一事，纯属偶然。朋友 ×× 摔断了腰椎骨，打了石膏裤，瘫躺床上三个月。我在自家墙上的挂历上写了一行字："每周给 ×× 打个电话。"我当医生出身，知道卧床不起的病人非常寂寞，希望能躺着聊聊天。后来我就按照挂历上的提示，每周都给这个人打电话，有一句没一句地闲聊。尽管我很忙，还是会多磨蹭一点时间，让她开心。后来有一次，她随口说香港中文大学心理学教授林孟平到北师大带学生……我问，我能跟她学习吗？朋友说，那可不知道。后来感谢那位朋友说，我能学心理学，多亏你摔断了腰。

学习过程很辛苦，因为我没有心理学的基础，一切都要从头开始。我很遵守纪律，几年的时间里，我从没有迟到过一次。老师后来跟我说，你的师弟师妹们开始嫉妒你了，说你凭什么学得这样好。老师帮我解释，说毕淑敏把她在别的领域里的知识移植过来，比如医学的知识，比如她写作时对人的了解……加上刻苦，所以进步就比较大了。

有人说我当心理咨询师的时候，疗效不错，我想首先要感谢来访者对我的信任。不管心理咨询的哪个流派，都会把和来访者建立良好的关系，当作最先决的治疗步骤。来访者基本上都看过我的作品，自认为很了解我的为人，把我当成他们的知心朋友，非常信任我，使得我在治疗中能够很快同他们建起非常良好的关系。是他们对我的信任，帮助了我，也帮助了他们自己。从这个意义上说，来访者让我看到了人性中美好的东西，这就是人与人之间肝胆相照的信任。正是这种信任，让奇迹在我们面前出现。

我喜欢用干净的手段，抵达一个光明的理想。一个人活着，要使自己的幸福最大化，而且要让别人因为你的存在而幸福多一些。

我珍爱生命。不单珍爱自己的生命，也珍爱他人的生命。人是多么神奇的生物，我们理应让它更美丽。我越是看到人性的幽暗之处，越相信它会有出口。在关系的寒冷中寻找和煦，在残酷中争取柔和。如果不超拔于琐碎之上，文学就丧失了照耀的力量。

无数人所给予我的信任，让我震撼于心灵与心灵的交流，具有魔力。我敬畏这种沟通和感应，为之感动。生存就是向着死亡的进发。只要生命还存在，对死亡的关注就不会停歇。生命和死亡，是我们人生的两个翅膀，你只有都思索了，才能飞翔。

正是这些思考，支撑起了《女心理师》的骨架。不幸的是，在长达几年的写作中，这部小说差点腰斩。爸爸在的时候，我写完的每一部小说都给他看。后来，他到天堂去了，我就只能把书烧了给他。硬质封面的书，烧的时候，火焰是淡蓝色的，缓缓舔过沾满了字迹的白纸。无字的地方是金色，有字的地方是藏蓝色的，要很久才彻底变成灰烬。妈妈对我说，以前，我要照顾你爸，没有时间看你的书，今后，我会像他一样，每一本都看。

我写着写着，妈妈也到天堂去了。之后的那一段时间，我完全不能再坚持写作了。悲哀像宽大的袍子笼罩着我，我会毫无征兆地泪流满面，手下的键盘变得如岩石般坚硬，再也无法敲动。我丧失了写作的能力，周围一片幽暗。

爸爸妈妈，我再不能对你们述说我的悲喜，永远都不能再喊“爸爸”“妈妈”——这无比温暖的称呼，从此与我永诀。深重的痛彻，直达脊髓。亲情枝叶在寒冬飘落，情感的金字塔被风雪掩埋。不会再有人在我的路口叮咛不止，说那些亲密和激励的话了。我知道，你们在高处凝望着我。你们在那里，还好吗？天堂有多远，没有人说起过。我坚定地相信，一句句祝福，一声声问候，直抵天庭。我远游的心，还可以有所依傍。

总有一些东西是没有穷尽的，那就是我对你们的思念。我相信灵魂的距离，其实只有咫尺之遥。在我人生的行囊里，藏着对你们绵绵无尽的爱。我知道你们坟前的鲜花，那种有着极盛的火炭一样色彩的隆重玫瑰，飘荡幽香。我和你们相依相傍的记忆，如果每一瞬是一块矿石，冶炼成钢铁，该铸起绵延到无垠的轨道吧？岁月驶过，锃锃闪光。如果相依相傍的日子，每一天都是一块红煤，拢在一起燃烧，该腾起怎样的烈焰？你们就在这金芒中微笑。如果每一寸光阴都融成一滴水，如今它们全部化为咸涩的潮汐，在我心海奔涌不息。如果今生今世永怀的思念，每一刻都是一缕烽烟，它们旋转在一起，就是十二级的飓风啊，上九霄入地宫，搅起周天寒彻的雪暴。

然而想到爸爸妈妈在天空注视着我，期待着我，我只有在重围中跋涉前行，日复一日顽强努力。我把这本书献给我的爸爸妈妈。终于，完成了这部长篇小说。

我把它当作一束暗红的花，放在我父母的墓前，等待他们在天上的阅读。

我不知道它好不好，只知道我目前不可能做得更好了。因为，我已尽力。

毕淑敏

第 1 章

最悲惨的故事在心理室的地板下

女心理师贺顿大病初起。

早上，发烧。丈夫兼助手柏万福说："请病假吧。"

贺顿说："跟谁？跟自己？"

柏万福说："跟我。我安排来访者改期。"

贺顿艰难地咽了一口唾沫，唾沫像一颗切开的朝天椒，擦过咽喉。说："不成。这关乎咱的信誉。"

柏万福反驳："那也不能成了自己的周扒皮。"

贺顿说："我能行。"说罢，加倍服了退烧药，起床梳洗。为了掩盖蜡黄的脸色，还特别施了脂粉。修饰一新，居然显不出多少病态。柏万福只好不再阻拦，他知道贺顿是把工作看得比生命还贵重的人。

好在诊所就在楼下，交通方便。贺顿两膝酸软，扶着栏杆从四楼挪到了一楼。如果是挤公共汽车，那真要了命。

走进工作间，时间还早，第一个预约的来访者还未到。

淡蓝色布面的弗洛伊德榻，静卧在心理室的墙角，仿佛一只吸吮了无数人秘密的貔貅，正在打盹。传说貔貅是金钱的守护神，没有肛门，只吃不拉，因此腹大如鼓。心理诊所的弗洛伊德榻，吞噬的是心灵猎物。心理室到处都栖身着故事，一半黏在沙发腿上，四分之一贴在天花板上，那些最诡异的故事，藏在窗帘的皱褶里。一旦你在傍晚抖开窗帘，它们就逃逸出来，一只翅膀耷拉着，斜斜地在空气中飞翔。还有一些最凄惨的故事，掩埋在心理室的地下，如同被藏匿的尸身，在半夜荡起磷火。

生理医生穿雪白的大褂，心理医生没有工作服。贺顿觉得这不合理，衣服如同盔甲。在心灵的战场上刀光剑影，没有相应的保护如何是好？家就在楼上，如果没有外在服装的改变，让她如何区分自己的不同角色？于是，她把几套常服，定位成了自己的工作服。上班的时候，如同武士出征，随心情挑选铠甲。今天，她穿了一件灰蓝色的毛衣，下着灰蓝色的长裤。每当她启用灰蓝衣物时，谈话过程就格外顺利。如同犀利短剑，适宜贴身肉搏。也许，人的潜意识就是灰蓝色的，我们的祖先是鱼，来自海洋。

贺顿听到外面候诊室有声响，是负责接待的职员文果来了。贺顿问：“今天预约的人多吗？”

心情矛盾。作为独立经营的心理诊所负责人和心理师，当然希望来访者越多越好，但随着工作量剧增，有时又很盼有几天颗粒无收，可以名正言顺地休息。

“多。”文果打开公文柜子的锁，拿出一沓表格递给贺顿，“第一位姓无，点名要您治疗。”

“吴什么？”贺顿问，名字常常能透露出讯息。

“不是口天吴，是一无所有的无。柏老师约的访客，那人无论如何不肯报名字。”文果咂嘴。

约定时间前一分钟，一位男士走进来。“贺顿心理师已经来了吧？”单刀直入。

“是的。她已经在等您了。”文果答道。柏万福看着登记表上的“无”字，总觉不宜，想努力挽回一下，说：“您的表格还请填确切，这也是为了您好……”

男子傲慢地打断他的话说：“怎样对我自己更好，我比你更清楚。你们的规章制度里并没有说如果不完整填写表格，就不接待来访。如果你们觉得自己的制度定得不够严谨……”该男子用无名指歪向墙壁，那上边挂着“来访者须知”的告示，他接着说：“……以后可以改过来，让我这样的人没有空子可钻。这一次，恕冒犯，我就直接去找心理师了。”说完，不待文果和柏万福有所反应，大步走进心理室。

贺顿端坐在沙发上，因为疾病和虚弱，微微喘息着，直觉告诉她来者不善。

男子身材高大，面容冷峻，着黑色西服，好像刚从葬礼归来。贺顿努力微笑着站起身，说：“我是贺顿。你好。”

“我不够好，所以才来找你。”男子冷冰冰地回答，眼光有着洞察一切的杀机，自顾自坐下。

贺顿也落座，说：“怎么称呼您呢？”

“你就叫我 × 好了。”男子的声音依旧没有任何热度。

“先生，您很特别。”贺顿说。她不愿称他为“×”，好像一道算式中未知的字母。屋子里没有其他的人，“先生”二字就成了代称。

“特别”是一个中性词，可以指优秀，也可以指另类。在贺顿的经验里，这是一个安全的港湾，一般人会按着自己的理解美化这个词。

“我没有什么特别的。你才特别。” × 先生不上当，反唇相讥。

贺顿不愿在谈话的开头就进入对立，放下话题，另起一章：“您到这里来，有什么要讨论的事情吗？”

“没有。”那个人干脆地封死了这个方向。

贺顿锲而不舍，说：“如果没有要讨论的事情，您这样一大早地赶了来，为了什么？而且，这些时间都是收费的。我想，您不是一个慈善家，专门来施舍我们的吧？”贺顿不喜欢这种暗藏玄机的气氛，索性举重若轻，来个玩笑。

男人的脸色稍微松动了一下，说：“我没有什么要和你讨论，要说的是另外一个人的事情。”

贺顿说：“心理访谈，必须是本人亲自来。”

男人说：“她来不了。”

贺顿说：“这个人是你的什么人？”

男人说：“你看了就知道。”说完从随身携带的公文包里，取出几张照片。

照片上是一个村姑装束的女人，手牵一缕柳枝，小心翼翼地笑着。

“不认识。”贺顿端详后回答。

“这张呢？”男子目光如炬，又递过来一张照片。

一眼看过去红彤彤霞光万道，一道粗重的白色堤岸，很不协调地横亘在红光之中，似海上日出。定睛一看，红色是一摊血，白色是苍白下垂的手臂，正中是壕沟般的深深切痕。

“这是……”贺顿头上冒出细密的汗珠，一半是退烧药的功效，一半是严重惊吓的后果。这显然是一个自杀现场，根本没有出现头脸，认不出是谁。

“割腕。”男子的口气冷若冰霜。

“您让我看这些是什么用意呢？”贺顿绝地反击。她不能让这个男人像猴子探宝似的一张张往外掏照片，让自己猝不及防。

“不要着急。马上你就会明白了。”男人说着，递过来第三张照片，“你认识这个女人吗？”

贺顿看了一眼。只一眼，她认出了她。

“我认识。”贺顿如实禀告。

“我今天和你讨论的就是她的问题。她从你这里咨询完以后，回家就和我离、婚、了。之、后，又、割、腕、自、杀……”男子一字一顿地说。

贺顿用手指捂住了自己的嘴。即使是一个见多识广的心理医生，也控制不了自己惊叫的欲望。手指间的气流把额发冲起，直指天花板，基本上是怒发冲冠的效果。不是因为愤怒，而是因为恐惧。好在持久的修炼让她把惊叫的后半部分，压缩成了一个鸡蛋大的气团，强行咽下，胃马上开始了痉挛疼痛。

“我今天来找你，就是想知道你和她说了些什么。”男人双目喷射怒火。

那个女人是大芳。

贺顿一阵恶心，她不知道是高烧卷土重来还是这个消息让她心智大乱。不管是什么原因，她都要坚持。这不仅牵连声誉，更是人命关天。

她调整了一下心态，说：“你是老松？”

老松愣了一下，说：“她是这样对你称呼我的吗？好，我就用她封给我的这个名字，老松。”

贺顿说：“老松，非常抱歉。你妻子对我说过什么，我不能告诉你。”

老松咬牙切齿：“血流成河了，你还嘴硬！”

贺顿沉住气说：“如果公安局找我，我会如实报告，但你不行。你只是一个普通来访者，我不能把另一个来访者的情况告诉你。守口如瓶，是我的职业操守。”

老松说：“我必须知道你跟我的老婆说了些什么，让她求生不得，求死也不得！”

贺顿说：“在我这里，请放弃幻想。你想达到目的，另有一个很好的方法。”

老松不解：“是何方法？”

贺顿说：“很简单，你可以直接问你老婆。”

老松说：“她不告诉我！”

贺顿说：“你们身为夫妻，是世界上最紧密的关系之一，她宁肯死，都不把心里话告诉你，你还来向一个外人问发生了什么？这本身就是悖论！也许，你最该问的是自己，你到底发生了什么？！”

老松被这句话魔法般地震慑住了，半天才缓过劲来，说：“你决不肯告诉我真相？”

贺顿说：“是。如果你今天到这里来的目的，就是想探听出你妻子曾经跟我说过什么，那你可以走了。我会通知工作人员，这并不是一个咨询，退还你费用。还有什么事吗？”贺顿站起身，扶了一下沙发，以抵挡突如其来的昏眩。

不想老松在听到如此斩钉截铁的话语之后，反倒平和了一些，说：“通过和我妻子的谈话，你了解我吗？”

贺顿停顿了一下，思索着如何回答。说“不了解”吗？显然不是真话。说“很了解”吗？她听到的都是一面之词。贺顿谨慎地反问：“你为什么会问这个问题？”反问是一个很好的策略，既能为自己赢得时间，又迫使对方必须进一步阐释动机。拈花微笑飞叶试探，谈笑之间潜藏窥破，是心理师的基本功。

老谋深算的老松上当了。他说：“这个世界上没有人能了解我。”

贺顿言简意赅：“你很孤单。”

老松怦然心动，没有人曾这样对他讲话。男人，一定要浑身是铁掷地有声。他说：“你怎么知道？小小年纪，如何能体谅这份心境？”

贺顿说：“我并不像你想象的那样年轻。我已经很老了。”

一句话，惹得老松的嘴角出现笑纹，说：“你有多么老呢？难道比我还要老吗？”

贺顿毫不迟疑地说：“当然比你要老了。”

老松大不解，说：“我不探问你们的谈话细节，但我相信你一定知道她有多大年龄，我比她还要大三岁。”

贺顿说：“我说的不是生理上的年纪，是心理上的年纪。”

老松说：“人们都希望自己心理年龄年轻，你怎么恨不得自己老态龙钟？”

贺顿说：“心理师的工作让我沧桑。那么多人把他们的故事告诉我，感同身受，息息相关。让我得以窥见人生的丰富和奥秘，生死无常，世态炎凉。我实在是走过了太远的路，好像已经三千岁了。心中充满沧桑的年轮，像一个老妖。”

老松吃惊地打量着这个并不美丽的矮小女子，他在官场行走多年，所见所闻车载斗量。似这样的感慨，闻所未闻。

贺顿也有些奇怪，通常她嘴巴很严，今天怎么直抒胸臆——在一个不合适的时间，在一个不合适的地点，面对着一个不合适的人！也许是高烧和大芳的命运，让她心烦意乱吧。赶快结束！她做出送客的姿态。

不想老松稳稳当当地坐在沙发上不起来，说：“我是一个来访者，你不能撵我走。”

贺顿说：“对不起，你不是。”

老松说：“之前不是。现在，是了。”

贺顿说：“你要询问的，我不能告诉你。”

老松说：“我知道你不会告诉我，我也不问了。我现在想问新的问题。”

贺顿说：“你要是想用这种方法刺探有用的信息，我劝你还是打消念头。我警惕性很高，原则性很强。”

老松说：“贺顿心理师，你小看我了。我既然已经说过，放弃打探你们曾经进行过的谈话，就绝不会食言。你不要以为是你的那些原则让我知难而退，不是的。只要我想从你的嘴里知道，我就能知道。你刚才不是说面对公安局的人，你就必须从实招来，这对我来说，并非难事。说实话，是你的一句话刺痛了我。你说一对夫妻，要从别人那里知道对方说了些什么，这是一种耻辱。我终有一天会从大芳那里知道你们曾经说过什么！”

贺顿说：“大芳现在如何？”

“幸好发现及时，正在医院静养。没有生命危险了。”

贺顿松了一口气说：“来日方长。我稍稍安心。”

老松说：“所以，我决定继续和你说下去。”

贺顿说：“这恐怕不行。”

老松说：“理由何在？”

贺顿说：“我已经知道你和大芳是夫妻。我不能同时充当你们两个人的心理师。这是我们这行的既定规则。”

老松说：“大芳不会来咨询，她体弱多病，近期根本就出不了院。如果有一天她来咨询，我就走。怎么样？”

说实话，贺顿真不愿接受这个来访者。她已经被劈头盖脸的变故搞得身心交瘁。犹豫之中，老松说了一句：“你有机会听到同一个故事的不同版本，这对心理师来说，不是难得的挑战吗？”

第 2 章

三个人当中，至少有一个说了谎话

不久前，佛德心理所曾专门讨论过大芳的案子。

心理医生遇到困惑了，也需要高人指点搭救。就像诊治生理疾病的医生病了，要去医院看另外的医生。心理医生进行高强度的心理劳作，格外容易受伤。这种内伤一般人治不了，需要特别的医生，这个过程叫作督导。

贺顿单打独斗，没有上级。好似一家汽修厂，厂长姓贺。来了有重大毛病的机车，工人修不了，束手无策。修车过程中还伤了人，事情就更复杂。

贺顿找了当初传授心理技艺的教师，不想人家爱莫能助。就像毕了业的学生，临床上遇到疑难杂症，想回学校再找药理、病理、解剖的教授请教，人家各司其职，并不能回答临床上千奇百怪的病案。

求助无门，只好自救。所里开会，主题就是大芳。

汤小希占了显要位置。她如今在一家图书馆打工，兼读心理班，预备着洗心革面将来当心理师，格外注重学习。学院派的沙茵和詹勇正襟危坐，好像参加学术会议。几位客座心理师一溜排开，窃窃私语。边角的位置上，坐着柏万福。

“开会啦。”贺顿宣布。

汤小希说：“就咱们几个人啊？也没个权威什么的？”

贺顿说：“这叫同侪辅导。”

汤小希说：“不懂。什么叫同侪？好像只有说到黄埔军校的时候，才用这个称呼。”

贺顿说：“起先我也不懂，专门查了字典。‘同侪’后面只有两个字的解释——同辈。”

汤小希哈哈大笑起来，说：“我以为这词多玄妙呢，闹了半天就是同伙。指的就是咱这拨难兄难弟！”

沙茵看不惯汤小希的没正经，就说：“今天是学术讨论，还是要有规矩。没有别人督导，咱们更要保持浓郁的学术气氛。”

贺顿也不愿一开始就进入嘻嘻哈哈的氛围，加之大芳的治疗是自己的课题，更是忧心如焚，说：“我们只有凭借集体的智慧来攻克难关。大家注意听，我先报告一下案例的进展情况。”

汤小希嘻嘻笑道：“有点像公安局破案子。”

沙茵说：“严肃点。”

汤小希不服，说：“像公安局就不严肃了？谁不害怕警察叔叔？”

贺顿不理她们，兀自说下去，慢慢大家就把心思都聚集在大芳的案子里。

冗长、乏味、憋气……贺顿都不耐烦起来，好不容易才说完刚刚结束的咨询。

“完了？”汤小希问。

贺顿回答：“完了。”

“你就真把钱退回去了？”汤小希很着急。

“钱都准备好了，她没拿。她说我最后的那番话值这么多钱。”贺顿说。

“这就好。”汤小希松了一口气，捂嘴巧笑。

“你就记得钱。”沙茵不满。

詹勇说：“我觉得贺顿最后的这番话，是不是火药味太浓了？有干扰当事者思维的弊病？”

还没容贺顿解释，沙茵就忍不住了，说：“我看说得还轻！一个女人，三番五次地被自己的法定丈夫欺骗抛弃戏弄，一次又一次的原谅，换来的是什么？是自己被掏成了一个空壳！这样的家庭悲剧再不能重演了，如果再继续下去，就不仅仅是第三者婚外恋之类的事件，要出人命的。”

汤小希也不计前嫌：“我完全同意沙茵的意见，我们要给当事人以强大的支撑。也就是说，当她的娘家人，帮她说话！为她出口恶气！给她撑腰！让她鼓起勇气，和老松这样的坏分子做斗争！从当事人大芳的反应来看，支持策略也完全对头。她对于一般的倾听已经表示厌倦，要求退钱就是明证。所以今后要改变策略，变被动为主动。”

这一席话，说得贺顿对汤小希不敢小觑。士别三日，当刮目相看啊。贺顿说：“小希，看来你是个好学生啊。”

汤小希不好意思地说：“老师总夸我悟性好，还说心理师这个职业，和学历什么的没有特别密切的关系，主要是看一个人是否具有了解别人的能力，还有人格力量。”

研究生毕业的詹勇不乐意听了，说：“在国外，当心理师必须要博士毕业，还要有漫长的临床实践才能持证上岗，哪像咱们这里，高中以上经过短暂学习，就摇身一变成了心理师，难怪疗效不好。”

这话隐含的攻击性，让沙茵不安，赶紧出来打圆场，说：“咱们今天主要是讨论来访者的事情，不要转移了大方向。中国国情和外国不同，就像原本一穷二白的农村，缺医少药。来了赤脚医生，这就是好事。如果你说这也不正规，那也有毛病，等着咱们的大学培养出心理学博士来当心理医生，实在是遥不可及而且杯水车薪。”

贺顿心平气和地说：“我也愿意咱们都有博士学位，可惜望洋兴叹。没有那么多博士的情况下，是不是也要有助人之心？也许将来有一天，人们会嘲笑今天的幼稚和初级阶段，可不会嘲笑咱们的努力。同侪是导师的代用品，咱们只有学习讨论，在实践中提高。精神应该发扬，对不对？”

一番话说得大家心中热乎乎的，感觉到责任与神圣的使命，气氛融洽起来。

詹勇说：“在场的只有我一个男的，感觉有点势单力孤，对这个案例，有几点意见不知当说不当说？”

众位女人还没来得及发言，柏万福说：“我就不算男的了吗？”

詹勇说：“对不起对不起，我说的是有照的咨询师。”

柏万福嘟哝着说：“我也参加了一个培训班，在学习呢。”

詹勇说：“不过就咱们两个男的，也还是少数派啊。”

原来大家没有注意到性别比例，詹勇这样一说，众人环顾四周，承认他说的是事实。汤小希说：“这和男女比例有什么关系吗？”

詹勇说：“当然有关系了。你们都是女心理师，来访者大芳也是女的，她说的又是男女之间的感情纠葛，你们就很容易站在大芳的角度上来看问题。”

贺顿说：“说得好。继续说下去。”

詹勇说：“没了。”

沙茵说：“你这个人，怎么刚说了个开头，就吞回去了？应该知无不言，言无不尽。”

詹勇说：“确实是没了。我只是想提醒大家注意到这样一个趋势。至于在这个案例中究竟怎样体现，我还没有想好。”

柏万福说：“我不是心理师，不知道能不能讲点？”

大家说：“说吧。”

柏万福说："俗话说，兼听则明，偏听则暗。咱们也不是妇联，不是给妇女出气的衙门。"

汤小希说："有什么直说好了。"

柏万福说："大芳究竟想解决什么问题？要说惨，她是挺惨的，但肯定不是天下最惨的女人，起码她还洋房住着，保姆雇着，吃香的喝辣的。要说老松的背叛，是很可恶，但他对大芳大面上也说得过去。古话说，奸出人命赌出贼，老松并没有想杀了大芳……"

几位女心理师嚷嚷起来，七嘴八舌地说你这是什么话啊？大芳难道不是痛不欲生？大芳难道愿意局面蔓延下去吗？难道非得闹出人命才要帮助她吗？

柏万福举手投降，说："我也是想到哪儿说到哪儿，不是让畅所欲言吗？我抛砖引玉。"

讨论进行了很久，砖头砸了一地，玉却久久不曾现身。贺顿说："大家的意见究竟是怎样呢？大芳马上就要来再次咨询，我跟她说什么？"

沙茵说："帮助她树立信心，不能把自己的一生捆绑在一个不忠诚的男人身上。"

汤小希说："干脆，鼓励她离婚。老松这样的男人，地位再高表态再好，也不值得信任。哪怕嫁给一个屠户，也比这样强。"

詹勇说："如果当事人没提出离婚，我觉得还是不要主动提及这个问题。心理师有一个原则：你永远不要走到当事人的前面，而是要像猎犬一样紧紧跟着他。"

柏万福说："宁拆十座庙，不破一桩婚。这是咱中国人的集体无意识。"

汤小希说："不得了，都会说集体无意识这种词了。佩服佩服。不过，我看这不是无意识，是有意识。"

大家又讨论了半天，基本上统一了意见：贺顿要给大芳"补钙"，让她坚强起来。如果老松再不老实，就要把命运的主动权掌握在自己手里，不能让悲剧重演。

同侪讨论结束以后，贺顿很高兴。环绕许久的困惑被集体的智慧所破解。

没想到落了大芳自杀这等结果。

与老松的对谈已到结束时间，老松说："贺顿治疗师，我以后还会来。"

贺顿拭着头上的冷汗说："很抱歉，在此次治疗的前半时，我几乎没有把你当成来访者，也许有不规范的地方，请原谅。能不能为你做长期的治疗，我们再做决定。"

老松走后，贺顿陷入巨大的迷惘之中。她已经从大芳的嘴里，听到过有关这个男人的一切卑劣行径。尽管治疗师应该是中立的，不对来访者进行价值评判，但治疗师不是泥塑，而是有血有肉有温度的人。贺顿有自己矢志不渝的价值观和人生理念，且立场分明冰炭不容。

说实话，贺顿害怕老松。寡廉鲜耻的男人，披一张道貌岸然的皮，一肚子卑劣下流。贺顿甚至想到了古书里的一个故事，说是某恶少性趣大发，凡家中女宾女客以至仆女"将及淫遍"，和这么一个恶棍对谈下去，贺顿瑟然。

贺顿骨子里不服输。大芳的案例让她寝食难安，这是一座思维的迷宫。在这个女人和这个男人之间，到底发生了什么？真相究竟怎样？为什么在郑重的同侪督导之后采取的治疗策略，却引起了如此惊涛骇浪的杀身之变？人啊人，你究竟有着怎样风云突变匪夷所思的逻辑？

也许，不入虎穴焉得虎子？老松的建议充满了邪恶的诱惑力。

柏万福得知那位道貌岸然的男子就是老松时，激烈反对贺顿进一步的治疗。

"不要理他！离他远远的！愈远愈好！一个大恶棍！把自己的老婆害得丢了胆剜了肠摘了肾割了胃掐了肺尖，最后又切了腕，这种暴徒十恶不赦不可救药！你千万不要被这个流氓纠缠住！"

正在吃饭的婆婆吓得放下碗说：“贺顿你要和流氓打交道啊？”

贺顿病恹恹地横了柏万福一眼：“工作的事，你不要不分场合乱说。闹得妈都担心。”

婆婆说：“你们这个啥所，来往的都是什么人，我闹不清楚。但流氓怎么回事，我知道。那是万万不能进门的！好歹我是房东，他要来了，我就堵在门口用扫帚把他轰走！”

婆婆一生中，扫帚是最强大的武器。

柏万福说：“妈，要是不说，您认得出谁是流氓吗？”

婆婆不乐意了：“看你说的，以为我真是老眼昏花，连个流氓也认不出来了？吊儿郎当油嘴滑舌头发锃亮游手好闲的就没错！”

柏万福和贺顿相视一笑，除了头发锃亮这一条以外，老松和其他特征都不靠谱。

再次召开会议，贺顿和大家商量。

端庄的沙茵说：“我的天！这个魔头居然来了，吓死人了。贺顿，赶快收起你的好奇心，这是个变态狂！拒之千里！要不然，后患无穷！”

男心理师詹勇说：“贺顿，你胆子够大的，居然和他周旋许久。小心，他也许会在心理室里奸了你！”

贺顿迟疑道：“有那么毛骨悚然吗？”

担任记录的文果停了手中的笔，说：“不怕一万就怕万一。如果你一定要坚持和他面谈，我建议在心理室的沙发角落里，添置一个设备。”

贺顿不解，说：“什么设备？”

文果说：“匕首。”

贺顿说：“干什么用？”

文果说：“关键时刻，不成功则成仁。以保全女心理师的清白名节。”

贺顿说：“我可不在乎什么清白名节。”

柏万福说：“那你总在乎大局吧？”

贺顿不解道：“什么是大局？”

汤小希说：“这还听不出来？就是你的性命啊！”

贺顿稍显困惑地说：“你觉得我的生命受到了威胁？”

汤小希吐出午饭时嵌进牙缝的肉丝，说：“谁晓得你会不会因公殉职？”

詹勇深思熟虑地说：“贺顿老师，你收下这个来访者，有经济上的考虑吗？多一个人咨询，毕竟会给所里带来一份固定收益。”

贺顿说：“并无经济因素，你们知道现在等候者很多，几乎算是门庭若市呢！”

詹勇说：“那我的意见是不要接下这个案例。因为，你想要达到什么目的呢？我以为这个男人是有人格缺陷的，在他的内心深处有一个极为顽固和冰冷的核。而人格缺陷是最难根治的，你用多少热量才能融化这个冰核儿？在同样的投入下，我们不如去帮助那些比较容易看到改变的人。”

这一次同侪督导，不了了之。

百般无奈之下，贺顿去电台主播钱开逸家。钱开逸看到贺顿来了，十分高兴，用像薄荷一样清凉的嗓音说：“我一直在等你。”

贺顿脱了鞋子，在钱开逸家中花纹纷杂的波斯地毯上盘腿坐下，说：“等我来还钱，是吧？”

钱开逸说：“你总把人想得那么坏。”

贺顿说：“人其实比我想的还要坏得多。”

钱开逸说：“我是更想见到你。”

贺顿开始脱衣服，说：“这就是比想到钱更坏的地方。”

钱开逸说：“错了。这是因为爱。”

两个人就在地毯上缠绵，贺顿并不感到快乐，那无所不在的半身寒冷也不曾丝毫消退。好在一种充满了疲惫的放松，也让人渴望。

钱开逸抱着贺顿说：“你为什么当初不嫁给我呢？”

贺顿说：“嫁给了你，我就无法实现自己的梦想。我是一个把梦想看得比爱情更重要的人。”

钱开逸说：“这么绝对？”

贺顿说：“不说这些吧。我想问你一个问题，有这样一个来访者，我接还是不接？”

贺顿就把大芳和老松的故事约略讲了一下。当然了，很多具体的带有特征性的地方都敷衍了过去，这样，就算钱开逸在人群中遇到大芳和老松，也无法辨认出他们。

钱开逸听完了，久久不吱声。贺顿说：“你也拿不定主意了？如果你要反对，就别说话了。我听到的反对意见够多了。”

钱开逸说：“比如？”

“小心他在心理室奸了你！”

钱开逸说：“不至于吧？”

贺顿说：“我也很怕访谈的过程出现不可预测的情况。”

钱开逸说：“有那么严重吗？我看他既然来找你咨询，就说明他也在谋求答案和改变。如果要奸杀你，躲在犄角旮旯就把你办了，何必要现身在光天化日之下，还要给你交咨询费。天下有这样的谋杀者吗？”

贺顿说：“你的意思我明白了。”说完，穿上衣服，掏出钱包，开始给钱开逸点钱。

钱开逸说：“这是付给我的咨询费吗？我给你指点了迷津，劳有所得。在你们的行话里，这好像叫督导。”

贺顿说：“这不是劳务费，是付给你的欠款本息。再有两次，咱们就两清了。”

钱开逸伸着懒腰说：“你们还有没有二期工程了？或是续集？”

贺顿说：“什么意思？”

钱开逸说：“我继续投资啊。不然的话，我生怕你还完了贷款，就不理我了。”

贺顿说："不管你说的是不是真的，我愿意听你这样说。"

贺顿力排众议，约下了和老松再次访谈的时间。

老松和他的妻子有一点很相似，都非常守时。在规定的时间之前，出现在佛德门前。看看表，时间还早，就同一位白发苍苍警惕地注视着街面手拿长把笤帚的老人搭讪起来。他微笑着问："您住在这里啊？"

老人说："是啊。老街坊了。"

老松说："晒太阳啊？"

老人说："站岗呢。"

老松不禁好笑，这样弱不禁风的老太太，给谁家站岗呢？如同风干的黄色洋葱，虽然形态还可疑地保持着圆状，但皮肤菲薄细脆，一触即破，纷披倒下。

老松打趣道："防火防盗啊？"

老人说："不是。防流氓。"

老松说："你们这儿流氓多啊？"

老人说："以前不多，最近听说要来。"

"为什么呀？"老松纳闷，此处乏善可陈。

"都是我儿媳妇招来的。"老人直撇嘴。

老松心想别看楼房不起眼，还藏掖国色天香。对老太太说："儿媳妇漂亮好啊，生个孙子也不难看。"

老太太说："丑。还不肯生孙子。"

老松一看话不投机，赶紧转移方向，说："若是流氓来了，就您这个身子骨，也不是对手啊。"

老太太挥舞着笤帚说："我不跟他动手，轰跑了就完。"

老松看看表，时间差不多了，就说："您老保重，我走了。"

老人说："去哪儿啊？"

老松说："佛德。"

老人说："我告诉你怎么走，进门，往……"

老松说："谢谢啦，我来过，认识。"

老人说："你这个人好，知书达理，慢走啊。"然后依旧痴痴守卫。

头发因为高级摩丝的保养闪着钢蓝色光泽的老松进了心理室。贺顿已然端坐，说："开始吧。"

老松说："咱们从哪里开始呢？"

贺顿说："可以从任何话题开始。"

老松说："别人是从白纸开始，我是从一张涂抹了五颜六色的废纸上开始，也许，还是一张涂抹了污秽的大便纸。"

贺顿说："不是废纸，是一张已经掀过去的纸。如果硬说这张纸是不存在的，我想你也不信。我们依然从白纸开始。"

老松说："不管白纸黑纸了，只要你认真听我讲故事就行。"

贺顿说："好吧。就从你往水塘里丢那些包着石头的糖纸说起吧。"

老松愣怔了一下，说："你知道这些？"

贺顿说："是的，我知道。"

老松悲哀地长叹一声说："她怎么可以这样说？那是一些真的糖，甜滋滋香喷喷，绝不是包着糖纸的石头。"

贺顿惊讶道："真的是糖？"

老松非常肯定地说："当然是糖，大白兔奶糖。后来，我还常常去喝那个池塘的水，心想溶解了这么多奶糖的池水，应该也是香甜的吧？"老松说这些话的时候，神情中有着真挚的回忆和眷恋。

贺顿糊涂了，说："可是大芳说你承认过，那些都是假的，是你用糖纸包的石子。"

老松说："可见我们面对的不是一张白纸。你说可以掀过去，其实是掀不过去的。"

贺顿说："请原谅。但是，我希望把这件事情搞清楚。"

老松说："我相信这是大芳对你亲口说的，她就是这样一个人，会把自己的一些想象说得和真的一样。她曾经多次要我承认那些糖是假的，否则就不依不饶。我说，是否我说了那些糖是假的，你就不会再这样纠缠我？她说，是的。我只好按照她的意思说。”

贺顿坠入五里云雾中。这是一件小事，在整个八卦阵中只是微不足道的细节。但它是一个令人十分不安的征兆。像一块基石，整个大厦建造其上。现在，卵石滑动。

贺顿迅速整理思绪，定能生慧。她不应把大芳所说的一切和老松一一核对，她要遵守职业道德。但她必须最大限度地迫近事实的真相，没有真相，一切讨论和当事人的改变都是沙上建塔。

尽管她不喜欢老松，尽管重听故事是非常乏味和折磨人的过程，但是，她必须从这里开始。

决心和方向一旦确定，贺顿反倒安静了下来。她很诚恳地对老松说：“一切，按照你记忆中的真实描述吧。”

老松说：“谢谢！”

接下来的日子，贺顿进入了分裂过程。她既盼着老松来，又本能地逃避这个日子。老松很健谈，智商超拔逻辑性很强，加之记忆力优等，细节的描述周到，让你有亲临现场之感。他和大芳述说的是同一件事，但各自的描述却有着天壤之别。

疑问如同暴雨之前的蛙鸣，鼓噪不已，此起彼伏。贺顿不能说，也不能问，她只有倾听。长久地倾听，让她陷入了混乱和交叉。就像面对一个化为齑粉的器皿，有人信誓旦旦地告诉你它是黑的，马上又有人斩钉截铁地告知你它是白的。在黑与白的旋涡中摇摆，你要不头晕眼花才见鬼！

贺顿以前很少做记录，她认为心理师的脑袋瓜应该是最好的录音机。如果它重要，你一定会记住。如果它不重要，你自然会忘记。人脑是天然筛，多快好省美不胜收，任何人为的记录都是叠床架屋多此一举。

现在，她不得不怀疑自己的脑子被虫嗑出了洞，四处漏风。回归传统：好记性不如烂笔头。把老松的话记下来，和大芳的回忆相对照。

叙述跨越时代，儿女情长琐碎繁复。这些，贺顿倒还能容忍，谁让她干的就是这份活儿呢？打铁的人就要有臂力，潜海捡珍珠的人就要能憋得住长气。做心理师的人练就一门功夫——听人说话。

叫人困惑的是真相扑朔迷离，比真正的凶杀案还让人如坠雾中。案子是有现场的，有血迹或是凶器。总会留下蛛丝马迹和人证物证，你可以展开大规模的调查和悬赏，可以利用一切高科技的侦查和破译技术。对于心理医生来说，所有的设备就是一对耳朵两只眼睛，当然，还有一颗心。你听到的描述，时间是一样的，人物是一样的，但动机不同，细节不同，结论不同……

在所有的叙述中，老松都把自己描述成一个顾家的男子。政绩上努力清白，生活中对妻子无微不至，如果有什么照料不到的地方，那是他工作太忙，而绝非心有旁骛。对于妻子一次又一次地生病手术，老松解释为她身体素质娇弱，常年在家中调养，接触人和事物的面都比较狭窄，因此敏感，很容易想入非非。

贺顿老禅入定般看着这个男人。一身质量上乘剪裁合体的纯毛薄花呢西服，是被称为高级灰的那种非常纯正的灰色，没有闪光和暗格，代表着简明高贵的修养和风范。他说到关键处，会轻捷但是有力地打出幅度不大的手势，这使得他的双手经常在贺顿面前挥动，贺顿注意到老松的指甲修剪得非常圆润，缝隙里没有一丝污垢。只有营养极为均衡，并且基本上是四体不勤五谷不分的中年男子，才有这种闪着婴儿般粉红色光泽的指甲。那些手势像强有力的注脚，镶嵌在老松的述说中，让人对它们的准确性不敢质疑。老松的目光坦诚地注视着贺顿，与贺顿的目光相撞时并不回避，只是有礼貌地上扬一下，掠过贺顿的发梢再降落下来，得体而有分寸。所有的这一切，都在昭示着这是一个仪表堂堂八面来风的正面人物。

如果是一般人，一定会被老松骗过。但是，贺顿不是一般人。或者更准确地说，贺顿原本是个一般人，但是心理学这门科学武装了她，再加上不懈的工作和努力，已经让她具备了某种程度的火眼金睛。她看出了老松的色厉内荏。比如那些手势。当克林顿总统面对大法官的质询，也曾有力地打出过类似的手势。他曾一字一顿地对美国公众说："我没有和莱温斯基小姐发生过性关系……"在这些话语之间，克林顿都打出了刀剁斧劈一样坚定的手势，但事实怎样呢？克林顿撒了谎。遗憾的是，贺顿的功夫还远未臻至炉火纯青，她的思维时而清晰时而混乱，更多的时候变成了大芳和老松的公共垃圾桶，纷杂而不洁。

如果是审讯，可以把几个人的口供串在一起分析，以子之矛，攻子之盾，可以诈可以唬，可以虚张声势盘根问底。作为一个心理师，这些都是不允许的。

贺顿被真相的奥秘逼得快疯了。她决定抛出一些材料，看看老松的反应。

"茶小姐，你认识吗？"

"哪位茶小姐？"老松做出思索回忆的样子。他的眸子向左上方瞟去，这说明他真的进入了寻索的过程，而不仅仅是敷衍。

"我不记得了。"老松回答。

"你不是和她有过肌肤之亲吗？"一不做二不休，贺顿索性揭开盖子。

"和一个卖茶的小姑娘？这是绝对没有的事情！"老松矢口否认。

"那么，阿枫你总是认识的啦？"贺顿决定在不出卖大芳的前提下，把事实有限度地核对一下。这肯定不是最好的方法，但起码是她目前能想出的唯一方法。

"你是说很久以前我曾经用过的一个办公室主任吗？我当然是认识的了，一个官员不可能不认识他的办公室主任。不但我认识她，全机关所有的人都认识她。因为办公室的工作就是面向所有职能部门的。这有什么奇怪的吗？"老松睁大无辜的眼睛。

"你和阿枫有过超出一般上下级关系的关系吗？"贺顿这样问的时候，觉得自己像一个纪律检查部门的干部。

“没有。”老松矢口否认。

贺顿一时不知道说什么好。如果是侦查刑讯，可以举重若轻地说：“需不需要我提醒你一下啊，就在你们家的客房中，时间是……”

她没有资格这样说，但也不会轻言撤离。贺顿按照自己的方针继续下去。

“那么，你认识易湾吧？”

“我不认识。”这一次，老松的眼眸没有向任何方向旋转，干脆否认。

“易湾是一个女博士。”贺顿启发诱导，特别强调了“博士”二字。

“由于工作的关系，我认识很多个女博士。以前女博士比较稀罕，如今也像黄瓜西红柿一样，论堆儿撮了。”老松也针锋相对地加重了“博士”二字。

贺顿傻眼了。

如果说茶小姐和阿枫的故事，可能因为年代久远，老松有所遗忘的话，这易湾博士的故事近在咫尺恍若隔日啊，如何就能矢口否认？

柏万福对老松也很感兴趣，问了几次进展如何，贺顿都说：“保密。”

为什么要保密呢？因为完全理不出头绪。对同样的一件事情，你听到不同的描述，大相径庭。那么，谁有可能是真的呢？对别的来访者，贺顿在合上卷宗的时候，把烦恼和忧愁也隔绝在密闭的塑料袋中。下次来访之前，再拿出来温习一下，便进入情况攻防自如了。贺顿在这些人的命运和自己的生活之间，挖出一条防火带。那里是不毛之地，不生长同情也不生长思考，借以保持自己的道德中立和精神安宁。这一次，火焰烧过了隔离墙，浓烟滚进了贺顿的生活。

谁是真的？谁是假的？对大芳的引导是否正确？同侪督导的结果是正还是负？这对夫妻之间究竟发生了什么？他们应该离婚吗？大芳是不是一个精神分裂的受虐狂呢？问号折磨着贺顿，走投无路当中，她孤注一掷地问过老松：“你真的没有和其他的女子发生过性关系吗？”

老松愤然道：“没有！你这个念头如果来自我妻子那里，我可以非常负责地告诉你，这是她无中生有！她在你这里放了毒，我就要来消毒！”

老松、大芳，还有一个就是贺顿本人，三人当中，必有一个，撒了谎！也许是两个！最可怕的，可能是三个！贺顿开始对自己的记忆产生怀疑。

贺顿觉得自己变成了一个硕大的细菌培养皿，充满了毒素。她开始失眠，不停地转动着“真的？假的？谁是真的？谁是假的？”的涡轮，直到百骸剧痛。早上起来，她神情恍惚，无法按部就班地看书和学习。甚至在书写其他病人的记录的时候，也会不由自主地把老松和大芳的故事写进去。最要命的是，她在为别的来访者咨询的时候，恍恍惚惚地开小差，心想大芳的病情怎样了？她还会再一次自杀吗？自己的心理援助到底是帮了他们还是毁了他们？

如果说大芳所言都是假的，她就可能是自莎士比亚和曹雪芹之后最可叹服的平民作家了。她能把一件子虚乌有的事情勾勒得金戈铁马滴水不漏，她能创造出诸多可以乱真的情节和细节，她能把事情的起承转合结构得水到渠成，令人叹为观止。这可能吗？这不可能！如果真是这样，贺顿就是天下最傻的心理师，或者说，贺顿根本就不能算是一个合格的心理师。她彻头彻尾地被骗了还懵懂不知。贺顿啊贺顿，你还打算拯救别人呢，先来拯救你泥沙俱下狼藉一片的大脑吧！

也许，谁都没有病，有病的是贺顿自己。她太想救他人出苦海了，结果先把自己淹得两眼翻白肚胀如鼓……

还有那煞有介事的同侪督导，贺顿就是忠诚地遵循同侪们的精神进行了以后的治疗，可怎么就落下了个离婚和自杀？无论谁是谁非，巨大的家庭变故已经发生，一个生命已在悬崖边行走……唯有这一点，千真万确！

贺顿陷入深深的恐惧和迷惘之中。心理医生如果不能救人就是害人，甚至连中间灰色区域都没有，要么是黑，要么是白。因为你给出的意见和观念，都可能对当事人产生不可估量的后果。一只啄木鸟的长嘴，敲入了树干。要么捉出虫子，要么损毁树干。

怎么办？走投无路。她变得十分沮丧，心不在焉。大芳和老松的故事像噩梦一样缠绕着她，夜不能寐寝食难安。她觉得自己好像燃尽了的香灰，直直地竖立在那里，靠的只是惯性了。没有热度，没有能量，也没有香气，只有干燥的灰烬，不定哪一阵轻风掠过，就会轰然倒塌烟消云散。

工作效率急剧下降。当然了，别人是看不大出来，只有婆婆说："我看你这些日子不怎么吃饭，是不是害喜了？"

贺顿淡淡说："不是喜，是病。"

"什么病啊？赶紧瞧瞧去，别把小病拖成了癌症。"婆婆担心。

柏万福说："癌症不是拖出来的。要是，一开始就是了。"

话虽这样说，剩两个人在饭桌上的时候，柏万福说："我看你不对劲。"

贺顿懒洋洋地说："我也知道不对劲。"

柏万福说："是不是抑郁症啊？"

贺顿说："要真是抑郁症倒好了，马上到神经内科抓药去。但是，我不是。"

柏万福说："那是什么呢？"

贺顿说："这个案例闹得我焦头烂额，我想是职业枯竭吧。"

柏万福说："如何是好？"

贺顿说："没关系。我会自我调理，也许过一段就好了。"

时间一段段过去了，但贺顿的萎靡状态并不见减轻。她的内心深处滋生出一种恐惧，对自己的整个人生和事业都开始了怀疑。这种精神上的艾滋病疯狂地蔓延着，好似妖雾，你既不知道它是从哪里生成的，也不知它会向哪里飘荡。

这一天，贺顿收拾停当，对柏万福说："下午没有候诊的来访者，我出去了。有事打我手机。"

柏万福对贺顿的行踪一般不过问，但这一段贺顿情绪不佳，特地关心一下："到哪里去啊？"

"看病。"贺顿说完，出了房门，丢下一句话："晚饭不回来吃了。"

贺顿去找钱开逸。钱开逸正好休息，看到贺顿说："没想到你能来。"

贺顿说："这叫什么话？难道我不是常常来吗？"

钱开逸说："因为你已经把我的钱还完了。所以，我想，你可以不来了。"

贺顿说："倘若真是这样，不知道是你卑鄙还是我卑鄙。钱没还的时候，我就来。钱还完了，我就不来。如果真是那样，我应该不还钱。"

钱开逸说："如果真是那样，我就不会借给你钱了。"

贺顿说："咱们彼此有金钱关系的时候，都不说钱，现在好不容易没有钱的关系了，为什么还要说钱？"

说完，沮丧地把自己像个棉花玩偶一样，软绵绵地丢到了钱开逸宽大的床上。

钱开逸说："你今天能在我这里待多久？"

贺顿说："怎么我刚来就打听我离去的时间，是不是还有什么女朋友要到你这里来啊？"

钱开逸说："你自己抛弃了我，成家立业去了，对我的事干吗斤斤计较？"

贺顿说："这是对你的尊重也是对我自己的尊重。"

钱开逸说："没有什么人来，我只是很希望你能在我这里多待上一些时候。"

贺顿说："你放心，今天我想待多久就能待多久。"

钱开逸说："你们诊所门可罗雀了吧？"

贺顿说："此话怎讲？"

钱开逸说："如果不是门可罗雀，你这个心理师怎么会大天白日地到我家来做客啊？”

贺顿说：“钱主播见多识广，但这一次大错特错。我们那里日渐兴隆，人们对心理诊所的需求越来越迫切，过一阵子，只怕还要开分店呢！”

钱开逸说：“好消息啊，那你为什么愁眉不展？”

贺顿说：“我正是为了这个来找你。你能否帮我解开心结？”

钱开逸连连摆手说：“折煞我也！你是正牌的心理师，我不过一杂家，你的心结我哪里有本事解开？”

贺顿苦恼地说：“我在诊所遇到了大问题，怎么办呢？”

钱开逸说：“心理师是先天下之烦而烦，先天下之伤而伤。咱们排个顺序，先休息放松一下，再来商讨如何解决诊所的问题。好不好？”

贺顿说：“不好。”

钱开逸说：“哪里不好？”

贺顿知道钱开逸说的休息放松就是做爱，目前一点兴趣也没有，但找钱开逸就是为了有所突破，闹得不欢而散，自己又到哪里打发这漫长的时光呢？她敷衍地说：“总是在你的房间里，大白天拉上窗帘，好像耗子打洞，太没情趣了。”

钱开逸恍然大悟说：“你的意思是不拉窗帘，光天化日？”

贺顿说：“我可一点也不是那个意思。记得沈雁冰老人家的小说里说过，那样会得罪太阳婆婆。”

钱开逸说：“好吧。咱们去一个太阳婆婆找不到的地方。”

两个人出了门，到了附近的一家四星级酒店。刚刚开张，所有设备都是新的，看起来比老牌的五星级酒店还要气派。金碧辉煌的大堂边镶着一个玲珑的咖啡厅，小姐围着维多利亚式的围裙，让人有置身欧洲的感觉。两人坐下，钱开逸点了卡布奇诺，贺顿要了黑咖啡，慢慢聊着。

“我不知道到底是谁出了问题。”贺顿迫不及待地打开了话匣子。

“又是他们……”钱开逸用小匙慢慢搅着泡沫，像在粉碎一个梦魇。

“关键是什么呢？”钱开逸摸不着头脑。他对案例并不是特别感兴趣，但为了安抚女友的心，只有安静地听下去，缓缓图之。

“关键就是——谁是真的？谁是假的？如果都是假的，真相究竟怎样？”贺顿发出一连串的问号。

钱开逸说：“那就让他们对质好了。是真是假，大白天下！”

贺顿恨恨地饮下一大口咖啡，也不管淑女不淑女了，用餐巾纸抹着唇边的苦涩说：“我何尝不想！但在之前，大芳就已经割腕自杀，如果现场出了意外，就没法收拾了。所以，不妥。”

钱开逸说：“你如果觉得当面锣对面鼓的不安全，那你可以把其中一方的话录下来，放给另外一方听，放的时候你察言观色，这样不就把事情搞清楚了吗？”

贺顿说：“你除了这种对质的法子，还有别的招数吗？”

钱开逸说：“没有了。你想啊，除了面对面就是背对背，别的法子都是隔靴搔痒。”

贺顿说：“你的这几招，我也都想过了，不行。风险太大。我最近一段充满了绝望。听自己心跳的声音，缓慢之极，好像马上就要终止。心跳之间的停顿如此悠长，仿佛百年。眼前一片黑，小煤窑爆炸后埋在煤层中的矿工，也不过如此。唉，你到底有没有更好的法子了？”

钱开逸说：“更好的法子可能还是有的，只是要换一个地方才能焕发出热情。”

贺顿看出他的狼子野心，无奈地说：“好吧。”

两个人开了酒店的一间房，肆意妄为了一番，贺顿依然半截身体冰凉，钱开逸倒有了醍醐灌顶般的功效。风平浪静之后，钱开逸说：“我有办法了。”

贺顿坐起来：“快讲！”

“本市有一位心理学权威，叫姬铭骢。老人家德高望重，学养深厚，你现在遇到的困境，不如直接向这位泰斗求教。如果他肯指点你，一切迎刃而解。”

贺顿说：“这位姬老师，我也听说过，据说心理师考试的卷子都是他最后定夺，一言九鼎。因有这层关系，有关心理问题的求教，他都一概回避。深居简出，一般人哪里见得到！你这番话讲了和没讲差不多。”

钱开逸也坐起来，说：“讲了和没讲是不一样的。起码空气因我发出的声波而震动。如果我找到了他，说服了他接受你的问询，你不就跳脱出了苦海？”

贺顿穿好衣服说：“这样当然太好了。还要快啊，因为马上又到了老松接受治疗的日子，我都不知如何面对他了。”还有一句话没好意思说出口，她也快崩溃了。“越早越好！”她再三叮咛。不单是为了救治那对夫妻，也是为了救助自己。

“我会牢记在心。”钱开逸把领带系好，又在穿衣镜前左右斟酌，直到玉树临风，这才打开了饭店门锁上的链子，走出房门。

贺顿跟随在钱开逸身后。她听到钱开逸有些吃惊地问道：“您找谁？”

因为角度的关系，贺顿还没来得及看到那个人的脸，就听到了那个人的话语：“我在等你的女伴。”

这是丈夫柏万福的声音。

第3章

第一个来访者，打算大闹追悼会

然而，依然要上班，哪怕沧海横流。所有的来访者都是事先预约好的，你不能临阵脱逃。

好在贺顿心境还算笃定，知道这一天迟早会到来。灾难的种子早已种下，等待的只是风雨凄迷的春天。此刻，主动权已脱手，人为刀俎我为鱼肉，能做的只是等待。

柏万福铁青着脸不知何处去了，文果对贺顿说："今天有六位来访者等您。"她把一叠卷宗递给贺顿，贺顿接过来，手心沉重而燥热。这不是因为紧张而来的错觉，而是实实在在的生理感知。卷宗都保存在墙上的橱柜中，这间房子原本的格局是厨房。柜子摆放锅碗瓢勺的隔层中，暖气管穿行而过。

开始。

第一位来访者出现，好像凭空降下一团乌云，倾泻所有角落，整个空间立刻被一种黏稠的冰冷的沥青所挤满，严丝合缝。她说她叫李芝明，但当贺顿呼唤她的名字的时候，她没有反应。这有两种可能，一是她根本就不叫李芝明，李芝明是假名字；还有一个可能就是李芝明被巨大的打击震得丧失了知觉，听不到声音。李芝明穿着黑色的上衣，黑色的长裤，皮鞋不用说也是黑色的，围着黑色的围巾，像一条毫无生气的黏滑海带，贴地逶迤。她脸色晦暗苦绿，所有的光芒射到她的皮肤上，都被吸收得一干二净，仿佛宇宙黑洞。

贺顿唤了三声李芝明，李芝明才艰难地“哦”了一声，说：“你在叫我？”

贺顿说：“是啊。你发生了什么事？”这是一句极为简单的话。没想到这句极为简单的话，引得李芝明号啕大哭，声音之洪亮，窗外走过的人如果听到了，一定以为这家刚死了亲娘。

贺顿除了送上纸巾之外，什么都没有做，什么也不应该做。等待，只有等待。李芝明哭得天昏地暗，因为长时间的抽泣，手指像鹰爪蜷缩，伸展不开。贺顿轻轻地拍着她的手背，帮她把蜷在掌心的手指轻轻展平……在这种肌肤相亲的接触中，李芝明感受到了关怀，哭声渐渐平缓。许久之后，李芝明才缓过气来，抽噎着说：“大姐，吓着你了。”

贺顿觉得自己的年龄好像没有李芝明大，但她不便纠正，知道在中国的某些地域，大姐是一种泛称，一种尊称，和具体的年龄没有多大关系。

“我不要紧。你感觉怎么样？”贺顿关切地问。

“好多了。整整一个星期，我都没有机会这样放声痛哭，大家总劝我节哀顺变，可有谁知道我心里的苦啊……”李芝明红红的眼眶里又灌满了水。她用手背抹了一把眼睛，说：“我不哭了，我坐飞机到这里来，不是来哭的。把时间都用来哭，我就太傻了。”

“坐飞机来的呀？”贺顿不由自主地重复着。是什么事，让一个女人专程坐飞机来见心理师？单为了这惊天一哭？

李芝明误会了贺顿的意思，以为她不相信自己是专程赶来的，掏出了一叠机票，说："你看，我刚下飞机，就打车到您这里来了，这是来的机票，这是出租车票。这张是回程的机票，都等着我呢。从您这里问完了，我马上就得去机场，搭飞机回家。"

"有什么特别紧急的事吗？"贺顿被这一叠机票搞得紧张起来。

"有。"李芝明沉重地点头。

"什么事？"贺顿问。想到飞机不等人，回话也变得短暂简练。

"明天就要开一个会。在会上我有一个非常重要的发言，不知道怎么说。"李芝明面色张皇。

原来是开会！贺顿略松了一口气，不过，她对各式各样的会议并不在行，不知这女子万里迢迢坐了飞机来，向一个外行人请教什么会议事项。贺顿坦言："我怕帮不了你。"

"不不，你一定要帮我。你要是帮不了我，普天之下，就没有人能帮我了。要是没有人能帮我，我就只有一条路了。"李芝明声嘶力竭地说。

贺顿越发摸不着头脑了，只好先从结果问起："你准备的那条路是什么呢？"

"我的这条路说起来也很简单，就是准备大闹这个会，让大家鸡犬不宁翻江倒海！"李芝明双目圆睁，黑色的服装随之抖动，好像一只母豹就要奔袭。

贺顿算是彻底地被搞糊涂了。她问："这是一个什么会？"

李芝明说："追悼会。"

贺顿来不及吃惊，继续问："你要做什么发言？"

李芝明说："致悼词。"

贺顿说："给谁开的追悼会？"

李芝明说："给我丈夫开的。"

贺顿失声说："你丈夫他过世了？"话一出口，就觉得自己实在弱智，如果人还在，能开追悼会吗？

好在李芝明处在非常状态中，并不觉得这句话有什么突兀，回应道：“是的。他死了。”

贺顿说：“什么时间？”

李芝明说：“七天以前。”

贺顿恍然大悟——原来这是一个毒火攻心正处在极度哀伤体验中的寡妇，难怪失魂落魄。

“你非常悲痛。”贺顿说。对于新近丧偶的妇人，这样应对断不会有错。

“刚开始是，现在不是。”李芝明说。

“你们曾是很恩爱的夫妻？”贺顿问。

“原来是，现在不是。”李芝明说。

“你觉得自己非常孤独？”贺顿说。

“原来是，现在更是。”李芝明说。

“我需要知道详细的情况，你的话让我不大明白。”贺顿说。

“你不会明白的。这个世界上所有的人都不会明白。我坐着飞机到这里来，就是想让你帮我搞个明白，这样我回去之后才能比较明白。”李芝明说。

真是越听越不明白。好在李芝明的情绪渐渐平稳，事件真相如同嶙峋礁石，渐渐浮出海潮。

李芝明的丈夫叫乌海，是高中同学。高中是最容易发展出爱意并结出果实的阶段。小学和初中，年纪太小，男女生多充满敌意，难以留下美好情愫。大学以后，彼此定型，但多了市侩的斤斤计较和对远方的顾盼张望，真心就被油脂包裹，不易看清。高中时代，情窦初开，如同翡翠毛石，只磨开一扇碧绿的窗，其余部分还被天然皮壳笼罩着，扑朔迷离。从小窗望进，满眼都是纯青透明的水色，笃信雕琢之后就成价值连城的宝物。

那时候，作为李芝明男友的乌海，还不像后来那么英俊潇洒。有一些男孩发育很晚，20 岁之前简直就是没熟的哈密瓜，清瘦寡淡，离香甜还早着呢。李芝明和乌海确立了恋爱关系，当然，是非常秘密的。有人说，早恋会使双方神魂颠倒学业下降，其实也不尽然。李芝明和乌海彼此都在较劲，你优秀我比你还要优秀。这样，他们就双双以第一志愿考上了大学，李芝明读的是医学院，乌海读的是师大中文系。上大学之后，两人关系就公开化了，亲友们也都很赞成。李芝明后来戏称乌海是老师，乌海就反唇相讥，叫李芝明大夫。李芝明说，看来我一辈子都要给老师洗沾满了粉笔灰的蓝衣服了。乌海很奇怪地说，为什么一定是蓝衣服呢？李芝明说，所有的语文老师都穿蓝衣服。乌海说，你怎么断定我将来就当语文老师呢？这下轮到李芝明不解，难道你读了师范的中文系，出来能不当语文老师吗？乌海说，一般来说是不能的，但事在人为。我看了很多重要人物的传记，发现他们有几个特点。第一个是家穷，第二个多是学师范出身。李芝明说，为什么呢？乌海说，过去只有最优秀的青年才上师范，因为师范是公费，不用自己掏学费，还管饭，报考的人就多。人太多了只有好中选优，所以师范就成了优秀青年的聚集之地。第三点，是他们大多学的是中文系。李芝明说，这我又不明白了，中文系有什么特别之处呢？乌海说，中文是一切学问的根本，一个中国人，无论你将来要在哪一行出人头地，中文都必须好。中文就像一块好绸缎，可以绣最美的花。历史还凑合，勉强算是棉布。物理化学就不行了，是粗毛毡子，御寒还凑合。数学简直就是死路一条，就像防雨布，除了做伞，没其他用处。李芝明说，你这么一讲，我是又明白又不明白了。乌海循循善诱说，你哪点不明白，我再给你详细说说。李芝明讲，就算中文是一块绸，你要绣什么花呢？乌海说，我要绣一朵牡丹花，我要当领导。李芝明不禁笑了起来，说，领导是你想当就当得上的吗？乌海说，我先给领导当秘书。李芝明说，秘书是想当就能当上的吗？乌海说，我学了中文，就是修炼的第一步。其次，我还要对政治历史包括地理有深入的了解。再其次我还要练出好口才，再再其次我还要会写一笔好字，再再再其次……李芝明堵起耳朵打断乌海的话说，其实你不用这样辛苦这样复杂，我有一个办法让你速成达到目标。乌海说，愿听其详。李芝明说，你娶一个达官宦人之家的千金，当一个乘龙快婿什么都迎刃而解。乌海抱住李芝明说，我知道你对我不放心，所以我不跟你说我的远大抱负。我不是那种人，我要凭着自己的努力，一步步登上高位。你就等着当官太太吧。

毕业以后事态的发展，居然和乌海预计的一模一样。按说师范生是必须分配到学校去，但乌海真的凭借出众的组织能力和口才，当然还有一笔好字和一表人才，被选拔到政府机关。刚来的大学生，从最基层做起，一个敞亮的前途已在招手。几年以后，乌海如愿以偿地当上了市委副书记的秘书，李芝明也在医院当上了主治医生，两人完婚，婚礼上有副书记亲笔写下的贺词，虽然一张宣纸只有尺把见方，字也写得不怎么样，有一个字还洇得几乎看不出眉眼，仍被隆重地放在大红喜字下面，成了最引人注目的贺礼。婚后两人如胶似漆。正当乌海在秘书的位置上如鱼得水之时，他主动要求到最艰苦的乡镇锻炼。这时李芝明已怀孕，内心当然是一百个不愿意。乌海也不多作解释，只是说她不要以妇人之见影响了他的前程。秘书这个职务，不知被多少人虎视眈眈，乌海主动放弃，焉有不批之理？副书记挽留不住，也只有随他去了。乌海下到基层当书记一去好几年，很少回家。回来一次，就在政府大院里走动一番，所有的人都惊讶他的瘦和黑。待到他在下面完成了公务员最难提升的正处这个阶段，到了县委书记的位置，正好碰上了选拔市级年轻干部。条件中最重要的一条是要有基层工作经验，乌海以压倒性优势进入了市领导班子，成了最年轻的副市长。

孩子也上小学了。李芝明有时候说，孩子是我一个人带大的，这几年你到哪里去了？乌海就说，你的辛苦我知道，我到哪里去了你也知道。如果我在家，是能帮你分担劳顿，可是就没有了这番与众不同的经历。你能给孩子的是温暖，我能给他的是地位。地位，你懂吗，这是千金难买的礼物。李芝明就不再作声，在她看来，什么地位又能比一家人团团圆圆更金贵呢？不过话虽这样说，李芝明还是感到了地位给予人的巨大好处。出门有车坐，到处受人尊敬，孩子上重点小学重点中学不费吹灰之力。经常在电视新闻上看到丈夫西装革履地给人做指示，李芝明觉得好像梦中。这就是当年那个满腹韬略的师范生吗？又是又不是。任何一个节日，都有人送礼。不逢年过节的，也有人送礼。吃喝拉撒睡所用的东西，从高级保健品到上厕所的加温冲便器，没有漏下的。乌海是个清官，从来不收受贿赂，他说，我乌海何德何能，他们如此厚爱我？不过是爱这个位置，爱这个权力。那些人送的不是钱，是穿肠毒药，是拉着了导火索的炸药包。我乌海哪能上他们的当！

于是李芝明这个官太太当得松心。丈夫的光环笼罩着自己，如同鸡精，无论什么样的羹汤，只要撒进去，就味道鲜美。医院里也是顺风顺水，评职称涨工资这一类的事情，李芝明从不用红头涨脸地与人争执，只管高风亮节地谦让，一切好事还是会顺理成章地落到头上。她这才知道，一个女人最大的财富，不是自己有什么手艺或是继承了什么财富，而是成功地把自己嫁好。嫁人就是第二次投胎，一个好丈夫，是所有幸福的保修单。

七天之前，丈夫到远郊县视察工作。说来也有趣，乌海是那种守口如瓶的人，关于他的工作进程，李芝明没心思一一关注，却也了如指掌。市里的电视新闻会把主要领导的动向和盘托出，如果谁有很长一段时间不出镜了，大家就会怀疑他或她是不是出了什么纰漏。这一天大雨，李芝明做饭的时候开着电视机。厨房里，有乌海特地为李芝明安的一个小屏幕的液晶电视，说是让李芝明做饭时不至于无聊。按照家里的经济状况，完全可以雇个保姆，但乌海嫌家里有了外人，说话不方便，李芝明就从采买到烹饪清扫，一律亲力亲为。在市一级领导的家眷中，成了简朴的典型，在某种程度上也为乌海的亲民形象加了分。

油锅迸溅，李芝明没有听全本市新闻的播报，只是一回头看到丈夫的英俊面庞，正在一家鸡场视察禽流感预防事宜，雨水在他的脸上像涂抹了一层油，让有棱有角的面庞更见坚毅果敢。李芝明对着油锅莞尔一笑，觉得自己当年真是慧眼识珠，在一大群青萝卜似的小伙子中间相中了乌海，如今他长成了人参。新闻跳到了其他条目，正在这时，电话铃响了。燃气灶旁有一卡通造型的壁挂电话，也是为了家人密切联系特地安设的，省得烹炸时听不见电话铃响误事。

是乌海打来的。他说，雨太大了，山路很滑……话还没说完，李芝明就说，那你就在鸡场住下，明天再回来，安全第一。乌海说，你怎么知道我在鸡场？李芝明说，电视都报了，你小心把鸡瘟带回家。乌海说，放心好了，我们都消了毒，连眼睛都点了药，没问题。李芝明说，原来以为你回来吃饭呢，我特地给你做了苦瓜。乌海说，留着吧，我明天晚上吃。

这就是乌海留给李芝明的最后一句话。李芝明和孩子把苦瓜都吃了，不是不给乌海留着，而是因为苦瓜放到第二天就变味，李芝明会给乌海做新鲜的吃。到了夜里 2 点，电话铃突然响了，领导干部家里，就怕这种突如其来的夜半铃声，简直比恐怖电影还要惊悚万分。不是炭窑崩塌就是山洪暴发，再不就是踩踏死了人或是瘟疫流行，总之没有好事。李芝明抓起电话，迷迷糊糊地说了一句，乌副市长他不在家……期望一句话就把来电打发了，睡眼蒙眬的她还可以继续入梦。

对方非常清醒，小心翼翼地说，我就是找您。

李芝明说，你是哪里？直到这时，她还以为是医院有事。

我是市府办公厅小孙。

李芝明和办公厅的小孙很熟，但小孙的声音异样陌生。

有什么事吗，小孙？李芝明知道这是明知故问。如果没有事，小孙岂敢半夜三更把电话打来。

是这样的，大姐，您不要紧张。乌副市长他出了点车祸，现正在抢救中。你是不是赶快到现场来一下？本来市长要亲自给您打电话，他现在正守在乌副市长身边，指挥医生全力抢救，就让我给您通报这个事情，大姐，接您的车马上就到您家楼下，您一定要保重啊……小孙结结巴巴地还说了些什么，李芝明已经听不见了。她只记住了车祸和全力抢救，知道凶多吉少。

“我打算大闹追悼会，让乌海身败名裂……”李芝明咬牙切齿地说。

第 4 章

第二个来访者，已经开始下毒

送走李芝明。平日候诊室里坐满默不作声的来访者，空气肃闷并充满粗重的呼吸声。今天，竟是出奇的安宁，一年轻女子带一小男孩，吹气如兰，静息等候。

贺顿问文果：“下一位？”

文果向孩子和年轻女子的方向示意。

“哦，请给我你的登记表。”贺顿说。

“不好意思，没有填。”女子站起来抱歉地说。贺顿敏锐地注意到了她所说的是“没有填”，并不是“还没填”。安逸的坐姿，说明她已经来了一段时间，有足够的工夫填写登记表。没填的唯一原因就是——她不愿意填。

贺顿想，见鬼！又遇到不愿意填写登记表的人，这通常表明事态严重或是此人防卫心理相当强。这种人，就像夜里寻觅水源的野兽，既想寻求到帮助，又不愿留下任何踪迹。贺顿理解他们。不过通常的做法是在表格上造假，胡乱填写姓名地址电话号码等资料，只在咨询事由一栏里，直言相告。也就是说，所有的信息都有可能是假的，唯有问题是真的。这位带孩子的女性，走得更远，竟不着一字。

贺顿未置可否，文果觉察到了她的微嗔，为表自己工作缜密，把刚才说过N次的话又重复一遍：“填了登记表，心理师不用从头问起，其实你合算，节省了时间。”

年轻女子面色微红：“不是不想填，是不认识那么多字。”

心理师贺顿就算见多识广，也着实吓了一跳，不由得重新打量女子。长发披肩，身穿合体的黛青色职业装，领旁还扣着一枚金光四射的蝴蝶胸针。从哪个角度说，都是标准的白领丽人相，居然是个文盲！

文盲就文盲吧，谁说文盲就不能来看心理师呢？来的都是客，全凭嘴一张。贺顿说：“好吧。不填就不填吧。请随我来，咱们正式开始。”

女子身影未动，一旁的小男孩站起身，随着贺顿往心理室走。贺顿和气地对他说：“小弟弟，请你在外面稍微等一会儿，我和她谈完了，你们再会合。”

小男孩奇怪地扬起头：“为什么你要和她谈完了，才理我呢？”他穿着雪白的运动裤，雪白的羊绒衫，脸蛋也是奶酪一样的瓷白色，好像一个雪娃娃。

“因为我们这是工作啊。”贺顿耐心解释。

“为什么和我谈就不是工作了呢？”雪娃娃不以为然。

“因为……”贺顿一时语塞，她不想在工作尚未开始时，就在无干人员处分神，递眼神给年轻女子，示意她赶快跟上，以结束这无谓的耽搁。

女子对雪娃娃说：“阿团，你不要乱说。”

阿团撒娇：“谁乱说了？是她不让我进去嘛！”

贺顿等待着，她至今也没搞清女子和孩子的关系。说是母子年龄不符，说是姐弟面貌不像。好在这也不是什么重要事，毕竟年轻女子的问题不会因这小孩子而引发，他们的关系看起来不错。

“赶快进去，我开始计时了。”文果指了一下墙上的挂钟。

雪娃娃大摇大摆跟着贺顿走进了心理室。贺顿很奇怪，说：“你怎么进来了？”

阿团说：“本来就应该我进来！”说着，黑白分明的眼珠叽里咕噜地巡视心理室的陈设，然后很有礼貌地问贺顿：“心理师，我坐哪儿合适？”

贺顿回了一句：“你先随便坐。”转身出了心理室的门，问文果：“到底是谁咨询？”

文果说：“就是他啊，阿团。”

贺顿说：“谁让他来的？”

年轻女子赶紧站起身来说：“没有谁让他来，是他自己要来的。”

贺顿说：“那你是他的什么人？”

年轻女子说：“阿团是我们老板的独生儿子，我是老板的秘书。阿团要来看心理师，老板就把这个任务交给了我。我是陪同阿团的……”

原来是这样。

贺顿重新进入心理室，看到雪娃娃阿团已经舒适地坐在了淡蓝色的沙发之上，因为腿短，脚跟够不到地面，悠闲地垂在沙发的边缘。袜子和裤腿之间露出一截胖胖的小腿肚子，好像两根奶油冰棍。

贺顿哭笑不得。

“我怎么称呼你呢？”贺顿按照对一般成人那样开了言。她一时吃不准面对这样幼小的来访者，该采取怎样的态度，最简单的方法就是一视同仁。

“他们都叫我阿团。我的大名叫周团团。”阿团大大咧咧地说。

阿团身上，有那种被宠坏了的孩子的随意。他们从小受到溺爱，理所应当地认为所有的人都有义务对他好。

“周团团，你到我这里来，有什么事？”贺顿决定称呼这个孩子的大名。有些许悲哀，因为这个小家伙出了钱，正确地讲是他老子出了钱。只要是客户，她就要郑重其事地对待。也许，这个孩子只是来寻开心呢！

“刚才趁你不在的时候，我把你的这间屋子详细地侦察了一下。你墙壁上的这面镜子，不是普通的镜子，它是一幅单面镜。在外国间谍片里，常常有这种镜子，警察们可以在另一侧，侦看到犯人们的一举一动。我没冤枉你，你的镜子就是这样吧？”周团团天真而狡谲地问。他的小拳头紧紧地握着，像粉色蓓蕾。

这是心理室的秘密。长久以来，贺顿不知道有多少来访者发现过这个秘密，但从来没有人当面问过她。贺顿看着周团团清澈如洗的淡蓝色眼白，觉得任何敷衍都是犯罪。她说：“你侦察得很对，这就是一面单面镜。在镜子的那一边，可以看到我们。”

周团团突然紧张起来，说：“这么说，安阿姨在那边能把咱们看得一清二楚？”

贺顿问：“安阿姨是谁？”

周团团说：“就是陪我来的那个女人。”

贺顿说：“单面镜的那一面是锁着的，不是谁想看就能趴在那边看。如果没有我的允许，当然了，也一定要征得你的同意，否则，谁也不能在单面镜的那一边，偷看咱俩。”

“这么说，咱们是安全的啦？”周团团高兴得几乎从沙发上蹦下来。

“我保证你的绝对安全。”贺顿赌咒发誓。

周团团很开心，索性和盘托出：“我还发现你们这里有窃听偷录设备。”他指指沙发扶手下侧。

要不是顾及仪表，贺顿几乎捶胸顿足。心理室的精心安排，在这个小机灵鬼面前原形毕露不堪一击。现在的孩子浸泡在电子世界里，智商超拔者已修炼成精。贺顿不敢敷衍，索性全盘招了：“是。你观察得很细致，这里有你所说的窃听和偷录设备，我们也并没有做特别周密的伪装，只是略微隐蔽了一些。不过，你放心，它们现在都是关闭的。正确地说，它们应该叫录音录像设备，是为了工作需要而装备的。如果没有你的允许，这些都不会使用。其实，在登记表的注意事项里都说得很明白了，只是你没有填表，所以没看到。”

贺顿不敢小看这个两条小腿都蹬不到地面的来访者，事无巨细地解释着。

“那不是我的过错，是安阿姨的失误。她看了注意事项，却没有转达给我。”雪娃娃当仁不让地分辩着责任归属。

“好了，有关设备的问题是不是到此为止？咱们进入正题。”贺顿说。她是一个有操守的心理师，进入心理室后的每一分钟，都是来访者用金钱买下的时间，童叟无欺，她要尽快投入工作。

周团团意犹未尽，环顾四周说：“你敢保证，咱们的谈话是绝对秘密的？”

贺顿一字一顿：“我敢保证，咱们所说的话，既没有人窃听，也没有人录像，它是绝对秘密的。”

周团团这才放下心来，说：“那好吧，我就把自己的问题和你商量商量。在这个世界上，除了你这样我不认识的人，我真不知道还有谁能无私地帮我。”

一句话让贺顿坠入迷宫。饭来张口衣来伸手的贵公子，有什么忧愁？有什么烦恼？

不待她继续发问，周团团就凑近她，用极细小的声音问：“我的问题就是——请你告诉我，有什么法子，能不让外面这个我叫作阿姨的女人和我爸爸结婚？”一口特属于孩子口腔的带酸甜味的气息，茸茸地扑到贺顿的腮帮子。

问题之严峻，连贺顿都不由自主地看了看紧锁着的房门。这屋子的隔音设备应该是不错的吧？

“我爸爸和我妈妈离婚了，他们各自都有了第三者，我也没有办法……”雪娃娃长长地叹了一口气，按说孩子是不应该有这样沉闷的气息。他那没有一丝皱纹的光洁脸庞，纵起了大块的痉挛。

“我是他们的开心果，我是他们之间唯一的纽带。我一直在等他们回头，可是，门外这个女人，是我爸爸的秘书，她先下手为强了，天天围着我爸爸转，问寒问暖的，把我爸爸给感动了。他们在商量结婚的事了。你说他们要是结了婚，那我爸爸和我妈妈复婚就再也没有希望了，我就没有爸爸也没有妈妈了。或者说，我就会有两个爸爸加上两个妈妈了。爸爸妈妈这种东西，一样一个最好，不能太少，也不能太多，多了少了都是悲惨的事。我不知道如何阻止他们，我爸爸是一个脾气很暴的人，他要是看出了我想阻挠他结婚的意思，会完全不顾我的反对，更快结婚的。所以，我只能假装和安阿姨好，才能探听到他们的真实动向。我也不能和我妈商量这事，因为我妈要是一听我爸爸要结婚了，她也会加快步伐嫁人，我面临的形势就更复杂了。我只有求助一个外人，这个人能明白我的意思，还能帮助我解决困难，还得能保密。我所有的叔叔婶子大爷大娘姑姑姨姨舅舅们都不成，他们都是碎嘴子长舌头，我要是跟他们一个人说了，就等于跟所有的人说了，事就砸了。我从电视里知道心理医生就是帮人忙的，我就跟阿姨说要去看心理医生。阿姨现在想跟我爸爸结婚，可会讨好我了，我说什么就是什么，我让阿姨把您今天上午所有的时间都预订下来了。她是用不同的人名定的，要不您这里的工作人员不干啊。所以，心理师阿姨，您不用着忙，今天上午所有的时间都是咱们的，您就帮我想个好法子，让门外这个女人离开我爸爸……我想了半天，只有一个办法，就是让屋外的这个女人死掉。如果她死了，就不能和我爸爸结婚了。告诉你一个秘密，我已经开始给安阿姨下毒了……”

第 5 章

第三个来访者。我是 T，她是 P

工作量不均衡。上午畸轻，下午畸重。

午饭后。

一个浑身散发淑女味道的来访者，端坐在沙发上，双腿紧紧地抿着，两个膝盖包裹在淡茄紫色的毛织长裙中，优雅地侧向一方，露出苹果般浑圆的轮廓。两个脚踝也紧紧地拢在一起，侧向另外一方，一双小巧的白色靴子俏皮而干练。此女整个身体扭成了性感的“S”形，但又毫无张扬之感。令人第一印象十分舒服的女性，大约 30 岁。

贺顿看了一眼她的登记表，名叫桑珊。桑珊把表上每一项都认认真真地填写了，甚至连收入一栏都规规矩矩不厌其烦地书写了阿拉伯数字——10000。一般人通常爱偷懒，如遇这种情况，会简写成“1 万”。

桑珊的学历是“硕士”，籍贯是西北某省。前来咨询的理由“失恋”。

桑珊基本上可以算作美人了。皮肤白皙，头发漆黑如瀑，鸭蛋脸上神情肃穆。只是双眼无神，像一台很久没有使用的坏照相机，完全没有聚焦的功能了。

“你现在感觉如何？”贺顿很关切地问。面对这种精神萎靡的来访者，她要先关怀一下精神健康问题。除了人道主义方面的考量，还有一个利己的顾虑。此类来访者若是情绪激动心弦紧张，可能会出现虚脱昏厥，要明察秋毫防患于未然。

“还不错。昨天晚上特地吃了加倍的安眠药，睡得还可以。应该说，是最近几天里最好的。”桑珊回答。

“午饭吃了吗？”贺顿好似拉家常，实则在评判失恋造成的影响。

“吃了。”桑珊回答。

“吃的什么呀？”贺顿并不满足一句简单的“吃了”，像这样的青年女性，经常是用一颗樱桃西红柿或是一小杯麦片就把自己的胃给打发了，用餐形同虚设。经受心理访谈的人，其能量消耗几乎和游泳差不多。若是哭泣和愤怒宣泄，耗损的体力就和登山有一拼。贺顿想：以后在墙上的“来访须知”里，要加上一条：见心理师之前，请“吃饱饭”。

“吃了一个煮蛋的蛋白，220 毫升脱脂牛奶，还有 3 片面包，一个澳洲柑橘。”桑珊一边回忆一边说。

还挺注意保养自己的，营养是没有问题了。贺顿松了一口气。好，现在进入正题。

“你想说什么呢？”贺顿开场。

“就是我在表上填的那个问题。”桑珊不愿意复述“失恋”这个字眼。

失恋的人们常常是这样的，他们躲避这个词，好像洪水猛兽。心理师的职责之一就是要人们正视问题。如果连正眼瞧瞧都不敢，何谈解决？贺顿要鼓励桑珊直面惨淡人生。“你在表上谈的是什么问题？”贺顿夸张地看着表格，以证明自己是明知故问。

桑珊是聪明女子，领悟到了贺顿的用意，但还是说不出来。安静了一会儿，话没出来，眼泪出来了。

“对不起。”桑珊用随身带的纸巾擦拭眼窝，有袅袅的香气传过来。

“我知道你想起往事，一定非常难过。”贺顿回应。“只是我很想知道你到底为什么苦恼伤感。”贺顿继续重申自己的要求，态度坚定，口气温和。

这种和蔼关切的态度让桑珊很受用，她把双腿伸展了一下，下意识地表达了自己预备向前走动的愿望。“是这样的，我和我的朋友……应该说早已不是一般意义上的朋友，是很亲密的近于夫妻那种……我不知道您能不能理解和原谅……”桑珊的脸微微发红，有些羞涩。

贺顿当然明白了，因为桑珊的脸红，贺顿开始喜欢这个十分淑女的姑娘。心想那个抛弃她的男子也真太没眼力见儿，如今像这样中规中矩的女生已十分罕见。“我能明白。就是同居。对于心理师来说，这只是一个事实，我不会评判你们，不需要原谅。”贺顿挑明中立的态度。

“谢谢您懂得我们。”桑珊好像轻松了一点。理解是一个前提，如果心理师不明白到底发生了什么，一切都无从谈起。坦白真相对有些人来讲，是不可逾越的高山，比杀了他还难。

“最近一段时间，到底发生了什么？”贺顿特别强调了时间这个概念。对同居恋人来说，是什么让他们萌生了分手的意念？一定有强大的变化或是理由。

桑珊冰雪聪明，所有的弦外之音都能听懂。她说：“我原原本本地告诉您。明人面前不说暗话，我也就不瞒您了。我们好了三年了，他是那种非常有魅力的人，我们彼此非常契合。一个眼神一个动作，根本不用说话就都心知肚明。有时候，我都怀疑我们是前世姻缘，早就相识，只等着这一辈子再相厮守。打个比方吧，假如我在厨房做饭，他在书房里读书。忘了告诉你，我们在经济上很宽裕，租了很好的公寓。他是公司的高管，我也是收入丰厚的白领，我们两个是天造地设的一对。

刚才讲到哪儿了？”桑珊一时忘记。

“你在厨房做饭……”贺顿提示。

“对，做饭。一不小心，我的手指被菜刀割破了，出了一点血。我正在找餐巾纸把血止住，他就从书房里冲了出来，说，你是不是把手割破了？我说，是啊，我也没有告诉你，你怎么知道的？他说，我正翻着书，突然手指就无缘无故地疼起来，刀割一样。我马上想到是你受伤了，跑出来，果然是这样。快让我看看，伤得重不重？”桑珊说到这里，下意识地看了一下自己的左手食指，好像那里还在流血。

“我知道你们感情很深厚，但是，究竟发生了什么，让你如此痛苦？”贺顿回到最重要的问题上。

“是这样。他们公司新来了一位老总，是跨国公司总部委派的，非洲和欧洲的混血儿，以前一直在法国公司任职，非常浪漫也非常狂热，对中国文化特别有兴趣。有些外国人很有意思，也特别简单化，如果他们对哪个异族文化有兴趣，他们就会想到联姻，好像只有娶一个异国的妻子或是嫁一个异国的丈夫，才能更深入地了解这个国家，钻到这个文化的核心里面去。老总开始对我朋友展开大肆追求，简直到了令人发指的程度。可以在上班的时候，以种种借口把他留在自己的办公室里，纠缠不休。刚开始，我朋友把这一切都当超级笑话讲给我听，我们一起嘲笑外国老板的单相思。但是，后来事情渐渐有点不对劲了，老板许给我朋友更多的发展机会，并且赠送给他非常奢华的礼物。我们这些在外企工作的人，都是很务实的，如果你得罪了老板，你就很可能被炒鱿鱼，不需要任何理由。你昨天是命运的宠儿，今天就可能成了流浪汉。你可能会说，我们都是有经验有阅历有文化的人，失业怕什么？从头再来啊。话是这样说，但实际上是曾经沧海难为水，人往高处走，除了极个别的人可以为了尊严拂袖而去，大多数人在这种和老板的恋情当中，都选择了顺从。我的朋友对我越来越沉默了，我感觉到了巨大的危机。有一天，他终于对我说，咱们分手吧。我说，这么多年来，我对你还不够好吗？你需要我做什么，我都可以为你做。

我的朋友说，你对我很好，是世界上对我最好的人，你不需要改变。你已经为我做了太多太多，如果要说改变，就是在我不在以后，你要多多保重自己。我说，你是要和你的老板在一起吗？他说，我还没有最后决定。说完，就拎起皮箱，预备出门。

“我说，你到哪里去？他说，出差。我说到哪里出差？他说到杭州。我说，和谁一起去？他迟疑了一下，还是告诉我说，和老板一起去。说完，就头也不回地走了。我知道他的头也不回，不是因为绝情，是因为愧疚。

“也许分离能使人感觉到珍惜。他到了杭州之后，天天给我打电话，说他是如何的想念我。我总想把话题引到他的老板身上，因为我知道这一次基本上和公务无干。以前他老板说过，听说杭州是中国最美妙的地方，一定要和美妙的人一道同游。那时候他们的关系还不密切，朋友是把这当笑话讲给我听，还说老板长得像大猩猩，不知道老板所说的美妙之人，是不是也如猩猩。不想，这只猩猩就成了他自己。

“有一天，他对我说，老板今天到上海去了，那边有一个公务活动，晚上不回来。说到这里，他沉吟了半天。我说，你告诉我这个，是什么意思呢？他说，我想你了。西湖边的风景是这样美丽，多年以来，我看到美好的东西就会想到你，我要和你分享。有了你，所有的风景都魅力倍增，所有的食物都山珍海味，所有的音乐都化成天籁……

“这些话是很具有杀伤力和诱惑力的。我感动地说，你希望我做什么？他说，我希望和你一道欣赏西湖的荷花胜景，希望能和你一道吃一条西湖醋鱼，希望能和你偎依在乌篷船上听江南丝竹……

“他话还没有说完，我就说，你等着我。说完我就挂断了电话，对公司说我母亲病了，要我速速回老家一趟。转身去了机场。几个小时后，我们就在西湖边的茶楼上品龙井了。

“晚上他和老板通了电话，老板说今晚不能陪伴他，希望他自己好好睡觉，做个好梦。我可以看出他对老板真的没有多少感情只有敷衍，但那边根本听不出这些微妙的语气，只顾一厢情愿地表达爱意。总算说完了情话，朋友对我说，到我的房间去吧。我就到了他的房间，很豪华的总统客房。我说，老板假公济私，给你这样腐败的待遇。朋友说，这是用私人的钱订的，和公司没有关系。我说，那就是和与你的深情厚谊有关了。朋友说，请不要这样说。我们见面的机会是这样宝贵，不要把宝贵的时间用来吵架。在如此美丽的地方，让我们留下美丽的记忆吧。后来，我们就非常缠绵地交织在一起，做爱不止……”

贺顿静静地听着，这故事其实是很老套的，每一个热恋当中的人，都以为自己的经历惊天地、泣鬼神、独一无二，其实在心理师耳朵里，宛若旧磁带，已是 N 次重复。

“后来呢？”贺顿问。贺顿已经知道后来发生了什么，那就是老板半夜回来了，把他们堵在豪华客房里面了，来了个捉奸在床。再后来就是分手吧？

但是贺顿不能说，不能有任何先见之明的表示，她必须聚精会神地听下去，在该吃惊的地方倒吸一口气，在该叹息的地方发出悠长的轻吁，在该义愤填膺的地方将拳头稍稍握起。

桑珊说：“后来我们在倦意中依偎睡去，半夜时分，突然听到有人敲门。因为我们把‘请勿打扰’的按钮揿下了，所以在门外是按不响门铃的，那个人就只有拼命地拍打门扇。我们惊醒了，朋友赤着脚跑到门前，问，你是谁？门外一个苍老的声音答道，我是你最亲爱的人，我知道你在等我。于是，不用朋友告诉我，我已经知道了，这就是他的老板。怎么办？那一瞬间，我们的大脑都死机了。然后又在最短的时间内重新开机。不管怎么说，第一件事，是把衣服穿起来，赶快把做爱的痕迹藏到我的箱包里。门外那人等得不耐烦了，说，你为什么还不开门？

“朋友看了看我，我也正注视着他。我知道他很惊慌，因为他说过，老板并不知道他曾和女友同居，不知道有我这样一个人存在。这时候，我反倒镇静下来了。一是房间里根本没有躲藏的地方，我无处可逃。二是我并不想逃跑，这是中国的土地，我什么都不怕。甚至，我还有一点幸灾乐祸的意思，该发生的总要发生，该知道的总要知道，我和老板是一对情敌，我要让老板知道我的存在。如果要决斗，我可以奉陪，不论是思想上的还是智慧上的比斗，我都自信不会输，当然，除了金钱……

“这时候真用得着古书中的一句话，叫作——说时迟，那时快，别看心中翻滚了无数念头，其实也就几秒钟吧，因为屋外的猩猩已经不耐烦了，几乎要破门而入。

“我们最后对视了一眼，那是一种破釜沉舟的决绝。朋友过去打开了房门，大猩猩走了进来，看到了我，说：你好。我猜房间里另有一个人，果然，不错。

“朋友对他说，你说你今天晚上不回来，我的朋友正好到杭州来，没有地方住，我就请她住下了。这是中国人的好客，怎么，你有意见吗？

“大猩猩说，没有意见。不过，我既然回来了，她就应该离开。

“朋友就对着我说，那么，请你离开。说这些话的时候，他很平静冷淡，想到这就是一个小时之前咬着我的耳朵和我海誓山盟的人，我心如刀绞。第一次看到他这副嘴脸，我狠狠地掐皮肉，好让自己相信这是真的并永远记住……”桑珊陷入深深的痛楚之中。

“后来呢？”贺顿问。故事有点虎头蛇尾，本来以为有一番大打出手或是唇枪舌剑的恶斗，现在似乎草草收兵。

“后来我就走了。拉着我的皮箱。然后我就在杭州的大街上漫无目的地流浪。当然，我可以在饭店大堂里等待天亮，但是，我不能忍受对那房间里正在发生着的情景的想象，我知道他们会翻云覆雨，把我们前半夜演绎的场景再重复一遍，所不同的只是我换成了大猩猩，和风细雨变成了暴风骤雨……”

桑珊再也说不下去了。创伤狰狞，永不平复。

“后来呢？”贺顿循序渐进。

“后来朋友跟我说分手。这一次，他没有伤感，也没有犹豫，很坚决。我说，是不是大猩猩给你难堪了？他说，没有。大猩猩再也没有提起这件事。我说，这不是很好吗？朋友说，这不好。是我的错。我已经正式决定停止咱们之间的关系，我想到法国去，我喜欢塞纳河，喜欢卢浮宫，喜欢普罗旺斯的紫蓝色薰衣草……我想到世界各国去，从南极到赤道，从非洲的动物迁徙到爱斯基摩人的海豹……噢，不要发誓说你要好好干，把这一切给我。我爱惜你，你不要为了我而奋斗不止。这些都是你穷其一生的力量达不到的，都不能给予我的。我们的关系再发展下去，不但会断送了我的幸福，对你也是耽误……我发怒了，说，你不要做出悲天悯人的样子，你好逸恶劳，你贪图富贵，你趋炎附势，你卖身求荣就直说，不必这样藏藏掖掖，你想嫁给那个法国老头子就嫁吧，用不着装出贞节烈女的架势……”

桑珊把一口银牙咬得格格作响，好像刚刚吃完腐物的豺。

“等等，请你再把刚才的话语重复一遍。”贺顿以为自己听错了，要么就是桑珊气糊涂了。

桑珊说：“我说的是——你要嫁给那个法国老头子就直说吧，不要做出贞节烈女的架势！”

贺顿如同遇见了鬼，说：“你说的那个老板是个男的？”

桑珊说：“是啊。”

贺顿说：“你说你的朋友是个女的？”

桑珊说：“是啊。”

贺顿说：“你还说你和你的朋友同居，还有性的快乐？”

桑珊说：“没错啊。”

贺顿说：“那你们是……”

桑珊说：“我是 T。她是 P。女性身体的每一部分都能达到性的高潮。”

贺顿知道，T 代表女同性恋中担当男性角色的一方。P 是 T 的老婆。

第6章

第四个来访者，要求清场

下午第二个来访者有言在先，要求清场。

早几天，文果对贺顿说："有一个人，总是从广东打电话来，要求会见心理师。具体是什么问题，死也不肯说。你说，咱们见他不见？"

贺顿说："你跟他讲了没有，如果是器质性的精神病，咱们这里恕不接待。"

文果说："讲了讲了。"

贺顿问："他说什么呢？"

文果答："他说自己没有器质性的精神病，专家已经鉴定过了。"

贺顿说："那他为什么不到当地的机构解决问题呢？"

文果说："我也对他这样讲了，他说，他就是要到一个万水千山阻隔的地方找心理师。"

贺顿好奇："这是一个什么样的人呢？"

文果说："不知道。咱的电话不带视频，我也没有见过他。"

贺顿说："你不是说他打过很多次电话吗？从声音里，你有什么直觉？"

文果说："我也不是心理师，能有什么直觉？如果我有直觉，我也能当心理师了。"

贺顿说："心理师可不是光凭直觉就可以当的。好了，咱们就不说什么直觉了，总而言之你听着他的声音，有什么感受？"

文果回忆着说："好像是个年轻人，又好像是个老年人。"

贺顿说："年轻人和年老的人，声音是很不同的。年轻就是年轻，年老就是年老，为什么是'好像'？"

文果就笑起来说："我就知道这样讲了就会被你抓住辫子，可我真是这样感觉的，只好实话实说，他真的好像既年轻又年老。"

贺顿说："还有什么？"

文果说："他的身体状况好像是既好又坏。"

贺顿说："看来你是诚心要把简单的事情复杂化了。身体这个东西，要么是好，要么是坏，没有居中。"

文果反驳道："那可不一定，现在就有亚健康的说法。"

贺顿抓住不放："那么你觉得这个广州来电者是亚健康了？"

文果说："那个人很古怪，说话的声音一会儿大，强壮如牛。一会儿小，好像秋后的蚊子。"

贺顿说："他很迫切要见心理师？"

文果说："每天都有一个电话。"

贺顿说："他那么远，心理师又不是神仙，不可能一次解决他的问题，他能每周坚持来一次？"

文果说："我也这样问了。他说，没问题，他会每周一次飞到咱们这里来。"

贺顿不喜欢这种把乘飞机当成坐三轮车的人，太奢侈了。正思谋着，电话响了。文果一路小跑去接电话，诊所内部规定，电话铃响四声之内，一定要抓起听筒应答，这样才会让致电者感到这个机构在时刻准备着。

“你好，这里是佛德心理所……”文果接听的声音专业而柔美。对方不知说了句什么，文果朝贺顿眨眨眼睛，说：“哦，是你呀。你今天有什么新的想法？”

贺顿凑了过来。文果又说：“你还是在当地寻找心理机构帮助比较好。不然花费太大了……什么，你不在乎……”

贺顿已经明白这就是那个广州的来访者，且看文果如何应对。

文果说：“你到底是什么问题啊？什么，不能告诉我？你这个人真奇怪，你要来的目的就是解决问题，你什么都不说，我怎么给你安排呢？要知道，我们的心理师都是术业有专攻的，有的擅长亲子关系，有的擅长两性关系，有的擅长职业生涯设计，你到底是哪方面的问题呀？我们是预约制，不然你那么远地跑了来，要是文不对题，岂不耽误你吗？”文果声情并茂有理有据，并有意识地重复着，让贺顿也能听明白。

对方也是有备而来，说了句什么，让文果为难了。“当然了，我不是心理师，我只是一个普通的工作人员……你不能跟我谈，你的问题和上面的那些方面都不搭界，你要找我们领导……”文果把对方的话一一复述。

贺顿对来访者的电话产生了好奇。能让一个心理师好奇的事，是越来越少了。好奇很容易变成破解难题的好斗之勇。一个说不上年纪说不清缘由的男子，飞越千山万水来求助一个问题，又如此讳莫如深，到底为什么？

贺顿示意由她来接这个电话。文果心领神会，说：“好吧，算你好运气，领导今天刚好在心理所，让我请示一下。五分钟以后，你再来电话吧。好了，不用谢。记住，五分钟啊。”

放下电话。贺顿说：“是他？”

文果回答：“正是。”

贺顿说：“还是非常急切？”

文果说：“一天比一天急切。”

两个人就等着。五分钟的时间，平常一晃就过去了，现在居然显得如此漫长。

岂止是漫长，简直就是无边无际。那个电话五分钟之后没有来，十分钟之后也没有来，整个下午都没有来。两个人大眼瞪小眼，一有电话铃响起就很紧张，结果“千帆过尽皆不是”，让人懊丧。

文果说：“这个人真差劲，说话不算话。”

本来一个来访者来与不来电话，也不是什么了不起的事，但如果它已经进入了你的期望和计划之中，就让人惦念不止。贺顿说：“你有他的电话吗？”

文果说：“没有。刚开始我想留下他的电话，一想是外地长途，还是等着他打给咱们吧。这样可以节省点。”

贺顿说：“不要那么小家子气。”

文果说：“是啊。我后来也想明白了，咱们虽不算家大业大，也不在乎这一星半点啊。我就问他了，可他不告诉我，说还是他来联系我们。”

贺顿说：“不过咱们的电话是来电显示，他不说，也藏不住。”

文果说：“他的电话是经过保密处理的，并不能显示出电话号码。据我所知，这种电话一个是来自政府机构，再有就是个人交了特别的费用。不管怎么说，这个人来无踪去无影的，像个飞侠。”

正说着，电话再次响起，文果飞奔而去：“你好，我是佛德……哦，是你呀。刚才不是说好了五分钟吗，现在，多少个五分钟了！”

对方好像在道歉。文果说：“领导马上就要走了，事多着呢。”

对方好像在斡旋，文果说：“那好吧，我给你看看去。要是领导走了，那就没办法了，谁让你说话不算话呢？要是还没走，就算你运气好了。再过五分钟打来电话吧。”不由分说放下了电话。

贺顿听着好笑，说：“你还挺会刁难人的。”

文果不服，说：“这算什么刁难？你算是没听到来访者刁难我的时候。”

贺顿说：“褒贬是买家。越是挑剔的来访者，也许越需要帮助。”

文果说：“照他们这样折磨下去，最需要帮助的就是我了。”两个人正说笑着，电话铃又响了，贺顿看看表，这一次，不多不少，正好是五分钟。

文果再次接起电话，说：“你好。这里是佛德……哦，是你呀。好，这一次很准时。”

对方可能急切地问领导在不在？文果答道：“你运气好，领导正要走还没走。好吧，你等着，我去找领导。”说完，朝贺顿挤挤眼睛。

贺顿走过去，拿起电话，略略有点紧张，可能是让文果这一通故弄玄虚折腾的。她镇定了一下，说：“你好。”

“你好。请问您是佛德心理所的负责同志吗？”对方问道，一个很好听的男子声音，并不慌乱，也没有文果所说的那种不确定感，是中年人。

“是的。”贺顿简短地回答。在情况不明的状态下，你说得越少，对方就越要更多地表现。

“我很想到佛德心理所接受治疗。我估计，工作人员已经向您报告了。”对方说。

“是的。”贺顿依然简短到如同发电报。当然了，现在没有人发电报了，都改发短信了。短信因为不是按字数计费，所以并不简练。

“我有一些顾虑，不知您是否可以解答？”对方问。

“您说。”贺顿回答。

“关于费用啦，时间啦，疗程啦这些常规的问题，您所里的工作人员都说得很清楚了。我现在要询问的是，我到您的诊所去的时候，能否保证除了心理师之外，没有任何人会看见我？”对方问。

“连工作人员也不允许吗？”贺顿接待过那么多来访者了，如此霸道的理由还是第一次听到。

“是的。连工作人员也不允许。你的工作人员太饶舌了。我不想让她看到我的相貌。”对方很坚决地说。

“你知道，我们是一个专业机构，有很多日常工作事务，你的要求让我们非常为难。”贺顿如实禀告。

“是的。我知道。这就是我为什么一定要和佛德的领导人接洽，因为一般的工作人员无法回答这个问题。”对方说。

贺顿说：“我虽然是领导，但我现在也无法回答这个问题。因为从来没有人提出过类似的要求。”

对方轻轻地笑了起来，说：“你们也要与时俱进嘛！老革命也会遇到新问题。”

贺顿说：“请给我们时间，需要讨论。您的要求就是不要让任何人看到你，除了心理师以外。是这样的吗？”

对方说：“是这样的。你们接了我这一单生意，原谅我用了生意这个词，可能不准确，但实质是一样的，就会造成经济上的损失。对于这一点，我愿意承担。也就是说，在我出现的那个上午或是下午，你们平日应有的工作收入，都由我来支付。这样是否可行呢？”

贺顿一下子还真反应不过来，就说：“请容我们商讨一下，有了结果我们再来定。”

对方说：“我很急。明天给你们打电话，可以吗？”

步步紧逼。

贺顿说：“好吧。请问怎么称呼您？”

“我叫张三。”对方很快回答，看来是早就想好了对策。

贺顿暗笑了一下，觉出对方的严谨。他回答了你的问题，他给了你一个不真实的答案。他并不想隐瞒这个事实，可他也不告知你真相。一个怪人。好吧，那就会一会吧，张三。

张三被安排在今天下午最后来访。贺顿等候在心理所，四周空无一人。约定的时间是 4 点整，当时钟敲完最后一个音符的时候，门开了，一个高大的男子走了进来，他下穿一条铁灰色西裤，上着一件黑色休闲夹克，简单而随意。只是脚下的皮鞋出卖了他，那是一双意大利的原装高档货。

“您好，我就是……张三。您是……”张三伸出手。

“我是贺顿，心理师，也是这家诊所的负责人。我们通过电话的。苏三先生。”贺顿握住了他的手。

“哦，谢谢您，贺老师，接待我这样一个挑剔的来访者。”张三说。

“我们也要谢谢您对我们的信任。时间宝贵，咱们现在就开始吧，请随我到咨询室。苏三先生。”

男子跟在贺顿的后面，不疾不徐地纠正道：“张三。”

贺顿难堪，也许是因为潜意识里对张三这个名字的拒绝，也许是对“苏三起解”记忆深刻，总之叫错来访者姓名这样的低级错误，在她很罕见，不由得十分尴尬地停下脚步，回过头来充满歉意地说：“实在是不好意思，苏……不不，张三先生。”

男子倒是很大度，说：“不过是个假名字，代号而已。您如果改不过口来，就叫我苏三好了。无所谓的。”

贺顿实在怕自己再呼错了，那样在访谈中很丢脸并且影响疗效，不如现在就坡下驴，于是说：“如果您真的不介意，我就叫您苏三先生了。”

男子说：“好啊。戏剧中的女苏三一出场就背着枷，幸好结局还不错。但愿我这个男苏三也有好运。”

苏三和贺顿双双落座。还没轮到贺顿开口，苏三就说：“我知道你们是要严格为来访者保密的。”贺顿说：“是这样。”

苏三说：“如果你有一天在大庭广众之下碰到了我，你会保持应有的陌生感吗？”

贺顿说：“什么叫应有的陌生感？”

苏三说：“就像从来没有见过我一样。”

贺顿说：“我可以保证就像从来没有见过您一样。”

苏三说：“如果我给你发奖牌佩戴勋章或者是审问你，近旁并没有他人，你也会恪守这个原则吗？”

贺顿说：“会的。出了这间房子，我就不会认识您。当然了，除了你要违反法律，伤人或是伤己，那我就要举报了。顺便说一句，我似乎并没有可能得到奖牌或是勋章，接受审问，好像也没有机会。”

苏三意味深长地说：“山高路远，江湖阔大。不要那么绝对。好，我相信你。”

贺顿说：“广州一直在下大雨，我还怕航班不正常，您不能按时抵达。”

苏三愣了一下，说：“噢。大雨……是的，广州大雨。现在的航班不怕雨，只怕大风和雷电。”

然而贺顿还是敏感地察觉到了苏三对这个问题的隔膜。这种隔膜只有一个解释——苏三不是来自广州。但这也似乎并不特别重要，一个连名字都可以随意改换的人，还有什么不可以涂改？

好了，开始吧。

“你到我这里来，又做了如此周密的保密准备，您被什么所困扰？”贺顿问。

苏三说：“我想解决说话的问题。”

对于这位以前是张三现在是苏三的问题，贺顿设想了很多种，却没有想到如此平淡无奇。“您说话有什么问题？”贺顿问。

“您看我说话有什么问题？”苏三反问。

贺顿不会上这个当，就说：“您有什么问题您是最清楚的，还是您来说吧。”

苏三说：“中国中医有句古话，叫作‘望而知之谓之神’，我已经给了您提示，您应该略知一二才对。”

这个苏三果然很难缠。贺顿说：“我不是神，我只是和您一道探索您的问题的心理师。如果您对我还有所保留的话，吃亏的是您。”

苏三饶有兴趣地说：“我会吃什么亏呢？”

贺顿说：“您的时间。您的金钱。还有您的感情付出。”

苏三说：“贺老师您能猜出我有多少钱吗？”

贺顿说：“我猜不出。”

苏三说：“贺老师既然猜不出来，我也不便告诉贺老师到底是多少，省得把贺老师吓住了。”

贺顿说：“苏三，你低估了我，我并不像你想象的那样胆小。不过，从你刚才的话里，有一点可以肯定，你的问题是金钱所解决不了的。”

这话像弹片炸中了苏三的穴位。他说：“佩服贺老师一语中的，的确是这样。我刚才是在考验贺老师，看贺老师能不能解决我的问题。现在，我要告诉贺老师，你已经成功地经受住了我的考验。”

贺顿说：“谢谢您给了我及格以上的分数。只是，苏三先生不必用宝贵的时间来考验我，还是集中在您的问题上。您觉得您说话有什么问题呢？”

苏三正色道：“我平常说话没有什么问题，就像你我现在这样的对谈，我会应付自如，有时也很幽默机智，甚至是妙语连珠。但是，一到了正式的场合，我就会非常紧张，轮到我发言的时候，常常语无伦次……”说到这里，苏三现出很痛苦的表情。

玄虚万千，却原来是个“发言恐惧症”啊！贺顿迅速做出了判断。不过，她也提醒自己，不要先入为主，大千世界无奇不有，还是缓下结论比较稳妥。她说：“您指的正式场合是什么呢？”

一个普通的问题，常规的问题，却让苏三陷入了极大的困境之中。他长久地沉默着。贺顿好生奇怪，这个问题那么难以回答吗？

苏三斟酌了半天，才说：“比如和外国人谈判的场合。”

贺顿说：“什么谈判呢？”她在想，如果是商务谈判，可能就是对金钱太敏感。如果是学术会议的争论，又当别论，也许和地位有关，也许涉及逻辑的表达和情感的分寸。

苏三说：“比如有关国界的划分。”

贺顿顿时几乎晕倒。如果苏三先生神智正常，贺顿就要刮目相看。虽说心理师眼里人人平等，但心理师也是人，也会崇敬和畏惧。贺顿想，如果苏三先生所言不虚，能参与划分国界的讨论，这是何等的位置和担当！他就是曾走入这间心理室最重要的人物了。贺顿不能让思绪信马由缰，赶紧收束，说："具体情形是怎样？"

苏三下了一个破釜沉舟的决心，既讨论自己的心理问题，又最大限度地隐瞒身份。他斟酌着说："我会面红耳赤，想得好好的话会突然不翼而飞，手心会出汗，先是热汗而后是冷汗，最后完全是一种黏稠的液体，好像是血……古代有一种汗血宝马，奔跑的时候会从脖子上滴出血珠，我就是如此。"

第 7 章

第五个来访者，我家的婚床上躺了十个人

总算，预约的来访者会晤完了。

总算，可以休息一下了。

心理室通常是寂静的，一种不同于深山老林人迹罕见之地的寂静。旷野中的寂静能给人安抚和休养生息，稠密之处的寂静是内敛而有压榨力的。等候会见心理师的人们枯坐着，彼此目光绝缘，更不要说颜面的对峙了。人们期待着出了这间房子，永不相认。空气中除了被尽量放缓的呼吸所吹拂起的透明涟漪之外，没有任何波澜。怨怼之中的人，呼出的气息是有毒的，传播着不安和戒备。突然响起的电话铃会像原子弹爆炸一样令人猝不及防和惊悚，但也有好处，空气中的窒息感会稍有放松，多了一点可资转移注意力的刺激。

有来访者曾经提议在等候房间里安装屏风，可以让人稍稍有安全

感。那是一个遭受过性暴力的女子，经常龟缩在房屋的一角，寒冷入骨的样子。贺顿和大家商量过这个建议。柏万福说，房子本来就小，再安上横七竖八的屏风，像个鸡笼。贺顿对此说法不以为然，最后没有实施的原因是钱。真正木质的屏风很昂贵，雕刻的每一瓣美丽花朵，都靠银两浇灌才能盛开。便宜的也有，由单薄的不锈钢管和艳俗的尼龙绸组成，让人联想起乡镇的兽医站。贺顿说，宁缺毋滥，等以后有了钱再添置。唯一能够采取的补救措施，就是尽量错开预约时间，减少来访者彼此相遇的概率。实在错不开，只好人满为患面面相觑。

贺顿刚刚伸展腰肢，突然听到外面候诊区域人声鼎沸，嘈杂声浪直击耳鼓。她走到争吵之地，文果在同一对男女争执。

“如果你们嫌贵，当然可以不接受。”文果说。

男子说：“还有脸叫心理师，干脆改名算了。”

贺顿奇怪，说：“改什么名字呢？”

站在一旁穿着廉价化纤衣服的女子说：“改叫土匪或是抢银行的，都行。”

贺顿虽然心境纷杂，也不由得笑出声来。心理医生能得到这样绰号，也算一大发明，想来是文果冒犯了他们。作为负责人，她要出面打圆场。旁边一位等候其他心理师晤谈的来访者，假装不在意，其实竖起耳朵在听。传出去，对诊所影响不好。

贺顿悄声说：“请问，你们是……”

男人粗声大嗓抢着回答：“两口子。”

贺顿继续小声说：“你们到我们这里来，有什么事吗？”

女人说：“到你们这里来，当然是有事了。谁没事到你们这里来呢？这里没好看的风景，也没笑脸。”

贺顿听出话里有话，低声问：“不知是不是我们的工作人员态度不好？”

文果听出对自己的疑问，就说：“我没态度不好。他们进门就说要做心理咨询，我说好啊，我先把情况向你们介绍一下，我刚说到价格，他们就像被马蜂蜇了一样，跺脚嚷起来，说太黑了，赶上抢钱劫道了……”

文果刚开始声音还算轻缓，说着说着也激动起来，分贝提高。对于自己的工作人员，贺顿就不客气了，把手指搁在嘴唇边：“小点声。”

贺顿本人持续的压低音调和对文果的训诫收到了成效，那对夫妻音色也转低弱，说：“这个价，天价啊。”

文果不服，伶牙俐齿地驳道：“我们也是随行就市，经过核算审批的。租房子就不要钱了？电灯电话就不要钱了？心理师就没劳务费了？这儿也不是施粥棚。再说啦，你嫌贵可以走人啊，也不是我们请你们来的，谁也没有拦着你。喏，大门就在那边，您随时可以出去啊！”

贺顿急速地扫了一眼，幸亏刚才候诊的那位已经进了心理室，要不这番话叫人听见，实在有辱斯文。她批评文果：“不能这样对来访者说话。”

文果说：“他们还不能算来访者，顶多是咨询者。”

贺顿说：“那也要客气些。”她转过头来，面对气呼呼的夫妻和颜悦色：“你们想来做心理治疗？”

女子说：“原本是，现在不想了。”

贺顿说：“为什么？”

男子说：“没钱。我们俩都是下岗职工，生活很困难。贫贱夫妻百事哀，原本就穷，到你这儿做一次咨询，我们就更穷了，矛盾不是更多了吗？老婆，咱们回家去吧，我早就说不来不来，你在电视里听到说什么夫妻治疗，偏要找一家试试，现在怎么样？傻了吧？这心理所也跟健身房和别墅似的，只有富人才享用得起。回家吧，我给你当心理医生。”

女子说：“我以为心理医生都是好心人，充满爱心什么的，没想到开价这么狠。回家就回家，走吧！不过，你还想给我当心理医生，门儿也没有！咱们俩谁有病，就是你！我给你当心理医生还差不多。

走！如今穷人不但身子骨有了病看不起，心里有病更看不起。走吧！走吧……”

两人说着，就一前一后地向门外走去。贺顿说：“请留步！我还有话要说。”

两人原地不动，却没有回来的意思。男人背着身说：“你有什么就快说。穷人什么都没有，只有时辰是自己的。”

女人拌嘴道：“你有时辰又有什么用？屎壳郎上便道，假充大吉普，好像你的工夫多金贵似的。你说了这么多，就不让人家说点吗？大夫，说吧！我听着呢！”

两人不和谐，看来的确需要心理援助。一旁满怀委屈的文果说：“你们下岗了还说自己时辰金贵，我们这里门庭若市，当然不能为你们耽误工夫了。走吧，以后有什么想知道的，先打个电话来，知道了价钱再说下一步的事，否则一切无从谈起。好了，请吧。不远送了啊。”

中年夫妻同声嘟囔着：“走就走！再也不登你们的门！”恩断义绝转身离去。

“请等一等。”贺顿急忙拦住他们。

“有什么事？”两人不解。

“我想为你们来做心理咨询。”贺顿很诚恳地说。

“对不起，我们没有那么多钱。”冷冷拒绝。

“我不收你们那么多钱。”贺顿说。

“那你打算收我们多少钱？”女人细心落实。

“你们来的时候，一定有个估算。觉得多少钱合理呢？”贺顿问。

“做一次，和冬天储存200斤大白菜的钱差不多，就还能忍受。”男子说。

贺顿注意到了他说的是“忍受”，而不是通常所用的“承受”。不管这么多吧，贺顿继续推进此事：“原谅我不是特别清楚200斤冬储大白菜到底是多少钱。”

女人说："如果不是一级菜，要二三级的，也就 20 块钱吧。"

贺顿说："那好，咱们这次心理治疗，就 20 块钱。"

文果蹦起来，说："20 块，这也太少了！"

贺顿挥挥手："就这样定了。"

女子看来很高兴，说："如果是这个价，我们做。这是我们能够付得出的最多的钱了。"

男子心思更活泛一些，讨价还价："20 块钱，对我们来说，是一笔钱，对你来说，毛毛雨。您既然一张口就免了那么多，索性好人做到底，连这 20 块钱也一风吹了，我们更谢谢您大人雅量。"

文果撇嘴："得寸进尺。"

贺顿说："这 20 块钱是不能免的。心理治疗不是慈善机构，心理师也不是慈善家。收钱是因为我付出了劳动，你尊重我的劳动，我才能帮助你们。在国外，就是一个乞丐要做心理治疗，心理师也会收他一块钱。这才公平。"

男子有些不好意思，女子埋怨道："真丢人！为了省钱，连个要饭的都不如。"

文果噘着嘴对贺顿说："那您把他们安排给哪位心理师啊？"

贺顿说："安排给我。"

文果说："以后要是总这样，我都不知道该怎么干活啦！"

贺顿说："不会总这样的，但也不会总不这样。"说完，她转向站在一旁的男女："请先填个表，然后咱们开始。"

两人规规矩矩端坐着，一言不发。贺顿说："你们刚才不是挺活跃的吗，现在怎么不说话了？"

女子说："我们就是能瞎说，到了正儿八经说话的时候，就不知道该说什么了。"

男子说："吵架行。我们就爱粗声大嗓地吵架。您这里都跟蚊子似的说话，不惯。"

贺顿说："您尽管粗声大嗓地讲话，不碍事。刚才是在外面，有旁人，所以要彼此照顾。这里是治疗间，隔音设备很好，你可以放开了讲。"

男子就对女子说："你讲吧。"

女子拼命往沙发后背靠："还是你先说。谁让你是当家的呢！"

男子说："这会儿你知道我是当家的了，平日里你怎么就不知道呢！"

女子说："你这个人，咋给脸不要脸呢？让你先说，就是抬举你了。"

男子说："我用不着你抬举。是你说要来的是不是？是你说，要是不来就离婚对不？这事都是你挑起的，花了钱买罪受，还让我先说，我偏就不说，你能怎么着？了不起就算是200斤大白菜都让猪狗给糟蹋了，让你沤酸菜馊了臭了。算咱们倒霉！你有什么法子？还能给我嘴里灌辣椒水上老虎凳，非让我说出个子丑寅卯不可？愣不说，死不说，你能怎么样……"

女子说："你这个人怎么这不讲理？好，我也是王八吃秤砣，铁了心了！行了，最后的挽救我也做了，连最时髦的心理医生咱也看了，这日子是没法过了，离婚就离婚！无怨无悔！你也别怪我不仁不义，当着外人你都这么不讲理，还有什么情分呢！走吧，别占人家的地方，咱们要打要骂，回家自个儿抖搂去！"

两人说着，同时站起身来要走。

贺顿一直冷眼旁观。现在，她已经明白了八九分。说："谢谢二位了。"

两人万分不解，说："谢我们什么？"

贺顿说："谢谢二位对我的信任。"

两人说："我们没信任你啊。"话一出口，又觉不妥，不知如何挽回，只好大眼瞪小眼地傻看着贺顿。

贺顿说："你们当着我的面吵架，就是天大的信任。咱中国古话说家丑不可外扬，你们不见外，把我当成了家里人。"

男女一齐回过味儿来，说："那倒是。"

女子补充道："岂止是没拿您当外人，简直就是把您当救命稻草了。"

贺顿抓住这个契机，问："你想救谁的命？"

女子一指男子："我想救他的命。"

男子不干了，说："我怎么啦？我好着呢！能吃能睡，吃嘛嘛香。我还想救你的命呢！"

两个人就救命一事又发生争吵，看来他们最习惯的沟通方式就是争吵，争吵是他们的"外交部长"。贺顿看到过太多的夫妻，把争吵当作通往心灵峰顶的捷径。可惜他们太频繁地利用这条小路了，有一天就滚下了山坡。

贺顿说："看到你们争吵，我很感动。"

两人又是大惊，说："您不是说反话寒碜我们吧？看人吵架，不是劝架，反倒感动，这从何说起呢？"

贺顿说："你看，你们两个都说自己没有什么毛病，而对方不但看出了毛病，还要抢着救对方的性命。这就像一个人掉在海中，不顾自己的安危，一心想着搭救他人，这不是令人感动的事吗？"

两人如梦初醒，女子说："嗨！大夫。您高抬我了。其实我不是想救他的命，是想救救我们的婚姻。"

贺顿紧跟："婚姻出了什么问题？"

女子说："我们家的双人床上，躺了十个人。"

见多识广的贺顿真真吓了一大跳。一张双人床，最大也就是一米八到两米宽，躺那么多人，睡得下吗？还不得挤成相片！

许是她的愕然之色太过显著，女子说："您别不信，真有那么多人。我给您算算看。"

贺顿点点头说："好，就请你具体说说你们家床上都躺着谁？"

女子说："我们两口子。"她把两手都摊开，竖起了两个指头。两个最边缘的小指头。

“床上还躺着我的公公婆婆……”女子跷起了两个大拇指。“还有小姑子小叔子各两个……”女子竖起了两手的无名指和食指。“还有大伯子一个……”女子又竖起了左手的中指，现在，她还剩下右手的中指蜷曲着。

“九个了。”贺顿说。

“还有一个最重要的，就是我公公的妹妹，一个老姑婆，都 92 岁了，身体硬朗着呢，估计我都熬死了，她老人家还结结实实活着，都成了千年的老妖怪了。”女子幽怨地说。

“不许这样说姑婆。这也就是在外头，我拘着分寸，给你留着面子，要不上手就给你一个大耳刮子。”男子厉声叫道。

“您看到了吧，差点就是家庭暴力。”女子说。

贺顿已然明白，婚床上的人，不过是个比喻，痛楚使女子口不择言。

贺顿说：“你打算怎么办呢？”

女子说：“我想把他们都撵下床去。如果……”

男子说：“呸！没什么如果……”

女子说：“当然有。如果他们不肯下床，那我就走，把床留给他们一家人吃喝拉撒睡！”

贺顿说：“能举个具体点的例子吗？”

女子说：“能！太能了！昨天就大吵一架。因为孩子要吃鸡翅中。您知道鸡翅中吧？”

贺顿说：“知道。就是鸡身上最好吃的部分。”

女子说：“是不是最好吃，我不知道。在我，哪儿都好吃，穷人没有挑三拣四的权利。要是没有孩子，我才不理会什么翅中翅西的。有孩子，就没理讲了。穷人也有娇子，孩子上学要带饭，以往我都给他带最便宜的饭菜，以素为主。孩子正长身体，也搭配着吃荤腥，比如鸡皮鸡骷髅。”

听到“骷髅”两字，贺顿不由自主打了个寒战，女人赶紧说：“鸡骷髅也叫鸡架子，择巴择巴，肉也不算少呢。吃的时间长了，孩子不干了，说同学们都笑话他，给他送了个外号，叫——禽流感。孩子说，改改样吧。我说，好，咱们不吃鸡皮鸡架子了，改吃鸡脖子，你说好不好啊？孩子说不好，谁不知道鸡脖子也是鸡身上最便宜的东西啊！我急了，说那你吃鸡的哪个零件，同学们就不会叫你禽流感了？孩子说，我要吃鸡翅中！鸡翅中最贵！我一咬牙决定去买鸡翅中，再苦也不能苦了孩子，你说是不是？”

贺顿点头。点头不是完全赞同，只是一种鼓励。如果她摇头，谈话就无法继续下去了。

女子接着说：“昨天，我做了一锅红烧鸡翅中，你知道我买了多少鸡翅中？”

这下贺顿可以痛快地大摇其头了，她真是猜不出来。

女子竖起眉毛：“说出来吓死你！整整十斤！那么多的鸡翅中泡在盆子里，前没有翅尖，后没有翅根，好像象牙麻将牌堆积如山，看得我眼晕。如果有前世，我可能就是一只白毛黄鼠狼，老奸巨猾，是鸡的死对头。如果有后世，我就得变一地乱爬乱滚的毛毛虫，叫鸡把我一口口地啄吃了……”女子抱住了自己的双肩，显出不可抑制的恐惧。

“为什么要买那么多鸡翅中？”贺顿不解，难道说这羸弱的两口，有一个气吞山河的胖崽吗？

“这你要问他！”女子一指闷头不语的丈夫。

“别问我。鸡翅中是你自己买回来的。”男子撇清。

女子说：“不问你行吗？我不买行吗？我说要给孩子买鸡翅中，他就吧嗒着眼皮说，打算买多少啊？我说，买上三五个吧，够孩子一顿吃的就行了。他说，那不够。我说，就这一回，下不为例，别把孩子惯出毛病来。吃一回鸡翅中，把嘴吃馋了，咱还养不起呢！咱是下岗工人，得明白自己的身份，拿的是低保，孩子就不能比吃比穿。他说，我不是说给孩子吃，别人还得吃呢。我说，别藏着掖着，就直说那个人就是你呗。你嘴馋，也想吃鸡翅中，好，咱就买八九个，让你也过回瘾。我满以为这样一说，他会很高兴。没想到他瓮声瓮气地说，还有别人呢！我听了，挺感动的，他这是惦记我呢。说的也是，一家子三口，孩子吃上了鸡翅中，当爸爸的吃上了鸡翅中，为什么我这个当妈的就那么不值钱？对，还是孩子他爸想得周到，我也要吃鸡翅中。我咬着牙说，好，那咱们就买上一斤，全家人个个都有份！听了我的话，他第三次说，还有别人呢！我就闹不明白了，这个别人是谁啊？就问他。他说，还有我爸我妈。我想了想，这是孝子啊，我们吃上了鸡翅中，他想起老父老母吃不上，心里不安。好吧，我就说，行，那咱就再多买上半斤，烧好了，你给爷爷奶奶送去。我们两家隔得不太远，红烧鸡翅端上一碗，走快点到了还烫嘴呢。我以为他会夸我贤惠，没想到他说，这哪儿够啊？我说，老头老太太了，半斤还不够啊？不是年轻的时候啦，老年人脾胃弱，吃得多了，存了食难受，闹不好还有生命危险。还是少吃点好。他板着脸说，你爹你妈才有生命危险呢，说点吉利的行不行？我就说，我爹我妈在外地，我想孝敬还够不着呢。就这么定了吧，我这就去买鸡翅中。他说，还有别人呢。这话跟鬼打墙似的，绕着圈又回来了，我真闹不明白，就问，还有谁呢？你照直说吧。他说，还有我弟我妹我哥我姐……我说，各家条件都比咱家好，人家未必就没吃过鸡翅中，咱也不必面面俱到。他没好气地说，人家吃没吃过是人家的事，你让不让人家吃，就是你的事。他们若是到我爸妈家来，我端着红烧鸡翅中过去了，拢共就那么几块，你说人家怎么想？吃还是不吃？所以，你得把他们都算上。我说，那一个人得吃几个啊？他说，咱们就照着一个人十个算吧。我说，你们家的人都是虎豹豺狼变的啊，吃那么多？说是说，我还是忍气吞声地把数给算出来了。天！吓一跳，真不是个小数目。我刚拎着破网兜要走，他又说，你等等，我还有个姑婆，你也得算上……我一下子就火了，说，你把你们家祖宗从地里刨出来，每人也分几个鸡骨头嚼嚼吧，就怕他们没有那么好的牙口了。咱们家吃饭，为什么要请这么多嘴巴一起啃？你到底是跟我过，还是跟你们家过？如果是跟我过，我就买一斤鸡翅中，够吃就得。若是你们爷俩吃得欢，不够吃，我就不吃了。我不吃光看着也高兴，谁让咱们是一家子！如果你要和这么大一家子伙着过，这顿鸡翅中我可以买，买上十斤，吃完了，咱们就散伙……你猜他说什么？”女子反问道。

贺顿看看男子，说：“你当时说了什么？”

男子说：“就三个字——买——十斤！”

事情到此水落石出。

“后来呢？”贺顿问。

“后来我就买了鸡翅中，后来我就红烧了。再后来我就给孩子盛出来一碗，然后就让他用大塑料盆给老头老太太端过去了。再后来，他很晚回来了。我一说，你吃饱了吗？他说，我们吃饱了。我说，好吃吗？他说，我们都觉得淡了点。我说，以后还想吃吗？他说，我们都想吃，记着以后多放点盐。我说，你以后，不对，是你们以后，再也吃不上了！他说，我们不和你啰唆了，我们喝多了，我们要睡了……今天早上，我说，你睡醒了？他说，我们醒了。我说，醒了就好，我要走了。他这才吓得真醒了，说你要到哪里去？我说，我要和你离婚。他说，我们要是不想离，有什么法子呢？我说，没法子，这日子过不下去了，我不能和一个长不大的男人搅和在一起。他说，我都胡子拉碴的，你还说我没长大，你有病！我说，你才有病呢！我俩就吵起来了，惊天动地。后来我想起在报上看到心理医生就管这心里有病的事，我们就一路打听着，到您这里来了。”

滔滔不绝一气呵成。女子诉完了心中的苦水，安静下来。讲故事有神奇疗效，一个人若是能痛痛快快地把心中的苦水和郁闷倾泻出来，惊涛就蜕成了缓浪。

贺顿问男子说：“她讲的都是事实吗？”

男子说：“都是。她这个人就这点好，说实话。”

贺顿说：“你是不愿意离婚的。对吗？”

男子说：“那是。要不然，我能跟着她到你这个心理所来吗？就算你给我们优惠了，打了折，可这钱要是折成鸡翅中，足够一个人吃得打饱嗝。”

贺顿心想，今天的度量衡改以鸡翅中为单位了。

贺顿说：“你知道她为什么要和你离婚吗？”

男子说：“不知道。她总是说我们家的床上睡了太多的人，可那不是活见鬼吗？我们家的床是惨了点，自己打的，床板是用碎木条拼的，不过铺上褥子，比席梦思不差。床上除了我们俩，再没有旁人。她胡说八道！”

女子愤愤地反驳道：“你才胡说八道！你明明是一个人，却口口声声说——我们，我问你，这个我们，是谁？”

男子说：“我说我们的时候，指的就是我和我爸我妈，我哥姐弟妹……”

女子错着牙齿狠狠地说：“还有你老姑婆！”

男子说：“对对，哪能把她老人家忘了呢！我小的时候，她还抱过我呢！”

女子咬牙切齿地说：“要是全世界的人都抱过你，你还把联合国都认成姥姥家，把联合国军当舅舅呢！”

两个人又唇枪舌剑地吵了起来，唾沫星子乱溅。贺顿冷眼旁观，倒是沉得住气。有道是真理越辩越明，夫妻间有了矛盾，最怕的是冷战和漠然。针锋相对在某种情形下也具有建设性。他们已渐渐逼近内核。

“你说——我们睡觉。我问你，睡觉是一个人的事还是一群人的事？”女子问。

男子说：“要是吹了熄灯号，大家就是一起睡觉。”

女子说：“那是兵营。你连一天国防绿都没披过，少拿军队说事。我问你，两个人能一起做梦吗？”

男子说：“笑话。你见过两人合伙做梦的吗？”

女子说：“这就对了。做梦是一个人的事，睡觉也是。”

男子显然说不过女子，只得认输，说：“好吧，就算睡觉是一个人的事。”

女子说：“什么叫就算？是就是，不是就不是。”

男子不悦道："你这个人，怎么逮住蛤蟆攥出尿——穷追猛打啊！差不多就行了。"

女子说："这是原则问题。"

男子说："笑话。你要是和外人睡觉，那倒有可能沾点原则的边儿，要是和我睡，没原则。"

女子说："你不要胡搅蛮缠。"

贺顿要出手了。对男子说："我觉得你妻子说得有道理，睡觉是一个人的事情。不是你和你母亲的事。"

男子说："我小的时候，一直和她在一起睡觉，一直到我 15 岁。"

贺顿心想，难怪呢！

女子趁势揭发道："睡觉算什么！他还一直吃他妈的奶水，直到上学了，课间休息的时候，还回家掀开他妈的褂子咂口奶再上课去。"

男子不好意思了，说："别胡咧咧。这是两码事。"

贺顿严肃地说："这是一码事。"

男子不满："您不能因为自己是个女的，就向着女的说话。"

贺顿说："我其实是向着你说话。"

男子说："听不出来。"

贺顿说："我猜你是个孝子？"

男子说："那是。乌鸦还知反哺，不孝还算是个人吗？"

贺顿对女子说："一个对自己的父母好的男人，是让人放心的男人。"

女子说："那是。当年我也是看到了这一条，才下决心嫁他的。"

贺顿对男子说："行孝并不意味着和父母绑在一起。如果你的儿子长大了，天天腻在你们家，你做何感想？"

男子说："那我得把他撵出去。大了，就该顶门立户。"

贺顿说："同理，你也要把自己和父母的关系分清楚。一个人该断奶的时候就得断奶。以前的事，你不可能改变了，但现在的事，你能改变。"

男子说："听您的意思，好像我还没长大？"

贺顿说："您长大还是没长大，自己说呢？"

男子不好意思："我都内退的人了，还没长大？"

贺顿说："有些人直到临死，都没长大！"

男子有点惊恐地说："那我不能做这样的人。"

贺顿对着女子说："你愿意帮助他吗？"

女子说："两口子还能说不帮的话？"

贺顿说："你的意思是愿意帮助他了？"

女子对着贺顿说："我愿意。"

贺顿说："你不要对着我，请你对着他说。"

女子说："这还不一样嘛，屋子就这么点大，就是声音再小上十倍，也照样听得见。"

贺顿说："那不一样。你们既然花了一盘子鸡翅中的钱，到我这儿来，就该认真听听我的建议。"

女子想了想，说："好吧。这又有什么难的。"半转了身子，对男子说："我愿意帮你。"

男子说："你帮我什么？"

女子回过头，看着贺顿说："对呀，我帮他什么呢？"

贺顿说："你最希望他怎样，就请你告诉他。"

女子说："那我就开口讲了。"

贺顿说："讲。这又用不着谁批准。"

女子清了清嗓子，正式转过身子说："老公，咱俩都是下岗职工，患难夫妻。我不嫌你穷，就是受不了你的长不大。咱们是两口子，你知不知道？"

男子说："我当然知道。有结婚证管着呢，要不还不成流氓了？"

女子说："我跟你说正经事，不要嬉皮笑脸。你对孩子他爷爷奶奶孝顺，我喜欢，可你不能总把自己当成个小孩子，觉得你们是一伙的，把我当成外人，我当你们家的媳妇，容易吗我……"

女子开始一字一顿地数说自己的委屈，男子听得低下了头，察觉到自己忽视了这女人的一腔付出。他们开始进行琐碎的沟通，偶尔会为一些问题发生争执，然后又继续交流下去。贺顿听着，有些困倦了。今天的工作量很大，这又是计划外的安排，加之自己又正处在情感危机之中，实在勉为其难。她不想让心理治疗成为富人享受的专利，面对这对下岗夫妇，愿意亏本完成治疗。

无论多么困倦，她不敢有丝毫的懈怠。这种和原生家庭粘连紧密的男子，要成为顶天立地的丈夫，还需很多次的矫正。好在本次交流很有成效，结束时，两人分别握着贺顿的两只手说："谢谢你，我们不离婚了。"

就这么简单吗？不一定吧。贺顿不敢太乐观，但也不会太悲观。人，本身就是非常复杂的动物，夫妻关系又是人所享有的所有关系中，最不可捉摸的一种。

"这一盘子鸡翅中的钱，值了。"男子临走的时候，用这样的方式表达对贺顿服务的满意。

贺顿让自己的笑容尽量温暖和煦，说："祝你们快乐。"

待他们走后，文果说："他们倒是快乐了，可我不快乐。"

贺顿说："为什么呢？"

文果说："你让我只收他们 20 块钱，如何落账呢？"

贺顿说："你照着平常的标准落账就是。"

文果说："这中间的亏空谁来填补？"

贺顿说："我。"

文果说："这不公平。您为他们加急做了治疗，还要给他们垫钱，这不是赔大了吗！"

贺顿说："心理治疗虽然不是慈善事业，但从业人员要有一颗慈悲之心。我不愿意这个行当只为掏得起钱的富人服务。"

文果说："这样的人络绎不绝，咱们就离破产不远了。"

贺顿说："一时半会儿，还不至于吧。"

第 8 章

第六个来访者，一百零一个洋娃娃和我一道火化

总算下班了，贺顿回到小屋，柏万福不知道哪里去了。刚换上拖鞋，预备伸直了腰身，把一直紧绷绷的后背像一条死狗似的放倒在床上，电话响了。文果说：“贺老师，有一件事要麻烦你……”声音里带着乞求。

“无论有什么事，都等明天上班以后再说吧。我累了。”贺顿果断地封了文果的口。分别的时候还一切如常，文果在收拾文案和打扫卫生，走得稍迟一些。瞬忽之间，能有什么惊天动地的事情？大惊小怪。

“可是，他……他们就坐在候诊室里，一定让我给你打个电话……”文果声音变得很大。贺顿断定，这些话就是讲给那个人或那些人听的。

文果学的是秘书专业，在心理学方面没修炼，面对他人的操控缺

乏反击之力。贺顿多少原谅了她，问："他们是谁？"

"有人想来做咨询，已经等在这里了。"文果还是用很大的声音说话。

贺顿明白对方一定已经将这个小姑娘征服，文果在为他们说话。开店的人总是希望生意红火有主顾，都下班了，还有人找上门来，该算好事。贺顿换了比较平和的口气说："你代表诊所谢谢他们的信任。只是今天已经下班了，他们又没有预约，没法子做咨询。约好了时间欢迎他们改日再来。"

"说了。我都说了。"文果忙着表白。

"那不就行了吗？让他们喝点水，再把糖果饼干请他们垫补一下，毕竟天晚了。这些，你不是都熟门熟路吗？！"贺顿一边捶着后腰，一边做指示。

"可是，他们一定不肯走，一定要和心理师当面谈一谈。"文果为难地说。

"如果不走，就随他们便，一直待在候诊室好了。这么晚了，哪里能派出心理师接待他们？居然用这种威胁的方式，不能开这个头。"贺顿不耐烦。最近她身体委顿，加之和柏万福冲突骤起，今天又是多个棘手案主纷至沓来，实已山穷水尽。

文果说："他们不会一直待在候诊室的，已经买好了夜里回老家的火车票。"

贺顿松了一口气，说："那不就简单了？你把情况说明后，送他们离开就可。有何为难？"

文果的声音突然变小了，用类似李谷一唱流行歌曲的气声说："来咨询的人得了癌症，今天医生已宣布无法医治，这是他们临终前的最后请求，只有一个月了……"

"什么一个月？"话筒里突然涌出杂音，贺顿没听清楚。

文果不愿意重复这句话，但又不得不重复，她费力地说："生命只有一个月。家人现在要带他回乡下去。临上火车之前，他要求见见心理医生。这是一个人最后的心愿……”

不用多说，贺顿已明白。她说：“好吧。你叫他们等等我。”

都下班了，没法再安排别的心理师接谈，只有亲自出马。贺顿起身做的第一件事是用冷水洗脸，让别的来访者的故事都被泡沫淹没之后冲走。然后穿上自定义的工作服，在额头抹了一把风油精，浑身散发着樟脑的气味，出了门。

尽管贺顿已经做了充分的思想准备，候诊室内的热闹情形还是出乎意料。共有七八个人或站或坐地等候着她，好像迎驾。

一位风度优雅的老太太戴着宽檐呢帽，有一点像伊丽莎白女王，显得风姿绰约。看到贺顿进来，第一个站起身说：“您就是心理师吗？”

贺顿说：“是的。我就是。”

老太太苛刻地打量着她，问：“我叫乔玉华。你看起来很年轻嘛！”

贺顿明白老人家的潜台词是——你行吗？回答说：“心理学这门科学本身也很年轻。”她的潜台词是——年纪大的人以前也并没有机会掌握它。

这番潜台词的较量，让老太太比较满意。她说：“你都已经下了班，还来为我们加班，谢谢你了。事情是这样的，这位是我的老伴，三年以前，他患了癌症……”一位头皮锃亮的老者应声站了起来。贺顿向他点点头，心想，三年了，一家人已经能够这样开诚布公地谈论癌症，应该说是很好的氛围了，这让将要进行的工作有了坚固支点。

“这几位，是我们的儿子女儿媳妇和女婿。你可以想见，我们是一个非常和睦的家庭，发生了这样的事，大家都很焦虑。但是，焦虑不是法子，我们要面对。你说，是不是呢？”老太太考官似的看着贺顿。

贺顿频频点头，心想这位老太太退休之前不是部队的政委就是局一级的党委书记，说得多么在理！有了这样的铺垫，老头就是驾鹤西行，心中的惦念也会放下很多。

贺顿看了看表，既然人家还要赶火车，心理师的工作就宜早不宜迟。

她说：“那咱们就开始吧。”

老太太说：“好吧，那就开始吧。早点完事，赶火车也从容些。”说完，就随同贺顿进了心理室。贺顿明白老太太一定是对自己还不够放心，想单独再交代一下注意事项。这明摆着是对她能力的不信任，但贺顿能理解。

“您老还有什么要嘱咐的吗？”贺顿对老太太说。

老太太说：“不是要开始了吗？”

贺顿说：“对啊，马上要开始了。”

老太太略微思忖，“扑哧”笑了，摘下了宽檐花帽，一个锃亮的雪白头皮，如同恐龙蛋壳，暴露在雪亮的灯光之下。

贺顿瞠目结舌。由于常常有癌症病人来访，贺顿知道这种寸草不生的头颅，是癌症化疗后的特征之一。

“姑娘，没想到吧，是我要见心理医生，是我被医生宣布不治，是我要死了。”老太太好像对贺顿的误解觉得十分有趣，露出一口瓷白色的假牙，开心地笑着。

“可是，您不是说您老伴是癌症吗？”贺顿无法掩饰愕然。

“对呀，我老伴是在三年前得了癌症，可这并不意味着我就不得癌症了。癌症也不是一家只有一个指标。这三年来，我千方百计地服侍他，他现在恢复得很好。可我在几个月前也查出癌症，就没有他那样的好运气了。现在，更准确地说也就是昨天，医生正式向我摊牌了，说我的癌细胞分化非常快，分裂极为猖狂，所有的化疗药物都毫无效力，他们推断我的生命只有一个月了。我就决定出院，坐今天晚上的火车回老家去，去看看我父母的坟地，把自己最后的事料理一下。他们问我还有什么要求，那意思就相当于你想吃什么就说话，有什么未了的心愿，就一定得到满足。我说，我想见见心理医生，我们就到这里来了。您都下班了，又惊动了您，真是不好意思。不过，看在一个就要离世的老人的面子上，我想你一定是不会计较的。在这里，我谢谢您了……”老太太说着，滑稽地敬了一个礼，瘦削的手掌在白白的头皮前忽闪着，触目惊心。

贺顿被逗笑了，但紧接着涌出了眼泪。她不知道该对这个老人说些什么，这是一枚熟透了的果子，就要随风坠落，带有发酵之后的逼近死亡的醉人香气，让你有一种头晕目眩的匍匐和敬畏。

古语说：人之将死，其言也善。说的就是这种情形吧？面对这种被死亡授予的风趣与豁达，你还能说什么？你还敢说什么？

贺顿语塞，只顾得用手背去抹泪。老人家把桌子上的纸巾抽出一张，说："擦擦脸。我还有事要问你呢。你这样哭哭啼啼的，就没法帮助我了。"

一句话提醒了贺顿，是的，此刻，她是在工作中，她的职责需要她警醒和振作。她用纸巾把眼窝狠狠地揩了揩，说："谢谢你对我的信任。现在，你需要我做什么？"

老太太压低声音说："我需要你的帮助。"

贺顿说："我非常愿意帮助你。只是不知道你具体需要什么？"

老太太说："关于我的老伴儿，我知道他现在正在遭受极大的打击。自打他病了以后，他就特别地依赖我，变得像个小孩。我成了他的精神支柱，成了他的主心骨和脊梁。他几乎以为我是钢铁战士，以为我无所不能攻无不克战无不胜，其实，我只是个小老太太，我以我所有的能量在支持他鼓励他，帮他渡过了一道又一道的难关。现在，我不行了，支持不了了，我要先走一步了。我怕他接受不了，已经和他谈过多次了，他现在基本上能接受这个事实了。我去了之后，他还会好好活着，和我的儿女们再相处一段，陪陪他们，不能让孩子们刚刚没了妈，马上又没了爹。我希望他能活得健康快乐，如果有可能，还可以找个老伴儿。不要以为这是对我的不忠，其实是我心中所想所盼。到了实在坚持不了的时候，也不必硬挺着，不行就安安然然地走吧。我在那边等着他。这些道理，掰开了揉碎了讲，老头也能接受了。所以，他这一方面，我基本上没什么可挂念的了。"老太太目光炯炯地讲着，贺顿除了俯首静听，找不到任何插言的余地。

“关于孩子们，我也都做了交代。我死了以后，他们一定会难过的。我们家的亲情关系很重，大家彼此都很黏糊，这样的氛围，又好又不好。好的是温暖，不好的是一旦有人离开，剩下的空隙太大，冷风飕飕，人会非常难过，厉害的还痛不欲生。但是，这不是我能帮助他们的范畴，只有靠他们自己的力量来扛了。我告诉他们，如果一个人实在扛不过去了，大家就聚在一起，痛哭一场，想想我的好处，说说自己的思念，然后就到饭馆去吃饭。不要自己在家里做着吃，那样虽是亲近，吃得也顺口，但是做饭的那个人太辛苦了，他心中的难过也没有法子发泄，到时候，大家都缓过劲来了，他一个人就更孤独更凄惨了。所以，到饭馆去，去吃好的，变着花样吃，吃平常吃不到的东西。人的胃力量是很强大的，有的时候，能战胜心。不要省钱，当然，他们都有钱，但这笔钱我已经预留出来了，到时候，就用我的这笔钱来结账。生前，每次团圆都是我给孩子们张罗着吃的东西，今后我没这个机会没这个福气了。但是，我留下这笔吃饭的基金，吃饭的时候，就好比是我也在场了。当然，光吃饭不能解决根本的问题，眼泪也不能解决根本的问题，那就还有一个好帮手，就是时间。时间会帮助我的孩子们走出哀伤……”

贺顿听得呆滞，这样聪慧如鬼魅一般的老媪，还需要什么心理医生！她几乎可以给所有的人当心理医生了。

也许，她只是需要有一个家人以外的人来倾诉吧。很多人在最亲近的人面前，反倒有很多保留，倒是面对素昧平生的陌生人，更容易把内心的秘密袒露。贺顿这样想着，就说：“您说的这些都让我很感动。不知您还要告诉我些什么？”

老人家明察秋毫地笑起来，说：“小姑娘，你一定以为我还有深层的秘密隐藏在心窝里。在临死之前，要找到一个人把沉重的包袱抖搂开，比如我有一个初恋的情人或是心中暗恋已久的偶像，更耸人听闻一点，我干脆在哪里有个私生子或是哪个孩子其实不是我老头的，而是另外一个人的骨血。如果往更大的方面联想，也许我当过叛徒汉奸什么的，历次运动都逃脱了，如今临死之前良心发现，感觉自己对不起人民对不起党，临死前要忏悔……不，不，完全没有这些。什么都没有，清清白白光明磊落。我对这个世界没有那么多留恋的东西，该我享有的，我都享有了，我已感恩不尽。现在该我放手了，我会遵守规矩，乖乖地放手。有关的事项我也都把意思和家人交代了，项链给女儿，戒指给儿媳，甚至连居民小组的那点活动经费，我也把账都理清了，小葱拌豆腐，清清爽爽。我没有憾事，我无牵无挂，现在，是无事一身轻了……”

此刻，贺顿被这个精灵一般的老太太彻底征服并搞糊涂了。她原谅了文果，别说是初出茅庐的文秘专业毕业生不是此人对手，就连她这个专业的心理医生，也从来没有遇到过这样精于世故宠辱不惊的案主。老人家始终掌握着谈话的舵轮，她知道所有的一切，引导着潮流，让听众入瓮。

贺顿只有以不变应万变了。这个不变，就是继续俯首帖耳听下去。如果老人需要这样一直讲下去，一直讲到死，她也会洗耳恭听。有句古话叫“死者为大”，将要死的人也为大啊。

终于，老太太运筹帷幄地讲完了，告一段落。她眨眨有点酸的眼睛说：“你现在知道我要找你谈什么吗？”

贺顿老老实实地说：“不知道。”

老太太说：“你马上就要知道了。”

贺顿说：“谢谢你的信任。”

老太太纠正她道：“这不是信任，是我实在没有法子了，死马当活马医吧。我告诉你，我有一百零一个洋娃娃……”

贺顿已经做好了听到最骇人听闻的话题的准备，但她没想到是洋娃娃，脸上露出错愕表情。老太太伤心地说：“你看，都说心理医生阅人无数无所不能，其实也不过如此。洋娃娃把你吓得脸都变色了。”

贺顿说：“就是普通的洋娃娃吗？”

老太太干脆地说：“对，就是普通的洋娃娃，有中国造的，有外国造的。有眼睛会动的，有眼睛不会动的。有会说话的，有不会说话的。有穿裙子的，有不穿裙子穿裤子的。有白皮肤的，有黑皮肤的，有黄皮肤的，有少数民族的，有戴帽子的，有不戴帽子戴头巾的，有手里拿着乐器或是武器的，有手里什么也没有赤手空拳的……”

这一番介绍，算是彻底把贺顿推入五里雾中。老太太眉飞色舞，苍白的脸上出现了病态的酡红色。贺顿忍耐了半天，还是壮着胆子行使了心理医生的职责，打断老太太的话头：“我已知道您有很多各式各样的洋娃娃，您的问题到底是什么呢？”

这句话总算把老太太从洋娃娃的包围中拯救出来，偏着头想了想，说：“我的问题其实很简单，就是——我死了以后，这些洋娃娃到哪里去？”

原来是这样！贺顿哭笑不得，一个如此睿智豁达洞若观火的老人，在洋娃娃面前，竟然一筹莫展。

贺顿从来没有玩过洋娃娃，小时家里很穷，到了有钱能买得起洋娃娃时，她早已过了摆弄这种玩偶的年纪。如今，生死攸关之际，有人为了洋娃娃来咨询她，贺顿也陷入了一筹莫展的困境。

如果依她的意见，很好处理。但是，她知道自己不能轻易发表意见，一切以当事人的感知为最重要的线索，所有先入为主都潜藏着极大的弊端。

“那么，您对此问题有何考虑呢？”贺顿问。无论多么棘手的问题，当事人都比你更早地接触它的内核。他们曾千思百虑，柔肠寸断。多高明的心理师，也无法在短时间内穷尽当事人的思绪。千头万绪化为一句话——让你的当事人把真实想法说出来！这是好心理师的不二法门。

“我的洋娃娃，在我死后，有三条出路。”乔玉华老太太把话说了一半停了下来，等着贺顿问她。

有这样一种人，习惯这样被人询问，他们在询问当中感到一种操纵的快感。可贺顿不是一般的人，她是一个有反控制能力的心理师。

她就偏偏不问，等待着水落石出。

乔玉华果然绷不住了，说："这第一条路，就是把所有的洋娃娃都留给我的儿女们。可惜他们一点都不喜欢洋娃娃，他们会让它们积满了灰尘，蓬头垢面。我不忍心让洋娃娃在我死后落到这种凄惨的境地中去，要知道每一个洋娃娃都是我精心淘换回来的，都有一个精彩的故事。不能我死了之后，它们就集体成了孤儿。"

贺顿点点头。这个点头是什么意思呢？什么意思也没有，就是鼓励老太太继续说下去。乔玉华说："第二条路，就是把洋娃娃都捐到幼儿园去。我知道孩子们会喜欢我的洋娃娃们，因为它们实在是太可爱了。但是我下不了这个决心，因为孩子们不懂得珍惜洋娃娃。在他们眼里，那只是一些不会说话的玩具。其实我的一部分洋娃娃是会说话的，有的还会说英语，虽然都是很短的句子，但在我眼中，每个洋娃娃都是活生生的一条命啊。只怕幼儿园那些娇生惯养的小少爷小公主，慢待了我的洋娃娃，把它们的鼻子磕破，胳膊弯了腿骨折了，头朝下摔得鼻青脸肿脑出血什么的……要真是那样的话，还不如走第三条路。"

乔玉华沉吟了半晌，没有说出她的第三条路。这一次不是卖关子或是等待贺顿的反应，而是她真的吃不准这条路是说还是不说。过了好半天，她下定了决心，最终说出来："这第三条路，就是把这一百零一个洋娃娃和我的尸身一道火化……"

贺顿被震骇。在她面前，烈焰已经腾起，乔玉华的尸身被一百零一个洋娃娃簇拥着，在火光中变成金红色。那些洋娃娃像活了一样，眨着眼睫毛，挥动着手臂，从五颜六色变为灰烬。

"你害怕了？"乔玉华一针见血。

"不不……"贺顿赶忙否认，一个心理师让来访者看出胆怯，这不是优良素质的体现。贺顿遮掩说："我只是在想，人家火葬场也许不会同意。"

乔玉华说："这个细节我早就想到了，不用担心，我给他们留下足够火化两具尸体的钱，他们赔不了本。”

只要想一想人的骨灰和洋娃娃的灰烬混合在一起，也实在令人怅然。乔玉华好像有第六感，测出了贺顿的心思，就说：“我的骨灰和洋娃娃的骨灰装在一个布袋子里，就好像古时的兵马俑殉葬，也很有意义。”

还奢谈意义呢，贺顿觉得这简直是她开业以来听到的最不可思议的主意。乔玉华说：“好了，我把我的三条路都和盘端出了。我想听听你的意见，在这三条路当中，我到底去走哪一条？或者，你还有第四条道路建议我？请赶快说，我的时间不多了。”

这是一句双关语。乔玉华既要赶火车，又要从生命的终点站下车了，无论从哪个意义上讲，时间都不多了。

贺顿这时问了一个和道路无关的问题，她说：“乔阿姨，您以前是干什么的呢？”

乔玉华说：“多早以前？”

贺顿说：“退休以前。”

乔玉华说：“我是一个局的党委书记。”

贺顿心想，果然。又问：“在党委书记之前呢？”

乔玉华说：“是处长。”

贺顿又问：“再以前呢？”

乔玉华说：“那就是科长。”

贺顿又问：“更早以前呢？”

乔玉华说：“我看你这么问太辛苦了，索性告诉我，你想知道的最早时期到哪里？”

贺顿说：“解放前。”

乔玉华说：“那时我是一个革命者。”

贺顿说：“打仗吗？”

乔玉华说：“当然打仗了。我是一个勇敢的女游击队员。”

贺顿说：“你杀过人吗？”

乔玉华说：“当然了。”

贺顿说：“多吗？”

乔玉华说：“比双枪老太婆要少。比一般人要多。”

贺顿说：“知道了。”

乔玉华说：“我被你的问题搞糊涂了。你问了我这么多，我都如实回答了你，可我就问了你一个问题，你还没有回答我。”

贺顿说：“我正在想。”

乔玉华说：“我估计你也想不出第四条道路了。现在，请你马上回答我，在我死后，我的一百零一个洋娃娃，何去何从？”

乔玉华的眼睛中冒出属于死亡的犀利目光，直勾勾地盯着贺顿，贺顿真恨不得跑出心理室，把所有的咨询费退还给这一家人，然后扑到床上，放声痛哭。如果可能，就剧烈呕吐，连胆汁都吐出去，然后无知无觉化成一幅白绫。

“你说，我是否把自己尸体，同一百零一个洋娃娃一同化为灰烬？你说……你说……我马上退票，今天不走了。事出突然，我知道你一下子回答不了我，我等着你说……”乔玉华的声音像丧钟，盘旋在耳旁。

第 9 章

该说出真相的时候沉默，是一种卑鄙

寻常男子，碰到老婆偷人这种事，不当场白刀子进红刀子出，厮打到头破血流，那就是孬种。柏万福却什么也没说，转身离开了饭店。在等候的那段时间里，他想了很多。他知道贺顿从来没有爱过自己，宛若寒冰。原本他想用胸膛去焐，用手心摩挲，将冰核化为潺潺溪流，不想纵你千般打造，万般温存，她还是自成一体我行我素。他曾退后一步想：贺顿不是个风流成性的女人，虽然对自己没有激情，对别的男人也是视而不见淡然如水，索性不再强求随她去了。却不料在一派淡然之下，竟是早生异心。

极度的震惊和失望让柏万福失去了反击的能力，眼睁睁地看着这对淫乱男女，仿佛被施了定身法，什么也说不出来。

俗话说，薅人出豹子。柏万福是个薅人，可惜没有变成豹子，而是变成了一只兔子。一夜未睡，两眼熬得通红。从此他晚上就躺在诊所的弗洛伊德榻上，一大早就离开，漫无目的地狂走。这种时刻，首先是脱离接触为妥。诊所的个案都是提前预约好的，只要不是天塌地陷战争爆发，就要照旧。真不知贺顿如何应付这样的工作量，但柏万福管不了那么许多了，如今，他一脑门子转的都是：他是谁？他和她认识多久了？他们今后会怎样？

每个问题都似一柄钢叉，刺穿了柏万福的心脏，在火上慢慢炙烤。好在今天的柏万福已受过心理训练了，不能像一般的凡夫俗子那样处理奸情。他不断地对自己说：要冷静，先把事情搞清楚，再做决定。

很费了一些周折，打听到了钱开逸的身份和住址电话。当然了，最直截了当的方法，就是要贺顿提供这些情报。作为有过失的一方，贺顿应该坦白交代。柏万福判定若是自己问询，贺顿也会原原本本地告知。但是，不。柏万福怀着一种自虐般的痛楚，亲自搜集有关信息。心理师的课程给了柏万福莫大的帮助，在某种程度上像侦探一样训练了思维和逻辑。随着有关钱开逸的资料越来越周全，柏万福的应对方案也出来了。

约见钱开逸。

“你是谁？”电话拨通之后，钱开逸发问。

“我是柏万福。”柏万福义正词严地说。

钱开逸迅速搜索了自己的记忆，确信认识的人里面没有这个名字，就客气地反问：“对不起，我还是想不起您是谁。可以多提供一些信息吗？”

柏万福深深地悲哀了。他知道在妻子和她的情人谈话中，贺顿从来没有提起过他的名字，就好似他完全不存在一样。柏万福强压着愤慨感伤，说：“你应该知道我是谁。那天，在522房间门口，我们见过面。”

“哦……原来是你。我知道，我们还会见面的。”钱开逸慌乱了一刹那，很快镇定下来。该来的一定要来，索性早点来。

“请到那天你们喝茶的那家饭店。就在那张桌子上。”柏万福说完就放下了电话。在他一生中，从来没有这样斩钉截铁过，屈辱可以化为勇气。

钱开逸本想说那个地方恐怕不合适吧？又一想，到自己单位或是贺顿那边更不合适。若是柏万福提议到荒郊野外，他还不敢去呢！柏万福以前工人出身，自己乃一介书生，不是劳动人民的对手。再说自己也没有普希金那样的勇气，不敢举起手枪。别说不知道哪里能搞到枪，就是为了自身这条好嗓子流芳百世，也不能贸然送死。在规定时间，钱开逸只好乖乖赴约，坐在他和贺顿曾经促膝谈心的地方，和贺顿的老公短兵相接，感觉森然。又一想，这样的场合也好，灯红酒绿，想来不能拳打脚踢刀兵相见。

钱开逸从来没有正面见过柏万福，那天慌乱之中，也来不及细细端详。今天一见之下，可能是自己理短，反倒觉得身穿一身证券蓝制服的柏万福，血性与肃穆交织脸上，端坐的时候也是一表人才。

柏万福说：“说说吧。”

钱开逸说：“是你叫我来的，该你先说。”

柏万福说：“就说说你们如何认识的。你为什么要当第三者？”

这是一个尴尬的问题，钱开逸完全可以拒绝。但是，钱开逸欣然接受。因为，那些镜头在他脑海中曾经慢放过千百遍，他早就想一吐为快。但是向谁描述？贺顿和他同是当事人，没有再说之必要。向别人说，毁了自己的清誉。柏万福是一个最不适宜的听众，但人家打上门来自动请听，对一个以说话为职业的主播来说，钱开逸不会退缩。

他目不斜视地说：“在应该说出真相的时刻保持沉默，是一种卑鄙。告诉你，我不是第三者。你才是第三者。”

柏万福迸出一个字：“讲。”

第 10 章

人都害怕被遗忘，但前提是我们要被人记住

相识始自声音。

广播电台要开一档直播节目，主谈心理话题。别家电台的此类节目，都是放在深更半夜。幽幽女声，恍若古埙，伴随着玄幻的吐纳之气，沿着午夜的雾岚在城市的巷道里蜿行，淡淡感伤中生出轻微的惊悚。

钱开逸预备孤独一枝。首先钱开逸是个男子，不能像情感保姆似的腻腻歪歪怀抱听众，充满惰性。其二是他音色清冽中气汹涌，由这条嗓子输出的字句，有虹一般的凌空质感和跨越天穹的权威。

钱开逸也有不足。他是广播科班出身，咬文嚼字无可挑剔，但他没有心理学背景，在谈论某些深度话题时力不从心。从台领导到钱开逸本人，都懂得强强联手扬长避短这条金律——需选择另外一位心理学专业人士做搭档，以保证此谈话节目的收听率节节攀升。

鉴于钱开逸是男性，另一位主播就只能是女性。寻找女主播，成了本节目开播的先决条件。按说偌大一个城市，挑个有心理学背景的女子，并不是太难的事情。钱开逸一旦开始操作，才发现绝非事先设想的那般简单。

研究心理学的专家们大部分都集中在高校，学富五车，但语言风格乏善可陈。学术有余，活泼诙谐不够，催人昏昏欲睡。苦挣学分的学子们熬得住，手握旋钮的听众们可没那么好耐性。直播节目毕竟不是大学讲堂，开着车嚼着口香糖的白领，不是教授们的硕士博士生，可没耐心听一个苍老的声音满嘴喷术语，把一个心理现象掰开了揉碎了讲个水落石出。钱开逸只好忍痛放弃学府转寻民间。好不容易找到了专攻临床的心理学人士，又多矜持内敛，不愿意到广播电台抛头露面。

其实，广播里出风头的并不是相貌，而是一道音波。播音员隐藏在严严实实的直播间里，只有音色凌空翱翔。语调宛若青烟，无影无形又无处不在，一个又一个美丽的艺名躲在闪烁的电光之后，顽强地刺激着你的听觉，直到你在不知不觉中接受了他的低语，把一个陌生人认作熟识的邻居。

女人们似乎更愿意藏起自己的声音，躲在安全屏障之后。钱开逸连连碰壁，不得不承认国外一位学者的研究结果——音色是除了身材之外最惹火的性感因素。他不无恶意地愤懑地想，难道男人们，比如我，就应该在光天化日之下把声音裸露出来让女人们欣赏，女人们却把自己的声音包裹得如同粽子秘不示人吗？

不管怎么说，任务还是要完成。钱开逸成了一个“星探”，更准确地说，是一个“音探”，他要找到一条声带，能和自己的声带相匹配。钱开逸骄傲地想到专家形容他的声音：“如同高速公路一样笔直光滑并有着黯黑的波浪起伏，远处暮色苍茫间浮动着夕阳那鱼鳞状的橘红色光芒……”能和这样锦带般的声音相匹配，杯觥交错，不是一件容易的事情。况且，还要有深奥的心理学魅影相随。

难啊！上天入地没有找到合适人选。有一个女人险些入网，虽说达不到完美无缺，基本符合要求。只是钱开逸再三斟酌之后，还是断然把她放弃了。原因不可对人言——她太老了。当然如果你看到这位女专家本人，在精心的保养和化妆品齐心合力的捍卫之下，一张面孔还能蒙混过关；由于十分注意节食加之硅胶在胸前帮衬，身材也算玲珑有致，背影让人生出遐想。可惜声音是无法化妆的，由于年代的磨损而造成的喑哑和撕裂，虽然只是轻微的折断和劈开，可一经话筒的放大传出，就让钱开逸感觉到巨大的潜在不安。要知道，一档高质量节目的受众，对于女声的要求是非常苛刻的，不单需细腻清朗，更要饱含青翠欲滴的鲜亮。试音时，在声如竹帛分扯的老女声伴奏下，钱开逸的音色也遭到强烈干扰，产生粗糙裂痕。

作罢。另找。在此阶段，领导不断地催促钱开逸，心理访谈开播迫在眉睫。

这天刚上班，齐台长拦住钱开逸说："几家大企业又来谈广告了，说一定要有一款针对高收入白领的谈话节目，收听率上去了他们才肯投入。台务会商定你的这档'心灵七巧板'半个月之内必须开张。"

钱开逸频频点头，是啊，别的栏目都是磕头作揖地出去拉广告，唯有这档还在孕育中的栏目，是广告商奋不顾身地扑上来。机不可失，时不我待，再不努力，大家的钱袋子干瘪，钱开逸罪责难逃。

钱开逸悲痛地准备让那老女人出山。这天下午，他到新华书店去买书。一个广播人，要时时充实自己的脑壳。不然空有一条好嗓子，说出来的都是废话蠢话，岂不贻笑大方？

钱开逸除了享有一匹油光水滑的亮嗓之外，其他方面也很俊逸，身材高大鼻梁英挺嗅觉上乘，眉清目秀视力超拔，耳朵也像藏獒一般灵醒。不过在大城市里，五官感受太机敏了，简直就是灭顶之灾。新华书店里热气腾腾，弥漫着书本的印刷气味、男人的汗臭味和女人的脂腻味，耳鼓被嘈杂涨得紧绷，目光还没瞅到书，就被一张张流汗的面庞填满。钱开逸走到心理励志类图书的货架前，突然如醍醐灌顶一般听到身后不远处，有一个女声问道：“《幽谷伴行》在哪里？”

《幽谷伴行》是刚刚上市的一本心理学译作，别看名字仿佛通俗小说，其实内容艰深、佶屈聱牙。据说没有研究生以上的学问，休想看懂此书。钱开逸虽有此学历，但因为忙，还不曾看过。

让钱开逸激奋的不是深奥的《幽谷伴行》，而是那个声音。妖媚中透着宁静，华丽中掺杂着朴素，流利而不黏滑，有力而不强硬……天哪，钱开逸踏破铁鞋无觅处，寻找的就是这样的声音。而且，它十分年轻，是带着露水和霜粉的紫葡萄，浆汁饱满吹弹可破。如今，年轻就是宝啊，特别是女声。

钱开逸正准备回头一把抓住这个如鲸鱼般滑润的女声，不想手机恰巧响了。他下意识地低头一看，正是齐台打来的电话。

广播这个行当，面向千家万户，业内的口头禅是“广播无小事”。齐台要求领导干部和重要的播音员都要 24 小时开着手机，随叫随到。有人曾因和女朋友听交响乐擅自关机，被再三再四点名批评，还扣发了不菲的奖金。大家都形成了条件反射，只要一看是齐台召唤，立马在第一时间抓起听筒。

齐台急迫地说：“心灵七巧板的广告已经签了，下个星期，你这档节目必须要让大家听到。预告也已经发出去了，剩下的事，我就不多说了。你也是老同志了，心里有数。”

隔着半个城市和无数攒动的人头，钱开逸确知齐台看不到自己，还是不由自主地频频点着头，说：“明白。下周。‘心灵七巧板’一定准时开播。”都是干广播的，钱开逸知道所有的肢体行动都会在声音中有所暴露。如果他不点头，声音就不会传达出足够的尊敬和服从。老广播的耳朵就是雷达。

待钱开逸完成了对领导的尊崇，回过头再来寻找那个石破天惊的声音，才发现它已潜入深水。

人海茫茫啊！每一本书都是一道屏障，每一个脑顶都是一座山峦。那个声音用嘈杂成功地把自己掩埋了起来。到处都是声音，纷嚣混乱，带着急迫和尖锐的腐蚀感。那个声音烟消云散，仿佛从未生成过。最要命的是钱开逸没有看见发出那个声音的面孔，如果齐台的电话晚来一秒钟就好了，这个魔鬼声音持有者的音容笑貌就会像烙画一样焦煳在钱开逸的脑屏上。

只有一根稻草——《幽谷伴行》。钱开逸发疯似的掐住一个身穿红色马甲的服务人员说："快！快带我到《幽谷伴行》那里去！"

红马甲痛得直缩胳膊，愤愤问："你到底要到哪儿去？"

这也难怪。整座大厦有几十万本书，一个普通的工作人员，哪里就准知道一本刚刚出版的艰涩的心理学专著呢！好在红马甲还是很负责任，克服疼痛引着钱开逸走到电脑前，开始按部就班地查询。在钱开逸度日如年之后，被告知通往"幽谷"的小径。

钱开逸找到了存放《幽谷伴行》的书架子，看得出来原本挤得紧紧的书阵中有一道小小裂隙，可见是刚刚有一本书被取走了，但四周空无一人。偌大的图书大厦里，只有这一个角落是僻静的，看来心理学著作还是冷门，少有问津。钱开逸从书架上飞快地掠了一本淡绿封面的《幽谷伴行》，直向收款台奔去。很多人在排队交款，钱开逸从队尾看起，没有人拿着淡绿封面的书。钱开逸常做直播，头脑反应迅速，他不顾众人"别加塞，排队！一个个来！"的指教，径直冲到收款台前，大叫道："刚刚可有人买了《幽谷伴行》？"

收款台姑娘一边手指翻飞敲着键盘，一边答道："没见没见！又不只是我这一个地方收款，别处看看去！"

一句话提示了钱开逸，他赶忙往其他收款台赶去。无论他怎样手疾眼快，那个沉鱼落雁的绝色声音，还是如同蝌蚪消失在水草繁密的溪流中。

钱开逸恐惧地东张西望，生怕这个来之不易的声音从此地遁。可惜无论他怎样内心祈祷，那个声音电光石火惊鸿一现之后，再也不露真容。

钱开逸想到服务台发表一则寻人启事，但是，说什么？就说刚才买了一本《幽谷伴行》的女子，请赶快到服务台找一个穿咖啡色上衣的青年男子接头？笑话！她绝不会回来的。钱开逸凭着直觉，知道有着如此出类拔萃声音的女子，也像有骄人身材和倾国容貌一样，内心是孤傲的。一则突如其来的广播，也许只会让她莞尔一笑，更快地离开这个是非之地。更何况，把这一切同工作人员说清楚，需要时间，而每一分钟时间都很宝贵，意味着她随时都有可能不再现身。

思忖的结果是——求人不如求己。先用最快的速度在人群中寻找，万一找不到，马上去查有关记录。这个女子一定爱书，很可能办有 VIP 购书卡。如果有卡，就能获取她更多的资料，按图索骥就柳暗花明啦！如果没有卡，钱开逸还可以常常到这里来蹲守，她一定还会再来。

脑袋里翻滚着各式步骤，脚下可是一点都没耽误，钱开逸四处睃寻。其实说是睃寻并不准确。睃寻的武器是目光，钱开逸此刻的工作和目光并没有太大的关联，完全是靠听觉。他并不知道那个有着倾倒众生音色的女子是何长相，只有耸起耳朵，像声呐仪器般捕捉着周围动静。

那个女声像沉没了的核潜艇般坚定地静默着，钱开逸几近绝望。他扩大了搜索范围，朝大门口跑去。

他终于听到了声音。不是那个梦寐以求的女声，而是门口的安全警戒铃声大作，警卫很不客气地拦下他，粗暴地指了指他手中淡绿封面的《幽谷伴行》。钱开逸这才发觉自己没有交款，书上的隐秘磁条仿佛是受了委屈的孩子，不屈不挠地哭叫着。霎时众人的目光聚焦过来，钱开逸窘得不行，赶紧把《幽谷伴行》往保安手里一扔。对这书虽是万般不舍，也只有来日再说，目前寻人要紧。

好在钱开逸始终是攥着书往外跑，并不是把《幽谷伴行》掖在身上的哪个犄角旮旯处，警卫就宽宏大量了，没把他算作恶意夹带，只当是粗心大意，扣下书之后，放他走了。

到了大街上，更是一派枉然。人山人海汇成了声音的联合国。钱开逸一会儿往东一会儿往西，漫无目的，哪儿人多就往哪儿挤，东张西望的简直像个扒手。就在他几乎完全失望的当儿，突然那个如同天籁的声音在人丛中出现了。“……往西要到对面坐车……”

虽然只是片言只字，钱开逸已能断定，这就是她！就是那个千载难遇的声音。他循着声音望去，看到一个巨大的黑色人球在向前滚动，他不禁骇然，仔细看去，才知道有两辆公共汽车进站。一堆站牌扎在一处，人群看到自己要乘坐的那辆车来了，就不顾一切地裹挟着他人蜂拥而上。

那个声音就混杂在这堆人当中，千真万确。钱开逸马上就要揪到那个声音的尾巴了，也马上就要失去这个声音的全部线索了。要命的是，钱开逸还是不能确定到底哪个女人是他要找的真神。间不容发，钱开逸必须决定到底上哪辆车，抑或继续等待，何去何从十分严峻。如果决定错误，他会再次和美丽声音失之交臂。

钱开逸看到一个瘦弱的女孩就要被众人拥挤到车上去了，她是那样的轻薄，好像一片被波涛吞噬的黄叶。钱开逸两手像游泳一样劈打着分开众人，不顾辱骂，冲到了公共汽车门前，此刻，那个女孩就要上车了，任何语言的交流都来不及，钱开逸伸出自己穿着皮鞋的右脚，狠狠地踩了那女子一下。

“哎哟……”那女子大声呻唤，从车门的挡板跌落下来。

这一声在别人耳朵里不过是被踩了脚的女子惨叫，敲在钱开逸鼓膜上便风华绝代。好了！就是它！万事大吉了！

钱开逸笑容满面地忙不迭地说着：“对不起对不起，我不是有意的。”

那女子从人群中艰难地挣扎而出，看来这辆车她是上不去了，愤愤地说：“你当然是有意的了。”

钱开逸狂喜说：“您说得对，我就是有意的。要不是用这种极端的方法，我怎么能和您说上话呢。终于找到您了，真是太好了。”

直到这时，钱开逸才有机会看到这个有着极美妙音色的女子的真面目。她身材矮小，面色黧黑，五官淡而无奇，像一张答案平平的卷子，虽没有什么显著的错误，但也绝没有任何出众之处，一切都在循规蹈矩之中。衣服穿着很有品位，粉紫色的长裙将她裹住，一副巨大的香奈儿太阳镜几乎遮住了半个脸庞。

“我认识你吗？”女子对钱开逸的回答大不解，摘下了墨镜，眼睛彻底暴露在光天化日之下，惨不忍睹。眼裂很小，眼皮厚到好像刚被注进了水，闪着朦胧的亮光。在这狭小眼裂和肿囊囊的眼皮中射出的视线略带惊奇。

“不认识。您不认识我。正确地说，是您以前不认识我，但我们马上就会认识……小姐，我能请您喝杯咖啡吗？我不是一个坏人，您看，这是我的工作证，还有身份证，还有驾驶证……”钱开逸生怕这千呼万唤始出来的女子再跑掉，在自己的口袋里四处摸着，手里像抓着一把饼干似的攥满了证件，就差把钱包打开给人看了。

那女子看来见过些世面，微笑了一下，让钱开逸安心了不少。女子说：“你找我，有什么要事吗？”她那富有魅力的声音特别加重了“要事”的“要”字，让一般人自惭形秽。

好在钱开逸不是一般人，虽然年岁不小且未婚，但此次行动并不是泡妞而是事关工作，他振振有词地说：“有要事。很重要。关乎千百万人的头脑。”

这可真不是吹牛，且不说广播的影响力巨大，单是音波能钻进那么多人的耳朵，难道不是关乎头脑吗？！

该女子并不为之所动，莞尔一笑说：“先生，人们基本上都认为自己的事情是重要的。其实，不然。在你认为是重要的事，在我并不重要。对不起，我下午以后是不喝咖啡的，会影响到我晚上的睡眠质量。而中国，一般的咖啡馆，并没有低咖啡因的咖啡。”

一席话，把钱开逸噎住了。该女子说着挎上了太阳镜，这让她的面庞显得更加风平浪静，转身要走。

钱开逸慌了，千难万险淘换出来的宝贝，哪能就这样让她溜走。他换了一种方式，指着该女子的小包说：“既然您不喝咖啡，我可以和您一道喝茶。您要是说茶里有茶碱，也睡不着，我可以陪着您喝矿泉水。”

女子继续保持着优雅的微笑，道：“看来你是一定要和我喝点什么了。那咱们一边喝水一边说什么呢？我很想提前知道。”

钱开逸说：“就谈谈您包里的东西。”

女子扑哧一笑说：“我包里都是女人用的东西，想不到您会感兴趣。”

钱开逸赶紧一本正经起来：“我不是对女人的东西感兴趣，是对您包里的书感兴趣。您有一本《幽谷伴行》。”

女子惊讶：“你从书店一直跟踪我到车站？”

钱开逸急忙分辩道：“不是跟踪，是寻找。我也很喜欢心理学，请问，您叫什么名字？”

女子说自己名叫贺顿。“祝贺的贺，顿就是巴顿将军的顿。如果你觉得太刚硬了，就是立顿红茶的顿。”

“那么，可否告诉我您在哪里工作呢？是什么学历呢？”钱开逸继续追问。虽然这样穷追猛打是不礼貌的，但为了工作，只有单刀直入。

贺顿说：“我为什么要告诉你？”

这当然是一个非常正当的问号。钱开逸慌不择言地说：“因为我需要你。”

这话太暧昧了，贺顿回答：“可是我一点也不需要你。”掉头而去。钱开逸恨不得扇自己一个耳光，赶快抖擞三寸不烂之舌，说：“是我的工作需要你。这份工作将让你触摸到千百万人的心灵。”

此话有夸张，但基本属实。《幽谷伴行》是影响人心的著作，想来该女子会对人心独有所钟吧！钱开逸祭起“人心”这把钥匙。

“人心”变成比钥匙更有力量的钩子，把贺顿的脚步绊住。她转身告诉钱开逸自己正读着心理学课程，也有过实践经验，的确对“人心”大有兴趣。

街旁正好有一家小店售卖冰水，两人坐下。“好极了！”钱开逸不禁叫出声来。有理论有临床，再加上这条好嗓子，天造地设就是嘉宾主持的材料。

贺顿面对着钱开逸的惊呼，不疾不徐地问道：“我的资料您已经了解得差不多了，婚姻介绍所登记，所需要的项目也不过如此。我可以知道您的目的吗？”

钱开逸兴奋地说：“我们现在需要一位嘉宾主持人……”

“让我做主持人，有没有搞错？我的形象实在不宜出镜。”贺顿惊奇地扬起了一侧的眉毛，这使她的脸有了丑女的生动。

“我是广播电台的，不需要相貌出镜，只需要声音出镜。这一点，您尽管放心。”

贺顿说：“我放心什么？！好像我答应了似的。”

钱开逸于是摇唇鼓舌，大肆宣讲这档节目的重要性，又说到国人心理健康的紧迫感，让心理学以更优雅更广泛的方式走近大众……简直是经天纬地的事业。贺顿很安静地听着，插话道：“这些您就不必多说了，我是学这个专业的，知道所有的重要性。”

钱开逸抓住时机说：“我们就是要找一位专家，您健康了，这是您的幸福，但您不能不管不顾别人。我能知道您以前是做什么的吗？”

贺顿两只眉毛都跳了起来，说：“这已经超过婚姻介绍所要了解的情况范畴了。”

钱开逸说：“台里对主持人的要求是很严格的，我需要知道更多的背景资料。”

贺顿说：“请记住我并没有答应过你什么。”

钱开逸说：“当然，您还没有答应我，我可以等待。但我不想等待的时间太长。从您的角度考虑，这也是一个双赢的项目。我看您还很年轻，当然希望能成就自己的一番事业，无论您做什么工作，都希望人们记住贺顿这个名字吧？顺便问一句，贺顿是你的笔名还是真名？”

贺顿用小勺搅着矿泉水，无论怎样搅动，矿泉水依然纯粹地晶莹着，她没有正面回答，只是反问道：“这有什么关系吗？”

“当然有关系了，因为你的名字会反复出现，我希望它好记并且有韵味，当然，也要有力量，在念出它的时候，响亮，有节奏感。”钱开逸说。

“我叫这个名字已经多年了。身份证上不是这个名字。”贺顿眼光坦诚地盯着钱开逸。

“你就用这个名字好了。贺顿，很洋气。你当了嘉宾主持，就会有无数的人无数次聆听到贺顿这两个字。人们都是害怕被遗忘的，但前提是我们要被人记住。”钱开逸说。

那天下午，他们一共喝掉了四瓶矿泉水，当然主要是钱开逸喝的，因为职业习惯，他在说话的同时，需要不断湿润喉咙。贺顿基本上没说话，只是架着二郎腿，小口饮着矿泉水，凝神静气地听着。当她不开口说话的时候，真是乏善可陈，但她的整体气质很有修养。当她开口说话的时候，就像有光芒突然闪出，整个人熠熠生辉。

“我很想知道，你这样不辞劳苦地找到我，游说我，到底是为了什么？”贺顿郑重发问。

钱开逸说：“我苦口婆心跟你说的都是理由嘛！”

贺顿说：“这还不足以说服我。”

钱开逸想了想，说：“好吧。我把底牌告诉你。你有一副像竹叶青蛇一样的好嗓子。碧绿柔软，蜿蜒流畅，惊艳耸动，还有冰冷的镇定和油光水滑的滋润。必要时刻，我相信也能探起火红的信子，喷出置人死地的决绝。”

贺顿说：“太夸张了。这听起来有点可怕。”

钱开逸说：“不是可怕，是可爱。你不要不好意思，我只是指嗓音。你知道我的嗓子吗？我也不谦虚了，也用蛇来打比方。如同眼镜王蛇，宽大厚重，有惊人的力度和骇人的风采。当然毒液的储藏量也是相当的丰富，能创造出一个声音的重金属场，震撼心扉。你知道两条蛇会合在一起会怎么样吗？”

贺顿被惊呆，说：“不知道。会掐架吧？一条吞了另一条？”

钱开逸说："告诉你，毒液倍增，金蛇狂舞，让人惊骇莫名中毒昏眩。"

贺顿说："那不就成了谋杀案了吗？"

钱开逸兴奋地嚷起来："这一次，你说对了。就是双蛇谋杀案。让人们为我们的声音而窒息。"

贺顿并不为之所动，只说事发突然，要回去好好想一想，再做答复。

当天晚上钱开逸就向齐台汇报了情况，为了保险起见，齐台说他还要亲自约见贺顿谈谈，一个台的嘉宾主持人要有相当的可靠性，各方面都不能马虎。

齐台和贺顿会面之后，也深表满意。"很稳重，一眼就看得出是受过良好教育的，有大家闺秀的气质。"齐台赞不绝口，却对贺顿的嗓音绝口不提。钱开逸愤愤不平，因为这才是最难寻找到的特色，踏破铁鞋啊。自从齐台娶了某名牌大学教授的独生女之后，表扬女性最喜欢用的词就是"大家闺秀"。

钱开逸按照地址，把直播节目报审单和聘任合同速递给了贺顿。本以为贺顿很快就会和他联系，不想那边一直云淡风轻地沉默着。干广播这一行是很讲究谁先说谁后说的，顺序里面大有学问。按照你来我往的礼节，也该给个回应，但贺顿就是沉着地缄口不言。钱开逸刚开始还隐忍着，不想追着撵着把贺顿惯出毛病。但贺顿一直无声无息，时间不饶人，钱开逸只好拨通了贺顿的手机。

"合同你看了吗？"钱开逸开门见山。

"看了。"贺顿回答。

"怎么样呢？"钱开逸继续问。

"我觉得你们的合同有一个很重要的遗漏。"贺顿单刀直入。

"哪个方面呢？"钱开逸有点惊奇。这是台里的固定格式合同，很多人都是大笔一挥，看都不看就签了字的，没想到却碰上了一个较真的。这也不是什么商业合同，只是象征性地提到不得提前解约，要遵守台里纪律，不得迟到，等等。钱开逸问道："什么地方遗漏了呢？"

贺顿说："报酬。"

钱开逸笑起来说："原来是这个啊。台里有统一的规定的，主持一个小时 ×× 元，到时候咱们就按规定走。"

贺顿说："这太少了。"

钱开逸半开玩笑地说："这是规定动作。你知道电台不能和电视台比，他们是土豪，我们只是贫下中农，一切就要讲奉献精神了。我们以往请的那些大腕，也都是同工同酬，有些人干脆就不要报酬了。"钱开逸随之列举了一系列震耳欲聋的名字。说完这些话，钱开逸有了隐隐的不满。作为嘉宾主持人，一次广播节目还没上过，就开始讨价还价，这还真少见。

电话的那一边好像摸到了钱开逸的脉搏，一板一眼地说："钱老师可能觉得我是个小人，但我愿意先小人后君子，把话说在前面。那些人是大腕，而我只不过是个小猪蹄，当然不可同日而语。再说，他们不过是偶尔到电台客串一把，但我是要把它当作一个真正的工作来做的。"

最后这句话倒还让钱开逸动心，他喜欢认真对待工作的人。但关于报酬的事，谁都愿意用最低的价钱使用最得力的工人，从资本家到公众机构，概莫能免。他要尽力为惯例努力一把，说道："这个平台你还是要珍惜，你知道，不是什么人都可以到广播电台一展喉咙的。贺顿这个名字，将从这里飞向千家万户……"

贺顿不客气地打断他的话说："钱老师，您是在跟我商量还是想说服我？"

钱开逸一时不知如何回答，支吾着："这有什么不同吗？"

贺顿用她那非常动人的嗓音说道："您要是想说服我，就请收兵吧。我不会被说服的。您如果是跟我商量，那我就告诉您，这事没商量。"

钱开逸觉得这话可不像那个温文尔雅的贺顿说的，像个市井小人。但此刻不是教育贺顿的问题，不能眼看着自己沙里淘金拣来的人才就因为钱的问题，付之东流。不过他一个人做不了这么大的主，只好说：“我把你的意见反映一下，尽量争取让你满意。”

贺顿点水不漏地纠正道：“不是让我满意，是公平交易。你们购买我的嗓子和学养，当然还有我的时间，就要按质论价。”

钱开逸虽说听着不顺耳，也还是很努力地把这些原话记了下来，好到齐台那儿鹦鹉学舌。收线的时候，钱开逸说：“还有一个小细节，你要准备八张照片。”

贺顿说：“这也太故弄玄虚了吧？出国都用不了这么多的照片。干什么用？”

钱开逸答道：“办出入证。广播电台是舆论重地，门禁森严，特别是我们将要进入直播大楼，更是层层关卡。”

这一次，电波的那一边乖乖地说：“好吧，八张。”

第 11 章

短信乌鸦般降落在显示屏上

台里同意了贺顿提高报酬的要求，顺利签下合同。齐台再三叮嘱钱开逸保密，说这纯粹是因时间紧迫加之钱开逸再三游说才成就的个案，绝无普遍意义，以后不得类推。节省每一个铜板才是正途。

先做模拟。

钱开逸喜欢看贺顿戴上耳机对着话筒侃侃而谈的模样。硕大的耳机仿佛推土机，会把女子的刘海捋到脑门以上，额头的前半部分就赤裸裸地彰显出来。很多美女被这道工序荼毒扼杀，只有那些最聪明和光洁的额头，才能在这样的暴露之下依然保持着圆润的形状并反射着屋顶的炫光。

但也仅仅是额头了，其余乏善可陈。为了表示仁慈，节目中需要和贺顿对视的时候，钱开逸不由自主地眯起眼睛，让对方的眉目在直播室的强光之下，变得稍微模糊一些。

只听贺顿的声音，绝对是一种享受。并不是单纯的丽音，还有一种直击人心的魅力让人心痛。对贺顿对于金钱斤斤计较的不快已渐渐淡去，钱开逸还在心中替贺顿开脱，毕竟一个年岁不算轻的后女孩（钱开逸把那些太小就模仿成熟女子的姑娘，称为前女孩，反之，已经过了豆蔻年华还努力佯作年轻的女孩，被称为后女孩），在大城市里混事不容易，到处都需要钱，逼得良家妇女也赤膊上阵讨价还价。

“心灵七巧板”的具体程序就是两人对谈。找到一个听众感兴趣的热点话题，比如大学生自杀，比如农民工被克扣工资，比如性骚扰和商场里安放了定时炸弹市民该如何处理，等等，题目繁多，涉及当代人生活的方方面面。实用心理学是个大筐，什么问题都可以往里装。这也不完全是空穴来风，你想啊，什么事都是人干的，是人就会有思想，思想的基础就是心理，万变不离其宗，都和心理搭得上茬。

齐台和其他领导再加上钱开逸决定话题，贺顿见到的只是一张张事先拟定好的节目单。针对某一题目，贺顿需要提前做好资料的收集和整理工作，研究确定基本观点。当然所有的观点都要健康并积极向上。

做好了这些，两人会拿着厚厚的资料簿走进直播间，这就完成了整个工作的二分之一弱。另外的一半是无从准备的，一切要相机而动，所以剩下的部分要占二分之一强。这也正是直播最险恶和最吸引人的精髓所在，这一分钟的你不知道下一分钟会发生什么。特别是增加了互动环节，听众可随时打来热线电话和发来手机短信，横出枝丫。直播就是急流险滩，两位主播是独木小舟撑桨人，不管和风细雨还是狂风大作，都要成功引导扁舟向前，直到平安抵达节目终结之港。

充满挑战。那些从城市的不同角落打来的电话，如同蘑菇。你根本就不知道他或她是谁，躲在暗处听取你。你在光天化日之下暴露无遗，你却对他们一无所知。这种情况下的对话，波光诡谲险象环生。

所有程序烂熟于心，OK！正式开播。

直播大楼是整个台里最有特色的建筑，完全是玻璃房子，像个鱼缸。你可以看到楼下车水马龙霓虹闪烁。如果恰好碰到大堵车，而你的座位又稍稍有点歪斜的话，就可以看到无数尾灯如同鲜艳夺目的红锦鲤鱼，绚烂地匍匐在黝黑的道路上。只要不站在交通畅捷和环保的角度上，不考虑废气和绿色组织的观点，那真是蔚为壮观的美丽和惊心动魄。

直播间前，设有重重关卡。对于人民喉舌来说，这当然是极为必要的保障措施。若有亡命之徒强闯要地，持枪警卫警告之后可以立毙歹徒。

经过岗亭的瞬间，最让贺顿心旷神怡。她把镶有自己蓝底彩照的证件往自动识别系统上一抹，荧光屏上就显示出她的头像、职务、服务的部门和年龄等信息。那是一张角度甚好的照片。拍摄的时候，贺顿曾不屈不挠地让操持数码相机的小伙子不断修改出图，直到最美丽的角度呈现出来。当然，所谓的最美丽也不过相当于别人的相貌平平。在能够完美的时候贺顿绝不凑合，一个好的心理学家不会忽略细节。

进得直播间外屋，导播小姐裘南娟冲她有礼貌地点点头，算是打了招呼，然后目不斜视地盯着今天的“直播报审单”。这张单子相当于商场的提货通知，一旦制订出来，分发给各部门，大家一盘棋配合直播。

裘南娟坐在可旋转的导播椅上，不是简单地跷起二郎腿，而是在此基础上把一条长腿盘绕在另一条长腿上，形成了一个高难度的“S”形，既夸张地昭显了性感光洁的长腿，又把双腿的缝隙封闭得间不容发，淑女造型之典范。也许因为长期在直播间不见阳光，她的皮肤白皙到近乎透明，像土豆新生的芽子，多汁而娇嫩。裘南娟的工作就是在直播时段内，接听听众打来的热线电话，选择其中有代表性的发言输送到直播现场，让主持人和听众直接交锋。这是近年发展起来的颇有活力的互动方式。听众可参与，可和主持人直接交谈，极大地激发了听众热情，收听率飙升。还有一些有关杂役也归导播处理。播音员进了直播间，在某种程度上就像进了牢房，成了与外界隔绝的机器人，其他诸事都要仰仗导播安顿。导播是一个看着不起眼却举足轻重的岗位。

美丽的裘南娟大学毕业以后分到台里，曾当过主播。经过一线历练，各方面提高很快，反应机敏应对灵活，政策水平高，办事让人放心。不料正在事业如日中天的时候，她得了腮腺炎。本来“痄腮”也不是什么大病，况且多是小孩罹患，一个大人，抵抗力强，腮帮子红肿热痛一段时间后，自然就痊愈了。不想裘南娟病好之后，原本珠圆玉润的嗓子一下变得尖利松懈。特别当她说出一个长句子，就像装修工人用锯切割劣质瓷砖。所有的人和裘南娟都以为这是暂时现象，经过一段时间声带会自动恢复，没想到病毒很有耐性，对裘南娟的腮腺倒是网开一面，日后她吞酸饮醋时照旧口水大泌，但却阴险地毁坏了她的声带。一个播音员没有了出色的声音，就像演员被人破了相。不对。若是被破了相，也还有丑角可以出演，但谁愿意被焦躁的声音折磨呢？这种嗓音若是放在“文革”期间，播个大批判文章什么的，或许还有用武之地，但时代毕竟不同了。

裘南娟面临转行，她半生的修为岂不付之东流？后来领导全面考虑，分配她当了导播，做一个幕后英雄。导播的声音不会出现在正式节目中，但直播时这个人又是须臾不可离开的。裘南娟接受了这个安排，努力工作。她一直期待着某天清晨醒来，声音又宛若莺啼。怀揣这样的理想，她工作甚是努力负责，恋爱婚姻耽误了下来。

这也是被嗓子株连。想想看，一个当过主播的女人，一下子沦落到了名不见经传的地步，心中怎能平衡？主播要找对象，筹码何等风光，而说出是导播，虽只有一字之差，但 100 人中至少有 99 个不知道这人是干什么的。裘南娟曾经是优质品，现因暂时的瑕疵沦落在光圈之外，她要把这段艰苦的时光挨过去，而不是在谷底时分将自己匆匆嫁出。

裘南娟很钟情钱开逸，钱开逸却无视裘南娟的存在，对美丽长腿置若罔闻，和有着优美声带的新搭档如胶似漆，前后脚走进来。

和客座主持人亲密接触，不是对贺顿的优待，而是钱开逸的既定方针。配合如同双簧，你来我往唇枪舌剑，既要有剑拔弩张势不两立的锋芒，也要有君臣佐使琴瑟合鸣的和谐。没有私底下的默契和相知，指望着临门一脚妙语连珠，是不切实的。就像相声里的捧哏和逗哏，那是多少次磨合勾兑的结果。特别是应答热线电话，你不知道那个人要谈什么，就像你不知道风要向何处刮。但是不管风要向何处刮，主播要把马车驶向预定驿站。山路颠簸雷电交加，两个驭手一荣皆荣一损俱损，怎能不同心协力！

新来乍到，贺顿不敢怠慢，很有礼貌地对裘南娟说：“你好！”

单纯一句“你好”，就把裘南娟镇住。如同月夜里抖响了一把音叉，荷塘露珠抛洒一池。这音色，裘南娟暗自度量：自己鼎盛时期也无法与之相比，嫉妒瞬忽而生。裘南娟庆幸刚才没有发出声音，不然会被这个国色天香的嗓子笑话的。一想到可能有无数的人在背后看过自己的笑话，裘南娟愤然起来。

进入直播间。前一节目进入收尾的音乐部分，悠扬动听，却安抚不了贺顿的紧张。好在心理课程上教过如何应对这种突如其来的不知所措，贺顿大口吐气，如同离站的蒸汽火车。紧张而产生的毒素，就在吞吐中释放，心身渐安。

贺顿从高清晰度的耳机中听到节目的开始曲响了起来……在打开麦克风之前，钱开逸对她说的最后一句话是：“别紧张。就像咱们平日聊天一样。即使是出了严重的错误，也没关系。说是直播，其实有两分钟的延迟，到时候导播会帮助咱们把关，掐断信号。外人察觉不出。导播很有经验。”

贺顿朝大玻璃外看了一眼，裘南娟也在外面目光炯炯地注视着他们。玻璃墙的隔音效果极好，无论他们说什么，导播都听不到，只是洞若观火。

空气里有淡淡的皮革味，好像乡下的牲口棚。特异的味道来自四周的真皮吸音板，满是毛孔的兽皮将声音全然吸附，过滤后的声音如同纯净水，通过高保真的麦克风骑着电波流畅飞翔，听众们收到美妙音色。

直播正式开始。

“亲爱的朋友们，今天我们的一档心理谈话节目就和您见面了。哦，请您不要误会，不是和您的眼睛见面，是和您的耳朵见面了。坐在直播间里，一个是主持人开逸，也就是我。还有一个是我们的客座嘉宾主持贺顿小姐，她是资深的临床心理学家……”

钱开逸说到此处，丢眼色给贺顿，现在是贺顿接上去的时刻了。贺顿先在脸上做出了一个笑容，要知道你说话的时候是微笑还是板着脸，肌肉组成的气流通道是不一样的，细心的听众能够分辨出这种不同。头次亮相，贺顿不敢有丝毫大意，轻快地说道：“听众朋友们，我是贺顿，向大家问好。其后的一个小时，就由我和开逸陪您度过一段美好时光。”

贺顿的声音有一点点颤抖，对着银光闪闪的机器讲话，让人有一种和未来世界接壤的感觉。仓皇之中，她依然没有忘记对所有收听广播的人进行一次小小的催眠术。她预约给了大家“一段美好时光”，听到这个词语的人们就会不由自主地期待着“美好”，祈愿的力量异乎寻常的强大。你没看到所有旅行社的招募广告上，都说经过了他们为您提供的旅程之后，你会“快乐地回到家”。谁敢保证你在充满了购物陷阱和吃不饱饭的行程中会一定快乐呢？旅行社红嘴白牙地开出一张快乐支票，等着你的兑现。除了相信，你别无他法。

“亲爱的听众朋友们，我们今天讨论的话题是：老大好还是老小好？指的是排行这件事对人们的性格的影响。想来大家一定是有兴趣的。如果你们要参与我们的讨论，就请拨打我们的热线电话，号码是××××××××，还有一部是××××××××。当然了，也可以发短信给我们，移动电话您发送到××××××××，小灵通电话您发送到××××××××。”钱开逸像念绕口令似的吐出一连串的数字。本节目的一大卖点就是主持人和听众互动，钱开逸在第一时间就要把联系方式交代给大家，之后回到正题。

“记得小时候听故事，开头总是这样的——在很早很早以前……令我充满了向往。觉得很早很早以前，真是一个遍地生长故事的年代……贺顿，你是不是这样？”钱开逸把话题抛给了贺顿。

贺顿有点猝不及防的感觉，她以为钱开逸还要自吟自唱一会儿，才会把绣球扔过来，没想到钱开逸喜欢频繁地转换节奏，她不得不仓促迎战。她思忖了片刻说：“是的。我也是这样。你说呢？”这几乎是废话。不过，对话节目就是由很多的废话和一两句真知灼见构成的，也不算太突兀。

绣球又回到了钱开逸手里，正确地讲是回到了钱开逸嘴里。他说：“我在家里是老大，老大的性格有什么特点呢？请贺顿小姐给我们讲解一下吧。”

这个问题倒是在贺顿的详尽准备之中，她松了一口气，侃侃而谈：“心理学家研究排行这个顺序，对人的性格真是很有影响呢。开逸你是老大，那么，我根据共性，就可以判断出你比较有权威感，比较能吃苦，比较合群，比较爱负责任……”

说到这里，钱开逸突然打断了贺顿的话说：“您前面谈的还比较靠谱，像爱吃苦合群什么的，但这爱负责任一条，我就有点不敢苟同了。我虽说不会推诿责任，要说是爱负责，就有点勉为其难，或者是——您夸奖我了。我不爱负责，矬子里拔将军我是没有办法……”

钱开逸这样说，并不真是要反驳贺顿的话，只是想把气氛搞得更丰富多彩些。贺顿初次上阵，对这种策略不熟，就当了真，接口道：“我所说的爱负责任，并不是指想当官或是一定要在危急时刻挺身而出。排行老大的人，当大家都退缩迟疑的时候，比较有主见。他们也害怕，但如果发现了别人比他还要害怕的时候，他会促使自己站出来……”

贺顿谈兴正浓，但钱开逸把她的话锋截断了，说：“贺顿小姐你这样一讲，我就更明白自己的性格特征了，我不是爱负责任，是泰山压顶不得不做个石敢当。好，听众朋友们，在贺顿小姐犀利的解剖刀下，我就要原形毕露了。我不知道别的排行老大的朋友对以上的这段分析，是不是也有同感，还是另有不同意见，欢迎大家以热线电话或手机方式和我们交流，我们的号码是 ×××××××××。”又是一连串数字大游行，贺顿趁机喝了一口水。

通过这最初一段的对话，钱开逸不得不相信面前的这个相貌平平的女子，除了有一副好嗓子之外，还有一个好脑子，临场发挥可圈可点。特别是她关于排行老大的分析，一针见血。

头开得不错，先声夺人，后面需更好。钱开逸瞄了一眼墙上的挂钟，质量很好的挂钟无声无息地走着，非常醒目。在直播间的各个角度都能看到挂钟，控制台上更是非常醒目地跳动着血红数字提示着时间。时间对于广播人来说，简直就是生命。1 个小时 60 分钟，1 分钟 60 秒，这是常识。要用话语把 3600 秒填充得有声有色，并不是简单的废话加套话叠加，就可以蒙混过关。目前这档节目，定位于白领中的有车一族，广告投放也瞄准了新兴的中产阶级，要有知识和品位，内藏情感胶水，让人听了开头之后就舍不得换台。

听众的反应很热烈，手机短信像蝗虫一样地蔓延过来。屏幕上不断地显示着新的信息抵达。

贺顿正要乘胜追击，钱开逸做了一个刹车的手势，说：“贺顿，一会儿再请你继续说，咱们现在来看看短信好不好？”

贺顿当然回答：“好啊。”

钱开逸说：“手机尾号是 1234 的朋友说，说得对，我就是老大。原来以为就我一个人吃苦在前，享受在后，其实有一大群人都是这样，心里的孤独和怨气就少了好些。”

钱开逸把眼色一丢，贺顿接上茬说：“这位朋友说得很对，当你知道有很多人和你在一起的时候，就会有一种归属感，也增添了力量。不过，吃苦在前，享受在后并不是你一个人或是天下所有老大的专利，你可以选择不这样做或是争取更多的人和你一起做。”

钱开逸又念了一条短信：“说完了老大该说老二了吧？我就是老二，我现在把车都停在高速路上的紧急停车带了，就等着听你们后面的谈话呢！请快点吧。我还要赶路呢！”钱开逸念到这里，不由得笑起来说：“谢谢这位手机尾号是5678的朋友，我们马上就向下进行。这里也提醒您开车可要小心啊，安全第一。”

贺顿正在小心翼翼地咽着水。直播间内的设备极端灵敏，恨不能把蚊虫翅膀飞过的震动都一五一十地传递出去。当然了，直播间内没有蚊虫，可一个大活人静谧得如同睡莲，也不是件容易事。贺顿不敢像平日那样放开来喝水，精心控制着细细的水线沿着咽喉后壁缓缓向下流淌，听到钱开逸说到这里，如同二传手接到了排球，赶紧组织攻杀：“好，那我们就向下谈谈老二吧。”说到这里，她突然看到巨大的玻璃窗外，导播裘南娟夸张地手舞足蹈，不知是何用意，赶紧拉直了钱开逸的袖子，示意他看窗外的情形。

钱开逸刚才说得兴起，一时没有注意到导播的反应，此刻被贺顿提起注意，眉头皱了一下，对着话筒说：“听众朋友们，我们马上就要进入到对排行老二的人的分析，我猜啊，老二们一定等得心焦了。但咱们中国有句古话，叫作好饭不怕晚。老二的话题今天一定要说，而且一定会说透，因为这是一个大话题，所以需要一个比较完整的时间。在这顿好饭之前，让我们先听一段广告……”

钱开逸推拉着一些按钮，调节着音量，熟练地完成了主机的切换，蛊惑人心的广告音乐响起来。由于机器的转换，此刻听众们接听到的是事先录制的广告节目，暂时听不到直播间内的声音了。钱开逸和贺顿得到三分钟自由说话的时间。

“导播刚才急成那样，是不是有特别紧要的事情？”贺顿被刚才裘南娟的肢体动作吓坏了，觉得让一个文雅女子张牙舞爪痛不欲生的事件，一定非同小可。

“嗨，就是到了预定的广告时间了，咱们说得热火朝天的，我给疏忽了。”钱开逸解释。

“晚播一会儿广告，这么可怕啊？”贺顿不解。

“那些投放广告的商家，雇了专人收听广播，如果你播晚了或是少播了一次半次的，他们都会投诉，从几点几分开始几点几分结束的，斤斤计较。如果属实，坏了口碑，台里的收入就会大受影响。广告是咱的衣食父母啊！”钱开逸苦笑。

两人说着话，时间过得飞快，广告时间一晃而过。钱开逸一看表，还有五秒钟就要重新进入对话，赶紧示意贺顿正襟危坐。外边裘南娟看他俩水乳交融配合默契，又听不见他们说什么，心中悻悻。

重打鼓另开张。钱开逸说：“好了，咱们现在该说老二了。以前听故事，一般都是老大勤劳勇敢，老二好吃懒做。哎，贺顿，你说这是怎么回事呢？”

贺顿说：“我也注意到了这个情况，按说这里有个很有趣的疑问潜藏其中。”

这一次钱开逸真的好奇起来，说：“什么疑问啊？”

贺顿说：“科学家研究过老大成才的比例比较高，我不知道是不是写故事的人里面老大的比例也比较高呢。如果有谁做了这个研究，发现真是这样的规律，真是如此，那就比较好解释了。因为人总有自恋的倾向，老大们写出的故事，当然就把正面形象赋予老大，而老二就充当了反面形象。当然了，反面的例子也有，比如我记得一个把芝麻炒熟了播种到地里的故事，老二就是好人。”

钱开逸接过话来，说：“我不知道有没有在校的本科生研究生收听我们的节目，贺顿小姐给你出了一个很好的研究方向呢。”

贺顿说：“不敢不敢。不过是始终存疑的一个想法而已。”

钱开逸说：“好了，关于故事的作者是老大多还是老二多的，咱们就先放在这里，因为不是一会儿半会儿说得清的。咱们还是回到老话题上，老二的性格是什么样的居多呢？”

贺顿说：“对老二，又要做具体分析。因为家里如果有很多孩子，这种老二是一种性格；如果家里只有两个孩子，这老二实际上就相当于是最小的孩子了，这两种老二是要区别对待的。”

钱开逸说：“真想不到，一个老二还有这么多的讲究。那咱们就先说说一大堆孩子当中的老二吧。”

贺顿说：“这种老二，依赖性强，独立性差，但他们多半性格温顺，比较合群，人际关系大多比较好，懂得和人相处的艺术。他们的缺点是在关键时刻往往容易退缩，这也和幼年时期因为总是在哥哥姐姐的庇护下大树底下好乘凉的经验有关。毕竟最大的风险有爸爸妈妈承接，小的风波有老大处置，自己乐得清闲。”

两人说得唾沫翻飞，短信也乌鸦般降落在屏幕上。为了搞活气氛，钱开逸说：“咱们先看看听众朋友发来的短信。手机尾号 ×××× 的朋友说，老二怎么啦？我就是老二，照样当了老总。不要小看了老二！”

贺顿说：“我们要祝贺这位排行老二的朋友，您是把老二的优点发扬光大，把老二的缺点克服掉了。不过，要提醒大家的一点是，我们在这里谈的都是带有普遍性规律性的结论，指的是共性而非个性。具体到每一个具体的人和具体的事物，都要具体分析。不然，我们就什么也不敢说了，还请大家原谅。”

钱开逸为这番话暗暗叫好。因为广播是面向大众的一种传播手段，林子大了什么鸟都有，你没法预先防范。况且把不同意见念出来，有助于活跃气氛显得更有群众基础。不过也不能让这种人太得意忘形了，必要的时候还要浇点冷水。贺顿的火候掌握得不错，既正面肯定了他，也轻轻地砸了他一下，分寸适宜。

导播处也有一块显示屏，可以看到短信显示。看到有人发难，钱开逸念出来了，裘南娟幸灾乐祸。没想到贺顿先揉后打，化险为夷，自己白高兴了一场。

节目继续向下进行。为了让谈兴更浓，钱开逸问道：“贺顿，说了半天排行，那可不可以告诉我们，你是排行老几呢？”

本是一个普通的问题，没想到贺顿脸色就变了，恼怒道：“咱们这是在进行学术讨论，你把话题引到我身上干什么？我排行老几和你有什么关系呢？”

钱开逸一时摸不着头脑，好在他经验丰富，赶紧给自己打了个圆场：

“对不起，如今咱们也进化了，不但女士的年龄不可以问，以后连她在家里排行第几也不能问，我们比西方隐私观念更彻底。”

贺顿也觉察到了一时的失态，放缓了口气说：“学术一掺杂了个人的情绪就容易不准确，所以，咱们就避开。”

这时裘南娟在玻璃外面又像九阴白骨爪似的表演起来，钱开逸一看，乖乖，广告时间已经超过了两分钟，赶紧手忙脚乱地开始播广告。从来不误事的裘南娟本来是分分秒秒掐着时间的，但刚才看到有人向贺顿发难，乐得看热闹，明知到了时间也不提醒他们。要不，你能看到红颜一怒吗？只是，她怒从何来？

第一场直播就这样结束了。

电视有神通广大的收视率调查，广播行当里也存在同样的火眼金睛。钱开逸以前相当仇视他们，那些人不知躲在哪个阴暗角落，自说自话地拿出一些统计数据，说这个节目有人听啦，那个节目没人听啦，也无从查对他们的准确性，反正精确到小数点后两位的数字，幻化成了紧箍咒，让广播人不敢有片刻懈怠。要知道广告商家们是把收听率当作尚方宝剑的，每一个数字，哪怕是小数点后几位，都代表着成千上万的金钱。

自打“心灵七巧板”开播以后，钱开逸洗心革面，痛改前非地爱上了收听率的调查。齐台也扮出笑意，一再说“大家闺秀就是不一样”。

钱开逸知道这是因为贺顿的出马，但嘉宾主持人不是固定工，有功劳也记不到他们簿子上，主要是齐台的业绩。

第 12 章

你不能喝水，喝水会冲淡紧张

贺顿的理智和情感如同两根毛衣针，被工作的机械手飞快交叉，一个又一个来访者的故事，恍若各色毛线，茸茸地纠结在一起，织就斑斓图案。有些地方像苏格兰格子般清晰，有些地方像水妖的长发一样混乱。贺顿经常和这个人面对面时，突然浮现出那个人的身影，影像叠加，好似报废的二次曝光照片。

团团如期来到，这一次文果坚持原则，没有让他包下所有的时间。团团还是如侦察兵一样仔细巡查了心理室的设施，确信没有任何窃听窃录设备进入工作状态之后，把短短的小腿搭在柔软的沙发边缘。

“心理师，和你谈话让我挺舒服的。比和我爸爸妈妈说话还舒服。看来花钱就是有用。”周团团大大咧咧开讲。

有钱人家的孩子就是不一样。这种不一样是从小用无数金钱熏陶出来的。贺顿叹息。

柴绛香远远地走过来，衣服上缀满了补丁。绛香从小就知道补丁是个好东西，有补丁的地方更暖和。绛香和妈妈相依为命。绛香原来有一个姐姐，姐姐是老大，绛香是老二。后来姐姐流鼻血死了。本来流鼻血是不会死人的，村里的人谁都流过鼻血，用柴火灰一堵，柴灰变成红的，血就不流了。谁都没有死，可是姐姐死了。姐姐的鼻血每天都会流，用柴灰堵也能停住，但是第二天还会准时流。就这样姐姐一天天流血，一天天苍白。村里的老人说，快到城里的医院看看吧，这孩子许是有别的恶病。妈妈每一次都答应着，可是还没有等到妈妈把去城里看病的钱攒够，姐姐就死了。最后从姐姐鼻孔里流出来的不再是血，而是清水。妈妈纪念姐姐的方法，就是从此以后，把绛香当成了老大。

没有办法养活绛香。爸爸早就把她们抛弃了，如果不是小伙伴们说没有爸爸根本就不会有孩子，柴绛香几乎觉得爸爸根本就不曾存在过。女人在没有办法的时候，就只有一个办法了……绛香知道妈妈和很多男人好，那些男人离开之后，绛香就有了吃的。有的时候，是半块馒头，有时候，还有一小块肉。绛香很小就知道这是用什么换来的，她是从村里人嫌恶的目光中猜到这一切的。但所有的目光都比不过饥饿的力量，肚子比眼睛要凶狠多了。绛香想，如果她们娘俩饿死了，就会被人尊敬么？尊敬难道就等于死吗？她不想死，只要不死，就可能有出头的日子，到那时候，还不知道谁尊敬谁呢！

“你在听我说话吗？老师？”周团团问。

“当然。一直在听。”贺顿两手交合，晃动两下，以加强自己的语气。借机用左手指甲狠狠掐入右手虎口，凭借疼痛回到当下。抖擞精神问道：“我很想知道你在这段时间做了什么？”

“把爸爸让阿姨复印的文件藏起来，害她挨骂。把阿姨玫瑰色的口红扔到马桶里冲走，让她的嘴巴不再好看。还有……”周团团机警地扫视四周，说，“您确认咱们的谈话不会被人听到吗？”

“我确认。”贺顿信誓旦旦，不敢对这个小精灵有丝毫懈怠。

“我非常信任你，你千万不能出卖我，要不你就是汉奸走狗卖国贼。”

贺顿咬牙跺脚夸张地表示自己将信守诺言，就差没举手发誓了。

“我上次告诉过你，我在办公室里往安阿姨的果汁里下了毒……”周团团非常严肃地说。

是的，周团团上次说过，但贺顿根本就不相信，以为这个像雪娃娃一样的孩子信口开河。这一次，有时间有地点，她不得不信，几乎昏倒。面对这个貌似天使的小杀手，她不得不挺直腰板再次确认：“这是真的吗？”

“阿姨你怎么能不相信人！我以超人的名义起誓！”看来超人是周团团的超级偶像了，带着不可亵渎的庄严。

贺顿再不敢有丝毫走神，问道：“你从哪里得到的毒药？”她几乎断定这是一个精心策划的阴谋，是孩子的母亲在后唆使。

“捡的。”周团团一脸无辜。

肯定是谎话。贺顿说：“哪里能捡到毒药？我这么大年纪从来没有在路上看到过一小撮毒药。你的运气怎么那么好！”

周团团说：“只要你去捡，到处都有的。阿姨，我告诉你哪儿有。”说完他随手一指说：“我早就侦察过了，你这里的毒药还很多呢！”

又一次险些昏倒。贺顿甚至想，这孩子八成有被害妄想症吧？不想周团团站起身，走到墙角，搬开弗洛伊德榻，指着小米样的淡黄色粉末说：“看，这就是毒药！”

贺顿随着周团团圆滚滚略带弯曲的手指望去，墙角处有文果撒下的灭蟑螂药。

“你说的就是它？”贺顿哭笑不得。她原来以为是安眠药，甚至是铊之类的东西呢！在著名的侦探小说里，铊是最常用的毒药。

周团团不服气地说：“老师，你不要小看这些药，小强吃了都会死，小强是非常顽强的。我每天给阿姨的果汁里放一点，时间长了，阿姨就会中毒，她就没法和我爸爸结婚了。”

贺顿吃惊：“那阿姨怎么会不发现？”

周团团天真地笑着说：“杀蟑螂药并不难吃，还有一股香味呢！要不小强也不会吃的，小强多狡猾啊。再说啦，安阿姨根本就想不到我会下毒。”

是的，岂止是安阿姨想不到，连身经百战的心理师也想不到……

桑珊接着上次的话题说：“是的，我们是同性恋。”

贺顿半晌没说话，怨恨起汉语来。谁让汉语中对第三人称的“他”字，没有性别的区分呢？在书面语中，是有这种分别的，单人旁女字旁，泾渭分明，但在口语中，完全混淆。如果有一个清晰的表达，在桑珊以往的叙述里，一切都豁然开朗。

现在，需要紧急抢救的不是桑珊的沮丧，而是贺顿的挫败之感。贺顿边竭尽全力调整着自己的思绪，边问道：“这么说，你是……”

这是一个所有同性恋都心知肚明的问题。桑珊答道：“我是男方。”

又一次被骇住。无论从哪个角度来看，贺顿都看不出桑珊像个男性。

“在人群中，我竭力隐藏自己的性取向。我把自己打扮得如同淑女，这并不难。在所有的时尚图书里，都在引导女人们更像女人。我知道自己的性取向为这个社会所不容，可我并不是怪物。为了让自己安逸些，我可以在表面上遵从社会的习俗，但我内心的锋芒是永远不会改变的。如果让我自己选择，我会身穿迷彩服，脚蹬陆战靴，头戴蓝盔……”

“腰里会别一支驳壳枪吗？”气氛太诡异了，贺顿想开个玩笑。

“那倒不会。再说，驳壳枪太落伍了，如今是要用手持地对空导弹了。”桑珊说，口气好像骁勇的黑寡妇。

看到窈窕淑女在你面前眼睁睁摇身一变成了杀气腾腾的男儿，贺顿一时搞不清自己如何应答。

“你的问题是……”贺顿问。她在思谋是否帮助改变桑珊的性取向。

“您若是劝说我放弃自己是个男人的想法，趁早死了这条心。如果您一定要开口说，我马上就离开您的诊室，请原谅我的选择。这和礼貌无关，只和志向有关。”桑珊非常冷峻地说。

贺顿空张了一下嘴巴，把想好的话从胃里咽到了肠子。如果来访者不想改变，你纵是上天入地也无法让她改变，知难而退吧，你！

桑珊接着说：“我现在的问题是无法接受安娜的背叛。安娜是她的名字，我们两个在一起的时候，互相称呼另外的名字，她叫我杰克。我想不通所有的山盟海誓怎么都在一夜之间崩塌，我不明白那个大猩猩哪点比我好。难道有钱就是一切吗？安娜如此虚荣，这不单是背叛，而且是对我人格的侮辱……”桑珊义愤填膺，嘴唇因为愤怒变得像未成熟的草莓，基本上是苍白的，只有丝丝缕缕的红色网络其上。

“你非常愤怒非常懊恼非常伤感非常苦闷……”贺顿字斟句酌。

“你说得对极了，你理解我，想来也一定会赞成我将要采取的步骤了？”桑珊带着被人理解的宽慰和期待更多支持的渴望。

“你下一步打算怎么做？”贺顿问。说实话，她还真琢磨不出桑珊该如何出棋。

“我打算找到大猩猩，直截了当地告诉他，安娜并不是他所想象的纯情少女，她是一个地地道道的同性恋，最起码也是一个双性恋。她和他的结合，没有任何性快感，只是一种利用。我会把我们曾经在一起的照片给他看，这就是证据。”桑珊有备而来。

“你设想了后果吗？”贺顿和她讨论细节，以便更深入地了解情况。

“无非两种结果。一是大猩猩相信了。稍微补充一句，我是一个环保主义者，在我眼里，所有的生物都是平等的。当我说到大猩猩的时候，并没有什么贬义，只是一个形容词一个代指而已。如果大猩猩信了，我想结果又是两种。一是他放弃了安娜，因为他不能接受一个同性恋的女人。这当然是最好的结果了，我那时会敞开心扉原谅我的安娜，我们很有可能会和好如初。另外一种可能，就是大猩猩虽然相信了我的话，但他依然接纳安娜，这样，就会很麻烦。”桑珊痛苦地闭上了眼睛，不愿看到这种后果。

“还有另外一种可能呢？”贺顿觉得桑珊并没有说完。

桑珊说：“另外一种可能就是大猩猩根本就不相信我说的话，他们依然在一道。这样的结局也是一样的。”

“那你怎么办呢？”贺顿实在看不到出路。

“我想好了，不管是大猩猩信了我的话，可是还要和安娜在一起，还是根本就不信我的话，依然和安娜在一起，反正只要是他们两个在一起，安娜回不到我身边，我就会采取决绝的步骤。”桑珊的脸板了起来，冷若冰霜。

“那将如何？”贺顿感到紧张。

“你知道俄罗斯的大诗人普希金是怎么死的吗？”桑珊说。

“是为了情人和法国爵士丹尼特决斗而死。”

“不是情人，是妻子。普希金和冈察洛娃是正式结婚的夫妻，所以普希金为了捍卫自己的尊严，宁可选择决斗，选择死亡。”桑珊的表情变得平静了，但这种平静比刚才的暴躁更令人战栗不安。

“你的意思是……”贺顿其实想到了，或者是说感觉到了，但是贺顿不能说出来，只能发问。

“我的意思是——如果大猩猩不肯放弃安娜，我就和他决斗。”桑珊清俊的脸庞带出杀气。

贺顿吓了一大跳。不仅是决斗这个解决情爱的方法，在现今的中国如何罕见，更是因为面前这个纤巧的女子，居然要和一个人高马大的男人决一死战，实在有以卵击石之感。

贺顿不能惊讶，那会被误认为藐视。贺顿必须保持镇静，以示尊敬。她说：“你是只停留在思考的阶段，还是已经有所准备？”事关喋血和人命，不可等闲视之。

面前的窈窕淑女用手轻轻撩了一下耳边的碎发：“我已经准备好了。

我学过跆拳道和女子护身柔术，我会先奔他的下三路而去，他一定没有防备，所以我得手的概率还是很高的。然后再给他一个横扫腿，这样任凭他的个子再高，也会被我放倒。之后如果他乖乖认输，也就罢了，如若不然，我还有一手绝招，就是双龙抢珠。你知道双龙抢珠吗？”

贺顿听得心跳骤升，老实承认：“不知道。”

桑珊说：“就是用右手的食指和无名指直捣他的双眼窝，这一招，轻则让他眼前昏黑剧痛难忍万念俱灰，重则就能让大猩猩变成残疾动物，从此双目失明……”桑珊说得兴起，不禁大幅度地打起手势，手起刀落的样子，让贺顿真的从中看到凶暴戾气。

贺顿还是半信半疑，想那外国公司的老总，又是非欧混血，相貌如何且不说，骨头架子一定魁伟悍壮。如果桑珊借着冷不防突然袭击，也许会占到一点便宜，但真的动起手来，她一个弱女子如何是这男子的对手呢？况且，如果真把大猩猩打伤致残，桑珊就要负法律责任，说不定有牢狱之灾，又怎能如她所想象的和安娜重修秦晋之好，过世外桃源的日子呢？

贺顿决定把自己的忧虑掰开了揉碎了讲给桑珊听，期待她能回心转意。贺顿刚开口说：“桑珊，我觉得你发动这场袭击……”桑珊纠正她的话说：“不是袭击，是决斗。”

“好好，是决斗。我觉得凶多吉少……”贺顿还没说完，又被桑珊打断：“我知道您会觉得我是一个弱者，无论我的性选择是怎样的，在体魄上我还是一个女子，完全不是大猩猩的对手，对此我也心知肚明。我不需要任何人来劝阻我，就像当年没有人能劝阻住普希金。不要以为体魄弱小的人性格就一定怯懦，不要以为同性之爱就可以亵渎和背叛。在我的心里，嫉妒之火熊熊燃烧，如果不报仇雪恨，我情愿自杀！在杀死别人和杀死自己之间，我当然要选择先杀死别人。体魄上的弱势我也充分考虑到了，我会借助工具。”

话说到了这个份儿上，贺顿更不敢掉以轻心，她小心翼翼地问：“你说的工具是什么呢？”

桑珊说："就是武器。"

贺顿说："能说得更具体一点吗？武器是个很大的概念，从砒霜到原子弹都在此范畴。"

桑珊难得地笑了起来，说："这两样我都不会使用。前者太卑鄙了，后者太昂贵了。"

贺顿见剑拔弩张的氛围稍事缓和，继续探问："那你会选择什么工具呢？"

桑珊言简意赅："枪。"

贺顿失口道："可是你搞不到枪。"

桑珊莞尔一笑："你也把枪看得太神秘了。我去了很多次警察博物馆，那里有各种各样的枪，真的非常精彩，琳琅满目秀色可餐啊。如果有那样卓越的枪就好了，我会是百发百中的好射手。但是，搞到优秀的枪太危险也太困难了。普通的能杀人的枪，并没有你想象的那样难以获取。过去根据地的军民们在山沟里都能造出枪来，现在科技比那会儿发达多了，有什么难的？我在网上联系到了一家卖枪的，条件谈得差不多了。过几天我就到云南去，一手交钱，一手交货。只是这种枪的精度不是很好，有效射程不到十米。这对于打劫和拒捕来说都太近了，效果不良。但对于我来说，足够了。我完全可在逼近大猩猩十米以内开枪，我确信自己可以一枪毙命……"

桑珊说得兴致勃勃，好像血案就在面前发生，大猩猩已陈尸在地血流成河……贺顿毛骨悚然地看着她，心里默念110。大猩猩是外国人，有法国人的血统……贺奶奶的女儿黄阿姨，也在法国。法国是一个充满浪漫的地方……

绛香正在院子里晾单子，一位身穿名贵皮草的中年女人走过来。她注意地看了看绛香手中的白布单子，问她："这都是你洗的吗？"

绛香摩挲着红肿的手指说："是。"

女人说："没洗衣机吗？"

绛香说："有。可是拉的屎尿吐的胆汁洗不干净，还得用手搓。"

"那岂不太辛苦？"女人说。

绛香回答："干的就是这个活儿，就得干好。"

女人听了就点点头，走进了范院长的办公室。护工汤小希正好抱着一包秽物出来，警觉地朝女人的背影努努嘴，问："干什么的？"

绛香说："你都不知道，我刚来哪里会知道？许是检查卫生的吧？我看她对单子干净不干净挺在意的。"

汤小希摇头道："不像。我从来没有见过她。"

绛香说："许是微服私访的领导也说不定。"

汤小希说："美的你！只有要害的事情才会有人微服私访，比如冤案杀人什么的。一个专门照顾快死的人的地方，有什么可私访？晚上来或许能访到鬼。最大的可能是有人想住进来。"

绛香半信半疑说："不能吧？我看她身体挺好的，离那一天还远呢！"

汤小希说："你这个人怎么这么不开窍？当然不是她来住院了，定是她家的什么人。也许是妈，也许是婆婆。对，婆婆的可能性大，她伺候烦了，所以就送咱们这儿来了。"

绛香说："你在临终养老院里真是屈了才，应该当包公。"

两人正说着，那个华贵的女人和范院长走了出来。汤小希怕院长看到她上班时间闲聊，一溜烟奔污物桶去了。

"您这儿就这么大点地方？"华贵女人问。

"对，床位有限。很多人想进来，没那么大力量照顾。所有的护工我都要管吃管住。"范院长用手一指绛香。那女人光鲜得像只洗净的莲藕，白胖丰满，相比之下，形容枯槁的范院长就是残荷摇摇欲坠的茎秆。

"您是怎么想起搞这一行的呢？真是高尚的事业。"莲藕很感兴趣。

"谈不上高尚，赎罪而已。很多人问过我这个问题，我都不想深说，只说这也是为人民服务，第三百六十一行，专门照顾人远行。其实，往事不堪回首。那时候我还没退休，一天忙着工作，老父亲病了，我也顾不上侍候。我母早亡，是父亲一手把我拉扯大的。老父每礼拜一次独自到医院看病，挂号排队的，一折腾就是大半天，连口水都喝不上。看完病回到家，跟死过一回似的。有一天，他从医院看完病，坐上公共汽车，到终点了，还不下车。售票员过去摇他，说老爷子，车再也不走了，您到地方了！才发现我老父亲已经过世。我不孝啊，我要是陪着他老人家，他没准现在还在城墙根底下晒太阳呢！可惜人死不能复生，我只好把这份孝心放到别人的父母身上，多少弥补一点缺憾。我也不打算做大，没有那个精力财力，只求自己心安。”范院长说完长吐一口气，悠悠直上青天。

莲藕说：“彼此啊。我也正像当年的你，面临同样困境。我在国外定居，不可能再回中国了。也是寡母拉扯成人，现在风烛残年，我要接她到国外养老，可她说什么也不干，一定要死在故国，说不然变成了鬼魂还得漂洋过海才能回家。我曾给她雇了两个用人，一个照顾她的起居，一个是护士，负责她的医疗。可是她又嫌那两个人没事的时候尽聊天，打扰了她的清静。她希望照顾她的人能够呼之即来挥之即去，可人又不是机器，哪能如此随心所欲？后来，她提出要到临终养老院来，但有一个要求，要的是平房，人不能太多，当然也不能太少。要有一定规模，干净，绿化得好……总之，我把城里的这类场所都跑遍了，只有你们这里最合适……”

莲藕面带愁容说得很恳切，绛香以为范院长会很高兴，不想范院长淡淡地说：“谢谢夸奖。只是我们床位是满的，很多人都在等。”

莲藕着急：“我马上就要走了，要是不把老母亲安顿好，我在飞机上就会开始做噩梦。”

范院长说：“我爱莫能助。”

莲藕恳求：“您可以再想想办法。”

“无法可想。”范院长很干脆地回绝了，“我不能让那些老人提前死掉。”

“那我最快什么时候才能让母亲住进来？”莲藕仍不死心。

“不知道。你应该了解，死亡这件事不是天气预报。就是天气预报也常常报错，我们也只有原谅。我能告诉您的只有一个办法，那就是等。耐心地等待。你已经等了很久了，再多一点时间，应该也有这份耐心，恕我失陪。”范院长说完就返回办公室，留下莲藕一个人站在院子里发呆。

莲藕半天才缓过神来。在这样的地方，听这样的话，的确需要很长一段时间才能恢复正常思维。

她一抬头，看到一直站在旁边的绛香，问：“你是这里的护工吗？”

绛香说：“是。”

莲藕说：“我妈妈说过，看一个女人贤惠不贤惠，能干不能干，就看她洗的衣服是不是洁净。我看到你洗的单子很干净。这很好。”这个女人的声音里有一种很温和又很居高临下的东西，让你不由自主地敬畏她。

“我姓黄，你就叫我黄阿姨好了。我可能比你的妈妈还要年长。”莲藕这样说。

绛香心里一阵痛，因为她提到了妈妈。绛香很快让自己集中精神，黄阿姨说的话出人意料：“我想让你到我家去干活。刚才的话你已经听到了，就是陪着我妈，等到这个临终养老院有了床位，你就和我妈一起回来。愿意吗？”

绛香不知道说什么好：“这个……院长……”

黄阿姨说：“先不要管院长，只说你自己愿不愿意？我付你的工钱和这里一样多。只要你愿意了，剩下的事我来办。”

绛香如在这里待下去，马上就会变成汤小希第二，她就说愿意。黄阿姨很快就和院长谈妥了，本来也没有更多的手续，来去自由。绛香和汤小希告别。汤小希说：“你捡了一个油水大大的肥差。”

绛香不解，说：“油水在哪儿？”

汤小希说："那个女人是个有钱人，出手大方。一个老人，能吃多少用多少呢？但家里人不能不买。东西不是钱，是不能储存的，所以她就只好让你吃，容你用，你不就摇身一变，过上了贵族的日子吗？！你没看我这些天虽说天天加班，但脸色越来越滋润？就是把病人的水果和牛奶都吃了。你记住，干我们这行的，不怕病人垂危，就怕病人能吃能喝，那就没咱们什么油水了。"说着，把一个半尺长的香蕉递给绛香，说："吃吧吃吧，进口的，菲律宾的。我给你送行。"

绛香说："不吃。谢谢你。"

汤小希说："是心里悲痛舍不得我吧？吃吧，化悲痛为饭量。"

绛香说："也不是。"

汤小希说："我早就看出你这个人不仗义了。一点阶级感情都没有。"

绛香说："反正咱们很快就要见面的，过几天床位腾出来我就和老太太一道回来。"

汤小希说："那你为什么不吃呢？"

绛香回答："在这样的医院里，我吃不下东西。"

汤小希冷笑道："你以为你是谁？金枝玉叶啊？这里的东西不脏，脏的是你的思想。香蕉有皮，里面又甜又软。你不吃，你就是王八蛋。"

绛香接过了香蕉，但她还是不能理直气壮地吃原本属于病人的东西，就把脸转向另一面，面对着墙壁，慢慢嚼着火箭一样巨大但索然无味的香蕉，看着不知何年拍死一只蚊子留下的遗迹。

绛香和其他人打了招呼，和范院长再见，同黄阿姨到她家去。

黄阿姨乘车领着绛香一直往市中心走，最后进入一座高大的公寓。楼门紧闭，正当绛香搞不清这楼里的人如何进出的时候，黄阿姨在一盘像电话号码样的机器上按了一串数字，大门霍然而开，绛香觉得好像进入了一个巨大的保险箱。黄阿姨领着绛香上到了九楼，这是本座楼房中的最高一层了。进得门来，复式结构，便又是一番天地，楼上楼下。

一位老奶奶听到钥匙响，走了过来。

“你好。你回来了。”老奶奶用虚弱的声音说。屋里并不冷，但她穿着厚厚的毛衣，围着围脖，她的话经过毛绒的吸附和过滤，细如游丝。绛香有点奇怪，自己家的人，还说什么“你好”。

“你好。”黄阿姨回答。简简单单的一问一答，就让绛香感到这家人的不同寻常。

“我到临终养老院为你把情况都问明了，是个四合院。”黄阿姨说。

“对。我讨厌高高在上。”老奶奶的语气微弱但是坚定。

“临终关怀养老院的床位很紧，我为你找了一个护工过来，叫柴绛香。先互相熟悉一下情况，过一段时间那边空出了位置，你就可以搬过去了。”黄阿姨说，简明扼要。

“好，这样处理很好。我和绛香会尽快彼此了解，相互熟悉起来。现在，你可以放心回法国了。”老奶奶说。

贺顿在一旁听得胆战心惊。这哪像是一家人啊，简直像两个列车员在交接工作。莲藕般的黄阿姨，就是这个旧绫罗一样的老奶奶培养出来的？单听她讲话的利落劲儿，绝想不到她发白齿摇不堪一击。

哦，110！在特殊的情况下，事关生命安全——心理师所有的保密原则，都让位于生命第一的黄金法则。贺顿现在唯一方案就是，桑珊再不改悔，她只有报警。

然而，真的再无挽回的余地了吗？

李芝明准时出现。

上一次结束时，贺顿将李芝明的破碎之心如古瓷般细致地包扎起来，让她先回家休息，以后再来。至于追悼会，贺顿的意见是暂缓召开。当然，大主意要李芝明自己拿。

李芝明的状态基本上还是失魂落魄。她说，记忆分崩离析。

我坐上汽车，以为会赶往医院，我所在的医院是全市最好的医院，不想车轮却往乡下飞驰。到了现场才知道，所谓抢救云云都是假的，不用抢救了，人已经支离破碎。市委书记守在现场倒是真的，因为人翻下了几十米深的山涧，动员大批人力搜寻遗体遗物。明晃晃的车灯把寂静的山林晃得如同白昼。

大约晚上 10 点，乌海突然说要回城里，因为家有急事。平常都是司机开车，那天说好了住下，司机就喝了酒，无法驾车。乌海驾驶技术很好，也没喝酒，就说自己开车回去。他是当场的最高领导，谁也劝阻不了，鸡场给了几只新宰杀的小公鸡，送他上路。大约夜里 11 点的时候，鸡场有一辆拉货的车返回，路过最险峻的路段，看到悬崖下冒烟，心生疑窦。夜半三更的，又是重车，没有下去看。到了鸡场之后，司机把这话讲给别人听。一般人听了只当说笑，乌海的秘书非常警觉，要求无论如何到现场看一看，鸡场就出车拉他到了悬崖边。只看了一眼，他就确定是乌海的车出事了。马上给市委书记打电话，通知我的时候，人们已经忙活了很久。

看着亲人的尸骸一块块被从草丛中寻找捡拾出来，感觉诡异极了。人们要把我架走，我像钉子一样扎在地上，就是不动。不是悲伤，只是空白。悲伤要到很久之后才出现，在巨大的打击面前，悲伤像银杏树，长得很慢。骇然让所有的感官都麻痹了，虽然捡到的衣服是乌海的，捡到的鞋子也是乌海的，我还是根本不能相信眼前这些残片，就是我那风华正茂的丈夫。市委书记让人把我抬离现场，说这太残酷了，再看下去，人会疯的。我说，我不走。谁要是硬让我走，我就从这山涧跳下去。你不让我看，我才会疯。大家看我鱼死网破的样子，也就不劝了，只是让两个人不离左右地照看我。我突然生出一个想法，这个死了的人其实不是我丈夫，而是另外一个很像他的人而已。这个世界上，开着同样牌子的车，穿着同样衣服和鞋子的人，大有人在啊。我这样想着，就掏出了手机。旁边的人说您干什么？我说，我要打一个电话。他们说，通知乌副市长的父母，您可要想好了再说。要不，老人家受不了。

我说，我不是打给他们的。两个人还要问，我示意他们不要说话。

我按了最常用的那个键。突然之间，在死一样寂静的山林里，就响起了悠扬的手机铃声。这是乌海的手机。真奇怪，那么猛烈的碰撞，这个手机被甩出去了几十米，又在风雨中翻滚，居然就毫发未损，声色清脆得如同一套音响。人们循着声音，在一丛湿淋淋的刺棵子中间，找到了乌海的手机，我刚要伸手，人们把它交到了市委书记手上。

书记说，刚才已经找到了一部手机，怎么又出来了一部？

我说，这是我家联系用的专门手机，号码他从未告诉过别人。

书记说，既然是这样，就和工作无关，把手机交给李大夫吧。

我摸着冰滑的手机，那铃声还在无休无止地响着，直到这一刻，我才扎扎实实地感觉到，乌海死了。这堆残骸再不可能是别人，千真万确就是乌海。我一下子就晕了过去，要不是周边两个人手疾眼快地扶住了我，我就凌空而下扎进了山涧。

等我醒来的时候，已经在医院了。我手里紧紧握着乌海的手机，手指僵硬如铁。我依旧闭着眼睛，我希望自己就这样一直昏迷着，直到死去，再不醒来。我没有能力面对山崩地裂的变故。

我住在专门的病房，是个套间。屋外的护士不知道我已经醒了，还在有一搭无一搭地说着话。一个说，真够可怜的了。年纪轻轻的，孩子刚上中学。另外一个说，也怪她。第一个说，怪她什么？第二个说，下雨，天又那么晚了，她非要他赶回家，说是有急事。有什么急事啊，看，这不要了命了……

她们说的话，一字一句印在我脑子里。如果不是她们的议论，我还真忘了这个细节。我没有要求乌海回家，我劝他住下，一定要小心。那么，是出了什么事令乌海一定要在暴风雨中匆匆上路呢？也许，是他父母那边有急事？

正这样想着，我听到屋外乌海父母的声音。

让我们进去看看媳妇吧。不能已经没了一个又再没一个啊。老人家恓惶的声音。

不行。她现在非常脆弱，怕受刺激。您老要是真心疼儿媳妇，就让她多缓缓，医生说没有太大的危险，只是要避免一切激动，静养恢复。两个护士几乎异口同声地解释。

我婆婆说，天灾人祸啊。我们来看媳妇，也要问问她，下那么大的雨，她为什么一定要他往回赶呢？酿成这么大的祸，白发人送黑发人啊……

他们走了，我却是从来没有过的清醒。看来，也不是公公婆婆那边出了什么事。那么，到底是什么缘故让乌海在黑漆漆的雨夜匆忙上路？

我不知道。

可是我必须知道。我躺在床上，把手机打开，看到最后一个来电时间停留在22点37分。如果按照当时搜寻残骸的人们估算，乌海的车就是在这个时刻倾覆的。

这是谁？一个我从未见过的电话号码。

这部手机是我和乌海为家事联系的专用电话，他从未把号码告诉过外人，这个来电者不是我们家族的人。我又查看了乌海的手机，这个号码在22点差一分的时候，也给乌海来过电话。算起来，就是在乌海决定冒雨回城之前。也就是说，很可能就是乌海收到这个电话，才做出了回城的决定。

这是一个非常关键的电话。只是，这是谁呢？

我要搞清楚。在病房里，我的一举一动都受到严密看顾，或者说是照料，我不可能在这里调查。我按响了床头的呼叫灯。

护士欣喜地走进来，说，您终于醒了。

我虚弱地说，好多了。谢谢你们。

护士说，多少人为您担心呢。

我说，我想自己到花园里转转。

护士说，这我们可做不了主。

我说，你们请示一下医生，就说我想到外面散散心。

护士一溜儿小跑叫来医生，医生做了一番检查，说我的生命指征都还好，同意了我的请求。我一个人到了小花园，正是开晚饭的时间，花园里很安静。我拨响了那个号码。

很久很久，都没有人接，但电话是通畅的。在我的耐心几乎用完的时候，一个女子的声音传了过来：这才几点啊，就打电话来，还要不要人活了？

我看看表，晚上 6 点。我说，你是谁呀？

对方伶牙俐齿地说，你给我打电话，你凭什么问我是谁啊？我要问你是谁啊？

话说到这个份儿上，我基本上明白乌海是接到了一个打错了的电话。我体乏手抖，不想和她啰唆下去，刚要挂断电话，她好像突然睡醒了，说，哦，我知道你拿的是谁的电话了。他怎么啦？为什么不给我打电话了？我那天晚上等了他一夜呢！

这番话，说得我一头雾水。这是一个什么女人，为什么和乌海这样熟络？他们之间到底是什么关系？

想到这里，我想我第一件要做的事，就是稳住这个女人。我对她说，我是乌副市长的好朋友，是他绝对信得过的人。受乌副市长之托，我有要事须尽快告诉你，请你约定一个时间地点见面。

我知道乌海之死的消息还没有通报公众，因为要排除有人暗害的可能性，公安部门还在调查中，一般人并不知实情。

那边的女子很痛快地定了一个小时之后在茶楼见面。

我怎么才能认出你来？我问。

他没告诉你吗？女子有些纳闷地说。

我心如刀割，说，没有告诉。你知道他很忙。

女子说，我穿一双红袜子。

我回到病房，对护士说，我要到街上去一下。

护士为难地说，这可不行。

我说，我一定要去。因为这事我父母还不知道，我要想想怎么亲口告诉他们。如果他们是从别人嘴里知道了这事，也许会出人命的。我的情况已经恢复了，我还有很多事要处理。如果你们不让我出去，我就再也不回到这里来。而且，我还是会走。

两个护士只好千叮咛万嘱咐，要我小心，我一一答应下来。紧赶慢赶到了茶楼，我先定了一个靠窗的小茶室，狭小到只能坐下两个人。然后到大门口去等。

一个穿红袜子的女人。她到底是谁？她和乌海是什么关系？好奇像一道金边镶在了悲痛的四周，让悲痛更加醒目。

一个又一个的女人走了进来，她们穿着白袜子肉色袜子，还有穿黑袜子和没穿袜子的，但是没有一个女人穿红袜子。我等得有些绝望，这不会是一个恶意的玩笑吧？愤怒地拨通了那个电话号码。

一个女人夹带着悦耳的手机铃声走了进来，她的袜子上嵌着两道红边。看到我，她走了过来，伸出手说：“让你久等了。”

贺顿说：“今天就到这里吧。在我们没有讨论完之前，请你不要采取任何不可挽回的措施。”

李芝明说：“什么叫不可挽回？”

贺顿说：“就是你以后也许会后悔的举措。想要破坏不必着急，破坏永远来得及。”

乔玉华有点佝偻，病痛的折磨让她不能挺直腰杆。领导的威严和行将就木人的智慧，奇妙地交织在一起，令人仰视。贺顿对自己说，不要退缩。如果你退缩了，你就帮不了她。

“我很想知道，为什么是101个洋娃娃？而不是102个或是99个？”贺顿问。

“这不是问题。洋娃娃是一个又一个买来的。买的时候很随意，喜欢就买。买得多了，就数一数。数完了也记不住，有的时候多一个有的时候少一个。并不是特意凑的数。”乔玉华胸有成竹地回答。她稍稍拱起的背部，仿佛一只栖息的蝎子，静静地举着尾巴，微笑着蹲踞在路旁，等待着贺顿经过。

“这是一个问题。”贺顿寸步不让。

“你说是问题就是问题啦？我不服气。我到你这里来，不是为了生气，是为了讨个主意。你如果没有主意就算了，犯不上故意找出个话题来说三道四。”乔玉华反驳。

老年人都是固执的。但心理师认准了的道理，会更固执。贺顿说：“101 个，这是个非常有意义的数字。在这后面，一定隐藏着什么。”

“没有。没有隐藏。我就要死了，一个快死了的人，没有任何隐藏。”

“您不要把话说得那么绝。这样，就封闭了一切可能性，我们就很难找到出口。想一想吧。我觉得一定有一扇门藏在 101 这个数字后面，找到了它，我们就可能有了出路。”贺顿热切地说。她对老年人，特别是濒死的老年人，总是怀有深切的眷恋。

姨妈病了，托人带信来，说临死前想见妈妈一面。贫穷是一种奇怪的东西，会让亲情要么变得很淡，要么变得很浓。妈妈和姨妈家分属不同种类。当绛香家非常贫困的时候，根本就不知道这个姨妈在哪棵树下乘凉，现在妈妈有了一个能充当长期饭票的男人，姨妈也就重新浮出水面。妈妈对这一切心知肚明，但同胞手足的呼唤总是令人难以抗拒，再加上病入膏肓。死亡有大于一切的魔法，可以化干戈为玉帛。妈妈以最大热忱准备探亲的用度，直到最后一刻才想到绛香怎么办。

“你到村头的李婆婆家住几天。”妈妈说。

“几天呢？”绛香问。

“不知道。”妈妈说。

“姨妈会不让你回来吗？”绛香问。

“不会。”妈妈回答。

“那你怎么不知道自己几天才能回来呢？”绛香不解。

“因为不知道你姨妈的病是好是坏。”妈妈回答。

“好了会怎样呢？”

“好了妈妈就很快回来了。”

“坏了会怎样呢？”

“坏了妈妈也会很快回来。”

“几时能好呢？”绛香问。

“不知道。”

“几时会坏呢？”绛香再问。

“不知道。”妈妈再回答。

于是绛香不再问了。她很伤心，因为她知道妈妈此刻只想着姨妈。那个她从来也没有见过的女人。绛香乖乖地到李婆婆家去住。在这个村子里，只有李婆婆不嫌弃她们娘俩。

绛香在妈妈走的头一天，到了李婆婆家。第二天早上，绛香在送妈妈的路上，说，我不到李婆婆家去了。妈妈大惊，说为什么？绛香说，李婆婆的腿是烂的，骨头渣子都变成黑的了。妈妈松了一口气说，我还以为是什么事呢。腿烂了是老毛病，不传染，你放心住好了。绛香还想说，你一走我就跑回家，可是她没说。她是个乖巧的女孩，知道这样说了，妈妈就会不放心。她没有什么送给妈妈的礼物，就送一个放心让妈妈带着上路吧。

妈妈走了，带了卤好的猪心猪肺猪肠子猪肚子，这都是妈妈这些天不让绛香吃，攒下的。长途汽车等了很久才来，妈妈上车的时候，对绛香说，听话……妈妈含糊其词，没有说清是听她的话，还是听李婆婆的话，还是听“长期饭票”的话。总之，绛香决定谁的话也不听，只听自己的话。

放学之后，绛香到了李婆婆家，对半聋的老人说，我今天晚上不来了。李婆婆说，哦哦，你妈妈今天没走成啊？绛香就学她的声调，说哦哦。李婆婆就不再问了，专心敲打着她发黑的腿杆子。

苏三先生戴着鸭舌帽和硕大的遮阳墨镜来了。当时阴天。

寒暄之后，贺顿问道：“真的是血吗？手心和额头？”

苏三说：“不是血。可是在我心里，它和血是一样的。甚至比血还可怕。”

贺顿说：“请继续说下去。”

苏三说：“和外国人的谈判也就罢了，原则是事先制定好的，和谈判人员的临场发挥并没有太大的关系。可是，在日常的工作中，影响就太大了。我没有办法清楚地阐释自己的观点，以至于一些非常有价值的意见得不到支持，当然也就形不成决议，得不到实施，给工作造成了巨大损失。”

贺顿回应：“你很想改变这种状态，很大的成分是为了工作着想？”

苏三说：“基本如此。不过，我没有你想象的那样高尚。”

贺顿说：“苏三先生还有什么更隐秘的动机？”

苏三说：“你不会笑我吧？”

贺顿说：“我哪里会笑话您？对于说实话的人，我会敬佩。”

苏三说：“好，那我就告诉你。我想当官。这种发言恐惧症，严重地影响了我的升迁。”

贺顿说：“你非常在意升迁这件事吗？”

苏三非常郑重地说：“是的，非常在意。这也就是我为什么一定要来找心理医生的原因。如果你对别人说自己很想当官，所有的人都会嘲笑你，如果你说自己想去偷东西，反倒没有那么多人惊讶。连我老婆都不理解我，她是做生意的，我们家有很多钱。她说我们早已超越了小康，到了大康特康的程度，我什么都不干，也可以过非常富足的生活。可是我不想这样平庸地活着，我常常觉得自己是一个古代酋长的儿子，很想掌握更大的权力，在危急的时刻挺身而出，解救人民于水火之中。说得更大一点，为世界贡献更多的力量，为更多的人谋福利。做一个政治家，这就是我的理想，你会笑话我吗？”

“不不，我不会笑话你，相反，我很佩服你这种勇气和献身精神。你不是为了自己的私利，而是为了人生的目标和理想。”贺顿赶忙回应。这并不完全是一个技术性的策略，而是她的真实想法。在这间心理室里，很多人谈出他们的苦恼，谋求改变。像这样为了众人之事，思谋改变自己的毕竟是少数。

“谢谢你这样理解我。”苏三宽慰地舒展了一下眉头，紧接着眉宇又绞在一起，说，“口才限制了我。在现代，一个政治家没有好的口才，就像一个女子没有好的身材要当模特一样，这是万万不可能的。为了口才，我非常苦恼，这是一种智慧和才能上的残疾。我不知道你有什么办法可以帮助我？”苏三求贤若渴。

贺顿说：“恕我直言，我觉得您谈的很可能是一个伪问题。”

苏三先生大惑：“此话怎讲？”

贺顿说：“在我和您谈话这么久的时间里，我没有发觉您的口才有任何问题。”

苏三先生不满地说：“我不是已经跟你讲过了吗，和一个人谈话，或者是人比较少的场合，我没有问题。”

贺顿说：“对啊，您刚才说这是一个智慧和才能上的残疾，我们知道，如果是一条腿有缺陷的人，不管是他一个人行走，还是当着几个人或者更多的人行走，他的腿都会一瘸一拐，是这样的吧？”

“是。”苏三回答。

“所以，我不同意您说的这是智慧和才能上的残疾的判断。如果您想改变这个局面，首先要在这个层面有所改变。”贺顿说。

苏三先生回答：“您以为我不愿意改变这个认识吗？非也！我对自己说过一千遍一万遍了，包括那种运动员上场时常常给自己鼓劲的话，比如，就当别人都是白痴，你是世界上最棒的，等等，我都试过了，可是有什么用呢？我不是世界上最棒的，我不能自欺欺人，如果我连这一点自知之明都没有，我还算什么政治家？我越是对自己说不要紧张，我就越紧张。而且，到那时候，非但心脏不争气，跳得乱七八糟，好像变成了无数颗小炸弹，潜伏在我的眼珠后面，耳朵里面，手指尖上，连脚心的涌泉穴都能感觉到心脏的狂跳。如果说，心脏难受还可以忍耐，但最要命的是我的膀胱也跟着捣乱，好像马上就要爆炸，所有的水都会流出来。你知道，这是非常恐怖的预感，如果我在那种森严壁垒的场合尿了裤子，简直就是奇耻大辱。所以，不管当时正在进行着何种重要的交涉，我必须要起身到卫生间去。绝大多数时候，我只能排出几滴液体，连一只蚂蚁都不能淹没。对此，我非常痛苦，但是无能为力。我去看过医生，以为是前列腺的毛病。当医生做了一系列的检查，告诉我前列腺非常正常的时候，我失望极了。我希望是前列腺的毛病，那样我还有救，很可惜，不是。现在，谁来救我呢？”

苏三先生绝望已极，睿智的目光中居然出现了点点水汽，贺顿明白他的确非常伤心。

贺顿说：“不要着急，我们一起努力吧。我现在想知道的是，您这种发言恐怖，有多久了呢？”

“总有几十年了吧。”苏三先生回答。

“具体是从什么时间开始的？”贺顿刨根问底。

苏三说：“那可记不清了。从前的事，就不要翻旧账了，它们不重要。我要解决的是眼前。”

贺顿说：“不错，我们要解决的是眼前。可所有的眼前都是从早年那里遗传来的。我们的记忆从来不会真正忘记什么东西，它们只是储存在那里。”

苏三半信半疑说：“有那么严重？”

贺顿说：“比你设想的还要严重。”

苏三说：“我知道很多心理师就是刨根问底，好像不把你的祖宗从坟里揪出来就没法解决问题。我劝你趁早死了这条心，我父母和睦生活幸福，我自小上学上班一路顺风顺水。如果你还有其他的法子就请一试，如果没有新的招数，我劝你不要浪费时间了。”

贺顿还从来没有碰到过这样油盐不进的来访者。有的人虽然怒火冲天也不配合，但那是因为他们本身积重难返，并不是成心同心理师针锋相对。苏三先生真具有政治家的素质，喜好掌控全局。贺顿必须把他从这种状态里拔出来，回到咨询者的本分上。

贺顿说："您似乎看过不少心理学的书籍？"

苏三说："不敢说不少，一些吧。"

贺顿说："有这样一个观点不知道您看过没有？"

苏三说："请讲。"

贺顿说："那就是——即使在那些被精心照料的孩子那里，精神创伤也是不可避免的。"

苏三说："我不知道。这是谁说的？"

贺顿说："这是弗洛伊德说的。"

苏三说："他说的也不一定是真理。"

贺顿说："是不是真理，并不是最重要的。我想您到我这里来，掏了那么多的钱，就算你对金钱不在乎，但你还花了那么多时间。对于一个愿意担当治理众人之事的政治家来说，浪费时间就是谋杀事业。"

这席话让苏三频频点头。贺顿继续说："所以，让自己的口才发挥得更好，是您的事，不是我的事。为了这个目标，咱们要共同努力。"

苏三说："你的意思是咱们要死马当活马医，试一试？"

贺顿说："我不觉得您是死马。您既然来求助于我，我现在想到的方略，就是想知道您出现发言恐怖的最早年代是什么时候？"

苏三陷入了沉思。半晌之后说："我想起了一件事情。当时，我并没有出现明确的症状，只是以后越来越严重。"

贺顿宁静地追问："能够详细地讲一讲吗？"

"可以。"苏三舔舔嘴唇，突如其来的焦渴，让他有些不知所措。贺顿敏锐地观察到了这一现象，心中大喜，觉得此一方向很有希望。

"可以喝水吗？"苏三问。

"不可以。"贺顿断然拒绝。

"你们这里怎么像纳粹集中营，连水都不供应？"苏三大为不满。

"这是为了你的利益。你现在感到口渴，这并不是你身体里面缺水了，是你感到马上要说出口的话，让你紧张，口干舌燥，难以启齿。

如果你喝了水，这种紧张被冲淡了，就像临阵脱逃。”贺顿细说分明。

“不喝就不喝吧。”苏三先生只好放弃喝水的渴望，继续进入那潜藏至深的记忆。

第 13 章

往事被言语的荆棘勾连而起，灵魂被刺得出血

漫漫长夜，最宜回忆。不想回忆也不成，旧烦新乱，纠结成团。

日子像水母一样平滑游动，表面波澜不兴。这一期“心灵七巧板”谈的话题是“高空掷物”。第一眼看到这题目，贺顿真想爬上高空，亲手掷一个物送给出题目的人。这个物不是别的，就是一个响亮的嘴巴。这算什么题目？这难道不是不言而喻的事情，还用得着讨论吗？但当钱开逸问她：“小贺，你对这个题目感想如何？”脸上带着明显的欲受夸赞的神情时，贺顿王顾左右而言他：“对于心理学家来说，无话不成题。”

贺顿当然还算不上什么心理学家，但钱开逸对她必定要有一个称呼。如果不告诉钱开逸如何称呼她，钱开逸就会倚老卖老地称她“小

贺”，这当然不可以。很多男人都爱称呼女子“小某某”，甚至当那个女子已经垂垂老矣不成样子还执拗地不改口，而很多女人也佯装糊涂地保持这种口头上的青春。贺顿虽然很年轻，但她不愿被人称作“小某”，她需要一个正式的名分。面对钱开逸的时候，常常有意无意地提到“心理学家”这个词，对于自己的身份，她要不断强化刺激，否则，依她的年纪和长相，是很难在这个沧海横流英雄辈出的地方引起重视。客座主持多得很，心理学家就不同了。心理学家是稀缺资源。面对心理学家，即使不噤若寒蝉也要肃然起敬。

钱开逸说：“这个题目是我起的，怎么样，很有意思吧。我楼上就有一位这样的老兄，天天把烟屁股烂茶叶末从楼上往下扔，还以为自己是敦煌的飞天呢。”

贺顿不置可否，心理学家的面孔通常都侯门深似海，内心却在臧否：不过是借职务之便报私仇罢了，这在心理学上有个专用名词，叫作“放大”。

不管是放大也好缩小也好，反正贺顿没有挑肥拣瘦的资本，只有粗粮细做的努力。

想象中斗转星移、气象万千的播音，在操作上的程式非常固定。每次进入直播大楼，把通行卡在识别仪器上轻轻扫过的瞬间，依然引起贺顿强烈的兴奋感。可惜，在这个世界上能够和她分享快乐的人太少了。人们常常因为没有人来分担自己的哀伤和痛苦而感叹孤单，其实没有人能和你分享快乐更是遗憾之事。当然，她是一个善于伪装的人，一般的人都看不出她的孤独，她把自己深刻地隐藏在都市的深水之中，如同一枚漆黑的鲇鱼。她的声音已经被越来越多的人记住，如同漂浮在水之上的妖娆绿色水华，在涟漪中动荡。

今天的题目就是那个无事生非的“高空掷物”。

秋末冬初的日子，直播间的落地大玻璃窗，透着衰弱的阳光。这种房子看起来漂亮，其实并不实惠。三伏天外面热里面更热，深秋早春外面尚不算寒冷，屋里已让人寒意凛凛。贺顿的直播频率是三天一次，上次还是秋光明媚的日子，戴上耳机，耳蜗里还有些许的汗湿，不想今日风云骤变，甚是萧索。钱开逸倒是深谙此地秉性，未雨绸缪，身穿藏蓝色的薄毛衣，下面是一条加厚牛仔裤，既潇洒又暖和。相比之下，贺顿就有些不合时宜。一身米色的衣裙透着单薄，外面裹着一条白色披肩，镂空的缝隙根本就挡不住来自蒙古高原凛冽的冷空气。

贺顿照例和裘南娟打招呼，裘南娟依旧是爱答不理的样子。贺顿也不计较，比这更让人下不来台的事，她经历得多了，曾经沧海难为水。钱开逸不满裘南娟的傲慢，就从纸袋子里拿出一件毛衣，对贺顿说："突然变天了，我怕你冷，给你带了御寒的衣物。"

裘南娟说："无微不至啊。"

钱开逸说："我这是为了工作着想。要是贺顿冻得哆嗦起来，声音就会受影响。"

裘南娟说："人家又不是地震灾民，用得着你救济啊。"

贺顿什么也没说，双手接过了毛衣。进到直播间里，温度高了一点，贺顿的心稍安。要不还真像钱开逸所说，也许会把颤音带出来。

开始音乐响起来了。广告首先播出，这是一则关于人工流产无痛可视的广告，一个女声把流产的过程说得天花乱坠，略带兴奋的娇柔语调简直让没有流过产的人自惭形秽。刚开始听到这段序曲的时候，贺顿大惑不解，问钱开逸："流产和心理七巧板好像有点不搭界。"

事无巨细都问钱开逸。贺顿是客座嘉宾，钱开逸和她单线联系，有点类似于地下党的结构。从理论上贺顿知道还有齐台长等一系列领导高高在上，但平常日子碰不到，约等于没有。当然，她每次还可以看到裘南娟，但裘南娟拒人千里的矜持，让贺顿知趣退避。

钱开逸说："性欲和心理有极大的关系。比如力比多和弗洛伊德，不都是从这里切入？"

贺顿觉得自己灯下黑，恍然道："原来你是这样九九归一。"

轮到钱开逸不好意思了，说："原来心理学家也可以被骗。哪里是因为性，说到底是为了钱，谁给的钱多谁就占据黄金时间。咱们这栏节目主要是为了给有车的白领一族听，你想想，正当年的姑娘小伙们，谈恋爱出了事不就得求助医院吗，所以这个广告特别火……”

话正说到这里不得不戛然而止，流产广告完了，马上要进入正式话题。钱开逸做出满面笑容，珠圆玉润地说：“听众朋友们，大家好！‘心灵七巧板’又同大家见面了。现在坐在直播间的是开逸和贺顿。贺顿，请向大家问个好！”说罢，一个眼色丢给贺顿，按照惯例，贺顿这时要默契地接上去，亦步亦趋地说：“听众朋友们，大家好！我是贺顿。”

每当贺顿这样说的时候，就觉得自己像只人云亦云的美洲大鹦鹉。今天，她要独辟蹊径。于是，她不看钱开逸，怕看到钱开逸的惊讶，自己就不能随心所欲了。

贺顿说：“听众朋友们，贺顿向你们问好！直播间有一扇明亮的窗，透过窗，我可以看到树叶已经从翠绿变成姜黄，因为直播间的密闭性能极好，我听不到风声，但从一片片树叶飘然落下的姿态，我知道有风从树梢掠过。秋风起了，秋风很凉，朋友们，你可穿好了御寒的外衣，你可知道你的父老乡亲在家乡惦记着你？我今天特别高兴，也很希望和听众朋友们分享我的快乐……”

贺顿说得兴起，突然一转头看到钱开逸咬牙切齿地做着鬼脸，右手食指杵着左手掌心，上蹿下跳地做着篮球教练暂停的手势，才发觉自己说得远了，赶紧闸住。

贺顿平时是很循规蹈矩的，今天这番剑走偏锋，是因为她太不喜欢“高空掷物”了，所以信马由缰。

钱开逸不知内里，但他负有掌握整个谈话方向的责任，立刻把话题重新定位于“高空掷物”。

“朋友们，什么是高空掷物呢？其实说得通俗点，就是住在高层建筑上的人，随手把自己的东西往楼下扔。当然了，这往楼下扔的东西，基本就不会是什么好东西，说得更直白一点，就是垃圾。我们这里有一份统计材料，高空掷物正成为新的城市杀手。据统计，掷物的种类很是繁多，既有烟灰、蟑螂、毛发、废报纸等所谓的轻型物质，也有花盆、衣架，甚至砖头、被褥等重型物品。大家可以想一想，你好好地在楼下走着，突然从天而降一个东西，‘刷’地落在你的眼前，一看，原来是一只死耗子，你该做何感想呢？对这个问题有兴趣的听众，可以拨打我们的热线电话，号码是 ××××××××；也可以给我们发短信参与话题，移动用户请发送到 ××××××××，小灵通用户请发送到 ××××××××。”

钱开逸刚刚报完号码，液晶屏幕上就有信息出现。钱开逸很高兴，当你振臂高呼应者云集的时候，人们通常像起义首领般自豪。钱开逸愉快的结果就是放松了警惕，顺嘴把这件事说了出去。“好，现在已经有热心听众发来了短信，让我们看看他说了点什么。”

其实快速地在第一时间就把话说满，是危险的。钱开逸马上就吃到了这苦涩的果子，短信上写着：“男主持人你闭嘴吧，让刚才那个女的继续说，老子听着她的声音很入耳。她说自己有高兴事，到底是什么事，让老子也知道知道。该不是想男人了吧？”

满嘴的污言秽语，当然是不能念出来的。有些人，就像有露阴癖一样，他们的乐趣也建筑在喷粪上面。可钱开逸已经把话说出去了，无法改口，随机应变道：“贺顿，这个短信是针对你的。”

贺顿的角度看不到屏幕，不知道来者不善，笑眯眯地说：“针对我的这些话，是什么呢？”

钱开逸说：“这位听众说很喜欢你的声音，对你刚才说的事，很感兴趣，问你为什么这样高兴。”

危机在无形中化解，钱开逸松了一口气。贺顿懂得主仆有别，从不抢着看听众来言，并不知道这一切。她沉浸在自己的兴奋当中，回答说：“谢谢这位听众的关心，因为我的心理考试通过了，成绩优良。如果一切顺利的话，不久我就可以拿到证书，成为一名有资格开业的心理师了。”

贺顿的高兴是有充分理由。这次考试很难，据姬铭骢的研究生说，有几道题连他们都没有见过，看来老爷子是痛下杀手了。慈眉善目学养很好的沙茵也没能通过，可见及格率之低。沙茵得知消息后，痛不欲生地说要给自己买一件裘皮大衣才能吃得下晚饭。在这么严峻的形势下，贺顿却顺利过关，真是天大的喜讯。可惜，她没有任何好朋友可以通知，只好在高空掷物之中喜气洋洋。

主持人的快乐是有传染性的，一时间，显示屏上银光闪烁，大家都纷纷来信表示祝贺。钱开逸看看危机已然解除，该是进入预定话题的时间了，就把面孔转向贺顿，说："您作为心理学家，是怎样看待高空掷物这件事的呢？在这个动作背后，潜藏着怎样的心理动机？"

贺顿叫苦不迭。并不是所有的动作后面都有可以深究的动机，或者说，如果具体到某一个人，也许是有意义的，但若要从中总结出规律性的东西，却并不容易。心理学是一门非常年轻的学科，年轻到在任何一本书里，都还没有谈到高空掷物的规则。

但是，贺顿却不能说露，她要扮演先知先觉的角色，况且她今天心情甚佳，谈兴很浓。迅速整理了一下思绪，从一己的无边喜悦中脱身而出。贺顿说："关于掷物的话题，要从掷物人的出发点说起。开逸，我想问问你，你掷过物吗？"

钱开逸不知道贺顿葫芦里卖的是什么药，如实招来说："掷过。不过不是高空，我父母家住在一楼。想高空掷物还没有那个条件。"

贺顿说："低空掷过物也行。总之，在掷物的一刹那，你想的是什么？"

钱开逸说："还能想什么？当然是把这个东西扔得越远越好。"

贺顿说："那就是让这件东西消失。"

钱开逸说："正是。"

贺顿说："让一件原本属于你和你有关的东西消失，这说明你已经不喜欢它了，甚至是厌恶它了。对吗？"

钱开逸说："那是一定的。如果喜欢，谁还把它抛弃？"

贺顿说："你回答得很对，可惜没有准备奖品，否则你是可以得到嘉奖的。高空掷物的人首先是不喜欢这种东西，然后是期待着它消失，而且是越远越好，越干净越好。这个时候，如果住在高层，就会觉得随手一抛，让这样可恶的东西顿时烟消云散，是最简单最经济实惠的办法了。所以，从人的心理来说，高空掷物是有它的内在道理的。”

钱开逸急了，心想这样谈下去，岂不背离了要大家五讲四美三热爱的基本出发点！吹胡子瞪眼赶紧示意贺顿掉转方向。

贺顿刚才也是临时抱佛脚，说到哪儿算哪儿。看到钱开逸的表情，赶快往回找补：“当然了，所有的存在都有其合理性，但也要照顾场合。比如你是一个乡下人，当然可以把东西乱丢一气。农村遍地是垃圾，多一堆少一撮没多大关系。荒郊野地，吃个瓜把瓜皮一砸，谁也不觉得污染了环境。过不了多久，瓜变成了粪水，还能肥地。小孩子往地上一蹲就地大小便，也是肥料。城市就不一样了，高度密集，在地铁里放个屁，最少 20 个人能闻到……”贺顿平日里不说这么多，今天实在是高兴，就像喝了酒，管不住自己的嘴。

钱开逸听着跑题，赶紧往回拽：“咱们还说高空掷物。”

贺顿说：“高空掷物的人，我看多半是农村来的人。因为从小没有养成好的生活习惯，乱扔惯了。可你只图自己方便，在高层住宅里往下一丢，自己倒是眼不见，心不烦了，可若是有什么人正好在经过你的楼下，就会遭殃。轻者头破血流，重者粉身碎骨甚至生命也会受到威胁。所以……”

“所以我们不能高空掷物。关于高空掷物，有些国家和地区还制定了一些法律，比如有个国家就规定了，若高空掷物，经查证属实，会让掷物者服 15 天的劳役，以警示众人。在中国香港，如果这个人租住的是廉租屋，就会面临被收回住房的危险……”

两个人一唱一和，基本和谐。短信来得也很多，都是控诉自己曾受过高空掷物之害，严厉声讨这种恶劣行径。眼看着直播时间过去了一半，突然裘南娟在大玻璃外面夸张地摇唇鼓舌，并举起了一个牌子，上面写着：“有听众热线电话。”.

这个牌子是裘南娟的发明。本来只需导播在外面示意，直播人员就能够看到并做出响应，但裘南娟发现一到钱开逸和贺顿主持节目的时候，两个人谈得开心，就会有意无意忽视了导播的作用，结果是她经常做无用功，人家里面谈得热火朝天，根本就看不见她的手势。她特地请示了齐台，制作了一块牌子，说是为工作着想，力求尽善尽美。

裘南娟好似运动会的领队小姐，把牌子忽上忽下地晃动。钱开逸不敢怠慢，立刻回应。

"好，听众朋友们，今天的问题看来大家都很有话要说，有一位热心听众打来了电话，现在就请导播小姐把听众的热线电话接进来……"钱开逸一边说一边进行着仪器的切换，这样，一个中年男子响亮的声音穿过玻璃墙进入了直播间。

"主持人好。我是你们的一位热心听众，刚才一直在听你们的节目。我很喜欢贺顿小姐本次节目的开场白，有特殊的韵味，后面的讨论也很有意思……"这声音有一种蛊惑人心的味道，让人听了很感兴趣。

不知为什么，这声音却让贺顿有不祥之感，一种轻微的战栗滚过皮肤。

钱开逸对即将到来的危险没有丝毫察觉，颇有兴趣地问道："这位朋友，能详细谈谈你的感想吗？"

"可以。我现在把车停在了高速路的紧急避险带，就是为了可以从容地和你们说几句话。说真的，我对高空掷物倒没有什么特别的兴趣，因为我住的是别墅，四合院性质的，没有什么高空可供我掷物。"那人略顿了一顿，好像是在等着主持人对他的这番话表态。

贺顿一时不知如何回答，钱开逸接过话茬："这么说先生是一位成功人士了？"

响亮的声音说："算不上成功，只不过先富起来几天。开逸先生，如果我记得不错的话，你姓钱，对吧？"

"是，我姓钱。"钱开逸摸不着头脑，这位听众为何对自己的姓氏如此感兴趣。

响亮的声音说："我不姓钱，可是我有钱。我也有闲，所以我可以停下车来听你们的节目，打这个热线。不过，钱先生，我有几句话想和您的女搭档说说，不知可不可以？”

“当然可以。”钱开逸口头上这样说着，不祥预感也扑面而来。人群当中，有大约十分之一的人，总爱鸡蛋里挑骨头，唯恐天下不乱，这种人，你一旦发现了，就要尽早掐掉他的热线，剥夺他的话语权。但是，这一切要做得水到渠成，不显山不露水。你不知道有多少人在倾听你们的谈话，贸然阻击，就坏了自己名声。此人雄赳赳气昂昂有备而来，硬性遏止是不可能的，只能寄希望导播的协助。比如突然掐掉他的电话，出现忙音，这边就能很抱歉地说，不好意思，线路出了问题，很遗憾，对话中断了……我们现在接入新的电话。之后就安全了。假如那个人不屈不挠再打进来，因为都有来电显示，只要导播把关不接入就万事大吉了。

钱开逸向玻璃外的裘南娟示意终止这个电话，裘南娟恰好把头偏向一边，好像在看风景，不曾注意到钱开逸的动作。

钱开逸非常着急，但是没有办法，谁让他没有裘南娟想得那样周到，写一面大牌子呢？

危险的对话还在继续中。

响亮男声说：“贺顿小姐，我能问你几个问题吗？”

贺顿看着钱开逸，钱开逸只好点点头。贺顿就说：“好啊。您请问。”

响亮男声说：“你刚才说到高空掷物的人多是农村来的，你有相应的统计资料吗？”

贺顿一时语塞，吭吭哧哧地回答：“啊，这个……我就是凭印象估计，并没有确切数字。”

响亮男声说：“既然是这样，我就要正告贺顿小姐你不要信口雌黄。你不要看不起农村人。”

“看不起农村人”是顶大帽子。虽说几乎所有的人都看不起农村人，连农村人自己都看不起自己，但如果在公开场合被人指出这一点，毕竟是不光彩的事情。更不要说这不是一般的公开场合，简直就是超大型聚会。不知道在这一瞬间，有多少人竖起耳朵听热闹。

贺顿回应的第一个策略就是否认。贺顿说：“我并没有看不起农村人，我只是一个估计和判断。当然这个估计和判断没有详尽的数字统计资料支持，这是我的不足。但方法的不足并不一定就引出错误的结论。”

那个响亮的声音不依不饶，说：“我看，贺顿小姐对农民的成见很深，歧视很深。请问，你是一个地地道道的城里人吗？”

钱开逸以为贺顿会很干脆地说“是”，然后他就会把话接过来，强行回到原来的轨道。不想贺顿方寸大乱，支支吾吾说：“……这难道……和我是哪里的人……有关系吗？”她的迟疑通过扩音设备传递出去，放大了惶惑。

响亮声音说：“当然有关系了。你看不起乡下人，把狗屎盆子不分青红皂白地扣在他们头上，你以为听这个广播的都是城里人，就可以肆意侮辱乡下人了吗？说句不客气的话，中国有多少真正的城里人？往上查查他们的三代祖宗，还不都是顶着一脑袋的高粱花子？听你的声音还年轻，怎么这么年轻就染上了把人分成三六九等的恶习？你还像个专家似的指手画脚，先把自己的舌头捋顺了，学会说人话，再出来张扬不晚……”

这些话声若洪钟，字字入耳，带着一种霸气和摧毁人信念的能量穿行着，让你听到之后烦躁恐惧，又丧失招架的能力。贺顿完全被惊呆了，不知如何是好。钱开逸毕竟久经风雨，站起身来冲到大玻璃镜前，对着裘南娟挥拳并伴以无声地咆哮，裘南娟这才恍然惊醒，看到了钱开逸的愤怒，掐断了那个声音的喋喋不休。

钱开逸迅速跑回自己的位置，说：“谢谢刚才这位朋友发表的不同意见，他的坦率可以接受，但某些观点值得商榷。希望后面参与讨论的朋友们加入到一种友好和谐的气氛中。关于高空掷物……”

钱开逸连自己也不晓得后面的讨论该如何进行下去，贺顿显然受了惊吓，木讷地应和着，再也恢复不到良好的状态。听众也受到低迷气氛的感染，不再发来短信和电话参与。总算草草完成了高空掷物的播出，走出直播间的时候，两人都耷拉着头缩着脖子，像得了禽流感的候鸟。

裘南娟瞪着无辜的大眼珠子看着他们，钱开逸气不打一处来，说：“小裘，那个电话来者不善，你怎么就一点都没有察觉？”

裘南娟委屈地说：“这能怪我吗？咱们这儿的规定，只是询问来电者的问题是什么？我问了，他说得很在理，说对高空掷物这个话题很感兴趣，要和主持人交流意见，这不正是你们需要的吗？我就对他说，你要向两位主持人问好，他答应了。我说你要言简意赅，他也答应了。你说我还能嘱咐什么呢？我该做的都做了，然后把电话切了进去。我能预计到他说出那么多不恭敬的话来吗？我也不是宪兵，也管不了人们的舌头和嘴巴。若是没有驾驭能力，干脆别开直播。”

钱开逸没话可说，还不死心，又问道：“你知道他的电话号码吗？”

裘南娟说：“不知道。”

钱开逸就来了劲，说：“按照规定，你必须先留下他的固定电话，再用导播的电话打过去，他就留下了确切资料，不能像个隐身人似的为所欲为人身攻击。你为什么没留下他的固定电话？”

裘南娟说：“你也不是没听见，当时是在高速路上，他哪里有固定电话？如果有规定，以后这样的移动电话都不接入，我执行就是了。这一次，和我无关。”

钱开逸再也说不出什么，倒是一直未开口的贺顿问道：“那么，他的移动电话是多少？”

裘南娟查了一下有关记录，报给了贺顿一个号码。

贺顿缓缓地走出直播大楼。往常，她都是坚持回到租住的小屋吃方便面，今天，她决定进饭馆奢侈一下。心情太坏，往事被言语的荆棘勾连而起，刺得灵魂出血。只有借助吃饭这个法宝，度过凄清时光。

第14章

厌倦是抵抗焦虑的第一道封锁线

所有孩子的问题都是父母的问题。最聪明的孩子受到的困扰尤其大。

傻乎乎的父母们，你们很早以前不经意的一个产品，正事无巨细地注视着你们，在灵魂的空白处奋笔疾书。他们是上好的书记官，把你们的一言一行记录在案。很多父母不明白，让孩子享有一颗健全的心，比一百种智慧更有用。一定要见到周团团的父亲，当然，还有他的母亲。

暂且不要报警吧。杀死大猩猩还只是纸上谈兵，桑珊没有枪没有匕首，甚至连水果刀也没有准备，等一等，再等一等。你想纠正她的同性恋倾向吗？不，我一点都不想。你以为心理师是神仙，出手雷电，跺跺脚就能上天？那是神仙，我们只是凡人。我没有那个能力。束手无策。如果当事人不想改变，心理师没有办法让任何人改变，就像你不能改变遥远的织女星轨道。那是能力以外的事情。我只是一个老农，唯一的武器是耕耘语言。语言是我的土地、种子和犁耙。只要努力，只要坚持，只要倾听和述说，就总会有东西生长出来。这需要坚持，不单是心理师的坚持，还有来访者的坚持。有时候，坚持就是一切。

赤面恐怖。一定是有原因的。那个原因是一个地雷，被原始森林遮掩。枝蔓如碧绿的妖魔手臂，扰乱人的视线。人啊，是多么的复杂又是多么的脆弱！

一个人成年后的所思所想，所作所为，都能在童年时代找到可以临摹的蓝本，只是有的时候，它们常常是反向的。特别艰窘的家庭，有了一掷千金的阔佬。唯唯诺诺的姆妈，养出了骄奢淫逸的狂女。

苏三到底是正面还是反面？

过去生命中所发生的片段，像万花筒中的碎屑，有的细巧，有的尖锐，有的如绸缎般光滑，有的如珠玑般清脆，拼凑起来就是光怪陆离的人生。

生命的残片有时会坠满地，让人充满惊悚之感。

在苏三那里到底发生过什么？

如果没有当过心理师，你不知道什么叫沧桑；如果你当过了心理师，你就最深刻地体验了苍老。在这种蒸煮般的煎熬中，一种强大的混淆感生发起来，如同高原隆起，平缓而不可抑制。要找到症结。让心事自生自灭，是一件危险的事情。因为它绝不会真正消失，只是貌似离去，耐心地等待着卷土重来。

在每一次的倾听的过程中，她都秘密地进入了那个述说者的身上，感觉到他所经受的痛苦。这种深切的不由自主地附体，让她迅速地丰富以至于衰竭。她感觉自己有几千岁了，变成了一个巫婆。能预知过去与未来。她对于世态炎凉的体验如此敏锐，所有的痛苦和欢愉都被放大，她在天堂的地狱的垂直观光电梯里穿梭，仿佛一座透明的监狱闭锁着她的活动范围。景色眼花缭乱目不暇接，失重的感觉令她透不过气来，丑恶让她如同怀孕般想呕吐，以至于她想，如果真的怀孕，她一定马上停止工作。如果胎儿的小耳朵不加选择地听到了这些故事，不是变成仙灵就是变成恶棍。当然，也看到无数人性中的良善。生命的蜜汁也会喷溅而出，灵魂的香气袅袅飘荡，散发着迷人的甜润，沁人肺腑。只是这种时辰，少而又少。

心理师要学会过滤，否则你就会被他人的经验腌透，变得干硬和充满不被感动的盐分，丧失了柔软和纯正。

贺顿发觉自己正在迅速地僵硬起来。以自己越来越薄弱的力量来对抗越来越强大的吞噬感，就有螺旋状的恐惧盘旋而来。

她竭力用已知的技术手段来化解自己的焦虑。焦虑并不是不可化解的，但你化解了原有的焦虑之后，焦虑就像一枚钢镚儿被甩出，它叽里咕噜地翻过身来，那一边也还是写满焦虑。当你把另外一边的焦虑也尽力解决了，焦虑又不慌不忙地转过身去，你才绝望地发现它是一个立方体，所有的面上都写满焦虑。无论你怎样翻转，哪一面朝上都无济于事。

她想逃脱。可是，无处可逃。

厌倦是抵抗焦虑的第一道封锁线。

每一个人都可能在一个忧郁的日子里来见你，而不管你是否也在忧郁中。他走了那么远的路，挨了那么久的煎熬，思考了很久，犹豫了很久，最后费尽周折，鼓起勇气站在你面前——你是一个心理师。

他觉得你是一个有胆量的人，一个能够帮助他的人，一个有着某种神力的人。他强打精神，满怀期待和预支的感激之情，献上溺水者面对稻草的殷勤，指着自己的身体和灵魂对你说：帮帮我吧。

他在这个世界数以亿万计的人当中选中了你，把一个千疮百孔的情绪漏斗交给了你，也把某种冥冥中的信任和巨大的荣誉摆在了你面前。如果你成功了，他就把它们奉献给你，一如圣坛前的祭祀。

你看到一个轩昂的人委顿，看到一个强大的人退缩，看到一个美丽的人猥琐，看到一个渊博的人战战兢兢……你能袖手旁观吗？只有看到落红满地，才能体验到繁花似锦的宝贵，然而一切已成往事。

伸出你的手帮助他，需要力量和机敏，需要渊博和仁慈，还需要很多东西，比如健全的心智和温暖的手。你准备好了吗？

是的，在灵魂的厮杀中，没有那些血淋淋的场面，可是那些直插心肺的刻薄和损毁，不是比匕首更加锐利吗？那些身不由己的退缩和妥协，不是比箭弩更具穿透力吗？

心理师啊，你的欢颜和微笑，你的善意和爱心，你的智慧与幽默，你的犀利与宽容，你的理解和体谅，你的牵挂与信任，包括你的愤怒与哀痛……这些都是一个生命与另外一个生命的对接，好比宇宙太空中的行走，神圣而千钧一发。

为了完成这神圣的使命，贺顿已趋近弹尽粮绝。她尽量封闭关于自己私事的台风眼，在人们看不到的地方，把每一个臼齿的沟槽都深深契合。每天每夜。

她知道应该放松牙齿。牙齿和精神有某种神秘的链条。也许从远古时代，人类就养成了在灾难面前咬紧牙关的习惯。看看那些早早就掉光了牙齿的人，如果不是营养不良，那他们一定命运多舛，面对危难，只有不停地咬牙，直到把牙齿咬下来。

她知道自己需要和柏万福有一个交谈，需要一个决定。现在的拖延是慢性毒药，不但在谋杀自己，谋杀柏万福，而且在谋杀着那些来访者，心理师的能力好像换季时分的小店，所有的悬挂都大打折扣。但是，她不敢做出决定。

她从理论上确信，没有一个决定没有痛苦，你以为不做决定就没有痛苦了吗？错。那就更痛苦。要不就等到别人来为你做决定，那就不仅仅是痛苦，而且也是丧失了自由。

为了自由，你必须做出决定。人生没有绝对的安全。只有绝对的不安全。不用霹雳手段，显不出菩萨心肠。

然而，一切理论在现实的礁石前都是鸡蛋，营养丰富却不堪一击。心理师贺顿一天到晚在敦促别人做出决定，自己却延宕不前。

我挂掉了电话，那个女子的手机铃声也应声而停，就是这个人了。我打量着她。很年轻，也很俏丽，穿着打扮像一个懒散的逃课中学生，身上的香水气味很浓，仿佛在遮盖着什么。我握住她的手，很绵软，只吝啬地交给我四个半截手指，然后"嗖"地抽回去。碰撞之下，我知道她不是干活的人，是个连家务活也不干的女人。

你并没有穿红袜子。我挑剔地说。

我不可能穿着鲜红的袜子满世界闯荡，好像刚从圣诞老爷爷那儿回来。我相信能认出您来，我见过您和乌副市长的合影。红袜子说。

我是个低调的人，乌海也不喜欢张扬，平常我们也从未把合影送人。你在哪里看到的？我说。

你家。红袜子很爽快地回答。

你去过我们家？我怎么没见过你？我大吃一惊。

我去，都挑你不在的时候。红袜子说。

都？你去过很多次？我几乎嚷起来。

咱们到茶室里说话好吗？我既然来了，就会让你明白。红袜子说。

我的大嗓门已经引起了人们的注意，茶楼基本上是安静的地方。我只好按捺下满腹狐疑，和她到了茶室。我们面对面坐下，眼睛和眼睛的距离不到一尺，像是促膝谈心的好友。

我说，你到底是什么人？

红袜子说，你先告诉我乌副市长他怎么啦？

我说，他死啦！这是我第一次对外人说乌海死了，在这之前，我不敢说，不忍说，不能说。看着这个女人，我不知从哪里来了直面乌海死亡的勇气。

红袜子一下热泪盈眶，说，我已经想到了。那天，我给他去电话，刚说了一半，电话就断了……我不知道发生了什么事，以为他不方便说话，就再没敢给他打电话，一直在等……

22 点 37 分？我问。

是我。

差一分 22 点？我又问。

也是。

你频繁地给他打电话，是什么事？我无情地问。

可以不告诉你吗？红袜子还没有从乌海的死讯中缓过劲来，泪眼婆娑。

不能。我狠狠地说。

为什么？她负隅顽抗，这是隐私。她声嘶力竭地喊。

因为乌海死了。如果乌海不死，这是隐私。乌海死了，这就成了公案。你清楚为什么大家都不知道乌海的死讯吗？

我声色俱厉。我从来没有用过这样的口吻和人说话，我已成魔王。

不知道。没人告诉我，谁都不说……红袜子已乱了方寸。

我说，因为乌海的死因太蹊跷了，公安局正在调查。现在，乌海和你通话的手机在我这里，还没有任何人知道你的存在。你要是不原原本本地把事情告诉我，我就把你移交到公安局。威胁的话脱口而出，并不是事先想好的，我早已肝肠寸断毫无逻辑可言。我想到哪儿说到哪儿，信口开河。

这些话挟制了红袜子，她说，您不能把我交到警察那儿去。

我说，你害怕了？是你害死了乌海？

红袜子说，您冤枉我了。我把实话告诉您，您想怎么处置就怎么处置好了。既然乌海死了，我也不想活了。

我火冒三丈，这个世界上居然还有要为乌海殉葬的女人！看来她的感情比我和乌海还深！我虽然爱乌海，但还有孩子和双亲，我不会跟乌海而去。我疑窦丛生，说，你！从实招来。

她第一句话就让我悔之莫及。我不应该让她说，她把我和乌海所有的历史都粉碎了。

我是个小姐，就是妓女。我在圈内有个花名，叫红袜子，就像古代有妓女叫杜十娘苏小小的，她们是好人，我也是。我像她们一样，多才多艺，一般的客人我也不接。后来，人家跟我说，有位先生专门点了我，说要看看大名鼎鼎的红袜子是不是真的风流俊俏，举世无双。我见了他，当时并不知道他是副市长，只觉得这人温文尔雅，和一般的纨绔和市井之人大不同。如果我当时就知道他的来历，就不和他交往那么深了，和官人打交道，风险太大。后来知道了，我们已如胶似漆……再具体的事，大姐您就不要问，我也不说了。那对我无所谓，反正我就是干这行的，对乌副市长也无所谓，因为他已不在。主要是对您不好。那天，到了晚上，我想他了，就给他打了个电话。我们昼伏夜出，起得晚，晚上八九点是我们的一大早。我说你来呀。他说，我在外面。我说你在哪儿我不管，反正我今晚等着你。他就说，好吧，我这就回去。那个电话我没看表，估计是10点前后吧。半个多小时以后，我又给他打了个电话，想问问他到哪里了，我等不及了……不想电话刚接通，他"哎"了一声之后，就再无声音。其后的事，您就比我知道得还详尽了……

我魂不守舍。原！来！是！这！样！话我都听到了，也记住了，可我一点也不能理解它们具体的含义。我看见红袜子的嘴唇在动，可我觉得她不是一个真的人，是一片红茶叶，飘啊飘，直到满杯都是血。她说的每一句话都是斧，把我和乌海的过去剁成了肉酱。

红袜子说完了。我久久没有动静，她有点害怕，说，大姐，我要不要送您回医院?

我说，不用。

红袜子又说，要不，你把我送给公安局，我不怕。只是乌副市长一世的英名就毁了。

我说，你还挺惦记他的英名。和你有了交往，他还有什么英名！

红袜子说，您要这么说，就跟乌副市长常常和我说起的您，有点不符了。

即使在极度的哀痛震怒中，我也想知道乌海怎么在背后议论我。我说，你们都说我什么了？

红袜子说，我想和乌副市长成长久夫妻……

我冷冷地打断她说，是从良吗？

红袜子说，是。可乌副市长说，你和他是患难夫妻，他不能甩了你。

我说，那你们没说以后怎么办？

红袜子说，乌副市长说他还要升到更高的位置，赚更多的钱，把这些钱都存到国外去，然后和我神不知鬼不觉地出国，过好日子。

我说，那就是叛国了。

红袜子说，对我们来讲，人就是一切。

我说，乌海已经赚了多少钱？

红袜子说，他说现在还不是赚钱的机会，要清廉。到了该赚的时候，他会手疾眼快地赚，速战速决，快速致富。不然夜长梦多。

我说，红袜子，你让乌海成了一个贪官。

红袜子说，大姐，你这么说乌副市长，就有点不厚道。他从来没有说过你的坏话，总说你贤惠体贴知书达理。

这话倒是像乌海说的，他不知多少次地这样表扬过我，但是今天从一个如此身份的女子口中说出，奇耻大辱。无比信任的丈夫，居然在花街柳巷出没，结下这样的红颜知己。我说，不，这不是真的……

其实我这话是说给自己听的，我不能相信这个可怕的事实。红袜子会错了意，以为我怀疑她说假话，就说，大姐，我不骗你。我有物证。

我说，拿出来。

红袜子说，乌副市长到阿拉伯世界出访，回来的时候给你在伊斯坦布尔买了一条金丝披肩吧？

我惊道，你怎么知道的？

红袜子说，他也给我买了一条。说你年纪大了，就给你买的是咖啡色的，说我年轻，给我买的是樱桃红的。您那条披肩还在吧？

我咬牙切齿。不仅仅因为红袜子所言不虚，不仅仅因为乌海在给我买了名贵披肩的同时，也依样画葫芦给这个婊子也买了一条，也不仅仅是把一切都告诉了红袜子，她什么都知道，我什么都不知道。更因为他对红袜子说我的年龄大了，而红袜子正年轻……

我恶狠狠地打断她的话说，红袜子，你就等着公安局传你吧。乌海是个大流氓，我一定要让他的所作所为，大白天下！

说完，我一摔门走了，回到医院，医生正在到处找我。他们看到我脸色铁青，立刻为我做了一系列的检查，心跳快，血压高，甚至脑电波也不正常，像要发癫痫——就是羊角风。他们以为我悲伤过度，给我用了非常大剂量的镇静剂，我这才迷迷糊糊地睡着了。

等我再次醒来，我的老父老母，我的婆婆公公，还有七大姑八大姨都围在我的身边，偷偷地抹泪。看我醒来了，大家说，乌海不在了，可我们都还在，我们就是你的靠山。我忍不住号啕大哭，有谁能知道我内心翻滚的大江大浪啊。大家看我哭得上气不接下气，就一股劲地劝我，说知道你和乌海是恩爱夫妻，他走了，可他永远活在大家心中……我一听这话，更是哭得惊天动地。乌海是什么人，这世界上有谁真正知道？正哭着，市委书记来了，他比那天我在事故现场看到的形象，一下子老了很多。他说，乌海是好同志，好干部，他因公殉职，我们会永远怀念他。正在研究整理材料，把乌海的事迹向上报告，请功授奖。他劝我要以这样的丈夫自豪，要把乌海的精神投入到生活中去，化悲痛为力量，要对得起乌海……

我像戴着假面具，听着，听着……先是微笑，然后是大笑，最后不由得狂笑起来，一股劲地念叨着：乌海，乌海，好你一个乌海……大家看得发毛，以为我在强烈的精神打击之下，神经已经躁狂。市委书记赶快指示医院全力抢救我，一定要让乌海在九泉之下安心。

人们都退走了，我也收敛了笑声。面对深沉的夜色，我知道自己没有疯，头脑像被雪擦洗过一样，清醒干净。我的丈夫乌海是一个骗子，在赶往和情妇幽会的途中出了车祸，死了。人们都以为他是一个好干部，好丈夫，好爸爸，好儿子，只有我才知道他是一个败类！

我彻夜不眠。到了第二天，又是很多人来看我，我对他们说，我现在很好了，放心吧。其实我是在想，我该怎样办？揭开这个谜底，让一个真实的乌海赤裸裸地站在光天化日之下，还是维持一个谎言，让他以一种完美的姿态告别人间？

听说人有三个魂魄，丢了一个就低迷不振，丢了两个就百病缠身，如果丢了三个，就不必多说什么了。我的魂魄一天之间已是负数，成了鬼魅。

到底怎么办？

我不知道。我苦苦思索。我不能和任何人商量，我也不能提前把真相告诉任何人。我不知道这个世界上还有哪个人是可以信任的，既然我朝夕与共的爱人都是一个无与伦比的骗子，我还可以相信谁？我一言不发，对所有的劝慰之词都不置可否，召开追悼大会的日子虽一再延期，但业已摆上日程。人们把乌海的尸身拼凑完毕，据说使用了硅胶和大量的化妆品，乌海已栩栩如生。无数的人送了挽幛和花篮，灵堂香气四溢。据说最昂贵的一个花环是为我预定的，全是盛开的鲜花组成。各个部门都准备了悲痛欲绝的悼词，连奏放哀乐的音响都是从全市最好的剧院调来的，到时候会震耳欲聋。

人们一五一十地向我汇报着，以为我会特别在意。我像个木头人一样听着，什么都不说。大家以为哀痛把我压成了粉末，对我的漠然也并不觉得意外。医生说我的生命体征大致正常，不会猝死，大家也不强求我表态。

我没有可说心里话的人。所有的人都和我形同陌路，一个不真实的乌海阻隔在我们之间。我居然特别想和红袜子谈谈，因为只有在她那里，我们才会面对同一个乌海。我真的给红袜子打了电话，但对方一直关机。我估计那天临走时的威胁奏效了，红袜子已逃离此地。

从来没有过的孤独啊。我不能和我的孩子说，不能和我的父母说，也不能和乌海的父母说。所有的真实积存在我的心里，发酵自燃腐烂爆炸……我的自制和克制已经到达极限。我不知道面对乌海装裹一新仪表堂堂的尸身，我如何表达。我是一个平凡的女子，但我是一个正直的人。我从来没有隐瞒过罪恶，也没有撒过弥天大谎。面对这样一个残忍地欺骗了我和孩子的罪恶之人，我是否要放弃原则，帮他把谎言维持到底？就算我理智上打算这样做，实际上我也根本做不到。我会歇斯底里，我会破口大骂，我会不顾一切地抛出真相，我会把追悼会开成斗争声讨会……

一想到这些我就不寒而栗。我想提前死掉，这样我就不必去面对非人的残酷。但是我还有孩子，我不能让他在失去父亲之后又失去母亲。我要坚强地在屈辱之中活下去，可是我不知道如何熬过艰难岁月。

迫在眉睫的追悼会。我现在唯一能做的就是不断延期。我要出席追悼会的黑色制服，已经放在我的床头。我要佩戴的白花已经别在上衣的胸前。人家为我拟定的悼词已经打印成册，可是我一眼都没有看过。在我的心里，有一篇烙印一般的文字，刻在心上。那就是我要讲出真相。我要做一个坦坦荡荡的人，我要把自己的冤屈公布于众。

我没有一个可信赖的人，我只有飞越万水千山来找你，求助于你……

李芝明说到这里，下意识地低头看了看手表。她还在医院静养，和护士说好了晚上回去，飞机快要起飞了。

“让追悼会继续等待，等待……”贺顿回答。她和李芝明握了握手，她们的手指同样冰凉。只是贺顿的指尖有一点热度。为了能把这些微的热度传递给李芝明，贺顿深深攥了一下掌心。温暖像碾碎的红樱桃，顷刻汁液似旋。殷红色的浆水如同煮沸的朱砂，倾泻在白雪之上。

贺顿面对的是一个背叛的故事。在她自己的故事里，她是一个背叛者。贺顿自嘲地想，这样的支援，好像内衣外穿，不够体面。

第15章

世界上有一种爱叫退出

很长的故事。不断地添咖啡。

听完之后，柏万福沉吟良久。

柏万福说："我本来是想揍你的。"

钱开逸说："你现在也可以揍我。我保证骂不还口，打不还手。只是不要掐我的脖子，里面有一块薄薄的肌肉，名叫声带，它不属于我个人，属于人民，是公共财产。"

柏万福说："揍完你之后，怎么办？"他看着钱开逸，真心实意地在讨教办法。

钱开逸不由得叹息，心想贺顿，你真是太傻了。这样的老公，还有什么保留价值？赶快更新换代吧！钱开逸说："柏万福先生，您这是与虎谋皮。"

柏万福说：“我想知道你的想法。”

钱开逸说：“我的想法很简单，以前就是这样，现在也是这样，以后也不会改变。”

柏万福说：“你就直说打算怎么着吧。我是工人出身，劳动人民喜欢直来直去。”

钱开逸说：“我要娶贺顿为妻。”

柏万福把双手的关节捏得咯吱吱响，钱开逸下意识地看了看逃跑的路线，一旦动手，他先用余温尚在的卡布奇诺泼在柏万福脸上，让奶沫遮挡他的视线。然后再用手掌猛劈柏万福面门，赢得时间，再一把拉来一旁的老外当挡箭牌，那家伙人高马大是个好掩护，自己且战且走……不想柏万福纹丝不动，冷着脸说：“你说你们谈论婚嫁在我之前？”

钱开逸说：“是。”

柏万福说：“你说你对她的帮助比我要大？”

钱开逸充满优越感地说：“这是不言而喻的。”

柏万福说：“你们一直在来往？”

钱开逸说：“当然。我知道她的一切，而你对我一无所知。”

柏万福说：“你说你能让她更幸福？”

钱开逸说：“这一点毫无疑问。”

柏万福把手指捏拢，痛下决心：“好吧。我成全你们。”

本是抱着鱼死网破的决心而来，不想齐天难题却这样轻而易举解决，好像乘坐猝不及防的过山车，自九天扑落之时，突然停电定在半空，虽清风朗日，却胆战心惊。钱开逸一时反应不过来，怔怔问：“这是真的？”

柏万福说：“真的。”

钱开逸说：“不开玩笑？”

柏万福反问道：“以咱们俩现在这种关系，还有什么开玩笑的可能吗？”

钱开逸大喜过望，心想原来贺顿的老公这样轻易就能搞定，以前耽误了多少大好时光。又替贺顿惋惜，这样一个稀泥软蛋的男人，早就该甩了改弦易辙。愣怔了一会儿，又生出对面前这个可怜男人的鄙弃。不由得叹息说：“没想到你还挺明白事理的。话说到这份儿上，不管怎么样，我们还是对不起你。我们向你道个歉。”

柏万福说：“我们是谁？”

钱开逸说：“就是我和贺顿啊。”

柏万福说：“没有什么我们。只有你，你自己。是你对不起我，是你在向我道歉。”

钱开逸耸耸肩膀，实在不解。这难道有什么区别吗?

柏万福站起身来，招呼小姐结账。钱开逸说：“我来我来。”

柏万福冷峻地说：“是我叫你来的，当然应该我负责。”钱开逸还想说什么，看看柏万福的脸色，不再坚持。

钱开逸要和柏万福一块离开咖啡厅，柏万福执意不肯，坚持让钱开逸先走一步，说：“还有一句话，我要告诉你。钱先生，您一定以为我是个傻子，是个软柿子，自己戴了绿帽子，还把老婆拱手相让。钱先生，你要是这样想了，就枉了贺顿爱你一场。我告诉你，这世上男女相爱的方式有很多种，表达的方式也有很多种。其中有一种，就叫退出。”他说这话的时候，眼珠像清漆一样透亮，好像弹得出声响。那里面不单有泪水，还有坚忍。

钱开逸目瞪口呆，觉得自己在这位劳动人民面前匍匐下来，轰然倒塌。还想说什么，柏万福朝他挥挥手，表示再也不想听他的，只好乖乖地闭了嘴，把那条杰出的喉咙关闭。他还想再待一会儿，以表示自己对对手退出的歉意，柏万福更坚决地挥动手臂，这一次，简直就有驱赶的意味了。钱开逸携带着侥幸的快意，快步离去。

确信钱开逸身影隐没，完全看不到自己了，柏万福才离开座位，摇摇晃晃地走出门去，一条腿瘸得更明显了。

他是小儿麻痹后遗症患者。

第16章

前面是一堵墙。当你以为头破血流之时，却穿墙而过

做完一档提前录制的特别栏目回到家里，贺顿浑身涩痛。工作紧张，不由自主绷紧四肢百骸，好像坐在一艘颠簸的海船上，当时不觉怎样，一旦静下来，从小就缺乏营养的脊柱千疮百孔地疼起来。

在楼梯口碰到了房东老太太。房东老太太有两套房子，一套在底楼一套在四楼，她住楼下，儿子住楼上，每套各留一间房出租。房东老太太是贺顿最不愿意见到的人，但又是贺顿绝对躲不掉的人。老太太把守在自己单元门前，一夫当关，万夫莫开。夜里楼外的霓虹灯照在脸上，是永不下岗的哨兵。除非你会轻功，能从布满了防盗窗的楼房外立面爬上去，否则一定要和她“偶然相遇”。

房东老太太说：“柴绛香，你回来啦？”不管贺顿说过多少次自己现在姓“贺”，房东老太太还是顽固地按照身份证上的名字称呼她。

房东老太太只认身份证，凭着这个证件才把房子租给漂泊者。

褪成了绛香的贺顿，低眉顺眼地说：“您老还没吃呢？”

老太太说：“绛香可真不会说话，你说的是吃中午饭还是吃的晚上饭呢？下午 2 点钟，中午饭是一定吃过了，晚上饭还没想出吃什么呢。”

绛香赔着笑脸说：“是，我不会说话。还是您老会说。”

老太太说：“我哪儿有绛香会说哦！那天我闲着没事，打开电匣子，没想到听到绛香在匣子里说话。绛香啊，你都进了电匣子了，钱一定挣得海了去了。”

绛香连个磕巴都没打，直接否认道：“您这可是听差了，我哪里有能耐进电匣子？世上同名同姓的人多了，长得差不多的也大有人在，就更不要说嗓音像的人了。您可不能胡说，电匣子那里经常播的国家大事政府精神什么的，哪里是个人就进去！传出去，人家不说我绛香攀高枝，也不会说您耳朵不灵光，倒可能说您脑子有没有毛病呢！”

这番话把房东老太太呛得两眼翻白，她揉了揉耳朵，心想真是自己搞错了？不能吧！绛香的嗓子特别得很，再也不曾听到类似的声音。罢罢，这小女子精灵古怪，暂且不同她计较。房东老太太把单薄的身子卷了卷，好像一条就要绣茧的瘪虫，说：“好好，也许是我老糊涂了，耳音上出了毛病，不过算房费上还拎得清。”

话说到这个份儿上，绛香就不能再装傻了，说：“您放心，不是说好了月底交房租吗？我记得。”

房东老太太说：“我的好姑娘，今天是 30 号，难道还不是月底吗？”

绛香说：“这个月不是大月吗，不是有 31 号吗？！”

说完，她不再理睬房东老太太，贴着墙壁挤了过去，好在楼房墙壁上的浮灰早被过往的房客蘸净了，绛香并没有蹭上白灰。

上到四楼，打开单元门，对面的门虚掩着，知道有人在家，就轻轻咳嗽了一声，算是打了招呼。这套房子的大间由房东太太的儿子柏万福住着，小的租给了绛香。房子原本是准备柏万福结婚用，柏万福下了岗，根本就找不到工作，自然也就找不到老婆，结婚就成了镜中月水中花。房东老太太想，房子与其闲着，不如租出去，所得可观。况且一个大活人又吃又喝，柏万福的失业救济金根本就剩不下什么，房子像个不吃不喝的铁驴，光挣不拉，颗粒归仓。

这座楼位于市中心，地段极好。租房消息登记之后，来了不少看房的。老太太一看这情况，又动开了脑筋，打算借这个机会，利用地理优势，遴选房客。其狼子野心是——兴许两家变一家。

目的不纯之后，房东老太太招收房客的标准在外人眼里就变得奇怪。有个搞 IT 的小伙子，公司就在旁边，愿意出高价租下这房子，图的是加班晚了回来方便，早上睡了懒觉也不会迟到，但房东老太太就是不租给他，原因是他变不成媳妇。来了挺漂亮的姑娘，房东老太太用三角眼横扫了一下就斩钉截铁地回绝了。她一眼就看出那女子不是操好营生的。别说人家看不上城市贫民的寒酸，就是屈尊想嫁过来，房东老太太还怕她生养出的孙子头顶杨梅大疮落草呢。一来二去的，房子就干晾在那里，每过一天，房东老太太就觉得自己肋条被人抽走一条，分分秒秒都是钱。

老太太让儿子到报社打听，登一条出租房屋的广告需要多少钱。柏万福回来的时候，头耷拉得能抵到第三颗扣子。眉毛宽的广告就得上百块钱，合着房子还没租出去，小半个月的房租就孝敬了报社。老太太索性央告人写了些小广告，熬了小半脸盘稀糨子，趁着黑天，像早年闹革命贴标语的林道静似的，把周围的街巷都刷上了传单。

正好绛香也在找房子，见了小广告就赶到了房东老太太家，不想当时有两个搞传销的女孩子也结伴来了。房东老太太一看有人争抢，很是高兴，摸着钥匙说："一个羊也是放，一群羊也是放，三姐妹一块看吧。"

绛香暗自叫声不好，狼多肉少当然于租房者不利，但已经来了，还是先看看再说。看完房子之后，绛香基本上不抱希望，因为另一方表示十分满意，两女孩说还可以多给几十块钱，房东老太太眉开眼笑。再说要和柏万福合住，两个女子能够做伴自然不在乎，绛香还是有顾虑。出门在外不能太挑剔，可和一个30多岁的老爷们低头不见抬头见的，总是不方便。

没想到房东老太太选中了她，还主动让了点房租，绛香摸不清这里头卖的是什么药，能省则省，住进来再说。

柏万福是个规矩人，没有大本事，但也没有坏心眼。平常绛香在外面忙，公共空间的卫生都是柏万福包了。柏万福每顿都到楼下房东老太太那儿吃饭，这边的厨房就成了绛香的一统天下。有时候绛香做点好吃的伙食，却不过面子，总要礼貌地招呼柏万福也一道尝尝，柏万福总是很有分寸地拒绝，不是说自己刚吃饱不饿，就是说自己不喜欢这样吃食，总之尺度拿捏得当。绛香原没打算长住，但相处尚好，地段实在方便，就一直住了下来。

柏万福听到动静，从房里出来，说："贺顿，我妈拦住你要房费了？"他和他妈不一样，尊重贺顿对自己名字的选择。

贺顿说："你不必再催。你们娘俩捏咕好了的，放心，我不会赖了房费。"

柏万福说："我不是那种人，你知道。可我拦不住我妈，你也知道。你若是手边紧张，我这儿还有点钱，你先给了我妈，省得她一天卫兵似的看守着，我为她操心，也为你担忧。"

贺顿说："谢谢你的好意了。你的钱哪里来的？还不是从你妈手指缝儿里漏出来的？只怕你妈把所有的纸币都做了记号，到时候我一把交上去，叫你妈火眼金睛认出来，既害了你又害了我。"

柏万福说："我妈哪有你想的这般精明，不过是受穷受怕了，一分钱看得比磨盘大，格外地不讲情面。你要原谅她。"

贺顿说："我原谅得着吗？她本来就没有欠着我，倒是我欠着她的。我住着她的房，本该给她房费的。我刚找到了一份新工作，待遇还不错，不过那边的工资是先干后结，一时我还拿不到工钱。我会想办法的。"

柏万福说着下意识地瞅了一眼，贺顿的房门口挂着一张白布帘子，捂了个严严实实，他知道贺顿那屋里全都是书。贺顿进城也多年了，按说不该像刚进城的女娃，吃了上顿没下顿，只因她把钱都买了书，顺带贡献给了各式各样的学习班补习班。贺顿通常的作息时间是——下了班回来，做了简单的吃食，就把自己埋在屋里看书。柏万福曾经非常仔细地倾听过贺顿屋里的声音，只有沙拉拉的翻纸声，而且翻得那样快，柏万福曾经用同样的时间测验自己能看多少字，结果是他刚看了十行，那边就传来掀页的声音。这个女人不是一般的女人，貌不惊人，内秀心灵，终有一天她会从自己这里搬出去，住进高尚住宅。柏万福一般想到这里就不再往下想了，心开始痛。

明天是该交房钱的最后期限，可是，贺顿没钱。她把电话簿从后翻起，朋友也像馒头，刚出锅的比较热乎。名字不少，但都不是可以借钱的主儿。英雄不问出处，漂泊者萍水相逢，都把从前像莲藕般的掩藏在泥沼中。没心没肺把自己的身世说个底儿掉的人，其实不过是另一种埋伏，一博同情甚至心机甚重。在心理师培训班里的柴绛香叫作贺顿，身穿从地摊上淘换来的假名牌，戴着盗版的香奈儿太阳镜，远方有富裕的双亲和安定的生活，哪能够伸手借钱！

贺顿的晚饭是方便面卧鸡蛋，放了几滴香油，将客厅连走廊染上浓浓香氛。鸡蛋是最后一枚，香油瓶竖起呈九十度，连敲带打才漏下油珠。贺顿吃鸡蛋先拣小的，残余的这一颗格外大，漂浮的蛋花婆娑起舞。香油瓶里的褐色沉淀物像一粒粒黑虱，貌虽不雅，味道更香。越是艰险越要把自己照顾好，孤身在外，病了岂不雪上加霜！

都吃完了，明天怎么办呢？贺顿不知道，但也并不特别发愁，最起码她还可以吃没有香油和鸡蛋的方便面，支撑若干天。在城市里，一天之间足以发生很多事情。看着前面是一堵墙，笔直地走过去，当你以为被撞得头破血流的时候，却穿墙而过。那墙自动地裂开了或是此时地震了，对面闪出一道光……她现在已经是嘉宾主持人了，没有饭吃是暂时的，发了工资就可吃大餐。

当她想入非非的时候，柏万福从楼下吃完饭回来，耸着鼻子问：“借到钱了吗？”

只有面对柏万福的时候贺顿才是最真实的，她没有必要也不可能作假，老老实实回答：“我连门都没有出，到哪里去借钱？讨账的事不是专归你妈负责吗，如今你接班了？”

柏万福说：“我妈又问起了这事，我说你没问题。我妈不信。”

贺顿叹了一口气说：“你妈比你有经验，你妈说得对。先别说房租的事了，我的面条做好了，你要不要尝尝？”

柏万福说：“将来哪个人娶了你，真是福气。如果家中只剩下一粒米，你会先让他吃。”

贺顿立刻予以回击：“真到了那种时候，也许是吧。可我是不会嫁这种人的。人穷志短马瘦毛长，我知道这滋味，嫁穷人不如不嫁。”

柏万福转了话题，说：“贺顿你吃完了饭，跟我一块到河边遛遛弯儿吧。”

贺顿很吃惊，和柏万福合住许久，他从未提过非分之请，今天这是怎么啦？拉下脸说：“我刚找了一份新工作，业务不熟，晚上要好好看资料呢！”

柏万福局促地说：“刚才吃饭的时候，我妈说了，要是你肯陪着我到河边遛一遛，你的房费就能缓缴。”

贺顿心想，这是什么意思？散步还能当银两使？好在无伤大雅，先渡了眼前的难关再说。就答道：“遛弯还能创造效益，等我吃完面条，咱们就出门。不过有一条，你当哑巴，别跟我说话，我有事要琢磨。”

“好。我啥也不说。”柏万福一口答应。

为了这一天，柏万福把校正皮鞋早准备好了。他一条腿长一条腿短，好在跛得不严重，穿上特制的皮鞋，不仔细看，还真看不出来。

第17章

诅咒是对地位的变相尊崇

晚上，贺顿饿着肚子从地铁钻出来，赶到心理师备考班，来不及和任何同学说话甚至给出一个会意的微笑，铃声就响了。辅导老师发下卷子，说：“今天是最后一次模拟考试了。过几天统一考核后，合格者就能发证书了。”

学员们不敢马虎。模拟就是演习，每一道题都暗含着机遇和分数。也有不紧张的，他们来上心理班，主要是为了解决自己的心理问题，拿不拿证书和文凭倒在其次，人就比较松弛。

教室里纸页翻飞笔走龙蛇。模拟卷子最近不断出炉，每一次都说是通过内线搞到的，来头如何显赫，大家宁可信其有，不敢信其无，来者不拒多多益善。在这一点上，举办者和同学们同仇敌忾，都希望在未来的考试中，能有更多的人跳过龙门获取资格认定证书。心理师是个崭新行当，证书炙手可热。有了资格认定，一来可以从事自己喜爱的工作，二来也能解决就业问题。至于主办方，更要以同学们的考试通过率来招徕下一届的学员，利益均沾荣辱与共。据说此次考试题目是心理学家姬铭骢教授所出，姬教授自从做了主考之后，深居简出，从此不在公开场合露面。为确保公平和保密，干脆就来了个人间蒸发，谢绝所有访问。他曾经带过的学生就成了众人追逐的目标，学生们当年被姬铭骢批改过的论文，哪怕是差等作业也都成了抢手货。贺顿几乎把未来的全部希望都押在了这一宝上。如能顺利过关，她就多了一块硕大的敲门砖，自己的症结也有望解开。

在班上，贺顿极其刻苦，和同学们也很友善，将来都是同行嘛！只是她很少谈论自己，她是一个有秘密的人。秘密就像海峡中潜藏的礁石，表面上看起来波澜不惊，但你不可能云淡风轻地驶过大船。船会在毫无征兆的情况下触礁翻沉，最好的方法当然是不让船只深入水域。

贺顿有很好的人缘，却少贴心朋友。不过，沙茵是一个例外。沙茵在大学任心理教师，和大学生们的好关系也被她移植到培训班。贺顿单薄的身材，瘦小的体格，平平的五官，都让沙茵心生怜悯。在大学里，这样的女生就是学习再优异，都会自卑。更不消说这个身世不详的贺顿，眼神深处总有落叶一般的枯寂。

沙茵把贺顿当成了学校里的差生来关怀，当然这一切尽量做得天衣无缝。贺顿虽有察觉却并不拒绝，人在接受温暖的时候通常还报以热情。

沙茵交卷子之后，等了贺顿许久。她们回家的方向大体一致，每次下了课都是肩并肩走到公共汽车站，做伴加交换心得也是享受。沙茵问：“贺顿，平时你总是头一个交卷，今天怎么晚了？”

沙茵是白白胖胖的圆脸女子，表示关切的时候，眉眼眯得细长，有观音相。

贺顿说：“我被一道题目难住了。”

沙茵回忆："哪道题目？我怎么没感觉？"

贺顿说："就是那道题：你为什么要做一个心理师？"

沙茵掩着嘴笑起来说："如果你要考会计师，他们就会问你为什么要当一个会计师？如果你考幼儿园阿姨，他们也会问你为什么要当一个孩子王？贺顿你挺聪明的一个人，会被这种题目难倒？拣着考官爱听的回答就是了。你若是考会计师，当然要说自己对数字有兴趣，如果你要当幼儿园阿姨，就要说自己对孩子有兴趣。依此类推迎刃而解。"

贺顿道："那你是怎样回答的？"

沙茵说："我其实是对这个位子有兴趣。我不是一个特别聪明的人，搞学术或是当老师，都是实打实硬拼血本的行当，我觉得太残酷了。但我的长相让我特别有人缘，大家都爱找我谈谈知心话，好像我有多少能耐似的。其实，这世界上的道理，又有多少是我们所不知道的呢？明明白白的，不过就是事到临头自己糊涂罢了。我也不晓得言语这个东西有多大的力量，想来当年老祖宗不辞辛苦地发明出来，一定是颇有深意的。你相不相信，一个人，只要是能把自己心里头嘈杂的事一五一十地说出来，一遍不解气就两遍，两遍不解气就再加一遍以至 N 遍，旁边有个人能安安静静地听，苦主的心事就会解开大半。爹妈既然给我生了这么一张惹人信任的脸，我就要充分发掘利用。这就是我为什么要报考心理师的真正理由。"

贺顿若有所思道："别看同学许久，我还真不知你的心思。不过，你真这样写了吗？"

沙茵用圆滚滚的粉拳击打着贺顿的前臂，不知道触到了哪一根神经，贺顿的手臂腾地跳了起来，倒吓了沙茵一跳。沙茵说："我哪里能这样写，好像我好逸恶劳似的。我写的是：我爱我的学生，看到他们在痛苦中挣扎在迷茫中寻找，我希望用一种科学的方法帮助他们……这还不容易吗？反正心理学最不缺乏的就是理论，随便哪个流派扯上一番，只要能自圆其说就是了……"

贺顿频频点头，目光笔直地注视着沙茵。头点得是那样的恰到好处，下颌轻探不疾不徐地向前敲打着，好像信鸽在啄食一碟看不见的小米。

沙茵惨叫起来说：“贺顿，求求你！看在咱们是同窗好友的份儿上，你就别这样给我标准的倾听回应了，于心不忍。我希望看到一个真实自然的反应，你可以仰天长啸也可以呆若木鸡，只是不要这样给我一个面具。”

贺顿说：“难道老师教咱们倾听的时候，不是反复要求这种姿势吗？要知道，我对着卫生间里的镜子修炼过许久，才算基本合格。你要我改换门庭返璞归真，就会坏了我的武功。沙茵，虽说咱俩是好朋友，这件事上我也要置若罔闻。你知道吗，即使在睡觉的时候，我都要带着心理师的笑容。”

沙茵是息事宁人的好女人，说：“好好，就让心理师的笑容变成你的第二张面皮吧。好在你千锤百炼的这一笑还中看，我也就忍了。不过说了这么半天，都是我在唠叨，你的答案却丁点不透露，不公平！”

沙茵微笑着说这话，谁料贺顿突然不悦，说：“这么一点小事，你就觉得不公平了，那你生在城市，从小吃香的喝辣的，那么多和你一般大的女孩子，生在农村，吃不上喝不上的，有谁可曾想到她们的公平了？”

沙茵并不生气，要想让一个幸福的女人生气是不容易的。她笑笑说：“贺顿，看不出，你还是一个热血青年。如果你生在20世纪30年代，一准会参加红军。你父母幸好是医生，若是地主，你会把他们的田地拿出来‘共产’。”

这些话提醒了贺顿她是谁，就渐渐安静下来。空气中弥漫起沁人心脾的甜香，不远处有一个烧制冰糖葫芦的摊子还没收摊，冒着气泡的冰糖呈现出令人欢愉的松香色，在冰冷的空气中为鲜艳的糖葫芦穿上透明的嫁衣。冰糖葫芦羞怯地看着过往的行人，不知道哪一口洁白的或是虫蛀的牙齿将让它粉身碎骨。

沙茵说：“我请你吃冰糖葫芦。你要山药的还是要栗子的？”

贺顿的肚子早已咕咕叫，但她矜持地说：“如果我吃，我要传统的山里红的。但是，我不吃。”

沙茵嘻嘻笑道：“要减肥啊？秋天就不必了吧？马上就要冷了，大家都裹在厚厚的皮毛中，谁看得清谁啊？减肥是夏天的事业。”

贺顿是多么想吃山里红啊，但是，她有重任在肩。此刻，她看着一边吃着橘子瓣冰糖葫芦一边小心地看着地面以防踉跄，怕竹签扎着嗓子眼的沙茵，能够感到沙茵内心的善良和对没吃上糖葫芦的同伴的歉疚。这是一个好机会，机不可失。她对沙茵说：“我最近买资料的开销比较大，家里的钱一时没有寄到……”

她只把话说到这里，就停了下来。大家都是学心理学的，话讲到这个份儿上，狼子野心已是昭然若揭。

借钱是很忌讳的事情，贺顿走投无路，有枣没枣打三杆子。

沙茵把半个橘子咽到肚里，拿出自己的钱包，当着贺顿的面打开。贺顿以为沙茵会挥着瘪瘪的钱包对着自己说，你看，我实在是没有富余的钱……在清冷的路灯下，她看到了沙茵的红色钱包像一枚丰硕的萝卜。

沙茵说：“我正准备去买新上市的风衣。你急需，说吧，要多少？”

贺顿举重若轻：“我就要两只袖子。”

沙茵说：“没了袖子的风衣，就成了大坎肩，穿上像民国时期的老太。这样吧，我把整个风衣都借你。”

贺顿解了燃眉之急，十分高兴，掉转话题说：“你估计咱们这次能考过吗？”

沙茵说：“如果卷子上让贴照片的话，估计我能过关。”

贺顿不解，说：“此话怎讲？”

沙茵扬起保养得极好的脸说：“你看我多么像一个心理师啊，慈眉善目。”

贺顿不知说什么好，就什么也没说。在沙茵的脸上，有一种融合了淡泊平实的和善安详，那是多少年的丰衣足食濡养出来的。

路灯是昏黄的。走过灯杆的正下方时，黄色就浓郁些，离得远了，就稀薄些，然而总是黄的。路灯就像一只只挽起的黄色手臂，交替着，接力着，护送晚归的女子。

分手之后，贺顿又觉歉然。倒不单单是没让沙茵穿上时髦的风衣，而是沙茵对她说了那么多贴心的话，她并没有对等地回应。如果把两个人的谈话做一个账本的话，沙茵是纯粹的支出，而贺顿完全入超。

不是贺顿不想说，而是她不能说。当一个人有意识地不说真话的时候，累且辛苦。

走在阴暗而美丽的夜色中，很适宜想：为什么要当一个心理医生？

简单的问题。正因为简单，才不能说真话。连明澈的沙茵都把自己的真实想法隐瞒了起来，贺顿怎能把心里话抛出来？

贺顿很愿意说自己是为了钱。心理师是一个有高额回报的职业，在国外可以和牙医和心脏科医生相媲美。

心理师如今如火如荼方兴未艾，只要有高中以上的学历就可报考。这就像开启了一扇黄金大门，至于你能不能进得门去掘到第一桶金，就要看个人的能力和运气了。

贺顿知道这样写出来，虽是大逆不道，但也勉强说得通。君子爱财，取之有道，你在自己取得利益的同时，也服务于社会。可惜，她并不因为这个理由才学习心理师的。坦率地讲，这个动机的初起，并无公益之心，完完全全是为了自己。

如果把为自己的想法如实写下来，会怎么样？在几乎空无一人的末班车上，贺顿饶有兴趣地想象下去。

白纸黑字的卷子传到大名鼎鼎的姬铭骢教授手里，老先生也许会气得昏厥，当场休克吧？

按说一个训练有素的心理学家应该虚怀若谷，不会悲惨到被吓得半死，但贺顿喜爱这种想象。当一个老师折磨得众学生殚精竭虑时，无论他的人品多么高洁学养多么丰饶，学子们都会丧心病狂地诅咒他，这也是对地位的一种变相尊崇和肯定。

贺顿进门的时候，又碰上了房东太太，深更半夜的，真是不辞劳苦啊。贺顿本想把房费付了，但老太太没有向她要房费，只是注意地看了贺顿一眼，就进了自己家门。贺顿也就乐得装糊涂，要支出的钱能晚一天就晚一天，要拿到的钱能早拿到一天就必须早拿。这是犹太人的真理之一。看书多了，真理也相应地多了起来，各种真理乱炖一气，好像相扑运动员吃的大火锅，来者不拒博采众长。

贺顿也就是柴绛香，心的某一块地方开始灼痛发烧，好像疖子蓄势待发。表面上只是一个小凸起，好像并不严重，但溃脓的架势已经摆足。贺顿学了心理学，贺顿还是一个好学生，所以贺顿要追究自己强烈的不安是从哪里来的。

沙茵有一张慈善的脸，这是她的福气。在苦水中煎煮过的女孩，不会有一张瑞气呈祥的脸，那是不切实际的奢侈。穷孩子从小就得学会察言观色，自知是家中多余的人，每吃一碗饭都要像小老鼠般悄无声息，怕惊动了为每一分钱发愁的父母，招致无端的责骂……这样的孩子，像旱地背阴处的秧苗，你怎能期待着它们有青翠欲滴的滋润品貌呢！

也许后天修炼多年，嫁入豪门或是慈悲为怀，她们能改变最初的苦恼模样，但那是后话，此刻，也就是今天，贺顿发现了一个可怕的真实——她并不适宜当心理医生，因为她长得不够修美！

以前，她单知道长得不好，是很难嫁得好的。后来她知道了，长得不好，也是很难找到好工作的。今天，她更知道了，长得不好，就是当心理师，也要大打折扣。她甚至怀恨起收她进这一行的老师，招生广告上只写着对文化的要求，根本就没提过长相。这就等于是怂恿一个身高一米五七的女孩去学服装模特，明摆着坑人钱财杀人不见血！

找到了自己烦恼的根源，贺顿稍稍好过了一些。最令人不安的其实不是暗夜，是暗夜中潜伏的不曾现身的妖魅。现在，已经看到了妖魅的身影，你可以藏匿躲避，不必以身饲虎。

往哪里逃呢？贺顿是一个逃跑的好手，选择退避并不陌生。逃跑并不是怯懦，而是弱者的生存常态。贺顿先要检点一下自己的优势。

她无依无靠，在这所巨大的城市里，只有一间拖欠了房费的小屋暂时属于她。她身无分文，没有肝胆相照的朋友，或者说就算人家愿把肝胆亮给她，但她连自己的每一个汗毛孔都要化装之后再给别人看……

想到这里，贺顿气愤地抽了自己一个耳光，清脆的声音和新鲜的疼痛，让她警醒起来。优势，你的优势是什么？不是让你自怜自恋，而是要振作和昂起！

你有一个健康的身体。是的，自从进城之后，贺顿几乎就没有生过病，除了半身依然冰冷。她命令自己的身体不得生病，生病是多么奢华和享受的事情，你不配生病！

你有一个聪明的大脑。你已经掌握了很多本领，你说得一口流利的普通话，已经没有人会把你当成一个乡下妹子。你举手投足有很好的修养，人们甚至误以为你是大家闺秀！

你有一条像伊甸园里的蛇一样的好嗓子。那条蛇的声音一定非常动听，要不如何骗得了亚当和夏娃！蛇说得其实也没有错，亚当和夏娃就是从尝到了美味的苹果，才开始了真正的生活，虽说辛苦，但比那样光着屁股在花园里无所事事要有意义得多。如果一直待在伊甸园里，能有这么多子孙吗？就算亚当夏娃有这个繁殖能力，伊甸园里还养活不了呢。一想到亚当和夏娃赤裸着身子，贺顿的心情就好一些了。是啊，穿着衣服的时候人们有很多区别，但褪去了衣服，人们的差异就微乎其微了。

有一副好面孔的女子很多，有好身材的女子就很少了。在好身材的女子里面，有一双美腿的就更微乎其微了。但一条好嗓子，比一条美腿的概率更要低得多。贺顿就有这样一条鬼斧神工的好嗓子，难道这不是大吉大利梦寐以求的好事吗？谁说心理师只要长得好？嗓音也是武器。有销魂夺魄的好声色，也是富矿。

想到这里，贺顿的心情就显著地好转了，甚至有些沾沾自喜。宝石，在没有打磨的时候，和普通的石块没有什么两样，垒鸡窝砌猪圈还没有普通的石头好用呢！

想到用宝石砌一座闪闪发光的猪圈，大猪小猪吃食的时候被晃得睁不开眼睛，贺顿微笑起来。

贺顿就这样成功地把自己挽出了坏心情的桎梏，从沮丧转为安然。

有了好的资源，还要有好的开发。不能成乱采乱挖的小煤窑，动不动就瓦斯爆炸，死了人还瞒报掩埋尸体。“心灵七巧板”就是绝好的平台，贺顿拿出“心灵七巧板”的选题计划，深入地准备起来。

第18章

钱要是生气了，以后就再也不肯来了

“心灵七巧板”的直播时间正是傍晚。下班后堵车高峰期，干道车流有时会半小时纹丝不动。白领们在车上百无聊赖，一不能看报，二不能看电视，只有乖乖地听广播。堵车中蕴含着辽阔商机，广播当仁不让。

播完节目走出广播大楼，感觉非常冷。细碎的雪粒子点缀着风的大氅，把街道变成舞蹈的平台，在路灯的光芒下旋转起舞。从直播间的落地窗眺望雪雾，会看到橘黄色的粉状闪光，误以为它们满怀浪漫诗意。只有当你深入进去，裹入它们的舞步，才会感到鞭笞般的寒损。毛衣在直播结束的时候，还给钱开逸了，一身单薄的贺顿需要马上把自己套入一辆出租车内。平日她绝不敢这般奢华，但今天有三重理由。一是特别的日子。上午她得知自己在心理师的考核中过关，刚才直播的时候，忍不住把这个好消息也透露出去，得到了很多听众的祝福。要犒赏一下自己。二是天寒地冻，如果浴雪而归，很可能生病。对于一个漂泊的独身女子来讲，生病就是坐牢，不能因小失大。三是今天发了客座主持人酬金。贺顿从小就知道，如果你得了一笔钱，不拘多少，你要花掉一些，这样钱就会很高兴。要是它生气了，以后就再不肯来了。

这场雪最可怕的地方是——天气预报根本就没有报出来，整个城市猝不及防。上班的时候还晴空朗朗，黄昏就风雪交加。大家都动了打车回家的主意，出租车紧俏得要命。

贺顿高扬起手，拼命地摆动着。一辆辆车驶过，速度不曾丝毫减慢。所有的出租车都满乘，贺顿甚至看到乘客一晃而逝的笑容，惬意的幸灾乐祸地咧嘴。贺顿恨恨地想，等一会儿我坐上了车，一定不会对着路旁等车的人这样居高临下地微笑。贺顿在风雪中勉为其难地笑了一下，包含着让自己心情愉快起来的祝愿。

可惜贺顿的嘴唇冻僵了，微笑很不到位。幸好无人看到，不然以为是哭的前奏。

将近 15 分钟了，贺顿还是没有打上车，再等下去，贺顿肯定要感冒了。绝望之时，一辆黑色的帕萨特轿车，像一头硕大的海参游了过来，身上挂满了水珠。帕萨特停在贺顿的身边，电动窗降下来，一个很绅士的男子声音问道：“你是在等人吗？”

贺顿没好气地说：“等车。”

绅士声音说：“你等什么样的车？”

看来这是一辆到广播电台来接人的车，两不相识。贺顿羡慕地想：被接的人何等幸福！马上就能钻入暖烘烘的车内昏昏欲睡。

她沮丧地说：“出租车。”声音中传达出强烈的拒绝。在这样滴水成冰的天气里，每回答一个字，都需吐出一分宝贵的热量。她决定再也不回答这个富人的话了。尽管他可能只是个司机，但坐在帕萨特里的暖洋洋的穷人和等在街边噤若寒蝉的穷人，也还是有天壤之别。

绅士声音并不懊恼，也没有露出鄙夷之色，反倒更和颜悦色地说：

“小姐，您不能像发电报一样节省字眼，回答别人的问题还是要多讲几句话，这比较有礼貌。”

贺顿愤然，她本来决定再也不跟这家伙费一滴唾沫，但听到这种饱汉不知饿汉饥的调侃，饥饿寒冷统统化作火气，气急败坏地叫道：“我认识你吗？你是来接我的吗？你跟我有什么关系！我凭什么要跟你多说话？”

贺顿口里吐出的汹涌白气，使她看起来像一列奔突前进的蒸汽小火车。绅士男子听完了贺顿的话，反倒笑眯眯地把车窗整个降了下来。他的脸就像一张硕大的彩色相片，镶在窗沿的银框里。

男人戴着白手套，干净并且散发着清香气味。司机说：“我知道你，我正是来接你的。贺顿小姐，请上车吧。”

贺顿大骇。他并不是说“你是贺顿吗？”而是直接称呼她的名字，几乎是命令她上车。

贺顿当然不能轻易就范，虽然在这繁华闹市之中她不怕被拐卖或是被劫持，但也不能就这样乖乖地上了一辆莫名其妙的车啊！她警惕地问：“你知道了我的名字，可我还不知道你的名字？”

广播电台门前的道路很窄，帕萨特之后已经堵了一长串的车，烦躁的喇叭呜咽着，那个人说：“快上车吧，人家都不耐烦了。”

贺顿立场坚定，说：“我不能糊里糊涂就上了你的车！”

那人说：“××你认识吧？还有××……”

这两人是心理班上的男同学，贺顿与他们并无深交。

那人看贺顿狐疑，改口说：“沙茵你熟悉吧？”

一下冰释前嫌。沙茵的容貌没能帮上她的忙，心理师考核不及格。这个善良女子即使在自己最伤感的时候，也没有忘记关照老朋友，眼看风狂雪骤，派人来接她了。贺顿欣喜不已上了车，帕萨特冲进雪雾。

车内的暖气像巨大的狗熊，迎面给了贺顿极其温暖的拥抱。由于眼球都是冰冷的，碰到热气就凝结了一层薄雾，贺顿在第一时间根本看不清司机的细节。过了一会儿，眼光才渐渐清亮起来。司机大约50岁，穿一套黑色西服，脸色有一种不见太阳的苍白，胡楂青青。

“上哪儿？”司机简短地问。

“哪儿都行。”贺顿说的是真心话，她真愿意就在这车里蜷着，昏昏睡去。

“我看你是饥寒交迫，咱们先解决肚子问题，然后，我再送你回家。”司机说着，果断地把车拐向一条路。

霓虹灯组成的巨型螃蟹不停地向夜空伸展双螯，和雪花嬉戏。司机说：“我姓李，你就叫我老李好了。其实，你不熟悉我，我已经很熟悉你了。我经常听你的心灵七巧板节目！”

原来是这样！随着身体的渐渐暖和，贺顿的脑筋也灵动起来，她本想问老李和沙茵是什么关系，现在迎刃而解。原来老李听过她的节目，今天下雪，沙茵就让他来接自己。贺顿轻松推断出前因后果。

老李说：“今天我做东。谁让我是你的粉丝呢！”

贺顿轻快地笑起来，这是她第一次听到有人说是自己的粉丝。这几年，粉丝这个词瘟疫似的蔓延着，但贺顿没想到这词和自己有了联系，很开心。

老李从后视镜看到了贺顿的笑容，问：“你是吃海鲜还是涮锅？这天气，涮锅子可能更好些。”

贺顿想，一个涮锅子才多少钱啊，她也不爱吃羊肉，光吞点土豆青菜什么的，不过瘾，说：“你要是问我，就吃海鲜。”

老李说：“好吧。咱们就海鲜。我知道有一家很好的海鲜馆子，就是路远点。”

路况不好，走走停停，最后到了一家豪华酒楼前。身穿红色制服的门童打开车门，用手遮挡着，既盖住风雪，又不会让车门碰了客人的头。无数灯光装饰的海鲜城，像透明龙宫。

“我要一个包间。”老李说。

服务小姐问：“您几位啊？”

老李说：“两位。”

小姐踌躇着回答：“我们的包间都订完了。”

老李说：“你刚才先问了我几位，就说明你们还有包间，只是看我人少，就不想给我了。对吧？今天这样的风雪天，除开预定的宴席，临时起意要出来吃饭的人，恐怕不多。已然到了现在你的包间还没定出去，再来客人的可能性也不是很大，不妨给我。这样，两便。”

小姐显然被这一番话点了穴，一时间不知回答什么，只好说：“包间要加收百分之十的服务费。”

老李说：“按说加收服务费是不合理的，但今天我有要事，就不和你理论，会付这笔费用。好了，送我们到包间去吧。”

包间金碧辉煌，能坐八个人，老李让小姐把六把椅子六套餐具撤掉，对于两个人来说就显得更大了。一人把住一头，有点大陆与海岛的味道。

老李礼貌地把菜谱递给贺顿。贺顿装模作样翻了翻，心里回忆着当初黄阿姨贺奶奶教给自己的礼仪。可惜纸上谈兵和真正的临场实战还是有区别，可以让她不出丑，却不能保证她如鱼得水。贺顿索性把流金溢彩的菜谱还给老李，说：“我就客随主便了。您看着点什么都好。”

老李接过菜单，问：“有什么忌口的？”

贺顿说：“没。我什么都吃。”

老李点了鲍鱼鱼翅等昂贵的海鲜，贺顿本想拦阻，觉得太靡费了，又怕人家觉得自己小家子气，在表示了客气之后就客随主便。两人喝着普洱茶，有一句没一句地聊着天。老李说：“鲍鱼这个东西，哪里都有产的，比如咱们中国，还有南非日本中东什么的，种类很多。”

贺奶奶教过贺顿很多中西餐礼仪，可还没来得及说到鲍鱼就撒手西归，贺顿对此所知不多。为了热闹，贺顿说：“一定是咱们中国的鲍鱼最好了。”

老李说：“看不出，贺小姐还是一个热烈的爱国主义者。可是最好的是日本的网鲍……”

为了免得再次出丑，贺顿没敢问“网鲍”具体什么样。又不能让主人冷场，就心不在焉地追问：“次好的鲍鱼是哪里的呢？”

老李说：“次好的是南非的鲍鱼。再其次是中东的……”

贺顿说：“我们中国的鲍鱼排在第几位呢？”

老李微微一笑说：“我已经说过了。”

贺顿说：“您还没有说呢。”

老李说：“不信，你想一想。”

说话间，几个凉菜上来了。老李说：“喝一点红酒吧，驱驱寒。祝贺你通过了心理师的考核。”

贺顿站起来，两个人就为今天而碰杯。几杯酒下肚，老李谈兴大开。鲍鱼也已经上来了，这是贺顿第一次看到鲍鱼，觉得徒有空名，连个鱼头也没有，连根鱼刺也没有，贵得没道理，对盘里的日本鲍鱼有了恶狠狠的敌意，三口两口吃完。

老李说：“贺小姐，我是你节目的忠实听众。你谈的好多问题，对我有启发。”

贺顿说：“你的日常工作是开车，心理学对你有什么帮助呢？”

老李说：“当然有啊。比如有一天你说到为什么开车的人不能礼让三先呢？宁停三分不抢一秒谁都会说，可有多少交通事故就是被生抢出来的！有句骂人的话说，你找死啊？有的人就是找死。这次死不了下次也得死……”

贺顿快乐起来，说：“那期你也听了啊？”

老李喝了一口洋参血燕汤，说：“听了。认认真真地听了。听的过程中，还发现了你的一点小纰漏。”

贺顿立刻变得紧张起来，说：“哪点纰漏？”因为每次完成节目后，钱开逸事后都要和她复盘，说哪里好哪里不好，那天好像并无异议。

老李很肯定地说：“你不会开车，说到车辆行驶术语时，出错了。”

贺顿松了一口气说：“我当然不会开车了，出错是难免的。等以后我有了钱，我会买一辆最美丽的车。在梦里，我常常看到一辆红色的火车冲上山巅……”

老李停住了筷子，问：“后来呢？”

贺顿说：“什么后来？”

老李说：“就是那辆红色的车啊。”

贺顿说：“它变成了一辆飞机。”

老李微笑着纠正：“是一架飞机。”

贺顿执拗地坚持：“不，是一辆。它完全是火车的模样，但是会飞。”

老李说：“你怎么能肯定它一定是在飞，而不是在颠覆之前脱离了轨道呢？”

贺顿说：“我看到云在我的车轱辘下面。你见过这样的颠覆吗？”

老李若有所思道：“你说得对，这的确是在飞。”

看到贺顿因为自己质疑了她的梦境而有所不悦，老李就拣贺顿爱听的说：“你那天提到我们现代人虽然认识很多人，但其实密切来往的人只有100到200个，和以前一个原始部落的人差不多相等，我后来听到很多人赞成你的说法。”

贺顿说：“其实那也不是我的发明，不过是国外心理学家的研究成果罢了。”

老李说：“你后来说到在一个原始部落里，关于秩序和阶层是有严格界限的，所以，如果谁要逾越了这些规矩，比如你若敢到酋长头上动土的话，酋长是可以即刻给你以惩戒的。”

贺顿听到有人这样亦步亦趋地重复着自己的话，就有几分得意起来，说：“你的记性像留声机一样好啊。”

老李开玩笑说：“你以为我已经老到要得老年性痴呆了吗？”他的目光中有了柔情，说：“我如果那时就看到你，也可以像录像机呢。”

贺顿笑道：“你才想不到我在直播间的模样，经常挤眉弄眼咬牙切齿的。”

老李不解，问：“挺好一个姑娘，干吗要像卡通人一样夸张？”

贺顿说：“你有所不知，直播设备灵敏极了，胃里破碎一个气泡，它都能给你扩散出去。我和搭档之间有什么需要及时沟通的，不能直接说话，那样就穿帮了。情况不急的时候，可以写写条子，如果火烧眉毛就只能靠手势和眉目传情了。”

听到眉目传情这个词，老李说：“你的搭档是怎样一个人？音色真是宽广……”

贺顿说：“他不单声音好听，还帮我很多。”

老李回到原来的话题，说：“我想起你当时讲——司机在看到有人不守规矩强行超车的时候，心中古老的火焰就被点燃了。因为在部落里，如果谁冒犯了你，你必得在第一时间给予回击。不然的话，他得寸进尺，以后还不定怎么欺负你呢。所以，人就会很冲动地要采取措施。可是，要知道，以前的原始人不过是厮打在一起，或是请来长老评评理，秩序就得到了捍卫。现在进步了，可了不得，人人驾驶着上吨重的铁家伙，一旦发生碰撞，就十分危险了。而你在马路上碰到的那个欺负你的家伙，你以后在马路上再遇到他并被他欺负的概率，几乎等于零。所以，你尽可以不必生气，有人会惩罚他的，像他这样横行直撞，上帝对他自有妥帖的安排，也许他们很快就会相见……这段话讲得很好，顺便问一句，你信什么吗？”

贺顿一直低头喝汤，老李看不到她的表情。一来是这汤实在好喝，二来贺顿不想让人看到她的得意之色。现在她得回答老李的问话，抬起头说：“我什么都不信，就信我自己。”

老李说：“那你信自己的父母吗？”

贺顿用餐巾擦擦嘴，很警惕地说：“这和父母有什么关系吗？”

老李说：“当然有关系了。没有父母，怎么会有你呢？”

贺顿说：“这就有点不讲道理了。我们都是父母生父母养的，难道就一定要信他们吗？”

老李说：“那我知道了，你是不信他们的。”

贺顿说：“岂止是不信，我恨死他们了。”

老李点点头说：“这就对了。”

贺顿很生气，说：“我恨我的父母，和你有什么关系？和对错又有什么关系？”

老李说：“我是你的听众，当然这就是关系了。我在你的节目里，听出你对父母有一种仇恨。而且，你到底是老大还是老二呢？很模糊。我觉得你好像既当过老大也当过老二。或者反过来，既当过老二也当过老大……当然，这在逻辑上很难讲得通，所以我很好奇，想从你这里直接得到答案……再有，你好像和农村有千丝万缕的联系。可以告诉我吗？”

贺顿站起身来，说：“可以告诉你的是，我吃饱了。谢谢你。我一直想不通你为什么邀我吃饭，现在我知道了，原来是为了搞清你心中的谜团。本来我这顿饭吃得还有点于心不忍，现在咱们扯平了。”

老李说：“广播电台把你挑了去，实在是有眼光。多灵的脑筋多快的口舌！只是你还要坐在这里等一下，我还得结账，果盘还没有上。”

贺顿说：“我先走了。果盘你一个人吃吧。”

老李说：“别啊，我送你。”

贺顿说：“不必了。我吃饱喝足，也不怕冷了。谢谢你。”说罢转身。

老李也不拦，由她出走。

泠泠的街道，风雪已经停了，空气有冰块一样的清洁。饭店离住处不远，贺顿步行，在被冻僵之前回到家。柏万福听到门响，哧溜一下就从自己的房间钻了出来，吓了贺顿一跳，说：“以后不兴这样，你要事先闹出一点声响再出屋。”

柏万福心疼地说：“看你冻的！我以前都是先闹出动静才出来，今天实在惦记你，就一个箭步冲出来。”

贺顿听出埋藏着的关切，不想让柏万福异想天开，就说：“有车送我回来，你不必担心。”

柏万福狐疑地说：“没听见车响啊。”

贺顿说：“你耳朵还挺尖的。我这车带消音器。”

柏万福摇头道：“再好的消音器也不能让汽车练了轻功，悄无声息。”

柏万福一天到晚在家闲着没事，从废品收购站倒腾旧书看，天文地理也懂得颇多。贺顿不想缠下去，就说：“当今的高级车就有这玩意。”

柏万福就信了，他愿意信贺顿说的所有的话。他酸溜溜地说：“你都坐上高级车了？”

贺顿说：“我没坐高级车。我骗你呢。我怕你为我担心，就编了个谎话。这下行了吧？”

柏万福很高兴：“这下行了。”

贺顿一直和老李在一起，憋着一泡尿也没有机会上厕所，现在回到了家，要赶快解决这个问题。就跟柏万福说：“你别堵着门好不好，我得上一号。”

柏万福紧张地说：“那你等一等。”说着，抢先进了厕所，把门关得紧紧。

贺顿疑窦丛生，搞不清柏万福搞什么鬼。莫非这厕所方寸之间，还藏着一个人？一个女人？还没等她设想出另外的可能性，柏万福出来了，带着一股恶劣香气。

贺顿说：“这是唱哪一出？”

柏万福说：“咱俩合用一个茅房，我怕熏着你，都是拣你出门不在家的时候拉屎，等你回来，这味就散尽了。今天不知吃了什么不合适的，闹肚子，我刚解完大手，你就回来了。我提前预备了一罐空气清新剂，刚喷上，是白兰花型的。喜欢闻吗？”

贺顿憋不住了，连声说：“喜欢喜欢！”进了厕所的门，眼泪就出来了。主要是被刺鼻的劣质气雾剂熏的，也有些许的感动，这人居然这样在意自己！

贺顿擦干泪水出来的时候，柏万福还在狭小的厅里。贺顿故意没好气地说：“你怎么还在这儿啊？”

柏万福说："这个厅我也有一半啊。"

贺顿一想这就是自己霸道了。莫说这还是人家的房子，就是普通的房客，彼此也利益均等。就道："你等在这里，有话要说？"

柏万福说："我妈炖了萝卜棒骨汤，我给你留了一碗。"

贺顿说："你知道我晚上喝的啥汤？"

柏万福回答："不知道。"

贺顿说："告诉你，西洋参炖燕窝。吓死你。"

柏万福说："吓是吓不死的，我还以为是龙肉呢，原来不是。不过是西洋参，肯定是国产的，和萝卜差不多。燕窝也有仿造的，十块钱就能买半书兜，报纸上'教你一招'披露过。"话虽是这么说，心中还是怅然，看来贺顿交往了阔人。

贺顿说："好吧，就算我吃的是假冒伪劣的西洋参和燕窝。没得说了，我洗洗睡了。"

柏万福说："有重要的话。贺顿，明天，我和我妈要坐飞机了。"

贺顿说："到哪个游乐园？我记得那种飞机好像专给小孩玩，不让大人坐。"

柏万福说："不是游乐园的假飞机，是真飞机，就是掉下来能死人的那种。"

贺顿说："你们坐飞机去哪儿？"

柏万福说："我妈在街上买了瓶饮料，没想到中了大奖，给了两张旅游的飞机票，还包吃包住。我妈本想淘换给别人得了，倒腾点钱也好补贴家用，可没想到主办方愣是不让，只能自己享用。明天我们就走了。前前后后要七天。"

贺顿心想这和自己有什么关系？便说："好事啊。祝你们一路顺风。替你们高兴。"

柏万福说："别光想着高兴，也有吓人的事呢。"

贺顿说："是不是又跟你们要其他钱了？"

柏万福说："那倒不是。坐飞机要买保险。"

贺顿说："是不是主办方不给你们买？真够小气的了，驴子都送了，还舍不得配个鞍。"

柏万福说："别冤枉人，鞍也送了。"

贺顿撇嘴说："那你害怕什么？"

柏万福说："我把保险单拿上细细一瞧，哎哟我的妈呀，那个吓人啊，你一条腿断了赔多少钱，你全身瘫痪了赔你多少钱，看得我手心脚心冒冷汗。"

贺顿说："那是万一。放心去吧，保证一个星期之后平平安安地回来了，你想拿人家的那份保险金，只怕还没那个运气！"

柏万福说："话虽是这样说，怕还是照样怕。"说到这里，柏万福的面容抽搐起来，说："贺顿，保险单上有受益人一条，我详细问了，要是自己不填，万一那事出了，保险金就按照法律继承的顺序发。要是写上了，就按写的付钱。"

贺顿想不通这有什么关联，就说："好像都这样。"

柏万福说："我妈那份简单，她就写上了我。我这份呢……"

贺顿笑起来："你就写上你妈。"

柏万福说："飞机出事，不像公共汽车。翻车有的死有的伤有的还皮毛无损，飞机基本上都是连锅端一勺烩。"

贺顿听着不祥，就伸出手去堵柏万福的嘴，不想一触到柏万福的嘴唇，就被烫了一下。柏万福嘴唇火热，喃喃地说下去："我就把保险受益人写上你的名字了——柴绛香。贺顿，我是个穷人，可我要是这次死了，我就不是穷人了，我就有一大笔钱了。我要把这笔钱留给你，你是我最亲的人。我不配你，可是我死了就能配上你了，我的名字要和你在一起，你用那些钱的时候，你就会想起我来。"

他看也不看贺顿的表情，自顾自地说下去："我会对你好。我不是个有本事的男人，可你有本事，这就够了，我全心全意地服侍你，你想干什么就干什么，我二话都没有。你爱跟哪个男人说话你就说，我相信你。你爱几点钟回家，我都给你留着门。等日后有了孩子，除了生这件事归你，因为我实在是替不了你，剩下的事都归我。我一定是个好爸爸，我有耐心，我妈有经验。我们还有两套房，一套房咱们住着，另外一套出租，就等于良田百顷，养活着咱们吃穿不愁……”柏万福根本就不关心贺顿的反应。因为要是看了反应，他就没有勇气把这些萦绕千百遍的话说完。

贺顿用力甩甩手，把柏万福推开，“呸”了一声，好像吐出了一颗掉下来的牙齿，说：“柏万福，你一定是喝多啦！”

柏万福直着脖子说：“根本没喝酒！只喝萝卜汤，大棒骨都给你留着呢！”

贺顿说：“那就是骨髓油蒙了心！别说这些不吉利的话，七天之后，你一定会全须全尾地回来，赶紧去睡吧。”说着，挣脱柏万福的拦截，回到自己的房间。把门死死别住，又在地上放了一个尿盆子。晚上若是上厕所，就地解决。别一出去，要是柏万福痴心等在门口表白，又是一番说不清的口舌。

第19章

不要轻易说一辈子，那是很长很长的时间

“何时回法国，我自有安排。您老先休息，我带着绛香到处走一走，让她心里有个数。”黄阿姨这样对老太太说着，领绛香上了楼。

黄阿姨说“到处走走”的时候，绛香觉得她有些夸大其词，一个家嘛，又不是一个公园，用得上“到处”这个词吗？等到楼上楼下这一通转下来，绛香才知道“家”和“家”的概念是不一样的，这是一个“大家”。

“家里还有谁呢？”绛香小心翼翼地问。

“三个人。”黄阿姨说。

“都是谁呢？”绛香问。

“我，她，还有你。”黄阿姨说。

“您不在的时候呢？我没来的时候呢？”绛香吃惊。

“就她一个人。”

绛香忍不住说：“一个人哪里用得了这么大的房子呢？”

黄阿姨说：“我妈从小是在一个大院子里长大的，那院子到底有多大，你是想象不出来的。她喜欢大房子，大院子。以前满足不了她的愿望，等我在国外有了钱，就为她买了这个房子。她不喜欢别人和她住在一起。我父亲在我很小的时候就死了，她独身惯了。现在，她越来越老了，一定要有个人陪伴她。”

绛香默默地点点头。在其后的一段时间内，黄阿姨又详细地教会了她各种设备的使用方法和老奶奶的习惯。老奶奶姓贺，祖上很有来历。当绛香适应了各种基本礼仪和规则之后，黄阿姨飞走了。临走之前对绛香说，如果老奶奶猝然死亡，绛香也不必害怕，只需按这个号码给她打个电话，她自会处理。那是一个记载着长长的电话号码的白纸卡，绛香把它像救命符一样默念了好多遍，确信自己完全记住之后，珍藏了起来。

绛香心中忐忑，怕哪一天意外毫无征兆地降临，但为了生活，她必须坚持下去。好在贺奶奶眼前并没有露出立刻要死的模样，每天都虚弱而坚定地活着。

绛香的到来让贺奶奶看到了生命的最后目的，在这之前她以为自己只有等死一条路了，现在，上帝把一个白纸一样的小姑娘送到身边，天意啊。

贺奶奶的作息很有规律，她让绛香也按照这个规律走。如果她睡觉了，绛香也要睡；如果她醒来了，绛香也要清醒如飞檐走壁的野猫。老年人的睡眠如同蛛丝，细碎而短暂。睡的时候恍若醒着，有一点动静就飞快地展开皱纹重叠的眼皮，眼光浑浊而犀利。醒的时候如同睡着，你若说话，她可以长时间地不理睬你，但你不能不说。如果你停下嘴唇，她会在第一时间指教你。当她指教你的时候，你必须要精神抖擞地回答她，好像应对教授的提问。

贺奶奶以前上过教会学校，她第一次看到绛香岔开双腿坐在椅子上时，说：“你让我想起了黄飞鸿。”

绛香不知道黄飞鸿是谁，就说："他是你们家的亲戚吗？"绛香知道贺奶奶嫁的是黄家。

贺奶奶说："我们家是望族，哪有这样的亲戚！他是一个土匪。"

绛香不知道自己和土匪有什么关联，贺奶奶看出了她的疑惑，就说："一个女孩子像你那样坐着，就是黄飞鸿了。"

贺奶奶示范了一个优雅的跷腿动作，让绛香依葫芦画瓢。这个动作让气息奄奄的贺奶奶咳嗽了许久，差点没背过气去。绛香完全不知道优雅是怎样蕴含在女子的两腿之中，干着急不得要领。幸好她很瘦，两条腿骨虽说像铅笔般坚硬笔直，多练习几遍，姿态也就基本说得过去了。

贺奶奶让绛香把一些白纸裁成扑克牌大小。绛香把纸片递到贺奶奶手里，贺奶奶说："这是什么？"

绛香老老实实地回答："纸片。"

贺奶奶说："这不是纸片，是名片。"

绛香看着空无一字的白纸发愣。

贺奶奶说："写上你的名字。"

绛香就在白纸上写下了自己的名字。贺奶奶说："把它递给我。"

绛香从来没有过名片，当然也不会递名片。她想了一下，就像给人递一张饼那样，端给了贺奶奶。

贺奶奶没接名片，她的胳膊已经虚弱得抬不起来了，但她吐字依然清晰明确。"很好，你用的是两只手。你是一个懂礼貌的孩子，你用拇指和食指捏住名片就可以了，不必满把抓着，好像谁要抢走似的。"

又演习了几遍，绛香顺利过关。

绛香机械地把纸片收拾起来，贺奶奶说："我知道你在想什么。"

绛香说："我在想什么呢？我自己都不知道。"

贺奶奶说："你在想，我一个做保姆和护工的人，什么时候会用得上名片呢。"

绛香说："您说到我心里去了。我一辈子都不会有名片的。"

贺奶奶严肃起来，说：“不要轻易地就说一辈子，一辈子是很长很长的时光，只要努力，万事皆有可能。”

绛香不吭声了，在这种苍老的智慧面前，你除了俯首听命无话可说。

贺奶奶又教绛香煮咖啡。那套家什之复杂，绛香觉得喷着汽的火车头也不过如此。“这是最好的咖啡豆。”贺奶奶说。如同老农在说这是最好的谷子。

“一杯咖啡最重要的是什么东西？”贺奶奶眯着眼睛问。

“是咖啡。”绛香想这不算一个问题。

“是水。一杯咖啡中 98% 都是水。所以，你要把街上买来的纯净水再次蒸馏，才能洗出最好的咖啡。”贺奶奶说。

绛香大大地惊奇。对于咖啡，你可以说“泡”，也可以说“煮”，可是奶奶说的是“洗”，好像咖啡是抹布。

贺奶奶知道绛香的疑问，说：“是洗。用 96℃的水去洗，把咖啡的香气洗出来，颜色洗出来，味道洗出来，当然还有咖啡因。高一度不行，会把咖啡烫死了，只剩下苦味。低一度也不行，咖啡还没有醒，油不肯浮出来……”

天哪！这还是咖啡吗？简直是神灵或是妖怪！特别是咖啡豆的火候，近乎碰运气。那些味道不良的咖啡，贺奶奶让倒掉，绛香觉得可惜，就偷偷地喝了，结果半夜灵醒如同正午。在多次失败之后，绛香终于能煮出美妙的咖啡了，用赭红色的杯子盛了（贺奶奶说这种颜色的杯子会让咖啡味道更浓郁），双手捧给贺奶奶，贺奶奶只抿了一小口。

“奶奶，您多喝些吧。”绛香眼巴巴地看着她。

贺奶奶说：“如果我把一杯咖啡喝下去，你就用得着那张纸片上的电话号码了。”

绛香大惊，关于电话号码的事，她以为是极端保密的，难道老奶奶偷看到了？

贺奶奶永远知道她在想什么：“你不要担心自己藏得不严实被我看到了，我没有看到，我知道一定会有那样一张纸片，我也知道你会把它藏在哪里。这是我的家，每一个角落都是我亲手布置的。她是我的女儿，我知道她会怎么想。不过你放心，我不会去找那张纸片，就是找到了，我的眼睛也看不见了。咖啡有毒，我不能喝了。”

绛香不解：“既然有毒，您干吗还要教我煮咖啡呢？”

贺奶奶说：“凡是有毒的东西都诱人，比如毒蘑菇比如毒蛇。你年轻，你还不怕咖啡的毒，我已经老了，就要死了。咖啡会帮你的忙。”

绛香赶紧按照乡下人对付这件事的法子说：“奶奶，我看你的气色比前几天好多了。”

贺奶奶说：“我不和你争论死不死的问题，我比你有发言权多了。现在，你该做饭了，咱们的饭很简单，就按你的口味做。”

绛香说：“我按照您的口味做。”

贺奶奶说：“你做不出我的口味来，我自己也做不出我的口味来了。口味是舌头决定的，我的舌头是我身上最先死去的地方。”

话虽是这样说，但贺奶奶还是指点绛香学习烹调，绛香虚心肯干，进步很快。闲暇的时候，贺奶奶就说：“你去看书吧。”

绛香说：“我来就是服侍您的，我不看书。”

贺奶奶说：“服侍我的方法，就是你在我面前看书。如果你有看不懂的地方，你就问我，这也是服侍我的方法。”

绛香想不通为什么自己看书，奶奶会高兴，但看书比煮咖啡和递名片要有意思。可惜奶奶家的书很深奥，都是学问。贺顿很想随心所欲地看言情和武侠之类有趣的书，奶奶不让。绛香有时偷着看闲书，贺奶奶就说：“绛香，你知道你的时间是谁的吗？”

绛香说：“是我自己的。”

贺奶奶说：“不对。你的时间是我的。”

绛香倔起来，说：“我的时间怎么就成了你的呢？”

贺奶奶说：“我付给你钱，管你吃管你住，就买断了你的时间。打你踏进这个家门，你的时间就是我的了。”

绛香说：“那你叫我干什么我就干什么呗。窗子也擦了，地也扫了，家具也都打了蜡，被褥单子也都洗了，您说还干什么呢？”心里愤愤地想，你男人家姓黄，黄世仁就是你们家亲戚，万恶的地主阶级是见不得劳动人民喘口气歇息的。

贺奶奶喘着深气说：“我叫你看的书，你为什么不看？”

贺顿如实说：“不好看。”

贺奶奶说：“书里是有能量的。就像你吃饭，大米白面就是你吸进的能量。你和别人交往，也是能量的交换。有一些人，会面之后会让我们衰弱，对于这样的人，你要远离。但书是好的，是正面的能量。你看它们，就像吃进一些补药，不一定爽口，但绝对有益。”

绛香就只好看那些贺奶奶指定的艰涩的书。一边看一边想这个老太太真是有病，花钱请一个人到家里来看书，人家到学堂里读书是要钱的，这个可好，有人出了钱让你读书，读吧。其实绛香以前上学的时候，也是好学生，也知道书中有黍有屋，虽不敢想象书中有个哥哥，知道读书对自己只有好处没有坏处，把贺老太太一番褒贬之后，还是努力读书。

贺奶奶还要求绛香读书一定要快。绛香说：“快不了。”

贺奶奶说：“不可能。你现在是爬。要试着跑起来。”

绛香就囫囵吞枣地快读。绛香读的书目，是贺奶奶亲自定的，上至天文下至地理，还有历史哲学社会学心理学无所不包。你很难想象在这样一具干枯的躯体之内，蕴藏着如此持久的记忆力。在哪个书架的哪一排有一本什么样的书，她记得一清二楚。

贺奶奶每天下午有两个小时，指定让绛香为她读书，那都是一些文字优美的文学书籍。绛香有口音，这让那些美丽的文字大打折扣。贺奶奶说：“你得说标准的普通话。”

因为处得比较熟了，绛香讲话就随便起来，说：“我一不是播音员二不是小学老师，要那么标准干什么呢？”

贺奶奶语重心长地说：“说话是一门本事，你顺便就能掌握，何乐而不为？”

绛香说：“奶奶，我不可能成为你。这么有钱，有这么好的女儿，还有这么大的房子，这么多的书……”

贺奶奶说：“只要你努力，你以后得到的会比这些多得多！”她浑黄的眼珠射出坚定的光芒，让绛香纵是不信也得装出信的样子。

“我没有您那么好的命！”贺顿还在负隅顽抗。

“不要奢谈命。我的命，你是永远不会知道的，总有一些秘密要带进坟墓。你的命，还只是一个标题。你不要和命运对着干，命运是残酷和强大的。但你可以顺着命运大致的方向漂流。就像艄公坐着羊皮筏子，顺着河道的主流，斜着向前。你会发现自己还有一点小小的力量，可以用手左右船头的方向，偏偏自己的脖子，决定是看河左岸还是河右岸。记着，孩子。你只有这么一点空间和余地，你要锻炼你的手，这样在有可能划水的时候，才会有一点力量。你要锻炼你的眼力，这样在看风景的时候，才能远一点……”贺奶奶说这些话的时候，并不看着柴绛香，好像是对另一个不存在的人说话，空洞而幽远。

日子就这样一天天地过去，绛香在不知不觉中发生着脱胎换骨的改变。贺奶奶很高兴，她当了一辈子的教师，晚年了，没有人可教了，就是最大的失落。现在，在她生命苟延残喘之时，天上掉下来一个绛香，给陶艺匠送上门来一车好土。绛香的存在，让贺奶奶找到了生命最后的华彩。如果没有绛香，贺奶奶可能早就死了。绛香的到来，犹如最上等的人参，让贺奶奶回光返照。

别人的回光返照可能只有几时几天，贺奶奶这一照累月经年。

如果绛香不好好学习，贺奶奶就扣发她的工钱。这真是比任何分数挂帅都更有威慑力的武器。贺奶奶按照自己的喜好和方式，打造着绛香，如果上天能够假以足够的时日，贺奶奶就能把绛香彻底制造完工了，那是一个比黄阿姨更要符合贺奶奶设计的产品。

有一天闲聊起来，绛香说：“贺奶奶，我想请你给我改一个名字。”

“为什么呢？”贺奶奶惊奇。她的野心还没有大到让绛香另起锅灶重新投胎。

“读了很多书，觉得一个新的我慢慢长起来了。我早就不想叫这个名字了。”绛香很坚决地说。是的，她在书里看到了另外一个世界，她要和过去一刀两断。

贺奶奶说：“真的？”

绛香说：“您要是不肯帮我，我就自己改了。”

贺奶奶慈爱地说：“好吧。我帮你改。你连姓一块改了吗？”

绛香说：“我要改姓贺，和您一个姓。”

贺奶奶说：“你和我一个姓，我也没有遗产给你。所有的遗产，我都会捐献。”

绛香说：“这和遗产没关系，只和我重新做人有关系。”

贺奶奶说：“你不要后悔。”

绛香说：“我如果后悔了，就改回来。”

贺奶奶说：“你这样说，我的压力就轻一些。只有伟人和父母才能确立别人的名字，而我，这两者都不是。”她沉思了半晌，好像下了一个很大的决心，说：“你就叫贺顿吧。这是我年轻时很想叫的一个名字，可惜没改成。总想着有一天还会重新启用，但这个可能越来越微茫了。这样吧，我决定把它送给你。”

绛香从此就叫了贺顿。

贺奶奶单独住在一屋，在她的床头有一个无线遥控的呼唤铃，只要贺奶奶半夜里按响按钮，贺顿的床头就会震耳欲聋地响起呼唤铃声，声音之大，天崩地裂。这是黄阿姨特地从国外带回来的玩意。贺顿私下里想，外国人肯定耳背的多，不然如何能造出这种地动山摇的玩意。

贺奶奶仿佛一个世纪前的老钟，你以为它随时会停顿，但是，不，它一直很有规律地走着……

早上，贺顿煮好了低脂牛奶，烤好了精致的无糖小蛋糕，准备出来一块雪白的南方醉腐乳，又切了几片西红柿，上面撒上了几丝乳酪。摆好雪白的骨灰瓷餐具，把缀满流苏的椅子拉出来，按照贺奶奶习惯的距离摆放得妥妥帖帖，然后到贺奶奶的卧室帮助老人起床。她轻轻地敲了敲门，平时贺奶奶就会低声但是很清晰地说："请进来。"

但是这一天，贺顿连敲了三次门，都没有听到"请进来"。贺顿不敢进去，奶奶的脾气有时很大，虽然她在大部分时间都笑容可掬。到了 9 点钟左右，贺顿突然不安起来。在这之前她一直坚定地认为贺奶奶在睡觉，因为如果有什么意外，贺奶奶一定会把那个呼叫器按响，它极其灵敏而且易于操作，贺奶奶把它当作救命稻草，几乎每隔几天就要试验一次，只需轻轻地一碰，整个住宅的任何角落都能听到。

昨夜静悄悄。

很早就睡下了。临睡之前，贺奶奶让贺顿给她读了一首古诗，好像是边塞诗，有豪气和杀气交相激荡。贺顿的普通话已经说得很好了，也掌握了抑扬顿挫的章法，贺奶奶听了很满意，说："可以了。"

贺顿到底也没能闹清这个"可以了"。究竟指的是什么？是她的普通话已经可以了，还是她的声调已经可以了，还是这首诗就念到这里以后就不必再念了？贺奶奶说完这句话之后，就把眼睛闭上了，通常这就是指令，证明贺顿可以走了。

贺顿夜里睡得很安宁，因为老奶奶说她"可以了"，贺顿把这当成表扬。贺奶奶是不轻易表扬人的。

贺顿战战兢兢地在没有得到贺奶奶允许的情况下，打开了贺奶奶的卧室。她看到贺奶奶安详地躺在自己床上，手里还捏着那个呼叫器，但是，有稀薄的血液从她的鼻孔溢出，好像有一条细小的红蛇从那里钻进了她的肺腑。

贺顿轻轻地走过去，她发现事情有点异常，但还不敢断定。她摇晃着老奶奶，说："奶奶，天亮了，您醒醒……"

老奶奶没有回答。贺顿知道大势已去了，因为她触到老奶奶的皮肤已是冰凉，浑身僵硬好像床板。

贺顿站在地当央，很久没有知觉。她在养老院里见识过死亡，她觉得死亡不应该这样平静如常。死亡应该是呼天抢地和鲜血迸溅的，起码要有人手忙脚乱和围观。

然而，不。

贺奶奶的离去是安详和心满意足的。甚至你还可以看到微微的笑容。在不知道多长的时间内，贺顿枯燥地睁着眼睛，眼睛里没有泪水。她不能闭上眼睛转身走开，因为好像既没有了眼帘也没有了双脚。她只有让苦涩的眼珠盯着这一切，让双膝打着战保持直立。

许久许久，贺顿才挣扎着找到了黄阿姨的电话，哆哆嗦嗦地报告噩耗。黄阿姨倒是很冷静，说她会通知自己的朋友，马上赶到家里帮助料理后事。自己也会以最快的速度回来。

贺顿守着已经死去的老奶奶，倒是一点也不害怕。她一直茫然地在思索一个问题——老奶奶感到死亡到来之际，究竟是来不及按响手中的呼叫铃声，还是她已做好了准备，怕吓着了贺顿，而孤独地走向了死亡呢？这个问题按说是没有什么意义了，因为生命已经悄然而去，但对贺顿来说，它大有意义。如果一个人在临死的时候，还惦记着另外一个人的冷暖，那么，这就是亲人的关爱了。贺顿已经没有亲人了，在很早之前，她就丧失了亲人的感觉。老奶奶的死，让她体验到了温情，泪水潸潸而下。她不害怕死人，害怕的是温情。正在这时，电话铃声响起来了。抓起电话，一个温柔的女声。

“你好，我找绛香。”对方很淑女地说。

“我就是绛香。你是哪一位？”贺顿很奇怪，在这座城市里，她想不出有谁知道她的名字并且会找到这里来。

“绛香你怎么连我的声音也听不出来了，我是汤小希。”对方立即把淑女的声音打包卷起来，露出峥嵘本色。

“哦，小希……”贺顿百感交集恍如隔世，一时不知说什么好。

“告诉你一个好消息，昨天晚上我的老头死了。”汤小希没心没肺地说。

守着一个死人，听到又死了一个人，贺顿无限伤感，愤愤地质问汤小希：“人家死了，你为什么那么高兴？”

汤小希说：“又不是我死了，我当然可以高兴啦！我天天伺候他，看着他受罪，这样活着，生不如死，死了当然好了，大家都解脱了。最重要的是，腾出了一张床位。我已经到院长那里查了登记簿，你服侍的那位老太太终于快轮到了。她住院了，咱们俩就又可以见面了。这是一个肥户头，从上次老太太的女儿那架势就可以看出来。咱们把老太太服侍好了，小恩小惠也可以沾不少呢！你说，这是不是好消息呢？”

贺顿说：“我要告诉你一个坏消息，贺奶奶昨天晚上过世了。”

汤小希叹了一口气说：“老天收人呢！算咱俩没福气。不过，你那儿的老奶奶和我的老头现正一道走呢，也好做个伴。”

贺顿还想跟汤小希聊聊，对讲机的铃声响了，来处理后事的人到了。

帮忙处理完了贺奶奶的后事，黄阿姨多给了贺顿一个月的工资，又把很多书送给贺顿，就算两清了。贺顿又面临无家可归的处境，好在汤小希张开双臂欢迎她。

一切依旧，唯有人不同。贺顿紧紧攥住手，所有的痛都雕刻在掌心，当握起拳头的时候，就看不见它们了。看不到哀伤的纹路，就可以专心地做其他事了。哀伤依然存在，摊开手掌的时候，便又历历在目。

汤小希看到她回来了，很是高兴，说院里正好来了一个肥差，也是个老太太，贺顿可以去服侍她。“绛香，他们家可富了，你到她的病房看看去，简直就是个超市。吃不完的用不完的，还不都是你的啦！爽啊！要不是看着咱俩是朋友，我就要把这个甜活儿抢过来。算啦，便宜你吧，不过，好吃的拿回来，可不要一个人独吞啊！”

重回临终养老院，一切都按部就班地展开着。汤小希说得不错，贺顿为之服务的老太太，是个“肥老太太”。其实她瘦得只剩下一把骨头，抱她翻身的时候如同掀起一捆秫秸。看望的人络绎不绝，水果成箱拖进，鲜花的香气能把人呛个跟头。

贺顿每天都要拿回百合玫瑰康乃馨，装饰自己和汤小希的小屋。

这倒不是克扣老人，而是花粉对病人不利，医生指示晚上必须把花篮清出病房。鲜艳美丽的花，把小屋装点得好像灰姑娘穿上了水晶鞋。

“要是我结婚的时候能有这么多的花就好了。”汤小希神往地说。

贺顿没理这个话茬，结婚？对于一个连固定住处都没有的女孩子来讲，简直是天方夜谭。“小希，我想走了。”贺顿说。

汤小希正在洗脚，一下子就从脚盆里站起来，水花四溅。说：“你要到哪里去？”

贺顿茫然地说：“不知道。”

汤小希重又坐在板凳上，说：“我还以为你在侍候那个贺老太太的时候，被她的孙子或是外孙子看上了。原来你并没交桃花运。”

贺顿说：“我只是不想在这里混日子了。每天陪伴快要死的人，时间长了，会觉得自己也快要死了。”

汤小希说：“你说得对。可这里有一个大优点，就是安全。快死的人，是没有力气祸害别人的。你到外面去了就不然，急风暴雨坑蒙拐骗，咱们就没活路了。”

贺顿从花瓶里抽出一朵盛开的红玫瑰，其实所谓的花瓶，不过就是一个大号的药瓶罢了。贺顿把玫瑰花瓣一片片地扯下来，说：“如果不是长在一棵树上的话，无论有多少清水，这花明天后天就会谢了。我走了，小希，如果我以后发达了，我就来接你出去。”

猩红色的花瓣飘然落下，好像一瓣瓣正在说话的嘴唇。

见贺顿去意已定，汤小希也就不再劝阻，说：“你也不要凄凄惨惨的，说什么发达了接我出去，好像我是跳在火坑里的烟花女子，你是阔公子哥似的。好吧，我等着你，不过是等着你混不出人样的时候再回来。好歹这里总是需要人的。”

绛香又说：“小希，我要告诉你一件事，从此以后，我不叫柴绛香了，我改名叫贺顿。”

汤小希说：“这叫个什么名字？像个男的。谁给你改的？”

贺顿说：“是贺奶奶改的。”

汤小希说："她凭什么来给你改名字？"

贺顿说："是我请她改的。"

汤小希说："绛香……"

贺顿打断了她的话说："汤小希，我郑重其事地再次向你宣布，我叫贺顿了。"

汤小希说："贺顿就贺顿吧，咬牙切齿干什么！你又不是叫了张曼玉！"她耸耸肩，不再说什么。

天亮之后，贺顿又和范院长等告了别，拎着她的小包走出了临终养老院。书只有暂且放在这里，等安顿好了再拉走。

第20章

这桩婚姻，浴劫残喘罹祸不愈

柏万福在工作时间，还是和贺顿以礼相待，当着婆婆，两人也如常说话，齐心合力地作假，居然大家都没有发现裂隙。可能因为彼此都是搞心理学的，遮掩的功夫非同一般。只剩两个人的时候，就十分尴尬。于是，除了必不可少的接触，两人尽量少见面，处于冷战中。这天在心理室，柏万福进门，贺顿转身要走，柏万福平静地对贺顿说："咱们谈谈。我看到你男人了。"

贺顿知道他们必将正面交锋，却没想到这样开始。她说："你就是我男人。"

柏万福说："以前是。以后就不是了。我已经见到了钱开逸，把话都说清楚了。"

贺顿说："你可以问我。我会把事情说得更清楚。"

柏万福说："有一些话，还是从一个不认识的人嘴里听到比较好。"

贺顿无言。她知道变故之下，束手无策，等待着人为刀俎我为鱼肉的命运。她不甘心束手被擒，又毫无办法。也许，这桩婚姻注定要浴劫残喘，罹祸不愈。心理师在给别人殷切排忧解难的同时，自己却行走于荆棘之地步步印血，不知道能不能找到平安救赎的小道。

柏万福佯作轻松地说："我已和钱开逸先生说好了，我退出。成全你们。"

为了这个表态，柏万福在心中模拟了无数次，每次都心痛如绞鲜血奔涌，这一瞬，他敬佩自己的平静。

他以为贺顿会感激涕零，起码也要惊骇于他的宽宏大量，没想到贺顿面如秋水，丝毫不为所动，说："你们两个男人无权决定我的命运。"

柏万福万分不解道："这难道不是你朝思暮想的吗？"

贺顿说："是不是我朝思暮想的事，和你们无关。有一天我想离开了，我自然会离开。在这之前，时机不成熟，我不会离开。"

柏万福说："还要怎么成熟？再成熟孩子就生出来了。"

贺顿说："这跟孩子没关系，我说过和你不要孩子，和他也不会要。"

柏万福说："你这个女人，怎么这样不通人性！"

贺顿冷笑："不要气急败坏，不要骂人。别装出这副悲天悯人的样子。你着急了，你就露馅了。我不会听从你们的安排，反正我是不会提出离婚的。如果是你要离婚，你先同你妈商量好了再同我说。"

柏万福奇怪已极，就算不是大喜过望，也要佩服自己的大人雅量，不但不追究奸夫奸妇的罪责，反而仁慈地放他们一马，这是何等的襟怀！柏万福沉浸在自己义薄云天之举的感动中，不想被贺顿迎面一瓢冷水浇得两眼翻白。是的，离婚这样的大事，没有老妈的赞同，哪里能拨动一丝一毫！可是，真情实况敢同老妈讲吗？

柏万福要同贺顿离婚，怎么个离法，他还要遵从贺顿的主意。悖论啊悖论！

柏万福怀着忐忑之心走进老妈的屋子。老妈看也不看他，说：“你终于来了。”

柏万福闹不清这个“终于”的意思，含糊地回答说：“来了。”

老妈说：“说吧。”

柏万福说：“说什么？”

老妈说：“你不是一直打算着说什么呢？不是忍了这么些天吗？我看你是出了大事。好小子，长出息了，原来有事熬不过一天就得跟妈唠叨唠叨，现在能忍好些天了。这样下去，我就放心了。”

柏万福不解，说：“您放心什么？”

老妈说：“我怕你在世上受欺负，又没个兄弟，孤独一个。现在，你拿得住事了，妈当然是高兴的，死了就能安心闭上眼睛。好了，不说这些个了，把你的为难事说出来吧，趁妈还在世，也帮你拿拿主意。”

柏万福心想，还是老妈厉害啊，在这样的火眼金睛面前，所有的遮挡都是徒然，打开天窗说亮话吧：“我要和贺顿离婚。”

以为老妈会大吃一惊，没想到老太太气定神闲，说：“哦。是你提出来的还是她提出来的？”

柏万福说：“这很要紧吗？反正就是两人不过了，谁提出来还不都一样？”

老妈说：“傻孩子，这不一样。到底是谁？”

柏万福说：“是我。”

老妈说：“哦。这么说，是她对不起你了？”

柏万福吓了一跳，本来他是不想把原因告诉老妈的，就说：“也没什么大不了的事，是我不乐意了。”

老妈长叹了一口气说：“孩子，你就不要骗妈了，你白费力气。你一落草，眼珠还没睁开，还认不得我的时候，我就认识你了，你想什么，我还能不知道！你既然不愿意说，我也就不勉强你了。总之，是出了让你特别痛心的事，你才不得不出此下策。”

柏万福感激母亲的宽宏大量，不在他的伤口上撒盐，忙说：“妈，这一次，您就依了我，准我离婚吧。”

老妈眯缝着双眼，上上下下打量了一番柏万福，说：“看你抓心挠肺的模样，我倒是有心依了你，只是我也做不到。”

柏万福说：“我同意了，你也同意了，她本来就愿意，这不就成了吗？”

老妈也不言语，拿出自己的梳头匣子，抽出一张纸片，递给柏万福说：“只怕它不答应。”

这是一张稍显陈旧的纸片，虽说被精心保护着，但梳头匣子年久浸油，纸片存放其中，四周被桂花头油镶了一圈牙边，显出半透明的酥脆。

柏万福充满疑惑地打开这张散发着自己从小就闻惯了气味的纸片，失声道：“这么多！一百万！”

……

第21章

和要死的人打交道特别省心，他们基本上都说真话

贺顿躺在床上，摆弄手机。旧手机，淘换来的二手货，质量不错。在贺奶奶家的经历大开了眼界，相当于读了一个大学，跟随了一位博士生导师。其实世界上的知识并没有想象中那么多，课堂教学是为最笨的学生准备的。如果你有一点聪明，如果那个导师出类拔萃又事必躬亲地教你，学生的进步速度超乎想象。

在不断丰富自己的同时，贺顿对很多东西都发展出了持续的关注，乐此不疲。她发现自己不可救药地对人有兴趣。男人女人老人少人，中国人外国人，健全的人残疾的人，美丽的人丑陋的人……多么有趣，多么不同！人人都是谜。每个人身上，都有无数谜题等待破解。贺顿目不转睛地注视着潮流的方向，并非追逐，而是因为她的爱好需要她具备敏锐的感知和把握能力。此刻贺顿手里只有刚刚发的一点劳务费，

充其量只能买厕所里放肥皂盒大小的一块地产，但这并不妨碍她兴致盎然地浏览房地产广告。谁知究竟在多久以后才能买到属于自己的房子？她这一辈子一定要有自己的房子，这就是理由。对于你以后必将拥有的东西，从现在开始就要锱铢必较地收集情报。这是贺奶奶教给她的生存策略之一。

她给沙茵打了一个电话，没接通。很少见的事情。沙茵是学校心理室的负责人，庞大的学生群体常会有突发事件，沙茵总是开着机。贺顿和她开过玩笑，说你好像一个经理。沙茵笑笑说，我比经理辛苦啊，经理管的是死物，我管的是成千上万的活人。

要是平时问一道习题或是通知某件事情，贺顿也就罢了。但今天不同，贺顿对那个请自己吃了鲍鱼的老李有点不放心。鲍鱼是真的，贺顿至今胃里还饱满喷香，但老李究竟是一个怎样的人呢？作为一个司机，他是不是太阔绰和渊博了呢？贺顿要搞个明白。

贺顿又拨了沙茵家的电话。这个电话，贺顿是知道的，但从来没有拨打过。因为爱好舒适生活的沙茵不止一次有意无意地说过，她最不喜欢的就是外人晚上把电话打到家里，搅了清静。沙茵的女儿五岁了，沙茵恨不得把自己剁碎了犒劳女儿，每天晚上女儿从幼儿园回家后的分分秒秒，都是属于女儿的，任何人不得侵占。

电话铃响了很长时间没有人接，正当贺顿绝望地打算放下的时候，一个男人的声音传了过来："你找谁啊？"

贺顿没有想到是个男子来接电话，以为打错了，问："这是沙茵老师的家吗？"

"是。你有什么事呢？"对方不耐烦地说。

"您是……"

"我是沙茵的丈夫老苏。你是谁？"老苏问。

"我是沙茵在心理学习班的朋友，叫贺顿。"贺顿忙着自我介绍。

老苏的口气热情了一些，说："我还以为是学校的学生呢。有什么事？”

“那我明天再给她打电话好了。”贺顿凭着直觉感到学生们可能刚刚打过电话，老苏也是一个不喜欢家被骚扰的人。

“明天你也找不到她，她带着女儿到南太平洋上的小岛旅游去了，散散心。你到底有什么事呢？”老苏更热情了一点，想必也不愿在妻子的朋友面前留下冷淡的印象。

贺顿本来不想再说老李的事情，可是人家问起来，自己若是不说，好像见外似的，就说：“实在是一件小事。今天有位姓李的先生来找我，提到沙茵，我不认识他……”

老苏就笑起来说：“你怕他是骗子。”

贺顿不愿被人小看，就说：“他倒不是骗子，还请我吃饭。只是想问问沙茵。”

老苏为了弥补起初的不耐烦，格外热情地说：“你形容一下那个人的样子。”

贺顿说：“高高的个子，开一辆黑色的帕萨特，很儒雅……”

贺顿话还没说完，老苏就说：“恐怕是沙茵的好朋友李教授。”

贺顿长舒了一口气说：“谢谢你。不打扰了，祝您晚安。”就放下了电话。其实她疏忽了，沙茵既然已到小岛上度假，何以会让人来接她？

可以安睡了。贺顿想今天是个好日子，吃了鲍鱼还有燕窝，柏万福还说如果自己死了，就把保险送给她。

想到这里，贺顿纠正自己——柏万福并不是把保险送给贺顿，而是送给柴绛香。贺顿和绛香是一个人，也不是一个人。那么，自己现在所思所想，到底是属于贺顿还是属于绛香呢？

贺顿身份证上的名字就叫柴绛香，她不喜欢这个名字，那属于不堪回首的过去。但她没有办法，听说改名字的事非常麻烦，所以在所有正式的场合，她只能出示柴绛香的身份证。其实贺顿还有一个“贺顿”的身份证，这是贺顿在一个过街天桥上，出了50块钱让小贩特意做的。

相片是真的，出生年月也是真的，所有的籍贯和号码都和柴绛香是一致的。在心理师班登记入学的时候，用的就是这个身份证。没人的时候，贺顿会拿出这个身份证，端详许久。

绛香走入这座城市的时候，孤苦伶仃。她只有几十块钱，在农村这可以活上几个月，在城市只能活几天。这些钱支撑了很久的日子，最后还是用光了。绛香几近绝望，在马路上毫无目的地走，看到一个和自己年纪差不多大的女孩子，穿了一套粉红色的罩衫，一路小跑，就不由自主地跟着她。人们总是愿意跟着和自己相似的人一道走，好像安全些。

那个女子跑进一家小卖部，买了一包卫生巾。贺顿下意识看看那个女孩的裤子，腿根处有一片鲜红印记，还在慢慢扩大。

绛香叫出来："哎呀，你的裤子脏了。"

女孩回过头来，恶狠狠地说："你叫什么！本来还没有人注意到，你这一喊，整条街上的人都看到了，真丢人！"说着，她就进了旁边的公共厕所。

绛香也进了公共厕所。那个粉衣女孩就说："你干吗老跟着我？"

绛香不服气地说："茅厕也不是你家挖的，你能进我就不能进了？"

粉衣女孩不愿和她斗嘴，换上卫生巾之后，赶快扭身看看自己裤子上的血渍，好大一片洇在粉红布料上，触目惊心。女孩懊丧地自语："真倒霉。一会儿还要来人检查工作，怎么办？"

几乎每个女孩在一生当中的某个时刻，都会遭遇这种尴尬的事情。绛香动了恻隐之心，说："你要是不嫌弃，我带着衣服，咱俩的身形差不多，你先换上吧。"说着，打开了随身带的小包。

粉衣女子翻翻眼珠子，不想接受这萍水相逢的好意，就把裤子脱下来，露出白腿，到公共水管冲洗裤子。水流很凉很冲，她又怕受了寒，用手指尖捏着裤腰，左躲右闪地揉搓着。绛香就笑起来。

粉衣女子没好气地问："你笑什么？"

绛香说："你屁股上还带着一块血色，好像杀好的猪后臀尖上盖的紫戳。"

粉衣女子反唇相讥道："那是因为我白。要是像你那么黑，只怕血结了痂都看不出！"

绛香被人捅了痛处，也就不再搭讪，包好小包袱，准备一走了之。

粉衣女子说："你别走。"

绛香说："你管得着我吗？"

粉衣女子说："你刚才说什么来着？"

绛香说："我说你屁股上像盖了个戳。"

粉衣女子说："不是这句。这句之前那句。"

绛香说："在那之前我什么也没说。"

粉衣女子说："你说了，你还想赖！你说要把你的裤子借我。"

绛香这才注意到，那女子怕手指受寒，躲闪不及，把裤腿裤腰都打湿了，再不能穿出门去。

绛香说："起码要三泡尿才能把裤子湿成这样。"

粉衣女子说："你幸灾乐祸废什么话呀，赶紧给我找裤子！"

绛香就把小包袱再次打开，粉衣女子扑过来一通乱翻，说："你的裤子太土了，就这样还打算借人呢，我穿上就成了丑八怪！哎，你还有好的没有了？"

绛香气愤地说："你不稀罕就算了，这就是我的全部家当了。我走了。"

粉衣女子说："人都说人穷志短，你这么穷嘴还这么硬。好吧，这条灯芯绒的裤子八成新，我也就凑合了。就是走起路来裤裆里会磨得吱扭吱扭响，好像夹了一窝小耗子。顺便问一句，你没有滴虫吧？"

绛香说："什么虫？"

粉衣女子说："就是底下痒不痒呢？"说罢紧张地看着绛香。

绛香说："要是蚊子咬了就痒，要是没咬着，就不痒。"

粉衣女子嘟囔着说：“整个一科盲，跟你算是说不明白了。但愿没事。”说完老大不情愿地套上了绛香最好的一条裤子。

粉衣女子穿好了裤子，就往外走，走了两步回过头来，看绛香没动身，就说：“你倒是走啊。”

绛香说：“到哪儿去？”

粉衣女子说：“我到哪儿去你就到哪儿去呀！”

绛香说：“我只把裤子借给你了，也没把自己卖给你啊！”

粉衣女子火了，说：“你这个人讲理不讲理！你要是不跟着我，我到哪里去还你裤子啊？你这一条破裤子不值什么钱，我的诚信可值钱呢！你还等着我再到这个茅房来啊！”

绛香原本就是想着自己一直等在公共厕所，等粉衣女子来还裤子，现在一想，还真得跟她走，不然她要是万一不来还裤子，损失可就大了。这条裤子，是绛香的豪华礼服。

粉衣女子身量和绛香差不多，穿了绛香的裤子，绛香看她就顺眼多了，好像另外一个绛香走在自己前面。

粉衣女子说：“你叫什么名字？”

绛香告诉了她。

粉衣女子说：“哦。”就冷了场。过了一会儿她说：“你这个人真不懂礼貌，礼尚往来啊，你为什么不问问我的名字？”

绛香说：“等一会儿你还了我的裤子，咱俩一拍两散谁也认不得谁了。”

粉衣女子说：“看来你这个人够绝情的了。俗话说，两个人好得跟穿一条裤子似的，咱俩现在就是这个情况了。不管你问不问我，我也得告诉你，你不义我不能不仁，省得你连把裤子借给谁了都不知道。我叫汤小希。米汤的汤，大小的小，不是小溪流的溪，是希望的希。”

绛香就这样跟着汤小希走进了一家平房院落，早先可能是大宅院，如今破落了。里面到处都活动着粉红色的身影，春意盎然。另一个粉红衣衫看到她俩进来，就说：“小希，你到哪里去了？你那老头拉了！”

绛香一惊，身旁的汤小希也就20多岁，就有老头了？家乡方言中，老头就是丈夫。

汤小希大大咧咧地说：“红朋友突然来了，卫生巾正好用完，我到街上小铺去买，裤子又脏了……”

那位粉红女子一路小跑，说：“我婆婆快断气了，没工夫听你扯闲篇，等她死踏实了咱们再聊……”

绛香听得真切，吓得不轻。若不是艳阳高照，真怀疑自己进了阴曹地府。

“等我忙完了这阵就还你裤子。不放心就跟我来。”汤小希不由分说，拉着绛香进了一间屋子。

老旧的房间里弥漫着恶臭，好在这只是第一分钟的感受，很快就什么都闻不到了。特别猛烈的噪声会把耳朵震聋，恶臭的第一波轰炸就让鼻子完全失灵，嗅觉昏厥。

洁白的床单上躺着一位赤裸的老人，猛一看以为只是一副骨架，从那起伏的皱褶上才认出还有一层干涩的皮肤包裹其上。不要看他枯萎的身体了无生气，从两胯之间正涌出一大摊黄色的黏稠液体生机勃勃地散发着恶臭。

老人用手翻搅着稀便，然后用黄色的手指在墙上涂抹着，一道道抓痕的边缘毛茸茸的隆起，黏带着食物的残渣。笔画中心依稀露出墙壁的本白颜色，好像毛笔书写的锋芒。

汤小希把老人的大腿拍得啪啪响，大声说：“你啊你！我刚才走的时候，不是和你说过了吗？我有点姑娘家的事，就出去一小会儿，你乖乖地待在床上。你不是答应了吗，大眼珠子叽里咕噜地乱转，我还以为你记住了，没想到这么没出息，我前脚刚走后脚你就拉了。拉了就拉了吧，你倒是好生躺着啊，等着我回来收拾呗，结果你又在墙上写上了标语。害得我还得像个杂工似的刷墙。你儿子可没给我刷墙的钱，我得找他要去，你也得说话，不许装傻，好汉做事好汉当……”说着汤小希把老汉像个被窝卷似的推到墙根底下，把单子扯下来，动作粗暴，老汉的干皮都被勒红了。然后汤小希又用脏单子把老汉的手脚和屁股都抹了抹，又到墙上擦拭了两把，总算在眼睛能瞄到的地方，基本上见不到污浊的屎黄色了。

汤小希回过头来，看到绛香还傻傻地站在那里，就说：“咦，你还待得挺踏实。天生是个聋鼻子吗？”

绛香反唇相讥：“你的鼻子才聋了呢！你还没还我裤子呢！”

汤小希不屑地说：“真是眼睛小，你这条破裤子，白给我都不要。刚才脱给你就对了，咱们就两清了。现在可倒好，我穿着你的裤子给他收拾了屎尿，你的裤子也溅上了脏东西，沾染了臭气，再这么还你就不合适了。这样吧，我给你洗洗再还。”

绛香觉得这个汤小希虽说嘴巴损点，人还挺仗义的，就说：“不用了，我回去自己洗吧。”说着，就往屋外走，汤小希也跟了出来，走进一间空屋子，用自己的裤子换下灯芯绒裤。现在她又是一身粉红的打扮了。裤子比较旧，上深下浅，好像一朵开败了的残荷。

汤小希用报纸把裤子裹好，说：“你到哪里去洗呢？”

绛香迟疑了一下，说：“这你就管不着了，哪还没有水。”

汤小希冷笑道：“你以为这是你们乡下呢，到处都是河沟子。告诉你，城里的水一吨都要好几块钱呢！”

绛香吓了一跳，说：“那我就不用找工作了，在地里挖口井卖水好了。”

汤小希说：“你在找工作啊？”

绛香承认了。汤小希说：“我看你也是刚进城。有文凭吗？”

绛香说：“有。”

汤小希说：“最大的文凭是什么？”

绛香说：“初中。”

汤小希说：“那也叫文凭？”

绛香说：“我高中也念了两年，只是没有拿到文凭就出来了。”

汤小希说：“我本来以为自己是最差的，不想你比我还差！”

绛香说："你们这些穿粉红衣服的人，是干什么的？"

汤小希说："干什么的，你不是都看到了吗？明知故问！端屎端尿呗！"

绛香想起刚才赤身裸体的老汉，就说："那是你爷爷？"

汤小希恼火道："他是你爷爷！"转瞬一想，又道，"我要是有这么一个爷爷就好了。还用在这里干这种活吗！"

绛香就不懂了，问："那老汉是什么人呢？我看你跟他说话跟自己家人似的。"

汤小希说："你别小看了这老汉，听说是个大科学家呢！现在老年痴呆了，连自己的屎都往嘴巴里塞！我们这里是临终关怀敬老院。临终关怀，你懂吗？"

绛香老老实实说："不懂。"

汤小希得意了，说："我料你也不懂！临终，知道吧，就是快死了。在死之前，有好长一段时间，你就没法干什么了……城里人，谁愿意让人死在家里啊，就是家里人不嫌弃，别人也得说这家人不孝，干吗不把人送医院？所以啊，人得死在医院，这就跟大象要到一个专门的地方去死是一样的。听说，你要是跟着一头要死的大象，找到了大象的墓穴，你就能看到成千上万的象牙，那你可就发大了……"

绛香强迫自己的思绪回到眼前，刚才的恍惚，让她更加听不懂眼前这栋灰色的四合院，和大象有什么关系。她说："这里有象牙吗？"

汤小希火了，说："你这个人太不尊重别人了，这里没有象牙，但是有狗牙，就是从你嘴里吐出来的！"

一看汤小希真动怒了，绛香命令自己集中精力，回到眼前。绛香说："这实在不像个医院。"

汤小希说："像个家是不是？"

绛香也不觉得它像个家，哪有这么臭的家啊。但她不想惹汤小希生气，就点点头。汤小希果然高兴起来，说："范院长的意思就是要把这里办成家，以后谁家有了要死的人，就都送到这里来。凡是穿粉红衣服的女娃娃，就是这里的护理员，要一直把一个人服侍到死呢！”

绛香恍然大悟道：“原来你就是服侍老科学家的保姆了。”

汤小希说：“保姆多难听啊，好像我是单打独斗的老妈子。我们是护工，跟护士差不多一个档次。你明白吗？”

绛香乖乖地点头。汤小希说：“你要是再不明白，我就什么话都不说了。这里不能容太笨的人。因为人快死的时候，都是比较笨的，就得有聪明人猜到他们的心思。”

绛香说：“我并没有说要到你们这里来啊。”

汤小希说：“难道你还有别的地方可以找到工作吗？这是一个好地方，算你好运气，碰到了我。”

绛香说：“这里太臭了。”这是真话，直到现在，在院子里站了这么长的时间，她还能感觉到自己肺腑的犄角旮旯处，还没有轮换完的臭气。

汤小希说：“没事，习惯成自然。刚开始的时候，你觉得臭，时间长了，你就不觉得了。就像你刚进花园的时候觉得特香，时间长了也就麻痹了，一样的。”

绛香说：“那鼻子就废了。”

汤小希说：“废不了，至多是昏过去罢了。以后还会苏醒的。”

绛香说：“天天看着这些要死的人，心里是不是特难过啊？”

汤小希说：“这你就有所不懂了。天天看着要死的人，你只会觉得生活美好。因为他们快死了，可你还活着，你还有很多很多日子要过，就像你面对一个只有十个钢镚的人，你一摸口袋，自己还有一百块钱，这心里还不乐开了花！”

绛香狐疑地接受了这个观点，最后说出了自己的顾虑：“可是我没有上过卫校护校什么的，只怕干不了。”

汤小希说：“我看你干得了。就冲你刚才没有一溜烟地跑了，我就知道你能干。这里所有的活儿归纳成一句话，就是伺候人。只要你不怕苦不怕脏不怕死人，你就干得了。”

“而且，你知道这里最大的好处是什么吗？”汤小希神秘兮兮地补充。

“这里还能有什么好处吗？”绛香环顾四周。院落是寂静的，一间间病房好似墓穴坟丘，悄无声息。粉红色衣服的女子屏气穿行，衣袂飘飘，脚步轻轻，好似幽魂。幸好她们的衣服是粉红色的，如果是黑色的，绛香会拔腿就跑。

汤小希说：“安全。一般的人根本就不敢到这儿来，来这儿的人，不是重病的，就是快死的。你知道人之将死，其言也善这句话吗？”

绛香点点头。

汤小希说：“这里的人基本上都说真话。因为马上就要死了，说假话也没用了，也记不住了。所以，你和他们打起交道来特别省心。他们还老感谢你，我敢说，你在这里听到的谢字，比在任何时候都要多。比在美国都多。”

绛香诧异地说：“你还去过美国呢？”

汤小希说：“我没去过，可高老师去过啊。他现在是完全糊涂了，那时没糊涂的时候，老给我讲外国的事呢。外国特爱说谢谢，中国人不爱说，但到了临死的时候，也爱说了。”

“可是，你也不是院长。”绛香听完了汤小希关于“谢谢”的真知灼见，回应了一句不搭界的话。

汤小希是个聪明女子，一下就听出了绛香的意思是她愿意在这儿干了，只是怕院长不收。就大包大揽道：“我去跟范院长说。”过了一会儿，她跑回来说：“范院长要面试你。”

范院长的办公室在这套灰色院落的巴角处，表面上看起来和其他的病房差不多，进去一看，里面也差不多。都是一样的白墙，也有一张床，放着铺盖，看来这位院长经常住在医院里。绛香原本以为范院长是个男的，因为老家的医院院长都是男的，不想这位院长是个头发蓬乱的中年妇女。

范院长并不看绛香，而是看着汤小希说：“你隔三差五地就介绍个人来做工，是不是你自己不想干了，找个接班人啊？”

绛香这才知道，原来汤小希的这番好意并不是只针对她一个人，是博爱。

汤小希说：“我是热爱咱们这行事业，人多力量大。”

范院长说：“咱们这里一个萝卜一个坑，像你就是伺候高老师的，高老师家也认定你了。要是没空出床位，就不会有新来的病人，你介绍来的这个绛香，服侍谁呢？”

绛香惊诧了一下，天下还有这样的规矩。好在范院长一天老看死人和将死之人，已变得十分麻木，并没有察觉到绛香的异样。

范院长简单地问了问绛香的情况，绛香都如实报了。范院长疲倦地说：“情况就是这样了，一目了然。也没有多少技术活儿，主要是服侍老人平平安安地走。现在病房都是满的，也都有人伺候，你就算是候补的，帮着干点零活。管吃管住，工钱吗，干一天算一天的，保险什么的都没有，你自己解决。就这样吧，汤小希你先领着绛香住下。”范院长说完就看病历，那病历上也就记了三两行，一眼就扫完了。但她也不再抬起头来，意思是没什么多说的了。

绛香跟做梦似的，就有了工作，更重要的是有了睡觉的地方，和汤小希一个房间。绛香本以为和汤小希能有很多聊天的时间，其实不然。高老师很快进入了病危阶段，汤小希一头扎在病房，很少回来。

绛香在洗衣房工作。说是洗衣房，其实每天洗的主要不是衣服，而是被单。垂危之人，衣服倒是不怎么脏，被子单子几乎每天都要清洗。有时看着白白净净的一张单子，打开来，滚出一串粪球。

再强力的洗衣机也难以制伏粪便的污迹，很多地方就得手搓。几天之后，绛香的手就脱皮了，指甲边生满了倒刺，捋一把头发就会挂起一大片发丝。她毫无怨言地洗呀洗呀，这种单调的动作，就像一种机械训练，让她渐渐地习惯了城市。

柴绛香有一个奇怪的毛病，半截身体永远是一坨冰。即使是在最炎热的夏天，脑门脖颈汗珠细密，肚脐是分水岭，之下从小肚子到大腿根再到小腿弯，最后抵达脚板脚心脚指头尖，有若蟒蛇缠身，冰冷僵硬。

身体的异常，能让人滋生深深的恐惧。在你的身体里有另外一个你，你所不知道又不能控制的“你”。为了抵抗这个“你”，贺顿会早早地穿上毛裤，买最厚的袜子，在床上铺廉价的电热毯……早年间没有钱买电热毯的时候，就用葡萄糖盐水瓶子灌上热水，堵好塞子，熨烫冰冷的下肢。

但是，没有用。寒冷不但莫名其妙，更是顽强。后来稍微有了一点钱，贺顿鼓足勇气到医院去看了一次病。从挂号小姐不知往哪个科安顿她的迟疑中，贺顿就知道来者不善。先是内科外科，后是妇产科皮肤科……晕头转向不知所以。好不容易到了神经内科，人家给她做了一系列的检查，钱花了一大笔，得出的结论是——她根本就没有病。多点测试的皮温和肌肉电位等都是正常的。换句话说，其实她的腿脚温度和上肢头颅的温度一模一样，冷若寒冰只是贺顿自己的感觉。得到自己没有病的诊断之后，贺顿更加惶恐不安。你有没有病，自己是知道的。你明明有病，最好的医院和最好的医生却说你没有病，如果他们不是成心要害你，就只有一个解释——你得的是怪病，诊不出来……一个令人毛骨悚然的结论，贺顿不敢沿着这个方向想下去，强令自己打住。倒是有一位医生在百思不得其解之后，自言自语般说，这肯定不是器质上的疾病，也不是功能性的疾病，也许是心理上的……

贺顿没有听懂这句话，却记住了这句话，当时她以为“器质”是“气质”。后来，查了不少书，才明白“器质”就是器官的质量。心理二字倒是不但听懂了，还深刻地记住了。

还有，那个反复出现的梦境——一列会腾空的红色小火车。什么意思呢？

第22章

你没有办法向一个没有牙的人推销牙签

临终养老院的生活还算温饱，但贺顿还是选择了离开，尽管这样的选择有些冒险。贺奶奶的言传身教加上那些书，打开了她的眼界，让她化蛹为蝶。但是，她到哪里睡觉？她到哪里吃饭？她靠什么谋生？越是蛹，越要有安定的休养生息之所，要不危险甚大。贺奶奶鞭长莫及，如今也管不了她了。从外表衣着看起来，贺顿已经相当地城市化了，口音也很像一个标准的城里人了，她先是求职售楼小姐。

这两年房地产大发展，到处都需要业务员。她报名参加售楼小姐训练班，负责招生的吴先生充满疑惑地打量她，说："小姐，我看你还是不要学了吧？"

贺顿不明白自己哪点不合格，就问："招聘简章上不是写着不限籍贯学历吗？"她还以为是普通乡村学校的名号坏了事。

吴先生说：“培训费不算便宜，小姐，请你三思而后行。”

贺顿把简易房的租金押一付三后，钱包尚有余款。方便面也在铺板底下储存了一大箱，兵强马壮，实力雄厚，底气就比较壮，说：“我对自己有信心。我会把楼书背得滚瓜烂熟，努力工作。”

吴先生看她这么坚决，就说：“小姑娘，我们招的名额比真正需要的人多得多，有点多退少补的意思。到时候竞聘上岗，万一你学完了又不能在我们这个楼盘工作，你就亏了。”

贺顿坚定不移：“我会努力的。”

吴先生就收了她的钱，给她一个学号。贺顿一看纸上数字——219，登时傻了眼，这座楼拢共也没有 219 套房子啊！到了真正上课的时候，简直哭的心都有了。一间大阶梯教室挤得水泄不通，靓男俊女满脸油汗，每人都摊开了大大的本子，准备记下让自己盆满钵满的秘诀。售楼如今成了热门行当，谁都知道一旦卖出一套房，佣金可观。教师口若悬河，不过也没有多少技术含量，主要是把楼盘的优点放大了说，把楼盘的缺点隐藏起来，真有那较真的客人问到了，就大事化小，小事化了蒙混过关。还特别请来了一位分析师，给大家教了点购房心理学的常识，无非是从来客的衣着打扮口音习惯动作，分析判断他到底有多少购买的意向，能否成为一个潜在的客户。

分析师说：“购楼处通常都是落地的大玻璃窗，这很好，挤得水泄不通一目了然，引诱购房者冲动。卖房的小姐和先生们，你也要好好地利用这扇窗户，一个顾客远远地走来，你一眼就要判断出他是坐轿车来的，是走路来的，还是坐公共汽车来的……你要眼观六路，耳听八方，察言观色见微知著，你训练自己的直觉，要像猎犬一样，隔着十万八千里就闻出钱的味道。很少的钱是没有味道的，很多的钱聚集在一起，就如麝的肚脐、兰草的花瓣，芳香扑鼻。真正的有钱人，被大量的钱长久熏陶，就像在樟木箱里搁得太久的皮货，有熏人的味道，你可以喜欢，也可以不喜欢，但你一下子就能识别出来……”

听到这里，贺顿忍不住举手，分析师说：“请问你有什么问题？”

贺顿就站起来，说：“那怎么看中国古代的俗话‘人不可貌相，海水不可斗量’呢？”

分析师龇牙一笑说：“过时了过时了。人当然可以貌相，如果你长得不好，就说明你的祖上没有良好的基因。就算你有本事，也只是一代的暴富之徒。真正的贵族是有良好品相的。海水当然也可以量了，我前几天看过一篇文章，说泰山的重量都算出来了，是15亿亿吨……”

分析师说得兴起，那边负责授课的吴先生忍不住咳嗽，提醒不要扯得太远。房地产业炉火正红，讲课老师雁过拔毛狠宰一刀，课酬不菲。重金请来的先生，每一句话都要和业务息息相关。分析师听出咳嗽中的谴责，言归正传：“回到买楼这件事上。买楼要钱，而且不是小钱。你有钱就是有钱，没钱就是没钱，房子就是新时代的试金石。房子比戒指大，比手镯粗，比绸缎持久，比电脑不容易损坏，甚至比老婆还可靠。老婆可以跑，跑的时候还分你一半钱财，房子忠诚度最高……”

吴先生又像得了百日咳似的吭起来，分析师赶紧回头：“你不必在没钱的人那里浪费唾液，房子不是给他们造的，他们不配到这种地方评头品足……咱们现在传授一种技巧，名字叫作‘逼订’，哪位同学说说这是什么意思？”

大家都怕说错了丢脸，不吱声。分析师指着贺顿说：“你刚才不是踊跃发言吗，你说说逼订是什么意思？”

贺顿只得站起来，说：“逼订，顾名思义，就是逼着客户下订单。”

分析师说：“OK！很好。正是这个意思。要把情势说得十万火急，要让客户觉得过了这个村就没这个店，要让他晕晕乎乎就掏了钱，吃到嘴里吐不出来……在做这一切的时候，你要微笑，微笑是天堂里的莲花。要尽量地逗客户笑，人一笑就会放松警惕，笑一次放松一次，警觉就下降一分，你就容易得手……卖房子就是打一场心理战，说穿了是一个陷阱。陷阱是谁挖的呢？是开发商，是你的老板。你的工作就是把客户推到陷阱里面去……”吴先生大声地咳嗽，简直像得了肺癌。

天哪，这就是培训，简直是坑蒙拐骗！贺顿心中烦躁，又不能顶嘴，只有忍气吞声地坐下，继续在本上记这些乌烟瘴气的话。

“现在我提问一个问题……在和客户的谈判中，你告知不告知房屋的缺点呢？”分析师问。

大家纷纷举手，分析师点了一个娇小玲珑的女孩。“你说。”

“当然是不告诉了。告诉了，人家立刻转身就走，所有的努力就前功尽弃。如果他看不出来，自己送上门去说，这太傻了。如果他看出来了，就支吾过去……”女孩的声音如黄莺婉转。

贺顿忍不住举手。分析师让她说话。

贺顿说：“我觉得还是要说。”

分析师说：“要不然你良心受不了。是吧？”

贺顿说：“不仅仅是良心。买房的人也不是白痴，他们自己也会看出来。如果明明是缺点，你还死扛着不承认，我看这个买卖就做不成了。”

分析师说：“但是这样你也很可能鸡飞蛋打。要知道，每卖出一套房子，你就能有房价 1% 的提成，这不是个小数字，能一步让你从温饱跳到小康。三思而后行。”

贺顿真的站着思索了一会儿，说：“那我还是要说。起码告知一些无关紧要的小缺点，这样会更加博得客户的情感分，也许会助我成功。”

分析师说：“OK！这就是最佳答案！”

好不容易学习结束了，在举行的考试中，贺顿名列第一。

她以为自己是旱涝保收的铁杆庄稼了，没想到公布录用名单的时候，榜上无名。贺顿慌了，去找吴先生。

吴先生同情地看着高才生说：“名单不是我定的。”

贺顿说：“你不是管我们的吗？”

吴先生叹了一口气说：“我的确是管你们的，可上头还有管我的人呢！名单是人事部经理定的。”

贺顿说："他是谁？是男还是女？我怎么从没见过他？"

吴先生苦笑道："是男是女都没关系，重要的是他一言九鼎。"

贺顿说："我倒要问问他，为什么不要我？一个单位，要是考第一的人都不要，这个单位还能好得了吗？"

吴先生说："你说得对，可他还是不会要你。"

贺顿说："我哪里得罪他了？我也没有见过他。"

吴先生说："小贺，你要我把话说到什么程度，你才能明白？"

吴先生说到这里，就把眼睛转向别处，不看贺顿，指望贺顿善罢甘休。可贺顿就算感到凶多吉少，也要问个水落石出。

吴先生看看面前这个小女子，一头清汤寡面的发，两道漆黑纤细的眉，嘴唇紧抿，胸部低平，心想真没有自知之明。

贺顿说："到底是咋回事，你就直说好了。你要是不告诉我，我就直接找主管。"

吴先生算是服了这个丑姑娘，只好实话实说："主管看了所有学员的照片，从中选了40个人，最后定了20个人，没有你。就这么简单。"

贺顿总算把自己的事搞明白了，又关心起落榜的那20个人，就说："有些人照片过关了，为什么还不行呢？"

吴先生说："主管最后一次考核，问了大家同一个问题。答得好的，就留下了。答得不好的，就不要了。"

贺顿问："什么问题？"

吴先生说："我也不想在这儿待下去了，楼房质量太差，以后要是塌了砸死人，我这个卖房的也良心不安。反正要走了，告诉你也无妨。主管问的问题是——如果一个很可能买房的客人，在看房的时候，他的手偷偷地摸你的手，你将怎样？"

贺顿说："那我就让他把手放到应该放的地方。"

吴先生说："好在没人问你。所以你也不用觉得自己冤得慌。你就算过了照片这一关，也会被刷下来。"

贺顿愤然道："售楼也不是青楼。"

吴先生说："你逼着我把实情告诉你，我就说了，请你也嘴下留情。"

贺顿怅然离去。吴先生看着她瘦弱的身影，生出怜悯。但这怜悯就像泼进太平洋的一杯开水，冒了丝缕热气之后，很快烟消云散。城市如同进入了冰川时代，谁能温暖得了谁？

贺顿再一次走投无路。当然，她可以回养老院，可她不想陪着那些行将就木的老年人走向衰亡。好在粮草储备尚丰，还有重新选择的资本。

贺顿在街上闲逛，今年服装流行沙漠黄和太空银。这两种色泽，对于黄褐皮肤的贺顿都是灾难性的。她还是比较喜欢去年的流行色，淡淡的绿和浅浅的蓝，帮衬之下，脸色比较生动，城市里的人不能买去年的流行色。一定要和潮流混淆在一起，就像婴儿吮奶一样从众人那里汲取安全感，否则你就形单影孤。

贺顿在街旁看到一个小门扇，需侧着身子才能挤进。门脸虽小，其上的墨字却毫不含糊地大："招聘化妆品推销员。"

贺顿推门进去，空气暖而臭。光线很暗，好半天才看清一个胖胖的女人和一个极瘦的男人守着一堆纸盒在抽烟，鬼祟的样子让人以为在吸毒。

"你们好。"贺顿说。经过售楼训练，贺顿已能很轻松地面向陌生人打招呼。

那两个人好像有些吃惊，在这种地方，不必假模假式地打招呼。他们一起说："不好！"

售楼训练显出效力，贺顿不会轻易被难倒和生气，也不会退缩。她说："你们需要人推销化妆品吗？"

瘦男人和胖女人又一次异口同声："不要。"

贺顿奇怪："外面不是写着要找推销化妆品的人吗？"

瘦男人说："原先要，现在不要了。"

贺顿奇怪："不是还有这么多化妆品没推销出去吗？"她顺手一指墙根堆积如山的纸盒子。盒子摇摇欲坠，稍不留神就会稀里哗啦砸下来，把胖女人和瘦男人活埋。

瘦男子不知如何回答，胖女人说："没错，货多着呢，可再多也轮不上你。"

贺顿奇怪还有愿意压货的人，说："为什么呢？我也按规矩给你们交钱，为什么我就不能干这个？"

胖女人说："我看你这个丫头，虽说长得丑点，脑子没毛病吧……"

这句话其实是不需要回答的，但贺顿有一说一："没毛病。"

胖女人就乐了，说："我原本觉得你没毛病，你这样一答话，我就知道你有毛病了。姑娘，从外地来的吧？以为城里到处是金子，哈腰就掐一大坨吧？那是指有漂漂亮亮的脸蛋和腰身的丫头。你不行。也不看看你那肤色，说你是紫檀就抬举你了，说你的眼圈和熊猫有一比，也埋汰了咱的国宝。年轻轻的，双眉之间就有那么深的纹，我们卖的是抗皱增白产品，你哪能为我们做推销员呢？哪怕有人被你花言巧语骗得正准备掏钱呢，一看您这副尊容，就赶紧又把钱包掖怀里了……姑娘，赶紧走吧，看看有没有哪个饭馆要刷盘子的，你还能混个半饱……"说完，两个就咯咯笑起来。

丑女子即便知道自己丑，也不希望别人看出来。就算别人看出来了，也不希望人家说出来。就算是说出来了，也希望不那么刻薄。贺顿恨不得跺脚扬长而去。

可是，不能啊。贺顿已经不是柴绛香，她从乡下丫头的壳里已经飞离出来，即使还没有变成美丽的蝴蝶，起码也是一只蛾子了。售楼小姐训练课程的钱也不是白花的，耐力大有长进。

贺顿逼着自己把声音变柔和，说："大婶，我知道自己丑，可这个天下，美女得活，丑女也得活啊。"说完，她长叹了一口气，年轻女孩的悠长叹息有一种特别温婉的哀伤在里面。

胖女人被这种叹息打动，更深在的原因是胖女人也是一个丑女人，而且她的女儿也是一个丑姑娘。丑人对丑人除了瞧不起以外，在特定的时分也能滋生出同情。胖女人也叹了一口气，算是回应，然后说：“就算我把化妆品批给你，你也卖不出去。你这个样子，人家一开门，吓一跳。”

贺顿不敢生气，说：“您这个产品真有效吗？”

瘦男子说：“当然有用。”

贺顿问：“真能美白？”

瘦男子说：“你要真想做，我就把实情告诉你。美白是千真万确的，抹上三个星期，包你变得像剥了皮的桂圆肉一样，油光水滑吹弹得破。”

贺顿轻轻地舔了一下嘴唇，说实话，她从来没有吃过桂圆，贺奶奶对桂圆过敏，从不让买。看到过，像浮肿的鱼眼。“真这么神？”贺顿不相信。果真如此，还不被时髦女子抢破了头，哪至于这两个孤家寡人惨淡经营。

瘦男子看出了贺顿的疑惑，就说：“美白膏有毒。”

贺顿吓了一跳，说：“毒？”

瘦男子说：“铅你知道吗？”

贺顿回答：“知道。排成报纸的铅字就是它造的。”

瘦男子说：“现在报纸不用铅字，改激光了，铅都溶到汽油里了。你看到过庙里的壁画吗？”

贺顿不知美白膏和庙有什么关系，又怕瘦男人一生气就不批发了，赶紧说：“看过。”

瘦男子说：“你记得庙里壁画上的美人，脸上都是什么颜色？”

贺顿不记得壁画美人脸上的颜色，想来都是细皮嫩肉，只得瞎蒙：“白的。”

瘦男子不屑地说：“一看就知道你没文化，没见过真古董，看的都是现代人做的假。刚画上去的当然是白的，风吹日晒年代久远了，就变成黑的了。美女的脸上越黑，说明以前越白，时代越古老。”

贺顿跟着瞎点头，不知道这和化妆品有什么关系。

瘦男子说：“我说了这么多，你明白了吗？”

这次贺顿不敢点头了，她什么也没明白，又怕惹火了瘦子，只好含含糊糊地说：“明白了一点点。”

瘦子说：“明白了哪一点？说说看。”

贺顿只好硬着头皮说：“明白了美女脸上是抹了东西的。”

此本废话，不想瘦子说：“你还真不傻。美女当然是抹出来的，古代的是，现代的也是。抹的是什么呢？”

贺顿算是给绕糊涂了，说：“不知道。”

瘦子生气了，说：“真是不经夸，刚说你不笨，这就露出蠢了。铅是什么颜色的？”

这个问题贺顿是知道的，赶紧说：“黑的。”想想不很妥帖，改说：“灰色。”估计这一次肯定对，给贺奶奶念的小说中描写过“铅灰色的云层”。

瘦子怒火中烧，说：“铅是雪白的。”

贺顿目瞪口呆，就算铅不是黑的，也万万不能是雪白的。瘦子欣赏着贺顿的惊讶，说：“大块的铅当然是灰黑的，但磨成粉末的铅是雪白的。所以。以前的美女脸上用的都是铅粉，又细又滑，美人就是这样打造出来的。现在呢，铅是有毒的，不让用了。汞也是有毒的，也不让用了……”

瘦子颇有些神秘感地看着贺顿。胖女人嗔怪地拉了瘦子一把，嫌他把商业秘密透漏给萍水相逢的人。

贺顿恍然大悟，原来这就是“吹弹得破”的诀窍。“都是有毒的。”她忍不住喃喃说。

“对，铅汞有毒，农药有没有毒呢？还不照样使？油漆有没有毒呢？还不照样刷？敌杀死有没有毒呢？还不照样喷？再说，你怕有毒，你可以不用，但用的人保证美白，这就是代价。”瘦男得意扬扬。

贺顿点点头，点头什么意思呢？不知道。此刻只能点头。接着问：“抗皱原理呢？”

胖女人好半天没说话，技痒难熬，抢着说："那就更简单了，就是让你肿。"

贺顿吓坏了，只有肾子有毛病的人才会肿，这个去皱的东西把人的肾子都搞坏掉了，也太过毒辣了。

胖女人虽不知道小女子一下联想到了尿路，但贺顿脸上的表情让她知道此女慌了，就说："没那么严重，不会要了命。人为什么会长皱纹，不就是脸上的皮松了吗，用水一泡，胀了，皱纹自然就被撑起来了。简单。"说完还在自己的腮帮子上拽了两把，以证明所言不虚。

贺顿恍然大悟，奇迹是这样产生的。

"如果我要批发，怎么拿货呢？"贺顿决心已定。

胖女人用仅存的怜悯说："姑娘，这活儿不是你干的！"

贺顿说："你就说这个美白膏到底能不能让人变白？甭管一百年之后是不是会黑成卖炭翁。"

瘦男子道："她一定要买，你就成全人家。小姑娘决心大，说不定就放一颗卫星呢！"

胖女人不肯吃亏，说："都什么时代了，还卫星！如今都是神舟几号呢！"转过头对贺顿说："变白那是铁板钉钉。你想啊，把黑老鸹按到面缸里，就一定变成和平鸽。铅粉就是上好的白面，抗皱霜就似软皮鞭子，肯定能让你肿得水汪汪的，放心吧，孩子！"

疗效解决了，剩下的就是讨价。贺顿提出赊销。

"门儿也没有！我们这里都是一手交钱，一手交货。概不赊欠！"瘦男子咬得死紧。

贺顿无奈，只得说："我身上没有那么多钱。"

胖女人同仇敌忾地说："没钱就不能拿货。该干什么就干什么去，就当我们什么也没说。"

贺顿想了想，掏出小钱包来，说："那我就一样来两瓶吧。"

瘦男人冷冷地说："不零售。"

还是胖女人动了慈悲，说："你买两瓶顶什么用呢？"

贺顿说："你不是说三周就有效吗？两瓶还抹不了三周？"

胖女人大吃一惊说："你打算自己用啊？"

贺顿说："我自己不用，怎么推销给别人呢？"

瘦男人拉拉胖女人说："人家这是做大买卖的架势，你操什么心呢！好了，交钱吧。看在你这番诚心上，我就按着批发价给你两瓶。不过，丑话说在前头，要是过敏起红疙瘩鼓水泡掉皮溃烂什么的，概不负责！不怕死就多抹点，三天就见效！"

贺顿交了钱，美白膏去皱霜各拿了两瓶，临出门的时候，胖女人说："姑娘，先在耳朵后头脖子下面人家看不到的地方抹点试试，要是红肿热痛的，就别用了。不过，我们这里不退换，你可记清了。"

出得门来，天已擦黑。贺顿努力辨认着门牌号码，转来转去找不着，才发现原来这是利用半截死胡同隔成的违章建筑，怪不得如此窄小且暗无天日。

贺顿回到自己的蜗居，把脸洗干净，然后对着镜子说："脸啊脸，真要对不起你了，把你当成试验品了。不过，你也不要觉得冤屈，是你先对不起我的，谁叫你这么难看呢？如果这个膏和霜真正有效，我就能发上一笔小财，这样咱们才能一道在城里混下去。"

贺顿说完这些话，死死地盯着镜子。镜子年久失于保养，有很多黄色的水渍如蜈蚣攀爬，局部的起伏更让人影像失真。她看到一张年轻的脸没有表情，仿佛无风时刻低垂的门帘。

这张脸虽然丑，还保有年轻人的光滑和润泽，一旦这些含铅的膏粉涂抹其上，很可能连这份本色也保持不住。可是，她除了自己的脸，还有什么呢？只有不要脸了拼命向前。

贺顿按照胖女人传授的法子，先在耳朵后面蜻蜓点水抹了一点，好像没有什么古怪的感觉，但时间太短，作不得数，安慰自己耐心等待。一夜睡得还不错，早上起来第一件事就是趴在镜子上，把自己的耳朵揪得像猪八戒，看耳后的皮肤可有异样。

阿弥陀佛，一切如常。

现在，贺顿正式拿起了美白膏，打开瓶盖。昨天她只取了一点皮毛用于涂抹，平整的膏脂上留下浅淡的印记，好像一只微小的虫蚁胆怯地爬过，这一次，她要大张旗鼓地粉刷面颊了。贺顿挑起一块绿豆大小的膏脂，敷在脸上，轻轻匀开，果然有一小块皮肤白皙起来，好像是得了局部的白癜风。贺顿持之以恒地涂抹下去，就像一个不屈不挠的粉刷匠，整个脸在膏脂的覆盖下，粉饰一新。

贺顿打量着自己的脸，觉得新奇而古怪。小时候，手脚开裂得太厉害，血珠沁出的时候，妈妈会把猪皮在火上烤烤，然后抹在她的手背脚背上，那种香喷喷的油腻味道，会伴随整整一天。

现在镜子里的这张脸，丑还是丑的，但是白了。一张丑而白的脸甚至比丑而黑的脸，还要不宜。为了能把化妆品推销出去，她只能勇敢地注视着自己陌生的脸，在所不惜。

脸上开始有轻微的刺痒之感，贺顿突然想到了什么，赶紧端来一盆水，把半边脸洗净。现在干净的半边脸舒适了，敷有膏脂的半边脸渐渐地火烧火燎起来。

坚持并不是很困难的事情，连续三天，贺顿没出门。除了在半边脸上涂抹增白膏之外，就是一动不动地躺在床上读书，好像僵尸。这样的好处是节约能量，让方便面能支撑更长的时间。到了晚上，贺顿就洗去增白的膏脂，再抹上去皱的汁液。当她在昏黄的灯光下为自己做着这样的工作时，觉得自己像配制毒苹果的妖婆。妖婆要害的是白雪公主，贺顿是救赎自己。

三天过去了，当贺顿头晕眼花地走到镜子跟前，欣赏尊容时，奇迹果真发生了。

所有的药液她都抹在了自己的左脸蛋上，因为右手操作方便。如果一定要有一个脸蛋下地狱，她选择左脸。

地狱里的左脸蛋稍稍地变白了，好像镀上了一层银。这个变化别人不一定看得出来，但作为脸蛋的主人一目了然。为了让效果更显著，贺顿决定等待的时间更长一些。她用一卷长长的卫生纸把镜子缠绕了起来，这样远远看去，镜子就像是一个裹满了纱布的伤兵。对于幸运的右脸蛋，她一如既往置之不理，然后在半饥半饱的状态中读书。除了从贺奶奶家背出来的存货，她又在周围找到了一个收破烂的，从他那里用非常便宜的价钱买来旧书杂志。书，只要没看过，就都是新的。她有一个重要发现，书是可以当饭吃的。好书的快感能够战胜饥肠辘辘。当然了，如果太饿了，什么书也抵不过一碗滚着辣油的红烧牛肉面。

焦灼中，第七日姗姗来临。贺顿一把撸下镜子上包裹的卫生纸，苍黄的镜子显露真容。贺顿把脸蛋凑上去，看到了一张阴阳脸。记得上小学的时候，老师在地理课上说过划分中国南方和北方的界线是秦岭。秦岭是分水岭。她问老师，什么叫分水岭啊？老师说，就是一座山，山这边一个样子，山那边另一个样子。贺顿还是不懂，她们家乡那里有很多山，但是山这边和山那边都一样寸草不生。秦岭从此在幼小的贺顿心里，成了一座神奇的山。现在，圣山搬到了贺顿脸庞上。右脸蛋依然粗糙黯黑，但左脸蛋脱颖而出，光鲜明亮，连鼻子也被一把无形的刀子劈成了两半，一半亮丽一半晦涩。

贺顿抚摸着自己的脸，从干涩到润滑然后又从润滑到干涩，大笑起来。她是有理由高兴的，这是一个设计，一个危险的设计。她用自己仅有的微薄资本做了一个不计后果的投资，现在，她成功了。

贺顿特地在不多的方便面储藏中，拿出两包，犒劳自己。临到放入面饼的时候，又掰下了一小块。不能得意忘形，如果出师不利，她还是在困境中挣扎，积谷防饥。

贺顿携带着自己的阴阳脸出了门。她特地戴上了一个口罩，不是怕感冒，而是怕风沙变成橡皮擦涂抹了界限，她期待着双颊的对比触目惊心。

装扮好以后，她踌躇满志地走出了门。如此美妙的惊世骇俗的尊容，它的观众是谁呢？她想到了贺奶奶讲过的小故事。

有一个人在应该禁忌娱乐活动的时候，技痒难熬，偷偷地拿上了自己的高尔夫球袋，要去打高尔夫球。当他出发的时候，另一位虔诚的教徒向上帝祈祷，说您看，他不守规矩擅自娱乐，您应该惩罚他。上帝说，我知道了，我会惩罚他的。

虔诚的教徒就踏踏实实地等着上帝的行动。那个打高尔夫的人就进了空空如也的球场，开始独自打球。他打得十分起劲，兴致勃勃。虔诚的教徒等了许久，也没有看到打球的人受到什么惩戒，十分不解，问上帝，您说的惩罚在哪里呢？

上帝说，你不要着急。

这边打球的人越发地顺手了，九个球都是一杆进洞，他高兴极了。那边虔诚的教徒责问上帝，说打球的人根本就没有任何不快发生。上帝说，你再等等看。

继续等待的结果是，那个打球的人把 18 个球都一杆打进洞了，要知道这可是了不得的战绩啊。

虔诚的教徒火了，说上帝，你不但没有惩罚他，还给了他这样好的运气！

上帝回答，我当然给了他惩罚。现在你看，他能和谁分享他的快乐呢？

球场上空无一人。

贺奶奶讲的时候，贺顿不懂，现在懂了。谁来和贺顿分享来之不易的阴阳脸呢？只有汤小希。

汤小希正好不当班，窝在自己的小房子里描眉画眼，看到贺顿来了，非常高兴。一把拽下贺顿的口罩，说：“你别装神弄鬼，我才不怕感冒呢。天天伺候的都是要死的人，什么人间的病灾我都有抵抗力。”

贺顿微笑不语，等待着汤小希的震惊。贺顿没有失望，汤小希嗷的一声怪叫，说：“贺顿，你当了第三者？”

贺顿很奇怪，说：“没有啊。守身如玉。”

“要不就是欠债不还，被人追杀？”她甚至紧张地张望了一下贺顿的背后，生怕她带上尾巴，连累自己。

贺顿说：“我虽说没有多少钱，但既无外债也无内债。”

汤小希说："你不要假装清白！若不是冒犯了黑道上的人马，你怎么会被人破了相，成了这副惨不忍睹的嘴脸！"

贺顿说："哎呀，小希，拜托了，麻烦你看得清楚一点，脸上是有一道分界线，右边是原来的样子，左边是经过美化之后的模样。并不是真被毁容。"

汤小希仿佛要重新认识老朋友，退后一步，就撞到了床板。她一边揉着撞疼了的腿弯，一边咂巴着嘴说："是喽，你原来就不是什么国色天香，后来咱俩成了朋友，情人眼里出西施，我看惯了，也就不觉得你丑。后来你走了，我常常想起你，就不由自主地把你给美化了。现如今你花样百出，加上高科技帮忙，反倒让我认不出来。"

贺顿说："你最近是不是服侍着一个教授？"

汤小希一惊，说："你怎么知道的？到范院长那儿查了病历？"

贺顿说："你说话有理有据词汇丰富，好像长学问了。"

汤小希说："我这个人，模仿力强。如果照顾的是下里巴人，自己也就满身市侩气了。如果病人德高望重，我也变得文质彬彬。每个要死的人都是一所学校，如果他不是马上就死了，相处得久了，能学到很多东西。你当然得刮目相看了。"

贺顿说："佩服佩服。"两人重新心平气和地叙旧。汤小希说："你为何要作践自己？原来虽不标致，大体还可归到周正的范畴里，现在可倒好，像《夜半歌声》的主角了。"

贺顿反驳："宋丹平是个男的。"

汤小希说："正因为咱们是女的，才需要格外爱护咱的这张脸。本钱啊！"

贺顿笑笑说："想飞，就要牺牲一小撮羽毛。"

汤小希叹了口气说："牺牲屁股上的羽毛也就罢了，脸蛋相当于鸡冠子和孔雀翎。"

贺顿说："谢谢你这么关心我，不过孔雀翎和鸡冠子都是公鸡的专利，咱们是母的。别担心，阴阳脸是化妆品的效力，过一阵子不用了，自然就会消退。”

汤小希来了精神头，说：“什么牌子能让人脸从荞麦面变成雪花粉？”

贺顿报出了牌子，汤小希说：“没听说过。不过效力还是蛮显著的。你现在推销这个呢？”

贺顿说：“是啊。”

汤小希说：“我还以为你是想我了才来的，闹了半天是来杀熟。”

贺顿说：“杀熟是什么？”

汤小希说：“杀熟就是有人没本事把东西卖给别人，专卖给自己认识的熟人，从熟人身上狠捞一笔。”

贺顿说：“谢谢你教了我一个新词。不过我到你这儿来可不是为了杀你。你要想买，我还不卖给你呢！”

汤小希大不解地说：“这个化妆品还真有点效果，我也不跟你要试用装，你小本生意不容易。我按市场价买你的，这总行了吧？”

贺顿摇摇头说：“不行。”

汤小希火了，说：“我把你从街上的茅厕坑里捡了回来，如今我出官价买你的东西你都不卖，你这个人怎么六亲不认啊？”

贺顿看着汤小希生气的样子很可爱，就说：“什么从茅厕坑里捡回来，好像我是个弃婴似的。我不卖给你，是为了你好。这种化妆品里充满了铅粉，还有汞，简直就是穿肠毒药。”

汤小希似信非信，说：“那你还以身试法？”

贺顿便把瘦男人胖女人的话鹦鹉学舌一番，末了说：“这是伤天害理的事，为了生存，不得不如此。哪能害了自己的好朋友！兔子还不吃窝边草呢。”

汤小希说：“不要紧，我愿意让你吃。我就用官价买你的。一来是让你开个张，二来我也确实想让自己美白一把。”

贺顿说：“你疯了？我用不着你可怜。”

汤小希说：“我不可怜你。我没有资格可怜你。可怜是一种奢侈品，我还没发展到那个阶段呢。告诉你，我最近交了个男朋友，是个大商场的保安，人长得好帅啊……”

贺顿怅然道：“保安都是很帅的。”

汤小希一往情深地说：“我们处得那叫一个甜蜜，就是他老是说我脸上有个‘红二团’，我就用你这个猛药把‘红二团’消灭掉。”

贺顿提心吊胆地说：“有毒啊。”

汤小希悲壮地说：“就是饮鸩止渴，我也要一试。等把保安搞到手，咱们再一起金盆洗手。”

贺顿从汤小希那里告别的时候，兜里有了推销的第一笔收入，来自自己最好的朋友。贺顿脚下生风，很快找到了胡同夹壁墙堵出来的美白膏推销处。

胖女人和瘦男人还在那里有一搭没一搭地聊着天，甚至连空气里的味道都是同样污浊的，时间好像停滞了。他们看到贺顿，点点头。贺顿把口罩拉下，瘦男人端详一番，说：“还真看不出，你下了这么大狠劲。”

贺顿说：“它的确有用。”

胖女人说：“又是漂白剂又是抗氧化，货真价实童叟无欺。”说着，她用手掐了一下贺顿的腮帮子，说：“怎么样，别说你毕竟是张姑娘的脸，就算是被人写上到此一游的烂城砖，先用泥子抹再用白灰填，也能把它整得漂漂亮亮的。”话刚说到这里，突然怪叫一声：“我的小姑奶奶，你家是不是穷得连面镜子也没有了？怎么涂得这么不匀，像猫盖屎似的……不对，连猫盖屎都不如，整个半拉脸都是黑的……我的天，姑娘，你这还真赖不了我们伪劣，是你自己施工不当……”

贺顿笑起来说：“大妈，我也没说你们的质量有问题啊，是我自觉自愿，证明你们的东西有毒有用。”

胖女人要捂贺顿嘴巴，说：“姑娘，有用是真的，别的可不能瞎说。”

贺顿说：“我要批发。能不能优惠点？”

胖女人做起生意来一点都不手软，贺顿好说歹说，才算打了个九五折，批发到了一小箱。

贺顿携带着这一小箱子美白膏，充满期待，进入一个破旧的楼区。她不敢走入那些太好的院落，门口的保安一定会拦住她。即使她成功地混进了大院，那里住的女人，肯定都中产了，她们会在明亮的商城里从容地挑选自己的化妆品，看不起走街串巷推销的货色。

一栋老式的居民楼，六层平顶，平淡陈旧，如果把房屋比作人群，它就是一个摆香烟摊的。从第一层还是从最高一层开始？这是一个问题。贺顿很快给出了答案，从最高一层开始。居住在最高层的人，受到的打扰比较少，他们也许愿意开门吧？

贺顿爬上了六楼，气喘吁吁地打量着一梯三户的老式格局。从左边第一家开始吧，他家的防盗门上贴了个大大的倒“福”字，但愿这个福字给自己带来好运气。

咚咚，轻轻的敲门声在寂静的楼道里回响。几声过后，没有反应。贺顿很奇怪自己的心理，按说没人来开门应该觉得沮丧，但是，不。她希望没有人，这样令人尴尬的推销局面就会晚些出现。反正已经做了，不是自己不努力，实在是家中无人嘛！

贺顿先是战战兢兢地敲门，心情复杂地等待。既希望有人开门，又希望无人理睬，自己就可逃之夭夭。长久的无声无息令人有窒息之感，就在贺顿彻底失望之时，一个苍老的声音从肮脏的门背后发出：“谁呀？”

贺顿顿时失望，这是一位老年妇女，她不是潜在的顾客群。不过，你敲了人家的门，人家答话了，你总不能转身就走吧。贺顿回答：“是我。”

她不禁好笑，这样的回答和不回答没有什么差别。老人怎么会知道她是谁呢？但是，贺顿不这样回答又该如何回答呢？她总不能说我是推销美白膏的。

果然，苍老的声音颤颤巍巍地说：“你是谁呀？”

贺顿也装疯卖傻："您老打开门看看，不就知道我是谁了吗？"

老人可不好糊弄，说："你不说出来是谁，我不能给你开门。我闺女说了，不能和陌生人说话。"

贺顿心中明了这是一位孤寡老人，不愿同她啰唆，但一想，她既然说到了女儿，没准愿意给女儿买美白膏，就耐着性子说："是您闺女让我来看您。"

这当然是一句谎话，但贺顿说得很自然。她想自己不是一个坏人，老人家既然闲着没事，有人来跟她说会子话，也未尝不是好事。

这一招还真灵光，门里传来窸窸窣窣的衣物摩擦之声。老人家手脚不灵便，半天才把门打开，一张老脸如同墩布散发着不洁气味。

"你是哪个闺女的同事啊？我怎么不认识你啊？"老人打量着贺顿，目光中透着紧张。

看着苍老而幼稚的目光，贺顿不忍也不敢继续说谎了。"我不认识你的闺女们，可我和她们的心意是一样的，都希望您老健康长寿。"贺顿赶忙自圆其说。

"你嘴巴会说。可我的闺女们不希望我健康长寿，巴不得我早点死了呢，这样她们就轻省了，无牵无挂啦。"老人伤感地说。

贺顿不知如何回答，况且时间是宝贵的，她也不能这样无节制地陪着老人家聊天，赶紧转入正题说："您想不想显得年轻些啊？"

这是贺顿精心设计的一句开场白，她估计没有哪个女人可以抵挡这句话的杀伤力，甭管她有多老。不料老人很坚决地说："不想。我活够了，我不想年轻。我年轻的时候多苦啊，一个人拉扯着三个姑娘，寡妇门前是非多啊，我好不容易老了……"

得！简直是出师未捷身先死，真晦气。看着老人雪白的头发，贺顿还是把怨气化成悲悯，锲而不舍："您不需要，您的女儿们会需要。你就买上三盒，给她们一人送一件礼物吧。到了三件就可以算批发了，价格便宜不少呢。您懂得什么是批发吧？"贺顿试探着问。

老人家不高兴了，说："瞧你说的，我能连批发都不懂？早年间我身子骨硬朗的时候，纠集上一伙儿老姐妹，还到车站搞过批发水果呢，几家子买上一箱苹果，节省老鼻子钱了……”说话间愤愤不平，嘴角收拾不住哈喇子，口水直往下滴答，可能是回味起当年酸苹果的味道了。

和小孩子清澈的口水不同，老年人的唾液是浑浊的，还夹杂着宿夜的食物残渣。贺顿忍住恶心，说：“那您就买上三瓶吧，一个闺女一瓶，没偏没向的，大家都高兴。”

老太太说：“你这个东西有效吗？”

贺顿说：“有效。我保证。”

老太太说：“你先让我看看货色。从前我们买苹果的时候，就要把箱子拆个底掉，不然上头看着挺好，底下尽是小的烂的……”

“您老放心吧，化妆品和活物是不一样的，没有差别。我拿出来您细细看看。”贺顿说着，打开随身的书包，把美白膏拿了出来。她以前只注重内在的质量，没有特别在意过外包装，现在一看，骗子们还是下了一番苦心，色彩鲜艳美女妖娆，透着喜庆性感。

“好吧，我就买了。”老太太当下拍了板。贺顿喜出望外，赶紧把三盒美白膏递给老人家，生怕她片刻之间反悔。然后静等着老太太给钱。老人家手脚慢，每张毛票都要点三遍。好不容易钱货两讫，贺顿恨不能一步从六楼跳下去。

老太太关上了门，贺顿三脚并作两步往下蹿，没想到身后门又打开了，“三包吗？”老人家因为衰老而有些白内障的眼睛警惕地盯着贺顿。

“包。”贺顿咬紧牙关说。天知道这种没有生产厂家的货色能包什么。

老人家放心地点点头，说：“这就好。”再次关门。

贺顿头也不回地跑下楼，速度比得上奥运短跑名将，生怕老人家再次打开门，伸出像老树精一样干枯的手臂，无限延长地把她揪回去。到了大街上，贺顿长长地嘘出了一口气。骗老人是有罪的，但是，不从骗老人开始，难道能从骗一个机警的年轻人开始吗？

贺顿把从老人那里得到的钱又数了一遍，她觉得那些钱滚烫，她必须要把它们花出去，破坏了它们之间的整体感，把它们携带着的老人体温散发掉，才能安心。街旁有一个卖炸鸡翅的小贩，焦香的味道撩拨鼻孔，把整个街道熏得发脆。贺顿从没舍得尝过，今天要犒劳自己一番。不仅为了填饱肚子，也为了重新聚起骗人的勇气。

老人的钱，变成了鸡翅，唤起贺顿一飞冲天的欲望。携初战之捷，意气风发地开始了推销之旅。其后的运道远没有开端顺利，贺顿屡战屡败。不是任你敲破门板，人家就是不开门，就是好不容易有人开了门，伸出一个脑壳，贺顿赶紧赔着笑脸说："对不起打扰一下，现在有一种非常有效的美白膏，您要不要……"对方毫不客气地说："赶紧走，什么膏我也不要。"

遇上蛮横的主人，就会怪叫："讨厌！你要是再在我家门前停一秒钟，我就把110叫来，告你骚扰民宅，把你抓走。"

正是午休时分，在贺顿锲而不舍的敲击之下，一个头顶半秃的男人睡眼惺忪地走出来说："跟报丧的似的！你是不是邪教？"

贺顿的脸皮渐渐厚起来，她不恼。恼是需要本钱的，她恼不起。只要人出来了，就是大胜利。她说："我不报丧，是报喜。"

秃头诧异："喜从何来？"

贺顿说："让你显得年轻。"

秃头来了兴趣说："推销生发水的？"

贺顿说："比那玩意灵验。"

秃头说："你要是推销生发水，我立马报警。上回来过一个，纯粹的骗子。"

贺顿说："我是推销美白膏的。"

秃头要关门，门扇掀起一股风，鄙夷地说："你也不瞧瞧自己这张脸，跟块尿布似的，还推销化妆品，真是天下无人，反了你啦！"

贺顿不羞不躁，耐心地说："大哥，我是特意把自己打扮成这样的。”

“新鲜！驴粪蛋还知道外面光呢，你长得够对不起人民的了，为什么还往寒碜里扮？”半秃男人半掩着门，来了好奇。

贺顿心中暗喜。不怕你恶心我，就怕你不搭理我。她好声好气地解释：“我在脸上种了一块试验田。”

“在哪儿呢？让我瞅瞅。”半秃男人说着就来扒拉贺顿的脸，恰好打了一个嗝，隔夜的酒气和糖蒜的馊味呛得贺顿直咳嗽。

贺顿屏住呼吸，强颜欢笑道：“我在这半边脸上抹了美白膏，那半边脸还是原装的。您看看，是不是不一样？”

半秃男人再次凑上来，端详一番，自言自语道：“嗯，是不一样。看来真有效果。”

贺顿心中泛起希望的涟漪，说：“大哥，这膏在美白上面肯定有效。”贺顿没说假话，美白膏虽说有毒，的确有效果。

秃头男人对她招招手说：“你过来。”

贺顿说：“过去干什么？”

秃头不满，说：“褒贬是买家。我老眼昏花的，你不过来，我怎能看出效果？你糊弄谁啊？”

贺顿就挨近了他。秃头男人看着愚钝不堪，此刻却变得身手矫健，一把就将贺顿拖进了门。贺顿拼命反抗，手指抠着门框，骨节因用力变得雪白，指甲的中央也完全褪去了血色，只有周圈是触目的紫红。每只手指都化作了铁锚，固定着贺顿的身躯不被拖入罪恶的巢穴。那个男人开始一根又一根地掰开贺顿的手指，恶狠狠地说：“到屋里去，我会买你……”

贺顿不敢讲话，嘴巴一张，力气就泄露出去，她就真的万劫不复了。她死死咬着嘴唇，一寸寸地挪移着自己的脚步。冷不丁想起了小报上的女子防身术，说危难之时可抬腿狠狠照着男人的胯下踢去，只要位置精准，男人必然趴下。

贺顿非常想一试。秃头男人的裆就在她的脚前方，这个愚蠢的家伙绝想不到面前如此瘦小的女孩酝酿着风暴。

贺顿眼睛一闭，就把左脚踢了出去。为了走路方便，她穿的是旅游鞋，这一脚虽因人小体弱而分量不足，但位置大体不错，男人嗷嗷怪叫着弯下了腰，捂着肚子跪倒在地。贺顿趁机一溜烟地跑了。

到了大马路，贺顿惊魂未定，愣愣地站在阳光下许久，太阳像一只绿色的苍耳，毛茸茸的挂在城市昏暗的天空。红色的东西注视久了，就会变成绿色。在乡下，你不能长久地注视着一种颜色，因为所有的颜色都那样饱满和猛烈，盯住了看，会让人头昏眼花。城市是中性和模糊不清的，你可以盯着太阳看，但是你看到的太阳没有光芒。许久许久，贺顿发觉自己的衣襟湿了。是谁的眼泪呢？是自己的眼泪。贺顿恨恨地擦掉了眼泪，她是不配流眼泪的，流眼泪的女孩要有一方美丽的帕子，帕子要有清香的气味。没有帕子，最次也要有一包劣质的纸巾。流眼泪的女孩要有一堵强壮的肩头可以依偎，如果没有肩头，起码也要有一棵树一根电线杆子。没有纸巾，那需要钱。没有时间靠在街头的电线杆子上，因为她要去挣钱。

擦干了眼泪，再接再厉。

她飞快地爬楼，敲门的声音也大了许多。

这家的防盗门中间有一个大大的窥视镜。正是上午，阳光倾斜在屋内，从窥视镜里可以看到一片光明。贺顿敲了半天，毫无反应。这一次，她真的失望了。时间对于她来说，就是晚饭和希望，现在，她又要再爬一座高楼了。就在她要打道回府的瞬间，突然那孔窥视镜暗了下去。

恐怖。唯一的解释就是在门的那一边，无声无息地站着一个人，她或他，此时正在目不转睛地打量着自己。这种感觉让人脊背发凉。

贺顿更用力地敲门，她期待着那个人发出声音，一切就比较正常了。

但是，对方是一个很有耐心的人。尽管贺顿把门敲得山响，但门里面依然顽强地保持着沉静。贺顿受不了这种煎熬，手下的劲道更猛烈了，空洞的叩击在走廊发出回声。

门里的那个人很有毅力，依然一声不吭，这让贺顿对自己产生了怀疑。刚才她看到的那个光明的窥视孔，是不是一个错觉？也许，孔道原本就是黑暗的，是她一厢情愿地把它想成金黄。

贺顿把手停了下来。她打算走了，就算门里面真有一个人，那个人也是怪物。

在临走之前，贺顿对着门扇说了一句："我知道你在里面看着我。"

她说这句话几乎是没有意义的。她不能确认里面到底有没有人，她说这话只是给自己一个交代。毕竟，她在这里锲而不舍地敲击了很久。

贺顿的眼睛突然被刺激了一下，窥视镜孔又变成金色的了。这更吓人，比有人在窥视的感觉更加惊悚。因为窥视者离开了孔道，他或她就要现身了。

"干吗？"是个中年男人的声音。

贺顿转身走了。你没有办法向一个没有牙的人推销牙签，无论牙签是多么洁白和光滑。

防盗门突然打开了，一个穿着衬裤和毛背心的中年男子走了出来。贺顿回头看了一眼，还是继续走自己的路。

"嗨，说你呢！你敲了我们家那么长时间的门，我开了门，你怎么一句话都没有了？就是最普通的礼貌，你也要讲究一下吗！"男人的口气不怎么友善。

后面这句话拽住了贺顿的脚步，她回过头来说："我是推销化妆品的。"她估计说完了这句话，那男人就会砰地关上自家门。不想那个男人皱着眉头说："可是，你并没有推销啊。"

贺顿说："估计你不需要。"

那人反倒被这句话激起来，说："谁说男人就不需要化妆呢？"

贺顿一想也是，折回来说："我们的产品是美白膏，你如果有兴趣的话，我就向你详细介绍一下。"

因为距离近了，那个男人就看清了贺顿的长相，说："不必详细介绍了。你本人就是介绍。我对你们的产品一点兴趣也没有了。"

贺顿对他买不买美白膏本也不寄希望，但这番话引起了她的斗志，说："我怎么啦？"

中年男子说："这很简单，回去把这个道理跟你们老板说一说，就算你一瓶美白膏也没卖出去，有了这个经验，也不算你瞎忙活儿一天。这就像看电影，你若想知道电影好看不好看，先端详女主角的长相。凡是请得起倾国倾城女主角的电影，才有希望是好电影。回去歇着吧，小姑娘。"男子说完就要关门。

贺顿一下就把自己的脚插到了门轴下面。这样，如果客户强行关门，就会将贺顿的脚碾出青肿。这是推销员们最凶狠的撒手锏，害得客户再烦再乱，也得听推销员喋喋不休絮叨下去。这个动作常常引发客户拨打 110。除此以外，无计可施。

单单为了推销，贺顿不会这样强人所难。这个男子说的话，她要问个明白。

"你打算喧宾夺主，让我回不了自己的家吗？"中年男子的口气有几分不满，更有几分戏弄。

贺顿忙说："不敢。只是你刚才讲的事我不懂，能再说明白些吗？"

该男子的积极性被调动起来，说："你好学，我也就好为人师一回。你的这个美白膏，一定是假冒伪劣。人们是从推销员的形象来推断化妆品的优劣的，你看你的这张脸……"说到这里，中年男子打了一个寒战，两个人才一同注意到他下身只穿了一条棉毛裤。

男子说："对不起，我刚才正在睡觉，突然听到门铃响，看了半天，看到一张这么丑的脸，实在想不出你是干什么的。现在可以拜拜啦。"说着，男子要关门，但贺顿丝毫没有把脚板退回去的打算，关门就成了一句空话。

贺顿说："我是个丑女，可丑女就没有爱美和美白的要求了吗？"

男子说："你当然可以闷在自己家里独自要求，但跑到别人家门口不顾一切地按门铃，让别人吓一大跳，这就是你的不是了。"

贺顿说："我看丑女更有优势。"

男子困惑："我不明白。"

贺顿说："因为你是个男人，所以你不会明白。如果我是一个美女，推销化妆品，人家以为我是天生丽质，在我面前自惭形秽，一看到我自己就自卑了，当然更不利于推销了。像我这样的丑女子，反倒可以衬托出顾客的美丽。所以大有前途。"

男子若有所思，最后说："也许你是对的吧？这样好了，听了你这番高论，我的妻子是个黑美人，用过无数的化妆品，都不管用，吃亏上当就这一次，试试吧。"

第23章

开办一家心理所，比打家劫舍还费心思

贺顿要记住自己走过的大街小巷，那些买过她货物的人，在一定的时间之后，需要上门补货。美白膏在短时间内有效，反正一般的消费者也不是药品监察局，家里也没有显微镜和分析仪，有毒和没毒根本分辨不清。碰过钉子的门户，就不要再去敲第二遍。倒不是贺顿怕苦怕累缺乏锲而不舍的精神，而是门里面的人除了让你滚的念头以外，没有丝毫购买欲。

从某一个早上之后，贺顿洗手不干了。不是金盆洗手，她没有金盆，最多算个金盘底。也不是她良心上有了什么发现，觉得这事伤天害理，改弦更张。是她先行一步涂抹的半张脸，出现了中毒反应，像一锅川菜，开始麻辣烫。再上门推销此货，就得被人索赔甚至暴打一顿。苦孩子对于危险，有着田鼠一般的直觉。

贺顿又在街上百无聊赖地走。街头是一个好地方，有看不完的风景和发生无数故事的可能性。但是，你首先要在城市有一张床和一个基本被撑起来的胃。好歹这两个条件暂且满足，贺顿达到了低水平的衣食无忧安居乐业。她有片刻资本游手好闲，顺便为自己寻找新的经济增长点。

一天在路上，她看到了一个小小的门脸，写着“梦非梦心理所”。贺顿不知道心理所是什么，也不知道非梦是什么意思，只知道梦。既然六个字里有五个字是她所不了解的，就来了兴趣。

屋子里面很暖和，这让贺顿觉得舒服和放松。虽然面积狭小，但看得出主人尽可能地布置出温馨典雅的气氛。淡粉色的窗帘和沙发，给人一种活泼的印象。贺顿以为会看到一位白发苍苍的老者，想象中能给人解梦的先生，应该是长袍马褂美髯飘飘的……完全不是这么回事，一位穿着蓝色制服的年轻女子迎了上来。

“请问，您是来见心理师的吗？”蓝小姐笑容可掬。

“不是。”贺顿回答。

蓝小姐的涵养还算不错，好声好气地问：“那你进来有什么事？”

贺顿说：“稀奇。不知道这里是干什么的？”

“心理师是帮助人的。你如果有了什么心理问题，就到这里来，专家会帮助你。”蓝小姐耐心解释。

帮助这个词打动了贺顿。她是多么希望能有人帮助她啊——她的冷还有她的梦。当然，如果她有了力量，她也愿意帮助别人。贺顿说：“谁来都行吗？”

蓝小姐说：“是啊。只要你觉得自己有问题，需要帮助，这里随时敞开大门。”

贺顿半信半疑，世上居然有这样好的地方，有这样好的专家，她怎么没有早点看见过这块招牌！她激动地说：“那我以后没有办法的时候，就到你们这里来。”

蓝小姐知道有了误会，赶紧澄清："欢迎啊。只是你到这里来，需要有钱。"

话刚说到这里，电话铃响了，蓝衣小姐立刻换上了一副美好的笑容，伸手接电话，嗓音也在顷刻之间变得柔媚可人。

"您好，这里是梦非梦心理所……"

贺顿知道应该离开了，她没钱。还有最后一个问号。等到小姐接完了电话，贺顿小心翼翼地问："你们为什么叫梦非梦？"

蓝衣小姐说："所有的梦都是有意义的。"

贺顿一下子傻了，她的梦那样荒诞不经，如果有意义，是什么呢？噩兆？她不由得对面前的蓝衣女子刮目相看，充满敬畏地问："你们这里能解梦啊？"

蓝衣女子说："当然了。这是我们的主打业务之一。"

贺顿战战兢兢地问："解一个梦多少钱呢？"

蓝衣女子说："这要看是大梦还是小梦？美梦还是噩梦？经常性的梦还是偶然性的梦？彩色的梦还是黑白的梦……"

贺顿一头雾水，插话道："梦还分彩色和黑白的呀？"

蓝衣女子不屑地说："一看就知道你做的梦比较单一。当然了，快死的人做的梦基本上都是黑白的。如果一个癌症病人开始做彩色的梦了，意味着他的病情在好转……"

贺顿简直佩服得五体投地，说："我的梦是纯红色的。"

蓝衣女子说："那你一定要找专家解一下。有些癌症病人就做单一色彩的梦。如果真是这样，你可要小心。"

贺顿说："你是专家吗？"

蓝衣女子扑哧笑了，说："承蒙你抬举我，我哪里是专家呢，不过是一知半解，一点皮毛罢了。"

贺顿更对专家充满了憧憬。没有见到神仙，单是神仙洞外一个扫地的小童，已经让她五体投地。

她不好意思地问："解一次梦要多少钱呢？"

蓝衣女子说："你不能这么问。不是解一次梦多少钱，好像我们这里在宣传封建迷信似的。你来见一次心理师，说什么就是你的自由了。包括梦。"

贺顿说："除了梦，我还想看看病。"

蓝衣小姐说："这里不看病。要看病到医院去。"

贺顿说："正是医生让我到你们这里来的。"

小姐说："你看什么呀？"

贺顿说："我的半截身体是凉的。"

蓝衣小姐好奇："哪半截啊？上半截还是下半截？"

贺顿就觉得自己被这声音铡刀似的切成了两段，寒意骤深，从晚秋掉到了数九寒天，腿脚打着哆嗦说："下半截。"

蓝衣小姐说："试试吧。不过，这也是先收费的。"

贺顿满怀期望："能治好吗？"

蓝衣小姐说："这叫我如何回答？心理疾病也像癌症似的，有一定死亡率，并不都能治好。我们会尽力。这里的心理医生有硕士有博士还有博士后……价钱不一样。"

贺顿说："收费多吗？"

蓝小姐说："当然多啦。现如今什么不收费啊，你在路边喝口凉水还收你的钱。我们也不是慈善机构，也没有什么外国资金援助，要是不收费，你让专家们喝西北风啊？专家要是都冻死了，饿死了，谁来帮助你们呢！"

贺顿极度失望地说："我没有钱。如果我有了钱，我就没有问题了。"

蓝小姐叹了一口气说："有了钱，也有问题，问题比没钱的人还多呢。"

话不投机，贺顿换了一个方向，说："那谁的水平最低呢？"

蓝衣小姐不乐意了，拔得细细的眉毛直刺鬓角，说："你什么意思啊？我们的医生水平都高着呢。"

贺顿赶忙解释："我不是怀疑医生的水平，是说谁的收费低点呢？

就看他吧。”

蓝衣小姐哼了一声，表示终于明白了她不是故意挑衅，报出了一个价码。贺顿觉着很贵，抵得上半扇猪肉。但若是从此让自己全身温暖如春，哪怕吃糠咽菜也愿凑出这笔钱。为了更踏实，她说：“包治好吗？”

小姐说：“哎呀你这个人这么不开窍！刚才不是跟你说了吗，只能尽力，不能保证。再说，谁知道你能坚持多久啊？”

贺顿说：“我交了这么多钱，肯定能坚持下来。”

小姐说：“这只是一个钟点的钱。若是一个疗程才这点钱，心理师就饿死了。”

贺顿以前只知道按摩的人和三陪的人按钟点收费，不想心理师也加入了这个行列。她不甘心地继续求证：“多少个钟点才能见成效？”

蓝衣小姐说：“不一定。也许一个钟点就万事大吉，也许十个八个钟点也没一点成效。”

贺顿问了最后一个问题：最长的，要多少个钟点？

小姐对贺顿刮目相看，看不出这么有实力啊。她说，有在这里看了一年多的，一共是……

小姐再没有听到回答。贺顿已经走出了心理诊所。就在这一瞬，贺顿下定决心，与其把这许多钱都送到心理师手里，不如奋起自救，学做心理师。先救自己。如果真有效，久病成医，再救别人。

贺顿起了要当心理师的心意之后，开始收集有关的资料。这是一个新兴的职业，取得资格的途径就是参加学习班并经过考试。这当然是需要一大笔钱的。

贺顿的第一盘底金子，人吃马喂的只剩零碎，对付着过日子还凑合，要想深造和拿文凭，就杯水车薪了。为了探讨自己的秘密，顺带治病救人，脸上的创伤稍平复，贺顿重操旧业，这一次，她可以开辟新的战场，就不会有人索赔。

当贺顿找到夹壁墙一样的美白膏批发店时，门前一片萧索，墨字已被掩盖。贺顿敲了半天，胖女人才来开了门，一看贺顿，就四处搜寻了一番，才放她进来。

贺顿说："大妈，我来批货。"她看到货物已经不多。

瘦男子不在，胖女人神色惊慌，说："你还敢批货啊？"

贺顿吃惊道："怎么啦？"

胖老板娘说："出这个膏的厂子叫人封了，说是有人过敏抹出了官司，毁了容，还有说出了人命的。这个膏没人敢卖了，我就这点存货，甩完了之后我也走了。你是常客，我就不瞒你。赶紧走吧。"

贺顿想撒腿就跑，又一想，普通老百姓资讯也不发达，未必就知道得这么清楚，也并非人人过敏，就对老板娘说："反正你这些货也卖不出去了，不如便宜给我，弄几个钱是几个钱。"

老板娘想想说："好吧，我就五折给你。到时候你卖不出去，不要找我。我可是把丑话都说到前头了。"

美白膏放在那里好像不太多了，真要一箱箱清点起来，也不是一个小数。虽然最后老板娘把折扣让到了两折半，还是花光了贺顿所有的钱。当贺顿用一个平板车把美白膏拉回自己的小屋时，简直觉得是炸药包进了门。

心理师的培训班就要开课了，贺顿去问过了，人家说这期办完了，下期还不定什么时候再启动。毕竟这也不是文化补习课滚动教学，这期毕不了业还有下期。中国的事，谁也说不准，早一点上学就能早一点参加考试，早一点拿到文凭就能早一点建功立业，事不宜迟。再说啦，听说外国的心理医生都得是博士毕业，最次也得是个硕士，只有中国网开一面，只要是读过培训班就能参加考试，英雄不问出身。此等机会，恐怕过了初级阶段的村就没这个店了。事不宜迟。贻误了时间，新的政策法规一出台，贺顿恐怕就永远断了念想。

三毛在一首歌中写道："为了梦中的橄榄树，流浪远方，流浪……"贺顿心中没有橄榄树，但是有一列红色的小火车，会飞翔的小火车。

为了这个怪梦，贺顿不能流浪。心理师是贺顿的美梦，为了美梦，贺顿又要蹈入噩梦。

时间非常紧迫，培训班就要开课了。钱啊钱，如今真成了贺顿的命根子。她没有时间一瓶一瓶地售卖美白膏了，她要一揽子解决。

出门的时候，贺顿满怀悲壮。特地穿了一件新衣服，以鼓舞士气勇气。她找到半秃老头的家，还真费了一番功夫。遇险之后，她总是绕过这个街区，久而久之，反倒很不熟悉。唤起的记忆是可怕的，越临近秃顶老头儿的住宅，越举步维艰。但是一想到自己的计划，贺顿又猛地加快了脚步。这时候，如果有一架摄像机在半空中跟拍贺顿的行踪，一定会显示出忽快忽慢的不可捉摸性。

总算，到了。贺顿敲响了老头儿的门。

没有人回应。

贺顿舒了一口气，紧接着又抽了一口气。她没有时间了，她必须要把美白膏批发出去。

突然，门毫无征兆地打开了，贺顿吓得后退一步。

秃顶老头说："是你？"

贺顿不好意思地说："看来，您还记得我。"

秃头说："我当然记得你。我的手被你抓破了，我到防疫站打了狂犬疫苗。"

贺顿愤愤地说："我又不是疯狗。"

秃头说："你们这些人，比疯狗还不如。"

贺顿说："你不要骂人。"

秃头说："老子就是骂你了，你能怎样？"

贺顿忍气吞声地说："我来找你，是想向你道歉。"

秃头说："你敢再来，肯定没安好心。说吧，你想干什么？"

贺顿说："我想请你买点美白膏。"

秃头恍然明白了，态度立刻变好了，说："既然是做买卖，就请到屋里吧。"说着，把自己身后的房门打开得大大的，一股单身男人的呛人气味喷涌而出。

贺顿步履沉重地走进了秃头的门。这扇门正是她上次殊死反抗的门，此刻却乖乖地走了进来，还生怕秃头不让她进来。

贺顿在沙发上坐下来，掏出自己的美白膏，说：“您看看货色吧。”

秃头男人说：“把它抹在你的屁股上，我才看。”

贺顿说：“你不要脸！”

秃头男人说：“你送货上门，咱们谁更不要脸？”

贺顿说：“我急需一笔钱。我把货卖给你。”

秃头男人说：“你得让我看看货色满意不满意。”

贺顿就噙着眼泪开始脱衣服。秃头说：“把你的眼泪擦干净。你要是哭哭啼啼的，就滚蛋！老子花了钱，是要买痛快的。你哭，我就不给钱！”

贺顿只好做出一个笑脸，并且把这个微笑一直保持到了最后。她想到自己终能成为心理师，笑容就由衷地灿烂了。

待秃头爬起身来，看到贺顿的微笑，吓了一大跳，赶紧把衣服穿起来，好像这里不是自己的家，是拘留所。

秃头说：“你还在笑？”

贺顿说：“你不让我哭，难道还不让我笑吗？”

秃头说：“闹了半天，你不是。”

贺顿翻翻白眼说：“我没说我是。”

秃头说：“那你上回还装什么正经，我以为你应该……是。”

贺顿说：“应该是什么样子？”

秃头说：“我从来也没碰到真的，反正你不是。”

贺顿说：“不是就不是。不是怎么啦？”

秃头说：“不是就不能是刚才说的那个价钱了。我给不了那么多。”

贺顿说：“想打折？”

秃头说：“对了。”

贺顿说：“最少八折。”

秃头说："不成。太贵了。八折你拿不到。"

贺顿说："你说给多少？"

秃头说："最多六折。"

贺顿说："没有那片肉，不能少那么多钱。"

秃头梗着脖子说："肉跟肉不一样，要看长在哪儿。"

贺顿活动了一下腰身，下半身冰冷更甚。说："好吧。七折。你要是还不答应，我就告你强奸。"

秃头说："好吧。算我倒霉。"

贺顿拿了钱，起身走了。第二天早上，秃头出门的时候，几乎打不开自己的房门了。在他的门口，严严实实地堆满了美白膏的盒子。他气得捶胸顿足，想不通那个瘦小的外地女孩子，为什么在拿了钱之后，还要把这些东西千辛万苦地摞到他门前。

理由很简单，贺顿卖的并不是自己，只是美白膏。至于自己，不过是噩梦中的梦游。她如果不这样对自己解释的话，没法用那些钱交学费。

贺顿以考核第一名的成绩，拿到了心理师的证书。贺顿把那本来之不易的棕褐色的人造革封面的证书，几乎攥出水来。这是她唯一一本真的证书，为了这本证书，她付出得太多太多。付出的既然多，就要有所回报，她决定开一家心理所。

一个好汉三个帮。贺顿自认不是好汉，当然需要更多的帮助。当她把这个想法告诉培训班同学沙茵的时候，沙茵几乎第二次昏过去。沙茵第一次几乎昏过去，是得知自己考试未过，只有参加下一轮的考试，幸亏海岛的风和女儿嫩脸的摩挲，才让她复原。

"这是不可能的。"沙茵斩钉截铁地说。她平时温顺寡断，此次一反常态。

贺顿不解："我又不是打家劫舍干什么非法勾当，你至于这么紧张吗？"

沙茵说：“你以为开办一家心理所简单吗？比策划一起打家劫舍还要费心思呢！”

贺顿说：“看你捶胸顿足的，好像你老马识途，打过家劫过舍也开办过心理所似的。”

沙茵说：“我都没干过。不过我在大学里当心理教师，知道这行当里的深浅，实属不易。”

贺顿说：“我爱这一行，就不信这个邪。再说，我费了这么多心血和银两，还有……哼！不说它啦，总之千辛万苦才把这个本本拿下来，不能把它当摆设啊。”

这当然是说得出的理由，还有说不出的理由。贺顿想探索自己的秘密，也想探索别人的秘密，她是一个对秘密有着惊人喜爱的女子。有人能为了信仰赴汤蹈火，也有人能为了秘密献身。

沙茵一看贺顿如此决绝，也就不再劝说。她是个温顺女子，今天的表态已经是她底线。贺顿搂着她的肩膀说：“你要支持我。”

沙茵说：“那是当然了。谁让咱们是同学。”

贺顿说：“支持要有实际行动。”

沙茵说：“当心理师凭的就是人格与嘴皮子，这两样东西都是随身携带的，也不需要更多的设备，干起来就是了。”

贺顿说：“沙茵，我一不要你投钱，资金的事我自己来解决。二不要你帮着操办琐事，我知道你是小姐命，我来当这个丫鬟。三不要你跑腿，跑路是我的长项……”

话说到这里，沙茵忍不住笑起来说：“贺顿，好像你是马家军训练出来的。这不用我干，那也不用我干，到底要我干什么呢？”

贺顿说：“等我把一切都操办起来之后，你就来当心理师吧。咱们是同学，我知道你用功刻苦，咱们一起来创业。”

这一下反倒戳到了沙茵的痛处，她说：“贺顿，你这是不是讽刺我啊？我知道你过了这道坎，拿到了证书，可我还在苦苦挣扎。”

贺顿急了说：“沙茵，我哪能看不起你？只有你看不起我的份，没有反过来的道理。我是个闲人，一门心思扎在书本里，瞎猫碰上了死耗子。这次因为你太忙了，下次通过肯定没问题。我送你干股。”贺顿最近在研究《公司法》。

沙茵问清了没有太多风险，正式同意加盟。

在现阶段，一切都是贺顿单枪匹马地操持。一个篱笆三个桩，贺顿想自己起码要有108个桩才支撑得起。

再找谁呢？其实培训班里动了办诊所心思的不止贺顿一人，再找个同学？再三考虑后，贺顿决定暂时就单线发展沙茵，剩下的以后再说。她的小算盘是：山里无老虎，猴子称大王。自己充其量也就算一个小猕猴，要是大将太多，机构还没成立起来就山头林立了。不是贺顿揽权，实在是因对别人来说，心理所只是玩票，贺顿是命之所系。

既然不找同学做帮手，那还有谁愿意加盟这个虚无缥缈的心理所呢？贺顿去找汤小希。

汤小希休班，脸上泛着鲜亮的光彩，正在手洗衣服。一看到贺顿，甩着满手的泡沫搂着贺顿的脖子说：“正想你呢，你就来了。你说咱俩是不是有心灵感应？”

贺顿大喜，汤小希说出了“心灵”这个词，这就意味着志同道合。她先不忙着说明来意，微笑着问：“你想我来干什么？”

汤小希说：“我处了个对象，你帮我掌掌眼。我在这里举目无亲，你好歹算是半个娘家人。”

贺顿听到耳朵旁边肥皂泡子窸窸窣窣破裂的声音，被这份信任所感动，看了一眼脸盆子里的衣服，说：“他的？”

汤小希幸福地说：“嗯呢。”

贺顿说：“不是有洗衣机吗？干吗手工劳动？”

汤小希说：“洗衣机净洗工作服什么的，我怕不干净，手洗放心。”

贺顿酸酸地说：“哎呀，这么贤惠！”一边想，那个需要自己为他手洗衣服的人，还不知在哪儿藏掖着。

汤小希把衣服拧好抖起来，预备挂在绳上。贺顿看着衣服说：“当保安的很辛苦，是吧？”

汤小希不解道：“当保安的辛苦关我屁事？”

贺顿说：“怎么不关你的事了？你以后就是一个保安婆。”

汤小希恍然大悟道：“你说的是他呀，早吹了。我现在的男朋友是个卖肉的。”

贺顿上上下下打量着汤小希，口中发出咂咂的声响：“就算失恋受了打击，你也不能自暴自弃，堕落到这个地步，嫁给一个屠户。”

汤小希纠正说：“你不要乱讲，是我蹬了保安，我是主动的一方，该垂头丧气的是保安而不是小希我。顺便再提醒你一下，卖肉和屠户是不同的。”

贺顿说：“有什么不同？我没说是个杀猪的，就算很给你面子了。”

汤小希大笑道：“贺顿你不用给我面子，照顾好你自己的面子就不错了。杀猪如今都机械化了，先用电棍把猪打晕，然后放血，猪像睡着了一样，一点都不痛苦。你想用刀杀，人家还嫌你不人道呢！”

贺顿说：“是猪道。”

汤小希说：“如今卖肉都是连锁加盟店，我男朋友就是一店店长。除了清真和素食主义者，谁能不吃猪肉？所以干这行旱涝保收。”

贺顿说：“那我以后要是到你老公的店里买猪肉，是不是能多来点瘦的？”

汤小希正色道：“贺顿你严肃些，在他没有送我钻戒之前，他就不是我老公。看来你也是清苦些日子了，不吃肉很久了吧？如今的肉都是分开卖的，你想吃瘦的，就来大小里脊，梅花肉更是一丝肥的都没有……”

贺顿说：“我只知道大里脊，却不知道这小里脊是哪里？”

汤小希说：“这大里脊就是……”说着，扯过贺顿的脖子，从颈椎向下捋，直捋到尾巴骨，逗得贺顿笑个不止。这还不算完，又把手伸到了贺顿的胳肢窝底下，说：“这里的长条肉就是小里脊，更鲜更嫩……”

贺顿说：“你别拿我打比方啊……呵呵呵……你嫁了卖肉的，也不能把谁都当成猪啊！”

两个女子打闹了一番，汤小希突然正色道：“好了，说你的正事吧。”

贺顿整整衣服，说：“看你就是正事。”

汤小希说：“骗谁啊？我还不知道，你来必是有重要的事。说吧，我快接班了。”

贺顿说：“小希，你真是精灵，我就喜欢你这鬼头鬼脑的样子。我打算开办一个心理所，邀你入股。”

汤小希说：“心理所是干什么的？”

贺顿说：“就是人们心理上有了毛病，要到一个地方诊治，心理所就是干这个的。”

汤小希说：“我明白了。前两天看一个外国电影，说的是心理医生的事。有一张长长的床，一个人躺在上面，脑后头坐着另外一个人，嘟嘟囔囔的，这就是心理所了？”

贺顿说：“有那么一点意思，不过也不尽然。其中的奥妙，我以后再给你细说。总之，我想干这个事情，你要不要参加？”

汤小希翻翻白眼说：“我也没有大胡子。”

贺顿说：“这跟大胡子有什么关系啊？”

汤小希说：“大胡子念念有词，我不会啊。”

贺顿说：“我会。”

汤小希不由得退后一步说：“真看不出来，你居然会这一手？”由于屋子实在是小，汤小希这一退，几乎一屁股坐到了床板上。

贺顿拉了汤小希一把说：“我经过学习，已经有了文凭，可以办心理所了。我需要帮手，我看你合适。”

汤小希一时有些激动，说：“你看得起我，我愿意和你一块干。要是以后干得好，我可以升个领班吗？”

贺顿又好气又好笑，说：“心理所又不是饭店，那不叫领班叫主任。”

汤小希泄了气，说：“主任这个官衔就太大了，估计轮不上我。”

贺顿说：“怎么能轮不到你，我现在就可以任命你为咱们心理所的筹备主任啊。”

汤小希半信半疑：“你一张嘴就能任命啊？”

贺顿说：“咱们不是创始人吗？那怎么就不行呢！”

汤小希说：“我成了主任，那你呢？”

贺顿还真没想过自己到底是个什么角色，让这一问给问住了，想了想，她说：“我就是所长。”

汤小希说：“那咱俩谁大啊？”

贺顿说：“我领导你。”

汤小希说：“这最好啦，我就喜欢被人领导，让我干点具体的事，我能干着呢！要是发号施令，就憷头。”

贺顿说：“那好吧，我现在就发布咱们心理所的第一个指示，你到工商管理部门打探清楚，办一个心理所都需要哪些手续，然后咱们就一步一个脚印地开始筹备。”

两人一击掌，好像刚刚扣球成功的女排队员，要把好运气传染给别人，异口同声地说：“嗨！嗨！”

几天之后，汤小希来到贺顿租下的房子，正好柏万福旅游还未归来，两个人可以放肆地大叫大嚷。贺顿事先在厨房里熬下一锅热气腾腾的八宝粥。

贺顿忙着给汤小希递拖鞋，说：“都打探清楚了？”

汤小希抹抹睫毛上的汗珠说：“基本上吧。”

贺顿说：“先吃饭。吃饱了，咱们就有劲了。”说着，一人一把小勺，开始喝粥。

“难吗？”贺顿问。原想吃完了饭再说详情，等不及了。

汤小希说：“不难。基本上和审批一个香烟摊子的要求差不多。”

贺顿大吃一惊，说：“不能吧，这几天我看了很多资料，人家外国，难着呢。”

汤小希说："外国怎么批，咱不知道，反正咱们这里的手续不复杂，中国特色。"

贺顿非常高兴，说："真是天助咱们。"

汤小希又说："别高兴得太早了！"

贺顿说："既然不复杂，咱们又不傻，为什么办不成呢？"说完，她深深地喝了一大口粥，红豆绿豆花脸豆白芸豆依次滚过喉咙，落袋为安。又要给汤小希添粥。

汤小希推开贺顿的手说："饱了。"

贺顿说："也没什么好吃的，不过是个水饱，一会儿就又饿了。再吃点吧。"

汤小希说："你毁了我的减肥大计。"

贺顿说："嫁给一个屠户，还减什么肥。"看到汤小希直瞪自己，赶紧改口道："不是屠户，是连锁店老板。"突然想起一个重要的问题，忍不住笑起来说："那你去买肉一定不用花钱了。"

汤小希说："不是告诉你，我正减肥呢，好久不吃肉了。"

贺顿用一番玩笑话把正题岔开了，其实是她不愿听到为难的事。但是，你既然打算大干一场，又怎能避开必要的环节。只好面对："你详细说说具体都有哪些困难？"

汤小希也严肃起来，说："只有两个困难。"

贺顿说："你真把我吓着了，只有两个困难，有什么克服不了呢！"

汤小希说："贺所长，你听好了。这两个困难就是，第一，你要有一个有房产证的房子，作为你的营业地点。第二个，你要有十万块钱作为开办资金。"

贺顿说："租的房子行不行呢？"

汤小希说："也行。只是那家租户必得同意把他们的房子作为你的办公地点，签字画押。要是你跑了，他的房产就是抵押。"

贺顿说："十万块钱，能不能少一点呢？"

汤小希说："这是最低限额，一分钱不能再少！"

贺顿皱起眉，说："汤主任，麻烦你说这些话的时候，能不能小声点？摇唇鼓舌的，好像幸灾乐祸！"

汤小希说："贺所长，我是着急上火嗓门大！看来只有一个法子了……"

贺顿看到一线曙光："快说！"

汤小希神秘兮兮地说："印假钞。"

贺顿转过身不理她。过了一会儿，贺顿心绪平稳些，说："咱俩如今一个是所长，一个是主任，要同舟共济。"

汤小希说："你就不用启发我的觉悟了，有什么想法，直说吧。"

贺顿被人识破了伎俩，有点不好意思，说："我把自己的钱都拿出来，你也拿出来，咱们凑凑看还差多少？"

汤小希说："我还得结婚呢。我攒的钱可是出门子要用的。"

贺顿说："你要是不放心，就算是我借你的。"

话说到这里，汤小希一拍脑门说："你这一说，我还真想起来了，其实不是真要花费那么多钱，只要借到了，打到账户上，过一段时间之后，是可以转走的。"

贺顿松了一口气说："你的意思是，只要有人愿意借给咱们应急，这十万块钱过一段时间就可以还给他？"

汤小希说："是这个意思，你可以跟富朋友借借看。我还有一点闲钱，也可以让你先借着用。"

贺顿思忖说："风险都在我一个人身上？"

汤小希说："本来就是你起的意，你是主谋，我是胁从。"

贺顿说："你不相信这个所能办长久，能赚钱？"

汤小希摸着贺顿的手说："我真的不知道这个所到底会怎样，我只相信你。"

两个人把自己的家底都暴露出来，加起来离那个宏大的数字还差得太远。

贺顿冥思苦想，问汤小希："你男朋友连锁店的买卖怎么样啊？"

汤小希警惕起来：“你问他干什么？”

贺顿说：“关心你啊。怕你嫁过去成了饭来张口衣来伸手的寄生虫。”

汤小希说：“你放心吧，我会保持劳动人民的本色。”

贺顿旁敲侧击：“他那个连锁店有多少员工啊？”

汤小希悻悻地回答：“就他一个人。”

贺顿就暗自庆幸自己没把向汤小希男朋友融资的事说出来，那样不但谋不到钱，还得让汤小希为难并且挖苦一顿。

两个人不再谈钱，也不再谈房子，因为没有任何可谈的方向。于是再同仇敌忾地喝粥，直喝得肚子滚圆，走路的时候都不由自主地撇开了八字脚。汤小希离去的时候，咬牙切齿地说：“所长，以后开了张，我第一笔找你报销的费用是减肥药。这都是工伤。”

柏万福从海南旅游归来，拿出一串粉红色珍珠对贺顿说：“这是真正的珍珠，彩色的，我特地买回来送你。”

贺顿说：“那得有一段雪白的脖子配着才好看，我的脖子黑着呢。留着给你以后的女朋友吧。”

柏万福的手捏着那个装项链的红绒布盒子，伸也不是，缩也不是，僵在半空。半晌，他叹了一口气说：“你看不起人。嫌我下了岗。”

贺顿说：“我根本就无岗可下，哪能笑话你？咱们半斤八两，就别自相残杀了。”

柏万福伤感地说：“那你干吗不要我的项链？”

贺顿说：“你太破费了。我给你的不过是平日里的一点菜饭，哪能接受这样贵重的礼物。”

柏万福说：“不贵重。那里产这个东西，说什么东珠不如西珠，西珠不如南珠……”

贺顿说：“东珠是哪儿？西珠又是哪儿？”

柏万福憨笑着说：“记不住了，反正南珠最好，这就是南珠。”

贺顿细细打量穿云破雾来之不易的南珠，一挂珠子，有腰鼓形的，有三角形的，有葫芦形的，就是没有一颗是圆的，连圆形的近亲——

椭圆形也没有。

她实在说不出赞美的话来，但为了礼貌应该说点什么，就说："颜色挺奇怪的。"

这批珠子的颜色是一种稀薄的淡粉，像是刷牙时出了少量的血，混合着牙膏吐出来浸染而成。

柏万福受到夸奖，得意地说："选什么色的珠子，我还问了好几个店员呢。"

贺顿说："你怎么问的呢？"

柏万福一下害起羞来，说："我要是直说了，你可不兴生气。"

贺顿想不到这和自己生气有什么关系，不禁好奇。为了解决自己的好奇，她宽宏大量地说："不生气。"

柏万福说："你不生气，我可就说了。"

贺顿说："说呀。"

柏万福说："我说，我要给一个女人买条珍珠链子，她有点黑，可是黑得一点都不牙碜，黑得油光水滑的，黑得美着呢……"

贺顿扑哧笑起来，说："我还是第一次听到黑得不牙碜，好像我是棒子渣似的。还油光水滑，仿佛我是一条蟒。我没觉得这话有什么可生气的呀？"

柏万福嗫嚅着说："她们问我这个女人是我的什么人，因为给不同的人买链子还有讲究呢。"

贺顿警觉起来，说："你是怎么说的呢？"

柏万福求饶地看着贺顿说："我跟她们讲，是给我媳妇买的……"

贺顿折身返回了自己的小屋，把房门摔得山响。

柏万福深深地吐出了一口长气，脸上的肌肉因为紧张而不停地哆嗦。不管怎么着，话终于说出来了。他轻轻地扇了自己一个耳光，算是对自己的佩服加表扬。

三脚并作两步下到一楼，不用钥匙开门，把门敲得山响。

娘给他开了门，问：“忘带钥匙了？”

柏万福雄赳赳地说：“带着呢。”

娘锐利地看了一眼儿子，就知道发生了一件事。从儿子发红的鼻子两侧，娘就知道惊天动地了。从小他就是个老实孩子，一旦跟人打了架或是丢了钱被人欺负了，鼻子两边就会发红。

什么事呢？娘略一琢磨，问道：“你说了吗？”

娘是明知故问。

“说了。”柏万福还沉浸在破釜沉舟的喜悦中。

“她答什么了？”娘追问。娘看不起儿子，把自己的话说出去，就高兴得忘乎所以了，说话有什么难的？况且，这话早就应该说了，如今说，已是太晚了。男人，该惭愧才是。但是娘不会把后面的这点埋怨让儿子看出来。儿子从小就胆小怕事不争气，一点都不像娘，像他那个窝囊的爹。他的爹虽然都死了几十年了，骨灰都不知扬到哪里去了，娘从心里还是一点都不原谅他。

“她什么也没说。”柏万福回忆着，当时他只顾着自己高兴了，竟没有特别留心贺顿的反应。

娘点点头，问：“她没拿巴掌抽你？”

“没有没有……”柏万福连连否认，还用手掌下意识地抚摸着自己的脸颊，能够感受到轻微的令人舒适的疼痛。巴掌不是来自别人，而是来自自我表彰。

娘又点点头，问：“她没拿唾沫啐你？”

这一次柏万福回答得很快：“没有。”这一点，他记得很清楚，脸上干燥得直爆皮，不曾受到任何水分的滋润。

“她没说你是癞蛤蟆想吃天鹅肉？”娘问。

“没有。我不是跟娘说过了吗，她一句话都没说。”柏万福觉得一向精明的妈，有点唠唠叨叨。

“好了，小子，干得不错。咱这第一步就走出来了，后面的事，听天由命吧。”

“我能娶上她吗？”柏万福直搓手，好像怕冷，又好像怕热。

“不知道。姻缘这个事情，谁说得准呢？”娘说完，拍打了一下柏万福身上的尘土。其实，柏万福身上并没有尘土，娘只是从他小的时候就这样不停地拍打着他，直到他长大成人。娘想，以后有了媳妇，就让媳妇给他拍打了。娘老了，拍打不动了。

贺顿心里烦躁，就到街上走走。

面对着柏万福的求婚，贺顿第一个想法是好笑，她从来没想到会和房东的儿子有什么瓜葛。她有过很多个房东了，凶恶的，冷淡的，笑面虎的……她从来不期望房东发什么善心，房东是个冷酷的职业。你有房子，别人却无家可归。你宁愿把房子空在那里，也不愿让无地栖身的人头上有一片瓦。所有的房东都不是慈善家，也许有过慈悲之心，但房客们交付的房租就像流水，把他们的慈悲之心冲刷一净。

但是，有一所房子又有什么了不起的？房子是死的，靠吃房租过日子，是天下最没出息的事情之一。一个人不能靠自己的本事，靠一堆砖头瓦片来养活自己，是非常可悲的命运。贺顿知道在自己纤瘦的身体里面，贮藏着志气和理想，比一千平方米一万平方米的房子更宝贵。

今天，房东破天荒地没有堵在单元门口。贺顿以一个陌生人的眼光审视着房东太太的房子，加以针砭。

老式楼房，一梯三户。注意，不是电梯的梯，是楼梯的梯。房东太太的房子是中单元，正对着楼梯，也正对着单元的大门。所有上楼的人，都要从这套房子的门前走过，从家里一开门就感受到了外面吹来的风。贺顿只是在交房费的时候，进过房东太太的屋子，知道格局的大致模样，当中是个方方正正的厅堂，面积不小。站在厅堂中，左右两手都是卧室，大小也都差不多，各有十几平方米，朝南，采光很好。这套房子的优点就是向阳，阳光灿烂，缺点也是向阳，没有朝北的窗户，通风不是很好。当年回迁的时候，房东太太之所以挑选了套一楼的房子，就是为了自己腿脚不方便的时候，不用爬楼。她家还有一个可以优先挑选好房子的机会，那时候讲究的是“金三银四”，房东太太就选了四楼让儿子住，后来又开始每套出租一间房。

其实老太太可以和儿子合住，把另外一整套租出去，但房东太太怕合租的房客处不拢，打架斗殴。如果房客欠租甚至合伙诈骗，反倒不好对付。老太太让他们分开租，都是自家人住好房子，让租户住小房子。而且厨房也是自己霸占了，还能有效地监督房客，免得他们狼狈为奸。

“大姐，出来溜达啊？”一楼的房客和贺顿打招呼。这是一个东北来的小伙子，卖菜的，名叫安南。“安南，最近生意怎么样？”贺顿回话。

“不怎么样。”安南说。

贺顿笑起来说：“我什么时候问你，你什么时候都说不好。报纸上一股劲地说菜涨价了，还能说生意不好吗？”

安南说：“这就是贪心不足呗。农民的劣根性，我哪能例外呢。”

贺顿说：“还真挺有水平的，怪不得你和联合国秘书长同名同姓呢。”

安南说：“大姐你不要哪壶不开提哪壶，我就怕人家说联合国。也怪我老爹老妈那时没啥文化，根本就不知道有这么个国家。”

贺顿说：“也别怪你老爸老妈了，那时候秘书长还没轮到他呢。”

安南说：“大姐我就爱听你说话。我告诉你一个稀罕事。”

贺顿说：“上次你告诉我韭菜有毒，吓得我一个多月没敢吃饺子。这次又是你们在什么菜上做了手脚呢？”

安南打着响指说：“这次和你有关。”

贺顿说：“我一天不招谁不惹谁的，良民一个，和我有什么关联呢？”

安南说：“我偷听到房东太太和她儿子的谈话，他们想娶你进家门呢。”

贺顿说：“真的呀？看来咱们这些房客够倒霉的了，住了人家的房，就被人盘算。幸亏房东太太没有个闺女，不然你也会被招为驸马呢。”

安南说：“那可就好！咱俩还就成了亲戚。大姐，不管怎么说，您防着点。她家那个儿子，老实得过了头，出门就得让人蒙骗，要是上我的摊上买菜，一斤我会少他二两。不然的话，天理不容啊。”

第24章

孩子是神的馈赠，而神的东西都是未完成的

我把你们夫妻找来，是迫不得已。你们在别的地方可以互不理睬，在我这里，必须说点什么。这不是我的命令，是曾经使你们结合在一起的那个人，恳求你们这样做。他很小，可是他却很坚决很顽固很有心计。他是一个弱者，他又是一个强者。如果你们继续对他置之不理，他一定会要你们付出极为惨痛的代价。这不是危言耸听。如果你们不曾准备好，你们就不要当父母。既然你们在懵懵懂懂的情况下当了父母，就要负起责任，现在要补课。就像司机出了事故，要重新补习交通规则。也许你们在金钱上有很大的建树，也许你能貌美如花青春不老，可携带着你们基因的这个小童，却会杀人放火投毒自杀，这岂不是你们做人最大的失败吗？说失败都轻了，是罪孽！我作为一个心理师，真真地发愁了。我不知道怎么对你们的儿子周团团说话，我不能伤害他，

我一筹莫展。我只能把你们——他的父母请来，向你们讨教一个法子。你们要好好地谈一谈，爱情可能只是你们两个人的事，但婚姻就成了可能关乎另外人的事，因为有了一个新的生命，因为孩子。

我已经无能为力。你们讨论吧。关于你们的孩子。我相信你们会找到一个方法，妥善地处理好其中复杂的关系。孩子是一个蓓蕾，你们是荆棘。你们要拔掉自己的刺，让他感觉到温暖。每一个孩子都是神的馈赠。而神的东西都未完成，宇宙完成了吗？没有，流星就是证据；时间完成了吗？也没有，我们都还活着，这就是证据；孩子没有完成，毒药就是证据。神的归神，我们的归我们。孩子没有完成的那一半就要当父母的来接手。团团是一个多么可爱的孩子啊！我见犹怜！

我对你的性取向表示尊重。这是你个人的事情，和法律无关，和他人无关。甚至我觉得和你谈论的事件无关。

你不要把眼睛睁得那么大，好像我说了什么惊世骇俗的话。平静一点好吗？你太紧张了。在我们的生活中很少出现你平静下来反倒做不好的事情，比如穿针引线，比如回忆一个片段，比如寻找一样东西，比如思考一个问题，比如现在我们的谈话。人们总是反应得太快了，这是因为我们曾长久地生活在危险之中。在这里，你没有危险。你很安全。

其实，你只是一个失恋的人。寻常的失恋。人们在失恋的时候常常很傻，女人更是如此。你可能要说你不是一个女人，那好吧，我修正一下自己的话，男人在失恋的时候也是同样失魂落魄，所有的人都一样。所以，我们不讨论性别的问题，我们只讨论失恋。

失恋究竟让你失去了什么？你以为只是爱情吗？其实是尊严。你觉得自己被抛弃了，自己在和大猩猩的对决中一败涂地，这不是因为你有什么缺憾，而是因为安娜的选择。你能够左右安娜吗？

不能。

你自己觉得不但在性取向上被人抛弃了，而且在人格上被人侮辱。是吗？

是的。

其实，只要你自己不侮辱自己，没有人能够侮辱你。选择是双向的。你可以选择同性恋，也可以选择异性恋。同理，安娜也是这样。如果你曾经爱过她，就请尊敬她。你尊敬了她，其实也就是尊敬了自己。你可以坚持做同性恋，她也可以转变。是吧？

好像……是……的。

至于大猩猩，你很恨他？

当然。

不吧？

你怀疑我的愤怒？

我不怀疑你的愤怒，我怀疑你所恨的对象。其实，你最恨的是安娜。

不。我不恨她。我只恨大猩猩。

这不是真的。在你的内心深处，你最恨的是安娜。因为她背叛了你，辜负了你，在某种程度上，也摧毁了你。你甚至因此怀疑这个世界上是否还有真情？你觉得自己被抛下了深渊，而这个墓穴就是安娜亲手挖掘的，把你掩埋在令人窒息的黄土之下……

你不要再说下去了，我的心就要碎了。

碎了好。

你怎么这样不通人情！

因为我看到了你的愤怒。

不！我不害怕！

注意，我说的并不是害怕，而是愤怒。愤怒比害怕要漂亮很多。愤怒有胳膊有腿，有暴躁的声音和呼呼生风的动作，它是有力量的。害怕是一摊鼻涕虫，没用而且肮脏。那个使你害怕的东西是激怒你的源泉，你到了忍无可忍退无可退的地步，它就转化成了力量。但是注意啊，我说的仅仅是也许。害怕也可能会让人失去理智，变成殉葬品。

你的心原本就是碎的，只是你用透明胶带缠起来，维持着表面上的完整。惩罚大猩猩对你是非常危险的举措，因为你会犯法。

我在所不惜。

我看不值。第一，你不尊重大猩猩的生命。第二，你不尊重安娜的选择。第三，也就是最重要的一点，是你不尊重自己的感情。

我正是因为尊重自己的感情，才出此下策。

很好。你把袭击大猩猩说成是下策。我很想知道你的中策是什么？

我的中策？我没有中策。

有。不要这样轻易地堵死了自己思维的巷道。当我们遭遇风险挣扎在旋涡中的时候，尤其要冷静。想想看，中策是什么？

请您告诉我。

不。我不能告诉你。没有人比你自己更了解你的困境。救你出苦海的人，就是你自己。

如果……一定要找个中策的话，我觉得就是放安娜去找自己的路。不管她是找了大猩猩还是北极熊，都和我不相干……你知道，当我这样想的时候，心中非常难过，往事历历在目，她对我像旧床单一样柔软并有轻轻的涩意。

但是这张床单已经不属于你。我知道你很难过，你对这一段感情满怀珍爱和宝贵。可是，你要向前。

好……我向前。

向前，我们就会谈到上策。

我没有上策。

有的。所有的人都有上策，所有的事情都有上策。你要对自己负责。失恋之后，依旧有人生和光明。

上策？我的上策？你是说我还有爱和被爱的可能？

这不是我说的，是你自己说的，但我完全同意。你有爱和被爱的可能。

这是真的吗？

千真万确……幸福是灵魂的产品，不仅仅是爱情的成就。在这方面，爱情和天气一样，都不是出游所必需的。现在，你可以收拾残局了。只有收拾过失恋残局的人，才知道爱情并没有我们想象的那样神圣和必不可少。它也是可以重来的。快乐根本就不是一种感受，而是一种决定。随时随地都可以做出，权力全在于你。

你的故事说完了？

是的。完了。这就是所有的真相。乌海的尸体还在医院的冷冻室里，没有我的同意，追悼会至今还没有开。

这在你们当地，一定成了一个疑案。

是的。而且我每个星期都要消失一天，到你这里来。人们以为我悲恸欲绝，到哪个佛庙中隐身修行，或是以为我在远方有一个智囊密友让我可以号啕痛哭。

真正的智囊是你自己。

我什么主意也没有。

我们会有主意。你要做一个选择。没有选择也是选择，只不过随着时间的推移，人们有更多的猜测，你做出决定也就更困难了。

我很想发疯。

发疯可不是决定，是随波逐流的放纵。疯狂是什么？是谩骂、打架斗殴、酗酒撒泼、为所欲为忘乎所以，是颠覆和破坏，粉碎并且一无所有。给崇高带来污秽，给秩序带来毁坏，给道德披一件羞辱的大衣，让正义匍匐蜷曲……你，真的想这样吗？

我不想……不想……我还有孩子，我还有双方的老人……我还有我……

说得非常好。你还有……你！最宝贵的东西还在。

多么想这一切都不曾发生！我们一家人还和和睦睦地在一起共享天伦。

原谅我的峻厉无情，这是绝无可能的。坚强只能来自真实，虚幻让我们无力。

如果一定要我接受现实，那就是——乌海不在了，我和孩子也要活下去。

这很好。你已经接受了事实的一半。

我知道你的意思是：乌海不但死了，还死得不光彩。

我不是这个意思。我只是指那些已经发生的事情不可改变。

你说乌海的死不可改变？

这只是其中的一部分。

你说乌海之死的诱因也是不可改变的？

这也只是其中的一部分。

你说人们对乌海的评价也是不可改变的？

这件事现在操在你的手里。

我可以大闹灵堂？

你可以。

我有这个权利？

你当然有这个权利。

可是，我闹不闹呢？让人们认清乌海的真面目，是我梦寐以求的事。

认清之后呢？

没有之后。认清就是一切。

不。认清并不是一切。乌海已经死了，可你还活着。乌海的父母还活着。你的父母也还活着。你和乌海的孩子也活着。所有这些活着的人都要承受你大闹灵堂之后的结果，包括你自己。他们将共同面对一个新的陌生的乌海。

心理师，请你不要说下去了，我不喜欢这样的想象。不喜欢！

我也不喜欢。但你每个星期花了那么多的机票钱到我这里来，我想，其中有一部分就是我们要来进行这样的想象，尽管残酷。

这很可怕。

你说“可怕”？

是的。我说了。难道这样的后果你不觉得可怕吗？人们会看不起乌海，乌海的父母会被人指指点点，说他们养了一个道貌岸然腐败堕落的儿子。人们会看不起我的儿子，会说他的父亲根本就不爱他，他是一个败类的后代。人们会在我父母背后耻笑他们，因为他们曾一直以乌海为荣。人们会对我表面上同情，实际上议论纷纷，觉得我是一个被人蒙骗的可怜虫……也许人们根本就不相信这一切，因为红袜子已经逃跑了，我说的话几乎死无对证。人们也许以为我是一个疯女人……呜呜呜……

你不要忍住自己的眼泪。这里是可以哭的。

呜呜呜……我哭了多久了？

很久很久……

我不再哭了。我的眼泪都流干了，我很渴。我第一次知道哭泣让人口渴。眼泪也是水，流出的水太多了。

你什么时候想哭，如果觉得你们那里哭起来不方便，你可以随时到我们这里来哭。

这可能是最昂贵的哭法了。我要坐着飞机到这里来。

和人的精神比起来，别的都不重要。

但是，我以后不会来了。

太好了，我希望你不会再来，如果你在某一个时辰突然不可抑制地难过，就找一个小洞，把你的秘密说给它听。说完了，就把小洞用青草掩埋。

我已经知道自己该怎么办了。让乌海死在他的光环里吧。活着的人还要继续活下去。

你还觉得委屈吗？

觉得。但是，不那么严重了。这个选择，不是为了维护乌海，是为了维护所有活着的人。

很好。如果我们从此分手，你能接受吗？

我会想念你的。但是，我知道，我应该走了。不再回来。开追悼会吧，让乌海入土为安吧，从此，我要活着……怀揣着秘密，优雅而坚忍……

为什么是一百零一？你这个问题让我失眠了整整三天。对一个癌症病人，这是致命的。你害了我。

对不起，我不是有意的。非常对不起。如果你不愿意再来了，我完全没有意见。这一次的费用，我会让工作人员退给你。

我不是这个意思。我觉得你说得很有趣。我喜欢这种挑战。当一个人得了癌症，又不久于世的时候，人们就提前把他当成一个死人了。而你不是，你把我当年轻人一样质问。

冤枉我了，那不是质问，只是……探询。

贺顿本来以为会听到一个肝肠寸断的悲情故事，其实过程倒相对简单。苏三先生小的时候品学兼优，还是少先队的大队长。一个孩子在很小的时候，就攀到了这样的高位，压力其实很大。如果你是一个常常上课做小动作的孩子，只要有几节课老老实实地听讲，就会受到夸奖。如果你是一个学习成绩很一般的孩子，经常浮动在班级的 20 至 30 名，那么只要你两次考试中，连续进入了前十名，就会列入有显著进步的名单，被颠三倒四在各种场合表扬。但是，如果你是第一名，如果你有哪一次不慎得了第二名，所有的人都会指责你骄傲了，退步了。如果你是全班的尖子生，你就有了“原罪”，所有的人都会心怀叵测地盯着你，你只能做好，不能做坏。做好是你的本分，稍有不慎你就会遭到所有人的嘘声。儿童时期的完美主义倾向将给一个人带来深重的灾难。做一个不完美的孩子需要勇气，一个不完美的孩子比完美的孩子更勇敢。

当然啦，这样的磨炼也会使一些人虽然丧失了童年的快乐，但却收获了成年时代的辉煌。但是，如果让他们重新选择的话，也许很大一部分人会愿意做一个位居中游的学生。

苏三先生洋洋洒洒地说了以上的话，贺顿还是不得要领。贺顿说："请你说具体一点。"

苏三说："这还不够具体吗？"

贺顿说："具体才有深度。你要具体到哪一天，哪一刻，发生了什么事？有谁在场？当时有什么气味？有什么声响？你看到了什么？你记住了什么？"

苏三先生说："这些都很重要吗？"

贺顿说："非常重要。比一切你归纳出的理论和总结出的规律都更重要。如果你想改变，就让我们从这里出发。"

苏三先生下了最后的决心，说："出发！"

小苏三上五年级的时候。有一天，外校的教导主任来听课。老师提前把课上提问的题目都教给了大家，然后说，大家都要举手。有同学说，忘了，不会了，也要举手吗？老师说，也要举手，这关乎学校的荣誉。那是一个把荣誉看得比生命还要重要的年代，大家听到了荣誉，就像听到了命令，于是所有的同学决定不管会不会回答问题，都毅然决然地举起手来。老师已经给大家吃了定心丸，她只会提问一些人，提问那些确保能回答出来的同学。一切交代妥帖之后，大家摩拳擦掌地等待听课的日子。

那一天到了，来听课的外校主任是一个有浓厚络腮胡子的男人。在苏三就读的学校，没有一个老师有这样茂密的胡子，于是所有的学生都有些恐慌。

一切按部就班地进行着。老师每提出一个问题后，都有桦树林一般的手臂举起来，整个教室沸沸扬扬。站起来回答问题的同学，都出口成章，大家都为这样出色的表现而欢欣鼓舞。

然而外校主任的胡子，不是白长的，那里面蕴含着很多狡猾和经验。课间休息的时候，他对班主任说，这样的教学方法，对他很有启示。

下面的课，能否给他一个机会，让他亲自来提问学生，看看效果如何。

这是一个可怕的建议，但班主任已经没有退路，她点点头说可以，然后表示自己要上卫生间，教导主任就躲到一边去吸烟了。班主任不知道教导主任到底要问些什么问题，时间也已经不允许她做更多的布置，她给了苏三一个眼色，那意思是：你跟我来。

班主任在前面走，苏三在后面跟。跟着跟着就到了女教师厕所。女教师的厕所是和女学生分用的，男教师则和男学生共用一个厕所。苏三小的时候，不知道这是因为什么，后来长大了才晓得因为女教师有每个月的生理周期，需要换草纸，但小学生还很幼稚，不能理解这件事，以为老师是流血负伤了。为了避免麻烦，女教师单独如厕。

走到女教师厕所旁边，正好周围没有他人，班主任对着厕所里面喊了一声，有人吗？没人搭腔。班主任就对小苏三说，跟我一起进去。

苏三虽然是个极听话的孩子，但这一次是进到女厕所里面去，他说，我是个男的。

班主任说，我还能不知道你是个男的？没事，里面没有别人。说着，就把苏三拉进了女厕所。

苏三闻到了一股血腥味，看到纸篓里有几张浸满了血液的草纸。苏三完全不懂这是怎么回事，只是心中非常恐怖。老师根本没顾上四下寻看，时间太宝贵了。她对苏三说，一会儿外校的大胡子教导主任，会亲自提问。别的同学也指望不上了，胜败在此一举。估计会问一个最难的问题，这个问题要这样回答……老师一五一十把正确答案告诉小苏三，苏三努力地聆听和记忆着，目光却避不开那一片血泊。当老师把最后一个词语吐出来的时候，上课的铃声响了。老师把他往外一推，说，教导主任问这个题目的时候，你一定要举手，要把手举得高高的……老师把苏三推出女厕所的门之后，自己赶紧上厕所。苏三可惨了，他原本也想上厕所，可已经没了时间。

苏三憋着鼓鼓胀胀的尿脬回到教室，大胡子教导主任已经站在了讲台边。过了一会儿，班主任一溜小跑回来了，对同学们说，刚才的课上得很好，现在听课的外校主任要亲自和大家交流。

教室里一下子变得很静，好像 40 个学生都变了土行孙钻入地下。班主任一说，鼓掌欢迎，孩子们这才缓过神来，呱唧呱唧地拍起手来。苏三突然发现自己的掌声特别响亮，原来手掌心全是汗水。大胡子主任说话很和气，但他心里充满怀疑。他不是怀疑学生，而是怀疑老师。当然，对老师的怀疑，只有从学生那里得到证实，于是他要亲自考问学生。大胡子问了一些问题，并不很难，有些同学能够回答，就举起手来，但是，再没有了刚才那种手臂如林同仇敌忾的统一，而是三五点染稀稀拉拉。大胡子并没有刁难同学们，他只是让教学回到了一个可信的程度。马上就要下课了，大胡子教导主任问了一个高难度的问题，正是班主任在厕所里向小苏三面授机宜的那道题。大胡子问完之后，目光像机枪一样扫射全场，他估计没有任何学生能够回答出这个问题。如果回答不出，这就是正常的。大胡子期待正常。

小苏三整堂课的时间，都在默背着班主任老师亲传的答案。他是一个记忆力非常优异的孩子，基本上可以达到过目不忘，这次更是滚瓜烂熟。听到大胡子教导主任终于问到了这个问题，苏三把手高高地举了起来。

大胡子巡视全场，看到一片空白。他正要宣布到此为止，却看到了一只木秀于林的胳膊。他说，哦，有个同学愿意回答这个问题，让我们来听听他的答案。好，请你站起来，说吧。

苏三就站起来了。在起立的过程中，他的目光突然落到了前两排的女生身上。那个女生比较矮，如果是坐在位子上，因为她背后的女生个高，正常情况下苏三看不到她的背影。苏三慢慢站起来，他就看到了那个女生的头发。她梳着搭在肩头的小辫子，辫子上扎着两个红颜色的蝴蝶结。

红色如同河流一般泛滥起来，苏三的思绪立刻混乱了，看到了血红的草纸，班主任老师的脸庞。老师猩红嘴唇中吐出的答案，和草纸上的红色混淆在一起，四处流淌……

这位同学，请你回答我的问题。我刚才看到你举手了。大胡子主任很奇怪，这个学生刚才把手举得很高，胸有成竹，怎么一站起来，反倒面红耳赤张口结舌呢？

苏三吓坏了。他的大脑如同被蒸熟的虾，除了红色没有任何关于题目的记忆。他倒背如流准备好的答案已烟消云散。他像一条咸鱼张着嘴巴，完全发不出一点声音。

比苏三更着急的是班主任老师。如果根本没有学生站起来回答问题，也就罢了，如今骑虎难下。她不得不跳出来，说，苏三，你是不是太紧张了？不要着急，知道多少就说多少。你是不是想说……

班主任为了救助自己的学生，当然更主要是为了挽回自己的面子，不惜铤而走险。

应该说老师的策略还是有成效的，苏三暂时恢复了一点记忆。他开始结结巴巴地回答问题，记忆的片段像小鱼一样在他的脑海深处游动。他抓住了，就吐出来一根鱼刺；他忘记了，就吐出一个水泡。

那一天到底是如何回答完毕的，苏三已记不清楚。总之，大胡子教导主任满腹狐疑地示意他坐下，不知道这个学生是个天才还是个白痴。示范教学结束之后，班主任把苏三一顿臭骂……那些侮辱的话语已然记不清了，只有猩红的嘴唇上下翻飞……

从那以后，苏三得了怪病。一般情况下，他是一个侃侃而谈的人，有卓越的记忆力和口才；但是在某些场合，特别是在重要的场合，他会突然失忆和失语，表现得极为紧张狼狈；满面通红，每一个毛孔好像都注满了红油漆，瞬间之后就会滴滴迸射；如同一个核弹的控制按钮，一旦打开，核弹满天飞；战争启动，没有回头路，等待的就是灾难性的毁灭。成人之后，不断进步，要开的会议越来越多，这种尴尬的局面也越来越多，苏三的应对方式就是立即离开会场，不管多么重要的场合，三脚并作两步，冲进卫生间，用大量的凉水冲洗脸面，直到血液回流到胸腔，脸色渐渐恢复平常。

如果你期待着成为一个杰出的政治家，难道你可以这样语无伦次吗？哪怕是一千次当中出现一次，也许就能让你所有的努力付之东流！尤其是不能看到红色的物体，红色的衣服，红色的花朵，红色的横幅……可是在现今社会中，你难道可以回避红色吗？绝无可能。比如旗帜，最重要的旗帜都是以红色为基调。还有会场的布置，你难道看到过没有红色出现的会场吗？

苏三结束了他的回忆。

“你有什么办法？”苏三先生问。

“你现在感觉怎么样？”贺顿问。

“我现在感觉很疲惫。好像一个多年的暗疮被刺开了，脓液四流。”苏三先生说。

“好吧。这很好。咱们今天就到这里吧。”贺顿做了一番包扎心灵的工作之后，准备结束。

苏三先生却不肯走。他说：“你再没有什么要说的了？”

“没有了。”贺顿很肯定地回答。

“可是我的问题并没有解决。”

“是的。并没有解决。”贺顿好像苏三先生的回声。

“那如何办呢？”苏三言犹未尽。

“我们以后再来探讨。”这一次的诊治时间已经很长了，贺顿必须结束。

“好吧。再见。”苏三满腹狐疑。

苏三如期来访。尽管苏三是一个大人物，但发言的赤面恐怖并不是非常难以矫正的心理疾患。若干次之后，苏三开始报告治疗见到成效，说他已经可以流利地在各种场合发言，包括插满了红旗的重要集会，他的脸色也不再发红，或者说只有一点轻微的红色，人家会以为是精神焕发。

“祝贺您。”贺顿由衷地说。治疗到了可以结束的时刻了。

“这要谢谢你啊。”苏三先生也由衷地说。

“我想，我们可以说再见了。您以为呢？”贺顿开始做撤退前的预告。

“是的。我也觉得我们可以告一段落了。不过，真是有点依依不舍呢。”苏三先生说。

“如果您以后觉得出了什么问题，还可以再来。”贺顿交代。

“好的。谢谢你们的保修。通常，你们保修多长时间呢？”苏三半开玩笑地说。

贺顿还从来没有遇到哪位来访者谈到这个问题，就说：“人和电器毕竟是不一样的。如果还是原有的心结出现了反复，我们当然要负责到底。如果是新的问题，我们就要重新开始。”

苏三若有所思地说：“好吧。咱们就此告别。”

贺顿和苏三先生握了手，然后目送他走出心理室。这种时刻，心理师往往百感交集。他们一直在期待着这一天，他们和来访者结成一个同盟，为这一天的早日到来不懈努力。他们有泪水和汗水，也有争执和分歧。更多的是艰苦的探寻和杳无踪迹的分辨。当一切水落石出伤痕渐愈的时候，分别就在所难免了。这是一个胜利的时刻，胜利也伴随着失落。以往的历史不再重复，作为一个阶段业已结束。

贺顿已经有过很多次这样的经历了，她知道会有伤感，然而伤感很快就会过去，新的来访者带着新的问题，又簇拥在门口。今天有些特别。苏三曾提出特殊要求，凡是他来访的那一天，无干人等一律回避。这样，苏三出门之后，就剩下贺顿在空无一人的咨询室里。

心理师是什么？

心理师就是为那些对变化着的心灵，有着无穷关切和好奇心的人准备的行业，他或她必须充满了探索欲和苦行僧般的奉献精神。你要比你的来访者更胜出一筹，更聪明更稳定，更深刻更诚实，也更有耐心。

你不能比来访者穿得更好。你不能说黄色笑话。你不能忘记关掉手机，无论你有多么重要的事情。你不能迟到。你也不能在来访者迟到的时候，无动于衷。你要适时适当地表示你的遗憾，纠正他的迟到习惯。

哦，经验和钻研，远比学历更为重要。心理师的正宗传承，就是执着地修炼，在自己痛苦的时候，还要思谋他人。如同苦蚌含珠，靠的是一天一层的黏结，无法速成。你还要向你的来访者学习……世上每一颗受伤的心，都或许潜藏高贵。每一具铭刻鞭痕的躯体内，都包裹着改变的决定和铁骨。

门开了。

贺顿迎出去一看，原来是刚刚离去的苏三先生。

“您忘记什么东西了？”贺顿问道，一边回忆着，似乎并没有发现什么物件遗存。

“不是。”苏三先生简短地回答。

“那是还有什么事项不够清晰吗？”贺顿再问。

“也不是。”苏三很明确地否认了。

“那是什么事情让您又回来了？”贺顿大惑不解。

苏三先生熟门熟路地坐下了，说：“我知道你们是严格为来访者保密的。”

贺顿说：“当然。是这样的。”

苏三说：“如果你有一天在大庭广众之下碰到了我，你会保持应有的陌生感吗？”

贺顿说：“我不知道什么叫应有的陌生感？”

苏三说：“就像从来没有见过我一样。”

贺顿说：“我可以保证就像从来没有见过您一样。”

苏三说：“如果我给你发奖牌佩戴勋章，近旁并没有他人，你也会恪守这个原则吗？”

贺顿说：“会的。出了这间房子，我就不会认识您。当然了，除非你违反法律，伤人或是伤己，那我就要举报了。顺便说一句，我似乎并没有可能得到奖牌或是勋章。”

苏三意味深长地说：“一切皆有可能。不过，我再一次地相信你。”

突然之间，两个人都沉默了。这是一种可怕的重复。苏三先生第一次走进心理诊所的时候，他们之间就如此对话。一切都没有改变，只是时间远去。

贺顿说：“苏三先生还有什么不放心的吗？”

苏三说：“不是不放心，是再次确认。我这次要和你谈一个新的问题。”

毕淑敏 著

心灵疗愈

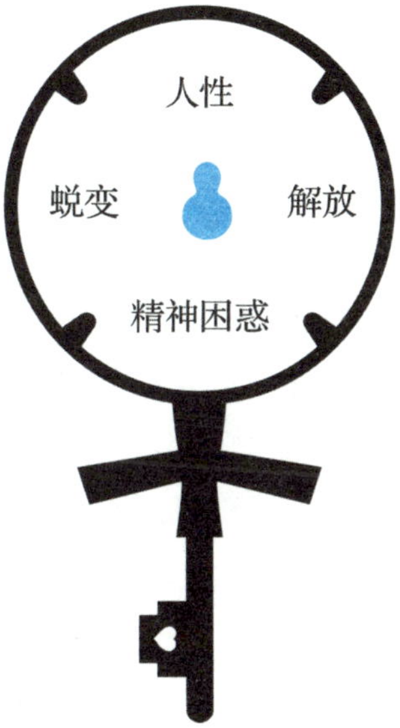

女心理师 下

毕淑敏自选集·心理卷

A Female Psychologist

二

国际文化出版公司
·北京·

目　录

第 25 章

装神弄鬼依旧

苏三杀了一个回马枪。

贺顿说：“新发生了什么？”

苏三说：“你不要紧张。我有一个和原来的问题不同的问题。也就是一个新的问题。我还要和你讨论。”

贺顿恍然大悟，说：“原来前一个问题是投石问路。”

苏三说：“也不完全是。那是一个真正的问题，当那个问题解决之后，这个问题就上升为主要的问题。”

贺顿说：“非常感谢您的信任。现在，我们重新开始吗？”

苏三先生说：“是的，重新开始。我的名字不用改变，其他的规矩也一律照旧。我还是不希望任何人看到我。”

贺顿说：“好，一切照旧。”她说完，有点好笑。明明是认识的人，却好像素不相识。

“您被什么所困扰？”

苏三说：“我需要做一个决定。”

贺顿说：“什么决定让您这样举棋不定？”

苏三先生说：“因为它关系到人。你知道，世上的万物都好办，只有关乎人的时候，最难办。”

贺顿说：“什么人？”

苏三说：“女人和男人。”

贺顿说：“男人是谁？”

苏三说：“是我。”

贺顿轻轻地嘘出了一口气。男女之事，的确是世界上最复杂的关系了。她继续问道：“女人是谁？”

苏三回答：“不止一个女人。”

贺顿说：“她们都是谁？”

苏三说：“一个是我的妻子，一个是我的红颜知己。”

贺顿说：“你的问题是什么？”

苏三说：“我要放弃其中的一个女人。我已经不堪重负。”

贺顿说：“看来这个问题已经让你很久不得安宁了。”

苏三说：“14 年了。14 年前，我还只是一个小小的处长，我和我的红颜知己在一次会议上相识。那时候她刚刚研究生毕业，风华正茂。我们一见如故。贾宝玉和林黛玉是前世有约，我相信我和这个女人也有冥冥中的缘分。”

贺顿预计了一个老掉牙的第三者的故事，悠然登场。好在心理医生有一个本领，就是把自己的面部表情最小化。她颔首，表示很能理解这种一见钟情的默契。

苏三开始了喋喋不休的叙述，无非是和第三者如何的缠绵。贺顿问：“她叫什么名字呢？”

苏三先生说：“咱们就称呼她李四小姐好了。”

贺顿说："好吧。那我现在很想知道，你的主要的烦恼是什么呢？我听你刚才讲到的都是甜蜜。"

苏三说："是的，我们相处的时候都是甜蜜，起码以前是这样的。"

贺顿紧紧揳进这个缝隙，她要让谈话变得富有成效。问："你说的以前，是指什么时候呢？"

苏三说："半年以前。也就是我认识她 13 年半以后。"

贺顿说："我看你把时间记忆得如此准确，有什么特别的意义吗？"

苏三说："你猜得很对。半年以前，是她的生日，从那一天开始，她整整 40 岁了。"

贺顿说："40 岁，对你来说，有什么不同寻常？"

苏三说："那天她过生日，把自己的公寓装扮得非常漂亮。她也是公务员，公务员有专门的宿舍区，但为了方便我，她在外面买了房子，和我幽会。那个小巢布置得雅洁舒适，每个角落都匠心独具，充满了情趣。你坐在马桶上，就可以看到三组不同的画作，还能闻到奇异的香气。我知道这一切都是为了我来的时候，能在极短暂的时间里享受到更多精致呵护。好了，不说这些细节了，那天我走进李四小姐的雅舍，看到到处都充盈着玫瑰红的烛光，香气萦绕着蛋糕。李四说，你数数看，有多少支蜡烛？我试着开始数，烛光摇曳，加上我开了一天会，头晕目眩的，我就说，你为什么在蛋糕上插了这么多的蜡烛？我的女孩？我记得有一种数字蜡烛，只要插上两个阿拉伯数字就可以了，不必这么烦琐。请不要见笑，在一起的时候，我常常称呼李四小姐为女孩……"

虽然打了预防针，贺顿听到这里，还是不由得好笑。都多大岁数了，还称呼女孩，40 岁的大女孩，老女孩，真叫人哭笑不得。但是，作为普通人的贺顿可以笑，作为心理师的贺顿不能笑。她需要平静地听下去。苏三便向她讲了下面的故事。

我的女孩说，你嫌蜡烛太多了吗？知道我多大年纪了？我说，我来，就是给你过生日的，我当然知道你多大年纪了。女孩说，知道就好。我把我所有的青春时光都给你了。听了她这话，我的脸如同被鞭子斜抽了一下。是的，我太自私了。一个女人，从 26 岁到 40 岁，这的确是鲜花盛开的年华，根根梢梢都交付给了我。我说，后悔了吗？她说，不，我不后悔。我说，从咱们交往之初，我就跟你说过，除了爱，我什么都不能给你。不能给你名分，不能给你金钱，也不能给你孩子……李四说，我都知道，在这个时刻，求求你不要重复这些令人伤感的话。

当她默默地许了一个愿，俯下身去吹蜡烛的时候，我清楚地看到了她头顶上的白发。女孩很精心地保养着自己，颜面上基本保持着没有皱纹。但头顶是不会骗人的，老了就是老了，任何力量都不能阻挡。我突然想到，过不了几年，她就会进入更年期了。到了那个时候，她就再也不会有自己的孩子了。她真的不后悔么？

我说，你应该有自己的生活了。

她反问道，难道我现在不是在过着自己的生活吗？

我说，那你以后老了怎么办呢？

她说，我会进敬老院。我相信国家在这方面投入的力量会越来越大。

我说，我年纪比你大很多，如果我先走了，你会孤单的。

她突然歇斯底里地发作起来，说，你以为我现在就不孤单了吗？你如果真的走了，我不会比现在更孤单。知道你就在这个城市里，但你却不在我的身边，能听得到你的声音，却看不到你的身影，你以为这种孤单就好忍受吗！

我无言。我知道这就是她的生活。她已经是处长了，干练公道，业务上非常出色，如果没有意外的话，她会被提拔成局长厅长。人们都知道她前途无限，却不知道她为什么坚持不嫁。只有我知道这一切都是因为我。除了上班和出差以外，所有的时间，她都在公寓等待。我们没有任何电话上的往来，也不发短信，也不在网上聊天。如果有人查找通信记录，我们是静默和清白的。无论多么晚，只要到这里来，我从不用打任何招呼，她一定是守候着一盏孤灯在等候。这种信任和默契，我享受了很多年。同理，我也知道她孤独了很多年。

她头上的白发如一枚枚发射的银针，深深刺痛了我。我不能承担一个人对另外一个人如此深重的等待，我不堪重负。我要逃脱。在那一瞬，我下决心尽快地完结这段情感。然后，她赶快嫁人，然后，她赶快生育一个属于自己的孩子。

这样想定以后，我对她说，咱们到此为止吧。

她说，这就是你送给我的生日礼物？

我说，这样下去，你没有幸福。

她说，我幸福不幸福，只有我自己知道，和你没有关系。

我说，怎么能说和我没有关系呢？

她说，我什么都不曾要求，你还不愿意吗？你可以从此离开，永不回头。我爱你，这和你无关。你不必知道也不必承担任何责任。这难道还不够吗？

话说到这个份儿上，我还能说什么？她柔情万种地对我说，我能自己养活自己，我能为你保密，我不怕衰老，我也不需要孩子。总之，所有关于我的考量，你都尽可放下。现在，让我们享乐吧。

我缴械投降，进入了温柔乡里。是的，一个什么都不图的女子，你还有什么可说的呢！

“心理师，你见过这样的女子吗？”苏三先生以这样的问话，结束了他的述说。

贺顿不知如何回答。这样的女子，对一个心理师来说，虽然少见，却也不是没有。但她不能这样说，她知道这样的问话，只是表明了案主掩埋在巨大的困惑里，以为自己的难题天下无双。

贺顿斟酌着说：“李四小姐非常独特。”

这个答案让苏三先生比较满意，他说：“如果是你，你会怎样？”

贺顿说：“我还需要了解更多的情况。”

苏三先生说："我也要把更多的情况告诉你。下次吧，我还有一个重要的会议。"说完，他就起身走了。

贺顿倒在心理室的沙发上，孤坐了半天。本来以为一垅麦子割到了地头，不想直起腰一看，才发现这是套种的土地，另一茬庄稼刚刚发芽。除了揉着酸痛的腰发呆，没有别的法子。

文果走进来说："广州来的案主走了？"

贺顿简短地答道："走了。"

文果说："那就好。我不喜欢这个人。虽然，在他预约好的时间我回避了，从来没有见过他。"

贺顿说："你没有见过他，为什么就不喜欢他？"

文果说："装神弄鬼。"

贺顿说："不要背后议论来访者。"

文果说："好吧。那我就把他的卷宗归档了。"

贺顿说："且慢。他又开始了新的一轮咨询，一切照旧。"

文果说："装神弄鬼也照旧吗？"

贺顿说："老规矩，回避。"

下一个来访日，苏三说："我今天讲讲我的老婆吧。我猜你一定要说如何称呼，就叫她王婆吧。"

贺顿开玩笑说："是王婆卖瓜的那个王婆吗？"

苏三说："这和卖瓜没有关系。主要是她姓王，又是我的老婆。"

贺顿说："好吧。我现在已经牢牢记住了你们的称呼，一位苏三，一位李四，还有一位王婆。"

苏三便苦笑着说这些名字都是假的，但事情是真的。记得我和你说过，我的老婆是个商人，对我很好，也很有钱。我至今还是一个清官，和她有钱是大大分不开的，有很多人成了贪官，和他们的老婆贪钱有关联。我这样说，也许女权主义者会很愤慨，但起因是我很感激王婆。她不知道我金屋藏娇，一藏就是 14 年。李四那边一往情深，我实在割舍不下，就反过来打我老妻的主意。我对她说，你从来就没有怀疑过我吗？

王婆说，怀疑你什么呢？

我说，怀疑我在外面养个小蜜包个二奶什么的？

王婆说，从来没有。

我说，如果我让你这样设想一下呢？

王婆说，我很忙。你有正经事没有？我有一大宗生意要谈，别捣乱行不行？

我说，我不是捣乱，是确有其事。

王婆说，什么事？

我说，二奶的事。

王婆说，那不可能。

我说，可能的。

王婆说，我不相信，一定是有人造谣。

我说，没有人造谣。我跟你这样说。

王婆说，那就是你造谣。

我无可奈何，就说，好吧，就算是造谣，如果你听到了，会怎么样呢？

王婆说，造谣者可耻，信谣者可悲。我记得这是“文革”中的一句话，真理。

我说，你就不生气吗？

王婆说，当然生气了。

我一听有门，生气就好，马上说，那你打算怎么办呢？

王婆说，我要找到造谣者，拔掉他的舌头。想我们恩爱夫妻，哪能让他这样血口喷人！

得！她和我想的完全不是一回事。

我说，假设呢？

王婆不耐烦了，说，假设什么呢？

我说，我在外面和别的女人好了。

王婆这次认真了一下，说，第一，我根本就不相信这种事。就像我不跟外星人做买卖，因为这是不可能的。第二，就算真的出现了这种事，我了解你，这绝不是真好，只是一时鬼迷心窍。所以，既是为了你好，也是为了那个女人好，我就当什么都不知道。说到这里，王婆意味深长地看了我一眼说，苏三，不要再来这类脑筋急转弯的题目了，你我都不是小孩子。记得当年老人家在世的时候说过，对于种种的捣乱，第一是反对，第二是不怕。咱们就到此为止吧，我还要忙着谈判，你好自为之，我希望这样的谈话再也不要由你发起。

王婆说完就走了，剩下我一个人发呆。心理师，你说王婆知不知道李四？

“我不知道她知道不知道。”贺顿把话说完，觉得像绕口令，非如此不能表达本意。她接着说：“不管她知道还是不知道，她的态度很鲜明——她不会和你离婚，她根本就不承认有这种事。”

苏三说：“你分析得不错。”

贺顿说：“你现在的主要问题是什么？”

苏三说：“我想知道这两个对我来说无比重要的女人，打算怎么办？”

贺顿说：“你不是已经知道了吗？她们都不打算放下。”

苏三说：“然后呢？”

贺顿说：“谁然后？”

苏三说：“她们。”

贺顿说：“你老管她们干什么？”

苏三不满了，说：“这本来就是三个人的事情，我不管她们怎么能成呢？”

贺顿说：“你是想解决她们的问题，还是想解决自己的问题？”

苏三说：“你这话不通情理。我的问题，就是她们的问题；她们的问题，也是我的问题。她们的问题解决了，我的问题也就解决了；她们的问题不解决，我的问题自然也就无法解决。”

贺顿说："我几乎被你搞糊涂了，现在我们要正本清源。请回答，是谁到我这儿来咨询？"

苏三说："明知故问，当然是我了。"

贺顿说："对。现在是谁要寻求改变？"

苏三说："是我。"

贺顿说："很好。你是矛盾的主要方面，当然关键在你。因为，李四小姐不需要改变，她愿意做一辈子你的情妇；王婆也不愿意改变，她愿意装聋作哑当你的贤惠妻子。是你自己受不了灵魂的煎熬，要谋求改变。"

苏三的嘴唇张了好几次，都闭了起来，说不出话。许久之后，他说："不单是灵魂，身体也受不了，毕竟上了岁数。你的意思是我要拿出主意？"

贺顿说："正是。"

苏三说："我要是拿得出主意，还用找你来吗？我自己就解决了。"

贺顿说："那你打算怎么办呢？"

苏三说："我希望她们之间有一个主动退出。"

贺顿说："我估计你会碰壁。"

苏三说："已经碰壁了。谁都不肯退出。"

贺顿说："你愿意维持这个局面吗？毕竟你已经维持了 14 年。"

苏三说："我不愿意维持下去了。太累。"

贺顿说："你下了鱼和熊掌不可兼得的决心？"

苏三说："下了。"

贺顿说："那就好办了。放弃一方吧。"

苏三说："我不能放弃。"

贺顿说："那我们就又回到了起点。你不放弃，就只能煎熬。"

苏三说："不是我不放弃，是她们不放弃。"

贺顿说："这和她们无关。只和你有关，是你做出决定，而不是她们做出决定。"

苏三说："问题绕了一圈，又回到我这里来了。"

贺顿说："本来就在你这里。"

苏三说："我很想逼着她们放弃我。"

贺顿说："愿听其详。"

苏三说："我已经想好了方案，今后就会实施。等有了效果，我再来向你报告。今天，我必须提前结束，因为有非常重要的会见。"说完，苏三告辞了。

贺顿面对着今天的约谈记录，不知如何落笔。

下一次，苏三来的时候，情绪委顿。

"这一周，感觉如何？"贺顿关切地问。

"感觉不好。"苏三如实回答。

"哪方面不好？"

"都不好。"苏三先生无精打采。

"可以讲得详细一点吗？详细了才能有发现。"贺顿说。

"我逼迫她们了，可是，毫无效果。"苏三先生说。

"如何逼法？"贺顿想象不出，只得求教。

"我对我的妻子大发脾气，无缘无故地指责她，百般挑剔她，还当着她的面夸奖电视里的女明星性感漂亮。说王婆是个黄脸婆，还问王婆如果我要离婚，你会寻死觅活吗？多次挑衅。"苏三一边回忆一边讲。

贺顿真想啐他一口。一个毫无过错的妻子，相敬如宾举案齐眉，突然间被丈夫口出恶言，百般凌辱，罪过啊罪过。"结果如何？"贺顿忍住气问。

"结果就是没有结果。"苏三先生唉声叹气，"王婆说，我这么反常，一定是碰到了大大不顺心的事，涉及我的工作，她也不便细问。她说，不管是什么原因，有什么怒火，尽管朝她身上撒就是了。别人不了解我，她还不了解我吗？说我被气糊涂了，都开始说胡话了，已经完全不像平日的我了，这让她更是心疼我，什么都不会放在心上，只求我能开心一点。王婆还说，如果我这样胡言乱语能让自己好过一点，就随便骂好了，她不会生气，反倒高兴，知道我能因此放松……”

贺顿不由自主地点头。苏三仰天长叹道：“一个女人贤惠到了如此的地步，别说她还挣出万贯家财，就是一无所有，也是手心的宝啊。”

“那边呢？”贺顿问。

苏三先生说：“我也照方抓药，对李四说，你让我很痛苦，是个负担。你的存在成了我的一块心病，14 年前我认识了你，就是一个错误，甚至可以说是一个罪恶。你让我成了一个罪人，一个小人，一个两面派……我再也不想见到你了，我们就此分手吧……喏，就是这些了。”苏三喉结滚动，使劲咽了下唾沫，看来说出这些话，对他也是煎熬。

“李四是如何回答的？”贺顿问。

“没有回答。”苏三说。

“那总要有所表示。”贺顿探寻。

“也没有表示。”苏三说。

“既不回答，也没有表示，在听到这些非常刺激的话以后，李四总要有点变化吧？”贺顿也被苏三的这两个女人搅得迷茫起来。

“李四只是安静地坐着，然后继续低头缝补她手头的东西。”苏三边回忆边说。

“她手头缝补的是什么东西？”贺顿不能放过任何蛛丝马迹。

“不好意思，是她的个人生活用品。”苏三不愿意说。

本来贺顿也只是随口问问，苏三的忸怩让她不肯轻易放过。“那到底是什么东西呢？”

“是……她的内裤。”苏三只好说出。

“她是个很俭省的人吗？”贺顿问道。

“不。她总说女人要对自己好一点，个人生活用品是很考究的。当然，可能也是为了让我感到更有情趣，她的内衣内裤之多，简直可以开个小店了。”

“既然并不缺货，为何还要缝补？”贺顿既是问苏三也是问自己。

“我也不知道。”苏三彻底地无可奈何了。

“那是一条什么样的内裤？”贺顿所问之详细，连自己也觉得不好意思，好像是在侦探一宗强奸案。

苏三说：“就是普通的内裤。好像是很久之前的样式，裤腰上还穿着松紧带。你知道现在的女人内裤，都是有花边镶蕾丝的，颜色非常鲜艳，但这条不是。淡蓝色，因为时间过久和洗的次数多了，基本上褪成白色了……哦，我想起来了，我……”苏三先生一下子鼓起眼睛半张着嘴，好像被鱼刺卡住了，说不出话来。

“您想起什么了？”贺顿问。

“这是我和她第一次亲密接触时，她所穿的内裤。”苏三先生虽然很窘，还是如实招来。

“李四最近一直在缝补这条内裤？”

“是的。一直在补，最近几次我都看到。我还挺奇怪的，缝缝补补时间之长，就是一条棉裤也该收工了。现在，明白了。”苏三先生恍然大悟。

“您明白什么了？”贺顿还不明白，虚心求教。

“李四一直和我说她不后悔，其实这是假的。和我发生关系的时候，她是处女。她的修补，其实就是想让时光倒流，她重返那时的单纯和自由。无论她嘴上怎样说，她的这个动作，让我明白了她的真实期望。我已经知道该怎么办了。”形势急转而下，苏三先生犹有神助，马上就变得明晰而又有力量了。

现在是贺顿有点追赶不上，她说：“你打算怎么办呢？”

苏三先生说：“我会买一打新内裤送给李四。”

贺顿说：“这未免太戏剧性了。”

苏三先生说：“这只是一个小的道具。我会对她说，我们之间的关系应该结束了，只是，这不是修补，而是重新开始。从此，你去寻找你的幸福，我来继续我的路程。我们曾经那么美好地相处过，让我们都保留着最美好的记忆吧。你说，这样如何呢？”

“你的问题，你当然最有发言权。现在，你自己找到了解决问题的要领，我很为你高兴。”贺顿由衷地说。说实话，在半分钟以前，她还充满了走投无路之感，不知道苏三先生在这两个女人之间如何取舍。这样快地就柳暗花明了，也是贺顿始料未及。

“看来，我是一定要对不起一个人了。”苏三先生说。

“其实，也不一定是对不起。解决了眼前的困境，李四小姐也能去寻找自己的幸福，未必就是坏事。如果你这样一直僵持着，就要对不起三个人，甚至更多的人。”贺顿说。

苏三先生若有所思，说：“你说的三个人，我能理解——我、王婆和李四。你说的更多的人，是加上了我的孩子。对吗？”

贺顿意味深长：“除了你的孩子之外，还有其他的人。”

苏三先生说：“谁？”

贺顿说：“我知道你不是从广东来的。我也知道你不是商人。你有一个工作的圈子，一个人改变了，对所有这个圈子的人，都是好事。”

苏三先生说：“好吧，我把这当作——祝福。现在，我觉得我可以走了，而且，将不再回来。临走之前，我还有一个小小的请求，不知您是否可以答应？”

贺顿说：“不必客气。只要是我可以做到的，您尽管说。”

苏三先生说：“我会和李四小姐把这一切都说明白。我不知道她会怎样，但我想，她是一个通情达理有情有义的知识女性。痛苦是不可避免的，但改变是一定会完成的。如果在这个过程中，她有非常剧烈的失落和不安，我是否可以介绍她来找您？”

贺顿说：“谢谢你的信任。但是，因为我们之间的这种关系，由我来给她做心理帮助，显然并不合适。我可以给她介绍一位新的心理师。”

苏三说：“好。”说完之后，他就走了，没有回头。贺顿多少还有些不踏实，坐在心理室的沙发上等了好一会儿，直到天色黑透，并没有再次响起门铃，这才离开。

柏万福频繁地按动着遥控器，搜索着节目。在晃过新闻的时候，贺顿突然看到了一个人在讲台上侃侃而谈。她一下子捂住了自己的嘴巴，把一个名称在舌尖和牙缝中磨碎。柏万福只听到了含糊不清的咕噜声。

“你在说什么？”因为彼此关系极为冷淡，他们基本上是不说话的。柏万福听贺顿动静怪异，怕她有什么病痛发作，还是问了。

“我什么也没说。”贺顿否认。

“你发出了一个声音。”柏万福坚持。如果他不坚持的话，就证明自己的耳朵出了毛病，幻听了。

“哦，我突然看到了一个人，很像我小时候的邻居。”贺顿遮掩。

柏万福回头一看，电视机里出现的是会议和群众场面。这种时候，你常常会看到像自己熟识的人，还没等仔细看清究竟是不是，画面就晃过去了。

贺顿没有搭腔。柏万福就把频道转到自己喜欢的卡通片频道上去了。

贺顿看到的不是群众场面，是一位领导在主席台上做指示，他就是苏三先生。

贺顿有一搭没一搭地想着。如果她再次见到苏三先生，也许会有以下的对话。

“咱们讨论的先是一个口才的问题，然后是一个情感的问题，你可发现它们的共同之处了吗？”

苏三会说：“看不出来它们之间有何具体的联系。在我来讲，它们是随机的。”

贺顿说：“不，不是随机的。它们服从于你的理想。你的口才其实不错，对于一个一般人来讲，已经足够了。谢谢你对我的信任，你告诉我你想成为一个政治家。对于一个政治家来说，杰出的口才是飞翔的翅膀。出于这个理想，你寻求口吐莲花的本领。我们沿着你的童年，进行了深入的探索，找到了一个源头。清理之后，收到了效果。你完成了这个进步之后，感觉到了理想的逼近。这个时候，你发现自己有一个隐痛，这就是李四小姐的存在。对于一般人，这样无欲无求的红颜知己，已十分省心。您也曾是相当满足的，这就是地下恋情连绵14年不息的原因。如果没有其他因素，很多人就这样走过一辈子。但是，您不同。一个政治家，要有阔大的胸怀和正直的人品，才能光明磊落地为众人办事。你开始清理自己的历史。你说你在情人和妻子之间不知道选择哪一个，我相信这是真的。李四小姐是个妙人，你的结发之妻也毫无过错。如果婚变，大家就要问一个为什么？如果你和李四小姐结为伉俪，人们就会恍然大悟发现你的隐私。对政治人物的声誉来说，这是瑕疵。因此，你迅速地决定了放弃李四小姐，以保全自身。虽然这对李四小姐来说，未必不是好事。其中最关键的因素，是你的抱负和理想。作为一个心理师，我不做价值评判和道德评判，况且我知道世无完人。苏三先生，祝你实现自己的期盼，成为一个杰出的政治家，如果是那样，众人也会受益。”

第26章

生命这条鱼，只剩下鱼鳞和黏液

如同刹车失灵的汽车冲下盘山道，贺顿觉得自己不可遏止地向悬崖扑去。乞求姬铭骢的督导成为最后的稻草。稻草迟迟不抛过来，贺顿走向沉没。

崩溃的感觉是那样清晰并迫在眉睫，钱开逸明白这一切，心急如焚。每次拐弯抹角托人去探问姬铭骢，答复总是说知道了，会有安排的，少安毋躁，就是不回答具体从什么时候开始督导贺顿。

贺顿一天天苦挨，用最后的气力坚持工作，心事不知向何人述说。以前有什么还能和柏万福唠叨唠叨，现在濒临分手，已无法沟通。钱开逸倒是一个好听众，但非常时期，不好多接触。偶尔打个电话，能说的都说过了，再说也是望梅止渴。

外人倒是看不出来多少，心理医生做得久了，就成了城府很深的人。

如果有一天他们自戕，别人一定会极端意外地说——毫无征兆啊。

这天，文果很急迫地说有一个来访者，加塞进来，请贺顿一定接诊。

贺顿说：“既然是加塞，你就可以回绝。按顺序，慢慢等。”

文果说：“该说的我都说了，可他顽强极了，就是一定要你给他做心理治疗，还要加急。”

贺顿说：“你就答应了？”

文果说：“我实在没法子，告诉他如果加急，就要多收费。比如你去洗相片办证件，想快就得多出钱。我以为能让他知难而退，结果他连个磕巴都没打就应承下来了。闹得我没法下台，只好请您先做了他。我知道没跟您打招呼，是我不对。我向您检讨，但您还是给我一个面子，今天把他做了吧。”

贺顿苦笑：“你一口一个做了他，好像咱是黑社会。”

文果说：“口不择言，主要是急的，生怕您不答应。”

贺顿说：“我看你平常接电话包括人家打上门来约谈，都伶牙俐齿针插不进水泼不进的，也算身经百战了，寻常人等并不能打动你为他们说话。这人怎这么大能耐？”

文果自己也正纳闷，说：“我也不知道，他好像有一种魔力，绕来绕去的，我就被他说动了，就按照他设想的路数走了。真奇怪，仿佛中了蛊。”

贺顿说：“这就是控制。”

文果说：“不管怎么说，您答应了给他做治疗，对吧？”

贺顿说：“小姑娘，你这是开始控制我啦。不过，一是你答应了人家，咱们不能言而无信。第二你收了双倍的费用，也算创收了。我就答应做了他。不过，下不为例。”

文果欢天喜地：“记住啦。”

当这位充满了控制能力的来访者走进治疗室的时候，贺顿大吃一惊。来人不是旁人，正是那个在风雪之夜请贺顿吃鲍鱼的司机老李，贺顿打电话查证过他的身份，据沙茵的爱人说好像是教授。后来太忙，也没有同沙茵再议论过此人。没想到今天狭路相逢。

“老李，是你？”贺顿站了起来。

“没想到我来了吧？一是看看你，二是求你帮助。”老李依然是一套笔挺的西装，面色沉郁，说话的声音很有魅力。

贺顿说：“您是我的来访者，我是您的心理医生。叙旧的事咱们就不谈了。”

老李很惊奇地说：“心理医生六亲不认？不许拉家常了？”

贺顿说：“您要是想跟我叙叙旧，那咱们就到外面的茶馆喝茶，我把您刚才交的费用退给您，我做东。如果在这里，咱们就是工作关系，不谈其他。”

老李说：“好好，佩服佩服。当年的小姑娘如今有大师风范了。”

贺顿说：“哪里谈得上大师，不过是这个行业的规矩，我要遵守。”

老李说：“好吧。那咱们就装作从不相识。”

贺顿说：“这个您放心。认识还是认识，但您和我说的所有的话，我都会为您保密。”

老李说：“真的吗？”

贺顿说：“当然是真的。”

老李说：“如果我杀了人，你也替我保密吗？”

贺顿说：“你既然杀了人，为什么到我这里来？”

老李说：“我受不了良心的煎熬。我东躲西藏，惊弓之鸟，岁数也大了，颠沛流离苦啊。我不敢回家，只能隔着窗户看看我老母的身影，到我孩子工作的门口等着远远地瞟他一眼，这样的日子活着和死了又有什么不同呢？就为了这些，我来看你。”

贺顿说：“你既然来了，就是想有所改变。对吧？”

老李说：“也不一定是改变。只是这样煎熬下去人不像人鬼不像鬼，我受不了。”

贺顿说：“这就是谋求改变的开始，我会和您探讨改变的方向。”

老李若有所思，说：“可是你并没有回答我杀了人，你会不会为我保密？”

贺顿说：“我不会。我刚才说的话还没有讲完，杀人越货，恕我不能继续保密。”

老李说：“我是一个杀人犯，你如果不能为我保密，就不怕我杀了你？”

贺顿说：“我当然害怕。可是我没有办法，只能这样告诉你。既然你已经过够了东躲西藏的日子，为什么要让罪恶更深重？”

老李说：“那你就寄希望于我的良知了？”

贺顿说：“凡到心理诊所来的人，我都假设他们良知未泯。”

老李说：“好吧。测试到此结束。你过关了。”

贺顿说：“您花了这么大的价钱和时间，就是为了来测测我是不是个合格的心理医生？”

老李说：“那倒不是，我还没有吃饱了撑到这个份儿上。我有自己的烦心事，不知求谁，偶然知道你开了家心理所，就贸然来了。经过这一番对谈，我知道你的确不是原来那个小姑娘了，我也就放心了。”

贺顿说：“谢谢你的信任。现在，我们可以进入正题了吗？到底是什么在困扰着您？”

老李说：“是这样的。大约有一年的时间了，我慢慢地发现身边的世界在离我远去，好像一艘船，我没有缆绳能够留住它，它抛下我去往天边。”老李一边说着，一边做出非常恐怖的神情，好像惊涛拍岸。

贺顿有点疑惑，但还是不动声色地听下去。“在这之前一切都很正常吗？”

“是的。很正常。我不知道它们是如何发生的，就像不知道山火是怎样开始燃烧。也许是一个烟头，也许是雷电，也许是坏人成心放的火……我只知道自己每天早上不想起床，好像床是一个巨大的章鱼，有无数的爪子把我吸在那里。好不容易起了床，通常都到了中午时分。因了我的懒惰，已经不能坚持正常工作，告了长期的病假。我会突然哭泣，看到一个邮筒或是一座牌坊，眼泪就会像决了口似的流下来。这对一个大男人来说，当然是非常丢脸的事情，于是我只好待在家里。食欲下降得非常厉害，我再也不会吃鲍鱼鱼翅那种大餐了，因为我根本吃不出它们和普通的白菜粉丝有什么区别。你是心理医生，我也就不避讳什么了，性欲也几乎完全消失了，我老婆说要给我买伟哥吃，我说别花那个冤枉钱，因为伟哥对我不会有效果的，这是一种发自内心的倦怠，没有任何药物可以振作。我常常失眠，苦熬到天明。有的时候又会几十个小时长睡不起。连续几天粒米未沾，也不觉得饿，有的时候狼吞虎咽胃口好得像无底洞。这还不算，对什么都没有兴趣，看什么都好像是隔着一层食品保鲜膜，你可以看到它们，却不能触摸到它们的温度，别人好像都被复印过一般，没有了颜色，只剩下轮廓。世界仿佛黄昏时的光线，越来越远去，越来越黯淡，直到融入无边的黑暗……这是一种非常可怕和孤独的感受，生命就像一条鱼，滑溜溜地从你手中挣脱而去，你只留下了一把黏稠的鱼鳞和鼻涕一样的液体……你说你说，我到底得了什么病？”老李眼巴巴地看着贺顿。

贺顿判断出老李很可能得了抑郁症，但她还要再确定。

“您以前有过这样的日子吗？”

“没有。从来没有过。如果有过，我就不要活了。”老李深恶痛绝地说。

贺顿有个疑问，一直找不到合适的突破口来问询，现在好了，刚好有了契机。贺顿说：“听你刚才讲得那样痛苦，你是否想过不要这样生活下去了？如果我的这个问题冒犯了你，请原谅。”

老李说：“你的意思是我有没有想过自杀？”

贺顿说：“就是这个疑问。”

老李说：“想过。不止一次。很多次。”

贺顿说：“你只是一般地想一想，还是认真地设计过用什么法子达到目的？”

老李说：“你是在问我做过什么自杀的准备吗？”

贺顿说：“是的。我关心你，所以想了解得更多一些。”

老李说：“我考虑过用安眠药，但是报纸上老说洗胃催吐把某个人给救过来了，我觉得这不是一个保险的法子。再有就是上吊，我这个人骨骼架子大，分量又重，操作起来恐有难度。剩下的还有割腕抹脖子什么的，都太血腥了，死得太难看。我预备跳楼。一是不需要太多的设备，只要找一个高层建筑就行，很简单；第二只要下定了必死的决心，楼高在六层以上，头朝下，就死定了，成功率很高；第三，像张国荣那样的名角都选择了这样的死法，可见还是比较时髦的，临死我还可以当一回追星族。”老李眺望远方，好像是在谈一次旅游。

“家里人知道你的这些想法吗？”贺顿基本上可以肯定自己的判断了。

“他们不知道。我老婆是个蠢婆娘，孩子已经大了，在外地，根本就不知道我遇到了麻烦。”

贺顿说：“老李，谢谢你的信任。我认为你的情况需要进一步的治疗。我建议你马上到专科医院就诊。”

老李大惊失色，说：“你这是什么意思？往外推我？”

贺顿说：“我觉得你在一个危险当中，需要马上接受神经内科医生的诊治。我们和医院还没有建立起直接的联系，那我就要通知你的家人，到这里来带你回家，然后马上接受治疗。”

老李说：“你是说我得了精神病？”

贺顿说：“我不是那个意思。具体有没有病，得的到底是什么病，都要经验丰富的临床医生来确诊，我就不多说了。只是，您不能一个人回家。”

老李说：“怎么着，我好好地走着来到你的诊所，倒成了抬着出去？”

贺顿说：“您不需要被抬着，您还可以走着出去。但是，要有家人陪伴，而且我还要把您的一些情况和家里人做个交代。”

老李说：“我要是不听你的，一定硬要走呢？”

贺顿说：“这就是对自己不负责任了。生命是宝贵的。”

老李思忖了片刻说：“好吧。我就听你的。只是我老婆出差了，家里现在没有人。”

贺顿说：“那你有没有要好的朋友呢？请他来接接你。”

老李说：“好吧。让我想一想。”然后就开始拨打电话。

贺顿走出去，容他想。过了一会儿，贺顿走回来，老李说：“我有一个朋友愿意陪着我。只是他现在很忙，没法来接我，让我自己去找他。人家说，在电话里听着我的声音很嘹亮，不像有什么危险。”

贺顿说：“如果他实在来不了，我们会有工作人员陪你到他那儿，把情况和他交代一下。这样我们才算完成了任务。”

老李悻悻地说：“真有那么严重吗？”

贺顿说：“我不能肯定，听医生的。如果医生说没有那么严重，单纯做心理治疗就行，那就欢迎您再来。”

这时文果走过来，对贺顿说：“这就是需要我陪同的人吗？”

贺顿就又向她叮嘱了一番，然后送两个人出门。临走的时候，老李问：“都是这个待遇吗？”

贺顿一下子没听懂，说：“您指哪个待遇？”

老李说：“专人护送。是因为咱们俩认识吗？”

贺顿说：“谁都一样。不管我认识还是不认识，觉得有必要通知家里人的，我都这样做。”

老李点点头，很欣慰的样子，说：“恭喜你，过关了。”

贺顿没听懂。抑郁症病人常常会说一些正常人听不懂的话。这时她突然想到那个重要破绽——刮风下雪吃鲍鱼那一天，沙茵已经到太平洋上的小岛度假去了，根本就不可能告知老李去接她。心中一惊，贺顿拨通了沙茵的电话，问询此事。沙茵说：“老苏瞎猜一气，我根本就不认识你说的老李这个人。”

老李究竟是谁？渊博、绅士、富贵、智慧……还有强大的控制力。

第 27 章

从钻石到花岗岩的王老五

齐台对钱开逸说：“上面的领导堵车的时候，偶尔听到了你主持的‘心灵七巧板’节目，特别喜欢，说不知道咱们还有这么一档有趣的节目，让你做个压缩版送上去，可能会拿大奖呢！尤其是两个声音的配合，那叫一绝！我告诉你领导的原话，你可不要骄傲。领导说：天作之合！天籁之声！”齐台说完了，拍拍钱开逸的肩头，手掌力度很大，鼓励和敦促的含义，尽在其中。

钱开逸心情复杂。一是备受鼓舞。声音这种资源，非常稀少。当然这是指好声音，至于噪音杂音，已是四处泛滥。二是充满遗憾，因为领导的鼓励来得晚了一点，因为“心灵七巧板”和另一档更为挣钱的节目冲突，刚刚停播了。不管怎么样，先争取得奖，再争取复播。他开始整理与贺顿合作以来的所有资料，准备报奖。

声音是具有魔力的。当你长久地倾听一个人的声音，就像长久地端详一个人的照片，会对这个人产生爱慕和依恋之情。图片毕竟还是死的，声音则充满了动感，如同活蹦乱跳的一只虾。当晶莹的水珠和翠绿的水草缠绕在你手上，你就和这只虾产生了休戚与共的感情。

连续几天，钱开逸躲在工作间里，完成作品的最后合成。他从来没有这样细致地体验到一个女子的一呼一吸，在起承转合中回眸一笑百媚生。当初直播时，心境紧张，来不及体味到的精妙之处，都在寂静的工作间里悄然复活。没有了压力，更可以感受到语言的魅力和思维的张弛。节目当然是公开的，但公开的东西在千百次私下揣摩中，就有了亲密的隐私感。被一个女子的动人声音百转千回地萦绕，休戚与共的感受妙不可言。

贺顿的声音具有一种无可比拟的诱惑力。它不像一般女子的声音，单纯是性感而娇柔。它有一种柔滑的力度，柔滑让人生出怜爱，力度不等于膀阔腰圆的强悍，而是润物细无声的坚韧。贺顿的叹息也很有特色，先是轻轻的一个嘘声，然后是短暂的停顿，好像是叹息者不忍将心中的万千感慨和忧伤传及他人，正在进行着小小的犹豫。片刻之后，她好像做出了最后决定，轻轻的呼吸如同悠扬的风笛渐鸣渐响，虽然极微细，却连绵不绝，逐渐地响亮起来。又不是震耳欲聋的那种霸道，依然保持着优雅和高贵，绵延不绝。在叹息抵达顶点的时候，再次出现一个小小的停顿，好像是一个勤奋的登山者在临近山峰的路上暂时歇脚，极目四望浏览周围的景色，心胸渐渐豁然开朗。之后，叹息骤弱，不像一般女子的叹息柔肠寸断，而是在某个瞬间戛然而止。正是这种没有前兆的消失，更给人留下了追怀和惦念的韵味。

贺顿不常出现这种叹息声，但正是这种偶然出现的叹息，让她的声音魅力达到了巅峰。她的叹息和播出的内容没有必然的联系，只是自我跋涉的灵魂在不倦地行走中要求歇息的一个信号。钱开逸相信没有人能像自己一样，深刻地理解这个女子内心的忧伤和远大的抱负。当然，这一切，目前都潜伏在她小小的瘦弱的躯体之中，还只是一颗种子。如果假以时日，如果能得到很好的专业训练，这个嗓音将是无与伦比的辉煌。

可惜目前的情况是——对于声音的价值和穿透力，贺顿自己茫然不知。

在极端安静的状态下，钱开逸甚至听到了贺顿胃肠的咕咕叫声。感谢那些高保真的设备，把所有的声音都收集在案，如今听起来依然惟妙惟肖。钱开逸还听到了眼泪的声音，那是在做一次关于孤儿的节目时，贺顿流下了泪水。当然，收音机跟前的听众不知道贺顿流泪了，钱开逸当时忙着操控机器和接收听众短信还有预报气象路况等信息，也顾不得照料贺顿的情绪，事情就过去了。此次重复收听的时候，钱开逸听到了贺顿泪洒衣襟的声音，分辨出了那滴眼泪坠落时空气的咝咝爆裂声……他一遍一遍地倒回带子，听着这滴眼泪的历程。当时不是一个很煽情的时刻，起码钱开逸没有一点要流泪的意思，但是贺顿哭了。

她为什么哭呢？她有着怎样的身世？是什么触动了她敏感的心灵？钱开逸不知道。

整理到他们刚刚进行过的告别讲话。很多听众依依不舍，用短信和热线电话进行告别。导播把听众的声音切进来，听众情深意切地说："你们不再进行广播了，到哪里才能再听到你们的声音？"

贺顿当时不语，扭头看着窗外，街市华灯初上光华灿烂，播音室里反倒显得比较幽暗了。有关方针政策性的问题，贺顿作为一个客座主持人是没有资格回答的。钱开逸说："一个节目也像一个人一样，有它的生命周期，有生老病死……"

热线电话那头的热心听众也不是一盏省油的灯，应声说："那你们这个心灵七巧板是病了还是死了？"

这难不住钱开逸。他说："我的比方不一定合适，请你原谅。'心灵七巧板'既不是病了更不是死了，而是涅槃。凤凰涅槃，就是再生。"

热心听众说："好，涅就涅吧。只是，我再到哪里听你们说话？"

钱开逸报告了自己将要主持的新节目。

听众沉默了一会儿，好像是在记录新的节目播出时间，然后说：“那贺顿呢？她主持什么新节目呢？”

这是一个难题，好在钱开逸也有应答，他说：“贺顿因为有更重要的工作，暂时不再主持节目了。”

此话一出，电脑显示屏上短信来电的数目激增，指示灯不停地跳跃着，钱开逸打开一看，都是问候贺顿的。

“贺顿小姐到哪里去了？担当什么重要的工作？有什么工作比人民的喉舌更重要？”

“贺顿你是不是出国了？别到外国去，你的声音那么好听，只有说汉语才能最充分地发挥你的才能，说英语就糟蹋了。”

“贺顿，你是进步了吗？是当干部了吗？是到更高一级的广播电台了吗？告诉我们你到哪里去了，我将追随你！”

“……”

贺顿看了，沉默不语，这个节目结束了，她的工作也就失去了。

钱开逸想到听众会难舍难分，但没有想到这样伤感。他不愿离愁别绪主导了今天的节目，就说：“我想，以后还是有机会的。我们还会一起主持节目。”

本想虚晃一枪就此下台，却不料听众情绪方兴未艾，短信继续铺天盖地：“你们将一起主持什么节目？”

钱开逸无法回答，假装没看到。面对短信你可以装聋作哑，可拿着听筒的热心听众不好糊弄。听众锲而不舍地问：“我很想确切地知道在哪里可以继续听到贺顿小姐的节目？”

钱开逸支吾着说：“这个还没有最后确定下来，但是我相信你一定会听到的。”

听众又问道：“我还想更具体地知道哪里能听到你们两个合作的声音？要知道你们的声音，犹如两把美妙的小提琴合奏，不管你们说什么，甚至说什么都不重要，重要的是你们那种和谐在一起响彻……”

钱开逸被这位听众的敏感所震撼，再看电脑短信，都是拥戴这位听众的看法，让一向理性的钱开逸眼睛出汗。

其实，他是为自己所感动。因为最先发现了贺顿的，是他。如果说世上先有伯乐后有千里马，那么，因了钱开逸的千百寻觅，才有了贺顿声音的千姿百态。

可惜，贺顿又要归于沉寂了。钱开逸没法子留住贺顿，只有眼睁睁地看着这条金嗓子重新隐没民间。

不行！

钱开逸要力挽狂澜。可是，钱开逸一不是电台领导，二不是有权有势的人物，他何德何能把贺顿留下来呢？无奈并且无助，几乎绝望。这几天，通过不断地倾听贺顿和自己的对谈，钱开逸越发感觉到自己对贺顿负有特殊责任。对于别的工作来说，嗓音是无足轻重的，一个IT业的精英，只要业绩突出，谁还管他是声如洪钟还是哑如破锣？钱开逸爱惜贺顿，如同玉匠爱惜一块天然美玉，足球教练发现了一个天才少年。

可他有什么法子呢？

齐台转达的那句话，如雷鸣响起：天作之合！天籁之声！当时，钱开逸还觉得有点不伦不类，什么叫天作之合，这通常是用于婚礼上恭维新人的，用在播音上岂不贻笑大方？此刻，此话犹如钉锤，楔入钱开逸脑海。

钱开逸已经35岁了，早就该谈婚论嫁，但他就是情窦未开，一心扑在工作上。好像是哪位导师说过，长期的单身生活基本上就是行为不检点的最大温床，但是钱开逸是一个例外。他只着迷于声音，他把自己出卖给了声音，如同出卖给了魔鬼。他喜欢听到自己的声音在太空翱翔，觉得声音比本人更伟大。双脚到不了的地方，声音可以轻轻松松地抵达，不流一滴汗。双眼看不到的地方，声音也可以到达，快捷如光。自己不认识的人，声音抢先认识了。自己不能进入的神圣场所，声音如同微风袅袅潜入……总之，他崇拜自己的声音，他把自己祭献给了声音。为了声音完美超拔，他可以赴汤蹈火在所不惜。

现在，他要用自己的一切，挽救他声音的绝妙伴侣。这不是一种牺牲，而是一种祭奠。

当钱开逸脸色苍白地从播音合成室里走出来的时候，他手里拿着一盘精选过的磁带。在这盘带子里，贺顿和钱开逸对某个社会热点问题的心理状态，嬉笑怒骂深入浅出，酣畅淋漓。当然了，实际上当场并没有这样精彩，经过删繁就简去粗取精，剩下的全是沙里淘金的精髓。

和这盘带子同时诞生的，还有一个想法——他要娶贺顿为妻。

这是一个古老而直截了当的想法。当某个男子或是女子想和另外一个女子或是男子有密切关系的时刻，就会想到联姻。正派人想到的是明媒正娶，不正派的就会开始幽会。

钱开逸是一个正派人，他的决定就有了豪迈和自我牺牲的底色。他对贺顿的了解主要来自谈论心理学的话题，这已足够。关于贺顿的家世，钱开逸所知甚少。他觉得这不重要，英雄不问出处。当然了，他和贺顿从来没有专门谈过情说过爱，这是一个遗憾，可这不是一个问题。他们谈论过许多话题，很大一部分和恋爱有直接的关系，当然还有更大的一部分和恋爱没有直接的关系，但和一个人的世界观有密切的关系。

钱开逸这些年来，经常主持名人访谈，不管是造航天飞机原子弹的专家，还是治疗糖尿病白癜风的专家，钱开逸都可以和他们海阔天空地神侃。一方面是工作的需要，钱开逸练就了和不同领域的人沟通的本领；另外一方面源自他的虚心好学。他很为这个工作感到骄傲，私下里也有大占便宜的感觉。你想啊，一个专家，一辈子就积攒下那么点绝活儿，到了广播电台，面对着万千听众，他或她哪能不抖搂浑身解数，以求叫好呢？好比一个老艺人，摩挲了多少年，才雕出一粒珍宝，到了这里，生怕你看不出妙处，会毫无保留地把精华展示给你看。钱开逸就是那个看宝人，他小心求教，在短短的时间内，就把专家穷其一生炼出的仙丹品尝了一番。不客气地说，钱开逸是专家造就出来的通才。同理，他自认为虽然没有谈过恋爱，关于婚姻爱情却颇有研究。虽然连鸡蛋炒饭也掌握不好火候，但敢对满汉全席评头论足。

他知道，自己打算迎娶贺顿的想法出乎所有人的意料，也绝对出乎贺顿的意料，但他有必胜的信心。

决心下定之后，钱开逸先对老父老母宣布计划。

这天刚刚吃罢晚饭，钱开逸给老爸泡上一杯普洱茶，对正在收拾碗筷的妈妈说："您老休息一会儿……"

妈妈没好气地说："我休息了，谁来洗碗？"

钱开逸说："碗筷不洗天也不会塌下来。我早就说给你们买一台洗碗机，还是电脑控制的，你们又不答应。"

妈说："一台洗碗机多少钱？够买几千个碗的。我一天用一个碗，吃饱了就摔，到死也用不完那些碗。电脑洗碗，太不值了。"

钱开逸说："这就是您的不是了，要都是您这思想，造洗碗机的工人甭说得下岗，连上岗都没门。"

老妈说："好了，我知道你是靠耍嘴皮子吃饭的，我说不过你。"

老爸在一旁搭话道："洗碗机这件事，我在理论上是支持开逸的，应该刺激消费，这就是爱国。但是在实践上，我支持你妈，因为人工洗碗是咱们的老传统。"

钱开逸说："你看，我本来是想跟你们说正事的，叫这洗碗机一掺和，我脑子里的程序都乱了。"

老爸站出来拨乱反正道："刚才你说到让我们都休息一会儿……"

钱开逸说："对啦，就从这儿说起。爸妈，报告你们一个好消息，我就要结婚了。"

老妈大惊，差点打碎了一个碗，忙不迭地问："和谁结婚啊？"

钱开逸诚心捉弄妈，说："和一个女的啊。"

老妈啐了他一口说："当然得是一个女的。要不你不成了同性恋了。"

老爸比较沉着，说：“开逸，从来也没有听你提起过啊？”

钱开逸说：“我比较慎重。都这么大岁数了，没有十分的把握，我也不敢和你们禀报这事。”

老妈说：“你还记得你的岁数啊？我以为我到死也抱不上孙子了呢！”

老爸推着老妈，说：“你这个老婆子，怎么不知道轻重！开逸这不是马上就要把媳妇领回家来了吗，你还翻什么旧账。开逸，这姑娘是干什么的呀？”

钱开逸说：“是我的同行。”

“也在电台里呀？”老爸落实。

“是。”钱开逸回答得很干脆。其实贺顿能不能借了这个关系进入电台成为正式职员，还是没谱的事。钱开逸大包大揽，不过是让父母安心。若说我的女子连正式工作都没有，在国家机关工作了一辈子的老人，说什么也不能同意。

“哪个大学毕业的呀？”老爸问。

钱开逸发现这是一个阴险的问题。老爸问的不是：“是不是大学生啊？”如果是这样，钱开逸原来准备说贺顿是个大专生，虽说大专没有大本好听，毕竟也有一个“大”字，糊弄过去就是了。钱开逸没有问过贺顿毕业于哪所院校，贺顿也从来没有说过。正是由于贺顿的从来不说，才让钱开逸断定她没有过硬学历。老爸直接跳过了大专直奔了大本，这让钱开逸不能驳了老爸的面子。钱开逸就用非常肯定的语气说：“我同学。”

老爸满意地点点头，儿子就读的是这个行当里的最高学府。

那边老妈不乐意了，捏着沾满油渍的碟子挥舞着说：“你同学？那得多大岁数啦？将来生个孩子，还不得是高龄初产？大人难产不说，孩子还容易先天畸形，搞不好就兔唇！”

钱开逸就是再超前，也撵不上老妈的风驰电掣，看着老妈激动得差点把手中的碟子当飞碟抛起来，他不得不控制老妈的思维速度，说：

“咱先务虚行不行？别一下子扯到妇产科那边去。人家没多大岁数，和我一个学校，低好几届呢，小师妹。”

老妈这才放下心来，专心洗碟子。老爸说：“长得怎么样？”

钱开逸刚要回答，老妈说：“你个老头子，不说先问问姑娘的人品如何，倒先关心起长相来了。娶个西施回来，你服侍得起吗？”

老爸不服气地说：“我这也是关心优生。要知道，爹丑丑一个，娘丑丑一窝！”

钱开逸不禁好笑，老爸老妈也都是知识分子，平常还有些书卷气，一旦到了讨论婚嫁之事，变得和市井之徒差不多。

“长相中等偏下吧。”钱开逸平静地说。

老爹老妈几乎昏倒，老妈说：“开逸，不至于吧？你就是岁数大点，也不过35，人都说是钻石王老五，钻石谈不上，总不能变成玻璃球吧？怎么着找个一般相貌的姑娘也还绰绰有余。”

老爸也若有所思道：“开逸，对方是不是很有背景？让你自卑了？委屈了自己？”

钱开逸皱眉道：“你们都想到哪里去了？姑娘不错，我觉得挺好。说到长相，也就是个一般人。怕你们期望值太高，说得寒碜点，让你们有点思想准备。你们也真是的，我没媳妇，你们整天叨叨，真有了点眉目，你们又这么横挑鼻子竖挑眼。你们要再挑三拣四的，我还不给你们娶了！”

撒手锏一出，老爹老妈立马乖乖地不再审讯似的盘问。过了一会儿，老爸小心翼翼地说：“既然你们基本上都定下来了，下个星期天领到家里让我和你妈相看一下。当然了，这不过是个程序，大主意你自己拿，我和你妈就祝福你了！”

钱开逸这才松了一口气，紧接着又吸了一口气。他已经把贺顿抬到准新娘的高位上了，当事人还蒙在鼓里呢！

第28章

我有梅毒和艾滋病，你敢和我握手吗

沙茵考试过关，大学工作之余，就到佛德诊所上班。这一天，沙茵走出心理室，笑容僵硬地目送走了来访者，一转脸就和文果吵了起来。

“你看你在预约表上填的是什么？”沙茵难得地生了气，把表格甩到文果面前。

作为领导者，贺顿要处理工作人员之间的纠纷。拿过表看，来访事由一栏写着：婚姻发展。

“结果呢？”贺顿问。

“结果他走进咨询室的第一句话是，你敢不敢和我握手？”

“这很奇怪。”贺顿也吃惊，忆起那个来访者的容貌。

个子瘦高，面色苍白。脸颊上有一些暗红色的斑块。头发很长，将一只眼睛遮盖了半边，另一只眼睛低垂着，好像就要被宰杀的羊。

他的胳膊很长，手指也很长，他的不知所措被长胳膊长腿放大得格外引人注目。手指甲剪得很短，没有一丝积垢，甲床红红地龇在外面，好像是一个长大的男孩穿太小的棉裤，皮肉裸露。

表上登记的名字叫“侯晖”，年龄 25 岁。

“名字也不是真的。整个过程简直是和幽魂在打交道。出了这间房子，他认识你，你不认识他。”沙茵发牢骚。

贺顿给沙茵鼓气，说：“越是匿名，才越说明他一筹莫展，资源用完了，山穷水尽，必须要寻求专业人士帮忙。这才是咱们的用武之地嘛！”

沙茵的怒气这才平息了一些，说出和侯晖的咨询过程。

侯晖说完他的第一句话，就把自己的手伸了出来。沙茵看着那只手，不知为什么，有一种不祥之感。沙茵咨询的风格和贺顿不一样，她是内敛和等待型的。如果是贺顿，就会把手伸出去，但是，沙茵不。她有一个百试不爽的策略，那就是面对着来访者一个令人不解的动作或是问话的时候，守株待兔地反问。

“握手对你是一件非常重要的事吗？”沙茵没给手，给了一个回应。

侯晖有些失望地缩回了自己的手，说：“是。”

沙茵说：“能告诉我这是为什么吗？”

侯晖说：“我可以告诉你。但是，不要吓坏了你。”他说这些话的时候，两只眼睛都凸了出来，斜吊着，让他的脸庞显出些许狰狞之色。

说实话，沙茵很害怕。她总觉得这个人笼罩在一团肮脏的氛围中，虽然他的指甲修剪得如同净葱。沙茵不能暴露出自己的胆怯，气可鼓不可泄，还没开始过招，哪能甘拜下风。

沙茵说：“你太小看心理医生了。我不会害怕。”

侯晖好像放下了心，说：“我是一名性病患者。梅毒。”

沙茵往后靠了一下，整个脊梁骨直抵沙发靠背。幸亏贺顿挑选的沙发质量不错，软中带硬的靠背给了她一个支撑，让她没有跌扑至更远。

侯晖精细地捕捉到了沙茵的神情，说：“你说谎了。你害怕了。”

心理师被来访者赤裸裸地揭露，是一件狼狈的事情。但是，有什么法子呢？每一个掏钱的人都不是傻子。国外甚至有资料称：越是智商高的人，越容易罹患心理疾病。

沙茵索性揭开盖子，说：“我从没有见过梅毒，害怕也是人之常情。”

她这才明白开场的握手别有深意，庆幸自己没有贸然伸出手去，不然下班后就是把手皮撸掉，心中的腌臜也难以驱除。她希望干脆把侯晖气得扬长而去，心中才能恢复平静，不挣这个钱了。设想一下，从性病患者手里交出的钱，你敢花吗？会疑心有梅毒螺旋体蜿蜒其上。

没想到侯晖没有一点离开的意思，反而说：“谁都害怕，心理医生也是人。现在，你可以想象出我得知自己得上这种脏病时的感受了吧？”

沙茵说：“那是非常震惊和害怕的。”

侯晖缓缓地说：“是。震惊和害怕。其实，最主要的是后悔。你知道，我到那种声色犬马的场所只有一次，真的，唯一的一次。那个女孩看起来很青春，说她是为了给妹妹挣上学的学费，才干了这一行。她说她入行才两个月……后来，我百思不得其解，她为什么要说这些？我为什么要感动？朋友们后来笑话我说，所有的卖淫女都有一个读书的妹妹和卧病在床的双亲，所有的卖淫女都说她们入行时间很短。这些代表什么呢？这些说明什么呢？是说明她们原本是好人，只是被迫跳入火坑？还是想博得嫖客们的同情多赚点钱？我不知道。我只知道那一天，我很投入，我很快乐，我相信所有的女人都是干净的。她也很投入，我把这理解为爱，而不仅仅是她的敬业。可是，现在我才知道，那些快乐时光的每一分钟，都要我付出一生的代价……”他双手捂着头，把瘦削的脸庞藏在苍白的手掌之中，沙茵看不到他的表情。

沙茵实在很感谢侯晖这个动作，也使他看不到自己的表情。这使沙茵有足够的时间隐藏嫌恶，说服自己：人是因为求助才来到这里，心理医生可以有自己的价值评判，但面对来访者的时候，要保持道德的中立。

“你很害怕，你很后悔？”沙茵总算把自己调整到能勉强进入工作状态。

“是啊。几周之后，我的身上出现了特别的反应，我不敢到正规的医院去看病，就从电线杆子上的小广告里，抄下了一个地址，说是老军医专看性病。后来我才想到，这个决定充满了愚蠢。军队里怎么会有那么多性病呢？军医可能是对性病最少接触的医生了。总之当时是昏了头，不但下半身病了，上半身包括大脑，都病了。那个假的老军医给我做了检查，说我是性病，具体说就是梅毒。记得我走出那个肮脏诊所的时候，膝盖好像没有了，腿都不会打弯。”

“你猜我当时要到哪里去？”侯晖突然甩给了沙茵一个问题。沙茵虽然对面前这个家伙充满了鄙视，这当然很不专业，但沙茵无法彻底摒除这个情绪，只能尽力隐藏。因为她基本上是一个淑女型人物，平时修养在身，总算成功地消弭了表面的不屑。幸好倾听这门功夫还没懈怠，因此能够马上答话。“到另外一家医院确定诊断。你不相信自己会得这样的病，还要再验证。”沙茵说。

“不对。你猜得不对。尽管那个破门脸的小诊所简陋得像土匪窝，老军医一看就是个冒牌货，肯定连一发子弹都没有打过，我还是知道他的诊断没错。我走啊走，自己也不知道走向何方，后来，我才发现自己停留在了失身的地方。

“那里的白天寂静无比，好像一座荒冢。晚上我在这里沉沦时，它流光溢彩仿佛仙境。我对看门的人说，我要找一个小姐。那个老汉说，我们这里没有小姐。我突然大怒说，没有小姐，我就不会成这样！他冷冷地看着我说，你喝多了。我说，我没有喝一滴酒，不信你闻闻我？他说，我不闻你，我在这里很久了，我见过你这样的人，多了。我说，你一定要帮助我找到她。然后我不管他听不听，就把那个女孩子的样子描述给他。我问，她在哪里？老汉说，你说的那种女孩子这世上多得很，都是这副模样，你到哪里找？我劝你还是不要找了，回家去吧。我说我一定要找到这个女孩子，我要告诉她一句话……”

其实侯晖这样一直说下去就好了，但是，侯晖突然止住了话头，看了一眼沙茵，沙茵在全神贯注地听他叙述，看来侯晖还比较满意，但是，他还不放心，要考察一下听众理解的程度，问：“你猜，我要对她说一句什么话？”

沙茵很快回答：“你恨她。”

侯晖不满地说：“心理师智商和看门老汉一般差。”

沙茵气死了，心想我智商再低也没有低到嫖娼召妓染上性病的地步。心里这样想，脸上可一点也不敢流露，也想不出如何回答妥帖，就说：“看来看门的老大爷也是这样以为？”

侯晖没理她，回到自己的叙述中。

“老大爷说，你要是跟她说你恨她，就别说了。第一你找不着她，第二你就是找得着她，她也不认识你……我说，她一定会认识我，我们那天晚上谈得非常投机。老大爷说，好好，我不跟你争，就算她认识你，她也会说不认识你。我说，这是不可能的。老大爷烦了，说要不你就晚上来吧，晚上就不是我值班了，你来找她说那句话。

“我说，老大爷，我不是要跟她说我恨她，我是要告诉她我得了脏病，是她让我得上的，她要赶快治病，她得病的时间一定比我长久，病情也一定更重。老大爷听完以后，哈哈大笑说，你就要说这句话啊？我说，是。老大爷说，那你真是不该恨这个姑娘，该恨的人是你自己。你以为她们不知道自己有病？她们治了好，好了再犯，直到把自己烂成了一个流脓淌水的臭窟窿。快回家吧，把自己医好了，永不要再来！

“老大爷说完话之后，就再也不理我了。我呆呆地站在那里，担心的不仅仅是我的身体，更是我的脑子。我已经蠢到这种地步了？要知道，当年我还是市里的高考状元！”

说到这里，沙茵停顿了下来。贺顿说：“完了吗？让侯晖说出了心里话，这就是起码的成绩。干吗还这样闷闷不乐？”

沙茵说：“要是事情到这里告一段落，我也就不这么委屈了。事情还远远没有结束。”

“还能怎么样？”贺顿摸不着头脑。

沙茵说：“侯晖后来就找老军医治病，总是好好坏坏。说没效吧，多少也见点好。可总是不能根治，反反复复的，叫他寝食不安。后来，他就去献血……”

贺顿大吃一惊，说：“就他这样的身体，还去献血？这不是献毒吗？”

沙茵说：“我也是这么想的啊，但是不敢说。其实也轮不着我说，他在这个世界上憋屈得太久，滔滔不绝。侯晖说，献血检查之后人家告诉他，不但有性病，而且还感染了艾滋病……”

这一次，贺顿连惊讶的力气都没有了。太吓人了，她以前认为心理病人还是很干净的，起码比痢疾肝炎什么的要安全些，没想到超级杀手就潜伏在诊所里。她惊恐地退后两步说：“侯晖真的是一个艾滋病人？”

沙茵的菩萨脸变成怒目金刚道：“怎么样？把你也吓着了是吧？你躲在后方都吓成了这个样子，我可是在第一线枪林弹雨中！”

贺顿伸出手说：“我没有躲。要不咱们握个手吧，我支持你。”

沙茵把身体向后仰，双手也扭到背后，好像无形中被绑架了，说：“我不和你握手。”

贺顿说：“生气了？”

沙茵说：“我不握手，是保护你。你知道，他临走的时候和我握了手！”

柏万福连连后退，碰到了柜子角，磕了后脑勺，顾不得疼，说：“那你可千万别碰咱诊所的任何一样东西，了不得的事，再把咱们这里染成个艾滋病窝子，将来这房子卖的时候都得掉价！”

沙茵说："你想得真叫长远！你就不担心我有生命危险？你想躲了清闲，门也没有！不让我摸，我偏要摸！"说着，就用颤抖的手指，沿着桌子沿捋了一把。柏万福气得捶胸顿足，又不敢拦阻，生怕艾滋病毒趁机爬到自己身上。文果目不转睛地盯着沙茵手指波及之处，叮嘱自己一百年也不要碰触这些区域。

贺顿也怕得要命，但事已至此，只有掩盖恐惧，将事态平息。她说："沙茵，他要和你握手，你不会不握？"

沙茵委屈地说："现在想起来，我当然是可以拒绝的了。但说时迟那时快，我根本就来不及反应，人家把手伸出来了，哪能打他的脸？我也就不由自主地伸出了手。我生怕回绝了他，对咱们的影响不好……"

贺顿也不知如何是好，只有安慰说："不管怎么样，这手已经是握了，想抽回来也是不可能的。咱们就既来之则安之吧。"

沙茵不依不饶地说："你的手是干净的，你当然会说风凉话了。"

贺顿百般无奈，突然就伸出了自己的手，趁沙茵没有防备，一把抓住了沙茵的手，狠狠地攥住，然后手心手背地一通抚摸，好像沙茵的手上沾着很多油脂，她的手干燥裂口，要多多沾光。

沙茵先是一愣，接着嘴角就抽动起来，很像是一个微笑，但其实这是哭泣的前兆，贺顿感觉到了温热的泪水滴到自己的虎口处。沙茵说："你这是为什么呢！我不过是说说心里的害怕，并没有其他的意思。我想到咱们的名声，要是拒绝了这个艾滋病人的握手，他就觉得整个世界都放弃了他，连救苦救难的心理医生都不愿意理他，这就是罪孽了。我们要做的是要给他勇气和信心，就算以后有什么危险，也来得及从长计议，我就和他握了手。可你这是何苦呢？我再发牢骚，再甩闲话，不过是心里憋闷，不能让你跟我一道担这个风险！"

贺顿揉搓着自己的手说："什么叫同甘苦，共患难，这就是了。我碰上这样的来访者，也会胆战心惊。你当时第一位想的是来访者的利益，这是特别敬业的地方。我别的不能帮你，起码和你一道担惊受怕是可以做到的。"说着，自己也落下泪来。

贺顿说："沙茵，其实你今天有一个大进步呢！"

沙茵不解说："进步在哪里？"

贺顿说："你以前有一个缺点。"

沙茵说："什么缺点？"

贺顿说："端庄。"

沙茵破涕为笑，说："贺顿你不要搞笑。端庄是多少女人梦寐以求的东西，我本够不上的，你却说这成了我的缺点。我真不知是高兴还是伤心。"

贺顿说："沙茵，心理师不能太端庄了。这对于寻常人来说是优点，对于心理师反倒会束缚你阔步向前。就像丈夫不能在妻子面前太放荡，来访者在一个如此端庄的女子面前，也被压榨得无法袒露内心。今天这个艾滋病人能畅所欲言，也是你的成就。"

正说着，文果乐颠颠地跑过来："我刚上网查了资料，拥抱握手包括同桌餐饮，都不会传播艾滋病。咱们可以放心。"

沙茵说："我有孩子，还是小心为妙。当务之急是到超市买消毒水，把自己的双手泡成猪蹄。"

第29章

我要最年轻的葡萄酒

谈婚论嫁的时间表很紧张。首先，钱开逸得找到贺顿。合作的最后一期节目已完，再要以工作的名义见面就不那么名正言顺。真乃天助，会计说，贺顿最后一笔报酬刚刚发下来，原来都是直交，但贺顿再不来了，请钱开逸转交。

钱开逸很高兴，替人转交钱财本身就是令人欣快的事，别说还有私念。他打通了贺顿的电话。

“您好。钱老师。”贺顿中规中矩地回答。听到贺顿的声音，钱开逸简直欣喜若狂。

“有什么好事吗？”贺顿的耳朵很尖，听出了钱开逸的欢愉。

“当然是好事。发钱了。”钱开逸说。

“我正盼着这笔钱呢。”贺顿喜出望外。

“我怎么把钱交给你？”钱开逸问。

“我到您那儿去取吧，不知您何时比较方便？”

“除了钱以外，我还有一件重要的事情要跟你说。这样吧，咱们明天晚上一块儿吃个饭。地点就在烤鸭店。我记得你说过爱吃烤鸭。”钱开逸连珠炮般地说。

“钱老师，干吗这么客气？有什么事先告诉一声，我也好有个准备。”贺顿好奇。

“这事必得面谈……”钱开逸约好了时间地点，不由分说放下了电话，心有一点慌。当然了，他的声音还是一如既往的镇定明朗，这就是播音员的本事。

贺顿准时到了烤鸭店，心想钱开逸给自己带了钱来，就该做东。她不是忘恩负义的小人，钱开逸把她发掘出来，恩重如山。即使这样，烤鸭店也太贵了一点。这家的鸭子据说比老字号的那家还好，而且更贵。不过，她不能小气。

钱开逸已在包间等她。

“钱老师来得早啊。”贺顿说，夸张地看了一下表，说，“我可没迟到。”

钱开逸说：“常在广播电台工作的人，都落下了毛病。凡事只能往前赶，不敢错后。我最常做的一个梦就是赶不上火车。”

贺顿说：“这个梦，我能解。”

钱开逸说：“这个梦，我也能解。”

贺顿说：“自己解的梦，不一定准呢。”

钱开逸说：“为什么？”

贺顿说：“当局者迷，旁观者清。”

钱开逸说：“好了，今天我们就不说梦了，说实在的事。咱们边吃边聊。”

两人坐下，小姐拿着锦缎面的菜单过来。钱开逸说：“先要一只半烤鸭，你通知灶上赶紧烤起来。”

小姐点头称是，出门下单通知。

贺顿悄声说：“一只烤鸭就够了吧？一只半是不是多了？就咱两人。”

钱开逸咂巴着嘴说：“不多。这个店的烤鸭为什么好呢？为什么贵呢？就是片鸭肉的时候下刀特狠，把所有的肥肉都剔了，单剩下脆皮和一丁点瘦肉，能不好吃吗？可惜偌大一只鸭子，只能剔出一小盘。一只半够咱俩吃饱，就不错了。”

小姐颠颠地跑了回来，钱开逸又要了几道菜，还要了一瓶红酒。

贺顿暗暗叫苦，半开玩笑说：“不知道您发给我的辛苦钱，够不够买单的？”

钱开逸说：“忘了说了，今天我请客。”

贺顿不好意思道：“您是老师，哪能让您请客。我是学生，请您是我的本分。”

钱开逸说：“现在你是我的学生，也许当我们走出这间屋子的时候，关系就会起变化。”

贺顿正研究公司法入迷，恨不能以为天下人都打算开公司，饶有兴趣地说：“是你邀我入股吗？”

钱开逸一时无法挑明，说：“等会儿喝了酒，我会告诉你。”

小姐拎着圆珠笔，问：“红酒有不同年份的，价钱是……”红唇噼里啪啦报出一堆数字。

钱开逸说：“你就给我们上一瓶今年出的。”

小姐撇着嘴说：“今年的葡萄还没酿成酒呢。”

钱开逸说：“对不起，我的意思是要一瓶最年轻的葡萄酒。”

小姐说：“那就给你们上一瓶前年产的吧。再没有比它更年轻的了。”

钱开逸微笑着说：“好。前年就前年。”他又转过头对贺顿说：“我前两天做一档节目，和一位酿酒专家对谈。他说现在生产的葡萄酒，说是某年份的，其实并没有多少保证。普通消费者品尝不出来，最好的应对方法就是买一瓶最新产的。”

贺顿笑起来，说：“听人说 1992 年的葡萄酒最好，那一年的气候最宜酿酒。”

贺顿稍稍走了一点神，这是贺奶奶随口说的。

钱开逸说：“你还挺渊博。”

小姐把酒和凉菜上了桌，两个人开始碰杯。“为了咱们的友好合作！”钱开逸提议。

贺顿说：“你从图书大厦门前把我揪住，就像昨天。”

钱开逸说：“我在整理咱们共同做的节目，感慨万千。我和很多人合作过，但是和你的合作最愉快。”

贺顿说：“这话你和很多人说过吧？”

钱开逸说：“你不相信我？”

贺顿看他急了，忙说：“相信。咱们是黄金搭档嘛！”

钱开逸说：“对呀，你还不了解我？”

一般人听到这样表白之后，也就不说什么，表示默认，但贺顿非常认真地说：“除了工作以外，我真是不太了解你。”

钱开逸不气馁，说：“你不了解我，但我觉得自己比较了解你。”

贺顿说：“你水平高，我不行。”

钱开逸说：“因为了解你了，我就有一个想法。”

贺顿说：“什么想法？又要合作什么节目？”

钱开逸说：“这是一档和感情生活有关的节目。”

贺顿想了想说：“我对感情生活这种节目不大内行。”话说到这里，她想到目前自己急需用钱，电台的报酬还不错，就转回头说，“不过，我也有兴趣试试，愿意不断学习。”

钱开逸意味深长地说：“愿意就好。”

贺顿又问道：“这档节目会做多长时间？”

钱开逸说：“那就要看你我的表现了。如果做得不好，也许半年一载就完了；如果做得好，那就是一生一世。”

贺顿很吃惊，说：“一档节目做一生一世？你是广播电台的台长啊？别说台长，就是广电总局局长，也不能保证有这样长期的安排啊！”她看了一眼钱开逸，确定他神志正常，又看了一眼酒瓶子，还剩半瓶酒。虽说钱开逸不胜酒力面色酡红，但离喝醉还远着呢！

菜已经上齐了，烤鸭和鸭饼也都冒着热气。钱开逸对小姐说：“我们这里暂时不需要服务了。”

小姐退下。

钱开逸说：“吃烤鸭。”说着，卷了一个鸭卷，递给贺顿。

贺顿不接，说：“钱老师你太客气了。我自己来。咱们各自为政。”

钱开逸说：“我想让你改改口。”

贺顿说：“改什么口？”

钱开逸说：“从此不叫我钱老师，叫我开逸。”

贺顿说：“这很重要吗？”

钱开逸说：“很重要。”

贺顿说：“好吧，开逸。”

钱开逸喜笑颜开，说：“一生一世的节目就要开始了。”

贺顿恍然感到了什么，说：“开……逸……你有什么就说什么吧。”

钱开逸仗着酒劲说：“我已经35岁了。”

贺顿说：“是啊。”

钱开逸说：“我老爹老妈催着我成家。”

贺顿说：“想象得到。男大当婚女大当嫁嘛。”

钱开逸说：“贺顿，你爹妈就不催你吗？”

贺顿脸色大变，但很快就强令自己恢复正常说：“我爹妈都不在了。”

钱开逸说：“那你就自己说了算？”

贺顿说：“基本是吧。”

钱开逸说：“那就是说，只要你自己同意了，你就能结婚了。”

贺顿说："理论上是这样。"

钱开逸说："那好吧，我现在正式向你求婚。请你嫁给我。"

贺顿诧异道："钱老师，你没喝醉吧？"

钱开逸说："叫我开逸。"

贺顿稍微缓和了一下语气说："开逸，你是非常严肃地在谈这个问题吗？"

钱开逸坐直了身子，神情变得十分严肃，说："贺顿，这是真的。你刚才看我好像玩世不恭的样子，那是因为我害怕。现在，最关键的话已经讲出来了。我也不害怕了，就等着听你的回答了。"

贺顿定定地看着钱开逸，半晌没说话，身子渐渐地向后倒去，好像在躲避着一辆飞驰而来的豪华汽车。巨大的震惊像海啸一样将她击晕。这是真的吗？城市里风流倜傥大好前程的男子，这个标准的帅哥白领，居然向自己——又瘦弱又丑陋的漂泊女子求婚啦！

短暂的昏眩之后，她断定这是一个恶劣的搞笑。她说："钱开逸，你这么做，有什么好处？"

"叫我开逸。"

"钱老师开逸……"贺顿说。

"给一生找到一个好伴侣，这就是我能得到的好处。"钱开逸一本正经。

贺顿目不转睛，看不出对方有一点开玩笑的意思。

贺顿说："你知道我是一个什么人？"

钱开逸说："我知道。"

贺顿说："你不知道。"

钱开逸说："你不要小看我，我在这个岗位上，打交道的都是精英。不敢说炼出来了火眼金睛，看人也是八九不离十。"

贺顿道："你太自以为是了。我远比你想象的要复杂得多。"

钱开逸说："复杂我也不怕。我这个人就是喜欢复杂的事物，那多有意思啊！"

贺顿说：“钱老师，你娶了我，是要后悔的。”

钱开逸说：“我不会后悔。”

贺顿说：“我长得不好看。”

钱开逸说：“你知道我是干广播的，从来就是幕后工作者。对我来说，你有一条油光水滑的好嗓子，这就是天生丽质。”

贺顿说：“我很穷，像崔健唱的歌——一无所有。”

钱开逸说：“你没钱，我有啊。虽然车子只是夏利，房子不算大，但总归都全了。咱们不需要更多的东西了。”

贺顿很感动“咱们”，但还是说：“你是不需要了，可我还需要。”

钱开逸纳闷，印象中的贺顿不是一个崇尚奢华的人，在某种程度上甚至可以说是简朴的，如今怎么摇身一变纸醉金迷起来？他说：“你还需要什么？钻石？豪华别墅？游艇？环球游？”

贺顿说：“你真是高看我了。钻石和玻璃没什么区别，游艇我还晕船呢！”

钱开逸说：“你不会是想着让我升官发财吧？那可就真没戏了，我不是那块料。”

贺顿说：“我指的是我的事业。”

不说事业还好，说到事业，钱开逸目光炯炯，说：“对啊。你的事业就是我的事业，咱们俩的事业就是一个事业。从此唇齿相依一荣皆荣一损俱损。”

贺顿看着他，感动让她不知说什么好，干脆就什么也不说了，专心吃烤鸭。至于烤鸭什么味道则完全尝不出来。

钱开逸也不再说话，困难的话他都已经说完了，还有最困难的一句话，他不知道说还是不说。和贺顿的狂吃正相反，钱开逸什么也吃不下去。只是不停地喝着鸭架汤，浓浓的白色汤汁挂在嘴唇上，像一粒瓜子仁。

“你以后愿意生一个孩子吗？”钱开逸踌躇再三还是把萦绕心怀的话说了出来。

贺顿决定不再向深处探讨，封住说：“钱老师，今天咱们就到此为止吧。”

钱开逸说：“这对我来说，很重要。以前交过一个女友，到了谈婚论嫁的阶段了，她突然说不能生孩子。”

贺顿说：“那也许是有病。每一个女子都不能确保自己婚后能不能生孩子。”

钱开逸说：“要真是那样，我也能原谅她。可是，她不是不能生，是打定了主意不给我生。”

贺顿说：“那她愿意给什么样的人生孩子呢？”

钱开逸说：“她要是愿意给什么人生孩子，那还有救，我相信凭着自己的三寸不烂之舌，耳鬓厮磨地，总能把她说动。要命的是她不肯给任何人生孩子，说是不能损毁了自己的魔鬼身材……”

“后来呢？”虽然听一个正向自己示爱的男子谈论他以前的女友生子，不是一件令人愉快的事，但总比谈判一样的求婚，令人稍有放松。

“后来，一票否决了。”钱开逸悻悻然。

“你们家里对传宗接代这件事特别在乎吗？”贺顿问。

“不。恰恰相反，我父母十分开通，早就说了，生不生孩子，让我自己决定。他们说如果自己太想孙子了，就去养一条狗。”

“原来是你特别想要孩子。这在当今的年轻人里，不多见。”贺顿说。

钱开逸说：“你记得李白有这样一句诗吗？”

贺顿有些紧张，当年在贺奶奶家的修炼，古文一关始终不扎实，那是慢功。她预留伏笔：“李白的诗多了去了，谁知你说的是哪一首呢？”

“就是那句——天生我材必有用……”

“……千金散尽还复来。”贺顿顺畅接住，又补上一句，“我觉得你已经是有用之材了，你说过自己找到了最适宜的行当。千金散尽？你难道还有重打鼓另开张的豪迈计划？”

钱开逸说：“你是真不明白还是假不明白呢？”

贺顿诚恳地说："我是真不明白，还望明示。"

钱开逸循循诱导道："你有一副好嗓子，我有一副好嗓子，这两条好嗓子加在一起，意味着什么呢？"

贺顿表示明白了，说："那就是两副好嗓子。"

钱开逸说："你把上下文联系起来想一想。"

贺顿说："咱们要上一档新的节目吗？咱们国家对电台的管理还是很严格的，你不会是想自己单干要招兵买马吧？"

钱开逸长叹一口气说："我一直以为你挺聪明的，今天看起来，你笨得还真不一般。"

贺顿笑道："你知道我笨就对了。我从小就最怕人家以为我聪明，聪明的孩子容易吃亏。"

钱开逸说："两副好嗓子加在一起，就是三副好嗓子了。"

贺顿说："还有一副好嗓子是谁呢？"

钱开逸说："你说是谁呢？"

贺顿恍然大悟，不再说话。

吃罢晚饭，钱开逸开车送贺顿回家。虽说他们工作搭档已久，但贺顿从来没有坐过钱开逸的车。钱开逸说："你住在哪里？"

贺顿报出租住地。

"好地方。"钱开逸说。

贺顿问："有什么好的？吵得要命。"

钱开逸说："闹市。人流量大。黄金宝地。现在的房价比头几年翻了一番。"

到了楼下，钱开逸说："我送你上去吧。"

贺顿说："不必了。我是合住，也许人家已经睡了。"

钱开逸也不强求，说："周末到我们家去，见见公婆。之前先到我家看看，商量咱怎么跟老头老太太说。"说完招招手，告辞了。

贺顿本应该立马上楼，但是今天发生的事情太震撼，她不能回房间去，小小房间会爆炸。

她裹紧衣服，在街道上漫步。烤鸭在她的身体里提供着源源不断的热量和一种呱呱乱叫的思维。按说她应该高兴的，但是，不。她奇怪：难道连高兴都不会了吗？

从哪个方面来说，钱开逸都是结婚的好材料。如果你想要在这座城市里安一个家，有个肩膀可以依傍，包括棋逢对手将遇良才的调侃和争吵，钱开逸都是千载难逢的好伴侣。但是，贺顿还有隐隐的不满足，这个不满足，究竟是什么呢？她一时说不清。

已经走得很远了，城市的空中看不到一颗星。你不知道是因为天阴确实没有星星，还是尘世的烟雾遮挡了它们。就像你不知道此刻的心情。

钱开逸爱自己吗？好像是爱的。如果不爱，他怎能做出这样的牺牲？当“牺牲”这个词一下子跳出来的时候，贺顿终于知道了自己为什么无法高兴。在这桩关系里，自己是被怜悯的一方，所以，钱开逸才在根本没有征询意见的情况下，约好了到他家拜见的时间。钱开逸居高临下，认为自己是在挑选贺顿，贺顿荣幸地被选上了，贺顿就只有笑脸灿烂眉飞色舞的份儿。贺顿只能感激涕零地同意，绝对不可能不同意。

贺顿会不同意吗？贺顿不会。起码这会儿的贺顿不会。不过，思考过后的同意，和压根就取消了你的发言权，这是根本不同的事情。

贺顿终于捋出了一点头绪，在这个关系里，其实是不平等的。当不平等以爱的名义出现的时候，就让人在幸福的同时感到憋屈。

还有那个要命的“第三条”嗓子。贺顿不是那种打定了主意不要孩子的丁克准丁克，但她也不能容忍自己被当成一架复制嗓子的机器。贺顿这样想着，就很悲哀。作为一个女人，一个流落在城市的女人，除了嫁人生子，再无其他出路？

绕了半天圈子，贺顿不知不觉又走回自己的家。听了钱开逸对这个地段的褒奖，贺顿也用陌生的眼光打量此处。

这一看，不由得惊出了一身汗。灯下黑！

此楼正在十字路口交叉处的东北角上，门前共有五路公交汽车通过，虽是夜晚，仍旧车水马龙人声鼎沸。楼门口栽了半人高的侧柏，虽说被城市的废气熏得颜色不正，好像害了黄萎病，毕竟也如一道屏风遮挡住了往来的视线和音波，勉强算得上闹中取静了。“如果开诊所，天造地设。”

贺顿听到周围有人这样说，不禁吓了一跳。心想这是谁？眼睛这么毒，居然想在这里开诊所？和自己想到一块儿了？捷足先登！她怨怼地四下张望，匆匆的人流没有一个人歇下脚来，只有断断续续的风声在侧柏的叶子间穿行。

贺顿终于错愕地发现，刚才那个说话的人，竟是她自己。

此发现更把贺顿惊呆。她寻寻觅觅苦找的地方，居然就是自己的住所。这里交通方便，人来人往，便于寻找，又相对安静。

贺顿几乎要跳起来。最难办的诊所地址，就这样“众里寻他千百度”“那人却在灯火阑珊处”。可是，且慢，贺顿掐着自己的太阳穴说，别高兴得太早，这不是你的家。

这句话的正确说法是，这不是你的。

她马上就会有家了，只要她愿意。

半身的冰冷更深了。但是，她不想回家，冰冷促人思考。如果让她在两个人里面任意挑一个，她当然会挑钱开逸了。但是，此刻看到了房子的格局，她对自己说，我知道自己该怎么办了。

贺顿以为下这个决心要费很多劲，甚至会有伤感和悲戚，其实，不。这一次，轮到她居高临下了。

回到住处，楼道里黑得像地狱。以前，虽说知道柏万福不会图谋不轨，她还是忍不住会害怕，但这一次，她不害怕了。她以为柏万福已经睡下了，不想，听到她开门的声音，柏万福就从自己的房间里蹿出来了，别看他腿脚不方便，在关键时刻也能像兔子一样敏捷。狭小的走道如同死胡同，两人面对面站在那里，目光如炬。

柏万福说：“你总算回来了。”

贺顿说：“我不回来，还能到哪里去呢？”

柏万福说：“自打我跟你说了那些话，我就不是原来的那个我了。”

贺顿说：“哪点儿不一样了呢？”

柏万福说：“原来我身上只有我自己，现在就总是想到你。”说着，就直往贺顿这边凑，贺顿直往后闪身子，心想后背一定蹭上石灰了。

她对柏万福说：“你挤着我了。”

柏万福说：“以后还有更挤的时候哪。”

贺顿说：“我还没有答应你呢！”

柏万福说：“那你就赶快答应我吧。我实在等不及了。”

贺顿说：“那你就得答应我的条件。”

柏万福说：“我的条件你都看在眼里了，只要是我有的，我都答应你。你要喝我的血，我这就接一海碗给你；你要吸我的骨髓，我给你找榔头敲开。”

贺顿说：“我不要你的骨髓和血，我要的东西在你妈那儿。”

柏万福愣怔了一下。从小娘就教他唱——黑老鸹尾巴长，娶了媳妇忘了娘。每当说完这一句，娘就问，儿啊，你长大了，会变成黑老鸹吗？

柏万福听到自己稚嫩的声音在黑暗的那一边答道，妈，我才不是黑老鸹呢！

娘说，没有媳妇的时候，妈信你不是黑老鸹，有了媳妇就不一定了。

小小的柏万福说，那我不要媳妇了。

娘充满哀伤的声音，傻小子，能不要媳妇吗？

小柏万福宣誓般地说，我不要媳妇。

现在，成年的柏万福可不敢说那种话了，他哪能不要媳妇呢？贺顿青春的气息吹拂着他的下巴上的胡子，那些胡子就兴奋得哆嗦起来。

柏万福小心翼翼地问：“你要我妈的什么东西啊？”

贺顿坚定地说：“我要你妈的房。”

柏万福急了说：“那你让我妈住在哪儿呢？咱们这么一套还不够住的吗？”

贺顿轻笑道：“谁跟你是咱们？我也没说要这一套啊！”

柏万福说：“这我就不明白了。那你到底要住在哪儿？”

贺顿按住性子开导说：“让你妈搬上来住一间，你和……住一间。”她不愿说出“我”字。

柏万福不解说：“为什么非得这样？”他知道老娘有重度的关节炎，当初要一楼，就是为了疼痛少发。现在让老娘挪窝，岂不要她老命？

贺顿说：“并非我不孝。我要开诊所，一楼方便。”

柏万福恍然大悟道：“我和我妈商量看。”

贺顿说：“商量去吧。要是你妈同意上楼，你我的事就再往下商量。要是不同意，我也不强求。我就另找地方。”

柏万福说：“另找地方也行。这么大个城市，也不就这一座楼临街，我跟你一块儿去找。”

贺顿说：“我要你跟着干吗？我不是去找开诊所的地方了，是去找自己住的地方，你我从此井水不犯河水。”说完，贺顿就转身回了自己的小房子，把柏万福一个人留在暗夜之中。柏万福深深地吸一口气，把空气中遗留的贺顿的味道都收入自己腹中。

按照柏万福的想法，恨不能马上就下楼找老娘商量，想到黑老鸹的说法，好不容易熬到天亮。

老娘已经做好了早饭，棒子面粥喷香，细细的水芥咸菜丝拌了麻油，浮头上还铺了两朵葱花和香菜，显得精巧诱人。从外头买来的油条，用一条雪白的毛巾裹着，还热乎着。

“又吃油条啊？”柏万福不知如何开口，先拿吃食说事。

“卖油条的今天刚换了新油，你看这油条的色气都比平日里鲜亮，我就买回来了，排了有小十分钟的队呢。”老娘说。

柏万福说：“不是跟您说过了，以后别买油条了。得老年性痴呆。”

老娘说："吃了这么多年，你看谁痴呆了？"

柏万福说："真痴呆了，就晚了。"

娘说："我还乐意痴呆呢。"

柏万福说："你怎么就跟别人不一样呢？人人都巴望着自己精，你却乐意傻。怪。"

老娘说："我痴呆了，就看不出你有话要跟我说。说吧，小兔崽子。"

柏万福说："娘，以后你不能这样叫我了。叫习惯了，一不留神当着外人也会说出来。"

娘说："看来，你是要把外人领进咱家了。那丫头说啥了？"

柏万福就把贺顿的话一五一十传给老娘。说到搬家，他不敢正眼看老娘，但为了自己的幸福，只好咬着牙说。说完了，一头细汗。

老娘半天没吭气，把吃了一半的饭碗推开，说："她的意思是如果我不跟你们换房，她就走了？"

"是。"柏万福一想到贺顿有可能一去不复返，几乎带出了哭音。

"别这么没出息。"老娘甩了柏万福一句，"挺直了腰，天下女人多的是。"

柏万福心里说，天下女人虽多，可哪一个是我的呀？不过还是挺直了腰。身体和心情还真有联系，腰一直了，心里也敞亮了一点。

"她要开诊所？"老娘若有所思。

"是。她是这么说的。"柏万福答道。

"给人开方子抓药？她能有那两把刷子？"老娘把头摇得像拨浪鼓。

"好像不是药房里的那种先生，是看心理的。"柏万福小心翼翼地解释。他也说不大清楚。

"心理是什么东西？"老娘夹进嘴里一根咸菜丝，说这种寡淡的话，要加点味道。

"就是你心里想的东西。"柏万福自作主张地拆解。

"我心里想的是什么，她能知道？"老娘又夹了一大口咸菜丝，因为吃得急，呛得直咳嗽。

“那她不能知道。”柏万福察觉到势头不祥，赶紧站稳立场。

“是喽，要不然她还成了妖精。”老娘此刻心境复杂。儿子找不上媳妇着急，现在媳妇有了点眉目，可上来就要老娘挪窝，真不是个善茬子。老娘接着说：“儿啊，你可知道娘是老寒腿？”

柏万福说：“知道。生我那年落下的毛病。”

老娘说：“你可知道娘上不了高楼？”

柏万福说：“知道。”

老娘厉声道：“都知道，你还和娘商量个什么？”

柏万福吓得不敢吱声，半天才说：“那我不娶媳妇了。我就和娘过一辈子了。”

老娘说：“好了，有你这一句话，娘也就舒心了。娘同意和你们换房，娘愿意搬到楼上去住，娘就是爬楼爬断了腿，只要你能娶上媳妇，娘也心甘情愿。”

柏万福说：“娘，我乐意天天背着您上下。”

老娘说：“等我真走不了道的时候，就得你背了。不过，也不必想得那么窄。你先把媳妇娶回家吧，以后的事，以后再说。”

柏万福说：“娘，您的意思是说以后还搬下来？那可使不得。她厉害着呢，您要是以为只要哄得她结了婚，您就想怎么样都行，她不会长久的。”

老娘叹了口气说：“这还没结婚，就欺负到我头上了，以后还不定怎么翻天呢！嗨……我是说，人不定怎么个死法呢！也许一个跟头栽在地上死了，也许吃一口苞米楂子噎死了……就不用麻烦你背上背下的了。”

柏万福不忍老娘凄楚，咬了咬牙说：“娘，我不结婚就是了。”

娘说：“不结哪行？你可生下来就是个遗腹子，我一把屎一把尿地将你拉扯大了，到了能娶媳妇的年纪却一直娶不上，现在好不容易有个愿意嫁的了，娘别说是爬楼，就是下跪也不能让这事黄了。儿子，去跟她说吧，娘这就搬上去，你们就搬下来。”

柏万福说：“您是得搬上去，可我们不搬下来，和您一块儿住。”

老娘说：“这又是唱的哪一出？”

柏万福说：“楼下是留着开诊所的。”

老娘说：“还开诊所呢，我都快被你们气得住了院。好吧，就这样吧。谁让咱们求着人家呢。”

第30章

当你一无所有的时候，常爱登高望远

钱开逸要接贺顿到家中议事，贺顿回绝了，问清了地址，自行准时到达。这是一个高档小区，大门豪华气派，身着整齐制服的门卫，在修剪如毯的绿地前踱步。贺顿充满遗憾地看着这一切，觉得应该有失之交臂的心痛。可惜，不痛，只是麻木。走到楼下，她按响了钱开逸的门铃，19层1号。

“谁呀？”钱开逸的声音还带着刚打完哈欠的含混。

“贺顿。”贺顿说。贺顿本想说“我”，想到在一次谈话节目中钱开逸批评过这种笼统的说法，说它是农耕社会的残渣余孽。村子里的人不多，凭口音就能辨别出彼此，所以，一个“我”字足矣。现代社会大大拓展了人们的活动范围，谁要是再用一个“我”字，除了证明他有一条来自乡下的尾巴，剩下的就是愚昧了。

贺顿上了楼。电梯里只有贺顿一人，四周是明晃晃的不锈钢板，好像天然镜子。当然有些变形，不过大体轮廓还相符合。钢板上映出一个红衣女子，马尾巴盘成了一个发髻。在贺顿的家乡，出嫁的女子在婚礼当天，是要把头发盘起来的，从此告别无忧无虑的少女时代。

贺顿看着距离自己咫尺之遥的红衣女子，用手触摸她的手。女子素手如冰，让她不由自主地缩回来。那个女子的手也随之离开了，从此天各一方。贺顿拼命转着眼球，好让泪水不至于流下来。她成功了，当她走进钱开逸公寓的时候，眼球已然干燥得像一个沾满尘土的乒乓球。

“来了，欢迎。好找吗？”钱开逸高兴地寒暄。

“按照你说的路线走，一点弯路都没绕。”贺顿说。

“吃饭了吗？”钱开逸问道。

“吃了。”贺顿回答。勇气储藏在食物之中。

钱开逸有点失望，说：“我准备咱俩一起动手丰衣足食呢。”

贺顿说：“我虽然吃了，依然可以为你做饭。”不是夸口，贺奶奶训练了绛香一手好厨艺，只是后来颠沛流离无处施展。

钱开逸也不客气，说：“那好啊，我就看看你的手艺。”

贺顿说：“手艺谈不上，不过可以填饱肚子。先让我看看你都备了些什么料。”说完打开冰箱，一股酸腐霉味飘了出来。

贺顿说：“天哪，你这冰箱多久没有擦洗过啊？”

钱开逸屈指一算说：“大约有五年了吧。我记得是那时候买的。”

贺顿说：“长了苔藓了。”

钱开逸说：“假使长了苔藓，也是优良品种。”

贺顿说：“何以见得？”

钱开逸说：“你想啊，能在这样的低温下生长的苔藓，起码也和北极南极的物种有一拼。”

贺顿说：“懒人。冰箱是要一个月一擦的。”

钱开逸一本正经道：“这个规定，我以前不知道。以后也不想知道。”

贺顿说："没想到你闭目塞听讳疾忌医。"

钱开逸说："以前是真不知道，知道了也没有时间完成。以后就有了你了，所以，我知道不知道，不重要。"

贺顿把头扭向一边："你还是自己记住了好。"

钱开逸没有注意到这一点，陶醉在自我快乐中，说："我已经饿了，你的早饭何时才能好？"

贺顿纠正道："就是马上出锅，也只能算午饭了。"

钱开逸看看表，笑了。

贺顿清理冰箱，看到两个表皮发绿的土豆，一个发了芽的紫皮洋葱，还有几个皱缩干瘪的胡萝卜，外带皮上有了溃疡的西红柿。冷冻室里，有几只鸡腿倒是白嫩肥胖，裹着少许冰碴十分新鲜。

"鸡蛋有吗？"贺顿问。

"有，有。还是无公害的绿色鸡蛋。"

贺顿说："根据你这里所具有的资源，我们只能做一个简单的咖喱鸡饭。"

钱开逸不由得咂咂嘴巴说："咖喱鸡饭，令人神往。我还从来没有在家里吃过这种带有南亚风味的饮食。只是，估计咱们是吃不成的。"

贺顿乜斜了眼睛说："你不相信我的手艺？"

钱开逸连连摆手说："我相信你的手艺，只是我这儿没有咖喱。"

贺顿说："清仓挖潜找一找啊。"

钱开逸说："死了心吧！我从来没买过这东西，只能到商店找，家里绝无踪迹。"

贺顿说："那好，就罚你到商店里去买吧。"

钱开逸迟疑着："附近的商店里有这玩意吗？是不是要到大商场才有啊？"

贺顿说："没有咖喱酱就买咖喱粉。咖喱也不是什么阳春白雪，一般的店里都有。只不过是你以前不在意，好像从未看到过。这在心理学上叫作……"

钱开逸打断她的话说："回来再听你讲心理学上的意义吧，我现在想尽快地解决生理学上的要求。"说完，高高兴兴地穿上外衣，去买咖喱。

待确认钱开逸已经上了电梯，不会冷不丁回来了，贺顿开始像个女主人似的在屋里走来走去。

登高望远，19层楼已经相当于一座小山的山顶。鳞次栉比的普通楼房和火柴盒一般的平房尽收眼底。站在高处，是一种享受，有君临天下之感。俯瞰也是人的一种需求，当你没有资格在权力和金钱上藐视别人的时候，登高望远，可以换来片刻的心旷神怡。所以劳动人民常常趋高，而富贵人家却喜住平房。

自打学习了心理学，贺顿被这门科学潜移默化，动不动就想用心理学的术语和理论解释一下眼前形形色色的人和事件，已成嗜好。

还有要事要办。贺顿封住了自己关于居住高度的理论探讨，飞快地在钱开逸的房间中巡视。两室两厅两卫，一间被钱开逸当了书房，整齐的书肩并肩地站立在豪华书柜中，好像待检阅的士兵。大本的精装书如鹤立鸡群的将军，显示出主人不凡的追求和抱负。另一间小些的做了卧室，占显著位置的是一张大床，比通常的双人床宽出不少，一侧有个很精巧的床头柜。古典图案的床盖把床封得严严实实。贺顿掀开床盖，看到两个硕大的枕头并排摆在床头。贺顿从兜里掏出一个小小的药物胶囊，半截白色半截蓝色，仔细地放在了床头柜一侧的褥垫下面。

贺顿又到卫生间参观了一番。钱开逸是个讲究生活品质和情调的人，卫生间的高档洁具，在雪白的节能灯下，闪着牙齿一样清洌的清光，各式各样瓶瓶罐罐装着五花八门的洗漱膏液。

时间不早了，贺顿不敢再耽搁下去，开始在厨房操持。先把土豆皮打掉。一层糙皮之后，土豆依然保有可疑的绿色，只有继续狠狠削皮，直到土豆露出乳汁一样的洁白。胡萝卜也难逃被大刀删削的命运，皴皮一层层褪去，鲜艳的橘黄色凸现出来。然后在微波炉里解冻鸡腿，这道工序比较简单，很快妥了。贺顿开始淘米煮饭，进行到一半时分，钱开逸归来。

屋里弥漫着泰国香米特有的那种类乎胶鞋的味道，还有洋葱的辛辣和胡萝卜略带甜味的清香。钱开逸非常高兴，这种味道让他心中发颤，这就是家的味道，这就是幸福的味道啊！

贺顿系着围裙的腰身，显得格外窈窕，原本平板的胸脯，在围裙带子的勒扎下，难得地耸起来，加上手中的忙碌和炉火的熏蒸，额头汗水涔涔，脸色也红润了，略显几分风情。

钱开逸像猎豹一样悄无声息地走到贺顿身后，用双臂轻轻环住贺顿纤细的腰肢，轻轻地在贺顿的头发上吻了一下。这是一个试探，原来他们是同事，这一吻之后，就成恋人。

贺顿感觉到了从头发传来的微小扑动。人们以为头发是没有知觉的，岂不知头发是人的性器官的一部分。头发梢的神经一定联接着大脑的性感中枢，所以和尚才要把青丝剃去。

贺顿很奇怪自己的感受，一方面，她能感觉到自己身体内部有一种汹涌的冲动在崛起，这就是性本能吧？她有着醉酒一般的恍惚。另外一方面，她好像却步抽身孤独地立在一旁，冷眼旁观缜密分析，解剖着自己，进行着学术上的探讨。

这是一种可怕的状态，贺顿却无法拒绝。半身冰冷的她因此与众不同，永不会被情欲牵着鼻子走，在分裂中特立独行。

任重道远，贺顿不敢有丝毫的大意，她要按着计划小心行事。钱开逸非寻常人也，要让他乖乖入瓮，不是一件容易的事。

贺顿回过头来，轻轻地回吻了钱开逸一下，这一吻恰到好处，像是公鸡啄米点到即止。

轻了，就怠慢了钱开逸；太重了，钱开逸情绪高涨起来，事态也不好控制。钱开逸十分惬意，这是爱的突破。他觉得贺顿的回应也很干净。如果太热烈了，钱开逸就要提防，他居高临下的位置和钻石王老五的经历，都让他自我感觉甚好，受不了冷淡也受不了趋之若鹜。

“咖喱酱买回来了？”贺顿问，其实她已看到了钱开逸手中的包装。

钱开逸喜欢这种明知故问。家庭生活里就是充满了明知故问，只有在谈判桌上和办公场合，人们才是言简意赅一言九鼎的。家就应该是一个有很多重复甚至乱七八糟的地方，人才能放松。

“我还买了一些凉菜。以前不注意咖喱这东西，真要买了，才发现有很多牌子呢，就买了一种最贵的。”钱开逸说。

贺顿轻轻地刮了一下他的鼻子，说：“不买贵的，只买对的。忘了这句广告？”

“我根本就不知道在咖喱这个领域里，什么是对的。”钱开逸扮了一个鬼脸。

“告诉你吧，在这个领域里，恰好贵的就是对的。”贺顿说着，熟练地把咖喱酱包打开，切下了三人份的量。其实，他们只有两个人，贺顿的饭量也很小，两人份已足够了，但贺顿特别多下了分量，这样味道更浓。拿下男人的胃，就拿下了他的心。

洋葱的特点就是夺人心魄的香辣。贺顿一边将洋葱爆炒，一边说：“你知道洋葱像什么？”

博学的钱开逸还真不知道有关洋葱的典故，说：“讲讲看。”

贺顿说：“洋葱是古埃及人的圣经。古埃及人认为洋葱代表着多层的宇宙，因此他们会对着洋葱发誓。就像如今的人面对上天。”

钱开逸听罢对着洋葱举起右手，说：“我发誓，我爱你。”抱住贺顿。

贺顿莞尔一笑，可惜这个微笑未及完成，就被钱开逸用嘴封住。两张嘴唇似乎穿上了丝缎，柔滑而充满了古典的纹路，丝丝入扣。唇与唇的对接如同两块煮热的豆腐，温暖而华润。

加上咖喱的异域风情，这顿普通的午饭不但充填了胃，而且激荡了大脑。钱开逸打开了一瓶奥地利的冰酒，两人各喝了半瓶。

“知道冰酒是怎么回事吗？”钱开逸的舌头有点大了。

“不知道。”贺顿回答，贺奶奶还没有来得及告诉她。

“猜猜……猜……”钱开逸打趣。

“就是把酒冻成冰吧。”贺顿也信口开河。

“不。冰酒是冻了冰……的葡萄酿的……天下第一。”钱开逸说。

“你常常喝酒吗？”贺顿其实有很好的酒量，只是轻易不喝。这点酒对她来说，毛毛雨啦。

“没……不……”钱开逸说。他真的不胜酒力。

“那你还不少喝点？”贺顿假意相劝。其实为了马到成功，她巴不得钱开逸多喝点。

“古人是借酒浇愁，我喝，是因为心中愉快。”钱开逸这会儿很清醒。

“为什么高兴了反倒喝酒？”贺顿说着，把自己酒杯里面剩下的半杯酒又倒入了钱开逸杯中。

“喝了酒，人就恍惚了。如果没有酒的微醺，这快活就太清醒了。清醒的快活让人惆怅，担心它稍纵即逝，只有在似醉非醉中，快活才显得更长。”钱开逸振振有词。

“那你就把杯里的酒全喝了，快活就翻几番。”贺顿劝酒。钱开逸听话地一饮而尽。

“今天，你不要走了。”钱开逸像个小孩似的拉住贺顿的手，恋恋不舍。

贺顿不能一口答应，虽然这正是她此行的初衷。她一定要矜持，一定要婉拒，否则，即使被酒精麻醉着的钱开逸，也会心生疑窦。

“我先把这残羹剩饭锅碗瓢盆收拾利落了，扶你躺下休息，然后，再走。”贺顿柔声说。

“你陪我一道躺下。”钱开逸拉住贺顿的手。钱开逸的手心很烫，汗津津的。

“不。”贺顿拒绝，但口气温和，手也没有抽出来。

“见死不救啊？”钱开逸半是清醒半是糊涂地开玩笑。

“你死不了。”贺顿说。

“想念一个人，也是可以死人的。”钱开逸用另一只手捂住贺顿的手，好像贺顿的手是一只受惊的蝴蝶，只要捂紧了它就飞不走。

“那我就急救你一下。等你好了，我可就要回家了。”贺顿说着，半推半就地和钱开逸走向卧室。

钱开逸的卧具非常考究，掀开床盖之后，看到的是闪光的丝绸。“像地主老财用的。”贺顿嘟囔了一声，半蹲下来，为钱开逸脱去袜子。

“我用的被罩和床单都是丝绸。你刚钻进去的时候，有一点凉，过一会儿就好了。”钱开逸说。现在，他很清醒，他不喜欢用暴力，也不喜欢哭哭啼啼好像伟大奉献的女人，情投意合鱼水之欢才是做爱的至善至美。

钱开逸拉上了窗帘。带有遮光布的双层帘子尽职尽责地把所有的光线拒之窗外，屋内在黯淡的灯下，如夜晚一般静谧。

贺顿找到了有床头柜的那一边，静静地躺下了。她有些怕，只好又祭起分身术，将身体和意志分别打理。她的思维腾空而起，贴在钱家的天花板上，在那里俯视着一切。看到自己的衣服被钱开逸一点点剥开，看到自己像一粒干瘪的蚕蛹，铺衬在钱开逸粉红色闪亮的丝缎之上。然后，是钱开逸温和的抚摸。

钱开逸的手在她身上游走，没有舒适，只有触觉的移动。她能够清楚地察觉到钱开逸的指甲旁有一粒倒刺，在抚动她的乳头的时候刮到了乳晕旁隆起的小颗粒，她的乳头就敏感而昂扬地挺立起来。钱开逸不知道这个原因，以为是贺顿的兴奋到来了，高兴地重复着这个动作。

贺顿很想告诉他，该干什么就干什么吧，不要搞那些花活。但是，她知道自己这时候是不应该说话的，一个处女在这种情况下，理应沉默。当然了，真正的处女应该是怎样的表现，贺顿也拿捏不准，她能够想到的最好的方式就是什么也不说。

钱开逸看不到呼应，但自己的兴奋越来越强烈，按捺不住开始了进入。

没有疼痛，只有扩张。就像一柄大号的牙刷进入了小孩的口腔，横冲直撞。

飘浮在天花板角落里的贺顿的灵魂，掉下了一滴猩红的眼泪。但是，很快那个灵魂就镇定下来，现在不是哭泣的时候，你还有诸般事宜要做。

贺顿静听盖在自己身上的钱开逸呼吸越来越急促，知道那离弦之箭就要射出。这是最好的时辰了，此时不做更待何时？

贺顿轻轻地从褥垫之下摸到了那颗胶囊。饱满光滑，虽然没有灯光，贺顿仍然能看到那个胶囊的颜色，半截是白的，半截是蓝色的，好像大海和白云。这不是卧床的贺顿看到的景象，属于那个飘浮在空中的贺顿的视觉。

钱开逸猛烈冲击的时候，贺顿把那个胶囊放在了身下。随着钱开逸的发力，她用手指猛地一搓，那个胶囊就破碎了，贺顿甚至听到了胶囊破裂如蝉蜕撕裂般的声音。当然了，亢奋之中的钱开逸什么也不知道。

贺顿在黑暗中抚摸着钱开逸的丝绸床单，不由得生出惋惜之情，这么好的床单，就被染脏了。但是，有什么法子呢？不要有妇人之仁，计划是最重要的。

那个倾倒出了内容物的胶囊还在贺顿的手中，现在，尽兴之后的钱开逸已从贺顿身上滑脱，正趴在一旁假寐。大好时机，机不可失，时不再来。贺顿用手拂了一下头发，如果钱开逸这会儿睁开了眼睛，会以为贺顿也像自己一样汗流浃背，以手拭汗，没有丝毫异样。其实贺顿利用极短暂的空隙，将那个胶囊吞到嘴里，无声无息地把它咽了下去。

当胶囊细碎的片屑在舌头下化成一团极小的泥，并被口水冲刷走之后，贺顿长出了一口气。现在，大功告成了。

贺顿酥胸寒冷如霜。她向天花板眨眨眼睛，让那个飘逸的自己归位。现在，她是统一的，她要进行酝酿已久的谈判。

钱开逸彻底醒过来，一睁眼，看到贺顿目光迷离地躺在身边。

“多长时间了？”钱开逸轻声问。墙上就有挂钟，他不愿去看，要享受被人告诉的安逸。

“不知道。也许是半个小时，也许是三个小时。”贺顿也不去看钟，轻声回答。

“你为什么不睡觉？”钱开逸问。

“这里不是我的家。”贺顿回答。

“你安心睡吧。从此这里就是你的家。”钱开逸说。

“我有自己的家。”贺顿坚持。

“你好像不大高兴？”钱开逸说。

“男人和女人是不一样的。”贺顿说着，起身上卫生间。她把粉色丝绸的被罩掀开，空出一大片床单。

钱开逸说：“冷。”

贺顿就把被子整个摞到了钱开逸身上，这样她原本卧着的那块床单就彻底裸露出来。贺顿穿上拖鞋，走出房门。临出门的时候，把卧室的灯打开了。

“关上。”钱开逸躺在床上半眯着眼睛，因为双层的被子压在身上，他有一些鼻音。

贺顿已经走出去了，留下一句：“你不会自己关啊？那么娇气。”男人女人一旦有了肌肤之亲，说话就放肆起来。

钱开逸不喜欢强烈的灯光，加上双层被子捂得燥热，干脆趁机爬出被窝透透风，就起身去关灯。他坐起披上睡衣，就在袖子伸到一半的时候，他像被人施了定身法似的僵在那里。

粉红色的丝绸被单上，有一小片绛红色的血迹，沁入丝绸的肌理，虽然已经干涸，依旧触目惊心。

贺顿走了回来，说：“你干什么呢？”

钱开逸说：“看。”

贺顿也俯下身来看了看说："不是已经看到了吗，别看了。小心受凉。"

钱开逸躺下了，搂着贺顿说："没想到。"

贺顿说："为什么？应该想到的啊。"

钱开逸说："看你一副江湖闯荡的样子，不知道你还洁白如雪。"

贺顿说："看你紧张的，是不是觉得要负责任啊？"

钱开逸信誓旦旦："我不怕负责任。"

贺顿说："别那么紧张。我不用你负责任。是我自愿。"

钱开逸说："我再看看。"推开贺顿，戴上眼镜凑到床单上看个仔细，甚至还用鼻子闻了闻。

贺顿有点紧张，因为她的药囊里灌的是红墨水，红墨水是有一点酸味的。马上做出不高兴的样子说："你怀疑是假的啊？"

钱开逸说："怎么出血这么少呢？我以前睡过的一个处女，单子湮湿了一大片。"

贺顿说："你以为这是杀人，血流漂杵？总共就那么大的一点地方，能出几滴血就了不起了。你碰到的那个处女，可能是个假的。现在，很多人做手脚。"

贺顿说这些的时候，面不改色心不跳。她知道贼喊捉贼这招厉害。

钱开逸本来正怀疑贺顿处女之宝的真假，见贺顿自己挑明了，也不甘示弱，说："你说别人是假的，我怎能知道你是真的呢。"

贺顿笑笑说："你当然可以怀疑我呀。"

钱开逸说："我不知道怎么才能知道谁是真的谁是假的。"

贺顿说："那我问你，当初那个血流成河的处女，为什么没有成为你的新娘？"

钱开逸叹了口气说："她以为跟我亲密了，就身心放松马放南山，很多毛病就暴露出来。我这个人，心好，但是眼毒。眼里容不得沙子。坠入情网，会使人的心灵倒退十万年。十万年之前，我们是什么？是虫子还是落叶？是海虾还是虎豹？"

贺顿说："别管十万年前，先说眼前。你认为咱俩适宜结婚吗？"

钱开逸说："伯乐和千里马成了一家子。"

贺顿说："千里马一辈子感谢你。"

钱开逸说："别的就不多说了，不管你是真的还是假的，我都当你是真的。见过我父母，咱们就稳步向前推进。"

贺顿说："我不去见你父母。"

钱开逸说："怎么啦，丑媳妇怕见公婆？其实，你不算太丑，对对，说错了。简直就是不丑。"

贺顿说："丑不丑我心知肚明，用不着你鼓励。"

钱开逸不解："那你害怕什么？"

贺顿说："我不是害怕。我并没有答应你啊。"

钱开逸说："你没答应我，你怎么还和我这个啦？"他指指已经被贺顿压到了身子下边的床单。

贺顿说："这是两回事。我喜欢你，可是我不能嫁给你。"

钱开逸受了很大的打击，说："你让我自卑了。我怎么啦，配不上你吗？你也太骄傲了。"

贺顿走下床，开始慢慢地穿衣服，说："其实，是我配不上你。我长得不好看，也没法进入你们家那样的书香门第。而且，我要告诉你，关于我的身世，都是编出的谎话。我有自知之明。而且，我还有自己的事业。"

钱开逸说："我的事业不就是你的事业吗？咱们两个是共同的事业啊。"

贺顿说："我要开一个诊所，你要的是一副好嗓子，咱们道不同。"

钱开逸说："闹了半天，你是打定了主意不跟我啊。这真叫人失望。如果是这样，你又何苦来？"钱开逸苦恼地指了指贺顿的身下，"血迹"鲜艳夺目，好像一枚朱印。

贺顿说："你后悔了？"

钱开逸说："不后悔。只是觉得对不住你。早知道这样，咱们井水不犯河水。"

贺顿说："你觉得对不起我？"

钱开逸说："是。这就好比我拿了你的东西，却没有办法偿还。"

贺顿说："是我愿意给你的，请不要放在心上。"

钱开逸叹息着说："我一向表白自己是正人君子，宁肯天下人负我，我不负天下人。你坏了我的名节啊。"

贺顿看火候已到，钱开逸已经入瓮，佯作抱歉说："看来，是我骗了你。"

钱开逸说："你骗了我什么呢？你什么也不要我的，也不和我结婚，哪儿能说你骗了我？我刚才还怀疑你是不是真的处女，看来我真该死。"

贺顿轻轻地抚摸着他的头发说："我没想到你会这么难过。这样吧，我有一件事求你。如果你答应了，你我就算扯平，你再不要不安了。"

钱开逸大喜过望，说："这太好了。说吧，什么事？我一定为你办到。"

贺顿说："我需要十万块钱开办诊所。其实，只是过一下手，工商登记的时候这笔钱要在账上，以后我一定会尽快还你。我付给你利息。"

钱开逸什么都想到了，但就是没想到贺顿向自己借钱。十万块，这不是一个小数目，可他大话已经说出口了，再看这个刚刚把处女之宝奉献给自己的女人，如此为难，要做的又是一件好事，他哪能出尔反尔呢！

"好吧。我借给你。"钱开逸咬紧牙关，铿锵有力地说。

他又要了贺顿一次。这一次，贺顿的精神又浮动起来，不过不是贴在天花板上，而是蹲在了窗台上，看外面的风景。

两个人恩爱之后，贺顿爬起来写了借条，约定了取钱的方式。然后到外面吃饭，饭后依依不舍地分手。钱开逸回到家里，把床单扯下来清洗，一边在血迹上喷洒着专除污渍的领洁净，一边想着——十万块！这一块血迹可真叫贵！念头浮出之后，他用满是泡沫的手拍打了一下脸庞，算是对自己出言不逊的惩罚。掌心有水，格外响亮。

第31章

一百万现金会把脚面砸骨折

钱有了，房子有了，贺顿决定要为自己的心理所起一个响亮的名字。叫什么好？本想博采众家之长，但大家七嘴八舌的，实在难以统一。花了一百块钱到街上的“××轩”求了个名字，好不容易跟他们讲清楚这个诊所是干什么的，三天后拿到一个名字，叫作“沙漠白杨”，贺顿觉得太干燥太悲苦了，干脆自力更生。贺顿想了许久，决定就叫“佛德”。它有两个含义，一是暗合着“弗洛伊德”这个震耳欲聋的大号。要说起心理学家，在中国影响最大的就是这位胡子拉碴的犹太老爷子了。虽然大多数人可能连他的一本书也没有看过，更不晓得“本我”“自我”“超我”都是些什么东西，但这并不妨碍大家对他耳熟能详望而生畏。第二层意思是这个词有点崇洋媚外的味道。佛德究竟是个什么意思？谁也不知道。这就对了。如果找一个“七巧板”这样的名字，不同的人会有不同的理解，闹不好弄巧成拙。佛德，谁也无法确切地说出它的含义，就像抽象画，每个人看到的都是不同形象，暗自揣摩浮想联翩。若是有人从这个“佛”字引申开来，想起一叶慈航普度众生什么的，就算歪打正着。

起好名号之后，下一步就是到工商局办手续。贺顿亲自跑了几趟，才知道并不像汤小希说的那样简单，仿佛摆香烟摊子般容易。你还要制定章程，还要请会计，交验各种证件。

贺顿对柏万福说：“拿证来。”

柏万福丈二和尚摸不着头脑：“你从来没给过我什么证啊！”

贺顿说：“以前是没给过，可这阶段这个证就得放我这儿，人家要查验呢！”

柏万福说：“到底是个什么证？”

贺顿也觉得自己被忙昏了头，语无伦次，解释说：“房产证。就是楼下你妈住的那套房的房本。明白吧？”

“有倒是有，在我妈的首饰盒里藏着呢。我见过，棕色皮的，还挺大个儿。那可是我妈的命根子。”柏万福边回忆边迟疑。

“你妈的命根子是你。你试着能不能拿出来让我注册用。用完了，就还你妈，连个纸毛都不会少。”贺顿怂恿柏万福，故意轻描淡写。

柏万福连连摆手说：“那可使不得。我妈把两个房产本看成金童玉女，恨不能每天都拿出来摩挲摩挲，我哪能偷得出来？”

贺顿无奈，说：“那只有挑明了，借你妈的房产本一用。不知行不行？”

柏万福说：“你都答应嫁给我了，我妈能不借吗？”

柏万福走到楼下，看到老娘正在用半月形的木梳梳头。不知是哪辈子传下来的红木梳头匣子半敞着，老式的桂花油瓶只剩了一个油底子，香味反倒更加浓烈。柏万福猛吸了一口这种散发着腐朽香气的味道，好像回到了自己的少年时代。孤儿寡母的，娘拉扯他不容易。娘没有文化，干不了别的活计，平日就在家里给人缝虎头鞋。鞋是出口的，专门雇些个家庭妇女在家中用白布用糨子粘起来，打成袼褙，千针万线地纳好，再把绣了虎头的鞋面子镶上去，眼若铜铃虎虎生风的一双童鞋就立那儿了。娘乐意干这个活儿。一是找不到别的活儿，这差事是计件工资，娘心灵手巧，能挣出点钱来过日子。再说可以让小福嘴上享福。娘没有奶，小福全靠熬面汤活命。袼褙是细白布打出来的，一丈布可以裁出多少双鞋底子，人家都测算过了，纵是仙女做鞋，也在布头上占不了多少便宜。鞋面也是发下来的，你领了多少双的面子，就要交上去多少双鞋子，这也是分毫不差没有空子可钻的。唯有粘袼褙的糨子，大有文章。发下来的是白面，要你自己兑水熬成糨子。那白面这个细啊，这个白啊，任你在谁家粮店也没见过。鞋子是要出口的，特别讲究质量。白面必得上好，打出的糨子才能滑腻黏性好。

不知道有多少人把打糨子的白面给娃熬了糊糊，烙了饼，蒸了卷子吃，反正所有做鞋子的婆娘都说面不够用，上面的人也不计较这点损耗，就加大了发白面的力度。有的女子交上来的鞋子又糙又硬，从边缝儿上还能看到玉米楂子的小黄粒。这就是把事做过了，把白面都吃了，用黏性差的玉米粉糊弄人。

娘不会这样。娘是个细致的人，想得长远。那些个用了玉米面子的人，都被开除了，无论怎样哭着喊着，都不能再加入虎头鞋的行列。娘肯动脑子，能用最少的面熬出最有黏性的糨子，均匀地刷在细白布上，打出的袼褙又韧又薄，布层亲密无间牢不可破，好像还是当棉花的时候就长在一起。再纳上米粒般的针脚，缝成虎头鞋，稍加揉搓，软硬适宜。由于娘的口碑好，后来把绣鞋面的活儿也揽了过来，生活就有了保障。柏万福不知道在这个世界上，有多少黑皮肤白皮肤的孩子穿过老娘缝制的虎头鞋，只知道从虎头鞋上抠下来的糨子面，养活他成人。

娘从很年轻的时候就梳发髻了。娘说，寡妇门前是非多，梳起髻子来找麻烦的人就少了。那时小福不懂，就问，为什么梳头就让麻烦少了呢？头发是麻烦吗？

年轻的娘说，梳了髻，人家就知道娘不会嫁人了。

小福说，娘干吗不嫁人呢？娘嫁人，我也能吃上糖了。要不然，人家结婚老不让我看。

娘说，你看不到娘结婚了，娘等着看你结婚呢。

到底是吃糨子长大的人，活不过吃母奶喝牛奶长大的人，柏万福得了小儿麻痹，一条腿轻瘸。也没有考上高中，只得上了一所技校。娘说也不错，出来就是技工，铁饭碗呢。柏万福毕业分到工厂，被人称为师傅没几年，工厂就开始不景气。原本以为不景气熬上几年，就能变成景气，谁料不景气只是一连串倒霉事的领头羊，其后就干脆停了产。刚开始柏万福还高兴呢，这多好啊，不上班还照样领工资，虽说没了加班费夜班补贴什么的，收入减少了，可你还统着袖笼子休息呢，值！可惜好日子没多久，厂里就正式发不出工资来了。再后来，如大厦将倾，飞鸟各投林，稍微有点本事有点门路的人就振翅高飞了。模样周正点的女子去了饭店、旅游，丑点的去了小卖部或是干脆当了小时工。男的脑袋瓜灵活的，开始偷盗厂子里的设备，当废铜烂铁卖给收破烂的。身手洒脱的当了保安给人守大门，要长相没长相要门路没门路如柏万福这样的，就死扛着，祷告也许有一天时来运转，再风风光光地做回工人阶级。

不想等到的是工厂彻底破产，柏万福 30 多岁就办理了内部离职。按说这个政策还是挺优惠的，不干活也能拿到基本生活费，到了年龄还能办正式的退休手续，医疗什么的也都有人管。柏万福觉得下场还算仁义。只有老娘长吁短叹，说："耽误啦！"

柏万福不知什么意思，说："耽误什么啦？够咱俩吃的。"

老娘说："耽误我抱孙子啦。"

话说到这里，柏万福就不吭气了。这可怪不得他，他早就想娶媳妇了。早几年，柏万福刚从技校出来当师傅那会儿，虽然说不上聪明伶俐收入高，但工人这块牌子还是挺吃香的，趁热打铁想找个对象也不是太难的事。本来老娘也没有多少奢望，辛辛苦苦地把遗腹子养大，当然盼着最后完成心事，不想正在要谈婚论嫁的时候，他们住的那块地方拆迁了。

祖上传下来几间破房，低矮漏水，但面积不算小。按照当时的政策，柏家可以分到两套回迁房，这可是一笔了不得的财产。老娘佝偻了一辈子的腰，被这两套房子的钥匙给挑直了。“咱不着急，有了房子就有了梧桐树，咱要娶凤凰！”老娘发出豪言壮语。

一时间还真有不少人上门提亲，柏万福也飘飘然起来，挑剔姑娘的个头长相工种家境。那是一个千载难逢的好机遇，可惜被柏家人忽略了。多番相看，娘总是不满意。拖延中，柏万福就正式加入了失业大军，从此江河日下一蹶不振。本来就一没长相二没学历，腿脚还不利落，现在连安身立命的单位也没有了，正经闺女从此绝尘而去，杳无踪迹。

刚开始老娘还没意识到这个问题的严重性，以为降格以求就会解决，不想随着社会的快速发展，世风日下，女孩子们宁可挨到30多岁不嫁，也绝不会找个瘸着的下岗人员。柏万福甚至去了婚姻介绍所，被人收取了几百块钱的交友费，一个黄花大闺女也没见到，应征的都是拖着孩子的丧偶人员，一见面就问柏万福现有多少收入多少家产，然后低头一阵心算，看能不能养活自己和孩子。到了这个份儿上，柏万福也随遇而安，丧偶就丧偶，离异就离异，反正是个完整的女人就成了，一块儿搭帮过日子吧。不想柏万福不挑女方，女方还挑剔他，基本上谈了一次就拉倒，没见过第二面。

柏万福跟婚介所的工作人员抱怨成功率等于零，说你们这不是骗钱吗！工作人员说，从您这个事儿上，我们也要吸取教训。以后像您这样的，就是交再多的交友费我们也恕不接待。您收入太少档次太低，您来了，我们的档次就降了，坏了名声。工作人员说这些话的时候，态度极好，一口一个“您”字，闹得柏万福除了低头找老鼠洞，什么话也回不出来。

柏万福把这些都跟娘说了，他从小就什么都跟娘说，娘就是他的老师和校长，是车间主任和支部书记，是厂长和党委书记……柏万福一辈子没见过更大的官，如果见到了，他一定会在第一时间毫不犹豫地把新的桂冠栽到老娘头上。

老娘本来就不赞成儿子找拖油瓶的二婚，当年她就是此等角色，知道这种人的心思不在男人，只在孩子身上。由于她坚持住了没往前走那一步，就对要嫁人的寡妇另眼看待。老娘对柏万福说："咱不急，反正也晚了。你看娘能不能给你找个水灵灵的黄花大闺女！"

若干年过去了，那个水灵灵的黄花大闺女，早就不知道在哪个犄角旮旯，被晒成了别人婚宴上的干瘪鱼鲞，柏万福还在旱地里翘首以盼。

这几年，因为出租房子，娘倒是攒下了一点钱。娘很关心房地产的走势，对自家位于闹市区的房子价值，比房屋中介还门儿清。

娘此刻已经把辫子梳完了，开始盘头。娘说："我的桂花油见了底了，跟你说了好几回了，怎么还没买回来啊？"

柏万福说："您用的这桂花油，老掉牙了，现在都不生产了，改用摩丝发胶什么的了。要不我给您买点新鲜的试试？"

娘把盛着桂花油的小瓶子在手心磕打着，说："甭。使不惯。等哪天我找点刨花泡点水梳头。自产自销。"

柏万福说："您索性多泡点，搁冰箱里，随用随取。"

娘笑起来说："还是你的鬼点子多。以前是泡一回用不了多久就馊了，现在有了冰箱，还真能保鲜呢。对了，我刷牙用的猪毛牙刷也磨秃了，你再给我买些。"

柏万福直嘬牙花子，说："妈，这个可就有点难办。您知道，这个猪毛牙刷子，人家厂子也不产了。我给您买新式的牙刷吧。"

娘说："用不惯。新的牙刷子都是尼龙丝的，会把牙床子扎破。"

柏万福说："我给您买最柔软的那种，给您买儿童用的还不成吗？"

娘说："不成。我就用惯了猪鬃毛的，别的都觉得有一股化学味。"

柏万福说："您就不怕猪鬃毛刷子有一股排骨味吗？"

娘假装生气说："小兔崽子，你就气我吧。我还没到躺在床上不能动要你伺候的光景，只让你给买把牙刷，你就推三阻四的，以后我还能指靠你吗！”

柏万福慌了，说：“妈，我这不是跟您逗乐吗！这就给您去找猪鬃毛牙刷，若是找不到现成的刷子，我就去抓一头猪。”

老娘一下子乐了，说：“你抓人家猪干什么？”

柏万福说：“把它的毛薅下来，给您扎把牙刷。”

娘说：“可真有你的。你扎的刷子，刷墙许是行，刷牙是万万不能的，只怕满嘴猪毛。”

娘儿俩说笑着，也自得其乐。逗了一阵子，娘突然收敛起笑容，说：“说吧，你媳妇让你来的吧？”

柏万福惊讶地说：“我没媳妇。”

娘朝楼上努努嘴，说：“她不是答应当你媳妇了吗？”

柏万福说：“答应是答应了，可还没领证呢，就不是媳妇。”

娘说：“这个我知道。我也是提前熟悉情况，不然，你一下成亲了，我也不好适应。”

柏万福说：“我不会忘了娘。”

老娘说：“我这会子倒是巴望着你们把我忘了。说吧，你媳妇又盘算我什么啦？”

柏万福慌了，说：“没人盘算您。”

老娘说：“孩子，你就不要再打马虎眼了，有什么就直说吧。再说，盘算老娘也是应当的，我要是一点都没有让你们盘算的想头了，也就离死不远了。说吧。”

柏万福真是佩服死了老娘，料事如神。索性直说：“贺顿让我跟您求您这屋的房本。”

“干啥？”老娘并不像柏万福想象的那样震惊，很平静地反问。

“开诊所啊。她要去注册，非得有这房本，人家才给登记。”柏万福说。

“是她让你来说的吧？”老娘说。

“是。”柏万福回答。

“那她自己为什么不亲自说啊？路太远，挪不动脚步啊？”娘说。

“她……她不是那个意思。她让我先给您吹吹风，您好有个思想准备。”柏万福听出老娘语气不善，赶紧打圆场。

“我早就准备好了。你让她来吧。”老娘放下半月形的木梳，把最后一滴桂花油抹在了盘好的发髻上，油光锃亮。

柏万福回到楼上，贺顿正在等他，迫不及待地问：“说啦？”

“说啦。”柏万福回答。

贺顿伸出手，说：“拿来。”

柏万福说：“什么？”

“房本啊。”贺顿好生不解，还能有什么呢？

柏万福说：“说是说啦，可是还没说好，她让你自己去说。”

贺顿知道这一场硬仗是躲不过了，就说：“去就去。她还说什么啦？”

“再什么也没说。她只说她准备好了。”柏万福老老实实交代。一边是相濡以沫的老娘，一边是就要娶进门的娇妻，哪边也得罪不起啊。

贺顿在自己住的小房子内调理了一番呼吸，默念了一段让心理放松下来的口诀，管不管事不知道，只有硬着头皮下楼了。

老娘穿戴一新地坐在老式的圈椅上，说：“来啦？”

贺顿一直怕见房东大娘，现在可倒好，最怕的成了最亲的，房东摇身一变成了婆婆。

“大娘……您好。”贺顿说。

“把那个大字去了，就叫娘吧。”老娘说。

“娘。”贺顿叫。这一声是如此的生疏，贺顿有很多年没有叫过娘了。贺顿的心中顷刻涌起波涛，贺顿赶紧让自己的灵魂飘浮起来，才算止住了情感的动荡。

“听说你要拿房本注册诊所？”老娘思绪明晰，直奔主题。

“是。”贺顿谨慎地回答。

“我看你就是为了要这套房子，才答应和小福成亲的吧？”老娘不动声色地问。

贺顿第一个反应是——傻呵呵的柏万福怎么能有这么一个入木三分的娘呢？他为什么就不像他的娘呢？他要是有一点像他的娘，贺顿也不会如此委屈啊！这个念头滚过之后，才发觉回答问题迫在眉睫。

贺顿当然可以否认，但是，在这两颗明察秋毫历尽沧桑有轻微白内障的眼珠面前，你不敢否认。贺顿最后决定铤而走险，说：“是。”

老娘满意地点点头。如果贺顿说“不是”，她就绝不会把房本给她。现在，她说了“是”，老娘说：“开了诊所之后，你会跟小福离婚吗？”

贺顿坚决地说：“我不会。”

老娘说：“为什么不呢？我看你是个有志气的孩子，小福窝囊，你怎么会死心塌地地跟他过一辈子呢？换作我，我就会在以后发达了，甩了他。”说完之后，老娘像猫头鹰一样盯着贺顿。

贺顿想象了一百种探讨房子的可能性，也没想到这个老媪如此单刀直入。而且，一语中的，切中要害。

贺顿会在发达了之后离弃柏万福吗？贺顿没想过，贺顿不想，不是因为忘记，而是因为乏力。她知道自己一定不满意柏万福，但是她不能这样离开。如果她要选择离开，不如现在就选择放弃。为了发展，只有赌上所有的一切。

“我不会。”贺顿掷地有声。

“这却怪了。为什么呀？我看你比我聪明多了，我都看不上我儿子，你如何看得上他？你现在是暂且栖身，以后的你，就不是你了。可我只有这么一个儿子，我得找一个肯和他白头到老的媳妇，我才能放心，才能把家当交给她。”老太太白发摇动。

贺顿甘拜下风，苍老的智慧逼得你无处逃遁，只有以实禀告。

“您说得不错。如果是您，您会走，但是，我不会。”

“说说你的道理吧。我看不出你比我更有良心。”老太太也是寸步不让。

“我有我的事业，我要在这个举目无亲的城市里发展我的事业，就要有根据地，要有立足点。我看上了你们家的房子，看上了这块地方。我没有别的本事，我只有把自己嫁出去，换来这个起飞的机场。如果我的事业发达了，我只有继续努力，哪能把辛辛苦苦建设起来的事业毁了？这就是原因。我有事业，而你，没有。”贺顿把心声向一个最不适宜倾诉的人竹筒倒豆子。

“好了，我不知道你的事业究竟是怎么回事，但是，我知道你是看上了我们家的房子。是啊，我这两套房子值一百万。你嫁到了我们家，你就得到了一百万。”老太太扬扬自得。

“你的房子不值一百万。”贺顿虽然明知这话会得罪老太太，也必得说。唇枪舌剑锱铢必较。否则，她就在这场较量中处于绝对劣势且永远翻不了身。

“姑娘，你不懂行情吧。你可以到房屋中介所打听打听，人家会告诉你一个清清楚楚，这一带的房子就是这个价。”老太太胜券在握，像戏鼠的老猫，面带微笑。

“我相信此地的房价就是这么高，但是，你和你儿子住在这里，它们就不是商品，只是消费品。消费品没有你所说的价值。只有卖了房子，你才能拿到一百万，可是，卖了房子，你住到哪里去呢？所以，只要你的房子不卖，它就一钱不值。”贺顿最近为了开办诊所，还真研究了一番经济学，也不知这套说法合不合乎逻辑，反正唬老太太足够了。

老太太也不是善茬，说：“你说的这一套我用不着懂，我就知道房子值钱。”

贺顿苦口婆心，说：“打个比方吧，您这一身零件……”说到这里，看到老太太面露不悦之色，赶紧换了一种说法：“不说您，就说我吧。我这一身零件，比如肾，就是咱们俗话说的腰子，能值 20 多万，两个合在一块儿，就是 40 多万。再比如我的肝，能值 30 多万。要是把眼球心脏肺头什么的都算上去，就能折出 100 万，可不能因此说我就值了100万，因为这些零件我自己还得使，人家出价再高，也不能给卖了。您的房子也一样……”

精明了一世的老太太，被未来的儿媳妇这一套迷魂战术理论，惊得魂飞胆战，不得不信服这貌不惊人的小丫头，将来会有作为。甚至在内心深处生出了“惺惺惜惺惺”的欢喜，又感叹儿子哪里是这女子的对手！越是这样想，她越要在自己没老糊涂之前，把儿子的事料理妥当，否则，儿子会败得屁滚尿流。

“好了，姑娘，我说不过你。你说我的房子不值钱，我说我的房子值钱。房子在我手里，这就是硬道理。你想要我的房本，我可以给你，但是，我有两个条件，你答应了，咱们立马成交。”

“请讲条件。如果我能做到。”贺顿审慎地表示可以探讨。心想这老太太会不会狮子大开口。

“当然是你能做到的。只要你愿意。”老太太胸有成竹。

贺顿大喜过望，想不到两个条件就能搞定。她说：“您说。”

老太太说：“这第一个条件，就是以证换证。用你们的结婚证换我手中的房产证。”苍老的瞳仁逼视着贺顿，如同一个世纪之前的珍珠，早先或许是清澈的，拗不过岁月的煎煮，已经黄黑渍渍，好像一粒由桑叶变成的蚕的排泄物。

贺顿心想这还算条件吗？当然要领结婚证。就说：“没问题。”

老太太点点头，说：“除了这个证以外，还要一张纸。”

“什么纸？”贺顿感到来者不善。

老太太说：“一张欠条。”

贺顿莫名其妙，说：“我不欠你们。”

老太太说：“是啊，你现在是不欠我们的，但是如果你以后和我的儿子离婚了，你就要给我家一百万。你答应了，房本就可以拿走，你不答应，这婚事也不必做了，结了婚也是露水夫妻。我儿子心痴，也许会要了他的命，反倒不如打光棍好。”老太太目光如锥，直射贺顿的双眸。

贺顿不自觉地把眼光避开了。喃喃低语："一百万……这也太多了。"

老太太慈祥地说："你刚才口吐莲花讲的那套大道理，我听了个大概其，基本的意思我明白了，说给你听听，看是不是这么个理儿？如果我住着，我的房子就不值钱；如果我不住了，卖了，我的房子就值钱了。我这一百万也是这个意思，如果你和我儿子不离婚，你就不用出钱。将来我死了，所有的家产都是你们的。如果你和我儿子离婚，你就出一百万吧。到那时候，你能出得起这钱，你就已发达了，自去直上云霄。我儿子有了这一百万，也能过个好生活。当然了，不离婚最好，我儿子按说是不配娶你这样聪明的好媳妇，谁让你落在难中被我们家赶上了呢！孩子，别怪我心狠，也是万不得已。咱们都想想，值不值？都觉得值了，事情就好办了。"

贺顿几乎全线溃败。什么心理流派的训练，也比不过这种百炼成钢世事洞穿的狡猾。她一时百感交集。为了自己的命运，她要把自己绑在战车之上，赌上一生的幸福。

她不能离婚，不是因为道德，而是因为成本。这世上许多看似理想抱负长远谋略的事，其实往往都根结在经济上。

很久，贺顿缓缓地抬起头来。虽然近在咫尺的老太太早已看到了自己的泪水，贺顿还是要等到泪水全部风干才与之对视。

她说："您拿纸来。"

老太太把一本白纸递给她，说："我早就准备好了。"

"抬头怎么写？"贺顿问。

"写借款吧。"老太太轻松地说。

"我没借你们的。"贺顿说。

"是啊是啊，你没借我们的，现在是我们欠你的。但是，你要离婚，你就欠了我的。你把这层意思写明白了就行。文化人，这点小事还难得住你吗？写吧。老太太说着，好像不经意地打开了古老的梳头匣子，一张棕褐色的皮面证书露了出来。"中华人民共和国房产证"几个大字闪闪发光。

贺顿奋笔疾书。

“一百万？这数字也太大了。”柏万福想象着一百万现金砸下来，该把脚面打骨折了。

老妈说：“我也并没有想着真让她赔，只是吓唬吓唬她，求她老老实实地和你过日子。没想到，她还真让事情走到了这一步。”

柏万福说：“强扭的瓜不甜。妈，我也不曾求过您什么事，这次就依了我，让她走吧。”

老妈说：“孩子啊，你真是属鱿鱼的。”

柏万福好奇，说：“怎么讲？”

老妈恨恨地说：“软骨！”

柏万福说：“妈，随你怎样说吧。这事我是死了心了。让她走吧。”说着，就要撕那张油浸浸的纸片。

老妈恨铁不成钢，无奈地说：“我反正也没有多少时辰的活头了，我也看出这不是个安生女子，不但诊所招来了流氓，自己也成了流氓了。你现在也今非昔比了，成了心理师，人家都说这是太阳产业呢……”

柏万福纠正她说：“是朝阳产业。”

老妈说：“那还不是一回事？朝阳不就是太阳吗！你现在也是有头有脸的人了，人也比过去精神多了，咱有两套房子，这是多么大的家产，还怕没有好姑娘肯嫁吗？这个女子不肯给咱家添丁进口，就这一条，在过去就能休了她。现在又做下不要脸的事，我也是不想留她了。走吧走吧。”

既然老妈发放了通行证，柏万福就开始轻轻地撕那张泛着油光的纸。每撕一下，心都应声颤动哆嗦。直到这时，他才深切地感到痛楚。最先的震惊，之后的愤怒，然后是故事的悬念，最后是高风亮节的宽恕带来的自我感动……这一切，现在统统凝成了强烈的丧失。他亲手撕毁了他的幸福，虽然这幸福早就不存在了。就像一个人死了，尸身不朽，音容宛在，似乎终有卷土重来的一天。一旦火化了，灰飞烟灭，就再也不会有笑貌浮动。

他一下下地撕着，在痛楚中体验着自己的坚强和宽恕。好不容易撕完了，团在手里，刚要扔，老妈说："我要是你，就拿在手里，做个证据。"

柏万福苦笑着说："撕都撕了，还证据什么！"

老妈大睁着有白内障的双眼说："给那个女人看看，咱们娘儿俩是有板有眼光明磊落的人。"

柏万福就停了手。倒不是光明磊落什么的说服了他，而是觉得要有个根据。

果然，当他把被汗水泡软的那团纸球摊给贺顿看时，贺顿如同检验罪证的警官，翻过来掉过去瞅了个仔细，就差没有把它们拼凑起来恢复原貌。

柏万福说："你怕的不就是这个吗？我已经把它撕了，怕你不信，这又特地拿回来让你亲眼看看。现在，你自由了。"

贺顿缓缓地问："老太太那边也说通了？"

柏万福不愿细说，讲："如果说不通，她也不会给我这个东西。"

贺顿说："可是，你并没有问过我的意见。"

柏万福说："都那样了，你的意见不是明摆着的吗！"

贺顿说："以前是以前，以后是以后。"

柏万福不明白，说："还有什么以后？"

贺顿说："你让我好好想一想。"

柏万福也不再深问，他的忍耐已经到极限，好容易爬到了万仞山巅，倒头便睡。贺顿听着身边均匀而熟悉的呼吸声，突然百感交集。在这以前，她从来没有注意过这声响，当就要永远失去这种倾听的时候，生出了眷恋。

总是来去匆匆，贺顿从来没有听到过钱开逸有这样安稳的睡眠。也许贺顿只是过客，从没用心细听过，即便钱开逸曾这样酣睡，在贺顿耳中也未曾留下印象。

缠绵的想法只是一闪念，贺顿的内心深处是枯寂的，鼾声打动不了她尘封的感觉。迫在眉睫的是——她答应了离婚，毫无疑问就要被扫地出门。所有的设计，所有的心血都将付之东流，她梦寐以求羽翼渐丰的事业，就因为自己的恋情而顷刻倾塌。

贺顿一夜未睡。

当柏万福醒来，贺顿对他说的第一句话是："我不离婚。"

柏万福迷迷瞪瞪地说："还跟我一起过？"

贺顿说："是和你的房子一起过。"

柏万福彻底清醒了过来，说："那不行。这是你的如意算盘，可是我不干。你还是走吧。"

贺顿对柏万福刮目相看，说："实话实说。因为我的事业，我不能离开这里。"

这个理由打动了柏万福，他们的事业其实是联系在一起的。他说："那我就先容你一段吧。只是在这段时间里，你不能再去找他。"

贺顿说："我做不到。"

柏万福说："你欺人太甚。"

贺顿退后一步，说："我尽量吧。"

柏万福说："好吧，为了你的事业，我成全你，但只做名义上的夫妻。我虽然是个低贱的人，一主二仆的事，我不干。"

第32章

狂犬病人会看心理师吗

手续办下来了。

贺顿抚摸着营业执照，鼻梁靠近眼角的地方，火辣辣地疼痛，一股热流倾泻至鼻腔。贺顿赶紧做了一个通常吃美味咽口水的动作，把热流逼进了喉咙。嗓子被蜇了一下，疼痛感又下送到胃肠……

这是快乐。

十万块钱也有了，可你不能动，每一分钱都不是你的。

房子有了，你押上了一生幸福。如果你退出，你就要背上一百万块钱的债务。想到这里，贺顿的嘴角抽动了一下，那是一个来之不易的笑容。贺顿想象不出一百万块钱堆在一起，是怎样庞大的一堆。贺顿由衷佩服房东太太，她肯定也没有见过这么大一堆钱，但是，她敢说出这个数目。

人员暂时只有她一个光杆司令，幸好很快就会有帮手。汤小希和沙茵都答应不定时来帮忙。贺顿很感激她们都没有提出钱的问题，现阶段，贺顿以钱划分敌友。谁要是跟她说钱，谁就是小人。

贺顿对以前的房东太太、现在的婆婆说："麻烦您得动一动了。"

婆婆清退了房客，说："要我动窝，行。不过，我要住大屋。东西多，祖上传下来的掸瓶、躺柜、柜顶箱什么的，得有个宽敞地方搁。"

贺顿本以为结婚就是自己搬到柏万福那屋里住，不想婆婆还另有打算。贺顿看了一眼婆婆桌上用铁丝捆箍的破瓶子，才晓得这原是插鸡毛掸子的。那个木雕残落喜鹊有翅无头胖小子只剩下半边耳朵的旧箱柜，还这么多讲究。反正横竖都一样，无论在大屋小屋也都得和柏万福同床共枕。贺顿说："行。"

婆婆自然是袖手旁观的，柏万福腿有残疾，贺顿如蚂蚁啃骨头开始搬家。有些大件一筹莫展，请搬家公司要一百块钱，无论贺顿怎样讨价还价，说其实只是从一楼搬到四楼，抬抬脚的事，人家还是不依不饶，说只能省下汽油钱，而汽油不值什么钱，人工才是最值钱的。贺顿咬着牙说："好吧，人工我们也有，就不麻烦你们了。"

贺顿一趟趟搬动，就像磨道上的一头驴，不，比驴惨。驴眼起码蒙上一块布，闷着头以为一直在前进，但贺顿从一楼到四楼，从四楼到一楼，终而复始，转得头晕。本来就不多的头发被汗水抿在脸颊上，好似戏剧中青衣的鬓片。

俗话说破家值万贯。婆婆什么东西都不让清理，满满当当地塞在屋里，连下脚的地方都没有。贺顿和柏万福住在小屋，把贺顿的单人床换成了双人床，其余维持旧格局。要说改变最大的，是贺顿把书统统搬到楼下了。

很快，贺顿就发现自己是真正的受益者。腾出来的楼下那套房子，成了独立王国。

房子虽然不算破旧，但一股老年人特有的霉味，充斥在每一个角落。尽管如此，贺顿还是满怀欣喜地站在房中，规划着将来的佛德心理所格局。

孤掌难鸣，找来汤小希当军师。汤小希一看空空如也的房子，高兴得大叫：“贺顿，咱们俩一人住一间吧。我的那间要漆成粉红色。”

贺顿恨恨地拍打她说：“这可是我卖身换来的。要干事业呢。”

汤小希做了一个鬼脸说：“跟谁睡不是睡啊。睡一觉就能成就一个事业，值了。”

贺顿说：“睡觉没那么神。好歹柏万福也是个老实人，先凑合着过吧。”

汤小希说：“不管怎么说，你这一睡，还出来了一套房子，起码事业基础就有了。我跟卖肉的睡了，除了吃点红烧肉糖醋排骨什么的，目前再也没其他实惠了。”

贺顿说：“能一辈子都吃红烧肉糖醋排骨，也是幸福。闲话少叙，赶紧商量一下如何装修。现在每一分钟都是钱，已经注册下来了，如果不赶紧开张，咱们就得赔。一个机构不是那么容易养活的。”

听贺顿这样一说，汤小希也有点紧张，说：“我从来没见过心理所，只知道临终养老院是什么样的。”

贺顿说：“我也没见过，只是从书上了解到有几个原则是必须遵守的。”

汤小希撇撇嘴说：“天哪，跟加入一个组织似的，还有原则。看来，我是帮不上你什么忙了。”

贺顿说：“能帮。假装你是访客，要来看心理师。你希望诊所是什么样？”

汤小希乐着说：“我没病。用不着看心理师。”

贺顿说：“假装吗！再说广义来讲人人都有心理病。”

汤小希偏着头想想，说：“如果真是我要来，起码不能让外人听见我说了什么。”

贺顿说：“明白。就是保密。隔音要好。”

汤小希眯缝着眼想了一下又说：“不能太大。不能跟报告厅似的，要像说悄悄话。”

贺顿说：“好了，第二个原则就是要让人感到放松和亲切。要多隔出几个心理室……”

汤小希插话道：“你有几个心理师啊？”

贺顿说：“目前就我一个。”

汤小希说：“那你要那么多房子干什么？这也不是煤气灶的火眼，这边炖着，那边还可以煮。”

贺顿翻了一眼说：“你就不会用发展的眼光看问题？装修是百年大计，若是以后红火了，来的人多了，心理师也多了，再兴师动众地重建，麻烦大了。”

汤小希敲着自己额头说：“看来法人和普通人想的就是不一样。”

贺顿说：“要是这个小店出了事，需要有人坐牢，我这个法人就当仁不让了。”

汤小希吐吐舌头说：“我这辈子也不当法人。”

贺顿说：“说正经的。还有呢？”

汤小希说：“还有就是如果能找到比卖肉郎更好的人，我就改嫁。”

贺顿说：“谁问你改嫁的事，我说装修。”

汤小希说：“原来你根本就不关心我的终身大事，只关心你的房子。嗨！重利轻友哇。再有就是颜色。我还是喜欢粉红色。看着温暖。”

贺顿说：“冬天温暖了，夏天看着是不是太热？”

汤小希说：“那你就有的漆成淡玫瑰色，有的漆成淡海蓝色，好像夏宫和冬宫。”

贺顿退后几步，打量着目前还脏兮兮的墙壁，仔细设想着将来的艳丽，半晌不语。

“我看这两种颜色都不咋样。”一男人插话，原来是柏万福不知何时走了进来。

汤小希见看法被否定，不悦道：“姐夫，据我所知，你也不是什么科班出身，凭什么就说我选的颜色不行呢？”

柏万福说：“既然你能发表意见，就不兴我也谈谈看法？”

贺顿此刻虚怀若谷，面朝柏万福说：“你的意见是……”

柏万福受了鼓励，很是高兴，说：“粉红色太闹得慌了，也许小丫头们喜欢，但像我这样的男人就觉得轻飘飘，镇不住场子。”

汤小希不屑地说：“那你可以到蓝屋去，保险让你跟头鲸鱼似的，有海底世界的感觉。”

柏万福说：“那也太寒冷太压抑了些。再说，有些人是怕水的。”

汤小希说：“我知道得了狂犬病的人就怕水。可那种病人生命垂危，也不会到咱这儿来聊什么心理。”

柏万福反驳：“蓝色让人忧郁。”

贺顿觉着气氛有些紧张，就说：“你们俩的意见都有道理。我就中和一下，有些漆成大麦黄色，有些漆成春草绿色，如何？”

汤小希缓过神来，说：“说得好听，谈什么中和，完全是你自己拿了主意吗！得，姐夫，咱俩都被否决了。”

柏万福说：“我不怕被否决，只要不是海蓝色，我就没意见。”

汤小希说：“好了，我不跟你们争了，你们是一家子，我是少数派。”她看看表，说接班的时间就要到了，预备走人。

贺顿说：“还有一个事情，我要跟你们商量。”

柏万福说：“你说吧，只要我做得到。”

汤小希说：“你有什么想法就直接端出来，口头上说是商量，其实早想好了，狡猾啊狡猾。”

贺顿说：“真没想好。我想在分隔出的两间心理室墙上，镶一扇单面镜。”

汤小希说：“什么镜？我只听说过梳妆镜穿衣镜放大镜哈哈镜，不知道什么叫单面镜。”

柏万福说：“你是要把墙给砸了吗？”

贺顿一时不知先回答谁的问题好，两个问题都很重要，想了一下，她对柏万福说："起码要把墙壁砸个窟窿，要不镜子怎么能镶进去呢？"

柏万福担忧地说："你要搞得动静太大了，破坏了结构，只怕楼上的邻居们不答应。要是有个地震什么的，整栋楼房先得从你这个什么镜那里塌了，把咱们砸死。"

汤小希好奇说："先别忙着想百年不遇的事，说说这个单面镜到底是个什么东西？"

贺顿掏出一小块镜面说："就是它。"

汤小希抢先拿到手里，左右端详了一番说："没什么特别的啊，就是普通的镜子片，好像还没有化妆镜亮。"

柏万福接过来颠来倒去地看，说："这东西还真有点古怪，这边看是透亮的，那边就是死的，什么也看不到了。"

贺顿心想柏万福也不是太笨，看出了名堂，说："你们看过外国间谍电影里，一个人在屋子里对着镜子又是刮胡子又是挤眉弄眼的，自在得很。另外一间屋子里，一群人正在观察他的一举一动。那种特殊的镜子就是单面镜。通俗地说，就是这边看不到那边，那边却可以看到这边……"

话还没说完，汤小希就跳着脚地说："哎哟，我想起来了，神奇镜啊！那边说话，咱这边就可以偷着看偷着听，实在好玩。咱们都能当 007 了，有趣有趣。"

柏万福说："你刚才还说保密第一，最好让别人什么都不知道，这一会儿就变得爱偷窥别人隐私，没立场。"

汤小希振振有词："你说得对，我就是没立场。刚才是让我站在来访者那边，这会儿让我站在工作人员的角度上，当然是此一时彼一时了。我问你，你是站在谁的立场上？"

柏万福说："我站在钱的立场上。这东西，一定很贵。"

贺顿说："是贵。"

柏万福说："那你干吗装它？单是为了好玩？咱玩不起。"

贺顿说："哪里是为了好玩。心理师单打独斗，说得对不对合适不合适的，也没个商量。有了这单面镜，需要的时候，别的心理师就能在镜子后面观察，共同分析情况。人家国外的心理室很多都有这东西。”

汤小希说：“乖乖，咱要和国际接轨了。”

贺顿神往地说：“若是以后需要带学生和有人实习的时候，单面镜就更需要了。”

汤小希一时瞠目结舌，这么光明的前景，她可一点没想到。柏万福说：“好是好，得多少钱？”

贺顿说：“不是一个小数目。可若是以后需要了，再砸墙装镜子，岂不更浪费！”

柏万福说：“咱先因陋就简，装不了大的，装个小的。”

汤小希说：“太小了恐怕不行。你看那外国电影里，都占了大半个墙，这才看着像个镜子。你要是镜框那么大一点，还不够引起人怀疑的呢。”

贺顿说：“都有道理，容我再想一想。”

贺顿找到了沙茵。说起装修的事，沙茵把两肘抱起来说：“我可是个四体不勤五谷不分的懒人。我们家装修都是老苏一手操办的。我虽说答应入伙，这种事，别指望我。”

贺顿说：“我不用你吃苦出力，只想让你贡献点脑汁。”

沙茵说：“今天有一个学生要自杀，忙着危机处理，我的脑汁都榨干了。残存的这点智慧，不知道能不能对诊所有所帮助。你先说说什么事？”

贺顿就把单面镜的事讲给她听。

沙茵沉思着说：“我看你是有野心的。你想把事情做大。”

贺顿说：“你错了。哪里是野心，是虚心。”

沙茵说：“虚心也不错，虚心使人进步。”

贺顿说：“那就不是虚心，是心虚。”

沙茵说：“你心虚什么？”

贺顿说：“人家外国都是心理学博士才能当心理师，咱们就这样一穷二白地上了马。我实在是心里没底。”

沙茵说：“谁心里也没个底，可这和单面镜有何干系？”

贺顿说：“一个好汉三个帮。咱们不是好汉，得有更多帮手。”

沙茵说：“理论上这么说自然是不错的，可心理师也不是上山打狼，人越多越好。这行讲究一对一，别人爱莫能助。”

贺顿说：“所以就特别想镶上单面镜。遇上了棘手案主，群策群力有个商量。”

沙茵说：“那你就镶上。”

贺顿说：“等的就是你这句话。”

沙茵说：“我总觉得你是很有主见的女子，如今怎么这样举棋不定？”

贺顿扳着沙茵的肩头说：“我其实是一只纸老虎。”

沙茵说：“别怕。咱们一道向前走吧。”

贺顿鼻根发酸，自打她立志自己办起诊所，这种鼻根发酸的感觉已经很熟悉了，应对的步骤也很有经验了——把它一滴不剩地全都压进咽喉。她拍拍沙茵的肩头，千言万语尽在不言之中。

晚上回到小屋，柏万福已经等得不耐烦，压低声音说：“你到哪里去了？”

贺顿说：“去见一个同学。”

柏万福说：“是男同学还是女同学呢？”

贺顿说：“这很重要吗？”

柏万福说：“当然重要了。”

贺顿说：“这次是女同学，以后也可能是男同学。你吃醋了。”

柏万福说：“因为我在意你，这才要打听你到何处去，你和谁在一起。岂止是吃醋，简直是整个人都掉到醋缸里了。”

贺顿又好笑又好气，“我找人商量单面镜的事。”

柏万福说：“说实话，这面镜子，我劝你还是不安为好。”

贺顿吃惊道：“从何说起？”

柏万福说：“你端不端正不正地在墙上安一面奇怪镜子，人家还以为是照妖镜呢。”

贺顿说：“照妖镜是安在门框上的，我这是卧在墙里。”

柏万福打了一个哈欠说：“你爱安在哪儿就安在哪儿吧，你是老板，说了算。咱们早早睡吧。”

贺顿开始脱衣服。今天，是她成为柏万福新娘的第一天，按说应该有点紧张或是羞涩。但是，非常令人遗憾，贺顿内心激荡不出一点涟漪，没有激动，甚至也没有委屈。

贺顿麻利地把衣服脱净了，半身像斩断的冻带鱼一样冷滑。她不能让柏万福帮她扒光，那样就显得自己像个受害者。她不是受害者，她是决策者，事态在她的掌握之中。

柏万福很激动，摸着贺顿光滑的身体说：“你怎么这么凉呢？”

贺顿说：“女人是冷血动物。”

柏万福说：“蛇才是冷血动物呢。你摸摸，我身上热着呢……”说着，就把贺顿的双手往自己下身拉去。贺顿猛地抽出一只手，捂住了自己的嘴巴。柏万福不解，说：“你怎么啦？”

贺顿说：“我怕自己叫出声来。”

柏万福的激情重新被点燃，说：“没事，想叫就叫吧。”但他突然抬起身，嘟囔了一句：“我上个厕所。”就走出了门。

贺顿长长地吐了一口气。做人家的媳妇，就得过这一关。况且，贺顿早就练出了魂飞天外的本事，身体麻木不仁，精神独自翱翔，对即将到来的新婚之夜，也就安之若素。不料柏万福回到床上，火气丧失殆尽，哆哆嗦嗦地说：“这么冷，咱们还是安生睡觉吧。”说着，用被子把自己裹得像个粽子，滚到一边独自睡去。

贺顿心中疑惑，抵不过睡意，也昏昏然。就在马上入睡的一刹那，猛然想到了一种可能。她本不想追究了，但与生俱来的好奇心，让她有所行动。她爬起身，披上衣服，蹑手蹑脚地推开了门。

走廊尽头是厨房，厨房有一扇对外的窗户。午夜时分，月光透过窗棂，把塑料布一样银白的月光，洒到了过道的地面上。在水洼般清冷的地面上，站着一个佝偻着腰身的女人，她的头发披散着，眼白散发着苦杏仁一样惨白的光斑。

如果不是有所预料，贺顿会吓得真魂出窍。

“您这是干什么？”贺顿问。

“睡不着，起来遛遛弯儿。”婆婆不动声色地回答。

“既然是遛弯，您就应该走动走动。我怎么没听见一点声响啊？”贺顿想起了著名的“俄狄浦斯情结”。是你大意了。你既然嫁给了一个寡母的独生子，你就该想到这一切。

“怕扰了你们的清梦。”婆婆说。

“没那么严重。我们还没睡呢，您不累吗？”贺顿反唇相讥。她倒不是一定要和寡婆婆针锋相对，只是在这寂静的夜晚，想看看这个现实生活中的经典人物会如何应答。僵持下去有点难堪，但她不愿就这样打道回府。

“你们好好睡。我也回去睡了。”婆婆毕竟不是心理学家，被人发现偷听儿子的房，不敢恋战，拍马要走。

“您什么都还没听到，就这么走了，不是太亏本了吗？”贺顿说。

婆婆听出话里有话，索性把刚刚转过去的身子又扭了回来，反击道：“莫非我在自己家里，还不能到处走动了？”

贺顿说：“走动当然可以，可我出来的时候，你是站在门背后一动不动。”

婆婆说：“这是我的家，愿意站就站，愿意走就走，谁也管不着。”

贺顿说：“您站在门背后，一定想听到点什么。”

婆婆以退为进：“你说我想听到点什么呢？”老太太心里说，我看你一个小媳妇能不要脸到什么程度！

贺顿索性一不做，二不休，把话挑明。要不然，以后保不准什么时候半夜一出门，门背后站着一个凝神屏气的老哨兵，白发过肩目光如炬，着实吓人。就说：“您是想听我和你儿子睡觉的声响吧？您寡居了这么多年，想来这种声音也陌生了吧？等了半天没让您老人家听到，真对不起您啦！这是您儿子的不孝，我批评他。您别着急，我这就进去把他喊醒，我们把动静闹得大点，让您听清楚。要不让您老这么干等着，也不知什么时候好戏才能开演，把您给冻病了，我们也于心不忍啊！”

昏暗中，房东太太，贺顿的婆婆，目不转睛地看着面前的儿媳妇。其实，她老眼昏花的，根本看不清媳妇的眉眼。但儿媳妇的话，一字一顿听得十分真切。她第一次发觉以往实在是小看了这个外地来的丑丫头，绵里藏针缜密得很，笨嘴拙舌的儿子哪里是她的对手！不过，只有这样的媳妇，才能生出和儿子不一样的孙子，才能让自家扬眉吐气。想到这里，她整整凌乱的衣衫，说：“既然你把话说到这个份儿上，我也不害臊了，就跟你把话说明白。”

贺顿说：“咱们就这么一直站在走廊里说，还是到屋里去说？”

婆婆说：“也没有更多的话，就在这里说吧。我儿子体格弱，你要悠着点劲。”

贺顿说：“我体格也不好，这个您放心。你心疼他，我还心疼自己呢。”

婆婆见贺顿接了话茬，就说：“也不能太爱惜自己的身子了。要不用力气，那孙子从哪里来呢？”

贺顿说：“妈，我正要跟您挑明，这要孩子的事，三年两年间是不能考虑的。”

婆婆说：“早要孩子早得济。”

贺顿说：“我要干我的事业。现在生了孩子，就是一个小下岗工人，我要让我的孩子出生在更好的环境里。”

婆婆无话可说，甩下一句：“早生，是为了你们好。趁我的身子骨还硬朗，能替你们看看孩子。要是等我这副老骨头零散了，你们就得请月嫂……现在的月嫂，比工程师都贵。”说着，一瘸一拐地回自己房间去了。凉地里站的时间太长，腿脚都麻木了。

贺顿上完厕所回到被窝，看到柏万福看着自己。

“她还在外头？”柏万福说。

“在。”贺顿回答。

“这可咋办？”柏万福抱着贺顿，用自己的体温温暖着贺顿，愁眉不展。黑暗中，贺顿虽看不到柏万福的表情，还是伸出手指，抚平着柏万福的眉头。

“以后这日子怎么过呢？”贺顿的手指刚一离开，柏万福的眉心又锁住了。

“该怎么过就怎么过。”贺顿大声说。

“你小声点。”柏万福急着捂住贺顿的嘴。

贺顿依旧用同样的大声说：“我是你正儿八经的老婆，又不是街头的鸡，有什么害怕的！”

柏万福说：“咱们太高兴了，就是对我妈的不孝。”

贺顿说：“你放心好了，我已经跟你妈都说通了，从此，她不会再来咱们门口偷听了。”

柏万福不信：“你还斗得过她？”

贺顿说：“斗不过。我只是跟她说了实话。”

柏万福说：“那她说从此后就再不来了？”

贺顿说：“她是这么说了，可谁知当不当真啊？”

柏万福拍拍瘪瘪的胸膛说：“要是我妈说了，她就一定说话算话。不过，我还得亲自检查一番。”

贺顿说：“你刚把我暖和过来，自己就又要出去领受风寒。算了吧。听就听吧，也没什么了不起的。”

柏万福说：“不行，我不放心，得亲自去查看。”

柏万福转了一圈回来，贺顿已经睡着了。他有心要推醒自己的媳妇，又想媳妇实在是不容易，只好自己压抑住冲动，睁着眼睛想事，俯身看贺顿熟睡，嗨嗨独自乐。直到把贺顿骚扰醒，做成好事。

第33章

中国女人在充满檀香味道的房间里哭泣

装修开始。

人家都说不能找马路装修队，贺顿却不得不上这个贼船。

她先是去了正规的装修公司。设计师苍蝇见血似的扑了过来，先是不由分说在电脑上给你演示个三维动画的样板间，豪华得让你恍惚真的成了中产阶级。一听贺顿说是要装修个诊所，当下个个傻了眼，嗫嚅着说："这您恐怕得让卫生局出个图纸。"

贺顿说："是心理所。"

众人散去，一位最勇敢的设计师挺身而出，说："我一直对心理学感兴趣，能亲手装出个诊所，很有挑战性。"说着拖来一把椅子，让贺顿坐下细细地谈构想，还给贺顿倒了一杯热水。水很热，纸杯太软，被水一泡，顿时东倒西歪。设计师又套上一个纸杯，双手端着捧给贺顿。

贺顿受宠若惊，看出对方把自己当成了一条大鱼，觉得受之有愧，赶紧拨乱反正：“小诊所，只是一个旧的单元楼房改建。我把要求说一说，您简单设计一下，东西都用最便宜的……”

设计师面露不悦之色，但还维持着基本的礼貌说：“那你打算用多少钱装这个诊所呢？”

贺顿说：“少花钱多办事。”

设计师穷追不舍，说：“花钱再少也总得有个数吧。”

贺顿知道敷衍不过，只好透底：“一万块钱打住。”

此话一出，设计师圆脸变长脸，说：“这个数连个卫生间都装不出来。”

贺顿顿时觉得自己像个骗子，只好讪讪起身。人家也不挽留，马上迎向一对衣着考究的夫妻。贺顿扭头走出几步，觉得口渴，又回过身去，看到设计师刚才给自己倒的那杯水还在袅袅冒着热气，就假装自言自语地说：“反正这杯水别人也不能喝了，留着也是浪费，我就喝了啊……”

别人也不搭理她，贺顿就自说自话地喝干了双层水杯里的水，离开了正规装修公司。

其实刚才说出的一万元，都鼓足了勇气。贺顿碰了钉子，转而到马路旁的小店寻求出路。贺顿出没于各种下里巴人聚集的场所，算是把省钱的门道摸了个清。可真应了便宜没好货的老话，价钱低廉的就俗不可耐，稍微上点档次的就贵得让你咋舌。

“你说，咱们这个诊所装修成个什么风格呢？”贺顿问柏万福。说实话，柏万福绝不是一个好参谋，但眼前没有更好的伙伴，无奈中死马当活马医。

“你就那么点钱，凑合着好歹装起来就是，哪配讲风格！”柏万福说。

“瞧你说的！正是因为钱少，才要好好计划，要不然，原本就是杂七杂八拼凑而成，再没个统一风格，真就成了乌合之众。”贺顿争辩。

柏万福一看娇妻生气，赶紧说："好好，风格这事就归你了。大方向你把握着，琐碎的小事就交我来干。大主意拿不了，小地方我能出力。"

看来风格这种高端问题，请教柏万福就是问道于盲。贺顿找沙茵，沙茵说："我喜欢古典的中式的。"

"为啥？"贺顿表面上不动声色，心里却大不以为然。理由很简单，中式装修太靡费了。古典的窗棂隔扇垂花门，哪一款不是钱堆起来的？还要配相应风格的家具，花费海了去。

沙茵不知道贺顿想的是什么，一味按照自己的思路说下去："中国人都喜爱国粹，对东方的东西传统的东西，骨子里有一种与生俱来的亲切感。我听一位讲课的女教授说过这样一个故事，是她本人的经历，绝对可靠。女教授早年在国外求学的时候，心理上压抑得实在受不了，就去看心理医生。那些黄头发蓝眼睛的心理医生叽里咕噜地给她看了好多次，一点没效果。当时那国家也没有华裔的心理医生，后来有一个日本裔的心理医生说他可以治疗。这个女教授就半信半疑地去了……你猜怎么着？"

贺顿摸不着头脑，说："猜不出来，你就直说吧。"

沙茵说："这个中国女人一去，就被日本心理医生领到一个特殊的房间里，嗬，地上是一水的中式家具：条案、太师椅、八仙桌，墙上是全套的中式布置：山水画、风筝、大红灯笼，连空气里都是檀香的味道……你猜后来怎么样了？"

贺顿说："还是猜不出来。赶紧说吧。"

沙茵说："后来那个日本裔的心理医生什么话也没讲，就留下一句话——你一个人待在这里，静静地，想一想……如果你想哭，这里有杭州的丝手帕。说完，就走出去了。"

沙茵说到这里不说了，贺顿急了，说："后来怎样？"

沙茵说："没后来了。"

贺顿说："怎么能没有后来？这个中国女人总不能一直坐在那间

中式屋子里吧？”

沙茵说：“我看你心不在焉的样子，还以为你不感兴趣呢。我也没兴致说下去了。”

贺顿连连作揖说：“我的好姐姐，我刚才是被装修的事急得乱了分寸，以为你说的是题外话，不料非常有用。”

沙茵这才兴致勃勃地继续说下去：“那个中国女人就在这间充满了中国味道的房子里静静地坐着，眼泪不由自主地流了下来。刚开始是润物细无声的那种哭，后来就变成号啕大哭，直哭得天昏地暗日月无光，喉咙都哑了。把她出国以来独在异乡为异客受的委屈，对家人的思念，对自己的怜惜都一股脑儿地发泄出来，只觉得把血里的水都哭光了，口渴得不行，再哭就得脱水了，才停歇下来……”

“后来呢？”贺顿追问。她想象不出这惊天地泣鬼神的狂哭如何收场。

“后来日本裔的心理医生就走出来，说第一次治疗就到此为止。然后就是交费。因为超时很多，那次这位中国女人付出了一大笔咨询费。完了。”沙茵宣布结束。

“疗效如何？”这是贺顿最关心的。

“教授讲这个故事时，一副心满意足的样子，说疗效好极了。教授后来还说，日本裔心理医生要那么多钱也事出有因。他有若干间按照不同国家和民族风俗布置出来的诊室，比如你是中东人，就有阿里巴巴类的装修，像波斯地毯阿拉丁神灯什么的。如果你是北欧人，那个诊室里就有驯鹿的角和皮、木质的小马还有海盗船模型什么的……东西绝对都是真的，四处搜集来很是昂贵，日本医生也煞费苦心。”沙茵说。

贺顿若有所思道：“这种治疗方法自有道理，先在心理上创造出一个母体文化的氛围，让人浸染放松。要是有因纽特人来做心理治疗，日裔的心理师还得准备北极熊呢。”

沙茵说：“因纽特人估计根本就用不着心理师，地老天荒心旷神怡，到处都是矿泉水。”

“再后来呢？”贺顿问。

沙茵两手一摊道：“这回的的确确没有后来了。后来教授就讲别的了，再后来就下课了。”

贺顿说：“我明白你的意思了。那个女教授思乡心切，沉浸在故国的氛围里，心理压力就纾解了一大半。加上她号啕痛哭了一顿，也是极好的治疗。只是咱们也不是国外，要把诊所照这样装，一是花费太大，二来恐怕也难以收到在异国他乡以一当十的效果。”

沙茵叹道：“我搜肠刮肚地说了，你又一下子就给否了，我跟没说一样。”

贺顿说：“咱俩是诊所的股东，从此说话就和以前当朋友的时候不同了。股东开会，都是各说各的，有冲突有商量才能让事业有发展。”

沙茵笑了，说：“忘了我还是股东。好吧，本股东的意见到此为止，我还要回家给孩子做饭。股东大会是不是散会？”

贺顿说：“好吧，就开到这里吧。我回去后再做个记录。”

沙茵吃惊：“这么复杂？从此你我聊天都要记录在案？”

贺顿说：“我是学了公司法的，那上边就是这样要求的。咱们今天做个决议，装修的事，就定下让我负责。你看如何？”

沙茵说：“这种苦活儿，躲还躲不及呢，我没意见。只是心疼你跳到了油锅里。”

贺顿说：“不用客气。前期工作我多做点。”

沙茵说：“时候不早了，我走了。”

沙茵走了之后，贺顿想想那个故事还是挺有意思的，可对自己的装修方案并无帮助。到底怎么办？她拨了钱开逸的电话。

“哪位？”钱开逸浑厚的男中音传了过来。

“我贺顿。你好。”贺顿回答。不知为什么，她在为难的时候，第一个想起的准是钱开逸。

“哦，想我了？”钱开逸开玩笑。

“我想见你。”贺顿很严肃。

钱开逸才不管她严肃不严肃，说：“到我家里来吧。”

贺顿说：“我要找你商量个事，咱们坐一坐就成。”

“那哪儿成？再说，什么地方商量事也不如在家里啊。今天下午，我等着你啊。”钱开逸说着就把电话挂了。贺顿只好到他家去。

两人见了面，当然就要亲热一番。贺顿对这样的事情，是无可无不可，半身冷半身热，既感觉不到快乐，也并不拒绝。她现在无论法律上和实际上，都是那个叫作柏万福的人的妻子了，但贺顿也不觉得对不起柏万福。她有时也对自己诧异，不明白为什么在性的方面如此无动于衷。

钱开逸的窗帘把下午的阳光遮挡得严严实实，好像煤矿的巷道。

“说吧，什么事？”钱开逸心满意足之后，要给贺顿以切实有效的帮助。

贺顿一边穿衣服，一边说关于风格的问题。

钱开逸说：“你这么急着穿衣服干什么？”

贺顿说：“不穿上衣服，我心里不踏实。”

钱开逸说：“不会有人到我这里来。你放心好了。就算有人来，我说你是我的女朋友，有什么不可以的？”

贺顿说：“我不是你的女朋友。我已经是别人的老婆了。”

钱开逸讥笑贺顿“身子换房子”计划，说：“不要跟我讲那个下岗工人的事，我看不起他。”

贺顿说：“你用不着看不起别人，只说看不起我就是了。”

钱开逸说：“我只有佩服你。一个女人破釜沉舟到这个份儿上，别人无话可说。”

贺顿说：“你不用给我戴高帽子，我问你风格的事。”

钱开逸思忖了一下道：“洋气。主要是洋气。”

贺顿说：“这也不是时装，和洋气搭得上界吗？”

钱开逸说：“你说心理师从哪儿来的？”

贺顿说："心理学是一门非常年轻的学问，满打满算，在全世界也就一百多年的历史。当然先从外国来的。"

钱开逸说："这不就找到根源了？既然是舶来品，人们就有一种期待，希望它带有异域色彩，而且要尽可能地华美。如果你弄得很简陋，跟干打垒似的，人们一进你的诊所，就有老少边穷的寒酸感。当然了，也不能华而不实，要有学术氛围，要有一种先声夺人的震慑感……"钱开逸说话的声音渐渐小下去，倦意袭上眼皮。

贺顿悄悄起身离去。

方针就是灯塔。贺顿牢记"洋气"两个字，开始了大海捞针一般的寻找。其实单纯寻觅"洋气"风格的装修材料，也不是很难的事情，比如罗马柱，比如西班牙的仿古地砖系列，比如繁复的雕花板和小天使，千姿百态。但那价格，单是地砖一项，就能把预算洗劫一空。

功夫不负苦心人，贺顿终于在奢华密林里找到一条勤俭小道。高档品牌常常会有一些尾货，质量没问题，只是存量很少，样品也堆在犄角旮旯。如果是大宗买家，也没法足量供应。贺顿开始了尾货的淘宝之旅。要让七拼八凑的东西符合整体规划，色泽和谐步调统一，真不是一件容易事。贺顿走的是沉稳路线，但不是那种古旧陈腐的贵族气，而是华丽和现代感很强的路数。基本色调为白色，夹杂着明亮的樱粉和鹅黄色，给人以淡淡的温和与兴奋之感。有一间房布置成淡蓝色，类似晴朗的天空和风平浪静的海洋。因为人是来自海洋的，当人还是单细胞浮游生物的时候，就被这种颜色浸泡，仰望天空的时候，看到的也是这种颜色（假设单细胞动物也有眼睛也能冥想）。艰难困苦的时候，看一看海，也许精神和肉体就能重新出发。

至于地板，贺顿挑选了一种最普通的强化木地板。柏万福时不时地也参与意见。

"你知道强化木地板是什么玩意吗？"柏万福满脸不屑。

贺顿说："你好像挺看不起它？"

柏万福说："那是。它骨子里其实就是在塑料上糊了一层纸，纸上又抹了点耐磨的涂料。档次特低。”

贺顿说：“谢谢夸奖。”

柏万福纳闷，说：“我没夸你。”

贺顿说：“你笑话强化木地板，好像心理所档次挺高，它配不上？”

柏万福说：“你干的事，我总觉得特高级。”

贺顿说：“我倒是乐意用红木地板，可没那么多钱，高不起来。”

柏万福说：“那你到底有多少钱？”

贺顿说：“刺探我诊所的商业秘密？”

柏万福说：“咱俩都是两口子了，你还这么防着我？没准我还能给你帮点忙呢。”

贺顿想起柏万福把保险赔偿金都留给自己的事，虽说最后平安归来一分钱都没落下，但那份情谊千真万确。就说：“我从朋友那里借来了十万块，算开办金，但这钱基本上不能动，将来是要加了利息还的。剩下的就是我和小希凑的。”

柏万福捶着胸口说：“闹了半天你是皮包公司。除了我妈的房子是真的，其余都是泡沫。”

贺顿说：“还有我这个人是真的。”

柏万福说：“我有点私房钱，赞助了你吧。”说着，把一个存折交给贺顿说：“小心收着，别让我妈看到了。”

贺顿心存感激，说：“我给你打个借条吧。”

柏万福连连后退，说：“可别这么着，我消受不起。咱俩不是两口子吗，不是在一个床上睡觉吗，哪能这样生分！”

贺顿还是不由分说地找出一张纸，给柏万福打了借条，说：“这是我的公司借了你的钱。咱们公私分明。要是我死了，你就找别的股东要钱。”

柏万福伸手捂住她的嘴说：“别死了活了的，咱们商量地板。实木的最好，看着就上档次。”因为出了钱，柏万福讲话的口气也硬了。

贺顿说：“就算你添了钱，钱包稍鼓，也不能买实木的。在强化木地板里挑好点的，在颜色上多下功夫，显得比较高级就成了。反正过几年之后，若是我们发达了，就可以重新装修，那时候改天换地旧貌变新颜也不迟。若是根本就开不下去了，关张大吉，什么地板也救不了命。”

柏万福说：“我看紫檀木色的最好，有皇家气派。”

贺顿摇摇头，说：“你以为这是故宫？紫檀木色太霸道了。”

柏万福说：“要不就用黄花梨的，透着富贵。一看就千年牢，叫人想起老字号。”

贺顿说：“不成。太古旧了，遗老遗少，和心理诊所不相配。”她要牢牢掌握“洋气”的大方向不动摇。灯塔一晃，细节就乱了。但她不能说这个话，怕柏万福追问这是谁的主意，被她奉若神明。

柏万福迂回：“那咱们就用黑胡桃木的。这两年兴这个。”

贺顿把头摇得连身子都晃动起来：“不成不成。太压抑了。”

柏万福好脾气，并不因意见再三被驳回而垂头丧气，反倒越挫越勇，说：“你嫌黑胡桃色重，那咱们就换成红樱桃木，这下行了吧？”说完，眼巴巴地看着贺顿，那神色似在乞求，也像表功。

贺顿不肯动恻隐之心，说：“不成。太甜蜜了。”

柏万福无奈道：“这也不行那也不行，你说什么色行呢？”

贺顿说：“你说出一个颜色，我脑袋里就出现相应的感觉，都不舒服。你一定要我说出哪个色更好，还一下子说不出来。要不然，咱俩来个现场办公，到建材市场走一遭，也许就眼前一亮。”

两个人相跟着出了门，来到建材市场木地板部。小姐迎上来说：“选木地板啊？”

柏万福说：“就不劳驾你了，转转。”贺顿一言不发地在木地板的巷道里穿行，在想象中铺设着诊所的地面。

柏万福大叫起来：“快来！这一款一定适合你。”

贺顿没抱多大希望地走过去，一看，是蜜柚黄色的地板。柏万福说：“这颜色多温馨啊，像秸秆。”

售地板的小姐虽然被告知不必贴身服务，还是不远不近地尾随其后，听到话音，马上凑上来说：“这一款目前有活动，正在促销。很多人家中都爱铺这个色。今天是优惠的最后一天了。”

“我看就这种吧。促销，还最后一天。”柏万福摩拳擦掌。

贺顿不为所动，说：“正是因为大家的家里都是这个颜色，我才不用这个色。”

柏万福不解：“为什么？”

贺顿说：“我不能让他们宾至如归。我就是要让大家有一种陌生的感觉。诊所不是家。”

柏万福给闹糊涂了，不敢再随便出主意。贺顿独自在木地板丛林徜徉。猛然间，一款地板强烈地吸引了她，不禁失声叫起来：“就是它！”

柏万福闻声跑过来，说：“谁？”

贺顿用手指着一款地板，像在指认一个久违的亲人，说：“它呀！”柏万福循着贺顿的手势看过去，看到一款貌不惊人毫无特色的土褐色地板。

“就是它？有没有搞错！”柏万福百般不解，“土了吧唧的，像泥巴。”

贺顿喜不自禁，说：“对啊，就是要这种像泥巴的色。多协调啊。”

柏万福说：“我看你瓷砖墙漆的颜色都挺鲜亮的，偏偏地板这么闷？”

贺顿若有所思说：“大地当然是朴素的，如果人脚下的土地变得花里胡哨五彩缤纷的，就没了根基。没错，诊所的地面一定要用泥土的颜色，给人扎实和稳定感。叫人一进了诊所，就像踩到了真正的黄土高坡。这一定是中国人心灵深处的基因密码。”

市场嘈杂，柏万福听不清后面的话，知道贺顿铁了心要买这款大智若愚的地板了，就去跟小姐商讨价格的事，没想到价钱还挺贵。

“是不是质量特别好啊？”柏万福问。

“那倒不是。就是没人买，搞活动的时候老没它，姥姥不疼舅舅不爱。”小姐实话实说。

“能便宜点不？”柏万福扮可怜相。

“不成。”小姐没商量。

柏万福回头看贺顿，看有无改弦易辙的余地，没想到贺顿只顾用手抚摸着土黄色地板的表面，根本就没注意柏万福的眼神。柏万福知道没戏了，就下单付钱。

装修正式开始，由柏万福任监工。贺顿在整个装修的工程中，整个是一万恶的资本家。她和工头讨价还价，把工钱压到最低，一看到工人有疏忽的地方，就毫不留情地要求返工。工人要是有怨言，她就以不付工钱相要挟。连柏万福有的时候都看不过，说你只给人家那么一点工钱，人家当然可以不给你好好干了。贺顿说，挣钱要挣到明处，既然说好了，就是这个价，答应了，为什么要偷奸耍滑？柏万福说，我当过工人，我知道什么叫磨洋工，什么叫糊弄人。你把他们逼急了，他们表面上不说什么，暗地里给你捣鬼，在隐蔽工程里做了手脚，到时候你上天无路，入地无门。得饶人处且饶人，这也不是什么百年大计，差不多就行了。贺顿想想也是，针尖对麦芒的局面这才稍缓。

婆婆每天阴着脸到自己的故居看看，不说什么。街坊邻居问：“要娶媳妇装新房呢？”婆婆就回答一句：“反正和媳妇有关。打扰大家了，对不住啊。”大家就说：“别忘了给喜糖。”贺顿每天风尘仆仆地采买接货退货外加和工头吵架，忙得不亦乐乎，没有一点新娘子的样。抽时间她还到新华书店去看书。以前都是看心理学方面的，现在这一阶段改成了装修图册。这种书，你必须要到书店去看，不然那么豪华的开本，一本书的价钱够买一洗手池子的了。

诊所里安不安马桶呢？贺顿考虑到这是一个公共场合，你来我往男女皆有，如果安个坐便，其实很不实用，就买了个蹲坑。柏万福说：“这下你可就不高档了，像乡下茅房。”贺顿说：“高档不高档，看的是厨房。没人看茅厕。”

柏万福很高兴，说：“咱们还装个厨房吗？没听你说起过啊。”

贺顿说：“谁说要装厨房了？”

柏万福说：“装个厨房吧。这样以后咱俩要是想吃什么差样的东西了，也可以自己到这里鼓捣一番。在上面，毕竟不方便。”

贺顿说：“你还想吃独食？”

柏万福说：“我这不是为你着想吗，要是以后害口喜酸什么的，我就给你单做着吃。”

贺顿说：“你放心吧，我不会害口。”

柏万福不解：“你怎么知道？”

贺顿说：“我根本就不打算要孩子，害的什么口！咱们债台高筑的局面，哪里是能养活孩子的阶段？以后再说吧。一个工作的地方，若是煎炒烹炸油烟四起，人家一推门进来，还以为到了小饭馆，成何体统？”

柏万福还不死心，说：“那咱们就先简单地装一装，这样以后万一用起来的时候，也还方便。你怕油烟味不雅，咱们不用它炒菜就是了。”

贺顿不耐烦了，说：“你还有完没完啊？非要我把底牌都告诉你啊？你也不是董事长。”

柏万福倒是不急不恼，说：“你们到底谁是董事长啊？”

贺顿说：“我。”

柏万福说：“那我就是董事长的那一半。再说我鞍前马后地为诊所忙着，现在倒连规划都不能知道了吗？”

贺顿想想觉得也有道理，就说：“好吧，告诉你。我把厨房改建成一间工作室了，放档案和接待来访者，一鱼两吃，都行。”

柏万福不吱声了。他想，会有那么多人来心理所吗？

安灯了。装修过的人都知道，到了这个步骤，整个工程已接近尾声，现代化的风韵初具规模，旧貌换新颜了。

柏万福看上了一款水晶吊灯，玻璃串成的小珠子，随风摇曳，乔装打扮成钻石放射光芒。特别是价格，非常优惠。

“就买这盏灯吧。看着就气派。”柏万福极力坚持。

“不买。”贺顿不为所动。

“挂在候诊室里，让人一进来，以为进了王宫。”柏万福神往地说。

“还王宫呢，还王子呢，有没有戴安娜啊？”贺顿挖苦道。

“我跟你说正经的，你别打岔。整个灯城咱都篦过三遍了，我瞅着就这盏灯好，漂亮实惠。”柏万福难得地固执己见。

“我告诉你，我宁可点油灯，也不会买这盏灯。太俗气了，你那间房子才多高？把这盏灯一挂，玻璃穗子都得挂了眉毛。”贺顿没好气地说。

“好好，那你说买哪盏灯？”柏万福知难而退。

“我早就看好了，买最明亮的吸顶灯。”贺顿胸有成竹。

“那你怎么不买啊？”柏万福纳闷。

“太贵了。下不了这个狠心啊。”贺顿长叹一口气。

“有多贵啊？三十六拜都拜了，不差这最后一哆嗦。我看看去。”柏万福说着，自己去看吸顶灯。过了一会儿回来，蹲在贺顿旁边，也不说话了。

“真贵。看起来也没什么特别的。”柏万福还是忍不住说道。

“是啊。好就好在没什么特别的。诊所的灯就是要在没有人注意的情况下，非常明亮地照耀着。好像头顶有一轮太阳。”贺顿说。

“谁告诉你非得这样？”柏万福好奇。

“没有谁告诉我，是我自己想的。”贺顿如实禀告。

“那你为什么不想一种别的样子呢？”柏万福不明白。

“我也不知道。假设一个陷在很多苦恼中的人，到心理医生这里来寻求帮助，他一定希望那里是明亮和温暖的。”贺顿说。

“温暖没问题，屋子是集中供暖，还是管道层，大暖气管子就从房顶上过，数九寒天热得恨不能开窗户……可你这明亮，我有点想不通。”柏万福说。

“有什么想不通的？”贺顿觉得通过这一段的共同奋斗，柏万福帮了自己不少忙，她愿意多和他交流，好歹是个伴儿。

“我看你也没置办什么机器……”柏万福说。

贺顿觉得滑稽，说：“心理所不要机器。”

柏万福说：“你不要笑我，我是工人出身，工人离不了机器。你这个诊所既然没有机器，主要就是靠说话来治病了。对吗？”

贺顿想这不是一言半语说得清的，就说：“基本如此吧。不过，来的那些人不能叫病人。”

柏万福说：“那叫什么？总得有个名称吧？”

贺顿说：“台湾叫案主。”

柏万福说：“不好不好，案主，好像做过案子，让人想起偷鸡摸狗杀人劫道。”

贺顿说：“我饿了。找个地方先吃点东西，再来定灯。”

家具建材城有小吃一条街，五光十色热气腾腾。柏万福说：“你吃什么？”

贺顿说：“就来一碗面吧。”

柏万福说：“你都是法人了，一碗面是不是太寒酸？”

贺顿说：“所有的钱都是借的，能有一碗面吃就是福气。”

柏万福说：“你吃面，我也吃面，咱们同甘共苦。”

两人吸溜吸溜地吃起来。柏万福说：“你还没告诉我不叫病人叫什么呢。”

贺顿说：“记性好，还琢磨这个茬。香港叫来访者。”

柏万福说：“别光说台湾香港的叫法，咱们这里叫什么？”

贺顿说：“叫来访者。”

柏万福摇头道：“不好听。”

贺顿说：“甭管叫什么，反正你知道指的就是这些人。”

柏万福说：“他们来跟你说悄悄话？”

贺顿说：“算是吧。我一定得给他们保密。从这个意思上讲，所有的话都是悄悄话。”

柏万福说：“这就对了。悄悄话能在光天化日之下说吗？当然是要在黑乎乎的地方才能畅所欲言。你没看到歌厅舞厅 KTV 包房里，基本上都是黑灯瞎火的。”

贺顿这才明白过来，说：“原来你在这儿等着我。你的意思是不必买明亮的吸顶灯，昏暗朦胧才对。”

柏万福说：“对呀。太亮了，让人不敢畅所欲言。”

贺顿停下筷子，说：“你这脑子好像是越来越灵光了。”

柏万福说：“爱情的力量。”

贺顿沉吟，心想，咱们之间有爱情吗？此刻她不想在这个问题上浪费时间，就说：“关于灯，你说得有几分道理。”

柏万福得意起来，说：“怎么样，买盏艺术氛围的灯吧，我在那边看到一款玫瑰花造型的，价钱也不贵。”

贺顿思忖后说：“我还是要买一盏非常明亮的灯。你刚才只说对了一半，悄悄话也许需要朦胧，但要下定决心痛改前非的时候，一定需光明大放。”

柏万福说：“好好，就像故宫的匾额，正大光明吧。快吃面条，要不就凉了。”

于是两个人不再讨论，低下头来把泼满了辣子的面条汤喝得山响。

第34章

比眉毛还细的广告

装修完了。

贺顿手摸着诊所墙壁，眼泪止不住往下淌。快乐的泪是凉的，一直从颧骨滴落到锁骨的窝里，在那里聚集成了一小洼，好像贴了一块钢洋。

贺顿满心欢喜地请沙茵来参观，那神情好像是在展示稀世珍宝。“你用的肯定是劣质建材，一股味道。”没想到一推开门，沙茵就捂着鼻子，提出批评意见。

但她说的是事实。因为春天风沙大，到处门窗紧闭，化工原料的味道浓郁呛人，眼睛辣得直想打喷嚏。

贺顿忍住了气，本想说，你身为股东，身不动膀不摇地坐享其成，既没有出过一分钱的资金，也没有拉过一车瓷砖拎过一桶漆料，倒在这里指手画脚。又一想，目前正是用人之际，要以团结为重，再说沙茵说的也是事实，自己眼睛也很不舒服。淡笑道："如果咱们有足够的钱，我当然也会买绿色的环保的，可是……"她没有把话说完，一切尽在不言之中。

沙茵听到这些客观理由，也不好意思，说："你是既有功劳又有苦劳。我主要怕咱们这样开张迎客，人家一进来就想逃之夭夭，影响声誉。"

贺顿说："你想的是很周到。怎样对付异味呢？"

沙茵说："我有个朋友是专门研究环保的，好像有专克甲醛的产品。"

汤小希参观时，倒是赞不绝口，说是从来没看到过如此美丽安详的地方，贺顿听了也不喜形于色，对她的评价不很在意。临终敬老院出来的护工，看到哪里都觉美好。

三个人坐在一起，研究如何招徕顾客。贺顿说："首先要让大家知道开了一个诊所，才会有人来。"

汤小希说："最好的办法是贴小广告。"

沙茵说："不妥。只有修理下水道给空调搬家收购过期药品的才贴小广告。咱们要是也用这个法子，就是自毁声誉。"

汤小希不服，说："我也知道这法子不登大雅之堂，可经济啊。我下班后可亲自上街操作，连雇人的钱都省了。"

贺顿说："小希热情可嘉，沙茵说得也有道理，咱们的定位很清楚——面向关注心理健康的现代人，应该是有一定经济地位和社会地位的成功人士，我们所用的宣传方式，要和这个定位相匹配。"

汤小希沮丧："好吧。算我没说。"

一时冷场。柏万福走进来，说："三位女将，我给你们沏了点好茶，一边喝一边讨论，省得上火。"

汤小希说："谢谢姐夫。你也不要端茶倒水人前人后地忙了，让我不过意。干脆搬个凳子，一起讨论。"

柏万福连连后退说："我不行。你们都是股东。"

沙茵说："既然我们都是股东，我们就一起做了决议，吸收你为候补，让你参会。"

贺顿说："我反对。"

沙茵笑道："反对无效。因为你只是一票，我和小希是两票，从此柏万福和我们享有同样权利。"

这样四个人就围成了一个圆圈，开始讨论用什么法子打知名度。

"我见到亲朋好友就宣传，如果开什么学术会议或是相应的场合，我都会记得介绍咱们这个诊所。"沙茵说。

"这个法子好是好，只是规模有限。况且，只能在学术圈子里造舆论，咱们还得要面向市场。只有真正需要心理帮助的人知道了有关信息，才会找上门来。否则，咱们就是守株待兔死路一条。"贺顿慷慨激昂。

大家一时沉寂。死路一条这个词太煞风景，一个机构，还没正式开张，就讨论到生死大限上去了，不是个好兆头。

柏万福开了口："说点吉利话好不好？不就是想方设法让人知道吗？这好办。我有一个法子，保管灵！"

三个女人异口同声追问："什么法子？"

"出钱，打广告！"柏万福语惊四座。

其实谁都知道这是最直截了当的法子，只是没人说。皇帝的新衣，让柏万福披挂出来。

"还用你说？砸钱谁不会？"贺顿不屑。

"听说很贵。"沙茵担忧。

汤小希双臂抱肩，无话可说。

"我看两条腿走路。"过了一会儿，贺顿思谋着说。

柏万福不解："哪两条腿？"

贺顿说："一条是贴小广告，另一条就是打广告。先要搞清楚广告的价钱，然后再看哪张报纸的读者和咱们的客户群重叠。"大家都说行，汤小希又想起一个关键问题："咱们怎么收费呢？"

沙茵说："这个不着急。干起来再定也不迟。"

汤小希嘲笑道："你这个当老师的真是不食人间烟火，刚才说到读者和顾客要重叠，你不定出价码，谁是你的客户？你和谁重叠？"

沙茵噎得说不出话来。柏万福说："薄利多销。"

沙茵缓过劲来说："不可。心理师资源有限，只能为中产阶级服务，不可能走薄利多销的路子。"

柏万福说："中产阶级看的报纸，恐怕就是晚报了。"

汤小希"呸"了一声说："晚报是给城市贫民看的。我看，要发在商报、晨报、都市报，小白领们会看。"

贺顿说："咱们收费，既不能太高也不能太低。我希望城市贫民也能看得起心理师。"

沙茵说："那就晚报晨报都登。覆盖面大一些，一网不捞鱼，二网不捞鱼，三网总能捞上鱼。"

贺顿说："还有一条路，也会对咱们大有帮助。有关信息我也打听了。"

大家问："什么路？"

贺顿说："在114台登记咱们的电话号码。这样如果有人需要帮助，他又找不到地方，就会去查。一查就查到咱们了。"

大家问："那得多少钱？"

贺顿说了一个数字，大家咋了半天舌，最后还是决定出血。在现代化的大城市里，电话的功能谁敢忽略？做完这个决定，大家的身子都往下缩了一截。

贺顿找到报纸的广告部，一问价钱，吓了一大跳。不要说一版二版这样的黄金版面，更不要说报眼了，就是在报纸的副刊底下韭菜叶宽的一条广告，也要几百块钱。

贺顿不敢擅作主张，再开会时间上也折腾不起，便打电话一一报告情况，要大家再斟酌。钱反正都是贺顿垫支的，另外两人也烦了这种没出路的讨论，都说，做吧做吧，舍不得孩子套不到狼。只要打出了知名度，就会有人找上门来做心理咨询，那时候咱就有收入了。

贺顿就和广告公司签了合同，选了星期三的日子登出来。贺顿考虑星期一二白领们都比较忙，可能顾不上看报纸。加上周六周日的报纸也积攒了一大堆，不一定有工夫细细翻阅，广告难得被关注。到了周三，尘埃落定，也许百无聊赖需要心理帮助的人就会看到这条细窄的广告了。

历经沧桑披荆斩棘，难得一次有座上宾的感觉。广告公司对客户十分热情，特别是临交钱的时候，更是呵护备至。贺顿小本生意，先交了一次广告的费用。这种小打小闹在人家那里是毛毛雨，但苍蝇也是肉，广告公司笑纳百川。断定她们以后还会找上门来，便做放长线钓大鱼之图，态度甚是恭敬。

从广告公司出来，贺顿觉得自己成了亚当，被人摘去了一根肋骨。从电信查号台交费出来，贺顿简直觉得肾脏被人摘了一个。人虽然没有了一个腰子，也还能活下去，但抵御风险的能力就大打折扣了。现在，钱已经消耗得差不多了。

回到家里，看到婆婆在捶腰。贺顿问候：“您不舒服了？”

婆婆眼皮也不抬地说：“累的。”

贺顿说：“您多歇息。”

婆婆说：“想歇着可歇不了。本想娶了媳妇，我也就熬出头了，可没想到还得为你忙活。”

贺顿不解说：“我要您忙活什么了？”

婆婆说：“你是没说什么，可你让我儿子说，也是一样的。”

贺顿说：“我从来没让你儿子说过什么。第一，我没有那个本事。第二，我也没那个需要。第三，最关键的一条，我没那个胆量。”

婆婆说：“我就爱听你说的这第三条。”

贺顿说：“爱听我也不多说了，您知道就行了。您到底是干什么累着了？”

“贴小广告啊。我儿子让我干的，说我要是不干，他就得自己去干。现在风声很紧，见一个抓一个。他那个熊样，一出手就得让人逮个正着。还是我老婆子亲自出马吧，不容易引起怀疑。就是真让人抓着了，求求人家看我满头白发也好放一马。”婆婆说着，一边把手伸出来让贺顿看，指间还被糨糊粘连着，好像鸭蹼。

贺顿不知说什么好，又是感动又觉承担不起，说：“妈，您就别去了。我们的客户不是靠这样吸引来的。”

婆婆不乐意了，说：“热脸贴了一个冷屁股。”

贺顿回了屋，柏万福说：“我妈并没有真生气。”

贺顿自说自话：“还有两天清闲日子。”

柏万福说：“这话怎讲？”

贺顿说：“查号台电话开通和报纸上广告开花，都是后天。到时候就像秋收三抢，大忙。”

柏万福说：“咱先抓紧时间好好休息。”拉贺顿上床。

贺顿指指门外，低声说：“不行。”

柏万福说：“她最近好多了。不跟卫兵似的了。”

柏万福又说：“我买了消除污染的喷剂，一天往诊所里喷好几回，估计到后天，基本上就没味了。”

周三到了，贺顿早早爬起来，到诊所电话旁候着。为了节省钱，她在晨报晚报商报上的广告，都只有短短的一句话：“佛德心理诊所，资深心理医生，电话××××××××。”在查号台的登记，更是仅有电话。因为没有具体的地址，所以任何对诊所感兴趣的人，都不会直接找到这里来，只能先来电联系。诊所好比未知小岛，就算布满奇花异草珍禽走兽，也是孤悬海外无人识。电话是诊所和外界联系的唯一通道。

灰色的电话似一摊晒得半干的牛粪，无声无息地堆积在那里。贺顿想起小时候点燃牛粪火的情形。牛粪火是很好看的，有各种色调和层次，像一朵牡丹花，诱人想深入进去……打住，等待。贺顿端了一把椅子坐在旁边，一伸手就能把电话抓起来，默默地等待着。现在，是早上 7 点钟了，白领们已经起身了。在城市钢筋水泥的旷野上，无数建筑物披着玻璃幕的皮，好像饥饿的兽，就要把睡意蒙眬的白领们吞噬进空腹。

晨报已经在地铁和报亭里出售了，人们已经开始翻阅了，已经看完了主要的新闻，就要浏览广告了，马上就要看到我们的消息了……突然，电话铃响了。

贺顿电光石火抓起电话，满面笑容地说："您好。"

"别啰唆了，赶紧把煤气关上。我走的时候忘了，刚想起来，幸亏你还没走……"一个男人粗声粗气地说。

贺顿丈二和尚摸不着头脑，忙问："你到底有什么事？"

那男人不耐烦地说："还没睡醒是不是，赶紧去关煤气。要不锅就干了……"

贺顿基本上已经能确定这是一个打错了的电话，为了礼貌起见，她好言好语地说："您拨的电话号码是多少？您可能是拨错了……"

男人这会儿也醒过味来了，说："你这个人真够呛，拨错了就早点说话啊，冒充我老婆，瞧耽误我这工夫，我们家要起火了你负责啊……"不由分说挂断了电话。

贺顿甚觉晦气，出师不利。第一个电话就是打错的，就是救火的，就是……这么想下去，越来越沮丧。她对自己说，不行，这是消极暗示。我要振作起来。她就换了一种想法，在头脑中想象着很多人在翻看登有广告的报纸，眼睛一亮，把手指伸向电话键……

不管是消极想象还是积极想象，总之牛粪堆似的话机宁死不屈地沉默着，拒不发出一点声响。

终于，叮叮咚咚……贺顿习惯了沉寂，被吓了一大跳。她瞬即抓起电话，回答她的却已是忙音。

我没有耽误时间啊，几乎是第一时间就应答了啊。这位来访者，对了，现在还不能称之为正式来访者，只能说是“来访预备者”——怎么就那么急性子，那么沉不住气？算了，这样的人，来了也麻烦，不来也罢！

贺顿宽慰自己，渐渐心平气和。真正心平气和之后，才发现刚才的动静并不是电话铃，而是闹钟的定时铃响了。

虚惊一场。

贺顿对自己说，就算是有人要打电话，估计不会选一上班的时间就打，而是要绷到办公室里没了闲杂人等，偷偷地打。毕竟这是隐私之事，等吧！

时间一分一秒地过去，贺顿火烧火燎，不停地抓起电话听听，是不是坏了？电话一如既往地正常着。有人敲门，贺顿浑身一激灵，心想不会是哪个心急的来访者，径自找到这里来了吧？三步并作两步跑去开门，却是柏万福。

贺顿说：“你来干什么？”

柏万福东张西望，贺顿说：“你找什么？”

柏万福说：“找人。”

贺顿说：“我不就站在你面前吗？”

柏万福说：“我不找你。”

贺顿说：“那你找谁？”

柏万福说：“找来访者啊。”

贺顿好气又好笑，说：“真有了来访者，也得被你这个鬼鬼祟祟的样子吓跑。”

柏万福说：“来了几个电话？”

贺顿翻翻白眼说：“一个也没有。”

柏万福说：“电话是不是坏了？”

贺顿说：“没。”

柏万福说：“也许电话局出了毛病？广告也登了，114也挂了号了，怎么能一点动静都没有呢？你等着，我到外面给你打个电话试试。”

柏万福说着，快步走出门。贺顿说：“用手机打是一样的。”

柏万福说：“我就用座机打，这样万无一失。”

贺顿心存感激，愚者千虑，必有一得。

估计柏万福走到了外头的公用电话，屋内的电话铃响了。贺顿抓起电话，说：“怎么样，电话好着吧？”

对方没答话。

贺顿说：“你装什么神弄什么鬼啊？说话啊。”

对方这才小声问：“你是佛德心理咨询诊所吗？”

天哪！女的！客户！

吃中午饭的时间。

贺顿恨不得抽自己一个大嘴巴子！这个悔啊！设想了一百种和颜悦色具有专业水准的开场白，没想到居然如此荒唐！她赶紧调整了坐姿，微笑涂满整个脸庞，竭尽温柔地说：“是的。这里是佛德心理所。请问，你有什么事情？”

“有。我都快死了。你们能救救我吗？”对方带出哭音。

贺顿有些慌了，没料到问题如此严重。她深深地吸了一口气，心态调稳，缓缓口气问道：“能说得更清楚一点吗？到底发生了什么？”

“我不想活了，已经自杀过三次了，一次吃安眠药，一次割腕，还有一次是上吊，不过都没死成。我在报上看到你们的广告，救救我吧……”声音微弱下去，好像一缕幽魂渐行渐远。

大中午的，贺顿像被人从领口塞进一把雪，雪水融化，沿着脊梁骨流下，直打寒战。贺顿牢牢抓着电话，好像是电话那头瘦弱女子的细胳膊，不敢有丝毫懈怠。说：“谢谢你打电话给我，谢谢你的信任。请你千万不要放下电话，请听我说，你周围还有什么人吗？你现在在哪里？你……”

贺顿急得一头冷汗，手都轻微地哆嗦起来，没想到电话听筒里的声音突然大起来，一个响亮的男子说：“我周围当然有人了，有一大群人呢，我们正在吃午饭，我们看到了报纸上的广告，我们觉得很好玩，不知道是不是真的心理诊所，大家就说打电话试一试，用了免提装置。没想到，还真的打通了。我们这里没人想自杀，我们都活得好着呢，活蹦乱跳的。心理医生，谢谢你的辛勤工作，你吃午饭了吗？多吃点。拜拜……"

贺顿死死咬住嘴唇，封住呼之欲出的咒骂。

电话又响了。贺顿不想接。对方很执着，一往情深地响。贺顿被吵得实在受不了，只好拿起电话。但是，她就不说话。

"你干吗那么半天不接电话？"柏万福的声音。

"都是你！好端端的，打什么电话？你吃饱撑的呀？你讨厌死了！"贺顿恶狠狠地砸下了电话。

过了一会儿，柏万福急匆匆地跑了回来，喷着唾沫星子说："贺顿，你怎么啦？谁欺负你啦？没事吧？"

贺顿也懒得细说，就说："没什么，有人捣乱，我刚才正在气头上，对不起。你走吧。快走快走，一分钟也别停留。你赖在这里，我心神不定。"

柏万福莫名其妙地走了。

贺顿枯寂地坐着。她不敢走，连上厕所的时候，都是开着厕所的门，生怕听不见电话铃声，撒完了尿，也不敢冲水。先支棱着耳朵确认没有电话铃声，这才拉下水闸。

随着时间的推进，她也渐渐镇定下来。不管怎么说，透过刚才那个电话，可以肯定报纸的广告是登出来了。

等待。不是在等待中死亡，就是在等待中燃起希望。

贺顿不伦不类地想出这句话。在她基本绝望的时候，电话铃再次尖锐地响起。

这一次，贺顿不再那样受宠若惊，让铃声响了一阵子，才矜持地拿起听筒。

"你好。"贺顿很客气很专业地应答。枯坐的当儿，她决定以这种口气说话，增加权威感。

“你好……请问……你这里是佛德……那个心理所吗？”对方迟疑着，好像很彷徨。

“是的。这里是佛德心理所。请问，您有什么需要帮助的吗？”贺顿不动声色。

“噢……是……那你是谁呢？”对方是个女子，嗓音细若游丝。

“我……是这里的工作人员……”贺顿回答。

“能告诉我你是谁吗？”对方的声音大了一点。

“这个……”贺顿没想到会是这样的问题，不在准备范畴之内。“有什么必要吗？”她下意识地反问，刚一出口，觉得不妥，但已不能收回。

果然，对方听了她的回答，就“嘎嘎”地笑了起来说：“贺顿，刚才这句话才像你的一贯风格。刚开始拿腔拿调的，我都听不出你的声音了，以为又雇了个小工呢！”

原来是汤小希。

贺顿大叫起来：“汤小希，你搞的什么鬼？害得我快得精神病了！”

汤小希说：“哎呀，你怎么不识好人心？今天不是咱正式开张的日子吗，我不放心啊！这刚给老人换完了屎裤子，指甲缝里还臭烘烘的，就赶紧抽空给你打个电话，你还嫌弃我啦？”

贺顿赶紧往回找补，说：“我以为你是客户呢。”

汤小希兴奋地问：“一上午有几个啦？”

贺顿哭丧着脸说：“一个都没有。”

汤小希说：“这就对啦！”

贺顿说：“没心没肺说风凉话。”

汤小希说：“就连超市开张，也得放爆竹摆花篮送些个低价的大豆油酸奶八连杯什么的，才有人挤破门呢。咱们得做好长期作战的准备。”

贺顿说：“小希，刚才这几句话，是我认识你这么长时间以来，说得最精彩的。”

汤小希说："你甭以为夸我两句，我就感激涕零了。汤小希的能耐还大着呢！总有一天，让你刮目相看！"

贺顿说："不用等以后，我现在已经刮目了。"

汤小希说："我也不跟你啰唆了。这个电话是慰问电，看你一个人坚守岗位比较辛苦。现在，我也要去坚守岗位了。拜拜……"

刚放下电话，铃声又响起来了。几番折腾之后，贺顿已有相当的免疫力，平静地拿起了电话。

"你好。"贺顿说。

"你好。"对方说。听声音，是个中年妇女。

然后就是僵持。那个女子不说话，好像在等着贺顿主动问她。贺顿本来是想说话的，但又一想，既然是你打来的电话，我也已经和你打过招呼了，现在，就应该是你说话了。经过一上午的历练，贺顿学会了不卑不亢。

"你好。"对方又说了一遍。这一次，贺顿不能再装聋作哑了，她要回应。可是，说什么话呢？也像鹦鹉学舌一样再说一次"你好"，太乏味了。贺顿决定换一种说法："谢谢你信任我们，把电话打过来。"

这是一句普通的话，在某种程度上说，也是一种礼貌的客套话。没想到对方居然激动起来，说："是。我是信任你们。因为我不知道信任谁了。我只有信任不认识的人了。"

贺顿陡地挺直了身体，甚至连原先跷起的二郎腿，也放下并拢起来。当一个人对你说他信任你的时候，你是没有胆量继续吊儿郎当的。

"你遇到了什么让你烦心的事情？"贺顿不紧不慢地询问。问得太急了，反会把人给吓走。

"烦心的事可太多了，不是三言两语能说得清的。我特别想看看心理医生，你们那里有这方面的服务吗？"对方烦乱但是并不糊涂，不愿轻易将自己隐私告人，先要探听清楚情况。

这正常。若是贺顿自己，也会如此程序，哪能轻易就把心里话掏给你？贺顿体谅地说："我能理解你的心情，你打来电话的选择很正确，这里正是提供心理帮助的地方。”

“哦……那太好了。我特地等了半天，等到办公室里一个人都没有的时候给你们打电话……哎呀，对不起，来人了，以后再说啊……”

不待贺顿有任何反应的时间，对方就落荒而走。留下贺顿怔怔地听着忙音，险些以为刚才幻听。

贺顿终于明白了，如果你用这种方式招徕来访者，那你就必定会接到很多有始无终莫名其妙的电话。电话铃会让你把半泡尿憋回去，百米冲刺一样拿起听筒。等到一泡尿撒完了，那边会不耐烦地放了电话，留下无人值守的恶劣印象。吃饭的时候，电话铃会逼得你把半口饭吐回碗里，如果你的食管里还蠕动着没有咽下的饭团，音色就会带着打嗝的韵味，丧失专业感。电话线就像一根蚯蚓，缠在脖子上，让你不敢有须臾懈怠。

贺顿凭着直觉相信，这个女人是真的求助。整个下午，贺顿都在等待她的电话。也许是她改变了主意，也许是她的办公室里一直门庭若市，也许她被临时委派了活计，出门在外？总之，贺顿一直在挂念着她，但她销声匿迹。

第一天毫无建树地过去。柏万福来叫贺顿吃饭，贺顿执拗地说：“我不饿。”

柏万福从贺顿青灰的脸上知道形势不妙，也就不问详情，只是说：“还是上去吃吧。一家人在一起，热闹。你也可以换换心情。”

贺顿说：“我现在怕的就是热闹。”

柏万福说：“来日方长，怎么能不吃饭呢？”

贺顿说：“我怕上楼吃饭这一会儿工夫，正好有人打电话过来，岂不断了一个机会？”

柏万福说：“你要是不吃饭，身体垮了，所有的机会都断了。”

贺顿只得说：“好吧，那麻烦你把饭给我送到这里来。”

柏万福说：“还端起了老板架子。”

贺顿说：“不是老板，是老农。长工抢种抢收的时候，都是地头吃饭。”

柏万福把饭送了来，说：“你吃。”

一碗汤面，白菜叶上飘着鸡蛋花，还有葱花和香油的味道。贺顿用筷子一拨拉，面条下面还卧着一个鸡蛋。

“这是你妈卧给你吃的独食吧？”贺顿问。

柏万福被人捉住了赃，忸怩地问：“你咋知道的？”

贺顿说：“你不要忘了，我是学心理学的。”

柏万福大惊，说：“心理学连这也管？”

贺顿说：“那当然了。心理学什么都管。”

柏万福说：“心理学可真够累。”

贺顿说：“要是总没人来，就不累。咱就关门了。”

柏万福说：“别说泄气话。新造的茅坑还三天香呢。”

贺顿说：“你这是什么话？把我们这儿比茅坑了？”

柏万福说：“亏你还是学心理学的，连这都不懂？新造的茅坑人家三天之内都找不到，更不用说你这种姜太公钓鱼的行当了。别着急，反正房子是咱自家的，也不用交房租。赔得起。”

柏万福本来是想给贺顿舒心，但这一说，贺顿又想起了钱开逸的借款，心里就忧郁，又不能明说。催促柏万福：“你快走。你站在这里，我吃不下饭。”

柏万福不解，说：“你吃你的，碍我什么事？”

贺顿说：“吃饭不能被人看。只有乞丐才当着外人吃饭。”

柏万福说：“我又不是外人。”

贺顿强调说：“你就是外人。我以外的人都是外人。”

柏万福说：“咱两个都那个了，你还说我是外人。冤枉啊。”

贺顿说：“你再啰唆，以后我就不让你那个。”

柏万福说：“得，我这就走。”

柏万福走了之后，贺顿开始吃饭。她知道婆婆做面条的时候，每次只打一个鸡蛋花，丝丝缕缕的蛋花飘得像飞天的衣裙，看着满锅扑腾，吃到嘴里却虚无缥缈。婆婆会把一个整鸡蛋偷偷卧在儿子的面条之下，好像一个潜藏极深的特务。

想到这里，贺顿莞尔一笑，狠狠地咬向鸡蛋，像是粉碎了一个阴谋。

正当婆婆的痴心妄想被贺顿的牙齿研磨之时，电话铃响了。贺顿不慌不忙地把鸡蛋黄咽下，可不能让它噎住了自己。在乡下，被噎住的孩子闹不好会送了小命。贺顿又用舌头在口腔里清扫了一遍。断定没有残余的饭渣会让口齿不清，然后，稳稳当当接起电话。

“你是佛德心理所的值班人员吗？”对方是个男人。

“是。”贺顿简洁地回答，甚至没有说“你好”。直觉中，她认为对方是一个不喜欢繁文缛节的人。

“很好。现在还有人值班，我对你们的好感增强了。如果我有心理问题，我可以到你们那里咨询吗？”对方很快推进着。

“是的。欢迎你。”贺顿言简意赅。

“你们在报纸上的广告中说，有资深的心理专家。我可否知道他们的水平究竟是怎样的？”对方有板有眼地开始调查。

对这个问题，贺顿倒是有所准备。她说：“他们都是有执照的心理师。”

“有文凭并不一定有水平。”对方来者不善。

“你说得对。但是，如果你没有来过，就无法评判他们的水平。”贺顿寸步不让。

“你的意思是，我有必要到你们那里去一趟？”对方好像在思考。

“我建议你——如果关心自己的心理健康，觉得有必要接受心理医生的帮助，我们愿意伸出手。”关于如何回复电话，贺顿已经做了一些准备，再加上整个一天百无聊赖，更是将各种古灵精怪的可能性都推敲了一番，滴水不漏。

“好。我们愿意伸出手。不过不是我的手，是我妻子的手。我觉得她很需要心理师的帮助。可以预约时间吗？”对方实质性推进。

“不可以。”贺顿断然拒绝。

“咦？为什么？我以前没有看到过你们的广告，今天好像是第一次吧？你们刚开张就爆满？不能吧？为什么你们要把送上门来的客人拒之门外？”对方疑惑。

“你说是要你的妻子来，对吧？”贺顿说。

“你说得很对，是我的妻子。”对方说。

“你的妻子多大年纪？”贺顿问。

“今年 21 岁。这和年纪有什么关系吗？”对方不解。

“当然有关系了。她是一个成人了……”贺顿的话还没说完，就被那男子不悦地打断了，说：“她当然是一个成人了，否则我成了什么人？和一个幼女做夫妻？”

“对不起，我的本意并不是想冒犯你，只是再次强调一个事实。对于一个成年人来讲，她有权决定自己是不是来看心理医生，而不是由她的丈夫决定。”贺顿坚定地说。

“但是我很爱她。”男子第一次露出了软弱和踌躇的气息。

“爱并不等于包办。”贺顿也放轻了声音。

“你的意思是说——除非她自己决定要看心理医生，我不能代表她？”男子若有所思。“正是。”贺顿表达得很清晰。

“好吧。那我和她商量商量。如果决定了，我会再和佛德联系。”男子说完，放下了电话。

贺顿如同和人吵了一架，不想再说话。虽说赢了，有什么收获？除了疲惫。

这是一个来访者吗？毫无疑问，这是一个来访者。他谈的是一个心理问题吗？毫无疑问，他谈的是一个心理问题。可是，他的妻子——她会来吗？答案十分茫然。如果她最终不来，贺顿就做了无用功。诊所的来访预约记录上，还是一个屹立不倒的零。

贺顿一直坐着，即使是屋内一个人也没有，她也维持着端正的坐姿，因为从今天起，她就正式在机构里上班了。她为自己创造了一个单位，为自己制作了一个身份。她是自己的老板，为自己加班是天经地义的。

上班要有上班的样子。

塑像般坚守着。柏万福走进来，说：“几点了？ 10点了。回家吧。睡觉吧。”

贺顿说：“我再守一会儿。晚报也登了，人们都是晚上临睡前看报纸。”

柏万福说：“我上街给你买了今天的晚报。我从头到尾搜了三遍，都没找着，心想你一定是叫人骗了，后来好不容易才在报缝的犄角旮旯看到佛德。以后别干这傻事了，纯粹打水漂，没有人会看这种比眉毛还细的广告。”

贺顿知道柏万福说的是对的，但她不能承认，那样太栽面子了。在柏万福面前，她是先知先觉的人。她说：“万事开头难。不要说风凉话。”

柏万福说：“你到底几点钟能下班？”

贺顿说：“11点。”

柏万福说：“这若在工厂，叫小夜班，要发夜宵补助。”

终于收到了第一份咨询费。

工作完成之后，贺顿瘫坐在沙发上，好像跑完一场马拉松。柏万福走了进来。贺顿说：“你来得正好。来访者刚走。”

“什么叫正好？我来了好几次了，悄没声息地走进来，听到那屋里有说话的动静，就赶紧溜了。这是在外头瞅着那女人走了，才敢进来。”柏万福给贺顿倒了一杯开水，说，“歇歇吧。顺利吗？”

贺顿回答：“还行。”

柏万福说：“还行是怎么回事？”

贺顿说：“就是基本上还可以。”

柏万福说：“人家给钱了吗？我看那个女的挺刁的，不是个善茬。”

贺顿说：“不许这样随便议论人。而且你以后在街上要是看到这个女人，就假装不认识。”

柏万福说："为什么呀？还跟参加了地下党似的。"

贺顿说："这是工作需要。上不告父母，下不传子弟。"

柏万福说："好好，就依着你。不过，你还没回答我的问题呢。"

贺顿说："什么问题啊？"

柏万福说："她给钱了吗？"

贺顿说："给了。"

柏万福说："在哪里放着呢？"

贺顿说："你什么意思啊？查我的账？还是要收缴家库？"

柏万福说："我就是想看看，像你这样坐着跟人家聊，就能挣钱吗？而且据我在门外偷听的结果，基本上一直是她在说，你说得很少。就这样，她还付给你钱，这不是傻 × 吗？也许她给你的是假钞。"

贺顿哭笑不得，说："你心地黑暗。"说着拉开抽屉，说："看看吧，是不是真的钱？"

柏万福拿出钱来，抖动检查，特别是大钞，又是透视抻拉又是在耳边呼呼扇风，贺顿笑起来，说："就算原本是真钞，也得叫你给晃悠散了。"

柏万福郑重地把钱收起来，说："媳妇，我佩服你。"

贺顿说："佩服我能挣出钱来？"

柏万福说："不单单是这个。谁不佩服能挣钱的人呢？这个世道就是如此。想原来我也是个好学上进有尊严的人，但厂子垮了，这不是我的责任，可我就变得好像是个废人了。我佩服你能让别人觉得把钱给你值得，这就是你的能耐了。一个不认识的人，把心里话说给你，还给你钱，这不是天大的本事吗！"

贺顿被柏万福说得心热，木讷的男人居然能理解自己的工作，她说："你愿意帮助我吗？"

柏万福不乐意了，说："瞧你说的，好像我以前不帮助你似的！"

贺顿说："愿意就说愿意，不乐意就算了。"

柏万福忙说："当然乐意了。"

贺顿说："我以前让你帮忙的都是买瓷砖修电灯之类的粗活，今后想发展你干点细活。"

贺顿以为柏万福听了这话受宠若惊，不想柏万福很为难地说："要是这样，我恐怕帮不了你。"

贺顿说："刚还说要同舟共济呢，真要你帮忙就拿糖。"

柏万福说："天地良心，哪里是拿糖！我是怕干不好，辱没了你的名声。"

贺顿说："名声咱们一起创。你就大胆地向前走。通过今天的实践，我发现除了心理师以外，辅助工作的人也很重要。比如，平时要有人守着电话，最好是两班倒，这样人家来咨询的时候，咱们就能保证时时有人。再有，要有人前台接待，不能让心理师一开始就抛头露面，要保持一定的权威感神秘感，一旦隆重相见，更有治疗效力。最后收钱这个步骤，不能让心理师经手。不然来访者很容易觉得你利欲熏心，对以后的治疗不利。还有……"贺顿说得兴起，柏万福赶忙打断她的话，说："慢着慢着，先告一段落。我可记不住那么多。你前头讲的我已经忘得差不多了，咱倒着捋。先从最后说的这项开始，不就是交代我收钱吗，这太简单也太让人快活了，我乐意干。"

贺顿说："你负责收钱可不能像刚才那样，把钱翻来倒去恨不能看出血来。知道的明白你是在查验伪钞，不知道的以为你是贪婪和不相信人。"

柏万福说："好了，媳妇，这点策略我还是懂的。你就放心吧，我绝不会丢了你的脸。如何前台接待，你可能要教教我。再有就是接电话的事，你也得传授。"

贺顿说："这好办，我如何接电话，你就在一边看着。熟能生巧。"

柏万福说："这要是在工厂，叫作学徒。"

贺顿说："学徒工是不是要给师傅交钱？"

柏万福说："你说的那是旧社会，新社会不用给师傅交钱，还发生活费。但是，头还是要磕的。一日为师终身为父。"

贺顿说：“磕头的事就免了，但徒弟给师傅端个茶送个水的，一定不能少。”

柏万福说：“这你放心。以后凡是在这诊所之内，我就给你端茶倒水。不过，要是回了楼上，你还得给我端茶倒水。咱也得让老妈看看，不是气管炎。”

两个人说笑了一番，电话响起，又有人来咨询。贺顿一五一十地解说，柏万福洗耳恭听，努力学习。

贺顿打完了电话，在明亮的灯光下，打量柏万福，说：“你得换换外包装。”

柏万福抻抻抹布似的外衣说：“咋啦？这不挺好？纯棉的。”

贺顿说：“太无产阶级了。心理这事现阶段还是有钱的人来得多。做男接待，得洗心革面，中规中矩。”

柏万福手足无措地说：“这我就不知道如何打扮自己了。”

第35章

我需要膀大腰圆长得像鲁智深的心理师

贺顿相中了一套藏蓝色的西服，还有配套的红色条纹领带和隐格衬衣。柏万福虽然瘦弱，骨头架子还很匀称，好衣服一上身，人立马就精神起来。

“像个银行职员。”他自己说。

“当然了，这叫证券蓝。”贺顿说。

“心理所也不是储蓄所。”柏万福提出异议，其实是心疼钱。这套衣服，可能比他有史以来穿过的所有衣服的总和还贵。

“来的人，多半是有身份有头脸的人，你也要旗鼓相当。”

柏万福摸着价签说：“要不咱们再走走，货比三家？”

贺顿说：“耽误不起那么多时间。诊所现在是空城计，来了电话，无人应答。”

柏万福说：“就算是有人应答，也不见得能成就一笔业务。基本上是无用功，工厂管这叫废品。”

贺顿说：“这可跟工厂不一样。虽说没有成交，可人家知道了有这样一家机构，知道这家诊所时时刻刻有人值守，这就是口碑。日后他有了问题，也许就能想起咱。”

柏万福说：“不就是证券蓝吗？访访有没有便宜点的？人家也不会扒拉着我的脖领子看商标，大体上像那回事就行了。”

贺顿说：“不成。一分钱一分货。”

柏万福说：“那你这个公司给我报销西服钱吗？”

贺顿说：“想得美。”

柏万福说：“这可是工作服。除了到诊所上班穿这套衣服，别的场合我敢穿吗？要是叫原来厂子里的弟兄们看到了，还不得成群结伙地找我借钱？”

贺顿说：“你就是把它当成了工作服，也不能报销。再说，里出外进花的还不都是我借来的钱？舍不得孩子套不来狼。”

柏万福说：“舍下的孩子快有一个幼儿园了，套下的狼崽子屈指可数。”

贺顿说：“时候不早了。交钱走。”

两人回了诊所，录音电话上显示有几个人来过电话，打开一听，都没有留言。打电话的人都心中惴惴，面对机器，不愿倾诉。串串忙音，好像白雪皑皑的大地上小兽的脚印，你知道它走过，却捉不到它。

柏万福说：“咱这是守株待兔。”

贺顿说：“也不能扯开嗓子大张旗鼓地到街面上吆喝，那是磨剪子。”

柏万福说：“外国怎么招徕顾客？”

贺顿说：“刚开始也是没人来，后来不断宣传，大家知道了心理健康也需要别人帮助，慢慢就成了习惯。”

柏万福说：“用了多久？”

贺顿说："资料上说美国用了20年。"

柏万福说："乖乖，中国最少要用40年。"

贺顿有些奇怪，说："凭什么这么说？"

柏万福说："就凭中国穷，就凭中国人多。胃还没填满，谁还顾得上心。"

贺顿说："也对也不对。中国现在是有人连饭都吃不饱，但也有人得肥胖病富贵病。中国人也许用不了你说的那么长时间。"

柏万福说："就算用不了40年，30年也是有的。到那时候，咱俩都住敬老院了。"

两人说着，来了电话就接，没电话就看心理方面的书。柏万福有什么不明白的地方就问，也算其乐融融。

预约成功率大约在1%。也就是说，一百个电话之中，只有一个人会决定来这里一试。除了贺顿自己做心理师以外，沙茵和其他外聘的心理师也常来。

柏万福说："我预约下了一个来访者，只是他的要求有点怪。"

贺顿说："什么要求？"

柏万福说："那人是个男的，姓武，武松的武。听声音，五大三粗。"

贺顿说："这又怎么啦？又不是景阳冈上打老虎，和声音高低没关系。"

柏万福说："估计有点关系。他说，要一个高大威猛的心理医生给他看。"

贺顿说："真奇怪。我听说过要博士的，还听说过要有留洋背景的，还听说不要男的或是不要女的，可没听说过对身高体格有要求的。看来，把咱们这里当拳击场了。"

柏万福说："我也不知道你同学当中，有没有膀大腰圆跟鲁智深那模样的心理师，要是有，我就和来访者最后定下话。要是没有，也就趁早别揽那瓷器活儿。"

贺顿思谋了一下，打了几个电话，对柏万福说：“你就和来访者最后约定时间吧，明天下午 3 点。”

柏万福是个稳妥的人，说：“哪一位啊？我觉得常来的这几位心理师，没一个身材够这标准，除非你发展新生力量。你那边还没敲定呢，先把这边定死了，是不是悬啊？还是先找着长得跟施瓦辛格那模样的男心理师，咱这边再操作不晚。”

贺顿说：“你放心好了，都交给我安排。”

第二天下午 2 点半，柏万福沉不住气了，说：“你约的心理师什么时候到啊？我可跟人约的是 3 点。这就快到时间了。要是来访者都到了，咱的人才呼哧带喘地进来，恐怕给人的印象不大好吧？你赶紧打个电话催催，是不是头一次到咱这儿来，找不到地方了？”

贺顿说：“你还挺操心的。没事。”

两个人就等着。十几分钟过去了，来访者没到，膀大腰圆的心理医生也没到。柏万福坐不住了，说：“你约下的这个心理师咋回事啊，太不守信用了。”

贺顿头也不抬地说：“你放心。人家也是老江湖了，估计不会误事。”

柏万福说：“这个来访者可是我约下的，是我捶胸顿足地跟人家保了证的，要是心理医生迟到，我的脸往哪儿搁？”

贺顿火了，说：“你还有完没完啊？这不还没到时间吗！沉住点气。你把我的头都吵大了。”

柏万福一想也对，就算出了个三长两短，也得贺顿收拾残局，就不再啰唆。到了还差五分钟 3 点的时候，门铃终于响了。柏万福抹抹头上的汗说：“我的天！总算来了。总算赶在来访者之前到了。”说着，三脚并作两步去开门。

一个彪形大汉出现在门口。柏万福热情地说：“您总算来了！”

大汉说：“来了。我没迟到啊。这还提前了五分钟呢！”

柏万福说：“还是早点来做准备好。不然，人家来访者到了，咱们还没安顿妥帖，不合适啊。”

彪形大汉说："行。以后早点到。"

柏万福说："您贵姓啊？"

大汉说："姓武。武松的武。"

柏万福一乐："您也姓武？"

武大汉说："是啊。还有一个姓武的啊？"

柏万福说："对。来访者也姓武。"

武大汉说："我就是来访者啊。昨天不是跟你说过了吗，要一个人高马大的心理师。"

柏万福一下子简直要晕过去，原来，心理师还是没有到，此人是来访者。"您先坐，您喝水，您喘口气……"柏万福一个劲儿地张罗，待到一转身武大汉看不到自己神情时，恶狠狠地对贺顿撇嘴：你约的那个人到哪儿去了？

詹勇急匆匆赶进来，连连说："不好意思堵车了。还好，还差一分钟。"

对于心理师来说，只比预定时间提前一分钟，就是迟到了。贺顿把詹勇拉到一边，低声说："来访者已经到了。就是我昨天同你说过的那个情况。"

詹勇走过去，说："武先生，您好。"

"您好。您是……"武先生不知道这瘦小枯干的男子是何方人氏。

"我叫詹勇。是您今天的心理师。"詹勇风轻云淡。

武大汉笑起来说："您一定是搞错了。我昨天和你们预约的时候，说得很清楚，我要一位人高马大的咨询师，你们答应了。如果我记得不错的话，好像就是这位先生答应的。"武大汉回身一指柏万福。柏万福早被这突然的事变吓得不知所措，见战火燃到自己身上，说什么都不是，只有尴尬无比地点头。

詹勇说："请心理室里面坐。"

武大汉说："屁股一坐下，咨询就算开始了？"

詹勇说："通常是这样……"

武大汉说：“那我不到里面就座。你们欺骗了我。”

贺顿说：“我发现你很生气。”

武大汉说：“我当然生气了。你们说有人高马大的咨询师，但是，现在，货不对板。你们希图以次充好蒙混过关，这涉嫌诈骗，我不能入瓮。”

詹勇说：“我能理解你的气愤。如果我的咨询没有效果，你可以不交费，你看这样如何？”

武大汉说：“这样也不行，好像我武某人掏不起这几个小钱，跟你们斤斤计较似的。我要的是一个道理。”

柏万福原来是向着武大汉的，觉得贺顿偷梁换柱对人不起，听到这样几个变通意见都被无情否定，立场马上转向，说：“这位同志，我们原来是有一位身高体壮的心理师要来的，但是不知道为什么他没有赶到，所以改为詹勇心理师来为您服务。您这也不成那也不行，这不是有理反倒变无理了吗？就算是发射航天飞机，天气不行还只能另择他日。什么事都有个天灾人祸是不是？”

这一席话，让武大汉的火气略微平息了一点，说：“如果原来为我安排了符合要求的心理师，他因故没来，我觉得倒是可以原谅的。”

贺顿说：“对不起，刚才这位先生对情况不很熟悉。并没有什么特意安排的人高马大的心理师。从一开始，安排的就是詹勇心理师。你不必原谅我们。”

刚刚缓和下来的局面又变得剑拔弩张。柏万福简直绝望了，不晓得贺顿搞什么鬼，看来是不把这个大汉气得七窍生烟口吐鲜血，贺顿绝不肯善罢甘休。

武大汉说：“我要投诉！你们一个社会服务性机构，如果帮不到人也就算了，是你们能力有限，我可以不计较。但是，你们为什么要害人？浪费了别人的时间不说，还要戏耍他人，毁坏尊严？”说着，示威性地挥了挥拳头，蒜钵样的拳头带动满室的空气呼呼作响。

贺顿说：“您说得很对。我们是一个助人的机构。助人是一种精神的劳动，所以和体格没有太大的关系。您要求一位彪形大汉来做咨询，实话跟您说，我们没有这样的心理师。所以，昨天我们面临的情况就是，如果我们实话实说，您就不会来咨询了。既然您希望咨询，就是您遇到了需要心理医生帮助的事件。您的那个要求，并不是心理治疗中最关键的因素。您不知晓这些，我们可以原谅。如果我们因为这一条而拒绝了您，就是失职。所以，我们还是请您过来了。这是一番好意，和欺诈无关。”

武大汉张口结舌，想说什么说不出来，干瞪眼。贺顿接着说：“我觉得您的要求很奇怪，一定有很重要的理由。也许心理师可以和您一道探讨这个原因。原因找到了，您的问题就解决了。因为终究和您的要求有差距，所以，如果您不满意，可以不付钱。您觉得如何呢？”

武大汉说：“好吧。既然我已经来了，我就听听你们给我安排的这个弱不禁风的心理师有什么说法吧。”

詹勇领着武大汉落座。

武大汉说：“说什么呢？”

詹勇说：“按想好的照直说。”

武大汉说：“不成。那是面对着一个比我还魁梧，最起码和我是一个重量级的男人才能说出的话。面对着你这样的男人，我说不出。”

真是羞辱。好在詹勇训练有素，处变不惊：“那我是否可以这样认为，你的问题，和性别有关？和体积有关？”

武大汉大惊道：“你如何知道的？”

詹勇说：“你自己告诉我的。”

武大汉不知所措道：“我好像什么都还没开始说。”

詹勇说：“从你一走进来，甚至从你一打电话来的时刻，已经在说了，人的心理，无所不在。”

武大汉被心理师的开场白吓住了，觉得这小个子男人还真有些道行，就说：“好吧，我告诉你，你不要笑话我……我很自卑。”

詹勇不说话，等着他继续说。

武大汉停了半晌，说："你为什么不表态？"

詹勇说："你需要我表什么态？"

武大汉说："关于自卑。"

詹勇说："我也自卑。"

武大汉冷笑道："你自卑很正常。"

詹勇沉稳地说："为什么呀？"

武大汉撇撇嘴："你这样矬的个头儿，当然有理由自卑了，又这么瘦。"

一般人，特别是男人，看到另一个男人这种充满轻蔑的眼神，怒火会腾空而起。好在詹勇经过修炼，已经过了这一关，现在重要的不是反驳来访者的这个说法，而是要听出这个说法背后的含义。

如同青色的核桃被剥出苦涩的内核，一旦心理师能跳脱出常人的自然反应，就捕捉到了武大汉的话外之音。

"你的意思是说，如果一个人身材高大又是个男人，他再有自卑，就是很不正常的事情？"詹勇要核对清楚大汉的真实含义。

大汉说："那当然了。自卑也是要有资本的。"

詹勇继续核对："你说的身材高大的男人，主要指的是谁啊？"

武大汉警觉起来，说："你什么意思？"

詹勇说："我的意思很简单，当我们用形容词说起某一类人的时候，其实头脑中是有某些面孔出现的。"

武大汉松了一口气，说："那我会想起项羽、关公、李逵……"

詹勇逼近了一步，说："会不会想起你自己啊？"

武大汉没料到詹勇在这里等着他呢，猝不及防，说："会。"

詹勇说："你觉得高大的男人是没有权利自卑的？"

武大汉愤愤地说："不是我觉得。是社会这样觉得，是你这样个子矮小的人这样觉得，是女人这样觉得。"

詹勇说："那你挺惨的。连自卑的资格都被剥夺了。"

大汉一下子激动起来，说："你说得太对了。尤其是从你这样一个身材矮小的男人嘴里说出来，我觉得太受用了。谢谢你啊！”大汉伸出两只手，紧紧地握住了詹勇的手。詹勇虽然很为自己的治疗取得了如此的进展而高兴，还是很快地缩回了自己的手。因为大汉很激动热情，在这种情况下，那两只蒲扇一般的大手，要是不知分寸地合拢起来，估计自己的手三天之内都捏不紧筷子。

詹勇继续说：“因此你就要永远装作强大，不能说出心里的悲哀。”

大汉说：“你怎么这样能懂得我？我们上辈子是不是曾经相识？”

詹勇说：“其实这些都是你自己告诉我的。谢谢你的信任。”

武大汉摸摸铿亮的头皮和硕大的耳垂，说：“没有啊。我没跟你说这些个啊？我跟谁都不说，我要让人们以为我总是坚强。”

詹勇说：“可是你要求一个高大的男心理师来帮助你，这就说明你觉得只有这样的人才是有力量的。”

武大汉沉思了一会儿说：“原来是这样被你看出了破绽。服了服了。”

詹勇开了个玩笑，说：“那你现在可以接受一个又瘦又小的心理师来帮助你了吗？”

大汉说：“我已经接受了。咱们正式开始吧。”

詹勇笑笑说：“已经开始很久了。”

大汉说：“我以前不是这样高大魁梧的，在18岁之前，我都像个侏儒。一个孩子如果在该长个的时候总是按兵不动，那是非常沮丧的事情。特别是你还有一个高大魁梧的爸爸。特别是你的爸爸不停地说，你怎么这么不像我的孩子，我像你这么大的时候，都已经多高多高了……我们家住的是老房子，我爷爷在我爸爸小的时候，每年会在墙上刮一道杠，10岁长到哪儿了，15岁长到哪儿了……记得门儿清，那是身高的历史档案。每次我被家里人按到那些杠杠前面，都如同酷刑。一个在身高上不占优势的孩子，本来就是非常自卑的，如果你长在大家都矮小的家里，还算幸运，因为半斤对八两，谁也不笑话谁，大家彼此彼此。如果别人都比你高，你就是一个异类，你就格外孤单。

到了我19岁那一年，事情突然起了变化。我不知道人的身高遵循怎样的命令，是不是在我们的身体里面有一个管身高的按钮，在那个特别炎热的夏天，被高温打开。我在半年内长了20厘米，好像一棵笋拱出地面。一家人都欢欣鼓舞，可是长高并没有给我带来相应的自豪感。也许是因为长得太快了，我全身的骨节都开始痛。个子虽然上去了，但骨头很软，肩不能扛手不能提，情况比以前还糟糕。以前人家还能原谅你是个头小不能干活，但现在，你没有任何借口。自卑的种子就是从那时候种下的，这么多年过去了，在我高大健壮的身体里，始终潜伏着那个小男孩。后来，我上了大学，有了一份很好的工作。刚开始是给人打工，后来自己做了老板，也就是常说的从长工变成了东家。后来又娶妻生子，所有人都以为我是个乘风破浪遇山开路遇水搭桥的汉子，只有我心里才知道，苦啊！最近，我的公司不景气，我都快崩溃了，可我一回到家里，妻子还是总拿那些鸡零狗碎的小事缠我，嫌我没有以前浪漫了，不记得我们第一次约会的时间啦，等等。老父老母也把所有的担子都压到我身上，觉得我是钢铁战士。我觉得他们把一根根的吸管插到我的骨髓里，从我这里汲取金钱和力量。但是，我心中的苦衷又有谁知道？又有谁来分担？我能向谁倾诉？谁能给我支撑？”

武大汉说到这里，热泪盈眶。好像是对流泪的感觉十分生疏，武大汉有点惊慌失措。詹勇不失时机地把盛满柔软纸巾的盒子推了过去，说：“你受了那么多委屈，尽情哭出来吧。”

武大汉就像个小孩子一样听话地把纸巾抽出来，蒙在了脸上。他的泪水无声地流淌下来，好像两孔泉眼，飞快地就把整张纸巾浸透了。武大汉也不把纸巾取下来，任由它们在自己的脸上化成黏稠的纸浆。

詹勇有点想笑，因为这情景委实好笑，一张磨盘大的脸上糊满了白色的泥泞。当然了，他是绝对不会笑的。他能体会到在层层社会舆论重压下，一个男子汉承受的压力快把他憋炸了。

“你哭吧。别压抑着自己，这里是可以尽情哭泣的地方。”詹勇要给他加油。哭泣是一种治疗。

大汉停顿了一下，在詹勇以为他决定不再哭泣的时候，他放声大哭起来。刚开始还有点羞怯，遮遮掩掩呜呜咽咽，好像是派出了哭泣的侦察兵，在细心地考察地形，以判断这里到底适不适合驻扎大队人马。心理室的安静和心理师的关切，好比是丰美的粮草和充足的水源，侦察兵马不停蹄地回来报告：这里是可以哭的！这个情报一回来，可就不得了了。大部队山呼海啸地涌流过来，大汉哭声震天，心理室的窗玻璃因为共振而簌簌颤抖。这男人悲痛的眼泪颗粒是如此之大，好像冰糖葫芦一样噼里啪啦地坠落着，每一颗落到衣物上都会浸湿茶杯大的面积。

如此近距离地听一个陌生男子的哭声，让人生出恐怖的感觉。詹勇被高分贝的声音压榨着，几乎想跑出心理室。但是，他不能。他知道，如果自己离开了，大汉一定会在第一时间终止哭泣，而且很可能以后再也不会哭泣。如果连一个心理医生都无法接纳他的软弱和真实，那么从今以后他会把自己包裹在钢铁般的铠甲中，听凭骨骼在其中溃烂。詹勇要坚守，为了素不相识的信任，为了工作的神圣职责。

大汉越哭越忘情，进入到酣畅淋漓的阶段。一个男人可以为权力哭泣，可以为位置哭泣，甚至可以为一匹马一个朋友哭泣，但是，这一次，他只为自己而哭泣。

这时候，心理室的门无声地打开了，柏万福惊恐的面容从缝隙中挤了出来。

“怎么样？”柏万福无声地用口型说。贺顿出门有事，柏万福忍不住探望。

“没事。”詹勇也还以无声的回答。

“不会出什么事吧？”柏万福真被这震耳欲聋的哭声吓坏了，鼻子嘴巴很恐怖地皱成一个结。

“不要紧。正常。”詹勇竭力让自己平静中带出微笑，迅速地做出一个轰赶的手势，示意柏万福马上离开。虽说武大汉此刻哭得如醉如痴，对外界的反应已然模糊，但万不可麻痹大意。如果他冷不丁地睁开眼睛扫视四周，看到心理师和工作人员挤眉弄眼，一定会觉得自己神圣的宣泄被亵渎。

柏万福只好离去。

不知过了多久，武大汉的哭声才渐渐减弱频率和强度，趋于徐缓。好像暴雨过后，还有零星的雨珠从树叶和房檐上滴落。詹勇一言不发，耐心地等待着。这个时候，他什么也不用做，什么也不能做，等待就是一切。终于，武大汉用手掌在脸上胡噜了一把，又用手背蘸了蘸，脸上就雨过天晴了。

“谢谢你。”他变得如婴儿般平静。

“不必。这是我的工作。”詹勇简短地答道。他知道哭泣的力量。也许，眼泪里蕴含着丰富的毒素，现在已被驱逐干净。

“你经常这样听人哭吗？”大汉说。

“有时。”詹勇回答。

“我已经耽误你不少的时间了……”大汉不好意思。

这虽然是常用的一句客套话，詹勇却不能让它轻易地滑过去。因为，此时此刻，它可能有多重含义。

“这不是耽误。是非常宝贵的时光。”詹勇纠正。

大汉说：“我从来没有这样畅快过。我已经好了。我要走了。”

詹勇送他出门。

等到确信大汉已经走远，柏万福说：“对不起，詹心理师，我刚才干了一件不好的事。”

詹勇大口喝着水，还没从刚才的惊涛骇浪中彻底平复过来，不解地说：“你到底干了什么？”

柏万福说：“我躲在单面镜后面，观看了全过程。”

詹勇说：“你想偷着学艺？”

柏万福说：“一点没有这个意思。以前没有，看过之后更没有了。”

詹勇说：“那你图的是什么？”

柏万福说："被吓的！你想啊，一个彪形大汉，哭得地动山摇，我能不害怕吗？街坊四邻的，听到一个男人的哭声，可能以为是我发出的声响，可能以为我妈暴亡了。我能不提心吊胆吗？就为这个，我待在镜子后面，看看是不是有什么风险需要我挺身而出。"

詹勇说："谢谢你的好意。你看到风险了吗？"

柏万福说："风险倒是没看到，只是看了比不看还迷糊。"

詹勇说："今天没有新的安排，我就先走了。以后有时间了，我可以给你解释解释。"

柏万福说："也不用解释。因为你根本就没说多少话。那个大汉光哭了，冤不冤啊，自己掏钱自己哭，多亏本啊。还不如回到家里，关上门堵上窗，捂上大被子，自己闷头哭呢。既省钱又安全。"

詹勇笑着离开。

晚上两人聊起这事，贺顿说："老公，你以为哭是一件容易的事情吗？给你讲一个故事。亚当和夏娃被上帝从伊甸园赶走的时候，带走了两样礼物。这是两样什么东西呢？考考你。你知道亚当夏娃和伊甸园吧？"

柏万福说："别看不起人，我可是常常听广播的。亚当是个男的，夏娃是用他的肋骨做的女人。伊甸园就是苹果园。"

贺顿说："伊甸园里除了苹果树，还有别的……"

贺顿本想说还有别的树，柏万福打断了她的话说："我知道，还有蛇。"

看来基本情况是清楚的，贺顿就不在细节上纠缠了，继续说下去："你猜他们从伊甸园带走的两样东西是什么？"

柏万福说："这还不简单，起码有一样树叶吧？夏娃既然已经穿在身上了，当然要带着走。我看过图片。"

贺顿哭笑不得，说："树叶不算。"

柏万福说："那就是蛇了。"

贺顿怕蛇，吓了一跳，说："带什么不行，干吗非带着蛇啊？"

柏万福说："这叫冤有头，债有主。伊甸园那个地方估计是不能杀生的，索性把它带出园子，找个地方报仇雪恨。然后还可以烧着吃，再讲究点，煮个蛇羹什么的，大补。"

贺顿听得有趣，说："不对。再想。"

柏万福说："那就一定是个苹果核。夏娃既然吃了果子，觉得香甜可口，干脆就把种子偷偷掖在了身上，到了凡间，种出了苹果，一来是自己可以充饥解馋，二来还可以摆个小摊……"

贺顿笑得直不起腰，说："后来的人都是亚当夏娃的后代，他们是一家子。就算果实累累，也只能是送给自己的后人吃，买卖是不可能的。"

看到贺顿很开心，柏万福很高兴，说："那我就真猜不出来了。"

贺顿说："我告诉你。上帝生气之后，要把亚当和夏娃赶出伊甸园。亚当偷着看了一眼人间，风雨飘摇险象环生，觉得自己和夏娃这一去千难万险，苦日子不定怎样煎熬呢，就恳请上帝慈悲，送他们几种消灾免难的法宝。上帝想了一下，说，好吧，就送你们两样东西吧。一个是休息日，另一个是眼泪。"

柏万福说："原来你在这里等着我呢。上帝实在是个小气鬼。休息是自己的，眼泪也是自己的，还用得着他老人家馈赠吗？完全可以自产自销。累了，就躺倒休息，暂时死一回，天亮了又醒来……"

柏万福说得兴起，贺顿说："打住打住，休息并不等于睡觉。"

柏万福坏笑着说："我知道。常说的睡觉就是指干那事。那事还真不能算是休息，重体力劳动。民间说，人间三大累，麦收脱坯操……这算一宗。"

贺顿把一只手指头竖在唇边，说："嘘……"

柏万福不以为然，说："反正就咱俩，又没有外人。"

贺顿说："就是咱俩，也不能胡说。这里是工作的地方，说溜了嘴，以后会出娄子的。你要再胡说八道，我就不讲了。"

柏万福赶紧求饶，说："好，以后我公私分开。休息不是睡觉，但睡觉一定是休息。这下对了吧？”

贺顿说：“也不一定。有的人躺在床上失眠，比上班还累。”

柏万福说：“我不跟你抬杠了。反正我是会休息的一个人。不是我要休息，是社会非让我休息。就算休息咱们达成共识，可眼泪这事，我又想不通了。”

贺顿说：“哪点不通？”

柏万福说：“人生下来就会哭，你要是不会哭，接生婆把你两脚倒提溜着，‘啪啪’两巴掌把你打伤心了，大哭起来，人们就都笑了。所以，哭是个本能，用不着劳烦上帝老人家眼巴巴地送了来。如果一定要算礼物，实在是太寒酸了。”

贺顿说：“人能流眼泪，是个创造。”

柏万福说：“别把人吹得那么邪乎，牛也能流眼泪，如果你要杀它的时候。我见过。”

贺顿说：“可你见过一头牛为了另一头牛流眼泪吗？牛不能，但是人能。”

柏万福说：“想让一头牛为了另外一头牛流眼泪也不是什么难事。我虽然没见过，但是，我能做到。”

贺顿来了兴趣，说：“你有什么法子？”

柏万福说:“我买上二斤洋葱,细细地剁碎了,用一个塑料袋子装了,一股脑地套在牛头上，当然了，前提是牛必须拴紧了，保证我的绝对安全，要不你就有可能成了寡妇。过不了两分钟，就是牛魔王也得泪如倾盆。你信不信？”

贺顿说：“真亏你能想得出！我告诉你，有科学家研究了，用洋葱熏出来的眼泪，和一个人伤心悲痛时流出的眼泪成分绝对有差异。”

柏万福大惊说：“看起来透明带咸味的眼泪，品种还大不一样？”

贺顿说：“我问你，眼泪是从哪里流出来的？”

柏万福说：“这个问题也太弱智了吧？从鼻子里流出来的那叫鼻涕。眼泪当然是从眼睛里流出来的。”

贺顿说："你身体里还能流出什么东西？"

柏万福说："能流出尿。还能流出血。大便是拉出来的，算吗？"

贺顿宽宏大量地说："也算吧。"

柏万福冥思苦想说："如果哪儿发炎了，还能流出脓来。"

贺顿说："你恶心不恶心啊，居然把流脓都算上了。"

柏万福不服气地说："你问我流出什么，我就使劲想，想到小时候闹耳朵底子，顺着耳垂流脓，这当然算是流出来的东西了。"

贺顿不得不屈服，说："好好，算。你就不要具体形容了。身体里流出来的东西都是好东西，是不是？当然，除了流脓。"

柏万福说："你这么一说，想想也真是的。你要是不拉屎，就会憋死。你要是不撒尿，就会胀死。女人家要是不流血，就是干血痨。流脓也是好东西，要是不让脓流出来，窝在里面祸害就大了。"

贺顿继续循循善诱，反正也没有来访者和电话，乐得进行深入探讨。贺顿盘算，如果把柏万福培训好了，对工作也是促进，便乐此不疲。贺顿说："眼睛后面是什么？"

柏万福摸摸寸头说："是后脑勺。"

贺顿说："后脑勺前面是什么？"

柏万福的手又回前边，说："是额头。"

贺顿说："在额头和后脑勺之间是什么？"

柏万福不干了，说："媳妇，你折腾死我了。你想说什么就照直说出来，你要是不想说了，我就上街买菜去了。我妈说今天吃饺子，让我无论如何买回韭菜，要本地产的，紫根的。"

贺顿说："笨死了。后脑勺和额头之间就是大脑啊。眼泪是从最靠近大脑的洞穴之中涌流出来的，你想想这方寸之间是怎样的战略要地，就会对眼泪肃然起敬。"

柏万福说："你这么一点拨，我就明白了。眼泪就是泉水，把毒素溶解其中，排出体外。眼泪就是下水道，就是垃圾箱，就是排污系统。对了吧？"

贺顿说：“大意思不错，但你说得可真恶心。我发现你有一种把任何事情都恶心化的爱好。”

柏万福说：“不是爱好，是本领。你想恶心还不一定做得到呢。”

贺顿推着他说：“好了，走吧。买韭菜去吧。要不然吃不上饺子，反倒成了我的罪过。”

柏万福说：“我刚才在单面镜后面，到结束也没听出这鲁智深一样的汉子，究竟为了什么事憋屈成这样。你若是明白了告诉我一下，省得我一头雾水。”

贺顿说：“告诉你实话吧，我估计就是詹勇，也没整明白。”

柏万福说：“一个大老爷们，哭天抹泪一场，完了该啥样还啥样，也没见詹勇做多少开导，那鲁莽汉子不是花了冤枉钱吗？”

贺顿不乐意了，说：“我问你，世界上有多少事是你不知道才干错的？”

柏万福说：“这话怎么讲？”

贺顿说：“杀人犯有几个是不知道不能杀人的？”

柏万福说：“一个也没有。”

贺顿说：“司机开快车，有几个是不知道十次出事九次快，宁停三分不抢一秒的？”

柏万福说：“都知道。”

贺顿又说：“谁都明白撒谎不好，可谁都撒谎。”

柏万福说：“那是。”

贺顿说：“都知道人死是客观规律，可亲人死了却痛不欲生。对吧？”

柏万福说：“都对。可我还是不明白你的意思。”

贺顿说：“我的意思就是，我们的痛苦常常并不是不懂道理，是情感上过不去。道理上都明白，可感情的车翻在那里，五花八门的线头纠葛在一起，让我们手忙脚乱张皇失措，道理这第二辆车就抛锚了。眼泪就是警察，心里的苦闷倒出来了，道路就疏通了，那个人就有本事自己把理智之车开过去了。有人说心理医生就是听人说话，然后哼呀哈呀地呼应着，到时候就点票子走人。其实，这个世界上能有一个安静的地方让你说说心里话，把你的愁苦怨恨都畅畅快快地吐出来；心理医生给你保密，和你一块分担；人们向心理师托付悲伤，倾倒苦水。你说，这不是救人一命，胜造七级浮屠吗！”

柏万福说：“好好，我这才知道，心理师是大慈大悲救人于大苦大难的观世音菩萨。你们能用这法子既救了人又挣了钱，我高兴。好了，我赶紧上街买韭菜和大葱。”

贺顿说：“韭菜包饺子不用放大葱。一菜不用二辣。韭菜和大葱味都很冲。”

柏万福说：“韭菜是吃饺子，大葱是为了让自己流点眼泪。我想，外国人流泪用洋葱，中国人还是用国产的山东大葱好。”

贺顿说：“我算是白说了。不是告诉你了，洋葱辣出来的眼泪和真正的眼泪不一样。”

柏万福说：“我自打娶了你当老婆，就没有什么伤心事能流出眼泪。一听你说的流泪有那么多好处，这种上帝的礼物，我摊不上多冤得慌啊。没有正宗的，就是假冒伪劣也得置办一份啊！”

贺顿心中一沉。她并不是贤惠的妻子，柏万福会有不用大葱就涕泪滂沱倒海翻江的日子。

第36章

人的一切弱点，心理师都具有

柏万福在宾馆客房门口等待了三个小时。门前“请勿打扰”的红灯把双眼刺得流血。他摸了一把自己的脸，以为会有血水流下来，但是，没有。连最普通的眼泪也没有，干燥得像一张炭火上的饼铛。

下午，贺顿刚出门，汤小希突然来了。柏万福就让汤小希帮他值班，自己尾随贺顿走。他并不想跟踪贺顿，只是不放心她一个人到医院去。知道她特别怕麻烦别人，想不显山不露水地助她一臂之力。万一贺顿在医院里查出什么病症，突然晕倒或是需要搀扶，柏万福马上就会现身。

贺顿没有进家门口附近的医院，而是向相反的方向走去。柏万福以为贺顿思谋着自己的疾病比较疑难，要找另外的一家大医院，也随她而去。没想到贺顿三拐两进，居然到了一个高档住宅区。从那一瞬，柏万福就出现了不祥的预感，幸好时间不很长，贺顿就出来了。当重新看到贺顿的身影时，柏万福几乎落泪。他狠狠地掐着自己的皮肉，说，她是有正事啊，你多心！你找了一个多么好的媳妇，你竟敢怀疑她！你小子不是个人，你是个王八蛋！

恶毒的自我咒骂未绝，柏万福就看到了随后出来的钱开逸，看到了贺顿和他亲密无间并肩而行。这时柏万福已经紧张得不会思考了，除了机械地跟着他们，再不知道还能干什么。

其实，他那时候还有一件事情可干的，就是赶快回家。这是柏万福在事后才想起来的选择，当时头脑已全然空白。

他们进了一家高级酒店。要是在平常的日子，柏万福根本就没有勇气走进这样的豪华酒店。大愚若智这句话是很有道理的，当一个人极度迷惘的时候，他的脸上出现的是旁若无人的傲慢。出来时匆忙，他穿的是工作服，就是那套证券蓝的西装。他瘦削的身材配上没有焦点的目光，像一个满腹心事的高管人员。他在大堂的沙发上僵直地坐着，没有一个人过来打扰他。

他不知道自己坐了多久，可能很短的时间，也可能很长的时间，总之，他对时间是毫无概念了。他只看到他们在谈笑风生，那种嬉闹亲近不是朝夕之间能够建立起来的。

后来，他看到他们站起身。他松了一口气，他说服自己这就是普通朋友们的聚会，不必多想。贺顿正在高度焦虑之中，自己既然没有办法让她高兴起来，那么应该感谢这个男子，他似乎让贺顿有了一些神采。但随后发生的事情，再次将他的美好设想击得粉碎。他们到楼上开了一间房，进去之后，就无声无息地湮灭了。

柏万福一直守候在客房门前。这时候，他的神志渐渐活跃起来，他知道自己有一个选择，就是离去。可是离去之后又怎么办呢？他不知道如何面对贺顿，他甚至没有勇气告知她——自己已心知肚明。没有办法表达，只有让她以这样的方式明了事态。

当然，柏万福还有一个选择，就是破门而入。不过饭店的门是极其结实的，你根本就别想打开它。破门而入只是一个形容词，机会稍纵即逝。只有在他俩刚刚进去的时候，拼命砸门，让好事消弭。如果柏万福动手早的话，也许木还未成舟。

但是，柏万福做不出这种事。

那样，会让她难堪的。就算你这一次阻止了他们，在这之前的多少次，你能阻止吗？在这之后的多少次，你能杜绝吗？

柏万福只有一个办法，就是等。当他们衣冠楚楚地重新出现在柏万福面前时，柏万福说："回家吧。"

贺顿乖乖地跟着柏万福走回家去。一路上，柏万福什么也不说。

贺顿说："你出来多长时间？"

柏万福说："跟你脚前脚后。"

贺顿就知道，所有的他都知道了。

贺顿说："你应该问我点什么。"

柏万福说："你想说什么就说什么。不想说，就别说了。"

贺顿说："我跟他借过钱。"

柏万福说："原来是这样。"

贺顿说："不是这样。和钱没有关系。"

柏万福说："那就更糟了。"

贺顿说："不是你想的那种。"

柏万福说："我什么也没想。"

贺顿说："他能帮我。"

柏万福说："哦。"

对话中，柏万福的神态相当平静。正是这种平静，让贺顿深感不安。如果柏万福骂她，撕扯她头发，甚至给她一个大嘴巴，推她一个趔趄踹她两脚……贺顿都会比较心安。唯有这种貌似波澜不惊的对话，才让人觉得侯门似海深不见底。

有些时候，你只能这样等待着。不是爆发，就是毁灭。

他们说完了这些话之后，就再也没有对话了。

回到家里，依然冷战。或者说根本就没有战斗，柏万福那边是死一样的寂静。看到熟悉的家居摆设，虽说简陋，也有一份难舍的亲情。贺顿忍不住了，说：“我告诉过你，我不是一个好女人。”

柏万福沉默了一会儿，说：“我以为那是谦虚。”

贺顿说：“不是谦虚，千真万确。”

柏万福说：“你不该让我知道。你该做得更诡秘些，你太大意了。”

贺顿说：“我是不想让你知道，可是你知道了。我不打算骗你。”

柏万福说：“到底发生了什么？”

贺顿说：“所有该发生的都发生了。”

柏万福哀号：“你为什么不骗骗我？哪怕是花言巧语蒙混过关也行。你为什么实话实说！”

贺顿说：“我已经对不起你了，哪里还能再骗你！”

柏万福说：“你还是骗骗我比较好。像现在这样，太狠了。我受不了。”

贺顿说：“你受不了，就可以不受。我们可以离婚。”

柏万福说：“你这个女人真不要脸，做出了这样的事，我还没有说离婚，你自己就说离婚，这不是更不像话了吗！”

贺顿没想到会是这样，反倒看见了一点希望，说：“你的意思是不离婚？”

柏万福说：“我也没说。”

贺顿说：“反正我现在也没什么可说了，主动权在你手里，你看着办吧。你要是忍得了，你就咽下这口气。你要是忍不了，就离婚吧。”贺顿说完，就自己睡觉去了，她实在是非常困倦。柏万福一个人在那里发呆，最后抱着被子去了诊所。

心理师也是人，人所具有的一切弱点，他们都具备。天性的敏感更像一具毫不留情的放大镜，将这一切更鲜明地凸现出来。贺顿对自己说，暴风骤雨虎啸龙吟，当一个心理师，要有些襟怀气魄做根基。她错了，她没有道理，但她不能认输。她要挺住，挺住了，人还站在那里。趴下了，就摊成了一堆。纷乱之中，她要用最后的镇定之线织一件胸甲，护卫住自己的心脏。

度日如年。这天是贺顿和柏万福值班。柏万福默默地守着电话，僵直着脖颈，有一只无形的手扼住了他的咽喉。他的双臂不知所措地垂在胸前，仿佛一个机器人。贺顿面朝着窗户，尽量减少两人的视线接触。

电话突然响了，两人都不由自主地松了一口气。柏万福在第一时间抓起电话，说："你好，这里是佛德……"

贺顿站起身，走进心理室。片刻后，柏万福走过来说："找你的。"

贺顿问道："谁？"

柏万福猛地发火，说："我怎么会知道他是谁？只有你知道！"

贺顿莫名其妙地接起了电话，原来是钱开逸。贺顿心虚地看了一眼柏万福，柏万福从声音里已经猜出是那个男人，怒火中烧，现在看到贺顿示意他离开，更来了犟劲儿。你想让我走，我偏偏不走，坐在一边听。

钱开逸说："你怎么样？"

贺顿说："什么怎么样？"

钱开逸说："就是那天。"

贺顿说："如果你要是说那天，我就放下电话了。"

钱开逸说："不，还有更重要的事。"

贺顿说："说。"

钱开逸说："是好消息。我已经和姬铭骢先生联系上了。"

尽管柏万福在一旁虎视眈眈地坐着，氛围实在不宜于贺顿喜形于色，但她还是一扫愁云惨淡的语调，高兴地说："这真是一个好消息。你跟他怎么说的？"

钱开逸说："我并没有直接和他通话，听说他十分难讲话，要是被一口回绝，这条路就堵死了。我动用了很多关系，找到我的老师，把你遇到的困境向他说明了。他又找了别人，辗转传达。最后姬铭骢说，他愿意帮助你。”

贺顿说：“太好啦！怎么实施呢？”

钱开逸说：“还没有谈到具体的时间，我怕你着急，先把这个消息告诉你。后面的我再继续落实。”

贺顿抱着话筒，好像抓住一根救命稻草，一迭声地说：“谢谢谢谢……”

钱开逸说：“我是利用节目录制的空当给你打电话，就不多说了，听你的声音，还不错，还能为自己的来访者操劳，基本正常啊。导播叫我了，不多说了……”

线断了。贺顿回头一看，柏万福不在。正疑惑中，柏万福从里面一间屋子走出来，贺顿恍然大悟，原来屋里有一部串过去的分机，可以监听。

“是他？”柏万福问。

如果是平时，柏万福监听自己的电话，又是审讯口气，贺顿早就发作了，但今天，她没有资格。

“是。”贺顿简短地答道。

“也不说什么甜言蜜语，也不慰问你一下？”柏万福挑衅。

“没有什么甜言蜜语。我找他，就是为了大芳和老松的那组案例。你知道，我为此寝食不安。没有人能够帮助我，如果你能，我就不会去找他。可是，你不能。实话告诉你，我认识他远在认识你之前，他也曾经向我求过婚，让我嫁给他……”贺顿回答。

“那你为什么不嫁给他？”柏万福百思不得其解。

“我决定要开办自己的诊所。你家有房子，你也不会干涉我的决定。而这个人，就不一样了，他会左右我，让我成为他的附庸。”贺顿索性和盘端出。

“这么说，你觉得我比他强？他漂亮体面，有头有脸，看起来也有学问……我算什么？”柏万福大惑。

“也许对别的女人来说，你和他没法比。但对我的事业来说，选择你对我更有优势。和你在一起，旗鼓相当，我没有自卑，可以说话算数。在这个世界上，像我这样的女人要成就一番事业，比登天还难。我当然会想尽办法，但要保持尊严。和你在一起，我的尊严最完整。你也学了心理学，你知道先入为主这件事。我和他以前就有非常亲密的关系，在和你成家之后，我本该把这段关系终止，可我还是按照惯性让它延续下去了。现在，你知道了，也好。你做一个决断吧。”贺顿干脆一不做二不休，把话挑明。

“我打算……”柏万福停顿下来。他没法不停顿，预约的来访者到了。

这是一次失败的咨询，贺顿没法子集中精神，只能虚与委蛇。好在她很谨慎，知道自己的状态不良，就没有发起任何挑战性的治疗，这样，就算是没有太大的效能，对来访者的危害也会减到最小。

来访者在客气地致谢之后，逃之夭夭。贺顿知道，这个来访者是再也不会来了，因为在他眼中的心理师——眉头紧锁一脸晦气，一脑门子官司，哪能给别人排忧解难！

柏万福和贺顿之间的冷战持续，当着婆婆的面，基本上还能有一句没一句地应答着，回到自己的小屋，就走入荒野一般的冷寂。

贺顿知道陷入了巨大的危机，个人生活和心理师的工作都一筹莫展。黑雾沉沉，伸手不见五指。以前不顺心了，还可以找到钱开逸解解闷，现在这条路自然堵死了。唯一的出路就是姬铭骢了。

贺顿开始想念这个从未谋面的老人。据说他德高望重，据说他火眼金睛，据说他见微知著，据说他铁面无私。看来，一般人有了问题，可以向心理师求助，心理师有了问题，就必须有高人搭救。等待是痛苦的事情，这份忧愁没有人能够分担，贺顿在苦恼中朝思暮想姬铭骢。

第37章

没有任何一块木头是脏的

终于，终于。

钱开逸再来电话，说姬铭骢约定某日下午接见她。

“哪儿？”贺顿问。

“他家。你拿笔，把具体地址记下来。”钱开逸说。

“合适吗？”贺顿迟疑。

“不用笔，万一门牌记错了，找不到地方误了时间，才不合适！”钱开逸告诫。

“我的意思是到姬铭骢家中，这不大好吧？”贺顿踌躇。

“这有什么不好的？是人家邀请你，又不是你上赶着自己要去的。我看这才是规格，才是礼遇呢。你好好求教吧，祝你心想事成，当第一流的心理师！”钱开逸说完挂了电话。

柏万福从里屋走出来，说：“没说什么亲热话呀。”

饭店事件发生之后，柏万福就时不时地监听贺顿的电话。贺顿输了理，虽深感耻辱，也只能听之任之，现在千头万绪，顾不上维护面子。这一次柏万福和以前一样，不曾听到什么有趣的话，铩羽而归。

贺顿沉浸在自己的思绪中，说：“这些话比亲热话重要多了。”

柏万福说：“就是到那个老头家去？”

贺顿说：“如果你能替我解决问题，我就不到那个老头家去。”

柏万福说：“这老头有人们传说的那么神吗？”

贺顿说：“但愿，是吧。”

约定的那一天到了。贺顿临出门的时候，难得地对镜梳妆一番，她希望在一位心理学权威眼里，显得专业而有朝气。可惜镜子里的自己，面色青黄，头发干燥，眼角已聚起细密的小皱纹，如同一本浸透了雨水的旧书，不忍卒读。

管他呢！又不是选美，贺顿索性破罐破摔出了门。

姬铭骢的家在近郊的一处花园别墅里，光是进门就费了一番周折，门卫用对讲机和教授家联系，得了那边的认可，才将贺顿放入院内。在城市浩瀚的穷海中，有一些富贵的岛屿超拔其中，舒适安宁雅致香喷喷。

贺顿沿着鹅卵石的小径往前走着，突然就怀疑起自己这样的执着是否值得？为了一对不相干的来访者夫妇，呕心沥血乔装打扮，图的是什么呢？可惜贺顿的反思无法进行更长时间，姬教授的家到了。

这是一栋独立的小楼，门前没有围墙，到处是鲜花和郁郁葱葱叫不出名字的灌木，也许会在其他的季节开出灿烂的花朵，现在是冬季，只有大智若愚地干燥地沉默着。别墅有一个美丽的红色尖顶，像是童话中的古堡的塔尖，有长方形的墨绿色玻璃，在阳光下反射着天空的蔚蓝和远处的白云。贺顿站在漆成奶油黄色的门前，低头运气，正想把自己整理得更像个专业的心理医生再去敲门之时，门，无声无息地滑开了。一位鹤发童颜的老者出现在贺顿面前。

“姬教授，您好！我是贺顿，和您约好的。”贺顿慌忙打招呼。

“你好。我不是姬教授，我只是他的保姆。教授知道你要来，已经在客厅等你了。”老者缓缓地说。

下马威。看来心理学家就是和普通人不一样，连保姆都用了男人，而且是老男人。老大爷充满了沧桑感，能从容接受这么老的人端茶倒水，贺顿只想到了一个可能性，那就是姬铭骢显然更老了。

贺顿无法再胡思乱想下去，前面就是客厅。一位身穿中式对襟衣裤的男人从一张硬木榻上站了起来，说：“贺顿，你好。欢迎你。我是姬铭骢。”

贺顿被施了定身法。她见过这个男人，不止一次。

他就是风雪之夜在电台门口接送过贺顿的司机老李。他并没有想象中那样老，保养很好的面孔甚至有一种婴儿般的光泽。现在都说女人的年纪猜不透，在驻颜有术的男人那里，年龄也成了一个谜。

“那一次，您好像不姓姬……”贺顿完全被惊呆了，喃喃自语。

“是的。那一次我说自己姓什么，我已经忘记了。好像是姓李吧？”他风趣地说，“李是个大姓。是我最容易拿来使用的姓。”

贺顿呆呆地站着，好像玩偶。“后来，您又到过我的诊所……”

“是的。那两次是假的。但这一次，是真的，我是姬铭骢。”姬教授和贺顿握手，他的手宽大温暖。在那个雨雪霏霏的夜晚，这双手也曾给予贺顿同样的厚重感。

“姬教授，第一次，你为什么找我？你说你是司机，你还提到了沙茵……”对于贺顿来说，眼前的问题似乎还没有久远的问题更重要。或者说，如果不把久远的问题搞清楚，眼下的问题更没有着落。

姬教授说：“好吧，我就先解开疑团。我住的这个地方，要算闹市中的穷乡僻壤了。每次你播出节目的时间，正是工作一天之后散步的时候。我很喜欢你的声音，知道了你的名字之后，又从你和听众的对答中，得知你正在报考心理师，而我正是考试的出题者之一。”白发仆人给两人端上茶水，姬铭骢说：“老张，谢谢你了。我和这位女士要谈些私密的话题，你歇息一下。”老张无声地掩上了门。

贺顿说：“喝这样一位老人端上来的水，让人不忍下咽。”

姬铭骢笑笑说：“他并没有你想象的那样老。他是少白头，又怕染发剂致癌，所以就顶着一头渊博的白发，完全不顾及这样会让我陷入不仁不义的境地。常来的朋友都知道这个底细，也就安然了。好了，不说他了，我看你好像要问什么，请继续下去。”

贺顿说：“我是您千百考生当中的一个，就算是您知道我在参加这类的学习，您还是很难解释请我吃饭那件事。记得您当时就没说清楚，今天您拿出的理由，还是不让我信服。”

以这样的语气和大师对谈，实在不够礼貌。贺顿只觉得姬铭骢很亲近，想到哪里就说到哪儿，全无了平日的韬略。

好在姬铭骢大人海量，再加上心理学家本来就别具一格，并不在意贺顿的刨根问底，说：“你问得好。后来我得知了整个心理师考核的成绩单，整体来说，及格率不高。这是一个新兴职业，考试难度的把握也在不断摸索之中，作为出题老师，我对此负有责任。我要求把分数分布报告给我，并调验了部分卷子。很凑巧，把你们那个考点的卷子拿来了。我注意到了一个名叫贺顿的学员，分数很好，在好几门考试中都名列前茅。动听的女主播和刚刚出炉的心理师是同一个人，这两个身份都让我对你产生兴趣，于是突发奇想，打算在你完全不知情的状态下，察看一下优秀学生的状况……于是就有了风雪天请你吃饭，记得你好像问过我为什么会接你？我说了几个你同学的名字，有一个和你的考号是连在一起的，就蒙混过关了。要知道，心理学家是这个世界上最好奇的人。怎么样，你的求知欲满足了吗？”这个男人充满了成熟的秋天的气息，面部轮廓很柔和，但眼光很有杀伤力，带着洞穿一切的尖锐。

贺顿这才明白自己原来早就成了心理学家的观察对象，好似秦岭山脉中那些脖子上挂着项圈的大熊猫。她默不作声，一时无法适应这个关系，突然，又想起了什么。“那你后来化装成抑郁病人到我的诊所去，又是因为什么？”

“这就更好解释了。因为是朋友辗转托来，希望我给一个开业的心理师以指导。你知道这种请求多得很，我都一概回绝。他们提到了你的名字，我想起你是一个高才生，但我不知道你在书本上学到的知识，在实践中是否有用武之地。我要亲自考核一下。”

贺顿理出一点头绪，问：“你为什么要这么做？”

姬铭骢微笑着说：“心理学家观察整个人类的行为，借以推测他们的心理，借以预测他们的将来，这本身就充满了无穷的乐趣。我猜你一定也是因为这种乐趣，才来找我的。”

贺顿说：“不是因为乐趣，是因为苦恼。我走投无路了。”

姬铭骢说：“如果你不是因为乐趣，真的走投无路了，你可以放弃这个个案。没有人能阻拦你。”

贺顿说：“如果我要放弃，我就不会费尽心机地找到您，请您指教。”

姬铭骢说：“好，我欣赏你这种为了来访者的利益而不懈追求的精神。那么，我从现在开始，答应帮助你。不过，有一个小小的要求，需要说在前面。”

贺顿说：“您尽管说。”

姬铭骢说：“我辅导你，这是要收费用的。”

贺顿舔舔嘴唇说：“我知道。不知老师要收取多少钱？”

姬铭骢说：“不一定是钱，也可能是其他的东西。因为我们必须要有一个明确的关系。否则你以为是一个善举，会影响我们的督导进程。”

贺顿很感激姬铭骢的专业精神，说：“我会支付的。只要我付得起。”

姬铭骢说：“你以为我是什么？地主老财资本家？我是一个科学家，讲究公平，当然会让你支付得起。另外，所有的过程要保密。”

贺顿说：“我知道。老师，您放心好了，我一定以专业精神接受您的督导。”

姬铭骢说：“好吧。开始。请随我来。”说着，他站起身来。

贺顿打量着姬铭骢刚刚站起身的木榻，说：“这个床挺有意思的。”

姬铭骢说：“以前是用来抽大烟的。”

贺顿吓了一跳，说：“您怎么有这东西？”

姬铭骢说：“心理学家可以有任何东西。”

贺顿说：“您祖上传下来的？”

姬铭骢说：“看来你对这个榻还挺感兴趣。我祖上没有这么坏，是从旧货市场淘来的。”

贺顿说：“多脏啊。”

姬铭骢说：“外表脏可以刷刷。没有一块木头本来就是脏的，所有的树都是洁净的。”

贺顿心想这句话很有哲理，大师和普通人就是不一样。她不再作声，跟随姬铭骢往前走。到了一间不大的房子里。屋子里面陈设很简单，墙壁洁白，窗帘在微风的拂动下轻轻抖动，发出极为细碎的声响，犹如金鱼吐出的气泡在空气中破裂。在屋子靠墙的地方，摆放着一张舒适的长沙发，猩红色，极为醒目。

贺顿问：“我就坐在这张沙发上吗？”

姬铭骢说：“这不是普通的沙发，是弗洛伊德榻。”

贺顿说：“我的诊所里也有，只是和你的这张不大一样。”

姬铭骢说：“其实弗洛伊德榻可以有各种形状。当年，弗洛伊德在自家的诊所里给来访者做精神分析，用的就是普通的沙发。如果说要有什么要求的话，就是舒服放松。老人家去世之后，心理学家们把这种椅子命名为弗洛伊德榻。在一些电影里，这种让人能够仰卧的床被描写得很神奇，其实，就形状来说，没有什么太特别的。我去过维也纳的弗洛伊德故居，在那里，有现代派的艺术家们用钢板制作的弗洛伊德榻……”

听到这里，贺顿不由得惊呼起来：“钢板？多么寒冷和僵硬！”

姬铭骢说："也许这正是弗洛伊德榻的本质。在很多人那里，睡在这张沙发上，就是一种刑罚。不过，一个献身学术的人，就没有权利像旁人那样生活了。"

贺顿听得胆战心惊，说："我现在就要躺在弗洛伊德榻上吗？"

姬铭骢说："不用。到需要的时候，我会和你商量。如果你不同意，我是绝不会对你进行分析的。"

贺顿总算舒了一口气。那一天，还很遥远，起码，目前不必。姬铭骢在贺顿对面坐下，说："谈谈你要求督导的案例吧。"

那天晚上，贺顿值班，她给自己预定的下班时间是23点。

22点59分的时候，电话铃响了。

夜晚的铃声就像雾气中的红灯一样，格外振聋发聩。贺顿拿起听筒时，心还怦怦跳。

"你好。"贺顿机械地说。

"深更半夜给你们打电话的人，有什么好的……"对方是个女的，声音细弱挣扎，好像是从地狱里抛上来的一根游丝。

"有什么事需要帮助吗？"贺顿已经长了经验，判断这很可能是真正的来访者。

"你是什么人？"对方不信任的口气。

"我是这里的工作人员。"贺顿好言相答。

"是一般的前台服务还是心理师啊？"对方悲痛但不糊涂，警觉性很高。

"这么晚了，已经没有什么前台服务了，我就是心理师。"贺顿答。

"你干吗还不下班？"多疑的人问。

"业务很多，正在加班。"贺顿说。心想这也不算谎话，接听电话也是业务。

"哦，那我想问问你，要是我到你们那里见见心理师，行吗？"

当然行！太行啦！贺顿喜出望外，但又不能表露，拼命克制着喜悦，说：“行！”她不能说更多的字，怕泄露了快意。

“明天行吗？”

“行。”贺顿又是简短回答。

“我能知道是谁给我做吗？”女人继续追问。

“我们这里有多位心理师，你希望什么样的人给你做咨询呢？”贺顿转守为攻。

“女的。”对方很快回答，看来是既定方针。

“行。”

“我能知道她姓什么吗？”女人继续问。

“为什么需要知道她的姓？”贺顿不解。

“难道挂专家门诊的时候，不能知道是哪位专家吗？明天见到她，我也好打招呼，不然显得我多没礼貌啊。”

贺顿回答：“姓贺。”

女人说：“那我明天早上9点到你们那里去见贺老师。”

贺顿接着告知了诊所的具体地址，然后说：“请您准时来，我等你。”

那女人片刻地沉默，然后说：“请问您贵姓？”

贺顿一时有点狼狈，说：“免贵姓贺。”

女人的声音一下子严厉起来，和刚才的柔若无骨判若两人，说：“这么说明天的心理师就是你了。”

贺顿据实回答：“是我。”

女人说：“那你刚才为什么不直接告诉我？”

贺顿也火了，你来做咨询，有人给你做不就得了，为什么如此盘问挑剔？就说：“你刚才并没有问我，所以我就没说。你问到我了，我就告诉你。我不知道这有什么不合情理。”

女人又问：“你是哪个学校毕业的？”

贺顿说：“我是国内的学校毕业的。”贺顿玩了一个花招，她并没有直接告知是哪个学校毕业的，她实在没有像样的正规学历可以出手。但你不能说她的回答不正确，她的确是中国的学校毕业的，哪怕是小学。

电话线那一端的女人上当了。她的本意是想知道贺姓的心理师是不是在外国上过学，既然回答了中国，也就不再追问。

女人又问："你是什么学位？"

这下可戳到贺顿软肋上了，不过贺顿早有防备，给软肋穿了一套藤甲。她反问："这个问题对您很重要吗？"

"是。"女人很坚决地说。

"为什么这么重要？"贺顿诱敌深入。

女人说："国外都是有心理学博士学位的人才能做心理师。"

贺顿明白这话隐含着强大的杀伤力。她索性挑明潜台词："您的意思是说如果不是博士毕业，就没法做心理师了？"

女人气馁了，当藐视一个人又被那个人看穿时，只好否认。她说："我……不过随便问问。"

贺顿说："你问得很对，您对这件事的了解也挺全面的。光有学位，不能保证水平就一定高，您说对吗？"

"对对。水平还是第一，文凭不是最重要的。"女人应和。

"我没有博士学位，但我是负责任的心理师。"直到这时，贺顿才把自己的真实情况说出来。听得出，对方有些失望，因为前面已经做了铺垫，也只有接受现实。

"我还得问问，你们如何收费？"看来，这是她最后一个问题了。

贺顿报出了定价。

"哟，这么贵啊？能买几十斤肉。"她失声叫了起来。

贺顿说："是够贵的了。"

那女人说："你也这么觉得？"

贺顿说："是啊。我也这么觉得。"

那女人说："这还不好办，你是开店的，要是也觉得贵，降下来不就得了？"

贺顿说："我觉得贵，可我降不下来。如果降下来，您现在半夜三更地打电话就找不到人了，因为我这儿关张了。所有的成本核算下来，就得要这么多钱。如果您觉得不值，您可以不来。如果您觉得吃肉可以解决您的问题，您就买半扇猪好了。”

贺顿破釜沉舟。如果你要来，你就来。如果你不打算来，你就别来。墙上的挂钟，马上就到零点。

“好，我明天早上 9 点到。”那女人下定了决心。

“好。今天早上 9 点，我等你。”贺顿说。

第二天。

“贵姓？”女人说。她身材不高，但鞋跟很高，走路的时候有一点向前哈着腰，脸上的每个皱纹都被脂粉腻死了，远看是平滑的，近了就惨不忍睹。枯黄的头发随着身形左右晃动，仿佛羸弱的螳螂顶着一团衰草。

“我姓贺。”贺顿答道。

“你就是我的心理师了。怎么称呼你呢？叫大夫吗？不好，我不喜欢，好像我是病人似的。叫你老师吗？如今都兴这称呼，全国都成了一所大学校。你比我年岁还小，不合适吧？再说，我也不想听人对我指教。你说吧，叫你什么好？”这女人一反昨天晚上有气无力的态势，盛气凌人。

有些人就是两个极端之间快速滑动，其实色厉内荏。她不想在一开始就匡正什么，很简单地说：“您就叫我贺顿好了。”

“怎么里里外外就你一个人？”女子心生疑惑。幸亏贺顿不是跟她签订商贸合同，不然她一定会说贺顿是个骗子。

幸亏对于这个问题早有防备，贺顿说：“我们这里实行的是预约制，为了替来访者保密，彼此都是不见面的。所以，您看不到别人。”

女人对这一点很感兴趣，说：“真的吗？”

贺顿不明白，说：“您指的是什么？预约制还是不见面？”

女人说：“保密。”

贺顿说："是真的。这是我们这行的行规。只要不是关乎你的生命或是他人的生命安危，我们都不会说。"

女人说："你说得挺吓人的，什么叫生命安危？"

贺顿说："比如就是您本人要自杀或是要杀人，我就都不能承诺保密了。犯法的事，我们也不保密。"

女人说："除此以外，你们都保密？"

贺顿说："是。如果我不为您保密，您可以告我。"

女人说："现在还真有这样坚贞不屈的行业啊，跟江姐刘胡兰似的？刀架在脖子上也不说？"

贺顿虽说知道要对客户和蔼可亲，也有点按捺不住，说："现在国泰民安，没有人把刀架在心理师脖子上。"

那女人很敏感，说："不是指国家，如果我的丈夫把刀子架到你脖子上……"

贺顿非常干脆地打断了她的话，说："不说。"

贺顿之所以大义凛然，并非宁死不屈或是执行业内纪律的典范，而是根本就不相信会有这等事出现。

女人听了贺顿的话大为感动，好像贺顿真的九死一生捍卫了她的秘密，就说："好吧，贺女士，咱们开始吧。刚才那段不算钱吧？"

贺顿说："您还得填写一张表。"

女人立即警觉起来，说："不是保密吗？填了表，留下了字据，还如何保密？"

贺顿说："但是，您总要留下一个名字，谈话的时候，我也总要称呼您。如果您以后还要再次来访，我也要有个记录。不然，那么多人，我如何记得住？"

女人想想也是，就说："你们看身份证吗？"

贺顿说："不看。"

女人诡谲地笑起来，说："那就是说，如果我填写的是假名字，你也没法知道？"

贺顿老老实实回答："理论上说，是这样。"

女人说："表格第一项就是虚假的，还有什么意义？"

贺顿说："名字可以是虚假的，但我相信你的问题是真实的。否则，你花了钱到我这里来，图的是什么呢？如果只是消磨工夫，你可以去看看电影。保证比这里精彩。"

女人说："好吧。我告诉你，我叫大芳，就是村里有个姑娘叫小芳的那个小芳的姐姐，我跟她一样又不一样。这个名字肯定是假的，但我的苦恼是真的。"

贺顿说："好吧，请到里面的心理室，咱们开始。"

大芳说："这一段不要钱吧？"

贺顿一时没明白过来，说："哪一段？"

"咱们闲聊这一段。"女人锐利地打量着贺顿，觉得她在装傻。

贺顿说："收费是从进入心理室开始计时。"

心理室的木门中央挖有一个心形空洞，镶着一块淡粉颜色的玻璃，看起来很温馨。这并不是一个简单的装饰，而是另有深意。心理室的门究竟设计成什么样子，曾让贺顿颇费心思。访谈一旦开始，房门就会紧闭。这对保密当然是极相宜的，但资料上说，在极端偶然的情况下，有一些精神病人会在昏乱中伤害心理师。心理室的门，在紧急状态下，可从外面迅速破开。

这块心形的粉彩玻璃，负有将心理师解救出来的重任。贺顿苦笑了一下，当然走在后面的大芳是看不到的。贺顿想，不会这么倒霉吧？

布质的沙发柔软舒适，但又不是过度的软，而是有一种内在的刚度支撑着落座者的体重。关于这对沙发的选择，也曾让贺顿费尽了苦心。太豪华的不成，一来是贺顿的预算里没有这种巨无霸的开支，二是过于奢靡的布置会让来访者有一种压迫感，应该避免。在沙发属皮还是属布的问题上，贺顿强烈地犹豫过。如果按照她的意思，喜欢皮沙发。"棉暖不如皮，糖甜不如蜜。"棉和皮相比，当然是皮货高档。如果价钱悬殊，价钱决定一切。市场上皮沙发和布沙发的价钱差不多，让贺顿大费斟酌。有一度贺顿十分倾向皮沙发，因为考虑到毕竟这是公共场合，各色人等人来人往的，估计很容易搞脏，皮沙发用蜡油擦一擦，整旧如新。布的就没有那么好打理，新的时候吹弹得破，旧了就如人老珠黄。

贺顿还是买了布艺沙发，米黄色，仿佛轻柔稻谷铺满一地。促使贺顿做出这个决定的最关键因素，是沙发背部给人的接纳和力量。这种感觉说不太清楚，只要坐上，就能强烈地捕捉到这种支撑感。

太软了不行。毫无筋骨，这会使来访者下意识里怀疑这个诊所是不是可以信赖的？太硬了也不行，有一种拒人千里之外的冷漠。

当贺顿还没来得及说出第一句话的时候，大芳就迫不及待地吐露心声。她凑近贺顿说：“我想把她杀了。”眼露凶光。

贺顿不由自主看了看镶有粉红色玻璃心的门。克制住自己的走神，贺顿想问：“谁？杀谁？”

但是，她不能问。这不是应该问话的时候，反之她也不能固执地保持沉默。这是一个惊世骇俗的说法，大芳期待回应。贺顿说：“我知道你很愤怒。”

“当然，我当然愤怒了。你知道她是谁吗？她是我男人的小贱人。你知道我是谁吗？我是我男人的正室。”大芳说完，斜眼看着贺顿。

贺顿不知如何表态了。她对贱人和正室的了解，只限于《大红灯笼高高挂》。这时她记起老师所教的一招：如果你大脑空白想不起如何回应，就把来访者刚才说过的话重复一遍。于是，贺顿像回声一样地说：“你是你男人的正室。”当贺顿这样说的时候，简直觉得这是一句蠢到家的话。一夫多妻制早就被法律废除了，这样说，好像清末民初的遗老遗少。

老师所授真是灵啊，大芳大声地说：“对，我是正室。”

贺顿又不知道说什么了，总不能再说一句“你是正室”吧？贺顿说：“我看你处在痛苦之中。”话是这样说，也没多少把握，面前的大芳更多的似乎是自傲。

贺顿的话产生了强烈的反响，大芳说：“你说得太对了，我就是很痛苦。你的丈夫一而再、再而三地找小贱人，这不是欺负你吗？这不是侮辱你吗？这不是拿你不当人，这不是朝你头上拉屎吗？你说是不是？”

大芳双眼喷出烈焰，死盯着贺顿，那架势像要把她生吞活剥。

贺顿吓得够戗。大芳手指着贺顿，一口一个“你”如何如何，让贺顿消受不起。她知道在这个假设的句式之后，是大芳无法正视的自我。

贺顿说：“不是我。”

大芳不明白，说：“你什么意思？”

贺顿说：“我知道你对这些侮辱非常生气，但是，请你不要说‘你’，试着说‘我’。”

大芳说：“我不跟着你说。我就说你。”

贺顿知道大芳接受不了，自己的进展太快了，赶紧校正，说：“让你如此恼火的来龙去脉究竟怎么回事？”

像用炸药把防洪堤坝给炸开了，不得了，大芳一把鼻涕一把泪地控诉起她丈夫的斑斑劣迹。

“我和我丈夫是在乡下认识的。你猜我多大年纪了？”大芳甚至飞了一个妩媚眼神，看起来对自己的年龄很有信心。

贺顿不知道如何说。她实在是不年轻了，尽管有精心修饰的眉眼和瘦弱的身材来帮衬，辅以高档服装托举，使她没有显出一般中年女人的臃肿邋遢，但神色的黯淡和发质的枯萎，都毫不留情地昭示她早已青春不在。

贺顿不能说假话，贺顿也不能如实说出感受。贺顿于是说：“你比你的年龄要显得年轻。”

大芳撇撇嘴说：“你知道我多大年纪了？”

贺顿说：“你既然说了是那个时代的人，能大致估计出来。”

大芳说：“我做过拉皮，吸过脂，文过眉后来又给洗了，还做过隆胸隆臀削骨隆鼻……”

贺顿看着大芳，心想没有做过手术之前的她，是更好看还是更难看呢？

大芳此刻猜透了贺顿的心思，就说："我那时候，虽说是个孤儿，却是十里八村数一数二的美人，要不然城里娃能看上我吗？你没听那歌词里唱的……长得好看又善良，一双美丽的大眼睛……"大芳说着，十分神往地向着远方。

当然了，她目所能及的地方，看到的是一架挂钟。挂钟有一个滴滴答答不断摇摆着的钟摆，在提醒时间。不仅仅要她注意到时间是收费的，也要让她意识到生命无时无刻不在流逝。

在钟摆的旁边，是一幅心理学历史中的著名图谱。那是一个双面头像，你这样看是曼妙少女，那样看就是一个阴沉老妇。

"现在我得给我男人起一个名字了。我不能把他的名字告诉你，咱们就叫他小松好了。"

贺顿心想这个小松大概也鬓发苍苍了，是头上顶着白雪的老头松了。

"小松看上我了，就勾引我。你别觉得我用了一个下作的词，真的是勾引。他给我从城里带来大白兔奶糖。我说，我不吃。他说，你不吃，我就扔了。我说你扔吧，那本来就是你的东西。我说的是实话，我一点也没有高攀他的意思，他们是从城里来的，将来总会回城里去。城里的人觉得他们那里好得很，但是对从来没有到过城里的人来说，根本就不知道好在哪里，也并不像现在的人这样削尖了脑袋要进城。我说不要他的糖，他说我就真扔了。说这话的时候，我们站在水塘边上，他一扬手，就把一块雪白糖纸的奶糖扔到池塘里了。那块糖打出了一个很大的水花，水浪一圈一圈地散了很远很远……"

大芳说这些话的时候，脸上露出很享受的样子。

"后来他就向你求爱了吗？"贺顿决定加快进度。

"哪有这么快啊！后来他就把糖一颗一颗地扔进池塘里。刚开始扔的时候，我心想，哼，耍什么阔绰啊，扔上几颗你就得手软。没想到，他一颗颗地扔下去，衣兜的扔完了，就扔裤兜的，裤兜的扔完了，又扔屁股兜……他的手没软，我的心先软了。我说，别扔了，再扔，整个池塘都是甜的了，鱼都得齁死。

“小松说，这都是你的罪过。我不服，说你这个人怎么能瞎赖人呢？糖不是我的，扔糖的手也不是我的……小松说，可这些糖是给你买的，你不要，这些糖也是你的。既然是你的，我也不能再要了，只能扔了。下次我从城里回来，我还要给你带肉，你不吃，我也扔进池塘里。再下次，我会给你带毛衣，你不要，我也扔进池塘里……

“我一听，吓坏了。这不是罪过吗！乡下人把浪费看得比什么罪过都大。我那时真的太傻了，他说是我的罪过，我就真相信了，觉得我要是不答应他，我就是个坏姑娘了。再说，我们那里很穷，牛奶糖、肉、毛衣这些东西，都是做梦也搞不到的，有人要给你这些东西，我以为这就是爱了。后来，我就跟了他。

“小松挺能干的，脑子也很机灵。结婚以后我才知道，他往池塘里丢的那些糖，都是假的。是他跟人讨了一些糖纸，包上了小石子。一颗一颗扔到水里的时候，水花特别大。我说，你就不怕我一下子答应了，剥开一颗就吃，还不得把我的门牙硌下来？

“小松说，我猜定你不会。你那会儿挺傲的，哪能一下子就范呢？再说啦，就算你应承了要吃糖，我有一个兜里装的是真糖，我赶紧拿出来换下就是，保准让你甜得张不开嘴。

“他就凭着这个鬼精灵劲，后来又被推荐上大学，就是工农兵学员。毕业以后被当成青年干部，选拔进了领导班子。人家都说他一回了城就得把我甩了，没想到正巧那会儿我病了，他也面临着进步的一道坎，组织上正在考察他。他就对我特别好。传出去说他是糟糠之妻不下堂。后来，我的病也好了，他也顺利地上了一个台阶。我们之间的故事被传为佳话。后来，他进步的速度越来越快，我和他的差距越来越大。我就不断地充实自己，学各种知识，当然了，正式的文凭我是拿不上了，可我能上各种长训班短训班，包子有肉不在褶上，只要肚子里有学问，腹有诗书气自华，你说对不对？”

贺顿说：“对。”除了说“对”，也不能再说其他。

大芳接着说：“听过这句话吧——男人有钱就变坏。其实，男人就是牛奶，什么也不用往里搁，只要有足够的时间，他们基本上就都馊了。”

这句话当然是不全面的，但是，经典。贺顿说：“你根据什么做这种判断？”

大芳巴不得贺顿这样问，有一肚子的苦水要往外倾倒。大芳说：“小松老了，我就叫他老松。有一天，老松领回家一个小姑娘，说是在茶艺馆喝茶的时候认识的，小姑娘在这个城市里无亲无故，他看她孤苦伶仃很可怜，就想帮她。我把这茶姑娘安顿在客房住下了，就和老松说，一个人不是一条狗，你不能说领回家就领回家，那是一条命。老松说，是啊，我就是看着她可怜，才打算救她。我说，你如何救她？老松说，先让她在咱家帮你干点零活。我看你身体不好，早就想给你找个保姆了，就怕没合适的。今天和几个朋友在茶艺馆喝茶，看到这个姑娘又麻利又有眼力见儿，性格也很温柔，善解人意，我就自作主张把她给领回来了。你先试着用用看，要是好用呢，咱就把她留下，日后也是你的帮手。如果不合适呢，就让她再回茶艺馆，也不费什么事。

“这话说得很在理，我只有感谢他的份儿，答应先用用看。姑娘的名字我也不提了，就叫她小茶，谁让她是从茶艺馆来的呢。从第二天开始，我就开始训练小茶，教她如何干活。她少言寡语的，你让她干什么她就干什么，但是从不主动张罗，并没有老松说的那些优秀品质。不过，这么多年，我自从进了城，就一边工作一边操持家务，我是个好强的女人，每天擦啊扫的，工作量也挺大的，现在有了个帮手，能指挥个人，也觉得不错，就对老松说，留下吧。几天以后，我半夜起来上厕所，一摸身边没了人。我心想这能到哪去呢？一股不祥的预感控制了我，我蹑手蹑脚地走到小茶的房门口。果不其然，里面的动静大得很，想不到白日里那么腼腆的一个瘦小丫头，叫得是呼天抢地。

我在门口簌簌发抖，不知道是进去还是扭头就走。我是个烈性女子，要是按我以前的脾气，哪能容得下这种偷鸡摸狗的勾当，可这一次，我不敢轻易推门。我知道这个门只要一推开，就没法关上了。我和老松，距离是越来越大。撕破脸吵闹开了，只有离婚一条路。除非我是打定主意不跟他过了，否则，我不能轻易推开这扇门。我这样想着，在客房门口，像听交响乐一样听着他们神魂颠倒的声音。我特别想一走了之，可是，我不能就这样白白地走了。我要留下一点纪念物，我要让他们至少是让老松知道，我来过了，我看到了，我知道了。当我全身冷得像一片雪花的时候，我离开了我家客房。我是赤着一只脚走的，把一只蓝色拖鞋留在了小茶的门口。”

贺顿听得屏气息声，这个故事太可怕了。怕的不是通奸，也不是背叛，而是这女人的缜密心计。如果按照贺顿的本意，她会忍不住问：“后来呢？”但是，此刻她是心理师，她不能问。

贺顿看了一眼墙上挂着的钟，不得了，两个治疗时了。作为心理师，她有掌控时间的责任。而且，这是一个极为漫长的故事，绝不可能在一天之内解决。趁大芳的情绪还基本稳定，不是在号啕痛哭或一言不发的困境中，治疗需告一段落。

贺顿说：“当时，你一定是很震怒，并且要思谋对策。从今以后，你和老松的关系就起了一个翻天覆地的变化。”

大芳说：“正是这样的。我被人宣战了，我要还击。起码是家庭保卫战。”

贺顿说：“战斗旷日持久。”

大芳说:“没错。当我留下那只拖鞋的时候，我就知道序幕拉开了。”

贺顿说：“那么，好不好我们今天就暂时进行到这里，把幕布暂时合上，下一次我们继续谈。”

大芳吃惊地问：“这么快就到时间了吗？”

贺顿说：“是的。”

大芳说：“我还想继续说下去。这些心里话，这么多年来第一次向人倾诉。”

贺顿说：“已经两个治疗时了。”

大芳不悦，说：“你是怕我付不起钱吗？放心好了，我带来了足够的钱。”

贺顿说：“不是那个意思。心理治疗也是一个科学的过程，一个人在一定的时间内，只能承受一定的心理负荷。就像你锻炼，不能无限制地跑下去，要有一个最合适的量。这不是为我着想，是为了你的利益。”

轮到交钱的时候，情况有一些尴尬。大芳把钱放在桌上，说：“请您点一点。”

贺顿不想触动那堆零散的票子，不是她故作清高，而是觉得刚刚还在精神的领域游弋，突然就变得如此物质和世俗，叫人有分裂之感。

“不用了。我相信你。”贺顿只好这样说。

“不成。您还是点一点。这是我的习惯了。要不然，我心里不踏实。”大芳坚持。

贺顿只好很不情愿地把钱点了一下。

“您好。请稍等。一会儿，我引领你到心理室。”柏万福迎上前去。

下次，大芳又来了。

“你是谁？上回来没见过你啊？”大芳不喜欢有旁人。她觉得上次那种空空荡荡孤家寡人的状况很好。

“我在诊所负责接待工作。”柏万福自我介绍。

“新来的吧？今天还有别人吗？”大芳一副熟门熟路的架势。

柏万福不知是何用意，脑子也转不过其他的弯，就照直说：“没有了。”

“看来你们这里还是门前冷落车马稀啊。好了，既然也没旁人了，你就走吧。我这儿不需要人伺候了。”大芳颐指气使。

柏万福也没好气，说：“这房子的隔音板是我亲自选的，放心吧，说什么也听不到。我要是走了，电话预约接不上，你负责啊？”

大芳这才不作声了。进了心理室，两人依上次的位置落座。大芳说：“咱们这就开始？”

贺顿说：“你上次回家之后感觉如何？”

大芳说：“快别提了。当时在这里说了一些话，感觉轻松点了。回家以后倒头便睡，那一觉像死过去一样。后来几宿就不行了，在水床上烙饼。水床你知道吧？”大芳露出很希望给贺顿谈谈这种奢侈品的样子。

贺顿点头，表示自己对此谙熟于胸。其实她根本不知道睡在水床上的滋味，只觉得不必在此耽误工夫。

大芳略感失落，只好继续：“不说还好，这一说，几十年的陈谷子烂芝麻都搅和起来了，翻天覆地。”

贺顿说：“这就对了。”

大芳不乐意了，说：“对什么对！原本长好了的伤疤，又被你给挑开了，鲜血直流。”

贺顿说：“流出东西来了不假，可那不是鲜血，是脓。”

大芳说：“我们纯真的爱情，不许你污蔑。”

贺顿说：“我没有污蔑，只是说出了一个事实。一个你不愿意直面的事实罢了。”

大芳说：“人家都说心理医生是开心果，是让人放松轻快的，你这个人可倒好，哪壶不开提哪壶，这不是诚心怄我吗？”说着就抬起屁股，好像要离身而去的样子。

今天从一开始，就挑起剑拔弩张的气氛，是贺顿思谋了好久才决定采取的。她希望加快步骤，让大芳直面困境。如今看到大芳的反应如此强烈，她不知自己是否走得太快了一些，于是决定放慢步骤，还是跟在大芳后面，她不能超越大芳的步伐。

贺顿说：“我是想帮你。可能太急躁了，对不起。”

大芳说：“对不起倒不必说了，你不能诋毁我的爱情。”

贺顿说：“我的表述让你误会了，我检讨。”

大芳这才平静下来，说：“那我接着说。我上回说到哪儿了？”

“说到你在小保姆的房间门口留下了一只拖鞋。”贺顿提醒她。隐隐觉得这像一段评书“且听下回分解”的茬口。

“对，一只拖鞋。我把那只拖鞋端端正正地摆在了门前。我不但要让老松知道我知道了，我还要让他知道我没慌，我等着他呢。”大芳说到这里，抬起眼帘，注意着贺顿。贺顿不争气地打了一个寒战。

“你害怕了？”大芳明察秋毫。

“是，害怕了。”贺顿不想承认，可她不能不承认。寒战是个叛徒，可耻地出卖了她。

“你怕什么？”大芳来了兴趣。

“我害怕你们将要面对的困境……”贺顿说。还有半句话没说出来——“我害怕你的冷静和镇定”。

大芳对回答还算满意，接着说下去：“第二天早上我起来的时候，看到那只拖鞋回来了，摆在我的床前。和我原来的那只拖鞋配成了一双，也是端端正正，也是整整齐齐。我等着老松说点什么，可他一大早就上班去了。我居然睡得沉沉的，一点没醒来。

“到了晚上，他给我打了一个电话，说是夜里加班，不回来了。我说，你放心家里啊？他说，有你在，我有什么不放心的？我说，还有另外的一个人在，你就不怕我对她做点什么？老松说，我不怕。因为你不敢。

“这句话气坏了我。天下还有王法没有了？正房还怕了偏房？通奸的理直气壮，受害人反倒要低三下四？反了你！

“我找到小茶，说，你昨天晚上干什么了？我以为这丫头会连声求饶，没想到小茶吐着瓜子皮说，你都知道了还问什么？多虚伪啊。我说，你以为你是谁？没想到她说，你以为你是谁？我说，我是这个家明媒正娶的老婆。小茶说，明媒正娶有什么用？老松早就不爱你了。他是看你可怜，才让我忍气吞声地伺候你，我早就烦了。我说，原来你们早就……小茶道，说了这么半天，就这一句话你还算明白。对啦，我们早就是鸳鸯了。老松还想保护你，让你蒙在鼓里，我可不乐意了。你耳朵够背的了，我像喊口号似的大叫了多少天了，你才听到，让我多费了唾沫。现在，打开天窗说亮话，你打算怎么着吧？

“我从来没见过这么无耻的女人，她还那么年轻，怎么就这样不要脸？我简直不知道说什么好，我说，好吧，你等着……没想到小茶仰着脸说，我当然等着，我等的就是这一天！你有什么？又老，又丑，又没本事，不就是从乡下妞变成的老太婆吗！我气得全身像遭了电击，抖个不停。我气的不仅是苟且，要说老松真是贪恋黄花大姑娘，我还能想得通，可我想不通的是他在这个女人面前把我贬得一无是处。我这才知道我在他心中其实是臭狗屎！

“弄明白这一点之后，我也没心思和小茶闹了，主要矛盾不是她。就算没有小茶，也会有小窝头小菠菜什么的，老松才是罪魁祸首。

“等啊等啊，我从来没有那样盼着见到老松。比孟姜女望夫石更望眼欲穿。两天以后，老松回来了。我说，咱们三个谈谈。老松说，何必三个，两人就行。我说，本来就是三个人的事。老松说，是两个人的事。我说，两个人谈不能解决。老松说，这就是我和她两个人的事，和你没关系。我这才恍然大悟，老松说的两个人不包括我。我说，你和她怎么谈？老松说，问她要多少钱。如果不是太贪，我就点给她，让她走人。我说，就这么简单？他说，简单。哪像你们女人想的那么复杂。我说，那我呢？老松说，你那天那样就很好，证明了你的水平。半夜三更在现场你都能冷静，今天如何不能呢？一切交我去摆平。说完，他就找小茶去了。

“我以为要谈很长时间，没想到老松很快就从小茶的房间出来了。我说，说了？他说，说了。我说，说什么了？他说，就说了那些。我说，她说什么了？他说，她什么也没说。我说，不能吧？她能说着呢！老松说，那是对你。对我，她说不出什么。我说，她要的钱多吗？他说，差不多。我说，你给她了？他说，我今天就是带着这些钱回来的。我说，那她怎么着？

“正说着，小茶拿着东西走过来，说，叔叔阿姨，我走了。我死死地盯着她。这就是那个当着我的面穷凶极恶的小丫头吗？我说，哦，你走了。她说，走了。以后再也不会来了。我说，以后你放尊重点，别勾引人家的男人。她点点头说，是，阿姨，我记下了。我说，以后要学着做个正派人，以后……我还要说，被老松一把扯住了，说，又不是你女儿，你还要教导她做人啊？走吧。小茶，以后在街上遇到了，你走你的路，我走我们的桥。我们不认识你。

“小茶走了。我看着我的蓝拖鞋，觉得它一定是妖怪变的，让我受这一茬折磨。我问老松，那钱你是哪儿来的？存折不都在我手里吗？想不到你还存了这么一大笔私房钱！

“老松说，钱是我找一个哥们儿要的。我以前帮过他，他一直想报答我，我就找他去了。所以，这事是我用自己的劳动摆平的，你没受损失。

“这件事之后，我的精神受到了很大的创伤。我弄不明白这个和我同床共枕多少年，有了一个俊美女儿的男人，到底是个什么人？我想不明白，就开始肚子疼。后来到医院一检查，说是慢性盲肠炎急性发作。我就把盲肠给割了。医生打开肚子一看，说粘连得相当严重，要是公差或是旅游，在外面犯了病，就有可能烂穿，大出血就一命呜呼了。

“我这一病，老松吓坏了，问我是不是被他气病的？我说当然是了。我说，你们是不是背地里咒过我，要不然我好端端地为什么就赶上了这样的重病，开肠破肚。他赌咒发誓说自己是逢场作戏绝没有真情投入，说夫妻还是结发的好，半路上的感情都只是动物本能，算不得真的。那一段时间，老松对我特别好，我被宠爱着，像个老公主。我想，这个盲肠烂得值，挽救了我们之间的感情，我也就原谅他了。

“后来，我还做过其他的手术，肚子里头的零件摘除过胆、摘除过一个肾脏，还有脾脏，胃只剩下一半了，阑尾当然是早就割了，最近我正打算把肺也切掉一个尖……”

天哪！贺顿下意识地伸出巴掌，狠狠地捏住了自己的嘴唇。如果有针线，她情愿把舌头缝住，以防自己一不小心叫出声来。这个女人还算女人吗？她仅仅是一个皮囊，是一个空水壶，是一个被虫子蛀空了的豆壳！

时间到。

贺顿说："谢谢你对我的信任。你感觉如何？"

大芳明白这就是结束的前奏语，意犹未尽地说："我这话匣子才刚打开。"

贺顿说："今天不是你需要休息，是我需要休息。"

大芳得意地说："能把心理医生吓住，哈！真没想到。看来，我的经历的确非同寻常。好吧，今天我就照顾照顾你，咱们就到这里吧。"

反客为主。双方告辞的时候，大芳说："我的心情比进来的时候要好。"

大芳走了之后，柏万福说："我不喜欢这个女人。"

贺顿说："我也不喜欢。"

柏万福说："那我看你蛮热情的，一点也看不出来你不喜欢她。装得还挺像。"

贺顿说："我不是装的。"

柏万福说："你看你，咱俩是谁？两口子。再说我现在也成了诊所的工作人员，真人面前不说假话。你刚才还说不喜欢她呢，怎么就又成了真心？"

贺顿说："不喜欢是真的，不是装的也是真的。因为她是来访者，我是在工作。就不能把自己的好恶掺和在里头。"

柏万福说："不容易。我可做不到。"

贺顿说："你在工厂的时候，对自己的螺丝钉，能说喜欢哪一个不喜欢哪一个吗？"

柏万福说："那不能。都是活计。"

贺顿说："这也一样。对来访者要一视同仁。"

第38章

负载高尚灵魂的躯体是痛的

大芳的治疗已经进行很长时间了。同侪督导后，贺顿期盼大芳来访。这种跃跃欲试的心态，已丧失许久了。大芳那周而复始的悲惨命运，深陷其中混沌度日的状况，让心理师无力而气馁。现在，贺顿看到了一线曙光。她要让这线曙光发扬光大，拯救一个灵魂飞出苦海。

大芳来了。

"你上次讲过的话，我想了很久。我承认你是有道理的。"大芳虽然面色灰暗有气无力，但这番话说得很有章法，透出衰弱中的力量。

贺顿说："谢谢你对我的信任。你又来了，这很好。我生怕你因为我上次的直率而不再来了。"贺顿也是坦诚相告。

"我不来又能到哪里去呢？我在别人面前维持的是一个假象，只有在你这里能讲真话。而且，你对我讲的也是真话。"大芳不像以前那样滔滔不绝地述说自己的苦难，句子简明扼要了很多。

“我把你的情况和更多的心理医生讨论了一番……”

大芳着急地打断了她：“大家都知道我的事了？”

贺顿说：“你放心，我完全没有公布你的名字，连你的长相身材都没说一个字。也就是说，哪怕他们其中的某一位和你走路打个照面，也不会认出你来。”

大芳稍稍放了心，说：“那就谢谢你了。还专为我的心理问题开个会。”

贺顿说：“人多力量大。”

大芳说：“那你们的意见是什么？”

贺顿说：“希望你坚强。希望你斗争，为自己争得尊严。”

大芳半晌没吭声，绝望地说：“你们认为我活得没有尊严？”

贺顿不好说“是”，也不好说“不是”，只得含糊地说：“那你自己怎样看？”

大芳又是半晌没有回答，沉默许久后说：“我这样活着，是没有尊严。”

贺顿一阵狂喜，当事者认识到自己处在一个不良状况中，这就是改变的开始。当然，她不能喜形于色，就沉稳地说：“你可以选择有尊严地很安全地活着，这是你的权利。”

“权利？”大芳喃喃地重复着，好像对这个词很生疏。

“是啊，每个人都有快乐和幸福的权利。如果我们不幸和痛苦，那也是我们自己选择的。我们有权改变。”贺顿热切地说。

大芳却无法报以同样的热切，她说：“我的幸福在老松手里。他让我快乐，我就快乐；他不让我快乐，我就没法快乐。”

贺顿恨铁不成钢，说：“那你还看什么心理医生呢？你就回去求求老松吧。如果他可怜你，肯施舍给你一点快乐，你就偷着乐。如果他狠下心再一次背叛你，你把心肝脾肺肾都割光，也不会收获快乐。”

这些话说得咬牙切齿，说完之后，贺顿又有点后悔。大芳可吃得消？当然，心理医生在治疗过程中，可以使用他认为必要的语言，但像这类气急败坏的话，贺顿还不曾用过。她想起同侪督导时大家的建议，决定继续为大芳大剂量地“补钙”。

贺顿说：“你可以选择忍耐，我看基本上是死路一条。天天生活在没有安全保障的恐惧之中，你的身体不断生病，你成了惊弓之鸟。你当然也可以选择改变，这会有很大的风险和痛苦。你将进入一个未知的领域，你会不知所措。但改变之后，会有一个新天地出现。”

大芳努力听着，把贺顿的每一个字都铭刻在脑海中。她的眼睛无力地眨巴着，频率很快，好像受了巨大惊吓的兔子。

结束的时候，大芳几乎瘫倒在沙发上无法站起身来。贺顿说：“请原谅我的直率。主要是哀其不幸，怒其不争。”

大芳怯生生地说：“我下个星期还可以来吗？”

贺顿说：“当然可以来。如果你不愿来了，也不勉强。你是有这个权利的。”

大芳说：“你不会烦我吧？”

贺顿说：“哪里。你是我们的客人。”

大芳说：“我一定会来。”

送走大芳以后，贺顿像沉浸在池塘里太久的鸭子，狠狠地抖抖羽毛，把水珠洒在天地间。许久没有这样随心所欲了，大芳的这个案子，是条冰冷的湿毛巾，裹在她的脖子上，让她不能畅快地呼吸，冰水沿着她的椎骨下滑，让她不时有人间惨淡、世事无常之感。现在，这条又长又硬的毛巾，终于拧干了，晒在了太阳下。能不能彻底蒸发霉气，变得松软芳香，贺顿不敢打包票寄予太大的希望，但起码骨鲠在喉一吐为快，不再不停地折磨她了。

同侪督导就是好啊。大家的功劳！

下个星期，大芳没有来。下下个星期，大芳没有来。再下下下个星期，大芳也没有来……

等来的是老松。

乔玉华的家人打电话说，乔玉华命已垂危。临去世之前，想再见一面心理师。贺顿说：“我们从不出诊。”

乔家的人很遗憾，恳求道：“她原本说回到老家就不再出来了，但最后一定要见您一面，又特地来到了这座城市。我们本来不打算打扰您，所以一直也没有和您联系。这两天，老人家马上就不行了，如果她糊涂了，我们也就算了。但是，她非常清醒，一个劲地追问我们是不是和您联系过了。问您什么时候来。就算您不是心理师，是个普通人，对一个垂死老人的愿望，是不是也请满足她？这不算是您上门出诊，只是一次探望。我们愿意付相应的费用。”

话说到这个份儿上，贺顿再无法推辞。在赶赴乔玉华居住地的路上，贺顿想，给一个濒临死亡的人做最后道别，她没有任何经验。转念一想，反正有话在先，不是以心理师的身份，只是一个后生晚辈看望长者，这样就比较放松了。

幸亏贺顿在临终养老院干过一段时间，对死亡不是太陌生。乔玉华没有入住医院，而是一座豪华宾馆的包房。贺顿本以为会看到无数管子和器械插在老人身上，实际情况完全不是这样。房间阳光明媚，到处是鲜花，甚至还有卡通形象的气球，悬挂在天花板上。老人穿着一套粉红色的丝绸睡衣，静卧在白床之上，好像就要敛瓣的睡莲。

乔玉华已经非常虚弱和苍白了，如同细碎的干百合片屑堆积而成，薄弱而透明。

她说：“你好。我记得你叫贺顿。你给我出了一道题，我一直在想。”

乔玉华的女儿说：“妈妈，请您不要激动。”

乔玉华说：“你出去吧。我要和贺顿单独待一会儿。”

女儿把一个圣诞铃铛放在乔玉华身边，说：“您要是哪里不舒服了，就摇它，我会在第一时间赶来。”

乔玉华疲倦地说：“我知道了。”

等女儿走出视线，乔玉华突然变得生机勃勃，说：“她总算走了，我可以和你说说贴心话了。”

一句话拉近了贺顿和乔玉华之间的关系，这是一种无与伦比的关系。她的女儿都不能倾听的谈话。

贺顿直到此刻还不相信乔玉华会死。她在临终养老院看到过那些临死的人，就像快要干涸的小溪，时断时续。而眼前的乔玉华，虚弱归虚弱，眼睛却有银子一样的光芒。

“你一定不相信我会死，但是，这是千真万确的事情。这个，你就不用怀疑了。”乔玉华说。

贺顿完全不知道自己该说什么好，点头，默不作声。点头，什么意思？同意乔玉华一定会死吗？

乔玉华说：“我记得你的那道题目是——一百零一个——有什么意义。”

贺顿说：“是。我是说过这样的话。但是，您不要在意，那是我随便说的。不用这样煞费苦心，如果实在想不出来就算了。”

贺顿以为这样是给这个临死的人一个解脱，没想到乔玉华大为不满，说：“我好不容易找到了答案，你这个当老师的却说这堂考试不算了。这哪里行！你就不想知道这个答案了吗？”

贺顿说：“这对你非常重要吗？”这的确是一句真心话。她见过很多来访者了，他们问过她很多问题，她也问过他们很多问题。这些问题有的解答了，有的永远没有答案，甚至连题目也已深海沉没。只有这个老人，无比认真地思索着，临死也要交上答案。面对着这份执着，贺顿必须抖擞精神，回报以同样的执着，接受这个答案。这对一个即将远行的灵魂，无比重要。

乔玉华闭着眼睛，这使得她的双眼皮像木头楼梯的台阶一样明显，纹缕深刻。想来她的内心也如澄澈的高原之湖，没有任何鱼虾在其中浮游，涟漪不生。

乔玉华说：“他们想让我死在医院里。我偏不。我不喜欢那里一片惨白，我喜欢五颜六色。他们希望我死在家里。不，我不愿让他们以后一走过我咽气的房子，就心怀哀伤。我自己挑选了这家宾馆，做一个匆匆过客。我们都是生命的匆匆过客，是吧？就像心理医生开出的苦药，其实是良方，品完之后，可尝出甜意。”

贺顿安静地倾听着，这是不需要回答的问题。

乔玉华说：“这些日子，我想了很多很多。我本来早就该死了，因为我还没有想清楚，所以又多耽搁了一些时间。现在，我想清楚了。这个答案像鞭子，抽打着我看得见的伤口和看不见的暗伤。我想得很辛苦，昼夜不息。只有当我在药物的作用下稍稍入睡的时候，问号才会暂时歇息。不过，这并不辛苦。我马上就会放长假，死亡就是永远的休息了，现在忙碌一会儿，以后就没有思考的机会了。我将要飞翔着离开，直到融入天际。

“真的很可怕呀，在我们脑中，保留着生命过程中所经历过的几百万件事物的记忆。鼻子记住了瞬间的气味，耳朵保留着声波的振动，眼睛贮藏着颜色的区别浓淡的层次光彩的亮泽，皮肤收存着温度触感还有疼痛……它们都生龙活虎地藏在那里，从未消失。你还年轻，你像藏羚羊一样年轻，你不一定能听得懂我的话，但请你记住它。在思想的下面是感觉，在感觉的下面是情绪。在情绪的下面是记忆，在记忆的下面是伤害……”

贺顿有些听不懂。那些要死的人，常常说些我们听不懂的话，你不能去想，只管好好听着就是。

乔玉华说：“是的，为什么是一百零一个呢？这一定有一个道理，有一个强大的原因。所有的事物都是有原因的，没有原因我们就不配活着。比如我天天吃中药，中药的名字是多么有趣啊。它们简直就是为了蛊惑人心才如此命名的。比如夏枯草，是一种反季节生长的植物吗？夏天黄了叶子，冬天郁郁葱葱？比如海螵蛸，到底是一种虫子还是一种鱼？住在陆地还是海底？比如桑寄生，一听就想起汉奸，很没有骨气的样子。比如紫苏，你会看到汉唐女子头上的首饰‘金步摇’。比如胖大海，真的胖吗？比如红豆紫杉，多温柔，充满相思的情调，你以为是一件裙裾飘飘的美丽衣服，其实它有剧毒，是抗癌的特效药……”

这些话还算有条理，但已不合时宜。贺顿知道，死亡的铁布，已将这老人慢慢地裹了起来。雪要覆盖生命，你除了无声叹息没法阻挡。当生命之河就要干涸，你能做的就是陪伴它走向最后涓滴的隐没。贺顿握着乔玉华的手，俯下身体，倾听，倾听。

“快乐要走的时候，想要留住它的人就会有痛苦。痛苦要来的时候，想要赶走它的人，就会经历更大的痛苦。不妨，接受吧。”乔玉华开始像鸡妈妈啄米一样，历数她一生的经历，整个房间如麝香般凝结着静郁之气。贺顿以为这样的氛围会持续到完结，不想乔玉华话锋一转，说：“我知道你已经烦了，不要着急。我马上就会说到最重要的事情。在没有神父和忏悔的环境中，我只能找你。我知道大地会庄严地接纳一切，安详慈悲博大稳定，还有万物埋藏其中伴随着我，我不会寂寞。在生命道路上所有发生的事，都是有原因的。正是它们，组成了我生命的线团。回想一生，我曾把几十个人打成了右派，也曾批斗过几十个人，还给几十个人扣上过各种各样的帽子……我把他们的名字一个个地写了下来，一共是一百零一个。我不知道这是不是一种巧合，但我愿意在临终之前祈求他们的原谅……那一百零一个洋娃娃，就是他们的化身。我已经想好了它们的去处，委托我的后人，把它们送往山区的学校。我们所有的努力，都是想让我们的后代比我们更幸福，这些洋娃娃会代我把这份心意留在人间……”

乔玉华说完这些话，就紧紧闭上了眼睛，不再吐露任何一个字。她的身体已经严重萎缩了，曾经清秀的脸庞如今好似一朵极小的山花，低敛着花瓣。她的话在空调吹出的风中变为百合之香，然后凋为尘埃。一种不知名的香气袅袅浮动，犹如鬼魅一般贴着地板游荡，沁入骨髓。

贺顿相信那是人的内丹散发的英气。

贺顿知道自己此刻是一个身患心理重疾的心理师，医生也是会患病的，而且那病会更难治。她知道自己是一个多么卑微的生命，但卑微并不等同于卑贱。她曾经是卑贱的，但努力和奋起，让她的生命和更多的生命有了碰撞。她相信自己的工作已经对很多人的生命发生了作用，那些潜移默化或是电光石火的碰撞，已经让某些人发生了裂变。在这个过程中，她在付出和虚弱的同时，也变得越来越深刻和稳定。这是用一个生命在点亮另外一个生命，用一个生命在擦拭另外的生命。

谈话是从下午开始的，此刻晚霞满天。好像天的胸膛被刺破了，流出鲜榨出的玫瑰花汁，美艳芬芳。太阳已经轻坠，胡萝卜色的太阳光，镶着脐橙般的血丝，像灰色的墨水一样弥散开来，直至把天地完全浸染其中。于是夜色升起，天渐渐地黑下来，没有开灯，整个房间有一种淡紫色的凄迷。霓虹闪耀，街市上的一束微光射进，黯淡幽渺。窗外素月璀璨，孤光自照，偶有汽车开过，光斑闪闪，就像许多美丽的小花，在向这间房屋致意，深情地诀别一个将死的老人。

贺顿的身体此刻饱满而年轻地充盈着，好像刚刚灌浆抽穗的清甜玉米，内心却充满了惨烈的哀伤。别人的故事绞碎了她的衣服，精神裸露在惨淡的废墟上，骨刺穿过胸膛。唯有从这将逝者身上发出的慈悲光芒，锦被般遮蔽了她的恓惶。为了这份温暖，她愿意慷慨地献出自己的余生。

自古以来，就有一些高尚的灵魂在林木间穿行，当他们飞舞得疲倦了，就会找到一些头脑栖居，也许在高堂上，也许在蓬蒿中。负载这种灵魂的躯体是痛楚的，因为他们总在为一些虚无缥缈的理想而挣扎着，不单为了自己，也为了他人。被这样的灵魂选中，是荣幸也是悲哀。

心理师就要做这样的人。

直面真相，对善和悔都恢复极度的敏感，让乔玉华走得深刻而辛苦。但走到极致之后，就是拯救和逍遥。

第39章

重要的是情感上和记忆中的真实

贺顿一五一十地把案例报告了一番，然后说："我该怎么办？"

姬铭骢沉思良久，说："这个案例为什么让你如此放心不下？"

贺顿说："它很富有戏剧性。一对夫妻，描述的是同一件事情，同一种关系，出场的人物也应该是相同的，但结论完全不同。我不知道该相信谁。"

姬铭骢说："看来，你对戏剧性很感兴趣。"

贺顿愣了一下，她从来没有发觉自己是一个对戏剧性很感兴趣的人，就说："也许吧。但我觉得自己主要是对事情的真相很感兴趣。"

姬铭骢说："那你就应该到刑事侦查部门，最次也应该到私人侦探那里谋个差使，可能更适合你。"

贺顿有些不得要领，说："姬老师，您的意思是要教导我改行吗？

要为我做职业生涯辅导？”

姬铭骢说：“我不是那个意思。”

贺顿摸不着头脑，说：“那您是什么意思呢？”

姬铭骢绷起脸说：“可惜了你竟考出过那么高的分数。”

贺顿很不好意思，试探着说：“您是说临床心理医生并不追求事实的真相，那是警察和侦探们的工作范畴。”

姬铭骢频频颔首，说：“这还有点优秀生的味道。”

贺顿受了夸奖，却丝毫没有高兴的感觉，她还是不得要领，略带恳求地说：“姬老师，您还得点拨我一下，我不大明白。”

姬铭骢说：“你现在能搞清楚当年老松抛进池塘里的糖块，是真的大白兔奶糖，还是裹着的石子？”

贺顿一脸茫然地说：“不知道。大芳和老松两人说得都很肯定。”

姬铭骢说：“那你怎么办呢？”

贺顿说：“让他们两个人对质。”

姬铭骢说：“让我们想象一下，会有怎样的情景出现？”

贺顿说：“估计或者是吵得一塌糊涂，各执一词，谁也说服不了谁；或者就是大家都不作声，以沉默标榜自己所说的答案是真实的。”

姬铭骢说：“还有第三种可能吗？”

贺顿想了想说：“也许两个人都摔门而去，再也不会来了。”

姬铭骢说：“还有第四种可能吗？”

贺顿苦笑道：“也许有，但我想不出来了。”

姬铭骢说：“还会有更多的可能性，人是如此的复杂。我能想得出的一种可能性是——他们夫妻双方联合起来，同仇敌忾地对你这个心理师说，你为什么揪住不放？是何居心？”

贺顿大叫：“这是倒打一耙！明明是他们两个人公说公有理，婆说婆有理，把我搅糊涂了，怎么能把账算到我头上！”

姬铭骢说：“你生气了，这很好。这说明我击中了你的要害。要知道，对于一个好的心理师来说，事实上的真实并不重要，重要的是情感上的真实，是记忆的真实。因为它，只有它，才最深刻地表达了人的感受和希望。要知道，记忆是灵魂的奴仆，不是真实的书记官。”

贺顿似明白不明白，说：“您能讲得更具体些吗？”

姬铭骢说：“那些奶糖如果是真的，早已溶解在无边的池水之中，你现在就是用最精密的化验仪器，想来也检测不出一滴牛奶的成分了。那些奶糖如果是假的，即使那个池塘干涸了，所有的石子都裸露在外，你也没有任何办法识别出哪一块石子曾经被糖纸包裹过。是吗？”

“对。”贺顿回答。

“好。这个无头官司，看来就是包公转世，也断不清了，你还想朝这个方向努力吗？”

“我无能为力。”贺顿老实作答。

姬铭骢说：“但是大芳和老松两个人的感觉都是真实的。大芳说到这个例子，想说明的是老松从那个时候起，就是一个有心计玩弄计谋的骗子，对不对？”

贺顿应答：“是。大芳是这个意思。”

姬铭骢接着说：“老松一口咬定那是真的大白兔奶糖，甚至提到自己喝池塘的水都有奶味，这个细节，又很难让人怀疑它是假的。”

贺顿觉得姬铭骢真是料事如神，她正是在此深感困惑。把石头子丢进池塘的人，还会傻到喝池水吗？

姬铭骢接着说：“老松举这个例子，是为了证明自己对大芳的爱情，开始阶段绝对是真诚的。”

贺顿说：“是这样。姬老师，您这样一讲，我明白了，对心理师来说，心理的记忆是第一位的。”

姬铭骢说：“好，今天我们就到这里吧。头儿开得还不错。”

贺顿意犹未尽，但不得不告辞。临走的时候，她对姬铭骢说：“我下次什么时间来？”

他们约好了下次辅导的时间。贺顿在回家的路上，不由得感叹：权威就是权威。魅力这个东西是时间老酒浸泡出的人参，时辰未到，模仿不来，没有法子速成。

柏万福打破僵局，主动问接受督导归来的贺顿：“怎么样？”

贺顿说：“不错。和自己瞎摸索，就是不一样。”

柏万福说：“是个什么样的人？”

贺顿说：“是一老头。”

柏万福说：“这年头，老头也不保险。”

贺顿说：“你不要把天下的人都看得那么坏。”

柏万福说：“我就是没有把天下的人都想得那么坏，才出的事。”

贺顿说：“我不跟你说了。咱俩的事，你爱怎样就怎样。说公事，所里的工作现在如何？”

柏万福说：“半死不活。别的心理师接待的还是老案例，按部就班地进行着，基本正常。”

贺顿说：“大芳老松这个案例，我要坚持下去。”

下一次督导的时间到了。贺顿迫不及待地找到姬铭骢家。老张笑容可掬地来开门，贺顿细细一看，果然眉宇间并不很沧桑，初次来的人，都被一头白发给唬住了。

“有什么新想法？”姬铭骢开门见山。

贺顿说：“很希望继续得到您的指教。”

姬铭骢说：“其实是案例在不断地指教着我们。送你两个字——跟随，我们永远只有跟随。”

贺顿说：“因为描述的不同，我在跟随的过程中常常迷路，深感分裂之苦。”

姬铭骢说：“比如？”

贺顿说：“比如大芳描述的老松的那些艳遇。有名有姓，有时间有地点，这个事实怎能忽视？”

姬铭骢说：“你在为谁说话？”

贺顿大惑不解，说：“我在为我的来访者说话啊。”

姬铭骢说：“别忘了，你的来访者可是两位，他们目前正是冰炭相煎水火不容。”

贺顿凝神静思，然后说：“您的意思是不是还是强调——没有事实的真相，只有感情的真相？没有真正的真实，只有心理的真实？”

姬铭骢说：“也对也不对。世界上其实有没有真相这样一个东西呢？毫无疑问，是有的。可惜被当事人的记忆所修改，拿到心理医生这里的时候，已面目全非。你的工作，不是去修理已经变形的真相，而是梳理那些真相的内核。”

贺顿若有所思，说：“真相的内核是什么呢？”

姬铭骢说：“你问我，我问谁？第一手的资料都在你那里。”

贺顿说：“让我猜一猜——是感情。”

姬铭骢很高兴，摸着贺顿的头说：“对头喽！”

贺顿向后闪了一下，这种亲昵让她有些不知所措。姬铭骢好像也发觉自己对得意门生的欣赏有些过头，就缩回了手。贺顿不计较，继续说：“他们的感情到底是什么，我也搞不清。”

姬铭骢说：“那我启发启发你。大芳来找你，是因为什么？”

贺顿说：“是因为……无聊。”

姬铭骢说：“一个无聊的贵妇人是有很多可以打发无聊的把戏的，比如养狗，比如赌钱，甚至还可以找鸭子。鸭子，你懂吧？”

贺顿说：“懂。”

姬铭骢说：“她不走这些路，花了钱来找心理医生，要说是为了找乐子，基本上属于最少慢差费的一种方式。所以，在无聊之外，还必有更强大的理由。这个理由就是……”他故意不说，等着贺顿来接下茬。

贺顿说：“大芳想改变现状？”她的声音很小，自己也没有多少把握。

姬铭骢说：“如果我记得不错的话，她在你们的怂恿下，离了婚，后来又割腕，这些都是非常强烈地想改变现状的信号。”

贺顿说：“您别的都说得挺对，只是说我们怂恿她离婚，传出去，我们的罪过就大了。”

姬铭骢说："别担心，传不出去，我会严格遵守纪律，没有人能听见我们曾说过什么。既然辅导你，我就知无不言，言无不尽。"

贺顿说："依您看，大芳非常看重她和老松的感情？"

姬铭骢非常严肃地说："这一点，千真万确。不然，就不能解释她为了爱情，一次又一次地开刀，直到把自己掏成一个空椰壳。如果你把这些理解为愤怒，理解为分手的信号，就大错特错了，你的治疗方向就南辕北辙……"

贺顿满脸茫然和惊愕，久久缓不过气来，过了好半天，才说："容我回家想一想。"

姬铭骢说："好啊。想想吧。有很多时刻，当我们逼得太紧的时候，当事人脑子就一片空白。如果我们放松了，也许改变就发生了。这对来访者是个真理，对你，我看，也是。"

贺顿回家。回家之后的贺顿还沉浸在姬铭骢的分析当中，眼前总是浮现出姬铭骢屋内的猩红色的弗洛伊德榻。当然，姬铭骢并不曾应用催眠术，所谈和弗洛伊德榻也没有太大的关系。但那张榻实在惊心动魄，它变幻着形状和颜色，忽而是鲸鱼蓝色，忽而是芭蕉绿色，忽而是柑橘黄色，忽而是墨鱼黑色，在贺顿的脑海中游弋……

贺顿不再把督导的过程告知柏万福，任凭柏万福猜测。随着进程的深入，贺顿惊叹世界上有这样聪慧的长者，渐渐生起一种对父亲般的依恋。还没有离开姬铭骢的访谈室，就期待着下一次见面的机会。他在你面前好像非常随意地放下了一个篮子，蒙着一块印花布，很朴素。你打开来，看到了自己丢弃的一切，其中掩埋着珍宝。他问你很多问题，逼得你上天入地，扪天为近，窥地为远。那些答案似有似无，飘荡在空气中，你看得见，却扪不住，诱惑你持之以恒地寻找。这些都是只可意会，不可言传的感触，只有独自品尝。有时忍不住想和钱开逸分享，拿出手机，无色无香的手机号码，此刻芬芳馥郁，拨十一个数字就可以解决思念，但她还是隐忍住了。

大芳每个星期都按时来咨询，从这个角度上说，大芳是个模范来访者。她的叙述凌乱而破碎，时而夹杂着愤怒的诅咒和幽怨的自恋，像一本撕成碎片随风飘扬的传记，被扫把归拢到一处，撮到簸箕里，混合着灰尘和水渍，呈现在贺顿面前。

当第一次危机成功地渡过之后，大芳并没有善罢甘休，她要把茶小姐的来龙去脉搞清楚。这当然不是一件容易的事情，但世上无难事，只怕有心人。大芳现在没有工作，监管老松就是她最重要的事业。当然了，她已经失去了盲肠，这次又失去了胆囊，已经不是一个完整的女人了。现在给少女们看的杂志上会说如果丢失了处女膜就不完整了，大芳觉得这太狭隘了。女人不应该丢失处女膜，但是，就可以随随便便地丢掉自己的盲肠和胆囊吗？如果没有茶小姐，她的胆囊如今还金灿灿饱胀胀地悬挂在脏腑之间呢！古时形容美男子不是有一个词叫作“鼻若悬胆”吗？大芳的胆囊就是这样一个美丽的口袋，可是这个口袋已经在不知何处的垃圾箱爬满蟑螂。大芳要为自己的胆囊报仇，茶小姐何去何从必定要水落石出。如今想把一个不认识的人调查清楚，也难也不难。难的是大家都来无踪去无影，不像“文革”时，你的祖宗八辈都能图穷匕首见。说不难，是因为如今办什么事都需要钱，只要有了钱，没有查不清的官司。老松这点好，不管在外面挣了多少钱，都如数交给大芳支配。大芳有坚强的经济后盾。

每当大芳把老松的钱财付给私人侦探，来调查老松的时候，就感到无比快意，这就叫“以子之矛，攻子之盾”，虽然调查来的结果，让大芳触目惊心，大芳还是觉出痛苦中的快感。痛苦和痛快这两个词都有个“痛”字，可见它们一脉相承。真正的痛苦和真正的快乐有一种骨子里的近似，如果体会不到这一点，你就既没有尝过深仇大恨也不曾刻骨铭心地痛快过。

茶小姐以前是老板的地下情人，人称“金丝鸟”的那种女人。后来老板将她抛弃，万般无奈之下暂在茶楼栖身，以寻觅另外的鸟笼。老松喝茶的时候，已被茶小姐囊括在备选名单之内，于是有了令人唏嘘的家世，于是被老松请回家中。

当大芳以一种胜利者的姿态，把一张男女合影的照片放在老松面前的时候，老松说："谁？"

大芳假装轻描淡写地问："这么快就不认识了？你的记性好像不是这么差嘛！"

老松端详，照片上是盛装的男人和妖艳的女人。老松说："这个男人我好像见过，是个小老板。前两年生意做得不错，后来破产了。你认识他？"

大芳说："我不认识他。"

老松有些不快，说："你不认识人家，拿人家两口子的照片干什么？"

大芳说："你还能看出人家是两口子？"

老松说："不是两口子就是野鸳鸯。反正是那种关系。"

大芳说："好眼力。你再看看这只雌鸳鸯。"

老松看了看，脸色就变了。说："你真卑鄙！"

大芳跳着脚叫起来说："是你卑鄙还是我卑鄙？这就是你说的纯净如水的茶小姐！"

老松说："你从哪里拿到的？"

大芳说："我雇用了私家侦探，人家搞到的。"

老松说："你这又是何苦呢？我不是说了永不再犯？"

大芳说："我也是闲来无事，自寻开心。一个闯入我家的人，我能不把她搞明白吗？"

老松拿起照片，把它一缕一缕地撕开。相纸比一般的纸要柔韧，老松撕得很用气力，以示决心。

事情就这样过去了，被相片擦亮了眼睛的老松变得安分守己，对失去了盲肠和胆囊的老婆呵护备至。过了一段时间之后，大芳百无聊赖。一天在家中自制面膜的时候，门铃响了，一位中年女子出现在面前。面容清俊体态苗条，眉目间有淡淡忧郁。

“您是松太太吧？我是松书记的办公室主任。叫阿枫。”女子很得体地自我介绍。

大芳不愿意被人称为太太，虽然她没有了自己的工作，但她有自己的名字。她很矜持地说：“我是大芳。你是主任，我怎么没见过你？”

阿枫说：“我是刚刚调过来的。今天有人送了台湾的莲雾果过来，松书记出差在外，我把他那份早点儿给您送来。这果子很娇嫩，我怕别人手重，就自己来了。我在松书记下面工作，到您这里来认个门，是迟早要做的事。”

一番话细雨和风滴水不漏，不卑不亢温柔得体，大芳听得十分受用，就说：“欢迎欢迎，到屋里来坐坐吧。”

阿枫说：“打扰了。”款款地走进门来。闻到清香的味道，说：“是什么如此好闻？”

大芳说：“我把各种水果切碎了，自制面膜。”

阿枫说：“怪不得大芳姐看起来如此年轻，您和松书记真是郎才女貌啊。”

大芳说：“我也是闲得无事，自制的面膜比街上美容店的要干净，还不含激素，用着放心。”

阿枫环视四周说：“这样一个有品位的家，都是大姐一手打理，有这样贤妻，松书记真是好福气。”

大芳心中冷笑，面上当然不能露出来，就把话题引开，说：“阿枫，你家中一定也是很讲究的，一看你这个人就精明利落。”

不想阿枫脸色转暗，说：“大姐，不瞒您说，我是个苦命的人。我爱人是我的大学同学，当时多少人追求我，我都没有答应，看上他的老实厚道。没想到，他却是个短命的人，去年年初得了胃癌，人都说癌症现在也不全是不治之症，有好多人都能治好，就是带癌生存也能挨上好多年。可我先生没这个好运气，手术做完之后一个月就复发了，之后就再也没有缓过气来，到了年底人就没了，撇下我和才十岁的孩子……”

说到这里，阿枫的眼泪就滴答下来。大芳如今就愿意听人家不幸的故事，越惨越好，这样才能显出自己不是最差。递过纸巾说："阿枫，都是大姐不好，一句话问冒了，让你伤心。"

阿枫说："能在您这里落泪，让我好过一些了。爱人去世后，我调到这个单位。我不愿意跟人家多说这事，大家都忙，谁能顾得上婆婆妈妈的琐事。毕竟我要好好工作，我是我们家的顶梁柱。大姐，我先走了。莲雾不能放到冰箱里，热带水果，冻了表皮容易发黑……"阿枫说完话走了，留下大芳一个人对着美丽的莲雾发呆。她尝了一个莲雾，看着妩媚，其实淡而无味，远不如送莲雾来的女人生动。

大芳回味着刚才这个女人的一颦一笑，觉得很有风情。她窈窕的身材和白皙的面容，搭配在一起，真是让人心疼。

几天后老松出差回来，大芳把变成灰色的莲雾搬出来，让他尝尝。老松说："我不吃这个东西。"

大芳说："这是阿枫送来的。"

老松说："不管是谁送来的，这东西没啥味道，空有其名。"

大芳说："阿枫这个女人挺让人心疼的。"

老松说："是吗？我只知道她是个能干的办公室主任。"

大芳说："你让她常上咱家来坐坐吧。我寂寞，希望有个伴儿。"

老松为难地说："这可不是办公室主任分内的事。不知道人家愿不愿来。"

大芳说："你是书记，连这点事都办不成吗？你就说我邀请她来做客，她不会不来。我看她挺善解人意的。"

不知老松是怎样说的，反正阿枫很快就来了，端庄娴雅地成了大芳家的常客。因为老松的职务关系，常有人送来很多礼物，贵重的自己留下，吃的喝的不能久存，大芳以前都丢掉。扔的时候就想起万恶的资产阶级把牛奶倒进阴沟都不肯给劳动人民嗷嗷待哺的婴儿一事，十分愧疚。如今有了阿枫，就像有了一个大纸篓，什么用不完的东西都可以给她。阿枫永远是有分寸地微笑着接纳和感谢，既不受宠若惊，也不得陇望蜀。无论大芳说什么，她都很有耐心地听着，从不多言多语。当然，这绝不是死木头疙瘩一个，而是适时地皱眉和叹息，大芳说到伤心处，眼泪滴滴答答下来，偶然抬头，见阿枫的眼圈也是红的，一滴泪水在毛茸茸的眼眶里旋转着，好像一粒透明的樱桃。大芳就非常感动，人生得一知己足矣，却没想到这位知己如此贤惠美丽善良多情。谁说女人和女人之间就只有伤害没有友情呢？大芳获得的友情是多么纯粹和温暖。知道阿枫家不宽裕，她一个人带着孩子经济窘困，大芳就把自己不穿的衣物送给阿枫，阿枫也从不嫌弃。后来大芳又动用关系，把阿枫的孩子送到了寄宿制的贵族学校。阿枫很是感激，说："就让孩子认您做干娘吧。"

在餐桌上，大芳把这当作一个笑话讲给老松听。在内心深处，大芳是居高临下的。老松听了说："不妥。如果阿枫的孩子认了你做干妈，我岂不就成了她孩子的干爸？在一个单位里，我和办公室主任有这样的关联，对工作不利，影响不好。"

大芳承认老松说得有道理，转告了阿枫。阿枫说："那我就认你做个姐姐吧。这下就和松书记没关系，只是咱们女人的情分了。"

大芳说："我能有你这样一个漂亮妹妹真是高兴。"

阿枫幽幽地说："女人漂亮是灾祸。有您这样好福气好脾气好运气的姐姐，才是我的大喜事呢。快把您的好命传给我一点吧。"

自从孩子去了寄宿学校，阿枫待在大芳家的时间就越来越多了。有时，天晚了，大芳就说："你回家也是一个人，清锅冷灶的，不如在我们家一起吃吧。"

阿枫很不好意思，说："给你们添麻烦了。"

大芳说："不麻烦，多一个人吃饭还热闹呢！"

老松回来的时候，看到饭桌上的阿枫，一愣，说："我都搞不清这是家常饭还是工作晚餐了。"

阿枫要解释，大芳说："在单位，你们是领导被领导的关系，在家里，就是我说了算。"

大家其乐融融挥舞筷子，果然和谐有趣。吃完了饭喝喝茶聊聊天，一来二去的，夜色就深浓了。阿枫要走，老松说：“我送你吧。”

阿枫忙说：“使不得。这不合规矩。”

大芳说：“阿枫你在这里住下吧。”

阿枫说：“这更是使不得。”

大芳说：“这有什么使得使不得，又不是在单位。我说住下就住下。”说完就让阿姨把客房的被褥都换成新的，对阿枫说：“你要是再坚持走，就是看不起老姐姐了。”

阿枫只好住下了。早上起来，阿枫要赶公共汽车到单位去，大芳对老松说：“你的车捎个脚把我妹妹带上了。”

按说这实在是便车。但还没等老松答话，阿枫就说：“这一次，我是无论如何也不能依您。您就是说破了大天我也不能坐松书记的车。”

说完阿枫就急忙出门赶着上班，老松也随后坐专车走了。阿枫没有什么可以报答大芳的，就用手工给大芳缝制衣物。阿枫手巧，如今能飞针走线的女子实在像恐龙一样成了化石。大芳穿着手工的丝绸睡衣，在房间内穿行的时候，感到自己像旧时代的太太一样雍容华贵。自打茶小姐之后，大芳和老松就分居了。

大芳一直觉得要出一些事情，如果什么事情都不出，世界就太灰暗和无趣了。她终于等到了那件事情，她看到了自己美丽的巧手妹妹和心爱的老松睡到了一张床上。

大芳早就让保姆把各屋的门枢纽都膏过油，所有的门开启之时如幽灵一般悄无声息。当老松和自己的办公室主任腾云驾雾之后，一抬头看到自己的太太穿着飘飘然的丝绸睡衣，倚在门边饶有兴趣地看着他们。这番景象让汗水涔涔的男女呆若木鸡。大芳像鬼魅一样走近他们，说：“以前总是听说有毛片，我也没看过。此番让我开了眼。只是演到这里，也该收场了吧？累不累啊？”

老松说：“不累。”

大芳就说：“你既然不累，就到我屋里来说说话吧。妹妹，你也回房自己睡吧。”

老松进了大芳的卧室，说：“你不能伤害她。”

大芳说：“真是反了。谁伤害了谁呢？难道不是她在我家里伤害了我吗？你这个人还有点是非观念没有呢？”

老松说：“反正你是得理不让人。咱们俩有什么仇有什么冤，你都可以报。但是，你不要殃及她。她实在是很可怜的。如果传出去，她就没法做人了。”

大芳冷笑道：“想得还真是周到啊。你可为我想过什么呢？”

老松说：“我都为你想过了。你做过手术，身体不好，对夫妻生活一点兴趣也没有。我不能难为你。我也不能到街上去找不三不四的女人，太不卫生了。在这个位置上，投怀送抱的女人不少，只要我稍露那种意思，肯定趋之若鹜。我不是那种人，可我的问题也要解决。你这个干妹妹，人很干净，长得也顺眼，我看你也容得下她。她比你年轻，一个人孤零零的也需要雨露。你不要的东西，我匀一点出来给她，这也是废物利用嘛！她也不破坏咱们的家庭，也没有什么非分之想，她不想占了你的位置，我不过给她一点零钱帮贴家用，这事就摆平了。”

这一席话，居然说得头头是道，让原本要兴师问罪的大芳没了脾气。特别是那句废物利用，大芳觉得非常好笑。就说：“你偷鸡摸狗居然还有了道理！你说这事怎么办吧？”

老松说：“这事不用办。”

大芳说：“此话怎讲？”

老松说：“就你知我知她知天知地知，当事人都没意见，还要办什么呢。”

大芳说：“你怎知道我没意见？”

老松说：“我还是一样对你好，她对你只会比以前更好，因为她对不起你。你还有什么意见！”

大芳被说得无言以对，狠狠地丢下一句：“不要脸的狗男女！”

就回自己的房间去了。她不是无话可说，是感到深深的寒冷，单薄的丝绸抵挡不了寒夜的阴鸷，再不收兵，恐身体处处造起反来，就全军覆没。

然而，大芳还是病了。这一次，先是发烧，什么东西都吃不下。百般调治之下，烧是退了，但胃口好像和热度同进退，对任何好东西都不接受，吃了就吐。老松又恢复了好丈夫的角色，在病床前呵护备至。他不在的时候，就是干妹妹服侍左右。在那样的事情之后，大芳真想一个巴掌把端茶送水的阿枫打得屁滚尿流，可一是她完全没有这个体力，二是面对一张含着讨好的俏脸，手掌也不是那么容易拍下去的。这女子的善解人意真是天下第一，大芳的眉梢一挑，她就知道是水凉了还是风热了，把个大芳服侍得熨熨帖帖。若是把她一巴掌打跑了，谁来伺候百般挑剔的大芳呢？鉴于这种生死攸关的切实考虑，大芳就睁一只眼闭一只眼地接受了阿枫满带歉意的服务，慢慢地也感到一种偿还。怎么样？老娘什么也没少，你却要俯首听命，一个女人，被人占了身子，还要这样像个小妾似的低三下四，到底是谁赔谁赚呢？

想到小妾这个词，大芳不由自主地笑起来了，这是她在那个寒冷的暗夜之后第一次由衷地微笑。松书记是不敢抛弃家庭的，他是标准的好男人形象，哪里能自毁长城！

可惜大芳的微笑只保持了相当短暂的时间，就被龇牙咧嘴的愁苦所代替。她的胃肠像毒蛇一样缠结起来，绞痛不已。医生在大芳的哀鸣之中紧急手术，打开腹腔才发现胃几乎变成了筛子，数个穿孔一触即发。医生大刀阔斧地切了她的胃，如果她不是住在医院得天独厚，一定会死于胃的大出血或是弥漫性腹膜炎。

失去了一半胃的大芳脸色蜡黄，好在很多悲愤也跟随着残胃，进了垃圾箱。死里逃生的大芳对丈夫的奸情看得淡了，还是自己的老命要紧。在像伺候一个产妇那样把大芳照顾了很久之后，干妹妹在一个傍晚悄然离开。她的一个同学为她介绍了男朋友，在远方的一座小城。对方看过阿枫的照片和听过电话里的声音之后，十分满意，接着出差到这里相看了一番。阿枫不施粉黛见了一面，不想被对方惊为天人，说想不到还有这样具有古典美的女子，在大城市里藏着。阿枫匆匆把自己嫁了，临走时不再佝偻着身子，挺直了腰板飘然而去。

阿枫走了，最怅然若失的其实不是老松，而是大芳。对老松来说，女子都是一样的，在见识了更多的女子之后，他更坚定了这一点。心中惴惴不安的是大芳，好像自己的一部分历史和兴趣从此踪迹茫茫。她失神地看着墙壁，仿佛那有一个液晶显示屏，播放着自己和阿枫的风云变幻，还有那美丽却并不好吃的莲雾……

医生面对着大芳外表完整内里残缺的身体，说："你必须锻炼了。"大芳觉得医生只说了半句话，还有半句潜伏在凸起的喉结中上下滚动。大芳要把这后半句话掏出来，就说："如果我不锻炼会怎么样呢？"医生说："那你就看不到你的孙子。"大芳说："医生，你错了，我是女儿。"医生说："我没错，意思是一样的。你将看不到外孙。"大芳说："我进行什么锻炼呢？"医生说："游泳吧。水流可以按摩你的全身，包括你的内脏。"

大芳出院后恢复了一段时间，百般寂寞。没有阿枫的日子变得像没有调料的菜肴，尽管做熟了却没有香气，逗不起食欲。大芳甚至在想，如果自己那天更沉着一点，只是更安静地欣赏，然后慢慢掩上门离去，玩一把猫捉老鼠的游戏，是不是更有味道？你想揭露他们，是任何时间都可以完成的工程。但是一旦揭露了，就无法恢复原样。大芳更喜欢那种藏在暗中窥视一切的感觉，而不是像现在这样，长缨在手胜券已握，可是百无聊赖。一想到这些，大芳的腹部就空虚地抽搐，大芳也搞不清她那被利刀绞杀的胃，是在表示缺席的愤怒还是渴求在位的遗憾？

身体稍稍复原，大芳就到附近的健身俱乐部办了一张为期一年的游泳卡。办卡时间长，当然比较省钱，但大芳不是因为俭省才下了这么大的决心。主要是怕自己坚持不下来，现在一下子把一年的钱都交了，半途而废就会血本无归，大芳企图利用悭吝之心让自己咬牙锻炼。

更衣的时候，大芳一个人向隅而立。本来就瘦如搓板的胸腹，如今再加上触目惊心的刀疤，惨不忍睹。她买了一件非常艳丽的游泳衣，水红色的，穿在身上犹如一块血淋淋的排骨。大芳也顾不得许多，只考虑万一自己体力不支需要救助的时候，红游泳衣目标显著，安全第一嘛！

路过消毒池的时候，脚下一滑，差点摔了个大马趴。幸亏有一双强有力的手挽住了她的胳膊，要不然即使大腿骨不断尾骨也得裂缝。大芳惊魂未定，看着身边的恩人，连声感谢。

这是一位年轻的女子，身穿金黄色的三点式游泳衣，体格健美，圆圆的肚脐好像天使的眼睛，好奇地注视着大芳。

“新来的？”她偏着头问，水珠沿着同样颜色的游泳帽边缘滴下，在她的脚下聚起小小的水洼。

“是。”大芳战战兢兢地回答。不是因为害怕，而是因为冷。那女子双峰高耸傲视群雄的样子，令她自惭形秽。

“那咱们赶快下水吧。水里暖和。”女孩子挽起大芳，走到池边。自己先跳下水，然后招手说：“我为你保驾护航。下来吧！”

大芳信任地把手交到金黄泳衣女孩手里，试探地下了水。果然，池水好像洗澡水，十分温暖。身上的刀疤感到微微发痒，好像有若干双柔软的小手在螺旋状按摩。

“你会什么姿势？”女孩子问。

“除了狗刨，什么姿势也不会。”大芳如实禀告。

女孩子很高兴地说：“那太好了。”

大芳纳闷，我什么都不会，有什么好的？女孩子看出了大芳的疑惑，抱歉地说：“对不起，我还没有做自我介绍。我叫易湾，是这里的游泳教练。如果你愿意学习的话，可以上我们的游泳训练班，什么姿势都教，蛙泳蝶泳自由泳！”易湾的脸上有一个深深的酒窝，如今盛着充满氯气的池水，反射着泳池天花板上的灯光。

大芳说：“我很笨的，可能学不会。”

易湾说："我保证你能学得会！"

大芳不相信地摇摇头说："我比你想象的要笨多了。"

易湾说："从你穿的这件游泳衣颜色来看，你就不是一个笨人。"

谁都愿意听人夸奖，即使是在这样一件小事上。大芳说："我怕自己淹死，所以穿得触目惊心。"

易湾说："你参加了我的训练班，我就会一直保护你。直到你学会。"

这是一个充满诱惑的条件，大芳还是有点不放心，就说："我要是一直学不会呢？"

易湾调皮地扬起一把水花，说："那我就一直在你的身边，直到你学会。"大芳一想这很合适啊，等于找了一个不花钱的保镖，就说："好吧。我参加。"

大芳原来以为易湾是哪个体育队退役下来的运动员，或者是凭着魔鬼身材和巧舌如簧来混饭吃的小女生，不想深入交谈起来，才知道易湾是在读的文学博士生。

"哎呀，你还是个博士呢，真想不到！"大芳诚惶诚恐。她不曾读过大学，在一般的场合还可以凭着自学得来的知识抵挡一阵，但在真正的科班出身面前，总是敬畏有加。

水中的易湾随波而动，脚尖一颠一颠的仿佛轻盈水草。她的牙齿如珍珠一样雪白，笑着说："现在还不能称为博士，只能说是博士生。"

大芳不解，说："这有什么不同吗？"

易湾很严肃地说："当然有很大的不同了。就像你刚上一年级，就不能说自己是小学毕业，因为还有多年的功课你没读过，到底考试能不能及格也不知道，怎么就能说自己有证书了呢？"

大芳似乎明白了一点，说："你的意思是说那些还在读书的人，是不能说自己是博士的？"

易湾的小脸绷了起来，原本就光洁如月的皮肤更是不见一丝皱纹，说："有些师哥师姐，正读着书呢，就印了名片，说自己是某某博士，我觉得他们欺世盗名。我也管不了那么多，只是洁身自好。"

大芳便从心里佩服这个姑娘的气节，说：“那你还有几年才能算是货真价实的博士呢？”

易湾说：“还有两年零三个月。当然了，这得是各科考试都过了，论文也通过。按最好的情况计算。”

大芳说：“算得这样清楚。”

易湾说：“掰着手指头啊。因为只有毕了业才能找到工作，挣到足够的钱。”

大芳说：“钱对你就这样重要吗？”

易湾说：“是啊。别人上学是家里养着，我是自己养活自己还要直奔小康，外带养着家里没了腿的父亲。”说到这里，易湾转过头去，抹了一把脸。周遭风平浪静，并没有水珠溅到脸颊。

大芳也是经过困苦的人，知道这份悲哀的分量，也就不再盘问下去。转了一个话题：“你在这里教游泳课收入好吗？”

易湾说：“收入说不上好，除了寒暑假小孩子学的多一些，平常日子很萧条的。所以，我就苦口婆心地游说您啊。”她调皮地笑了笑，也帮自己走出哀戚。

大芳说：“你不必担心，我是死心塌地当你的学生了。”

易湾说：“我会尽心尽力地教你。”

大芳心里说，我主要是为了帮你和找个人做伴，会不会游泳倒在其次。又问：“那你为什么不找个挣钱更多的工作呢？”

易湾说：“我们有些同学利用闲暇给老板当秘书，其实是当花瓶。老板愿意对别人说自己雇了个名牌大学的女博士秘书，好提高身价。正是各得其所。我不愿意做这样的工作，情愿在水里泡着靠卖力气挣干干净净的钱。自己花着舒服，老父亲也理直气壮。”

大芳说：“这样打工，会不会影响你的学业呢？”

易湾说：“中文这个科目，读到了博士，就不特别在乎你死记硬背的功夫了，更多看重的是灵气和创见。我也说不上是多么聪明，但总是运气好，导师布置的课题完成起来不难。剩下的时间就用来挣钱和提高自己。”

大芳说：“能把挣钱和提高自己结合起来，不容易。”

易湾说：“是啊。当游泳教练就是个好行当。既能挣到收入，又可以免费游泳，锻炼身体，何乐不为？”

大芳对这个姑娘就有了敬重之心，什么都兼顾到了，年轻貌美又不轻浮，很有远见，如鱼得水，这样的女子如今是稀世珍宝啊。

易湾传授游泳技巧很耐心，一遍遍地示范，平托着大芳扁平的身体，像个老母鸡似的呵护着大芳，生怕她被水呛着。大芳的游泳技巧进步很慢，但身体却在这样的运动中渐渐地润泽起来。只要一想到每周的游泳训练时间，心中就充满了渴望，连老松都发现了大芳的神采飞扬。

“你最近气色不错。”老松说。

“败将不可言勇，还谈什么气色。”大芳不为所动。一而再，再而三的背叛之后，大芳虽然维持着家庭的外在光环，但只剩两个人的时候，冷若冰霜。

老松再接再厉，他在官场上游走的年头久了，深知谁甩脾气就证明谁介意，这就是死穴。老松说：“看到你一天天好起来，我心中的愧疚也稍稍减轻一些。”

大芳说：“看来我应该病得更重些，这样就可以把你永远地钉在耻辱柱上。”

老松说：“我在耻辱柱上，对你有什么好处？你还得天天给我端茶送水，如果你不送，人家就会说你不能同甘共苦。”

大芳说：“那我就把真情披露出去。”

老松说：“人家就会说这个女人早干什么去了？还不是贪图享乐，如今落井下石！”

大芳说：“照你这样说，我一个受害者反倒成了替罪羊？”

老松说：“认识到这一点很好，你我已是一根线上拴的蚂蚱，一荣皆荣一损俱损。你维护我，就是维护你自己。所以，我看到你的身体好起来，也像我自己的身体健康一样高兴。”

大芳佩服老松，不知自己在哪一步败下阵来，让老松把道理搅过去。看大芳的情绪缓和了，老松闲聊："还狗刨啊？"

大芳说："士别三日，当刮目相看。"

老松说："啊，会蛙泳了？"

大芳说："这次除了刮目之外，还得点些眼药水。"

老松说："不得了，看来会自由泳了。"

大芳说："在眼药水之外，你得用博士伦。"

老松真的吃惊了，说："莫非你还会了高台跳水？"

大芳说："那倒是不敢。可我会几下蝶泳了。"

老松说："不吹牛？"

大芳说："我这个人身上的零件有一半已经掏空，还有什么兴趣说假话。你信就信，不信就哪天到游泳池亲自观摩一番。"

老松说："看来你现在是科班出身了。雇了个游泳教练吧？"

大芳说："你料事如神。"

老松说："男的？"

大芳说："看来你吃醋了？"

老松说："这说明你魅力依旧。"

大芳说："不敢当。实话告诉你，这个游泳教练是女的。"

老松叹道："这家游泳馆会做生意，把你这样的人都说服了。"

大芳于是就把易湾的情况绘声绘色地做了介绍，特别夸大了易湾的美貌。老松说："看来你对恩师佩服得五体投地。"

大芳说："这样有品位有担当的女孩子，如今是太少了。咱的孩子在海外读书，连人家的一个皮毛都顶不上。"

老松说："这话我就不爱听了。别人都说老公是人家的好，孩子是自己的好。你看不上我也就罢了，不该把自己的孩子也一竿子打死。出身不同境况不同，当然担子不一样。穷人的孩子早当家，也是得天独厚。不过，穷人家的孩子多半眼界小，以后的发展不一定有后劲，小富即安。"

大芳说："好像你家阔过多少辈子似的！其实你爷爷脚跟上还沾着牛粪呢。这个女孩子非同一般。"

老松不置可否地说："是吗？"

大芳说："当然。我的眼光还会错吗？"

老松说："那不一定。当初你还说阿枫很不错的。"话刚一出口，老松就恨不得把自己的牙打掉，这不是自投罗网！

果然，大芳哪肯善罢甘休，说："你还有脸说我的不是，是你把一个好女人变成了狐狸精。"

老松连连退却，说："是我的罪过。以后，我目不斜视从一而终。"

大芳说："既然这样坚贞不屈，又怕什么好女人坏女人呢！"

过了几天，大芳就把易湾约到了自己家参观。一进家门，易湾就被整洁和豪华震慑住了，说："芳阿姨，想不到你家这样腐败。"

大芳笑笑说："这并不是腐败，不过是到了一定的位置就会有的待遇。"

易湾摸着红木家具说："像故宫。"

大芳说："其实这是仿红木，真正的红木凭你叔叔的俸禄是买不起的。如果家中有，就一定是受贿了。"

易湾说："你嫁了叔叔，是莫大的福气。"

大芳由衷地说："你会比我有福气。年轻靓丽有学问，前程不可限量呢！"

易湾说："女子干得好不如嫁得好，师姐们都这样教导我们。"

大芳说："我看女子先要干得好，不然你就没有地位，哈巴狗似的依附着男人，那日子不好过的。"

易湾说："好，我听阿姨的，好好干。"

大芳就领着易湾楼上楼下地巡看，好像执勤的哨兵。易湾毫不掩饰她的惊讶和艳羡，这让大芳很是受用。在易湾逼人的年轻美貌和高不可攀的学历面前，大芳自惭形秽抬不起头来，但是她装修豪华的房间给她找回了部分的自信，精致的摆设和墙上的字画，让她的头渐渐地抬了起来。是的，一个女人的学历，离开了学校，又有什么用呢？当你在超市买面包的时候，一个博士和一个打工仔付出的钞票是一样的。当你在品牌店买真皮手包的时候，公务员也不能比一个站街女少付一分钱……大芳终于在自己的家里，找回了自己的自尊。

看到客房的时候，易湾说："好舒服啊。我一辈子也没有住过这样高级的房间。"

大芳含笑道："如果喜欢，你可以住在这里。"

易湾说："喜欢是喜欢，但我不能住在这里。"

大芳不明白，说："为什么？"

易湾说："这会影响我的斗志。由俭入奢易，由奢入俭难。在您这里享受惯了，再回到我的学生宿舍，就会苦不堪言。"

大芳就越发喜欢这个女孩。闲聊的时候和老松说起来，老松说："这是欲擒故纵的伎俩。"

大芳火了，说："你总是把人想得那么坏。"

老松说："人本来就是那么坏。"

大芳说："真该让你看看这个清纯的姑娘，你才知道人间还有真情。"

老松说："我不见。我见过的清纯姑娘多了，最后无一不是露出獠牙有所企图。清纯不过是她们的敲门砖。"

大芳说："那我呢？我也是从年轻时过来的。"

老松说："你是一个例外。这也就是糟糠之妻不下堂的原因。咱们是结发。"

大芳说："我不是糟糠。"

老松说："那你是什么呢？古往今来，到了这个岁数的女人，都是糟糠了，你不要不服气。"

大芳说："我是夜明珠。"

老松也不和她争论，说："老夜明珠，睡觉吧。"

第40章

世界上最珍贵的勇气是相信奇迹

分居之后，大芳问过老松的性欲如何解决，老松说：“工作把兴趣全都榨干了。”便相安无事。

有几天游泳的时候，没有看到易湾。等小姑娘再出现的时候，带着明显的憔悴之色。大芳说：“怎么啦？失恋啊？”

易湾说：“从来没有恋过，哪里会失？我病了。”

大芳说：“要注意身体。多休息，营养也要跟上。”

易湾说：“道理都知道，做起来有难度。功课要完成，这边距学校太远，跑不及，只好请假。我们是做一天算一天的，总是请假，挣不到工钱不说，这里还会炒我鱿鱼。钱挣得少了，只有在嘴里抠，不过也好，省得减肥了。”

小姑娘说得很轻松，大芳是苦过的人，自然体味得出其中的辛酸。

到了游泳课结束时分，大芳说：“你跟我走吧。”

易湾说：“什么意思？拐卖妇女吗？”

大芳说：“我要是能把一个文学女博士拐卖了，也算一条新闻。到我家去吧，客房闲着也是闲着，你还能给我做个伴儿呢！”

易湾推托了一番，也就同意暂居大芳家，这样打工和上课都能兼顾，太阳好像凭空在天上多待了两个小时，能节约不少时间。

老松正好出国去了，几天后下了飞机回到家。对大芳经常把一些人约到自己家来，虽是意外，也无法。在饭桌上看到略带拘谨的易湾，只得和蔼地微笑一下，开始吃饭，略带自嘲地说：“别见笑，在外国就想着回家吃炸酱面臭豆腐。中国饭天下第一。”倒是易湾有些不好意思，说：“叔叔，我到您家当房客了。”

大芳说：“这就是我同你说过的女博士易湾。”

易湾说：“博士生。我还没拿到学位呢。”

这句话让老松生出了好感，说：“我看你像一个人。”

易湾说：“像谁呢？是不是像某个电影明星？这样我以后找工作的时候，就容易啦！”

老松说：“没有那么乐观。我看你像希望工程照片中的大眼睛小女孩。”

易湾说：“谢谢您夸奖。我的眼睛要是真有那么大，就成了赵薇第二了。”

老松说：“你是博士。这比任何大眼睛都重要。”

易湾说：“人家说女博士相当于半残废，找对象找工作都没有人要呢。”

老松说：“这是自卑的男人编出的瞎话，你不必在意。”

大芳看两人说得热闹，倒把自己冷落在一边，酸溜溜地说：“看来易湾不是我的朋友，而是你的朋友了。”

老松赶紧打哈哈说：“我老婆是孟尝君，专门爱招徕天下奇士。”

易湾说：“阿姨是我的导师。”

老松说："祝贺老婆你成了博导。"

大芳说："我交的朋友层次是愈来愈高。"

易湾站起身，端着粥碗说："我就以粥代酒，敬叔叔阿姨一杯，祝你们健康长寿！"

老松说："拿红酒来，为了高朋满座干杯！沾了老婆的光，我今天也有了一个博士侄女。只是，我有那么老吗？"

易湾赶紧改口说："那我就叫您大哥。"

大芳说："还是叫叔叔阿姨吧。"

晚上大家喝了不少红酒，其乐融融。小姑娘不胜酒量，踉踉跄跄满面酡红，管大芳直叫妈妈。大芳就让保姆安排易湾早早睡下了，然后对老松说："怎么样？"

老松说："什么怎么样？"

大芳说："女博士啊？"

老松说："刚才当着她本人，我也不好说什么，以后，你别管这些闲事了。"

大芳说："我看你挺高兴嘛！"

老松说："多个人调节一下气氛，当然没有什么不好，只是一个人不是一只狗，就是一只狗，现在讲究爱护动物，也不能随便遗弃。"

大芳说："这说的是哪儿的话？人家一个黄花大闺女，你怎么跟狗拉扯上了。"

老松说："这和黄花呀闺女呀没关系，只和利益有关系。"

大芳翻了翻白眼说："有什么利益啊？人家学习好着呢，也不用你帮助跟她导师说好话通过论文。"

老松说："真要是跟导师说好话这类事，倒还简单。你没听她说找工作的事吗！"

大芳说："人家那是随口一说，并没有求你，不要自作多情。"

老松说："我这位置，让我对谁想求我，是太敏感也太火眼金睛了。但愿这一次是我走了眼，这个女博士真是天真无邪。"

大芳说："人家还有两年才能毕业，就算是有求于你，也还早着呢。"

老松说："你算不知道现今的人有多么会放长线，钓大鱼。未雨绸缪。"

大芳说："这是我的闺中密友，你不要用官场上的那一套来亵渎我们。"

老松想想说："你说得也是。我成天浸泡在势利场里，对什么是纯真友谊早就麻木不仁了。"说完，拿出一个非常精美的包装盒说："久别胜新婚。送你一个礼物。"

大芳说："什么东西？衣服？"

老松说："不是。"

大芳说："嫌我老了，送的化妆品？"

老松说："不嫌你老。不是。"

大芳说："钻石？"

老松说："也不是。我也不是从南非回来。"

大芳说："猜不出来了。你自己坦白交代吧。"

老松伸出手来，说："你自己看看。"

大芳打开层层叠叠的包装，见到一个小瓶。端详了一番，小瓶子周身都是外文，好像披着华丽甲胄的小兽。说："都是洋文，我猜不出来。不会是吃的吧？这样少，就算是龙肝凤髓，抹在馒头上，也只能抹半片。"

老松说："算你聪明，猜得差不多。"

大芳吃惊道："真是吃的呀？这够谁吃的？"

老松说："你说的是食欲，我说的是性欲。食色，性也，彼此是亲戚。"

大芳猜出用途，说："原来是涂抹在身体里的。"

老松说："咱们有多久没过夫妻生活了？"

大芳说："记不清了。你什么意思？"

老松说："我想你。"

大芳说："我这不就在你身边吗？"

老松说："你不要装傻充愣。你知道我的意思。"

大芳说："我知道是知道，不是我故意不满足你，实在是心有余而力不足。"

老松说："我体贴你。你看我什么时候强迫过你？我特地查了书，知道这是更年期症状，并不是你诚心跟我过不去。"

大芳说："谢谢你还单单为了这个去查书。"

老松说："知识分子嘛，就是有这点好处。"

大芳说："既然明白了，就不要强求。"

老松说："我不强求你。听说有些女人要立法，说妻子不愿意，丈夫要强睡，就是婚内强奸。幸亏这条法律没通过，不然监狱还不得炸了？"

大芳说："深更半夜的，你什么意思？既然你正人君子，就早早睡觉吧，明天还有事，早睡早起身体好。"

老松说："就是因为身体好，才睡不着。我做了这么多铺垫，还不成啊？"

大芳正色道："你刚才不是说过了吗，体贴我。理解万岁。"

老松悻悻："你为什么不体贴我？不理解我？你看，我的这件礼物就是专为你准备的，涂抹一番就有兴趣了。人家是高科技。"

大芳说："那是给外国人准备的，人种不同，我不成。"

老松哀求道："试试吧。"

大芳断然拒绝："不试！"

老松就火了，一把将精美的小瓶丢到犄角旮旯里，说："我要去找鸡！"

大芳冷冷地说："找鸭也行。你也不是没有找过。不必装出正人君子样！"

这么一说，老松就蔫下去了。

中老年人的情欲，来得快去得也快，到了早上起床的时候，老松就又是彬彬有礼的样子，西服笔挺皮鞋锃亮地上班去了。易湾正好上午没课，就帮大芳整理家务。大芳说：“有保姆呢。”

易湾说：“我也是劳动人民出身，您什么都不让我干，我就不敢吃饭了。”说完拿个抹布四处擦拭。大芳说：“你是我用过的级别最高的保姆了。如果人家知道了，能上报纸呢。”

易湾在大芳家渐渐地熟悉起来。她像妹妹又像女儿，既带来了年轻人的活泼和生气，又知书达理有浓郁的书卷气。大芳和老松之间有了薄纱一般的缓冲，在迷蒙中少了冲突，多了相敬如宾的客气。

尤其让大芳高兴的是，自从那次她抵制了老松的小瓶子之后，老松知趣地退避三舍，再也不用舶来的高科技为难她了，大芳得以清静散淡。直到有一天半夜，她突然醒来。

她不知道自己为什么会醒来，膀胱空空的像只鞋底子，没有尿，可是醒了。也没有做噩梦，头脑像洁白的被里子。仿佛一直在等待着这一次清醒，明朗的程度比任何一个早晨都更澄清。

她有很多件睡衣，特地挑了一件像老虎皮一样暖和的立绒睡衣穿上。这件厚重睡衣，通常只在深秋没来暖气的时候才会穿几天，利用率极低。盛夏时分披挂在身，似乎预料了即将到来的午夜寒彻。

她蹑手蹑脚地走到了老松的卧室，听到了她想听到的对话。

“真好。一片汪洋。”老松的声音。

“这才是小溪，以后给你洪水。”易湾的声音。

“你不是处女？”老松略有遗憾。

易湾说：“我要是处女，你哪来这般享受？”

老松说：“一分耕耘，一分收获嘛！”

易湾说：“你坐享成果，干吗还拈酸吃醋？”

老松说：“你怎么知道我需要？”

易湾说：“我打扫房间的时候看到了这个东西被丢在垃圾桶里……”

老松说：“我从国外特地带回来的人体润滑剂。”

易湾说：“还没开封。”

老松说：“她不干。”

易湾说："所以我知道你很苦。就送货上门了，你不会觉得我贱吧？"

"你年轻的身体，让我也回到了青春年少时。太美好了。"老松赞不绝口，"我原来总觉得自己不行了，在你身上，我发觉宝刀不老。"

易湾咯咯地笑起来说："我还要。"

老松说："博士也骚啊？"

易湾说："博士更骚的。"

此话说完，屋内就一派山呼海啸的折腾。只听老松一迭声地说："× 博士 ×……× 博士 ×……"

大芳裹紧了立绒睡衣。她打摆子一样地开始发抖，她知道自己应该闯进屋去，把这对奸夫淫妇捉拿在床，但是她就是挪不动脚步。好像一桌盛宴刚刚上了几道凉菜，主菜还没有端上来呢，现在动手，为时过早。

老松兴趣盎然地唤着："博士的 × 就是和一般人的 × 不一样啊！"

易湾饶有兴趣地问："哪点不一样啊？"

老松说："汪洋大海。"

易湾说："你很棒的。"

老松调皮地说："比男博士怎样？"

易湾说："你以为女博士要找男博士吗？那才是傻 × 呢！女博士要找配得上女博士的人。男博士看不起我们。"

老松突然想起来，说："你是不是用了那个小瓶子的药膏？"

易湾好像受了奇耻大辱，说："我才不用那种高科技呢，自产自销，能发洪水。只有你老婆那样的撒哈拉大沙漠才用外援呢！"

大芳破门而入。

差池太大了，简直能把人逼疯。谁是真的谁是假的？

姬铭骢不主张对质，说这样只会让矛盾更加激化，每个人都活在故事里，都在编辑自己的故事。你要让所有的故事打起来，故事有输有赢，人生的危机就严重了。

贺顿太好奇了。人对于人的兴趣，一定比人对于狗的兴趣要大得多。贺顿虽敬重老师，但她与生俱来的好奇心如同鸦片，希冀孤注一掷搞清真相。她觉得心理师的真谛就是要寻找准确，捕捉到灵魂的蛛丝马迹和生命的隐秘之途，那是职责所在。

一想到两个人对峙，如同让两波海浪对撞，白浪滔天山呼海啸，鲸鱼出没渔船颠覆……萎靡的贺顿就兴致勃发，可以想见大芳的歇斯底里和老松的咬牙切齿。实在说，贺顿被这个案例煎熬得快得躁郁症了，就是躁狂加上抑郁。马上解决这个案子，不单是帮助来访者大芳和老松，也是更快地救赎自己。

姬铭骢不赞成这个方案。贺顿决定先斩后奏，“将在外，君命有所不受”，毕竟这是贺顿的来访者，不是姬铭骢的案例。贺顿希望在谎言的重围中杀出一条血路，破解疑难，世界上最珍贵的勇气就是相信奇迹。到水落石出的时候，用成果向姬铭骢报喜，未尝不是学生献给先生的一份厚礼。

主意打定，贺顿不和任何人商量，分别给老松和大芳打电话。在她的想象中，二人听到这个建议之后，都会趋之若鹜。他们分别向贺顿倾诉衷肠的时候，都曾信誓旦旦地说过，他们将非常乐意对质，谁要是不敢对质谁就是王八蛋！不料他们听到短兵相接红口白牙当面敲打的时候，都偃旗息鼓退避三舍了。当然，口头上还都是不示弱的，大芳说：“我的话，海枯石烂不会变，可是我不和他对质，那个人鬼话连篇，不值得多费口舌！”

贺顿给老松打电话，没想到老松还没听完她的话，就说：“岂有此理！你什么意思？”

贺顿怔住，说：“让你们说清楚。好意呗。”

老松说：“不管你是好是歹，我毫无兴趣。这个女人的记忆出了问题，妄想狂。和一个健忘症对质，会把好人逼疯。大可不必了……”说着挂断电话，留下贺顿怅然。

走投无路。贺顿只好再次敲开姬铭骢家的大门。她穿着紫和白搭配在一起的套装，有一种含威不露的霸气，外带着冷冽的凄美。细细分析起来，紫是蓝和红合成的光，最长和最短的光线拌了沙拉，白是永恒的迷惘。

老张说："您没有预约。"

贺顿笑笑说："您不记得我了？来过的。"

老张说："抱歉，来的人很多，我记不清了。就算我记得您，没约过的客人，姬老不见。"

贺顿说："我有急事。"

老张说："来的人都说有急事。姬老说他自己的事是最急的。"

贺顿没招了，只好说："老张，就烦请你在姬老面前美言几句，看他老人家肯不肯见我。实在不行，你就说我会坐在你家门前不走。"

老张说："你好像不是这种人。"

贺顿说："我以前不是。但这一次，也许是了。"

老张捋了一把少白头说："那我把你的原话递进去。"

贺顿从书包里掏出一叠旧报纸，说："怕台阶凉，我连垫座的纸都预备好了。烦请你照直说吧。"

老张匆匆走了进去。很久之后，姬铭骢穿着睡衣出现在门口，看到坐在门前花廊石阶上的贺顿，脸上淡然如水，说："我就在想是谁这么霸道啊？原来是你，进来吧。不然你守在我家门前，别人还以为是我欠债不还或是拐卖人口什么的。"

贺顿把当道具用的报纸很仔细地折好，跟随着姬铭骢走进室内。姬铭骢说："不好意思，我午休刚起。你稍坐一下，我换换衣服就来。"

弗洛伊德榻默默无声地蹲踞着，好像一切同以前相比没有丝毫变化。

姬铭骢重新出现，穿一套乳白色的西服，连皮鞋都是白色的，年轻了很多。贺顿不由自主地想起了一个古典小说中的词汇：女要俏一身孝。看来此话有商榷之必要——白色不仅对女人有改天换地的妙用，对男人甚至是老男人来说，也是年轻化的灵丹妙药。

贺顿说：“打扰您休息了。”

姬铭骢说：“贺顿你就不要来这一套了。你难道不是故意挑这个时间来的吗？”

贺顿诚惶诚恐地说：“姬老师，我是实在没有法子了，才来向您求教的。”

姬铭骢说：“对啊，我丝毫不怀疑你的诚意。我只是说，打扰我的午休，是你预谋的。”

贺顿说：“冤枉。我只是不知道什么时间合适。如果是平常时分，您一定早有安排，不是会客就是读书，我肯定插不进来。只有午睡时，您会在家……”

姬铭骢说：“怎么样，不冤枉你吧？说吧。”

贺顿说：“还是上次您督导的那个案子，您让我自己想出解决的方向，我就想让他们对质以求水落石出。”

姬铭骢说：“你怕我不答应，就来了个先斩后奏。自从你这样决定之后，就从我这里消失了一阵子。现在，你又出现了，想来是没有收到预想的效果，他们不肯会面，你才又想到了我这个老朽。”

贺顿说：“正是这样。您真神了。我想您也很想知道发展吧？”

“很抱歉。我恐怕没有你想象的那么喜欢猎奇。因为你的不辞而别，我不打算继续担任你的督导了。”姬铭骢正色道，沧桑的脸上配着沉思，生成了势不可当的魅力。

贺顿急了，倔强地说：“我是发问者，我必将寻求答案。请您原谅我的鲁莽。”

姬铭骢说：“此事并无迅捷之法，心理师不是图热闹的事，也不是黑白分明没有妥协的事。在你还不明了全部游戏规则的时候，就贸然参与，是不负责任，甚至是可耻的。因为你不但危害了自己，也危害了所有和你的决定有牵连的人。你要打去这种惊弓之鸟般的好奇心，它是你的心魔。”

贺顿听得半懂半不懂的，只是频频点头，希望老师大人不记小人过。姬铭骢说："好吧，我就原谅你这一次。你也不必特别悲观，好在天下没有白走的路，没有白呛的水。任何经验，无论是成功还是失败，都是堆积成麦垛的草，经验就这样慢慢积累起来了。记住，以后下雨的时候，你不要做决定。如果你一定要做，起码要把头发擦干。不然的话，你的决定就总有冷冰冰的味道。最好的决定是在艳阳高照的时刻做出的，会有干燥的麦子的味道，安全而饱满。"

贺顿谨记在心，只想赶快切入正题。姬铭骢说："不要那么急功近利。心理学这个名称，在希腊文中的原意是'关于灵魂'的理念。我知道你很想解决个案，我要荡开一下主题，你可有意见？"

贺顿说："只要能解决个案，我没有意见。"

姬铭骢微微一笑，说："这一次，不是解决个案的问题，是解决你的问题。"

贺顿一愣，说："我有什么问题？我……没有问题。"

姬铭骢说："越是一口咬定自己没有问题的人，问题就越大。"

贺顿大不服，说："就算我有问题，现在也不是解决我的问题的时候，还是先讨论个案吧。"

姬铭骢说："我欣赏你这种先人后己的精神。只是心理师这个职业，有的时候，就要先己后人。"

贺顿说："不懂。"

姬铭骢说："我打个比方，你就懂了。我问你，你为什么对大芳和老松的案子，如此上心？"

贺顿说："这倒怪了，我上心难道不对吗？这就像是一个医生，关心爱护他的病人，有什么错？"

姬铭骢说："所有的比喻都是蹩脚的。你和他们的关系，不是简单的医生和病人的关系，而是隐含着另外的关系。"

贺顿说："您这是什么意思？您是说我和老松不清不楚还是和大芳有暧昧关系，比如同性恋什么的？对天发誓，我和他们是纯粹的工作关系，一清二白苍天可鉴！”贺顿情绪激动。哼！督导山穷水尽，信口雌黄。若不是想着圈子就这么大，以后还得在江湖上混饭吃，贺顿真想拂袖而去。

姬铭骢不急也不恼，好像欣赏一件罕见的翡翠原石。他观察着贺顿迸跳着青筋的细脖子，说：“你着急了。”

贺顿说：“我当然着急了。我本来是想解决来访者的问题，现在您把火烧到我头上来了，我能不急吗！”

姬铭骢正色道：“你这一急，让我感觉到问题的症结，可能不在来访者身上，而在你身上。”

姬铭骢的话说得很低沉，甚至有些漫不经心的味道，但贺顿听来，如焦雷炸耳。她跳起来说：“姬老师，您要是没招了，也没什么，您也不是神仙，可您不能乱咬一气。凭什么来访者的问题反倒成了我的问题？我有什么问题？我什么问题也没有。”

姬铭骢微微一笑，说：“谢谢你。”

贺顿疑惑，说：“你谢我什么？”

姬铭骢说：“谢你客气，手下留情。对了，正确的说法是嘴下留情。”

贺顿说：“我不懂你说的是什么。”

姬铭骢说：“你说我乱咬一气，就是给我面子了，没有直接说我是狗。”

贺顿歉然，说：“不敢。”

姬铭骢说：“骂得好。这样就把你的真实情感暴露出来了。如果说，刚才我还只是个猜测，那么，现在我已有更多把握。”

贺顿茫然，说：“你的把握在哪里？”

姬铭骢说：“就在我的脑子里，也在你的脑子里。好，现在，请你坐在榻上。”

贺顿说：“你要把我脑子里的东西呈现出来？”

姬铭骢说：“你问得太多了。如果你相信我，你就按照我的指令做，如果你不相信我，就请你离开。而且，如果你下次再在我的门前静坐，我就让老张叫来保安请你离开。”

贺顿面临抉择。要么，知难而退，要么，揭开谜底。稍做思索，对于真相的热爱战胜了一切，她说：“好吧，我服从。”

姬铭骢说：“这很好。”说着，他走到窗前，拉上了窗帘。那帘子本是墨绿色的丝绒，厚重而慵懒地下垂着，好像肥胖夫人折叠的裙边，如今不情愿地被打开了，不规则地凸起和凹陷着，给人一种生气的表情。窗外的阳光透过细密的褶皱，如同穿透海底屏障，翻卷的海带吸附走了飘荡的光芒，只剩下惨淡的光斑。贺顿突然有些害怕，与生俱来的对黑暗和寒冷的恐惧，如毒蛇的芯子缠住了她的身躯。冰制的鞭子埋在身体里，成为定时炸弹，由内向外地抽打。看不到血迹，却感觉到锥痛。

“您要干什么？”贺顿战战兢兢地问。

“帮助你。”姬铭骢简短地回答，走了出去。

屋里的光线黯淡下来，黑夜突然来临。门外有老张的脚步声，这声音给了贺顿一些安慰。她不由得责怪自己太神经过敏了，怕黑和怕冷，是她从小的痼疾。难兄难弟，只要有其中一个因素出现，另一个马上会来做伴侣。魔鬼携手，铁指交叉，将她扼入窒息。

贺顿紧张的情绪得到了稍许缓冲。弗洛伊德榻的曲度令人舒适，使她渐渐安定下来。

姬铭骢推门进来，手里举着一支点燃的蜡烛。烛火摇曳，他的头显得大而蓬松，映照在墙上，仿佛一朵乌云。贺顿吃惊地问：“姬老师，您要做什么？”

姬铭骢说：“帮助你的道具。”

贺顿说：“咱们还要演戏吗？”

姬铭骢说：“人生就是戏剧，要让那些被遮蔽的部分重现。”

贺顿说：“意义何在？”

姬铭骢说：“所有的今天都是昨天的延续，每个人都不是崭新的。”

贺顿说：“不。我害怕。”

姬铭骢说：“我知道你害怕。也许，通过我们共同的努力，你会渐渐勇敢起来。”

贺顿疑惑地说：“能行？”

姬铭骢说：“现在开始。你找个舒服的位置躺好。”

贺顿的身体早已平搁在了弗洛伊德榻上，但此前，她一直没有真正地把身体的重量放在这张榻上。好比一个人屁股虽然坐在了椅子上，但由于种种原因，始终翘着尾骨躬着腰，不曾把脊椎杵在椅面上。贺顿很想按照姬铭骢的指示办事，但是她无法放松，嘴唇发干，眼睛眨个不停。

“看着我的烛光……”姬铭骢把摇摇欲坠的蜡烛举到贺顿面前，他的手大而稳定，当他找到一个合适的位置，坐在贺顿面前之后，烛光就稳定下来。

“要用水晶球吗？”贺顿喃喃自语。

“不，不需要水晶球。它是烛火。盯住它，放慢你的呼吸。好，就这样，请你一动不动地看着蜡烛，看着它，看着它……”

贺顿乖乖地听从指令，姬铭骢的声音有一种魔法，让你不由自主地被牵引。当人的眼光长久地注视着跳跃的火光时，就会发生一种似幻非幻扑朔迷离的感觉。贺顿第一次发现原来烛火是一滴倒悬的水珠的模样，它们自内向外分成了五层。第一层，也就是最靠近蜡烛芯的地方，火焰近乎凝固，它们并不是红色或者黄色，不是任何一种温暖的色调，而是薰衣草般的蓝紫色，你几乎感觉不到它们是有热度的，很想伸手指去触摸这脆弱的火焰的包膜，它们有着豌豆荚一样的娇嫩细微的缝隙。在这一层火焰之外，是古典的幽蓝色，带着古堡一样神秘的诡异气息。幽蓝之外，火焰渐渐活泼起来，好像逃出了牢笼的女仆，有一些轻巧的跳跃和飞升，裙裾染上了一些绯红，好像是匆匆旅途中野花的浆液飞溅其上。哦，还有第四层，这是一种不可思议的酱色，饱含着愤怒和压抑，仿佛火焰最后的枷锁，它们在扭曲和突破中，坚守着蜡烛所赋予的最后的形状，维持着一个昂扬向上的尖顶，不屈不挠地仰望着天花板。现在，到了火焰的最外一层，它们桀骜不驯，撕脱了所有的形式和框架，奔突着狂舔着空气的裂隙，用万分之一秒的时间就构建起辉煌的轮廓，然后又在更少的时间里将它毫不留情地粉碎，当华美的轮廓变成破碎的鳞屑，红颜老去苍黄委地之时，瞬间一个新生的火光婴儿爆裂着出世，它放肆地啼叫着，鞭笞着所有靠近它的冷风，将它们加热并裹挟着飞升，光怪陆离的色彩如同砸翻了凡·高的调色板，灿烂的向日葵花瓣和鸢尾花的叶子搅缠在一起，浓烈地熏蒸而起，带着奇幻的香气……

姬铭骢的声音从遥远的地方传来，好像隔着无数海绵和泡沫，被吸附得没有任何感情和色彩，他说："请你盯着火光，什么也不要想，你试着用心去看，你看到了什么……你一定看到了什么……"

烛光扩散开来，如同泛滥的金黄色的洪水，往事仿佛被上游冲刷而下的死猪和门板，在滔天浊浪中起伏。

她看到了爸爸。真奇怪，为什么会是他呢？为什么第一个浮出水面的竟是他呢？他是一个大坏蛋，不，说他是个坏蛋，那真是褒奖了他。他是一个大混蛋！是他，遗弃了妈妈和六岁的绛香。

整个村子都很穷，穷极了的人们想到了一个活路，这就是出卖身上的零件。这当然是违法的事情，大家都守口如瓶。但守口如瓶是针对外人的，针对自己人就敞开一切，彼此开着玩笑。谁要是卖了腰子的，大家就都恭喜他，说最值了。因为人有两个腰子，卖掉一个还有一个，一个腰子就足够了。这就像吃饭有一个碗就足够了，另外一个碗放在那里是个摆设。早点把当摆设的那个碗卖了，让剩下的那个碗里盛满稀粥，这是多么划算的事情。当然还有卖血的，卖血的也很值。因为血虽然不是摆设，但血是能够自生自长的，像泉眼，你用干了还会再涌出来。每逢有些人卖了血回来，总是很高兴，因为他们在卖血之前喝大量的红糖水，他们把自己的血弄稀了，就像在黄酱里兑了咸盐水冒充了酱油。把红糖水卖出了血浆的钱，去糊弄那些城里人，这让卖血者有一种高人一等得胜回朝的感觉，更不消说这是现钱买卖，兜里立刻就鼓了起来。什么叫“血汗钱”，这就是最好的证据。抽血的时候，人是一定会出汗的，因为疼和冷。流血的人会从夏天一下子沉入严冬，真奇怪，好像血里面藏着火。

村里人管绛香家叫“卖眼户”，绛香刚开始听到的时候，吓得够呛。每天都要盯着妈妈的眼睛看，她生怕哪天从街上回来，妈妈的眼睛只剩下一只了。有一天有个人到村里来，说是来买眼角膜，倒是不急，等人死了再给货也行，价钱好商量。大家就都争着抢着说自己愿意接了这单生意。绛香赶快跑进家里，拉着妈妈的手，说你快躲起来，有人要买眼睛。妈妈很奇怪，说买眼珠和咱家有什么关联，我该干活去了。后来不知那人和谁家达成了买卖，反正和绛香家没关系。绛香很高兴，觉得是自己救了妈妈。后来有一天，绛香与小朋友玩耍，绛香说，人家都说俺家是卖眼户，那天来了一个买眼的，我硬是没让他找到我们家。小伙伴们就嘻嘻笑，说你妈不是卖上边的眼，是卖下边的眼。

那一次绛香是哭着回家的。妈拿着一牙馅饼给绛香，绛香不吃，说：“这是你卖眼得来的吧。”妈听了一点也不恼，说：“快吃吧，不管是卖哪儿换来的，这饼是干净的。”绛香说：“我不吃。”妈妈说：“我都听到你肚子叫了，还说不饿。”绛香说：“就是饿了，我也不吃这样来路的东西。”妈就叹了一口长气，说：“那妈就要去卖腰子了。”绛香赌气说：“卖腰子的人不受人气。”妈说：“可腰子只能卖一回，要是把卖腰子的钱吃完了，妈靠什么来养活你呢？”小小的绛香那时不知怎么想的，就说：“那你还可以去卖血啊。”妈说：“妈不是没想过这条路，可卖了血，谁给你做饭谁给你缝衣？别人家的孩子有爸有妈，一个不在了还有另一个遮挡着孩子，妈要是不在了，小香你就没了指望。卖眼，妈丢人，妈没有别的法子养活你，只好走丢人这一条路了。既然可以卖血，为什么不能卖肉呢？既然能卖上眼，为什么不能卖下眼呢？如果不是穷，如果不是因为你的爸，妈不会这样。”

绛香哭成一个泪人，妈说：“别心疼妈，妈才值呢，人家只能卖一次，妈能卖成千上万次呢！妈只希望小香以后能堂堂正正地做人……”

绛香从那以后，一夜长大，后来她照镜子的时候，突然就看到自己额头上有了皱纹。她以后从来没有在这样小的孩子额头上看到过同样的皱纹。从此，在馒头和尊严之间，她选择了馒头。这并不等于她不要尊严，而是表明她期待着为了有朝一日更高的尊严，她只有隐忍这一切。

然而这样的日子并没有坚持很久。有一天，妈对她说：“绛香，妈就要老了。”

绛香像所有的乖女孩一样，说：“妈，你不老。一点也不老。”妈苦笑着说：“在女儿眼里，妈不老，可在有些人眼里，妈就老了。”

绛香以为妈是怕老了难看，就说：“妈好看。”

妈叹了一口气说：“好看难看不说它了，老了就没有人要了。”

绛香这才朦朦胧胧地感到，这是一个可怕的问题。绛香躲开这个问题，就说：“妈老了，我就大了。我来养活妈。”

妈又笑了，妈的笑容像两柄钩子，把她的嘴角向下扯，好像悲惨的括弧。绛香这时候已经上小学了，知道了括弧是什么东西。妈说：“好闺女，你可能还没长大，妈就干不动了。妈要给你找个长期饭票。”绛香仰望着妈，即使天下最无能最喜怒无常的父母，在他们的孩子眼中，也是至高无上的神。

长期饭票来了，又黑又粗，好像被火烧过的鬼子炮楼。妈对他说：“你要对我闺女好。”长期饭票说：“凭我这条件，找个黄花也不难。你还拖着个油瓶。”

妈平静地说：“你现在反悔还来得及。”长期饭票说：“好吧，算我倒霉。”长期饭票在镇上杀猪，每天都带着猪血的味道回家，当然还有七零八落的猪下水。为什么说是七零八落呢，因为好东西都拿去卖钱了，剩下的就是下脚料了，比如说沙肝，谁都不肯吃的只能用来熬猪胰子的东西，长期饭票都会拿回家，让妈妈煮了吃。

这些东西气味血腥，但炖熟之后有奇特的香气，这些香气养育了幼小的绛香，让她虽然不长个子，但头脑异常清晰。也许因为是人所不吃的沙肝吃多了，她比同年龄的女孩更加敏感和心重。

妈妈到远方去了。长期饭票醉醺醺地拎着一串烤猪腰子回到家，看到从老奶奶家跑回来的绛香时，没有吃惊，只是说："熬不住了吧。我知道你也大了。"

绛香听不懂他的话，不理他，独自看书。绛香的成绩在班上永远是第一，要保住这个称号，只有不停地努力。

长期饭票见绛香不搭理自己，也不再说什么，就回自己的屋里睡去了。有一间小屋，小屋里有一张小床。绛香复习完功课，把房门插好，也昏昏地睡去了。

半夜里，她感到刺骨的寒冷，正是四月春暖花开的日子，虽说半夜里还有寒气，但不应该这样冷啊。这种冷，深入骨髓，带着刀剜一样的剧痛，让绛香觉得自己被五马分尸。冷……冷极了……到处是冰雪，黄色的油状的冰雪……

以上的这一切，都是贺顿面对着摇曳的烛火，断断续续说出来的。当然，很多地方不连贯，时空倒错语无伦次，但姬铭骢就像面对着一副打散了的拼图，把它们迅速地归纳到相应的位置上，眉目渐渐地清晰起来。

"黄色的冰雪？"姬铭骢很纳闷。轻轻地重复。

"是，黄色的冰雪。透明，寒冷，冷极了冷极了……"贺顿不停地重复着"冷"这个词语，浑身颤抖，肝胆皆冰雪，表里俱寒凉。一片片鸡皮疙瘩滚过她的皮肤，衣服都随着哆嗦起来。

看来，今天就只能到这里了。继续进行下去，不会有更多的收获，贺顿的精神还将受到惨重的伤害，姬铭骢虽然从学术的角度，很想知道这团黄色的冰雪究竟是什么东西，但他只有暂停。

姬铭骢将贺顿从深度的催眠中唤醒。

"你现在感觉怎么样？"姬铭骢问道。

“冷。”贺顿牙齿还在打着哆嗦。

“除了冷以外，还有什么呢？”姬铭骢继续问。这是一个非常难得的案例。

“累，困，一片空白。”贺顿吃力地讲着，她很想就此睡去，永不再醒来。

姬铭骢说：“你会慢慢地醒来。听我的话，从十数到一，数到一以后，你就会醒来了。到那时候，你就不会觉得冷了，也不会觉得黑暗了，你会看到太阳……”

贺顿不想醒来，可是沉浸在这种似梦非梦似睡非睡似醒非醒的状态里，实在是太冷了。她在蒙眬中听到了姬铭骢的暗示，那就是她醒来之后不再寒冷，为了逃离这刻骨铭心的酷刑，她要醒来。她乖乖地开始数数：“十——九——八——七——六——五——四——三——二——一——”

贺顿慢慢地睁开眼睛。她准备好了看到太阳，因为蒙眬中的声音就是这样告诉她的。她看到了一张脸在向她微笑，这是姬铭骢的笑脸。

从此，太阳和姬铭骢的脸就重叠在了一起。

还有残存的寒冷像银亮的蛆虫附着在骨殖上，好在咬紧牙关尚可以忍受。贺顿不想再说什么了，她刚才已经说得太多太多，她只想昏然睡去。

姬铭骢也没有说更多的话，他要好好思考这个案例。

贺顿回到家，好像变了一个人，沉默寡言。那种源自极深处的恐怖和寒冷，如同一贴膏药，粘在了她的灵魂上，不得撕脱。没有人知道这种酷暑七月的寒意，体验过这种红日当头深入骨髓的战栗。仿佛每一寸肌肤都有结冰的桎梏，心脏里充满冰碴子，随着搏动有尖锐的痛。那种无以比拟的寒冷，来自不可知的地下洪荒，来自人还没有形成细胞之前的混沌迷雾……

柏万福察言观色，完全不得要领，看到贺顿冷峻的神情，也不知道发生了什么，自己也是一肚子苦闷，只有谁也不理谁。

第41章

你这种笑法，要么大智若愚，要么是不学无术的傻瓜

大芳走进卧室，又一次重复了捉奸在床。大芳说：“你们好就是了，干吗说我？”床上的两个人在最初的愕然之后，赶紧钻到被子里，平平卧着，很安稳的样子。大芳不禁委屈，他们很暖和，自己很冷。

大芳说：“老松，你过来。”

易湾说：“阿姨，您放过他，是我主动的。”

大芳说：“不要脸的小娼妇，还知道我是你的阿姨！恩将仇报。”

易湾说：“我其实是帮你，阿姨。”

大芳即使是在悲痛和绝望之中，也还是对这句话大惑不解，愤然道：“说！”

易湾说：“因为阿姨你老了。你满足不了叔叔的要求，你又不愿意配合。这对叔叔实在是太不公平了，叔叔是个正派人……”

听到这里，大芳不禁冷笑，心想你的叔叔正派？这世上就没有不正派的人了！

易湾继续说："我正是因为爱您，才替您分忧解难。不然叔叔在外面拈花惹草，得了不干不净的病，不是伤害了阿姨吗！"

大芳哆嗦着说："你这样做，就不伤害我了吗？"

易湾说："伤害不伤害的，全在于你的感受。我一没有偷拿你们家的钱，二没有借此要挟叔叔，以得到什么好处。阿姨你自己不堪忍受的，对我和叔叔来说，却是难得的乐子，您省工省力了，干吗非要做出哭天抢地的样子来？阿姨你不是个一般的人，在这种事情上，也要不同凡响才好！"

所有的过程中，老松一言不发。大芳实在忍受不了这种无耻言论，身上又在不断地发抖，不能为了这对苟且男女，让自己不堪一击的身体再受折磨，大芳只好愤然地退回到自己的房间里。她以为自己一定会夜不能寐噩梦缠身，不想竟然一夜好睡到天色大亮。当她醒来之后，恍惚间觉得昨天只是一个梦境。但桌子上老松留给她一封信，证明昨天的所见所闻都是千真万确的。

老松的信写得很有分寸感，老松是写文件的老手，操纵文字如鱼得水。此信如果落到外人手里，绝对看不出夫妻间曾有过惊涛骇浪，以为只是芝麻绿豆的龃龉，看到的是温文尔雅的风度。老松先是道了歉，说得很恳切，但一点不留把柄。然后是申请原谅，回顾了两人栉风沐雨的感情历程，祈请大芳纵是深仇大恨也化为拈花一笑。

这一切都还不是最重要的。最重要的是老松让大芳网开一面，不要把女孩赶走，为了她的学业，要把她留下好好对待。老松说，我知道你有一颗仁慈的心，你会给这个女孩一个温暖的家……我会永生永世对你好……结尾处老松信誓旦旦。

面对着信，大芳肝胆俱裂又无计可施。老松设下了一个局，他要把这种无耻的关系保留下去，要让大芳俯首听命。

大芳五内俱焚，眼前一黑，昏倒在地上。因为她平日起居很没有规律，也不让保姆打扰，所以还是一直在捕捉声响的易湾最先发现了异常，破门而入，看到大芳犹如一堆肮脏残雪委顿在地，赶紧抱起她，然后打电话叫救护车送到医院抢救。

待大芳醒来，才知道在昏迷中已经为她做了急腹症手术，半截梗阻坏死的肠子已被切除。大芳看到的第一个人居然就是冤家对头易湾。易湾显然在昼夜服侍，面容憔悴。护士对大芳说："你的外甥女比得上亲生闺女了。"

大芳虚弱地问："哪个外甥女？"

护士指着易湾说："就是她啊。莫非你还有个外甥女？"

大芳闭上了眼睛，眼泪流了出来。面对着她的情敌，她不要说下战书了，就连自己的命还是人家救的，所有的争强好胜之怒，都在脆弱的生命面前败下阵来。

"大姨，你醒了，我就上课去了。耽误了很多课程，再不努力，我毕不了业了。大姨父下班后会来看你，他有一个重要的会议脱不开身，不然也会一直守候在你身边。"易湾拢拢纷乱的头发，匆匆离去。

听到了她们的对话，护士说："外甥女上大学啊？"

"大学？你可小看了她。她是博士啊。"大芳有气无力地说。她听到了自己的话在医院白色的墙壁上撞击回响，居然有几分炫耀。

"呦，看不出来，还是个女博士啊。你们家有福啊。你嫁了这样有头脸知情意的丈夫，外甥女又是博士，难得难得！坟头烧香祖宗庇佑啊！"护士啧啧感叹着，连治疗车都跟着颤悠起来。

大芳像僵尸一样地躺着，一动也不能动。当身体不能动的时候，思维就格外敏锐。她突然想到这样也很好，她要好好地活着，让他们只能在暗中偷鸡摸狗。在表面上，他们要服侍她，要对她亲切有礼呵护备至。她还需要什么呢？名分金钱道义都在她这一边，她完全可以雍容大度慈悲为怀，这才是大人雅量光照日月！记忆的苦水在时间的山顶慢慢冷却，直到凝成了万古不化的寒冰。

当老松来看望大芳的时候，大芳已将自己调理了一番，处变不惊。

她从老松神采奕奕的表情来看，知道在自己昏迷不醒的日子里，老松也没有中断自己的风流雅兴。但是，她顾不了那么多了，只要她高高占据着老松夫人的宝座，其他都可以忽略不计！

就这样，大芳在易湾和老松的精心照料下，非常缓慢地恢复着。在这种恢复中也感受到异样的安适。那就是——他们都深深地有负于你，你是他们的债主。你拥有慈悲和宽恕的权力，从你的手心里渗出的点滴雅量，他们都感激涕零。

老松和易湾在大芳看不见的地方苟合着，大芳心知肚明，不再揭穿。因为揭露需要庞大的精力和体力，大芳已弱不禁风。而且，揭露之后又怎么样呢？易湾被扫地出门，老松也会对自己怒目相向，到那个时候，谁来服侍病入膏肓的大芳呢？就算大芳发愤图强自力更生，从此站立起来再不用人帮忙，节省出来的辽阔的时间田野又用什么种子来装点呢？没有了易湾的日子该是多么无聊！

大家相安无事，甚至大芳开始觉得这样也不错。当然，她不能在表面上显示出这种满意，而要让对方充满了内疚。大芳出院以后，易湾还住在她家，连保姆都习惯了这种格局，一家有了两位女主人。老松在表面上是把大芳看得重于一切，至于背后怎样褒贬她，大芳眼不见心不烦。大芳以为这种局面可以持续很久很久，如同一本刚刚打开的长篇小说。没想到，易湾在一个夏天的傍晚悄然而去。没有吵闹也没有争执，老松为易湾找了一份很好的工作，并且给易湾介绍了一个很有身份和背景的男朋友，易湾满意到再不愿意多耽搁一天。

家庭重又恢复了平静，大芳怅然若失。不过，她很快就振作起来了，电梯间新来了一个美丽的小姑娘，清纯得如同不食人间烟火的仙女，名叫小童。小童比老松和大芳的女儿还要小，晶莹得如同溪水上的一个小泡。小童是跟着家乡的姐妹一道到城里来谋生路的，在保姆培训班上因为聪明伶俐，被招去学了公寓电梯管理。大芳把家里一些用不到的物品送给小童。小童很感谢。大芳又把女儿先前穿过的衣服送给小童，没想到小童穿上之后，居然比当年的女儿还要美丽。当大芳看到穿着女儿衣服的小童时，忍不住眼角盈泪。女儿如今在国外留学，交了一个金发男友，乐不思蜀。大芳一直很担心，将来生出的孩子，会不会一半头发是金色，还有一半是黑色？或者上半截是黑的，下半截是金的？她把无处发泄的母爱都倾注到了小童身上，并且发动老松也一道无微不至地关怀小童。

老松说："你不要管别人的事，管好我们自己就是了。"

大芳说："她不是别人。她就是我们自己的一部分。"

老松说："怪事。一个乡下妹子，和你我有何干系？我记得你不是一个普度众生的人。"

大芳说："你没看到她穿上女儿以前的旧衣服，有多合适？"

老松说："看到了又怎么样？我劝你以后不要把女儿的衣服送给别人。实在没地方放，你可以烧掉。"

大芳说："亏你还是劳动人民出身呢，就没有一点环保观念。看不到女儿，我看到一个类似的人也行。你怎么不体贴人！"

老松举手告饶，说："好好，你就我行我素吧。"

小童是个很有眼力见儿的姑娘，也许从贫困中走出的女孩，都有这种天赋的直觉吧。她常常悄无声息地陪着大芳坐着，并不多说一句话。但一种相依为命的感觉就在这种依偎中一天天浓烈起来。

直到有一天，大芳发现小童不是依偎在自己怀里，而是依偎在老松肩胛之下，又一次山崩地裂江河倒流……这一次，感到剧痛的不再是腹部，大芳的肚子里已经不剩多少零件了。这一次，锥心之痛来自胸部，到了医院，被放入套筒似的核磁共振箱里，查了又查，最后看到肺尖上的阴影，怀疑是肺结核，又说可能是肺癌，要把她的肺切掉……

大芳万念俱灰，自生存以来的孤单如同海啸一般壁立而来，屈辱的浪花被曝晒为利剑，苦海耸为高山。她在利刃中穿行，血肉横飞，只剩下一具满目疮痍的木乃伊。

大芳的故事讲完了。眼巴巴地看着贺顿。

漫长的倾听过程，贺顿一千次走神，又一千零一次把自己拽回来。这不是一个好听的故事，更不是一个高尚的故事，甚至连一个婉转曲折的故事也算不上。这基本上是一个乏味的故事，一个龌龊的故事，或者简直说就是低级趣味的故事。但是，这确是一个真实的人生。这一点不容置疑，从大芳的哭泣和仇恨中，感觉到这个灵魂像一只青虫从树上跌落，被人用脚碾碎，流出来的却不是鲜血，而是绿色的脓浆，涂满了生命的曲径。

有人把心理医生的工作比作垃圾清洁工人，觉得他们是在不停地吸纳着别人的愁苦和烦闷，然后在荆棘中和当事人一道寻找出路。贺顿是个富有同情心的人，她不同意垃圾的说法。如果把一个人的愁苦比喻成垃圾的话，这世上又有哪一个人是完全健康的？大家就都是垃圾桶，世界岂不成了臭不可闻的垃圾场？

面对着大芳的故事，一筹莫展。面对着大芳求助的目光，无能为力。如果把大芳比作一种动物，贺顿觉得她是一只病龟，缩在黑暗的海滩上，斑驳的记忆把它疲惫的双眼激出比海水还咸的泪。那些泪变成生锈的钉子，把过去悬挂在那里，晒成古铜色的鲞鱼。

贺顿不能向自己的无能为力投降，也不能空洞地盯着来访者毫无作为。她问大芳："那你打算怎么样呢？"

大芳说："我就找你来了。"

贺顿说："你找到我怎么样呢？"

大芳说："我就把自己的故事告诉你了。"

贺顿说："然后呢？"

"然后就是你的事了。"大芳一脸无辜地等待着。

贺顿一字一顿地说："这不是我的事。这是你的事。"

大芳傲慢地说："可是我付了你钱，你应该为我排忧解难。"

贺顿说："钱并不能解决所有的问题。你和你丈夫很有钱，可你还是不快乐。"

大芳恼羞成怒说："我不快乐用不着你来提醒。你说，你到底有没有办法？”

气氛陡地冷峻起来，但事关原则，贺顿不能让步，她说：“我愿意帮助你，但你必须承认这是你的事。”

大芳也寸步不让，说：“你收了我的钱，也就成了你的事。受人钱财，替人消灾，天经地义！”

贺顿说：“如果我把你的钱还给你，我们是不是就两清了呢？”

通过多次来访，大芳已经在这里付出了一笔不小的费用，她谅贺顿不会让到手的熟鸭子再长出羽毛飞走，为了让心理医生更好地为自己出主意想办法，她决定再煞一煞这个小个子心理师的威风。大芳说：“好啊。你想想吧，下一个咨询日我还照常来。你不能为我出主意，就把钱退给我。顺便说一句，今天我只用了一半的时间，所以，费用，我也只交一半。”说完，大芳款款起身，头也不回地离开了咨询室。

贺顿看着大芳离去，什么也说不出来。过了一会儿，柏万福走进来，说：“刚才那个女的，我看不对劲。”

贺顿说：“你从哪里看出来的？”

柏万福说：“她雄赳赳气昂昂的像个志愿军，冲出去了。”

贺顿说：“你看看统计表，她一共来了多少次？”

柏万福说了数字，贺顿指示：“你备好钱，等她下星期来的时候，退给她。”

柏万福说：“凭什么呀？你为她耗费了那么多心血还有时间。光眼泪也有几茶缸了。我好几次注意到她走了以后，你的眼圈都红红的。她怎么能这样没良心！”

贺顿说：“就算我再投入，没能给人家解决了问题，人家要索赔，也有道理。”

柏万福说：“有什么道理？这也不是卖电视机的，多少日子之内包修包换。这是精神产品，只要你尽心尽力了，她的问题当然最主要的还是她自己负责了。”

一句话点醒梦中人，贺顿说：“你说得对，她的责任在她。我差点被她牵着鼻子走了。”

柏万福说：“癌症有治愈的，更多的是治死了，谁敢赖医生？心理毛病也有治不好的。”

贺顿说：“话虽是这样说，但我总觉得自己的力度还不够。手艺不成，该退还得退。你把钱给我预备出来，下星期她来了，我再相机而动。”

柏万福说：“钱没了。”

贺顿大惊，说：“到哪里去了？最近没买什么大件东西，莫不是你遭了贼还是挨了抢？”

柏万福说：“我把钱都给存了。”

贺顿说：“那就取出来。”

柏万福说：“取不出来。我存了定期。”

贺顿说：“没有取不出来的道理。”

柏万福急了，说：“能取也不能取。”

贺顿说：“你是法人还是我是法人啊？”

柏万福说：“你是法人也不行。这不是所里的钱，是我的钱。”

贺顿说：“这可越来越奇怪了。你还篡夺了咱家中的财务大权了！”

柏万福说：“你不要急。这个诊所所有的投资都是咱家的，你不拿工资，我也不拿工资，图的就是赶快挣点钱，把你借的饥荒还上。你要是把诊费退回去，开了这个头，以后谁要是不满意就退货，那咱们就没法干了。我是从长远着想。”

贺顿不得不同意柏万福说得有道理，特别是提到了欠账，已经好久没有到钱开逸那里去了。但她还是坚持要柏万福把退给大芳的钱准备好。

柏万福愤愤然，这等于让一只猫把吞下去的鱼头吐出来，猫被掐住了脖子，像一只鱼鹰，吐出的鱼头上带着血迹。

然而，还是吐出来了。

下一次咨询之前，贺顿有些紧张。她不知道大芳会不会来，私底下甚至期望大芳不要出现。那笔钱她已经准备好了，她希望大芳收回了这笔咨询费，从此永远消失，把这个人和她的故事从头脑中剜除。

大芳准时到了。落座之后，她看到了茶几上堆放的钱。

“这是你所付的看心理医生的全部费用。”贺顿淡淡地说，“如果到今天你离开的时候，还不满意，就可以全部领回去。”贺顿说完，正襟危坐，等待着大芳的回应。

大芳有些吃惊，好像没料到这一手，说：“你可以留下一部分。毕竟，你也付出了劳动。”

贺顿说：“谢谢你。不过，如果说我这个心理医生对你完全没有帮助，那我不能收你的钱，收了会让我不安。”

大芳受了感动，说：“也不是一点效用也没有，起码你一直在听我说话。普天之下，能找这么一个地方也不容易。”

贺顿说：“我希望能给你更多的帮助。仅仅是听人说话，一台录音机就可以办得到。”

大芳说：“我很想听听你的看法，告诉我今后怎么办。”

贺顿说：“没人能告诉你。”

大芳说：“我要是把这个故事讲给任何女人听，她们都会给我出主意。”说完她叹了一口气说，“只是我信不过她们，她们也不能承诺给我保密。”说到这里，她猛然省悟到，“你要是把钱退给我，你还能保密吗？”

贺顿说：“能。”

大芳说：“这我就放心了。”

贺顿说：“任何一个女人都可能给你出主意，但是，心理医生不会。”

大芳说：“那心理医生还有什么用呢？”

贺顿说：“心理医生的用处就是帮你理清脉络。大主意你自己拿。”

大芳说：“你帮我理清脉络了吗？我怎么不觉得？”

贺顿说：“你太沉不住气了。我正要谈我的看法，你就要退钱了。”

大芳说：“那你现在可以说了。我还在咨询，你还应该负责。”

贺顿索性破釜沉舟，把压抑已久的愤怒喷射了出来：“你要听我的脉络，可以，我这就告诉你。打个预防针，你可要坐得住，和你的逻辑南辕北辙。”

大芳的涵养比贺顿料想的要好，她微笑着说：“说吧。我到这里来，就是为了听一些不一样的话。”

贺顿想，这可能是为大芳做的最后一次咨询了。决定退费，她终于可以畅所欲言了。

贺顿说：“我首先觉得你是一个没有骨气的女人。你从来没有掌握过自己的命运，而是被一个非常具有操纵性的男人牵着鼻子走。这个男人就是小松，后来变成了老松。他一次又一次地背叛你，从街头的茶小姐，到自己手下的工作人员，还有女博士和电梯工，可以说地无分南北，人无分老幼，都可成为性的对象。在你们的家庭里，还有真情吗？还有真诚的交流吗？还有爱的残片吗？没有了。我在倾听你的故事的时候，不止一次怒火中烧。我觉得你丧失了尊严，你是个可怜虫，你在乞求一点爱的残羹剩饭，其实得到的不过是新的欺骗和更无耻的背叛。你一次又一次地原谅那个背叛你的人，你用自己的宽容纵容了罪恶，所以，你的身体强烈地反抗你。在每一次的侮辱之后，它都悲愤难平，只有靠把矛头转向自己来消解压抑。这就是你不停地生病，不停地做手术的内部逻辑……”

贺顿只顾自己唾沫星子乱溅地抒发感情，没想到那边的大芳脸色变得煞白，说：“你……你的意思是……是我自己……自己把自己搞病的……自己？”

贺顿看到大芳嘴唇哆嗦语无伦次，也有些害怕，但事已至此，一不做二不休，只有奋勇向前。况且那些话在她心中压抑太久，已经从草籽长成了萋萋荒草，再不燃起烈火，恐怕把天地都遮盖了。反正自己也不是以咨询师的面目出现，不妨一泻千里。

贺顿说：“对，你悟性不错。每当你因为老松的婚外情而大病一场的时候，老松就负疚，就回到你的身边百般呵护，你就从中感到温暖。你得到的短暂爱护和关心，是你付出了一个又一个宝贵的器官为代价的。现在，你已经成一个空壳子了，你已经没有多少本钱可以成为筹码来做这种牺牲了。继续手术，你的所有脏器都进了垃圾堆，你就不复存在了。所以，你们之间这种拙劣的游戏快玩不下去了，因为你的本钱要输光了。你找到我，倾诉你的苦水，我谢谢你的信任，但如果你不从根本上改变，恕我直言，你就是死路一条。但你死的时候，你都不知道自己是因为什么而死，你都不知道自己是一个可怜虫，一个被人谋杀的胆小鬼！”

滔滔江河狂泻而下，贺顿这个畅快啊！这个舒服啊！从听大芳的故事开始就发霉的情绪终于见了清风朗月。一席话说得腰杆也硬起来了，眉头也抹开来，空气中都带上了桂花香。

大芳好像被原子弹炸中，嘴唇张成“O”形却又发不出任何声音，颜面肌肉抽搐着跳荡着，浑身像落叶一样颤抖。

贺顿有些害怕，说：“大芳，是你让我直说的，不会吓着你吧？”

大芳半天才说：“不会。其实，你说的这些，我早就模模糊糊地想过了。我之所以不敢往深里想，是太痛了，太苦了。我找到你们这里，就是想找到一条拯救自我的路。你的话，虽然狠，但是切中要害。我就是一个可怜虫，一个懦夫，一个胆小鬼，我自欺欺人，我自取其辱。我不能再这样下去了，我要换一种活法，我要改变。不然的话，我就得叫这些狗男女气死，最后只剩下孤单单一张人皮，里面什么东西都没有了。我活得这样没有尊严，我还有什么意义啊……”

大芳脸上反倒平静了，也许最阴暗的情绪被最恐怖的言语袒露出来，残酷也成了一种放松。贺顿听出大芳的灰心丧气，忙说：“认识到了，就可以改变。”

大芳绝望地说：“我怎么能改变他？我一直是他手心的那块糖。

他想吃就吃，想丢就丢。”

贺顿说：“你说得对。你不可改变他。”

大芳更绝望了，说：“如果事情没有改变，说什么都是多余的。我到你这里来过了，最时髦最前沿的心理医生也没有办法了，这就是我的命运。”

贺顿说：“我只说你不可改变他，并没有说你不可改变自己。”

大芳迷惘地说：“我听不懂你的意思。这有什么不同吗？”

贺顿说：“这不同就在于——你可以改变自己的。”

大芳说：“我如何改变呢？”

贺顿说：“这只有你自己知道。”

大芳沮丧地说：“绕了一圈，我们又回到了起点。我要是知道了如何改变，我又何必花这么多冤枉钱呢！”

贺顿纠正她说：“你并没有花冤枉钱。这些钱你都可以收回去。好了，就这样吧，我的意见都说完了，不是作为一个心理医生，而是作为一个听了你这么长时间故事的女人。如果你愿意把我当成你的朋友自然好，如果不是朋友，也没有什么了不起的。反正，我的话是说完了。”贺顿站起身，做出送客的样子。在所有的工作程序里，她都不曾这样放肆过，今天，是一个例外。

大芳也像木偶一样站起身来。或者，说她像木偶实在是一个夸奖，她的表情和目光都让人想起欧洲中世纪的僵尸。

“我走了。”大芳空空洞洞地说。

“别忘了带上你的钱。”贺顿提醒她。

“不，不要。你今天说的话，比这些值钱多了！”大芳说完，蹒跚着走出心理所。

贺顿把自己像一袋浸了水的湿面粉扔在了沙发上。累死了。心灵的恶战也是短兵相接刺刀见红，有看不见的伤口在汩汩流血，有森森白骨龇牙咧嘴。

为什么有这样浓郁的桂花香？通常只有厕所里积聚了太多秽气的

时候，贺顿才在空气中喷洒高浓度的空气清新剂。

柏万福像个幽灵似的溜了过来。

“走了？”柏万福悄声细语地问，好像怕惊动了什么人。

“走了。”贺顿知道他指的是大芳。柏万福很关心那些钱的去处。

“没拿走？”柏万福已经看见了那一沓钞票，明知故问，主要是让自己更踏实。

“没拿走。”贺顿回答。

“我知道不能偷听你们的谈话，但你们的声音实在是太大了，想不听也不行。主要是你的声音大，太不留情面了，伤人啊！”柏万福还为刚才的唇枪舌剑惊悸不止。

“你没有听到过整个过程，实在是忍无可忍。”贺顿一边默放着刚才的记忆，一边替自己开脱。

“就不能悄声说吗？我看她实在扛不住了，为你捏把汗。也不敢说话，就不停地往这间屋子喷空气清新剂，你闻到了吗？”柏万福关心地说。

贺顿说：“真是用心良苦，可惜我根本理会不到，香气扑鼻还以为是谁在厕所拉稀跑肚然后欲盖弥彰，都快把我熏晕了。”

柏万福说：“我看这女人的问题挺严重的，你单枪匹马的，势单力孤，还是找几个人商量商量为好。俗话说，三个臭皮匠，赛过诸葛亮。”

贺顿说：“她以后不会来了。”

柏万福说：“就算是她不来了，这些经验教训也都很宝贵。人家医院里碰到疑难病例还开个会诊单子呢。”

贺顿想想，说：“好，好主意！”

于是就有了同侪会诊，于是就有了自杀未遂。于是就有了老松的来访，于是就有了贺顿的崩溃……

“你找个最舒服的姿势。全身不要绷着劲。两手浮起来，对，就这样仰着，背部悬空。”姬铭骢开始对贺顿进行全身抚摸。“两肩放松……”说着把双手盘在了贺顿的肩头。贺顿轻轻地抽搐了一下，姬铭骢清楚地感觉到了，但他不去理会，继续向下进行，从贺顿的肩部开始，轻轻向下触摸，一边观察着贺顿的反应，一点点地放松着手中的力度，最后变得像蝴蝶的翅膀一样轻颤。反复多次之后，弗洛伊德榻上的贺顿，如同橡皮泥一样柔软起来。

“把十个指头放松，让它感觉到很舒适……”姬铭骢抓起贺顿的十个指尖，轻轻地上抬后，放开。第一次，贺顿的手臂失去了支撑，缓缓地落了下来。这说明贺顿的意识还在强有力地控制着自己的肌肉群，催眠没有达到预定的效果。姬铭骢不急不躁，缓缓地又开始了新的一轮试探。当他第二次骤然放开贺顿的手臂时，坠落的速度明显快了，但还是仿佛装了缓控装置的门页，有所延迟。姬铭骢到底是身经百战，毫不气馁，一次又一次抚摸着贺顿的手臂，好像是当年那个要把铁杵磨成针的老婆婆，不厌其烦地打磨着那块顽铁。

终于，当姬铭骢第N次放开贺顿的手臂时，贺顿的臂膀就像僵尸之手砰地落下，发出了很大的声响。

贺顿已经完全失去了对自己手臂的控制力量，好像一根任人挥舞的三截棍。

姬铭骢转而用手轻轻接触贺顿膝部，说：“你把两个膝盖骨放松，让它们好像飘浮起来。”

这样一遍又一遍地重复之后，贺顿终于觉得自己的两腿如太空人的行走，失去了重心和方向感。

“请你盯住这个火焰，随着它闪烁，你用力吸气，好，你的肺已经被胀满了，好像风帆。停住你的呼吸，好像你已经停泊在世界上最深的港湾，然后你尽你所能，呼出你肺里所有的空气，让它变成一个空空如也的瘪袋子。对，很好，用力呼气，把所有的气体都呼出去……你觉得自己也飘浮了起来，现在，放松你的右脚，让它们脱离你而去……放松你的左脚，让它们脱离你而去……放松你的左手，让它们脱离你而去……放松你的右手，让它们脱离你而去……放松放松……

现在，你已经无所牵挂，你变得像一团雾，像一丛棉花，像天鹅的羽毛飞升……”

点着的蜡烛就是催眠板。

在那之后一定发生了什么。到底发生了什么？每个人都是一个谜题，一个连他们自己都不知晓谜底的谜题。唯一能够破解这个谜题的人，是谁？面对着人生最复杂的题目，姬铭骢有一种披荆斩棘深入虎穴的快感。

有的人以遥远的星球为研究对象，有的人以细微的粒子为研究对象，有的人以蚂蚁的眼睛为研究对象，有的人以恐龙的脊椎骨化石为研究对象，更有人以人的心肺脾胃肾为研究对象……他姬铭骢是以人为研究对象的，不研究人的肉体，只研究人的心灵。这是一个无比广阔和深邃的内在宇宙，姬铭骢把自己的一生掩埋其中，其乐无穷。

现在，面对着贺顿这个个案，姬铭骢停滞不前。

对贺顿的催眠中，遇到了强大的阻抗。贺顿甚至连眼睛都不肯闭上，害怕一闭眼就被湮没在无边的黑暗和寒冷之中。

姬铭骢戒急用忍。催眠就像钟乳石一样，极缓极慢地点滴着，长成一株笋。如果你着急摆弄，它们就折断了。

到底发生了什么？是什么让贺顿变成了现在的样子？心理探索犹如一柄双刃剑，如果你一直封闭着，掩埋着真相，就是雪里埋尸。尸体栩栩如生地冻结在那里，不会分解和消失。表面看起来是白茫茫一片大地真干净，遗忘的永冻层会让创伤不再腐烂。但是，如果你开始挖掘，如果你把那尸体曝晒在光天化日之下，结果往往不堪入目。真正的心理学家如同真正的探险家，绝不会因了艰难险阻而回避穿越南极。谋求心理探索的过程如同兴奋剂注入体内，心在半空弯成问号，瞳孔因此而放大，呼吸加快，手心也会冷汗涔涔。这种状态会使诱导者进入痴迷。

姬铭骢认为好奇是年轻最显著的标志之一，当一个人不再好奇的时候，生命也就接近尾声。死亡是不需要好奇的，它蹲在远方，慢条斯理地等待着你。要在它呼唤你之前，把让你莫名其妙的事弄个清楚，然后再明明白白地上路，是心理学家的职责和幸福。

姬铭骢在暗夜中对自己一笑，他想到了一个方法，一个在别人看来肯定是卑鄙的办法。明知是勉强，却必须要坚持。谁都有黔驴技穷的时刻，权威也不是金刚不坏之体。除了坚持，你没有更能深入的灵丹妙药。他为此做了周密的准备。

当贺顿再一次来访的时候，姬铭骢对她说："想把自己搞清楚吗？"

贺顿毫不迟疑地说："是。我一次又一次地打扰您，图的就是清楚。我要干这一行，必须把自己弄明白，我希望自己通体透明如太湖银鱼，无骨无肉无筋络。可惜弗洛伊德老人家不在了，要不，我就是爬，也要爬到维也纳去，请他老人家给我做个分析。"

姬铭骢说："弗洛伊德收费很高的。"

贺顿说："那我就给他家当保姆吧。以工钱相抵。"

姬铭骢欣赏地说："看来你的决心蛮大。"

贺顿说："我是一个对人特别有兴趣的人，尤其是对自己有兴趣。"

姬铭骢说："那就好。"

贺顿苦恼地说："有什么好？一个连自己都不清楚的人，还能搞懂世界吗？"

姬铭骢说："我可以帮你。"

贺顿垂头丧气地说："您已经帮我了。可是，我不争气。我不想不争气，但是，没法子，太顽固。顽固的那一部分，是我又不是我，我管不了它。"

姬铭骢说："我还可以继续帮你。"

贺顿说："谢谢您。不过，我看希望不大。"

姬铭骢说："我还有最后一个法子。"

贺顿如同溺水之人看到一根鹅毛，喜不自禁说："那我愿意一试。"

"这个疗法你可能要做出牺牲。"姬铭骢斟酌着语句，语调放缓，给贺顿以充分考虑的时间。

其实贺顿用不了那么长时间斟酌，她很快说："我是穷人家的孩子，能吃苦。我不怕。"

姬铭骢说："这跟穷不穷的没多少关系。我需要的是你随身携带的一样东西。"

贺顿不解，低下头来看看自己的穿戴，已是春夏之交，她穿一套纯棉的豆沙色套裙，脚上是一双白色的仿皮凉鞋，没有佩戴任何首饰，连手表都没戴，要看时间，就用手机替代。贺顿有些尴尬地说："我随身没带什么东西能担当此项重任。"

"有。"姬铭骢很肯定地说。

"那是什么？"贺顿百思不得其解。

"你听好了，不要吓得惊叫起来。"姬铭骢意味深长地说，"这个疗法很特别。经过这么长时间的相互交流，我想你能明白我的真实意思。"姬铭骢面容严肃。

贺顿还是完全不明白，她说："到底是什么呢？"

姬铭骢清清嗓子，说："是性。"

贺顿果然吓得几乎从椅子上跌落下来。对于一个心理师来说，性并不是什么不可言说的话题，让她惊奇的是姬铭骢的镇定自若。她轻轻地重复着："性？"

姬铭骢说："是。以我的推理判断，我想你一定是在性的交往当中出现了某种问题。这究竟是一个什么问题，我不得而知。但是，我很希望通过我的工作，能帮到你。"

贺顿不知所措，说："还从来没有人分析我对性的态度。如果您能帮助我，我……"她支吾着，不知后面的话如何说。或者是她根本就不知道后面该说些什么。

姬铭骢说："我知道你很意外，不必马上回答。你想一想，想好了，再回答我不迟。"

贺顿木然地在街上溜达。真是太古怪了，心理分析搞来搞去，居然搞到了床上。贺顿对性麻木不仁，她曾轻易委身，并认为事出有因，轻描淡写地原谅了自己。有的时候，也守身如玉。过程中，没有痛苦也没有悲伤，当然也没有兴奋，有的只是目的。当然了，其中有欲望。这并不等于贺顿人尽可夫，并不等于在贺顿的心怀中，就可以放任和轻率。欲望不是属于一个汁液充沛的年轻女子的生理向往，而是为了人生的奋斗目标。不想，在她以为最洁净的学术领域里，却涉及最低级的本能……而且，还这样事先出安民告示，大白于天下。

做还是不做？这是一个问题。贺顿百思不得其解。贺顿不是贞节烈女，多睡一次少睡一次，并不会给她带来实质性的损害，但是一想到姬铭骢道貌岸然的白发，一想到自己对他一往情深的尊重和爱戴，包括那双长着老人斑的手背，贺顿就涌起生理上的剧烈排斥。

科学是贺顿心中最后的一块净土，如今这净土也要染尘。贺顿不甘心啊，她原本抑郁的内心此刻更加黯淡，偶像訇然倒塌，前程再无方向。

她像一块流动的岩石，很困难很愚蠢地行走着，不知自己要去何方。她拒绝变得圆滑，但为了行走的速度，她还是磨去了很多棱角，为了流畅，她不得不做出妥协和让步。

当她漫无目的停下脚步的时候，才发现到了钱开逸楼下。她不知钱开逸在不在家，也不知这个时候到他家去是否合适。人在走投无路的时候，管不了那么多。她按响钱开逸家的门铃，钱开逸睡眼惺忪地走过来开门，一看是贺顿，明显地吃了一惊。他的眼睛和体态都顽强地表示着拒绝，就像黎明之前大地对太阳的拒绝，这是一日当中最黑暗的时刻。

“有什么事吗？”他紧了紧墨绿色丝绒睡衣的系带，把自己包裹得像个木乃伊，问道。

“是的。有事。有一件很重要的事，我拿不定主意，很想听听你的意见。”贺顿虽然感到了钱开逸的吃惊和隔绝，但她无处可去，只有坚持会面。

“那好吧。请你在门口等 30 分钟。”钱开逸注视着贺顿的眼睛，下了决心。

贺顿的脑筋发木，一时想不明白钱开逸为什么需要那么长的时间，虽然她知道钱开逸是个很重视仪表的人，但半个小时梳洗打扮对于一个男人来讲，还是奢侈了一些。

没有用到半个小时，到了第23分钟的时候，贺顿就知道了钱开逸要求这段时间的理由。裘南娟匆匆走出了钱开逸的单元门，头发湿淋淋的，还带着薰衣草的花香。滴下的水珠把她连衣裙的肩头都打湿了。她噘着嘴，走得很快，甚至都没有注意到蜷缩在楼道犄角旮旯处的贺顿。

贺顿走进屋去，空气中还弥漫着情欲蒸发的暧昧气息。贺顿说："谢谢你。"

钱开逸说："谢什么？我原以为你要骂我呢。"

贺顿说："我是你的什么人？我有什么权利来管你呢？"

钱开逸揉着太阳穴说："我就喜欢你这种明白事理的劲头。说吧，有什么事需要我帮忙？"

贺顿突然不想说了，因为这种事三言两语很难说得清楚。就扭转话题说："没有什么具体的事，只是想来看看你。"

钱开逸笑道："如果你没有其他的事，看到裘南娟就不会那么平静，毕竟咱们肝胆相照，比如刚才，你知道她，她却不知道你。你一定是有了非常重要的事情，才这样风驰电掣地来找我，还有一点气急败坏。"

"我并没有气急败坏。"贺顿争辩。

"好。那就是宠辱不惊吧。反正都一样。说吧。"钱开逸正襟危坐。

贺顿说："不要那么运筹帷幄的样子，好像你是心理学家。"

钱开逸说："在某种程度上说，所有的人都是心理学家。"

贺顿说："请教一下你这个土造的心理学家。"于是把姬铭骢将要采取的治疗方案向钱开逸摊开。刚开始她还有点不好意思，但很快就被自己的焦灼所战胜，一五一十地转述姬铭骢的说辞。

钱开逸第一个反应是："这个老淫棍，这不是打着学术的旗号，霸占良家妇女吗！”

人就是怪，本来贺顿也时不时地涌出这样的看法，可一旦钱开逸挑明，她又为姬铭骢开脱。说：“不要把人家想得那样坏。督导确实遇到难关。”

钱开逸见贺顿不悦，就说：“我就不品评老人家的人品了。只是，有这个必要吗？”

贺顿茫然地说：“不知道。我如果知道，就不这样来求教你了，还搅了你的好梦。”

钱开逸说：“知道对不起我就好，一会儿要补我。”

贺顿说：“不要开玩笑，咱们谈正事。”

钱开逸收起笑容说：“好吧。按下我的嫉妒心不表，我的意见是你可以接受。”

贺顿大惊说：“你刚才还破口大骂，怎么一下子就转过这个弯子来了？”

钱开逸说：“因为我想起你本不是良家妇女。”

贺顿叹了口气说：“基本上还算是吧。不过，你这么说，真是个不坏的理由。”

钱开逸正色道：“刚才是开玩笑，现在说正经的。你还记得《红与黑》里的于连吗？”

贺顿说：“全中国都知道这个一心想往上爬的男子。”

钱开逸纠正道：“是美男子。”

贺顿说：“这难道有什么不同吗？”

钱开逸说：“那当然有所不同了。不是每一个人都有资本勾引市长夫人的。”

贺顿说：“我还是想不通你讲的这个故事对我现在有什么微言大义。”

钱开逸说：“我知道你为了你的事业，是甘愿付出一切的。你不是一个美女。你说我说得对不对？”

贺顿说："对。"

钱开逸说："那现在老头愿意给你做这个治疗，我们就把它当成一个纯粹的治疗，其他的你就不要多想，就和在屁股上打一针或者是割个双眼皮什么的同等待遇，你觉得如何？"

贺顿说："你真是这样想？"

钱开逸说："我真的不是这样想。我恨不能到公安局去报警，说这个老家伙是个强奸犯。但从你的角度考虑，我以为你可以接受。因为，只有我知道，你是一个多么热爱自己事业的人。以前有志士献身，现在，这种精神依然存在。在开始一项长期的劳作之前，我们需要一个与之匹配的强大的理由。不是吗？这个理由需要像冬瓜一样饱满，因为你将要付出的非同小可。"

贺顿忍不住热泪盈眶，说："谢谢你帮助我拿了主意，谢谢你这么理解我。"在蒸煮般的煎熬之后，一种强大的镇静感生发而来，如同高原，平缓而持重，不断隆起。就把这当作一种修行吧，如若你没有经历过生命的大悲伤大磨难，你就很难具有慈悲之心智慧之心。因为你不知道那苦痛是怎样地骇人听闻。

贺顿买了一条新的粉色内裤，带有蕾丝花边。她一直想有一条这样的内裤，但是从未买过。因为柏万福心疼钱，不能接受这样精巧的东西，他只在地摊上买十块钱三条的大裤衩子，穿不了多久，松紧带就像鸡嗉子一般垂了下来，裤腿肥得像两只面口袋，所有景致一览无余。

当穿着粉红色蕾丝内裤的贺顿来到姬铭骢家里的时候，姬铭骢正在看球。老张端茶送水，姬铭骢说："老张，我和贺顿到卧室去了。你就不必照料我们了，好好看球，一会儿把结果告诉我。"

贺顿说："您也爱看球？"

姬铭骢说："是啊。"

贺顿说："听说爱看球的人，看的就是过程。最不喜欢的就是别人把比分告诉自己。"

姬铭骢说："我不在乎过程，只在乎结果。不管用什么手段，只要最后胜利，一切都顺理成章。"

贺顿说："那也包括犯规啦？"

姬铭骢说："只要不被发现，就不是犯规。"

语带双关的对话，进了姬铭骢的卧室，戛然而止。

卧室很洁净，并不像贺顿想的很香艳或是很奢靡，基本是中式格局，古色古香的柜子和书橱，一张宽大的床好似游泳池。也许是因为床单和被褥都是浅蓝色的绸缎。

贺顿说："怎么开始？"

姬铭骢说："请你自己把衣服脱下来，躺到床上。"

贺顿说："非要我自己脱吗？"此刻的贺顿已经分裂成两个人，一个人在接受姬铭骢独特的督导，另一个还不忘探索细节，增长学问。

"是的。必须要你自己脱。这样，才能证明你是自觉自愿的。"

贺顿心想，这个老家伙，无论从流氓还是从学者的角度来说，都滴水不漏。

贺顿把自己的衣服一件件地脱下来，直到剩下那条粉红色的内裤。姬铭骢无动于衷地看着贺顿的裸体，嘟囔了一声："你可真够瘦小的。"

贺顿羞惭得无地自容，不是因为自己的赤裸，而是因为毫无韵致的体态。她很想飞快地套上衣服跑掉，但是，不能。一般女子的羞耻之心，在贺顿预备接受这种督导的时刻，已经散失殆尽。现在，她要为学养上刀山下火海万死不辞，又何必在乎人家对自己身体的指指戳戳呢？

姬铭骢对贺顿说："继续脱啊。"

贺顿把手伸向自己镶着粉红蕾丝的贴身小裤，姬铭骢说："不是这件。"

贺顿愕然，不知所措地说："我只有这一件衣服了。"心中暗想，这一件几乎不能算作衣服的。

姬铭骢微笑说："不是指你的衣服，是指我的衣服。"

贺顿这才明白，诧异问："这也是必需的吗？"

姬铭骢说："我不知道别人是不是这样操作，但我很强调这一条的。因为只有这样，疗效才更好。"

贺顿只有遵命，把姬铭骢的衣服也一件件地脱下来，每脱一件，她都细细地把衣服折叠好，好像一个尽职尽责的洗衣女工。

现在，贺顿和姬铭骢都赤裸裸地躺在了床上，骨骼凸出皮肤暗黄，好像两具风干的玉米秸。姬铭骢是因为老迈，贺顿是因为瘦弱。

贺顿简直有点幸灾乐祸的味道。看这种毫无情趣的景象，她真不知道姬铭骢下一步该如何演示下去了。

姬铭骢轻车熟路，把窗帘拉上，房间里顷刻之间变得幽暗。姬铭骢又把蜡烛点着了，这次的蜡烛是悬挂在一个吊篮般的器皿中，他举着它，烛火自下而上映照着姬铭骢的脸和肌肉松弛的上半身，有一种令人惊骇的古怪在其中。

姬铭骢开始了催眠前的诱导，贺顿的神志好似被一种冰凉海水所浸漫，渐渐地进入了恍惚的状态。

姬铭骢用悬吊的钩子把烛火吊在了半空中，贴近了贺顿的身体。他在贺顿的耳边喃喃地说："现在，你不是30岁了，你是29岁……你是28岁了……你是27岁了……"

声音有一种平滑的倦息，好像是一条奶油大河的入海口，看似静止，实则极缓慢地移动。这种移动是逆向的，从海洋的深处上溯到江河的源头。水蛇般潜航的结果，使贺顿逐渐有了一种类乎一氧化碳中毒般的安宁，她觉得自己一点点地变小，时光好像真的开始倒流。当姬铭骢说到某些特殊年代的时候，她不由自主地发出胃痛般的叹息，好像陈年积攒下的某种气体，当压力解除的时候，开始冒泡了……

姬铭骢锐利的目光在黑暗中注视着他的猎物，凡是贺顿有反应的年份，哪怕是睫毛如蝴蝶须毛的轻微颤动，他都给以特别的关注。此刻的贺顿就是一只被观察的小白鼠，这期间的任何反应都可能导向一个绝密幽深的心灵症结。

"23岁……20岁……17岁……"姬铭骢声音刻板不带任何感情

色彩，好似一个垂直降落的罐笼，把贺顿送入往事的黑暗煤窑。

“14 岁……13 岁……12 岁……”姬铭骢稳步推进着。

随着岁数的不断缩小，贺顿也越来越显得幼稚起来，她的身体蜷缩成一团，嘴巴无意识地张合着，好像在寻找某种芳香的液体。

当姬铭骢吐出“12 岁……”这个数字的时候，石破天惊。

贺顿猛地一声尖叫，好像是被人在心脏刺进了一把尖刀，然后她全身筛糠似的哆嗦起来，其力度之大，带得整个床铺都为之颤动。

姬铭骢一阵狂喜，好了，症结终于找到了，时间的坐标就是在贺顿 12 岁，发生了一件奇异的事情。只是，那到底是什么事情呢？

姬铭骢轻轻地问：“12 岁的时候，你想到了什么？”

“冷……”贺顿缩成一团，尽量减少自己的体积。

“还有什么？”姬铭骢穷追不舍。

“疼……”贺顿哆哆嗦嗦地说。

“哪里疼？”尽管这样的逼问很残酷，姬铭骢还是要进行下去。

“全身都疼。”贺顿回答。

“你还想到了什么？”姬铭骢顺藤摸瓜。

“继父是白的。”贺顿回答。

“他为什么是白的？”姬铭骢已经大致猜到方向，但他必须要贺顿亲口说出。

“因为他穿着黑色衣服。”

“他既然穿着黑色的衣服，为什么说他是白色的？”姬铭骢问。

“因为他没有穿衣服……”贺顿的声音小得像秋天霜降后的虫鸣，深暗的带有神秘感的毛茸茸的东西，让人想起上古的洞穴中有灰黑的篝火残渣。

姬铭骢没有任何惊异的音色出现，继续问：“后来呢？”

“后来，就是冷，穿透整个身体的冷，冷极了……”贺顿的牙齿都开始打战，嗒嗒的声响让姬铭骢也不寒而栗。

姬铭骢现在已经可以准确地判定，贺顿遭受了继父的性侵犯，但是，那究竟是怎样的侵犯呢？回到那个时刻是冷酷的，但不回到那一刻，贺顿的心理创伤就永远不可能复原。想到这里，姬铭骢问道：“我可以进入你的身体吗？”

贺顿残存的最后的意识还在挣扎，问道：“为什么？”

姬铭骢说：“为了你能彻底康复。”

贺顿迷迷糊糊地说：“一定要这样吗？”

姬铭骢沉吟了一下，说道：“我想，是这样的。”

贺顿回答：“那……好。”她对他抱有神明般的信任，相信当自己从看不见的钢丝上坠落下来的时候，他会绷紧天网来接住她。

姬铭骢开始进入了贺顿的身体。他感到极端的快乐，这是属于一个年老的男人进入一个年轻的女子身体的快乐，也是献身事业的满足感。姬铭骢把自己当成了治疗的一种手段，一种药物，尽管这在常人的眼里是罪恶和大逆不道，但是姬铭骢自有自己的解释。也许正是因为这种与众不同的解释，才使他在性欲勃发的时刻，更是丝毫没有忘怀自己的责任。

他相信一定会成功，就像一粒火种接近了干柴，除了燃烧，你不能设想还有其他的结果。只是，目前这粒火种还很幼小，这堆柴火也还半湿不干的。

“当年，是这样的吗？”姬铭骢胸有成竹地问。他几乎可以断定贺顿会说：“是的。”

但是贺顿的身体除了不停地颤抖之外，并没有丝毫属于兴奋和抗拒的表现，它像一块冷冰冰的木板，冷却力量之强大，让姬铭骢的利器一点点疲软下来。

姬铭骢是以工作为第一生命的，在这个关键时刻，他想到的不是自己欢愉的顶峰，而是陷入了思索和判断之中。一个遭受过强烈性侵犯的少女在回忆这一惨痛经历的时刻，为什么会如此麻木不仁呢？答案只能是两个，要么，是方向不对，要么，是方法不对。

关于方向，姬铭骢认定自己是完全正确的，一切细节都指向了这个方向，包括他进入贺顿的身体，那种痉挛般的反应，依他的经验，在这种早年受到性侵犯的女子当中，几乎是具有特征性的症候，应该说百发百中。另外的可能性就是方法的问题了。你无法穷尽一个丧心病狂的继父对一个幼女侵犯的手段，但是如果不能再现当年的场景，一切依然在潜意识的浑水当中浮沉，就没有法子把当事人彻底拯救出来。

姬铭骢好像一个探宝人，当然，这是罪恶之宝。但不管这宝贝的性质如何，要把它找出来。现在，你已经逼近了罪恶的现场，关键是要把一切复原。只有复原与重建，才有希望和再生。只有彻底复原，才能完整救赎。

谁最知道真相？只有这个昏昏欲睡的当事人了。尽管她好像婴孩般的胆怯和无能，但揭开罪恶之谜的钥匙就在她的手里。

想到这里，姬铭骢说："听我的指令，你深呼吸……呼……呼……"

他不停地命令贺顿呼气，不是一般的呼吸，而是只有"呼"没有"吸"，贺顿听从他的指挥，不停地向外吐气，好像一条垂死的金鱼。贺顿先是吐光了肺部正常的气体，然后就是搜肠刮肚地把肋骨和肚脐长久积淀下的气体也一并呼出，最后把骨骼中的空气也全都榨了出来。她的神志渐渐地昏暗下去。

这其实是很恶毒的一招，呼吸是一个链条，是有机的组成部分，有呼就要有吸。现在被姬铭骢强迫变成了单打一，短时间还不要紧，时间长了，大量二氧化碳被呼出，人就出现了碱中毒。

看看时机差不多了，姬铭骢问道："贺顿，你感觉到了什么？"

"贺顿是谁？我是绛香。"贺顿昏昏然地回答。

姬铭骢非常高兴，知道自己取得了决定性的进展。理智的贺顿已经隐身了，出现的是绛香。绛香是谁？当然是当年那个受侮辱与受损害的小姑娘了。乘胜追击。姬铭骢问："绛香，你闻到了什么？"

这是很险要的一步棋。在这之前，不论是贺顿还是绛香，都从来没有提到自己闻到过什么味道，但是姬铭骢决定铤而走险。因为人的嗅脑是最古老的部分，在人还是爬行动物的时候，比如你是一条鳄鱼或是一条蜥蜴的年代，你就已经享有了这个部位。人类最古老的信息就储存在此，好比金库最底层的保险柜。当你睡觉的时候，你闭上眼睛，就熄灭了视觉。你侧卧之时，就封闭了听觉。更不要说你不能伸手投足的时候，就丧失了触觉。但是，只要你还有一息生存的机会，你就无法关闭你的嗅觉。姬铭骢相信，在那个特别的时刻，绛香一定开放着她的嗅觉，最终的线索就储存在嗅脑的深处。

他不能用开放性的问题，比如“你闻到了什么”那样的话，如果答案掩埋得太深，潜意识是个懒惰的家伙，它会害怕兴师动众的挖掘连带出更多的尸首，它就会得过且过地回答：“我没有闻到过什么。”现在，姬铭骢关上了门，他已经毫不迟疑地确定绛香一定记得她闻到过的味道，此刻，就是找出那个味道来。就像你知道罪犯就在密林中，面对灌木丛你大声喊话：“出来吧，缴枪不杀！”

在这样的老谋深算之下，12 岁的绛香是没有招架之功的。她乖乖地说：“我闻到了一种头疼的味道。”

不可理喻的回答。但是姬铭骢相信此时所有语无伦次的信息都藏有深意。他不敢有丝毫怠慢，问道：“头疼是什么味道？”

“辣。”绛香简短地回答。

姬铭骢一时搞不明白了，他耐着性子继续探问下去：“除了辣，还有什么？”

“凉。”绛香回答。又辣又凉的东西，这是什么东西呢？

“在哪里？”姬铭骢百思不得其解，只好另辟一方向。

“就在你刚才进去的地方。”绛香突然用成熟女子的声音回答。糟了，她的成年自我恍然恢复了一部分。

百花深处，又辣又凉，这怎么可能？但是，在他和来访者无数次互动中得出的结论是：一切皆有可能！

姬铭骢试探着问道：“你是说，你的继父把某种东西放进了你的身体？”

此刻的贺顿，也就是当年的绛香回答道：“是。一种又辣又凉的东西。”

“这种东西和头疼有关？”姬铭骢继续推理。

“是。头疼的时候，我妈妈会把它抹在眉毛两边。”绛香回答。

“好，我知道这是什么东西了。你等等……”姬铭骢慌忙起来，裹上睡衣，走出房门，叫来老张，说：“我要……”他把声音压得很小，怕惊动了昏睡中的贺顿。一旦贺顿醒来，前功尽弃。

老张不解道：“您病了？”

姬铭骢说：“快去。啰唆什么！”

老张赶紧一溜小跑把东西找了来。姬铭骢把这方小小的玩意拿在手里，心想，是它吗？对，就是它。这太匪夷所思了。但是，你必须试一试！

他把金属小盒子中的膏状物涂抹在自己身上，然后进入了贺顿，也就是当年的绛香的身体。这是一种十分不舒服的感觉，姬铭骢对自己说：成败在此一举！

贺顿狂哮起来，疯狂地弓起身躯，把十个指尖深深地扎入了姬铭骢的身体。幸好姬铭骢上身穿着衣服，不然就会血肉横飞。

果然！这一次，对了！姬铭骢找到了答案，当年，在绛香的母亲离开之后，她的继父在生殖器上抹了大量的清凉油，强暴了绛香。从那时起，绛香就对男人留下了深深的恐惧和仇恨，从此，她丧失了对性的感知和享受，那挥之不去的寒冷异质统辖在她内心最隐秘的地方。由于那记忆太惨痛了，太肮脏了，她的意识只有选择全面地遗忘。唯有遗忘，她才能告诉自己，你还配活着。唯有遗忘，她才能为自己找到一个生存的理由。这种埋藏极深的创痛，无时无刻不在陪伴着她。它造就了她的性格和命运，甚至也决定了她为什么会学习心理学，为什么愿意救赎他人，为什么深刻地自卑，为什么在疗治他人的过程中，会让自己一蹶不振……

贺顿只觉得自己头颅里的压力像高压水管爆炸了，水雾弥漫了所有的思维缝隙。肌肉痉挛呻吟不止。她下意识地用右手击打自己的左手，然后两只手一块扇自己的嘴巴，从未听过的非人的声音传出喉咙，把自己吓了一大跳，好像一个妖怪潜伏了几十年突然露出狰狞面孔。耳朵里藏着一万座蜂巢，黄蜂鼓动翅翼，掀起充满芒刺的风暴。战栗滚过肌肤，一寸寸地蚕食着感觉，直到把整个胴体变成钢板。

姬铭骢抽身而出，冷静地注视着这一切。如果贺顿要逃脱，他就把她按住。有时候轻轻地，好像按住一只蝴蝶；有时要用蛮力，好像抓住一个要夺路而逃的窃贼。他知道她极端痛苦，但怜惜就是纵恶。他把她推回火焰中，看她燃烧。让所有的伤害回归原点，在那里将烙印消除，掩埋好尸体，打扫完战场，然后才能重新出发。这样，贺顿回头张望的频率就大大减少了。贺顿才能不再闻到死尸的味道，那腐朽之处飞起的乌鸦，也不会在深夜猝不及防地号叫了。

也许，还有很多潜在而深刻的影响，从那又凉又辣的清凉油中蒸腾出来，熏迷了当事者的双眼，值得她擦干眼泪好好思索，来日方长。此刻，号叫和自我厮打之后的贺顿，等到一场歇斯底里的发作完结，进入了深深的睡眠。

每个人都是一组拼图，只不过很多人拼错了方向。心理师的工作就是让它们各就各位。

姬铭骢尽职尽责地完成了自己的角色，待到贺顿强烈厮打痛哭宣泄之后，又以非常平稳的口吻诱导她走出催眠。“现在，你是13岁了……14岁了……18岁了……25岁了……你不再是绛香，你是贺顿……贺顿，你醒来了……”

姬铭骢揉揉被拧痛的胳膊，出了房门。老张等在外面，说：“没什么事吧？”

姬铭骢说：“没事。”

老张说：“我不是问的她，我问的是您。不要紧吧？”

姬铭骢说：“这是一次搏杀。就算挂点彩，也是值得的。”

老张说：“结果呢？”

姬铭骢说：“当然，胜了。给我放洗澡水，水热一点，我要好好清洗。”

老张笑起来，姬铭骢正色道：“你这种笑法，要么大智若愚，要么就是真的愚，一个不学无术的傻瓜。”

第 42 章

假装得久了，就变成真的了

贺顿醒来后，一言不发就离开了姬铭骢家。催眠并不是人事不知的真正睡眠，所有的细节她都记得。贺顿返家后，目光僵直，眼珠像豆荚中的一粒粉豆，完全没有焦点。柏万福看着不善，问她要不要到医院去看急诊？贺顿缄口不语，像死人一样倒头便睡。这一睡就是整整 24 小时。柏万福看着害怕，几乎怀疑贺顿被人下了蒙汗药，仔细观察又不像，贺顿睡得很安宁，如同婴孩。只好由她睡去。

醒来后，贺顿第一感觉是恍如隔世。那个从绛香蜕变而来的贺顿已经渐渐融化，变得纸片一样菲薄。代替她的是一个被粉碎后重新黏结起来的女人。躯壳和外表并不重要，真正的改变是在内心。所有的形式都无关紧要，即使是在旧有名字的蛹蜕中，她也羽化成蝶。

她想了很多。多年沉冤翻腾出来，严重的内伤曝光天下，腐烂发酵的往事，像地雷一样爆炸，血肉横飞生灵涂炭…….

典型的以暴制暴，以毒攻毒。如果是一个脆弱的灵魂，会在这样的压榨之下损毁堕落，幸好贺顿坚韧而顽强，才刀口舔血慢慢恢复起来。

人心真是个奇妙的容器，你说它大吧，容得下江河湖海，风云变幻；你说它小吧，一个伤口可以流血一辈子。一个人有多少血，可以经得住这样从夏流到秋？一个人有多少能量能够经得起不停地耗竭？在这个意义上说，贺顿感激姬铭骢，他把一个潜伏的癌肿，以异乎寻常的方法挑开，脓血四溅，腥臭无比。在那一瞬间，屈辱与愤怒把原有的贺顿炸飞了，成了狼藉一片的碎渣。苦难就是整个世界，沉沦悲怆。硝烟散去，她看到了自己小小尸身横陈在腐臭的记忆池塘里，无数吸血的蚂蟥附在上面，好像一袭罪恶的袈裟。除了焚毁与埋葬，你别无他法。多年以来，悲惨往事蛰伏潜意识的底层，一如深海妖魔。你看不到它的踪影，却闻得到它的气味，它掀起的暗流在你看不见的地方肆意汪洋，操纵了所有航行的船只和飞翔的鸥鸟。你以为是自由的，其实它在不动声色地指挥你；你以为是成功的时刻，不过是它在窃笑；你以为是哀伤的时分，不过是它疲倦的哈欠……

如今，这一切的一切，散失魔法。从此，它咒语失灵。心理治疗比任何事情都更接近于修行，刹那就是顿悟。贺顿有望摆脱梦魇，开始进入自由时代。

因为觉得自己是从小就肮脏的女人，所以贺顿对性爱采取了散漫放任的态度。当然，她不会轻易凭这个赚钱，但谁又能保证万不得已的时候，她不会出此下策？那个曾经被填满了清凉油的身体，是一个丑恶冰冷的洞穴，从那里发出的恶臭寒气，如同龙卷风，生生不息。她恨自己的这一部分，既然它被践踏过掠夺过，那她索性敌视它，抛弃它，将它与自己分割和分裂。所以，她从来没有过性的快感，当需要用性去换取她所需要的东西的时候，在所不惜。

生活有一个怪异之处——你假装得久了，就变成真的了。即使蒙蔽不了自己，自己也为蒙蔽了别人而沾沾自喜。真相潜伏在那里，半夜如跳蚤般钻出来叮你，留下无数爪痕，让你长久遭殃。

如今她身处地狱，愤怒的火焰将牙齿炙热。

当她能够回首一度使她昏厥的痛苦之时，清算就已经开始。脚下有微微的暖气吹拂，如同令人酥痒的春蚕向上爬动。贺顿可以清楚地感受到寒冰融化的进度，极其微小然而锲而不舍。她渐渐地温暖起来，好像被放入炉火中的湿柴，先是干燥，然后才是燃烧。

灾难是由于母亲的失职，所以她在潜意识里，憎恶自己的母亲。这当然是一个大逆不道的想法，当这个想法占据脑海之后，孩子的第一个反应是掩盖它。结果是贺顿把对母亲的怨恨化作格外地讨母亲喜欢。她从来没有把自己的遭遇告诉过母亲，母亲回来以后发现贺顿变得异常乖巧，还觉得这一趟离家，让孩子长大了。后来不久，母亲就在一场传染病中离世，贺顿感到极其哀伤，她觉得一定是自己的仇恨得罪了上苍，才让母亲丢了性命。从此她更觉得自己罪孽深重，对天下所有的老妇人都噤若寒蝉。这就是她在柏万福的母亲面前，既桀骜不驯又百般反抗的根源。

因为自卑，她可以把身体当作一个筹码，答应了柏万福的婚姻。因为仇恨，她对柏万福的母亲永远无法亲近。她觉得自己的灾难来自早年的父母离异，所以她对事关婚姻家庭情感的当事人，都报以异乎寻常的热情。因为她是一个破碎家庭的受害者，因此她对所有婚姻的解体都不安地抗拒。在心理师生涯中，她从本能上强烈地抵制所有的粉碎和重建，有的时候连自己也为之迷惑不解。现在，真相大白了。未能完成的心结，让她无法成为一个优秀的心理师。

她期冀在遗忘中救赎，于是编造了自己的历史。

因为她对知识的渴求，使她对所有的知识分子，都怀有敬意。这就使她对钱开逸的那份情感，本质上绝非纯粹的性。

还有“真相”。内心匍匐着假象，就对真相趋之若鹜。无论真相对当事人是否至关重要，它对贺顿这个心怀暗疾的心理师是首屈一指的。所以，她不遗余力地追索真相，百折不挠。

永远的冷。永远盼着一把火。燃烧尽骨缝中的冰锥……

她逃避痛苦又迎接痛苦。眼前的痛苦成了她过去的痛苦的挡箭牌。或者反过来说，过去的痛苦成了她现在痛苦的盔甲。

恐惧这个东西，根深蒂固。如果不是你主动地去拔除，年龄的增长只会使它们以更多的化身隐藏下来，而不会自动消解。在每一个受过虐待的孩子身体里，无论他们后来成长为怎样魁伟的成人，甚至取得了经天纬地的成就，内心深处，依然驻留着一个软弱无能担惊受怕的孩子。

她不能从容地享有幸福，在幸福中会体验到莫名的危险与不安。幸福这种情感于她是如此陌生和稀有，是令人不舒服的考验，也是诱惑。幸福诱惑你躲开它，因为你觉得你不配。在困难和苦痛中，由于神经的高度警觉和敏感，贺顿保有清醒的判断力，但是幸福就不同了。面对幸福她束手无策。幸福是孤独的，她没有独自品尝幸福的能力，只好把幸福拒之门外。她无法忍受幸福带来的昏眩和特立独行，她只有逃避。

哦哦，还有那辆飞天的红色火车！那是压抑的能量和宏伟的理想铸起的幻想，在梦中飞翔。

剖析自己是痛苦的，如同古代的酷刑——五马分尸或是千刀万剐。也许比那更残忍，刑罚中的刽子手是一个人，受刑者是另一个人，这就是一种绝缘。在贺顿的反思中，杀人者和被杀者都是同一个人，都是她自己。唯有将自己撕碎，肝肠寸断地裂解之后，才有可能重组。自己将自己割剔，刀刀见血精准犀利。你哪里越痛，越说明那里毒涎汇聚。你哪里越想躲避，就越说明那里隐患深在……

贺顿是勇敢的，也是绝情的。她冰雪聪明，明白了自己的痼疾，毅然决然开始再生的铸造。这个过程是艰辛的，也是愉快的。剔除了腐肉，你不再爆发无名高热。放出了毒血，你浑身从未有过的轻松。你看人看事看世界的眼光不一样了，你感到了发自内心的自由。冰河已经打开，道路已经开通，头顶上的紧箍咒已经找到了解码，从此天地一新。来自神的给神，来自鬼的给鬼；来自人的，留给自己。

终于有一天，贺顿开始问自己，惨祸密布的童年，有什么正面的遗产呢？甫一想到此题，她觉得自己真是疯了。丑陋悲戚的疮痕，怎么会有好处呢？但是，任何事物对人的影响，都是双刃的。不可能只是好的方面，当然也不可能都是恶劣的方面。那么，衡量自己是否真正走出了阴影的试金石，就是看你能不能跳出三界五行外，更客观更冷静地看待过往的经历。

贺顿从胃里向外呕酸水，连鼻子都辣起来。

不！我不原谅！我永不原谅继父这个禽兽！她斩钉截铁地对自己说。她抬头望月，月亮变成了有棱有角的煤块，不再圆，也不再银白。月亮被烧焦了。

说完之后，她的生理反感稍微释放了一点，胃部好像熨平了一些。是的，寻求事情的另外一重意义，并不意味着原谅和宽恕。继父在母亲死后，另外娶了他人。贺顿在饱受蹂躏之后终于解脱，到老奶奶家度日，后来就出来自己混日子了。听说继父和人打架斗殴，被埋伏的人刺穿了太阳穴，一命归西。对继父的回忆如同尘封的墓穴，一旦打开了，愤怒的暴尘经久不息，直冲霄汉。

许久许久。那根恐惧的脐带从坟墓中伸出来，勒缠在她的脖圈上，直到她挥刀斩断，血肉横飞。举头望天空，太阳像一件残破的血袄，一滴一滴地把血样的棉絮抖落在地，血丝罩满人间。

刻骨铭心地痛啊！疼痛的消失需要时间，但有了疼痛，就说明有了知觉。这就是好转的迹象。

旷世的孤独像海啸一样，壁立而来。悲伤可以像酒一样储存很多年，越发醇厚。醇厚的悲伤如同敌敌畏，只要一小勺，就能把人撂倒。

贺顿流了很多眼泪。眼泪不是从眼睛中流淌的，而是从内心的花蕊迸溅而出，带着灵魂的苦涩。她知道它们是初级的治疗仪器。所有的情绪都是以液体的形态存在于我们的体内。高兴的时候会流泪，伤心的时候也会流泪。泪水中包含着百氨酸——脑啡肽，是一种大脑自已生产的自然疼痛缓解剂。哭泣排出了造成压力的化学物质。

不说话，只哭泣。这是多么简单和纯粹的生命啊。

泪珠粉身碎骨的时候，有一些变化悄然发生。那来自身体最本能最深在地方的寒冷，被眼泪浸泡和溶解，渐渐遁去。

把痛苦拧干，留在手心的那滴水，就是重生了。

无所谓报仇也无所谓宽恕，罪恶之人已经被打下了地狱。现在问题的关键是，你贺顿如何看待自己的童年？

你依旧是洁净的！贺顿这样对自己说的时候，泪流满面。她仿佛看到了当年那个孤苦无依的小姑娘，蜷缩着身体，仍旧无法抵御那透彻心扉的寒冷。她向虚空中伸出手去，向时间的远方伸出手去，她的手掌并不宽厚，手指也不算强壮有力，在某种程度上说，甚至是孱弱和颤抖的，但这并不影响这双手的温暖。今日的贺顿向时间深处的绛香招手示意，过来吧，我不会嫌弃你！纵使这个世界上所有的人，包括你的亲生母亲都可能会有意无意地放弃你，但是我不会。因为你就是我，我就是你！我否定你，就是否定了我自己，而否定是一切失败的根源。一个不期待失败的人，就不能把你和我分开！不不！你就是你，我就是我。我们必须分开，永不重叠。我们是有联系的两个人，血肉相依；我们又是绝不相同的两个人，一刀两断。我永远会和你在一起，但我比你有力量，比你有勇气，比你坚强。多少凋零，多少破碎；多少委顿，多少迷失。多少伤痕，多少酸楚，多少无法与外人道的叹息感慨，我都要说与你听。

夜风正凉，时光正好，我依稀看到一种东西在面前如沙漏般流淌，我知道那就是你变成我的过程。绛香，从此我与你诀别。不是我看不起你，是因为你已长大。否定了我就是不承认你已长大。我会爱护你，我会保护你，我会捍卫你，我会以你为荣！一直以来，我们因为期待着爱与被爱，这才历尽磨难地活着。

当想到“以你为荣”的时候，贺顿不禁嘴角抽搐。以一个受尽折磨的懦弱的乡下小姑娘为荣，这是愚蠢的。但是，这又是必然的，因为今天的我就是当年的你的翻版。你不以她为荣，难道你要以她为耻吗？那不是她的耻辱，那是她的命运！

对于命运，我们只能顺应。特别是在你根本就不具备反抗命运的能力的时候，你只能俯首听命。在这个意义上说，那个叫作绛香的乡下小妞，没有变疯，没有自暴自弃，没有干脆变成街头卖身的发廊妹和洗头女，这难道还不值得钦佩吗？

绛香是勇敢的，是勤奋的，是聪慧的。她从污泥浊水中挣扎而出，自强不息学习了很多知识，居然变成了一个解救他人于危难之中的心理师，这难道不是值得惊讶敬重的事吗？满身疮痍的她，拼命吸吮太阳的热量，橙红色的乳汁让她的脊梁渐渐恢复了硬度。她靠着这份天性，在苦难中维持着自尊，保持着脑筋清醒，淡化着皮肉以至灵魂的痛苦，自强不息。

如果没有这种折磨，她也许只是一个父母身边的娇娇女。谁说穷人就没有娇女呢？一样有啊！长大了，就像普通的农村姑娘一样，媒人说亲彼此相看，商定彩礼陪嫁的数目，然后选个黄道吉日就把自己嫁了。再然后就是生养子女刷锅洗碗侍奉男人孝敬公婆……不要说真正过这样的日子，单是这样设想一番，贺顿就不寒而栗了。不可否认，世上有无数的女人已经走过和正在走着这样的道路，她们也会满足和幸福，但是，贺顿知道自己是个异类。她不能满足这种平淡和琐碎，她希望自己能有别样的人生。从这个意义上讲，童年的悲惨遭遇，生父的抛离，生母的沦落，继父的凌辱……都在成就着她非同寻常女子的命运。因此她才格外地早熟，因此她才异常地敏感，因此她才能我行我素地走出田野，因此她才能选择以助人为职业的工作……她知道孤苦无助的悲凉，知道一双手对另一双手的宝贵。她先是为了救自己，然后才知道也能救别人，就义无反顾地投入到这个新兴的事业中。在救赎别人的过程中拯救自己。

因此，她感谢命运，也感谢苦难。珍惜无数萍水相逢的宝贵瞬间和朴素真情。苦难和命运并不能自动地转化成精神的营养，她用悲怆的方式完成了发酵。令人作呕的腐败之味散去之后，剩下的就是丰饶的养分了。

贺顿感到飞升般的轻松。这是灵魂的一次沐浴，尘埃已随着水波荡涤而去，剩下一个带着愈合了的伤疤的虚弱身体。当然，她还会沾染沙砾，但她已学会了整旧如新。好像一只蝴蝶，前世是丑陋闭塞的蛹，其后是一条肮脏蠕动的毛毛虫，然而，经过锲而不舍的修炼，她终于飞起来了，美艳如花。从此，卑微又如何？照样可以活出尊严。垃圾里可以埋藏黄金，猪圈里也会有灵芝。

每个人对于自己最大的才能和最高的力量，常常懵懵懂懂并不认识。只有大危难，大责任，大变故，才能让你看到你身体里到底蕴含了多少矿藏。贺顿醒来了，从此，在这个邪恶俯拾皆是的世界上，她要用自己的努力，让它变得比没有自己活过的时候，要洁净一点，温暖一点，光明一点。每一个生命，都有可能成为另外一个生命的天使。生命如一匹白练，她已拥有过伤痕，她还想得到更多的颜色。

弗洛伊德老先生在《梦的解析》的扉页上，引用了这样一句诗："假如我不能上撼天堂，我将下震地狱。"贺顿没有这么大的抱负，但她为了自己的理想，柔心铁骨，决心青丝熬成白发、炬火炼成枯灰地坚持下去。晨要担当，暮要担当。毁也安详，誉也安详。

她柔声对柏万福说："我们谈一谈吧。"

柏万福这些天来面无表情，几乎万念俱灰。诊所虽没有对外正式关张，也已百业凋零。负责打点杂物的文员，看出日薄西山的趋势，早在物色跳槽的新方向，上班有一搭无一搭地不再尽心。文员们的工作是业务量的第一道关口，一旦敷衍了事，就从源头上锁住了客流量。柏万福心知肚明也不做任何干涉，如果文员小姐们尽心尽力地工作，预约来了大量的客户，他又如何应对呢？看贺顿一天半死不活的样子，日子还不知如何过呢，皮之不存，毛将焉附？索性任它风雨飘摇。

贺顿挺直腰板，隔着桌子，等着柏万福的回答。看到贺顿严肃认真，柏万福心想摊牌的时刻到了。说："你有什么就讲吧，我都准备好了。"

贺顿反倒奇怪：“你准备什么啦？”

柏万福冷笑道：“你不要装了。不就是离婚吗？”

贺顿说：“我没打算和你离婚。”

重重磨难之后，柏万福已不会轻易相信任何话语，问：“真的？你是在担心欠条的问题？已经一笔勾销了。”

贺顿说：“谢谢你，不是因为钱的问题，我以前只是在寻找依靠。”

柏万福说：“我就不能成为你的依靠吗？”

贺顿说：“你已经是我的依靠了，只是我以前不知道。最重要的是，其实，我不需要依靠。”

这话说得柏万福似懂非懂，但不分开的意思他是听明白了，就说：“你是说，从今以后，咱俩就好好过日子？不再一仆二主？”

贺顿说：“在做决定之前，你先要了解我。”

柏万福说：“你先要有个态度。”

贺顿说：“你了解了我再做决定。”

柏万福说：“我不知道你的过去，但我知道你的现在，这就足够了。以前发生过什么，都已经过去了。只要你有承诺，就像重新粉刷过的房子，我愿意和现在的你在一起，这足够了。”

贺顿没想到一贯面面糊糊的柏万福能说出如此富有深意的话，也很感动，说：“咱们一起往前走吧。先把诊所的业务重新振作起来。”

柏万福说：“发生了什么？”

贺顿道：“你猜得不错，是发生了一些事，但是，它都没有咱们一起往前走重要。”

现在，她对柏万福充满了感激。感激有时候能很明确地说出是因了某一件事而发生，有些是一天天一丝丝叠加而得来的相知。对柏万福，二者都有吧。为了全心全意地进入到心理师的工作中去，贺顿决定让情感平静而简单。真正的勇气是让人谦卑的。既然所有的方向，你都运筹帷幄，知道得越多，你需要的就越小。你还有什么不可淡然！

“那个大芳又想来了，约吗？”柏万福问道。

第43章

沮丧就像铁锈一点点堆积起来

贺顿说："您今天到我这里来，是想讨论什么问题呢？"

大芳苦笑，说："贺老师，很长一段时间不见了，您把我忘了？怎么生分起来？连我是什么问题，都不知道了？"

贺顿心里说，我怎么能把你忘了？这一段时间，我为了你的案子，呕心沥血披荆斩棘啊！

贺顿看着大芳，心想一切都因你而起。从这个意义上讲，你是我的再生父母，我把谁忘了，也不能忘了你啊！这番话自是不能对人说的，岂止是不能说，连蛛丝马迹也不能显现。贺顿看大芳的角度已经和以前大不一样，从大芳的佯作镇定中，看出了虚弱和控制。沮丧就像铁锈，一点点地堆积起来，涂抹在大芳的脸颊上，晦暗的颜色象征着她的生活不堪一击。

贺顿说："您卷土重来，不是单纯聊天吧？"

大芳收敛起笑容说："我要解决我的问题。"

贺顿让大芳回到了主题，接着说："到底是什么问题？"

大芳说："您都知道。"

贺顿不得不承认，以往的过失，已将大芳惯出毛病了。她调整了一下情绪，让面容更加平静，说："其实，我并没有你自己知道得那样清楚。每个人，都是自己的问题的制造者，也是解决者。"

大芳也曾饱览群书，应答："你这话说得不错。但是，我掏了钱到你这里来，经年累月，并不见什么成效。我想知道你究竟怎样看待我的问题？如果你说不出来，或者虽然你说了，可我觉得完全不是那么回事，那我还会走，这一次，真的永不再来。"

大芳言辞傲慢，胜券在握。她知道贺顿对自己的案子很上心，激将之下，让贺顿对自己更加注意。

贺顿静看大芳表演，如果是从前，她会焦虑，会急赤白脸地表白，会像猴子献宝一样把自己的分析判断和盘端出，会不遗余力地展示自己的理论框架和对问题的基本看法，会期望得到来自大芳的认同……总之，她会以滔滔不绝来展示水准。但这一次，贺顿不再周旋旧窠臼。正果修成，人就安静了。

贺顿说："我对你无能为力了。如果你不再相信我，当然可以不再来。不必奢谈以后，咱们立马生效。"

贺顿说得很和缓，没有任何情绪和要挟的成分在内。这不是一个手段和策略，是此时此地的真切想法。尽管她对大芳这个案子饶有兴趣，尽管她已经有了新的方向和策略，但都不会挽留大芳续治。

大芳凛然一惊。她已经习惯了到这里来一诉衷肠，博得同情和叹息，寻求世人对自己最后的关切和注重……分久必合，合久必分。现在，突然一风吹了，说没就没了，如何是好？

大芳哭丧脸道："贺老师，你烦我了？"

"没。"贺顿明确否认。

“那你对我黔驴技穷了？”大芳反唇相讥。

“也不是。”贺顿很肯定地作答。

“老松给我使坏了？”大芳脑筋转得很快。

“没有。我最近没有看到过他。”

“那是因为什么？”大芳大惑不解。

贺顿反倒笑了，说：“你怎么如此健忘？刚才不是你亲口说的不要再来了吗？”

“那是有前提的，就是如果你说不出来我究竟是怎么一回事的话。”大芳恢复了镇定。

贺顿说：“那我可以明确地告诉你，我就是说不出来你是怎么一回事。”

大芳发现自己正被逼进死胡同。如果她承认贺顿说得对，那自己就没有理由继续留在这里。人家收你钱财替你消灾，既然不收你钱了，撒手不管顺理成章。如果说不同意这个说法，那就表明即使贺顿说不出是怎么回事，自己也要心甘情愿留在这里。大芳何许人也，哪能就这样轻易就范？她反问：“你说怎么办呢？”

这一招也很厉害，来访者和心理师经常斗智斗勇。贺顿试探说：“你还是相信我？”

大芳不打磕巴地说：“那是当然。我把钱砸在你这里，我把大把大把的时间放在你这里，把自己的秘密毫无保留地告诉你，这难道不是信任吗？说句实话，就是我亲娘老子在世的时候，知道的也没有你多。”

贺顿说：“你把我当盟友？”

大芳说：“那是自然。咱们是反击老松的统一战线。”

症结所在！若是以前，贺顿会把这句话当作微尘，轻轻飘过，就算对大芳火药气味的用词稍有不满，还是会同意她和大芳结成心理联盟。

那时候的贺顿，虽然在理论上恪守着心理师的中立原则，但对男人的潜在仇恨，会不由自主地让她满怀愤怒。现在，清洗了怨毒颗粒的贺顿，比较客观了。

贺顿和颜悦色地纠正大芳：“我和你不是抗击老松的统一战线，是拯救你的统一战线。”

大芳满脸困惑地说：“这有什么不同吗？难道不是打击了老松就拯救了我吗？”

贺顿不从正面回答这个问题，那样会陷入对立。她避开锋芒，说：“你离婚，是不是就打击了老松呢？”

大芳很得意地说：“当然是。他以为我不敢，但是，我就离了。怎么样？”

贺顿说：“那你既然打击了老松，是否就拯救了自己呢？”

大芳好半天才说：“没有。如果拯救成功了，我就不来找你了。”

贺顿说：“据我看来，离婚不但没有成功拯救你，反倒使你越来越孤僻和自卑了，萌生绝望。”

贺顿决定直击要害。

大芳先是一愣，然后说：“你也看出来了？”

贺顿简短地回答：“对。”

大芳说：“既然你看出来了，真人面前不说假话。我以为离婚之后，一切都会好起来，结果，更不知道满腔怒火向谁发泄，真相永远搞不明白了，心里就更憋屈。”

一个离婚女子，无暇计划自己的新生活，死死地缠在报复之中，为什么？如若是从前，贺顿会把疑惑放开，追问就是冒犯。这一次，贺顿直抒胸臆：“离了婚，你在法律上和老松就没有关联了。我不知道你为什么还把发泄怒火当成头等大事？你似乎关心他人比关心自己为重？”

“那当然。我永远都是关心他比关心自己为重！”大芳理直气壮地脱口而出。

“为什么？”贺顿逼进。

“因为我既然嫁了人，从此就和他融为一体。他快乐，我就快乐。他哀伤，我就哀伤。”大芳毫不含糊地回应。

丧失自我，这是非常严重的问题，以前怎么就没有注意到？贺顿顾不得懊悔和反思，顺藤摸瓜道：“那老松一次又一次寻欢作乐，当然高兴，你感受如何？”

这是一个开放的问题。如果依贺顿以前的脾气，这个问题就会变成：“他一次又一次地寻欢作乐，自己当然是高兴的，但建筑在你的痛苦之上。”

这就不是一个中性范畴。

果然，大芳有了和以往不同的回答。大芳说：“他找小老婆，我也高兴。”

大收获。如果心理师带着义愤填膺的口气引导了来访者的情绪，有谁能在这种明显被损害的情势下，说出如此没骨气的话呢？开放和中立诞生了转机。

贺顿几乎疑心幻听。若不是亲耳听到，简直打死也不会相信——现代社会还有女子喜欢丈夫找小老婆！

贺顿提醒自己，不要冲昏了头脑，也不能面对重大突破沾沾自喜。一切从来访者的福祉出发，乘胜追击。她不解：一般妻子说到丈夫的外遇，用的都是“情人”，粗俗一点的，用的是“相好的”，甚至可以骂人，比如“婊子养的”“那个不要脸的贱货”，等等，像大芳这样径直就用了“小老婆”的称呼，极少见。带着属于逝去年代的陈腐气息。

在斗智斗勇的回合中，贺顿依靠的除了学养人格，就是猎犬一样灵敏的直觉。

贺顿不能放过自己的疑虑，尽管只是一闪念。她说：“原谅我打断一下你的话。你刚才说那些和老松好的女人，是他的小老婆？”

“对，有一个算一个，都是小老婆。”大芳坚定地重复。

贺顿注意地看着大芳的表情，不知道是不是自己的错觉，她看到大芳嘴角微微上翘。如果她看得不错的话，这是一个微笑的雏形。千真万确，是一个微笑，而不是一个苦笑，更不是嘲笑。

这个发现让贺顿百思不得其解。丈夫有了情人，这是怨愤事件，以往陈述中，大芳也一直咬牙切齿，如今，为什么有了瞬忽笑容？是自己眼花缭乱还是以往粗心大意，根本就没有发现这个致命征兆？

贺顿不敢怠慢，只有再次验证自己的发现。她说："小老婆的事，你真的很高兴吗？"

大芳肯定地回答："要说气，那肯定是有的。不过，我还是高兴的。"

晕倒！贺顿近在咫尺，这一次听得真切无比。她不由得怒火中烧，说："你既然高兴，那你干吗还要离婚呢！"

大芳恶狠狠地说："这还不都是你调唆的。离了婚，有什么好的，我连大老婆也当不成了！"

天！引火烧身！倒打一耙！好心当成驴肝肺！贺顿奋而起立，摔门而去。

大芳也起身就走，对工作人员说："退钱！"

晚上，贺顿彻夜不眠。这样的效果，始料不及。

并不后悔，只觉得有一个方向没有好好地把握。大芳提到了"大老婆""小老婆"，在大芳的字典里，它们意味着什么？又掩藏着什么？混沌不明。

大芳，你会不会再来？如果不来，贺顿也不再认为这是不可饶恕的失败。她曾经由于自身的不完美，特别企图做一个完美主义者，现在，她决定允许自己失败和缺憾。就像在医院里会有病死率一样，心理师也会有来访者的死亡率，那不是心理师的耻辱，只是一个不以人们主观意志为转移的规律。

这个道理很简单，认识它却需要很久。只有简单平凡的盐，才能止住腐烂。

很晚了，柏万福还没有回来。虽说只是上下楼的几步路，但他执拗地留在诊所，等候着电话。

贺顿已经蒙蒙眬眬地入睡了，柏万福回来了，推醒贺顿说：“我送给你一个礼物。”

贺顿是个喜欢礼物的人，惺忪睡眼四处张望，说：“又不逢年过节的，好像也不是谁的生日，送什么礼物？”看到柏万福两手空空，说，“你骗人！”

柏万福说：“我不骗你。真的有个礼物。我刚才约到了大芳，又查了你的时间安排，约她明天下午3点来。”

贺顿一下子睡意全消，说：“是她打来电话吗？”

柏万福说：“正是。”

贺顿看了一眼挂钟，说：“这么晚了。”

柏万福说：“我知道你在意她。她若来，决定很可能是在半夜时分做出的。此念一起，她会马上打电话……”

贺顿说：“半夜有录音电话值班。”

柏万福说：“我知道。但是以她的性情，如果没有人接待，只是电话值班的机械应答，她一定会一言不发地挂了电话，机会稍纵即逝，很难说她还会再积聚起勇气……”

贺顿说：“所以这几天你就天天晚上守在诊所接听电话？”

柏万福搓搓手说：“是啊。守株待兔，有了收获。”

贺顿很感动：“谢谢你的礼物。”

柏万福说：“其实这件礼物是你自己送给自己的。你的诚意让大芳终于来了。”

说不清这是贺顿和大芳的第多少次会面。

大芳的气焰不再那样嚣张，怯生生地说：“你还愿意见我？”

贺顿说：“谢谢信任。”

大芳说：“除了你，我真不知道还能找谁。”

贺顿说：“其实有一个人永远和你在一起。”

大芳大惊，说：“谁？我怎么不知道？”

贺顿说：“那就是你自己！”

大芳说："你这是要我。所有的人都和自己在一起。"

贺顿正色道："并不一定。很多人是分裂的。"

大芳说："比如谁？"

贺顿道："比如你。"

大芳冷笑道："你的意思是我得了精神分裂症？"

贺顿说："那是精神科医生的事，我并没有这样说。但这并不表明你发展下去，就一定不会染此恶疾。"

大芳说："危言耸听，证据何在？"

贺顿说："作为你的心理师，我已经烦了。"把切身感受说出来，是一步险棋，虽然它是实话。

大芳并没有恼羞成怒，反倒像碰到了知己，说："你以为我就不烦吗？我比你更烦！"

贺顿说："好事。"

大芳说："你幸灾乐祸？心理师不应该这样没有阶级感情。咱们两个一起烦了，怎么是好事？"

贺顿说："物极必反，才会寻求改变。"

大芳说："我一直在寻求改变，否则我不会厚着脸皮又到你这里来。"

贺顿说："因为你想改变，我才和你在一起。大方向是一致的。"

大芳说："从哪里改变呢？"

贺顿说："从你脸上的笑容。"

大芳说："笑容？我一个半老徐娘，现在又成了寡妇，怎么会有什么笑容！"

贺顿不慌不忙地拿出一面小镜子，说："我也很奇怪，当你说到大小老婆的时候，你的脸上就是出现了笑容。"

大芳真的拿过了小镜子，照了照看了看，说："那是不可能的。"

贺顿不急于纠正她，问："当你提到小老婆的时候，你想到了谁？"

大芳说："我想到了那些甘当小老婆的女人。"

贺顿的目光如同雷达，窥视着大芳的面庞，在说到"女人"的时候，她看到大芳面色猛然忧戚，好像在追思什么。

上一次放掉了非常关键而费解的转折，这一次，万不能再让它溜走了。

贺顿说：“除了那些女人，你还想起了谁？”

大芳沉吟半晌，突然泪水涌上了眼帘，这使她那浮肿的眼泡水光四潋，她说：“我想起了一个人……”

贺顿追问：“谁？”

大芳哽咽起来，捂着脸：“我不能说。”

贺顿说：“我猜如果说出来，会让你很痛楚，可是，如果你想改变，你就要尝试着说出来。”

大芳像个小女孩一样仰着头说：“一定要说出来吗？”

贺顿说：“一定。说出来，它就没魔力了。”

大芳好像下了极大的决心，哆嗦着嘴皮说：“那个人，是我的……母亲……”

第44章

你一定要做大

贺顿沉默着，倒不是她不知道此刻说什么好，而是应该沉默。除了沉默，任何回应都是愚蠢并事与愿违。

大芳其实并不关心贺顿的反应，她既然已经说出来了，就不在乎了。最艰难的是第一步，剩下的就是继续下去。

“没想到吧？我的亲妈是一个小老婆，我从小就因为亲妈的关系，受够了歧视和白眼。你还记得红楼梦里的探春吧，多么有能耐的一个女子，可就因为是小老婆生的，命运就没法和正出的比。我爸爸是做大买卖的，有很多钱。如果没有那么多钱，他也养不起那么多老婆。爸有七个老婆，亲妈是最小的一个。我亲妈原来是唱戏的，因为我爸爸看了她演的戏，惊叹她的美貌，就把她娶回家。我爸爸对美貌有一种对古董般的热爱，喜欢收藏，喜欢把玩。只可惜古董是越来越值钱，女人随着容颜老去美貌不再，就越来越不值钱。做小老婆的人，还有一条翻身的途径，就是生个儿子继承香火，虽然不像皇帝的嫔妃那样母以子贵，却也是让自己扬眉吐气的好法子之一。可惜我妈的肚子不争气，只生了我一个女儿就再无动静。我从小听得最多的一句话就是——你不能和人家比。我就奇怪，我又不缺胳膊短腿，我为什么就不能比？亲妈就说，你是我生的！我说你怎么啦？亲妈就说我不如人。我说你哪点不如人了？亲妈说，我是做小的人。

“做小成了耻辱的印记。从我还没有出生的时候，印记就扣在我亲妈的额头了，我出生以后，又遗传到我的额头。你一定奇怪，为什么我说到生我养我的母亲的时候，我不能叫她妈妈，只能特别说明是我亲妈。因为从我一出生，就不让亲妈喂养，我只能管大老婆叫妈妈，管自己的生身母亲叫小妈。大老婆说，一个演私奔的戏子，只能把孩子养成敲锣打鼓的杂役，对不起商贾之家和书香门第。我看过心理学的书，说人和人的关系其实就是阶级。在大家庭里，老婆们是一个系列，就像高高的台阶。大老婆在台阶最上面，下面是做小的人们。其实，我妈并不是最后一任小老婆，在她之后，我父亲又娶了三个老婆，凑成了十个。本来他还想再娶两个，干脆成为一打，不想解放了，他的梦想成了水泡。家里的阶级斗争十分激烈，我亲妈是最没本事的一个。”

说到这里，大芳忽然话锋一转，问贺顿：“你知道吗？心理学里做过一个试验，一个著名的关于阶级的试验。”

“不。我不知道。”贺顿说。

“我告诉你。科学家们养了一群鸡，管吃管喝，让鸡群自由发展。结果鸡群在很短的时间内就排出了座次。假设有十只鸡，它们就分出了谁是头鸡，谁是第二只鸡，谁是第三只鸡……以此类推，一直到最后一只鸡。这样的顺序就决定了吃食的位置，鸡食盆子端来之后，整个鸡群是不可以乱动的，只有头鸡吃过之后，第二只鸡才能动嘴，然后是第三只鸡……一直到最后一只鸡。鸡群的位置不是固定不变的，有的鸡长大了，它的座次就上升了。有的鸡有病了，它的座次就下降了。所以，整个鸡群是处于不断的变化和危机之中……你明白吗？”

说到这里，大芳注意地看着贺顿，等着回答。大芳读了很多有关心理学的经典著作，但贺顿没看过这个实验，便老老实实地承认：“只明白一点。”

大芳接着说：“我的亲生母亲，也就是我的小妈，就是这最后一只鸡。鸡群每日都要重新排序，方法就是头鸡依次把下面的九只鸡的羽毛都啄一下，第二只鸡就把后面的八只鸡都啄一下……以此类推，到了第九只鸡，就只有一只鸡可啄了，这就是第十只鸡。这里面的深意，你明白吗？”也许是畅所欲言的关系，虽然述说的是惨痛的往事，但大芳反倒比较有条理了，不像以往只是愁眉苦脸唉声叹气。

贺顿如今成了完全的听众，回答：“不太明白。”

大芳叹了一口气说：“我刚开始也是不大明白，再把这个实验看下去，才明白了。你猜，对鸡群排序来说，哪只鸡最残忍？”

贺顿变成了一个被老师提问的小学生，她很认真地想了一会儿说：“是头鸡。”那道理很简单，一个人或是一只鸡，要维持在团体中的领导位置，想必是要殚精竭虑地展示实力一览众山小，才能服众。

大芳说：“我原来也是这样以为的，甚至科学家们也是这样预计的，实际情况是——最残忍的是第九只鸡对第十只鸡的迫害。它每天都要拼命地凌辱第十只鸡，不让它吃不让它喝，让它衰弱和瘦损，这样才能保证自己不至于沦落到最不堪的地步，才能保持残存的优势……现在，你明白了吧？”大芳期待地看着贺顿。

贺顿被这个可怕的实验所震撼，她说：“我在想，人和鸡一样吗？”

大芳说：“一样！完全一样！如果一定要找什么不一样的话，那就是人更狡猾，更阴险。这种弱肉强食的现象更普遍。你知道吗？我亲妈就是那第十只鸡！所有的人都可以欺负她，都可以践踏她，她向所有的人赔着笑脸，趴在整个家族的最底层……”说到这里，大芳泪水涟涟。

贺顿无声地递过柔软纸巾，大芳使用纸巾的方法很特别，不是像别人那样在面颊上擦拭，而是把纸巾如同毛巾一样铺在脸上，顷刻间，半张纸巾就被洇透了……

贺顿索性把整盒纸巾推到大芳手边。

大芳的声音从一叠纸巾下发出："后来，解放军的炮声都能听到了，我爸爸带着他最喜欢的第二个老婆和所有的金条，搭乘最后一班飞机到海外去了。剩下的老婆树倒猢狲散，瓜分了家中所剩的值钱东西，各奔前程。直到这个时候，亲妈还守着空空的院落打扫房间买菜做饭，像个奴仆一样地过日子。大妈走过来说，怎么还不走啊？小妈说，这就是我的家，我往哪里走？大妈说，你得走。你不走我可怎么办？小妈非常吃惊，她不知道这个平日里高高在上的大妈，为什么对自己这样和颜悦色。大妈说，你得嫁人。小妈说，我是嫁了人的。大妈说，嫁了谁啊？小妈说，就是和您同一个男人。大妈说，人呢？小妈就不吭声了。大妈说，我和你一样，现在都是没有男人的人了。咱们俩不同的是，你还年轻，还可以再嫁，我就没人要了。小妈不知如何回答大妈，大妈从来没有正眼看过她，从来没有和她说过这么多话。她要感谢解放军的大炮，让她能够抬起头来讲话。大妈接着说，我看了共产党的纲领，知道他们并不是'共产共妻'，也不伤穷苦人，所以，你必须嫁人。如果你不嫁，不会有什么好运气的，要被打倒。小妈很拗，说，我原来就是倒着的，今后也不怕吃苦。大妈说，你不怕苦，我是知道的。所以这么多的小老婆，我找了你来说心里话。就算你不怕吃苦，你怕不怕大芳吃苦呢？大芳跟着我这几年，我还是喜欢她的……大妈这些话说到小妈的心坎里了。小妈说，您说怎么办呢？大妈说，你赶快找个穷苦的老实人嫁了，然后就说我是你的大姐，一直跟着你过活。钱的事你不用愁，我早积攒了一点私房钱，防着那老东西，虽说不多，咱们娘几个过日子也还够……快去，事不宜迟。

"一切都按着大妈的安排进行。只有一条——小妈带着大妈改嫁，没能把大妈说成是姐姐，大妈实在太老了，小妈就说大妈是自己的亲妈。小妈姿色尚存，人又勤勉，很快就带着大妈嫁到了千里之外的农村，从此过上了平静的日子。我的继父是个根红苗壮的老实农民，一场又一场阶级斗争的急风暴雨都没有淋湿我们的日子。小妈一辈子服侍着大妈，像侍奉亲生母亲般尽职尽责。我那时已经懂事，大妈并没有像许诺的那样，把细软拿出来一起享用，而是自己吃香的喝辣的，用人参和好茶偷偷滋补自己。我问小妈，为什么她和我们不一样？小妈堵着我的嘴说，谁让她是大呢！大妈那时已经年老体衰了，但她依然是整个家庭的太上皇。

“唯一让我感到扬眉吐气的是，如今我可以大大方方地管小妈叫妈了。但是小妈不让我这样叫，她说，你还是管我叫小妈吧，你是比我有身份的人。

“我们都以为大妈岁数那么大了，一定会死在小妈之前，那样，我们也能过几天舒心的日子。不想因为操劳过度，倒是小妈先病倒了。她带着病，还是每天给大妈洗脸洗脚烧水做饭，直到奄奄一息。

“小妈临死的时候，对我说，我死了以后，你要接着服侍大妈。我说，为什么？小妈说，因为你是她的孩子啊。我说，我不是她的孩子，我是你的孩子。小妈说，傻孩子，她大我小，你哪能做小老婆的孩子呢！听小妈的话，以后会有好处的。直到咽气，她都不让我叫她一声妈妈，只让我叫她小妈。那天晚上，她挣扎着让我扶着她给大妈最后一次问安。大妈厌恶地说，快回去躺着吧，也不看看自己都什么样了，还跑出来吓人，让人做噩梦。小妈伸出瘦骨嶙峋的手，说要给大妈捶捶背，大妈一撇嘴说，看你那个手，还能叫手吗？叫爪子都是夸奖了。赶紧走吧，该干什么干什么去吧。

“小妈剩下要干的最后一件事，就是等死。我扶着小妈回到土炕上，继父外出给人干活儿还没回来。小妈对我说的最后一句话是：你一定要做大……我拼命地点头。可小妈的话没说完，就闭上了眼睛。我至今也没想明白，小妈那句话到底是什么意思呢？是要我做大妈的好女儿还是另有深意？就像红楼梦里林黛玉临死的时候，说，宝玉，你好……

好什么？没人知道。我也不知道小妈的意思。”

“小妈死后，我的继父……”

大芳说到这里，停顿了下来。贺顿立刻紧张得出汗，劈头打断了大芳的话：“你的继父他干什么了？”话刚一出口，她就觉察到了自己的失态，赶紧调整思绪，竭力平静。

大芳沉浸在叙述中，并没有发觉贺顿的慌张，她说：“继父回来很伤心，但也没有别的法子，在农村，死人是再平凡不过的事，对于穷人，更是家常便饭。继父对大妈说，你女儿是个好女子，可她死了，我没老婆了，你也就不是我丈母娘了，又指着我说，她也不是我女儿了。老婆我埋，也算夫妻一场。从此，我和你们再无干系。”

大芳说得悲惨，但贺顿反倒松了一口气，天下的继父并不都是坏人。在对大芳的治疗中，贺顿也收拾起了自己的心结。当然，这一切都在无声无息当中进行，大芳并无察觉。

“后来呢？”贺顿问。

“后来我就和大妈一起生活，当着人，我叫她姥姥，人背后，我叫她大妈。这不是为了她，是为了我的生母。我一直侍奉大妈到死，这也不是为了大妈，同样是为了我的生母。再以后，我慢慢地长大，后来村里来了下乡知青，其中有个青年叫小松……再以后的事，你都知道了。”

大芳说到这里，久久地停顿。贺顿也停顿，太久太久，彼此都忘了话题将如何继续。

治疗已严重超时，贺顿对大芳的思绪“包扎”之后，赶快结束此次谈话。

大芳下一次来的时候，憔悴不堪。贺顿说：“上次之后，你有些什么感受？”

大芳说：“一半是轻松，一半是沉重。变成了阴阳人。”

贺顿说：“这就好。”

大芳不乐意，说：“哦哦，我在水深火热之中，你还说风凉话！”

贺顿说："这就是变化，你要的不正是这东西？"

大芳想想说："不管怎么样，把心里话倒出来，舒服了很多。"

贺顿问道："关于你亲生母亲的故事，你从来没有对别人讲过吗？"

大芳很肯定地说："从来没有。"

贺顿说："那我谢谢你对我的信任。对老松也没有讲过吗？"

大芳说："这么丢人的事，我当然没有讲过。"

贺顿敏锐地抓住了"丢人"这个词，说："你以你亲生母亲为耻吗？"

大芳不愿正面回答，就嘟囔着说："难道小老婆光荣吗？"

贺顿说："也许这就是要害。"

大芳说："你不要瞎操心。我母亲已经过世几十年了，除了她留给我的最后一句话，我连她的模样都快想不起来了。"

贺顿说："那最后一句话是……"她当然记得那句话，但她不能自动说出来，她要让大芳自动吐出，意义不同。

大芳说："那句话是：你一定要做大……我答应了她，我拼命地点头，她看到了。"

贺顿说："什么意思呢？"

大芳说："是啊，这句话我想了几十年。以前我小，我想亲妈的意思一定是要我做大妈的好闺女。因为她始终幻想着大妈能把我当成亲生女儿，从此改变我的血统，让它高贵起来。"

如此推理，在逻辑上尚可成立。按照当时风雨飘零的氛围，这种解释最为顺理成章。此刻的贺顿并不善罢甘休，听到"以前我小"的时候，心中咯噔一下。小时候用这种解释，后来，小姑娘长大了，很可能就生出了新的解释。对，一定要抓住不放！

贺顿说："那时你小，以后就不小了，再以后就进入中年，你对生母的这句临终遗言，也许有了更多的想法吧？"

短暂的等待之后，大芳说："是的，我是有了新的解释。"

贺顿大喜，颜面上还保持沉稳安宁，问："那是什么？"

大芳没有直接回答，反问道："我的故事你现在已经全都知道了，比世上任何一个人都更清楚我的经历。你说，这句话还可以做什么解释？”说完，盯着贺顿。

贺顿没想到大芳反戈一击，一时愣住。但是，她必须回答。这是大芳出的一道必答题，要验证心理师是否和自己肝胆相照风雨同舟？是否可以在最深刻的层面上走入最幽暗的内心角落？

贺顿在心中把那句话默念了一百遍。

“你一定要做大……”做大什么呢？做大家的好孩子？做大家族的接班人？做大时代的英雄？做大自然的好朋友……想到后来，贺顿也觉得越来越不靠谱了，百无聊赖之中，贺顿甚至想到了当下很时髦的一句口号——“一定要做大做强”。

当然了，几十年前一个垂死乡妇，不会说出上面这些话。但她拼着最后一口气，说的这半句话，分明有一个理念在生命的最后一刻，执拗地放射光芒。像一只断翅黄雀，盘旋在越来越稀薄的意识星空中，滴血哀鸣。由于这种至死不渝的坚持，让这句话具有永恒的魔力，直到今天还禁锢着她唯一的女儿辗转不安。同时，也折磨着女儿的心理师。

贺顿真希望自己会招魂术，招来亡魂解开密码。

可惜亡灵已经远遁，千呼万唤不会来。只剩一个法子，自力更生。

大芳置身事外，有一点幸灾乐祸的样子。是的，如果贺顿猜想的方向和她不一致，大芳真的要走了，永远。再不会反悔，再不会返回。如果你推心置腹披肝沥胆，都找不到人理解你，活着便没有任何留恋的价值。

贺顿虽不清楚大芳已准备孤注一掷，但也感到了危机。她得变成大芳肚里的蛔虫，更准确地说，她得变成几十年前死去的大芳之母肚里的蛔虫，把那句被咀嚼了千百次的话语咂摸出新滋味。

贺顿不敢慌张。慌张不单没有效用，反会弄巧成拙。事情总是有来龙去脉可寻，有前因后果可供分析。她把大芳的故事像过电影般捋了一遍，对大芳说：“我已经知道了。”

大芳不相信，说：“说说吧。”

贺顿说：“那句话没有说完，所以，它到底是什么意思，我们永远无从知晓了。我所能说的只是你对这句话的解释。为这个解释，你搭上了自己的一生。”

大芳面无表情：“说吧。”

贺顿说：“你觉得那句话是——你一定要做大老婆！”

这一刻，大芳泪雨倾盆。

是的，大芳就是如此复原了这句话。她觉得生母最大的愿望，是期望自己唯一的女儿，能够成为大老婆，从此洗雪遭受的耻辱和困苦，还原体面与尊严。

可惜，女儿面临的世道已经大变。再也不可能有大小老婆这样反人道的丑陋习俗，不管你是有钱还是没钱。假如你敢触犯天条，就要等待法律的严判。就算哪个男人敢冒天下之大不韪，也只能金屋藏娇遮遮掩掩。于是可怜的大芳，处心积虑地想让自己的丈夫有外遇，并把这些女子都请到家中，让他们在自己眼皮子底下蝇营狗苟。在这种畸态的关系中，完成着对一个苦命亲人最神圣的承诺和尊敬。

原来是这样！只能是这样！无意识是一个黑暗中的王国，可它却在 90% 的时间主宰着我们，君临大地。

第45章

不必知道你的过去，这就是我爱你的方法

银河倒挂，大芳用光了三盒纸巾，纸团蓬松堆满一地，好似泥沼中的天鹅。

忍受撕心裂肺的哭声，是心理师必须具备的功夫之一。按说贺顿久经沙场，对哭已经脱去敏感，但此时仍旧五内俱焚。她强令自己在这样的哭声轰炸之下不走神，可惜做不到。如果她不想一点令人愉快的事情，会疯掉。好在无论她表情若何，大芳其实都看不见，完全被自己的哀伤浸泡，不知魏晋。

其后多次畅谈，大芳认识到，是自己亲手酿造了老松一次又一次的婚外恋。在这种过程中，真切的痛苦和变态的快乐如同涡轮的叶片，轮番切割着她的神经。老松不知真情，但他能够模糊地感觉到妻子其实是喜欢自己和各式各样的女子有染，并且把她们带回家

中。在老松的内心深处，他对这种关系既渴望又畏惧，在享乐的同时又时常忏悔。分裂之中，记忆就发生了某种奇怪的组合。他毫无愧色地遗忘和改写了事实的真相，借以把所有的责任嫁祸于大芳，以求自身的脱逃。

在适当的时机，征得大芳的同意，贺顿约请了老松。剑拔弩张的会面，激烈的争辩，推心置腹的谈话，泪雨倾盆和冰释前嫌……结束治疗的时候，大芳和老松热烈拥抱，唏嘘不止。

贺顿第一次在自己的工作间里，发觉心理师成了多余的人。她轻轻地掩上门，走出来。

随着心结打开，随着时间的推移，贺顿和柏万福的关系和好如初。

柏万福在外面值班，看到她一个人踱出，吃惊地问："来访者哪儿去了？"

贺顿轻声答道："在屋里。"

柏万福着急："你怎么能放心让他们单独待在工作室？"

贺顿打趣道："怎么啦，怕丢东西吗？咱那屋子里最值钱的东西恐怕就是沙发。那玩意死沉，谁扛得走？再说就算要扛走，也得经过你的眼皮子底下啊！"

柏万福说："都什么时候了，你还说笑！这对冤家要是在心理室打起来，如何是好？"

贺顿说："他们打不起来。"

柏万福将信将疑地说："如果头破血流，就是咱的失职。"

贺顿说："你要是不放心，可以去看看。"

柏万福果然趴到单面镜前向里窥探。

柏万福看到大芳的眼泪和鼻涕将老松笔挺的西装染脏。记得有人在小说中说：老年人的爱情就像老房子着了火，没得救的。看来，这对逼近老年人的夫妇忏悔和亲密，也像老房子着了火，没得救。柏万福不好意思再看下去，回到了候诊室。

生活犹如街头的活报剧，你永远不知道有什么人经过，在一旁倾听，在一旁观看，注视着你的起承转合。

贺顿背对着门，面朝窗外。窗外，车水马龙。柏万福从后面轻轻环住了贺顿的双肩，他觉察到贺顿的肩胛有节奏地抖动。“你哭了？”他问。

“没有。”贺顿说。

柏万福轻轻地揽过贺顿的身体，把她的脸庞正面对准自己，泪行在贺顿清瘦的面颊上蜿蜒，如同透明的青蛇。

“哭就哭了，为什么不承认呢？我又不会笑话你。”柏万福不解。

贺顿说：“这不是哭。”

柏万福说：“满脸都是泪珠，怎么还能说不是哭？”

贺顿说：“这是笑。心理上的本领，一种是学出来的，一种是修出来的。我想到他们以前势如水火的争斗，想到我们曾经一筹莫展的困境，想到我因此付出的代价，悲欣交集。”

很久很久，大芳和老松手拉手地走了出来。大芳说：“谢谢你们啦！”老松拿出一沓百元钞票，说：“我来买单。”

柏万福看了一眼，说：“太多了。”

老松说：“请收下吧。”

柏万福说：“实在是用不了这么多。”

老松说：“这是我们夫妇的一点心意。我知道这不能叫小费，也不能叫红包，可你总得让我们的心意有个表达的方式吧。收下吧，就算是我们对你们这个诊所的赞助，希望它能越办越好，越办越大，给更多的人造福……”

老松还在喋喋不休地述说感谢，柏万福还在坚辞不受，贺顿轻轻地离开了。作为行规，一个执行治疗任务的心理师，不宜在咨询者缴纳费用的时候在场，也不能当着来访者的面清点钞票。那样会极大地损毁心理师的形象，毕竟，心灵对心灵拜访之时，金钱应该逊位。

当贺顿重新见到柏万福的时候，柏万福正在数钱。贺顿说：“你收了？”

柏万福说："都收了。"

贺顿说："这不好。"

柏万福说："人家真心实意。"

贺顿说："这让我以后没法工作了。"

柏万福说："我向他们预约下次诊疗的时间，他们说不必来了。他们可以自己解决余下的问题。"

贺顿说："从混乱中挣扎出来的生命，自我恢复的能力特别强，祝福他们。不过，这是两回事，不应该多收人家的钱。"

柏万福说："咱们需要钱。"

贺顿说："我知道咱们需要钱，可是，这样的钱用了也不安心。我宁可过清苦一点的日子。"

柏万福说："这钱不是过日子用的。"

贺顿就不明白了，说："不是过日子用的，你还有什么更急需的用处？该不是你妈得了癌症吧？"

柏万福说："你想点好事不行吗，干吗咒我妈？"

贺顿急急分辩说："不是那个意思。现在医药费太贵了，你一说急等着用钱，我就不由自主地往坏处想了。实说吧，到底是为了什么用钱？"

柏万福说："这个事和你有关。"

贺顿说："我已经不再买伪造的名牌，那会让一个心理师内心愧疚。我也不用高档的化妆品，我的容貌不需要粉饰，洁净就好，普通的香皂就足够用了。我也不需要金银和钻石，是节能型的。"

柏万福说："你不要嘴硬。这次就是你要用钱，而且，非同一般的耗费。"

贺顿警惕起来，说："稀奇！你口口声声说和我有关，我怎么一点不知情？到底是怎么回事？"

柏万福拿出了一张精美的纸页，说："这是一家权威机构开设的心理师提高班，要两年的时间，学习很多非常有价值的科目，教员都是国内最好的教授，听说还有若干国际上大师级的人物来讲课。我为你报了名。”

贺顿把那张招生简章抢了过来，先一目十行浏览了一遍，又逐字逐句斟酌，道：“真是千载难逢的机会啊！”翻到背面，看到那令人惊悚的价目时，吸着凉气说：“天价！”

柏万福说：“心理师的培训贵得像劫道。但愿物有所值。”

贺顿说：“我不去。”

柏万福急了，说：“你要是吝惜钱，就太小家子气了。人家苦孩子还有个希望工程呢，你就是咱家的希望工程。”

贺顿说：“好倒是好，只是太贵了。”

柏万福说：“你需要学习。”

贺顿翻翻白眼说：“那你就不需要学习了吗？”

柏万福说：“我更需要学习。”

贺顿说：“那你去呗。”

柏万福说：“咱要是掏得起两个人的学费，我就去。现在只能保一个，当然是你。”

贺顿说：“要学，咱俩一块去。要不学，就都不去。”

柏万福抚摸着贺顿的头发说：“别说傻话了。干心理师这行，也得有才能。我知道你比我更适合干这个，给别人的帮助也会更大。这阵子，我也看了不少的书，不是人人都能当心理师的，很多不合格的心理师会被淘汰出局。单单是热爱，干不了这活计，还得正经拜师学艺。现在好不容易有个好机会，你不要推三阻四，全力以赴去学吧。”

贺顿感觉到柏万福粗糙的手指刮起了自己的一缕秀发，有轻微的疼痛从头皮传达到自己身体各个部分。要是平日，她会拨开柏万福的手指，但是今天，她一直忍受着。不，应该说是享受着，只有这种持续存在的疼痛，才能让她更真切地感受到丈夫的抚摸。

贺顿说：“那这个诊所呢？”

柏万福说：“我已经把有关学习的消息转告大家了，很有几个人感兴趣，也想去学呢。也许，同事将来变成同学。”

贺顿说：“如果大家都回炉重新学习了，谁上班呢？”

柏万福说：“这个你不用发愁，我也打听好了，咱们可以暂时办个歇业。等你们学习回来了，咱们再重打鼓另开张，到那个时候，大家就鸟枪换炮，不可同日而语了。”

贺顿第一次发现柏万福还有如此缜密的思维，惊叹道：“没想到你把咱的五年计划都订出来了，这要同大家商量才能决定。”稍一思谋，又说：“大家都有着落了，你呢？”

柏万福憨厚地笑了笑说：“我就给大家做个接电话的。”

贺顿说：“那是以后的事。现如今，诊所歇业了，你干什么呢？”

柏万福说：“这世上靠卖力气就能糊口的活儿，并不难找。”

贺顿说：“你要出去打零工吗？”

柏万福笑笑说：“我本来就是劳动人民出身。”

贺顿说：“你就在家学习吧。我每天听了课，回来都传达给你，这样，咱们交了一份学费，其实两人都受益，买一送一！”

柏万福很感动，说：“谢谢你这么惦记着我，我相信你一定是个好学生，也是个好老师。可是，你忘了一件事……”

贺顿一惊，说：“什么事？”

柏万福说：“就是天下第一大事。”

贺顿说：“你说的是……”

柏万福严肃起来，说：“我说的就是吃。”他用手指指楼上，每当他们提到老太太的时候，都会用这种手势。“三口人的吃，这不是一个小数。我要是什么都不干，你就是彻头彻尾的贫困生了。你这样忙碌，我只有一个法子帮你，就是变得和你一样忙碌。”

贺顿困窘地说：“柏万福，你为什么要对我这么好？”

柏万福说：“因为你是我老婆啊！”

贺顿一时冲动，说：“正因为我是你老婆，我要告诉你几件事，我对不起你……”她已经下了决心，想把曾经和自己有过故事的男子，都告诉柏万福，然后静静地等着他的最后定夺。她不能把一个善良的人蒙在鼓里，让他任劳任怨义无反顾地为她付出。虽然，假如一个相同处境的女子来征询心理师的意见：对于自己的过去——“说还是不说？”她一定会回答——不说。说了对所有的人都没有好处，过去的事就让它过去吧。但是轮到自己头上，面对着一颗如此清澈的心，贺顿无法承受欺骗的压力，再隐瞒下去。

“我……”贺顿准备竹筒倒豆子和盘端出，柏万福像扑向机枪眼的烈士，挥手用巴掌全力堵住了贺顿的嘴巴，其力道之大，差点让贺顿的牙齿把自己的舌头咬掉半截。

“不，你不要说！”柏万福大叫。

“我一定要说。我说完了之后，你再决定要不要这样帮我。”柏万福的手掌还在口鼻处徘徊，贺顿的口齿含糊不清。

“你不能说。”柏万福冷峻地说。当一个随和甚至是窝囊的人，一旦做出了冷若冰霜的表情，就格外郑重。

“作为一个丈夫，你有权知道这一切。”贺顿也寸步不让。不管那后果天翻地覆倒海翻江，她都有勇气承接，每一根头发都透露出决绝。

柏万福眼看劝阻不住，说：“我已经知道了一切。”

贺顿不相信，说：“全部？”

柏万福斩钉截铁地说：“全部。”

贺顿诧异：“你怎么知道的？”

柏万福说：“我不需要知道。这就是一切。这就是全部。我没有你坚强，我不想知道一切。我知道此刻你在我身边，这就是一切了。我知道你热爱事业，我愿意用全力帮助你，这就是一切了。这个世界上，爱一个女人，可能有无数种方法，我不必知道你的过去，这就是我爱你的方法。这可能很蠢，可这是我拿得出的最好的礼物啦。请你收下。不要把我的礼物退回来。”

柏万福说得情深意切，贺顿的嘴唇像被透明胶纸粘上了，你看得到口唇的嚅动，可你听不到她的声音。贺顿在心里说：“我的丈夫！世上有千万种爱恋的方式，我知道了你的这一种。你爱我的事业，这就是最好的爱法了。我收下。尽管这要我付出代价，对自己永无赦免，但我愿意承受。因为，这也是我爱你的方式。”

万物寂寥，乾坤清澄，现世安稳，岁月静好。他和她曾遥遥相望，中间隔有无数劫难和尘煞，这一刻都已然轰毁。

第46章

江湖事，都可以推倒重来

贺顿像小时工一样卖力地在诊所打扫卫生，蹲在卫生间里，用去污粉把陈年的污垢擦拭得干干净净。柏万福说：“你知道这个房子在诊所歇业以后干什么吗？”

贺顿抬起头来，用手背抹了一把头上的汗珠说：“不是说好了要出租，补补开支上的窟窿吗？”

柏万福说：“原来你还记得。”

贺顿说：“我当然记得了。咱们又没说过要挪作他用。”

柏万福说：“既然出租，何必打扫得如狗舔一般洁净？记得日本有个什么女官，早年间当服务生的时候，打扫完厕所，都敢把便池里的水掬一捧喝下肚。你跟她可有一拼了。”

贺顿扶着腰说：“我不是为房客们打扫房间。”

柏万福不解说：“为了什么？”

贺顿说：“这房子就像一匹马，你骑着它冲锋陷阵长途跋涉，一道苦过也一道笑过，如今要把它卖了，你难道不为它刷刷毛，喂它一把黑豆吗？”

柏万福说：“依依不舍。我本来想帮着你干的，看来，你是非要自己出一身臭汗才心里踏实。干吧干吧。”

贺顿独自挥汗如雨，汗水一定能排出很多身体的废物，所以，在哀伤或是愤怒的时候，人不由自主地想劳作。

暂时歇业的事，贺顿已和沙茵交换了意见。沙茵的爱人最近出国了，家务都压到她一个人肩头，加之工作千头万绪，时间捉襟见肘，精力不堪重负。诊所给沙茵安排了若干次来访，都因为她走不出来，要么是重新派给别人，要么就只好将来访者推辞。沙茵是个重脸面的人，有心想退出，又觉得当初一同揭竿而起，现在半途而废，不够朋友，就一直延宕着。现在听了贺顿的打算，仿佛瞌睡中送来了个枕头，自然十分拥护。

贺顿看着沙茵那张如满月一样光明的脸，觉得十分踏实。沙茵说：“好好学习，天天向上。等你学成归来，我最忙乱的这一段也过去了，咱们再一道续写新篇。”

沙茵是平稳而友善的，那种真正发自内心的慷慨大方和同情体贴，是健全的头脑和富裕的生活所喂养出来的。就像吃着苹果听着音乐长大的神户牛，入口即化的细嫩无可比拟。原来人也不都是大悲大喜，也不都是苦尽甘来，有的人就是上帝的宠儿，快乐而简单地度过了一生。他们就像有着太多财富的富人，拿出一部分钱财——在他们来讲就是爱心资助别人，自己也并不伤筋动骨。

在一尘不染的诊所里，贺顿与汤小希开诚布公地谈了自己的看法。汤小希很是意外，长久地没有出声。她有好长一段时间没到诊所来，除了谈恋爱就是不断参加各种心理轮训班，充电不已。刚有了一点入门的感觉，思谋着在自己的机构里一展宏图，不料却遇到了歇业风波，一时转不过这个弯子。

“干得好好的，说歇业就歇业，是不是另有隐情啊？你不会是要蹬了柏万福另攀高枝，人家不让你在这儿开业了吧？”汤小希狐疑满腹。

贺顿说：“并无隐情。只是我想学习去。”

汤小希大包大揽说：“你尽管学习去，这里不是还有我吗！”

贺顿说：“你真的打算从此就干这行了吗？”

汤小希说：“那是。你没看到咱们的业务多红火啊。口口相传，人家都说咱们的效果不错，这就算立住脚了。我以后要以此为生呢！打算从祥林嫂进步成林妹妹，你这样毁了我的大业。”

贺顿不解：“你的大业是什么？”

汤小希说：“就是相机而动，甩了猪肉掌柜，嫁一个乘龙快婿。以前年纪小，不知道女生嫁人就是第二次投胎，千万马虎不得。等我当上了心理师，就要脱胎换骨重新做人。再找对象，第一家庭要好，如果是公家人，父母一方要是司局长以上，最好是父亲，如果是母亲，估计将来婆媳关系不好处。如果是体制外的，家产最低要200万。要有学历，最低硕士，但MBA的不算，因为太滥。有学历论但不唯学历论，还要有能力。自己要有车，奥拓不算，起码得捷达。要有房子，两居室以上并且不是贷款买的。身高要一米八以上，但不能到达姚明那个级别。耳朵不能太大，耳大招风，有像猪八戒的嫌疑。鼻子不能太大，像成龙那样就有点过了，鼻梁要挺秀如阿兰德龙。眼睛如果不大，其他器官也要小巧玲珑，清秀型的也可凑合。讲究卫生，但不能有洁癖。食欲要好，但不能吃嘛嘛香，吃相要斯文。睡觉不能打呼噜，祖上三辈血亲五代之内不能有得过癌症、白血病之类恶疾的……”

贺顿胆战心惊，说：“现在好像不是精神疾病的高发季节。”

汤小希吁吁吹着气说：“你们才精神分裂！真想不通，形势一派大好，却要歇业，这不是天大的笑话吗！”

贺顿说：“正因为形势一派大好，才要精益求精。”

汤小希说：“心理这个事，也没个行业标准，做的是良心买卖，只要咱们尽心就是了，剩下的，就是一个愿打一个愿挨。再说啦，性价比实在是高，卖卖嘴皮子，风吹不着雨打不着，就有银两进项，这不是无本万利的事情吗！治得有效果了，人家自然感恩不尽，以为咱是活菩萨。若是没有效果，那就是他自己不努力，不开窍，天生倒霉蛋，和咱们也没有必然关系。别的还有个质量保证退货三包什么的，医院的医生看错了病吃差了药，弄不好还得进法院，心理师安全多了，风险几乎是零。你说这等的好事，怎么能关张大吉呢？这不是吃了迷魂药出的昏招吗？”

贺顿好像第一次认识汤小希，不由得把她上上下下地重新打量了一番。汤小希果然鸟枪换炮，上身穿一件米粉色露脐装，当年出生时被乡下产婆潦潦草草结扎的肚脐，翻翘着一个小肉包。下身是一条水洗砂磨过的饱经沧桑的牛仔裤，裤腿被横七竖八地戳了几个洞，几缕同样色系的丝线像蛛网似的随风飘荡。贺顿向既性感又充满江湖气的汤小希说：“小希啊，我看你还是陪着你的郎君卖肉去吧。你在当初合股的时候，折合多少股份，我都还给你。”

汤小希大惊，说：“凭什么呀，我也是股东，你一张嘴就能把我给开除了？”

贺顿说：“这不是开除，这是为了你好。我觉得你真的不适合做心理师。”

汤小希恼羞成怒道：“你说我做不了心理师，我就真的做不了吗？你金口玉言啊？你一言九鼎啊？你生杀予夺啊？谁给了你这么大的权力！”

贺顿一时被呛住了。是啊，她们都是权益相同的股东，的确没人有能给谁发放通行证的权力。她苦口婆心地说：“心理师是助人自助的工作，你把它当成沽名钓誉发家致富的工具，以为是一棵摇钱树，当然就不适宜做了。”

汤小希说：“你以为你的临床经验多一点，就可以为所欲为了？告诉你吧，我一直在偷着学艺，你的那面单面镜，就是我最好的老师。

你不干了，我还要继续干下去。我上的培训班有一个同学，叫安南，他说也认识你，正想加盟呢！”

贺顿没想到汤小希心计重重，心中震惊，情绪温度计，此刻已然降到了金属结冰的程度，只得说：“小希，没有征得来访者的允许，你趴在单面镜后面偷看，这是违规，你要受到处罚。你看到的东西永不能说。再者，咱们几个人发起这个机构，现在大家都同意暂时歇业，就你一个人不同意。召开股东会，你也是少数。”

汤小希说：“少数就少数，少数怎么啦？真理往往掌握在少数人手里。”

贺顿万般无奈，只好说：“好吧，那就通知股东，尽快开个会议一议，咱们再做最后的决定。”

汤小希回到同居的房子里，把贺顿的话向开肉铺的男友学说了一遍，男友说：“你到底有多少股份在里头？”

汤小希想了想说：“当年说我出的是干股，也就是有钱出钱有力出力，我属于出力的那种。”

卖肉男友扑哧一笑，说：“我还以为娶的是百万富婆呢，原来不过是个卖苦力的。”

汤小希不服，说：“苦力卖到今天，汗珠摔八瓣，也变成珍珠了。”

卖肉男友思谋了一下，说：“你说得也有道理。不管怎么说，是她贺顿先说不干的，是她对不起你。这样，她就欠着你的人情。所以啊，依我看，你也不要参加那个什么股东会了，你不懂公司法，少数就是要服从多数。人家做了决议，你只有服从。”

汤小希愤然说：“照你这样讲，我就成了你砧板上的肉，你想剔骨就剔骨，想抽筋就抽筋，想剁馅就剁馅，我只有逆来顺受？”

卖肉男友说：“先纠正你一下，你不是我砧板上的肉，你是贺顿砧板上的肉，而我和你是同一只猪，至多你是前臀尖，我是后臀尖。这样吧，你先和我睡一觉，然后，我就想出办法来了。”

汤小希说："想办法和睡觉有什么关系？发情就说发情，不要指东打西。那样不诚恳。"

卖肉男友说："神清气爽的时候，才能考虑重大问题。"

果然，在酣畅发泄和睡眠之后，卖肉男友提出了一个绝妙的主意："也不要开什么股东会了，麻烦，而且你也占不到便宜。就跟贺顿商量，说你要退出诊所，让她给你一笔补偿。这样，你拿了钱，自己重打鼓另开张，再开办一个诊所，不就万事大吉了吗？"

汤小希原本半睡半醒，眼皮间如同点了胶水。一听此话，立马全醒了，大睁着眼说："我自己办诊所？行吗？"

卖肉男友说："谁说你一个人？不是还有我吗！"

汤小希说："你还是老老实实地卖你的猪肉，我这里卖的是人心。"

卖肉男友说："不管怎么说，闹一笔钱回来是正事。有了钱，一切都可以从长计议。江湖上的故事，都可以推倒重来。"

汤小希说："要多少？"

卖肉男友说："越多越好。"

汤小希大叫起来："你这个人怎么这么没情没义？我真是瞎了眼，看上了你这么一个小人。我和贺顿说什么也是患难之交，不能多要，差不多就行了。"

当汤小希把自以为很是仁慈的数字摊给贺顿之后，贺顿大吃一惊。第一是她没有想到汤小希来了这一手，第二是实在没有钱了。好在今日的贺顿已经泰山崩于前而不动声色，淡淡地说了一句："让我考虑一下，再给你答复。"

一个人练就不动之心，实在不是一件容易的事情。然而唯因其不易，才越发有了挑战。晚上，当她把这事告诉柏万福的时候，柏万福义愤填膺地说："要钱没有，要命有一条！"

贺顿说："不要讲气话。"

柏万福说："这不是气话，是实话。要不然这样好了，把诊所给她吧，不就是块牌子吗？让她给咱们倒找钱，这样你的学费还不用那么发愁了。”

贺顿说：“她不会要诊所这块牌子，她更看重钱。”

柏万福说：“那她为什么要逼咱们？”

贺顿说：“我也不跟你说这个理了。不管怎么说，原来一块儿起事，现在是我要停业学习，责任应该由我来负。咱们把钱凑一凑，先把小希的事了结了吧。”

柏万福说：“落井下石，还算什么患难之交？再说，咱们确实没钱，不是装穷。你一定要给汤小希钱，只剩下一条路了。”

贺顿说：“什么路？”

柏万福说：“那就是我去卖血。”

贺顿说：“卖血才能卖出几个钱来？只怕把你全身的血卖光，也不一定够汤小希的零头。”

柏万福说：“那你说怎么办？”

贺顿说：“如果一定要去卖血，我就和你一道去吧。欠了小希的钱，咱们可以慢慢还，我先给她打个欠条。都是一起走过来的姐妹，我想宽限些日子，小希还是能答应的。”

柏万福说：“卖血这事，还得讲究点技巧。大马路上有采血车，那是无偿献血，连个鸡蛋钱也不给。咱们得找机关企业单位，每年派给他们的献血指标常常让他们为难，喜欢找人来顶替。抽血之后，就把原本预备发给自己人的营养补助，给了这些冒名顶替的人。这个钱数就比较像样了。咱们既然起了这个心，我就去打听一下，找个出手大方比较厚道的单位，咱们的收入就好一些。”

贺顿说：“想不到你对这个还挺在行的。”

柏万福说：“人穷的时候，就打听些旁门左道以应急。”

贺顿说：“那好吧，我和你一道去。咱们说干就干。”

两个人在昏暗中微笑，看到梦想散发着钢轨一样的光泽，坚硬向前。

“想得倒好，这事，门儿也没有！”

一个凄厉声音打破了寂静，黑暗中，婆婆站在门口，衬着门框，好像枯树的剪影。回迁房的隔音效果差，若是说话声音大了一点，旁人想不听都不行。婆婆以前以偷听小两口的谈话为日常工作，后来虽然有所收敛，但养成习惯了，耳朵经常竖着。此刻一不留神听到小夫妻撸起袖子要去抽血，完全忘了被人发现的尴尬，不管不顾浮出海面。

“贺顿，不是我说你，我儿子自打娶了你，没过几天好日子。以前再怎么不济，也没说过要去卖血的事，现在都混到这份儿上了，一天不如一天，真是个丧门星！我儿子身上的每一滴血，都是我用糨糊换来的，哪能抽给别人！”老婆婆说得心酸，用手背去揉眼角。不但没把泪水抹干，反倒是越抹越多。

贺顿看到婆婆闯进来，先是一惊，再看到老人家泪眼婆娑，心中也凄然。顺着老人家的话想想，柏万福自打娶了自己，真没什么安生日子过，让斗米升粮小户人家的婆婆，跟着担惊受怕。她说：“您舍不得儿子，我能理解。这样吧，你儿子不用去卖血了，我一个人就成。您放心好了。”

本以为婆婆听了这话，会善罢甘休，不想老人家更是捶胸顿足，说：“我心疼儿子，也心疼媳妇。你还没有生养，这就去卖血，要是伤了肚子，我那小孙孙还没出世，就皱巴成了一张相片。天下哪有你这样狠心的妈！我可跟你说清楚了，你也绝不能去卖血！”

老太太唾沫星子乱溅，以示决心牢不可破。贺顿不想把事态闹大，心想胳膊反正长在我肩膀上，想什么时候卖血就什么时候去，你还能天天扒着袖子验看针眼吗？就算让你看到了针眼，那血也早就进了冷库，木已成舟，你还有什么法子？就含含糊糊地应承道：“行行……不卖啦……”

老太太哪是那么好糊弄的，一眼就看穿了贺顿的鬼把戏，说：“你别跟我当面一套背后一套！那叫两面派。现在人都讲个诚信，你说话要算话。你要以我还没生出来的小孙孙的名义起个誓。”

这就把贺顿逼到绝路上去了。她不愿做个不诚信的人，经济上压力委实又太大，只好说：“这个誓我不能起。”

老太太步步紧逼：“为啥？”

贺顿说：“天下若是真有这么个孩子，她要是看着我遭这么大难处，为母分忧，也会同意我卖血。”

婆婆说：“什么难处？”老太太刚才只听了半截话，起因尚不明了。

柏万福就把详情大略介绍了一下。婆婆说：“我以为什么事呢，不就是钱吗？钱是个金贵东西，可要是和小孙孙的命相比，它就不算什么了。这样吧，你们也不要为难了，也不要打算着趁我看不见的时候，再伸了胳膊去卖血。我还有几个压棺材底的钱，就先借给你们还人家的债吧。”

贺顿真想抱住婆婆说：“谢谢您！”可她这句话终于还是留在嗓子眼里了，婆婆说完之后就颤颤地走了，留一个佝偻的背影，连个感谢的机会都不肯给他们。

贺顿让柏万福把钱给了汤小希，不再同汤小希见面了。她不愿意看到一个曾经是朋友的人，在她面前被杀并且慢慢倒下洇出血迹。只有躲避。

患难的日子，好像灰烬里的火星，不能给你以任何温暖了，也不会再点燃其他的柴草，但是仍然不能舍弃。因为它曾经的燃烧。

贺顿同詹勇讲了设想。詹勇说：“嗨！咱们俩做了同学。”

诊所成功地办了歇业，当这一切都完成之后，贺顿约请钱开逸喝茶。

钱开逸说：“多日不见，我看你神清气爽啊。”

贺顿说：“我不再当心理师了。”

钱开逸说：“好。”

贺顿说：“现在不当，是为了以后更好地当。”

钱开逸又说：“好。”

贺顿沉思着说：“无论我说什么，你都说好。也不问问为什么？”

钱开逸说："我相信你，所以就不问了。我们两个彼此都有很多的秘密，并不清楚，但这并不妨碍我们的友谊和互相帮助。"

贺顿说："我今天想跟你说的就是——以前是这样的。但以后，就不是这样了。"

窗外的霓虹灯如同巫婆手中的红苹果，鲜艳而变幻莫测。他们之间的距离靠得那样近，贺顿闻得到钱开逸口中的气息，属于风华正茂的健康男子的气息，类似剪刀蹭过的清凉，像水晶又像薄荷。

钱开逸很惊奇，说："为什么？在我们之间发生过很多事，我以为随着时光的流逝，我们的友谊应该更纯粹和更心照不宣。"

钱开逸晃着手中的茶杯，那是上好的绿茶，云烟袅袅。看一片片螺旋状的叶子融成碧海青天，这需要等待。

贺顿说："你说得很对。就是为了咱们的友谊更纯粹和心照不宣，我以后不再和你在一起了。"

钱开逸非常诧异地说："是不是你的丈夫给了你太大的压力？他对我说过，他愿意退出。我一直在等着他实践这一诺言。"

贺顿说："正相反，他什么压力也没有给我，是我自己决定结束我们的关系。"

钱开逸说："那么说，这纯粹是你个人的一个决定了。"

贺顿说："谢谢你的理解。即使在这样的时刻，在这样的问题上，你依然是这么了解我。"

钱开逸说："不要乱夸奖。我还是不明白，我们这种关系，对你有什么妨碍吗？我是这个世界上最懂得珍惜你的人。就算我们不能终成眷属，也不妨碍我们肝胆相照地做朋友哇！我们可以有一种非常纯净的关系。"

贺顿轻轻地抚摸着钱开逸的手说："开逸，你知道，我们的关系并不是那样纯净。如果我是一个普通的女子，我会很享受这样的关系。即使你以后结了婚，有了你非常挚爱的妻子，我相信咱们之间的了解和珍重，也会一如既往。可是，我决定当一个优秀的心理师，为了这个理想，我要清理和你的关系。”

钱开逸深深地呷了一口茶说：“奇谈怪论。当心理师就不能有男朋友了吗？就都是孤家寡人了吗？就六亲不认了吗？”

贺顿说：“恕我孤陋寡闻，我不知道别的心理师是怎样应对的，也不知道大师们都如何处理他们的私生活。只是我和你的关系，让我在处理所有和男女情爱有关的来访者的时候，都会分心，都会对自己的所作所为打一个问号。邪念困扰，肝肠寸断。我没有法子把自己分裂开来，这就像研习一门武功，对于所学门派，不能有半点迟疑和动摇，执着才能正宗。我不想用无知无觉的身体，维系越来越远的灵魂。为了心灵的平稳，为了我的工作，也为了我丈夫的福祉，为了你的安宁，我将就此和你诀别。”

贺顿说着，用一杯鲜红的玫瑰茶，碰了钱开逸的杯子。红绿相交，锵然有声。红不仅仅与绿对立，而且也和其他的一切颜色对立，比如黑，比如白，比如黄或者蓝。红给人危险信号，它像流出的血。

钱开逸突然注意到贺顿的眉毛。好眉毛是青春的堤坝，它们像鹰翼直飞鬓角，这一对剑眉是贺顿脸上最光彩照人的地方。贺顿的嘴唇好像水洗的棉布，有黯淡的白色绒毛，不温柔，但是坚定，这些话从嘴唇中吐出，如金石掷地。钱开逸说：“我想到过我们分手的一千种理由，只是没有想到是为了你的理想。”

贺顿深情地说：“一千种理由都不能使我们分开，但是为了理想的坚守和纯粹，我会做这个选择。”

钱开逸说：“贺顿，你不会后悔吗？”

贺顿注视着钱开逸，觉得他的眼神像一种水果。什么水果？蜜桃？芦柑？甘蔗还是石榴子？对了，是猕猴桃，毛茸茸的，黯淡而有酸意。贺顿说：“我当然会后悔。后悔马上就会发生，也许当我还没有走出这间茶室的时候。”

钱开逸热切地说：“那你就不用后悔了。就当你什么都没有说，就当我什么都没有听到。我们依然像以前那样……”

茶室内是素木青板的小桌，窗外夜雨蒙蒙。贺顿静态的时候很一般，一旦她说起话来，就让人刮目相看。

贺顿说：“当我说出这些话以后，我们再也不会回到从前了。我之所以把所有的想法都告诉你，就是希望你帮助我完成这个决定。在这件事上，我不能相信自己，可是我相信你。在我不坚定的时候，你会帮助我。你曾经帮助过我很多次，这是最后一次了。”说完，贺顿站起身，走到钱开逸的面前，轻轻地吻了他一下。这一吻是如此的轻柔，如同杨树春天的绒毛，微微拂过面颊。这个吻，更确切地说，是一“抚”，“抚”过一张古琴。

贺顿把茶钱留在桌上，起身走了。钱开逸目送着她的身影，耳边回荡着她那国色天香的声音。茶室的墨绿色落地玻璃窗，把贺顿的身影清晰地显现了出来。

女人的智慧不一定都是圆融婉转的，有时也是斩钉截铁的。决绝逝去的感情犹如旧衣，色泽已褪，针脚已开，款式已是陈旧，所有的经纬，都已经稀薄。然而，你长久地穿过它，那里遗有你的形状，你的气息，还有你的泪和汗。

钱开逸看到贺顿深情地回望茶室，神情暗淡，好像在等待着钱开逸跑出门去，将她拉回。她甚至停下脚步，仿佛在思忖着是不是重新走进茶楼。但是，钱开逸记着贺顿的嘱托，他克制着自己喉头的哽咽，大口如牛饮般吞咽着茶水，以抵制自己想站起身来拦住贺顿的念头……

他把一杯茶一饮而尽，许久地低垂着脑袋。不知过了多久，他抬头再看窗外，已是空无一人。刚才那个纤巧的身影，好像从来没有存在过。

贺顿并没有走远，在旁处静静地注视着，犹如看荒野中一盏毫不知情的灯。

第47章

你曾经让我身处地狱，我却从那里出发，走向了天堂

贺顿在班上是最好的学生，每次都早早地到校，从不迟到。她会找一个靠窗、明亮、声音不大不小的地方坐下来。在会场和学堂里，假如可以随便挑选位子，每个人会坐在哪里，几乎是重复和固定的。只要你到得足够的早，你就能够找到那个地方，好像在异乡找到了家。

贺顿和大家关系良好，凡是不懂的地方就虚心求问，进步飞快。研修班除了固定教师之外，也聘有专家学者讲课，以开阔学员的眼界。终于有一天，贺顿等来了姬铭骢的课，听说好不容易才请动他。

姬铭骢的课讲得很精当，风生水起流光溢彩，课堂气氛十分活跃，姬教授不停地和学员互动，提的问题既有深度又很幽默风趣，让大家受益匪浅。他在进入教室的第一个瞬间就发现了贺顿，对这个和自己曾有过肌肤之亲的女子，他既有一个男人的记忆，更多的是一个师长

对于弟子的记忆。从这个女子面如秋水般的平静当中，他敏锐地察觉到已今非昔比。提问的时候，他很巧妙地用最难的问题考查贺顿。

贺顿早就想到了有这一天。这个圈子就这么大，山不转水转，总有狭路相逢的那一天。在课程表上看到姬铭骢要来讲课的那一天，贺顿第一个最直接的反应是逃离。时间并不能淡化一切。说淡化的人要么是傻瓜要么是自欺欺人。一个曾经侵犯过你生活的人，不是别的，是你的影子。他是你的台风，是你的冰雹，是你的鬼影憧憧。她不想见到他，如果有可能，她今生今世永和他绝缘。但是，这是不可能的。当然了，贺顿可以在姬铭骢讲课的时候逃学，但你逃得了一天，逃得了一年吗？逃得了一世吗？贺顿只有正面迎击。她热爱自己的工作，她必得把这个关系处理好。这是一个未完成事项，她要亲手把它了结掉。

贺顿的答案很精彩，有理有据娓娓道来，既不敷衍，也不夸夸其谈，所有的人都听不出任何破绽。但一个学生回答问题是应该有破绽的，没有破绽，就说明事先下的功夫太大了，把老师的学问研究得太透彻了。姬铭骢何等老辣，正是从这种胸有成竹有备而来滴水不漏的回答中，他知道贺顿是在乎他的。

下课的时候，姬铭骢叫住贺顿，说："谢谢你把我的课学得这样好。"

贺顿夹杂在同学中，环顾周遭微笑着说："我把所有老师的课都学得不错。是吧？"

同学们说："哈！骄傲使人落后，虚心使人进步。"

姬铭骢说："贺顿，我能否请你吃顿便饭？这样，我也可以从你这里更多地知道同学们对课业的反映。"

同学们就起哄，说："应该是学生请老师吃饭，不能反过来。"

贺顿就落落大方地说："那我就请老师吃饭。还有谁愿意作陪？"

大家正好都有事，于是就剩下贺顿和姬铭骢。贺顿说："我平日都是到一家烧烤兼有牛肉面的馆子吃饭，不知姬老师愿不愿意体验一下穷学生的日子？"

姬铭骢说："当然愿意。对于一个临床心理学家来说，所有的体验都是学习。"

两人找了一个僻静的角落坐下，身边有一盆粗壮的仙人掌，令人有干燥和狂野的感觉。

先来烧烤，肥牛羊肉、鱼片、蘑菇、豆腐，一盘盘叠床架屋，煞是热闹。

姬铭骢说："考考你。为什么烧烤好像比蒸煮的地位高？"

贺顿穿着全白的短身毛外套，还有帽子，优雅而温婉。回答："烤过的东西分量比原来要少很多，有流失和炭化，味道比煮出来的更香。凡是经过加工之后分量比原来少的东西，就带上了贵族气。浪费就意味着地位。"

姬铭骢说："很好。"

贺顿要了一碗中号面，姬铭骢要了一碗大号面。

"我看到你进步很大。你的毛衣细节不错，低调而有韵味。"姬铭骢一边喝着面汤，一边说。

"谢谢老师鼓励。"贺顿中规中矩地回答。

"我很喜欢你的。"姬铭骢更进一步。

"谢谢老师关爱。"贺顿依旧平和而又有分寸地回答。

"这种喜爱不仅仅是一个老师对一个学生的喜爱，而且还有……"姬铭骢把话说了一半，故意停息下来，以观察贺顿的表情。

贺顿知道会有这一天，会有这个话题。她已经准备了很久，但真要面对着姬铭骢说出自己的心里话，贺顿还是要鼓起极大的勇气。她必须要直面这种灵魂的厮杀。贺顿吃了一大块牛肉，期冀着很久以前的一条强壮的牛的力量，会从这块肉上传达给自己。

贺顿说："我对于姬老师所曾经给予我的帮助，记忆犹新。"

姬铭骢说："法子糙了一点，不过，看来有效。你知道，砒霜也是可以治病的，只要适量。"

贺顿说："我知道你为帮我，曾殚精竭虑。对此，我表示感谢。"

姬铭骢紧逼一句："感谢是要有行动的。"

贺顿说："我的话还没有说完。"

姬铭骢很绅士地做了一个"请讲"的姿态。贺顿说："我找到您的时候，正是我最孤苦无助的时候。"

姬铭骢说："是的。我尽我的力量伸出了援手。后来，你就没有了音信，直到我来这里讲课，才看到了你。依我的观察，你的状况不错，应该说是很好。"

贺顿说："经过系统的学习，我有了很大的提高。我常常想起你为我所做的治疗……"

姬铭骢颔首道："是的，我也常常想起。"

贺顿说："对别人轻易地抱有期望和幻想，也是一种不劳而获的错误，这是我当时的疏漏。不过，以今天的我回顾那时的我，以现有的知识分析当时的状况，我觉得你的治疗方式，是完全错误的。"

贺顿说完这句话，赶紧喝了一大口牛肉汤，外加两筷子牛肉面，要不然，她的心会从喉咙口飞奔而出。

姬铭骢再老谋深算，也没有想到这个貌不惊人，曾经非常孱弱的小女子会变得如此从容淡定，直言不讳挑战自己的权威。如果说，刚开始的挑动，还带有欣赏战利品的快意在内，现在就只剩下反击和剿灭。

姬铭骢冷静而霸气地说："你看到过一个鸡蛋在教训母鸡吗？"

贺顿不明就里地回答："没看到过。"

姬铭骢微笑着说："现在就是。"

贺顿并没有被激怒，她早就设想到了这一天，为此，她早就开始储备勇气，直到它们汹涌澎湃。她说："我不是鸡蛋，你也不是母鸡。作为一个训练有素的心理学家，你应该知道，和你的来访者发生性关系，这在所有国家的心理医生行业里都是被严令禁止的。"

姬铭骢说："那不是单纯的性关系，而是一种治疗。为此，我付出了巨大的代价并肩负危险，包括今天这样被你指责。那是当时我所能想到的最行之有效的方法。一个问题的求解，如果不从最简便处入手，就是旁门左道了。这是佛经上的话。”

姬铭骢的倒打一耙让贺顿一时有些迷惑，不知从何反击，但是，她很快镇静下来，说：“您不必巧舌如簧地辩解。我会一直保有控告你的权利。你口口声声地说自己是一个临床心理学家，如果对公认的行规都如此藐视，那么，对你最安全的方法，就是离开这个受人尊敬的行业。否则，等待你的就不再是课堂或是心理室，而是另外一个狭小的只有很少阳光的地方。”

贺顿说完这些话，长长地舒了一口气。她把自己身体内残存的寒冷，彻底地驱赶了出去。很久以来，寒冷在假寐，等待着东山再起，如今终于烟消云散。现在，她可以专心地吃自己的牛肉面了，像一个真正的饕餮之徒。遗憾的是，不知不觉中，那些面条已被无滋无味吞咽下去很多。

姬铭骢张口结舌。在曾经就范的女子当中，贺顿是非常平凡的一个。也许，正是因为这种平凡，才让姬铭骢小看了她。轻视是要付出代价的。这个平淡无奇的女子，让他姬铭骢来了一个大窝脖。姬铭骢想不通，是什么让这个曾经如此卑微低贱的灵魂，可以在他的面前昂首挺胸义正词严？

是什么给了她力量？

是曾经的苦难，还是她天性中的倔强？是自己旁门左道治疗的效力，还是心理科学移山造田改天换地的力量？或者是某种未知的魔法？或者干脆就是一个负负得正的裂变，一个瞎猫碰上死耗子的奇迹？

不知道啊不知道。只是，今后，可要小心点了。这个行当里，明白人是越来越多了。姬铭骢说：“我于个人的毁誉得失荣辱成败，素来并无丝毫考虑。我听从我的内心。我的内心如果是魔鬼，我也听从，因为那就是残酷的真实，真实给我坚强，勇敢也是一种性感。我期待着死后还会有人提起我，起码十年之内。二十年之后，也就无所谓了。一个人能在一个领域里保持十年的知名度，我心足矣。”

贺顿说：“你的逻辑之内，千沟万壑。其实全世界的心理治疗家，没有做别的事，都是在治疗伤害造成的恶果。权威需要博学而人道，保持虔诚之心。可惜你违背了天条。你好比是绿芥末，如果我是鱼又需要被人享用，你就大功告成，就恰到好处了。可惜，我不是鱼。”

姬铭骢好奇：“那你是什么？”

贺顿莞尔一笑，说：“我是病毒。”

姬铭骢终于被这个曾俯首听命的女子搞糊涂了，不解：“计算机感染的那种？”

贺顿说：“哦，不是高科技，是自然界土生土长的那种病毒。微小，简陋，但是顽强地坚持复制自己，直到强大。”

姬铭骢说：“你知道吗，病毒在复制的过程中，常常搞错编码，病毒是个粗心的家伙。到那时候，你面临的就是毁灭。”

贺顿说：“因为心理师中有你这样的人，所以，我会战斗不已。我知道我的力量还不充足。心理师面对的是人命至重，心灵至重。我会把舌头在石头上磨，在骨头上砺，直到有一天锋利无比。那一日，你曾让我身处地狱，几乎被你的疗法粉碎。我却从那里出发，走向了天堂。在欲望面前，最有效的制裁，也许并不是责任道德之类的东西，甚至也不是法律，而是心理师的自爱。”

姬铭骢长出一口气说：“我现在的真实感受，你想不想知道？”

贺顿说：“讲。”

姬铭骢说：“我希望你是一个男人。做一个真正的心理师，你应该是个男人。如果你不是个男人，你就要最大限度地像一个男人。这样，你我就能做朋友了。”

贺顿招手让小姐结账，站起身来，对姬铭骢说：“我不是男人，我是个女人，饱经磨难，也依然能做好一个心理师。您慢慢用，我先走一步了。下午还有新的老师要讲课。我们永远不会是朋友。姬老师，有一个词，你可听说过？叫作——尺蠖降龙？”

姬铭骢说：“什么意思？”

贺顿说：“就是一条蚯蚓打败了龙。”她端起手中的碗，碗中还有一些汤，说：“姬老师，咱们就以汤代酒，碰个杯。”

姬铭骢也站了起来，端起自己的碗，说：“总要有个由头。为了什么干杯？”

贺顿说：“为了这个事业的发展，为了你的安全，也为了将来有一天，我会战胜你！”

两个粗瓷大碗碰得叮当乱响，贺顿一饮而尽，然后走出。姬铭骢坐下，小口品着汤碗中残留的青葱和香菜。

她会告发自己吗？姬铭骢思谋着。他并不害怕，因为没有证据。只是他此刻乐意在理论上探讨一下这个问题。估计，不会的。那样，对她对他，对这个方兴未艾的事业，都不好，他对人性的惯例了解得很深刻。但是，谁知道这个不按常理出牌的女子，会采用哪一招？

窗外冬日雪霁，残雪似银，路旁冻水如墨，阳光倾斜着射进来，像清漆一样透亮，弹得出声响。

贺顿轻快地走着。快到年根了。年什么时候变成了一棵植物，有了根和梢？是草本还是木本？年的叶子在哪里？花朵在哪里？

后记

我曾经当过生理上的医生，也当过心理医生。离开这两个行当足够远的距离之后，才有兴趣和能力眺望它们，当年只顾在其中汗流浃背地忙活。我甚至以为，在摒弃了庄严的琐细规则之后，反倒能够比较容易地把握和描绘出真相。好比一幅大比例尺的地图，虽无法将所有的小溪和茅草房都画在上面，若能标示出显著的山川河流的走向，就算完成了。这一点，敬请这两个行当的专业人士见谅，不必耽误你们的法眼端详这部小说。我不是课堂上的教授，只是一个笔随心走的小说家。

感谢小说的游戏规则，给予我宽松想象的权利和快乐。

毕淑敏